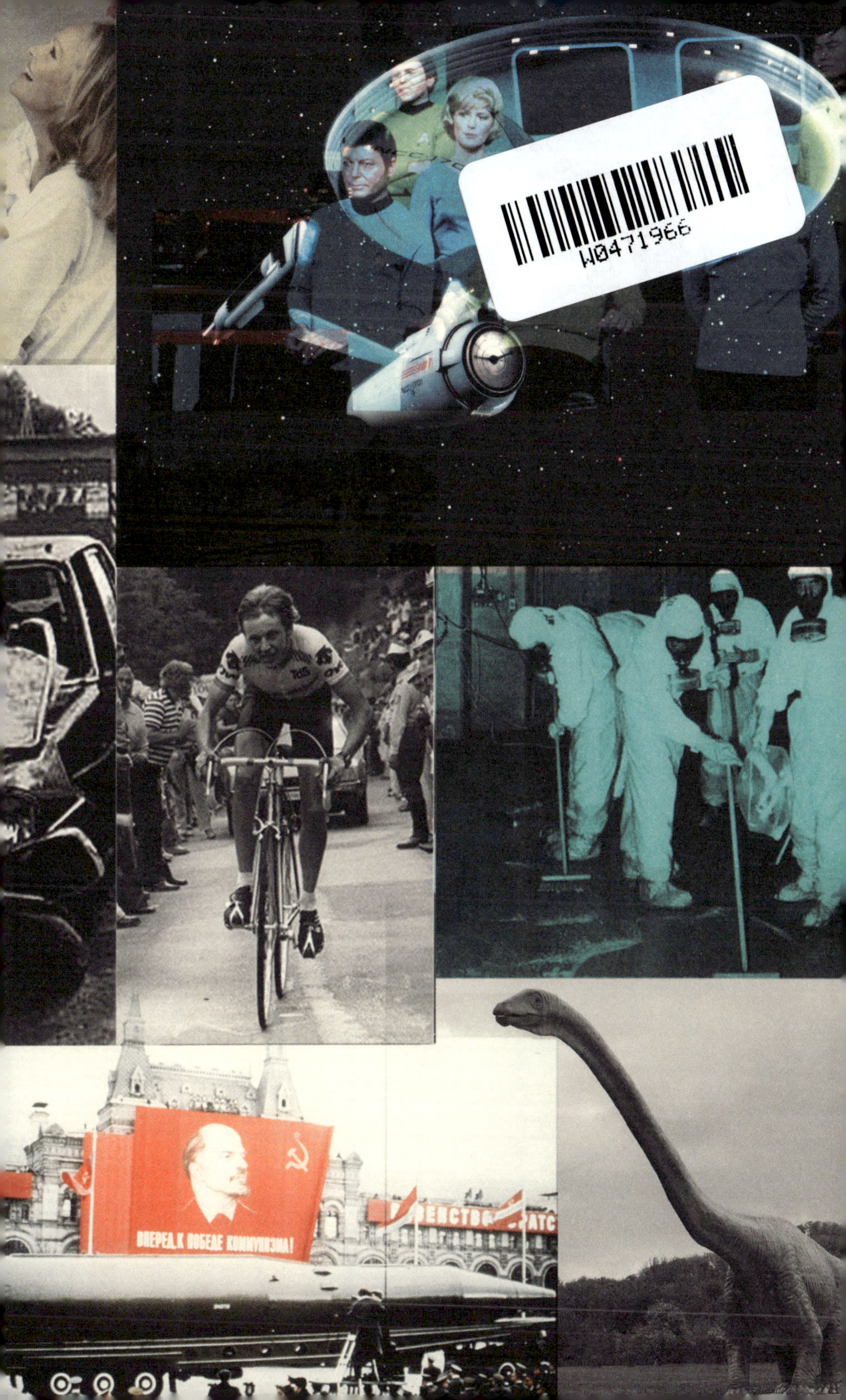
ВПЕРЕД,К ПОБЕДЕ КОММУНИЗМА!

URS ZÜRCHER

DER INNERSCHWEIZER

ROMAN

bilgerverlag

Für Folke

Eine kurze Vorbemerkung

Es ist Sonntag. Baukräne in glänzendem Schwarz ragen wie Skelette ausgestorbener Tiere in den Himmel. Zu ihren Füssen wachsen neue, frische Gebäude nach, die bald einmal von neuen, frischen Menschen bewohnt werden. Der rostig-modrige Geruch von feuchtem Schutt, der die Stadt quälend lange überzog wie eine undurchdringliche Membran, ist nur noch bei besonderer Tiefdrucklage zu riechen. Gestern hat es aufgehört zu regnen. Warme Luft aus dem Süden strömt nun über die Alpen und der Himmel erscheint in einem traurigen Altrosa.

Ich sitze am Tischchen auf meinem Balkon, eine Militärwolldecke über meine Beine gelegt. Vor mir steht eine Flasche Wasser, ein Glas, in einer Kartonschachtel die Tagebuchblätter von U. Gestern habe ich das Tagebuch ein letztes Mal bearbeitet. Es ist Sonntag. Es ist alles gesagt.

Ich hätte nichts mehr beobachten müssen, hätte die Augen schliessen oder über alles hinwegsehen können. Wie eine Kamera hätte ich zwar Dinge, Personen, Situationen wahrgenommen, mir dabei aber nichts denken müssen. Keine Zusammenhänge herstellen, nichts analysieren, zusammenfassen, keine ergänzenden Informationen beschaffen, keine Gespräche führen, keine komplizierte Technik unauffällig installieren und ebenso unauffällig wieder deinstallieren. Ich hätte die Dinge wahrgenommen und sie doch nicht gesehen. Bedeutung ohne Kontext. Bildlos sehen. Wie eine Maschine. Ich hätte nichts mehr beobachten müssen. Denn ich war kein Spitzel mehr.

Doch der neue Blick gelang mir nicht. Allzu oft mischte sich eine zarte, fast unmerkliche Melancholie in mein Sehen; eine Regung meiner alten Gewohnheit zu beobachten: wirklich zu sehen. Niemand, der nicht selber Spitzel war, wie Unwissende diesen Dienst an der Erkenntnis nennen, kann sich die Qual vorstellen, nicht mehr beobachten zu können. Das ist so, als würde sich eine unsichtbare Hand vor die Augen schieben und all die Bilder, die sich während Jahren wie ein gigantischer Mosaikteppich Schritt für Schritt erschlossen haben, mit einem Schlag vernichten, in Luft und Staub auflösen, als würde jemand die wunderbaren Relationen, Verknotungen, alle die tief reichenden Verwicklungen zwischen Dingen, Personen und Situationen durchschneiden. Es ist, als würde man offenen Auges blind. Ja, so war es gewesen: Ich war am Erblinden gewesen.

Dann geschah etwas Unerwartetes, etwas, das mich augenblicklich wieder sehend machte, etwas ebenso Überraschendes wie Unerklärliches. Etwas, das mir die verschwundenen Bilder wieder ins Blickfeld rückte, das Zerflossene konturierte und strukturierte, etwas, das mich sogar über diese Bilder hinausschauen liess.

Unmittelbar vor den historischen Ereignissen im November 1989 traf ich Lanz an einer Bushaltestelle oberhalb Locarnos. Zuvor hatte es heftig geregnet, auf den Strassen und Trottoirs lagen breiiges Laub und abgebrochene Äste, die Autos fuhren langsam, kurvten um knöchelhohe Pfützen. Als ich Lanz bemerkte, hielt ich den Atem an und augenblicklich überzog eine Gänsehaut meinen Körper. Ihr ging es genauso, dessen bin ich mir sicher. Nach einem Moment der Schockstarre drehte sie den Kopf in die entgegengesetzte Richtung, den Bus herbeisehnend. Doch es war kein Bus zu sehen. Sie konnte mir nicht entkommen. In kurzen, unfertigen Sätzen rapportierte sie die letzten Jahre. Ich tat es ihr gleich, selbstverständlich ohne die Wahrheit zu sagen. Wahrscheinlich hat sie damit auch nicht gerechnet; mit der Wahrheit.

Heute gehe ich davon aus, dass ihr im Nachhinein einige Ungereimtheiten meiner Biographie, einige unerklärliche Terminverschiebungen und Ortswechsel aufgefallen waren, lächerliche Ausreden, denn Lanz ist einer der intelligentesten Menschen, denen ich je begegnet bin. Nur so ist ihre Gelassenheit zu erklären, mit der sie meinen »Wunsch« zur Kenntnis nahm, die Tagebücher von U. zu erhalten. Ich erfuhr erst später, dass sie zu diesem Zeitpunkt bereits im Besitz der Tagebücher gewesen war. Obwohl sie die Ausweglosigkeit ihrer Situation ahnte, testete sie meine Skrupellosigkeit und zögerte mit ihrem Einverständnis, drehte den Kopf wieder in die andere Richtung. So kam ich auf den Basler Anschlag zu sprechen, seine beispiellose Wirkung und die seit ein paar Monaten wieder neu entflammte, fieberhafte, ja fanatische Ermittlung nach den Tätern. Die Rachsucht der Herrscher in Ost und West und ihrer Völker. Die ewige Suche nach dem Schwarzen Peter, dem Sündenbock. Für all das Leid und den Schmerz. Und den Tod.

Mit einem nicht entzifferbaren Schmunzeln, das ihre unverwechselbare Schönheit noch betonte, nannte sie mir Ort und Zeit der Übergabe. Um ihre Augen hatten sich zarte Falten gebildet.

Vom Tagebuch wusste ich früh, es war gegen Ende 1980, als Lanz es mir gegenüber beiläufig erwähnte. Pflichtbewusst machte ich einen Eintrag auf der Karteikarte von U., schenkte dem Tagebuch aber lange Zeit keine Beachtung. Erst mit der Radikalisierung der Basler Gruppe und dem auf grandiose Weise gescheiterten Anschlag begann ich die Bedeutung des Tagebuchs zu begreifen. Einmal, es war zwei Monate vor Kriegsausbruch, reiste ich nach Basel und verschaffte mir Zutritt zur Wohnung. Doch U. hatte das Tagebuch entweder so gut versteckt, dass ich es in angemessener Frist nicht finden konnte, oder er trug es mit sich.

Mit Ausbruch des Krieges und der damit verbundenen »Trennung« von Kati löste sich nicht nur meine sprudelndste und schönste Quelle, sondern auch meine Hoffnung in Luft auf, an das Tagebuch heranzukommen.

Als ich es dann endlich in meinen Händen hielt, war meine jahrelange Blindheit auf einen Schlag verschwunden. Ich konnte mit neuen Augen sehen; mit SEINEN Augen. Auf einmal sah ich in die Menschen hinein, die ich während Jahren beobachtete und analysierte, mit U. drang ich in ihre Köpfe, ihre Gedanken, ihre Widersprüche und Begierden, von denen ich in einigen Fällen zwar Kenntnis hatte, meistens aber hilflos in Vermutungen verstrickt blieb. So wurde U. mein Seher post festum.

Ein Tagebuch spricht nicht die Wahrheit, auch das Tagebuch von U. nicht. Er hat einiges ein wenig, anderes deutlich verfälscht, wiederum anderes ins Gegenteil verschoben, hier eine Person geschönt, dort eine düsterer gezeichnet, als sie in Wirklichkeit war, hin und wieder verwechselte er Schauplätze und Namen, ob absichtlich oder nicht, entzieht sich meiner Kenntnis. Zuweilen ist die Orthographie stark vereinfacht, gekürzt, verstümmelt. Dennoch stellte ich eine insgesamt grosse, für mich ebenso überraschende wie beglückende Übereinstimmung zwischen meinen Beobachtungen und seinen Einträgen fest. Jetzt erst ergab meine Materialsammlung Sinn. Alles, was ich in den Jahren zuvor über die Basler Gruppe angehäuft und einer imaginären Linie entlang geordnet hatte, bekam Kontur und Gestalt, liess sich zusammen mit dem Tagebuch zu einer sinnvollen Geschichte verbinden.

Es kam mir vor, als hätte ich die ganze Zeit beobachtet, recherchiert und notiert, nur um das Tagebuch zu ergänzen. Ja, wir waren über all die Zeit auf seltsame, unsichtbare und doch unzertrennliche Weise miteinander verwoben, verstrickt, verschränkt. Unsere Texte, wenn auch völlig unterschiedlicher Art, passten wie die Teile eines Puzzles ineinander: konvex und konkav. Ich bin Teil der Geschichte geworden, die ich beobachtete.

Nebst meinen teilweise sehr umfangreichen Analysen besteht mein Material aus einem Konvolut unterschiedlichster Art (Flugblätter, Briefkopien, Gesprächsprotokolle und -mitschnitte, Geigers Notizen, Fotografien, Berichte amtlicher Stellen wie der PTT, SBB, Mitteilungen der Universität Basel, der Swissair und unzählige eigene und fremde Beobachtungen).

Nachdem ich das Tagebuch ein erstes Mal gelesen habe, sichtete und prüfte ich sämtliches Material, was es mir erlaubte, an einigen Stellen ergänzende Bemerkungen und Korrekturen anzubringen. Auf die Wiedergabe umfangreicher Analysen und Erläuterungen habe ich zugunsten der Lesbarkeit verzichtet. Ebenso verzichtet habe ich auf einen kritischen Apparat. Das Tagebuch soll und kann für sich sprechen.

Bis auf die Tipp- und Rechtschreibfehler, die ich stillschweigend korrigiert habe, wird das Typoskript vollständig wiedergegeben. Unterschiedliche Schreibweisen wurden beibehalten. Die Zeichensetzung, die oft nicht regelkonform ist (fehlende oder überzählige Kommas zum Beispiel), blieb unverändert. Die fehlende Paginierung stellt kein Problem dar, weil die Chronologie der Einträge die Reihenfolge der Einträge vorgibt.

Da U. sämtliche Einträge mit Schreibmaschine getippt hat und nur selten handschriftliche Ergänzungen oder Korrekturen anfügte, waren die Einträge problemlos lesbar.

Die Art der Farbbänder, des Papiers sowie eigene Beobachtungen lassen darauf schliessen, dass U. oft (die Wochen vor Kriegsausbruch sowie ganz am Schluss der Aufzeichnungen) zuerst von Hand schrieb und dann mehrere Einträge mit Maschine abtippte. Da keine handschriftlichen Notizen erhalten sind, lässt sich die Frage, ob und wie stark U. die Notizen noch veränderte, nicht klären.

Mindestens vier Mal hat U. die Maschine gewechselt. Während mindestens fünf Jahren schrieb er auf einer Brother CE-25. Selten sind Spuren von Korrekturflüssigkeit oder -papier zu erkennen. Sämtliche Einträge sind einseitig auf weissem Papier im Format A4 getippt. Vereinzelt finden sich Ränder von Kaffeetassen, Rotwein- oder Fettflecken auf dem Papier.

Wie in seinen Aufzeichnungen vermerkt, hat U. am 4. Mai 1989 den »Innerschweizer Teil« seines Tagebuchs vernichtet. Über die Gründe dieses Aktes will ich an dieser Stelle nicht spekulieren, fest steht indes, dass es sich bei den erhaltenen Tagebucheinträgen vom 11. Februar 1979 bis zum 11. August 1989 nur um einen Teil des ursprünglichen Tagebuchs handelt. Es gibt leider keinerlei Hinweise auf den Umfang der vernichteten Blätter.

Die Frage, ob man wohl so leben kann, dass man überall hingehen und alles sehen kann, ohne doch selbst von jemandem gesehen zu werden, beschäftigte mich von Kindesbeinen an.

So wurde aus mir das, was der Volksmund als »Spitzel« bezeichnet, und doch viel mehr, denn ein gewöhnlicher Spitzel – geleitet von Ressentiments und der Gier nach finanzieller Anerkennung – beobachtet im Schutz der Dunkelheit die Geschehnisse im Licht, blinzelt durch Schlüssellöcher, schleicht wie eine Ratte durch dunkle Gänge, während der wahre Beobachter hinschaut, ordnet und notiert. Er denkt nach, analysiert. Er zeichnet auf. Ich habe aufgezeichnet. Die Welt aufgezeichnet. Ich war ein Chronist. Der Chronist ist ein unsichtbarer Teil des Geschehens, aufrecht, reflektiert, kreativ. Der Chronist ist eine Gestalt im Licht, ein Aufklärer.

Basel, 21. April 1991

Anmerkung des Autors

Mich und den »Spitzel« verband während der bewegten 80er-Jahre eine Bekanntschaft, aus der unter anderen Umständen vermutlich eine Freundschaft entstanden wäre. Durch einen Zufall, der nichts anderes als »dumm« war, erfuhr ich von seiner Tätigkeit als verdeckter Fahnder in der linken Szene der deutschen Schweiz. In einem Reflex aus Rache, Enttäuschung und journalistischen Ambitionen wollte ich die Geschichte gross herausbringen und nahm Kontakt auf mit verschiedenen Zeitungen. Doch meine anfängliche Entschlossenheit wich einem zunehmenden Zögern. Entgegen meiner Absicht, mit dem »Spitzel« nie mehr ein Wort zu wechseln und ihn öffentlich blosszustellen, verabredete ich mich mit ihm. Ich legte meine Karten auf den Tisch und führte eine Art Verhör, das sich allmählich in ein Gespräch verwandelte. Träume ich davon, findet es am offenen Kaminfeuer statt. Ich versicherte ihm mein Stillschweigen, er versprach mir »späten Dank«.

Seit diesem denkwürdigen Abend, der vieles, was ich als fundamental und unverrückbar hielt, einer ebenso lästigen wie anhaltenden Relativität aussetzte, habe ich den »Spitzel« nie mehr gesehen.

Von seinem Unfalltod erfuhr ich aus der Zeitung und ein paar Wochen später lag ein Abholschein der Post in meinem Briefkasten: sein »später Dank« in Form des Tagebuchs zusammen mit der ausdrücklichen Erlaubnis und Bitte, das Tagebuch mitsamt seinen Anmerkungen in eine publizierfähige Form zu bringen und »unter deinem schönen Namen herauszubringen«.

Der Bitte bin ich nachgekommen. Es war ganz einfach.

Urs Zürcher

Anmerkung des Autors

11.2.1979 ....

Bin in Basel angekommen.

Alles ist fremd.

Fühle mich gut.

Heute, vom Zugfenster aus gesehen, wirkten die Landschaften verwischt, verschleiert, als wäre jemand mit einem grobfaserigen Pinsel über noch feuchte Farben gefahren. Was normalerweise klar erscheint, lag wie hinter einer diffusen, milchigen Schicht verborgen. Im Abteil war es kalt. Wieder einmal waren bei den SBB die Heizungen ausgefallen.

Ich hauchte an die Scheibe, fingerte »kalt« aufs kalte Glas und betrachtete durch die Buchstaben die andere Seite des Zürichsees. Die Goldküste. Fritz Zorn und sein »Mars« liegen noch in meinem Gepäck, ich habe keine Lust auszupacken. Einzig die Schreibmaschine und Papier. Hoffentlich stört mein Getippe hier nicht!

In Thalwil stiegen drei Jugendliche in Jeansjacken und mit langen, fettigen Haaren ins Abteil, streckten die Beine und zündeten synchron eine Zigi an. »De Sid Vischus isch dod«, sagte einer. »Huereseich«, sagte ein anderer.

Von Zürich nach Basel klappte es zum Glück mit der Heizung wieder. Ich versuchte zu lesen, doch meine Augen glitten immer wieder über das Buch hinaus.

Höre Marschmusik aus der unteren Wohnung.

12.2.1979 ....

Im Haus riecht es metallisch, ölig, kellerhaft. Ich erinnere mich, von diesem Geruch geträumt zu haben.

Ich wohne im obersten Stock. Meine Eltern waren nicht begeistert, als ich ihnen erzählte, ich würde nun auch in einer »WG« wohnen. Meine Mutter bezeichnet Wohngemeinschaften als »Kommunen«, wahrscheinlich deshalb, weil der Begriff auf direktestem Weg in Richtung Kommunismus weist, also auf das Schlimmste. Ausserdem vermutet meine Mutter, das Gemeinsame umfasse nicht nur die Wohnung, sondern auch die Körper, die darin leben.

Das Zettelchen an der Wohnungstür war so vergilbt, dass ich die Namen »Geiger/Lanz/Moesch« nicht erkennen konnte und mein Feuerzeug zu Hilfe nehmen musste. Die Klingel funktionierte nicht, also klopfte ich an die Tür. Niemand öffnete. Als ich gehen wollte, öffnete ein dünner Mann die Tür. Er war nur mit einem Slip bekleidet. Seine Haare waren so schwarz wie die Tiefen des Weltalls oder noch schwärzer. Sein Blick erreichte mich nicht, sondern verflüchtigte sich wie Rauch im Herbsthimmel.

Ich erklärte ihm, wer ich sei und warum ich hier bin, doch er schien mich nicht zu verstehen. Dann, noch bevor wir in der Küche waren und ich mein Gepäck endlich abstellen konnte, begann er von »ursprünglicher Akkumulation« zu reden (oder so ähnlich) und welche Haltung ich in dieser Frage einnähme, wobei er, ohne meine Antwort abzuwarten (was mich sehr erleichterte), seine These des »kontinuierlichen Prozesses der ursprünglichen Akkumulation« (oder so ähnlich) erläuterte. Dann, vielleicht bemerkte er meine tiefe Ratlosigkeit, wechselte er abrupt das Thema und erzählte von polnischen Traktoren, »Ursus sind polnische Traktoren«, sagte er, was niemand wisse hierzulande. Das stimmt.

Es war Hans-Jakob. Alle nennen ihn Hegel.

13.2.1979 ....

Es gibt einiges zu berichten. Zunächst ein Wort zum Innenhof, etwas Neues für mich. Der Hof in der Hegnauer, wie hier alle sagen, ist schattig, rechteckig und erinnert mich an kleinformatige Fotos aus den 50er-Jahren, nur der gezackte Rand fehlt. In dieser trüben Ödnis stehen einige farblose Töpfe, worin sich ausgezehrte, wehrlose Pflanzen in die Welt hinein krümmen, wo nichts ist als Kälte und Schatten, Pflanzen, die all diesem Übel ein Leben abtrotzen, das mir dunkel und unergründlich vorkommt, und ich kann mir nicht vorstellen, wie aus diesen bräunlich grauen Kümmernissen jemals wieder prächtig blühende Geschöpfe werden können, die ihre Köpfchen jeden Morgen glücklich und unbeschwert der lieben Sonne entgegenstrecken.

Der Innenhof ist vollständig von Gebäuden umgeben. Das Haus meinem Zimmer gegenüber ist dreistöckig, wobei der dritte Stock aus einem erkerartigen, doppelfenstrigen Ausbau besteht, der von einem vermoosten Ziegeldach umrahmt wird. Zwischen dem zweiten und dritten Stock ist eine Fahnenstange schräg in die Backsteinmauer eingelassen, an der Stofffetzen von verwittertem Rot hängen. Das flache Gebäude, das den

Innenhof links begrenzt, beherbergte wahrscheinlich einst ein Kleingewerbe, vielleicht eine Druckerei oder eine mechanische Werkstätte. Müdes Efeu umrankt die Fensterfront gegen den Innenhof. Rechts steht ein viergeschossiges, graues, modernes Wohnhaus, nicht älter als zehn Jahre. Mein Zimmer ist durchschnittlich gross und hat einen kleinen Balkon zum Innenhof.

Aus der Ferne ertönt eine Schiffssirene.

Fühle mich elend fremd.

14.2.1979 ....

Ich schlafe hier gut, obwohl es im Haus nie wirklich ruhig wird. Ständig hört man irgendwo eine WC-Spülung, plötzlich hervorbrechende Stimmen oder Marschmusik, die vom Nachbarn unter uns stammt. Im ersten Stock wohnt ein Italiener mit seiner Tochter, unter uns der Marschmusikmensch, ein Mann, vermute ich, ein Mann über 30.

Meine Mitbewohner scheinen sich nicht für mich zu interessieren. Hans-Jakob, also Hegel, sitzt fast den ganzen Tag am Küchentisch, oft nur mit einem Slip bekleidet, und liest Bücher. Man sagt, er studiere Philosophie. Gestern machte er eine Andeutung über das Verschwinden meines Vorgängers, schüttelte aber nur düster und stumm den Kopf, als ich mehr darüber erfahren wollte. Ich habe den Eindruck, mit Hegels Augen stimmt etwas nicht, es ist, als ob sein Blick nicht bis zu den Dingen reicht.

Mona, sie ist knapp 20, habe ich am Sonntag kurz gesehen, sie stand im Gang und telefonierte. Als sie mich sah, unterbrach sie das Gespräch, lächelte mich an und sagte: »Du bisch denoi.« Ich nickte. Mona ist das Gegenteil von Hegels düster-melancholischer Abgeschlossenheit. Ihr Körper reicht weit in den Raum hinein, gibt ihr eine Präsenz, die gar kein Ende nehmen will. Monas Augen und Haare sind so schokoladenbraun, wie ich es mir zuvor gar nicht vorstellen konnte. In ihrem Dialekt erkenne ich deutliche Ostschweizer Spuren. Von der vierten Person hier, einer Frau namens »Kati«, habe ich ausser ein paar geschlechtslosen Utensilien im Bad noch nichts gesehen.

Ansonsten musste ich einen unbedeutenden bürokratischen Gang zur Uni machen, bloss eine Kleinigkeit, damit die Immatrikulation vollständig ist. Das ist sie nun.

15.2.1979 ....
Gestern zum ersten Mal das Gefühl von Gemeinschaft (Kommune!). Mona, »Hegel« und ich tranken Wein am Küchentisch, wobei »Hegel« nur hin und wieder eine Bemerkung machte, über die Mona, so scheint es hier Gewohnheit zu sein, hinweghörte. Sie behandelte ihn wie ein Wort, das einem hin und wieder zuläuft wie eine streunende Katze.

16.2.1979 ....
Noch etwas zum Geruch hier: Viel »Drum«. Hegel und Mona drehen ihre Zigaretten aus »Drum«. Hegel ist darin sehr geübt, er schafft eine Zigarette in kurzer Zeit mit nur einer Hand, Mona geht die Sache eher bedächtiger, ja sinnlicher an, sie dreht Zigaretten auf eine Weise, als würde sie ein Geschenk einpacken. Gestern beobachtete ich, wie sie, offenbar unzufrieden über ihr Werk, eine fertig gedrehte »Drum« mit ihrem Fingernagel aufschlitzte, den Tabak zurück in den Beutel wischte und mit grosser Akkuratesse erneut eine Zigarette drehte, die sie eine Weile sanft und scheinbar gedankenverloren zwischen ihren Fingern rollte, bevor sie sie anzündete.

Im Keller riecht es waschpulvrig, feucht, holzig. Der Basler Winter riecht rauchig, säurig, pelzig. Im Etagen-WC riecht es nach künstlichem Frühlingsduft, altem Linoleum und kalter Pisse. Der Hund von Frau Zabotta, die Italienerin im zweiten Stock, riecht krank und ranzig und stechend. Kati riecht nach Ananas. Bis heute, es ist immerhin Freitag, war Kati eine Leerstelle. Herumliegende Kleider, die Zahnbürste im Bad, ein aufgeschlagenes Buch auf dem Sofa waren Zeichen ihres Daseins. Ihre Existenz liess sich nur indirekt nachweisen, wie ein schwarzes Loch im All. Heute Mittag lag sie dann auf einmal auf dem Sofa und las in dem Buch. Ich roch sie sofort.

17.2.1979 ....
Katis Duft, was sage ich, Katis Ausdünstung ist bemerkenswert. Ananas!

Hegel ist übers Wochenende verreist (wohin?), Mona scheint noch in ihrem Zimmer zu sein (oder ist sie auch weg?), nun gut, ich sitze alleine am Küchentisch, rauche meine Marocaine Super und fühle mich ganz gut hier. Von Basel habe ich bislang nicht viel gesehen (die Quästur der Uni,

Migros und Coop in der Hegnauer, die Stadt von der Münsterplattform, Markt- und Barfüsserplatz), habe mir aber vorgenommen, nächste Woche die Stadt ein bisschen zu erkunden. Die Hegnauer liegt im Zentrum der Chemischen und manchmal riecht es seltsam, vor allem nachts. »Hegel« vermutet Gift, ich bin mir da nicht so sicher.

Doch ich wollte von Kati erzählen. Sie sah mich an, als wüsste sie alles über mich, keine Frage, kein Zögern, keine Verunsicherung in ihrem Blick, sondern nur ausdruckslose Offenheit. Sie legte das Buch auf die Seite, setzte sich auf und begann von der iranischen Revolution zu sprechen. Ich hörte zu und sagte nichts, was ihr wahrscheinlich nicht auffiel. Baktiar (schreibt man das so?) ist in ihren Augen die tragische Figur, ein Antiheld, sagte sie, ewig verspottet und verlacht, man müsste, so Kati, ein Stück über ihn schreiben. Kati ist schmal. Zierlich trifft die Sache nicht, denn in ihrer Schmalheit liegt etwas Hartes, Grobes oder, denken wir positiv, Ausdrucksstarkes, also gänzlich Unzierliches, Katis Schmalheit vereinigt das Paradox aus Sanftmut und Aggressivität.

Ein grossartiger Moment in der Weltgeschichte, sagte sie. Ein Despot weniger. Ich nickte, setzte mich neben sie, roch diesen grossartigen, absolut authentischen, absolut exotischen Ananasduft und sagte, es gebe ein Problem mit der Religion, worauf sie aufstand, ihren Duft hinter sich herziehend wie einen langen, luftigen, goldgelben Schleier, und vor dem Fenster zum Hof stehenblieb. Foucaux (schreibt man das so?), sagte sie nach einer Weile, Foucaux hätte im »Le Matin« die Sache unterstützt. Selbstverständlich fragte ich nicht, wer dieser Foucaux sei, ich gehe aber davon aus, dass er mit dem Foucault'schen Pendel (Maturastoff!) nichts zu tun hat.

Jetzt, es ist Samstagabend, sind alle weg. Nachdem Kati mir den Namen Foucaux ins Gehirn gerammt hatte, ging ich in die Küche, stellte die italienische Kaffeemaschine auf den Gasherd, beobachtete den seltsam atmenden Zinkkelch, spülte ein Joghurtglas und eine Kaffeetasse im Ausguss, spürte dabei die feinen Haarrisse der Glasur auf dem eierschalenfarbigen Steingut, bis das vertraute, das Ende des Kochvorgangs ankündigende Blubbern im Zinkkelch ertönte. Mit der Kaffeetasse in der Hand kam ich ins Zimmer zurück. Kati war verschwunden. Ihr Geruch hing als süsse Spur im Raum.

Es ist in der labilen Situation, die der persische Umsturz hinterlassen hat, nicht möglich, den Schaden abzuschätzen, der dem *Westen* daraus entstanden ist und weiter entstehen kann.

Schlimmstenfalls breitet sich das Chaos mit unabsehbar sinistren Möglichkeiten aus, versiegt eine Oelquelle, die bisher ein Zehntel der Weltversorgung geliefert hatte, und wird damit eine neue Energie- und Weltwirtschaftskrise ausgelöst, greift sowjetischer Einfluss bestimmend auf eine strategische Kernregion über und frisst sich der politische Brand weiter nach Arabien hinein, an die Ostflanke der Nato am Mittelmeer, nach Südasien und Afrika. *Bestenfalls* vermag Khomeini die Geister zu zähmen, die er gerufen hat, erweist sich Persien unter religiös-islamischer Herrschaft als regierbar, vermag es sich der sowjetischen Einflüsse einigermassen zu erwehren und mit den subversiv-revolutionären Bewegungen fertigzuwerden, in denen die lange Hand Moskaus täglich immer deutlicher zu erkennen ist.

Jedenfalls aber hat der Westen eine Riegelstellung verloren, die strategisch von unschätzbarer Bedeutung war und auf die er lange gebaut hatte, ist eine *Zone der Unsicherheit* entstanden, die sich leicht nach Westen, Süden, Osten ausdehnen kann und die machtpolitische Manöver anziehen muss, wird die Lösung des arabisch-israelischen Konfliktes schwieriger, wird persisches Oel dünner fliessen, mit allen Folgen, die das für die wirtschaftliche und monetäre Verfassung vieler Länder haben wird – auch wenn man es dort, wo man in den Wahnvorstellungen einer *Antiatomkampagne* befangen ist, noch nicht sehen will.

(In der »NZZ« von heute gelesen und hiermit festgehalten. Meine Fingerbeeren schmerzen. Erschöpft.)

Die abgetippten Beiträge aus der »Neuen Zürcher Zeitung« (NZZ) stammen allesamt von der Frontseite. U. hat während seiner Basler Zeit die NZZ regelmässig am Kiosk des Barfüsserplatzes gekauft, später auch an anderen Kiosken der Stadt.
Wie in einem der letzten Einträge des Tagebuchs am 3. Juli 1989 notiert, hat U. nebst den abgetippten NZZ-Artikeln eine Vielzahl von Zeitungsartikeln gesammelt, kommentiert und paraphrasiert. Sämtliche dieser Artikel hat er anfangs Juli 1989 vernichtet.

18.2.1979 ....

Heute Nachmittag am Rhein mit Hegel, der mittags derart aufgewühlt und ausser sich in der Hegnauer eintraf, als sei er irgendwo verjagt worden. Er fragte mich (befahl mir?), ob ich mit ihm spazieren käme.

Hegel studiert seit drei Jahren »Philo« und wohnt so lange schon in der Hegnauer. Kati hätte bereits einige Zeit vorher dort gewohnt, Mona sei vor einem Jahr eingezogen. Mein Vorgänger, Hegel nannte keinen Namen, sei plötzlich ausgezogen, niemand wisse wieso. Er vermute, dass irgendwas mit Kati gelaufen sei. Man wisse auch nicht, wo mein Vorgänger jetzt sei. Kati sei »streng maoistisch«, Mona verstehe nichts von Politik, Kati hätte nicht verstanden, dass die »Philo« weit über der Politik stehe, immer wieder hätten sie deshalb Auseinandersetzungen. Hegel stammt aus einer aargauischen Handwerkerfamilie, sein Vater hat ein Tapezierergeschäft, seine Mutter »macht's Büro«. »Dunkles, reaktionäres Aargau«, sagte Hegel.

Von mir wollte er nichts wissen.

Die Chinesen besetzen den Norden Vietnams. Beginn eines grösseren Krieges. Hegel machte undurchsichtige Andeutungen.

Atominitiative sehr knapp abgelehnt, auch Werbeverbot für Zigi.

Habe Thermometer gekauft.

19.2.1979 ....

Eine neue Woche. Der Machtwechsel im Iran dominiert alles. Habe in einer Parallelstrasse zur Hegnauer ein angenehmes »Lädeli« entdeckt, wo ich heute Morgen Brot, Honig und eine Zeitung gekauft habe. Hegel sass den ganzen Morgen am Küchentisch und las, vor etwa einer halben Stunde ging er aus dem Haus. Kati und Mona arbeiten.

Ich bin mir nicht sicher, wie gross die Distanz zwischen Kati und Hegel ist. Gestern auf unserem langen Spaziergang ist mir aber das erste Mal klar geworden, dass Hegel nicht viel von Kati hält, ob dies umgekehrt auch so ist, weiss ich nicht, noch nicht. Kati wollte gestern meine Meinung zur iranischen Sache wissen, die »Revolution«, wie Kati stets betont. Ich hielt mich zurück, zum einen ist es sicher nicht schade um den Schah, zum anderen macht mir das Religiöse dieser Bewegung ein wenig Sorgen. Kati spricht nicht von Religion, sondern von »spirituellen Gedanken«, die angesichts der Ausbeutungsverhältnisse nebensächlich seien. Mona telefonierte im Gang, Hegel war in seinem Zimmer, Kati und ich sassen am Küchentisch, tranken ein Glas Wein. Sie hatte ein Bein auf unsere Sitzbank gelegt, den Oberkörper zurückgelehnt, den Kopf auf die Hand abgestützt, so dass ihre Haare den Tisch berührten, sich hin und wieder bewegten, als würde ein Zwergenwind in sie hineinfahren. Es mag ja sein, dass sie und Hegel einander nicht besonders nahestehen, äusserlich betrachtet könnten sie jedoch Geschwister sein, dieselbe asketische Entschlossenheit, derselbe wie von unzähligen Marathonläufen ausgemergelte Körper, dasselbe schwarze Haar, wenn auch Hegel seine Haare kurz trägt. Vielleicht ist es diese äussere Ähnlichkeit, welche die beiden voneinander trennt.

Lästiger Hochnebel seit einiger Zeit, null Grad.

20.2.1979 ....

Das Mönchische bei Hegel bildet tatsächlich so etwas wie ein charakterlich-geistiges Grundgerüst. Es macht ihn aus. Dies erklärt auch seine »Innerlichkeit« (ich finde kein besseres Wort), seinen Hang zur spirituellen Überhöhung, sein melancholisches Wesen, das einem orthodoxen russischen Mönch doch ziemlich nahekommt, jedenfalls stelle ich mir einen orthodoxen russischen Mönch wie Hegel vor. Kati bildet so betrachtet lediglich die andere Seite. Sie ragt in die Welt hinaus, er hinein. Nun gut, vielleicht mache ich es mir zu einfach, schliesslich bin ich erst eine gute Woche hier in der Hegnauer. Doch ich werde diese beiden weiterhin gut beobachten.

Noch immer Hochnebel.

Nachtrag. Bin sehr müde, trotzdem diese kleine Geschichte: Hegel sprach wieder von den Ursus-Werken, polnische Traktoren. Die Marke sei in den sozialistischen Staaten sehr erfolgreich. Ist das wahr oder eine von Hegels bitteren Ironien?

22.2.1979 ....

Hegel erzählt stundenlang von den Künzli-Vorlesungen. Kein Wunder, dass er ausgegrenzt werde, sagte er, ein Mann wie Künzli würde dem reaktionären Basler Saupack nicht in den Kram passen. Künzli sei der Anti-Bünzli. (Obwohl, unter uns gesagt, es sich wunderbar reimt, Künzli-Bünzli.)

Gestern einiges eingekauft in der Stadt, Zigi und Zeitung im »Lädeli« hier. Im sogenannten Zentrum, das mir einen etwas provinziellen Eindruck macht, treffe ich alle paar Meter auf »Blaggedde«-Verkäufer, die wie abgestochenes Vieh durch die Gassen brüllen. Was für ein Brauchtum! Was für eine Tradition! Nun, Mona scheint Teil dieser »Gepflogenheit« zu sein: Sie geht in letzter Zeit täglich zu ihrer »Clique«, wie das hier heisst, und übt »Piccolo«, wie das hier heisst.

Heute, als ich in der Hegnauer mit meinem neuen Occasions-Velo eintraf, das ich für Fr. 70.– gekauft habe, machte ich Bekanntschaft mit unserem Abwart, Hr. Casartelli, der im ersten Stock wohnt. Missmutig und misstrauisch schaute er mir zu, wie ich das Velo durch den Hauseingang schob, den Flur entlang, um andere Velos und Altpapier herumsteuernd, und im Innenhof parkierte. Ich erwartete eine Zurechtweisung, einen Kommentar, doch Casartelli sagte nichts, schweigend schaute er mir zu. Als ich an ihm vorbeiging, zuckte einer seiner Mundwinkel.

Kati heisst übrigens Katharina Maria Lanz, wie ich von Hegel erfahren habe, und weil Hegel mit Nachnamen Geiger heisst, bleibt der Name Moesch für Mona. Allerdings werden die Leute hier stets mit ihrem Kürzel angesprochen, die korrekten Vor- und Nachnamen scheinen irgendwie tabu zu sein, vielleicht weil sie auf Familien und Traditionen verweisen, von denen lieber nicht geredet wird.

Kati wohnt seit der Primarschule in Basel, Mona ist in Gossau aufgewachsen und ist wegen der Lehre nach Basel gezogen.

Wetter grau in grau.

*Katherina (und nicht Katharina, wie U. irrtümlich notiert) Maria Lanz (*15.1.1959), Martin Bauer (*7.2.1957) und (etwas später) Hans-Jakob Geiger (*5.9.1958) haben die Wohngemeinschaft an der Hegnauerstrasse 45 in Basel im Februar 1977 gegründet. Lanz und Bauer sind Mitglieder der POBL und figurieren auf der Liste von Personen, die regelmässig an (auch unbew.) Demonstrationen teilnahmen. Lanz ist Kontaktperson der Jungsozialisten. Bauer ist Hauptaktivist im »Modell Zivildienst 76« und »Ohne Rüstung leben«, er verliess die WG im Juli 1978 unter nicht geklärten Umständen. Vermutlich waren politische Gründe ausschlaggebend. Bauer hat sich im Dezember 1978 Richtung W-Deutschland abgemeldet.*
Geiger besucht hin und wieder Bars, die von Homosexuellen frequentiert werden. (z. B. »Elle + Lui«). Die Wohngemeinschaft steht seit ihrer Gründung unter besonderer Beobachtung.

23.2.1979 ....
Kati ist von der Richtigkeit der chinesischen Invasion überzeugt, Hegel nicht. Die beiden haben gestern Abend heftig über diese Sache gestritten.

Kati zählt sich zu den »Maoisten«, was für Hegel ein Schimpfwort ist, Hegel sympathisiert offensichtlich mit der »4. Internationalen« (??). Mona war bei ihrer »Clique«.

Übrigens treffen hier in der Region immer wieder Flüchtlinge aus Vietnam ein.

25.2.1979 ....
Endlich Sonne.

Übers Wochenende war einiges los, am Freitagabend hatten wir (Kati, Hegel, ich) Besuch von zwei Studenten aus einer »befreundeten WG«. Der eine, ein Mensch von deutlich mehr als zwei Zentnern und »Cello« genannt, trank fast unsere gesamten Vorräte weg und sprach ununterbrochen von irgendwelchen »Actions«, was Hegel ärgerte, während Kati ihn unterstützte. Der andere, seinen Namen kenne ich nicht, sagte den ganzen Abend kaum ein Wort. Ein Bündner, möglicherweise deshalb. Ich hielt mich ebenfalls sehr zurück, in der Gewaltfrage bin ich sehr unentschieden. Der Dicke war rhetorisch erstaunlich elegant. Nachdem nur noch Warteck-Bier übrig war, was der Dicke strikt ablehnte, gingen wir in die Rheinfelder-WG, wo es noch einige Flaschen Wein gab. Weil in dieser Wohnung eine Nichtraucherin lebte, die wir allerdings nie sahen, wurde ständig gelüftet, was die Temperatur in der Küche gegen den Nullpunkt trieb. Den Dicken schien dies nicht zu kümmern, er stand rauchend am Fenster, erklärte mit runder, rauchiger Stimme die Welt und trank den Wein, als wäre es Wasser. Kati hielt kräftig mit, während Hegel an einem Bier nippte. Im Profil wirkt Kati slawisch. Schmales Gesicht, grosse und tiefe Augen, hohe Backenknochen, dunkle Haare und sehr bestimmte Lippen. Geheimnisvoll. Tief. Nun, Kati und der Dicke, der ein paar Jahre älter ist als ich, gebärdeten sich wie ein Paar. Wahrscheinlich ist der Dicke auch Maoist.

Gerade jetzt höre ich Kati mit Mona sprechen. Es sind harmonische Töne, die in mein Zimmer gelangen, verstehen kann ich nichts.

Um die Sache abzuschliessen: Als es in der Rheinfelder zu kalt wurde, gingen wir in eine Bar im Keller des Nachbarhauses. Der Dicke (schwul?) sprach kein Wort mehr, was angesichts der lauten Musik sowieso sinnlos gewesen wäre, sondern vollführte eine Art Indianertanz, indem er seinen von fettig-nassen Haarsträhnen gesäumten Kopf im blitzschnellen Takt der Musik hin und her warf, als wollte er ihn loswerden.

Übrigens: Gestern in einer Zeitung gelesen, die unten auf den Briefkästen lag: »Von Marx zu Mohammed.« Sind neue Feinde im Anmarsch?

Die Titelzeile stammt aus der »Basellandschaftlichen Zeitung«. Diese Stelle ist der einzige Beleg im ganzen Tagebuch, der auf die Lektüre dieser Zeitung hinweist. U. hat nebst der »NZZ« manchmal die »BaZ«, die »AZ« und später hin und wieder auch die linksextreme »WoZ« gelesen.
Bei der »befreundeten WG« handelt es sich um die Kommune an der Rheinfelderstrasse 88, sie stand bis zur ihrer Auflösung im Juni 1983 unter spezieller Beobachtung.

27.2.1979 ....

Die Ereignisse vom Wochenende waren anschliessend überhaupt kein Thema mehr. Weder am Sonntag noch gestern wurde darüber gesprochen, Hegel schläft wie immer bis am Mittag, liest dann Zeitung, später

Bücher, Mona muss früh raus, Kati beginnt meistens um 9 Uhr (in einem Copy-Quick).

Am Sonntag ein etwas zähes Telefonat mit meiner Mutter, sie sorgt sich um meine Ernährung, meint aber wohl meinen Umgang. Nun, was soll man dazu sagen? Ich bin froh, habe ich keinen »Umgang« mehr mit meiner sogenannten Heimat.

Doch was ich sagen wollte: Die Küche ist hier (in meinem neuen Umgang) der Hauptort. Eingeschrumpft (auf das Wesentliche reduziert) bliebe von unserer Wohnung zweifellos die Küche übrig. Hier laufen die Fäden zusammen, hier beginnen und enden die Tage, hier ist der Probe- und Ankleideraum für unzählige Auftritte, hier ist das Epizentrum. Hin und wieder, wenn ich allein am Tisch sitze, der mit einem gewachsten, orange-braun gemusterten, mit Hegels Tintenklecksen übersäten Tuch bedeckt ist, betrachte ich die Küche und ihre Organe. Der vermutlich aus den 30er-Jahren stammende, mehrfach Brockenhaus-erprobte und ebenso mehrfach überpinselte, zuletzt grasgrün lackierte, hölzerne Geschirrschrank ist aus einem Ober- und Unterschrank zusammengesetzt, auf dessen drei verglasten Ablagefächern unsere ziemlich kümmerliche, aber immerhin ziemlich bunte Geschirrsammlung platziert ist. In diesem Geschirrschrank, der bereits ein paar soziale Schichtungen, wie wir heutzutage sagen, durchlebt hat, lagern auch ein paar Lebensmittel, die wir für unentbehrlich halten, aber selten gebrauchen. Es sind, wie Hegel einmal sagte, Lebensnotmittel. Neben dem Geschirrschrank, ungefähr auf Augenhöhe, hängt, an zwei wackeligen Nägeln befestigt, ein zweistufiges Gewürzregal aus gelbem Gitter. Auf dem Fensterbrett WG-Nippes, Kleinigkeiten, Aufruhr-Devotionalien, die, je länger sie dort unberührt vor sich hinstauben, an Bedeutung gewinnen. Solche Momente der stillen Küchen-Kontemplation sind mir sehr lieb, für einmal kein Scheppern und Reden, kein Rascheln und Meinen, keine lässigen Geschäftigkeiten, auch kein regelmässig atmendes Neben-mir-Sitzen, nur leise die zumeist unbestimmbaren, wie abgedunkelten Stadtgeräusche, hin und wieder eine WC-Spülung und manchmal sogar Ruhe beim Blasmusiknachbarn (dessen Name ich noch immer nicht kenne).

Wieder grau draussen, tagsüber vier Grad.

1.3.1979 ....

Schönes Wetter, Hegel wollte gestern mit mir spazieren gehen, doch ich täuschte Unwohlsein vor. Der letzte Spaziergang war nicht gerade erbauend, irgendwie klappt es nicht so richtig mit uns beiden. Er spricht zwar dauernd, aber ich habe den Eindruck, dass es ihm egal ist mit wem. Stattdessen machte ich einen Spaziergang zum Bahnhof, dann durch die Unterführung ins sogenannte Gundeli, das mir einen zwiespältigen Eindruck macht.

Abends Kati (in einem bunten T-Shirt bis zu den Knien und schwarze Leggins), die mir von Casartelli erzählte, unserem Abwart. Er sei als junger Mann aus Italien in die Schweiz gekommen, arbeitete zuerst auf dem Bau, dann bei der SBB, wo er eine Portugiesin kennengelernt und bald darauf geheiratet hatte. Kurz nach der Geburt der Tochter hätte das Drama der Traurigkeit seinen Lauf genommen, so Kati. Casartellis Frau, nie soll er ihren Namen erwähnt haben, fiel nach der Entbindung in eine Depression, aus der sie nie wieder herausfand. Eines Tages fand Casartelli seine Frau erhängt im Keller. Den Ort kenne niemand. Wir können deshalb die Stelle nicht meiden, sagte Kati. Casartelli hätte noch am selben Tag begonnen, den Keller neu zu streichen. Sandra, seine Tochter, habe ihre Mutter zu keinem Zeitpunkt gesund erlebt. Da hätte Casartelli der wirklichen, kranken Mutter eine zweite an die Seite gestellt, eine erzählte. Die Mutter sei geteilt worden in eine reale und eine fiktionale, bis die fiktionale schliesslich über der realen stand, die Realität nur noch ein Schatten der Fiktionalität war, sagte Kati. Dies hätte Casartelli stets gewollt: Die Wiederherstellung der gesunden Mutter in Form der Erzählung. Schliesslich hätte die kleine Sandra den Worten ihres Vaters mehr vertraut als ihren Augen. War die Mutter wieder mal in der Klinik, hätte sie der Vater kraft seiner Worte zuhause kochen lassen. Lag die Mutter nach einem ihrer zahlreichen Schreianfälle zitternd, völlig entkräftet und schweissgebadet auf dem Boden, liessen Vaters Worte sie anmutig, liebevoll und stark erscheinen, so dass die kleine Sandra staunte und stolz war, eine solch wunderbare Mutter zu haben, sagte Kati. Später, ungefähr zur Zeit, als Sandra den Kindergarten besuchte, wurden die Klinikaufenthalte länger. Casartelli erzählte der Kleinen von Spezialaufträgen, welche die Mutter auf längere Reisen ins Ausland führte, erzählte von wundersamen Abenteuern und Begegnungen mit berühmten Menschen, erzählte von gefährlichen Missionen. Aus dieser Zeit stammten auch die ersten Postkarten. Die kleine Sandra lernte schnell, konnte bereits in der ersten Klasse die Postkarten ihrer Mutter lesen, bald auch längere Briefe. Casartelli passte die Texte Sandras Entwicklung an, die Briefe wurden immer ausführlicher, die Sprache immer vielschichtiger, die Worte immer länger. Kein anderes Kind in ihrem Alter war so vertraut mit der Sprache wie Sandra. Ihre Lehrer staunten, zumal sie von der schwierigen familiären Situation wussten. Inzwischen war die Mutter nur noch selten in der Hegnauer, hin und wieder konnte sie an einem Wochenende die Klinik verlassen. Casartelli versuchte, Begegnungen zwischen Mutter und Tochter zu vermeiden. Doch ganz vermeiden liessen sie sich natürlich nicht, sagte Kati, was bei ihm stets grösste Anspannung hervorrief, war er sich doch im Klaren, dass die Macht seiner Erzählungen an ein Ende gekommen war. Was er zu diesem Zeitpunkt indes nicht kannte, war die Vorstellungskraft seiner Tochter. Diese hatte nahtlos an die Erzählungen ihres Vaters, die tatsächlich jede Wirkung verloren hatten, angeschlossen, die Fäden aufgenommen und weitergesponnen. Erschöpft legte Casartelli den Stift zur Seite. Er hatte sein Werk getan. Es war Sandra, die am Text weiterschrieb. Am Text gesunde Mutter, sagte Kati. Als die Mutter starb, starb sie doppelt. Die Literatur konnte nicht mehr weiterhelfen.

Heute Morgen habe ich Sandra im Treppenhaus gesehen. Sie lebt noch immer bei ihrem Vater. Schreibt Gedichte, ist aber die meiste Zeit in der Klinik.

---

*Über die Familie Casartelli ist nichts bekannt. Eine Nachfrage bei meinen italienischen Kollegen ergab lediglich, dass Casartelli Giuseppe (*1935) im Jahr 1956 an einem Maurerstreik in der Nähe von Bologna teilgenommen hat.*

2.3.1979 ....

Habe letzte Nacht von Sandra geträumt. Sie schwebte auf einem schwarzen Esel durch unser Treppenhaus, das gegen oben offen war. Als sie mich sah, begann sie zu weinen. Sonst kann ich mich leider an nichts erinnern.

Dieses Wochenende soll wieder einiges »abgehen«, wie man hier zu sagen pflegt, heute Abend soll ein Konzert stattfinden (wo?), morgen irgendwas Politisches, dann eine »Morgestraich-Party« (???). Nun, ich lasse die Dinge an mich herankommen, noch geniesse ich den Bonus des Neuen, um es positiv zu sagen, dreht man die Sache um, bin ich hier das »Landei«, ein »agrarischer Kümmerling«, wie Hegel einmal sagte. Ja, hin und wieder vernehme ich lässigen Spott, Hegel bringt die Sache wenigstens mit einer gewissen Eleganz, während Kati auch in diesem Punkt jeglichen Humor vermissen lässt und die Land-Stadt-Frage mit heiligem Eifer angeht, als müsste sie dieser Achse entlang die Welt erklären und – noch schlimmer – verbessern. Wenn ich sie richtig verstanden habe, verkörpere ich, oder vielmehr meine Herkunft, einen Grundwiderspruch, den sie mit Kollektivierung und Industrialisierung lösen will, was auf Hegels Gesicht einen Hauch von Lächeln hervorrief, während Kati auf die Schweizer Bauern eindrosch (»reaktionäres Saupack«, »Handlanger der Bourgeoisie«), wie ich es so noch nie gehört habe. Diese Vehemenz ist mir schleierhaft, denn Basel ist ja gänzlich landwirtschaftslos, kein Misthaufen weit und breit, kein Stall, keine SVP. Da fallen mir die Ursus-Werke ein, von denen Hegel gesprochen hat. Ich muss ihn unbedingt darauf ansprechen.

Heute eine Jeansjacke gekauft. Auf geht's!

6.3.1979 ....

Es gibt viel zu berichten:

Grosser Streit zwischen Hegel und Kati. Es war am Freitagabend, das Konzert fand aus mir unbekannten Gründen nicht statt, so dass wir (ich, Kati, Hegel, der Dicke aus der Rheinfelder-WG, Lilli (eine etwas ältere »Rockerin«), Jörg (ein klein gewachsener »Künstler« mit einer ekelhaften Stimme) durch die Beizen zogen und einiges tranken. Spät, einiges nach der Polizeistunde, brach zwischen Kati und Hegel plötzlich ein heftiger Streit aus. Ich kann an dieser Stelle nicht weiter auf die Details eingehen, dass es um Politik ging, muss ich nicht weiter betonen, auf jeden Fall drehte sich die Sache, wenn ich das richtig verstanden habe, um die Vorherrschaft der Politik vor der Kunst, Hegemonie nannte es Kati, Unterdrückung nannte es Hegel. Die anderen waren ziemlich amüsiert, ich gab mir alle Mühe, meine Bestürzung über die Heftigkeit der Auseinandersetzung nicht zu zeigen. Als Kati aufstand, den Aschenbecher wie ein Brösmeli vom Tisch wischte und Hegel als »protofaschistisches Arschloch« beschimpfte, war es auch den anderen nicht mehr so wohl. Der Wirt warf uns hinaus.

Ich erwachte um ca. 15 Uhr, niemand war zu Hause. Erst gegen Abend, ich war den ganzen Nachmittag in meinem Zimmer und versuchte zu lesen, kam Kati nach Hause. Sie ging, ohne ein Wort zu sagen, in ihr Zimmer. Etwas später kam Mona. Hegel sah ich erst wieder heute Morgen. Dies war der Freitagabend.

Am Samstagabend sassen wir (ich, Kati, der Dicke = Cello, Jörg) in unserer Küche, tranken zunächst ganz artig Tee, bevor der Dicke aus einer Denner-Tüte ein paar Flaschen Kalterer See hervornahm. Dann ging die Sache natürlich wieder los, bloss dass dieses Mal die Opposition gänzlich fehlte. Kati, wohl noch ein wenig aufgeheizt vom Abend zuvor, kam schnell auf die »iranische Revolution« zu sprechen, das postimperialistische Zeitalter, die Notwendigkeit, die Befreiungsbewegungen zu unterstützen, wenn nötig auch mit Gewalt. »Antiimperialistische Front«, sagte Jörg und der Dicke ergänzte: »RAF«. Das Lösungswort war gesprochen. Ich konnte dem nicht viel entgegenhalten, schliesslich war ich in den Grundsätzen mit ihnen einverstanden. Und dass Napalm die weitaus grössere Gewalt ist als ein paar Stadtguerilla-Aktionen, kann wohl niemand bestreiten. Nun, es war ein ganz angenehmer Abend, der Dicke entpuppte sich als leidenschaftlicher Uhrmacher (wer hätte das gedacht) und ausserdem als Skitourenfahrer der harten Sorte (was noch erstaunlicher ist). Ungefähr um 23 Uhr bemerkte ich eine Veränderung der Stimmung. Kati ging auf einmal nach draussen, die anderen sassen am Tisch, ohne ein Wort zu sagen, nippten nur hin und wieder an ihren Gläsern. Dann kam Kati mit zwei riesigen Tüten (Coop?) zurück. Darin befanden sich Plakate und Kleister. Das war also die »Action«, von der mit vielsagender Miene die Rede war. Eine Aktion gegen die »Augenverwischende Kultur der Fasnacht«, oder so ähnlich.

Ich klebte zwar einige Plakate (zusammen mit dem Dicken), war aber zu beschäftigt, den Inhalt in voller Länge zu lesen. Ich kann an dieser Stelle sagen, dass ich doch ziemlich nervös war. Der Dicke lotste mich an die von ihnen offenbar im Voraus ausgespähten Orte, wo wir uns schnell vergewisserten, dass niemand in der Nähe war, worauf ich dem

Dicken das Kübelchen mit dem Kleister hinhielt, er den Pinsel hineinsteckte, ich das Plakat an die von ihm bezeichnete Stelle hielt und er mit dem Pinsel das Plakat bestrich. Wir klebten an Baustellenwänden, Plakatsäulen und -wänden, Elektrokästen, an Wände von Tramhäuschen und auch ganz normalen Häusern. Einmal tauchte ein Taxi auf, der Dicke flüsterte aufgeregt »runter«, worauf ich mich neben ein Gebüsch legte und dachte, mein Herz platze. Zum Glück fuhr das Taxi vorbei. Niemand kam. Taxis würden die »Schmier« unterstützen, sagte der Dicke, da gebe es Abkommen, die eine Hand wäscht eben die andere. Ungefähr um halb drei waren die Plakate geklebt und wir alle wieder heil zu Hause.

So seltsam und neu diese Plakatkleberei war, so seltsam und neu war für mich der »Morgestraich« (was für ein idiotischer Begriff!). Es scheint Tradition in dieser Stadt, vor dem »Morgestraich« ausgiebig zu saufen und dann bereits besoffen an dieser militärischen Formationsübung teilzunehmen. Wahrscheinlich weil ohne ein gewisses Quantum an Alk dieser Schwachsinn nicht auszuhalten ist. Auf einmal, buchstäblich aus dem Nichts, verwandelt sich diese Stadt in eine Garnison, die sich mitten in der Nacht aufmacht, Klein- und Kleinstformationen zu beobachten, die mit Trommeln und Pfeifen und einem heiligen Ernst ausrücken, als gelte es, den grossen sowjetischen Feind auf der Stelle zu erledigen. In diesem Moment war ich zum ersten Mal froh, die Plakate geklebt zu haben.

Ausserdem: ständig bedeckt, der Märzenanfang war kein Versprechen.

Es gäbe noch viel mehr zu berichten, doch ich bin zu müde, vielleicht morgen mehr.

Illegal geklebte Plakate waren eine beliebte Aktionsform der linken Szene Basels. Mitunter sind Meldungen von Taxifahrern an die Basler Polizei gegangen, die dann die Täter manchmal auf frischer Tat ertappen konnte.

8.3.1979 . . . .

Zum ersten Mal (seit ich in Basel bin) schreibe ich vormittags.

Gestern erneut von Sandra geträumt. Ich glaube, wir waren irgendwo im Süden (Tessin? Italien? Afrika?) und gingen über einen Boden, der bei jedem Schritt unangenehm tönte (Fasnacht?). Schliesslich kamen wir zu einer Art Höhle, wo ich schnell verschwand und mich sehr glücklich fühlte. Ich durchschwamm einen warmen Fluss, erreichte das andere Ufer, wo Sandra auf mich wartete.

Bewölkt, 8 Grad.

12.3.1979 ....

War zurückhaltend am Wochenende. Hegel murmelte was von Kopfschmerzen, ging in sein Zimmer und zeigte sich nicht mehr. Mona hatte Besuch ihrer Schwester aus der Ostschweiz. Wie hässlich doch dieser Dialekt ist! Hätte Hegel nicht schon Kopfschmerzen gehabt, hätte er sie beim Hören des »Ostschweizerischen« bekommen.

Viel gelesen in letzter Zeit. Nutze die Zeit, bevor die Uni beginnt.

Ziemlich warm, 12 Grad.

14.3.1979 ....

In der WG geht es ruhig zu und her, Mona und Kati sind den ganzen Tag unterwegs, Hegel zeigt sich kaum, nur hin und wieder geht er in die Küche, macht sich einen Tee und wuschelt mit Papier. Er sieht aus, als würde er leiden. Die sowieso schmalen Lippen zusammengepresst, was seinem Gesicht etwas Mausähnliches verleiht, zumal seine Haut ohnehin etwas angegraut ist, wie mit einer zarten Patina aus alten Zeiten überzogen, um es höflich auszudrücken, die kurzen, fettigen Haare verwuselt, der Körper wie immer in leicht gebückter und doch geschmeidiger Haltung. Hegel scheint mir das grösste Rätsel dieser WG zu sein. Kati gibt sich manchmal geheimnisvoll, sie ist es aber nicht. Letztlich sind ihre Ansichten ziemlich banal. Klar, sie ist die Radikale hier und hat in gewissen Dingen gewiss recht, doch missfällt mir ihr Ton. Da wirkt Hegels Dauerzerknirschung sympathischer. Und Mona kenne ich gar nicht. Sie verkörpert das Normalmass, macht eine Lehre als Goldschmied und ist auch sonst ziemlich goldig, strahlend, aufgeweckt, zuweilen etwas allzu fröhlich. Wo sie politisch steht, weiss ich nicht. Ich gehe davon aus, dass ihr die Sache egal ist, Hegel sagte mal was in dieser Richtung. Die Form, nicht der Inhalt ist ihr Geschäft. Immerhin scheint sie mich zu mögen.

Werde noch ein bisschen lesen. Sofern der liebe Nachbar unter uns endlich die Lautstärke seiner Marschmusik leiser stellen würde.

18.3.1979 ....

Man sollte nicht an Sonntagen Tagebuch schreiben. Die Einträge geraten stets eine Spur zu melancholisch. Trotzdem oder gerade deswegen. War vorhin in einem Restaurant Zigi holen, mit brummendem Schädel, getrübtem Blick, und dachte an das, was die Leute Heimat nennen. Habe ich sie verloren, weil ich von zu Hause wegging?, frage ich mich. Von welchem zu Hause? Ist Heimat wiederherstellbar? Nimmt man sie stets mit? Oder hat man sie und das Leben besteht darin, sie zu verlieren, bis die absolute Unheimat, der Tod, eintritt? Ist das Leben ein unentwegtes Heimatverlieren? Alles, was einen weiterbringt, rückt die Heimat weg? Oder aber das Leben ist ein genauso beständiges wie erfolgloses Suchen einer Heimat?

Muss unbedingt mit Hegel darüber reden.

23.3.1979 ....

Seit gestern dominiert ein Thema die Hegnauer: Der Tod von Frau Zabottas Hund! Wie die gute Alte jedem, der es hören will, und auch allen anderen erzählt, sei der Hund vergiftet worden, und zwar – von Casartelli! Der Hund hätte auf einmal heftigen Durchfall bekommen, hätte erbrochen und sich vor Schmerzen gekrümmt, dann sei er gestorben. Das Haus in heller Aufregung, der Mieter unter uns (das Marschmusikarschloch) solidarisiert sich mit der Zabotta, wir uns mit Casartelli. Es ist glasklar, dass Casartelli dem Hund den Tod wünschte, schliesslich liess das altersschwache Tier so manchen Furz und Sprutz im Treppenhaus liegen, nebst seinen Haaren natürlich. Dass er deswegen den Hund (»Charlie«) vergiftete, bezweifle ich, so viel Kälte und Brutalität traue ich Casartelli nicht zu. Ich glaube, die Krankheit seiner Tochter hat ihn vielmehr milde gemacht. Casartelli ist vertraut mit Schmerz und Leid, wieso sollte er dieses anderen mutwillig antun?

Ich glaube tatsächlich, Casartelli ist ein guter, milder Mensch und hat den Hund von Frau Zabotta nicht vergiftet. Doch wir werden sehen. Die Sache ist noch keineswegs ausgestanden. Die Zabotta will die Polizei und den Tierschutz einschalten, »bevor de Grüsel aafood d'Mänsche z'vergiftä«, Casartelli zieht sich in die Wohnung zurück.

Es ist Freitag, Hegel scheint es wieder besser zu gehen, heute Morgen sprach er mich wieder auf die Ursus-Werke an, er müsse in dieser Sache mal ein bisschen recherchieren, sagte er, eine interessante Sache, so ein Konglomerat, sagte er.

Kati habe ich gestern Abend kurz gesehen, sie wusch Gläser in der Küche, ansonsten bleibt mir bloss ihr Geruch. Mona ist seit Montag in einer Weiterbildung. Gold ist das Material der Oberfläche, sagte Hegel und kniff die Lippen zusammen.

24.3.1979 ....

Mona will Fernseher in WG??!! Hegel ist entsetzt, »Opium fürs Volk«, meint er.

Meine sexuellen Phantasien werden immer stärker. Soll ich sie verschriftlichen, damit die Sache nicht überbordet?

Viel gelesen.

26.3.1979 ....

Höre Geschrei im Treppenhaus – die Hundesache?

27.3.1979 ....

Es war gestern Abend tatsächlich die Hunde-Sache. Casartelli hatte, nachdem die Zabotta stundenlang auf seine Wohnungstür gehämmert hatte, die Tür geöffnet und der Zabotta ins Gesicht geschlagen, worauf diese völlig ausser sich geriet und auf alles einschlug, was ihr in die Nähe kam, und dazu gehörte auch Hegel, der nach einem Treffen bei seinem Professor (»Prof«) nach Hause kam und versuchte, sich an den beiden vorbeizuschleichen, was ihm selbstverständlich nicht gelang, weil er sogleich ins Schlagfeld der Zabotta geriet, die ihm »mit einer Art Tasche«, wie Hegel sagte, schreiend auf den Rücken schlug, während Casartelli die Zabotta mit den schlimmsten italienischen Schimpfwörtern zudeckte, was diese jedoch nicht abhielt, weiterhin mit »ungeheurer Wucht« auf Hegels Rücken einzuschlagen, sagte Hegel, der unsere Wohnung erreichte wie ein Kriegsheimkehrer.

Es bleibt bedeckt und soll wieder kälter werden. Kaum ein Sonnenstrahl in diesem Monat.

31.3.1979 ....

Spaziergang zum Bahnhof, »AZ« und »NZZ« gekauft, starker Husten (rauchen?). In der »NZZ« Folgendes:

> Zwar ist der mittelöstliche – islamische – Boden für den Marxismus nicht unbedingt so fruchtbar, dass sowjetische Bäume dort allzu leicht in den Himmel wachsen können. In *Syrien* und im *Irak* (trotz Freundschaftspakt mit Moskau) haben die Kommunisten nicht viel zu mucken. *Die Wirtschaftsbeziehungen* dieser Staaten mit dem Westen sowie auch mit Japan sind, abgesehen von den Waffenkäufen, viel ausgedehnter als diejenigen mit dem Ostblock. Und man dürfte auch dort wissen, dass die sowjetische oder kommunistische Falle, einmal ganz zugeklappt, sich schwer wieder öffnen lässt. Aber es ist nicht zu vergessen, dass der *Palästinakonflikt* überall in der arabischen Welt immer *katalysierend* auf umstürzlerische Tendenzen gewirkt hat und dass es gerade auch in Aegypten, wo das »Volk« jetzt allzu rosige Vorstellungen von einer schnellen Hebung des Lebensstandards nach der Abtragung der israelischen Hypothek hegt, zu Unruhesituationen kommen könnte.
>
> All dem und der damit gegebenen Bodenverbesserung für die Sowjets müsste mit einer möglichst baldigen *Einbeziehung der andern* in den Friedensprozess vorgebeugt werden. Doch im Moment scheinen diese eher noch weniger Neigung hierfür zu zeigen als vor dem Washingtoner Unterzeichnungsakt.

1.4.1979 ....

War doch krank geworden. Lag drei Tage mit ziemlich hohem Fieber im Bett und schnäuzte ein Taschentuch nach dem anderen voll. Immerhin konnte ich in besseren Phasen ein wenig lesen und Kati brachte mir sogar Tee ans Bett, hinterliess eine angenehme Spur von zarter Ananas, die meine Genesung leidlich unterstützte.

Heute erneut Fernseh-Diskussion! Mona bleibt hart, Hegel auch. Kati hat eine Zwischenposition, nein, eine Überposition, sie äussert sich nicht konkret zur Fernseh-Frage, sondern analysiert die Macht der Medien und ihre Funktion im militärisch-industriellen Komplex, die faschistischen Verstrickungen der Springer-Presse (wovon wir gar nicht gesprochen haben) und die Notwendigkeit einer »fortschrittlichen Presse«, wovon ebenfalls nicht die Rede war, sondern schlicht die Frage, ob wir einen Fernseher anschaffen.

Gestern ein Traum: Ich ging durch den Regen einer grossen Stadt (nicht Basel) und bemerkte auf einmal, dass sich die Regentropfen wie kleine Kügelchen anfühlten, die sich in die Erde eingruben. Nach einer Weile schlüpften aus den Kügelchen in der Erde kleine, käferartige Tiere, die sehr schnell grösser wurden, bis sie schliesslich katzengross waren und alle Strassen und Plätze, die Stadt über und über bedeckten. Dann wachte ich auf. Die Hunde-Sache? Wahrscheinlich.

Versuche nun, in Ruhe diesen trüben Sonntag zu einem Ende kommen zu lassen.

Was ich fast vergessen hätte: Grosse AKW-Katastrophe in den USA. Man weiss noch nichts Genaues.

2.4.1979 ....

Die sonntägliche Stimmung zieht sich in den Montag hinein. War vorhin auf meinem Balkon, rauchte eine Zigi. Seit Wochen ist der Himmel bedeckt, das berühmte Basler-Wetter ist nirgends zu sehen. Ein Gerücht? Eine Basler Erfindung? Eine Selbsttäuschung?

Es deutet sich Zoff wegen des Mietzinses an. Mona soll von einem Bekannten, der in einer grossen Immobilienverwaltung arbeitet, gehört haben, dass der Mietzins stark erhöht werden soll. Kati geriet sofort in grosse Aufregung, spricht von Widerstand und Besetzung. Hegel sagt kein Wort, ich glaube, er ist noch nicht über die Fernseh-Diskussion hinweg, die weiter schwelt.

Es sind, vor allem am Sonntag und seinem Schatten, dem Montag, Schwaden von Melancholie, die mir die Sicht trüben. Obwohl erst wenige Wochen hier, erscheint mir meine Herkunft weit entfernt, fast nur noch in schwachen Umrissen erkennbar. Es ist, als wäre mir die Flucht von einer Insel gelungen, auf der ich lange lebte. Wer will sich schon daran erinnern?

Eine Schiffssirene. Ich mag diesen Klang. Ein nachdenkliches Brummen.

PS: In Harrisburg sind grosse Mengen radioaktiven Gases entwichen, meldet das Radio, grosse Verstrahlung, grosse Aufregung.

3.4.1979 ....

Mein grosses Ski-Idol aus vergangenen Zeiten wirbt jetzt für ein japanisches Auto!

6.4.1979 ....

Nur schnell, bevor ich mit Katis Truppe in ein Konzert gehe, zwei Dinge: 1. Mein Traum von gestern Nacht: R., mit dem ich die Primarschule besuchte, fährt plötzlich neben mir im Schritttempo mit einem grossen, schwarzen Auto. Er will unbedingt, dass ich mit ihm eine Rundfahrt mache. Also steige ich ein. Im Auto stelle ich fest, dass das Auto nicht wie üblich gepolsterte Sitze hat, sondern eine Vielzahl sesselrund herausgeschliffener Steine. Ich setze mich in eine dieser steinernen Mulden, die sich unerwartet warm anfühlt, und rutsche, ohne etwas dagegen tun zu können, in einer steinernen Bahn in die Tiefe. Eigenartigerweise wird es nicht dunkler. Das Geräusch des Rutschens entwickelt sich zu einer angenehmen, geheimnisvollen Melodie. Irgendwo unten angekommen, erneut in einen Steinsitz hineingerutscht, bemerkte ich R. neben mir, der fröhlich summend das Auto steuert. Durch die Frontscheibe sehe ich Berge, links vor uns ein See. R. sagt, dass es heute wohl noch ein Gewitter geben werde.

2. Casartelli soll die Zabotta erneut geschlagen haben.

9.4.1979 ....

Vorlesungsbeginn. Ich bin endlich Student! Nun, wir werden sehen. Um 9 Uhr sass ich im Vorlesungssaal, doch weit und breit war kein Professor zu sehen. Er und die meisten der Studenten kamen erst um 9.15 Uhr!

Draussen bleibt es bewölkt, drinnen leider auch. Katis Duft ananasiert die ganze Wohnung, manchmal macht es mich richtiggehend verrückt, ich gerate (innerlich) ausser mir. Und kaum taucht sie auf, streng und slawisch ihr Gesicht, unbestimmbar die Farbe ihrer Augen und ihre Stimmung, die Haare schwarz und fassungslos, ist die ganze Geruchsphantasterei verschwunden. Ein seltsames Phänomen, wenn die Ankunft des Realen die Imagination vertreibt. Doch dann, ich bin in meinem Zimmer, das so knabenhaft ist wie Katis Figur, taucht der Geruch wieder auf, nun allerdings angereichert mit jenem Streben, das ganz einfach zu befriedigen ist. Kürzlich hat Kati Lilli erwähnt, mit der wir hin und wieder Bier trinken gehen, und mit einem anerkennenden Lächeln festgehalten, dass Lilli ziemlich gut drauf sei. Nun, mein liebes Tagebuch, darunter kann ich mir nichts vorstellen.

12.4.1979 ....

Die Zabotta sei mit der Kirche in einen Streit verwickelt, weil sie ihren Hund christlich begraben lassen wollte, was die Kirche jedoch verweigerte, sagte Kati. Typisch, sagte Kati, die Kirche teilt die Schöpfung in Gute und Schlechte, in jene, die man ordentlich und mit allem Brimborium begräbt, und andere, die man verscharrt. Dann, Kati strich ihr Haar hinter die Ohren, spitzte für einen Moment ihre wunderbar vollen Lippen, dann erledigte sie die Kirche: die katholische, die protestantische, die jüdische, die mohammedanische, die buddhistische, die hinduistische, die schintoistische (?), all das ganze religiöse Saupack mitsamt den pseudokommunistischen Befreiungstheologen. Diese ekelerregenden Schleimscheisser, die nichts anderes tun, als sich moralisch einen runterholen und die ganze Wichserei als Nächstenliebe verkaufen. Was sie ja eigentlich auch ist, sagte Kati. Nächstenliebe nehmen die Pfaffen sehr ernst, und wenn gerade die Hand lahmt, sind da ja auch noch die Ministranten. Oder der Hund, ergänzte ich. Katis Augenbrauen zogen sich zusammen, ihr Mund zuckte, dann sagte sie: »Ach Ursus.« Wir lachten. Ja, sagte sie, der Hund der Zabotta. Als Hegel die Küche betrat, verstummten wir, Kati ging ans Fenster, rauchte.

Dies alles heute vor dem Nachtessen. Ich kochte Nasi Goreng.

Draussen regnet es, wahrscheinlich gehe ich heute noch ins Kino. Vielleicht kommt Kati ja mit.

13.4.1979 ....

Karfreitag. Katis Tag. Sie hat es sich zur Tradition gemacht, hörte ich von einem verstimmten Hegel, den Tag mit einem Glas Champagner zu beginnen. So gegen elf komme sie in die Küche, sagte Hegel, öffne den Kühlschrank, nehme eine Flasche Champagner heraus, den sie am Vortag im Coop gekauft hätte, lasse den Korken in den Innenhof knallen, fülle das Glas, hebe es gegen den Himmel und sage feierlich: Gott ist tot!

Und was macht sie an Ostern, fragte ich, doch Hegel verdrehte nur die Augen, ging in sein Zimmer zurück.

Gestern »The Deer Hunter« gesehen. Ein wirklich guter Film. De Niro grandios. Die Vietnam-Problematik endlich auf den Punkt gebracht. Die Amerikaner scheinen allmählich zu begreifen, was in Vietnam abging. Dies alles ohne Kati. Dann den Dicken gesehen, er war auch allein und grüsste mich, wahrscheinlich deswegen, überraschend freundlich. Wir sprachen ein paar Worte miteinander, habe ihm den Film sehr empfohlen. Ich erfuhr, dass Jörg (der Künstler) an Kati interessiert sei. Nun, mein liebes Tagebuch, was soll man dazu sagen?

---

*»Jörg« hiess tatsächlich Jürgen Hartmann (*3.10.56) und war kein Künstler, sondern ein dilettierender Hobby-Maler, der bis dato kein einziges Bild verkaufen konnte. Hartmann tingelte von WG zu WG, arbeitete kurze Zeit als Techniker beim Radio »Dreyeckland«, handelte mit gestohlenen Velos, ist Mitunterzeichner des Flugblatts »Schwarzfahren gegen den Imperialismus«, ausserdem Zuwiderhandlung gegen Art. 276 StGB. J. H. konnte später als Informant der Basler Behörden gewonnen werden.*

14.4.1979 ....

Ganz grosse Geschichte, das Haus im Aufruhr: Die Zabotta ist tot! Sie hat sich umgebracht, in ihrer Wohnung. Tabletten. Sanität, Polizei im

Haus, auf einmal neue Geräusche, neue Gerüche. Vor wenigen Minuten ist das Leichenauto weggefahren. Niemand, fast niemand, mochte Frau Zabotta, trotzdem geht einem eine solche Sache ziemlich nahe. Hegel, kopfschüttelnd am Küchentisch, sagte: Was für ein Selbstmordhaus. Klar, vor Jahren die alte Casartelli, jetzt die Zabotta. Hegel vermutete schnell tiefer liegende Zusammenhänge. Mona hat sogar geweint, was ich ihr nicht zugetraut hätte, Kati schweigt trocken.

Und ich? Ich muss sagen, mich fasziniert das Szenario, die Aufregung, eine Spur von Kriminalistik im Haus, der plötzliche Ausnahmezustand, und über all dem, wie eine Art Regie, die Frage, warum. Wegen ihres Hundes? Wegen ihrer Einsamkeit? War sie Alkoholikerin? (wie Mona vermutet). Oder, wie Hegel grummelnd in die Runde warf, sie identifiziere sich mit dem Schicksal ihres grössten Feindes und vollzog das nach, was Casartelli tief schmerzte: den Selbstmord seiner Frau. So was gibt's, sagte Hegel, man vergesse das oft. Ausserdem die Rache am Christentum, mit einer Sünde von dieser Welt gehen, grösser könne die Rache nicht sein. Das verlorene Paradies.

Gestern übrigens von meinen Eltern geträumt. Sie waren noch sehr jung, trotzdem erkannte ich sie sofort. Auf einer Wiese spielte eine Musik (?). Meine Eltern tanzten auf der Bühne und auf einmal hob sich die Bühne in die Höhe, was meine Eltern wie alle anderen Tanzenden nicht zu bemerken schienen. Die Bühne stieg immer weiter und weiter in die Höhe, die Tanzenden waren längst nicht mehr zu erkennen, bis sie hinter den Wolken verschwanden. Auch wenn die Tanzenden die Musik unmöglich hören konnten, nicht einmal Fetzen von Melodien die Tanzenden erreichten, spielte die Musik weiter. Diese Trennung von Musik und Tanz war extrem beängstigend. Leider erwachte ich dann.

---

*Der Selbstmord von Alexandra Jacoba Zabotta (*3.11.1917, zugewandert am 1.11.1965) bot den ermittelnden Behörden in Basel eine gute Gelegenheit, die Wohnung der Wohngemeinschaft einer schnellen Durchsuchung zu unterziehen. Dabei wurde umfangreiches politisches Propagandamaterial und geringe Mengen an Haschisch gesichtet. Um die Beobachtung nicht zu gefährden, verzichteten die Behörden auf strafrechtliche Massnahmen.*

15.4.1979 . . . .

Mona fand, wir sollten alle zur Beerdigung gehen, in »schönem Schwarz«. Das komme überhaupt nicht in Frage, sagte Kati, denkst du denn, wir unterstützen diesen imperialistischen, reaktionären Mist?

Was ist denn das für eine WG? Kati sagte »an ein Begräbnis« mit einem Gesicht, als hätte sie einen Liter Essig getrunken. Trotzdem gelang es ihr nicht, ihr Gesicht zu verunstalten. Das ist ganz und gar unmöglich. Auch nicht mit zwei Liter Essig.

16.4.1979 . . . .

Erstaunlich, wie ruhig es in einer Stadt sein kann. Machte heute Morgen einen Spaziergang zum Barfüsserplatz, den hier alle »Barfi« nennen, wo ich Zigis kaufte und staunte über die Ruhe in dieser Stadt. Als hätte sich eine Schicht Watte über alles gelegt.

Ostern war sehr ruhig. Habe viel gelesen, auch fürs Studium.

19.4.1979 . . . .

Schlechte Stimmung in der WG. Zwei Streitpunkte tauchen immer wieder auf: Die Fernseh-Frage und die Beerdigungs-Frage. Mona steht in der Fernseh-Frage ziemlich allein da, Hegel gibt diesbezüglich nur noch ironische Sprüche von sich, Kati will darüber erst gar nicht reden, die Angelegenheit ist ihr »eindeutig zu trivial« und ich werde (zum Glück) nicht gefragt. Die Beerdigungs-Frage wirft höhere Wellen. Kati hängt die Sache ganz hoch, Hegel scheint mir überraschend unsicher, Mona überraschend sicher. Nach einem wortlosen Abendessen (Spaghetti mit Thunsauce) legte Kati das Thema auf den Tisch. Der Vatikan der Inbegriff des Bösen, ein letztlich faschistischer, mafiöser Kleinstaat mit »Weltwirkung« (Hegel schaute auf), die Piusse elf und zwölf (»nichts als heimliche Nazis«) unterstützten die Judenvernichtung und wer in die Kirche gehe oder auch nur daran denke, unterstütze diese Tradition. Hegel zog an seiner Zigarette und murmelte »eine Blutspur«, Mona kaute noch an irgendwas rum und sagte dann: »Weisch wa, da isch doch e huere Schissdräck die Diskussion, i ma da nüm, i ma da nüm ghöra u gshe, lo doch de Saich bliibe, da isch mer z'dumm i go jetzt.« Und verschwand. Katis Gesicht spitzte sich zu. Hegel blies Rauch an die Decke, nahm einen Schluck Wein.

Ich ging in mein Zimmer, wo ich jetzt bin und sitze und schreibe.

21.4.1979....................

Gestern die Beerdigung der Zabotta. Der Himmel noch bedeckt, die Temperatur immerhin ein wenig höher als in den letzten Tagen. Zum ersten Mal war ich im »Hörnli«, dem grössten Friedhof der Schweiz, wie die Basler stets betonen. Die sogenannte Abdankungshalle schlicht und unchristlich. Kati hätte Freude daran. Wäre sie gekommen. In der Mitte der Sarg aufgebahrt, darum herum ein Halbkreis aus alten Frauen. Der Priester (Pfarrer? Was ist der Unterschied?) gab sich Mühe, nicht priesterlich zu sein. Worte aus dem Lukasevangelium. Verständnis für die »Last des Lebens« (Hegel schaute auf), schliesslich das Vaterunser (Hegel stumm und bewegungslos, ich fast stumm und fast bewegungslos). Der Sarg in der Mitte als Zeugnis der Vergänglichkeit. Nein, als Beweis der Vergänglichkeit. Die Zabotta mit ihrem Hund vereint.

25.4.1979....................

Meine Gedanken sind oft unklar, verschwommen, als wären sie in den Rhein gepurzelt und lösten sich dort allmählich auf. Auch laute Stimmen aus der Küche bringen mich nicht davon ab, verschwommen zu denken. Nach Jahren der unbedingten Klarheit, des Nachdenken-Müssens, des geradlinigen Absolvierens eines Gedanken-Marathons lasse ich hier meinen Geistes-Kopf hängen. Das Studium ist bis jetzt, unter uns gesagt, kaum der Rede wert. Selbstverständlich muss ich meinen Kopf bei der Sache haben, doch die grosse Herausforderung, von der dauernd die Rede war, ist es nicht. Die Professoren sind durchschnittlicher als ihr Ruf (Künzli ist, wie Hegel augenbrauenhebend flüstert, DIE grosse Ausnahme), die Studenten schlechter als ihr Ruf. Die meisten sind entweder verwöhnte Bübchen ohne Sinn fürs Gesamte oder aber Menschen mit begrenztem Horizont, die in einer Lehre besser aufgehoben wären. Es gibt aber auch Ausnahmen. Eine davon ist Babs. Sie kommt aus dem Kanton Aargau (!!), ihre Eltern haben in Wettingen eine Bijouterie, sie schwankte zwischen Uni Bern und Uni Basel, entschied sich wegen der Nähe zu Deutschland und Frankreich schliesslich für Basel. Zum Glück. In Bern wäre sie versauert. Babs ist schön und klug. (Ihr Hintern erinnert mich an jenen der Sängerin von »Blondie«.) Politisch ist Babs allerdings ein wenig weltfremd, sie sprach von »urchristlichen Werten«. Nun gut, da warten wir gespannt auf das Ende der urchristlichen Phase. Ins Kino wollte sie nicht. Ein Bier wollte sie nicht trinken. Sie wohnt bei einer Grosstante in Birsfelden.

Für den 1. Juli ist tatsächlich eine Mietzinserhöhung angekündigt. Hegel und Kati sind sich für einmal einig. Widerstand heisst das Gebot der Stunde. Ich halte mich nicht zurück. In Mietfragen erkenne ich keine Differenz zu den anderen in der WG. Wohnen ist ein Menschenrecht. Es leuchtet mir nicht ein, wieso man dafür so viel bezahlen soll.

Ende Mai soll die Wohnung der Zabotta wieder vermietet werden.

Mein Kopf brummt noch immer und das Hämmern der Tasten tut meinem Kopf nicht gut. Also höre ich damit auf. Nur noch eines ganz schnell: Träumte, sei auf einer Zeitung zum Mond geflogen. Dort waren alle Landeplätze besetzt, also bin ich zurück zur Erde geflogen.

30.4.1979 ....

Habe eine recht angenehme Studentenwoche hinter mir. Viel gelernt, einiges nicht verstanden, was nicht weiter schlimm ist, geprüft wird ja erst am Schluss, bis dann muss ich einfach eine Menge Arbeiten schreiben, was mir ein wenig Kummer macht, denn ich schreibe zwar fleissig hier meine Gedanken und Gedänklein auf, Geschichten und Geschichtlein, mit Wissenschaft hat dies jedoch nichts zu tun. Von Hegel habe ich zwei Arbeiten gelesen, was meinen Kummer nicht gerade kleiner gemacht hat. Ehrlich gesagt, habe ich nicht allzu viel verstanden, immerhin, ich studiere nicht Philo, da bin ich ein bisschen entlastet, trotzdem, wenn das die Anforderungen sind, dann habe ich noch einiges vor mir. Überhaupt habe ich gestaunt über Hegels Sprache. Ich dachte immer, er produziere viel warme Luft und manch schönen Schein, doch was ich gelesen habe, macht einen ausgezeichneten Eindruck (sofern ich das überhaupt einschätzen kann).

Babs, die Urchristin, soll noch Jungfrau sein, hörte ich von einem Studenten, der aus dem gleichen aargauischen Kaff stammt wie sie. Sie hätte es ihm gesagt in einem Moment der »geistigen Intimität«. Nun, solche und andere Momente kann man sich nur wünschen mit Babs. Ihr

Hintern versetzt mich stets in eine Art Trance und das Verrückte ist, dass ihre Schönheit noch zunimmt, wenn sie zu sprechen beginnt, was nicht selbstverständlich ist. Sie liest Robert Walser und spricht darüber in vollkommen schönen Sätzen, was mich zögern lässt, selber einmal Walser zu lesen, denn schöner als sie kann auch dieser Walser nicht sprechen. Und schöner sein schon gar nicht. Doch Babs geht in keine Veranstaltung, die nicht Vorlesung oder Seminar heisst, kein Bier am Abend, kein Kino, kein Konzert, keine Einladung, nichts. Nichts. Wahrscheinlich verbringt sie ihre Abende mit ihrer Grosstante in Birsfelden im trauten Heim, schaut »Raumschiff Enterprise« oder »Zum Blauen Bock«, blättert daneben ein wenig in diesem schönen Walser, liest gewissenhaft die Semesterliteratur und geht spätestens um 23 Uhr schlafen. Die Tante um 22 Uhr, nach dem »Blauen Bock«. So verkümmern Rosen! Nüüd mit Gvätterle.

Schönes Wetter. Der Mai naht!

Meine Schreibmaschine macht Probleme, muss aufhören.

2.5.1979 ....

Der 1. Mai war grandios. Wenn auch das schöne Wetter nicht bis zum 1. hielt, war es doch irgendwie frühlingshaft, viel Stimmung, viel Politik, viel Bier! Das Ganze stand im Zeichen der Anti-AKW-Bewegung. Endlich kamen all die Aktivisten aus ihren Löchern gekrochen, was für ein Fest! Reden auf dem Marktplatz, der so dicht gefüllt war, wie ich es mir vorher kaum vorstellen konnte. Im Unterschied zur Innerschweiz haben die Gewerkschaften hier ein ganz anderes Gewicht. Habe eine interessante »syndikalistische« Gruppe gesehen, viele davon Basler, aber auch Welsche, Tessiner und sogar Italiener und Spanier. Ich glaube, der Syndikalismus ist tatsächlich ein guter Ansatz; so muss die Suppe gegessen werden! Wenn Veränderungen, dann müssen sie von den tatsächlich Betroffenen kommen und nicht von Studenten, denn die haben ja wirklich ein gutes Leben vor sich, auch wenn sie dies nicht wahrhaben wollen! Bei der Muba ganz vorn die Radikalen. Sie skandierten Parolen, sangen Lieder und wirkten ziemlich aggressiv. Bin nicht sicher, aber ich glaube Kati unter ihnen gesehen zu haben. Eingehakt mit einem Mann. Also doch ein sexuelles Wesen!? Manchmal habe ich den Eindruck, die Politik ist ihr Ein und Alles, ihr Sex- und Liebesersatz. Hegel meinte einmal süffisant, sie hätte in ihrem Copy-Quick so manchen Verehrer, aber das seien halt fade Bürolisten, an denen Kati nicht interessiert sei. Doch zurück zum 1. Mai, der, an dieser Stelle sei diese Wahrheit erlaubt, mein erster »richtiger« ist. Bislang ein paar Sonntagsreden, ein altmännliches Blasorchester, das die »Internationale« mehr summt als spielt, halbwarme, runzlige Bratwürste und ein paar Sozialisten, von denen die meisten im Grunde Christen sind. Hier hingegen eine ganz andere Geschichte, hier ist man deutlich, hier spricht man eine klare Sprache, hier tanzt der Bär!

Am 1. Mai, vor allem auf dem »Barfi« festgestellt, dass ich bereits einige Leute hier kenne. Selbst Lilli die Rockerin war da. Babs selbstverständlich nicht. Mona auch nicht. Übrigens gab es einige Frauen, die die Party mit Emanzensprüchen störten, oder zu stören versuchten. Nun gut, wir fühlten uns nicht gestört, sondern höchstens ein wenig amüsiert über diesen Frauen-Ernst.

Moesch wurde entgegen des Eintrags an der 1.-Mai-Veranstaltung gesichtet. Sie figuriert auf dem Postversand der OFRA (Organisation für die Sache der Frau).

4.5.1979 ....

In den letzten Tagen befasste ich mich mit dem Gedanken, die Tagebuchschreiberei zu beenden, es besteht doch ein gewisser Druck, die Sache nicht einschlafen zu lassen, denn ein Tagebuch sollte in einer gewissen Regelmässigkeit geführt werden. Und dieser Druck engt mich oft ein. Da würde ich lieber einfach schlafen oder in der Küche sitzen und mit den anderen rumreden oder lesen oder ein bisschen in der Stadt herumspazieren, stattdessen installiere ich meine Schreibmaschine, spanne ein Blatt Papier ein und tippe, was mir gerade so einfällt. Und selbstverständlich taucht da die Frage auf, wieso ich das tue. Tagebuchschreiben ist eigentlich etwas für pubertierende Mädchen, aber doch nicht für Studenten! Es gibt ein Tagebuchalter und dieses liegt hinter mir! Und nicht einmal literarische Ambitionen habe ich. Also, weshalb schreibe ich Tagebuch? Als Erinnerungsstütze? Um Rechenschaft abzulegen? Um über mein Leben nachzudenken? Um gewisse Dinge zu klären? Oder um der Wirklichkeit etwas anderes entgegenzusetzen? Bzw. die Wirklichkeit ein wenig zu ergänzen, gerade so, dass es mir gefällt? Möglicherweise geht die Sache in diese Richtung. Denn seien wir (wir?) ehrlich, die Wirklichkeit erscheint oft langweilig und nicht bestimmbar, nicht beeinflussbar. Das Leben plätschert vorbei wie das Nachmittagsprogramm im Fernsehen und man kann nichts tun. Bei aller Aufregung sind es doch Oberflächenaufregungen, Scheingefechte, winzigste Details, Fürze im All. So ein Tagebuch simuliert zumindest das Gefühl, die Dinge von oben zu sehen, sie zu beschreiben, als wären es Objekte in einer Botanisierbüchse, und vor allem, die Dinge ganz klar im Griff zu haben. Ein Tagebuch ist ein Stopp- und Übersichtsversuch, es löst Dinge aus der Wirklichkeit, aus dem ewigen Treiben heraus und vermittelt den Eindruck von Kontrolle. Von Entrinnbarkeit. Es können sich Gegenbilder bilden. Dinge, die so, in dieser Ausprägung, nie geschehen sind, aber hätten passieren können, ja, ein Tagebuch emanzipiert die Möglichkeit gegenüber der Wirklichkeit. Ich bin sonst sehr von der Wirklichkeit angetan, studiere sie, beobachte sie, hinterfrage sie und will sie auch manchmal verändern (ohne Erfolg), doch abends (meistens abends) kritzle ich noch ein paar Striche aufs Papier, die über das hinausgehen, was der Tag so bot. Und wenn auch die Stimmung hier schlecht ist und ich Hegel betrübt (oder betäubt) über das alte Parkett schleichen höre, begleitet von hämischen Bemerkungen Katis oder Monas hellem Lachen während des Telefonierens, die unentwegt WC-spülenden Nachbarn, so kann ich zwischen diesen Wirklichkeiten und mir mit wenigen Tastenbewegungen eine grosse Distanz erzeugen. Ja, sage ich schon ein wenig erschöpft, dies macht die Tagebuchschreiberei aus.

NB: Sexuelle Phantasien bedrängen mich weiterhin.

7.5.1979 ....

Kati will ausziehen! Ich war mit Steff (Studienkollege) im Kino (nicht der Rede wert, Scheissfilm) und kam, nachdem wir noch ein Bier getrunken haben, um ca. Mitternacht nach Hause. Kati, Hegel und Mona (!) sassen am Küchentisch. Zuerst wollte ich direkt in mein Zimmer gehen, denn die drei schwiegen und schauten mich mit einer Mischung aus Überraschung, Erleichterung und Skepsis an, bis Mona mich mit einem Nicken zum Bleiben aufforderte. Ich ging zum Kühlschrank, nahm ein

Bier, setzte mich an den Tisch. Hegel räusperte sich. Mona sagte, dass Kati ausziehen will. Ja, sagte Kati nach ein paar Augenblicken, die Situation hätte sich verändert, sie fühle sich nicht mehr wohl hier, die WG sei o.k., aber eben, die Atmosphäre für sie sei nicht mehr so wie früher. Es hätten sich Differenzen aufgetan. Politische und auch andere. Da könne man nichts machen. Sie wolle niemanden verurteilen. Das könne es eben geben. Aber eben. Sie müsse sich identifizieren können mit der WG. Und mit ihren Inhalten. Ausserdem die Mietzinserhöhung. Und auch der Tod der Zabotta. Das sei nicht gerade förderlich fürs Klima. Es sei eben viel passiert in letzter Zeit. Hegel rollte eine Drum. Mona nippte an ihrem Wein. Kati ging ans Fenster. Rauchte. Ich trank mein Bier schnell. Holte ein neues. Da stand Hegel auf und sagte, dass dies ein schwerer Verlust für die WG sein würde und er, bei allen Unterschieden, nicht wolle, dass sie, Kati, ausziehe. Mona schloss sich Hegel sofort an und sagte, dass sie dies auch nicht wolle. Ich nickte zustimmend. Kati schaute ins Dunkel und weinte. Zum ersten Mal sah ich in Basel einen weinenden Menschen. Dass dies Kati ist, hätte ich nicht gedacht. Nun ist aber Schluss, ich bin sooooo müde!

8.5.1979 ....

Leicht bewölkt, am Mittag 12 Grad. Mit brummendem Schädel an der Uni. Vorlesung und Seminar. Habe innerlich geschlafen. Wahrscheinlich machte ich einen interessierten Eindruck, im Seminar stellte ich sogar eine Frage, an die ich mich allerdings nicht mehr erinnern kann. Der Reaktion nach zu schliessen, war sie nicht allzu blödsinnig. Oder andersrum: Niemand hat ihre Blödsinnigkeit bemerkt, gerade weil sie so blödsinnig war. Gerade an der Uni sind höchster Sinn und höchster Unsinn nicht immer klar voneinander zu trennen, doch was ich eigentlich sagen wollte, ich dachte die ganze Zeit an Kati, ihren Auszug und die Stimmung gestern Abend. Auf einmal tauchte eine tiefe Innigkeit auf, von der ich, so muss ich es leider sagen, ebenso tief ausgeschlossen bin. Hegel trauerte, auch Mona, Kati weinte (!!!) und ich sass da wie ein Idiot. Auf einmal waren aller Groll, aller Zynismus, alle Anfeindungen und alle Differenzen zwischen den dreien verschwunden, während sich eine neue grosse Differenz auftat: Jene zwischen den dreien und mir! Ich dachte, ich sei hier schon einigermassen, jedenfalls den Umständen entsprechend, integriert und vielleicht auch ein wenig ins Herz geschlossen. Doch dem ist nicht so! Ich bin der Fremde hier. Der Eindringling. Es war ihnen ja geradezu peinlich gestern Abend. Ich betrat eine intime Stimmung, eine familiäre Angelegenheit, einen trauten Kreis. Ach Scheissdreck!

Kreisky hat gewonnen.

10.5.1979 ....

Uni, Kati ist weg (Arbeit?), Mona ist auch weg, Hegel nur hin und wieder schnarchend aus seinem Zimmer zu hören, Zigi zum Hinterhof, Schreibmaschine. Endzustand. Ich bin ein strebsamer Student. Ausgenüchtert bis auf die Seele.

11.5.1979 ....

Scheissfreitag. Meditationsstimmung in der WG. Regen. Keinerlei sexuelle Gedanken. Babs in der Cafeteria gesehen und ein paar Worte mit ihr gesprochen. Tante in Birsfelden offenbar krank, Babs himmlische, universale Augen für einen himmlischen, universalen Augenblick geschlossen, Tante krank! Ach!, sagte ich. Was Schlimmes? Babs seufzte. »Me hoffed s'Bescht.« Ja, fand ich auch. Ob ich vielleicht helfen? Nein, danke! Dann war der Sex auch schon wieder vorbei.

14.5. 1979 ....

Das Wochenende ging ereignislos vorüber, nein, es fand gar nicht statt. Unsere Küche wie ein öffentlicher Ort. »Grüezi, grüezi, grüezi.« Aneinander vorbei. Weiss nicht, ob Kati wirklich auszieht. Ob die Mietzinserhöhung wirklich stattfindet, denn eine offizielle Ankündigung haben wir nicht erhalten, habe ich (!) jedenfalls nicht gesehen. Noch nie war es so nett hier. Lauter Nettigkeiten zwischen Zimmer-Küche-WC. »Ghots a dr Uni?« »Lauft's?« »Hesch e Sigi?« »Isch d'Schissi frey?« Niemand spricht mehr von der Zabotta. Kein Sterbenswort.

15.5.1979 ....

Kati ist wieder da. Steht am Küchentisch, Zigi in der Hand, Augen so tief und schön wie noch nie, und überhaupt die Schönheit ihrer Slawistik.

»Hesch ghört?« Ich sah sie schweigend an. Sie sprach leise, monoton. Der Schah sei zum Tode verurteilt worden. Ihre Stimme klang, als würde sie trauern. Dabei ist das jetzt unwichtig, politisch ist er schon tot. Ihre Augen waren gerötet. Hatte sie wieder geweint? Als Mona überraschend die Küche betrat (mittags ist sie sonst nie da), ging sie wortlos um den Tisch herum und berührte im Vorbeigehen wie zufällig Katis Hand. Ich schluckte leer. Wusste nicht, was tun.

Endlich sommerliche Temperaturen. Der Sommer soll schön sein in Basel.

29.5.1979 ....

Es wird schön und sommerlich. Das Wochenende war besser als erwartet. Kati zieht nun doch nicht aus! Hegel, Kati und Mona waren Freitag und Samstag zusammen im Jura, wo sie offenbar einige Dinge klärten. Am Sonntagabend kochten Mona und Kati (!) ein ausgezeichnetes Znacht, Hegel organisierte Wein, ich war sozusagen Gast. Hegel trug schwarze Jeans, ein weisses Hemd mit einem schwarzen Gilet, Mona eine weisse, leicht gerüschte Bluse, hellblaue Hosen, Kati ein rot-schwarz batikgefärbtes T-Shirt und ihre knallengen Leggins. Der Abend war ganz angenehm, doch ich wurde das Gefühl von Weihnachtsstimmung nicht los. Ungezwungen ist anders.

Ich nutzte die Abwesenheit aller anderen und ging allein (!) in den Ausgang. Im »Hirscheneck«, das erst gerade eröffnet wurde (und wohl das erste Jahr kaum überleben wird), traf ich viele, die ich von der Uni her kenne, einen Bekannten von Hegel und den Dicken (Cello), der mich überaus laut begrüsste. Mit ihm (und Max, Tina und »Loki«) sassen wir im Rauch und tranken Bier um Bier. Es war lustig und vergnüglich. Das Personal sehr »lässig«, alle per Du und alle jung und links und einige auch ganz bunt. Der Dicke meinte, dass hier die Punks eine Heimat gefunden hätten. »Loki« ist eine überaus interessante Person. Sie ist Pfarrerstochter und studiert tatsächlich Theologie, aber, wie sie betont, »aus Opposition«, sie will die Theologie verstehen, um sie umso gründlicher abzulehnen. Tina, aber vor allem der Dicke fanden das einen »absurden Ansatz«. Das System sei stets stärker, sagte der Dicke und leerte sein Glas in einem Zug. Ich nickte, doch ich nickte »Loki« zu. Man sollte die Dinge von innen her zerstören, das ist viel wirksamer als ein lautes Anrennen von aussen. Aber eben, da muss man zuerst ins Innere dringen, das verlangt gewisse Fähigkeiten. »Loki« (blöder Name für eine nichtblöde Person) nahm die Kritik gelassen, sie schien aufmerksam zuzuhören und lächelte ironisch, winkte der (männlichen) Bedienung und rief durch die Musik: »Pitsch hesch no fey e chli schuum?« »Loki« ist Bernerin. Ihr Vater einer der einflussreichen geistlichen Anführer des protestantischen Bürgertums, sagte sie. Vier Geschwister hätte sie, ein Bruder und drei Schwestern, sagte sie, als wir vor der Beiz standen und in die wunderbare Nacht hinein schauten. Mein erster Sommerabend in Basel. Etwas unschlüssig standen wir vor dem »Hirscheneck«, »Loki«, noch immer mit ironischem Blick, fragte: »Nidsi odr obsi?« Ich suchte ihre Augen, sagte, rheinabwärts, meine WG liege fast am Rhein, im chemischen Bezirk. Das sei ihr Bezirk nicht, sagte sie, ihr Quartier sei dafür sehr bürgerlich, sie wohne nämlich im Bruderholz, im Einfamilienhaus ihrer ältesten Schwester. Aha, sagte ich, zündete mir eine Zigi an, die sie mir aus den Fingern nahm und damit ihre Zigi anzündete. Im Schein der Sterne leuchteten ihre Augen dunkelgrün. »Wenn das so ist«, sagte sie, »bilden unsere Wege ein Kreuz.« Ihr Lächeln war jetzt unverschämt, und unverschämt ironisch. Jetzt, es ist wohl schon Mittwoch, erscheint mir dieser Satz auch unverschämt rätselhaft. Solche Frauen trifft man in der Innerschweiz nicht! Klug und schön und geheimnisvoll. Aber bei uns gibt es auch keine »geistlichen Anführer des protestantischen Bürgertums«, bei uns existiert das reine katholische Bauerntum!

Die Nacht ist schön und warm, von draussen vernehme ich aufgeweckte Stimmen, Musik, und zum ersten Mal Grillrauch. Ich gehe eine rauchen. Schaue in den Himmel und denke nach und an.

---

*Hannelore Kistler (»Loki«), *12.8.58, figuriert auf der Liste der in der Stiftung SALECINA in Maloja abgestiegenen Personen, Teilnahme am Arbeits-Weekend der AKW-Gegner vom 3./4. März 1979 im Bildungs- und Ferienheim Oberbalmberg/SO, aktiv in »Gewaltfreie Aktion gegen das Atomkraftwerk Kaiseraugst«,* *kann als aktiver AKW-Gegner bezeichnet werden, später Mitglied der Studentenschaft Basel (StuB).*

30.5.1979 . . . .

Vorabend. Gestern Nacht, ich hatte mir bereits die Zähne geputzt, traf ich im Gang auf Mona. Sie schien äusserst beschwingt zu sein, wirkte aber nicht betrunken. Ich sagte nichts, wünschte ihr lediglich eine gute Nacht, was sie (sonnen)strahlend erwiderte. Leider erwachte ich bereits um sieben, obwohl ich erst um zwei ins Bett ging, döste dann noch ein wenig weiter und träumte sehr realistisch (was ich sonst nie tue) von Zabottas Beerdigung. Einzig bei den Gästen gab es eine grosse Differenz: Sie schienen nämlich auch alle tot zu sein! Zwar standen sie um den Sarg, wirkten aber wie aufgestellte, steife Leichen.

Hegel bedauert, dass der FC Nordstern absteigen wird! Damit verschwinde das Proletarische aus der Liga, sagte er.

Leider gibt es nichts Bedeutsameres zu berichten.

31.5.1979 . . . .

Grosses Ereignis: Heute wurde ein Farbfernseher ins Haus geliefert, gutes Okkasionsmodell, von Hegel organisiert, von der WG bezahlt, mein Anteil (wie ich erst heute erfahre!!!): Fr. 100.–, ein »Blaupunkt Nizza« ist's. Ich müsse selbstverständlich nichts bezahlen, sagte Hegel, selbstverständlich könne ich »locker« nichts bezahlen, es sei dann einfach schwierig mit dem Schauen. Ich fragte, ob Kati auch bezahlt hätte. Hegel nickte schweigend, und, wie mir schien, verschämt.

3.6.1979 . . . .

Es gibt kein Entrinnen: Meine Eltern kommen zu Besuch. Am nächsten Wochenende soll es so weit sein. Das bedeutet die Planung in Angriff nehmen. Museum, Zolli, Nachtessen etc. Ich bin nun also gefordert. Immerhin: Die Fr. 100.– für den »Blaupunkt Nizza« sind durch den Besuch meiner Eltern gesichert. Ich könne ja vorläufig gratis schauen, sagte Hegel, bis ich mich entschieden hätte. Aber die Kiste ist noch nicht montiert. Morgen soll ein Monteur kommen. Und wer bezahlt die Montage?

Übrigens, in die Wohnung der Zabotta ist wieder eine Frau eingezogen, wenn das nur gut kommt!

4.6.1979 ....

Der Monteur war da, hinterliess einen Geruch aus Schweiss und abgestandenem Zigarettenrauch. Und nun funktioniert der »Blaupunkt Nizza« tatsächlich. Die Welt in Farbe.

5.6.1979 ....

Meine liebe WG ist am Wochenende komplett, niemand ist ausser Haus oder besucht Freunde, Bekannte, Verwandte, niemand geht in ein Konzert, ins Kino oder wohin auch immer. Meine Eltern wollen bei Bekannten meiner Mutter in Rheinfelden übernachten, das sei doch »recht nah von Basel«, ja, erwiderte ich, das sei recht nah, also gut gelegen, ja, sagte ich, gut gelegen. In ein Museum wollten sie nicht, vielleicht in den Zolli (Zoo, sagte ich), man würde sich das noch überlegen.

Hegel hat diese Woche Putzdienst. Ob ich ihn unauffällig unterstützen sollte? Er schaut übrigens die ganze Zeit Fernseher. Kaum beginnt das Programm am Nachmittag, regt sich Hegel, schlappt aus seinem Zimmer in unser Wohnzimmer, selbstverständlich nur im Slip.

6.6.1979 ....

Nur schnell, ich habe noch eine Vorlesung: Die Tochter Casartellis ist nach einem längeren Klinikaufenthalt wieder hier. Gemäss Mona hätte Vater Casartelli versucht, für seine Tochter die frei werdende Wohnung im zweiten Stock zu erhalten, was sie »scho e chli komisch« fand. Casartellis Tochter habe ich heute kurz gesehen, sie hat rote Haare und blinzelte wie eine junge Katze in die Mittagssonne.

7.6.1979 ....

Nachtrag: Es ist spät, Kati und Mona haben schon wieder gekocht (Lasagne), Hegel brachte wieder Wein und ich war wieder Gast, bin aber immerhin gastfreundlich behandelt worden. Man sprach über Sandra, so heisst die Tochter von Casartelli, und selbstverständlich über die iranische Sache. Es ist mir rätselhaft, wieso sich Kati diesbezüglich derart ins Zeug legt. Hegel schaut sie zuweilen auch ganz verwundert an. Kürzlich meinte er, es würde ihn nicht wundern, wenn Kati eines Tages ein Kopftuch tragen würde.

Doch lassen wir die Tischgespräche, viel wichtiger ist, was ich »Loki« erzählen soll.

8.6.1979 ....

Schwänze zum ersten Mal eine Vorlesung. Es ist ruhig hier. Mona und Kati sind ausser Haus, Hegel wahrscheinlich am Schlafen. Eine stille Melancholie umweht mich. Heute Abend um 18.45 treffen meine Eltern in Basel ein. Aber es kümmert mich nicht, ärgert mich nicht, beschäftigt mich nicht, sie kommen und am Sonntagabend werden sie rheinaufwärts wieder verschwinden. Gerade jetzt taucht ein Traum schemenhaft auf (ich habe schlecht geschlafen), eine Art Fortsetzung des Beerdigungstraumes, ich kann mich eigentlich an nichts erinnern, bloss die Farbe Gelb spielte irgendeine Rolle und doch bleibt ein Gefühl, ein Gefühl, das mich jetzt tief durchdringt. Ich frage mich, was den Traum vom wachen Zustand trennt, wie die beiden Ebenen ineinanderfliessen und was sie eigentlich verbindet? Wenn ich an dieses Gefühl denke, so trennt nichts den Traum von der Realität, das Gefühl ist vollkommen identisch. Wäre ich der Mann im Traum, würde ich die Verhältnisse umkehren und unserer, meiner sogenannten Realität die Realität absprechen. Hat die Philosophie dazu eigentlich eine Meinung? Werde Hegel mal darauf ansprechen.

14.6.1979 ....

An der Uni kann ich mich vom Alltag erholen! Was sagt uns das über die aktuelle Lage?

16.6.1979 ....

Noch nicht sommerlich, dafür heisse Phantasien! Ich komme nicht los davon – egal, was ich tue.

Es ist Samstagmittag, Frauen ausgeflogen, Hegel erstaunlich aktiv für diese Tageszeit, nuschelt und raschelt in der Küche rum.

Von Loki nichts gehört. Von Babs nichts gehört. Von niemandem was gehört.

19.6.1979 ....

Habe Loki in der Mensa getroffen. Wir verabredeten uns für Freitagabend, »bigoscht e gueti Idee«, sagte sie. Dem schliesse ich mich hier offiziell an.

20.6.1979 ....

Mittwoch. Es ist wärmer geworden, doch vom Sommer fehlt noch jede Spur. Wenn ich meine Stimmung auslote, geraten das letzte und das kommende Wochenende in einen Widerspruch. Der Besuch meiner Eltern bedeutet, betrachtet man die Sache bei Lichte, einen Tiefpunkt meines baslerischen Daseins, es war, als wären Gespenster aus der Vergangenheit auf einmal Realität geworden und würden mich selber in die gespenstische Tiefe ziehen, während das kommende Wochenende doch einiges verspricht – Loki lockt. Nun ja, lassen wir die unmoralischen Gedanken hier weg … Der Film soll sehr gut sein, Mona hat ihn bereits gesehen und begeistert davon erzählt. Sie würde den Film gern ein zweites Mal sehen, ob ich nicht Lust hätte. Leider, lächelte ich ihr zu, wäre ich bereits verabredet.

Mit dem Uni-Betrieb bin ich mittlerweile gut vertraut, im nächsten Semester sollte ich mit den Seminararbeiten beginnen, sonst gibt es in den letzten Semestern ein böses Seminararbeitengedränge.

21.6.1979 ....

Kati war heute beim Mieterverband wegen der Mietzinserhöhung. Sie bat mich, einen Brief an die Verwaltung zu schreiben, (»du chasch doch tippe«), sie hätte einen Musterbrief, den ich mehr oder weniger abtippen könne. Was ich prompt erledigte.

22.6.1979 ....

Loki ging nach dem Kino nach Hause. Wir haben noch eine geraucht (»roukä« sagt sie), dann ist sie abgedüst. Kopfschmerzen. Sagt sie. Habe mir den Abend anders vorgestellt. Weil ich nicht so früh in der WG erscheinen wollte, spazierte ich durch die Stadt, den Münsterhügel hoch, St. Alban hinunter, in die Breite, Aeschenplatz, Bahnhof. Der Film war übrigens gut.

*Kistler (»Loki«) hatte von Juli 1978 bis Januar 1980 eine sexuelle Beziehung mit einem Professor für Theologie (*1929!) der Universität Basel (Aktenbezeichnung Prof. »O«). Nachdem die Tochter des Professors von der Affäre ihres Vaters erfuhr, beendete dieser die Beziehung zu Kistler.*

24.6.1979 ....

Übrigens sind von meiner Mutter die 100 Franken per Post gekommen, die sie vergessen hatte mir mitzubringen. Ich habe das Geld sogleich an Hegel weitergeleitet zwecks Finanzierung des »Blaupunkt Nizza«, womit ich nun ganz legal »Raumschiff Enterprise« und andere Glanzlichter der abendländischen Kultur betrachten kann.

Übrigens 2: Gnägi ist zurückgetreten. Ist jemand traurig?

27.6.1979 ....

Traum: Ich erlebe den ersten Schultag. Als die Lehrerin fragt, was wir denn schon schreiben können, melde ich mich und sage, dass ich bereits alles schreiben könne. Gelächter der Klasse, Schmunzeln der Lehrerin. Ob ich denn an der Tafel etwas schreiben möchte? Das gehe doch nicht, ich könne doch nicht »alles« an die Tafel schreiben, dafür sei sie doch zu klein. Dann wenigstens einen Teil davon? Ich gehe nach vorne und beginne wie wild die Tafel zu beschreiben, bis kein Platz mehr bleibt für auch nur ein Wort. Erschöpft lege ich den Kreidestummel in die Aluschale zurück. Die Lehrerin schüttelt den Kopf, schaut mich fragend an und sagt, ob ich auch wisse, was das bedeute?« Erschöpft erwache ich.

Im Central läuft ein Film eines deutsches Regisseurs (Fassbinder?), der, so sagt Hegel, zu den besten überhaupt gehören soll. Der Film sei »ein Muss«.

Kati sprach heute sehr angeregt aufgeregt über das Attentat auf einen amerikanischen General in Belgien. Es sei missglückt, die RAF hätte Fehler gemacht.

Frau Gehring, die neue Mieterin, macht einen netten Eindruck, keine Probleme mit Casartelli.

*Therese Gehring (*5.5.1943) wurde 1972 wegen Landfriedensbruch und Gewalt gegen Beamte vom Strafgericht Basel verurteilt. Sie ist Abonnentin des Informationsblattes der »IdK« (Internationale der Kriegsdienstgegner).*
Das erwähnte »Attentat« meint den am 25.6. von der Roten Armee Fraktion (»RAF«) verübten, misslungenen Anschlag auf den NATO-Oberbefehlshaber Alexander Haig. Lanz führte in der Folge eine umfangreiche Korrespondenz zum Thema politische Gewalt mit sozialistischen Gruppierungen in Zürich und Genf.

29.6.1979 ....

Hier heisst der Tag »Bündelitag«, eine weitere Besonderheit der baslerischen Sprache. Nun, mein studentisches Bündel kann ich noch nicht packen, der Uni-Betrieb läuft noch eine Woche. »Fasces« ist, wie jeder Lateiner weiss, der lateinische Begriff für Bündel und begriffliche Grundlage für den Faschismus, dies nur als kleine Anmerkung zum heutigen Tag.

Loki nicht mehr gesehen. Schwere Kopfschmerzen? Babs (um beim Thema zu bleiben) stets fleissig und anständig. Mona hat erst Ende Juli Ferien, sie will mit einer Freundin mit Interrail zwei Wochen »in den Süden«, offenbar können sich die beiden aber nicht entschliessen (Spanien/Portugal gegen Italien/Griechenland). Kati und Hegel haben gestern Abend über das Attentat auf den amerikanischen General diskutiert. Als ich hinzukam, ging es um die Frage, ob ein solches Attentat »mobilisierenden Charakter« habe, was Kati sehr unterstützte, während Hegel skeptisch war. Um den Typen wäre es nicht schade gewesen, sagte Kati, das ist nicht die Frage, sagte Hegel, sondern ob die Aktion sinnvoll sei und zur Überwindung des herrschenden Systems beitrage oder nur ein Strohfeuer sei, während Kati den hohen symbolischen Wert einer solchen »Kommandoaktion« betonte, weil jede grössere Umwälzung auch von symbolischen Aktionen getragen werde, wie z. B. der Sturm auf die Bastille oder die Ermordung der Zarenfamilie, worauf Hegel kopfschüttelnd zum Kühlschrank ging und ein weiteres Bier holte. Der Erfolg der Revolutionen, sagte er, hätte nichts mit symbolischen Aktionen zu tun, sondern vielmehr mit dem Unmut der Bevölkerung, was Kati nicht verneinte, dem aber entgegenhielt, dass gerade der Unmut der Bevölkerung gewissermassen kanalisiert werden müsse, damit er Kraft entfalten könne, und dafür eignen sich solche Aktionen gut. Sie fragte und schaute dabei aus dem Fenster, wie er denn, Hegel, ganz grundsätzlich die Revolution verstehe, worauf Hegel sagte, die ungeteilte Substanz der absoluten Freiheit auf dem Thron der Welt (oder so ähnlich).

Ich sass artig da, trank Bier und hörte dem Gespräch zu. Später gesellte sich auch Mona noch hinzu. Ein seltener Moment.

Meine Finger schmerzen vom Tippen, ich sollte gelegentlich eine neue Maschine kaufen, diese ist alt und anstrengend und ausserdem harzt es mit dem grossen »T«.

2.7.1979 ....

Am Wochenende war hier die Hölle los. Die studentische Szene stimmt sich offenbar auf die Semesterferien ein. Hegel ist in den letzten Tagen augenscheinlich wacher geworden, seine Aufenthalte in der Küche länger, er grüsst und erkundigt sich, schaut in die Augen und nicht an ihnen vorbei, spricht klar und nicht vernuschelt, und ist auch insgesamt aufrechter. Am Wochenende waren, wie gesagt, er und fünf, sechs seines philosophischen Fachs hier und tranken um die Wette, sodass es sogar Kati zu viel wurde. Jedenfalls verliess sie gegen Mitternacht ziemlich verärgert die Wohnung und tauchte erst am Sonntagnachmittag wieder auf. Wer weiss, wo sie gewesen war.

Draussen ist April.

Das grosse »T« gelingt fast nicht mehr, ich muss dringend eine neue Maschine kaufen, doch woher das Geld nehmen. Eltern? Arbeiten? Sparen?

Max Frisch sprach am VPOD-Kongress zur Repression in diesem Land.

Nachtrag: Referat ist in der BaZ abgedruckt, muss ich unbedingt beschaffen.

6.7.1979 ....

Erste Semesterferien!!!

Hegel hat mir eine neue, alte Schreibmaschine vermittelt, nicht gerade ein Spitzenmodell, aber immerhin brauchbar und fast geschenkt, das grosse »T« und alle anderen Buchstaben funktionieren tadellos.

Mona arbeitet bis Ende Juli und geht dann mit einer Freundin »in die Berge«, Hegel hat vor, eine Arbeit über Platons Ideenlehre zu schreiben, Kati hat im Copy-Shop noch viele Überstunden, die sie »tagweise« einziehen will. Sie hat übrigens in den letzten Tagen erneut vom Anschlag auf Haig gesprochen, Hegel scheint die Sache ziemlich ernst zu nehmen. Und die Ferienpläne von Babs? Sie will ihrer Grosstante »im Garten helfen«. Wahrlich eine Mutter Theresa von Birsfelden! Im Garten Birsfelden. Garten Eden. Pissfelden.

8.7.1979 ....

Gestern Loki am Rheinbord getroffen. Ich liege an der Sonne, lese Uni-Literatur und plötzlich ein Schatten vor meinem Gesicht: Loki! Wir assen zusammen ein Glacé, dann ging sie schon wieder. Beim Abschied küsste sie mich auf die Wange und wünschte mir einen schönen Sommer. Dabei grinste sie unverschämt. Ich glaube, ich bin rot geworden. Nun, ich nehme sie mit in meine Sommergedanken.

Mit Frau Gehring langer »Schwatz« im Treppenhaus. Sie war früher Schauspielerin und arbeitet heute als Souffleuse im Stadttheater. Lebt offenbar allein, habe sie aber auch schon mit Männern gesehen.

9.7.1979 ....

Noch immer schön. Was für ein Gefühl! Habe gehört, es soll eine neue illegale Bar geben an der Türkheimerstrasse. Hegel hat sie mir raunend empfohlen.

10.7.1979 ....

Noch ist es hell, obwohl schon neun Uhr gewesen. Das sind Tage! Einzig die leidige Sache mit der Mietzinserhöhung trübt den Sommer ein. Auf den noch mit der alten Maschine getippten Brief wurde ziemlich schnöde geantwortet, offenbar ist nichts zu machen, ortsübliche Anpassungen. Zum Glück ist Sommer und alle hier in guter Laune, da sind revolutionäre Gedanken weit weg.

Über was ich lange nicht mehr schrieb, weil es mich offenbar zu stark belastet: Mein unseliger Gaststatus hier in der Hegnauer. Ich überlege mir ernsthaft, die WG zu wechseln! Es kann ja nicht sein, dass ich hier mehr geduldet als willkommen bin und bei jedem ernsthaften Gespräch das Gefühl habe, man rede in Gegenwart von mir wie in Gegenwart eines Kindes, das nicht alles hören sollte, was Erwachsene so miteinander reden. Hegel gibt sich zwar Mühe, doch diese Mühe merkt man ihm an. Kati gibt sich keine Mühe (mehr), Mona flirtet zwar hin und wieder mit mir, doch letztlich ist das nichts als ein Spässchen. Anfangs dachte ich noch, man freue sich auf mich, Mona war ja ausgesprochen aufmerksam und Kati immerhin an meiner Meinung interessiert, doch davon fehlt heute jede Spur. Kürzlich dachte ich, dass dies etwas mit der Attentatsdiskussion zu tun hat, denn seit dieser blöde Ami fast hochgebombt worden wäre, haben Hegel und Kati wieder ein einigendes Thema gefunden, an dem sogar, man glaubt es kaum, Mona Gefallen findet. Gehe nun eine rauchen.

28.7.1979 ....

In der »BaZ« wird Strauss »Faschistoides« vorgeworfen. (Wer ist dieser Peter Ziegler?)

Hier in der Hegnauer sind ruhige Zeiten angebrochen. Mona ist gestern in die Ferien abgereist, ich habe sie nicht mehr gesehen, Kati habe ich schon Tage nicht mehr gesehen und Hegel scheint tatsächlich an Platon dran zu sein, jedenfalls höre ich das Klappern seiner Hermes. Nun gehe ich ins Bett, bin sehr müde.

29.7.1979 ....

Hegel machte heute Andeutungen, die in Richtung junge Studentin weisen. Auch sonst war er offen und regelrecht sympathisch. Ob dies mit den abwesenden Frauen zu tun hat?

30.7.1979 ....

Schönes, heisses Sommerwetter. Ich bin fast den ganzen Tag am Rheinbord und lese. Bin schon ziemlich braun geworden. Kati immer noch abwesend. Wo sie wohl ist? Hegel schüttelte nur den Kopf, als ich ihn fragte. Was alles Mögliche bedeuten kann. Ich glaube, er weiss, wo sie ist, will es mir aus irgendeinem Grund aber nicht sagen.

Draussen laute Musik. War eine rauchen. Habe gehört, die Zigarettenpreise sollen angehoben werden, eine Sauerei, gerade für Menschen mit wenig Geld.

Hegel will am ersten August »ganz in Ruhe sein«, was ich verstehe. Ich möchte eigentlich auch »ganz in Ruhe sein«, bloss fehlt mir die Alternative. Innerschweiz ist keine Alternative, sondern eine Zuspitzung. Habe mir schon überlegt, Loki anzurufen und zu fragen, ob sie am 1. August mit mir was unternehmen will. (Ein Feuerwerk zünden!!)

2.8.1979 ....

Traktorunfall in Liestal.

Besetzung an der Florastrasse aufgelöst.

5.8.1979 ....

Der 1. August gewissermassen als Gegenpol zum 1. Mai. Hier das Nationale, dort das Internationale. Hier das Traditionelle, dort das Fortschrittliche. Hier das Gefestigte, dort das Offene. Hier Alte, dort Junge. Hier Bier, dort Bier. Das ist unser Land.

Von Loki keine Spur, wahrscheinlich ist sie in den Ferien, obwohl sie auf meine entsprechende Frage nicht bzw. unklar geantwortet hatte. Es sieht ja ganz so aus, als hätte sie mit mir ein lustiges Spielchen gespielt und jetzt hat sie keine Lust mehr auf dieses lustige Spielchen. In der WG Sommerruhe.

9.8 1979 ....

Hegel schaute heute mit einem Bekannten von der Uni die Tony-Randall-Show. Ihr Gekicher und Gelächter war in der ganzen Wohnung zu hören.

13.8.1979 ....

Heute schaute Hegel »Die seltsamen Methoden des Franz Josef Wanninger«. Ich frage mich, wie er solche Dinge mit seinem Philosophiestudium zusammenbringt. Immer noch angenehm warm, aber nicht mehr sonnig.

Gemäss »BaZ«: »Die in der DDR heranwachsende Generation sucht seltener die innere Befreiung in der riskanter gewordenen Flucht, zumal sie offenbar nicht so hohe Erwartungen an den Westen stellt.« Ich verstehe diesen Satz nicht.

15.8.1979 ....

Ich glaube, ich ziehe doch aus.

Grosse Flutkatastrophe in Indien, 15'000 Tote, fast 30 Grad hier.

19.8.1979 ....

In Nicaragua scheint sich die Revolution ganz gut zu entwickeln, jedenfalls hört man hier einige interessante Dinge von dort. Ich habe am Rheinbord zwei Studenten getroffen, die im selben Seminar waren wie ich. Einer davon hat einen Bruder, der momentan in »Nica« ist. Offenbar geht es ziemlich ab, wenn ich das Gehörte zusammenfassen kann: sozialistische Party! Nun gut, hier ist davon wenig zu spüren, ein wenig sozialistisches Geblubber und Gemurmel und Gesurmel, doch das macht halt wenig Spass. Habe mir überlegt, ein paar Tage in die Berge zu gehen. Werde mir überlegen, wie es mit mir weitergeht. Fühle mich verloren in Basel. Zwar habe ich einige Leute kennengelernt, manches sah sogar vielversprechend aus, doch eigentlich bin und bleibe ich ein innerschweizerischer Fremdling (Findling??). Hegel gibt sich zwar Mühe, irgendwie scheine ich seine soziale Ader zu aktivieren, Mona ist freundlich, mehr aber nicht, Kati ist nicht mal das. Und doch ist es Kati, die mich im Prinzip am meisten interessiert. Das kann ich an dieser Stelle sagen. Sie ist auf eine ganz spezielle Weise attraktiv (nur Loki kommt ihr nahe), sie ist nicht »schön« (so wie Babs), sie ist eben attraktiv, attrahere = anziehen, doch dabei bleibt es auch: Ich bin mit meinem Latein am Ende! Was mich hier hält, sind im Grunde drei Dinge: das Studium, der Rhein und – Kati. Loki ist verschwunden und vergessen, manchmal kommt sie mir vor wie eine sphärische Erscheinung, jenseits jeglicher Realität. So viel für heute. Es ist Sonntag. Ich werde noch ins Kino gehen, dann vielleicht ins Hirschi oder sonst wohin, wo ich vielleicht ein bisschen Gesellschaft erwarten kann.

Und noch etwas: Zoetemelk war an der Tour de France gedopt.

23.8.1979 ....

In Basel werden nun Glassammelstellen aufgestellt, eine hier ganz in der Nähe. Mona meinte, eine alleine in dieser Gegend würde nicht ausreichen.

25.8.1979 ....

RML besetzte iranisches Konsulat in Genf. Kati versteht ihre Genossen nicht. Sie telefoniert den ganzen Tag. Grosse Aufregung.

Mit Frau Gehring geplaudert. Ihr Vater sei ein Luzerner, sie sei oft in der Innerschweiz gewesen als Kind.

Was U. als »Besetzung« bezeichnet, ist in Tat und Wahrheit ein knapp zwei Stunden dauernder »Besuch« des iranischen Konsulats durch 15 Extremisten der RML (Revolutionäre Marxistische Liga). 1976 besetzte die RML das irische Konsulat in Genf, 1978 die argentinische Botschaft in Bern. Auch diese »Aktionen« verliefen kurz und erfolglos. Lanz telefonierte nicht den »ganzen Tag«, wie notiert, sondern einmal mit Freunden in Genf, um den »Erfolg« der Besetzung zu diskutieren.

28.8.1979 ....

Kati in Hochform: General Mountbatten in Irland ermordet. Eine gelungene Aktion, fand Kati, Hegel schüttelte zwar den Kopf, aber eher in zustimmender Weise (patriarchal).

Nun gut: Ist es schade um diesen Menschen? Verwandter des Königs, Royalist, mitverantwortlich für die Unterdrückung in Nordirland, superreich. Traurig bin ich nicht. Doch ethisch sauber ist die Sache nicht, habe mit Kati darüber gestritten.

30.8.1979 ....

War für ein paar Tage im Berner Oberland, in Meiringen. Dort wohnt meine Schwester und ihr Freund. Sie arbeitet in einem Hotel. Sie hat mir ein Zimmer für ganz wenig Geld vermittelt. Ich habe viel gelesen, bin ein bisschen herumspaziert, einmal ging ich nach Bern, wo ich durch die Gassen bummelte. Es war ganz schön, auch wenn die Temperaturen gefallen sind.

In Phnom Penh sollen wieder 10'000 Menschen leben, habe ich gelesen. Die Khmer findet Kati unmöglich, »biräweichi Puurälümmel«.

6.9.1979 ....

Heute in der Zeitung gelesen: »Gelähmte besuchen Bundesrat Furgler.« Mit Hegel »Dalli-Dalli« geschaut. Er tat, als wäre er im Studio. Allmählich geht mir dieser TV-Trubel auf die Nerven.

9.9.1979 ....

Ein bedeutsamer Tag! Habe mit meiner Seminararbeit begonnen. Pendle zwischen UB und der Hegnauer, lese und tippe, tippe und lese. Hegel wollte sich mit mir über das Thema unterhalten, doch ich bin ihm ausgewichen. Etwas später wollte er wieder über die Arbeit sprechen, ich war ziemlich wirsch. Kati scheint sehr beschäftigt zu sein.

U. hat im September 1979 kein einziges Buch an der Universitätsbibliothek Basel (»UB«) ausgeliehen.

10.9.1979 ....

Hätte ich nicht meine Arbeit, die Sonntage würden mich zermalmen. Es ist diese gespenstisch drückende Sonntagsruhe, die mir so sehr zu schaffen macht. Auch die anderen erscheinen mir dann jeweils wie hinter einem Schleier. Also grüble und notiere und schreibe ich Wörter, von denen ich meine, dass sie wenigstens gut tönen. Hegel scheint tatsächlich der Meinung zu sein, die Ursus-Werke in Polen besuchen zu können. Lange dachte ich, es handle sich um einen seiner schrägen Witze, doch allmählich befürchte ich, er meint es ernst. Sein Professor hätte Beziehungen zur polnischen Nomenklatur, so Hegel, er habe nächste Woche bei ihm einen Termin und würde die Sache ansprechen. Nun denn, ich bin wahrlich in einem Irrenhaus gelandet. Zeit, es zu verlassen.

Jody Scheckter Formel-1-Weltmeister.

20.9.1979 ....

Neuigkeiten: Habe WG-Angebot! In der Türkheimer wird ein Zimmer frei. Lage wäre nicht schlecht, Mitbewohner kenne ich nur oberflächlich, der einzige Nachteil: Die Bar im Keller! Wenn ich an die Partys im Sommer denke, kann ich mir ein ruhiges Studi-Leben dort nicht vorstellen, andererseits pulsiert wenige Meter neben dem Zimmer das Leben! Zudem treiben sich Hegel und Kati auch in der Bar rum, was zumindest im Fall von Kati auch sein Gutes hat. Doch das kann mir regelrecht egal sein. Sollen sie denken, was sie wollen. Ich könnte das Zimmer haben, muss bloss noch zusagen.

Wieder wärmer geworden, zum Glück!

22.9.1979 ....

Habe heute das Zimmer in der Türkheimer (»Türki«) besichtigt. Es ist hell und ruhig, allerdings ein wenig klein. Die Mitbewohner, zwei Frauen und ein Mann, sind o.k., der Mietzins ein paar Franken höher. Die eine Frau habe ich schon ein paar Mal in der Bar gesehen, sie heisst Christie, die anderen Namen habe ich schon wieder vergessen. Die WG will bis in einer Woche meine Entscheidung.

---

*Christine Gabathuler (*3.2.1957), zugezogen im April 1977, wohnt seit September 1977 in der WG an der Türkheimerstrasse, mehrere Bussen wegen Schwarzfahren, Teilnehmer an der Protestkundgebung »gegen die Tax- und Verkehrspolitik der Regierung sowie gegen den Polizeieinsatz anlässlich der Demo vom 1.3.78«, versuchte nach der Demo, den Verkehr zu blockieren, Teilnehmer an Protestversammlung im Zusammenhang mit dem Prozess gegen die beiden Terroristen Kroecker, Gabriele und Moeller, Christian am 30.6.1978 im Restaurant Post in Basel, figuriert auf der Liste von Personen, die am nächtlichen »Sleep-Out« gegen den Abbruch von Liegenschaften teilgenommen haben, Kontakte zu extrempolitischen Kreisen.*

23.9.1979 ....

Gestern war ich rekognoszieren in der Türki bzw. in der Bar. Ziemlich heftig. Kann froh sein, unbeschadet nach Hause gekommen zu sein. Der Schädel brummt und raucht! Christie und der andere aus der WG (Marc? Marco?) waren auch dort. Sie machen einen guten Eindruck. Marc/o ist schon etwas älter, wahrscheinlich 25 oder 26, ist Primarlehrer, sieht aber aus wie ein Landmaschinenmechaniker. Apropos: Hegel erzählte von seinem Gespräch mit dem Prof. »Exkursion« zu den Ursus-Werken, so Hegel, sei sehr wohl möglich. Man benötige eine Einladung, und die zu beschaffen sei für den Prof. kein Problem. Warschau sei viel weniger trist, als wir es hier im Westen dauernd zu hören bekommen, hätte der Prof. gesagt. Und das neue Modell MF 235 ein sehr leistungsstarker Traktor, der es mit jedem westlichen Traktor aufnehmen könne. Hegel geht stillschweigend davon aus, dass ich an seiner absurden »Exkursion«, wie er betont, interessiert sei und selbstverständlich mitkommen würde, falls es denn tatsächlich klappt mit dem Visum und allem anderen. Dabei denke ich nicht mal dran, eine solch blödsinnige Idee umzusetzen. Es gibt kaum etwas, das mich weniger interessiert als Traktoren, erst recht polnische.

Kati und Mona werden immer vertrauter, was ich noch vor zwei Monaten niemals für möglich gehalten hätte. Kürzlich waren sie sogar zusammen im Kino.

Post in Zeiningen überfallen. Mona meint, vielleicht die Vietnamesen. Kühl draussen.

Die im Warschauer Stadtteil Ursus produzierten »Ursus-Traktoren« wurden ausschliesslich in sozialistische Staaten exportiert. Rohstoff- und Ersatzteilmangel, Miss- und Vetternwirtschaft, ein Streik im Jahre 1976 und wirtschaftliche Schwierigkeiten der Abnehmerländer führten anfangs der 80er-Jahre zu einer tiefgreifenden Krise des Unternehmens.
Ein Visum für Polen wurde nie gestellt. Wahrscheinlich ist, dass Prof. Dr. Hans-Joachim Ploetz die Gruppe die ganze Zeit an der Nase herumführte bzw. eine Reise vortäuschte, die er zu keinem Zeitpunkt ernsthaft ins Auge fasste. Wieso er dies tat, entzieht sich meinen Kenntnissen.

25.9.1979 ....
Traum: Blieb im Lift stecken. Ich suchte den roten Alarmknopf, konnte aber keinen finden, wurde sehr unruhig, als auch noch das Licht ausging, stand in der absoluten Dunkelheit und hörte von draussen eine zarte Melodie. Als ich aufwachte, hatte ich die Melodie noch im Kopf. In der Hegnauer gibt es keinen Lift, aber in der Türkheimer! Was will uns das sagen?

Belusowa und Protopopow wollen Asyl in der Schweiz! Kortschnoi hat bereits Asyl erhalten. Werden wir jetzt Weltmeister in allen Sparten?

27.9.1979 ....

Extreme Neuigkeit: Hegel ist in Loki verliebt!!! Es ist schon spät, doch diese Geschichte lässt mich nicht in Ruhe. Hegel sass am Tisch, las in einem Buch bzw. tat so, als lese er in einem Buch, obwohl ich mit dem Rücken zu ihm stand, merkte ich, dass etwas nicht so war wie sonst. Plötzlich sagte Hegel: »Ich habe mich verliebt.« Ich stellte die Tasse in den Trog, drehte mich aber nicht um, überlegte, was nun auf mich zukommen wird, ein zynischer Nachsatz, ein Grinsen, Blätterrascheln. Doch Hegel sagte: »Sie heisst Loki«, und ich drehte mich um. Hegel schaute mich mit ebenso traurigen wie freudigen Augen an. Und dahinter verbarg sich noch was, das ich allerdings nicht erkennen konnte. Wir tranken Wein. Hegel erzählte. Würde Loki schon eine Weile kennen, schliesslich verkehrten beide im »Hirschi«, doch letzte Woche sei es auf einmal passiert, ohne erkennbaren Grund. Einfach so verliebt, sagte Hegel. Und Loki, fragte ich. Hegel drehte den Kopf, schwieg eine Weile, dann sagte er: »Ich habe ihr nichts gesagt. Aber sie kommt mich bald besuchen. Ich korrigiere einen Text von ihr.«

So verlief der heutige Abend. Hegel leerte fast zwei Flaschen Wein, ich stieg entgegen meinem Vorsatz dann auch in die Trinkerei ein.

28.9.1979 ....

Die Türki erwartet meinen Bescheid. Da sitz ich da, ich Narr. Die Hegnauer hat über Nacht an Attraktivität gewonnen. Ich bleibe hier.

30.9.1979 ....

Hegel geht entrückt wie ein ägyptischer Eremit durch die Wohnung. Dabei ist es wohl weniger die Askese, die er sucht, als die Ekstase, wenn ich das mal so auf den Punkt bringen darf. Heute Morgen telefonierte er, und das Gespräch dauerte doch tatsächlich mehr als eine Minute. Das ist neu. Bislang beschränkte er sich auf ein mehr oder weniger stummes Abnicken bzw. Kopfschütteln, telefonieren war ihm ein Greuel und jeder, der ihn anrief, bekam dies auch zu spüren. Das ist nun anders geworden. Loki macht aus Hegel einen kommunikativen Menschen, jedenfalls, was das Telefonieren betrifft. Als ich gestern diese Szenerie unauffällig beobachtete, fühlte ich mich ein wenig wie erdolcht. Ein schmaler, eleganter, tiefer

Stich ins Herz. Loki, ach Loki. Wie ist es möglich, dass du diesen gekrümmten Eremiten so nahe an dein Herz lässt? Diesen verstockten Philosophen? Der sein Wissen über Frauen aus der antiken Philosophie bezieht? Dessen Körper nichts anderes ist als ein etwas klappriger, ausgetrockneter, von allerlei Winden längst aus der Fassung gebrachtes Gehäuse für sein überschätztes Gehirn? Vermutest du Tieferes? Fleischigeres? Ach Loki, da gibt es nichts anderes! Hegel ist nichts als eine körperhafte Ahnung von etwas, das stets zerschwebt. Willst du ihn berühren? Das geht nicht. Hegel lässt sich nicht berühren. Deine Hand würde in die Leere greifen. Sie würde dort, wo du Haut und warmen Widerstand und Erwiderung erwartest, ein unerklärliches Nichts antreffen. Das ist nicht das, was du willst. Das weiss ich. Hegel ist gespenstisch.

Ich mag Sonntage nicht, vor allem, wenn sie so sind wie diese. Gehe nun auf den Balkon kräftig rauchen.

4.10.1979 . . . .

Mona ist nicht mehr so strahlend und offen wie auch schon, sie scheint ein wenig nachdenklicher geworden zu sein. Im Gegensatz zu ihr hat Kati eher an Wärme gewonnen, wenn dieses Wort im Zusammenhang mit Kati überhaupt Sinn macht, sie hat ein wenig – einen Millimeter – ihrer penetranten Sturheit verloren, vertritt aber selbstverständlich noch dieselben Positionen. Kürzlich flammte diese blödsinnige Debatte über Gewalt wieder auf, Hegel sprach von Tyrannenmord und dergleichen, ich glaube, er macht wissenschaftlich was zu diesem Thema. Ob da wirklich was läuft mit Loki, habe ich noch nicht herausgefunden, ja, Hegel telefoniert hin und wieder und ich bin ziemlich sicher, dass er mit Loki spricht, doch das will ja nichts heissen. Immerhin ist seine Verzückung verschwunden. Gestern allerdings zog er sich abends ein neues Hemd an und verschwand dann. Nun gut, malen wir nicht den Teufel an die Wand.

Die neue Schreibmaschine ist sehr gut, es schreibt sich viel lockerer als mit der alten.

5.10.1979 . . . .

Seit langem wieder ist mir Katis Ananasduft aufgefallen. Wie am ersten Tag. Hegel telefoniert!

7.10.1979 ....

In der Küche scheint es lustig zu sein, ich schliesse mich der Runde an.

Nachtrag: Bruderkuss von Honecker und Breschnew war Thema in der Küche. Hegel trieb die Sache sehr weit. Mona lachte wie verrückt.

8.10.1979 ....

Heute spielen »Boston« in Basel. Habe gehört, das Konzert sei ausverkauft, wäre sonst hingegangen.

Gestern mit Hegel und zwei anderen Philosophen abgestürzt. Es war sehr lustig. Hegel in sehr guter Stimmung, als Kati auftauchte, sang er die Internationale und niemand wusste, ob er das ernst meinte. Kati nahm die Sache locker und summte ein wenig mit. Als die beiden Philosophen (ich habe beide noch nie gesehen und ihre Namen schon vergessen) bereits am Gehen waren, kam Hegel mit dem Tyrannenmord und bezog die ganze Sache auf unseren Bundespräsidenten Hürlimann, was natürlich ganz im Sinne seiner philosophischen Freunde war und zu der Frage führte, inwiefern Hürlimann ein Tyrann sei und wie er am besten aus dem Weg geräumt werden könnte, mit Geist, meinte Hegel, das ertrage sein Kopf nicht, nein, noch besser, warf ein anderer ein, mit Humor, das sei ihm noch fremder, usw. Kati schaute amüsiert zu, sagte aber kaum ein Wort. Erneut bewunderte ich ihre slawisch-balkanische Schönheit.

9.10.1979 ....

Swissair stürzt in Athen ab. Unsere Swissair! Da geraten Gewissheiten ins Wanken. Wären dafür nicht Tote nötig, würde ich die Sache sehr unterstützen.

10.10.1979 ....

Gipfel der Lächerlichkeit: Hegel und Kumpanen schauen »Lolek und Bolek«. Wechsle ich die WG, dann in eine ohne TV! Immerhin: Es ist schönes, warmes Wetter.

16.10.1979 ....

»Mer hätte s Susanne Jenny gärn als Frau fir d FDP in Bärn.« Und darunter viele Unterschriften!

Die Herkunft dieses Slogans ist nicht bekannt. Möglicherweise handelt es sich um eine Erfindung von U.

17.10.1979 ....

Traum (gestern Nacht): Es ist Nacht. Es ist Krieg. Ich im Kugelregen. Raketen steigen in den Himmel. Für Augenblicke alles taghell. Neben mir keucht ein Mensch (Casartelli?). Dann wird alles langsamer, wie in Zeitlupe, der Krieg verliert an Schrecken, auch das Keuchen neben mir wird langsamer, leiser, bis schliesslich das Bild wie gefriert. Und ich mit ihm. Ich merke, wie ich von den Extremitäten her einfriere, wie alles kalt wird, meine kalte Hand befühlt die andere kalte Hand, meine Beine, mein Bauch, alles wird kalt, bis die Kälte meinen Kopf erreicht und ich erwache, schweissgebadet, ironischerweise.

18.10.1979 ....

Sollte dringend die Seminararbeit abschliessen. Bald beginnt das neue Semester, mein zweites. Endlich, kann ich nur sagen, endlich.

Doch was ich eigentlich sagen wollte: Gestern Abend war Loki hier! Was für ein Ereignis. Ich war gerade auf dem Balkon, als ich ihre tiefe, lederne, brüchige Stimme hörte. Ein Blitz durchzuckte meinen Körper! Ich zog an meiner Marocaine und ging dann hinein. Sie begrüsste mich herzlich und als ob nichts gewesen wäre. Hegel stand daneben. Er wirkte wie ein Grosswildjäger neben einem erbeuteten Elefanten. Interessanterweise war Loki ganz unironisch, ja schon regelrecht ernst. Ich erlebte eine neue Loki. Ihre Familie, ihren Wohnsitz erwähnte sie mit keinem Wort. Wahrscheinlich weiss Hegel überhaupt nichts über ihr wirkliches Leben. Wenn er wüsste, was ihr Vater in Bern so alles treibt und schreibt, er würde staunen! Aber auch Loki, denke ich, wenn sie wüsste, was Hegel wirklich denkt und wie weltfremd, ja sektiererisch er ist, dann würde sie auch staunen. Sollte ich ihr erzählen, dass Hegel mit seinen philosophischen Freunden »Lolek und Bolek« schaut?

22.10.1979 ....

Nationalratswahlen. Viel ist nicht passiert, leichte Verluste für SP und CVP, leichte Gewinne für SVP und FDP, immerhin POCH-Sitz in Basel und dies mit einem sehr guten Resultat. In der Romandie ein Sitzgewinn für die Umweltschutzbewegung.

Bewölkt, kühl.

Gestern wagte ich mich wieder mal in die Bar an der Türki. Meine Entscheidung, nicht in die WG zu kommen, ist offenbar nicht so schlecht angekommen, wie ich vermutet habe. Ein Lehrling aus dem Kanton Graubünden ist jetzt dort, wo ich hingewollt hätte. Eigentlich. Christie scheint ihn zu mögen.

23.10.1979 ....

Trostloser Regen. Ich stand lange auf dem Balkon, rauchte und schaute in den Innenhof. Seit ich hier wohne, hat sich niemand um die Pflanzen gekümmert, sie sind vollkommen verfault oder verdorrt oder sonst wie verreckt. Offenbar gibt es Gebiete, für die niemand zuständig ist. Dort, wo früher einmal eine Druckerei gewesen war, flackert nachts hin und wieder Licht. Keine Ahnung, was dort geschieht. Vielleicht Jugendliche, die sich einschleichen und heimlich kiffen. Oder andere Geheimnisse haben.

Loki war zweimal hier gewesen. Hat aber nicht hier übernachtet. (War wieder draussen, noch immer Regen.) Wie doch das Wetter die Stimmung beeinflusst!

Mascarin in Basel gewählt!

26.10.1979 ....

Freitagabend. Kühl. Düster. Volles Hirschi. Niemanden getroffen ausser Koni, hatte aber keine Lust, Geschichten über seine sowjetische Vergangenheit zu hören. Bier getrunken und bald wieder nach Hause. Doch was heisst nach Hause. Ich habe überhaupt gar kein Zuhause. Kein fester Ort. Hier fühle ich mich noch immer lediglich geduldet. Loki ziert sich mit Hegel, will aber doch was von ihm, das ist offensichtlich. Babs habe ich ein paar Mal an der Uni gesehen, sie strahlt mich jeweils an, wir wechseln ein paar Worte, doch mehr ist nicht. Sie ist zweifellos wunderschön. Habe übrigens kürzlich wieder erotischen Traum gehabt. Gab peinlichen Moment.

Morgen geht's in die Innerschweiz.

28.10.1979 ....

Kaum war ich »zu Hause«, raunte mir Hegel vieldeutig zu, dass Mona Besuch habe. Kurz darauf war der Besuch zu hören. Eine keuchende Männerstimme. Hegel verdrehte die Augen, ich verschwand in meinem Zimmerchen, wo ich bald darauf in die Tasten hämmerte. So wie jetzt. Denn was bleibt mir sonst?

1.11.1979 ....

Schreibe aus purem Verdruss. Zum Glück habe ich die Uni, sonst würde ich völlig vereinsamen. Warte auf Termin für Besprechung meiner ersten Arbeit. 17 Seiten wichtige Gedanken. Ich bin gespannt auf die Bewertung.

Thatcher in Bonn. Basel-Stadt hat höchstes Pro-Kopf-Einkommen (27'189), Appenzell knapp die Hälfte. Bin ich am richtigen Ort?

Hans Saner spricht von »Trennung von Eigentum und Arbeit und Verkoppelung von Eigentum und Macht«. Sollte mit Hegel darüber reden.

Mona hat keinen Freund, die Geschichte war einmalig, eine »Scene«, wie Kati sagt. Also gut, eine »Scene« hatte Mona. Ich habe den jungen Mann nie gesehen, er kam, keuchte, kam und verschwand. Überhaupt war die Sache kein Thema, Mona hätte ich solche Geschichten gar nicht zugetraut. Am nächsten Morgen ging sie wie immer früh aus dem Haus, beschwingt und singend und fröhlich. Vielleicht deswegen. Vielleicht macht Gedankenlosigkeit glücklich. Werde ich mir wohl nie angewöhnen können. Aber einen Vorsatz wäre es wert.

---

*Hans Saner (*1934), sogenannter Philosoph, der sich vornehmlich um die Verbreitung marxistischer Ideologie und »Friedensphilosophie« kümmert, mehrmals in Erscheinung getreten in Zusammenhang sozialistischer Tagungen, Mitglied der »Denkgruppe Ost-West«.*

4.11.1979 ....

Gelesen, geraucht, ruhiger Sonntag, Spaziergang zum Barfi, wo ich Zigi und Zeitungen kaufte.

Das Zitat von heute:

> Seit Generalsekretär *Breschnew* beim Festakt zum 30. Jahrestag der DDR in Ostberlin seine Abrüstungsofferten lancierte, mit denen er die Modernisierung der Nato-Atombewaffnung zu blockieren sucht, haben sich die Moskauer Propagandaschleusen nicht mehr geschlossen. Breschnews Drohungen und Lockungen werden Tag für Tag in den Medien des Sowjetblocks abgewandelt und die darüber im Westen entstandene Diskussion bis in Details hinein und natürlich immer im Sinne des eigenen Standpunkts verfolgt. Nach dem von sowjetischer Seite entworfenen Gemälde der Lage in Europa ist im Westen ein Versuch der Amerikaner im Gange, ihren Alliierten eine neue Nuklearbewaffnung aufzuzwingen, die ein angeblich bestehendes Gleichgewicht umstürzen und die Sowjetunion in eine Position der Unterlegenheit versetzen sollte. Dabei sorge doch Moskau nur für seine legitime Verteidigung. In Wirklichkeit ist es so, dass die Sowjetunion, die keine innere Diskussion derartiger Entscheidungen kennt und sie auch nicht mit ihren »Alliierten« bespricht, mit der Einführung neuer, Europa bedrohender Waffen ein *Fait accompli* vollzogen hat und nun mit den Mitteln der Politik und der Propaganda die westliche Seite mit ihren viel schwierigeren Beschlussfassungsprozessen am Nachziehen zu hindern sucht.
>
> Die Entscheidung der westlichen Allianz erträgt *keinen Aufschub*. Zurzeit ist auf dem Gebiet der weiterreichenden taktischen Nuklearwaffen noch ein annäherndes Gleichgewicht vorhanden, wenn man die

atomaren Kapazitäten der amerikanischen Flugzeugträger in den Europa benachbarten Gewässern und die zur Nato-Unterstützung eingeteilten Polaris-Unterseeboote in Betracht zieht. Der rasche Rhythmus, in dem die Sowjetunion die Einführung der mobilen und sehr genau treffenden SS-20-Raketen betreibt - man rechnet mit einer Produktion von 50 Stück pro Jahr, von denen rund 120 schon im westlichen Teil des Sowjetreiches bereitgestellt sind -, verlangt ein ebenso *promptes Reagieren*, wenn nicht bei den langen Anlaufzeiten der Raketenproduktion ein krasses Missverhältnis entstehen soll. Was heute beschlossen wird, kann frühestens in vier Jahren zur Verfügung stehen und in die west-östliche Bilanz der nuklearen Kapazitäten eingehen.

5.11.1979 ....

Grosse Aufregung in Teheran. Perser nahmen Geiseln in der Ami-Botschaft. Offenbar Studenten. Kati in Höchstform. Wandert dozierend durch unsere WG. Die Amis sollen den Schah ausliefern und er die gerechte Strafe erhalten. Ich fragte sie, was sie mit gerecht meine, sie schüttelte nur den Kopf, lächelte aber immerhin-irgendwie. Hegel scheint sich über die Sache zu amüsieren, meint, dass ein paar Mullahs die Grossmacht USA so in Bedrängnis bringen können, sei schon bemerkenswert. Bemerkenswert finde ich hingegen, dass Loki erstmals bei einer solchen Diskussion, sofern das Wort hier angebracht ist, dabei war (»gnietigä gagu«), Kati streng, Hegel locker, Mona am Arbeiten, ich schweigend und Loki irgendwie verwundert. Vielleicht über die Zustände hier. Ich glaube, Hegel wollte ihr Politik demonstrieren. Fand aber dann doch den Übergang zum MF 235, dem Ursus-Traktor, was Loki natürlich ganz besonders komisch fand. Werde ihr die Sache mit »Lolek und Bolek« vielleicht doch nicht erzählen.

Wetter schlecht. Meine Stimmung auch. Rauche viel zu viel. Nordmende bringt neue Farbfernseher mit Bildschirmtext und Bildschirmzeitung!

In der »BaZ«: »Der Friede beginnt im Herzen der Frau« von Dr. Johannes Müller.

8.11.1979 ....

Ein Donnerstagabend im November in den 70er-Jahren. Kati ist seit der Geiselnahme in grosser Aufregung, hat gestern mit Leuten in Genf telefoniert, Hegel wirkt lebendiger, seit er mit Loki zusammen ist, Mona stets fröhlich, ich wie ein Novembertag. Ich bin nun fast 20-jährig, nenne mich Student der Uni Basel, habe Eltern, die denken, ich werde was »Richtiges« und lebe in einer WG, wo ich das fünfte Rad am Wagen bin. Ausserdem habe ich den Anschluss an die Stadt Basel nicht wirklich gefunden. Im Sommer noch sah es anders aus, da dachte (und fühlte) ich, dass Basel meine Stadt werden könnte. Doch weit gefehlt. Ich bin ein Fremder hier. Gehe ich durch Strassen und Gassen, entsteht kein Gefühl von Heimat. Obwohl ich ziemlich schnell Leute kennengelernt habe und mittlerweile ins Hirschi gehen kann (oder in die Bar an der Türki) und dort bekannte Gesichter antreffe, bleibe ich fremd und heimatlos. Auch politisch fühle ich mich so.

Kleines Erdbeben in Mainz. Christine Egloff auf der Johanniterbrücke von einem Lieferwagen überholt und gerammt. »Ist den Verletzungen erlegen.«

12.11.1979 ....

Bewölkt, nicht mehr als 4,5 Grad. Doch der Schnee will nicht kommen. Meine Mutter sagte mir am Telefon, es hätte in der Innerschweiz bereits geschneit. Hegel sagte, Wintersport sei was für Idioten, und Loki lächelt. Kati trinkt Nica-Kaffee und fiebert mit den Persern.

»Israel will die jüdischen Siedlungen weiter ausbauen«, »Khomeini will keine Bitten mehr hören«, »Verzweifelter Kampf gegen den Hunger«, »DDR Rekordkuh«, »HSV stürzt Dortmund«, heute in der »BaZ«.

Gestern seit langem wieder einmal in Fritz Zorn gelesen. Ein wirklich gutes Buch! Bin ich Fritz Zorn?

20.11.1979 ....

Wetter unverändert. War mit Hegel spazieren! Man stelle sich das vor! Am Sonntagnachmittag klopfte Hegel an meine Tür und fragte, ob ich mit ihm spazieren gehen würde. Ich ging mit. Wir spazierten nicht. Wir wanderten. Wir rannten. Zuerst mit dem Tram bis Allschwil, dann zu

Fuss durch den Allschwilerwald. Wir überquerten brache Felder, überschritten die Landesgrenze, gingen und gingen und Hegel schwatzte und schwatzte. Ich sprach kaum ein Wort. Hegel erklärte mir die Welt. Erzählte von Platon und Spinoza, von Kati und Mona, vom Novemberwetter, von der weltpolitischen Lage, von seinem Cousin, der mit einer Türkin zusammen ist, von der Mietzinspolitik unserer Verwaltung, von Arten von Verzweiflung. Bei diesem Thema erwähnte ich Fritz Zorn. Hegel kennt ihn nicht! Und er nennt sich Philosoph!

26.11.1979 ....

Manchmal frage ich mich, wie denn die Welt in zehn Jahren aussieht. Ist der Schah nach Persien zurück? Hat die Sowjetunion den Westen überrundet? Oder doch umgekehrt, so wie es im Moment aussieht? Ist Furgler noch Bundesrat? Läuft Lassie noch im Fernsehen? Ist Hegel mit Loki verheiratet? Ist die SP noch im Bundesrat? Boxt John Tate noch? Habe ich das Studium abgeschlossen? Will Kati immer noch Politiker ermorden? Leben meine Eltern noch? Bin ich glücklich?

3.12.1979 ....

Schah verlässt New York, US-Botschaft in Tripolis gestürmt.

Loki gestern überstürzt weggegangen. Hegel vollkommen aufgelöst.

5.12.1979 ....

Mona hat sich in Hegels Liebesunglück eingeschaltet. Für einmal scheint ihr Rat gefragt. Sie nimmt die Sache gelassen. Offenbar hatte Hegel Dinge gesagt, die Loki so wütend gemacht haben, dass sie ihn stehen liess und ging. Was er wohl gesagt hat? Mona meint, das sei unwichtig, entscheidend ist, dass er sich bei Loki entschuldige, und zwar glaubhaft, wie sie hinzufügte.

Leon Schlumpf Bundesrat. Die Deutschen finden's lustig.

10.12.1979 ....

Relativ warm. Die Sache mit Loki scheint zu Ende. Hegel wirkt wie ein von Gott geschlagener Mönch. Sagte gestern Abend im Vollrausch, dass er die »huere gottverdammti Filosofie« aufgeben werde. Vielleicht gehe er in den Osten, nach Polen, dort hätte er ein Auskommen und Ruhe, die Polen würden stille Menschen schätzen. Ja, es würde ihm nichts ausmachen, bei den Ursus-Werken anzuheuern und mit dem stillen, einfachen polnischen Volk diese hervorragenden Traktoren zu montieren, da wäre er sich überhaupt nicht zu schade, er hätte diese laute, oberflächliche Welt total satt, »deed muesch nid schnorrä, heepä und joolä, deed hesch di Fridä und chasch seiche wenn d'wetsch«.

Stenmark gewinnt und gewinnt.

14.12.1979 ....

Hegel und Loki sind kein Paar mehr!!! Wenn sie es überhaupt je gewesen waren! Hegel wollte sich nicht entschuldigen (für was auch immer). Doch was macht Loki eigentlich über die Feiertage? Mona, die zu einer grossen Form auflief als Vermittlerin, wusste es auch nicht und war überrascht über meine Frage.

Will auf keinen Fall bei meinen Eltern Weihnachten feiern. Meine Mutter fragte mich, ob ich normales Fondue will oder »söttigs mit Fleisch«. Ich blieb zurückhaltend, sagte, ich wolle mir das noch überlegen. Meine Schwester ist offenbar an Weihnachten tatsächlich »zu Hause«.

18.12.1979 ....

Ist kalt geworden. Rauche nun drin.

Schah nun in Panama. Weiterhin Unklarheit über den Gang der Entwicklung. In der »Schweizer Illustrierten« bereits Schah-Memoiren: »Gott ist mein Zeuge.«

20.12.1979 ....

Mona geht zu ihren Eltern in die Ostschweiz (Frauenfeld). Sie ist inzwischen 20 geworden, strahlt noch immer. Leider hat sie ihre wunderschönen Haare kurz geschnitten. Kati meint, dies hätte mit ihrer Arbeit als Goldschmiedin zu tun, da sei es lästig, wenn einem ständig das Haar »is Zügs ine schrichlet«. Es sei eine gute Sache mit den Geiseln, meint Kati, die Amis ständen gewaltig unter Druck. Die Linke im Iran noch nicht geschlagen.

Hegel will sich die Sache mit den Ursus-Werken ernsthaft überlegen. Lernt jetzt Polnisch. Was die UNO zu den Frauen sage, entbehre jeglicher philosophischer Grundlage, sagte Hegel, die Frauen seien seit der Antike »anders seiend«, sagte er. Jegliche Verlautbarungen in dieser Richtung seien Zeitverschwendung. Das Polnische sei eine sehr elegante Sprache.

Lese wieder im Zorn.

Chevallaz im EMD, Nadig siegt weiter, Jura nun der ärmste Kanton, Appenzell nur noch zweitletzter.

23.12.1979 . . . .

Kühl. Aber kein Schnee.

Karolina Denzler-Sutter 104-jährig, Frauenarbeitsschule, »aufgeschlossene Tochter«, dann jahrzehntelang »freundliche Mitarbeiterin im bekannten Eisenwaren- und Haushaltungsgeschäft Sutter in Dornachbrugg«.

27.12.1979 . . . .

Donnerstagabend. Wieder in Basel. Die Wohnung sieht aus wie ein Schweinestall. Sogar Zigarettenstummel liegen auf dem Boden. Ich weiss nicht, was hier los war. Trotzdem, ich bin froh, hier zu sein.

Ich kann diese Scheinfröhlichkeit nicht mehr ertragen. Meine Schwester gab sich sogar Mühe, diese vollkommen idiotischen Lieder zu singen, ich verstehe sie nicht. Ob dies mit ihrem Typ zu tun hat (Primarlehrer)? Zum Glück war er nicht da. Immerhin ein gutes Fondue. Und viel Wein. Wirklich viel Wein. Meine »Tante Emma«, wie sie von allen genannt wird, war um 21 Uhr so betrunken, dass sie es vorzog, ins Bett zu gehen und die restliche Fröhlichkeit zu verpassen. Meine Eltern schenkten mir Geld, ein deutliches Zeichen der Distanz. Meine Schwester schenkte mir Max Frischs Tagebücher. Ich weiss nicht, warum sie mir diese Tagebücher schenkte und was ich damit soll. Hat das etwas mit ihrem Typ zu tun?

Dutschke in der Badewanne ertrunken.

29.12.1979 ....

Samstagabend. Hegel ist wieder da, mit gebräuntem Gesicht und guter Laune. Hat philosophische Entdeckung gemacht, von der er mir später erzählen will. Die Ski nahm er mit in die Wohnung, weiss Gott warum. Vor ein paar Tagen nannte er Sport »etwas für Idioten«. Ist wie verwandelt. Hat sich wieder was mit Loki ergeben?

Zoff auch in Afghanistan. Staatsstreich, Präsident bereits hingerichtet, eine unruhige Welt.

In der »BaZ«: »Vieles spricht dafür, dass das alte Spiel nun auch im Mittleren Osten über die Bühne geht – mit einer stillschweigenden Übereinkunft, welche den Iran noch immer der amerikanischen, Afghanistan aber der sowjetischen Einflusssphäre zuweist.«

Dann werden in der »BaZ« die 80er-Jahre vorausgesagt. »Das kommende Jahrzehnt wird aller Voraussicht nach im Zeichen sich verschärfender Gegensätze in allen Bereichen stehen. (...) Das Bewusstsein der Solidarität muss verstärkt werden. Das da und dort vorhandene Feindbild muss abgebaut werden.«

Oder: »Dennoch muss bezweifelt werden, ob damit die Gefährdung der natürlichen Lebensgrundlagen abzuwenden ist. Die entscheidende Frage: Genügt es, die kurzfristig erkennbaren Auswüchse in der Umweltweltzerstörung zu bekämpfen? Oder bedarf es einer Umkehr der gesamten Entwicklung: vom Wachstum zum Gleichgewicht?«

Oder: »Wird sich an der schweizerischen Aussenpolitik in den achtziger Jahren viel ändern? Wohl kaum.«

Oder: »Wenn nicht alles täuscht, spitzt sich die Krise im kommenden Jahrzehnt noch zu. Die Frage ist nur, ob es uns gelingt, sie zu bannen, oder ob eine neue grosse Katastrophe unvermeidlich sein wird. Wird es zum Eklat zwischen Ost und West kommen? Wird der Nord-Süd-Konflikt (vor allem das Hungerproblem) entschärft werden können? Findet sich der Islam zu einem neuen grossen Heiligen Krieg? Wird sich die (kapitalistische) Wirtschaft noch einmal als flexibel genug erweisen, um die Herausforderungen der kommenden Jahre bestehen zu können? Und vor allem: Wird sich die Natur als duldsam genug erweisen und unsere Misshandlungen weiterhin ertragen oder wird sie sich mit einem gewaltigen Aufbäumen zu rächen beginnen?«

Fragen über Fragen. Schauen wir mal am Ende der 80er, wie sich die Sache denn so entwickelt hat.

31.12.1979 ....

Montag, 31. Dezember 1979. Ein langes, wichtiges Jahr neigt sich dem Ende zu. Ich bin von zu Hause ausgezogen und habe mit dem Studium begonnen. Habe eine neue Stadt, neue Menschen kennengelernt, wenn auch keine neuen Freunde gewonnen.

Ja, 1980, was die 80er-Jahre bringen mögen? Die Zeichen sind unklar. Der Kalte Krieg könnte in eine neue Phase kommen, die Frage ist bloss, in welche. Die atomare Bedrohung existiert und nichts deutet darauf hin, dass sie verschwindet, trotz der SALT-Verträge.

Und wie geht es in der WG weiter? Wahrscheinlich werde ich nächstes Jahr ausziehen. Dass ich nicht schon ausgezogen bin, ist ja nur zufällig. Möchte aber in Basel bleiben, das Studium gefällt mir ja insgesamt.

Doch nun muss ich Schluss machen, ich gehe bald mit ein paar Leuten aus der Hirschi-Szene in den Silvester-Abend hinein. Ade, 70er-Jahre!

Und dann noch die heutige Fingerübung zum Abschluss der vergangenen Zeit: aus der heissgeliebten »NZZ«:

> Dass unsere Publizistik insgesamt so voll *Unheilserwartung* steckt, hat wohl mit den objektiven Rückschlägen westlicher Politik von Vietnam bis Angola, vom Mittleren Osten bis Zentralamerika zu tun, ebenso viel aber mit einem eklatanten Verlust von *Selbstvertrauen*, der noch andere Gründe haben muss. Dass wir vom Zivilisationsoptimismus der Grossväter so himmelweit entfernt sind, ist verständlich: Dazwischen liegen die Weltkriege wie die Erfahrung vielfältiger Zivilisationskrankheit von der Umweltzerstörung bis zur sozial-psychischen Entgleisung. Dahin ist auch das Vertrauen in die universale Anwendbarkeit und Ueberlegenheit der *Demokratie*, welches das amerikanische Zeitalter in den Nachkriegsjahren missionarisch geprägt hatte; liberale

Demokratie nach Montesquieu, Rousseau und Jefferson ist offensichtlich nicht jedermanns Sache geworden. In einer einseitigen Weise, die längst der Korrektur bedürftig wäre, ist sodann das *kolonisatorische Wirken Europas* in der »Dritten« Welt unter Pauschalanklage gestellt worden, zumeist von den Europäern selber. Die Selbstbeschuldigung hat krankhafte Züge angenommen, ohne dass allerdings den angeblichen Opfern des Kolonialismus geholfen worden wäre.

3.1.1980 ....

Die neuen Zahlen fühlen sich noch komisch an. Eine 8 im Jahrzehnt! 1980! Die 8 wirkt so neu. Es gäbe einiges zu erzählen über den Silvesterabend, doch erstens müsste das Farbband dringend ersetzt werden und zweitens bin ich müde.

Hegel ist ziemlich aufgeregt wegen der Sowjets in Afghanistan. Er befürchtet eine ungute Entwicklung für den Osten, wahrscheinlich denkt er an Polen. Habe übrigens keine Vorsätze gefasst.

4.1.1980 ....

Erster Freitagabend in den 80er-Jahren! Waldheim vermittelt erfolglos in Teheran, Peter Müller siegt in der Abfahrt, draussen bewölkt bei ca. 4 Grad.

Silvester übrigens war gut. Ausgelassene, nicht nur betrunkene Stimmung im Hirschi. Ich kannte fast niemanden, Lilli und Jörg waren da, aber auch viele jüngere Punks, später tauchte noch Koni auf, war bereits um Mitternacht sturzbetrunken. Um ca. 2 Uhr gab's noch ein Konzert, die Punks waren ganz aus dem Häuschen. Ich fand den Anlass mittelmässig, Punk ist mir doch ein wenig zu dramatisch, mir fehlt der Schalk. Ja, betrachtet man die Sache bei Lichte, ist Punk eine humorlose Angelegenheit, nicht unbedingt die Punks, aber die Musik. Es sei denn, man bezeichnet diese sehr direkte Form der Gesellschaftskritik als hintergründig witzig. Nun, ich liess mich zudröhnen, tanzte den Pogo bzw. liess mich tanzen und war ziemlich glücklich. Ich liess mich in die 80er-Jahre treiben in der tiefen Überzeugung, dass es gute Jahren sein werden. Ich werde mein Studium abschliessen, einen Job haben, eine Wohnung, vielleicht sogar eine Frau und noch vielleichter sogar ein Kind. Doch dies ist weit entfernt, auf jeden Fall war der Einstieg ins neue Jahrzehnt gelungen und ich voller Zuversicht, auch wenn im Moment nicht alles so stimmt, wie es stimmen könnte.

Mona ist bereits wieder am Arbeiten, sie wird dieses Jahr die Lehre abschliessen, wenn alles rundläuft.

Nachtrag: Wurde ans Telefon gerufen, meine Mutter. Sie teilte mir mit, dass mein Vater einen Herzinfarkt hatte. Ich gehe übers Wochenende in die Innerschweiz.

Was hier als »Anlass« bezeichnet wird, war tatsächlich eine chaotische, von infernalischem Lärm, Sachbeschädigungen, Beamtenbeleidigungen und sogar Körperverletzungen begleitete »Party«, die ein juristisches Nachspiel hatte, das erst im September 1982 zu einem Abschluss fand.

6.1.1980 ....

Sonntagabend. Meinem Vater geht es wieder besser, auch wenn er noch nicht ganz gesund ist. Das Herz schlägt noch Kapriolen und tut noch nicht, wie es sollte. Wahrscheinlich war alles zu viel, Weihnachten, Silvester, die neue Funktion als Abteilungsleiter. Jetzt muss er sich gut überlegen, ob er das Amt wirklich will, oder ob er nicht doch einfach nur unterrichten will. Schliesslich hat es ihm stets gefallen. Meine Mutter war auffallend ruhig. Die Sache scheint sie innerlich zu beschäftigen, all das Gepresste und Aufgeregte war auf einmal verschwunden. Ich hatte sie noch nie so gesehen. Ganz anders dagegen meine Schwester, es war, als ob sie mit meiner Mutter die Rollen getauscht hätte. Unruhig die ganze Zeit, ging sie hin und her, fragte und sagte tausend Dinge, setzte sich, stand auf, machte Vorschläge, redete auf Vater ein etc. Und mein Vater? Er scheint die Sache nicht so ernst zu nehmen. Machte auf Galgenhumor. Meinte, ich solle mir mein lustiges Studentenleben wegen solcher Lappalien nicht vermiesen lassen. Also ging ich wieder nach Basel. Zu meinem lustigen Studentenleben.

7.1.1980 ....

Was ich sagen wollte wegen Mona: Sie ist und bleibt der ruhige Pol unserer WG. Stets gut gelaunt und strahlend mit ihrem ganzen, hübschen Gesicht. Der neue Haarschnitt macht sie reifer, klüger. Ausserdem hat sie abgenommen, was ihr gut bekommt! Von einem Freund oder irgendwelchen Männerbekanntschaften habe ich nichts gehört, ich glaube, Mona will davon gar nichts wissen, sie interessiert sich in erster Linie für ihre Lehre. Mit ihr habe ich ein ungezwungenes Verhältnis, keine Streitereien, keine blöden Witzeleien, keine strafenden Blicke, kein eisiges Schweigen, nein, all dies nicht, einfach nur ein schönes WG-Verhältnis! Aber eben auch nicht mehr.

8.1.1980 ....

Wie beginnt ein Philosoph die 80er-Jahre? Indem er seine Zeit dem neuen Quiz des Schweizer Fernsehens widmet, »Tell-Star« mit unserem Beni Thurnherr. Gestern lief die Sendung das erste Mal und Hegel wollte sie unbedingt sehen, wollte herausfinden, wie er sagte, welches das »hegemoniale Wissen unserer Zeit« sei. Damit hat er sich dann ganz gut amüsiert und eifrig an den Fragen herumgedoktert. Von Loki keine Spur. Hegel scheint sie überwunden, ja vergessen zu haben. Ich nicht.

Marchais unterstützt die Sowjetinvasion, die KPI geht auf Distanz.

10.1.1980 ....

Meine neue Schreibmaschine war eine gute Anschaffung, sie arbeitet tadellos, bis jetzt fiel kein einziger Buchstabe aus, und das Farbband lässt sich problemlos auswechseln.

Kati, die in letzter Zeit keine so schlechte Laune zu haben scheint (wer weiss warum), ist ganz elektrisiert vom Attentat der Roten Brigade auf Polizisten in Mailand. Es soll drei Tote gegeben haben. Es sei Zeit, dass sich die antiimperialistischen Kräfte (»antiimpi«) weltweit erheben, von Nicaragua (»Nica«) bis Südostasien. Kati spricht auf Hegel ein, als ob sie ihn zu einem Attentat überreden wollte. Hegel tut desinteressiert, ist er aber nicht. Ich sehe genau, wie es in seinem Innern, das man nie unterschätzen darf, arbeitet. Schliesslich ist er Philosoph, wenn auch fernsehschauend.

Gandhi siegt in Indien.

14.1.1980 ....

Es ist wieder kalt geworden. Am Sonntagnachmittag war ich mit Hegel spazieren. Es war ein ganz speziell schönes Erlebnis. Hegel war nicht wie sonst, erzählte wenig, liess vielmehr mich erzählen! Wir wanderten durch wunderschön verschneite und gefrorene Landschaften, die mir märchenhaft und urweltlich zugleich vorkamen, es war wie eine Wanderung in zeitloser Gegend, nichts deutete auf die 80er-Jahre des 20. Jahrhunderts, es hätte vor 200 Jahren sein können oder in 200 Jahren. Die Äcker erschienen wie von Künstlern arrangierte Flächen, gross in ihrer Ausdehnung und doch so zart und fein strukturiert in ihrer Gestaltung, und am Himmel dieses Universum an Blautönen. Es war, als ob alle Farben in diesen blauen enthalten seien und es gar nichts anderes brauchte. Unsere Schritte wie ein regelmässiger, feiner Takt in einer ansonsten stummen Landschaft. Auch hier, es bräuchte keine anderen Töne, unsere Schritte waren Symphonie genug. Natur und Kultur verschmolzen zu etwas Neuem, das ich so noch nie gespürt hatte. Hin und wieder legte Hegel ein Wort wie ein kleines, fragendes Zeichen in die Landschaft. Von meiner Familie wusste er nichts. Wahrscheinlich war er ähnlich verzaubert von der Umgebung wie ich und deshalb so anders als sonst. Später kam Nebel dazu. Er gab den Dingen eine weiche Bedeutung. Nach der Wanderung war ich so glücklich erschöpft, dass ich nicht mal mehr das übliche Sonntagabendbier in der Küche trank.

18.1.1980 ....

Sandra Casartelli soll versucht haben, sich umzubringen. Offenbar hat Vater Casartelli in einem Zustand »der äussersten Erregung« dies Hegel erzählt, obwohl die beiden sich kaum kennen. Das Drama nimmt seinen Lauf! Ich dachte, wir hätten genügend Tote hier fürs nächste Jahrzehnt, ich will keine mehr! Ich habe Sandra in den letzten Monaten vielleicht drei-, viermal gesehen, stets zufällig im Treppenhaus oder auf der Strasse. Sie grüsste stumm nickend, wirkte schüchtern, aber gesund. Offenbar ist sie dies nicht! Vielleicht braucht es ein grosses Ereignis, dass sie aus ihrem Zustand herausfindet und endlich normal leben kann. Gemäss Hegel hatte sie die Matura gemacht und sei dann abgestürzt, seither pendle sie zwischen Hegnauer und Klinik.

Kati und Hegel diskutieren antiimperialistische Taktik. RAF und Rote Brigade stehen im Vordergrund.

Habe mich entschlossen, das MA ins Zentrum zu stellen. Trotz Graus.

Hegel schaute heute um 19.00 Uhr die Muppet Show!

---

*Frantisek Graus (*1921) war von 1972 bis 1989 Professor für die Geschichte des Mittelalters an der Universität Basel. Seine liberale Haltung missfiel – natürlich – der Studentenschaft. Wiederholt wurden seine Vorlesungen von sozialistischen Kreisen gestört. Er starb anfangs Mai 1989.*

20.1.1980 ....

Sonntagabend. Die SVP will die Olympischen Spiele nach München oder Montreal verlegen. Das Thema Afghanistan ganz stark, alle sprechen davon. Eine diffuse Angst macht sich breit. Ein Leserbrief gestern in der Zeitung: »In Afghanistan, einem kleinen Bergland, wie auch wir es sind, ist Krieg. Ein hilfloses Land wird von der Sowjetunion erobert. Worauf warten wir noch? Bis die UdSSR Asien, Afrika und Europa Stücklein für Stücklein aufgefressen hat.«

Ich weiss gar nicht recht, aber ich glaube, Afghanistan ist kein »kleines Bergland« und wir sind es zum Glück auch nicht. Jedenfalls sehe ich von meinem Fensterchen aus keine Berge, sondern nur denselben öden Innenhof, wie ich ihn bei meinem Einzug vor bald einem Jahr kennengelernt habe.

Peter Müller siegt am Lauberhorn!!!

22.1.1980 ....

Habe gestern Nachmittag Loki in der Stadt getroffen. Ich ging den Spalenberg hinunter, als ich sie plötzlich sah. Wir blieben beide stehen und begannen ein Gespräch. Sie erzählte mir, dass sie eine Woche »i de Bärgä« gewesen sei und dort ganz tolle Erlebnisse gehabt hätte und dass sie mit ihrem Studium nicht recht zufrieden sei und dass sie von ihren Eltern zu Weihnachten eine Reise nach Venedig geschenkt bekommen habe, für zwei Personen. Sie schien auf eine Frage zu warten, ich sagte nichts.

Im Denner Pinot Noir aus USA gekauft für Fr. 7.45.

27.1.1980 ....

Sonntagabend. War eine rauchen. Draussen riecht es nach Winterrauch, in den sich bereits ein wenig Frühling mischt. Eine zarte Süsse liegt in der Luft. Süssholz.

30.1.1980 ....

Die Sowjets scheinen den Widerstand in Afghanistan unterschätzt zu haben, Hegel weiss nicht recht, wie er die Lage einschätzen soll. Gestern waren wieder mal einige seiner »philosophischen Freunde« hier, sie haben heftig gestritten, ich habe mich in mein Zimmer zurückgezogen, Mona hat nur ihr Gesicht verzogen und hat dann die Wohnung verlassen.

»SP-Krach um Bankeninitiative«, »Peter Lüscher Slalom-Meister«, »113'000 für Zivildienst«, »Carter scharf angegriffen«, »Bani-Sadr bleibt hart«: Frontseite der »BaZ«.

Meine Mutter sorgt sich um meinen Vater, der neue Job scheint ihn sehr in Anspruch zu nehmen. Sie will, dass er sein Arbeitspensum auf 80 % reduziert, was in »seiner Position« gar nicht möglich ist, sagt er.

Heute Morgen wieder Sandra im Treppenhaus gesehen, sie grüsste wie immer freundlich und stumm. Sie sieht aufgedunsen aus, die Medikamente wohl.

1.2.1980 ....

Kein schönes Wetter, es regnet, ist kühl.

Kati ist angespannt, irgendwas scheint zu laufen, irgendeine illegale Sache, bloss habe ich keine Ahnung, was es ist. Ob Hegel davon weiss, kann ich nicht abschätzen, er ist wie immer.

Gestern Traum: Ich bin auf einem Jahrmarkt (Chilbi? Herbstmesse?), sitze in einem Sessel, der sich sehr schnell dreht, um mich herum verschwindet alles. Neben mir sitzt eine Frau, die ich nicht kenne. Plötzlich löst sich der Sessel von der Kette und fliegt davon. Alles geht durcheinander. Wir nähern uns dem Boden, doch der Sessel erreicht den Boden nicht, sondern gleitet im Abstand von ca. 2–3 Metern darüber hinweg, dies alles sehr schnell und trotzdem lautlos, als hätte jemand den

Ton abgestellt. Wir erreichen das Meer und sausen darüber hinweg, zwischendurch überfliegen wir eine Insel, einmal einen Schwarm Delphine, als ich bemerke, dass ich alleine im Sessel sitze. Die Frau ist verschwunden. Eine grenzenlose Angst erfasst mich, ich erwache.

3.2.1980 ....

Sonntagabend. Ich sitze an meinem Tischchen, hämmere in die Maschine. Draussen ist es noch immer kalt und regnerisch. Gestern habe ich Kati am Telefon belauscht. Ich hatte meine Tür geöffnet, wollte in die Küche, als ich sie in den Hörer flüstern hörte. Wenn ich richtig gehört habe, geht es um einen Sprengstoffanschlag. Genaueres habe ich nicht gehört, zwischendurch sprach sie Französisch. Sie ist in eine Sache verwickelt, zweifellos.

Entgegen der Mutmassung von U. war Lanz nicht in den Anschlag auf den Schiessstand verwickelt. Verantwortlich waren zwei Einzeltäter aus dem Umfeld einer lokalen sozialistischen Splittergruppe (UDV), die aufgrund höherer Interessen nicht für ihre Tat belangt wurden.

4.2.1980 ....

In der Nähe von Biasca ist ein Anschlag auf einen Schiessstand verübt worden. Jetzt ist klar, über was Kati gesprochen hatte! Ein wirklicher Terroranschlag! Direkt beteiligt war sie nicht, denn sie war die ganze Zeit hier, ich glaube, Hegel weiss auch davon, auf jeden Fall sprachen die beiden gestern Abend in der Küche lange miteinander. Als ich hinzukam, wechselten sie das Thema. Es war offensichtlich. Ein Grund mehr, hier auszuziehen. Auf eine Terror-WG habe ich keine Lust!

6.2.1980 ....

Die Täter von Biasca wurden gemäss Zeitungen noch nicht gefasst. Es handle sich wahrscheinlich um Linksextreme. Das ist wohl wahr! Immerhin gab es keine Verletzten, aber »beträchtlichen« Sachschaden.

Ich kann das immer noch nicht glauben! Kati darin verwickelt. Ist sie die Auftraggeberin? Hat sie den Sprengstoff beschafft? Die Leute organisiert? Das Ziel ausgekundschaftet? Und welche Rolle spielt Hegel in dieser Angelegenheit?

7.2.1980 ....

Kati lässt sich nichts anmerken. Soll ich sie darauf ansprechen?

8.2.1980 ....

Die Polizei tappt im Dunkeln. Wahrscheinlich werden die Täter niemals gefasst werden. Ich sollte die Angelegenheit vergessen, schliesslich habe ich anderes zu tun, als an einem läppischen Sprengstoffanschlag herumzudenken! Mein Studium geht nicht mehr so locker vorwärts wie noch letztes Jahr. Ich sollte mich mehr anstrengen.

Wieder schön und warm.

13.2.1980 ....

Loki fragte mich heute, ob wir am Wochenende zusammen ins Kino gehen. Im »Scala« würde ein guter Film laufen (Titel?). Ich habe, selbstverständlich, zugesagt. Was will sie denn von mir? Will sie letztlich Hegel, und ich bin ein Vorwand? Ein Ersatz? Oder will sie rein gar nichts, ausser mit mir ins Kino gehen?

17.2.1980 ....

Wunderschönen Abend mit Loki verbracht! Der Film (»Einer flog über das Kuckucksnest«) hat uns beiden sehr gefallen, sehr gesellschaftskritisch, und danach bin ich auch geflogen, aber nicht (noch nicht) in ihr Nest, nein, aber auf sieben Wolken bin ich geflogen.

18.2.1980 ....

Es scheint, ich habe mich verliebt!!!

20.2.1980 ....

Tito hat geschwächte Nierenfunktion.

23.2.1980 ....

Mit Loki spazieren. Fast den ganzen Samstagnachmittag waren wir unterwegs. Sie will nicht, dass Hegel davon erfährt. Wovon? Was geschieht zwischen uns? Das ist alles andere als klar. Ich vermute, wir wissen beide nicht, was wir voneinander wollen.

Bleibe heute Abend zu Hause.

26.2.1980 ....

Gestern »Morgestraich«. (»Morgesaich«) Mein zweiter hier. Das macht ihn nicht besser. Ich kann dieses blödsinnige Gepfeiffe und Getrommele nicht hören. Mona die ganze Zeit aktiv. Hegel ruhig. Kati unterwegs. Von der Biasca-Geschichte nichts mehr gehört. Kati hat sich aufgeregt, weil der Dom von Arlesheim innen sehr aufwendig renoviert wird. »Dene huerä Schofseckle vo Pfaffe rüert mer's Gäld nochä, anderi händ chum z'frässä, do müesst mer öppis machä.« Was sie damit meint? Den Dom sprengen?

Loki in der Mensa getroffen. Bei der Garderobe küsste sie mich auf den Mund. »Es Müntschi«!!! Es ist, als wäre ein Wunder geschehen!

28.2.1980 ....

Die Sowjets nach wie vor in grossen Schwierigkeiten. Migros-Frühling klagt gegen Migros. (Das verstehe ich nicht.) Mutterschutz-Initiative offiziell zustande gekommen. Nichts Neues in der Biasca-Geschichte. Kati hat sich beruhigt. Sie geht brav jeden Tag in ihren Copy-Quick.

Fasnacht ist zu Ende, zum Glück. Es sind die drei grässlichsten Tage in Basel. Wie Marionetten, ja was sage ich, wie Sklaven wackeln die guten Bürger hinter der Musik her ohne Sinn und Ziel. Dabei schauen sie so ernst, als wären sie Teil einer Beerdigungsprozession, ja, das ist die Fasnacht, ein grauenhaft in die Länge gezogener Trauerzug, begleitet von trostloser, monotoner Musik, als würde es darum gehen, den Überlebenden die Lust am Leben grundsätzlich zu versauen, das Einzige, was sie gegen die Unlust tun können, ist grenzenlos saufen. Wie bei einem »Liichämöhli« artet die Trauer auch hier in ein regelrechtes Besäufnis aus und alles, was noch ein mehr oder weniger funktionstüchtiges Geschlechtsorgan hat, besteigt oder lässt sich besteigen, wie es gerade so kommt. Und die »Basler Zeitung« tut während Tagen und Wochen nichts anderes, als diese Trostlosigkeit journalistisch zu begleiten und zu dokumentieren, als wäre der Rest der Welt verschwunden. Ein widerliches Blatt. Viel mehr Provinz geht nicht. Da ist der »Blick« ein Weltblatt dagegen. Hegel meint, dass die Fusion der beiden Zeitungen (»National« und »Nachrichten«) eine Schande sei und Tür und Tor für Dilettantismus geöffnet habe. Doch die »BaZ« bleibt sowieso draussen, hier liest man die »AZ« (und heimlich die »NZZ«.)

1.3.1980 ....

Samstagmittag, bin nicht allein, aber fühle mich so. Deshalb diese Fingerkuppenverschandelungsübung:

> Es fragt sich nun, wie die Moskauer Führung in dieser Lage reagieren wird. Man kann, wenn der Schnee schmilzt, zusätzliche Divisionen einsetzen und mit aller Brutalität modernster Kampfmittel und Polizeimethoden »durchgreifen«. Russland hat in der grauenvollen Niederkämpfung und Teildeportation von widerspenstigen Gebirgsvölkern aus zaristischer und stalinistischer Zeit einige Erfahrung. Die Widerstandskämpfer leiden noch schwer an *mangelnder Bewaffnung* und ungenügendem Munitionsnachschub. Wie wehrt man sich zum Beispiel in kahlen Gebirgen gegen gepanzerte, raketenbestückte Helikopter? Zudem besteht bei weitem keine einheitlich geführte Widerstandsfront. Die »Afghanen« bestehen aus Pathanen, Hasaren, Usbeken, Tadschiken, Belutschen und vielen anderen Stämmen, die in Hunderte von eigenwilligen Kampfgruppen und »Häuptlingschaften« recht heterogen gegliedert sind. Das hat seine Nachteile. Aber auch seine Vorteile: es gibt kein dominierendes Zentrum, das mit weit herum lähmendem Effekt zerschlagen werden kann.

Bestimmt stellen die Widerstände in Afghanistan nicht nur die regionale sowjetische Operationsführung vor Probleme, sondern haben auch ihre *Auswirkungen im Kreml*, wo ein Nachfolgekampf mottet. Angeschossene Bären können besonders gefährlich sein. Es darf nicht ausgeschlossen werden, dass Moskau versuchen könnte, seine Verlegenheit in Afghanistan durch Ausfälle gegen Flüchtlingszentren im pakistanischen Grenzgebiet, durch Schürung antipakistanischer Auflehnung in Belutschistan oder durch ein Ausgreifen auf persisches Territorium zu überspielen, unter dem täglich geübten Vorwand, die Schwierigkeiten in Afghanistan kämen von aussen.

5.3.1980 ....

Hegel will morgen zur Veranstaltung mit Dom Helder Camara im Münster, was mich ein wenig überrascht.

Leserbrief in der »BaZ«:

Die fünf Autorinnen der »Arbeitsgruppe feministische Theologie« Basel schreiben: »Ohne das Kreuz hätte die nackte Frau mit ihren grossen Brüsten, den geöffneten Beinen und der hervorgehobenen Scham (was für ein Wort!) keinerlei Anstoss erregt.« Und weiter folgt über den Tod am Kreuz und dieser Schilderung weiblicher Sexualität in verkommenster Lüsternheit eine religiöse Verknüpfung mit den »gesellschaftlichen« Leiden der Frau bis hin zu einem möglichen Gott mit weiblichen Erkennungs-»Bildern«. Deshalb: »Frauen haben dieses Bild nötig und auch Männer.«

Nein, so nicht, ihr von allen sittlichen Vorstellungen und moralischen Bindungen entfesselten, aller Frauenwürde losen Feministinnen, so nicht!

Eine noch saubere, ehr- und achtvolle Welt schämt sich für euch.«

M. Rhyn, Spiegel

8.3.1980 ....

Tag der Frau! Kleinere Aktionen in der Stadt. Es ist Mittag, Mona und Kati kochen, Hegel schläft wahrscheinlich in seinem Zimmer. Er hat mir kürzlich lange von seinem Prof. erzählt, ich glaube, er heisst Ploetz, ein Deutscher. Er sei im Osten gut vernetzt, hätte gute Kontakte nach Warschau und sei daran, die Reise zu organisieren, es sei aber unklar, ob dies 1980 noch möglich wäre, ev. müsse man die Sache im nächsten Jahr machen, polnische Mühlen mahlen langsam, meinte Hegel, was aber irgendwie positiv klang. Was ich vergessen habe zu sagen, Hegel hat ev. eine Freundin, Mona machte kürzlich eine Bemerkung. Hegel widersprach nicht, sondern lächelte nur sein dünnes Sphinx-Lächeln, das er dann einsetzt, wenn er im Unbestimmten bleiben will.

Muss aufhören, Farbband bald zu Ende.

9.3.1980 ....

Sonntagabend. War heute bei Loki auf dem Bruderholz. Zum ersten Mal in ihrem Zimmer, ihre Schwester war auswärts. Ich bin noch ganz durcheinander. Es war wunderschön. Was für eine Frau! Hinter ihrer Ironie, hinter ihrer Lässigkeit verbirgt sich eine grosse Tiefe. Ach, ich finde gar keine Worte für meine Gefühle. Der 9. März 1980 gehört zu den schönsten Tagen meines Lebens.

Farbband eingesetzt.

11.3.1980 ....

Problem: Ich kann mit Loki nicht hierherkommen. Das geht einfach nicht. Doch bei ihr zu Hause ist meistens ihre Schwester, die arbeitet zwar tagsüber hart in einer Bank, dafür ist sie abends umso erschöpfter und hat gar keine Lust, auszugehen oder gar mal für ein Wochenende irgendwohin zu verreisen. Der 9. März war offenbar die grosse Ausnahme. Das heisst: Wir haben kein Plätzchen für uns. Umso mehr schmiegen wir uns in öffentlichen Orten aneinander, suchen ein warmes Plätzchen in der Uni, in der Mensa, im Lift, in einem Geschäft, manchmal auch in Hauseingängen wie in schlechten Filmen. Sie ist mein grosses Glück. Loki ist perfekt. Ich bin sehr verliebt.

Heute auf SW »Gebrüder Karamasow« mit Hegel – wahrscheinlich.

16.3.1980 ....

Sonntagabend. Habe vorher lange mit Loki telefoniert. Sie überlegt sich, das Studium abzubrechen (»has vercheibät«). Die Theologie sei zwar manchmal interessant, aber letztlich ohne Zukunft. Gott sei tot. Die Wissenschaft darum herum auch bald. Bloss könne sie dies ihren Eltern nicht sagen, sie würden wahrscheinlich den Kontakt mit ihr abbrechen und vom Geld gar nicht zu sprechen. Also suche sie eine Alternative.

Ich muss aufpassen, dass ich mein Studium nicht vernachlässige! Bei so viel Lokismus!

17.3.1980 ....

In Warschau ist ein Flugzeug abgestürzt! Hegel ist aufgeregt, er überlegt, ob wohl jemand im Flugzeug sass, der mit seinem Prof. bekannt war, was ich ein bisschen übertrieben finde, denn das wäre ein ausserordentlicher Zufall. Er hielt es schliesslich nicht mehr aus und ging zu seinem Prof., weil er ihn telefonisch nicht erreichen konnte.

Vorlesung geschwänzt, mit Loki im Kino.

18.3.1980 ....

Hegel ist beruhigt. Absturz traf nur Unbekannte.

20.3.1980 ....

Hegel scheint doch keine Freundin zu haben, habe ihn heute gefragt, er schüttelte nur den Kopf und lachte sein ironisches Lachen. Es sagte nur »Frauen« und in diesem Wort klang seine Enttäuschung über die Sache mit Loki mit. Hegel sei ein total unsicherer Mensch, sagte Loki, absolut beziehungsunfähig, und was das Sexuelle betrifft, hätte er keine Ahnung. Wenn Hegel wüsste! Ich möchte ihm diese Wahrheit nicht zumuten, jedenfalls nicht in nächster Zeit, unser WG-Friede würde erheblich gestört, doch ich will ja sowieso ausziehen, vielleicht vielleicht ergibt sich cinmal die Gelegenheit, zusammen mit Loki …

Doch Schwamm drüber, das ist kein Thema für heute – und auch nicht für morgen.

Grosse Afghanistan-Aufregung im Nationalrat, die Bürgerlichen wittern ihre Chance, die Linke gibt sich Mühe, die UdSSR-Botschaft in

Bern spricht von einer »sowjetfeindlichen Schweizer Presse« und liegt damit natürlich nicht falsch. Die Presse überbietet sich ja mit einer Mischung aus Angstmacherei und Antikommunismus, die Linke geht in Deckung und hofft, das Gewitter sei bald vorbei. Die Sache mit der Gegenolympiade ist allerdings vom Tisch, möglicherweise gibt es Boykotte der Spiele.

Klar, die Sache schadet der Linken in Europa sehr, darüber sind wir uns hier in der Hegnauer einig, allerdings besteht keine Einigkeit in der Frage, ob ein sowjetischer Erfolg längerfristig nicht doch hilft. Doch von einem Erfolg sind die Russen weit entfernt, die Mohammedaner leisten Widerstand.

Apropos Krieg: Auch hier gibt es so was Ähnliches, im Jura gab es am Wochenende schwere Strassenkämpfe, Kati unterstützt die Sache vehement, Hegel ist skeptisch, er traut den »jurassischen Dickschädeln« nicht, meint, das seien keine Linke, sondern »anarchistische Bauern und Tölpel«.

Noch was: Erich Fromm ist gestorben, in Locarno. Ihm verdanke ich einen Teil meiner Matura-Lektüre.

23.3.1980 ....

Sonntagabend. Ein wunderschönes Wochenende liegt hinter mir. War mit Loki wieder im Kino (»Towering Inferno«), in der Tat eine heisse Sache!

Mona scheint es nicht gut zu gehen, sie wirkt blass und unglücklich. Hegel meinte, die Lehre sei nichts anderes als ein modernes Ausbeutungsverhältnis.

Kati hatte Besuch. Eine Gruppe junger Männer aus dem Welschland. Die Terroristen?

Was ich beinahe vergessen hätte: Am Samstagabend gab es Streit zwischen Mona und Hegel bezüglich Fernsehprogramm: Hegel wollte »Petrocelli« schauen, Mona »Der Kommissar«, beide Sendungen liefen um ca. 23 Uhr. Da Hegel schon einiges getrunken hatte und Mona tatsächlich nicht in bester Laune war, artete die Sache aus. Mona setzte sich letztlich durch, Hegel verliess türknallend den Raum und ward bis Sonntagmittag nicht mehr gesehen. Unser lieber Philosoph ganz böse wegen »Petrocelli«!

26.3.1980 ....

Loki hat wieder grosse Theologie-Krise. Sie sagte, sie hätte das Studium nur ihrem Vater zuliebe begonnen, eigentlich hätte sie gar nicht studieren wollen, sondern hätte am liebsten das KV gemacht (»im Härzä«). Nun werde sie mit AT und NT und allerlei Exegese konfrontiert, was sie eigentlich gar nicht interessiere, und vor allem wisse sie nicht, was sie später damit anfangen soll. Morgen werde ich mit ihr ins Kino gehen.

1.4.1980 ....

Auf dem Marktplatz habe ich eine Rose für Loki gekauft. Verkauft wurden die Rosen von der »Aktion Rosen für Gelähmte«, immerhin, eine doppelt gute Tat!

Es ist bedeckt und relativ warm.

4.4.1980 ....

Katis Tag! Karfreitag! Gestern kaufte sie im Coop eine Flasche Champagner, heute gegen Mittag liess sie den Korken in den Innenhof knallen und prompt fluchte jemand aus dem gegenüberliegenden Haus. »Duäh nor bähhggä, schoofseggel«, rief sie ihm zurück, worauf der andere »verdammte Saufutz« krächzte und das Fenster schloss, so dass es richtig krachte. Karfreitag eben.

Habe Loki von Katis seltsamem Brauch erzählt. Sie findet dieses Getue kindisch, womit sie ja recht hat. Loki findet, man müsse die Religion an der Wurzel packen, alles andere sei bloss blödes Geschrei. Die Frage stelle sich allerdings, ob die Wurzel der Religion noch religiös sei oder ob man da nicht mit anderen Fächern kommen müsste. Ob man, wenn ich sie richtig verstanden habe, die Religion mit der Religion oder eben gerade nur ohne sie ausmerzen kann. Dies sind Überlegungen, die ich mir noch gar nicht gestellt habe. Was man nicht alles lernt im Theologiestudium!

6.4.1980 ....

Über Ostern war Loki bei ihren Eltern in Bern. Am Freitagnachmittag fragte mich Hegel, ob ich mit ihm spazieren komme. Ich sagte, ich müsse an meiner Arbeit schreiben, doch am Samstagmittag fragte er mich erneut. Also habe ich eingewilligt. Hegel ging wie immer ein wenig gebückt, seine karge Gestalt fügte sich wie ein alter, fast schon verschwundener Mann bruchlos in die Aprillandschaft. Da geht er, nein, rennt er und auf einmal bleibt er stehen, so, als würde er Atem holen, schaut mich an, atemlos, sein Blick zerfasernd, doch plötzlich die messerscharfe Frage: ob ich Loki liebe. Seine Augen sind jetzt ganz bei meinen. Gebündelt, silbergrau. Sein Blick klar wie selten. Er weiss, dass er Geduld haben muss. Er kennt meine Situation. Ich überlege eine Ausflucht und sage dann ja. Ja, ich liebe sie. Hegels Blick weicht nicht. Und sie liebt mich, sage ich. Plötzlich lächelt er und sagt: »Denn chömerjawiitergooh.« Und eilt davon. Ich hinterher.

So oft in so kurzer Zeit habe ich noch nie die Landesgrenzen überschritten. Schweiz-Frankreich-Schweiz-Frankreich-Schweiz. In einer Beiz in Flüh tranken wir was. Dann fuhren wir mit dem Tram zurück.

Das war Ostersonntag.

9.4.1980 ....

Mittwoch, Fussballtag. Hegel will unbedingt Europa-Cup schauen, er findet Nottingham »lässig«. Wegen Robin Hood?

Finde es gut, dass die Uni wieder begonnen hat. Ich mag den Betrieb.

14.4.1980 ....

Mit Loki fantastische Körperlichkeit.

Schönes Wetter bei ca. 15 Grad: Frühlingshaft.

16.4.1980 ....

Kati in Hochstimmung, Anschlag in Frankreich (Paris?) auf eine Computerzentrale. »Action directe«, sagte Kati sehr gedehnt und sehr französisch. Schon wieder Karfreitag, dachte ich. Das sei der Weg, um die »Impis« zu bekämpfen, durch direkte (»diräkti«) Aktion. Ich musste an unsere Klebeaktion vom letzten Frühling denken! Das war auch eine »diräkti« Aktion! Ansonsten sah Kati gut aus, es scheint ihr auch sonst gut zu gehen. Ich bin mir zwar nicht sicher, habe aber den Eindruck, dass ihr Körper weniger hager ist in letzter Zeit, was ihr gut steht. Ihr schön-scharfes Profil kommt so noch besser zur Geltung. Sie trägt in letzter Zeit oft schwarze, um die Hüfte sehr eng geschnittene Jeans.

Kissinger meint, dass die Verhandlungen mit den Palästinensern zu einem PLO-Staat führten und damit zu einem neuen »Holocaust« am jüdischen Volk.

Mit dem Studium einiges zu tun. Sollte wieder Arbeit schreiben, das Semester ist kurz.

18.4.1980 ....

Die Sowjets an der iranischen Grenze. Hegel und Kati ein wenig aufgeregt. Der Westen sehr aufgeregt. Ich nehme die Sache gelassen, die Sowjets werden sich niemals getrauen, eine weitere Grenze zu überschreiten, viel eher werden es wohl die Amis sein, die bald einmal ein Zeichen setzen werden.

Kati hat zu Ehren Sartres eine Kerze angezündet!

Gestern in einer Fernsehsendung ein Porträt über Günter Mittag gesehen, ein DDR-Politiker. Bei aller Ignoranz und undemokratischer Haltung hat der Osten auch sein Gutes. Im sozialen Bereich sind sie uns doch voraus! Hier spricht man von Freiheit, dort von Gerechtigkeit, ich halte die Gerechtigkeit für wichtiger – sage ich hier in aller diaristischen Verschwiegenheit.

Mit meiner Mutter telefoniert. Vater geht es gut. Hat ein wenig reduziert. Meine Schwester soll Heirat angedeutet haben! Dies die Neuigkeiten aus der Innerschweiz, mein liebes Tagebuch.

20.4.1980 ....

Wieder einmal Sonntagabend. Loki ist zu Hause und schreibt an einer Seminararbeit (etwas über das Thomas-Evangelium), Mona ist in ihrem Zimmer und ruhig, Kati ist ausgegangen, Hegel sitzt in der Küche mit dem Dicken, die beiden trinken Wein und sind laut, Hegel bringt wieder die MF-235-Geschichte und brüllt zwischendurch wie ein Traktor. Manchmal habe ich das Gefühl, dass mit Hegel etwas nicht stimmt. Wie kann ein Mensch so weltfremd sein und Philosophie studieren? Wie hat das Loki bloss mit ihm ausgehalten? Gut, sie waren ja kein Paar, aber doch näher dran, als Loki mir immer wieder versichert, da bin ich mir sicher. Vielleicht hat Hegel für Frauen eine gewisse Faszination, vielleicht stehen Frauen auf undurchschaubare und etwas schräge Typen wie

Hegel, die zudem als ausserordentlich klug gelten. Doch Hegel und eine Beziehung, das kann ich mir nicht vorstellen. Er sollte Priester werden. Dann könnte er predigen, Wein trinken und Traktate schreiben.

Frühling wieder vorbei, es ist kalt geworden. Mit Loki sehr schön.

23.4.1980 ....

Mona will Telefonbeantworter! Hegel ist natürlich strikt dagegen, riesen Streit, Hegel wettert gegen die menschenfeindliche Technik, spricht von Entfremdung und kapitalistischer Ideologie, Mona ist auch ganz aufgeregt, sie sagt, es sei wichtig, dass sie erreichbar sei für die Kunden ihres Ateliers und überhaupt sei so ein Beantworter eine tolle Sache, Hegel sei ein »konservativer Tschumpel«, Technik sei konservativ, schrie Hegel, »huereverdammti Technikgläubigkeit«, worauf Mona den »Blaupunkt Nizza« ins Spiel brachte, was Hegel dazu brachte, ihr eine Vermischung von Kategorien vorzuwerfen, »doch das z'verschoh bruuchts meeh als finii Händ«, worauf Mona ihm einen stechenden Blick zuwarf und die Küche verliess. Ich kann mir denken, dass wir bald einen Telefonbeantworter haben.

Heute übrigens ist Tag der Frau an der Muba. Heidi Abel ist dort, die hier sehr beliebt ist, Piera Martell singt ein Liedchen und die Preisträgerinnen des Wettbewerbs »Wir Frauen leben energiebewusst« werden bekannt gegeben. Hier schlecht über Heidi Abel zu reden, würde ich nicht wagen. Es ist wie in der DDR schlecht über Günter Mittag reden.

Es läuft »Die Strassen von San Francisco«, doch Hegel schaut nicht. Er lässt sich nicht blicken. Der »Blaupunkt Nizza« bleibt stumm.

24.4.1980 ....

Komme vom Kino. Mit Loki »Bonnie und Clyde« im »Alhambra« gesehen. Loki wollte zuerst »Kramer gegen Kramer« sehen, doch ich finde den Hauptdarsteller ziemlich blöd. Der Film war gut, das Danach aber besser! Erlebe mit ihr eine sehr schöne Zeit. Kann mir gar nicht vorstellen, dass dies einmal zu Ende geht.

Heute in der Stadt eine Reklame gesehen: »Gsesch, i ha Rächt gha, die glettschti Uswahl und die günschtigschte Priis het halt doch dr Möbel Pfischter«.

Was ich auch noch sagen wollte: Loki erinnert äusserlich an die Dunkle von »ABBA«, wenn sie auch die Haare kürzer trägt, zum Glück. Und jünger ist. Auch zum Glück.

Bin sehr müde in letzter Zeit, der Frühling will nicht kommen.

25.4.1980 ....

Mit Loki bei strömendem Regen Schuhe eingekauft. Sommerschuhe! Am Rathaus ein Spruch: »Die Politik ist tot, es leb die Freude.« Ob der Dicke was damit zu tun hat? Hegel hat sich seit der Telefonbeantworter-Sache zurückgezogen. Er weigert sich offenbar, TV zu schauen. Trotz Kategorienfehler (oder wie auch immer). Auch Mona scheint die Sache zu belasten, die beiden gehen sich aus dem Weg, und wenn sie sich begegnen, bleiben sie stumm. Ein Grund mehr, die WG bald zu verlassen! Eine solche Stimmung hält man nicht lange aus. Werde mal den Dicken unauffällig befragen, ob er denn was weiss bezüglich WG-Plätze.

26.4.1980 ....

Amis haben es nicht geschafft, ihre Geiseln zu befreien. Totale Schlappe. Die »BaZ« will das »iranische Abdriften ins sowjetische Lager« verhindern und »das Sowjet-Imperium in der Golf-Region zurückdämmen«.

27.4.1980 ....

Gestern mit Hegel und Kati wieder mal in der Bar an der Türki gewesen (Loki in Bern). Der Streit mit Mona scheint gross zu sein, Hegel denkt ans Ausziehen! Kati steht an seiner Seite, findet aber, Mona sollte ausziehen, sie hätte ja sowieso »Chölä vom Altä«, da könne sie sich ja etwas anderes leisten, »diä Mädäm«, sagte sie. Das habe ich nicht gewusst, dass zwischen Hegel und Kati auf der einen und Mona auf der anderen Seite ein so tiefer Graben besteht. Offenbar war die Sache mit dem Telefonbeantworter nur noch das Tröpfchen, das das Fass zum Überlaufen gebracht hat, wie man sagt. Doch ich bin ja gar nicht beteiligt hier! Da sieht man's wieder! Allerdings hatte ich den Eindruck, dass mich die beiden auf ihre Seite ziehen wollten, zuerst wollten sie wissen, wie ich zu Mona stehe, dann machten sie sie schlecht. Das macht sich schlecht, sage ich hier (zu dir, mein liebes Tagebuch). Immerhin überdeckt der Konflikt mit Mona Hegels Misstimmung wegen Loki und mir.

Es ist Sonntagabend. In meinem Kopf noch der dumpfe Takt von gestern. In der Bar war auch eine Gruppe Studis, die ich noch nie gesehen hatte, Cello (also der Dicke) kennt sie offenbar und hat intensiv mit ihnen getrunken. Als ich hinausging, sah ich draussen hinter dem Tramhäuschen den Dicken und – wahrscheinlich – einen jungen Studi beim Knutschen, bin mir aber nicht sicher, es könnte auch eine Frau gewesen sein, wahrscheinlich war es aber doch ein Mann bzw. ein junger Mann. Der Dicke also schwul. Wissen das sowieso alle? Bloss ich nicht? Möglich wäre es ja.

Sollte mit dem Rauchen aufhören. Loki raucht nicht und macht hin und wieder eine Bemerkung über meinen Mundgeruch (»Schätzli schmürzelisch böös«). Allerdings kann ich es mir fast nicht vorstellen, nicht hin und wieder auf den Balkon zu gehen, den total öden Hinterhof zu betrachten und dabei eine zu rauchen. Gerade wenn ich mich der Tagebuchschreiberei widme, tue ich dies mit ausgesprochen grossem Vergnügen.

28.4.1980 ....

Eigentlich wollte ich ja heute gar nicht schreiben und ausserdem ist es spät, doch Hegel und Kati haben heute »Tell-Star« geschaut! Es war wie eine Demonstration gegen Mona.

Es ist wieder wärmer geworden, alle hoffen jetzt auf den Frühling. Loki ist krank, hat Grippe, starke Kopfschmerzen.

Konnte mich noch nicht für ein Thema entscheiden.

29.4.1980 ....

Inserat in der »BaZ«: »Ich empfange gerne zur Diskussion über alle Probleme des Lebens beim »schwarzen Kaffee« in Basel. Interessenten nicht unter 40, mit gehobenem Niveau Tel. 061 / 23 98 14; nur ab 13.30 – 17 Uhr.«

3.5.1980 ....

Samstags schreibe ich fast nie, heute schon, denn erstens ist Loki wieder mal in Bern, (schon wieder, sagte ich, »muesch kä Gring schiisse«, sagte sie) und zweitens halte ich diese Stimmung hier kaum aus und verziehe mich in mein Zimmer. Lesen mag ich nicht. Komisch, seit ich Loki kennengelernt habe, mag ich nicht lesen, der »Zorn« liegt unberührt neben dem Bett, ob das Verlieben das Lesen irgendwie abtötet? Nun, das ist egal, morgen am späten Nachmittag kommt Loki wieder nach Basel.

Kati war gestern übrigens an der Grün 80, die Queen auch. Sie hatten die englische Fahne verbrannt. »Scheissimpi«, sagte Kati und grinste, offenbar machte es ihr grossen Spass, der Polizei nicht, sie versuchte, die Aktion zu verhindern, »super Äkschn«, sagte Kati. »Mitmarschiere, d'Queen flambiere« zitierte sie grinsend den Slogan der Demo.

Nun, wenn sich ihr Terrorismus auf das Verbrennen englischer Fahnen reduziert, hat die Welt ja noch mal Glück gehabt!

In diesem Zusammenhang ein Zitat aus der Zeitung, die neben mir liegt: »Wer ist der Imperialist? 1979/80 erobert die Sowjetunion Afghanistan – wann ist die Schweiz an der Reihe?«, fragt die »Aktion Freiheit und Verantwortung«. Allmählich geht mir dieser Afghanistan-Zauber auf die Nerven, die Russen sind ja nicht fähig, eine Kamel-Armee zu schlagen, wie wollen sie dann die Nato vernichten?

6.5.1980 ....

Kati hat sich in der Telefonbeantworter-Frage Hegel angeschlossen. Es gehe ums Prinzip, sagte sie. Ich will in dieser Frage gar nicht Stellung nehmen, komme aber wohl nicht darum herum.

Das Wetter wieder schlechter, höchstens 10 Grad, Frühling verschwunden, mitten im Mai.

Habe ein Thema für eine Proseminararbeit gefunden, Prof. findet das Thema auch gut. Schaffner macht mir einen guten Eindruck. Habe mir vorgenommen, fleissig daran zu arbeiten, will im Juli damit fertig sein.

Gestern wieder mal S. Casartelli gesehen, sie scheint sich erholt zu haben, machte einen guten Eindruck und sah sogar ziemlich hübsch aus.

Tito tot.

Bin müde.

8.5.1980 ....

Mona ist wieder da. Sie sagte mir, als wäre nichts passiert, dass sie ein paar Tage frei genommen und ein paar Freunde in der Ostschweiz besucht hätte.

Gestern sehr schönen Abend mit Loki verbracht. Schwester war endlich mal im Ausgang und blieb sogar bis nach Mitternacht!

Es ist wieder ein bisschen wärmer geworden, immerhin. Loki hat Sommerferien angesprochen. Die Semesterferien beginnen am 6. Juli und wir könnten dann was tun miteinander. Sie will in den Süden, am liebsten nach Italien.

Gestern übrigens fragte mich Hegel nach meiner Meinung zur Frage des Telefonbeantworters. Ich sagte, ich sei in dieser Frage unschlüssig, es sei mir egal. Ich hielte die Frage für nicht ganz so evident. Hegel sagte zunächst nichts, knabberte an seinen Lippen, schaute mich fragend an und krümmte dabei seinen Rücken noch mehr als üblich. Dann meinte er, ich solle mir die Sache überlegen, dahinter verberge sich ein grosses Problem, das Problem »des fortschreitenden Entfremdungsprozesses«. Darauf war ich nicht gefasst, denn Hegel hat ja nicht Unrecht. Vieles in unserer Gesellschaft ist nicht mehr echt, wird immer mehr »entfremdet« und die Menschen machen diesen Blödsinn mit. Ich sagte, ich werde mir die Sache überlegen, worauf Hegels Buckel sich leicht entrollte. Seit »Tell-Star« schaut er wieder hemmungslos TV, heute zum Beispiel die Trauerfeier für Tito.

Saronni gewinnt Zeitfahren im Welschland.

11.5.1980 ....

Grosse Neuigkeit: Meine Schwester ist schwanger! Deshalb die Andeutung einer Hochzeit, jetzt ist alles klar. Offenbar funktioniert die Sache mit dem Lehrer. Die beiden wollen sich im Berner Oberland niederlassen, sie wird ihre Stelle im Hotel kündigen und ihr Mann mehr Stunden übernehmen.

Ich werde also Onkel! Das kommt doch ein wenig überraschend und früh, ich habe mit Kindern überhaupt gar keine Erfahrung, sie kommen mir vor wie eine andere Rasse. Da bin ich mal gespannt.

War mit Loki spazieren, das Wetter wieder sehr schön. Sie erzählte mir viel von ihrer Familie und hat mich ziemlich überrascht. Was hinter einer so edlen Fassade sich alles verbergen kann. Eine ihrer Schwestern (Rahel?)

versuchte sich letztes Jahr umzubringen, der Bruder säuft viel zu viel etc. Wahrlich eine Familiengeschichte, ich konnte mir gar nicht alles merken.

18.5.1980 ....

Schreibmaschine war defekt. Tasten klemmten, nun ist sie repariert, kostete mich Fr. 24.50. Gehe erst nächstes Wochenende in die Innerschweiz.

Hegel sprach erneut vom Ausziehen. Er machte Andeutungen, dass Kati mit ihm eine neue WG gründen werde. Und ich? Hegel sagte nichts. Ich bin ihnen egal. Auch Mona bin ich egal. Zieht sie aus, bleibe ich hier, ziehen Hegel und Kati aus, bleibe ich hier. Was tue ich dann? Neue Leute suchen? Ausziehen, wie ich es eigentlich vorhabe? Loki hierherholen? Am liebsten wäre es mir, es würde alles so bleiben, wie es ist, jedenfalls im Moment. Ich habe genug zu tun mit meinem Studium, da brauche ich keinen Wohnungsärger.

Der Freund meiner Schwester hat offenbar Schwierigkeiten in seiner Schule, es gibt irgendwelche Vorwürfe gegen ihn, meine Mutter weiss »nüd Gnaus«, wie sie sagt, klang aber ziemlich besorgt.

Kati flüsterte mir kürzlich zu, dass Mona am Konzert von »Peter, Sue und Marc« im Feuteuil gewesen sei, und presste anschliessend glucksend die Lippen zusammen vor Wonne über diese Neuigkeit. Was das bedeutet, überliess sie mir, war aber offenbar sicher, dass ich die Sache ganz in ihrem Sinne interpretieren würde. Ich kann mir nicht vorstellen, dass sich Mona einen solchen Schwachsinn anhört, vermutlich liegt eine Verwechslung vor.

Übrigens schaute Hegel am Mittwoch das Spiel Deutschland gegen Polen. Er sass mit einem Typen, den ich hier noch nie gesehen habe, vor dem Fernseher und trank Bier, was er sonst selten tut. Doch offenbar verlangt Fussball nach Bier, während die Philosophie doch eher nach Wein verlangt. Ich schaute die zweite Halbzeit mit. Deutschland gewann 3:1. Hegel war richtig missmutig. Sein Mitfiebern nützte nichts, auch seine kargen Kenntnisse der polnischen Sprache (er besucht tatsächlich einen Sprachkurs) waren vergebens.

Übrigens fahren die Deutschen nicht nach Moskau, die Portugiesen schon. Und die Schweizer? Sie sollten fahren, denn die Konkurrenz ist kleiner als sonst.

21.5.1980 ....

Das Bier wird teurer! Eine Stange kostet ab Juni Fr. 1.30. Wenn das so weitergeht, geht bald niemand mehr in die Beizen.

Übrigens, der Typ, der mit Hegel das Match geschaut hat, heisst Jerzy und ist sein Polnisch-Lehrer. Hegel wollte heute Mittag, dass ich ihn Wörtchen abfrage. Er lernt wie ein beflissener Primarschüler. Ist ganz verbissen und strebsam. Jerzy ist ein Diplomatensohn, sein Vater arbeitete in der Botschaft in Bern. Als seine Mutter entdeckte, dass ihr Mann ein Verhältnis mit einer Botschaftsangestellten hatte, trennte sie sich von ihm. Er ging bald darauf nach Manila, Jerzys Mutter blieb in der Schweiz. Eine heikle diplomatische Angelegenheit, sagte Hegel. Man riet ihr, ein Asylgesuch zu stellen, was sie dann auch tat. Drei Wochen später waren sie und Jerzy anerkannte Flüchtlinge. Ein paar Jahre später heiratete sie einen Journalisten der »BZ«. Aus undurchsichtigen Gründen, wie Hegel sagte, verlor der Journalist seine Stelle, wurde Redakteur bei der »BaZ« und so kamen Jerzy und seine Mutter nach Basel. Inzwischen ist der Journalist bei der »Süddeutschen«, während Jerzy und seine Mutter noch immer in Basel sind. Jerzy studiert Jus und will Diplomat werden. Damit schloss Hegel seine Jerzy-Saga.

Gestern Nacht geträumt: Ich war in einem Schloss, die Menschen gingen zur Seite, wenn ich durch die Gänge lief, und andere fragten mich dauernd, ob ich was wünsche, andere kämmten mir die Haare, schnitten mir die Zehennägel, brachten mir Wein und Champagner, andere lasen mir Märchen vor, und als ich einen Saal betrat, rief jemand: »Der Herr Karl kommt«, Frauen schmiegten sich an mich, küssten mich, man spielte Musik und las Gedichte, man schwieg, wenn ich sprach, und flüsterte, wenn ich schwieg, jemand zog einen Vorhang zur Seite, ich sah auf einen riesigen Park und fragte mich in diesem Augenblick, ob ich König sei, und dann erwachte ich sofort.

Ursula Andress wurde Mutter.

Gehe rauchen, habe müde Finger.

28.5.1980 ....

Babs wird Ende Semester zu ihren Eltern nach Wettingen ziehen. Ihre Grosstante wurde in ein Pflegeheim eingeliefert. Sie wird wohl ihr Studium in Zürich fortsetzen. Damit ist die Akte Babs geschlossen.

Erneut Fernsehstreit, Hegel wollte heute Abend das Finale sehen, Kati »Die Strassen von San Francisco«, für einmal hat sich Hegel durchgesetzt, Kati ist in ihrem Zimmer verschwunden, Nottingham gewann 1:0.

Arbeit an Seminararbeit.

31.5.1980. . . . .

Mit Loki in der Fischerstube gewesen. Haben ziemlich viel Bier getrunken. Später setzten sich junge Italiener an unseren Tisch, die es hier offenbar sehr lustig fanden und auch ziemlich viel Bier getrunken haben. Sie flirteten mit Loki, was mir ja schmeichelt, anderseits war es doch ziemlich mühsam, »wixbirä«, flüsterte sie mir ins Ohr.

Bin anschliessend nach Hause, bei Lokis Schwester war Besuch. Habe noch den Schluss von »Petrocelli« gesehen.

Müde und glücklich.

2.6.1980. . . . .

Montagabend. Es regnet. Wenn ich rauche, höre ich es auf die verschiedenen Dächer der Umgebung prasseln, ganz unterschiedliche Töne, ein kleines Regenkonzert. Am Wochenende schwere Krawalle in Zürich, Demonstranten zündeten Container an und plünderten Geschäfte, Polizei sehr aggressiv, Hegel, Kati und ich sahen heute Abend die Bilder nochmals in der »Tagesschau«. Für einmal keinen Fernsehstreit. Hegel und Kati sind sich einig: Das ist eine neue Entwicklung. Nächstes Wochenende wollen sie nach Zürich, zusammen mit anderen aus der »Szene«, wie man Gruppen von jungen Menschen neuerdings nennt. Ich weiss nicht, was ich davon halten soll. Loki findet's »gäng geil wenn hantli was geit«. Bei sinnloser Gewalt habe ich schon Mühe, ich finde, dass das nichts bringt. Doch Loki scheint das anders zu sehen, was mich überrascht.

Sollte weniger rauchen, habe in letzter Zeit hartnäckigen Husten. Zudem macht Loki dauernd Bemerkungen, die nicht gerade nett sind.

Die im Sommer 1980 in Zürich ausgebrochenen sogenannten »Jugendunruhen« waren für meine Vorgesetzten Anlass, mich als Beobachter in die Zürcher Szene einzuschleusen. Ein Entschluss von wegweisender Bedeutung. Ich engagierte mich in verschiedenen Gruppen, unter anderem in der »Aktionsgruppe Rote Fabrik«.

4.6.1980 ....
Endlich Sommer! Noch einen Monat Uni, dann sind bereits wieder Semesterferien. Ich kann mich wirklich nicht beklagen. Andere, wie Mona und Kati zum Beispiel, können froh sein, wenn sie 5 Wochen Ferien haben und dies bei kleinen Löhnen. Mit meiner Arbeit geht es recht gut voran, ich bin oft in der UB in der Handschriftenabteilung, eine neue Welt für mich. Schaffner war zufrieden mit den ersten Kapiteln, regte einiges an, was ich ehrlich gesagt nicht wirklich verstanden habe. Wenn es so weitergeht mit dem Text, bin ich in einem Monat fertig. Dies sollte möglich sein, wenn die Lage hier in der WG nicht explodiert.

Als wir mit den Italienern in der Fischerstube sassen, habe ich erfahren, dass es einige Studentenhäuser und -wohnungen in Basel gibt, davon hat mir bislang niemand erzählt. Ich werde mich informieren, vielleicht ergibt sich was. Dann wäre die Frage auch nicht so aktuell, ob ich mit Loki zusammenziehen soll.

Von »Zorn« nur ein paar Seiten gelesen, dann das Buch weggelegt.

8.6.1980 ....
Die Schwangerschaft meiner Schwester verläuft offenbar nicht optimal, schuld sei die unsichere Anstellung ihres Freundes, der nicht wisse, ob er nächstes Schuljahr noch in Meiringen unterrichten könnte. Was vorgefallen war, wusste meine Mutter nicht – oder wollte es mir nicht sagen.

Es ist fast Mitternacht, Hegel und Kati noch nicht aus Zürich zurück. Von Kati nur der Ananasduft in der Wohnung.

9.6.1980 ....
Montagabend und grosse Aufregung. Hegel und Kati haben viel erlebt in Zürich, wenn auch die grosse Demo nicht stattfand. Die »Szene« in grossem Aufruhr, die Demo vom letzten Wochenende sei noch nicht verdaut, jetzt kämen sogar Bürgerliche und Pfaffen und wollen »Fridä schaffä«, wie Kati süffisant bemerkte. Das Telefon klingelt andauernd, offenbar haben Hegel und Kati in Zürich schnell Kontakt gefunden.

Für mich interessiert sich niemand. Kürzlich habe ich Hegel von meiner Seminararbeit erzählt, er schien gar nicht zuzuhören, sondern nickte und sagte »ja, ja, interessant«. So sind die Verhältnisse hier. Es wird Zeit, dass etwas geschieht in der Wohnungsfrage. Übrigens ist am Sonntagabend Mona kurz aufgetaucht, sie schien in bester Laune, sprach mit mir im Gang, erkundigte sich nach Loki, holte was in ihrem Zimmer und verschwand.

Basel schlägt Luzern 5:0, Hinault gewinnt Giro, dies die Dinge, welche die Menschen wirklich beschäftigen.

11.6.1980 ....

Was ich am Montag noch sagen wollte, aber zu müde war: Der Sport bekommt ein immer grösseres Gewicht in unserer Gesellschaft. Selbst Hegel, der grosse Philosoph, schaut sich Sportsendungen an und Kati wettete kürzlich 20 Franken auf Italien als Europameister. Daneben geht man demonstrieren. Passt denn das alles zusammen? Oder habe ich was verpasst? Bislang haben sich die sportlichen Diskussionen vor allem auf die Resultate beschränkt, wer gewann, wer verlor, wie lautete das Ergebnis, jetzt scheint daraus ein Thema entstanden zu sein, über das viel mehr gesagt werden kann. Und ich dachte, Linke fänden Sport blöd.

Beim Claraplatz auffallend viel Eleganz. Die »Art« wird heute eröffnet. Loki will hingehen, ich kann damit nichts anfangen.

15.6.1980 ....

Ein betrübter Sonntagabend, denn ich habe Loki am Wochenende kaum gesehen. Am Samstag hatte sie Besuch von irgendwelchen Verwandten, so konnten wir uns nur am Samstagmittag kurz sehen. Sie hadert wieder mit ihrem Studium, will die Theologie an den Nagel hängen, dort, wo sie eigentlich entstand, sagte Loki, am Kreuznagel. Dorthin soll die Sache wieder gehängt werden für die nächsten 2000 Jahre. Ihr Vater macht grossen Druck, droht jetzt auch mit Kontaktabbruch. Loki nicht mehr so fröhlich und ironisch wie sonst, im Gegenteil. Dies alles bedrückt sie sehr.

War eine rauchen, ist sommerlich warm. Bereits sind die ersten Grills auf den Balkonen aufgebaut, aus den Wohnungen dringt Musik, ein buntes Durcheinander, türkisches Gedudel, Punk und militärisches Gestampfe, alles schön gemischt.

Am Freitagabend war Mona für ca. 20 Minuten hier. Als sie wieder ging, säuselte Hegel »Quo vadis?«, worauf Mona den Mund verzog und sagte, »nach Lausä n'as Dorffäscht«. Hegel war sichtlich verunsichert und blieb es eine Weile.

War eine rauchen. Ein Wort zur Weltlage: Während es die Russen schwer haben in Afghanistan, sind die Amis in Angola einmarschiert. Und am Rotsee gewinnt: die DDR, wer denn sonst am roten See!

Es gewittert jetzt.

17.6.1980 ....

Grauenhafter Verkehr in der Stadt, wollte bei einem Studienkollegen in Birsfelden ein Buch holen, doch das Tram kam kaum vorwärts. Vier Fachmessen in der Stadt + »Tag der Deutschen Einheit«, das ist einfach zu viel.

Ist wieder kühler geworden.

Kati wieder sehr »duftig« heute, Ananas überall. Tropenstimmung.

Morgen mit Loki »Love and Death« von Woody Allen im »Central«. Freue mich.

Hegel in ausgezeichneter Stimmung. Schaut mir in die Augen, wenn er mit mir spricht!

22.6.1980 ....

Das EM-Finale läuft. Ich bin nicht in Stimmung. Hegel sitzt mit versammelter philosophischer Mannschaft vor dem Fernseher. Selbstverständlich unterstützen alle die Belgier, das sind die Guten. Und gestern noch die Demo hier in Basel. Habe die Sache nur aus der Ferne beobachtet. War mit Loki unterwegs, wir hörten, dass was lief, sie wollte unbedingt schauen. Also gingen wir über die Mittlere Brücke und schlossen uns mit einigem Abstand der Demo an. Die Stimmung war ziemlich aggressiv. Die Polizei zahlreich und nervös.

Am Freitag gab es eine Demo auf dem Theater-Platz, es musste sogar eine Theateraufführung abgebrochen werden, Kati war im Saal und fand »extreem was abgoht«. Sie riecht was, weiss aber nicht, was es ist. Ich auch nicht, übrigens. Ich vermute, dass diese Sache bald einmal wieder aufgelöst wird. Revolutionär ist die Stimmung gewiss nicht, obwohl Kati dies immer wieder betont.

Mich plagt ein hartnäckiger Husten.

24.6.1980 ....

Ich kann fast nicht schreiben, meine Hände zittern noch immer!

Loki wurde von einem Polizisten am Arm verletzt!!! Sie war heute Morgen im Notfall, glücklicherweise nur eine Quetschung, wir befürchteten einen Bruch.

Gestern wollten wir eigentlich ins Kino, kamen zum Claraplatz und bemerkten die Demo. Loki wollte sich dem Demozug anschliessen, ich wäre lieber ins Kino gegangen, also schlossen wir uns an. Es war ein komisches Gefühl, so mittendrin zu sein und diese aggressive Stimmung, wir wurden von Menschen am Strassenrand beschimpft. Wir erfuhren, dass es ums leerstehende Gaswerkareal bei der Heuwaage ging, eine Besetzung sollte es werden, AJZ, wie in Zürich. Die Trams konnten nicht mehr fahren, auf der Binningerstrasse setzten sich alle auf die Strasse, Loki fand dies besonders lustig und »effektiv«, die Sache wurde immer aggressiver, Leute wurden angerempelt und bedroht. Dann auf einmal Polizei, alles lief wieder zurück zum Barfi, beim McDonald's gingen die Scheiben zu Bruch, es war total verrückt. Loki und ich hielten uns vor dem McDonald's zurück, blieben auf dem Barfi, als plötzlich eine Tränengaspetarde vor uns explodierte, wir rannten weg, hinter die Elisabethen-Kirche, schliesslich versteckten wir uns mit ein paar anderen im »Atlantis«. Wir sprachen nicht viel, rieben uns die Augen aus mit Wasser, schnauften wie die Hunde. Dann gingen wir raus, durch die Freie Strasse in Richtung Kleinbasel. Kurz nach der Mittleren Brücke trafen wir ein paar andere. Es herrschte eine totale Aufregung. Wir waren total nervös, aufgedreht, entsetzt. Ich sah Koni mit einer Platzwunde am Kopf. Wir gingen wieder Richtung Claraplatz, als plötzlich Polizei auf uns zustürmte, Tränengas schickte und mit Knüppeln auf uns eindrosch. Es war extrem. So ist Chile. So war Nazideutschland. Loki und ich wurden getrennt, ich riss mich von irgendwelchen Händen los, rannte in einen Hauseingang, wo ich mich versteckte. Loki wurde verprügelt, die Nazis schlugen sie auf den ganzen Körper und beschimpften sie als »verdammti linki Sau«. Plötzlich tauchten einige Demonstranten auf und warfen Flaschen und anderes Zeugs auf die »Schmier«, der Kampfplatz verlagerte sich, ich versuchte, mir einen Überblick zu verschaffen, ging zurück auf die Strasse, suchte Loki, fand sie heulend und mit schmerzverzerrtem

Gesicht auf dem Boden. Dann wurde es ruhig. Die Menge zog ab, verstreute sich in den Strassen und Gassen von Kleinbasel. Wir blieben eine Weile so. Ich über sie gebeugt. Konnte nicht glauben, was geschah, und kann es bis heute nicht.

Kann nicht mehr schreiben.

Nachtrag: Loki geht es etwas besser, hat angerufen. Überlegt sich Anzeige.

25.6.1980 ....

War heute bei Loki. Ihre Schwester sehr besorgt. Eltern dürfen nichts erfahren. Deshalb keine Anzeige. Loki versteht die Welt nicht mehr. Hier in der Schweiz solches Nazitum. Die Polizei schlägt wahllos und grundlos auf Menschen ein und nichts passiert. Kein Polizist wird bestraft, der Polizeichef und Regierungsrat müssen nicht zurücktreten, es ist eine verdammte Sauerei! Es ist wirklich Faschismus hier in der Schweiz! Ich könnte das Polizistenschwein umbringen, das Loki verletzt hat. Hier hilft nur Widerstand! Widerstand gegen diesen Schweinestaat.

26.6.1980 ....

Loki hat noch immer Schmerzen. Ihr Hausarzt sagt, es dauere noch eine Weile, bis sie wieder schmerzfrei sei. Weil es den rechten Arm getroffen hat, kann sie nicht schreiben und auch andere Dinge fallen ihr schwer. Ich werde ein paar Tage bei ihr wohnen. Hole morgen ein paar Dinge von der Hegnauer (die Schreibmaschine nicht). Loki kann es nicht glauben, was passierte. Ich auch nicht.

30.6.1980 ....

Loki geht es wieder besser, ich war bis Sonntagabend in ihrer Wohnung, ihr Arm schmerzt noch, aber die Schwellungen sind zurückgegangen. Sie kann inzwischen wieder alltägliche Dinge verrichten, wenn auch eingeschränkt. Auch allgemein ist die Aufregung über die Demo und die Polizei gross. Habe Hegel und Kati von der Sache erzählt. Die beiden haben gestaunt, dass ich bei der Sache beteiligt war. Kati fühlte sich selbstverständlich bestätigt in ihrer Meinung, gerade heute, als bekannt wurde, dass ein französischer Industrieller entführt worden war von der »action directe«. Langsam kann ich solche Aktionen nachvollziehen. Offenbar hilft nur Gewalt, eine andere Sprache versteht der Staat nicht. »Bist du dumm und ein Rassist, werde Basler Polizist«, steht hier in der Nähe an einer Hausmauer. Das kann ich nur unterschreiben! Ich erinnere mich an den RAF-Anschlag im letzten Jahr auf einen NATO-Chef. Um solche Menschen ist es nicht schade, schliesslich haben sie hunderte, wenn nicht tausende auf dem Gewissen. Hegel hat den Tyrannenmord ins Spiel gebracht, meinte, auch sein Prof. würde Tyrannenmorde unterstützen, und heute gebe es andere Formen von Tyrannei als in der Antike, sagte er. Sein Prof. plane ein Seminar zu diesem Thema im nächsten Jahr, das werde bestimmt eine »heisse Sache«, meinte Hegel. Kati überlegt sich, am Seminar als Hörerin teilzunehmen.

---

*Hans-Joachim Ploetz (*6.11.1932) wurde wegen »linksextremistischer Umtriebe« 1970 von der Heinrich-Heine-Universität Düsseldorf »freigestellt«, hatte danach in Berlin und Frankfurt am Main Lehrstuhlvertretungen, bis er 1973 von der Universität Basel zum Professor für Philosophie berufen wurde.*
Ploetz pflegte auch während seines Basler Ordinariats Kontakte zu westdeutschen Sympathisanten der RAF und wurde vom Verfassungsschutz bis zu seinem Wegzug überwacht.

2.7.1980 ....

Lokis Arm funktioniert wieder einwandfrei, sieht allerdings noch nicht gut aus. Ihren Eltern erzählte sie, sie sei mit dem Velo gestürzt. Ausserdem möchte sie, dass ich ihre Eltern besuchen komme. Nun ja. Habe gedacht, dass die Zeit für solche Antrittsbesuche eigentlich vorbei ist, doch wenn Loki dies wünscht.

Die Sache ist im psychischen Sinn nicht spurlos an Loki vorbeigegangen. Sie macht mir einen gedrückten Eindruck. Ihre Fröhlichkeit und Ironie und ihr Witz sind praktisch verschwunden, ja, sie ist ins Grübeln geraten. Macht sich nun auch Gedanken über Politik, was sie vor der Demo fast nie tat. Wir sind ja zufällig in die Demo reingerutscht, aber es hat uns hart getroffen.

Übrigens, was fast untergegangen ist: Mona zieht aus! Das ist ein grosser Verlust für die WG, auch wenn die anderen das nicht so sehen. Mona war der Sonnenschein, Mona ist weder verklemmt noch verdüstert noch überheblich noch widersprüchlich, Mona ist einfach ein Sonnenschein, stets klar und fröhlich und sympathisch. Und übrigens auch sehr hübsch. Ich wohne hier mit zwei attraktiven Frauen zusammen! Ich kann mir vorstellen, dass Mona im Gebiet der Schmuckherstellung noch viel Erfolg haben wird. Sie ist geradlinig und offen. Kati sagte, sie bleibe in der Stadt, also besteht die Hoffnung, dass ich sie hin und wieder treffe, denn so gross ist Basel nun auch wieder nicht.

Das heisst: Es wird bis auf weiteres keinen Telefonbeantworter geben in der Hegnauer.

Nachtrag: Die Sendung »Telebühne« des Schweizer Fernsehens musste abgebrochen werden, weil Leute von der Zürcher Szene gestört haben. Habe die Sendung leider verpasst, Hegel hat sie gesehen und war begeistert, vor allem von der Hilflosigkeit der Moderatoren.

9.7.1980 ....

War zum ersten Mal an der »Grün 80«: mit Loki in der Lilienschau. Sie sagte, sie möchte nicht mehr »dr Eewig ha« und möchte wieder »täfu« werden, und da wären Blumen immer gut. Zuerst dachte ich, sie hätte zu ihrer Ironie zurückgefunden, merkte aber bald, dass sie es ernst meinte mit der »Grün 80«. Die Lilienschau war zu meiner grossen Überraschung völlig überfüllt, ich hätte nie gedacht, dass eine derart blödsinnige Ausstellung so viele Leute anziehen könnte. Nun, Loki fand es nett und sie war tatsächlich ruhig und sprach auch wieder von anderen Dingen, unter anderem von »Roxy Music«, die heute in Basel spielen. Loki mag die Band, von der ich ehrlich gesagt kein einziges Lied kenne. Und übrigens seien ihre Eltern am nächsten Samstag kurzfristig an irgendeine Vernissage eingeladen worden (???), so dass mein Antrittsbesuch in Bern verschoben werden muss, was mich nicht weiter stört.

Viel mehr als von der Lilienschau erhoffe ich mir von Venedig. Ich bin schon ganz kribbelig. Ich stelle es mir wahnsinnig schön vor, mit Loki eine Woche in Venedig zu sein. Unsere Zeit dort wird ihr bestimmt guttun. Ihr Arm ist noch immer gerötet, schmerzt aber praktisch nicht mehr, nur manchmal bei gewissen Bewegungen tut es ihr weh.

Meine Schwester hat übrigens eine Fehlgeburt erlitten. Meine Mutter schluchzte ins Telefon. Die Meiringer Behörden seien schuld, denn sie hätten Beat, so heisst der Lehrerfreund meiner Schwester, »usägheit«. Was die Vorwürfe sind, die man ihm zur Last legt, wollte sie noch immer nicht sagen. Das bedeutet, dass meine Schwester am Wochenende sehr wahrscheinlich auch in der Innerschweiz sein wird.

---

*Beat Ebnöther (*29.12.1955) wurde von der Schule Meiringen wegen Verdachts sexueller Handlungen mit Minderjährigen aus dem Schuldienst entlassen. Ansonsten ist nichts Nachteiliges über ihn bekannt.*

11.7.1980 ....

Mein Vater ist gestorben!

Meine Schwester rief mich an. Ich reise heute noch nach Hause. Loki konnte ich nicht erreichen.

14.7.1980 ....

Wo beginnen? Ausnahmezustand. Trauer. Planung. Ruhe. Fragen.

Ich kam um ca. Mitternacht an und alles war noch hell erleuchtet. Meine Mutter und meine Schwester umarmten mich. Meiner Mutter geht es sehr schlecht. Ich kann mir nicht vorstellen, wie sie die Sache überwinden kann. Meine Schwester ist geplagt von Schuldgefühlen, weil sie denkt, dass der Abort den Tod des Vaters verursacht hat.

Mein Vater starb an einem Herzinfarkt. Er war erst 56-jährig.

Wir hatten die ganze Zeit Besuch. Die Wohnung war von Samstagmittag bis Sonntagabend voll. Meine Schwester und ich kümmerten uns um die Gäste, besorgten Essen und Trinken, redeten mit dem Pfarrer, mit der Druckerei, mit der Schule, mit dem Beerdigungsinstitut, mit den Ärzten etc. etc. Meine Mutter blieb im Hintergrund, immer wieder verschwand sie in ihrem Zimmer. Am Sonntag kam dann auch Beat.

Die Beerdigung ist am Mittwoch.

Bin nur kurz in Basel, muss ein paar Dinge holen. Die Semesterferien haben begonnen, da verpasse ich wenigstens an der Uni nichts. Hegel und Kati haben mir etwas unbeholfen »kondoliert«, Mona, die noch nicht alle Sachen aus der Wohnung geholt hatte und deshalb kurz in der Hegnauer aufkreuzte, drückte mich an sich und sagte nichts. (Das war wohl unsere erste und letzte Berührung.)

Im »Vorwärts« gelesen, dass sich Radio 24 gegen die Zürcher Bewegung richtet, was ihr prompt Lorbeeren der Stadtregierung bringt.

20.7.1980 ....

Habe eine der schwersten Wochen meines Lebens hinter mir. Vor der Beerdigung hatte ich richtiggehend Angst. Ich habe meinen Vater nicht mehr angeschaut. Meine Mutter beugte sich lange über den Sarg, gestützt von meiner Schwester.

Die Kirche war übervoll. Ich glaube, fast die ganze Schule war dort, auch viele Schüler, daneben die übliche Verwandtschaft, seine Kollegen vom Theaterverein und ein paar Dienstkollegen, mit denen er noch immer Kontakt hatte.

Ich war ein Fremder. Dies die bittere Erkenntnis. Die Szenerie war gespenstisch, unerklärlich, weit weg, fern.

Ich weiss gar nicht, und dies sage ich nur hier, was ich verloren habe. Meinen Vater. Ja gut. Doch was bedeutet dies. Dass man seinen Vater verliert. Und verliert man ihn wirklich? Oder bleibt er nicht doch auf Lebenszeit erhalten? Als wäre er noch da? Körperlich ist er verschwunden, kalt und tot und bald wieder Staub, doch psychisch? Psychologisch?

Anderseits: War er je da? Ich meine, war er je eine wirkliche Realität, wie es z. B. Loki oder Hegel sind? Oder war er eine Funktion? Ich würde über solche Fragen gerne mit Hegel reden.

Es ist alles aus dem Tritt. Ich weiss nicht weiter. Loki ist so weit weg wie noch nie, seit wir zusammen sind. Was hat das alles zu bedeuten?

Der Juli ist noch immer schrecklich, man spricht vom schlimmsten Juli seit langem. Bin wieder in Basel.

Gehe rauchen.

21.7.1980 ....

Meine Mutter hat mich angerufen. Als Kati das Telefon abgenommen hat, hörte sie nur ein ununterbrochenes Schluchzen. Ich glaube, meiner Mutter war es egal, wem sie in den Hörer schluchzte. Kati hängte den Hörer an die Garderobe und holte mich aus meinem Zimmer.

Alles geht durcheinander. Vater tot, ich kann das noch gar nicht glauben, Loki weit weg.

Ich weiss nicht, wohin der Weg führt. Alles verworren, die Verhältnisse durcheinander. Wie ein Wald aus Schatten und nirgends ein Baum. Ich sitze in meinem Zimmerchen, rauche, trinke Warteck-Bier und weiss gar nichts.

Meine Mutter will, dass ich bald wieder nach Hause komme, »wenigstens für ä paar Dääg«, sagte sie.

Meine Schwester weint dauernd.

Der Juli bleibt beschissen kalt.

22.7.1980 ....

Morgen fahre ich in die Innerschweiz. Doch zuerst treffe ich Loki. Das muss unbedingt sein. Sonst verliere ich jeden Bezug zu ihr. Sie hat mich heute angerufen. Ich habe lange erzählt. Sie hörte zu. Es geht ihr nicht gut. Das war zu hören, obwohl sie nichts sagte.

27.7.1980 ....

War »zu Hause«. Weiss gar nicht, was das ist. Das »zu Hause«. Alles geht drunter und drüber, es ist, als würde die Welt einstürzen.

29.7.1980 ....

Schah ist tot, kann mir vorstellen, wie Kati den Korken knallen lässt. Zu Hause Vater tot. In Moskau Schweizer Goldmedaille. Für die DDR Maxi Gnauck erfolgreich, finde den Namen bemerkenswert. Maxi Gnauck. Was wohl aus ihr werden wird?

Loki, ach Loki. Es geht ihr nicht gut. Am Telefon immer wieder das Wort »Frömd. Frömd. Frömd«. Diese unglaubliche Tragödie.

Traum gestern: Nacht. Gehe über eine Brücke. Von unten ertönen seltsame Geräusche, Tiere vielleicht, altertümliche, ausgestorbene Tiere, die Brücke ist lang, viel länger als ich dachte, auf einmal zuckt ein blauer Blitz durch den Himmel, fällt Bäume in der Nähe, ich höre sie zischend auf den Boden krachen, Vögel fallen vom Himmel, da fällt der Blitz auf die Brücke, ich stürze in die Tiefe, unten die kreischend-schreienden Urtiere, Ungetüme, auf die ich nach einem sehr langen freien Fall treffe, ihre eklige, feucht-ledrige Haut spüre und rieche, dann, ich weiss nicht, wie viel Zeit vergangen ist, wache ich auf nasskaltem Boden auf, von den Tieren ist nichts mehr zu sehen, das Einzige, was ich vernehme, ist das Pfeifen irgendeines Vogels. Und über mir ist ein Himmel von wunderbarer Klar- und Blauheit.

3.8.1980 ....

Denke oft an meinen Vater. Durch die Beerdigung und all das Drumherum habe ich einiges erfahren, was mir unbekannt war. Das finde ich erstaunlich, dass jemand tot sein muss, damit man ihn kennenlernt.

Richtig Sommer draussen, 30 Grad, doch habe ich nichts damit zu tun. Loki hat sich zurückgezogen.

Unerwartet schnell und problemlos gelang mir der Anschluss an die Zürcher Szene. Welche Strategien und Mittel ich dabei verwendete, ist an dieser Stelle nicht von Interesse. Wichtig indes ist der Umstand, dass es mir gelang, im Anschluss an ein Konzert in der Roten Fabrik das Vertrauen von Lanz zu gewinnen. Und mehr noch, ich konnte dieses Vertrauen in eine sogenannte Liebesbeziehung umwandeln, die es mir erlaubte, während Jahren qualitativ einwandfreie Informationen zu erhalten, meine Position zu festigen und weitere ergiebige Kontakte zu knüpfen.

9.8.1980 ....

Leserbrief für die Abschaffung der Armee.

10.8.1980 ....

Habe mit Loki telefoniert. Ihr Zustand ist nicht gut, sie leide immer noch unter der Attacke der Polizei, sagt sie. Vom Tod meines Vaters spricht sie nicht, sie fragt auch nicht, wie es mir geht. Sie lese viel, sagt sie, denke nach. Ihre Schwester kümmere sich um sie.

Gestern ist Hegel aus dem Wallis zurückgekehrt, er ist braun geworden, sieht richtig gut aus, die gebräunte Haut gibt seiner hageren Gestalt etwas Kühnes, Draufgängerisches, man könnte ihn für einen Bergsteiger, Skilehrer oder Bündner Schlagersänger halten. Ich traf ihn gestern Abend vor dem Fernseher, er trank Wein und sah »Petrocelli«. Offenbar gibt es Überlegungen, einen seiner Philosophiefreunde in die WG zu holen. Das Problem sei der Mietzins, sagte Hegel. Wir müssten darüber reden.

Ryffstrasse immer noch besetzt, Hegel findet die Entwicklung »sauschpannend«.

13.8.1980 ....

Kühl geworden.

War bei Loki. Sie sieht nicht gut aus, ihre Haare sind strähnig und fettig, das Gesicht bleich und eingefallen, die Zähne noch gelber. Der Arm schmerze noch immer. Sie hat ihre Fröhlichkeit verloren.

Ihre Schwester sah mich seltsam, ja irgendwie feindselig an, wahrscheinlich denkt sie, ich sei schuld am Elend.

Loki lehnt sich an mich, besser: schmiegt sich in mich hinein, hört mir zu, wenn ich erzähle, fragt aber nie nach oder erzählt von sich, das Studium scheint sie immer weniger zu interessieren, auch ihre Familie in Bern hat kaum noch Bedeutung, einzig ihre Schwester, die offenbar immer wichtiger wird, Lotta, so heisst sie.

Ach, wie ich sie liebe. Habe es ihr gesagt, sie lächelte. Mehr nicht.

Auf ihrem Bett lag der »Maulwurf«.

Der »Maulwurf« war eine Zeitschrift der RML bzw. SAP (Sozialistische Arbeiterpartei) und erschien von 1971 bis 1986.

*Lotta Kistler (*12.12. 1955) war Abonnentin von 1978–1982. Sie heiratete 1983 einen libanesischen Staatsangehörigen und verzog im März 1984 nach Sofia.*

16.8.1980 ....

Heute Nachmittag Besuch von einigen Philosophenfreunden. Darunter offenbar auch der mögliche Nachfolger Monas. Er trägt einen Bart wie Marx, fest und stolz und männlich. Hegel führte ihn durch die Wohnung, als wäre er Hauseigentümer. Anschliessend wieder die übliche Ryffstrasse-Diskussion.

Habe Loki angerufen, Lotta wimmelte mich ab, Loki liege mit Kopfweh im Bett. Lotta arbeitet im Schweizerischen Bankverein, sie sei dort »huerä guet dinn«, sagte Loki kürzlich, manchmal sei sie etwas »gnietig«, das hätte mit den »Mackern« bei der Bank zu tun, eine Frau in einer solchen Position sei eben etwas Aussergewöhnliches, sagte Loki nicht ohne Stolz, wie mir schien.

Bin müde, war gestern in einer neu eröffneten Bar an der Feldbergstrasse und ziemlich abgestürzt. Auf dem Nachhauseweg versteckte ich mich vor gröhlenden jungen Männern mit hochgeföhnten Haaren: die übliche Basellanderscheinung an den Wochenenden!

18.8.1980 ....

Die Ryffstrasse wurde heute geräumt, grosse Aufregung. Hegel und Kati verliessen das Haus, als wäre generalmobilisiert worden: aufgeregt, überstürzt und doch innerlich gefasst in Anbetracht des nahen Heldentodes. Die Besetzer warfen die Möbel auf die Strasse, »geili Barrikadä«, sagte Kati, die mir berichtete, als sie kurz zu Hause war, um Bier und Wein zu holen, »wiä z'Tschile«, sagte sie und war bereits wieder weg. So sitze ich einmal mehr allein in der Wohnung, wo ich wenigstens niemanden störe mit meiner Tipperei. Einmal, es war anfangs Sommer, hat mich Hegel gefragt, was ich denn die ganze Zeit schreibe, Seminararbeit, sagte ich. Er glaubte mir nicht, glaube ich.

Befinde mich im Zustand einer unruhigen Langeweile. Habe heute Morgen um 9 Uhr die Küche geputzt und aufgeräumt, anschliessend Spaziergang bis zum Badischen Bahnhof, Zigi geholt, dann wieder zurück bis zur Hegnauer. Wo sich seit meinem Weggang nichts geändert hat.

Andererseits: In Polen tut sich was. Hegel ist aufgeregt, telefonierte mit seinem Prof., offenbar ist das Ursus-Werk nicht vom Streik betroffen, was sich aber noch ändern könnte, meinte Hegel. Von der Sowjetunion noch keine Reaktion.

Mit Mutter telefoniert. Es geht ihr ein bisschen besser. Hat Fotos, Briefe und anderes geordnet und einige schöne »Föteli« von mir entdeckt, wird sie mir geben, wenn ich wieder mal zu Hause bin.

21.8.1980 ....

Donnerstagabend. Die Welt ist unruhig. Innen und aussen. Loki meldet sich nicht. Ich rufe sie fast jeden Tag an, ich halte mich an die Bürozeiten, dann ist das Bankfräulein in ihrem SBV. Auf Nachfrage erzählt sie mir artig ihren Tag, sie lese viel, viel Politisches, höre viel Musik und schlafe viel. Wenn ich sie frage, ob sie an mich denke, sagt sie immer »gäng umä«.

Seit langem wieder einmal in der UB gewesen. Ich sollte wieder alltäglich werden. Das Alltägliche ist seit dem 11. Juli fast aus meinem Leben verschwunden, lebe im Ausnahmezustand und weiss gar nicht, wann das ein Ende haben kann.

Meine Mutter will, dass ich Rolf, einen Cousin von mir, hier ein paar Tage aufnehme, jetzt, wo ein Zimmer frei sei, »goht doch das guet«. Muss mit Hegel und Kati darüber reden. Ausserdem kenne ich Rolf kaum, er ist drei, vier Jahre jünger als ich, ich habe ihn schon lange nicht mehr gesehen.

23.8.1980 ....

> Im Grunde möchte man in *Hochrufe* ausbrechen auf die tapfer streikenden Arbeiter in den polnischen Hafenstädten, auf ihre Parolen für freie Gewerkschaften, für demokratische Rechte, für ein pluralistisches Polen.
>
> Was aber geschieht? Oeffentliche Zurückhaltung, in Bonn und Paris ohnehin, aber auch in Washington, wo sogar der Menschenrechtler Carter sich vor allem hütet, was von Moskau und den polnischen Kommunisten als »Intervention« ausgelegt werden könnte – vom gleichen Moskau, das von Kuba bis Vietnam nach Kräften interveniert. Man beschwichtigt sozusagen sein Gewissen mit Krediten. Fern sind die Tage, da nach dem Ersten Weltkrieg Weygand Warschau gegen die Bolschewiken verteidigen half oder es im Zweiten in London eine freie polnische Exilregierung gab. Es gibt bereits eine *Tradition westlichen Nichthelfens*.

Es wird Zeit, dass ich mit dieser blödsinnigen NZZ-Abtipperei aufhöre. Ich mache mir nur die Finger kaputt und verschwende Farbband.

24.8.1980 ....

Hegel und Kati sind einverstanden, wenn Rolf ein paar Tage hier übernachtet. Mir schien, meine Frage käme ihnen sogar gelegen – und hatte damit recht. Denn Martin (man sagt »der Bärtige«) soll hier einziehen, ein Philosophiestudent, anfangs Oktober. Und Martin komme aus einer »Prolofamilie«, hätte keine »Alten«, die ihn unterstützen können, und wäre deshalb auf unsere Solidarität angewiesen, »Solibeitrag«, nennt man das und es bedeutet Fr. 25.– pro Monat mehr Miete, dafür zahlt Martin Fr. 75.– weniger. Bei einer Monatsmiete von Fr. 150.– entspricht dies einer Erhöhung von ca. 17 Prozent. Einiges mehr als die Erhöhung vor einem Jahr durch die Verwaltung.

Gelebte Solidarität. Jede Frage meinerseits wäre auf Unverständnis gestossen. Also, ich bin hier nur geduldet, einmal mehr ist es klar geworden.

Morgen kommt mein Cousin, bin nicht erfreut.

Lokis Zustand weiterhin schlecht. Sie liegt fast den ganzen Tag in ihrem Bett, döst, schläft, hört Musik, wartet, bis Lotta nach Hause kommt, mit ihr isst und dann wieder auf ihr Zimmer geht. Was soll ich tun?

Allgemeine Angst, dass die Sowjets in Polen intervenieren, das Intervall Ungarn 56 – Tschechoslowakei 68 – Polen 80 geistert durch die Zeitungen. Hegel sieht sein Polen nicht verloren, er hält an der Reise fest, die übrigens etwas konkreter geworden ist, sein Prof. hat bereits eine Einladung für den Juli 1981. Hegel lernt fleissig Polnisch. Solange die Sache in Afghanistan schlecht laufe, sagt Hegel, werden die Russen die Finger von Polen lassen.

Traum gestern (sehr schwache Erinnerung): Ein ganz in Weiss gekleideter Mann (mein Vater?) steigt mit mir in den Lift und ist verschwunden, als wir oben ankommen.

Demo auf dem Barfi. Am Wochenende auch in Bern. Was kommt da in Gang?

Und: Mein Velo ist gestohlen worden!

25.8.1980 ....

War bei Loki. Lotta rief an und bat mich zu kommen. Loki weigert sich zu essen! Seit zwei Tagen habe sie nichts gegessen, Lotta macht sich grosse Sorgen, hat für heute frei genommen, überlegt, einen Psychologen einzuschalten. Ich konnte auch nichts tun. Zwar freute sich Loki über meinen Besuch, geändert hat sich allerdings nichts. Es war, genau gesagt, ein Krankenbesuch.

Meine Beziehung zu Loki ist keine Liebesbeziehung mehr. Wir hatten ein paar schöne Wochen, mehr nicht. Das kann ich hier so festhalten. Äussere Umstände haben unsere Beziehung zerstört. Wahrscheinlich.

27.8.1980 ....

Endlich Ruhe!

Rolf ist aufgetaucht. Kaum stand er in der Wohnung, hat er auch schon angefangen zu fragen. Wo es in Basel die besten Discos gebe, wo ein guter Jeansladen, welches das beste Quartier sei, das beste Bier usw. Dann fing er an, mir seine Sicht der Dinge zu erläutern. Wie er die »Jugendkrawalle« einschätze, die Zukunft der Sowjetunion, der Schweiz, die Entwicklung von »Funkytown« in der Hitparade, dass Strauss wohl Kanzler werden würde usw., ging ich in mein Zimmer Zigis holen, begleitete er mich, ging ich zur Toilette im Treppenhaus, wartete er bei der Wohnungstür, morgen will er mich zum Velohändler begleiten, abends mit mir ins Kino. Dabei ist sein Redefluss begleitet von einer unglaublichen Nervosität, ständig nestelt er an seinen langen Haaren rum, zupft und rupft an der Hose, zieht eine Grimasse und kratzt sich die Nase. Er macht bei Ciba Geigy eine Schnupperlehre mit dem Ziel, eine Lehrstelle zu erhalten. Im September geht er in irgendein französisches Kaff, um sein Französisch zu verbessern, dann beginnt er die Lehre, macht viele Weiterbildungen, erhält »en höhärä Poschtä«, heiratet, und lebt dann zusammen mit seiner Frau, den zwei Kindern in einem »schönen« Einfamilienhaus irgendwo in der Nähe von Basel. Hat er mir gesagt. Später will er der Gesellschaft etwas zurückgeben und sich in der Politik engagieren, am liebsten in der FDP, weil die am wirtschaftsfreundlichsten sei. Denn spätestens seit der Invasion in Afghanistan sei klar, was der Sozialismus wolle: Knechtung, Zerstörung, Tod. Hat er mir gesagt. Hegel und Kati waren heute nicht hier, ich stelle mir aber vor, dass es bald zu interessanten Begegnungen in der Küche kommen wird. Ein bisschen hat Rolf gestaunt über die Szenerie hier, hatte ich den Eindruck. Ich weiss nicht, ob er sich Gedanken über das Aussehen einer studentischen WG gemacht hat, selbstverständlich habe ich ihn nicht gefragt, denn das hiesse Öl ins Redefeuer giessen. Ausserdem sieht er in seiner braven Kleidung aus wie ein Ministrant, ein Innerschweizer Ministrant selbstverständlich. Womit die »Causa Rolf« für heute geschlossen ist.

Loki hat heute wieder hörbar gelacht, und zwar, als ich ihr von Rolf erzählte. Dies die gute Nachricht von heute, Mittwoch, dem 27. August 1980 um 23.50.

Über »Cousin Rolf«, von dem verschiedentlich die Rede ist, ist nichts Nachteiliges bekannt. Die Idee, ihn als Informant anzuwerben, wurde nicht weiterverfolgt.

31.8.1980 ....

Es gibt viel von der Woche zu berichten. Zunächst – die »Causa Rolf«. Für Hegel und Kati war er die ganz grosse Attraktion, eine Mischung aus Pausenclown, Hinterzimmerfreak, Dorftrottel und Klassenfeind. Ich dachte nicht, dass es solche Cousins gibt, sagte Kati, als Rolf sich mit seinem Köfferchen wieder auf den Weg zum Bahnhof SBB gemacht hatte. Ich ehrlich gesagt auch nicht. Als ich ihn das letzte Mal gesehen hatte, war er noch ein Kind und hatte noch keine Meinung, heute ist er kein Kind mehr und hat zu allem eine Meinung. Das Schlimmste war, dass er während keiner Sekunde realisierte, dass ihn hier niemand ernst nahm. Hegel befragte ihn zum Beispiel ausführlich zur Politik der FDP, zur Differenz von Chevallaz und Honegger, zur Zukunft des Sozialismus (wird das Jahrzehnt nicht überleben, sagte Rolf), zur Bekämpfung von »Krawalltourismus«, dann öffnete Hegel mit dem Stichwort FCB das weite Feld des Sports, wo Rolf sich selbstverständlich auskannte, indem er dem FCB eine ungünstige Prognose stellte (der letzte Meistertitel für Jahrzehnte), während er GC eine grosse Zukunft voraussagte. Der versöhnliche Abschluss der Rolf-Woche fand gestern Abend vor dem TV statt: Es lief »Teleboy«. Mir kam der Verdacht auf, dass in diesem Moment zwischen allen Beteiligten keinerlei Differenzen bestanden.

Weniger vergnüglich war die Loki-Woche. Auch wenn es hin und wieder Momente der Aufhellung gibt, bleibt Loki dunkel oder anders gesagt, in einer Art Dunkelheit gefangen. Ich habe versucht, sie mit den schier unendlichen Rolf-Geschichten zu erheitern, was mir für Augenblicke auch gelang, doch kaum waren meine Worte verhallt, fiel sie wieder zurück ins schwarze Nest. Ich merke allmählich, wie anstrengend dieser Zustand auch für mich ist. Mit Lotta geht es ein bisschen besser, sie hat verstanden, dass ich Loki nichts Schlechtes tun, sondern im Gegenteil ihr helfen will, was ebenso wenig bringt wie Lottas Zuwendungen. Verbessert sich ihr Zustand nicht, kann sie das Studium nach den Semesterferien nicht wieder aufnehmen. Vielleicht ist Lottas Idee eines Psychologen doch nicht schlecht. Doch wer sagt es ihr? Ich kann mir nicht vorstellen, dass Loki sich darauf einlässt.

Beat hat übrigens eine neue Stelle gefunden, allerdings in Thun, also werden die beiden ihr geliebtes Meiringen verlassen und nach Thun ziehen. Möglicherweise ist dort das Baby-Wetter besser.

Obwohl Semesterferien sind, fühle ich mich angestrengter und ausgelaugter als während des Semesters.

Adieu August 1980.

1.9.1980 ....

Ende des Streiks in Polen, Hegel ganz nah am Radio dran.

Strasse in Ostberlin gesperrt, weil auf der Westseite der Mauer ein Rockkonzert stattfindet.

Leserbrief gegen Abschaffung der Armee (Selma Scheck, Basel).

Denke oft an meinen Vater.

4.9.1980 ....

Okkasions-Velo gekauft für Fr. 50.–.

Karte von Cousin Rolf erhalten (Rigi und Pilatus), er bedankt sich für meine Gastfreundschaft. Wie früher meine ungelenken Dankeskarten an den Götti.

Besuch vom »Bärtigen«. Wenn er lacht, wackelt das Buffet. Scheint ein aufgeweckter Bursche zu sein. Mona kein Thema mehr. Einfach verschwunden. Wie mein Vormieter. Wie ich bald?

Träumte gestern von meinem Jugendfreund M. Wir sassen an einem Bach, er warf Steine hinein, als plötzlich ein grosser, grässlicher Fisch ans Ufer hüpfte und uns vertrieb.

Mit M. verbrachte ich tatsächlich in einem sehr warmen Herbst viele Stunden an irgendwelchen von dichtem Schilf umgebenen Bächen, heute stehen dort hässliche Industriebauten. Sonderbar finde ich, dass Traum und Realität so nahe beieinanderliegen. Es hat was Beängstigendes.

Übrigens, Umfrage zu den Jugendunruhen, 18 % wollen hartes Durchgreifen der Polizei, 5 % wollen die Jungen gewähren lassen, der Rest will irgendwas dazwischen. So ist die Schweiz.

Köln verliert trotz Botteron 0:3.

Heiter und 25 Grad.

5.9.1980....................

Schon sehr spät, haben Hegels Geburtstag gefeiert. Schenkte ihm eine Flasche polnischen Wodka.

AJZ in Zürich wird geschlossen, gibt wohl Zoff.

Hürlimann eröffnet Gotthard-Tunnel.

Der Bärtige ist ziemlich scharf auf Kati, wenn das nur gut kommt. Er sieht nicht nur aus wie ein Russe, er säuft auch wie einer, Hegel und Kati haben keine Chance. Ich auch nicht. Ausserdem: Er will einen Telefonbeantworter!

8.9 1980....................

338 Jugendliche in Zürich verhaftet.

»Rätsel Männlichkeit« um 20.50 Uhr. Ganz allein vor dem TV.

11.9.1980....................

Loki hat die Probestunde frühzeitig abgebrochen. Ich habe sie zur Psycho-Tante begleitet und wartete in einer Beiz nebenan. Nach einer Viertelstunde stand sie bei mir am Tisch. »Eg ma ned lööle«, sagte sie. Sie hätte ein politisches Problem, kein psychologisches. Sie sei politisch verletzt worden, also liege dort das Problem. Ich war baff. So hatte ich Loki noch nie reden gehört. Nun auch sie. Ist denn das Politische ansteckend?

Und was, wenn auch ich davon betroffen werde? Ich bin mir nicht sicher, ob es ihr wirklich besser geht.

Beim Warten auf Loki gehört: »Die hueräverdammtä Saurusse möchid alles kaputt.« »Üs ämel ned.« »Warts ab, bigoscht.«

Am Abend aus lauter Langeweile die Julia-Migenes-Show im TV.

Bewölkt, 18 Grad.

14.9.1980 ....

Militär putscht in der Türkei. Irgendwie scheint es hier niemanden zu kümmern, man tut so, als wäre man irgendwie froh. Ich glaube, man hat lieber das Militär als die Fundamentalisten. Dazu passend Furgler zu den 80er-Jahren: »Will die Schweiz den Herausforderungen der achtziger Jahre gewachsen sein, so kann sie dies nur aus einer Position der militärischen Stärke.«

Der Bärtige zur Inspektion in der WG. Er nahm alle mögliche Masse nicht nur in seinem Zimmer, sondern auch in der Küche und selbst im WC. Was sich da wohl anbahnt? Ausserdem riecht er ziemlich. Ganz anders als Kati, die noch immer ihren süsslich-anregenden Ananasduft in der Wohnung verbreitet. Wenn sie da ist. In letzter Zeit ist sie öfter abwesend, auch über Nacht, was auffällig ist, denn Kati ist sonst immer da. Auch wenn sie oft sehr spät nach Hause kommt, schläft sie hier. Offenbar gibt es jetzt Ausnahmen. Wer wohl dahintersteckt?

Habe Hegel gestern erzählt, dass ich einen Traum träumte, der fast genau der Realität entsprach. Er erzählte mir von einem ähnlichen Erlebnis und meinte, dass dies ein Zeichen sei für Wahrheit. Der Traum würde die Wahrheit der Realität gewissermassen unterstreichen. Ich liess ihn reden. Er sprach über das Verhältnis von Realität und Fiktion. Es hat mich, so sehe ich das jetzt, gelangweilt. Hegel ist dann gut, wenn er unüberlegt spricht, gibt er sich aber Mühe, sieht die Sache angestrengt aus. Doch bei alledem: Ich mag Hegel. Er ist mir seit meinem Einzug hier vor mehr als eineinhalb Jahren irgendwie ans Herz gewachsen. Gewiss, er gibt sich allzu oft als der grosse Philosoph, er wirkt manchmal priesterlicher als der Papst, dabei ist er im Grunde ein unsicherer Mensch auf der Suche nach dem Guten. Nach seiner Traum-Philosophie erkundigte er sich nach Loki. Es gehe ihr gut, sagte ich. Hegel blinzelte mich an. Weiss er mehr, als er sagt?

Weiss ich weniger, als ich sage? Loki liess sich gern begleiten zur Psycho, wollte aber danach nach Hause. Sie strich mir über die Wange und sagte »Tschou«. Das wars gewesen. Ich komme nicht mehr an sie ran. Tschou Tschohn.

16.9.1980 ....

Putsch wird heimlich begrüsst, so mein Eindruck. Die militärische Logik ist eben weltweit.

Im »ABC« läuft »Easy Rider«, vielleicht kann ich Loki ins Kino locken, dorthin, wo alles begann. Ist ja ein therapeutischer Ansatz »back to the roots«.

Der Bärtige polterte kürzlich wieder in der Wohnung rum, hat sich Notizen gemacht, was der wohl vorhat hier, da bin ich ja gespannt. Zum Glück war Kati nicht da, sonst hätte er seinen schweissig-scharfen Lockstoff versprüht.

Habe die Seminararbeit in den letzten Wochen vernachlässigt, habe praktisch nichts getan, zwei- dreimal UB, mehr oder weniger lustlos in den Karteikästen herumgeblättert, ein paar Dinge bestellt, ungelesen wieder zurückgegeben. In der UB Christie aus der Türki begegnet. Der junge Bündner, der anstelle von mir eingezogen ist, zieht schon wieder aus: Heimweh. Bricht Lehre ab und setzt sie im Bündnerland fort. Sie kommen einfach nicht aus ihrem Land fort, die Bündner.

Heute gelesen, dass die Welt sich entweder erwärmt oder abkühlt. Nimmt Kohlendioxid zu, erwärmt sich die Welt, nimmt der Staub zu, kühlt sie sich ab. Ganz aktuell kühlt sie sich eher ab.

Piera Martell singt in Olten an einer Modeschau.

Päckli Zigi kostet bald 1.90. Sollte aufhören mit dem Rauchen. Bin sowieso knapp bei Kasse, »Solibeitrag« sei Dank. (Und die beständigen Fahrten in die Innerschweiz.)

21.9.1980 ....

Was ich mir notiert habe:

Schweizer Rekord im Hochsprung.

Bildung einer Bürgerwehr in Basel (»Abwehr der linken Front«).

Somoza ermordet. Niemand weint. Kati strahlt.

Irene Schaffner zur Miss Regio gewählt.

SP gespalten in der Frage Polizeieinsatz.

Alles unwichtige Dinge. Wichtig ist Loki. Mein Studium. Und sonst? Ja, natürlich, der Weltfriede. Und – mein Tagebuch. Obwohl manchmal eher lästige Pflicht als Lust, aber mittlerweile gehört es halt dazu. Bloss frage ich mich, wozu?

26.9.1980 ....

Der bärtige Martin schleppt Bananenschachtel um Bananenschachtel in die Wohnung. Wahrscheinlich sind das alles Bücher. Mich schaut er an wie ein exotisches Insekt. Was haben Hegel und Kati über mich erzählt? Besser, wenn ich das nicht weiss. Ach, wie froh wäre ich, wäre Mona noch hier!

Christie hat mich gefragt, ob ich immer noch an der WG interessiert sei!

---

*Martin, B. (*1.4.1957) war bis zu seinem Umzug nach Basel ein unbeschriebenes Blatt. Später wurde er an diversen, auch unbewilligten Demonstrationen gesichtet. Einmalige Teilnahme an einer Sitzung der Jungsozialisten, fig. auf der Liste der Personen, die im Zusammenhang mit div. Ausschreitungen anlässlich der Räumung des AJZs am 5.5.1981 in Erscheinung traten, Übergriffe auf Beamte im betrunkenen Zustand.*

28.9.1980 ....

Sonntagabend. Wieder einmal. Ich vertrödle meine Zeit. Gehe zum Kiosk, kaufe Zigi und Zeitung, manchmal mache ich einen Umweg am Rhein entlang, lese die Zeitung, höre Radio (Iran, Irak, Polen, Türkei, Afghanistan), telefoniere mit Loki, koche mit Hegel oder Kati oder alleine, esse mit Hegel oder Kati oder alleine, erledige die Küche, höre Radio, lese die Zeitung, gehe rauchen, lese ein paar Zeilen, notiere ein paar Zeilen, abends im »Hirschi«, in der »Türki-Bar«, in der »Hammer-Bar« oder in der »Wunder-Bar«. Oft auch nur zu Hause »Petrocelli«, »Strassen von San Francisco«, »Detektiv Rockford« und am Montag mit Hegel »Tellstar«. Ein paar Zeilen Tagebuch. Zigi auf dem Balkon. Langes Ausschlafen usw. usw.

Bemerkenswert, was der Bärtige als Erstes auspackt: einen Telefonbeantworter. Also ist die Sache relativ zur Person. Das würde Hegel gefallen, solch ein Gedanke.

Loki gehe es unverändert mittelmässig. Sagte Lotta mir gestern (oder vorgestern) am Telefon. Will unter »keinä Umständ« wieder zur Psycho-Tante. Lotta fragt, wie es mit mir und »Hannelore« (auf diesen fürchterlichen Namen wurde Loki getauft) gehe, laufe, ginge. Ich sagte, im Prinzip gut. Sie schwieg und fragte nicht nach. Wieso will sie das wissen?

Velo bereits kaputt. Sehr ärgerlich. Werde morgen reklamieren.

29.9.1980 ....

Attentat in München ist ganz grosses Thema. Man geht von Neonazis aus.

Nun auch in Lausanne Ausschreitungen.

Bei den »Ausschreitungen« in Lausanne handelt es sich um eine Störaktion weniger, zumeist betrunkener Jugendlicher (»Lozane Bouge«!) gegen eine Rede des Stadtpräsidenten von Lausanne.

30.9.1980 ....

Hegel schenkte mir einen kleinen Stoffbären. Kati beobachtete die Szene und kicherte wie ein Teenager.

Der Bärtige ist nun da. Heute Abend zum ersten Mal beim Nachtessen. Als »Willkommensgruss« kochte er, und zwar ausgezeichnet! So was hat diese Küche wohl noch nie gesehen. Auch das Gedeck sah aus wie in einem edlen Restaurant. Hegel war richtiggehend stolz auf seine Neuerwerbung. Kati zunächst ein wenig irritiert, wahrscheinlich befürchtete sie den Einzug bürgerlicher Tischsitten, doch spätestens beim Rindsfilet hellte sich ihr Gesicht auf. Möglicherweise hatte die ganze gastronomische Aktion nur dieses Ziel.

Hegels Geschenk gefällt mir gut, hätte ich ihm nicht zugetraut.

Es bleibt schön warm. Gehe rauchen.

5.10.1980 ....

Schmidt gewann die Wahlen in Deutschland. Wir sassen um 18 Uhr vor dem Fernseher und haben auf die ersten Zahlen gewartet. Selbstverständlich waren wir sehr erleichtert, dass nicht der Fascho Strauss Bundeskanzler geworden ist. Doch so richtig wollten sich Kati und Hegel auch nicht freuen. Hegel misstraut der offiziellen Politik, Kati der SP. »Wer hat uns verraten? Die Sozialdemokraten!«, hörte ich heute nicht zum ersten Mal. Einzig der Bärtige zeigte Freude, immer wieder strich er sich zufrieden über den Bart und trank ein Bier nach dem anderen. Am Freitag hat er übrigens wieder gekocht. Wiederum ein Meisterwerk! Allerdings frage ich mich, wie wir das bezahlen sollen.

Der Bärtige wirkt eher wie ein Förster als ein Student der Philosophie. Auch wenn er mit Hegel spricht, vernimmt man wenig Feines, dafür umso mehr Deftiges. »De Haidegger isch doch nur es bünzligs Würschtli und völlig birähohl. Sini Filosofie nüd als e Pfützä voll Pissä.« Oder: »Mit em Positivismus chasch bewiise, dass d'Schiissi schinkt, meh nid.«

Ich bin noch nicht so richtig ins Blickfeld des Bärtigen geraten, ich glaube, er weiss nicht, was er mit mir anfangen soll. Gewiss, wir reden miteinander, ich habe ihm am Freitag bei seinem Menü unterstützt, er erkundigte sich über die Sache mit meinem Velo, doch irgendwie kommt es mir vor, als wären wir zwei Gäste hier, die sich höflich behandeln. Und da ist noch sein Geruch, der wirklich sehr unangenehm ist. Ich glaube nicht, dass er sich nicht wäscht, die ganze Sache kommt von innen, aus der Tiefe seines Körpers. Er riecht tierisch. Kati scheint nicht auf die prähistorischen Lockstoffe anzusprechen, ich glaube, sie geht ihm aus dem Weg. Kürzlich hatte ich den Eindruck, dass sie enttäuscht ist von ihm, sich ihren neuen WG-Partner anders vorgestellt hat, doch das ist nur ein Gefühl.

War eine rauchen, es hat ein bisschen abgekühlt.

Meine Finger schmerzen.

Moesch ist im August nach Herznach (AG) gezogen. Im Januar 1981 heiratete sie, im Juni 1981 wurde sie Mutter. Sie hatte seither keinen Kontakt mehr mit sozialistischen Kreisen.

9.10.1980 ....

Mit dem Velo endlose Geschichte. Ist inzwischen geflickt. Bin als Erstes neue Farbbänder holen gegangen, habe Papeterie entdeckt, die viel günstiger ist als »Bühlmann«, auch das Papier kostet weniger.

Jerzy und Hegel heute in Festlaune. Polnischer Dichter erhielt Nobelpreis, Milosz heisst der Mann. Habe noch nie von ihm gehört. Ich glaube, Hegel auch nicht, bloss getraut er sich nicht, dies Jerzy zu sagen. Jerzy hielt langen Vortrag über polnische Literaturgeschichte, ich war mit dem Abwasch beschäftigt und konnte/musste zuhören. Jerzy meinte, Polen sei gerettet. Der König trüge jetzt die Krone, die ihm zustehe: Milosz. Hegel seufzte: Milosz. Eine Zeitlang war nur das Scheppern des Geschirrs zu hören: heilige Milosz-Ruhe.

Habe gestern spät nach Mitternacht endlich den »Zorn« fertig gelesen. Vieles andere hat mich beschäftigt, so dass der »Zorn« ganz in Vergessenheit geraten ist. Das Buch hat mir sehr gefallen. Leider gibt es keine Fortsetzung.

Stattdessen quäle ich mich im Staatsarchiv mit Handschriften herum. Zum Glück ist Herr Bär dort und kann mich aus so mancher unangenehmen Situation befreien.

Der Bärtige und Hegel diskutierten über das Sichtbare und das Unsichtbare. Zum ersten Mal schien mir der Bärtige vernünftig. Er sass ganz ruhig am Tisch, hörte Hegel ganz ruhig zu und sprach ganz ruhig mit ihm. Kati betrat die Küche, hielt einen Moment inne und verliess den Raum. Hat sie es gerochen? Das Tierische? Das Aufdringliche? Oder hatte sie ganz einfach keine Lust auf eine solche Diskussion?

Ich denke oft an Loki. Wir telefonieren hin und wieder miteinander. Etwa einmal pro Woche gehe ich sie besuchen. Die Situation unverändert. Sie hat sich in ihrem Zimmer eingenistet, wirkt ruhig und gesund, doch es ist klar, dass sie beides nicht ist. Es macht keinen Sinn so. Ich muss unsere Beziehung auflösen, wenn es überhaupt noch eine Beziehung ist. Sex haben wir schon lange nicht mehr. Jedenfalls nicht in der Realität. Manchmal habe ich den Eindruck, ich träume von nichts anderem mehr. Immerhin gestern. Da erschien in meinem Traum ein Verwandter (???) meiner Mutter, der mich auf eine Schlittenfahrt mitnahm. Wir rasten mit einer unglaublichen Geschwindigkeit über blauen

Schnee, bis auf einmal ein grosses Haus vor uns stand, aus dem unglaublich schöne Musik ertönte. Wir fuhren mit dem Schlitten ins Haus hinein, überquerten einen breiten Flur und gelangten in einen grossen Saal, wo viele Menschen tanzten. Wir gesellten uns dazu und tanzten. Es war sehr schön.

Es regnet und ist kalt. Trostlos.

12.10.1980 ....

Immer noch kühl.

Seit der Bärtige hier ist, zeigt sich Kati kaum noch. Ich kann mir das nicht erklären, nur an seinem Geruch kann es nicht liegen, ich habe mich bereits daran gewöhnt. Habe den Eindruck, mit Kati stimmt sonst was nicht. Sie wirkt seltsam unsicher. Sagt nicht viel. Zeigt kaum Interesse, wenn vom Iran oder von der Türkei die Rede ist. Ist sie unglücklich verliebt? Was ich mir allerdings nicht vorstellen kann, weil Liebe und Kati nicht zusammenpassen. Sie sieht gut aus, sinnlich ist sie deshalb nicht. Das einzig Sinnliche an Kati ist ihr Geruch. Dieser betörend-exotische Ananasgeruch, der mich immer wieder verwirrt und aus allerlei Träumen weckt.

Vom Attentat in München nichts mehr gehört. Weil es Nazis waren?

Besuch von zwei Mitstudenten, die ein ähnliches Thema wie ich bearbeiten. Langweilige Baselbieter. Ich frage mich, was aus denen wird. Langweilige Lehrer? Langweilige Ehemänner? Langweilige Denker? Mol luägä!

Mutter auf dem Telefonbeantworter.

Ich denke fast täglich an meinen Vater und frage mich, was er eigentlich für ein Mensch gewesen war. Ein unbekanntes Wesen. Mein Vater, das unbekannte Wesen. Nun ist er tot, die Trauer nicht mehr ganz so gewaltig, eines Tages wird sie verschwunden sein wie sein Grab.

Vermisse Mona!

23.10.1980 ....

Es ist kühl, auch hier in der Wohnung, mit der Heizung in meinem Zimmer funktioniert etwas nicht, muss wohl die Verwaltung anrufen, was nicht gerade einfach ist nach den langen Auseinandersetzungen um die

Mietzinserhöhung. Oder sollte ich die Sache zum Anlass nehmen, hier auszuziehen? Gar aus Basel weg?

Jerzy war gestern den ganzen Abend hier. Er und Hegel tranken die Flasche Pol-Wodka, die ich ihm geschenkt hatte. Zu guter Letzt gab es eine Milosz-Lesung auf dem Küchentisch. Die Sache ist völlig aus dem Ruder gelaufen. Jerzy schlief unter dem Küchentisch, den Kopf auf Milosz gelegt.

Ich frage mich, was Hegel eigentlich für sein Studium tut, auch er muss ja hin und wieder eine Arbeit schreiben.

Vermisse Loki!

30.10.1980 ....

Gestern angenehmen Abend mit Loki verbracht. Es geht ihr ein wenig besser. Ihre Schwester ist endlich mal für ein paar Tage verreist. Loki spricht jetzt viel über Politik, sagt, sie »hasse« die Polizei und will was gegen Ungerechtigkeiten unternehmen. Ist mir allerdings unklar, was das konkret bedeutet.

Und in meiner Beziehung scheint sich die Sache auf ein freundschaftliches Mass zu reduzieren. Kein Sex. Eine geschwisterliche Angelegenheit.

In Polen verschärft sich die Situation, man befürchtet Intervention der Russen, Grenzverkehr mit DDR wurde eingeschränkt, Hegel und Jerzy haben kaum noch ein anderes Thema. Hegel überlegt sich, eine polnische Zeitung zu abonnieren, falls das überhaupt möglich ist, Jerzy will seinen Onkel in Stettin besuchen.

Der Bärtige immer noch spitz auf Kati. Wenn sie das Geschirr abwäscht, bringt es der Bärtige nicht fertig, seinen Blick auf etwas anderes zu richten als auf ihren Hintern, kürzlich sabberte er bei diesem Anblick über seinen Bart. Kati geht gelassen damit um. Sie hat wohl Übung im Männerabweisen.

Kürzlich in der UB wieder einmal Christie getroffen. WG-Platz ist noch nicht besetzt. Ich sollte mich bis übernächste Woche entscheiden.

Stadtpräsident von Zürich will nicht, dass sich die Rote Fabrik in ein »Chotz-in« verwandelt (»Vorwärts«).

Jerzy, Hegel und der Bärtige wollen einen Adam-Schaff-Lesezirkel einrichten.

Loki schickte Postkarte »Für Blumen im Asphalt ernten wir Giftgas / Tränen zu Öl schüren die Flammen / dumpfe Trommeln Mut für den Kampf.«

Schweiz verliert gegen Norwegen, WM gestorben (der Oktober 1980 auch).

2.11.1980 ....

In der Uni einiges los wegen sog. Jugendunruhen. Es gibt hin und wieder Zwischenfälle, jemand stört eine Vorlesung, Flugblätter werden verteilt, Aktionen über Mittag.

Loki ist noch immatrikuliert, geht aber selten zur Uni. Ich weiss eigentlich gar nicht, was sie tut.

Kalt geworden.

Ich muss mir dringend Gedanken machen bezüglich WG! Wo soll ich künftig wohnen? In letzter Zeit gefällt es mir hier wieder besser, der Bärtige tut Hegel gut und Kati hat sich an ihn gewöhnt. Kati hat viel von ihrer energischen Haltung verloren. Ich bemerke dies nicht zum ersten Mal, aber ich denke, Dinge sind geschehen, von denen ich, und vielleicht auch Hegel, nichts weiss. Seit ein paar Wochen hat sich eine Art Schatten über sie geschoben, ihre Keckheit ist eingedunkelt, ihre politische Radikalität auf seltsame Weise abgestumpft, was, ich gestehe es an dieser Stelle, ihrem Aussehen eine zusätzliche Würze verleiht. Sie bekommt durch die feine, aber doch unverkennbare Wandlung eine ungeheuer attraktive Tiefe, ein Geheimnis, ein Kati-Geheimnis. Wenn sie am Fenster steht, in den sich abzeichnenden Winter hinausschaut, tief und lang inhaliert, ihre schwarzen Haare hinter die Ohren streicht, die Hand über die schmalen Hüften legt, dann könnte man verrückt werden. Der Bärtige macht ganz offensichtlich ähnliche Beobachtungen. Ich kann ihn gut verstehen.

S. Casartelli sah ich kürzlich mit einem Mann in der Wohnung verschwinden. Wer das wohl ist? Ein Verwandter? Ein Freund? Ein Liebhaber? Sie trägt neuerdings ihre Haare sehr lockig. Was ihr gut steht.

Fritz Walter 60.

1 Jahr Ami-Geiseln in Teheran.

Hegels Stoffbär schläft stets an meiner Seite.

Entgegen dem Tagebucheintrag vom 2. November 1980 war Kistler, H. (»Loki«) zu diesem Zeitpunkt nicht mehr an der Universität Basel immatrikuliert.

3.11.1980 ....

Heute Abend »Tellstar« mit Hegel und dem Bärtigen. War einigermassen lustig.

»Züri brännt« in Zürich aufgeführt, und die Folge: Züri brännt.

Der Propagandafilm »Züri brännt« wurde in der »Roten Fabrik« vor ca. 100 Personen aufgeführt. Nach der Aufführung des Films zogen ca. 40 Vermummte in die Innenstadt, wo sie sich mit anderen Chaoten zusammenschlossen und Sachbeschädigungen verursachten. Es wurden auch einige Demonstranten aus Basel an der unbewilligten Demonstration gesichtet.

9.11.1980 ....

Thermometer auf dem Balkon defekt.

Habe mich entschieden, in der Hegnauer zu bleiben. Ein Umzug in die Türki verbessert meine Situation nicht.

Es ist so vieles fraglich. Soll ich überhaupt dieses »Tagebuch« weiterführen? Wozu? Die Zeit wäre besser genutzt, würde ich all die Arbeiten schreiben, die mein Studium verlangt. Und dann die ständigen Probleme mit dem Farbband. Das Klappern der Tasten in der Nacht, das Verstecken der Blätter usw. Und überhaupt, wieso ein »Tagebuch«? Niemand wird es jemals lesen, selbst ich lese die getippten Seiten nicht und Erkenntnisse daraus ziehe ich ebenfalls nicht. Ich könnte es also sein lassen. Heute, am 9. November 1980, die Sache abschliessen und mich dem tatsächlichen Leben zuwenden!!

Schauspieler Reagan Präsident, Demokraten weggefegt. Das verheisst nichts Gutes für die nächsten Jahre.

Auch die Rumänen verlangen jetzt sowjetischen Truppenabzug. Bricht der Ostblock auseinander?

10.11.1980 ....

Bin froh, dass das Semester wieder begonnen hat. Gibt mir, dem Leben, dem Dasein irgendwie Sinn. Christie habe ich angerufen, bleibe in der Hegnauer – vorläufig.

In Rheinfelden Flugzeug abgestürzt, 5 Tote.

Heizungsmonteur war hier, ist aber immer noch zu kalt im Zimmer. Soll ich nochmals anrufen?

11.11.1980 ....

Was ist denn heute los? »Kalbfleisch: Heftige Kritik«, »Drucker streiken«, »Streikgefahr in Polen«, »Konflikt um Maos Erbe«.

Das ist los heute.

Dank des Kontakts zu Lanz konnte ich die Fallführung der WG an der Hegnauer am 12. November 1980 übernehmen. Ich arbeitete eng mit den Basler Behörden zusammen, die mir die gewünschten Unterlagen zur Verfügung stellten.

14.11.1980 ....

Gehe übers Wochenende in die Innerschweiz. Eine Fahrt durch den Winter.

Louise Soltermann Europameisterin im Pfeifenrauchen.

Hegel und Jerzy und neuerdings auch der Bärtige sind ganz nahe an der polnischen Sache dran, Hegel hat jetzt ein »Solidarnosc«-Feuerzeug. Abo einer polnischen Zeitung ist viel zu teuer, Jerzy lässt sich Exemplare von seinem Onkel schicken. Am letzten Wochenende tagte zum ersten Mal der Adam-Schaff-Lesezirkel, Hegel, Jerzy, der Bärtige und zwei Frauen, die ich noch nie gesehen habe, tranken und diskutierten sehr gründlich.

16.11.1980 ....

Heute Nachmittag Spaziergang mit Hegel. Nach einem langen Schweigen fragte er: »Was isch mitdr Loki?« Nichts mehr, sagte ich. Und erzählte ihm die Geschichte von Loki und mir. »Hesch si lo go?« »Ja ha si lo go«, sagte ich.

Noch nie hat Hegel mir so lange zugehört. Wir sind irgendwo zwischen Therwil und Basel herumgewandert, über Eis und Schnee, schliesslich sind wir in Binningen in eine Beiz gegangen und haben Kafi Schnaps getrunken. Einen nach dem anderen. Dann erzählte Hegel seine Geschichte von Loki. Es war einer meiner schönsten Basler Tage.

18.11.1980 ....

Hegel tut, als wäre nichts gewesen. Gestern mit ihm »Berlin Alexanderplatz« geschaut, allerdings nicht viel begriffen, weil schon die 7. Folge und ausserdem sehr düster gefilmt. Hegel sass einfach da und hat kein Wort gesagt, weder über den Film noch über unseren Spaziergang und was wir alles besprochen haben. Im Gegenteil, er ist ganz in sich gekehrt, sein Blick flackernd, seine Haltung gekrümmt. Von Zeit zu Zeit greift er mit seinen gelben Nikotinfingern durch die Haare. Habe gedacht, ich hätte einen Freund gefunden oder zumindest ein Freundchen.

Wieder Krawalle in Zürich. Kati war übers Wochenende dort, hat ausführlich berichtet. Findet die Bewegung etwas zu »unorganisiert«.

Der Bärtige mit den zwei Frauen vom Adam-Schaff-Klub in der Küche. Sehr lautes Lachen, kann mich nicht konzentrieren.

Wieder etwas wärmer. Eis schmilzt.

Hegels Stoffbär schläft jeden Tag an meiner Seite, Ursus 2.

22.11.1980 ....

Gestern mit der Polen-Fraktion im Kino (»Schweizermacher«), war ein lustiger Abend. Film hat mir gut gefallen, der Bärtige hat fast ununterbrochen gelacht oder kommentiert, anschliessend in einigen Bars, Jerzy stets sehr ernst über die Lage in Polen, Onkel berichtet von grossen Versorgungsproblemen in Stettin, Situation wegen Afghanistan weiter sehr angeheizt, Proteste gegen Besuch von DDR-Aussenminister in der Schweiz, ebenfalls dabei Nina und Magdalena von der Schaff-Lesegruppe, Nina klein und stabil, Magdalena gross und stark, trinkfest beide. Zwar an Polen interessiert, aber nicht an Politik.

Magdalena sehr sportlich, klettert, macht Karate, ist in der Innerschweiz aufgewachsen, haben uns sofort verstanden. Ihre Grossmutter flüchtete nach dem Krieg zuerst nach Bayern, traf dort einen Innerschweizer Viehhändler, ging mit ihm in die Innerschweiz und blieb dort.

Heftiger Streit in der unteren Wohnung, sehr unangenehm.

Gehe spazieren, Zigi, Zeitung.

Am Abend kochen mit Kati. Der Bärtige dirigierte am Tisch sitzend.

23.11.1980 ....

Novemberwetter. Sonntagabendwetter. Muss unbedingt neues Thermometer kaufen.

Mit meiner Seminararbeit geht es munter voran. Bin oft in der UB. Im Historischen Seminar wird Stelle als »Hilfsbibliothekar« frei, werde mich bewerben, könnte Geld gut gebrauchen.

Sollte dringend Heizungsmonteur anrufen.

Ich glaube, Kati fühlt sich neuerdings ein bisschen ausgeschlossen hier, seit die Polen tagen. Ihre Berichte über die Zürcher Unruhen werden nicht mehr mit demselben Interesse verfolgt, stattdessen sind die polnischen Milch- und Butterpreise ein Thema.

Von Loki nichts mehr gehört, Kontakt vollständig abgebrochen, auch an der Uni nie mehr gesehen. Was für ein Unglück!

Meine Mutter will umziehen. Das Haus soll verkauft werden, sie denkt daran, nach Luzern zu ziehen, in die Stadt also. Damit habe ich nun wirklich nicht gerechnet.

30.11.1980 ....

Heizung endlich geflickt, Thermometer gekauft!

Jerzy und die Polen-Gruppe fast täglich hier, Magdalena wollte wissen, zu welchem Thema ich eine Arbeit schreibe, sie will die Matur nachholen und dann auch studieren, ist sich aber noch unsicher, welche Disziplin. Sie fand Hegels Bär »huerä schnuggelig«. Habe ihr meine Proseminararbeit ausgeliehen.

Nena heisst eigentlich Verena, doch so will sie auf keinen Fall genannt werden, auch nicht Vreni, Vrena, Veri, Vroni »verschohsch?« Ja, ich verstand. Nena sieht trotzdem ein wenig wie ein zartes »Buurä-Maitschi« aus, kleine, runde Augen, ein schmaler Mund mit sehr hellen Lippen, dominiert von geranienroten Pausbacken. Sie macht eine Ausbildung als Kindergärtnerin. Was sie mit Polen verbindet, kann ich mit dem besten Willen nicht feststellen, ausser dem bäuerischen Aussehen. Und was sie mit Hegel verbindet, kann ich mir noch weniger vorstellen.

Der Bärtige lässt nicht von Kati. Kürzlich hatte er wieder einen regelrechten Hormonschub. Kati kam am Morgen im Slip und T-Shirt aus ihrem Zimmer, machte sich in der Küche einen Kaffee, rauchte dabei eine Zigarette. Der Bärtige wollte eigentlich aus dem Haus, trug schon Mantel und Schal, doch als er Kati erblickte, setzte er sich in Vollmontur an den Tisch und starrte geifernd auf das Naturschauspiel. Als ich die Küche verliess, blieb mir sein scharfer Geruch noch lange in der Nase hängen. Von Ananas war nichts mehr zu riechen.

USA warnen die Sowjets vor einem Eingreifen in Polen.

In Madrid demonstrieren 300'000 für Franco. In welche Richtung geht die Welt? Kommunismus breitet sich aus, Faschismus taucht wieder auf.

Erdbeben in Italien beschäftigt die Schweiz. Grosse Hilfswelle.

Minus 3 Grad.

3.12.1980 ....

»Ich bin weich, unterwürfig und treu. Und koste nur Fr. 248.–«

Was ist das? Ein Inserat für Polsterland, Basel, Clarastrasse. 13! Also, nichts wie hin.

4.12.1980 ....

Hegel hat den Spaziergang nie mehr erwähnt. Ich glaube, es ist ihm peinlich, was er mir über sich und Loki erzählt hat, es war zu viel für Hegel, zu viel Nähe, zu viel Intimität, was er ja selbst gesagt hat, wenn auch nicht in Bezug auf mich.

Langes Telefon mit meiner Mutter. Ihr Umzug steht noch nicht fest, doch hat sie tatsächlich die Absicht, das Haus zu verkaufen. Es würde sie zu stark an Vater erinnern, auch wenn inzwischen alle Sachen weggeräumt seien, »isch d'Erinnerig überall do«. Wo sie hin will, weiss sie noch nicht, Luzern sei eine Möglichkeit. Sie wird einen Englischkurs machen und dann versuchen, wieder »im Büro« einzusteigen. Durch den Hausverkauf hätte sie keinen finanziellen Druck. Ich würde auch meinen Teil bekommen, sagte sie. Das sind ja neue Töne!

Offenbar will meine Mutter einen neuen Lebensabschnitt beginnen, was ich ihr nicht zugetraut hätte.

Sowjetische Truppen stehen an der polnischen Grenze, beginnt ein Weltkrieg?

Muss mein Velo schon wieder in die Reparatur bringen!

6.12.1980 ....

Samichlaustag. Der Bärtige macht den Chlaus hier. Amüsiert sich göttlich über seine »Sündenliste«, die er mit dem üblichem Samichlauston vorliest (aus der »BaZ«), dann verteilt er an mich und Hegel eine Flasche Warteck, Kati bekommt eine rote Nelke. Er macht das rührend, selbst Kati muss lachen. Anschliessend wieder einmal Tyrannenmord-Diskussion. »Dr Chlaus isch de Tell«, sagte Hegel. »Nai de Marx«, sagte Kati, »Karli Tell«, sagte der Bärtige und lachte, dass die Gläser zitterten, »de Karli Tell mit em langä Schtab«. Kati errötete. Das gab es noch nie in der Hegnauer.

Bin betrunken, gehe rauchen.

7.12.1980 ....

Erster Sonntag im Dezember, zweiter Advent.

Mich plagt wieder mal ein hartnäckiger Husten, sollte wirklich mit dem Rauchen aufhören, ein Vorsatz für 1981?

Chlaus-Abend war ziemlich ausgeartet, heute grosser Krach, Kati ausser sich, habe nicht verstanden, um was es ging.

Möchte gerne Ski fahren gehen, bloss weiss ich nicht mit wem.

Habe wirres Zeugs geträumt. Kann mich nur noch erinnern, dass ich drei Füsse hatte und an jedem Fuss drei, vier Warzen angewachsen waren, die mit rotem Geschenkpapier umwickelt waren. Was das wohl zu bedeuten hat?

Weiterhin sehr kalt.

Ich stelle fest, dass Abschreiben, Abtippen, Kopieren eine beruhigende Wirkung hat. Vielleicht beruhen die Religionen im Kern auf diesem simplen Prinzip. Man schreibt ab, ahmt nach, automatisiert und ritualisiert dadurch eine Handlung, was ihr eine scheinbare Tiefe (oder Höhe) verleiht und damit Gedanken länger bewahrt als jede bewusste Erinnerung. Deshalb: Ich schreibe halt von Zeit zu Zeit gerne von der »NZZ« ab, weil es so schön ist und mich in diesen aufregenden Zeiten beruhigt. Gerade weil das Abgeschriebene so fern von mir ist:

> Der *Nervenkrieg*, der gegen Polen, im engeren Sinne gegen seine neue Gewerkschaftsbewegung, von der *Sowjetunion* in internationalem Massstab geführt wird, hat eine kritische Temperatur erreicht. Zum Begriff des Nervenkrieges gehört es, dass man nicht weiss, ob es dabei bleibt. Entsprechend ist der *Druck*, der von den Meldungen über Truppenbewegungen und -massierungen, Alarmstufen, Sperrzonen an Polens Grenzen ausgeht, seien diese Meldungen authentisch, gepflanzt, gesteuert oder als »russisches Dementi« präsentiert. Ihre *Wirkung* jedenfalls ist sichtbar. Die Appelle der polnischen Partei- und Staatsführung zur »Rettung« der wenig geliebten »sozialistischen Ordnung« und des »Bündnisses« mit Moskau werden immer dringlicher, ihre Warnungen vor der Gefahr fremder Intervention offener und dramatischer.

9.12.1980 ....

Der Chlaus-Abend hinterliess Spuren, 1. waren Hegel und der Bärtige derart betrunken, dass sie mitten in der Nacht Prof. Ploetz anriefen und ihm vom Plan erzählten, Tell, Nikolaus und Marx zu einer idealen, philosophischen Person zu verschmelzen und 2. anschliessend aus dem Fenster pissten, was 3. Kati am Morgen anhand von Spuren auf dem Fensterbrett bemerkte und völlig ausflippte und 4. Prof. Ploetz am übernächsten Tag bekannt gab, dass er auf die Polen-Exkursion verzichte und 5. Hegel sich in seinen eigenen Schatten hüllte und sein Zimmer kaum noch verliess. 6., könnte man noch anfügen, konnte der Bärtige all diese Reaktionen nicht verstehen, »deräwääg a pläschär und denn en söttige nüttige Hafächääs«.

10.12.1980 ....

John Lennon ermordet! McCartney war mir der Liebste, dann Harrison, dann Lennon, dann Starr, so meine Beatles-Reihenfolge, damals.

Stimmung in der WG völlig versaut. Kati nennt Hegel und den Bärtigen »räudige Pissbrüder«, Hegel scheint sich zu verstecken, einzig der Bärtige sitzt am Küchentisch und summt hinter seinem Bart ein lustiges Liedchen, er kann die Aufregung überhaupt nicht verstehen. Schaff-Lesegruppe tagt vorläufig nicht mehr, ebenso fällt Polnischunterricht aus, Jerzy seit Samichlaus nicht mehr gesehen, Magdalena und Nena auch nicht.

Mutter will mich und meine Schwester an Weihnachten zu Hause haben, Beat sei auch dabei.

Denke jeden Abend an Loki.

Velo steht noch immer im Hauseingang, bei diesen Temperaturen gehe ich lieber zu Fuss. Hoffe, dass Casartelli kein Theater macht.

11.12.1980 ....

Furgler neuer Bundespräsident. Nöd logg lo gwönnt.

14.12.1980 ....

Casartelli hat kein Theater gemacht. Seine Tochter mir schöne Augen.

Nebelregen, 7 Grad.

Habe noch zehn Tage für Weihnachtsgeschenke, jedes Jahr eine Tortur. Am Schluss lande ich doch wieder beim üblichen Tand.

Hartnäckiger Husten.

Hegel für ein paar Tage zu Jerzy gezogen. Kati scheint zum ersten Mal froh um mich zu sein, bin eben kein »räudiger Pissbruder«, der Bärtige brummt in seinem Bart, offensichtlich langweilt er sich, will mit mir Karten spielen, »Derrick« schauen, über Kati reden, »eis go ziiä«, andere WGs besuchen, über Polen diskutieren, »dziękuję bardzo«, kann ich da nur sagen. (Hat mir Hegel beigebracht.)

Kati im Zimmer bei lauter Musik.

Nebelregen macht traurig.

16.12.1980 ....

Hegel noch immer bei Jerzy. Kati geht dem Bärtigen aus dem Weg, was dieser nicht so richtig mitbekommt.

Ansonsten bin ich recht fleissig in letzter Zeit. Es gibt ja kaum noch Ablenkungen!

Meine nächste Person ist der Stoffbär in meinem Bett. So ist die Situation.

Kati nimmt mich nicht richtig ernst, der Bärtige nicht richtig wahr, Hegel ist wahrscheinlich zu gar keiner Beziehung fähig, und auch sonst bleiben Beziehungen an der Oberfläche oder brechen ab (Loki). Eben, was bleibt, ist der Stoffbär.

Von meinem Vater geträumt.

20.12.1980 ....

Hegel ist zurück. Dem Bärtigen fiel ein Stein vom Herzen. Kati scheint den Samichlaus-Tag überwunden zu haben, sie hat Hegel nicht gerade überschwenglich begrüsst, scheint aber über seine Rückkehr nicht unglücklich zu sein, schliesslich ist bald Weihnachten. So gab es ein lustiges Fondue gestern Abend. Die Familie wieder vereint. Ausnahmsweise war Jerzy nicht da und auch sonst niemand von der Polen-Gruppe. Wieder einmal grosse Analyse der Weltlage. Festigung des Widerstandswillens. Seit Loki zusammengeschlagen wurde, teile ich die grundsätzliche Haltung zum Widerstand. Denn wenn hier die Dämme brechen, haben wir Faschismus! Zum ersten Mal hatte ich das Gefühl dazuzugehören. Lag es am Fondue, das Völker verbinden kann? Lag es am Weisswein, den der Bärtige kistenweise aus dem »Denner« angeschleppt hat? Lag es an der Abwesenheit Hegels, weshalb sich Katis Blick auf mich verändert hat? Lag es an meiner deutlichen Unterstützung des »situativ« gewalttätigen Widerstands?

Noch heute liegt der Geruch von Fondue in der Wohnung, der aber den Ananasduft nicht ganz überdecken kann.

Kossygin tot.

21.12.1980 ....

Kati sieht in letzter Zeit wirklich sehr gut aus. Ich kann den Bärtigen schon verstehen. Doch vermutlich ist sie noch Jungfrau. Ich kann mir nicht vorstellen, dass Kati sexuell interessiert ist. Sie macht insgesamt einen rigorosen Eindruck, sie ist schlank und knackig, doch nicht sinnlich. Ihre Sinnlichkeit findet im Kopf statt. Wahrscheinlich hat sie bewusst einen Job gewählt, der anspruchslos ist, damit sie auch während der Arbeit ihren politischen, sozialen Gedanken nachgehen kann.

Schneeregen, 2 Grad.

Eine der grossen Fehleinschätzungen von U. besteht in der Annahme einer asexuellen Lanz. Das Gegenteil ist der Fall. Wie ich seit den ersten Begegnungen im Herbst 1980 schnell feststellte, kann Lanz als Verkörperung des Sexuellen schlechthin bezeichnet werden.

23.12.1980 ....

Heute in der Stadt Loki gesehen. Sie umarmte mich, grüsste mich überaus herzlich und fragte ganz viel. Ich war baff! Sie meinte, wir sollten »hurti« etwas zusammen machen, jetzt hätte sie leider keine Zeit, sie müsse noch viele Geschenke einkaufen, aber nach Weihnachten.

Also habe ich heute schon Weihnachten gehabt!

Morgen geht's in die Innerschweiz. (Geschenke habe ich!)

26.12.1980 ....

Geschafft! Überlebt!

Zum Glück war Beat da, ein intelligenter Mensch, was ich meiner Schwester gar nicht zugetraut hätte. Beat will in Thun »Lyriktage« einführen, er ist bereits am Planen und hat mir viel davon erzählt, interessant, obwohl ich nichts von Gedichten verstehe. Als ich Meiringen angesprochen habe, ist er ausgewichen. Auch meine Schwester wollte mir nicht verraten, weshalb er die Stelle verlor bzw. gar nicht bekam.

Meine Mutter hat von meinem Vater erzählt. Eigentlich die ganze Zeit.

Viel gegessen und getrunken. Für Beat, der Vegi ist, kochte Mutter jeden Tag was Spezielles. Beat, ich und meine Schwester sassen in der Stube und plapperten irgendwas. Zwischendurch betrachteten wir den Christbaum, hörten Radio, schauten die Tagesschau. So verging die Zeit.

Bekam von Mutter einen Pyjama, von meiner Schwester ein Buch (»Der Tod im Reisfeld«), von Beat (dem Vegi!) eine Citterio-Salami.

Doch das Wichtigste: Meine Weihnachten am 23.

28.12.1980 ....

Konnte Loki nicht erreichen.

Hegel war die ganze Zeit hier. Der Kontakt zu seiner Familie scheint tatsächlich nicht der beste zu sein.

Kati war an Heiligabend bei ihrer Familie in Binningen, jetzt auch wieder hier. Wo der Bärtige ist, weiss ich nicht.

Brand in der Vogesenstrasse, 1 Toter, 5 Grad.

Klaus-Dieter Fischer aus Eschweiler erschiesst Frau, Tochter und Schwiegereltern. Ehestreitigkeiten, sagt die Polizei.

Silvester noch offen, vielleicht Party in der Kaserne, vielleicht läuft hier was, Hegel scheint mit den Polen was zu organisieren.

Der korrekte Name des Mörders heisst Klaus-Dieter Escher. Er wurde zu 15 Jahren Haft verurteilt, konnte später in den Wirren des Krieges fliehen. Sein Aufenthaltsort ist unbekannt.

30.12.1980 ....

Minus 1 Grad.

Loki wieder nicht erreicht.

Der Bärtige zurück, war bei seinen Geschwistern irgendwo im Aargau.

Lese »Der Tod im Reisfeld«, denke an Loki, mache mir Gedanken übers Jahr 1981 und über das vergangene. Könnte 1984 mit dem Studium fertig sein. Wie dann wohl die Welt aussieht? Wahrscheinlich nicht wesentlich anders als heute, die üblichen Katastrophen.

Rolf hat übrigens Weihnachtskarte geschickt. Weiss noch »nichts Genaues« über seine Zukunft in Basel. Meldet sich, wenn er was »Genaues« weiss, »mit freundlichen Grüssen dein Cousin Rolf«.

Mao-Witwe zum Tod verurteilt.

Wieder vom Vater geträumt.

4.1.1981 ....

Loki hat endlich das Telefon abgenommen. Sie fühlt sich nicht gut, kann sich im Moment nicht mit mir treffen, »sorry gäu«.

Vier Grad tagsüber.

Das neue Jahr hat begonnen. Ich sitze an meinem Pültchen und schreibe Tagebuch, obwohl ich nicht weiss warum und was.

Der Bärtige kocht, Hegel im Slip in der Küche, Kati irgendwo.

An Silvester der übliche Absturz. Gutes Fest in der Kaserne. Habe bis um fünf getanzt, anschliessend bei milder Temperatur nach Hause.

Es war mir alles egal.

In der Kaserne einige bekannte Gesichter, Cello und Jörg wieder mal gesehen, Cello kommt uns bald besuchen, sollten wieder mal eine »Aktion« machen, meinte er. Auch Nina und Jerzy von der Polen-Gruppe waren dort, Magdalena nicht.

Rauche weiterhin. Bloss keine Vorsätze.

7.1.1981 ....

Im »Central« läuft ein Woody-Allen-Film, Loki mag doch diese Art von Film, ich werde sie mal anrufen.

Sandra wollte von mir wissen, wo ich das Velo gekauft habe, sie müsse dringend ein neues haben. Ihrem Vater gehe es nicht gut, er hätte Probleme mit der Hüfte. Jetzt kehrt sich die Sache um, aus Patient wird Pfleger.

Mit dem Bärtigen und Hegel gestern »Der Alte« geschaut. Hegel will in zwei Jahren sein Studium abschliessen und dann eine Doktorarbeit schreiben. Das sind Neuigkeiten! Ich frage mich bloss, wie das gehen soll, Hegel ist doch kaum an der Uni, er hängt hier rum, lernt Polnisch, trifft sich mit seiner Adam-Schaff-Company und macht nichts für das Studium. Doch seine Eltern aus dem reaktionären Aargau zahlen brav, Geldprobleme scheint er nicht zu haben. Anders der Bärtige, ständig ist er knapp bei Kasse, borgt sich dies und das. Ich glaube, Hegel finanziert ihm Bier und Wein.

Kati war ein paar Tage bei Freunden in Zürich. Die Sache vom Chlausabend scheint überwunden. Sie, Hegel und der Bärtige vertragen sich wieder, der Bärtige ist allerdings ihr gegenüber sehr vorsichtig, in ihrer Gegenwart rülpst und furzt er nicht, verströmt aber weiterhin seinen scharfen, männlichen Geruch. Ja, es herrscht ein eigentlicher Geruchs-Krieg hier in der WG, leider mit Vorteilen für den Bärtigen.

Sowjetische Truppen an der polnischen Grenze warten offenbar nur noch auf den Einsatzbefehl, die Lage sehr angespannt, Hegel meint noch immer, dass alles nur Bluff sei, die Russen seien in Afghanistan zu sehr beschäftigt, ein Einmarsch in Polen würde sie überfordern. Ich bin mir nicht sicher. Kati meint, die Amerikaner würden irgendwo in der Dritten Welt die Russen indirekt unter Druck setzen, unter Reagan sowieso.

Bin müde vom Tippen. Muss neues Farbband kaufen (und Zigi und Zeitung).

9.1.1981 ....

»Vor 24 Johr hesch s'erschtmol gschraue
und dr Dokter het Dir eins uf s'Füdli ghaue
so lang isch das scho här, me glaubts
fascht nit, drum schrib ich Dir das Briefli hüt
s'agfrässene Mai und die ganzi
Blotere«

Wahrlich, wahrlich, ein Land von Denkern und Dichtern. Heil dir, Helvetia!

11.1.1981 ....

Bereits der zweite Sonntag im neuen Jahr.

War Zigi holen. Die Stadt fast ausgestorben. Wo sind die 200'000 Menschen? Schlafen sie? Sitzen alle vor dem TV? Besuchen sie Verwandte?

Magdalena hat soeben angerufen, bringt morgen meine Seminararbeit zurück.

Der Bärtige weiterhin Meister im Kochen. Kürzlich Rindragout mit selbstgemachten »Knöpfli« und Gemüse, sensationell! Cello hat auch mitgegessen, er will wieder mal was unternehmen gegen die »Faschotendenzen«, haben lange darüber diskutiert. Cello ist noch etwas dicker geworden. Jörg hätte was an der Weihnachtsausstellung gezeigt, Erfolg sei ihm in den Kopf gestiegen, sagte Cello. Ausserdem gebe es Zoff in der

Rheinfelder-WG, zwei Mitbewohner hätten ein falsches Verständnis einer WG, seien nur am billigen Mietzins interessiert, aber nicht am kollektiven WG-Leben, und nun wollten sie nicht ausziehen, »Schoofseggle«, meinte Cello. Der Bärtige lachte in den Bart.

Loki vielleicht nächste Woche.

12.1.1981 ....

Gestern wieder Schaff-Lesegruppe. Magdalena brachte mir Seminararbeit zurück. Kommt morgen nochmals, hat ein paar Fragen.

Hegel an der Uni! Kati in ihrem Copy-Quick, der Bärtige »go poschte«, seine Lieblingsbeschäftigung, neben essen und trinken natürlich. Hat mich gefragt, ob ich bei einer »Action« Ende Januar dabei sei, es finde eine Diskussion zum Rechtsstaat statt, Cello hätte »Superidee«, ich nickte – unverbindlich.

Gestern wieder von meinem Schulfreund M. geträumt: Wir wurden von der Polizei verfolgt, rannten durch die Strassen einer grossen Stadt, die Polizei jagte uns mit mehreren Fahrzeugen und Helikoptern, ich hatte panische Angst, weil ich befürchtete, gefangen und hingerichtet zu werden. M. schien die Sache locker zu nehmen. Als wir in einer Sackgasse angekommen waren, schwer bewaffnete Polizisten auf uns zukamen, lächelte M., zupfte mich am Ärmel und sagte: »Es isch ja nur en Traum.« Als ich aufwachte, lag mir die Melodie von »S'isch ja nur es chlises Träumli gsi« im Ohr und begleitet mich bis jetzt.

13.1.1981 ....

Ach, Zeiten ändern sich!!!

Magdalena brachte mir heute die Seminararbeit zurück.

Und wie! Nach fünfzehn Minuten waren wir im Bett und blieben dort für eine wunderschöne Weile! Nun ist es bald zwei Uhr in der Nacht, Magdalena eben gegangen und ich sehr, sehr wach. Neben mir ein Bier, eine Zigi, draussen ganz leichter Schneefall. Sie hat mich förmlich überwältigt. Es war, als hätte sie monatelang nichts mehr gegessen.

Ach, ich liebe das Polnische!

War eine rauchen. Schneefall hat aufgehört. Alles dunkel im Innenhof. So schön, das Jahr 1981.

16.1.1981 ....

Loki hat angerufen, will mit mir am Wochenende »in Uusgang«. Magdalena hat noch ein paar Fragen zur Seminararbeit. Das heisst konkret: Morgen Samstag Loki, am Sonntag Magdalena.

Heute Abend Fischvariationen. Weiterer Glanzpunkt des Bärtigen. Dazu weissen Burgunder. Wusste gar nicht, dass es weissen Burgunder gibt.

Kati etwas verunsichert, weil die Iraner offenbar die Ami-Geiseln freilassen wollen, Hegel findet, es sei ja wohl Zeit gewesen, der politische Gewinn der Geiselnahme sei mit der Wahl Reagans ohnehin verschwunden, und der Bärtige plusterte seinen Bart zu einer Wiese an einem Novembermorgen.

»Tod im Reisfeld« fast fertig.

Wunderschön, wenn nachts Schnee fällt.

18.1.1981 ....

Intensive Tage. Loki könnte sich »etwas« mit mir vorstellen, Magdalena fällt über mich her und ich weiss nicht, ob sie sich was vorstellt. Hier viel Geist, dort viel Körper. In Loki bin ich noch immer verliebt, in Magdalena wahrscheinlich nicht, trotzdem gibt es da einen starken Drang in die magdalenische Richtung. Sie ist so polnisch wie innerschweizerisch. Ich kann sie gar nicht verorten. Vielleicht gibt es da auch keinen allzu grossen Unterschied. Doch: Bezüglich der Sexualität! Ich habe den Polen solche Lockerheit gar nicht zugetraut. Da ist ein Pole oberster Sittenwächter und Aufsichtsrat über alles Körperliche und ich erlebe die Auflösung jeglicher körperlicher Ordnung gerade durch eine Polin, oder zumindest einer Viertelpolin. Magdalena kennt keine Grenzen. Für sie ist ein Körper ein Gericht, das man mit Haut und Haaren verzehrt. Sie schnuppert, leckt, beisst, frisst.

Es ist vier Grad kalt, 1.48 Uhr, mir geht es sehr gut.

20.1.1981 ....

Nadig vor de Agostini in Crans Montana.

Geiseln werden bald freigelassen.

Heute Abend »Die Strassen von San Francisco« zusammen mit Hegel und dem Bärtigen.

Wenn einem das Sexuelle so nahe ist, sieht die Welt doch ganz anders aus. Magdalena hatte gestern wieder Fragen zur Seminararbeit. Und hat mich ausgesaugt. Es war wunderbar. Die anderen begegnen mir nur noch grinsend. Doch das ist mir egal. Sollen sie grinsen und denken und spekulieren. »Ich bin deine Magd«, sagte Magdalena.

Hegel ist doch nur neidisch, weil er gar nicht weiss, was Sex ist, Kati wahrscheinlich genauso und über den Bärtigen wollen wir gar nicht sprechen. Er findet im Essen jede Menge Höhepunkte und ist damit sehr zufrieden.

23.1.1981 ....

Freitagabend, spät.

Temperatur knapp unter null. Ich sehr heiss.

Meine Magd war hier. Sie hatte noch ein paar Fragen zur Seminararbeit. Habe alle Fragen tiefgehend beantwortet.

Dummerweise rief während des Beantwortungsprozesses meine Mutter an, worauf Kati an die Tür klopfte. Kurzer Unterbruch meines Beantwortungsprozesses, »be ned do«, Kati meldete in die Innerschweiz weiter. Bin nicht da. Da ist wirklich was dran.

25.1.1981 ....

Üblicher Sonntagabendeintrag.

Demos in vielen Städten.

Bürgler gewinnt Lauberhorn.

Prinz Charles in der ETH. Hat er die Demo gesehen in Zürich? Wahrscheinlich nicht.

Ich noch immer ganz aufgelöst. Meine Magd macht mich munter.

29.1.1981 ....

Ich glaube, ich bin in meine muntere Magda verliebt. Oder geht es nur um den Sex? Oder kann man diese beiden Dinge gar nicht trennen?

Wieder Streiks in Polen. Für Jerzy ist Walesa ein Heiliger, er wird das Land retten, sagte er kürzlich, Kati schüttelte den Kopf, für sie ist dieser Mann »e bünzlige Büezer«.

31.1.1981 ....

Bin noch ganz aufgeregt.

Tumult in der Stadt. War mit Hegel und Kati und anderen an einer Diskussionsveranstaltung »Ist der Rechtsstaat in Gefahr«. Als Polizeichef Mohler sprach, flogen Eier und Farbbeutel, der Zürcher Nationalrat Blocher verliess den Saal fluchtartig, anschliessend Versuch einer Diskussion, funktionierte aber nicht. Hegels Held Künzli (der Anti-Bünzli) auch auf dem Podium, er sieht das Problem im »Sieg der Ordnung über die Menschlichkeit«, was Hegel heftig applaudierend zur Kenntnis nahm, dann Abbruch der Veranstaltung. Draussen Farbbeutel und Petarden, wir zogen zum Barfi, Zoff vor dem McDonald's, VV auf den Tramschienen, Kati meldete sich zu Wort (war sehr nervös), beim Bankenplatz die Scheiben der Kreditanstalt, Aufruhr, Polizei. Ich rannte weg, es gab Verletzte, Krankenwagen, Geschrei.

Jetzt bin ich wieder zu Hause, meine Hände zittern, Hegel und Kati sind noch nicht da. Den ganzen Abend hoffte ich, Loki NICHT zu sehen, denn solche Auseinandersetzungen würde ihr Trauma wieder verstärken, ich glaube, sie würde es kaum überleben. Ich habe sie nicht gesehen.

Habe den Eindruck, die Polizei geht immer härter gegen die Jugend vor. Wohin soll das führen? Man muss ein Zeichen setzen, sonst geht es nicht mehr lange und sie knallen uns ab. Mohler wäre das zuzutrauen. Nicht auszurechnen, welchen Schaden ein solcher Mensch 40 Jahre zuvor angerichtet hätte. Es fällt ihm richtiggehend schwer, sich an die demokratische Ordnung zu halten.

Schlafen kann ich nicht, gehe in die Küche, trinke Bier, warte auf Hegel und Kati.

---

*An der erwähnten Veranstaltung wurden 104 Personen festgestellt, von denen knapp die Hälfte der linken Szene angehörte. Der »Philosoph« A. Künzli (*1919) war bis zum Ausbruch des Krieges Professor für Philosophie in Basel. Er ist Mitglied verschiedener sozialistischer Organisationen (GAGAK, Rote Hilfe, Gesellschaft Schweiz-Kuba, besuchte im März 77 und November 79 Ostberlin, im Dezember 80 Prag (auf Visa-Liste), ist erkannter Teilnehmer mehrerer Demonstrationen und Mitunterzeichner diverser sozialistischer Initiativen und Referenden, trat als Haupt-*

redner bei linken Veranstaltungen in Erscheinung (Fest der Unità, Kongress »Stop dem Krieg gegen Nicaragua«), Artikel im »Vorwärts«.
*C. Blocher (1940–1987) wurde nach der Veranstaltung durch einen Flaschenwurf am Kopf verletzt. Der Täter (M. K. *1963) wurde zu einer bedingten Gefängnisstrafe verurteilt.*

1.2.1981 ....

In der Schweiz leben 6'329'000 Menschen (Zeitung von gestern). Ich frage mich, wie viele davon Arschlöcher sind (siehe Mohler).

Kati und Hegel kamen gestern gegen 2 Uhr zusammen nach Hause. Wir sassen noch ca. zwei Stunden am Küchentisch. Die Stimmung sehr aufgeheizt, aber gut. Aus dem Zimmer des Bärtigen war Schnarchen zu hören. Es muss was geschehen, darin waren wir uns einig, wenn es so weitergeht, haben wir hier bald Faschismus. Loki ist eines der Opfer. Auch in Zürich gab es Aufruhr und Widerstand. Die Sache breitet sich aus.

Denke ganz fest an meine Magd.

Marschmusikarschloch ist ausgezogen! Wir sind alle sehr erleichtert.

5.2.1981 ....

Die Tage vergehen ereignislos. Loki meldet sich nicht. Auch wenn ich sie anrufe und ihr etwas ausrichten lasse, ruft sie nicht zurück, Magda ist abgetaucht (wer weiss wohin), Hegel ist nach der Aufregung vom Wochenende in eine tiefe und ernsthafte Ruhe gefallen, offenbar schreibt er irgendwas, Kati ist abends lange weg, taucht erst nach Mitternacht auf, der Bärtige tüftelt was in der Küche rum und ist enttäuscht, wenn niemand an einem opulenten Nachtessen interessiert ist.

Ich bin oft auf dem Balkon, schaue auf die grau-traurigen Topfpflanzen im Hof, denke an so vieles und weiss nicht, ob ich glücklich bin.

In meinem Bett liegt einzig der Stoffbär.

Hegel und Jerzy trainieren für den Polen-Aufenthalt im Sommer. Wenn ich die Sache richtig verstanden habe, geht es um mehr als nur Sprache.

Was ich heute erfahren habe: Meine Schwester ist schwanger. Beat rief hier an, was er noch nie getan hatte, und verkündete die frohe Botschaft. Wieso hat nicht meine Schwester angerufen?

Auf dem Telefonbeantworter vier, fünf Anrufe. Loki? Magda?

Abends gehen die Temperaturen unter null.

8.2.1981 ....

Wärmer geworden.

Meine Magda war wieder hier. Zuerst zusammen mit den anderen in der Lesegruppe. Dann habe ich ihren Körper in die Einzelheiten zerleckt.

11.2.1981 ....

Tote: Bill Haley (natürlich), Deutscher Tourist in Kenia (Hotelbrand), 4 Sizilianer (Mord), Anna Marie Rissel, Walter Leuenberger-Fuchser (sanft entschlafen), Pascal Dominique (jäh entrissen), Karl Fritsch-Trefzer (unerwartet).

13.2.1981 ....

Hegel geht auf philosophischen Wolken. Im Schlepptau (soll ich Schatten sagen?) Jerzy und etwas abgemildert auch der Bärtige. Ich glaube, es gibt Abende, da versteht der Bärtige kein Wort von dem, was Hegel sagt, er lacht und grunzt und stöhnt und seufzt aber so, als würde er nicht nur alles verstehen, sondern auch noch die Gegenmeinung kennen. Jerzy ist ganz anders. Er schämt sich für sein Nichtwissen, fragt wie ein Primarschüler seinen grossen Hegel, obwohl doch eigentlich Jerzy der Lehrer ist, doch oft wechselt Hegel vom Schüler zum Lehrer. Und vom Polnischen zum Philosophischen.

Draussen ist es knapp unter null. Ich hätte gerne meine Magda hier. Doch ich muss Geduld haben bis morgen, also treibe ich mich mit Tippen rum.

Ich bin hundertprozentig auf Magda ausgerichtet. Meine Irgendwie-Freundin Loki ist mir egal. Mir sind alle anderen egal. Selbst die WG ist mir egal. Ich glaube, Hegel ist ein bisschen eifersüchtig, weil ich die Magda habe. Ich kann mir vorstellen, dass sich Hegel die Entwicklung der Lesegruppe anders vorgestellt hat. Er überspielt seine Einsamkeit mit Philosophie, so mein Eindruck.

In Polen Jaruzelski an der Macht. Ich weiss nicht, was ich davon halten soll, und ob dies überhaupt wichtig ist. Eines Tages werden die Streiks zu Ende sein und alles nimmt seinen gewohnten Gang.

15.2.1981 ....

Während ich gestern mit meiner Magda mitten im Bett lag, gab es an der Hochstrasse eine Besetzung. Doch davon erfuhr ich erst am späten Abend. Als Magda bereits wieder gegangen war.

Hegel will eine neue Ideenlehre schreiben. Er erzählte mir von der Idee der Idee, während er auf dem WC sass und ich draussen wartete. Er will, wenn ich das richtig verstanden habe, Platon, Marx und Schaff zusammenführen. Ploetz könnte sich die Sache als Diss vorstellen. Was ich mir wiederum nicht vorstellen kann.

Beat hat wieder angerufen, erzählte von der Schwangerschaft meiner Schwester und von den Thuner Lyriktagen, wie er die Sache nennt. Ich weiss gar nicht, wieso er sich um mich bemüht, ich kenne ihn ja kaum.

Weiterhin kalt und grau.

19.2.1981 ....

Kalte, ereignislose Tage, Schneefall.

Magda hat wieder Nachtschicht im Spital. Tagsüber schläft sie. Im Sommer beginnt sie die Matura nachzuholen, ist jetzt auf der Suche nach einer geeigneten Schule.

Bin Samstag und Sonntag in der Innerschweiz. Meine Mutter beklagt sich, dass ich mich nicht mehr zeige. Also zeige ich mich.

Im Haus Handwerker, Wohnung unter uns wird offenbar renoviert. Sehr laut, ständig gehen Leute ein und aus, im Treppenhaus ist es kalt und schmutzig. Aber das nehmen wir gerne in Kauf, wenn nur das Marschmusikarschloch weg ist.

AJZ in Basel soll geräumt werden, Stimmung sehr aufgeheizt, Kati dauernd irgendwo aktiv.

Schweiz schlägt Polen im Handball. Na also, es geht ja doch.

Ich bin wieder erkältet. Sollte endlich mit Rauchen aufhören.

22.2.1981 ....

Es schneit.

Aus Katis Zimmer dringt laute Musik. Hegel war wieder bei seinem Prof., hätte seinen Sohn und seine Frau kennengelernt. Der Kontakt für Hegel ganz wichtig, ich vermute, Hegel sieht sich selber schon als Prof. (»Prof. Dr. Platon II«).

27.2.1981 ....

Was gibt es zu berichten? Meine Magda hat diese Woche keine Nachtschicht, sie hat Nacktschicht bei mir. Besuchte mich am Mittwoch und Donnerstag, um 18 Uhr geht sie jeweils. Sie kennt inzwischen mein Leben, ich weiss von ihr praktisch nichts. Nebst der ganzen Sportlerei interessiert sie sich für Malerei, kennt offenbar irgendeinen Maler, von dem sie viel hält. Ansonsten ist meine Magda ein ziemlich unbekanntes Wesen für mich. Ich bin mir nicht sicher, ob ich in sie verliebt bin. Übrigens weiss ich auch nicht, ob sie in mich verliebt ist, wahrscheinlich spielt dies auch keine Rolle. Wir spenden uns körperlichen Trost (für was auch immer) und das reicht.

Hegel scheint tatsächlich eifersüchtig zu sein. Wenn Magda hier ist, gibt er sich mir gegenüber kühl und schnippisch. Spitzmäulig. Hochnäsig.

Der Bärtige kochte heute eine Schwarzwurzelsuppe, dazu eine glasierte Jungente mit Zucchetti und Orangen-Rotkohl. Phänomenal! Dazu einen italienischen Wein. Ein sehr vergnüglicher Abend. Der Bärtige in Höchstform, parodierte Furgler, Prinz Charles (der sich übrigens mit einer Kindergärtnerin verlobte) und später Hegel, was dieser mit grummelndem Vergnügen zur Kenntnis nahm. Kati für einmal locker, ihre Attentatspläne waren kein Thema! Als der Bärtige schon etwas betrunken (und sehr »duftend«) war, brachte Kati das Thema Putschversuch in Spanien. Die Instabilität der europäischen Demokratien. Die Gefahr des Faschismus usw. usf.

Der Bärtige später: »Ich glaub i ha ne Siäch.«

Kontakt mit Loki vollständig abgebrochen. Nach einem kurzen Aufflammen anfangs Jahr wieder Funkstille. Das ist sehr schade, aber nicht zu ändern.

Magda ist am Wochenende »unterwegs«. Dann wieder Nachtschicht.

Etwas wärmer.

1.3.1981 ....

Mit Hegel im Kino, »Das Boot ist voll«. Anschliessend im Hirschi, wo wir Cello trafen. Er will unbedingt wieder »Aktionen« machen, wollte wissen, ob Kati schon konkrete Ideen hätte, die »Aktionen« in Brokdorf seien »geil«. Hegel behandelte ihn ziemlich kühl. Hirschi bumsvoll.

Film fand ich übrigens gut.

Auf dem Nachhauseweg traf ich Frau Gehring. Wir spazierten zusammen nach Hause. Sie hatte einen ruhigen Theaterabend. Erzählte von ihrem Mann, der vor drei Jahren einen tödlichen Skiunfall hatte. Am Tag seines Todes sei sie »uf d'Wält cho«. Sie interessierte sich für mein Studium, was sonst niemand tut.

Heute Nachmittag zehn Grad, doch die Sonne will sich nicht zeigen.

2.3.1981 ....

Nur kurz: Wiederum idiotischer Fernsehstreit. Der Bärtige wollte »Rio Bravo« schauen um 21.20, Hegel »Blow up« um 21.45. Also schaute man zuerst die erste Hälfte von »Rio Bravo«, dann die zweite Hälfte von »Blow up«.

3.3.981 ....

Trostloser Regen.

Versuch, das Tagebuch von Frisch zu lesen, funktionierte nicht.

Magda nicht erreicht.

8.3.1981 ....

Morgen Morgesaich.

Magda versüsste den Sonntag.

Kati mit Genossen aus Nürnberg am Telefon. Heftige Demos dort, sagte sie.

Würde gerne in die Ferien verreisen. Doch mit wem?

11.3.1981 ....

Zum Glück ist dieser grauenhafte Anlass bald wieder zu Ende, mir schmerzt der Kopf. Es gibt hier in der Stadt ja kein Entfliehen, Fasnacht ist überall, selbst (oder gerade) spät in der Nacht hört man dieses ekelhafte, grässliche, militaristische Getrommel und Gepfeife. Die Menschen watscheln diesen Darbietungen hinterher, wer weiss warum. Und den Verslein hören sie zu, als handle es sich um höhere Kunst. Ein Beispiel? »In Ziri dien si demonstriere / ganz fidleblutt, wie Kieh und Stiere / So gseht me die gaistige Potänz / Vyl Brunz und Drägg und Ärsch / und Schwänz / Mer wisse: 's Hornviich ka nit dängge / drum kam er do e Pointe schängge.«

So viel zum berühmten Basler Fasnachts-Humor.

Frühlingshaft warm, Wencke Myhre in der Muba.

15.3.1981 ....

Gestern in der Zeitung gelesen: »Die Türkei ist für den Westen der höchst bedeutende Sperriegel gegen sowjetische Expansionsgelüste, jetzt insbesondere nach Afghanistan und der immer noch anhaltenden Golfkrise.« Das ist der Grund für die stille Unterstützung des Putsches. Egal wie demokratisch oder militärisch dieser »Sperriegel« gestaltet ist, Hauptsache, er schützt uns vor den Sowjets. Dasselbe Prinzip in Chile, El Salvador und Vietnam. Dies das Grundprinzip des Kalten Krieges. Die Blöcke blockieren sich gegenseitig, die Kriege werden nach Afrika, Asien, Südamerika ausgelagert, in Europa herrscht Frieden, Frieden, Frieden. Wir theoretisieren, die anderen spüren's ganz praktisch.

Hegel und Cello planen »Plakataktion«. Hegel tüftelt am Text herum. Magda kommt am Dienstagnachmittag.

16.3.1981 ....

Habe soeben mit Frau Gehring gesprochen. Sie erzählte mir vom heutigen Theaterabend »Die Lehrerin verspricht der Negerin wärmere Tränen« oder so ähnlich. Ein kompletter Misserfolg, kein Mensch hätte den Text verstanden, trotzdem hätte das Publikum brav applaudiert, niemand wolle sich als Kulturbanause blamieren. Wie man so was auf die Bühne bringen könne, meinte Frau Gehring, sie müsse sich Vorstellung für Vorstellung durch den Text quälen, die beiden Schauspieler seien nicht »textsicher«.

Auch in Deutschland grosse Demos.

Kati und Hegel haben wieder gestritten, konnte nicht verstehen, um was es geht.

22.3.1981 ....

Sehr gemischte Woche.

Magda wie immer leidenschaftlich, aber auf eine seltsame Art zurückhaltend, nach den »Bettgeschichten« verschwindet sie bald und lässt dann nichts mehr von sich hören. Ich habe noch nicht herausgefunden, ob ich in sie verliebt bin.

Kati war wieder in Zürich, Schindlergut (?) besetzt als AJZ, sie brachte Flugi mit: »Demo ja, Schmiere nei, Brüch e kei, Lämpe kei, Chaos nei.«

Das sind ja ganz neue Methoden!

»Schmiere nei«.

Es regnet. Basel verlor gegen St. Gallen.

Und noch was: Heute »Bummelsonntag«. Das bedeutet, dass die Narren ohne Kappen auf die Strassen gehen. Das würden sie besser nicht tun, denn so sieht man ihre dämlichen, ekligen, fetten und ganz allgemein hässlichen Gesichter. Einen so widerlichen Bummel-Zug habe ich noch nie gesehen. Kati sagte, sie gehen in die umliegenden Gemeinden, marschieren und spielen und betrinken sich. Also wie an der Fasnacht, bloss ohne Masken und Kappen, die Narren!

26.3.1981 ....

Es ist sehr warm geworden. Die Leute sitzen draussen und geniessen die Wärme. Ich sitze drinnen und geniesse die Ruhe. Der Bärtige ist zwar unruhig, tut dauernd was, meistens kauft er ein, und ob er jemals an der Uni ist, ist eines der grossen Rätsel der Menschheit, doch verursacht er keinen Lärm. Wenn die anderen in ihren Zimmern sind, so sitzt er in der Küche und denkt nach oder liest Kochbücher, was wahrscheinlich gar nicht zu trennen ist. Grosse Momente erlebt er, wenn wir nach und nach in der Küche eintreffen und uns interessiert über die Kochbücher und seine Notizen beugen: Für ihn das Zeichen, das seine nächste grosse, kreative Kreation in Gang setzt. Ein weiteres grosses Rätsel ist, warum der Bärtige nicht Koch geworden ist. Muss er sich seiner Herkunft gegenüber beweisen? Muss er zeigen, dass die Matura nicht umsonst gewesen war? Kati hat er ein wenig aus den Augen verloren. Wahrscheinlich hat er eingesehen, dass alle seine olfaktorischen Bemühungen fruchtlos bleiben werden, ewig. Und doch ist für alle klar, er würde alles aufgeben, hätte er eine: Kati. Ich kann mir vorstellen, welcherart seine Träume und Phantasien sind.

Schweiz schlägt Tschechoslowakei dank Botteron 1:0.

Schweiz schlägt DDR im Eishockey. Lauter Erfolge gegen den Ostblock. Das tut der Schweizer Seele gut.

Swissair feiert in Basel 50. Geburtstag, Bundesrat Schlumpf ist auch da.

Freue mich auf den Beginn des Semesters. Spüre eine gewisse Leere. Komme mit der Seminararbeit nicht voran. Thema ist gar nicht so spannend, wie ich dachte.

In der Wohnung riecht es nach »Drum«, nach Ananas und in der Küche nach dem Tier im Bärtigen.

29.3.1981 ....

Fünfter Sonntag im März, fünfter Tagebuchsonntag.

Loki hat sich gemeldet! Sie muss »dringend« mit mir sprechen. Ich habe sie auf Mittwoch vertröstet.

Mit Hegel langes Gespräch über Syndikalismus und Kommunismus. Seit er sich polnisch vertieft hat, kann er meine Haltung besser verstehen, ja es macht manchmal den Anschein, dass er nächstes eine Schweizerische Solidarnosc gründen wird mit dem Ziel, den gesamten Staat umzukrempeln. Die Schweizer Gewerkschaften sind ihm viel zu brav (mir auch), und die »Köbis« im SMUV und in der GBH seien doch nichts als »stumpenrauchende Stubensozis«, sagte Hegel. Deshalb sei ein Besuch in Polen »extrem wichtig«. Übrigens soll es tatsächlich im Juli so weit sein, sein Prof. Ploetz, Jerzy, der Sohn von Ploetz und ein Kollege von Ploetz sowie ca. 5 oder 6 Studis würden auf die Reise nach Polen gehen. Ploetz würde die Visa besorgen, Jerzy die Unterkünfte und den Besuch der Ursus-Werke organisieren. Magda und Nina würden eventuell auch mitkommen.

Bezüglich Adam Schaff gebe es gewisse Probleme, sagte Hegel. Schaff sei der Solidarnosc gegenüber kritisch eingestellt und er hätte Jaruzelski für den Friedensnobelpreis vorgeschlagen, was Hegel allerdings bezweifelt. Ursprünglich sei sogar ein Treffen mit Schaff geplant gewesen, was unter den jetzigen Umständen allerdings schwierig sei.

Hegel und ich sassen an unserem schönen Küchentisch, tranken Wein vom Vorrat des Bärtigen und hatten einen vergnüglichen Samstagabend. Alle anderen waren ausgeflogen. Loki war kein Thema, Magda auch nicht. Ich glaube, Hegel ist diesbezüglich sehr gekränkt und ich will seine Wunden nicht wieder aufreissen. Also lasse ich ihn in Ruhe, was mir ehrlich gesagt auch lieber ist. Ich weiss ja weder ein noch aus, die Sache mit Magda hat mich doch ziemlich durcheinandergebracht. Bin ich verliebt?

Möchte am liebsten zu Magda gehen, doch sie arbeitet.

Mag nicht mehr schreiben, versuche ein weiteres Mal das Tagebuch von F.

30.3.1981 ....

Hegel hat mich auf die Sache aufmerksam gemacht: Heute in der Zeitung ein sehr kritischer Bericht über die Manöver in der DDR, man fragt sich allgemein, ob die Panzer gegen Polen eingesetzt werden. Andererseits stimmungsvoller Bericht über Defilee der F Div 8 in Emmen vor 100'000 Zuschauern. Was soll man davon halten?

Und was ich in einer anderen Zeitung entdeckt habe: Besuchstag bei der Inf RS 4 in Liestal. Was drüben als schändlich gilt, ist hierzulande militärische Folklore und staatsbürgerliche Pflicht. Hegel hat sich sehr aufgeregt. Was ihn übrigens stets ein wenig grösser erscheinen lässt, als er tatsächlich ist.

31.3.1981 ....

Attentat auf Reagan.

1.4.1981 ....

War mit Loki unterwegs. Im Hirschi. Haben viel getrunken. Loki erzählte mir von einer Vergewaltigung in ihrer Jugend. Ein Schulfreund im Gymi

Kirchenfeld. Sie erzählte mir viel von ihrer Familie, die schrecklich ist. Der Vater ein protestantischer Tyrann, die Mutter hart und streng und trocken, die Geschwister verfeindet. Der Angriff »vo dr Schmiärlatz« hätte all dies wieder aufkommen lassen. Sie könne zurzeit keine Beziehung haben »sorry gäu«. Vor dem Hirschi hat sie mich umarmt und wollte mich nicht mehr loslassen.

Ich bin verwirrt und müde, ausserdem Farbband wieder mal zu Ende.

Nachtrag: Reagan schwer verletzt. Attentäter bereits gefasst, er heisst John Warnock Hinckley und stammt aus Evergreen. Was ihn wohl zum Attentat bewogen hat?

Vize Bush in Genf (Kein Aprilscherz).

2.4.1981 ....

Reagan überlebt wohl. Es hätte auch anders sein können. Die Welt hätte einen anderen Verlauf genommen, gegen die Fakten.

Der Tod von Reagan wäre in der Hegnauer auf keine Trauer gestossen. So leben wir mit ihm noch eine Weile weiter.

Temperatur tagsüber 15 Grad.

De Niro bekommt Oscar, Nagoya will Winterspiele 1988. Ende Amtszeit Reagan? Ich promoviert? Verheiratet? Mein Cousin Rolf Nationalrat? Meine Mutter noch im Haus? Hegel Gewerkschaftsboss? Kati mit Hund und Mann in Gelterkinden? Hinkley frei? (Oder hingerichtet?) Oder kommt alles anders? Ich völlig gescheitert? Usw.

»Warte uf Godot« um 20 Uhr im Schweizer Fernsehen, »warte uf d'Magda« in der Hegnauer schon den ganzen Tag.

Aber eigentlich denke ich an Loki. Sie ist nun definitiv von mir weggegangen. Das Studium will sie abbrechen. Will Sozialarbeit machen/tun/verrichten.

4.4.1981 ....

Samstagnachmittägliche NZZ-Abschreibübung:

> Ueber die Tatsache der Gleichzeitigkeit hinaus lässt sich die Parallele jedoch nicht verlängern: Während Reagans Popularität durch seine mirakulö-

se Errettung nun *charismatische Züge* annimmt und ihm die bewiesene Kaltblütigkeit eine Welle der Sympathie verspricht, ist die Bewahrung vor dem Schlimmsten für Polen wohl nur eine einstweilige Segnung, der *weitere Nervenproben* auf dem Fusse folgen. In der Tat ist der militärische Aufmarsch der »befreundeten« Warschaupakt-Armeen rings um Polen in keiner Weise abgebaut worden. Die »Stabsmanöver« des östlichen Allianzsystems sind mit dem Aufbau eines Netzes von Kommando-Kommunikationen von aussergewöhnlicher Dichte und Ausdehnung verbunden, das eine präzise Steuerung einer ganz Polen umfassenden Aktion erlauben würde. Eine Häufung derartiger Wahrnehmungen auf den westlichen Antennen hat den amerikanischen Verteidigungsminister veranlasst, von einer möglicherweise unmittelbar bevorstehenden Invasion zu sprechen. Drohend wie nie zuvor grollte es auch aus den Spalten der »Prawda«.

5.4.1981 ....

Reagan definitiv über dem Berg.

Putsch in Thailand gescheitert.

Nochmals ein Zukunftsprojekt: Die Landesausstellung 1991. »Landesweite Besinnung auf unsere Vergangenheit, Gegenwart und Zukunft«, heisst es. Was auch immer das heissen mag. Ich bin dann 32 Jahre alt. Was tut man mit 32? Arbeiten? Heiraten? Sterben? Mit Magda sehr heftig. Hegel sendet nachher ganz böse Blicke, sein Körper angespannt, wie ein Sprinter vor dem Start.

Der Bärtige schnuppert an mir herum. Weshalb? Will er eine Prise Sex?

Mit Beat telefoniert. Mit dem Baby alles o.k., Geburt (»Termin«) im September. Meine Mutter denkt nun doch ans Wegziehen, sie könne sich nicht von meinem Vater lösen, brauche unbedingt Luftveränderung.

Ich denke auch sehr oft an meinen Vater, träume viel von ihm. Kürzlich ein seltsamer Traum, kann mich nur noch erinnern, dass ich und mein Vater in irgendeinem Keller sassen und auf etwas warteten. (Godot?) Habe in meinem alten Fotoalbum geblättert. Vater sah früher gut aus. Mein erster Schultag im Frühling 1966, Topffrisur, »Schulthek« mit braunem Kuhfell, Pullover von der Grossmutter »glismet«, Hochwasserhosen.

»Mitenand-Initiative« abgelehnt, 16 % stimmten dafür, das ist eine bittere Niederlage.

Nordstern schlägt GC!

6.4.1981 ....

Der Bärtige auf dem Höhepunkt seiner Kochkunst! Geschälte Crevetten mit Knoblauch und Paprika, dann ein Lammkotelett an Senfsauce mit Knöpfli und Gemüse, schliesslich ein Tobleronemousse. Dazwischen reichlich Rotwein (Amselfelder) und Zigis.

Tell-Star mit Hegel und dem Bärtigen.

9.4.1981 ....

Jürg Röthlisberger wirbt für »Frey's rassige Lederjacke« für Fr. 198.–.

Botteron soll verkauft werden.

Bin fleissig.

12.4.1981 ....

Diese Woche gab es einen Anschlag auf eine Bank in Düsseldorf. Kati nahm die Sache sofort auf und meinte, wir sollten endlich in diese Richtung denken. Eine richtige »Action«, nicht so eine blöde Plakatkleberei, der Kapitalismus lasse sich nicht mit Gebeten in die Knie zwingen. Sie erwähnte die Anschläge auf Haig und Mountbatten vor zwei Jahren. Hegel hörte aufmerksam zu, aber ich glaube, er nimmt sie nicht so richtig ernst. Ich muss sagen, dass ich mich in dieser Sache Kati angenähert habe. Wenn man bedenkt, in welche Richtung sich die kapitalistische Gesellschaft weiter entwickeln könnte, dann ist ein deutliches Zeichen zum richtigen Zeitpunkt nicht falsch. Die »Action« muss ja nicht unbedingt gegen Menschen gerichtet sein. Als Kati verprügelt wurde, hat ja auch niemand nach »Menschenrechten« geschrien.

Vermisse Loki!

14.4.1981 . . . .

Magda hat mit ihrem »Kunstlehrer« ein Verhältnis!

Riesen Streit, Situation ausgeartet, sie hat schreiend das Haus verlassen.

Dieser Typ, er heisst »Stoltze«, sei ihr »total nööch«. Er würde sie »blind« verstehen. Sie hätte ihm Modell gestanden und so »hämmer üs gfundä«.

Eine verdammte Scheisse!!

Nachtrag: War mit Hegel saufen. Habe ihm alles erzählt. Hegel hat zugehört!!!

15.4.1981 . . . .

Kati war zum Glück gestern nicht da, sonst müsste ich auch noch IHRE dummen Sprüche anhören, diejenigen vom Bärtigen reichen mir.

Ich gehe davon aus, dass die Sache mit Magda erledigt ist. Richtig verliebt war ich sowieso nie.

»Das moderne Nutzhuhn ist hybridisiert.«

19.4.1981 . . . .

Magda hat sich nicht mehr gemeldet. Nächste Woche trifft sich die Adam-Schaff-Gruppe! Am Karfreitag das übliche Zeremoniell von Kati.

Habe mich zurückgezogen nach der Sache vom Dienstag.

24.4.1981 . . . .

Magda kam nicht zum Schaff-Abend. Das habe ich erwartet – und erhofft. Nina wusste offenbar nichts von der Sache, sie war ganz normal mir gegenüber.

Suslow in Polen.

Unnatürlich kalt geworden.

26.4.1981 . . . .

Auf dem Telefonbeantworter komische Geräusche. Loki?

Die Topfpflanzen im Innenhof werden allmählich wieder grün. Es wurde ja auch Zeit.

Der Bärtige kochte heute Ostermenü. Gitzi! Wunderbar. Kati hinterfragt die Sache sehr, versteht nicht, dass man dieser »Schisstradition«

folgt und sie auch noch unterstützt. Der Bärtige verstand nicht ganz. Wenn er in der Küche herumhantiert, ist ihm alles andere egal.

Wiederkehrende Phantasien. Die Thematik lässt mich nicht in Ruhe. Was soll ich tun? Onanieren?

28.4.1981 ....

Bin tagebuchfleissig.

Der Bärtige hat, wenn man Hegel glauben darf, an der Uni »eine Bekanntschaft« gemacht. Was auch immer das heisst. Vielleicht ist Hegel ganz froh, wenn der Bärtige häufiger ausser Haus ist, dann hat er hier Ruhe. Kati ist sowieso tagsüber weg, ich auch oft, und dann kann Hegel hier schalten und walten, wie er will (im Slip).

Kati war wieder in Zürich, Sechseläuten. Furgler wurde mit Farbbeuteln beworfen. Ich kann mir vorstellen, dass Kati eines Tages nach Zürich zieht. Offenbar hat sie dort ihre Leute gefunden. Wenn sie auszieht, gehe ich auch. Ohne Kati will ich gar nicht hier sein. Sie ist das Herz der WG, ihr pochendes Geheimnis.

Farbband schon wieder zu Ende. Es ist sehr mühsam.

Hubacher, der grosse SP-Vorsitzende, will die Armee nicht abschaffen. Die Jungsozis haben diesen Vorschlag gemacht und Hubacher will das ganz und gar nicht unterstützen. Ich weiss nicht, was ich von der Idee halten soll. Die Schweiz ohne Armee ist eigentlich gar nicht denkbar. Die Idee ist extrem! Ich kann mir nicht vorstellen, dass Kati oder Hegel die Idee gut finden.

Mein Stoffbär (mon petit ours) liegt still und glücklich in meinem Bett.

Loki hat sich nicht mehr gemeldet.

Es regnet stark.

30.4.1981 ....

Regen. Regen. Regen.

Magda hat sich aus der Schaff-Lesegruppe zurückgezogen. Dem Bärtigen scheint dies nicht zu gefallen, er schaute mich böse an.

Cesare Balmelli 80.
Louise Rinser 70.
Empire State Building 50.
Temperatur 10.
FCZ 1.

2.5.1981 ....

Gestern wieder riesen Aufregung: auf dem Marktplatz wurde das Rednerpult angezündet, es waren ca. 7000 Menschen dort, anschliessend Zoff in der Freien Strasse, Plünderungen, Scherben, ich mittendrin, kam mir vor wie im Krieg. Dann ging's ums AJZ, Hegels Held, Prof. Dr. Anti-Bünzli Künzli verhandelte mit der Schmier, hat aber nichts erreicht. Ist schon eindrücklich, wenn ein so alter Prof. auf der Seite der Jungen steht. Äusserlich sieht er ja gar nicht so aus. Ich war aufgeregt, das Tränengas schmerzt jetzt noch. Kati war in Zürich und hat es danach bereut, Hegel stürzte am Tag zuvor ab und schlief bis ca. 14 Uhr und der Bärtige hält sich aus solchen Sachen sowieso raus. So war ich der einzige Vertreter der WG am 1. Mai!

Es regnet noch immer.

Rolf rief an wegen Wohnung in Basel. Habe ihn an die Wove verwiesen, obwohl er im strengen Sinn ja kein Student ist, sondern Lehrling der Chemischen. Wahrscheinlich wird er in kurzer Zeit eine schöne, grosse und billige Wohnung haben.

Habe Hegel gefragt, ob er Stoltze kenne. Er hat noch nie was von ihm gehört. Werde mal Jörg fragen, der kennt ja die Kunstszene.

Frau Gehring schon lange nicht mehr gesehen.

Der alte Casartelli wird immer grauer.

Ganz so bürgerkriegsähnlich, wie U. die Situation beschreibt, war die Lage nicht. Das Rednerpult wurde nicht angezündet, es prallte lediglich ein Feuerwerkskörper gegen das Pult und hinterliess einen schwarzen, etwas qualmenden Fleck – und einen verdutzten Redner. Ausserdem waren nicht 7000, sondern höchstens 3000 Menschen auf dem Marktplatz und »geplündert« wurde lediglich ein Magazin eines Kleiderladens, wo nicht verkaufte Artikel gelagert waren.

3.5.1981 ....

Nach meiner Tagebuchschreiberei habe ich noch Bier getrunken mit Hegel und dem Bärtigen. Wir sassen bis ca. 3 Uhr in der Küche. Es war ein guter Abend. Hegel hat von Künzli erzählt, von seinem »menschlichen Marxismus«, wie Hegel sagt, aber auch von seinem Prof. Ploetz, der offenbar grosse Probleme mit seiner Frau hat. Der Bärtige hörte zu und grunzte von Zeit zu Zeit. Von sich erzählt er fast nie was, und wenn es ums Studieren geht, hört der Bärtige einfach nur zu. Geht es um alles andere, da kommt er in Schuss und erzählt und erzählt. Es ist eine wahre Freude. Über Magda sprach er nicht.

Habe heute geschwänzt. Es war zu viel gestern.

Es regnet und regnet.

Nachtrag: Schlägereien mit Faschos vor dem AJZ.

10.5.1981 ....

Draussen ein schöner Maiabend, fast 20 Grad.

Die Woche war geprägt von der »Bewegung«, AJZ mit Tränengas geschlossen, VV auf dem Petersplatz, dann riesen Demo für AJZ am Samstag, mehr als 10'000 Leute, das war eine tolle Sache! Die Regierung ziemlich unter Druck, die Zeitungen schreiben wohlwollender als noch vor ein paar Monaten. Habe Loki von weitem gesehen, aber nicht mit ihr gesprochen. Viele Studis gesehen, »Bewegungsleute«, viele Diskussionen, die Demo ganz friedlich. Manchmal fühle ich mich schon als Teil dieser Bewegung, niemand (ausser Hegel und Kati) sieht mich als Fremder hier.

Für Uni rein gar nichts getan in der Woche. Zum Glück war ich in den letzten Wochen ziemlich fleissig.

Von Magda nichts gehört, auch der Bärtige nicht.

Jerzy, der fast die ganze Woche hier war, sieht die Polenreise in Gefahr. Die Entwicklungen seien nicht gut, meint er, die Gewerkschaft innerlich zerstritten, die Regierung auch, die Bevölkerung unsicher, in den Ursus-Werken sei kürzlich ein Mitglied der Solidarnosc umgebracht worden, der Täter unbekannt, ein Besuch aus dem Westen praktisch ausgeschlossen. Hegel sehr düster. Das Gesicht zugespitzt, der Rücken gebeugt, sein Blick geht ins Nirgendwo. Manchmal sieht er aus wie eine Figur in einem Gemälde aus dem 17. Jahrhundert.

Der Bärtige kochfleissig. Heute Mittag Sonntagsbraten mit Kartoffelstock und Rüebli. Ein Rezept seiner Grossmutter aus dem Solothurnischen.

Kati sehr oft in Zürich, erzählt aber wenig davon. Manchmal zieht sie Überstunden ein und fährt am Tag nach Zürich, kehrt erst spät am Abend zurück.

Die tatsächliche Teilnehmerzahl an der Demonstration betrug höchstens 4000 Personen.

11.5.1981 ....

Ein deutscher Wirtschaftsminister ermordet. Kati und Hegel diskutierten die Sache heftig. Ich glaube, sie waren sich bei allem Lärm sehr einig.

Ich denke, man muss ja was tun! Man kann doch nicht zusehen, wie die Welt zugrunde gerichtet wird von ein paar Kapitalisten! Hätte jemand Hitler ermordet, wären Millionen von Menschen nicht gestorben!

Wieder lange Phantasieträume. Ich werde die Sache nicht los – was auch immer ich tue.

Muss mich wieder in meine Seminararbeit eindenken. Ausserdem will die UB meine Bücher zurück, muss verlängern, was mühsam ist.

Ist wieder kälter geworden, heute Nachmittag nur 11 Grad.

14.5.1981 ....

Frau Gehring hat mich zu einem Kaffee eingeladen. Erzählte von ihrem Mann und dem Theater. Ihr Mann (Hansruedi) wollte als junger Mann Theaterregisseur werden, hat dann in einem Berner Kellertheater Arbeit gefunden und dort auch Erfolg gehabt. Dann hat es Probleme in der »Truppe« gegeben, er musste das Theater verlassen. Beim Theater Basel war eine Stelle ausgeschrieben, er hat sich dort beworben, die Stelle nicht erhalten, aber seine Frau gefunden. Es war Liebe auf den ersten Blick. Absolut perfekt, sagte Frau Gehring. Ein perfekter Mann. Das Glück dauerte genau 1658 Tage. Sie wiederholte immer wieder diese Zahl. Der Skiunfall sei eigentlich was fürs Theater. Ihr Mann stürzte im Neuschnee, blieb kopfüber stecken, konnte sich nicht befreien und erstickte. Ein lächerlicher Tod, sagte Frau Gehring. 1658 Tage. Ein Theatertod. Sie lachte so laut wie überschminkt.

Dabei sei das Theater eine widerliche Einrichtung. Nirgendwo gehe es widerlicher zu und her. Wer nicht mit dem Regisseur ins Bett gehe, hätte keine Chance auf eine gute Rolle. Am schlimmsten seien die linken Regisseure, also eigentlich alle. Dann lachte sie wieder. Und saufen tun alle. Niemand, der nicht säuft am Theater. Es sei ein einziges Besäufnis jeden Tag im Theater, kein Tag, an dem nicht gesoffen wird im Theater, sie könne sich gar nicht vorstellen, dass am Theater nicht gesoffen wird, sagte Frau Gehring, sie frage sich bloss, wie solche Menschen, die ununterbrochen saufen, noch spielen können, wobei von Spielen können, wenn man es genau nimmt, keine Rede sein könne, Spielen sei etwas ganz anderes als das, was heutzutage auf der Bühne geboten wird, da wird ein bisschen rumgeschrien und rumgemacht und das nennt man dann Spielen und das Publikum, das ja total verunsichert sei, würde trotzdem jeden Mist stundenlang beklatschen, weil das Publikum von der Presse verunsichert werde, die Kritiker würden ja jeden Mist hochjubeln, obwohl auf der Bühne nur rumgerülpst und rumgefurzt und rumgehurt wird, würden die Kritiker diesen Mist hochjubeln und das Publikum wäre verunsichert, weil es diesen Mist zwar erkennt, aber trotzdem den Kritikern glaubt, die diesen Mist hochjubeln, deshalb sei das Publikum so verunsichert und die Schauspieler sehen sich als kleine Götter, als Elite, obwohl die Schauspieler nichts anderes seien als ein versoffenes, heruntergekommenes, ungebildetes Saupack und absolut nichts verstehen würden von Theater und Theatergeschichte, sie, Frau Gehring, hätte kürzlich Ibsen erwähnt, und da hätten doch die Schauspieler nur gelacht und gesagt ach Scheiss-Ibsen, diesen ollen Norweger will doch niemand mehr sehen, der ist doch total verstaubt und reaktionär, Ibsen sei was für die Bonzen und die würden ja sowieso nichts vom Theater verstehen, die würden ja nur aus gesellschaftlichen Gründen ins Theater gehen und nicht aus kritischen Gründen, sagte Frau Gehring, hätten die Schauspieler gesagt, die nichts verstehen würden ausser Saufen und Ficken und Fluchen, weshalb es sie wundere, warum das Theater noch so gut gefüllt sei, jeden Abend sei das Theater fast ausverkauft, obwohl die Schauspieler ausser Saufen und Ficken und Fluchen keinerlei Fähigkeiten besitzen und die Regisseure nur absoluten Mist auf die Bühne bringen, was aber die Kritiker nicht bemerken bzw. nicht bemerken wollen, weil sie allesamt gescheiterte Schriftsteller seien, die so Gelegenheit haben, dem Publikum irgendwelche Scheissrätsel vorzusetzen, sagte Frau Gehring.

Ich ging nach oben und holte ein Bier aus dem Kühlschrank.

Attentat auf Papst.

Trinke Bier. Finger schmerzen. Farbband …

17.5.1981 ....

Gestern wieder Demo auf Marktplatz. Besetzung auf dem Petersplatz. Ich mittendrin.

Papst nicht gestorben. Kati in Hochform. Man kann sich das vorstellen. Sie macht die ganze Zeit Sprüche über das Papstattentat und andere Attentate.

18.5.1981 ....

Bin müde, Petersplatz mit Tränengas geräumt, Kati auf dem Spiegelhof, war aber nach ca. einer Stunde wieder draussen.

Nachdem ich von den Basler Kollegen erfahren habe, dass Lanz in Gewahrsam genommen war, habe ich augenblicklich ihre Freilassung erwirkt. Allerdings war Lanz ca. 4 Stunden in Gewahrsam und nicht 1 Stunde, wie U. festhält.

19.5.1981 ....

Sandra Casartelli heute mit einem Mann im Treppenhaus gesehen. Er war ca. 5–7 Jahre älter als sie. Kaum geht es ihr besser, hat sie einen Freund!

Ihr Vater sei krank, sagte Hegel, wahrscheinlich Krebs.

Weiterhin grosse Konfusion um Polenreise. Jerzy will nicht gehen, Hegel will, der Prof. klärt ab. In den Ursus-Werken grosse Spannungen. Jerzy meint, in den Gewerkschaften seien viele Spitzel des polnischen Geheimdienstes, die Unruhe stifteten.

An der Uni zur Zeit ziemlich langweilig. Arbeit fast fertig. Prof. krank.

Furgler küsst Pertini.

Magda nie mehr gesehen. Hegel und der Bärtige haben sie offenbar auch nie mehr gesehen. Ist sie bei Stoltze?

Schön warmer Abend. Die Leute grillieren bereits wieder auf ihren Balkonen, den Gefängnissen der kleinen Leute.

24.5.1981 ....

Erneute Abkühlung. Ich bin oft auf meinem Balkon, rauche, schaue, was sich im Hinterhof und in den Nachbarhäusern tut, höre Stimmen und Musik und manchmal auch Geschrei, und doch kommt mir alles so eintönig vor. Die anderen finden die Welt nicht gut, aber immerhin spannend, ich finde (in gewissen Momenten) alles langweilig (ausser Kati). Dies hängt damit zusammen, dass ich nicht hier geboren bin, denn wenn man am Ort, wo man lebt, keine Wurzeln hat, ist es sehr schwierig, nicht umzukippen. Genauso meine Situation. Ich sehe die Dinge nicht, die mir Halt geben könnten. Ach, wie bin ich kitschig. Kürzlich heftige Diskussion mit Hegel und Kati über den Kitsch. Ich und Kati waren uns einig, Hegel hat den Kitsch irgendwie verteidigt. Sehr seltsam.

25.5.1981 ....

Hegel machte Bemerkung zum Körpergeruch des Bärtigen, worauf dieser die Gabel auf den Tisch knallte und in sein Zimmer brauste. Was neu ist: solche Gefühle des Bärtigen und solche Bemerkungen Hegels.

Es regnet und ist kalt.

Hoffe manchmal, Loki zufällig in der Stadt zu begegnen.

30.5.1981 ....

Der Freitag war sehr heftig, möchte hier gar keine Worte darüber verlieren, konnte trotzdem nur bis ca. 9 Uhr schlafen, dann ein wenig Zeitung lesen, Radio hören, herumschlurfen, am Mittag dafür fast zwei Stunden Schlaf, jetzt Meditationsübung »NZZ«:

> Zweifellos kann die Frage niemanden gleichgültig lassen, ob es denn notwendig sei, auch in Europa ein *Gleichgewicht gegenseitiger Vernichtungskapazitäten* aufzubauen angesichts der ohnehin

schon bestehenden Atombombenvorräte, die theoretisch alles Leben auf der Erde auszulöschen vermöchten. Westeuropa, und damit die Bundesrepublik, hat sich jedoch seit vielen Jahren in der Bemessung seiner konventionellen Verteidigungsanstrengungen *auf die nukleare Abschreckung verlassen*. Gegenüber einer erdrückenden Ueberlegenheit der östlichen Panzerarmeen wird die Balance gewahrt durch die westliche Drohung, notfalls mit taktischen Nuklearwaffen einzugreifen und allfällige Gegenschläge mit der Eskalation bis auf die strategische Ebene hinauf zu erwidern.

Zurzeit besteht das Gros der taktischen Nuklearwaffen der Nato entsprechend ihrem defensivem Zweck aus solchen mit kurzer Reichweite, aber hoher Zerstörungs- und Verseuchungswirkung. Diese Abschreckungsreserve ist erstens modernisierungsbedürftig und zweitens, seit der Einführung der sowjetischen *SS-20-Raketen* und des *Langstreckenbombers Tu-22/26* (»Backfire«), *gefährdet*. Die Flugstützpunkte und Atombombendepots der Nato können heute von der Tiefe des russischen Raumes aus getroffen werden. Wenn die Nato eigene Mittelstreckenwaffen bereitstellt, die sowjetisches Gebiet zu erreichen und dort entsprechende Ziele zu bekämpfen vermögen, wird damit in erster Linie die westliche *Verteidigungsfähigkeit am Boden wieder hergestellt*, die sonst verloren zu gehen drohte.

31.5.1981 ....

Sonntag, Ende Mai 1981. Die Woche ging schnell vorbei. Gestern wieder riesen Demo in der Stadt, Kati hat berichtet, Barrikaden vor der Bankgesellschaft, Tränengas, Schaufenster in Brüche. Ausserdem noch die frustrierten England-Fans nach dem Match gegen die Schweiz (Schweiz gewann), totales Durcheinander in der Stadt. Kati kam gestern um 2

Uhr nach Hause, hat mich und Hegel geweckt und aufgeregt erzählt. Hegel drehte eine Drum nach der anderen und hörte zu. Es gelingt ihm nicht mehr, sich von der Bewegung zu distanzieren. Beim Bärtigen hat er sich entschuldigt.

Habe Holzkiste für meine Tagebuchblätter gekauft.

Stützli-Sex in Basel erlaubt.

Bin mir nicht sicher, ob das, was ich tue, richtig ist.

Übrigens, was ich ganz vergessen habe zu sagen, ist dieser Stoltze ein total unbekannter Künstler. Ich habe mich ein wenig erkundigt in der Szene, niemand hat diesen Namen schon gehört. Jörg, der nun wirklich jeden Dilettanten kennt, weiss nichts von Stoltze. Ist Stoltze gar kein Maler? Hat Magda mich angelogen? Doch wieso? Oder ist Stoltze ein Kunstschüler? Von dem sie sich ficken lässt? Und wenn ja warum?

Ein Sonntagsabendräuschchen. Draussen Vögelchen.

Nachtrag: Im Radio gehört, dass es in Zürich extrem zu- und herging. Gigantische Schäden und Kati dachte, sie sei in Basel für einmal am richtigen Ort.

Sommerlich warm.

1.6.1981 ....

Letzte Nacht wieder starke Phantasien. Die Sache lässt mich nicht los. Wieso taucht der Sex gerade im schlafenden Zustand so vehement auf? Ist der Sex das, was uns durch das Leben trägt – oder hinunterzieht?

Hegel hat mich ermuntert, Frisch zu lesen. Künzli sei mit ihm persönlich bekannt.

Übrigens hat der Bärtige keine »Bekanntschaft« geschlossen. Alles nur ein hegelscher Sturm im Wasserglas. Könnte es sein, dass Hegel sich eine solche »Bekanntschaft« wünscht? Doch warum? Ach, lauter Fragen, ich mag gar nicht mehr Fragen stellen, im Studium ist alles voll von Fragen und in jedem Seminar werden Fragen über Fragen gestellt, auf die eigentlich nie jemand antwortet, jedenfalls nicht exakt.

Kati drängt auf »konkrete« Aktionen.

Gelesen: »Zuerst die Engländer, dann die Chaoten.«

5.6.1981 ....

Sehr seltsame Begegnung mit Sandra C. Ich kam von der Uni, stellte mein Velo in den Gang, als Sandra hüpfend das Treppenhaus hinunterkam. Sie hatte die Haare kurz geschnitten, trug Jeansrock und weisse Bluse und hatte offensichtlich ein paar Kilos abgenommen. Ich sei doch Student, sagte sie. Ja, sagte ich. Da würde ich mich doch mit Gedichten auskennen. Ich zögerte. Dann könne sie mir doch mal ein paar Gedichte zeigen. Ich zögerte. Gut, sagte sie, sie werde sie mir heute noch in den Briefkasten legen.

Nun sitze ich vor Sandras Gedichten und weiss nicht, was ich damit tun soll. Was erwartet sie denn? Einen Kommentar? Lob? Wir haben nie mehr als freundliche Worte miteinander gewechselt und nun soll ich ihre Gedichte kommentieren. Denkt sie denn, jeder Studi sei ein Gedichtspezialist? Ich habe doch keine Ahnung davon. Wie komme ich aus dieser Situation wieder raus? Hegel?

Denke wieder häufiger an Loki. Mit was das zusammenhängt?

Auf dem Beantworter meine Mutter und???

Prawda macht Druck auf Polen.

Zürich Meister, Chênois steigt ab.

Mein Stoffbär traurig in der Ecke.

7.6.1981 ....

Mutter will nun doch das Haus verkaufen und »i d'Nöochi vo Luzärn« ziehen. Sie brauche den Abstand zum Dorf, zum Haus, zu den Leuten dort. Alles sei mit dem Vater verbunden. Habe ihr gesagt, dass ich die Entscheidung gut finde. Ob sie wohl das ganze Geld aus dem Verkauf des Hauses für etwas Neues braucht?

Sie erzählte von einer Demo in Luzern, sie sei zufällig dazugekommen (»haja nur wellä Kommissionä machä«), fand die Sache »schochli abverheit«. Wohnungsnot sei ja doch etwas übertrieben, es gebe doch so viele schöne Wohnungen im Kanton, sie müssen halt ein wenig zusammenrücken, die Jungen, früher hätten sie auch ein Zimmer zu dritt bewohnt.

9.6.1981 ....

Habe Hegel lang und breit von Sandras Gedichten berichtet. Er findet sie »stimmig« und »ambivalent«, Sandra hätte Talent, »Spuren von Hölderlin«. Ich bin mir sicher, Sandra hat keine Ahnung, wer Hölderlin ist. Ich, ehrlich gesagt, auch nicht wirklich. Dann tauchte Jerzy auf und das Thema Sandra war erledigt. Hegel hat es sich angewöhnt, hin und wieder ein polnisches Wort fallen zu lassen. Wahrscheinlich erwartet er, dass ich nachfrage. Doch diesen Gefallen tue ich ihm nicht. Die Reise nach wie vor nicht sicher. Visa seien zwar auf dem Weg, aber die politische und wirtschaftliche Situation in Polen sehr schlecht, die Ursus-Werke in einem desolaten Zustand, sagt Jerzy, und die Russen können jederzeit einmarschieren. In Polen würden darüber bereits Wetten abgeschlossen.

Walesa war heute auf dem Trient-Gletscher, Jerzy berichtet über die Details seines Besuchs in der Schweiz, Hegel fand es »sauschpannend«.

Hegel und der Bärtige schauen »Derrick«, ich mag in letzter Zeit nicht Fernsehen schauen. Vieles geht mir auf die Nerven. Ausserdem ist der Kasten so grauenhaft laut.

Ich frage mich, wieso Loki sich nicht meldet. Ich gehe davon aus, dass es ihr schlecht geht. Ist sie gar wegzogen? Zurück nach Bern?

Habe mit Sandra noch nicht gesprochen. Die Lyrik-Sache ist mir unangenehm.

Lausanne Cupsieger.

10.6.1981 ....

Bald Abstimmung über Gleichstellung. »Am 14. Juni: nein zur Gleichmacherei« sagt der »Trumpf Buur«. Heute Abend grosse Diskussion im TV, eine gewisse Dora Bähler ist auch dagegen, »händs es dumms Fraueli us Bärn gfundä«, sagte Kati. Ich habe mich nach zehn Minuten zurückgezogen, rauchte meine Marocain auf dem Balkon, hörte das Fernseh-Stimmen-Musik-Geschwätz-Gewirr im Hinterhof.

Anne-Mette Larsen ist Miss Europa, Christine Däppen das Milch-Girl 1981.

Wieder Hinrichtungen in der Türkei.

Peter, Sue und Marc singen in Pratteln.

Ich wieder fleissiger Student, so kurz vor Semesterschluss. Hegels Reise noch immer nicht klar, Kati hat erst Ende August Ferien und vom Bärtigen sind mir keine Ferienpläne bekannt.

Velo bereits wieder kaputt, überlege mir, ein neues zu kaufen. Kostet aber mindestens Fr. 400.–, woher soll ich das Geld nehmen? Mutter fragen? Arbeiten?

11.6.1981 ....

Bin Stubenhocker geworden. Lese für meine Arbeit, die bald abgeschlossen ist, Zeitungen natürlich auch, hin und wieder ruft meine Mutter an. Obwohl schönes Wetter ist, bleibe ich drin. Hegel ist bereits ordentlich angebräunt, Kati auch, was ihre wunderbaren Gesichtszüge noch mehr betont. Dies ist natürlich dem Bärtigen nicht entgangen. Er benimmt sich immer noch anders, wenn Kati im Raum ist. Er ist weicher, aufmerksamer, lustiger und hoch motiviert, seine Kochkünste zu vollenden. Kürzlich Lammrücken mit Kaffeegnochis. Als Vorspeise gab es Lachsgemüse mit Apfel. Dazu wie immer Rotwein.

Die DDR und Russland zum ersten Mal an der »Art«. Dann kommen sie wieder, die feinen Schnösels mit ihren jungen, knackigen Frauen. Ob die DDR-Typen auch solche Frauen mitschleppen? Gibt es dort überhaupt schöne Frauen? Das weiss ja kein Mensch hier!

Solidarnosc sagt Warnstreik ab.

12.6.1981 ....

Sandra hat mich auf die Gedichte angesprochen. Sagte ihr, ich hätte sie noch nicht gelesen, würde dies aber bald nachholen, sei sehr beschäftigt mit dem Studium.

Schindlergut in Zürich geräumt, Kati ist dort, kam noch nicht nach Hause (00.15 Uhr!), schöner warmer Abend.

Wieder heftiger Husten.

14.6.1981 ....

Wieder schwere Krawalle. War dabei, dann schmerzten meine Augen und ich ging nach Hause. Hörte ununterbrochen Sirenen. Hegel besah sich das Ganze aus der Ferne. Als ich nach Hause kam, musste ich genauestens Bericht erstatten. Der Bärtige wusch das Geschirr ab, ich weiss gar nicht, ob er mir überhaupt zuhörte.

Kati wurde bei der Räumung des Schindlerguts leicht verletzt, hat Schürfung am Arm! Was mich wieder an Loki erinnerte. Werde mal nachforschen, was denn da los ist. Ihre Schwester wohnt ja immer noch in Basel.

Kati will Anzeige erstatten, Hegel hat nur den Kopf geschüttelt, »null Brod gägä d'Schmiär«.

Heute Nachmittag bei Sandra. Habe ihr die Gedichte zurückgebracht, es war total peinlich, wusste gar nicht, was sagen, habe ungefähr das wiederholt, was Hegel gesagt hat. Sandra sass da wie eine Primarschülerin und hörte sich das Urteil an. Sie war zu Tränen gerührt, es war mir sehr unangenehm. Als ich bei der Tür stand, hat sie mich umarmt und sich bedankt. Ihr Vater war im Nebenzimmer und hörte »Calcio«. Er hat sich nicht gezeigt. Die Wohnung ist übrigens blitzblank und ausserordentlich gründlich aufgeräumt.

Der Bärtige hat kürzlich einen Grill gekauft und heute wunderbaren Tintenfisch gegrillt, dazu Safranreis und ziemlich viel Weisswein. Dabei haben wir Abstimmungsradio gehört, der Gleichstellungsartikel wurde angenommen, allgemeine Zufriedenheit, das Wahlalter 18 in Basel abgelehnt, allgemeine Unzufriedenheit.

Höre den Bärtigen lachen.

19.6.1981 ....

Loki ist tatsächlich zurück in Bern! Habe nach einigem Zögern und Zaudern ihre Schwester angerufen. Loki will das Studium in Bern weiterführen, hätte sich stabilisiert, hätte bereits eine Wohnung in der Nähe ihrer Eltern gefunden und würde die Theologie jetzt »angersch gsee«. Das wars dann wohl gewesen. Ich frage mich bloss, was Loki mit ihren Verletzungen anfängt, mir ihrer Wut auf den Staat, auf die Polizei und ihre Gewalt, ihren Rassismus, ihre Ignoranz, ihre Arroganz und ihre Dummheit. Von dem wir so oft gesprochen haben. Ist jetzt alles wieder im Lot bei Gott und den Alten? Liest sie immer noch den »Maulwurf«?

Mein Husten noch immer schlimm, soll ich zum Arzt?

Nicht mehr so warm. Der Bärtige kocht wieder.

Breu in der Tour de Suisse vorne. Man ist begeistert. Breu ist ein Vollidiot.

21.6.1981 ....

Sonntagabendtagebuchschreiberei – Schinderei?

Hegel fragte nach meiner Lektüre. Meine Lektüre ist null. Nullkommanull. Seminararbeit abgeschlossen, also lese ich nicht. Fritz Zorn längst erledigt, mit Frischs Tagebüchern kann ich nichts anfangen. »Wir Kinder vom Bahnhof Zoo« liegt irgendwo rum, ebenso »Haben oder Sein« und »Herr der Ringe«, das ich (glaube ich) von meiner Mutter erhalten habe. Ich mag nicht lesen. Ich höre Radio, schaue in den Hinterhof, gehe in den Ausgang, hin und wieder an ein Konzert. So meine langweiligen Tage. Geht es denn so weiter? Ist das Leben ein Fortgang des Gleichen?

Kati war in Zürich und hat Anzeige erstattet. Zwei Zeugen brachte sie gleich selber mit. Die »Schmier« hätte höhnisch gegrinst. Sie hätte sich zurückgehalten, nur das Nötige gesagt, hat gesagt, dass sie einen Anwalt nehmen wird, obwohl sie keinen kennt. Der Bärtige kennt einen Anwalt. Hat Kati angeboten, ihn zu fragen. Kati nickte schmunzelnd. Der Bärtige kratzte sich am Bart.

Breu gewinnt die Tour de Suisse, Sozialisten gewinnen in Frankreich.

22.6.1981 ....

Ofra klagt gegen Offziere, die auf Bilder mit nackten Frauen geschossen haben.

26.6.1981 ....

Es gewittert stark. Vorhin glaubte ich, der Blitz hätte ins Haus geschlagen, auf dem Estrich polterte was, keine Ahnung, was es war. Der Innenhof eine riesige Pfütze. Die Dächer trommeln. So ein Gewitter erinnert mich an meine Kindheit. Ich erinnere mich, wie ich einmal während eines Gewitters versuchte, im Auto meines Vaters unter den Sitz zu klettern, und fast verzweifelte, weil dies nicht möglich war. Schliesslich legte mein Vater seine Jacke über mich, was mich beruhigte.

Seit meiner Gedichtkritik versucht Sandra, mich in lyrische Gespräche zu verwickeln, ich versuche sie abzuwimmeln, aus Scham und Unwissenheit. Vielleicht taugen ihre Gedichte ja tatsächlich was. Ihrem Vater scheint es wieder besser zu gehen. Kürzlich sah ich ihn die Treppe wischen, »Ciao«, sagte er, ohne mich anzuschauen.

Gehe mit Hegel, Cello und einer Bekannten von ihm in den Ausgang.

28.6.1981 ....

Mit Hegel, dem Bärtigen und Jerzy »Tatort« geschaut. Neuer Kommissar (Schimanski). Hegel findet ihn »phänomenal«, ein »Linker«, meint er, »en richtigä Linggä«.

Jerzy brachte Warteck. Noch immer bedrückt wegen Polen. Von Stettin kommen keine guten Nachrichten, die Solidarnosc unter grossem äusserem und innerem Druck, die wirtschaftliche Lage katastrophal und die Russen eine permanente Bedrohung. Die Zeitungen seien völlig unkritisch. In den Ursus-Werken praktisch Stillstand, ein Bekannter des Onkels hätte Beziehungen zum Ursus-Werk. MF 235 würden zurzeit keine produziert, Material kommt nicht an, wird im Werk geklaut oder gar zerstört.

Der Bärtige am Wochenende nicht da, deshalb wieder einmal Spaghetti Carbonara. Kati in Zürich. Die Sache mit dem Anwalt hat geklappt, sagte Hegel.

Nach dem »Tatort« mit Hegel und Jerzy gute Diskussion über aktuelle politische und soziale Lage. Gut, dass Kati nicht dabei war, sonst hätte es wieder Streit gegeben. Waren uns einig, dass es ohne konkrete Aktionen keinen Fortschritt geben kann, selbst Jesus hätte den Tempel geräumt, sagte Hegel.

Fühle mich seit einiger Zeit wohl in der Hegnauer. Weiss nicht, mit was das zusammenhängt.

Kürzlich Magda in der Stadt gesehen. Ich glaube, sie hat mich auch gesehen, sie verschwand dann aber in der »Rheinbrücke«. Die Geschichte mit Magda ist sehr seltsam. Ich denke hin und wieder darüber nach. Habe mich ein wenig nach Stoltze umgehört, niemand kennt ihn. Vielleicht wirklich eine Erfindung, doch warum? Wozu?

Noch immer kühl.

Das Gewitter brachte in einigen Gegenden Hagel. Die Bauern jammern.

Cello und Hegel tüfteln übrigens an einer »Aktion« rum. Ich glaube, die Bekannte von Cello (Lea) weiss auch von der Sache. Sie tat aber sehr unwissend. Doch allmählich durchschaue ich solches Getue.

Bündelitag, wie die Bebbis sagen, sind stolz auf ihre Ausdrücke, obwohl komplett schwachsinniges Deutsch, nein, gar kein Deutsch eben.

30.6.1981 ....

Wieder mal Kaffee getrunken mit Frau Gehring. Erzählte mir vom Leben einer Souffleuse. Findet, sie hätte eine Sonderrolle, spielt nicht, inszeniert nicht, kleidet und schminkt nicht, baut keine Kulisse, musiziert nicht und ist doch sehr wichtig. Hat mir Bücher über Theatergeschichte gezeigt, »niänäneswortüberensuflös«. Darin liege der tiefere Sinn ihres Daseins, unsichtbar zu sein, und doch gehe nichts ohne sie. Das Wichtigste, sagte Frau Gehring, sei eben das Unsichtbare, und lachte laut. Muss das unbedingt Hegel erzählen. Wenn ich mich nicht täusche, beschäftigt er sich mit dem Sichtbaren und dem Unsichtbaren. Frau Gehring backt offenbar das ganze Jahr Weihnachtsguetzli, sie stopfte mich voll damit. Blieb bis fast Mitternacht.

Brandt in Moskau.

Weiterhin kühl.

2.7.1981 ....

Kati kam heute von ihrem Anwalt, war sehr frustriert. Anwalt hätte von Anzeige abgeraten, würde viel kosten, aber nichts bringen. Kati will Anwalt wechseln, sie habe »en uhuerä verdammti Sauwuet«.

Der Bärtige kaufte in der Migros Topfpflanzen.

Erneut starke Phantasien.

5.7.1981 ....

Der Bärtige kochte Aargauisches für uns (Kalbshaxe mit Pflaumen und selbstgemachte Rüeblitorte).

Mutter gab mir Fr. 200.– für ein neues Velo!

Kati war zum Glück nicht da, Hegel sehr zurückhaltend, hat das Ganze mit zusammengekniffenen Augen beobachtet.

Sind den Rhein entlangspaziert. Im Café Spitz Weisswein getrunken. Lang und breit über die Vorteile eines Umzugs gesprochen, Haus soll im nächsten Jahr verkauft werden, es gebe bereits einen Interessenten aus dem Dorf (Metzger Hürlimann).

8.7.1981 ....

Velo gekauft für Fr. 285.–

Traum: Bin mit einer Gruppe irgendwo im Osten (Polen?) unterwegs. Auf einmal bin ich ganz allein, verzweifelt suche ich die anderen, kann sie nicht finden, renne durch die Strassen, in Häuser, dann über Felder, durch einen grossen Wald mit extrem dicken Tannen, wo ich in einer Lichtung ein helles Licht entdecke, ich versuche, diesem Licht näher zu kommen, was nicht funktioniert, der Abstand zwischen mir und dem Licht bleibt unverändert. Dann gehe ich weiter, versuche, aus dem Wald zu gelangen, was mir aber nicht gelingt, ich gerate in Panik, renne immer schneller und schneller, bis ich auf einmal ein juckendes Gefühl an der rechten Hand bemerke und stehenbleibe. Auf jeder Fingerkuppe befindet sich ein grosser, roter Punkt, der sich anfühlt wie die Spitze einer Stecknadel. Weil es mich immer stärker juckt, reibe ich die Fingerspitzen über den Stamm eines Baumes, doch das Jucken lässt nicht nach. Dann stelle ich fest, wie die Punkte auf den Fingerkuppen grösser werden, schliesslich aufplatzen und aus jedem der Finger sich ein dünner, schwarzer Wurm langsam herausschlängelt, bis meine Hände von etwa zehn Zentimeter langen schwarzen Würmern umwickelt sind. Von einem unfassbaren Ekel gepackt versuche ich, die Würmer wegzureissen, was mir nicht gelingt. Schliesslich verwickle ich mich in mich selber und erwache. Es juckt mich am ganzen Körper.

11.7.1981 ....

Bin mit dem Velo gestürzt! Habe das Schlüsselbein gebrochen, beide Hände und ein Knie blutig geschürft. War gestern Nacht im Notfall des Spitals. Ich kam vom Hirschi, kurvte zusammen mit Hegel und Nina durch die Strassen, als ich beim Claraplatz plötzlich in die Tramgeleise geriet und stürzte. Für einen kurzen Moment war ich bewusstlos. Als ich die Augen aufschlug, fuchtelten Hegel und Nina wild um mich herum, riefen ein Taxi zum Spital.

Jetzt trage ich eine Schleife um die Schulter, kann aber immerhin schreiben. Habe trotz Schmerzmittel starke Schmerzen.

Tippen fast nicht möglich. Und Venedig?

Vor einem Jahr starb mein Vater, langes Telefon mit Mutter.

»Krawallnacht« in Zürich.

19.7.1981 ....

Die WG sehr nett. Der Bärtige schleppt mein Zeugs rum, wäscht ab und hat gestern meine schmutzigen Kleider in die Waschküche getragen. Hegel begleitete mich zur Kontrolle ins Spital, erzählte dabei vom Schulterbruch seines Vaters, was viel schlimmer sei als ein gebrochenes Schlüsselbein, ausserdem teilte er mir mit, dass die Polenreise in diesem Jahr definitiv gestorben sei, der Prof. hätte sich zurückgezogen, auch Jerzy sei immer skeptischer geworden. Nun werde man abwarten, die Visa könne man wahrscheinlich auf ein anderes Datum verschieben, eventuell wäre die Reise im März 1982 möglich. Obwohl die Lage sich jederzeit verschlimmern kann, gerade diese Woche warnte China die UdSSR vor einem Einmarsch und das will doch was heissen! Ausserdem wird von zunehmender Unruhe der Truppen an der sowjetisch-polnischen Grenze berichtet.

Sogar Kati zeigt Gefühle. Als ich mich im Gang abmühte, meinen kleinen, hellblauen Rucksack anzuziehen, half sie mir. Dabei berührte sie meine Schulter.

Noch liegt Ananas in meiner Nase.

27.7.1981 ....

Da bin ich wieder – mein liebes Tagebuch.

Habe nun praktisch kein Geld mehr. Muss unbedingt was tun. Arbeiten? Was geschieht eigentlich, wenn meine Mutter das Haus verkauft? Bekommen ich und meine Schwester einen Anteil? Haben wir ein Recht darauf?

Werde Katis Anwalt mal fragen.

29.7.1981 ....

Der Mittwoch, an dem Prinz Charles heiratete! Bin ein bisschen betrunken, sass fast den ganzen Tag vor dem TV zusammen mit dem Bärtigen und Hegel, morgens um 11 Uhr ging es bereits los, dann endlos die ganze Zeremonie bis ca. 15 Uhr, dann Wiederholungen, Spielfilme, Wiederholungen, Tagesschau, wir kamen nicht mehr los vom Fernseher, ca. um 14 Uhr holte der Bärtige die kleinen Wartecks, später tauchte Jerzy auf mit polnischem Fusel, dann kamen noch Cello und Lilli und zwei, die ich noch nie gesehen hatte. Um 21 Uhr war die Bude voll, nur Kati fehlte. Es war sehr lustig. Der

Bärtige spielte den König von Tonga, der auch in London war, Hegel gab den Monarchisten und Jerzy war so besoffen, dass er nur noch Polnisch sprach. Dann sangen wir alle die englische Nationalhymne.

Es ist schön warm draussen.

Jemand schnarcht im Gang.

---

*Elisabeth Maier (»Lilli«, *1956) war beteiligt an der Demonstration »Gegen die Gewalt gegen die Frauen« vom 15.11.1980, Mitglied der linksorientierten StuB (Studentenschaft Basel), im Juni 1981 in den Studentenrat gewählt.*
*Ihr Vater Walter Maier (*1936) hatte 1957/58 brieflichen Kontakt zu einer Spielerin der tschechoslowakischen Handball-Nationalmannschaft.*

31.7.1981 ....

Sommer! Heute hatte es ca. 30 Grad. Ich war den ganzen Nachmittag am Rhein, rauchte, betrachtete den Fluss, las Zeitung, legte mich auf den warmen Beton und genoss die Sonne. Hin und wieder fuhr ein Frachter vorbei und Wellen klatschten ans Ufer. Das tiefe Brummen der Schiffssirenen. Um mich herum viele schöne Frauen. Nackte Haut. Bereits krachen die ersten Raketen und »Frauenfürze«.

Überlege, ob ich eventuell ein paar Tage ins Tessin gehe, ein Onkel des Bärtigen hat im Verzasca-Tal ein Häuschen, das frei wäre und für das ich nichts bezahlen müsste. Ich könnte dort lesen und schlafen. Schliesslich habe ich viel für die Uni getan und in der WG ist zur Zeit auch nicht viel los. Der Bärtige hat sich offenbar doch entschlossen, etwas für das Studium zu machen, verlässt sein Zimmer nur selten, und Hegel ist dauernd bei seinem Prof. oder mit Jerzy unterwegs.

Kati geht mit ein paar Zürchern nach Portugal. Sie hat einen Duftspray gekauft (»Green Apple«), seitdem ist der Bärtige kaum noch zu riechen. Leider auch Kati nur noch sehr schwach. Als würde die Ananas langsam in die Ferne fliegen. Oder heimwärts, je nachdem.

Marxistischer Putsch in Gambia.

Nachtrag: Nach Mitternacht, heiss, ich träumte von meinem Tod in irgendeinem Krieg. Vielleicht Afrika, weit weg Silhouetten von grossen Tieren. Elefanten?

2.8.1981 ....

Sonntagabend. Die Augustfeierlichkeiten sind überstanden. Habe mich zurückgezogen. Auf dem Bruderholz gab es Zoff, Kati war dort, erzählte heute Mittag, dass »Jodlerfaschos« auf Demonstranten losgingen und die Sache ausser Rand und Band geriet. Sie hatte ein paar Zürcher Freunde mit dabei, die offenbar grossen Spass hatten – droben auf dem Bruderholz.

Katis neuer Anwalt hat auch nicht mehr erreicht als der frühere. Kati macht einen zermürbten, müden Eindruck. Doch ihr Geruch ist noch wie am ersten Tag! Abenteuerlich! Frisch! Exotisch! (Leider nimmt der Duftspray ihrem Geruch Glanz und Tiefe!)

Manchmal, es sind seltene Augenblicke, zeigt Kati ihr wirkliches Gesicht, da taucht hinter der strengen und ach so klugen Fassade ein Stück Menschlichkeit auf, ein Stück Ironie, ein Stück Anteilnahme, manchmal sogar ein Stück Verunsicherung. In solchen Momenten liebe ich sie.

Sie hat von einem Artikel im »Le Matin« erzählt, der die Situation in Afghanistan sehr gut beschrieben habe.

Meine Schulter ist noch nicht schmerzfrei.

Der Bärtige hat TV geschaut und experimentiert nun in der Küche. Fischmarinade, glaube ich – hoffe ich. Und was ist mit seinem Studium? Studiert er Koch?

5.8.1981 ....

Die Topfpflanzen des Bärtigen werden von Tag zu Tag grauer. Ich frage mich, wieso er sie gekauft hat. Er sorgt sich überhaupt nicht um sie. Anfänglich dachte ich, er hätte eine spezielle Beziehung zu Pflanzen, was ja heutzutage nichts Aussergewöhnliches mehr ist, doch der Bärtige kümmert sich überhaupt nicht um seine Anschaffungen, würde ich nicht giessen, die Pflanzen wären schon längst tot.

Wahrscheinlich klappt es mit dem Tessin. Habe gestern mit dem Bärtigen gesprochen, er meinte, das sei überhaupt kein Problem, es könnte aber sein, dass sein Onkel kurz vorbeischauen würde, er hätte dort ein Stück Wald, müsse hin und wieder was erledigen im Kaff, doch sein Onkel, Werni, sei total in Ordnung, sei locker und »en Siebesiech«. Also: Ich verreise am nächsten Sonntagnachmittag ins Tessin.

Der Schmerz in meiner Schulter hat nachgelassen, doch bei einigen Bewegungen, vor allem beim Tippen, spüre ich mit der Zeit einen unangenehmen Druck.

Proteste in Polen, noch immer wunderbar warm.

8.8.1981 ....

Mutter hat angerufen, muss ins Spital. Der Unterleib? Habe nicht getraut zu fragen. Die Schwangerschaft meiner Schwester verlaufe tipptopp, Beat »hets nid eifach«, meinte meine Mutter. Mit dem Hausverkauf habe sich nichts getan. Metzger Hürlimann zögere, man weiss nicht warum, vermutet werden ererbte Schulden, sein Bruder in Amerika sei offenbar doch nicht so reich gewesen, wie der Hürlimann jahrzehntelang herumerzählt habe, nun habe er das Geschenk, Schulden, nichts als Schulden und erst noch in Dollar.

Vater nun mehr als ein Jahr tot.

Die Casartellis sind im Piemont, sagte Hegel. Alles ganz ruhig im Haus. Manchmal kommt es mir vor, als wäre ich allein hier. Sitze in der Küche, lese Zeitung, trinke Kaffee, höre hin und wieder eine Schiffssirene, eine Spülung, ein Auto, doch im Prinzip ist es still. Was ich höre, sind bloss Verzierungen der Stille.

Mein Stoffbär liegt ruhig und unberührt auf meinem Bett. Ursus, der Bär. Bin ich er? Ist er ich? Bin ich im Grunde nicht mehr als ein beseelter Stoffbär? (Mit dem niemand kuscheln will.) Was macht Leben aus? Wir alle meinen zu wissen, was Leben ist. Doch niemand weiss was davon. Fritz Zorn hat Leblosigkeit inmitten von Leben bedauert und verurteilt. Wieso weiss dieser Fritz Z. vom Leben und von der Leblosigkeit? Hat er es irgendwo gelesen? Erfahren? Wenn man die Sache von dieser Seite her betrachtet, stellen sich doch ganz neue Fragen.

Es ist Samstag, der 8.8.1981, für viele ein besonderes Datum, es werden viele Ehen geschlossen heute (sie werden später wieder geschieden), doch kann ich mit diesen Daten, die ja nur Zahlen sind (Hegel hat »Zahlenmystik« gesagt), nichts anfangen. Denn letztlich ist es ein Zufall, bei welcher Zahl wir uns gerade befinden, mit dem Weltgeschehen hat dies nichts zu tun.

Reagan baut Neutronenbombe!

9.8.1981 ....

Sonntagabend, Kati will schon wieder den Anwalt wechseln. Sie lässt nicht locker, will den Zürcher Schmier unbedingt drankriegen, obwohl sie keine Chance hat. Ich glaube, sie weiss genau, dass sie keine Chance hat, ist aber derart in die Sache verbohrt, dass sie die Realität nicht mehr sieht. Ich frage mich, ob es einen Anwalt gibt, der einen so hoffnungslosen Fall übernimmt. Andererseits, wie will Kati dies alles bezahlen? Ihre Arbeit beim Copy-Quick bringt nicht viel ein. Hat sie andere Geldquellen?

Gestern geträumt, ich hätte die Matura nicht bestanden und müsste ein ganzes Jahr an der Kanti wiederholen. Ich war das Arschloch der Klasse, alle haben sich über mich lustig gemacht, selbst die Lehrer, und bei jeder Prüfung wurden die Noten schlechter. Es war klar, dass ich die Matura niemals schaffen würde. Ich sass hinten links, schwitzte und sagte nichts.

Frau Gehring hat mir gestern im Treppenhaus von den Proben für die neue Theatersaison erzählt. Es gebe zwei, drei interessante neue Stücke (kann mich an die Titel nicht erinnern), ich könnte über sie günstige Tickets beziehen. Ich habe bislang nie ernsthaft daran gedacht, ins Theater zu gehen. Die Garderobe und das schicke Getue schrecken mich ab.

Frau Gehring hat mich zu einem Glas Wein eingeladen, ich hatte aber keine Lust, denn ich wollte zusammen mit Hegel, dem Bärtigen und Jerzy einen japanischen Krimi schauen. War aber ziemlich langweilig.

Heftiges Gewitter, viel Regen, es hat stark abgekühlt.

Breitner Fussballer des Jahres.

Bin sehr müde.

Lanz' Verletzungen existierten nicht. Zwar gab es bei der Räumung des Schindlerguts eine kleine Rangelei zwischen ihr und einem Polizisten, die aber keine Verletzung zur Folge hatte. Lanz gebärdete sich im Anschluss an diese Auseinandersetzung allerdings so aggressiv, dass mehrere Polizisten sie kaum beruhigen konnten. Nach einem heftigen sexuellen Kontakt sagte mir Lanz mit einem Grinsen im Gesicht, sie würde die »Sauschmier« mit ihren eigenen Mitteln fertigmachen, gegenüber der »Leibgarde der Bourgeoisie« sei jedes Mittel recht.

12.8.1981 ....

Gehe am nächsten Freitag für ein paar Tage ins Tessin. Der Bärtige besucht heute und morgen seinen Onkel irgendwo im Aargau und bringt dann den Schlüssel mit. Das Häuschen ist in Aquino. Der Bärtige warnte mich vor Schlangen und deutschen Touristen.

Ständige Phantasien.

Gestern hat sich die Schaff-Gruppe wieder einmal getroffen. Ich habe den Eindruck, dass die grosse Begeisterung weg ist, »de Pfuus isch duss«, würde mein Vater sagen. Nina scheint eine kluge Frau zu sein. Obwohl ich die Diskussionen der Gruppe nur am Rande mitbekomme, habe ich den Eindruck, dass sie von der Sache am meisten versteht. Sie schaut stets so, als würde sie eine nicht ganz ernst gemeinte Frage unterdrücken. Sie strahlt Schalk und Unernst aus, spricht sie jedoch über Schaff oder andere Philosophen (die mir unbekannt sind), wirkt sie ernst und sehr konzentriert, als würde sie vor einem grossen Publikum sprechen, auch wenn ihre Augen weiterhin lustig blinzeln. Ich glaube, sie ist schon ziemlich weit mit dem Studium. Hegel bewundert sie, glaube ich. Heute trug sie einen strahlend blauen Pulli und kurze, gelbe, allzu enge Shorts. Phänomenal!

Sitze viel auf meinem kleinen Balkon, rauche in den Sommer hinein. Auf Literatur habe ich noch immer keine richtige Lust, lese ein wenig für meine Fächer und natürlich viel Zeitung. Am Rhein zurzeit viel los. Bin oft dort.

Armenier legen wie verrückt Bomben gegen die Schweiz.

14.8.1981 ....

Der Bärtige blieb länger als erwartet bei seinem Onkel Werni, und da niemand die Telefonnummer seines Onkels kannte, konnte ich nicht herausfinden, wann der Bärtige zurückkommt und ob er den Schlüssel wirklich mitbringt. Nun ist er zurück – mit dem Schlüssel.

Habe heute eingekauft: blaues Badetuch, zwei Stangen Zigaretten, Schreibmaschinenpapier, Tipp-Ex, »Strukturalismus und Marxismus« von Schaff. Der Bärtige hat mir ein »Feldschlösschen«-Käppi geschenkt.

Gehe nun ein Nachmittagsbier trinken mit Hegel und Jerzy. Der Bärtige bereits am Kochen, verpasse leider das Znacht.

16.8.1981 ....

Sehr lange geschlafen, bin trotzdem noch müde. Sandkörnchen in den Augen, raue Stimme. Hier meine Aufwach- und Ermüdungsübung, holy NZZ:

> Die Ankündigung aus Washington, dass Amerika die »*Neutronenbombe*« produziere, hat die tumultöse Heftigkeit noch einmal gesteigert, mit der in Teilen Westeuropas – Grossbritannien, Frankreich und Italien gehören grösstenteils *nicht* dazu – gegen den Versuch protestiert und agitiert wird, der vierfachen sowjetischen Überlegenheit an nuklearen Landraketen auf diesem Kontinent ein Gegengewicht gegenüberzustellen.
> Unter »Neutronenbombe« ist, um es einmal mehr zu sagen, eine nukleare Verteidigungswaffe für das Gefechtsfeld zu verstehen, die *Panzermassierungen* zu stoppen vermag und deren Zerstörungsradius erheblich enger gezogen ist als bei bisherigen taktischen Atomwaffen, damit sie in dicht besiedeltem Gebiet besser auf militärische Ziele konzentriert werden kann und weniger Opfer unter der Zivilbevölkerung fordert. Vielleicht hat sie der deutsche Politiker *Bahr* deshalb seinerzeit eine »Perversion des menschlichen Denkens« genannt – mit welchem Spruch übrigens die öffentliche Debatte um Sicherheit unter nuklearer Bedrohung in Deutschland wieder jenen irrationalen Affekt erhielt, der sich seither immer schriller äussert.

In diesen Tagen (leider ist es mir nicht möglich, den genauen Zeitpunkt zu ermitteln) erzählte mir Lanz vom Tagebuch des U. Ich schenkte dieser Mitteilung zunächst keine Bedeutung, bis ich wiederum von Lanz erfuhr, dass U. sein Tagebuch mit schöner Regelmässigkeit führte und so in mir der Wunsch keimte, Besitzer dieses Tagebuchs zu werden. Ich wollte die Innensicht dessen besitzen, was ich von aussen sah.

21.8.1981 ....

Wieder zurück! Aquino ist ein Kaff. War viel spazieren, zum Glück war das Wetter gut, bin oft in der Beiz (Name?) über der so wunderbar blauen Verzasca gesessen, habe Schaff gelesen und in die Landschaft geschaut. (Feldschlösschen-Käppi ist mir in die Verzasca gefallen.)

Tatsächlich viele deutschen Touristen, aber keine Schlangen.

Ein Berner, der mit seiner Frau schon seit fast zehn Jahren in Aquino wohnt, meinte, es gebe im Tessin kaum noch Schlangen, vor allem keine giftigen. Ein Spaziergang führte mich an ihrem Häuschen vorbei, sie (Rüedu und Leni) haben mich angesprochen, wollten wissen, »wohärä es geit«, und haben mich dann zu einem Glas Merlot eingeladen. Es war gemütlich, habe viel über Land und Leute im Tal erfahren. Sie macht Zeichnungen für Kinderbücher, er handelt mit Ferienwohnungen. Abends hörte ich Radio, las Zeitungen. Tagebuch habe ich keine Seite geschrieben, obwohl ich die Maschine mitgeschleppt habe. Immerhin kam ich weiter mit dem Konzept für die nächste Arbeit.

Kati fand, ich sehe gut aus.

Was ich ja noch nicht erzählt habe: Hegel hat angedeutet, ich könne mit nach Polen kommen. Die Gruppe wäre noch nicht vollständig. Das sind Aussichten! Allerdings erst 1982!

Die Tessiner Sonne hat meiner Schulter gutgetan, spüre nur noch selten Schmerz, hin und wieder ein Ziehen, ein leichter Druck.

Einmal bin ich mit dem Postauto nach Locarno gefahren, lag den ganzen Tag im Strandbad.

Rüedu und Leni haben mir ihre Telefonnummer gegeben, ich könne sie jederzeit besuchen kommen, Leni will mir ein Buch schicken zu meinem Namenstag.

23.8.1981 ....

Sonntagabend. Weil Kati nicht da ist, hat Hegel die Aufgabe, den Bärtigen zu überduften. Eigentlich, denn Hegel scheint sich am Geruch nicht zu stören oder hat sich daran gewöhnt, was wohl eher zutrifft. So überwiegt der Bärtige (und Hegels »Drum«) gegenüber dem »Green Apple«.

Überlege, ob ich einsteigen soll bei Jerzys Unterricht. Falls ich tatsächlich mit auf die Reise kommen kann, wäre es gut, wenn ich ein paar

Worte Polnisch sprechen könnte. Ich glaube nicht, dass sie dort Englisch oder Französisch sprechen.

Meine Mutter übrigens ist längst aus dem Spital, es sei nur »en chlinä Igriff gsii« und jetzt alles wieder gut, ja es ginge ihr sogar besser als vorher. Sie hat lang geplaudert, was sie sonst fast nie tut, hat von meiner Schwester erzählt, deren Schwangerschaft »tipptopp« verlaufe, auch ihr Freund, der Beat, sei jetzt ganz zufrieden mit seiner Arbeit »im Bärnbiet«, so ein Lehrer hätte einen schönen Lohn, was heute gar nicht selbstverständlich sei, sagte meine Mutter, und darüber hinaus würde er sich noch für die »Dichtung« einsetzen.

Mir will sie übrigens einen Teil des Verkaufsertrags des Hauses »überschreiben«. Wann sie das Haus verkauft, habe ich nicht gefragt. Metzger Hürlimann ist definitiv nicht mehr am Haus interessiert.

Nachtrag: War mit Hegel und Jörg Plakate kleben. War wieder sehr aufgeregt. Doch es ist alles gut gelaufen. Anschliessend hier Bier.

Erneut Drohung der UdSSR gegen Polen, Hegel meint, das sei nur Bluff.

Die Plakate, von denen U. hier spricht, waren mit dem Slogan »AJ-anZetteln« übertitelt. Insgesamt wurden 23 Plakate geklebt, wovon die meisten bereits einige Stunden später wieder entfernt werden konnten. Weitere Schmierereien konnten im Keim erstickt werden.

25.8.1981 ....

Auf unsere Klebeaktion gab es bisher keine Reaktionen. Es hängen sehr viele Plakate in der Stadt, gerade am vorletzten Wochenende lief ja wieder eine Menge und da werden immer auch Plakate geklebt, man muss an ziemlich auffälligen Orten kleben, damit man überhaupt gesehen wird, und das ist gefährlich.

Ich glaube, viele Menschen haben Angst vor einem Atomkrieg, begegnen sie jedoch Plakaten, die auf diese Gefahr hinweisen, motzen sie über das Plakat. Ist das nicht absurd? Der Overkill ist täglich möglich und verfolgt werden Plakatkleber! So ist eben unsere Welt. Darauf wollten wir hinweisen.

Auf dem Flohmarkt einige Bücher gekauft, darunter auch was von Nizon (?), der mir von Hegel empfohlen wurde, sein Prof. Ploetz hätte mit ihm in München studiert und seither würden sie sich hin und wieder treffen. Ausserdem habe ich (zum ersten Mal in meinem Leben) einen Gedichtband gekauft, ich dachte, wenn Sandra weiterhin meinen Rat beansprucht, wäre es gar nicht schlecht, wenn ich ein wenig Erfahrung hätte in lyrischen Dingen. Doch schon beim ersten Blättern ist mir schwindlig geworden, ich kann mit diesen Wörtern und Zeilen überhaupt nichts anfangen und denke, ganz ehrlich, dass da ganz gewaltig geschummelt wird. Ein paar sinnlos aneinandergereihte Wörter, ein Titel, den kein Mensch versteht, viele Punkte und Striche, Gross- und Kleingeschriebenes durcheinander und fertig ist das Gedicht!

Flugzeugabsturz in Taiwan, Taifun in Japan, polnisches Flugzeug nach Westberlin entführt, Kantonales Schwingfest in Augst, Gaddafi droht mit Drittem Weltkrieg.

Mein Farbband ist auch bald wieder fertig. Die Maschine auch.

Heute der Bärtige: »E uhuärä Gmüetsruäh.«

28.8.1981 ....

In der Stadt gekauft: Zeitung, Farbband, Schuhbändel, Polnisches Wörterbuch und Schoggi.

Vater Casartelli sieht tatsächlich schlecht aus, sah ihn heute vor dem Haus, als er irgendwelche Kartons in seinen Fiat lud. Er ist in wenigen Monaten alt geworden. Was mich aber noch mehr erschreckte, war das gelbliche Gesicht, wie ein Ungeheuer sah er aus. Hegel hat wohl recht mit seiner Vermutung, dass er Krebs hat. Was dann aus Sandra wird? Ich glaube, sie hat gar keine Ausbildung, war ja immer wieder in der »Psüchi« (Hegel), was soll sie denn gelernt haben. Deshalb bleibt ihr nichts anderes übrig, als Gedichte zu schreiben.

Apropos Gedichte: Habe von Beat einen Prospektentwurf für die »1. Lyriktage Thun« erhalten. »Würde mich sehr freuen, dich in Thun begrüssen zu dürfen«, hat er notiert. Im November läuft das Semester wieder, da weiss ich nicht, ob ich für Gedichte, die ich sowieso nicht verstehe, überhaupt Zeit habe, gefreut hat mich die Einladung trotzdem.

Heute Morgen peinliche Begegnung mit Kati im Badezimmer. Wäre am liebsten verschwunden. Als wir uns etwas später in der Küche trafen, hat sie nichts gesagt, nur gelächelt. Dabei lag ein Hauch von Überraschung in ihren wunderschönen Augen.

Abends »Derrick« mit Hegel und Jerzy und Warteck.

Nixon in der Schweiz.

30.8.1981 ....

Irgendwie kann ich mir nicht vorstellen, dass der Bärtige eines Tages sein Studium abschliesst. Auch wenn ich nicht gerade der fleissigste Student bin, so arbeite ich doch um ein Vielfaches mehr fürs Studium als der Bärtige, der möglicherweise gar nichts tut. Auch sonst benimmt er sich unstudentenhaft. Wenn die Schaff-Gruppe tagt, hält er sich zurück, werkelt was in der Küche rum, giesst seinen Kräutergarten, den er neuerdings in zwei grossen Blumentöpfen angelegt hat (wo vor nicht allzu langer Zeit seine Pflanzen fast ins Gras bissen), oder ist irgendwo im Elsass auf Einkaufstour. Für die philosophischen Diskussionen scheint er sich nicht zu interessieren bzw. versteht gar nicht, um was es geht. Wenn er was sagt in der Schaff-Runde, was nicht allzu häufig vorkommt, verstummt die Gruppe, was auch nicht allzu häufig vorkommt, man zögert, etwas zu erwidern, lächelt im besten Fall oder verdreht die Augen, weil für alle klar ist, dass er Schaff nicht wirklich verstanden hat, sogar für mich ist dies in solchen Momenten klar. Hegel versucht dann so gut es geht, die Situation zu retten, denn er hält viel vom Bärtigen, und weil Hegel der Chefdenker in unserer Küche ist, halten sich die anderen mit bissigen Kommentaren zurück.

Habe von der Peinlichkeit im Badezimmer geträumt. War im Traum noch peinlicher.

Die Schreibmaschine ist in letzter Zeit mühsam, die Tasten sind irgendwie verklemmt, nach ein paar Zeilen schmerzen meine Finger. Neue Maschine? Woher das Geld dafür nehmen? Zahlt Mutter wieder wie beim Velo?

Nina ist nun fester Teil der Lesegruppe. (!)

FCB schlägt Bulle 1:0.

Die Klebe-Aktion vom letzten Sonntag hat nun doch ein bescheidenes Echo gefunden. Der Wirt der »Mägd« hat in der »Basler-Zeitung« einen Leserbrief geschrieben, worin er sich beschwert, weil Chaoten keinen Respekt haben vor dem Eigentum von »anständigen Bürgern« und »auf den kommunistischen Überfall hoffen«.

Ein heller Schimmer schien über den Vogelkörper von Hegel zu fallen, »immerhin«, sagte er.

Noch immer kühl.

2.9.1981 ....

Kati ganz in sich gekehrt. Ihre strengen Gesichtszüge wirken in letzter Zeit etwas weicher, ihr Haar etwas voller, und als wir gestern über die Ermordung der iranischen Führung sprachen, war sie auffallend milde gestimmt, hielt sich mit ihrer Meinung zurück, als würde sie sich dafür nicht interessieren. Es könnte sein, dass dies mit ihrer »Zürcher Niederlage« zu tun hat, denn auch ihr zweiter (oder dritter) Anwalt konnte nichts ausrichten gegen die Zürcher Polizei. Zwar geht sie noch immer viel nach Zürich, liest, wenn sie hier ist, Zeitungen und Bücher, weshalb es einen Besucher sehr wundern würde, dass sie im Copy Quick arbeitet und der Bärtige studiert und nicht etwa umgekehrt, doch einen Teil ihrer Radikalität hat sie verloren (oder aufgegeben?). Sie ist noch schöner geworden. Es ist, als hätte ein Bildhauer sich nochmals an die Arbeit gemacht und am scheinbar Perfekten ein wenig herumgefingert.

Es regnet noch immer. Die Schweiz schlug Holland 2:1.

Hegel, Jerzy und Nina sind in der Küche und jassen.

Heftige Phantasien.

6.9.1981 ....

Wieder einmal Sonntagabend. War endlich mal unterwegs, um einen Job zu finden. Brauche dringend Geld. Wahrscheinlich wird die Miete im neuen Jahr wieder steigen und auch sonst brauche ich viel Geld. (Schreibmaschine!!) Seit der Bärtige hier wohnt, sind auch die Haushaltskosten gestiegen und ich möchte in diesem Winter endlich wieder einmal Ski fahren gehen.

Eventuell ergibt sich was in einem Copy Quick, Kati hat die Filialleiterin vom Copy Quick am Claraplatz gefragt, ob sie Personal gebrauchen könne. Es sieht nicht schlecht aus. Ich würde drei Halbtage pro Woche arbeiten (kopieren). Das bringt sicher Fr. 80.– pro Woche, also über 300 Franken im Monat, was natürlich sensationell wäre.

Zu Hegels Geburtstag kamen Jerzy, Cello, Nina und zwei andere. Kati war auch da, ging aber früh. Jerzy sehr beunruhigt über russische Manöver an polnischer Grenze. Sie schauten »Teleboy« (aus Berlin).

Übrigens, Cousin Rolf hat eine Wohnung in Basel gefunden. Direkt am Rhein und erst noch mit Balkon, was ja nicht anders zu erwarten war. Das Haus gehöre der Chemischen, sagte meine Mutter, ich solle ihn doch mal besuchen.

13.9.1981 ....

Am »Roti-Fäscht« goss es wie aus Kübeln. Die meisten Stände waren am Abend abgebrochen, die Leute in den Beizen. Dort ganz gute Stimmung, doch auch nicht mehr. Habe viel mit Nina und einer deutschen Freundin von ihr (Uta?) gesprochen, was im Lärm gar nicht so einfach war. Uta will hier am Theater was machen (was?), werde ihr die Adresse von Frau Gehring geben. Sie ist hübsch.

In der Türki soll es grossen Streit geben, habe ich gehört, die WG fällt auseinander.

Bin müde.

FCB schlägt Nordstern 3:0.

20.9.1981 ....

Belanglose, langweilige Woche hinter mir.

Habe mich entschieden, Polnisch zu lernen, Hegel ist einverstanden. Am nächsten Mittwoch geht's los.

Chevallaz bezeichnete kürzlich die Schweizer Armee als »Friedensstifterin«. Ein Kriegsminister darf nichts anderes sagen, aber warum widerspricht niemand?

21.9.1981 ....

Heute gleich zwei Postkarten erhalten: Zum einen schrieben mir Rüedu und Leni ein paar nette Zeilen auf einer kitschigen Karte aus dem Tessin, zum anderen meldete sich Rolf aus seinen Herbstferien in Sardinien. Er schickt »Beste Grüsse aus dem sonnigen Süden, dein Cousin Rolf«. Werde wohl um einen Besuch nicht herumkommen, meine Mutter fragt ständig, ob ich ihn schon besucht habe. Besser also ihn besuchen als ihn als Besucher zu haben.

Traum von gestern Nacht: Ich fliege in einem Flugzeug lautlos über Dörfer und Städte. Ich bin allein, keine anderen Passagiere sind anwesend. Wir sind nur wenige hundert Meter über Boden, ich sehe Wälder, Flüsse, Seen, Berge, aber keine Anzeichen von Zivilisation. Bald werde ich unruhig, frage mich, wo ich denn landen könne, wenn nirgendwo Menschen sind, wenn nirgendwo ein Flugplatz oder zumindest eine Piste ist. Das Flugzeug fliegt lautlos und ohne die geringsten Turbulenzen geradlinig über die Landschaft. Ich kenne kein Ziel. Aber das Flugzeug scheint ein Ziel zu kennen. Gebannt beobachte ich die Landschaft, suche menschliche Dinge, einen Weg, einen Telefonmast, ein Haus, ein Auto, einen Acker, doch ich kann nichts entdecken. Es ist ebenso beängstigend wie faszinierend. Bin ich in einer unbestimmten Urzeit gelandet? Fliege ich über einen unentdeckten Kontinent? Oder bin ich gar in einer Zukunft angelangt, in der alle menschlichen Hinterlassenschaften ausradiert, überwuchert, unsichtbar geworden sind? Doch woher kommt das Flugzeug? Wer steuert es? Wer hat es gebaut? Also muss es doch irgendwo Menschen geben. Kaum denke ich diesen Gedanken, tauchen vor mir die Umrisse einer gigantischen Stadt auf. Nach wenigen Minuten ist nichts anderes mehr zu sehen als Stadt. Es dämmert. Die Lichter der Stadt flackern auf wie kleine Feuerwerke. Das Flugzeug beginnt den Sinkflug. Es landet. Es stoppt. Die Ausgänge öffnen sich. Und nun strömen unendliche Massen von Menschen ins Flugzeug hinein, es gelingt mir nicht auszusteigen. Verzweifelt versuche ich, mich an den Menschen vorbeizudrücken, aber es ist kein Durchkommen. Ich bleibe drin. Das Flugzeug startet.

23.9.1981 ....

Heute zum ersten Mal Polnischunterricht mit Jerzy und Hegel. Die beiden gingen davon aus, dass ich auf ihrem Niveau einsteige, was unmöglich ist, da ich kein Wort verstehe, woher denn auch!? Ich weiss nicht, was sich die beiden gedacht haben. Nun machen wir es so, dass mich Jerzy speziell betreut, bis ich in der Lage bin, zusammen mit Hegel am

Kurs teilzunehmen. Was ich ebenfalls nicht bedacht habe, dass die Sache was kostet. Fr. 10.– für 60 Minuten! Hätte ich davon gewusst, hätte ich mir die Sache nochmals überlegt. Doch nun hänge ich drin, muss mich höllisch anstrengen, damit ich überhaupt in den Kurs einsteigen kann, und muss ausserdem erst noch Geld bezahlen. Was wohl die Polen-Reise kostet? Immerhin beginne ich am 1. Oktober im Copy Quick, zum Glück hat mir Kati diese Stelle vermittelt, sonst müsste ich in die Innerschweiz betteln gehen.

Nazywam sie Ursus.

Der Bärtige ist bei seinem Onkel Werni zu Besuch. Wer weiss, was er dort macht. Hegel im Kino mit Nina und Jerzy, Kati hat Besuch einer Freundin aus Zürich.

Die Wohnung riecht heute richtig gut. Das liegt nicht am Green-Apple-Spray. Kati hat gelüftet und der Bärtige ist seit zwei Tagen abwesend, deshalb.

Kaiseraugst soll eventuell doch nicht gebaut werden. Kann die Nachricht gar nicht glauben. Hier in Basel ist Kaiseraugst ein grosses Thema, viele haben gegen das AKW gekämpft. Und nun soll es kampflos aufgegeben werden? Werde mal Hegel fragen.

Übrigens von Frau Gehring zwei (!) Tickets erhalten für »Manchmal ist ICH sehr schwer«. Kann mir unter diesem Titel überhaupt nichts vorstellen, werde mir eine gute Ausrede überlegen. Wieso hat sie mir nicht Tickets für die »Physiker« geschenkt, die in der Komödie gespielt werden? Das Stück haben wir in der Schule gelesen. Die Lehrerin (Frl. Meier) interpretierte das Stück als ein Anti-AKW-Stück, daran kann ich mich noch erinnern. Es gab heftigen Streit, weil wir ein paar überzeugte AKW-Befürworter in der Klasse hatten. Wahrscheinlich studieren sie heute Physik oder Wirtschaft.

27.9.1981 ....

Der Bärtige wieder hier. Und mit ihm der Geruch. Es ist, als wären wilde Tiere in der Nähe.

28.9.1981 ....

Alle wieder da. Der Bärtige, Hegel, Kati und ich schön versammelt um unseren wackeligen Tisch in der Küche. Für einmal »nur« Spaghetti, dafür zwei Flaschen Rotwein aus dem »Konsi«, wie man hier sagt. Hegel erzählte von seiner Arbeit über Platon und Schaff. Ich gab mir sehr Mühe, mein Wissen über Schaff (»Strukturalismus und Marximus«) ins Spiel zu bringen, was Hegel sichtlich überraschte. Kati wischte den Strukturalismus mit einem Wort (»Mode«) vom Tisch, der Bärtige räumte real ab. Beugte er sich über Kati, wandte sie den Kopf weg und schloss die Augen, so entsetzlich litt sie an seinem Geruch. Sie erzählte von der »Zürcher Bewegung«, die offensichtlich ziemlich festgefahren ist, und den reaktionären Bürgern der Stadt. Ich erzählte ein wenig von meinem Studium, von meinen Eindrücken dieser Stadt, was sie interessant fanden. Wir hörten Radio (Wahlen in Niedersachsen), schauten TV (Tellstar) und diskutierten die Lage in Polen und Afghanistan.

Kati trug schwarze Lederhosen und ein gelbes T-Shirt ohne BH (!!!).

Wetter unverändert. Nicht mehr Sommer, noch nicht Herbst. Dazwischenwetter. Freue mich nicht auf nächste Woche.

30.9.1981 ....

Tag des Ursus.

Heftige Kämpfe in Afghanistan, die Russen machen offenbar gewisse Fortschritte. Ich kann mir vorstellen, dass dieser Krieg noch lange andauert, viele mischen mit, sicher auch die Amerikaner, anders kann ich mir das gar nicht vorstellen, also wird es wohl keinen Sieger geben, sondern die Russen werden sich allmählich zurückziehen, vielleicht gelingt es ihnen, das Regime auch ohne Armee zu stützen, und dann haben sie ja, was sie wollten. Manchmal, wenn Hegel, aber auch Kati, die grosse globale Strategie bespricht, kann ich diese Art von Planspiel nicht mehr hören und sehen, es geht mir auf die Nerven, weil es nichts bringt und weil sie sowieso von den zentralen Dingen nichts wissen und sich die Dinge deshalb unvorhersehbar entwickeln. Ich verstehe nicht, wieso nicht mehr von lokalen Aktionen die Rede ist, eine Zeitlang beredeten die beiden jedes noch so harmlose Attentat und planten ähnliche Dinge.

Vielleicht sollte ich in dieser Sache selber mal aktiv werden.

Mit Jerzy Polnisch, er ist strenger, wenn Hegel nicht dabei ist.

Habe Bauchschmerzen, vielleicht waren die Fische heute Abend schlecht. Geschmeckt haben sie allerdings ausgezeichnet. Hoffe, dass sich die Sache nicht weiterentwickelt, sonst fehle ich bereits am ersten Arbeitstag.

Ende September hatte Lanz eine Fehlgeburt. Es gelang mir nur unter sehr grossem Aufwand, den Kontakt mit ihr aufrechtzuerhalten. Ich musste sie meiner »Liebe« versichern.

2.10.1981 ....

Traum: Meine Hochzeit. Ein schönes, altes Haus. Dunkelgrüner Rasen, herbstliche Gerüche. Die Gäste bilden ein Spalier, ich gehe hindurch, leicht gebückt. Die Menschen grinsen mich an, einige lachen verschämt, andere schauen zur Seite, jemand brüllt laut. Ich suche meine Braut, bemerke, dass ich nackt bin.

FCZ schlägt Dynamo Berlin, Frankreich schafft die Todesstrafe ab, Krawalle in Zürich.

4.10.1981 ....

Woche besser als erwartet. Einstieg im Copy Quick geglückt, die Arbeit ist weniger ermüdend, als ich befürchtete. Die Mitarbeiter (man sagt heute »Team«) ganz nett (alles junge Frauen!). Ich musste einen Geschäftsbericht 300 x kopieren und mit einem Spiralverschluss zusammenheften. Mein Magen war am Morgen zum Glück wieder in Ordnung, nachdem ich die halbe Nacht auf dem WC sass. Am Fisch könne es nicht liegen, sagte der Bärtige. Dafür schmerzten meine Füsse.

Vor dem Volkshaus Magda gesehen. Sie war in Begleitung einer Frau und sah gut aus. Sie bemerkte mich nicht. Manchmal denke ich an die Zeit mit Magda und jedes Mal erfasst mich ein angenehmer Schauder.

Die bürgerlichen Zeitungen sind besorgt über die sowjetischen Erfolge in Afghanistan. »Widerstand zerbricht an sowjetischer Übermacht«, schreibt die »BaZ«. Auf derselben Seite wieder einmal Olympiasieger Röthlisberger, der für eine Lederjacke Reklame macht.

Fleissig Polnisch gelernt.

Der Bärtige übers Wochenende bei Onkel Werni, Löwen-Wirt in Oberrohrdorf, wie mir Hegel erzählte. Offensichtlich liegt die Kocherei in der Familie.

Kati in letzter Zeit praktisch nur noch in den schwarzen Lederhosen, was aus dem Bärtigen noch mehr Tier herauslockt.

Und was ich nachvollziehen kann.

Hätte ich mein Tagebuch nicht, käme solches nie zur Sprache.

7.10.1981 ....

Bin müde vom Polnischen. Jerzy sehr ungeduldig heute. Hegel kam kurz vorbei, grüsste grinsend auf Polnisch und verzog sich (mit einer Flasche Wein) in sein Zimmer. Wie gerne hätte ich dasselbe getan! Nach einer langen Stunde gab ich Jerzy die 10 Franken und verzog mich ebenfalls in mein Zimmer, allerdings nicht mit Wein, sondern mit Hausaufgaben. Jerzy erzählte, dass Zigi-Preise in Polen um 100 % erhöht worden seien.

Jetzt sitze ich an meinem Pültchen, tippe brav meine Gedanken aufs Papier. Und frage mich, wie so oft, warum ich das tue und nicht ein Buch lese (schön aufgereiht neben mir sind die ungelesenen Bücher) oder für die Uni arbeite. Vielleicht ist das Tagebuchschreiben nichts als Ablenkung vom Wesentlichen.

Grosse Demo gegen Nuclex-Ausstellung. Kati sehr aktiv. Sie skandierte an vorderster Front gegen Atom. Ich hielt mich zurück, doch die Demo blieb ruhig.

Frau Gehring heute in Begleitung eines Mannes gesehen. Ein Liebhaber? Er sah nicht besonders gut aus. Was sie wohl von ihm will? Ein Schauspieler? Vermutlich ist er jetzt noch in ihrer Wohnung (23.55 Uhr).

Sadat ermordet!

Im Copy Quick gestern und heute Karten für das geographische Institut kopiert. War sehr kompliziert, habe viel Ausschuss produziert. Yolanda, die Chefin des Ladens, sagte mit verschränkten Armen: »Isch das so chogä schwer, Herr Studänt?«

Zu Weihnacht, habe ich mir vorgenommen, leiste ich mir eine neue Maschine, wieso nicht eine der modernen Maschinen, die fast alles können? Schliesslich verdiene ich jetzt ziemlich Geld.

Entgegen der Notiz kam es im Anschluss an die (unbew.) Demonstration gegen die Nuclex zu einzelnen Sachbeschädigungen.

8.10.1981 ....

Jubel in Irak, Libyen, im Iran und Libanon wegen Sadats Tod, auch Arafat ist erfreut. Pfarrer Liardet neuer Chef vom Blauen Kreuz, Migros bleibt alkoholfrei.

Gewitter, Hagel.

9.10.1981 ....

Meine Schwester hatte eine Frühgeburt. Meine Mutter rief an. Sie war sehr aufgeregt, konnte nicht aufhören mit Reden. Wahrscheinlich wird das Kind überleben, sagen die Ärzte, ein Knabe, übrigens.

Gehe mit Kati (!) und ein paar anderen ins Kino.

11.10.1981 ....

Arbeit im Copy Quick ist sehr anstrengend. Yolanda, Susanna und Brigit sehr nett. Susanna ist manchmal etwas mürrisch, Brigit etwas naiv, aber insgesamt ist das »Team« wirklich nett.

Für die Uni mache ich in letzter Zeit wenig, bereite ein Seminar vor, habe zwei Bücher gekauft, ein wenig darin gelesen, finde sie aber sehr kompliziert (Geschichtsphilosophie), Hegel meint, die Autoren seien veraltet.

Reagan wirft den Sowjets Völkermord in Afghanistan vor.

Sadat beerdigt.

Kati sehr entschlossen für die iranische Revolution. »Do gets nüd z'brichtä«.

Meiner Schwester geht es besser, das Kind ist gerettet. Meine Mutter immer noch aufgeregt, weint aber nicht mehr in den Hörer. Schwester, Kind und Mann im Inselspital. Der Knabe heisst übrigens Lukas.

12.10.1981 ....

Tell-Star mit Hegel und dem Bärtigen.

14.10.1981 ....

Zwei Hausbegegnungen: Gestern Sandra getroffen. Sie wollte mir unbedingt ihre neuen Gedichte zeigen, also ging ich in ihre Wohnung, obwohl ich einkaufen war und der Bärtige auf die Steaks wartete, doch Sandra war so charmant und gleichzeitig drängend, dass ich es nicht übers Herz brachte, sie einfach im Treppenhaus stehen zu lassen, und sie mir sofort und ohne ein Wort zu sagen Kaffee servierte, die Gedichte irgendwo in ihrem Zimmer hervorkramte und sie mir dann in einer Weise übergab, als wären es Abrüstungsverträge. Ich lächelte nett, nickte, wusste nicht recht, was sie jetzt erwartete, ob ich die Gedichte gleich lesen oder sonst wie Konversation betreiben soll, also las ich (ohne zu lesen), verweilte über den Zeilen einen lyrischen Anstandsmoment lang, zog hin und wieder die Augenbrauen hoch, fuhr mit der Hand über meine Haare, sagte aber nichts. Ich solle mir die Gedichte ruhig in Ruhe anschauen, sagte sie, ich solle nicht zu viel erwarten, es seien lediglich Entwürfe einer Dilettantin, sagte sie, sie wäre kürzlich an einer Dichterlesung in Liestal gewesen und da hätte sie gesehen, was ein wirklich gutes Gedicht sei, hätte sich aber nicht davon abhalten lassen, weiterhin zu dichten, denn schliesslich sei ja der Weg das Ziel und eine Publikation sowieso aussichtslos, weil die Verlage heutzutage ja nur noch nach wirtschaftlichen Gesichtspunkten die Texte auswählen, weshalb viele gute Texte einfach in einer Schublade verrotten würden, doch ich solle einfach mal in die Texte »inäluägä«, sie würde sich total freuen, wenn ich die Gedichte lesen würde, wir könnten uns ja mal darüber unterhalten bei einer Tasse Kaffee. Sandra trägt neuerdings eine Brille und hatte die Haare streng nach hinten gebunden. Ihr Vater war nirgends zu sehen. Ich habe sie nicht nach ihm gefragt. Sie scheint vollständig geheilt zu sein, unvorstellbar, dass sie noch vor ein paar Monaten an Selbstmord dachte und dauernd in der Klinik war. Sie entliess mich mit einem warmen Blick und ihren Gedichten in einem Mäppchen.

Und heute Nachmittag wäre ich, als ich den Hausgang betrat, beinahe mit Frau Gehring zusammengestossen. Sie war aufgeregt, wütend, schien den Tränen nahe, schüttelte den Kopf, umarmte mich kurz und halb mit einem Arm und sagte, dass es verdammte Sauerei sei, was am Theater gerade passiere. Da käme ein deutscher Regisseur, bringe seine Leute mit und die anderen hätten nichts mehr zu berichten, wären einfach heute auf morgen sozusagen ohne Arbeit, weil ein Deutscher, der vor Jahren in ein paar Feuilletons ein bisschen Lob erhalten habe, sich nun nach Basel bemühte, und nun sei plötzlich alles anders, die Talentförderung, ja ganze Talentförderungsprogramme seien auf einmal zunichte, wertlos, vergessen, weil ein Deutscher seine »Girls« nach Basel schleppe und ganze Generationen von jungen Talenten auf der Strasse ständen, wo es ja gar nichts zu holen gebe, denn die freie Szene sei ja praktisch tot, man spreche zwar dauernd von der freien Szene, doch das sei nur Gerede, nichts als abgeschmacktes Geschwätz sei das mit der freien Szene, weil die freie Szene gar nicht frei, sondern eine einzige Selbstausbeutungsszene sei, wo im Grunde noch die härteren Gesetze gälten als im etablierten Theater, Frau Gehring sagte dies mit spitzem Mund, und nun seien diese jungen Talente quasi auf dem Strassenstrich der freien Szene, wo sie natürlich innert kurzer Zeit total kaputtgehen würden, es sei ja total aussichtslos, in der freien Theaterstrichszene eine längere Zeit zu überleben, dort herrschten die Gesetze des Dschungels, dort werde gefressen und zerstört und zerhackt, was im Grunde nichts anderes sei als im »etablierten Theater«, bloss weniger auffällig, weil alle Welt die freie Szene so toll und fortschrittlich und »u lääs« finde, was aber überhaupt nicht den Tatsachen entspreche, weil die freie Szene überhaupt gar nicht existiere, weil sowieso, Frau Gehring schien ein wenig beruhigt zu sein, weil sowieso die Freiheit an sich überhaupt nicht existiere, doch dies müsse sie einem Studenten wie mir ja nicht sagen, das sei sicher bloss eine sogenannte Binsenwahrheit für mich, weil heutzutage die jungen Studenten mit diesen Wahrheiten schon früh vertraut wären, für die sie früher lange brauchten, um sie endlich zu verstehen, genau wie sie eine gewisse Zeit gebracht hätte um zu verstehen, dass die freie Szene im Grunde weniger frei sei als das »etablierte Theater«, das sie allerdings in dieser Woche regelrecht hassen gelernt hätte, weil ein dicker, hässlicher, kurzsichtiger deutscher Regisseur seine »Puppies« nach Basel schleppte und so wichtige Talente einfach so weggeputzt hätte, obwohl diese jungen Menschen mit Versprechungen am Theater Basel gehalten wurden und nun in die »freie Szene« (sie verzog den Mund, als hätte sie in eine Zitrone gebissen) weggeschoben worden wären, wo sie nichts anderes erwartet als geile, feuchte Regieböcke.

Nachtrag: Wollte eigentlich von ganz anderem schreiben.

15.10.1981 ....

Jerzy hat mir so viele Hausaufgaben gegeben, dass ich vermute, er will mich als Schüler loswerden. Solidarnosc droht erneut mit Generalstreik.

Canetti Nobelpreis. Wer ist Canetti?

Tobin Nobelpreis. Wer ist Tobin?

17.10.1981 ....

»Neben viel irrealem Geschwätz erscheint mir ein Postulat äusserst gefährlich, nämlich die erhoffte Kindesbetreuung durch qualifizierte öffentliche und private Organisationen. In totalitären Staaten ist dies ein probates Mittel zur Gleichschaltung und Entpersönlichung. Man will ja bereits die Buschi in Uniformen stecken!« (E. Zussy, Binningen)

18.10.1981 ....

Meine Schwester wieder zu Hause. Mutter ist bei ihr in Thun. Das Kind, Lukas, noch schwach, aber überlebensfähig. Ich bin sehr froh.

Im Copy Quick sehr angenehm. Heute Bedienungsanleitungen kopiert und anschliessend in Kuverts verpackt (Miele Staubsauger).

Sandras Gedichte gelesen. Finde sie sehr gut, weiss aber nicht warum. Sie mischt das Schweizerdeutsche mit dem Hochdeutschen, ich glaube nicht, dass man dies in Gedichten so tut. Oder gehört das heute zum guten Ton? Meine Gedichterfahrung beschränkt sich auf ein paar Goethe- und Schillergedichte, musste in der Schule den »Erlkönig« auswendig lernen »und in seinen Armen das Kind war tot«. So dichtet Sandra nicht. Das könnte man gar nicht auswendig lernen, selbst wenn man es wollte.

Wenn ich Zeitung lese im Bett, lege ich meine Füsse auf den Stoffbär, den Ursus, und dann ist mir wohl.

19.10.1981 ....

Jaruzelski neuer Parteichef in Polen. Gemäss Jerzy keine gute Entwicklung. Doch viel wichtiger: Cousin Rolf besuchte uns! Er rief an, und bevor ich etwas tun konnte, stand er schon bei uns in der Wohnung. Ich, der Bärtige und Hegel waren gerade beim Mittagessen, Kati war zum Glück nicht da. Cousin Rolf stellte ein Geschenk auf den Tisch und begann sofort, von seinen Erfolgen als Lehrling bei der chemischen »Grossindustrie« zu erzählen. Hegels Laune hellte sich augenblicklich auf, der Bärtige schien wirklich interessiert an der Arbeit meines Cousins Rolf, der sich mit einer grossen Selbstverständlichkeit an den Tisch setzte und kräftig zulangte. Nach etwa einer Stunde war uns klar geworden, dass ohne meinen Cousin Rolf in der chemischen »Grossindustrie« gar nix lief, dass er den Laden total im Griff hatte und leider die drei restlichen Jahre Lehrzeit noch absolvieren muss, denn im Prinzip wäre er jetzt schon genügend ausgebildet für weit anspruchsvollere »Tätigkeiten«, wie er zu sagen pflegt. Der Bärtige war tatsächlich beeindruckt. Hegel findet in meinem Cousin Rolf so etwas wie einen Anker ins ganz reale Leben, was ihn offensichtlich ebenso belustigt wie beeindruckt. Schliesslich, wir hatten gerade den Kaffee getrunken, schaute mein Cousin Rolf auf die Uhr und gab uns zu verstehen, dass er jetzt »ganz schnell« gehen müsse, was uns keineswegs wunderte. Im »Päckli« waren übrigens Basler Läckerli, eine tiefgründige ironische Geste, wie Hegel meinte, während der Bärtige schon heftig am Kauen war und mit seinen wulstigen Fingern im Mund herumstocherte.

Montagabend. Moshe Dajan ist tot. Mit ihm verbinde ich frühe politische Erinnerungen, schwarz-weisse Kriege im Wüstensand, ein John Wayne des Nahen Ostens, kühl, energisch, auf der richtigen Seite, ein einäugiger, weitsichtiger Kämpfer für das Gute. Dachte ich damals.

21.10.1981 ....

Jerzy findet, ich brauche noch mindestens zwei Monate, bis ich »annähernd« auf demselben Stand sei wie Hegel. Ehrlich gesagt zweifle ich an meinem Erfolg, Fremdsprachen waren nie meine Stärke, erst recht nicht, wenn sie aus dem Osten kommen. Und doch möchte ich eine solide polnische Grundlage haben, denn ich bin auf der Reise mit dabei und möchte nicht auf andere angewiesen sein, also bleibt mir wohl nichts anderes übrig, als fleissig zu sein und in den sauren Apfel zu beissen, wie man sagt.

Hegel verliess heute die Wohnung nicht, sondern sass mehr oder weniger den ganzen Tag im Slip und T-Shirt in der Küche und las in einem offenbar anstrengenden Buch, denn er stöhnte alle paar Minuten laut auf. Das bedeutet: Unsere Heizung funktioniert. Denn es ist draussen schon winterlich kalt.

Morgen Silvie Vartan in Basel.

Meine Mutter ruft seit der Frühgeburt meiner Schwester fast täglich an, um mir zu erzählen, es laufe alles gut. Schwester und Beat wollen mich noch vor Weihnachten besuchen kommen.

Weder Sandra noch Frau Gehring in der letzten Woche gesehen. Die Begegnungen vor einer Woche gehen mir nicht aus dem Kopf. Was wollen die beiden von mir, muss ich an dieser Stelle ganz ernsthaft fragen, wieso hat Sandra so grosses Vertrauen in meine lyrischen Kenntnisse, wieso erzählt mir Frau Gehring Theatergeheimnisse? Übersehe ich verborgene Absichten?

Reagan schliesst Einsatz von A-Waffen nicht aus!

Erneut unangenehme Träume.

25.10.1981 ....

Sonntagabend. Hegel und Kati sitzen am Küchentisch, rascheln mit ihren Zeitungen und Büchern, hin und wieder fällt ein Wort, der Bärtige schnarcht in seinem Zimmer. Draussen kaum mehr als null Grad.

Ich würde gerne wissen, wie es Loki geht, wie es Magda geht, was sie machen und denken, doch ich habe von beiden seit langem nichts mehr gehört. Möglicherweise werde ich die beiden nie mehr sehen, was mich bei Loki eigentlich nicht wundert, denn sie ist ja in Bern, doch wieso Magda unsichtbar geworden ist, verstehe ich nicht.

Heute Abend gemütliche WG-Stimmung. Für einmal waren alle anwesend, endlich einmal Jerzy nicht. Seit ich ins Polnische eingestiegen bin, behandelt er mich wie einen dummen Schüler, schaut, sobald ich in sein Blickfeld komme, grimmig und ernst, was mir einen Schrecken einjagt, weil ich meistens die Hausaufgaben nicht kapiert habe. Ich habe mir überlegt, Hegel zu fragen wegen der Konjugationsklassen, mit denen ich überhaupt nicht klarkomme. Weil ich mir aber sicher bin, dass Hegel dies Jerzy spätestens beim dritten Glas Wein erzählen würde, lasse ich es bleiben. Übrigens wird in Polen jetzt in einzelnen Regionen die Armee eingesetzt, um die Ordnung aufrechtzuerhalten. Jerzys Onkel in Stettin befürchtet Krieg. Hegel schüttelt darüber nur den Kopf.

29.10.1981 ....

Im Copy Quick in letzter Zeit wenig zu tun. Umso gewissenhafter kopiere ich, fülle Papier nach, bevor es nötig ist, hole Druckerpatronen aus dem Magazin und schwatze mit den drei Frauen im Laden. Vor allem mit Jolanda, meiner Chefin (obwohl sie nur zwei, drei Jahre älter ist als ich), unterhalte ich mich oft. Sie hat tatsächlich einmal ein Semester Philosophie studiert, bevor sie merkte, dass dies »nüd als Guguus isch«, wie sie sagte. Darum nun also der Job als Chefin eines Copy Quicks in Kleinbasel.

Der Bärtige holte gestern 12 Flaschen Rioja vom Coop für je Fr. 3.90, was Hegel grandios fand, Kati völlig übertrieben. Ausserdem traut sie der Demokratisierung Spaniens nicht, auf einmal sind die Militärs wieder da, meinte sie, der Putschversuch im Februar sei nicht der letzte gewesen, der Faschismus stecke tief im Spanischen drin, da wäre ein solcher Weinkauf das falsche Signal und nach so vielen Jahren Faschismus sei eine Zivilgesellschaft weit entfernt, zudem gebe es zwischen dem Faschismus und der Marktwirtschaft bekanntlich einige Überschneidungen, sagte sie – nicht zum ersten Mal. Hegel, der Marxist, stimmt ihr hier natürlich zu, findet aber ihre Analyse regelmässig zu kurz gegriffen. So auch gestern und darum haben die beiden ein wenig herumgestritten, Hegel vergräbt sich dann hinter seiner Zeitung und lässt hin und wieder ein böses und kluges Wort fallen.

Peter, Sue und Marc auf einer Abschiedstournee. Fortschritt ist also doch möglich!

Es bleibt kalt und regnerisch. Gehe arbeiten, an die Uni, Zigi und Zeitung kaufen, sonst bleibe ich drin, lerne mehr Polnisch als fürs Studium – viel mehr.

Katis Ananasduft wieder stärker geworden, seit der Bärtige regelmässig duscht. Sucht er eine Freundin? Kati trägt nach wie vor ihre engen Lederhosen und hat sogar begonnen, sich zaghaft zu schminken, was ihre wunderbaren Gesichtszüge noch mehr hervorhebt. Hat sie einen Freund? Will sie einen Freund? Sie und Hegel stecken die Köpfe zusammen. Sie planen was. Und verheimlichen es mir.

1.11.1981 ....

Allerheiligensonntag. Hegel und Kati haben nun auch noch den Dicken und Jörg in ihre Konspiration einbezogen. Gestern diskutierten sie – Hegel führte eine Art Protokoll – und tranken den Rioja. Als ich in die Küche kam, schwiegen sie ein paar Sekunden, dann fragte mich der Dicke, wie viele Seminararbeiten ich noch schreiben müsse. Ich wusste es nicht und weiss es bis jetzt nicht. Ich verstehe zwar inzwischen was von meinen Fächern, aber der Aufbau des Studiums ist mir noch immer nicht klar. Werde jemand fragen müssen.

Heute Demo gegen Kaiseraugst.

Sollte Sandra dringend die Gedichte zurückbringen.

Traum: Eine Frau befahl mir, die Treppe zu putzen. Was solches wohl zu bedeuten hat?

5.11.1981 ....

Was gibt es Neues zu berichten? Arosa führt Tabelle an, Walesa trifft Jaruzelski und Bischof Glemp, Gewerkschaft will »Sozialfrieden« (habe den Begriff auf Polnisch schon wieder vergessen), ich habe mich bezüglich Seminararbeiten erkundigt: 6 habe ich noch vor mir! Mutter hat zweimal angerufen, meiner Schwester und ihrem kleinen Lukas gehe es gut, ich besuche sie wahrscheinlich nächstes Wochenende.

Der Dicke und Jörg waren wieder hier. Den Maler Stoltze gebe es übrigens tatsächlich, sagte Jörg, Wolfgang Stoltze, er wäre an einer Gruppenausstellung in Liestal dabei, aber völlig unbedeutend, sei ein »neorealistischer Dilettant« und in der »Szene« völlig unbekannt. Jörg lächelte verschwörerisch. Hegel deckte wie zufällig ein Blatt Papier mit seinem Arm ab. Ich frage mich, ob Kati in die Sache eingeweiht ist.

Jolanda hatte nicht nur ein Semester Philo studiert, sie war auch schon verheiratet! Eine Jugendsünde, sagte sie. Ihr »Ex« sei nichts als »en dummä Tscholi«, aber das hätte sie leider erst nach der Hochzeit gemerkt, nun geniesse sie das Leben! Und – am 4. Dezember würde das traditionelle Weihnachtsessen stattfinden zusammen mit anderen Filialen der Region. Sie zwickte mich in den Arm.

Fast vergessen: Der Bärtige kochte heute wunderbare Würste aus dem Jura mit Kartoffelauflauf, dazu eine Gemüsesuppe und »parafaschistischen Wein« (Hegel).

8.11.1981 ....

War in der Innerschweiz zu Besuch. Bin nun Onkel! Also neben Sohn und Bruder nun auch Onkel, das ist doch schon was! Der kleine Lukas ist wirklich zuckersüss, er schläft fast immer, hin und wieder verdreht er die Augen und sabbert aus dem Mund. Meine Schwester und ihr Beat sehr stolz, meine Mutter natürlich auch. Mutter hat eventuell ein Haus gefunden in Meggen, fast am See. Allerdings noch keinen Käufer für ihr Haus.

Ich fühle mich in letzter Zeit etwas leer, weiss gar nicht warum. Vielleicht liegt es am Wetter, kühl, nass und bewölkt, in der WG Stimmung nicht mehr so gut, seit der Dicke und Jörg wieder regelmässig hier sind, ausserdem schlafe ich schlecht wegen Polnischunterricht, habe mit den Konjugationsklassen die allergrössten Schwierigkeiten. Jerzy behandelt mich noch immer wie ein Primarschüler, Hegel wie einen Studenten. Ausserdem liegen Sandras Gedichte auf meinem Pult!

Magda bleibt verschwunden. Lady Di schwanger.

Landesring verliert im Aargau. Bruder des Bärtigen ist dort irgendwo Landesring- Gemeinderat.

9.11.1981 ....

Unter null.

Bruder des Bärtigen war Kandidat für Kantonsrat, wurde aber nicht gewählt. Der Bärtige interessiert sich nicht sehr für Politik, findet Migros-Partei okay, sind ja keine Reaktionäre, findet er. Würde Kati anders sehen.

Hegel meint, dass der Bärtige tatsächlich auf Brautschau ist, er würde sich auffallend oft in Beizen und Discos herumtreiben, was er sonst noch nie getan hat. Spricht man den Bärtigen darauf an, tut er so, als höre er nichts.

Katis Verfahren gegen Züri-Schmier endgültig eingestellt. Kati sehr gefrustet.

Jolanda auf dem Beantworter, konnte sie nicht erreichen.

15.11.1981 ....

Bin soeben von einem langen Sonntagsspaziergang zurückgekommen. Über dem Rhein schöne Stimmung, zarte Nebelschwaden ziehen übers Wasser, verhüllen die Häuser auf der andern Seite, das Licht novemberlich grau und doch auf eine seltsame Weise hell. Ich ging mit schnellem Schritt rheinabwärts, dann wieder rauf bis zur Schleuse, überlegte mir das Thema für die nächste Arbeit und machte mir allerlei Gedanken. Jetzt sitze ich glücklich und ein bisschen müde vor meiner Maschine, auf meinem Bett einzig mein Bär, l'ours. Unterwegs gesehen: »Vo da a nimm i Myne allewyl an d'Lyne.« Gemeint ist der Hund. Draussen ist es bereits dunkel.

Pilin Leon aus Venezuela wurde Miss Welt.

Thomas Küng aus Wettingen verunfallte tödlich mit einem Hubstapler.

Auch zu meinem Polnischunterricht machte ich mir Gedanken, so kann es nicht weitergehen, fühle mich wie früher, als ich Mathe-Aufgaben nicht gemacht habe. Vielleicht gibt es Möglichkeit von Anfängergruppe. Migros-Klubschule? Gibt's dort Polnischunterricht? Was meint der Landesring zu diesem kommunistischen Sprachkurs?

Ebenfalls dachte ich darüber nach, die Gruppenausstellung in Liestal zu besuchen.

16.11.1981 ....

Sollte ich anstatt einer Stereoanlage eine neue Schreibmaschine kaufen?

Für Nordstern sieht es schlecht aus, Niederlage gegen Chiasso.

Morgen um 18 Uhr bei Sandra.

Erneut diese Leere. Spaziergang würde guttun.

17.11.1981 ....

Komme von Sandra. War eine seltsame Begegnung. Sie hat für mich gekocht, Wein aufgetischt und sie war geschminkt. Der Vater sei für ein paar Tage »weg«. Die Wohnung machte aber den Eindruck, dass der Vater für längere Zeit »weg« ist. Nun gut, ich gab mir Mühe, was Schlaues zu ihren Gedichten zu sagen, was mir überraschenderweise auch geglückt ist, auf jeden Fall sah sie mich mit ihren dunkelbraunen Augen offen und glücklich an und ich spürte, dass sie mich mag. Sie scheint völlig in dieser Gedichtwelt zu leben, will nichts anderes mehr tun als zu dichten, ich frage mich, von was sie lebt. In einem Gedicht (»Tag der Arbeit«) spricht sie von »herumschwimmenden Arbeitsfragmenten im Abendlicht der

Tröstungen« (oder so ähnlich). Kann man Dichter fragen, was ihre Gedichte bedeuten? Sandra wohl schon, denn sie ist ja keine richtige Dichterin, noch.

22.11.1981 ....

Oberster Sowjet verabschiedet Plan bis 1985, Dürre in Spanien, tiefer Dollar (1.77), Besetzer der Ryffstrasse verurteilt, Sohn von Hürlimann schreibt nun auch, die Russen scheinen Schlachten zu gewinnen in Afghanistan.

Machte auch Sonntagsspaziergang. Das Wetter praktisch unverändert. Bin dieses Mal an der Wiese entlangspaziert, viele Hunde, viel Wind, trotzdem sehr wohltuend so ein Spaziergang.

Hier sehe ich längerfristig keine Zukunft für mich. Hegel und die anderen planen was, das ist offensichtlich, doch ohne mich. Ich bin eben nur ein Mieter, gehöre nicht zur Gemeinschaft, bin lediglich geduldet.

Der Bärtige spricht nun ernsthaft davon, das Studium abzubrechen, was ich für eine gute Idee halte, denn praktisch studiert er ja schon lange nicht mehr.

Morgen grosse Demos gegen Breschnew-Besuch in Deutschland angesagt.

25.11.1981 ....

Der Bärtige kochte Muscheln im Knoblauchfonds mit Sellerie und Basilikum, dazu Weisswein aus Aesch.

Heute etwas entspanntere Atmosphäre während Polnischstunde. Jerzy war wieder ganz aufgewühlt wegen Situation in Polen, massive Preiserhöhungen in Polen, Hegel und Jerzy überlegen Hilfslieferungen an Onkel in Stettin, der die Sachen dann verteilt, doch wahrscheinlich sind die bürokratischen Hürden (v.a. Zoll) zu hoch. Jerzy war erstaunt, wie gut ich die Verben inzwischen beherrsche. Habe schliesslich eine Woche lang nichts anderes gemacht!

Auch Trio Eugster beendet Karriere. Immerhin Fortschritte im nationalen Musikgeschehen! Und, ganz wichtig: In Niederschönthal spielt die Blaukreuzmusik. Apropos: Vom Rioja des Bärtigen sind noch zwei Flaschen übrig!

Russen töten in Ostafghanistan Chefs des Widerstands.

Schmidt besorgt wegen Entwicklung in Afghanistan, trifft sich mit Reagan.

29.11.1981 ....

Heute nur kleiner Spaziergang zum Barfi, wo ich Zigi und Zeitung kaufte.

Der Bärtige beendet definitiv das Studium, hat lange mit Hegel gesprochen. Wenn das so weitergeht, bin ich bald der einzige Studi in der WG, weil auch Hegel die Sache sehr locker nimmt.

Langes Telefon mit Mutter. Schwester denkt bereits an zweites Kind, Beat möchte dies aber nicht, sondern sich auf seinen Unterricht und die Lyriktage konzentrieren! Wir sind dieses Jahr an Weihnachten in Thun eingeladen.

Noch immer keinen Käufer für Haus, Hypozinsen seien zu hoch im Moment, klagt Mutter.

2.12.1981 ....

Polnischunterricht nicht so schlecht heute, Jerzy scheint sich an mich und meine (Un)Fähigkeiten zu gewöhnen, Hegel übrigens auch. Hegel sendete heute Blicke, die waren wie Feuerchen kurz vor dem Erlöschen, irgendwas scheint ihn zu drücken und sein spitzes, kleines Blickfeuerchen abzuwürgen. Geht es um die geplante Sache? Ist er verliebt? Hat er eigentlich Loki vergessen? Soll ich ihn mal fragen?

Piero Gros gewinnt Slalom, Natalie Wood ertrunken, Iran meldet Erfolge, Russen auch. Schmidt trifft nun Mitterand wegen Afghanistan, Ottilie Wanner-Fischer hundertjährig, Regenwetter, Friedensappell der Schweizer Bischöfe.

Traum gestern oder vorgestern: Ich fliege auf einem durchsichtigen Schwein über Basel. Ich suche mein Quartier, mein Haus, kann es aber nicht finden. Das Schwein lässt sich sehr einfach steuern. Ich suche stundenlang. Auf einmal sehe ich Hegel und Kati, die auf einer mir unbekannten Strasse entlangrennen, verfolgt von Panzern und anderen Militärfahrzeugen. Ich versuche zu landen, doch nun funktioniert die Steuerung der Sau nicht mehr. Ich kreise über der Szene, Hegel und Kati rennen, die Verfolger kommen immer näher und ich kann nichts tun.

Habe auf meinem Pult die Tickets von Frau Gehring entdeckt, die ich ganz vergessen hatte. Das Stück läuft nur noch zweimal.

Der Bärtige hat übrigens davon gesprochen, bei seinem Onkel im Restaurant einzusteigen, er könnte sich vorstellen, eine Kochlehre zu machen! Was für uns ein grosser gastronomischer Verlust wäre.

5.12.1981 ....

Einer der sehr seltenen Tagebuchsamstage. Gestern das Weihnachtsessen mit der Copy-Quick-Crew. Dabei Frauen aus vier Filialen aus der Region plus der Regiochef. Grandioser Absturz. Jolanda ging aufs Ganze und versuchte mich abzuschleppen. Sie war auch sehr betrunken und extrem spitz. Kaum begann die Musik zu spielen im Säli des »Grossen Bären«, holte sie mich zum Tanz und wollte nicht mehr damit aufhören. Dazwischen tranken wir Bier und Wein und Grappa und redeten über die anderen. Es war, als wären wir alleine am Weihnachtsessen. Ich kann mir vorstellen, was die anderen von uns dachten. Kati war zum Glück nicht dabei (»bünzlige Schiisdräck«). Beim Tanz drückte sie sich eng an mich. Es kam mir vor wie in alten Pink-Floyd-Zeiten. Oder Genesis oder Eagles. Und es kam, wie es kommen musste, draussen schmusten wir noch eine Weile, dann die Frage nach dem Wieweiter? Zum Glück war ich zu betrunken und wollte nur noch eines: alleine schlafen. Es blieb ihr nichts anderes übrig, als mich ziehenzulassen. Heute habe ich einen brummenden Schädel und ein schlechtes Gewissen.

6.12.1981 ....

Sonntagabendsamichlaus. Der Bärtige hat drei grosse »Grittibänze« gebacken oder wie es hierzulande heisst »Grättimannä«, dazu Butter und einen Süsswein aus Sizilien. Der Bärtige in letzter Zeit oft mit Hegel am Küchentisch, lässt sich beraten in Sachen Zukunftsplanung. Hegel findet Entscheidung, in die Beiz seines Onkels einzusteigen, nicht gut, will ihn von der Weiterführung des Studiums überzeugen, was aber nicht so recht zu gelingen scheint. Zum ersten Mal macht mir der Bärtige einen verzweifelten Eindruck, was ich mir bislang gar nicht vorstellen konnte. Auch wenn Hegel aus der Fassung gerät, was allzu selten der Fall ist, bleibt der Bärtige ruhig und fest wie unser Küchentisch im Wortkrieg.

Nun wirkt er auf einmal seltsam fragil und verletzbar und zum ersten Mal der Bart wie ein Fremdkörper. Hegel mit seiner mönchisch-astralen Zuversicht wird ihn schon aufrichten, vermute ich.

Denke an Jolanda und bin froh, dass sie mich nicht angerufen hat. Kann mir vorstellen, dass sie sich schämt, schliesslich ist sie meine Chefin. Auf jeden Fall: denkwürdige Tage.

9.12.1981 ....

Widerstand in Afghanistan scheint schneller als erwartet zusammenzubrechen, der Westen weiter beunruhigt. Schmidt sagte Honecker Besuch ab, geht stattdessen nach London. Kati begrüsst die Entwicklung, ist der Meinung, es gebe im Schrecken endlich ein Gleichgewicht. Hegel ist auch froh, auch wenn seine Prognose bezüglich Afghanistan sich nicht erfüllt hat, jedenfalls bis jetzt nicht.

Schaff-Gruppe trifft sich wieder. Nina auch dabei. Habe mir überlegt, ob ich auch in die Gruppe einsteigen sollte, doch nach den Erfahrungen, die ich mit dem Polnischunterricht gemacht habe, lasse ich wohl besser die Finger davon, obwohl ich das Buch (oder Teile davon) bereits gelesen habe.

Eben, das Polnische. Gestern wieder einen mühsamen Mittwochabend erlebt. Jerzy ausgesprochen gereizt, selbst der in sich ruhende Hegel übernahm ein wenig von seiner Unruhe und Gehässigkeit. Von mir gar nicht zu reden. Von mir aus könnten wir die endlosen Polen-Diskussionen sein lassen und uns auf das Lernen der Sprache konzentrieren, politisch scheint sich die Sache totzulaufen, ein wenig Proteste, ein wenig Streiks und Drohungen, doch im Grunde lebt Polen so dahin. Ich könnte mir vorstellen, dass sich die Lage allmählich wieder beruhigt, die Solidarnosc sich allmählich auflöst und der sozialistische Alltag seinen geregelten Gang nimmt, wie auf unserer Seite der kapitalistische. So wird es sein.

Wichtiger ist mir mein eigener Fortschritt. Ich bin zwar eifrig am Studieren, habe aber überhaupt keine Ahnung, wie es nach dem Studium weitergehen soll. Meine Mutter findet es gut, wenn ich nach dem Studium »en aschtändige Bruef« wähle, Hegel findet alles andere als eine Diss. sinnlos, Kati findet sowieso ein Studium sinnlos, der Bärtige ist in seine eigene Zukunftslosigkeit verstrickt und sonst interessiert sich niemand für diese Frage.

Heftiger Sturm über Basel, im Hinterhof liegen dicke, schwarze Äste.

11.12.1981 ....

Jolanda sagte kein Wort zum letzten Freitag. Sie tut so, als sei nichts gewesen. Also so, wie ich mir das dachte. Das ist mir sehr recht. Nur keine Emotionalitäten wegen solcher Bagatellen!

Vater Casartelli soll Hodenkrebs haben, sagte heute Hegel. Ein Kollege seines Profs, der Arzt ist, habe dies gesagt. Ich weiss gar nicht, wie die Heilungschancen bei einem solchen Krebs sind. Wie es Sandra dabei geht?

Kati wieder mit Duftspray unterwegs, Geschmacksnote »Advent«, es riecht nach Pseudo-Zimt.

Rolf hat angerufen und Besuch angekündigt, »chom emol go inägüxlä«.

Marie Hartmann-Schneider hundertjährig.

17.12.1981 ....

Bärtige kochte das grösste Schnitzel, das ich je gesehen hatte.

Kriegsrecht in Polen.

Auf dem Beantworter meine Mutter, Jolanda und eine Unbekannte.

20.12.1981 ....

Heute mit versammelter WG Fondue gegessen. Temperatur steigt nicht über minus 5 Grad. Der Bärtige will es noch ein Semester versuchen. Versucht Studentenkochkurse anzubieten. Hier in der Küche!

Gehe am 23. nach Thun und bleibe bis am 26. Beat will, so meine Mutter, das Lyrikprogramm besprechen. Ich frage mich, weshalb ich langsam zum Lyrikexperten werde?

21.12.1981 ....

Hegel erzählte, wie Kant seinen Diener vergessen wollte: Indem er aufschrieb, dass er ihn vergessen wolle. Vielleicht liegt darin die tiefere Funktion meines Tagebuchs.

Jerzy und Hegel nutzen die weihnachtliche Stimmung und sammeln für Polen. Hier geht es zu wie bei Fastenopfer. Im Keller stapeln sich die Kisten. Offenbar gibt es Möglichkeiten, die Sache nach Polen zu bringen. In Stettin seien sowjetische Soldaten gesehen worden.

Viel Schnee in Basel, weisse Weihnacht.

22.12.1981 ....

Der Bärtige bereits in den Aargau verreist, Kati geht morgen nach Zürich zu Freunden aus der Szene, Hegel hält hier die Festung, hat heute Bier und Würste gekauft. Noch immer kalt.

Habe heute endlich Geschenke gekauft. Für die WG Olivenöl und Essig, für meine Mutter Badesalz, meiner Schwester was fürs Baby, Lukas und Beat eine Schallplatte (Queen, Best of). Und für alle anderen nichts.

27.12.1981 ....

Komme frisch und munter aus Thun zurück.

Die Stadt war tief verschneit und verdammt kalt. Aber ich hatte es gut. Bekam viele Geschenke. Für meinen Bären ein hellblaues Kleidchen von Baby Lukas. Von Mutter eine neue Schreibmaschine!!! Das Korrigieren ist nun viel einfacher. Was doch die Technik für Fortschritte macht! Es kommt die Zeit, da schreiben sich die Texte von selber.

Beat hat viel von Lyrik erzählt, habe ihm ein paar Gedichte von Sandra gezeigt, die ich abgeschrieben hatte, und Beat meinte, sie wäre talentiert, sie solle doch ein paar Gedichte einreichen, vielleicht käme sie an eine Lesung. »Hybridität« (?) sei zur Zeit sehr gefragt, sagte er.

Ansonsten viel gegessen und getrunken, wie es zu erwarten war. Meiner Mutter geht es ausgezeichnet, Vater ist zwar immer wieder ein Thema, doch spricht sie nicht mehr mit grosser Traurigkeit über ihn, sondern mit einer liebevollen Bewunderung.

Das Baby etwas mühsam, sehr laut, schreit fast die ganze Zeit, ich frage mich, wie das die Eltern aushalten.

Hier nur Hegel und Jerzy beim Materialverpacken für Stettin. Polen war weit weg in Thun, jetzt nicht mehr.

29.12.1981 ....
Marlene Dietrich 80.

Ich bald im 23. Jahr.

Immer mehr sowjetische Soldaten in Polen.

Auf dem Tisch liegen Geschenke an Kati und den Bärtigen. Im kleinen, rot verpackten Geschenk befinde sich ein neues Duftspray für Kati mit Weihrauchöl, sagte Hegel lächelnd, sollte bis Karfreitag reichen.

Von Rüedi und Leni eine selbstgedruckte Weihnachtskarte erhalten.

Rolf auf dem Beantworter, »Geb doch es Fünkli, wenn d'Ziit hesch«.

Es ist wärmer geworden, Schneepfützen in der Stadt und im Hinterhof.

31.12.1981 ....
1981 war nicht schlecht, bin immerhin mit dem Studium weitergekommen. Loki hat sich zurückgezogen, wer weiss, was sie inzwischen macht. Mit Magda schöne Zeit erlebt, leider zu kurz, muss ich aus heutiger Sicht sagen, vielleicht begegne ich ihr wieder mal, vielleicht langweilt sie sich ja mit dem Realitätsmaler Stoltze. Ansonsten bin ich über die »Bewegung« etwas näher an die Szene herangekommen. Habe einiges gelernt über die Repression, Loki wurde zusammengeschlagen. Kati hat irgendwie Anschluss gefunden in der Zürcher Szene, ich vermute, sie hat dort eine Beziehung. Sie ist politisch noch radikaler geworden, betont in letzter Zeit ständig das Kollektive. Hegel sehr in der polnischen Sache engagiert, zusammen mit Jerzy. Ich glaube nicht, dass die Polenreise zustande kommt, so wie die Sache jetzt aussieht. Deshalb, mein liebes Tagebuch, werde ich mit dem Polnischunterricht aufhören, es quält mich zu sehr.

3.1.1982 ....
Vater Casartelli ist gestern nach Hause gekommen, habe ihn aus einem Taxi steigen sehen, sein Gesicht gelb und eingefallen, der Tod bereits sichtbar. Wie es Sandra wohl geht? Sollte ich sie mal besuchen? Sie würde mir sicher gerne ein paar Gedichte vorlesen.

Habe Hegel noch nichts von meinem Entschluss mitgeteilt, das Polnische abzubrechen. Er war an Silvester in Meisterlaune, trank wie ein Ochse und wurde immer ironischer, machte sich über die marxistische

Deutung Platons lustig, bezeichnet Platon als vorjesuitischen Schwärmer und zitierte ziemlich frei Popper und machte Sprüche über ihn (»Popper proper poppen« etc.). Am Schluss des Abends bzw. der Nacht parodierte er moderne Lyrik. Ich dachte an Sandra und hatte Mitleid mit ihr. Cello lachte und tobte wie ein Irrer, seine Stimme erinnert mich an Bill Ramsey.

Zloty stark abgewertet, immer mehr sowjetisches Personal in Polen.

6.1.1982 ....

Regnerischer Dreikönigstag. Ich besuchte gestern meine Mutter, sie hat einen Interessenten für das Haus, nun geht es an die Verhandlungen. Mein Grossonkel Jakob ist gestorben, er war 83 und starb an »Altersschwäche«.

Sowjetische Infiltration in Polen schreitet voran, der Westen empört, am Wochenende grosse Polen-Demo in Bern organisiert von der FDP, SVP, der Offiziersgesellschaft und der »Gesellschaft Schweiz – Polen«.

Morgen kommt uns Cousin Rolf besuchen, es/er liess sich nicht länger hinauszögern. Und, was am schlimmsten ist, die WG ist komplett, ausgerechnet morgen!

Die SVP war nicht Organisatorin der Demonstration für Polen.

7.1.1982 ....

Hegel und der Bärtige hatten einen teuflischen Plan: Sie füllten Cousin Rolf ab. Es ging ganz einfach, der Bärtige kochte eine in die Länge gezogene Kleinigkeit, Hegel schaute für ein stets gefülltes Glas, Kati ihm tief in die Augen und aktivierte ihren tiefen Slawo-Bass, der nicht nur meinen Cousin Rolf entzückte, und ich hörte seinen Ausführungen über die Geschäftsstrategien der chemischen Grossindustrie aufmerksam zu. Um 21 Uhr hatte er die ersten Sprachauffälligkeiten, um 22 Uhr machte ihm das reibungslose Aufstehen Mühe und um 23 Uhr machte ihm das Aufstehen grundsätzlich und überhaupt Mühe. Wir stützten ihn zum WC hinunter, legten ihn dann auf den Küchenboden, den wir zuvor mit Kissen und Decken gepolstert hatten. Jetzt ist es fast ein Uhr, und von draussen ist das überaus regelmässige, aber seltsam hohe Schnarchen meines Cousins Rolf zu hören. Es war der bisher vergnüglichste Abend des Jahres 1982.

Hegel machte Cousin Rolf auf die komplizierten Hilfslieferungen nach Polen aufmerksam, was mein Cousin Rolf natürlich gerne hörte, da es um Unterstützung von Kommunistenopfern ging, und versprach, bei der Geschäftsleitung vorzusprechen, wo er »e paar Palettä Medis senza problema« herausholen würde. Kati hauchte (stöhnte) »Wwwwooooowwwwwwwww« und mein Cousin Rolf nahm einen kräftigen Schluck, ohne seinen Blick von ihr abzuwenden.

Morgen ist Freitag und Freitag ist ein Arbeitstag – auch für meinen Cousin Rolf.

9.1.1982 ....

Im Wohnzimmer »NZZ« gelesen, neben mir ein gelangweilter Bärtiger, der immer wieder einnickte und sofort schnarchte, bis ich mit dem Löffelchen in der Kaffeetasse klingelte. Was ich gelesen habe? Hier ein Ausschnitt der im Grunde immer gleichen Melodie:

> Der Streit drehte sich, oberflächlich gesehen, um zwei Fragen: Ist der stalinistische Rückfall Polens eine *»innerpolnische Angelegenheit«*, wie Moskau behauptet, oder war und ist Moskau hier der eigentliche Täter? Und muss *westlicher Druck*, vor allem wirtschaftlicher, auf *Moskau* angesetzt werden, oder müssen die westlich-sowjetischen Beziehungen auch angesichts der polnischen Tragödie von Gegenmassnahmen ausgespart, müssen sie ein Schongebiet fiktiver »Entspannung« bleiben?
> Das Erste ist wohl ein Streit um des Kaisers Bart. Die *Hand Moskaus* ist *unübersehbar*, ja es mehren sich die Anzeichen einer eigentlichen *Besatzung durch die Hintertreppe*. Die Informationen, welche trotz harter Pressezensur in den letzten Tagen aus Polen eintreffen, verheissen nichts Gutes für die

Zukunft. Aus der massiven Einschüchterungskampagne gegen die »Solidarität« und Reformkräfte in der Regierung ist bitterer Ernst geworden. Die 60 rings um Polen stationierten Divisionen infiltrieren tröpfchenweise ins Innere Polens, sowjetische »Berater« besetzen gemäss zuverlässigen Quellen zentrale Posten der polnischen Verwaltung und Partei. Es wird sich bald zeigen, inwiefern die *sanfte Invasion Polens* Teil einer erweiterten Drohgebärde ist oder bereits handfeste Aktion einer von langer Hand geplanten, *dauerhaften Besetzung* des »Bruderlandes«.

Die zweite Streifrage könnte, wenn man sie rein sachlich beurteilen wollte, eine blosse Ermessensfrage sein: Können *wirtschaftliche Sanktionen* gegen die Sowjetunion Polens Schicksal zum Besseren wenden?

10.1.1982 ....

Bereits der zweite Sonntag im Jahr 1982, das mir noch ein wenig unheimlich erscheint. Die neue Schreibmaschine ist perfekt, es schreibt sich locker und vor allem viel schneller. Es macht so richtig Freude. Ich hoffe, die Maschine hält lange durch, begleitet mich durch die 80er-Jahre, die ja erst gerade angefangen haben. Manchmal überlege ich schon, was die Zukunft bringen wird, obwohl es sinnlos ist, in die Zukunft zu schauen, weil es sowieso anders kommt. Wie entwickelt sich die Politik, die Gesellschaft, die Technik, der Sport? Der Gedanke, dass es in diesem Tempo weitergehen wird, fällt mir schwer, es kann ja sein, dass es mit den allgemeinen Entwicklungen allmählich zu Ende geht und wir nichts grundlegend Neues mehr erleben. Ich kann mir gar nicht vorstellen, wo es Neues geben wird. Doch so haben wohl vergangene Generationen auch schon gedacht.

Der Winter dieses Jahr ist wirklich ein Winter. Es schneit schon wieder und ist ziemlich kalt. Ich habe heute eine neue Mütze gekauft, meine SKA-Mütze habe ich endlich weggeschmissen. Sie roch wie ein alter

Aschenbecher. Aber immerhin, sie hat viel erlebt. Mit ihr bin ich zum ersten Mal nach Basel gefahren vor drei Jahren.

Mutter rief an und erzählte von der Beerdigung. Es sei »en schöni Sach« gewesen, denn der Jakob sei in Frieden gegangen und wäre ja auch in einem schönen Alter gewesen.

14.1.1982 ....

Habe Hegel und Jerzy meine Entscheidung mitgeteilt. Wie ich es erwartet habe, kämpften sie nicht um meine weitere Teilnahme am Kurs. Sie zuckten mit den Schultern, Jerzy klopfte mit seinen langen, brüchigen Fingern auf den Tisch, Hegel presste die Lippen zusammen und schnaufte laut aus, was Bedauern signalisieren sollte, seine Stirn so hoch gezogen wie möglich, und dann raschelten sie bereits wieder mit Papier. Ich bin eine grosse Last los. Die anderen auch. Vom Polenbesuch war übrigens nie mehr die Rede. Hegel erwähnte zwar hin und wieder seinen Prof., doch nie die Reise. Ich bin sicher, sie ist gestorben. Und Polen?

Hegel rief Cousin Rolf an, wollte wissen, wie es ihm ging. Cousin Rolf sei erstaunlich wortkarg gewesen, erwähnte seinen Rücktransport mit keinem Wort, auch nicht, was sein Chef über seinen Zustand an jenem Freitag sagte.

Bin wieder von starken Träumen beherrscht. Muss unbedingt was tun diesbezüglich.

17.1.1982 ....

Cousin Rolf hat tatsächlich Medis organisiert, wir waren baff. Sein Absturz ist damit mehr als wettgemacht, nun haben wir die Nummer zwei auf dem Rücken. Ein Kleintransporter bringt nächste Woche ein paar Kartons an die Hegnauer. Jetzt sind Hegel und Jerzy gefordert. Die Ware muss dringend nach Polen gebracht werden. Wer weiss wie.

Mit dem Polnischunterricht ist natürlich auch die Möglichkeit gestorben, in der Schaff-Gruppe zu sein, daran hatte ich gar nicht gedacht, doch ist es klar und unumgänglich. Also treffen sich die anderen weiterhin ohne mich. Bin ein Nicht-Pole geworden. Abgepolt, weggepolt.

Während die Sowjetunion eine »Intervention durch die Hintertreppe« betreibt, wie heute die »BaZ« schreibt, findet heute in Lausen das Militärrad-Quer statt. Wie verschieden doch die Welten sind. Vielleicht liegen diese Welten gar nicht so weit voneinander entfernt, das eine ist eine Vorstufe zum anderen, das eine die Rückseite des anderen.

20.1.1982 ....

Heute Abend die Schaff-Gruppe. Nina in bester Laune, ich glaube, sie ist ein bisschen betrunken. Anders Hegel, sein heiliger Ernst wandelt wie ein Schatten mit ihm. In letzter Zeit geht er wieder gebückter, ich weiss gar nicht, von was (oder wem) diese Gebücktheit abhängt, ist es seine psychische Verfassung, die Jahreszeiten, seine Umgebung, seine Gedanken. Hegel ist ein Rätsel. Ich kann mir nicht vorstellen, dass er jemals kein Rätsel mehr ist. Auf einmal bricht aus ihm ein Witz hervor, mit dem niemand rechnet und der so trocken und klar ist, dass es einen erschauert, doch dann verdüstert sich auf einmal seine ganze Gestalt, dass man annehmen muss, er verschwindet vollkommen in einem schwarzen Loch, das er selbst geschaufelt hat. Und in solchen Momenten ist jeglicher Witz unendlich weit entfernt. Manchmal bin ich fest davon überzeugt, Hegel hat noch gar nicht erfahren, dass er nicht allein auf der Welt ist.

Kati hat heute lange über die Niederlage der Linken in Frankreich geredet. Sie sprach vom »System Mitterrand«, von dem in einer französischen Zeitung die Rede war, und dass dieses System unweigerlich entweder an der Urne oder an sich selber scheitern müsse. Ich muss sagen, ihre Analyse klang sehr vernünftig und gescheit. Ich staune immer wieder über Kati. Sie hat eben einen Duft.

Telefon mit Schwester und Beat.

Ende Dezember 1981 planten Lanz, Geiger und Jörg, im August 1982 einen Sprengstoffanschlag auf ein »Ziel« an der Wehrschau in Frauenfeld zu verüben. Nach Interventionen von Ploetz wurde der Plan fallengelassen. Die Suche nach einem neuen »Ziel« ist aber seither dauerndes Gesprächsthema der Gruppe, auch unter Einbezug von Texten der RAF (die Ploetz besorgte), zunächst noch ohne Mitwirkung von U. Insofern ist die Idee des Frauenfelder Anschlags die Keimzelle des epochalen Anschlags vom April 1984.

24.1.1982 ....

Gestern kam tatsächlich ein alter VW-Bus und holte die Medis ab. Cousin Rolf gab Anweisungen, erkundigte sich nach der Route, prüfte Reifendruck, Tacho- und Benzinstand und klopfte dem Fahrer (Bernd aus Bielefeld) auf die Schulter. Hegel und Jerzy schleppten die Schachteln ins Auto. Dann gings ab nach Stettin. Heute, Sonntag, sollte die Ladung bereits dort sein, der Bekannte von Jerzy gibt Bescheid.

Kati findet die Aktion »total lächerlich«, besser wäre es, die leninistische Strategie anzuwenden und die Arbeiter mal kräftig darben zu lassen, damit sie auf revolutionäre Ideen kommen, doch »en söttigi Pfläschterli-Politik« würde nur der Revolution die Spitze brechen und sei gerade deswegen »konterrevolutionär«. Hegel hörte der Vorlesung keuchend zu, Jerzy kochte und fluchte leise.

Weirather siegt am Lauberhorn, Heinzer 5.

Im Innenhof stehen wieder Töpfe, jemand hat sich die Mühe gemacht. Offensichtlich schaut noch jemand anders hin und wieder in den Innenhof.

Nachtrag: Ladung steckt an polnischer Grenze fest, gibt Zollprobleme, was ja niemanden wirklich überrascht.

26.1.1982 ....

Solidarnosc verboten, unsere Hilfslieferung steckt noch immer am Zoll fest. Jerzys Bekannter in Stettin ist sehr aktiv, reist eventuell nach Warschau, um die Sache in Gang zu bringen, doch die Reisemöglichkeiten sind beschränkt und ausländische Hilfe scheint nicht sehr gefragt zu sein. Ausserdem muss Bernd Ende Januar wieder in Bielefeld bei seinem Chef sein. Hegel und Jerzy und neuerdings auch Nina sehr aufgeregt, Hegel meint, die Ladung sollte an einem anderen Grenzübergang nach Polen gebracht werden, Jerzy will die Schachteln einlagern, bis sich die Situation verbessert hat, doch dies kostet ziemlich viel Geld, dauernd Telefone mit Stettin und Bernd, der allmählich die Nerven verliert und gestern wohl ziemlich betrunken war.

Bundesrat Hürlimann wegen gesundheitlichen Problemen per sofort zurückgetreten, »Blick« vermutet Krebs, »BaZ« meint, dass es »aus ethischer Sicht nicht angezeigt ist, über die Krankheit zu spekulieren«, die »Basellandschaftliche« zitiert den »Blick«.

Ich fühle mich in letzter Zeit irgendwie leer. Ich kann mir das nicht erklären, denn eigentlich kann ich ja nicht klagen, und doch habe ich in letzter Zeit oft das Gefühl einer Leere, gegen die auch Gespräche mit Hegel oder Bier nichts helfen.

Telefon mit Mutter.

Sandra hat von ihrem Vater erzählt, der an einer schweren Magenkrankheit leidet und dauernd in Behandlung ist. Vater Casartelli will nach Italien zurück, Sandra auf keinen Fall, will den Vater hierbehalten. Verarbeitet die Krankheit in ihren Gedichten.

Es ist etwas wärmer geworden, nachts aber immer noch unter null. Ich frage mich, was für ein Idiot die Pflanzen in die Töpfe gesetzt hat bei diesen Temperaturen. Wahrscheinlich ergibt sich nächstens wieder das vertraute Bild von grauen, hängenden, kaputten Topfpflanzen.

Hegel hat Rückenschmerzen wegen Transport von Medi-Schachteln.

28.1.1982 ....

Gromyko beendet Besuch in Ostberlin. Walesa bleibt im Knast, Parlament billigt Kriegsrecht.

Mir geht es unverändert schlecht. War gestern lange spazieren und fror ganz entsetzlich. Neue Mütze taugt nichts.

Rauche unverändert viel.

31.1.1982 ....

Sonntagabend. In der Küche sitzen Kati, Hegel und der Bärtige, hören Radio und schwatzen. Der Bärtige hat bald Geburtstag, sie planen einen Wintergrillabend im Innenhof. Vorher war Nina da mit einer Bekannten (Jacqueline?).

Unsere Hilfe an Polen ist gescheitert. Bernd nahm die Ladung zurück nach Bielefeld, wo er sie zu verkaufen versucht, mit dem Ertrag seinen eigenen Lohn zahlt und den Rest an Jerzy schickt.

Habe mit dem Tagebuch von Frisch (erneut) begonnen.

Hegel hat endlich seine Arbeit über Platon abgeschlossen, der Bärtige will das Semester fertig machen, dann im Aargau beizern. Das bedeutet: Wechsel in der WG!

Gehe auch in die Küche, keine Lust zu schreiben.

7.2.1982 ....

Polen klagt über Medikamentenmangel!!! Von Bernd nichts zu hören, Jerzy versucht verzweifelt, ihn zu erreichen.

Hess Doppelweltmeisterin, Hürlimanns Nachfolger wird am nächsten Mittwoch gewählt, Explosion in Urner Sprengstofffabrik, Kati hofft auf Anschlag.

In der Stadt mit Magda gesprochen. Ganz oben an der Freien Strasse sind wir fast zusammengestossen. Magda hat mich umarmt und sich nach meinem Wohlbefinden erkundigt. Sie tat, als wäre nichts gewesen. Mit ihrer Fernmatura kommt sie gut voran und mit Stoltze scheint nichts mehr zu sein, habe ich zwischen den Zeilen rausgehört. Sie ruft mich nächste Woche an, dann »möchemer öppis zämä«. Mit Nina hat sie keinen Kontakt mehr, möchte auch nicht mehr in die Schaff-Gruppe, findet das ganze Geplapper »affig«.

Der Prof. von Hegel, Ploetz, hat ein »Arbeitspapier Klassenanalyse und Klassenkampf« geschrieben und will es zusammen mit Studenten diskutieren, Hegel ist begeistert, er will ihn in die WG zum Nachtessen! einladen. Übrigens scheint mit der geplanten Aktion von Hegel und Co. nichts geworden zu sein, Cello und Jörg waren in den letzten Wochen kaum noch hier und die Aufregung Hegels und Katis hat sich gelegt. Ich werde den Eindruck nicht los, dass sie was Grosses geplant haben.

9.2.1982 ....

Morgen Bundesratswahl, die Presse aufgeregt, Hegel und Kati betrachten die Sache betont gelassen, finden es unwichtig, wer bürgerlicher Bundesrat wird. Schweizer Fernsehen brachte bereits eine Würdigung von Hürlimann, ich schaute allein, Kati war am Arbeiten, Hegel beim Prof., der Bärtige im Aargau und auch sein Geruch.

Von Bernd nichts gehört. In Polen Lage immer schlimmer, Sowjets übernehmen teilweise Regierungsgeschäfte, Militärchef entlassen, Leute von Solidarnosc festgenommen, Westempfang noch mehr eingeschränkt, Reagan droht, Schmidt versucht zu vermitteln.

Mutter auf dem Beantworter.

Ich war mit dem Velo vor der UB, musste zwei Bücher zurückbringen, liess den Regenschutz beim Velo, als ich zurückkam, war er verschwunden. Verdammte Sauerei!! Nicht mal vor den Studis ist man sicher.

Habe im Copy-Quick grossen Auftrag versaut, 5000 Seiten falsch kopiert! Jolanda schlägt vor, dass ich künftig mehr arbeite und sie die ganze Sache vergesse! So läuft also das Business! Sie kann mir mal »uff d'kappä schiissä«, wie die Basler sagen.

Immerhin habe ich beim Kopieren das eigenartige Gefühl, was Sinnvolles zu tun. Kaum sitze ich in einer Vorlesung oder Seminar, schwatze mit den Studis in der Cafeteria, kommt mir die Sache »gschpässig« vor, unsinnig, unnütz, dumm.

Träume fast täglich sexuell.

Der Regen fällt weich an die Scheiben, fast Schnee.

In meinem Bett liegt einzig mein Bär. L'ours, c'est moi.

14.2.1982 ....

Es regnet noch immer.

Der Bärtige hat den Bart abrasiert!!!! Gestern Abend tauchte er wieder auf und ich dachte, wer kommt denn da. Selbst Hegel und Kati schauten ihn mit offenem Mund an. Hegel meinte, nun komme endlich das Menschliche hinter dem Heiligen zum Vorschein, Kati war sichtlich verunsichert. Der Bärtige sieht so viel besser aus. Eigenartigerweise männlicher als mit Bart. Vermutlich hat Kati kein solches Gesicht hinter solch einem Geruch vermutet. Als Grund für die Rasur gab er die Hygiene an. Die Hygiene in der Küche. Er bereitet sich also vor. Kati kennt jemanden, der in die WG einziehen will. Eine Frau aus Zürich, die in Basel die Kunstgewerbeschule besuchen wird.

Magda hat nicht angerufen.

Am nächsten Mittwoch soll Prof. Ploetz von seinen Ideen erzählen, Schaff-Abend entfällt. Hegel hat ein paar Leute eingeladen, ich frage mich, wo wir den Platz hernehmen. Immerhin, der Bärtige, vielmehr der Unbärtige, will was »Kleines« kochen. Über seinen Onkel kann er jetzt »fascht gschänkt« Bier beziehen. Für sein Geburtstagsfest am nächsten Freitag hat er offenbar beträchtliche Mengen bestellt.

Wyer Nachfolger von Hürlimann. Das Wallis jubiliert.

Bernd hat sich offenbar mit den Medis aus dem Staub gemacht. Jerzy tief betrübt.

»Unser Bewusstsein als das brechende Prisma, das unser Leben in ein Nacheinander zerlegt, und der Traum als die andere Linse, die es wieder in sein Urganzes sammelt.« Das ist Frisch und ich finde das gut. Vielleicht tut Lesen ja wirklich gut.

15.2.1982 ....

Die neue Schreibmaschine funktioniert noch immer einwandfrei.

Gestern Demo zum Jubiläum der Besetzung des AJZ. Nina erzählte davon, sie war heute kurz hier. Sei nicht viel los gewesen, »d'Bewegig« praktisch tot, wie sie sagte. Nina ist übrigens ziemlich klein, schlank und hat lange, gerade, sehr rote Haare. Ihr Gesicht ist flach und lang. Eine bemerkenswerte Erscheinung. Ausserdem hat sie eine tiefe Stimme, die gar nicht zu ihrer Figur passt. Man könnte sie für eine Mischung aus Irland und Russland halten. Auf jeden Fall ist Nina nördlich, ich vermute, auch ihr Temperament ist nördlich kühl. Mit Magda hat sie nichts gemeinsam.

Sandra hat übrigens ihre Gedichte tatsächlich meinem Schwager Beat geschickt, und dies bereits vor Wochen, auf jeden Fall ist sie im Festival drin! Es findet Ende März statt. Sandra liest im »offenen Block«. Sie hat mir dies gestern erzählt. Sie weiss noch nicht, welche Gedichte sie vorlesen will, und bat mich um Rat. Ich sagte sehr entschlossen, ich sei der falsche Mann, was sie mit einem schüchternen Lächeln zur Kenntnis nahm.

Der Unbärtige kochte gestern wieder phänomenal, Bachsaibling an Rettichsauce. Dazu selbstverständlich einigen Weisswein. Wenn er auftischt, seinen Bauch wie ein richtiger Koch etwas über den Tisch streckt, will er sich am Bart kraulen, doch da ist keiner mehr.

16.2.1982 ....

Magda hat angerufen. Wir treffen uns am Samstag in der »Hasenburg«!

Hegel ist aufgeregt wegen des Ploetz-Abends morgen. Gebückt und mit zerbissenen Lippen wandert er durch die WG und scheint dabei Tiefgründiges zu denken. Wie Kati erzählte, will Ploetz den »antikapitalistischen Kampf« auf eine neue Grundlage stellen, und die jungen »engagierten« Menschen sollen dabei im Vordergrund stehen.

Brand in Sprengstofffabrik in Uri war übrigens kein Anschlag – technisches Versagen. Kati bezweifelt diese Version.

Hürlimann soll Augenkrebs haben. Das ist nun offiziell. Also kann es auch die »BaZ« bringen. Unter Augenkrebs kann ich mir gar nichts vorstellen, fallen da die Augen aus oder der ganze Körper?

Hegel telefoniert wie wild. Zum ersten Mal macht er mir den Eindruck eines überforderten Jünglings in einem Gymnasion. Denn sein grosser Platon-Ploetz kommt in unsere kleine WG.

Beim Basler Cup der Eistänzer siegten zwei Russen. An der Siegerehrung gab es einen kleinen Protest, die Basler Sektion der Gesellschaft Schweiz – Polen hängte ein Plakat an die Tribüne der Eishalle: »Freiheit für Polen und überall« (BaZ) auf Deutsch!!

Traum: Mit einer Frau an einem Strand. Über dem ganzen Strand liegen Algen, was dem Strand eine flaschengrüne Farbe gibt. Bis zum Horizont ist der Strand in diesem Grün, verliert sich im Meer. Wir gehen oder vielmehr wir waten den Strand entlang und bemerken, dass gelbe Plastikenten angeschwemmt werden, einzelne bleiben als Treibgut liegen, andere schaukeln ein paar Meter meereinwärts hin und her. Dann werden es immer mehr, zuerst Dutzende, wir sind verblüfft, betrachten stumm die Entchen, die da auf uns zutreiben, dann werden es immer mehr, wir können längst nicht mehr zählen, dann Tausende, bis schliesslich das Meer vor lauter Entchen ganz gelb wird. Plötzlich beginnt eine Ente zu quacken, andere schliessen sich an, das Quacken wird zum Lärm, dann zur Qual. Wir werden unsicher, weichen zurück, suchen entenfreie Stellen am Strand, doch die Enten werden wellenartig an den Strand geschwemmt, immer weiter landeinwärts getrieben, bilden kleine Entenhügelchen, und der Lärm wird immer unerträglicher. Wir rennen vom Meer weg, in Richtung der leicht bewaldeten Hügel, die den Strand in einigen hundert Metern begrenzen, doch je schneller wir rennen, desto lauter ist das Quacken zu hören und desto mehr Entchen versperren uns den Weg. Wir fallen hin und über uns faltet sich eine gigantische gelbe Welle.

19.2.1982 ....

Wyer wird Militärminister, Chevallaz neu Wirtschaftsminister, Honegger Innenminister.

Morgen Abend mit Magda unterwegs! Bin sehr gespannt, wie die Sache ausgehen wird.

Der Ploetz-Abend war eine heisse Sache. Hegel gebärdete sich wie eine Art Fernsehmoderator, versuchte, Stimmung zu machen, kluge Witze zur reissen und das Publikum bei Laune zu halten. Dabei wäre dies gar nicht nötig gewesen, wie wohl alle Anwesenden festgestellt haben. Ploetz, den ich ja noch nie gesehen habe, gab sich sehr volksnah und unarrogant, konnte aber sein Prof-Dasein natürlich nicht verbergen, er führte ganz klar das Zepter. Die anderen, darunter auch Nina und Cello, gaben sich Mühe, radikal zu sein und auf diese Weise den Prof. zu beeindrucken. Man las gemeinsam den Text. Ich finde den Text gut, was ich gar nicht erwartet hatte. Im Grossen und Ganzen zielt die Sache auf radikale Schritte hin, weil Pragmatismus und Liberalismus auch in »kritischer Intention« (Ploetz) den Kapitalismus nähren statt vernichten.

Das »Kleine«, was der Unbärtige kochte, war natürlich gross. Ploetz ass wie ein Knecht.

Das Wetter ist nicht schlecht, jedenfalls kann die Party des Unbärtigen im Hof bald beginnen (es ist 18.54), das verbilligte Bier steht bereit, der Kühlschrank ist mit Würsten gefüllt und als Mitternachtsüberraschung hat der Bärtige Feuerwerk gekauft. Wer weiss wo. Kati konnte über Copy-Quick Tische und Stühle organisieren, Hegel brachte Brot und Chips und Senf und ich kümmerte mich um den Grill mitsamt Kohle.

Draussen streiten Hegel und Kati. Ich will gar nicht zuhören. Der Grill ruft!

21.2.1982 ....

Schon wieder Ärger mit der Schreibmaschine. Musste die »S-Taste« zurechtbiegen, weil sie klemmte, jetzt funktioniert sie, braucht aber ziemlich Druck.

Anruf von Rüedu! Teilt mir mit, dass er ab nächstem Sommer zwei Ferienwohnungen vermietet, vielleicht hätte ich oder meine »Gschpaane« Interesse. Dann ein Gruss und Tschüss. So läuft also das Tessiner Geschäft!

Mit Magda guter Abend, wenn auch nicht ganz so erfolgreich, wie ich mir das gewünscht habe. Doch man bleibt in Kontakt. Sie geht mit ein paar Freunden in ein Skiweekend, ich könnte auch mitkommen.

Hegel und Kati haben sich wieder versöhnt, ich weiss nicht, was zwischen ihnen vorgefallen war. Ich habe irgendwie den Eindruck, dass es dieses Mal kein politischer, sondern ein persönlicher Streit war, mit Hegel ist es ja tatsächlich nicht immer einfach, manchmal habe ich das Gefühl, dass er immer verschlossener wird. Mein Cousin Rolf wurde übrigens über das unrühmliche Ende der Medi-Geschichte nicht informiert, man lässt ihn im Irrglauben, seine Hilfslieferung habe dankbare Empfänger gefunden. Ich hatte befürchtet, er tauche nach der Medi-Lieferung öfter hier auf, was glücklicherweise nicht der Fall ist.

Ein kühler, nasser Februarabend, wie man ihn sich vorstellt.

22.2.1982 ....

Wieder ungute Meldungen aus Polen; mehrere Minister im Knast, ebenso Militärs und »Experten«. Die Russen scheinen sich Polen tatsächlich einzuverleiben. Die Presse hier sehr aufgeregt, die BaZ findet, der Kalte Krieg sei an einem neuen Höhepunkt angelangt, die NZZ sehr ähnlich »Frost legt sich über Osteuropa«, im »Echo der Zeit« wird ein wenig abgebremst, die Russen würden die Situation zu ihren Gunsten stabilisieren, dann wieder abziehen, weil sie die Sache ökonomisch sowieso nicht halten können, wahrscheinlich die zutreffendste Einschätzung.

Ploetz war gestern wieder hier.

Karin Hübner versuchte sich zu verbrennen.

25.2.1982 . . . .

Walesa bleibt in Haft, seine Tochter wird ohne ihn getauft.

Schweizer verlieren gegen Polen, handballerisch.

Russland gewinnt gegen Polen: politisch, militärisch, strategisch, wirtschaftlich.

Bundesrat Wyer will Armee vergrössern, Linke dagegen, Bürgerliche dafür, WG dagegen.

Lange mit Magda telefoniert, werde übernächstes Wochenende ins Skiweekend mitgehen. Allerdings besitze ich seit Jahren keine Skier mehr, muss also mieten und den ganzen Krempel in die Lenzerheide mitschleppen.

28.2.1982 . . . .

Anschlag auf Hochspannungsmasten. Ploetz und Co. diskutierten die Sache heiss, Ploetz spricht von »revolutionärer Emergenz«. Sie brüten über seinem Text, wollen ihn Ende März »verabschieden« und sogar irgendwo publizieren. Ploetz macht sich hier breit, als würde er seit Jahr und Tag hier verkehren! Der grosse, starke Hegel folgt ihm wie ein Lakai. Kati ist zurückhaltender, scheint aber ebenfalls Gefallen an der Sache gefunden zu haben.

Säuberungen in Polen.

Heute war ein schöner Sonntagnachmittag bei circa 0 Grad. Ich machte meinen üblichen Zigi-Zeitung-Gang in die Stadt, anschliessend ein wenig spazieren rheinabwärts bis zur Grenze.

Rüedu und Leni habe ich nicht mehr angerufen, für ihre Wohnungen interessiert sich hier niemand.

Der Bärtige kaum noch hier. Damit auch sein Geruch.

Gehe mit Jerzy und Hegel noch etwas trinken.

2.3.1982 . . . .

Gestern wieder Morgesaich, unsagbarer Krach in der Stadt, um 8 Uhr der Hauseingang bereits vollgekotzt, wahrhaft eine grosse Kultur, darauf können die Basler wirklich stolz sein.

Irgendwo unter einer Maske steckt Mona, was sie wohl macht inzwischen? Habe sie nie mehr gesehen, leider, denn Mona war unser Sonnenschein. Die anderen haben nie mehr ein Wort über Mona gesprochen, als ob es sie nie gegeben hätte. Genau dies wäre mein Schicksal, wenn ich hier ausziehen würde. Aus den Augen, aus dem Sinn.

Sowjetische Handballer schlagen Schweiz. Und auch sonst. In der Tschechoslowakei soll sich eine gewisse Unruhe ausbreiten, BaZ meldet Risse in der Partei, Treffen Schmidt, Mitterrand, Thatcher und Reagan geplant. Wyer erhält grosse Kompetenzen im Ausbau der Armee, trifft sich mit Nato-Generälen nächste Woche, Linke und SVP protestieren.

Bin seit einigen Tagen stark erkältet.

Goldener Schuhlöffel für Heidi Spichiger aus Wabern.

5.3.1982 ....

Gestern Abend wieder mal mit Frau Gehring gesprochen. Sie souffliert »Torquato Tasso«, empfiehlt mir das Stück. Doch ich lasse die Finger von solchen »Klassikern«, in der Schule sahen wir mal »Faust«, das war tödlich langweilig. Sie wollte mit mir »en Schluck Wii« trinken, ich war aber zu müde, sagte ich.

Morgen muss ich unbedingt die Ski bestellen.

Mit Frisch komme ich nicht so richtig voran, werde oft abgelenkt, muss stattdessen ein schwieriges und langweiliges Buch für ein Seminar lesen.

Schweiz verliert auch gegen die DDR (1:8!). Es ist ein bisschen wärmer geworden, meine Erkältung hält sich.

Gestern Kati betrunken. So habe ich sie noch nie gesehen. Selbst als sie allein im Zimmer war, kicherte sie weiter, später wechselte sie ins Weinen, glaube ich. Heute habe ich sie noch nicht gesehen.

7.3.1982 ....

Zoff im Copy Quick. Am Samstagmorgen musste ich arbeiten, dann wollte Jolanda, dass ich noch bis 17 Uhr irgendeinen Geschäftsbericht kopiere, was ich aber nicht wollte, worauf sie mir mit der Kündigung drohte, »grossi Schnorrä aber nüd dra«, sagte sie, und »im Oschtä gseht mer wohi das füert«. Ich packte Jacke, Schal und Handschuhe und verliess den Laden. Am Sonntag rief sie an, wollte über die Sache reden, ob ich nicht mit ihr einen Kaffee trinken möchte, sie hätte gerade »e chli

Ziit«. Ich hatte aber keine und sagte, ich käme wie gewöhnlich am Montag um 9 Uhr.

Anruf meiner Mutter. Sie hat eventuell einen Käufer für das Haus gefunden, ein Arzt, der im 1. Stock seine Praxis einrichten und im 2. mit seiner Familie wohnen will. Dr. Eggenberger ist sein Name.

Hegel ist bei Ploetz, der Bärtige im Aargau, Kati im Zimmer.

Rühmann 80, im TV seine Filme. Halbnazi, sagte Kati, Viertel, sagte Hegel.

Das Wetter nicht besser, immerhin Schnee in den Bergen.

11.3.1982 ....

Magda auf dem Beantworter!

Heute Skiausrüstung geholt, Sandra meinte, ich dürfe sie bis am Wochenende im Hauseingang deponieren. Nachdem wir uns schon verabschiedet hatten, fragte sie, ob ich an die Lyriktage komme. Ich komme, sagte ich.

Nina jetzt auch in der Ploetz-Gruppe, sie hat kürzlich ihre Schreibmaschine mitgebracht und den Text umgeschrieben. Sie schreibt extrem schnell, ich kann mir gar nicht vorstellen, wo sie dies gelernt hat.

Mit Jolanda wieder Normalzustand. Sie lässt mich in Ruhe, wer weiss warum. Auch Susanna und Brigit verhalten sich freundlich.

Meine Nase tropft noch immer.

Moser gewinnt Waffenlauf und ich frage mich, wieso niemand diesen Unsinn stoppt, die Russen holen sich Afghanistan und Polen und die Schweizer machen Waffenläufe, das zeigt doch, wo dieses Land steht. Manchmal ist Schweizersein eine Peinlichkeit. Immerhin springt der Basler Dalhäuser 2,32.

Streit im Bundesrat, Wyer und Aubert haben unterschiedliche Ansichten über Aussenpolitik.

14.3.1982 ....

Das Skiweekend sehr erfolgreich!!! Magda wieder ganz die Alte!!! Zum Glück war schönes Wetter, denn so waren am Samstagnachmittag alle auf den Pisten und die Betten frei!!!

Ich bin schön angebräunt, die Erkältung ist verschwunden und meine skifahrerischen Kenntnisse besser als befürchtet.

Nun gehe ich ganz entspannt in die neue Woche.

Nachtrag: Basel schlägt Nordstern 4:3. Mit Hegel Wein getrunken und Radio gehört.

18.3.1982 ....

Magda hat sich bisher nicht gemeldet.

Die Ploetz-Gruppe tagt jetzt offenbar regelmässig, manchmal hier, manchmal bei Ploetz. Kati überlegt ernsthaft, sich der Gruppe anzuschliessen.

Hegel fand übrigens, das Skiweekend habe mir gutgetan, ich sehe so »früsch« aus. Sandra will mit mir nach Thun. Sie hat ihre Haare rot gefärbt! Sehen so moderne Lyriker aus?

Langes Telefon mit Beat. Er hat grosse Befürchtungen, dass kaum jemand seinen Anlass besucht. Ausserdem hat einer der bekannten Lyriker (Name schon wieder vergessen) abgesagt. Und ein Dichter aus der DDR (Kopka?) kann aus politischen Gründen nicht einreisen. Immerhin kommt Kelter, sagte er. Wer auch immer das sein mag.

Schon wieder droht Mietzinserhöhung. Eine riesen Sauerei! Wenn das so weitergeht, haben WGs wie die unsere keine Chance mehr. Ploetz will uns unterstützen im Kampf gegen die Ausbeutung.

Heizung wieder defekt.

21.3.1982 ....

Kein Wort von Magda. Ich verstehe dieses Verhalten nicht. Da vögeln wir den halben Nachmittag und anschliessend kein Wort. Soll das fortschrittlich sein?

Jerzy hat eine Freundin. Sie heisst Bea und will Lehrerin werden. Gestern tauchte sie hier zum ersten Mal auf. Sie ist mittelschlank, mittelgross, hat mittelllange, dunkelbraune, mit einem lila Haarband gebundene Haare, trägt ein sehr buntes T-Shirt und das bis zu den Knien. Im etwas pickeligen Gesicht vereinigen sich Allwissenheit und Schmerz. Jerzy will seine »polnische Erfahrung« in die Ploetz-Gruppe einbringen, Bea will ihn dabei unterstützen, »das isch für mech wechtig«. Hegel ist die Sache allmählich zu viel, ich glaube, er will eine kleine, feine Gruppe und keine Volksbewegung. Schliesslich sollen den Worten Taten folgen und keine Lichterketten.

Ploetz wurde von seiner Frau verlassen. Sie ist Eigentümerin eines Kunst-Verlags, »völlig bourgeois«, meinte Hegel, er trauere ihr keine Träne nach.

23.3.1982 ....

Mein Cousin Rolf will über den Erfolg (!) seiner Hilfslieferung an die notleidende polnische Bevölkerung in einem Artikel in der Firmenzeitung berichten. Dazu benötigt er noch einige Angaben über Empfänger der Medis, Ort der Verteilung etc. Ich habe ihn vertröstet, er will morgen vorbeikommen. Doch wir sind leider alle beschäftigt und gar nicht im Hause.

Cello taucht wieder öfter bei uns auf. Er interessiert sich für Ploetz, Hegel meint aber (zu mir), dass er ihn nicht will, auch für Ploetz sei die Gruppe zum jetzigen Zeitpunkt gross genug. Ausserdem sei es für konkrete Aktionen noch zu früh, man befinde sich im Stadium der »theoretischen Fundierung«.

Von Magda nichts gehört.

Vom Bärtigen lange nichts mehr gerochen.

Sandra klingelte heute bei uns – das erste Mal überhaupt – sie wollte wissen, ob ich mit ihr nach Thun fahre, sie hole die Billette. Was aber nicht geht, weil ich erst am Samstag fahre, sie hingegen schon am Freitagabend. Sie übernachtet übrigens bei einem Cousin, sein Name: Francesco Casartelli!

26.3.1982 ....

War heute sehr unruhig, konnte nicht lesen, nicht schreiben, machte Spaziergang in der Stadt trotz Kälte. Als ich zurückkam, entdeckte ich bei Frisch: »Eine Stunde droben beim Münster; die Vögel auf den einsamen Bänken, die kühle und vornehme Stille des alten Platzes, dessen Fassaden in einer dünnen Morgensonne stehen; das plötzliche Gefühl von fremder Stadt; der Rhein, wie er in silbernem Bogen hinauszieht, die Brücken, die Schlote im Dunst, die beglückende Ahnung von flandrischem Himmel.«

Das war im März 1946, im März 1982 ging ich auch über den Münsterplatz und erlebte genau das! (Wenn auch ohne flandrischem Himmel.)

Was mir hier vertraut ist: Die Gerüche, allen voran Katis Geruch, Hegels Slip-Kollektion, die Saucen des Bärtigen, der Kiosk, das Café der Uni, der Petersplatz im Sommer, Frau Gehrings Stimme, mein Zimmer, der Ausblick in den Hof, Warteck-Bier, das Hirschi ein bisschen, Sandras Lyrik immer mehr.

Der Rest bleibt fremd.

Aubert unter Druck, Reagan bei Pertini, Linker im Tessin erschossen.

Bald in Thun.

Jörg beim Ladendiebstahl erwischt.

28.3.1982 ....

Da bin ich wieder!

Das Festival war einerseits eine Katastrophe, es kamen kaum Leute, viele Gedichte waren geradezu blödsinnig und eine Dichterin aus Dänemark war vollkommen betrunken, als sie ihre Texte vortrug. Beat ist am Boden zerstört. Er sieht sich grundsätzlich und überhaupt gescheitert. Nachdem er unter unklaren Umständen seinen Job in Meiringen verloren hatte, scheint es nun auch in Thun nicht zu klappen. Von seinen Lehrerkollegen erwartet er nur Hohn und Spott. Ein Kollege (Deutsch und Geschichte) erschien an der Samstagabendlesung und versuchte in der anschliessenden Diskussion, den armen jungen Dichter aus Österreich zu verunsichern, was ihm auch gelang. Der bedauernswerte Dichter kannte Krolow nicht, was den Lehrer zu einem vielsagenden Stöhnen und Augenbrauenverziehen animierte. Beat wäre am liebsten in den Boden versunken. Nach der dritten Flasche Wein sagte er, dass man Krolow gar nicht kennen müsse, »es huerä-verdammts Naziarschloch ischergsii«.

Beat tauchte dann ab, übrig blieben ich, Sandra und eine junge Dichterin mit langen schwarzen Haaren aus Bologna. Wir zogen weiter durch das Thuner Nachtleben und landeten am Schluss am Ufer des Thunersees, nachdem wir in einer Beiz ein paar Schals geklaut hatten. Da las Sandra ihr Gedicht »Mondstation« nochmals vor und legte dabei ihre Hand auf meine. Weiter geschah nichts.

Nachtrag: Bekannter Nationalist im Tessin erstochen, man vermutet Racheakt der Linken.

31.3.1982....................

Sandra legte mir das Gedicht »Mondstation« in einem Kuvert verschlossen in den Briefkasten. Ich las es zwei, drei Mal und spürte dabei die Stimmung am kalten, warmen Thunersee.

Überlege mir, eine Philips Musikanlage zu kaufen, im Manor gibt es eine für Fr. 495.–.

Im Tessin weitere Gewaltausbrüche zwischen Linken und Rechten.

Der Bärtige ist wieder hier, bringt seine Uni-Sachen in Ordnung, organisiert irgendwelche Bescheinigungen, Hegel hatte gestern Idee, ein philosophisches Kochbuch zu schreiben zusammen mit dem Bärtigen. Er würde besser für die Uni arbeiten. Hegel ist auch sehr oft bei Ploetz, der inzwischen allein lebt. Seine Frau lebt bei ihrer Mutter in Riehen.

Starker Regen.

4.4.1982....................

Weiterhin Regen.

Eine Einladung vom Literarischen Forum für einen Abend mit polnischer Lyrik auf der Kleinen Bühne. Sandra? Was soll ich tun, mein liebes Tagebuch?

Seit dem Thuner Anlass bin ich in sehr guter Stimmung. Ich lese munter in meiner Studi-Literatur, unterhalte mich zwischendurch mit Hegel, Jerzy, Nina, Cello in der Küche, man spekuliert über die Auswirkungen der Tessiner Gewalt, über Breschnews Krankheit und was man gegen die Mietzinserhöhung machen sollte, arbeite mehr oder weniger fleissig im Copy-Quick, wo sich die Situation beruhigt hat, rauche aber immer noch zu viel. Und – frage mich, was denn eigentlich mit Magda los ist?!

Der Bärtige/Unbärtige zieht nun definitiv Ende Juni aus. Wir (?) sollten uns um die Nachfolge kümmern.

Gehe mit Sandra und Jerzy zum polnischen Gedicht-Abend!

8.4.1982....................

Endlich regnet es nicht mehr!

Hegel und Ploetz planen »Retraite« im Jura, wo sie den Text nochmals überarbeiten und dann verabschieden wollen. Dabei: Kati, Cello, Nina, Jerzy mit seiner Bea, ein anderer Student von Ploetz und – ich! Als ich vom Theater kam, fragte mich Hegel, ob ich interessiert sei. Dann drückte er mir eine Kopie des Textes in die Hand.

Der polnische Gedichte-Abend war ganz nett. Sandra sehr aufmerksam und glücklich. Jerzy etwas zerknirscht, er hat bereits Ansätze von Glatze, obwohl er nur zwei Jahre älter ist als ich. Vor dem Theatereingang erneut die lächerliche Gruppe mit ihren Plakaten »Freiheit für Polen, Freiheit für alle« etc. Jerzy fluchte sie kräftig an, auf Polnisch! Sandra wollte mit mir anschliessend »es Schpaziergängli« machen, ich zog es aber vor, nach Hause zu gehen.

Cousin Rolf kommt definitiv am Samstagnachmittag, es gibt kein Entrinnen mehr. Wir müssen uns Antworten überlegen.

Meine Phantasien nehmen immer mehr überhand, ich frage mich allmählich, ob ich nicht etwas dagegen tun sollte.

Von Magda nichts gehört, ich werde noch einen Versuch unternehmen, dann das Kapitel Magda abschliessen.

9.4.1982 ....

Karfreitag, Katis grosser Tag! Übliches Prozedere. Dieses Mal schenkte ihr der Bärtige eine Flasche deutschen Sekt, zum Abschied von mir und Gott, wie er sagte. Kati lächelte ihn charmant an und gab ihm sogar einen Kuss, er wurde rot bis über die Ohren. Dann wischte sie sich diskret die Lippen mit dem Ärmel ab.

Morgen Cousin Rolf!

Bei Frisch die Ursprünge von »Andorra« entdeckt, das wir total gelangweilt in der Schule lasen. Dann Flüchtlingsszenen gelesen, Nachkrieg, unvorstellbar heute, obwohl keine vierzig Jahre her. Heute passieren keine wirklich grossen historischen Ereignisse mehr, was wir erleben, sind nur noch Auswirkungen davon, wir stehen sozusagen in einem ewigen Schatten. Mit Kati kürzlich darüber gesprochen, sie wäre gerne im Jahr 1900 geboren, russ. Revolution, wilde 20er-Jahre, antifaschistischer Kampf, Aufbau des Sozialismus. Sie trug einen dünnen, gelben Rock, darunter knappes, helles Höschen. Es ist warm geworden.

Gerade im Radio gehört, dass England und Argentinien sich geeinigt haben, Falkland erhält bis 1992 internationalen Status. Breschnew bleibt abwesend, Verstärkung der Tessiner Polizei.

11.4.1982 ....

Im Tessin Militäreinsatz! Nachdem Linke und Rechte in Bellinzona zusammenstiessen, die Demo ausser Kontrolle geriet und mehrere Häuser angezündet wurden, unter anderem ein Verwaltungsgebäude, schritt die Armee ein. Es gab mindestens 10 Verletzte, darunter zwei Schwerverletzte, Kati sieht sich bestätigt in einer permanenten Militarisierung der Schweiz.

Mit Cousin Rolf war ich alleine, die anderen waren »gerade ausser Haus«. Er schwärmte vom »sozialen Einsatz« der Ciba und notierte sich alles ganz genau, was ich ihm über den »sozialen Einsatz« in Polen erzählte. Seine »Bude« könne sich vorstellen, den Einsatz zu wiederholen, wenn dies die Situation in Polen zuliesse, er zähle auf die Kraft und »Entschlossenheit« der Amerikaner. Er kenne eventuell jemanden, der am Haus meiner Mutter interessiert sei, »hohes Kader, tiefe Steuern«, flüsterte er.

Die von der Presse später als »Osterunruhen« bezeichneten gewalttätigen Demonstrationen in Bellinzona richteten sich gegen die bewilligte Versammlung einer nationalistischen Gruppierung, an der auch Personen aus Italien anwesend waren. Was U. »Einsatz der Armee« bezeichnet, war lediglich ein verkehrstechnischer Einsatz dort befindlicher Truppen der Schweizer Armee. Mit Bezug auf dieses Ereignis entwickelte Lanz paranoide Züge, erzählte nächtelang von der »imperialistischen Militarisierung« der Schweiz und Ähnlichem.

13.4.1982 ....

War nicht am Ostermarsch. War bei Magda! Nachdem ich ihr auf den Beantworter gesprochen habe, rief sie zurück und scharwenzelte, als ob nichts gewesen wäre. Wir könnten am Ostermontag zusammen Mittag essen. Am Nachmittag »hätte sie bereits was«. Sie kochte Spaghetti Carbonara, doch weitaus interessanter war das Dessert; Magda selber! Sie nahm mich einfach bei der Hand und zog mich ins Schlafzimmer.

Ausserdem war gestern Abend das Krankenauto hier, sie holten Vater Casartelli, scheint ein Notfall zu sein, werde Sandra fragen.

Breschnew auch ein Notfall, Lage viel schlimmer, als vom Kreml verlautbart.

Demos gegen Militäreinsatz (»Osterunruhen«) auch in Basel, WG geht geschlossen hin.

Schon fast frühlingshaft warm. Wir erhalten eventuell Gartensitzplatz im Innenhof. Kati vermutet hinterlistige Strategie wegen Mietzinserhöhung.

Hegel brachte mir rote Nelke vom Ostermarsch.

18.4.1982 ....

Retraite findet am Wochenende vom 1. Mai in Saignelegier statt. Hegel hatte die Idee mit dem 1. Mai, was Ploetz natürlich »genial« fand. Wetter bleibt warm.

Heute heftige Demo gegen Militär. Schmier versuchte von Anfang an, die Demo zu verhindern, was nicht gelang. Kati an vorderster Front. Am Abend die Meldung, einer der Schwerverletzten im Tessin sei gestorben, worauf die Demo sich neu formierte, es kam in der Freien Strasse zu Plünderungen.

Kati, Hegel und andere sitzen in der Küche und erläutern Lage. Zwischendurch telefoniert Hegel mit Ploetz. Es passieren aufregende Dinge, ich weiss gar nicht recht, wie ich mich verhalten soll.

21.4.1982 ....

Wie unterschiedlich doch die Wichtigkeiten sind. Wettingen steigt wahrscheinlich auf, Breschnew bleibt liegen, Eierlesen im Baselbiet. Da fällt mir Magda ein, wir sind wieder mal im Unverbindlichen verblieben. (Kein Eierlesen!) Sie ist zurzeit meine einzige Kontakthoffnung. Wohin soll das noch führen!?

Im Copy-Quick Flaute, wir vertreiben uns die Zeit mit Kreuzworträtseln und langen Kaffeepausen. Jolanda stänkert über Brigit, will sie loswerden. Seit die Vorlesungen wieder begonnen haben, gehe ich ganz gern kopieren, das Ganze ist eine kopflose Abwechslung und zwischendurch kopiere ich ganze Bücher für mich, kürzlich einiges von Johannes von Müller. Jolanda sagt dazu nichts.

Gestern Aubert an der Muba, der Druck auf ihn steigt immer mehr, die Bürgerlichen verlangen Rücktritt, die SP hält dagegen, selbstverständlich. So läuft das Spiel. Hier in der WG haben wir mit der Parlamentspolitik längst abgeschlossen, auch Ploetz äussert sich nur noch zynisch über die Politik, sogar über Brandt, den »Übervater der Anpasserei«, wie er sagt.

Der Ex-Bärtige hinkt in der Wohnung herum, er hat beim Treppensteigen mit zwei Harrassen Kalterer See »de Scheichä verschtuucht«.

Sandra hat sich zurückgezogen. Auch von ihrem Vater nichts gehört.

24.4.1982 . . . .

Samstagnacht. Mit Frau Gehring zwei Flaschen Wein getrunken und den Grand Prix Eurovision geschaut, Arlette Zola wurde 3., doch gut war nur der Kommentar von Haller. Wirklich köstlich, Frau Gehring hat mich darauf hingewiesen, sonst würde ich einen solchen Schwachsinn doch nicht schauen! Am Schluss ganz vertraute Situation auf dem Sofa. Sie erzählte von ihrer Zeit am Theater Dortmund und dieser »Scheinwelt«.

Alles ruhig in der WG, auch draussen kaum ein Geräusch. Mein Stoffbär liegt glücklich im Bett.

25.4.1982 . . . .

Karte von Frau Gehring, bedankt sich für den schönen Abend.

Spaziergang mit Hegel. Erhofft sich viel von Ploetz. Bewundert bei ihm die »Kombination von Aktion und Reflexion«. Kann sich meine »Beiträge zum Fortschritt« gut vorstellen. Ich bin also willkommen. Hegel seit Wochen sehr nett und aufmerksam. Beim Café auf dem Münsterplatz Apéro getrunken.

Vor dem Haus Sandra getroffen, die sehr verlegen auf mich und Hegel reagierte, ich glaube, Hegel hat sie gar nicht zur Kenntnis genommen, für ihn bleibt sie das Kind eines Hausabwarts, obwohl sie in letzter Zeit die ganze Arbeit verrichtet.

Jerzy, seine Bea und Nina am »Foreigner«-Konzert. Hätte nicht gedacht, dass Nina solche Musik mag.

An der Uni bin ich weiterhin sehr fleissig. Neue Vorlesungen gefallen mir, ausser das unsäglich blöde Gestammel von Weber.

Solidarnosc organisiert Exil in London.

28.4.1982 ....

Magda und Mutter auf dem Beantworter.

In 30 Min. tagt Ploetz-Gruppe. Jörg angezeigt wegen Ladendiebstahl, Kati sieht die Sache als politisches Delikt.

Nachtrag: Spannender Abend hinter mir! Wir haben die Retraite vorbereitet und die allgemeine Lage diskutiert. Ploetz meint, man müsse die Drohungen Reagans ernst nehmen, der Kalte Krieg könne in eine neue Phase treten, Richtung direkte Konfrontation, Hegel sieht dies neuerdings auch so, die anderen nicht, klar ist, dass der Kapitalismus sich in der CH »militärisch formiert« (Ploetz). Die Frage nach dem Widerstand. Haben das restliche Bier vom Vorrat des Post-Bärtigen getrunken, Bea meinte, es sei nicht fair, einem Abwesenden das Bier wegzutrinken, man müsse mit ihm das Gespräch suchen, »weischwienimein?«.

Flugzeugabsturz in China, 112 Tote, damit dies hier auch festgehalten ist.

3.5.1982 ....

Phantastisches Wochenende liegt hinter mir! Wir haben den Text ausgiebig diskutiert und konnten uns schliesslich einigen, doch dies war nicht einfach, Jerzy zeigte bürgerliche Tendenzen, was Hegel tief betrübte, Bea versuchte zu vermitteln, »z'drittähööch goht's besser weischminimein«, schliesslich organisierte Hans-Joachim (Ploetz) einen Kompromiss. Ich habe ersten Sonnenbrand des Jahres. Abends waren wir alle (ausser Jerzy und Bea) im »Soleil« und tranken billigen, aber guten Rotwein. Hegel sehr aufmerksam. Nach Mitternacht machten wir einen Waldspaziergang, Hegel hängte sich bei mir ein, erzählte von seinem Vater. Wir waren ziemlich betrunken, einmal fast knietief im Moos (Dartmoor) versunken (Hound of Baskerville).

6.5.1982 ....

Bin offiziell Mitverfasser des Textes. Jerzy ist nun auch dabei, seine Bea hingegen nicht, sie hat »ein bisschen Mühe mit der Gewaltfrage«, da wäre für sie zu wenig Klarheit im Text und sie wolle einfach gewisse Dinge nicht unterstützen, »weischwienimein?«. Ploetz kann den Text ev. in

Deutschland publizieren, Kati kennt jemanden in Zürich, der für eine Polit-Zeitung schreibt.

Streik in der Uni wegen Prof. Wehrle, im Insti hängen Plakate (»Kurt gang furt«), grosse Aufregung, auch Insti-Leitung gegen Wehrle = reaktionäres Arschloch.

9.5.1982....................

Mutter zögert mit Verkauf, Cousin Rolf hat sie besucht! Meine Schwester hat angerufen und war sehr verärgert. Werde mit Cousin Rolf sprechen, er soll sich um seinen Kram kümmern. Beat übrigens noch immer betrübt wegen Lyrik-Festival, er habe eine »schwierige Position« im Lehrerzimmer, meinte meine Schwester.

Habe Text gestern Abend nochmals durchgelesen, finde ihn wirklich gut. Nicht ganz einfach zu verstehen, aber immerhin keine Floskeln, keine warme Luft. »Im Grunde ist alles, was wir in diesen Tagen aufschreiben, nichts als eine verzweifelte Notwehr.« Sagt Frisch.

Am 1. Mai übrigens fast in der ganzen CH grosse Auseinandersetzungen, die Osterunruhen haben was in Gang gesetzt, niemand weiss, wohin das führt. SP-Nationalrat fordert die Abschaffung der Armee, Aubert zeigt dafür Verständnis, Bürgerliche fordern erst recht seinen Rücktritt, SVP will, dass SP aus dem Bundesrat verschwindet.

Bea will jetzt Polnisch lernen! Sie soll auf die Reise mitkommen, falls es dann möglich ist. Selbstverbrennung in Polen, ich dachte, das sei eine asiatische Angelegenheit. Weiterhin Ausgangssperre, Krawalle in verschiedenen Städten.

Hans-Joachim hier.

12.5.1982....................

Russische Erfolge überall. SP unter grossem Druck. Bürgerliche wollen Armee massiv ausbauen, Flugzeuge, Panzer, Funk. Widerstandskämpfer in Afghanistan erschossen, wahrscheinlich russ. Geheimdienst, Vize-Bush in China, man hofft auf Achse USA-China, Honegger muss Frankreich-Besuch verschieben.

Wieder Regen.

Magda auf dem Beantworter.

Seifenkistenrennen in Münchenstein.

Botteron zu Nürnberg.

13.5.1982 ....

Weiterhin Wehrle-Widerstand, Regierungsrat unter Druck.

Unser Text erscheint wahrscheinlich in einer Zürcher Untergrund-Zeitung, Kati ist in dieser Sache sehr aktiv. Sie und Hegel verstehen sich wieder gut. Hegel sehr an Wehrle-Geschichte interessiert, erzählte ihm davon vor dem TV.

Habe seit Tagen Verstopfung, kann mir das nicht erklären. Der Un/Bärtige meint, Bier sei das beste Mittel dagegen, mindestens vier grosse Flaschen, sagte er. Er scheint sich nun tatsächlich jeden Tag zu rasieren und übrigens auch zu duschen. Kati sprayt nicht mehr.

Grubenunglück in Jugoslawien.

Von Mutter und Schwester nichts gehört, morgen spreche ich mit Cousin Rolf.

14.5.1982 ....

Heute Zeuge eines grossen Brandes: Interio neben Kaserne abgebrannt! Ich war mit Nina und ihrer Bekannten Jacqueline in der Rössli-Bar am Kaffeetrinken, als auf einmal alles voller Rauch war. Aus dem Interio dampften riesige Rauchwolken, die Feuerwehr war auch schon da. Bald zersprangen die Fensterscheiben, es krachte und ächzte und dann schossen die Flammen aus dem Gebäude und über allem lag beissender Rauch, mit meinen Kleidern trug ich ihn in mein Zimmer, es riecht, als hätte es hier gebrannt.

Nachtrag: In den Nachrichten ist von Brandstiftung die Rede! Hegel vermutet Zusammenhang mit Situation in Lateinamerika, wo Interio offenbar in dubiose Geschäfte verstrickt ist.

Weiterhin Verstopfung. Trotz vier Bier.

16.5.1982 ....

Mit Magda ereignisreichen Sonntag erlebt!!!

Sie ist, als hätte sie jahrelang abstinent gelebt!!!

Habe solches noch nie erlebt!

Ach, wie ist doch der Mai eine Wonne!

17.5.1982 ....

Brand bei Interio war tatsächlich Brandstiftung. Zusammenhang mit Lateinamerika ist noch nicht erwiesen.

Walensee nicht 151 Meter tief, sondern 144. Jemand will 7000 Kilometer reitend auf dem Pferd verbringen.

Hegel hat Diss.-Pläne geändert, Schaff sei nicht wirklich aktuell, er will was machen zu Marx und Feuerbach, Frau von Ploetz droht mit Selbstmord.

Cousin Rolf hat abgesagt, ist »total überlastet«.

Verstopfung zurückgegangen.

20.5.1982 ....

Auffahrtstag. Mit Magda unterwegs: Bett-Küche-Bett!!!

Verstopfung verschwunden.

21.5.1982 ....

Mit Cousin Rolf gesprochen. Er versteht nicht, dass meine Mutter das Haus an Dr. Eggenberger und nicht an den Chemie-Boss verkaufen will. Wir haben uns auf dem Petersplatz getroffen, er staunte, wie klein die Uni ist, will in WG kommen wegen Hilfslieferung.

Aubert sprach von Rücktritt, Chevallaz und Wyer machen offenbar im Bundesrat grossen Druck, Resolution der SP.

Hans-Joachim geht es sehr schlecht, Hegel war gestern den ganzen Tag bei ihm, auch sein Sohn distanziert sich von ihm, hat seine Sachen aus dem Haus geräumt, Frau will Haus und Geld, »bourgeoise Kuh«, sagte Hegel. Auch Jerzy und Bea hätten »Stress«, Bea will nicht, dass Jerzy nach Polen geht, weil es zu gefährlich sei. Ich verstehe die Aufregung nicht, die Reise findet ja ziemlich sicher nicht statt. Geht es um etwas anderes?

Lokalpolitiker in Polen erschossen.

Pfaff zu Bayern.

Aktion auf dem Marktplatz gegen Wehrle, bin kaum noch am Studieren, dafür am »Aktionieren«, was mir grossen Spass macht, diese verkalkten Strukturen ertragen ein bisschen Bewegung und ausserdem ist Wehrle tatsächlich ein reaktionäres Arschloch. Regierungsrat findet, dass man dreimal leer schlucken sollte und dann wieder zur Arbeit, dies sei Demokratie! Da verwechselt der Regierungsrat was.

Schwingerkönig Hunsberger hat im Vollrausch Serviertochter vergewaltigt. Riesenskandal.

23.5.1982 ....

Magda holt definitiv Matura nach, sie will Kunstgeschichte studieren, findet Politik »dumms Zügs«. Wie soll ich mit solchen Aussagen umgehen? Wenn Hegel oder Kati solches hören würden!

Traum: An meinem Steissbein ist ein grosser, schwarzer Käfer verkrallt (ich weiss nicht, wieso ich weiss, dass er schwarz ist). Wenn ich versuche, den Käfer wegzureissen, krallt er sich noch tiefer in mein Fleisch. Ich bin verzweifelt, weil jeder Versuch, das Problem zu lösen, das Problem weiter verschärft. Ich beabsichtige, den Käfer von jemandem (ich weiss nicht von wem) wegreissen zu lassen, auch wenn dann eine grosse Wunde entsteht.

28.5.1982 ....

Vater Casartelli will zurück nach Italien. Sandra erzählte mir gestern fast den ganzen Abend von ihrem Vater. Sein Krebs sei unheilbar, er wolle in Italien sterben, in seinem Heimatdorf. Er wolle, dass sie ihn begleite. Zuerst hätte sie dies abgelehnt, nun würde sie es tun. Sie fragte mich, ob ich nach der Wohnung schauen könnte. Ich werde mir das überlegen. Wollte eigentlich wieder mal verreisen im Sommer, doch Magda will nichts davon wissen, »das isch doch Päärlimischt«.

Gromyko mit viel Pomp in Pakistan empfangen, Bhutto schliesst Freundschaftsvertrag, Indien empört.

Ölpreis weiter gestiegen.

Jörg zu einer Busse verurteilt, war heute hier.

30.5.1982 ....

Gesellschaft CH-Polen will Polnische Flüchtlinge aufnehmen, sammeln in der ganzen Stadt Unterschriften, Jerzy hätte eine Frau wütend angeschrien, sagte Hegel.

Kati trägt hautenge Jeans und darunter, glaube ich, nichts. Ich lasse die Tür offen, damit der Duft in mein Zimmer zieht.

Der Bärtige plant Abschiedsgrillade im Juni, ist bereits am Planen.

Mietzins wird definitiv auf 1. Juli erhöht, gleichzeitig beginnen die Arbeiten für den Gartenplatz im Innenhof.

Fall Hunsberger noch immer grosses Thema, Ofra und Schwingerverband haben sich zu Wort gemeldet.

Basel verliert Cup-Final gegen Sion.

2.6.1982 ....

Schön und heiss.

Nina und Kati sind sich offensichtlich nähergekommen, waren gestern im Kino, ich war mit Hegel zum Bier verabredet, sonst wäre ich auch ins Kino gegangen (»Fitzcarraldo«).

Beat auf dem Beantworter, klingt dringend.

Liege oft am Rhein, lese, rauche, schaue.

7.6.1982 ....

Heute Abend heftiger Hagel.

Gestern mit Nina, Kati und Jörg bis Mitternacht am Birsköpfli. Als Jörg und Kati im Rhein badeten, erzählte Nina von Magda. Sie hätte eine schwierige Zeit gehabt, Alk und viele Männer, auch zweimal in der Psychi, erst mit dem Malen hätte sie sich erholt, jetzt wäre sie sehr zurückgezogen, wollte nichts mehr von ihr wissen. Von mir und Magda wusste sie offensichtlich nichts, was mich wunderte. Im Bikini sieht Nina noch zierlicher aus, ihre Brüste sehen aus wie kleine Äpfel.

Jörg und Kati diskutierten über Ploetz, Jörg traut ihm nicht, meint, er will sich nur aufspielen. Jörg ist interessiert an unserem WG-Platz, Kati sagte, das Zimmer sei bereits vergeben, was allerdings nicht stimmt, doch ich sagte nichts. Kati hat sich über den Bärtigen lustig gemacht.

Bonvin gestorben, Ausländergesetz auch.

10.6.1982 ....

Hunsberger weiterhin in Haft, Serviertochter war früher Prostituierte, Schwingerverband erleichtert.

Hürlimann geht es sehr schlecht.

Wyer hält Totenrede für Bonvin, fordert Mut, Entschlossenheit und Neutralität.

Mutter auf dem Beantworter, erwartet seit Wochen einen Besuch von mir, sollte unbedingt hin.

11.6.1982 ....

Lange mit Mutter gesprochen, gehe nächste Woche für ein paar Tage in die Innerschweiz. Dr. Eggenberger war mit Architekt im Haus, Bausubstanz sehr gut, Heizung muss saniert werden, Eggenberger will Preisreduktion.

Frau Gehring souffliert den »Schwärmer«. Habe lange mit ihr gesprochen. Sie hat allmählich die Schnauze voll, möchte das Theater lieber heute als morgen verlassen, doch die Alternativen sind schlecht, es gibt kaum Jobs für Frauen wie sie, heute müssen die Frauen jung und schön sein, um überhaupt einen Job zu bekommen, ihr bliebe lediglich die »Prostitution« an einem anderen Ort, denn die Arbeit sei ja nichts anderes als Prostitution, wobei die Schauspielerinnen sich am stärksten prostituieren würden, denn sie müssten nicht nur mit allen möglichen Regisseuren, Intendanten, Bühnenbildnern, Autoren und selbstverständlich den Hauptdarstellern ins Bett, oft müssten sie dies täglich tun, sie müssten sich auch vor dem Publikum prostituieren, müssten den grössten Schwachsinn wie jetzt zum Beispiel den »Schwärmer« ernsthaft spielen und so tun, als handle es sich um hohe Theaterkunst, und am Schluss, wenn dann der Vorhang endlich falle, müssten sie froh und glücklich vor ebendiesem Publikum stehen, bei dem sie sich prostituieren, und wenn die Umstände besonders schlecht seien, müssten sie noch zusätzlich den vollkommen idiotischen und ungebildeten Journalisten den Arsch hinhalten, wie Frau Gehring sagte. Nein, sagte sie, es sei kein Leben in diesem Theater und überhaupt an gar keinem anderen, denn sie hätte ja viele Theater weiss Gott von innen gesehen, hätte hinter den schönen Schein gesehen, wo nichts anderes sei als Trübnis, Ausbeutung und Falschheit, und deshalb möchte sie lieber heute als morgen das Theater verlassen, doch einer Frau wie ihr bliebe ja nur der Wechsel von einem Bordell ins nächste, so sei die Gesellschaft als Ganzes nichts als eine Ansammlung von Bordellen im Kleinen, denen sie und im Prinzip die meisten Frauen hilflos ausgesetzt sei, weshalb es völlig egal sei, in welchem Prostitutionsverhältnis man arbeite, und dabei die immer grösser werdende Befriedigung empfinde, wenn jemand mit aller Gewalt diese Verhältnisse zerschlägt, ja, sie hätte überhaupt für alle Terroristen das allergrösste Verständnis, es könne nicht genügend Terroristen auf der Welt geben, sagte Frau Gehring und bat mich erneut in ihre Wohnung, wo sie mir einen guten Weissen aus dem Elsass anbieten könnte, doch ich sagte, ich hätte noch viel für die Uni zu tun, ausserdem würden wir gegen das reaktionäre Arschloch Wehrle vorgehen.

13.6.1982 ....

Auch Fassbinder tot. Habe allerdings nur einen Film (??) von ihm gesehen. Am »Bündelitag« soll auch der Abschiedstag vom Bärtigen/Unbärtigen sein. Er möchte auch Frau Gehring und Sandra einladen.

Nächste Woche in der Innerschweiz. Ich glaube, meine Mutter ist sehr unsicher wegen des Hauses, sie wollte wissen, wie dieser Herr »von der Chemischen« heisst, der auch am Haus interessiert sei. Ich wusste es nicht. Meine Schwester ist nächste Woche ebenfalls zu Besuch, da sehen wir uns alle wieder einmal. Meine Mutter hätte uns gerne am Jahrestag meines Vaters bei sich gehabt, doch da sind meine Schwester und ihre Familie in den Ferien (»händs doch verdiänt noch alldemm«).

Ich hätte es auch verdient. Doch es hat sich bisher keine Gelegenheit ergeben. Jörg geht mit zwei, drei anderen nach Portugal »stöpplä«, doch dazu habe ich keine Lust und ausserdem möchte ich nicht mit Jörg die Ferien verbringen, er ist anstrengend, allzu sehr von sich überzeugt und will mich nicht mitnehmen, weil ich mit Hegel befreundet bin.

Nato unterstützt jetzt den Iran, Gromyko in Saudi-Arabien. Ölpreis steigt weiter, ebenso Teuerung, Israeli vor Beirut.

WM eröffnet, in den Zeitungen Prognosen (Argentinien, Brasilien, Deutschland).

16.6.1982 ....

Cousin Rolf will am Wochenende zu uns kommen, bin zum Glück nicht hier.

Weiterhin sehr heiss, immer wieder Hagelschäden, Hagelversicherungen wollen Geld vom Staat.

Brasilien schlägt Sowjetunion, Argentinien verliert, Winterthur und Wettingen steigen auf.

Magda wieder untergetaucht, Nina ahnt was, machte eine Bemerkung zu Magdas Männerverschleiss und blinzelte mich vielsagend an. Hat Hegel was erzählt?

An der Uni nicht mehr viel los. Habe in letzter Zeit viel mit Samuel zu tun, er stammt auch aus der Innerschweiz, studiert Soz. Haben ähnliche politische Ansichten, wohnt aber nicht in einer WG, sondern in einem »Studio« (was ist das?) in Binningen.

Frau Gehring mit einem Mann in der Stadt gesehen. Ein Theaterkollege? Ein Liebhaber?

Wieder heftiges Gewitter, fast jeden Tag Gewitter, habe Fenster vergessen zu schliessen, mein Schreibtisch wurde nass, Maschine aber nicht beschädigt, S funktioniert wieder, wer weiss warum.

Nina wunderschön braun, trägt meistens kurze, helle Hosen. Hat jetzt Kurzhaarfrisur, steht ihr gut, macht sie aber ziemlich jung. Ist viel mit Kati unterwegs. Hegel und Jerzy versuchen, Marx auf Polnisch zu lesen.

»Art« eröffnet, die Schönen und Reichen in der Stadt, kaum auszuhalten, Kati meinte, man sollte einmal einen Säureanschlag auf die Art verüben, den schönen Schein der Reichen zerstören, diese Ausgeburt des Kapitalismus.

Ungarn schlägt El Salvador 10:1, polnische Zuschauer wollen in Spanien bleiben.

Morgen in die Innerschweiz.

Nachtrag: der Ab-bärtige hat Cousin Rolf zu seinem Fest eingeladen!

20.6.1982 ....

Unser Text erscheint definitiv im »MorgenRot«! Ausserdem ist eine deutsche Zeitschrift aus Westberlin daran interessiert! Auch wenn ich den

Text nicht alleine geschrieben habe, ist es doch meine erste Publikation. Hans-Joachim erhofft sich Diskussion zur Lage der Linken und »ein vertiefender Aufbruch«.

Beat fand übrigens auch, dass Sandra Talent hat, ein Verlag aus Deutschland sei an ihren Gedichten interessiert. Ich kann dies fast nicht glauben, kaum zurück aus der Psychi, macht sie schon Karriere.

Die Sache mit dem Hausverkauf will kein Ende nehmen. Meine Mutter ist nun wieder unsicher, Cousin Rolf hat angerufen und einen Preis genannt! Ausserdem sagt man, dass Dr. Eggenberger eine Affäre hätte mit seiner Arztgehilfin, » ja denn Proscht Nägeli«, sagt Mutter.

Mit Hegel in letzter Zeit sehr gutes Verhältnis, er unterstützt mich bei meiner MA-Arbeit und erkundigt sich oft nach meinem Befinden.

Die WM scheint zur Zeit das Wichtigste zu sein. Beat hat sich vorgenommen, keine Minute WM zu schauen, Sport sei das »Triviale schlechthin«, sagt Beat. Wir haben zusammen einige Biere getrunken und uns gut unterhalten. Sein Lukas krabbelte dabei dauernd um seine Beine.

Heisser Sonntag.

Hunsberger war offenbar Kunde von der Serviertochter, als sie noch Hure war. »Blick« spricht von weiteren Schwingern, die im Bordell waren (alle aus dem Bernischen Schwingerverband).

Im Innenhof Blasmusikübungen!

Hegel klopft.

23.6.1982 ....

Polen schlägt Peru 5:1, auch Sowjetunion in der 2. Runde.

Pakistanische Truppen offenbar in Afghanistan, Nato in Verhandlung mit dem Iran, Frankreich protestiert, Reagan trifft Thatcher.

Ich bin in letzter Zeit sehr müde, obwohl ich gar nicht viel arbeite, lange schlafe, wenig lese. War kürzlich wieder mal in der Türki, wo von der alten WG nur noch Christie wohnt. Es gab Streit um die Finanzierung einer neuen Badewanne, die einen wollten den Betrag durch die Anzahl der Bewohner teilen, die anderen fanden, dass sie die Badewanne nie benutzen und deshalb keine neue wollen. Am Schluss haben die beiden Gruppen getrennt gegessen und schliesslich blieb halt nur noch

Christie dort. Inzwischen ist die Badewanne ersetzt und die Bewohner auch. Christie fühlt sich wohl dort. Sie kennt übrigens Kati von früher und hält nicht viel von ihr (»arrogant und klugscheisserisch«). In einem Jahr schliesst sie bereits ab, sie geht eventuell zum HEKS.

Mit Frisch geht es sehr langsam vorwärts, manchmal finde ich seine Einträge sehr ermüdend, manchmal allzu sehr auf Publikation bedacht. Da frage ich mich natürlich, wieso ich eigentlich Tagebuch schreibe. Um Dinge nicht zu vergessen? Um den Überblick nicht zu verlieren? Aus Langeweile? Ich weiss es nicht.

Cousin Rolf war übrigens tatsächlich hier. Der Bärtige-ex-ante hat mit ihm Bier getrunken! Es gibt halt immer noch Wunder. Übermorgen ist die Party des Bärtigen, Cousin Rolf ist auch dabei.

27.6.1982 ....

Ereignisreiche Tage liegen hinter mir. Ich weiss gar nicht, wo ich beginnen soll. Das Wichtigste (und Peinlichste) zuerst: Hegel ist in mich verliebt!!! Niemand weiss davon, er sagte es mir in der Freitagnacht, wir gingen in die »Goldene Tulpe« Würste holen, der Bärtige hatte sich drastisch verrechnet, Hegel hatte schon ziemlich viel getrunken, da blieb er plötzlich stehen, stellte die Tasche mit den Würsten ab und sagte es mir. Dann nahm er die Tasche wieder und wir gingen wortlos zurück zum Fest. Ich war geschockt und bin es immer noch. Hegel ein Schwuler! Sofort dachte ich ans Ausziehen. Nun brauche ich ein paar Tage, um die Sache zu verdauen.

Das andere betrifft Kati. Sie hat am Fest Cousin Rolf aufs Übelste beschimpft, so dass er zuerst wütend wurde und dann nur noch weinte. Es war wirklich zum Heulen. Kati ist völlig ausgeflippt, beschimpfte ihn als »Nazisau« und »vollkommen idiotisches Kapitalistenarschloch« etc. Cousin Rolf wusste nicht, wie ihm geschah, am Anfang war es ja ganz lustig, doch dann lief die Sache aus dem Ruder, Hegel und Nina versuchten Kati zu beruhigen, doch sie wurde nur noch wilder und war drauf und dran, Cousin Rolf zu schlagen. Ich bin dann mit ihm rausgegangen und habe ihn eine Weile schluchzen lassen. Dann brachte ich ihn nach Hause. Versuchte, Katis Ausbruch zu erklären und auch ein wenig zu entschuldigen. Er hörte zu und sagte nichts. Als ich zurückkam, war Kati verschwunden und die Stimmung am Boden. Auch Hegel war verschwunden. Ich trank mit dem Bärtigen und ein paar anderen mehr oder weniger schweigend noch ein Bier, dann ging auch ich. In Hegels und Katis Zimmer brannte noch Licht.

Das ist doch alles Scheisse!!!

28.6.1982 ....
Hegel zeigt sich nicht. Kati ist früh aus dem Haus. Der Bärtige rüstet mit Jerzy und Bea irgendwelches Gemüse.

Ich Kopfweh.

Mutter und Nina auf dem Beantworter.

Polen schlägt Belgien 3:0, immerhin.

Berner Schwinger will aussagen. »Blick« bringt Interview morgen.

29.6.1982 ....
Hegel wieder aufgetaucht, tut so, als wäre nichts gewesen. Hat gestern mit Jerzy und Bea das Spiel geschaut, nun geht es gegen die Sowjetunion.

Jolanda hat Brigit rausgeschmissen, Stimmung ist entsprechend schlecht, weil Susanna mit Brigit solidarisch ist (»Frauensolidarität«). Zum Glück haben wir nicht viel zu tun, viele sind in den Ferien, Geschäfte geschlossen.

Werde mit Christie reden. Ich will hier raus, nur raus! Vielleicht weiss ja Magda was oder Samuel. Könnte ihn fragen, kann sein, dass er in eine WG will. Oder soll ich allein wohnen? In einem »Studio«?

30.6.1982 ....
Kati ist unversöhnlich. Cousin Rolf will mit ihr sprechen, er fordert eine Entschuldigung, sie will davon nichts wissen, lacht darüber, findet meinen Cousin eine total lächerliche Figur. Hegel versucht, Kati zu einer Entschuldigung zu überreden, ohne Erfolg.

Der Bärtige sieht so aus, als wäre er froh, hier wegzukommen. Von ihm sind noch ein paar Kartons und Plastiksäcke zu sehen, bald ist er weg. Die Neue aus Zürich ist noch in den Ferien, sie kommt erst in ca. 2 Wochen. Ich weiss nicht mal ihren Namen, Hegel kann ich ja nicht fragen.

Auch meine Zeit in der Hegnauer ist bald abgelaufen. Hier ist kein Weiterleben. Von Magda nichts gehört. Schwester mit Familie auch in den Ferien (Holland), Hans-Joachim auf Wohnungssuche, seine Frau will das Haus – es gehört ihr. Also, summa summarum: eine trostlose Sache seit dem Fest des Bärtigen.

Reagan mit neuer Frisur, Rüti in die Nati B aufgestiegen.

Präsident des Bernischen Schwingerverbands zurückgetreten.

1.7.1982 ....

Ich sass in der Küche, las Zeitung, da kam Hegel herein, nur mit einem Slip bekleidet, wir schauten uns kurz an, dann ging er wieder, murmelte was, das ich nicht verstand. So die Situation.

Habe keinem Menschen was davon erzählt und werde dies auch nie tun.

Mit Christie aus der Türki telefoniert, es wird schwierig mit einem WG-Platz, weil die Leute erst gerade eingezogen sind, sie empfiehlt mir, es über die Uni zu versuchen, und in der Sperrstrasse sei was frei.

In der Nacht auf heute Schaltsekunde, ein etwas längerer Donnerstag. Was tut ein Mensch mit einer zusätzlichen Sekunde?

2.7.1982 ....

Hegel weg, der Bärtige ausgezogen. Ich bin ganz allein hier.

Sommerhitze. Gemüsebauern leeren Bäche, Stromausfälle, Schwächeanfälle in der SBB. Von Frisch über Marionetten gelesen.

Mutter will mit mir sprechen, will nicht zum x-ten Mal über den Hausverkauf diskutieren, die Sache sollte endlich zu einem Ende gebracht werden.

Sandra geht bald nach Italien, sie weiss nicht, für wie lange. Das ist irgendwie schade, habe mich an die Treppenhausgespräche gewöhnt. Immerhin kommt sie wieder.

Fühle mich einsam und beschissen.

In Kabul schwerer Bombenanschlag, Schiessereien an der iranischen Grenze. In Polen Sommerruhe, in letzter Zeit wenig Meldungen.

Gehe ins Hirschi.

4.7.1982 ....

Sowjetunion schlägt Polen 1:0.

Hegel auf dem Beantworter, er möchte, dass ich ihm ein Buch ins Wallis sende. Das werde ich nicht tun.

Kati kurz aufgetaucht mit ihrer Zürcher Freundin (Bernadette). Sie hat uns kurz und trocken vorgestellt, dann sind sie in Katis Zimmer verschwunden.

Noch flammen die »Osterunruhen« immer wieder auf, letzte Woche gab es in Winterthur einen Brandanschlag auf das Wohnhaus eines Militärs, diesen Mittwoch eine Schlägerei mit Rekruten in Thun. Die Bürgerlichen werfen den Demonstranten Landesverrat vor, es brauche jetzt Geschlossenheit und nicht Zwietracht. Frau Gehring hat Kleber auf ihrem Briefkasten angebracht »Alle reden vom Frieden, unsere Armee zerstört ihn«.

Mitterrand im Irak, Bhutto in Moskau.

---

*Bernadette-Theresa Tobler (»Bernie«), *4.4. 1961, wurde von den Zürcher Behören wegen mehrfacher Sachbeschädigung, Nachtruhestörung und Widerstand gegen die Staatsgewalt angeklagt und teilweise auch verurteilt. Wurde an mehreren gewalttätigen Demonstrationen gesichtet. Zwei Aufenthalte in Riga.*

9.7.1982 ....

War ein paar Tage in der Innerschweiz. Mit meiner Mutter spazieren, auf dem Vierwaldstättersee Schiff fahren, Glacé essen, Onkel und Tante in Goldau besuchen. Kam mir vor wie ein Tourist, habe sogar ein paar Postkarten verschickt.

Und habe zwei Postkarten erhalten: Eine von meiner Schwester und ihrer Familie aus Holland, eine von Hegel mit einem Satz: »Denn der hat viel gewonnen, der das Leben verstehen kann ohne zu trauern.« Ich weiss nicht, was er mir damit sagen will. Er hat keinen Sinn mehr, ich werde das Leben zukünftig auch ohne Hegel verstehen.

Auch auf Schaff habe ich keine Lust mehr. Das Buch habe ich bereits in einen Karton gelegt, der Beginn meines Umzugs.

Beat will übers Wochenende nach Basel kommen, sagte meine Mutter, er trifft sich mit ein paar Dichtern (Sandra??).

Sowjetunion schlägt Italien 4:1 und ist im Finale gegen Deutschland, Gromyko reist nach Spanien.

Aubert zurückgetreten, Bürgerliche wollen Sitz, SP entrüstet.

Heftige Gewitter in der Ostschweiz, die Thur überschwemmt Campingplatz, zwei Vermisste. USA schickt Truppen in den Libanon, Sowjets warnen davor, Hüttenfest in Ormalingen, Kämpfe in Afrika und Zentralamerika.

11.7.1982 ....

Vor zwei Jahren starb mein Vater. Mit Mutter und Schwester telefoniert.

Neuer Weltrekord: 26 Personen auf einem Quadratmeter, Vater erschiesst seine drei Töchter und Ehefrau in Montreux. Das ist die Welt, eine Anhäufung von Banalitäten und Tragödien.

Hegel wieder hier. Ich habe Kartonschachteln mit Büchern vor mein Zimmer gestellt. Er kam in die Küche und brachte mir eine Flasche Walliser Weisswein. Ich dankte ihm, sagte aber sonst nichts.

Kati hat lange mit mir gesprochen. Sie hat sich mir gegenüber entschuldigt, will aber mit meinem Cousin Rolf nichts mehr zu tun haben, falls er hier ist, möchte sie vorher informiert werden. Sie fragte, ob ich und Hegel ein Problem hätten, nein, sagte ich, ich fühle mich einfach schlecht hier, was sie sehr erstaunte, hätten wir es doch gerade in letzter Zeit gut gehabt, ob Hegel mir was getan, gesagt hätte, sie schaute vielsagend, weiss sie was? Ahnt sie was? Hat er ihr was erzählt? Sie möchte, dass ich hierbleibe. Wir hätten uns doch aneinander gewöhnt und auch Bernadette (Bernie) fände mich sympathisch und könnte sich vorstellen, dass wir es gut hätten, etc.

Kati sah umwerfend gut aus. Als sie ihren Zigi-Stummel aus dem Fenster warf, konnte ich aus ihrer Achselhöhle, die für einen Augenblick mein Gesicht fast streifte, ihren wunderbaren Duft riechen. Eine Duft-Sirene. Man kommt kaum los davon. Wenn ich mir vorstelle, dies alles noch intensiver riechen zu können, aus anderen Höhlen.

Wir vermissen den Bärtigen und sein Essen. Keiner kümmert sich um den Kühlschrank, niemand kauft ein.

Im Radio gehört: Flugzeug über New Orleans abgestürzt, für Nachfolge Aubert präsentieren die bürgerlichen Parteien gemeinsamen Kandidat, von der SP werden mehrere Kandidaten genannt, Arbeitslosigkeit steigt, Kämpfe überall (Zentralamerika, Iran-Irak, Libanon, Afghanistan), Unruhen in Prag, PLO will nicht aus Libanon abziehen, weiterhin schwere Gewitter, Anderson führt an Tour de France etc.

Hagelkörner so gross wie Kirschen.

Nachtrag: Sowjetunion ist Weltmeister!

12.7.1982 ....

Die Sache mit Hegel lässt mir keine Ruhe. Er war meine nächste Bezugsperson hier in Basel, wenn man's genau nimmt. Jetzt hat er mit einem Satz alles zunichtegemacht. Kati drängt auf Versöhnung, obwohl sie im Dunkeln tappt, nehme ich an. Vielleicht kann ich mit Beat darüber sprechen, er kommt bald nach Basel.

Könnte mit Samuel und einem Bekannten von ihm ein paar Tage nach Flims gehen, wo seine Eltern eine Wohnung haben, bin aber unsicher. Will eigentlich meine Ruhe haben und ich weiss nicht, wie sich die Sache in Flims entwickeln würde, zumal ich Samuel nicht gut kenne und seinen Bekannten gar nicht.

Mit Sperrstrasse telefoniert, hätten Platz frei, hätten aber lieber Frau, gehe mich trotzdem vorstellen (Donnerstag).

»Was auffällt, wenn man draussen gewesen ist: das Verkrampfte unserer Landsleute, das Unfreie unseres Umganges, ihre Gesichter voll Fleiss und Unlust; nicht auszuhalten, wenn sie von ihrem bescheidenen Wesen reden.« Ja, ich möchte auch mal draussen gewesen sein, Basel ist draussen in Bezug auf die Innerschweiz, nicht aber in Bezug auf die CH, immer wieder höre ich von jungen Leuten, die gereist sind oder gerade weggehen (Bruder von Nina, Magdas Schwester, Sandra), während ich hier bleibe und bleibe und weiss nicht warum. Die Semesterferien vertrödle ich mit allerlei Kram und Alltäglichkeiten, zwar blättere ich hin und wieder in einem Buch, doch so richtig vorwärts komme ich eben nicht, die Sache mit Hegel beschäftigt mich viel zu stark, lenkt mich von allem anderen ab. Was ist eigentlich mit unserer Publikation? Davon seit langem nichts mehr gehört.

Bild-Zeitung schreibt, dass Schiedsrichter vom KGB unter Druck gesetzt worden war, »Doppeltes Rot gegen Breitner«, BaZ: »WM-Final wirft

Fragen auf«, NZZ: »Trotz leichter Überlegenheit der Kreml-Mannschaft hinterlässt der Final einen faden Beigeschmack.«

Sulser zu Juventus.

14.7.1982 ....

Von Frankreich her sind die Feuerwerke zu hören. War es so während des Krieges, als man hier den Krieg hören konnte? Ein Hörkrieg, sozusagen, draussen Krieg, hier drinnen im wohligen Nestchen CH ist alles friedlich und geordnet. Frisch spricht davon in seinen Nachkriegsbetrachtungen (wenn er nicht gerade über den Pfannenstiel spricht). Dann »Wir stehen heute nicht mehr vor der Wahl zwischen Frieden oder Krieg, sondern vor der Wahl zwischen Frieden oder Untergang.« Was 1947 gültig war, ist heute erst recht gültig.

Der Abend ist mild und trocken. Die Extreme des Wetters sind vorbei. Kati fragte mich, ob ich an eine »Revolutionsparty« kommen möchte. Ich mochte nicht, war aber glücklich, dass sie an mich dachte. Hegel hämmert in seinem Zimmer auf der Maschine rum. Offensichtlich ist er in einer kreativen Phase. Gestern war Hans-Joachim kurz hier, dann gingen er und Hegel aus der Wohnung. Was ist eigentlich zwischen Hegel und Hans-Joachim? Und zwischen Hegel und Jerzy? Auf einmal solche Fragen.

Den neuen Mietzins bezahlen wir anstandslos, der Widerstand ist in den Ferien.

Hunsberger weiterhin in U-Haft, sonst von der Geschichte nichts mehr gehört.

Grosse Parade auf dem Roten Platz für die sowjetische Mannschaft. Der Westen geschockt, Genugtuung bei den Linken. Strauss fordert Ausschluss der Russen bei der WM 1986, Havelange fordert Entschuldigung von Strauss, Breitner lehnt Ehrenmitgliedschaft der CSU ab.

Beat kommt am Freitag.

Rolling Stones in Basel.

Noch immer Lärm aus Frankreich.

Nachtrag: Breschnew tot!

15.7.1982 ....

Der Tod Breschnews ist das grosse Thema. Vom Kreml nichts zu vernehmen, trotzdem oder gerade deswegen viele Spekulationen über Todesursache und Nachfolger. Solidarnosc hofft auf anderen Kurs in Polen, Reagan spricht von Chance, Halbmast im Ostblock.

Grossbrand in Saint-Louis wegen Feuerwerk, zwei oder drei Tote.

16.7.1982 ....

Langes Zmorge mit Kati und Bernadette. Kati noch immer erstaunlich gut gelaunt. Hegel weiterhin in seinem Zimmer.

Gehe jetzt Beat abholen.

Breschnew aufgebahrt.

18.7.1982 ....

Beat hat lange über seine Beziehung zu meiner Schwester erzählt, hatten schon was zusammen, als noch keiner was davon ahnte, mein Vater hätte ihn nicht gemocht und deshalb wäre die Beziehung erst nach dem Tod meines Vaters unverkrampft gewesen. Manchmal wünschte er sich, dass sich meine Schwester auch so sehr für Literatur interessierte wie ich. Ich entgegnete nichts. Manchmal sollte man die Leute im guten Glauben lassen. Das sei, wie Hegel mir einmal erklärte, keine Lüge im platonischen Sinne. Doch lassen wir Hegel.

Beat das Hirschi gezeigt, er war ganz begeistert, im ganzen Oberland gebe es keine solche Beiz, meinte er. Deshalb bin ich ja auch nicht im Oberland, dachte ich. Kurz und gut: Es hat ihm gefallen und er will mich bald wieder besuchen kommen.

Sandra hat er nicht getroffen, dafür Läderach. (??)

Die Wohnungsbesichtigung in der Sperrstrasse war angenehm. Obwohl ich keine Frau bin, verstanden wir uns gut und sie werden mir Bescheid geben. Die Leute sind deutlich älter als in unserer WG, ich wäre der Jüngste.

Mord in Basel (Eugen Kessler, Lothringerstrasse 116), Haus ist abgesperrt, überall Schmier, zivil und uniformiert.

In Polen weitere Verhaftungen, Breschnews Tod hat an der Situation nichts geändert, vorläufig.

Jeanette Linkenheil an der Miss-Welt-Wahl in Peru.

In Westdeutschland immer noch Aufregung wegen Finale, Honecker schickte Geschenk (Uhren) an die Mannschaft, »Bild« fordert Ablehnung des Geschenks, Breitner für Dialog.

22.7.1982 ....

WG an der Sperrstrasse hat abgesagt! Das ist sehr schade, hätte es mir dort gut vorstellen können. Werde nun etwas anderes finden müssen, zur Zeit nicht ganz einfach, weil nur wenige Zimmer frei sind und Sommerpause ist.

Jimmy Connors bei Autounfall getötet.

Breu gewinnt Alpenetappe an der Tour.

Dürre in Italien.

Aus Moskau nichts Genaues.

Mit Hegel über Fussball gesprochen. Dann zum Glück Anruf meiner Mutter.

24.7.1982 ....

Gorbatschow neuer Chef in Moskau. Niemand kennt ihn. Jerzy meint, dass er neuen Wind bringen wird, er sei weniger verkrustet als Breschnew. Noch kann man es sich ohne Breschnew gar nicht vorstellen. Seit ich mich erinnern kann, ist Breschnew der Boss im Osten. Wahrscheinlich wird sich nicht viel ändern, die grossen Linien bleiben bestehen, wahrscheinlich noch lange Zeit. Seit die Sowjets in Afghanistan erfolgreich sind und Polen faktisch besetzt halten, ist ihre Macht sowieso noch grösser geworden, das ist, unter uns gesagt, gut, weil sonst die Amis und die Nato übermütig werden. Also verharren wir im sogenannten Gleichgewicht des Schreckens. Und ich in der Hegnauer.

Bernadette (Bernie) ist gestern hier eingezogen. Sie beginnt im Herbst die Kunstgewerbeschule und will während der ganzen Ausbildung bei uns bleiben. Sie ist ziemlich klein, hat langes, krauses Haar, und ihr Kopf, der fast kugelrund ist, liegt darin wie ein lustiger Vollmond und mittendrin ihre zürichseeblauen Augen. Ihre Lippen sind schmal und lustig und tanzen ein wenig, wenn sie spricht. Ausserdem hat sie einen auffallend grossen Busen. Bernie hat mich nett begrüsst, sie scheint einen positiven Einfluss auf Kati zu haben. Am nächsten Wochenende will sie für uns zur Begrüssung was kochen. Weiss sie von den Künsten des Bärtigen? Der bereits Legende ist hier.

Meine Mutter will das Haus nicht an Dr. Sonderegger verkaufen, vom »Gschleipf« mit seiner Gehilfin spreche das ganze Dorf und meine Mutter will »söttigs« nicht noch unterstützen und ausserdem der Preis. Nun also naht der grosse Moment meines Cousins Rolf. Meine Mutter sagte, er sei halt schon »en Siebesiäch« und werde es bestimmt zu etwas bringen. Wahrscheinlich wird er einmal ein grosses reaktionäres Arschloch.

25.7.1982 ....

Und die »NZZ«? Hier:

> Ein paar Tage nach dem Tod Breschnews hat sich die sowjetische Führung überraschend schnell auf einen Nachfolger geeinigt. Der 51-jährige *Michail Sergejewitsch Gorbatschow* hat eine lange Karriere als Parteisoldat hinter sich, ist aber erst seit zwei Jahren Mitglied des Politbüros der KPdSU, was auf einen *Reformdruck* hinweist, der nun offenbar auch im innern Kreis des Kremls wahrgenommen wird. Allem Anschein nach versucht Moskau einen Weg aus der *innenpolitischen Erstarrung* zu finden, welche die Grossmacht seit Jahren oekonomisch hinter den Westen zurückbindet und in abenteuerliche aussenpolitische Abenteuer hineinzwingt. Möglich, dass Moskau gewisse Erfolge, die sich zur Zeit am Hindukusch abzuzeichnen scheinen, als *dynamisierender Impuls* auf die Innenpolitik übertragen will. Hierzu scheint Gorbatschow der richtige Mann zu sein. So sehen denn Kenner der sowjetischen Politik in der Epiphanie des neuen starken Mannes im Kreml eine reelle Chance auf aussenpolitische Konstanz und innenpolitische Oeffnung. Seine ersten Aeusserungen deuten in diese Richtung.

In welcher Weise der Westen auf diesen Machtwechsel reagieren wird, ist noch weitgehend unbekannt. Einige Zeichen deuten darauf hin, dass insbesondere die USA vom Personalentscheid Moskaus auf dem linken Fuss überrascht wurden. Es war in Washington, was in Anbetracht der sowjetischen Traditionslinie nicht abwegig ist, mit der Inthronisation eines altbewährten Apparatschiks gerechnet worden, welcher kaum neue Akzente in der sowjetischen Politik zu setzen vermag. Nun ist es anders gekommen und der Westen tut gut daran, die Situation aufmerksam zu verfolgen. Von voreiligem Optimismus und der damit verbundenen Hoffnung auf nachhaltige Entspannung im Verhältnis von Ost und West muss dringend gewarnt werden, nur allzu oft haben sich sowjetische Verlautbarungen als *Schalmeienklänge* herausgestellt. Man denke an die *polnische Tragödie*, bei welcher sich die Zurückhaltung Moskaus im Nachhinein als hinterlistige Strategie herausstellte mit dem einzigen Ziel, Polen vollständig und dauerhaft in das sowjetische Imperium einzugliedern. Das Votum Breschnews einer »Hilfeleistung unter Freunden« hat sich als zynische Formel herausgestellt, welche *in concreto* hunderte von Opfern und tausende von Verfolgten und Inhaftierten zur Folge hat, wohlgemerkt nur in Polen. Und ein Ende ist *nicht abzusehen*.
Eine genaue Analyse der Lage in Polen, ohne Beeinflussungen durch tagesaktuelle Stimmungen, ist auch den europäischen Regierungen zu empfehlen. Vor allem die in Paris und Bonn in letzter Zeit von gewissen Kreisen in Frage gestellte transatlantische Allianz wird in Anbetracht der historischen Umwälzungen stärker denn je als unerlässliches Rückgrat in der Verteidigung von Freiheit und De-

mokratie. Die zögernd ambivalente Haltung der Bonner und Pariser Regierung angesichts der russischen Intervention in Polen hat, nach der Irritation über die pazifistisch-antiamerikanische Welle in der Bundesrepublik, sehr rasch in der amerikanischen Oeffentlichkeit die Stimmen laut werden lassen, die Bindungen zu Europa zu lockern. Vom verbreiteten Unmut über Deutschland und Paris bis zu einem Resolutionsentwurf im Senat, der den *Rückzug aus Mitteleuropa* fordert, ist ein politisch kurzer Weg. Umso dringender ist eine Sanierung und Festigung der atlantischen Allianz, anders ist ein ausreichendes Gegengewicht zur sowjetischen Expansion - auch wenn sie vom Genossen Gorbatschow angeführt wird - nicht zu erreichen.

26.7.1982....................

Schafhirte Hans Diggelmann vom Blitz getötet.

Begrüssungsessen von Bernie in den August verschoben.

31.7.1982....................

Regen, Regen, Regen.

Gorbatschow spricht tatsächlich von Öffnung, gegen innen und aussen. Will das Slawische mit dem Europäischen versöhnen, das sind ganz neue Töne (meint selbst die »NZZ«). Der Westen ist gespannt, die FDP warnt vor Hoffnung, Strauss spricht vom Wolf im Schafspelz etc.

Von Magda Karte aus Italien erhalten, wusste nicht, dass sie dort ist, wünscht einen feurigen 1. August, »il mio orsacchiotto«.

Langes Telefon mit Samuel, der am Montag nach Flims geht. Er will in seinem Studio bleiben, ist also nicht an einer WG interessiert. Er möchte nach dem Studium ein Haus im Jura kaufen und dort »Subsistenzwirtschaft« betreiben. Er suche noch Leute für das Projekt, in Porrentruy hätten sie bereits ein günstiges Haus in Aussicht. Kati geht eventuell noch ein paar Tage in die Berge (?), ich könnte mitgehen, falls es nicht klappt, gehe ich nach Flims. Hier möchte ich raus, der Regen macht die Sache noch trostloser.

Ich höre Knaller und »Frauenfürze«, die Jugend mag nicht warten. Kati hat eine »Gegenaktion« zum 1. August mitorganisiert, es gäbe ein wenig »Augustunruhen« in diesem ruhigen Land. Das ist auch gut so. Selbst meine Schwester fand den Militäreinsatz übertrieben und sagte es tatsächlich auch so.

Nachtrag: Kati geht nicht in die Berge, also gehe ich nach Flims.

1.8.1982 ....

Mit Hegel alles geklärt. Langes Gespräch, viel Wein. Bin sehr erleichtert und froh!

»Augustunruhen« offenbar im Gang, ich höre Sirenen der Schmier. Hegel auch mit dabei, jedenfalls verliess er heute Nachmittag zusammen mit Kati das Haus. Draussen auf der Strasse wartete auch Hans-J.

Sandras Vater wieder im Spital. Ich kann mir nicht vorstellen, dass er reisefähig ist.

Cousin Rolf und Christie auf dem Beantworter!

2.8.1982 ....

Montag, 11.45 Uhr, Bernie hört Punk, Hegel sitzt in der Küche mit Slip und T-Shirt, Kati irgendwo, erste Sonnenstrahlen erreichen mein Zimmer, im Hof liegen ausgebrannte Feuerwerke.

Die Unruhen dauerten offenbar die ganze Nacht, Hegel kam um Mitternacht völlig erschöpft und tränend vor Gas nach Hause, offenbar haben sich erstmals auch Berufsschüler der Demo angeschlossen, Polizei sehr verunsichert, Rückzug – Vorstoss – Rückzug, so Hegel, ein Geschäft in der Freien Strasse ausgebrannt, auch in Zürich, Bern und Winterthur Ausschreitungen.

In Frankreich grosser Autounfall mit 45 Toten, Weltrekord im Weitsprung der Frauen (7.20), ansonsten nur zwei Themen: Gorbatschow und Polen, was ja unmittelbar zusammenhängt. In Polen sehr grosse Spannung über die weitere Entwicklung, Walesa bleibt in Haft.

Heute muss ich nicht arbeiten, gehe am Nachmittag eine Jacke kaufen, ausserdem brauche ich dringend neues Farbband.

Christie nicht erreicht.

3.8.1982 ....

Schaff-Gruppe liest offenbar seit einiger Zeit nicht mehr Schaff, sondern beschäftigt sich mit »wirklich revolutionären Texten«, so Hegel, er will Liz. zu Feuerbach und Marx schreiben, später eventuell Diss. zum selben Thema, Hans-Joachim sei sehr am Thema interessiert. Hegel ein Doktor? Das kann ich mir gar nicht vorstellen, Hegel sieht ja aus wie ein schüchterner Gymnasiast und sein Fleiss hat allzu enge Grenzen, doch man weiss ja nie. Vielleicht wird Hegel ein grosser Philosoph, ein neuer Marx, der revolutionäre Führer der CH? Und überhaupt fragte ich mich in stillen Momenten, was aus uns allen einmal werden wird. Heute ist es ja fast verboten, »etwas« werden zu wollen, man will sich verwirklichen, möglichst autonom die Welt verändern, Karriere ist ein Schimpfwort. Das ist gewiss richtig, und doch frage ich mich, was zum Beispiel aus Kati oder Hegel einmal werden wird. Kati macht sich überhaupt keine Gedanken, ihre Arbeit im Copy-Quick ist für sie nicht mehr als eine Nebenbeschäftigung, ein Geldjob, wie sie sagt, wichtiger sind andere Dinge und Hegel könnte ich mir vorstellen, wie er als Vierzigjähriger in der Küche herumschlurft, nur im Slip und T-Shirt, tagsüber Kaffee trinkt, abends Wein und in Büchern und Texten herumwuselt. Der Bärtige ein bärtiger, unbärtiger dicker Wirt irgendwo im Aargau? Und Jerzy? Und Sandra? Und Magda? Und all die jungen Bewegten? Einige werden wohl auf der Strecke bleiben.

Und ich? Ich will gar nicht so weit denken, das tut mir nicht gut, nur schon der Gedanke, einmal dreissig zu sein, macht mich unruhig, also, liebes Tagebuch, lassen wir solche Gedanken auf der Seite.

Es ist weiterhin recht sonnig und ziemlich warm.

Christie ist in den Ferien bis Mitte August.

»Augustunruhen« forderten Millionenschäden, Bürgerliche verlangen härteren Polizei-Einsatz.

Im Innenhof sind die schwarz verrussten Ränder der Feuerwerks-Stationen zu sehen.

In der Wohnung von Sandra alles dunkel.

8.8.1982 ....

Sonntag, Nachbarn grillieren im Innenhof, Hegel bei Jerzy, Kati in Zürich, Bernie im Zimmer, für einmal ohne Punk. Mir geht es ganz gut. Jolanda fragte mich, ob ich mit ihr im Rhein schwimmen gehe. Ich bin unschlüssig, rufe sie morgen an.

Magda kommt morgen zurück, bin gespannt, wie sich die Sache weiterentwickelt.

Jerzy will alleine nach Polen reisen, sein Onkel in Stettin ist der Solidarnosc beigetreten und will Kontakte zum Westen ausbauen, Jerzy fragt bzw. lässt über Hegel fragen, ob mein Cousin Rolf noch an Hilfslieferung interessiert ist. Selbstverständlich ist er noch interessiert, schliesslich will er den ganzen Ostblock befreien, unser Reagan vom Rhein. Nun, ich sollte ihn sowieso längst zurückrufen, »de Siebäsiech«.

Nachfolger von Aubert wird definitiv am 8. September gewählt.

Dissertation von Strauss aufgetaucht, eindeutig antisemitisch, bayrische SPD fordert Rücktritt, Strauss schweigt schwitzend.

11.8.1982 ....

Unbekannte Leiche aus dem Rhein geborgen, die Beschreibung passt auf Mona!!!

Thatcher in der Innerschweiz, grosse Aufregung und viele Gerüchte, weiterhin israelische Angriffe auf Beirut, Debatte über Diss von Strauss in Deutschland, Strauss spricht von »Zeitumständen«, CDU will Expertengruppe, CSU spricht von »Intrigen DDR-gesteuerter Medien«.

Mit Cousin Rolf gesprochen, er kann sich weitere Unterstützung für die »leidgeprüften Polen« vorstellen, verlangt aber Garantien, ausserdem besucht er am nächsten Wochenende meine Mutter in Sachen Hausverkauf, er stellt sich eine »sehr hohe sechsstellige« Summe vor!

In der Zeitung gelesen: »Mir si morn am Lieschtler Märt«.

Jolanda abgesagt, Magda hat sich bislang nicht gemeldet.

13.8.1982 ....

Mit Hegel und Bernie »Der Alte«. Zufriedene Stimmung, anschliessend tranken wir noch etwas Wein. Hegel schaute traurig.

Grosser Erdrutsch bei Disentis, 11 Tote, darunter ein deutscher Politiker.

Strauss einverstanden mit Expertenbericht.
Immer wieder starke nächtliche Phantasien.

15.8.1982 ....

Leiche im Rhein ist nicht Mona, sondern Prostituierte aus Lörrach! Auch Hegel war beunruhigt, nachdem ich ihm die Beschreibung der Wasserleiche vorgelesen habe.

Cousin Rolf war hier, traf sich mit Jerzy und Hegel. Was für eine Veranstaltung! Cousin Rolf im Anzug, Hegel in kurzen Hosen (immerhin!) und einem seiner zwei T-Shirts, Jerzy in ähnlichem Stil, was hingegen Cousin Rolf nicht kümmerte, denn er kam ohne Umschweife auf das »Geschäft« zu sprechen, schob Flaschen, Gläser und Aschenbecher zur Seite, breitete Papier auf unserem Küchentisch aus und redete zunächst einmal eine halbe Stunde. Dann war alles klar, Jerzy musste nur noch unterschreiben, was er, nachdem Hegel ihm zustimmend zugenickt hatte, auch tat. Die Ciba Geigy zahlt also sogenannte Hilfsgüter im Wert von ca. 5000 Franken, die Jerzy nach Stettin bringt! Cousin Rolf hat sich natürlich erkundigt, welche Medis die Polen am meisten benötigen, und über seinen Chef die Kiste entsprechend packen lassen. Auch die Zollpapiere, Versicherungen und Bürgschaften waren bereits ausgearbeitet. Hegel und Jerzy staunten. Solcher Effizienz sind sie noch nie begegnet, ich übrigens auch nicht. Wenn alles klappt, reist Jerzy am 3. September ab, sein Onkel beschafft die Papiere in Polen. Cousin Rolf schreibt anschliessend »es chlises Brichtli« in der Firmenzeitung.

Heute Bernies Begrüssungsessen. Nun, es war nicht schlecht, sie gab sich Mühe, bastelte ewig an einer Sauce herum, die dann doch viel zu wässrig war, dafür war das Gemüse noch ziemlich knackig, doch dies muss heutzutage wohl so sein. Kein Vergleich mit den Künsten des Bärtigen, doch wer will sich schon mit ihm messen. Dafür ist sie nett und eigentlich auch ganz hübsch. Als die Rede auf ihre Familie kam, sagte sie nur »stockbürgerlich« und lachte. Niemand fragte nach. Sie spricht ein ziemlich klares Züridütsch.

Mutter ruft seit dem Todestag des Vaters fast täglich an, heute erzählte sie wieder von Thatchers Ferien am Zugersee, Chaoten hätten Raketen auf sie geschossen, und »Welcome Iron Killer Lady« auf ein Transpi geschrieben, wie ich in der Zeitung las. Und ausserdem besucht Cousin Rolf sie nächstes Wochenende!

16.8.1982 ....

Grosse Demos in Stettin! Jerzy war heute hier und hat berichtet, was sein Onkel ihm erzählte. Zwei Mitglieder von Solidarnosc hätten sich umgebracht, Onkel vermutet Anschlag des polnischen oder russischen Geheimdienstes, die Russen überall präsent in der Stadt und im ganzen Land. Regierung sei nur noch Marionette. Zur Zeit seien die Grenzen bei Stettin dicht, wahrscheinlich würden sie aber nächste Woche wieder geöffnet, schliesslich brauche das Land dringend Güter aus dem Ausland. Jerzy und Hegel sehr ernst, auch Bea war wieder mal dabei, sie unterstützte mich beim Abwasch und erzählte ununterbrochen von irgendwelchen Dingen und Leuten, die mich nicht interessieren. Sie würgt die Sätze stets abrupt ab und fragt dann »weischwienimein?«, worauf sie, ohne eine Antwort abzuwarten, weiter parliert »vom däm her«. Eine entsetzliche Person, ich verstehe nicht, warum Jerzy mit ihr zusammen ist. Hat sie versteckte Qualitäten? Zum Glück hat sie ihre Ferientage schon fast aufgebraucht, sonst hätte sie Jerzy nach Polen begleitet. Ich glaube, Hegel nimmt sie gar nicht wahr, vielleicht weiss er gar nicht, dass sie überhaupt existiert.

Auch Gesellschaft CH-Polen ist in letzter Zeit sehr aktiv. Dieses reaktionäre Pack will den Menschen gar nicht helfen, sondern nur den Kommunismus bekämpfen, leider erkennen das viele nicht! Überhaupt sind die Zeitungen voll mit antikommunistischem Geschwätz, Afghanistan und Polen werden ohne mit der Wimper zu zucken in dieselbe Schublade gesteckt. Doch werde ich den Eindruck nicht los, dass die Bürgerlichen ziemlich nervös sind, ihre Drohgebärden nichts anderes als Zeichen von Verzweiflung und Angst. Dass es den Russen gelingt, Afghanistan praktisch vollständig zu besetzen und den Widerstand zu brechen, haben die Analysten nicht erwartet. Und nun schauen sie natürlich gebannt auf Polen und den ganzen Ostblock. Gorbatschow reist heute nach Polen, man ist sehr gespannt.

Elf Kühe vom Blitz getroffen.

Carstens in Bern.

Name des toten deutschen Politikers noch nicht bekannt. »Bild« spricht von Ministerpräsidenten (sagte Kati).

Magda zuckersüss auf dem Beantworter, Kati schaute mich fragend an. Ich sagte nichts, sondern sog ihren Duft und bemerkte einen leichten Überhang an Schweissduft im Ananasduft. Ob sie wohl verliebt ist?

17.8.1982 . . . .

Der Tote von Disentis ist Johannes Rau! Er war offenbar mit einer Geliebten unterwegs, die auch ums Leben kam. Ganz grosse Geschichte in Deutschland.

Gehe mit Hegel und Bernie ins Kino (»Gallipoli«).

Habe Bienenstich am Arm, sehr schmerzhaft.

19.8.1982 . . . .

Mit Magda gesprochen, sie will sich mit mir am Wochenende »aussprechen«, das verheisst nichts Gutes. Sollten denn diese kleinen Freuden schon wieder zu Ende sein?

Hegel mir gegenüber noch immer sehr zurückhaltend, es ist, als taste er meine Stimmung ab. Bernie sehr ungezwungen, erzählte von ihrem Liebesleben in »Züri« und »Winti«. Hegel schaute abwesend über den Tisch, rieb immer wieder seine Augen, als wollte er nicht sehen, was er sah.

Bereits werden im Innenhof wieder Tische und Bänke aufgestellt, offenbar naht das nächste Fest, was stets Grillrauch und Lärm bedeutet.

Die Geliebte von Rau war eine 34-jährige verheiratete Komponistin von Kirchenliedern. Ihr Mann und ihre zwei Töchter leben in der Nähe von Fribourg und werden zur Zeit von der Presse belagert. Es werden weitere brisante Neuigkeiten erwartet.

Nina und Kati gestern Abend ziemlich angetrunken hier angekommen. Ich war bereits im Bett, konnte mir aber einen Blick auf die beiden nicht verkneifen. Es war ein warmer Abend, die Kleidung der beiden entsprechend. Schliesse ich die Augen, tauchen die beiden Körper wieder auf.

Also gehe ich ins Bettchen, mein liebes Tagebuch, wo mein Ours bereits liegt, in sich versunken.

22.8.1982 ....

Magda ist in den Ferien in sich gegangen, will mich als Freund.

Sandra will mich auch als Freund, aber anders.

Hegel hat einen Freund.

Nina leider auch.

???

26.8.1982 ....

Hürlimann gestorben, der Augenkrebs hat nun seinen ganzen Körper zerstört.

Botteron gut in die Bundesliga gestartet, er ist einfach der Beste!

Sandra traf ich auf der Strasse vor unserem Haus. Sie machte ein ernstes Gesicht, zog mich sanft an der Schulter ins Haus, in ihre Wohnung. Dort seufzte sie, setzte sich, holte ein gefaltetes Blatt Papier aus ihrer Jeans und las mir ein Gedicht vor: »Der Grosse Bär«. Ein Liebesgedicht, so viel habe ich verstanden, an mich gerichtet, so viel habe ich auch verstanden, den Rest habe ich nicht verstanden. Zum Gedicht sagte sie nichts, keinen Kommentar, keine Ergänzung, als hätte sie eine belanglose Nachricht aus der Zeitung vorgelesen, sie fragte bloss, ob ich einen Kaffee trinken wolle, was ich idiotischerweise ablehnte und also die Wohnung wieder verliess. Eine absurde Begegnung. Und doch war alles klar. Was soll ich damit anfangen, mein liebes Tagebuch? Eine Antwort, eine Reaktion hat sie nicht verlangt. Vielleicht ahnt sie meine Antwort.

Nein zu Sandra.

Kati hat mir von Nina erzählt. Sie ist mit einem Werbefritzen zusammen, der acht Jahre älter ist als sie und offenbar ziemlich viel Geld hat.

Zu Rau: Er ist der Vater einer der Töchter seiner Geliebten! Sie sind schon seit vier Jahren ein Paar. Die SPD ist geschockt, die CDU tut so.

Miss Schweiz zusammen mit Miss Italien in einem Pornofilm. Die Krönchen müssen zurückgegeben werden.

29.8.1982 ....
Hegels Freund ist ein tamilischer Asylant! Das habe ich soeben erfahren. Hegel hat ihn am 1. August kennengelernt.

Ich weiss nicht, was ich mit einer solchen Neuigkeit anfangen soll. Kati und Bernie tun, als sei dies das Normalste der Welt. Bin ich neben der Welt? Ich bin doch nicht der Einzige, der solche Liebesverhältnisse nicht einfach normal findet. Ich bin gespannt auf die Reaktion von Jerzy und seiner Bea.

Und sonst? Seit Gorbatschow gesagt hat, dass er an der Polenpolitik von Breschnew festhalten will, hat sich die Hoffnung augenblicklich verflüchtigt. Medien und Politik sind enttäuscht, erwarten in der nächsten Zeit keine positiven Veränderungen – für sie! Man sieht ja meistens nur eine Seite. Vielleicht bringt Gorbatschow die UdSSR voran, in Afghanistan sind ja die Verhältnisse immer klarer, noch zwei, drei Jahre, dann gehört Afghanistan genauso zum Ostblock wie heute die DDR. Und vielleicht gibt es dort bald ein funktionierendes Bildungs- und Gesundheitssystem und die Frauen haben Rechte wie ihre Männer. Hat da jemand was dagegen?

Nächste Woche reist Gorbatschow nach Pakistan.

Doch eigentlich lässt mich die Sache mit Hegel und seinem Asylanten nicht los.

2.9.1982 ....
Hegel trifft sich mit seinem »Arul« im Asylantenheim, wo er zusammen mit seinem Bruder wohnt. Hegel gibt sich dort als Angestellter eines Hilfswerkes aus. Kati sagte, ich solle über die Sache nicht sprechen, Hegel möchte das nicht. Nun gut. Aber schreiben!

Und sonst? Mao-Witwe wird trotz Protesten hingerichtet, Strauss noch immer unter Druck wegen der Diss, Bürgerliche halten an eigener Kandidatur für Bundesrat fest, Bremi oder Kündig wahrscheinlich, Rosberg schwer verletzt, Brandanschlag auf EMD-Büro in Bern, CH-Velofahrer gewinnen Silber, Rau still und schweigend beerdigt.

Traum: Mona und ich gehen durch einen dichten Wald, es ist sehr feucht, in der Ferne ist ein hellrotes Licht zu sehen, dem wir uns nähern. Auf einmal schreit Mona laut auf und ist dann verschwunden.

Der »Brandanschlag« auf ein Büro des EMD in Bern war in Tat und Wahrheit ein Versuch, ein Gebäude in Brand zu setzen. Die Aktion war allerdings so dilettantisch durchgeführt, dass lediglich ein kleiner Sachschaden bei einer Briefkastenanlage entstand. Die Berner Behörden verhafteten drei Mitglieder einer antimilitaristischen Gruppe, ein konkreter Tatverdacht hat sich aber nicht ergeben.

5.9.1982 ....

Hegels Geburtstag sehr zurückhaltend gefeiert. Bernie und Kati kochten Züri-Geschnetzeltes, um 20 Uhr ist Hegel gegangen! Bea war auch da, Cello und Jörg kamen erst, als Hegel schon gegangen war, ausserdem tauchten vorher noch zwei, drei Studis auf, die ich nicht kenne. Ploetz hingegen fehlte, auch Nina, wer weiss warum?

Von Sandra nichts mehr gehört. Ist sie nach Italien gegangen? Oder hat sie eine neue Stelle?

Jerzy gut in Stettin angekommen.

6.9.1982 ....

Hegel ist erst am Morgen nach Hause gekommen!

8.9.1982 ....

Sandras Vater ist gestorben!

Sie ist mit ihm nach Italien gegangen, weil er in seiner Heimat sterben wollte. Sein Dorf hat er allerdings nicht mehr gesehen, denn er wurde vom Flughafen direkt ins Spital transportiert, wo er am nächsten Tag starb. Er war in der Heimat und doch nicht, sagte Sandra. Hätte genauso gut hier im Spital sterben können. Sandra geht für eine Woche in den Jura, ich könne sie dort besuchen, sagte sie. Das werde ich nicht tun, wer weiss, was dort passiert.

UdSSR und Pakistan planen »enge Union«, Indien »tief besorgt«.

Heute Ploetz-Abend, gehe vorher noch Bier kaufen.

Hegel nun oft weg.

Jerzy hat Medis verteilt, musste auf dem Polizeiposten Auskunft über Aktion geben.

Nachtrag: Zauberformel gesprengt!! Bremi Bundesrat.

9.9.1982 . . . .

Gestern Polit-Abend: Hegel, Hans-Joachim, Bea, Kati, Nina und ich, Jerzy auf dem Heimweg.

Der Dicke auf der Warteliste, ich glaube, Hegel will ihn nicht.

Unser Text wurde inzwischen in Deutschland veröffentlicht, in der Schweiz ist es schwieriger, die Redaktion von »MorgenRot« findet ihn zu lang und zu theoretisch. Hegel empört, Hans-Joachim schlägt eine »Schweizer Fassung« vor: Ich und Kati werden die CH-Fassung erstellen.

Besetzung der Polnischen Botschaft in Bern und Bundesratwahl waren grosses Thema, Hans-J. findet die Aktion in der Botschaft vorbildlich, perfekt geplant, wir sollten in diese Richtung denken, meinte er, strategisch-logistisch, nicht politisch, ergänzte er und Hegel schmunzelte.

Bremi als Bundesrat ist eine Katastrophe, die Linke ausgehebelt, SP will nun Regierung verlassen. Das sind aufregende Zeiten!

10.9.1982 . . . .

In Bern überstürzen sich die Ereignisse. Geiselbefreiung gescheitert, zwei tote Polizisten, zwei tote Geiseln und drei tote Geiselnehmer! Die Welt ist entsetzt! Die CH hat sich blamiert. Die polnische Regierung protestiert, auch die Solidarnosc hat sich kritisch aus London gemeldet, Wyer fordert Verstärkung der Armee, Antiterror-Einheit etc.

Es ist Freitagabend, ich blieb heute zu Hause, hatte keine Lust auf Ausgang. Bernie und Kati sind unterwegs, Hegel auch. Seinen »Freund« habe ich noch nie gesehen, wahrscheinlich werde ich ihn auch nie sehen, Hegel wird sich hüten, ihn hierherzuschleppen. Nun wird mir rückblickend einiges klar. Nun verstehe ich gewisse Verhaltensweisen Hegels besser, gewisse Aussagen mir gegenüber, erst recht wenn ich an die Geschichte mit Loki denke. War alles nur Schein, ein Alibi?

In der Türki ist übrigens kein Zimmer frei, Christies Schwester musste plötzlich aus ihrer Wohnung und ist nun dort. Also, ich bin wieder auf Feld 1.

12.9.1982 ....

Furgler zurückgetreten! Das Geiseldrama von Bern hat ihm den Kopf gekostet. Im Bundesrat geht es drunter und drüber, keine Woche ohne Änderung, so was hat es hier überhaupt noch nicht gegeben. Die Neuwahlen sind wahrscheinlich im Dezember. Die SP hat bereits ihr Interesse angemeldet, doch sie haben keine Chance, die SP ist weg vom Fenster.

Heute den ganzen Tag Regen. Ich im Zimmer, ein bisschen Frischtagebuch, ein bisschen Uni-Lektüre, ein bisschen Eigentagebuch. Seit Hegel einen »Freund« hat, ist er abends oft weg und wir haben weniger miteinander zu tun. Ich glaube, Hegel wollte gestern zu diesem Thema was sagen, er stockte aber und schwieg. Sein Gesicht erscheint mir in letzter Zeit weniger verdunkelt, die Schatten sind verflogen, seine Haltung ein bisschen aufrechter. Immerhin scheint ihm die »Beziehung« gutzutun. Bernie hat mit der Ausbildung begonnen, ist oft weg, manchmal sind wir zusammen in der Küche, kochen und schwatzen. Sie ist ganz nett, aber völlig unpolitisch, ich kann mir gar nicht vorstellen, wie Kati damit umgeht. Ansonsten fühle ich mich recht einsam. Magda freut sich auf jedes »Geschpröch« mit mir, leider ist es nicht das, was ich von ihr will, die schöne Nina hat einen reichen Knacker-Ficker gefunden und von Kati wollen wir gar nicht reden! Vielleicht sollte ich doch mal mit Jolanda ausgehen, sie macht hin und wieder Bemerkungen in dieser Richtung.

Mutter will Haus tatsächlich an Chemie-Boss verkaufen! Wenn das Hegel und Kati wüssten! Cousin Rolf scheint in dieser Sache sehr umtriebig zu sein.

Hegel kommt.

16.9.1982 ....

Gorbatschow in Polen, Reagan in Bonn, Wyer in Paris, ich in der Innerschweiz. Meine Mutter sehr glücklich, dass es nun endlich geklappt hat mit dem Haus, den Preis wollte sie mir nicht verraten. Offensichtlich aber ausreichend, um in Meggen ein Haus am See zu kaufen, wo sie im Februar einziehen will. Mein Anteil kein Thema mehr?!

Beat hat mich nach Thun zu seinem Geburtstagsfest eingeladen. Wahrscheinlich gehe ich hin.

Jerzy bei Cousin Rolf in der Ciba Geigy!

Bremi Aussenminister.

Mit Samuel im Kino, anschliessend gutes Gespräch. Seine Eltern haben sich nach 20 Jahren getrennt, sein Vater ist Metzger und hatte mit einer Angestellten ein Verhältnis, seither hat Sämi mit dem Vater nichts mehr zu tun, die Wohnung in Flims gehört zum Glück seiner Mutter.

Gehe vielleicht doch nach Flims.

»Es ist leicht, etwas Wahres zu sagen, das im Raum des Unbedingten hängt, es ist schwierig, fast unmöglich, dieses Wahre anzuwenden.« (Frisch)

Das ist gut gesagt!

19.9.1982 ....

Krimi geschaut mit Bernie, Kati ist irgendwo, Hegel bei seinem Tamilen. Ich weiss überhaupt nicht, ob ich hierbleiben soll oder nicht. Seit dem »Vorfall« mit Hegel war ich sicher, dass ich ausziehe, nun bin ich nicht mehr so sicher. Hegel lässt mich in Ruhe, Kati war noch nie so freundlich und mit Bernie verstehe ich mich gut. Was soll ich also tun? Frische WG-Luft würde mir guttun, hier hat sich der Alltag ausgebreitet, andererseits fühle ich mich in der Hegnauer ziemlich heimisch und ich glaube, die anderen akzeptieren mich inzwischen. Auch heute Abend war es gemütlich und entspannt. Bernie ist nicht ganz so unpolitisch, wie ich dachte, sie war in Winterthur in einer Punk-Band, die sehr politische Lieder gesungen hat, als dann der eine Sänger wegen Alk in eine Klinik musste, hat sich die Band aufgelöst. Nun versucht sie über die Kunst die Gesellschaft zu verändern, was ja nicht die schlechteste Idee ist.

In Deutschland Spaltung der FDP, Schmidt unsicher.

Höre Hegels Schritte.

22.9.1982 ....

Massaker in Beirut, Agatha Niggli-Glanzmann 100-jährig, Schmidt bleibt wahrscheinlich Kanzler, Überschwemmungen in Österreich, Jerzy und Bea haben Krise. Sie hat sich hier ausgeheult, Hegel und ich hörten zu, wie sie hysterisch und völlig zusammenhanglos von irgendeinem

»Ereignis« sprach, sich beständig über die Haare fuhr, an ihrer Jacke herumnestelte, die Sätze wirr und unfertig aneinanderreihte und sich immer wieder die Tränen abwischte, »weischwiniemein«. Wir nickten, wussten aber nichts. Hegel schenkte fleissig nach, was ihre Vibrationen noch steigerte, gegen Mitternacht sagte sie auf einmal »sorry sorry ha ja nur welle weischwienimein sorry gäll weisch«. Dann entfernte sie sich langsam von der Küche. Hegel sagte: »Diese Frau ist ein Fragment.«

Ungewöhnlich kalt für die Jahreszeit, in den Bergen der erste Schnee.

In Polen nichts Neues, die Sowjets fest installiert, Gorbatschow entwirft Pakt mit Pakistan, Indien rüstet auf.

26.9.1982 ....

Sonntagabend, bei Bernie läuft wie fast immer lauter Punk, Kati hat eine Freundin zum Znacht eingeladen, die beiden haben es lustig, man hört Gelächter aus der Küche. Und durch den Gang zieht feiner Essensgeruch in mein Zimmer. Mir geht es nicht so gut, ich bin immer noch unentschlossen, wo ich in Zukunft wohnen soll, hier oder eben anderswo. Es gibt ja eigentlich mehr Gründe, die fürs Hierbleiben sprechen, trotzdem fühle ich mich nicht mehr wohl.

Gestern abgestürzt, Nina, der Dicke, Samuel und ich waren unterwegs. Zum ersten Mal seit langem trank ich wieder einmal Kaffee Schnaps.

Es ist sehr kalt geworden und es sieht aus, als ob es noch kälter wird. Samuel erzählte vom Schnee in Flims und dass bereits erste Strassen gesperrt seien. Mitte Oktober könnten wir nach Flims gehen, die Wohnung sei dann frei. Samuel ist ein guter Typ, weiss sehr viel über Literatur und Theater. Er hat mir ein Buch mit Stücken von Beckett (?) gegeben. Vielleicht kann mir Frau Gehring was darüber erzählen.

27.9.1982 ....

Frau von Ploetz hat Selbstmordversuch gemacht! Hegel bei Hans-Joachim. Kati sehr aufgewühlt, Bernie schaut ein bisschen verwundert.

28.9.1982 ....
Hegel hat offenbar bei Hans-Joachim übernachtet!! Frau Ploetz hätte sich die Adern aufgeschnitten und sei von ihrer Schwester gefunden worden, liege noch immer auf der Intensivstation.

Schnee auf dem Gempen!

Mit Bernie TV geschaut, sie ist dann sehr vergnügt, kichert und gibt Kommentare. Wir haben es gut miteinander.

29.9.1982 ....
Hans-Joachim will von seiner Frau trotz Selbstmordversuch nichts mehr wissen. Hegel findet diese Art von »Rückgewinnung« zynisch und sinnlos. Hans-Joachim lasse sich in der politschen Arbeit auch nicht durch eine solche »Aktion« stören, denn letztlich, so vermutet Hegel, ziele Frau Ploetz auf die politischen Aktivitäten ihres Mannes.

30.9.1982 ....
Hegel hat Knutschfleck am Hals!

Aeroflot in Luxemburg abgestürzt.

Ich fiebrig, Hals- und Kopfweh.

3.10.1982 ....
Gestern ausserordentliches Treffen der Ex-Schaff-Gruppe. Hans-Joachim gab zuerst Erklärung ab zu seiner Exfrau und ihrer »erpresserisch-reaktionären Aktion«. Man solle sich von bewusst inszenierten Gefühlsangriffen nicht täuschen lassen, solches gebe es im Kleinen und im Gesamtgesellschaftlichen, die Rechten würden bewusst auf die Gefühle der Menschen abzielen, um damit ihre politischen Interessen durchzusetzen, weil die Gefühle sozusagen das »Einfallstor für das Irrationale« seien, sagte Hans-Joachim, womit er gewiss recht hat. Manchmal frage ich mich, warum ein so gebildeter Mann und Prof gerade uns ausgewählt hat für seine Diskussionen. Ist er so einsam? Hat er keine Freunde in der Professorenschaft? Nun, es ist sehr interessant in dieser Runde zu reden und ich bin schon ein wenig stolz, dass ich dazugehöre.

Gemäss Jerzys Onkel hat sich die Lage in Polen weiter verschlechtert. Die Solidarnosc wurde aufgelöst, Demonstranten erschossen, Walesa weiterhin in Haft. Auch in der Tschechoslowakei seien bereits russische Soldaten gesehen worden, die Lage dort auch unruhig.

Schmidt bleibt Kanzler. Die FDP konnte nicht genug Stimmen aufbringen, Kohl sei ausser sich, hörte ich im Radio, er hätte sich bereits als Kanzler gesehen. Schmidt verspricht härtere Gangart gegenüber dem Osten und »prüft vorgezogene Neuwahlen«.

Ansonsten die Kälte grosses Thema. »Russische Kälte in der Schweiz«, schreibt der »Blick«. Ausserdem: Migros macht 5.8 Milliarden Umsatz, Lolita Morena Miss Schweiz, Bild im Louvre zerstört, Hans-Ueli von Gunten neuer Präsident der Berner Schwinger, ich immer noch fiebrig. Heute habe ich das Haus nicht einmal verlassen, Kati brachte mir Ricola ins Zimmer! Und damit eine Ahnung von vollkommener Sinnlichkeit.

10.10.1982 ....

Eine ganze Woche vergangen.

Putsch in Spanien, grosse Aufregung auf der ganzen Welt, Kati spricht vom Geist Francos, auch Hegel ist beunruhigt, Jerzy vergleicht die Lage mit Polen, was Hegel nicht gefällt, auf jeden Fall ist der Faschismus zurück in Europa. Die NZZ spricht von »Uebergangszeit«! Hans-Joachim sieht nun auch Italien und Griechenland bedroht. Es ist klar, die Lage ist ernst. Selbstverständlich relativieren die Bürgerlichen die Situation, Wyer spricht von »Instandsetzung einer autoritären Führung im Interesse des Landes unter Beachtung internationaler Regeln«, Reagan will die Situation beobachten. In Portugal werden Truppen an die Grenze versetzt.

All das ist schlimm. Kommt ein neuer Faschismus in ganz Europa? Schlimmer noch als 1933?

Mit Frau Gehring lange über Theater gesprochen, ich habe ihr von Beckett erzählt, worauf sie ganz begeistert ausrief: »Beckett, Brecht, Bernhard«. Ich wusste nicht recht, was ich darauf sagen sollte, Frau Gehring bat mich sogleich in ihre Wohnung und offerierte den Weisswein, der seit Wochen für mich kühl stehe, wie sie sagte, Beckett, Brecht, Bernhard seien überhaupt die grossen drei des Welttheaters, niemand reiche auch nur annähernd an diese grossen drei heran, ja es sei eine

Frechheit und Dummheit, wenn gewisse Ignoranten immer wieder die Klassiker Goethe, Schiller, Lessing als die Unübertrefflichen bezeichnen, weil diese sogenannten Klassiker heute nichts anderes seien als Unklassiker, die für die heutige Welt so wichtig seien wie ein Pinguin von 1920 (?), was selbst gewisse Theaterkritiker immer wieder ins Feld führen, dass eben die Klassiker des Theaters Goethe, Schiller und Lessing seien, was natürlich von absoluter Unkenntnis und vor allem Blindheit zeuge, weil die heutige Welt und heutige Politik nichts mit dieser Plüsch-Gemütlichkeit von 1800 zu tun habe, wohingegen Beckett, Brecht, Bernhard gewissermassen die Gesamtheit der heutigen Welt auf den Punkt bringen, was naturgemäss das Bürgertum erschrecke, weil das Bürgertum keinen Spiegel will, sondern ein Fauteuil, worin es sich gemütlich niederlässt mit seinem fetten Hintern und geifernden Mäulern und glupschenden Augen und begeistert dem Goethe, dem Schiller und dem Lessing entgegenapplaudiere, weil diese drei Zipfelmützen nichts anderes seien als luxuriöse Schlaftabletten, um die wahren und aktuellen Begebenheiten auch sicher zu verpassen, derweil das Theater sich auf diesen Schleichweg zur Unwahrheit begebe, indem es immer und immer wieder diesen Goethe, diesen Schiller und diesen Lessing auf die Bühne bringe, was Geld bringe, aber weder Nutzen noch Erkenntnis noch Vergnügen, sagte Frau Gehring und holte bereits die zweite Flasche Weisswein hervor, obwohl ich heftig den Kopf schüttelte und betonte, dass ich am nächsten Tag an einer Seminararbeit schreiben müsse, was sie offenbar gar nicht zur Kenntnis nahm, sondern weitersprach vom Theater und vom Stück Josef K., das sie souffliere und das »wegen Jung« gut sei und »nur wegen Jung«, denn die anderen seien allesamt unfähige Idioten, die besser auf der Volksbühne in Gelterkinden auftreten würden, aber neben Jung nichts zu suchen hätten, was zwar der Regisseur sehr wohl bemerkt hätte, mangels fähiger Schauspieler aber keine andere Wahl hätte, als unfähige Trottel und Idioten und Kasperli auf die Bühne zu bringen, was allerdings, sagte Frau Gehring, weder Publikum noch Kritikern aufgefallen wäre, weil diese durch die Goethes und Schillers und Lessings ja beinahe blind geworden seien, denn ständig Goethe und Schiller und Lessing mache blind und dumm und unfähig, überhaupt die Welt noch klar zu sehen, weshalb heute vor allem diese sogenannten Klassiker gespielt würden, sagte Frau Gehring. Ich versuche so gut es mir möglich ist, hier festzuhalten, was Frau Gehring sagte, selbstverständlich ist dies nicht möglich, denn Frau Gehring sprach während zwei Flaschen Weisswein fast ununterbrochen.

Bernie hatte noch nie Besuch. Und trotzdem wirkt sie überhaupt nicht einsam.

Die Kälte bringt die Geräusche ins Stocken. Meine Finger schmerzen sehr.

11.10.1982 ....

Heute heftige Diskussion mit Jerzy und Hegel über die Heiligsprechung von Kolbe. Jerzy sieht ihn als Widerstandskämpfer, Hegel als »bigotter Trottel im Dienste des Kapitalismus«. Ich schloss mich Hegel an. Die Religion muss doch dringend ausgerottet werden. Und wenn Kolbe heiliggesprochen wird, ist das nichts als ein eilfertiger Dienst am Kapitalismus.

Versuchte heute zu schreiben, doch es ging nicht, die Grippe lähmt mich. Bin nicht sicher, ob ich nächstes Wochenende nach Flims gehen kann. Samuel fragte heute auf dem Beantworter nach.

Im Copy gibt es viel zu tun. Morgen arbeite ich den ganzen Tag, Jolanda hat meinen Stundenlohn erhöht, das ist gut, denn ich will tatsächlich eine Anlage kaufen, brauche ca. 500, meine Mutter will ich nicht anpumpen.

Möchte auch Schreibmaschine, mit der man ohne Fingerschmerzen schreiben kann. Also brauche ich mehr als Fr. 500.

Bildzerstörer vom Louvre in Belgien verhaftet, er hatte politische Motive, wollte »weltweiten Kunstverstand« zerstören. Musste an Frau Gehring denken und an ihre drei (Un)Heiligen.

14.10.1982 ....

Neue spanische Regierung schickt Vertreter in den Vatikan, das passt ja prächtig zu Kolbe, man spricht heilig, während man gleichzeitig die Faschisten unterstützt, wahrscheinlich hofft der Vatikan auf eine Auferstehung Francos, dieses verdammte Saupack! Man sollte den Papst zusammen mit den spanischen Militärs zum Teufel schicken! Diese widerliche

Verbrüderung von Faschismus und Katholizismus ist wirklich zum Kotzen, was wird denn da noch auf uns zukommen?!

Beuys betrachtet die Zerstörung des Bildes in Paris als künstlerischen Akt, empfiehlt den »Täter« der Académie française, Strauss empfiehlt Beuys der Psychiatrie.

Jerzy und Bea noch immer in der grossen Krise, offensichtlich war was gewesen mit einer Polin in Stettin, sagte Kati. Auf jeden Fall sind die Medis verteilt, Cousin Rolf war hier und hat rapportiert. Er könnte sich vorstellen, die Aktion auszudehnen, hat ein »Gschpröch« mit dem Chef.

Schlagzeilen: Kälte, Spanien, Polen und Elchplage in Schweden.

Flims verschoben.

16.10.1982 ....

Die Kälte zieht durch die Ritzen, nistet sich in den Räumen ein. Man kann sie kaum noch bekämpfen. Ein Idiot in Grossbasel hat Gasherd als Heizofen eingesetzt: Wohnung ausgebrannt.

Tippe mit Handschuhen:

> Bundeskanzler Schmidt hat sich einmal mehr durchgesetzt und es darf bezweifelt werden, dass sein *Wille zur Macht* in nächster Zeit erlahmen wird. Vielmehr dürfte das gescheiterte Experiment eines Koalitionswechsels, dessen Tragweite *noch nicht absehbar* ist, den ungebremsten Dominierungsanspruch, den die Sozialdemokraten gegenüber dem freidemokratischen Koalitionspartner erheben, zusätzlich verstärken. Einblicke in die Denkweise, die den Koalitionspartner zum *Anhängsel* der eigenen Partei macht und dessen Repräsentanten zynisch nach den Massstäben des eigenen Interesses bewertet, hat die Publikation eines Tagebuchs aus dem inneren Kreis der Mitarbeiter Helmut Schmidts unlängst gegeben.
>
> So sehr sich bei der SPD die Reihen schliessen und einige ihrer Protagonisten mit unverhohlener Häme

über den politischen Verlierer Kohl und seinen Kreis sprechen, so sehr ist unklar, welchen Kurs das Schiff Westdeutschland in den nächsten Jahren ansteuert. Es dürfte eine Frage der Zeit sein, bis die Freidemokraten die Kommandobrücke verlassen und, sofern nicht grössere Ereignisse die allgemeine Tendenz noch zu beeinflussen vermögen, die Grünen eine ernsthafte Option für die Bonner Regierung sind. Denn nicht nur das freidemokratische Fiasko des verpassten Koalitionswechsels, sondern auch der Rücktritt des unglücklichen Navigateurs Hans-Dietrich Genscher lassen für die FDP unsichere, ja *gefährliche Zeiten* erahnen. Es ist letztlich nicht zu verstehen, wie eine Partei mit einer jahrzehntelangen Kompetenz in Strategie und Planung sich so leichtfertig und geradezu verblüffend gedankenlos selbst ins Abseits gestellt hat. Es ist deshalb von weitreichender Bedeutung, wer künftig das schlingernde Schiff FDP über die sich abzeichnenden Untiefen steuert und in welcher Weise das Verhältnis zur Union neu definiert wird.
Die Position der Christlichdemokraten hinsichtlich der weiteren Zusammenarbeit mit der nun führungslosen FDP ist auch nicht ganz widerspruchsfrei. Seit das bayerische Urgestein Franz-Josef Strauss nicht mehr aus dem Sumpf der sogenannten »Promotionsaffäre« herausfindet, sind selbst in München Stimmen laut geworden, welche die bislang unangefochtene Führungsrolle Strauss' *in Frage stellen*. Solange Strauss und damit die gesamte CSU mit der Klärung der unseligen Affäre, die in anderen Staaten längst *ad acta* gelegt worden wäre, beschäftigt ist, bleibt die Union in fiebriger Bewegung. Die Lösung des Problems liegt in diesem Fall allein in München.

17.10.1982 ....

Bereits treffen erste spanische Flüchtlinge hier ein, Linke und Gewerkschafter, aber auch Künstler. Carlos Saura soll nach Frankreich gegangen sein. Hegel und Kati sehen sich schon als Spanienkämpfer.

Bea hat sich mit Bernie angefreundet, deshalb ist sie oft hier und klagt über Jerzy, der wieder viel mit Hegel zusammen ist. Hin und wieder kommt es in der Küche zum grossen therapeutischen Gespräch. Bernie scheint tatsächlich therapeutisches Talent zu besitzen, sie müsste in diese Richtung was machen, da verdient sie wenigstens was.

Magda will mit mir Kaffee trinken.
Jolanda will mit mir »uf d'Gass«.
Bernie will mit mir TV schauen.
Sandra will mir neue Gedichte zeigen.
Doch die meisten wollen nichts von mir.

21.10.1982 ....

Traum: Ich fliege in ein grosses Land (China? USA?) und beim Zoll stelle ich fest, dass ich sämtliche Ausweispapiere verloren habe. Ich kann nicht ins Land einreisen, aber auch nicht zurückfliegen, also bleibe ich in der Halle und suche meine Ausweise, obwohl ich sicher bin, dass ich sie nicht in der Halle verloren habe, doch ich suche und suche, bis drei Polizisten mich aufgreifen und in einer mir unverständlichen Sprache auf mich einreden, mich schliesslich am Arm packen und mitnehmen. Dann erwache ich zum Glück.

22.10.1982 ....

Márquez Nobelpreis. Hegel hätte Cardenal gekürt, ich Frisch. Beide sind wohl zu links für unsere Zeit. In Spanien sind bereits erste Zeitungen verboten worden, der Ostblock hat die Botschafter abgezogen, Reagan spricht von »einem leichten Pendelschlag«, Mitterrand bietet den Verfolgten Schutz an, die CH schweigt wie üblich.

In Andermatt ist bereits jemand an der Kälte gestorben, das Heizöl wird teurer, die Mieten steigen, es wird immer kälter, Hegel meinte, die Kälte sei der »symbolische Ausdruck der politischen Verhältnisse«.

Ich bin immer noch nicht gesund. Die Halsschmerzen sind zwar verschwunden, dafür plagt mich ein ständiger Husten, ich kann kaum noch lesen und schreiben. Immerhin ist Kati ein wenig besorgt, brachte mir gestern wieder Ricola! Ich habe sie übrigens im Bad überrascht, ich bringe das Bild nicht aus meinem Kopf, es ist so wunderbar! Kati nackt und nass. Morgen überarbeiten wir beide den Text.

24.10.1982 ....

Gestern Abend grosse Versöhnung zwischen Jerzy und seiner Bea. Beide haben geweint! Bernie sass stolz am Tisch, breitete imaginäre Flügel aus und hat sich auch eine Träne weggewischt. Als Hegel dazukam, betrachtete er die Szene, rieb seine Augen und verschwand.

Cousin Rolf hat mir den Text für die Firmenzeitung gebracht. Ein fürchterlicher Text! Ich weiss nicht, was ich damit tun soll, offensichtlich versteht er nicht, dass ich seine antikommunistische Haltung nicht teile, ja, dass ich auf der anderen Seite stehe, der Text ist total schwachsinnig, ich werde daran nichts ändern, soll er sich damit blamieren.

Mit Samuel im neuen Woody Allen, hat mir gut gefallen.

In der Wohnungsfrage keine Entwicklung. Ich werde wohl bis Ende Jahr hier bleiben, dann schaue ich weiter.

Bernie will mich als »Modell«, ich soll nackt dastehen und die Klasse übt Aktzeichnen. Ich weiss nicht, was sie sich denkt, aber das kann sie wirklich vergessen. Und dies für lächerliche 20 Franken pro Stunde.

25.10.1982 ....

Mit Kati den Text überarbeitet, war eine harte Arbeit. Fast jedes Wort haben wir geprüft, jeden Satz diskutiert, ich hätte mir vorstellen können, den Text noch weiter zu vereinfachen, doch Kati wollte keine inhaltlichen Kompromisse machen, also haben wir letztlich nichts anderes gemacht als Fremdwörter ersetzt und lange Sätze gekürzt, helvetisiert eben. Ich bin gespannt, ob »MorgenRot« den Text nimmt. In Deutschland wurde der Text veröffentlicht, Reaktionen haben wir bis jetzt keine vernommen, Hans-J. meint, solche Texte brauchen Zeit.

Botteron schiesst Tor für Nürnberg.

Bernie kann meine Absage »nicht nachvollziehen«.

28.10.1982 ....

Die Kälte wird allmählich zum grossen Problem, nun fallen bereits Züge aus, in Olten sind zwei Personen in der Wohnung verbrannt, weil sie falsch geheizt haben. Man spricht bereits von einer Jahrhundertkälte. Hier geht es einigermassen, in der Küche lassen wir den Gasherd brennen, im Bad hat Bernie einen Elektroofen hingestellt, im Schlafzimmer ist die Kälte nicht so wichtig, ich schlafe im Pullover, schreibe mit Schal, lese im Bett, und mein Ours friert nicht, er hat ein dickes Fell.

Magda will neuerdings Psychologie studieren. Sie hat sich in letzter Zeit stark verändert, früher trank sie literweise Bier, jetzt Tee, Kaffee und Passaia, von Sex spricht sie nicht mal, das Malen hat sie aufgegeben, will »unter die Oberfläche« gehen, »in die Menschen hineinsehen«. So erübrigt sich die Frage nach einem Lover.

Immerhin ist meine Grippe verschwunden, dafür liegt Bernie krank im Bett. Sie hat ziemlich hohes Fieber. Dafür ist Ruhe – no punk more peace.

31.10.1982 ....

Der letzte Oktobertag im Jahr 1982. Es ist Sonntagabend, aus Bernies Zimmer kein Laut, Hegel ausgeflogen, Kati mit Jacqueline in der Küche. Die Kälte nimmt der Stadt die Geräusche. Die Menschen sind drin, der Innenhof still und kahl, wenige Autos unterwegs, ein Obdachloser schlägt eine Scheibe ein, damit er ins Gefängnis kommt, in München Demo für verbilligtes Heizmaterial, Bundesrat Honegger verspricht Hilfe für leidende Bergbauern, die Armee übt den Winterkampf.

Meine Mutter will Probewohnen im Haus in Meggen.

Bernie hat es schlimm erwischt, heute brachte ich sie zum Arzt, kaum waren wir auf der Strasse, begann sie fürchterlich zu schlottern, obwohl sie dick eingepackt war, ev. Lungenentzündung.

Wegen der Kälte haben wir etwas weniger zu tun im Geschäft, trotzdem komme ich mit meinem Geldsparplan gut vorwärts, Jolanda ist hoch erfreut, gehe nächste Woche mit ihr in den Ausgang.

1.11.1982 ....

Allerheiligen. In der Innerschweiz hat dieser Tag noch eine Bedeutung, hier zum Glück nicht. Es sowieso besser, wenn die Religion immer mehr verschwindet, was sie anrichten kann, sieht man jetzt in Spanien, die Faschos und die Kirche spannen hemmungslos zusammen, Gott und General passen eben bestens zusammen. General Armada spricht von einem »Dienst an der Krone«, der König sagt nichts, einige vermuten, er sei längstens erschossen worden, man hat ihn seit Tagen nicht mehr gesehen. Jerzys Onkel hat heute angerufen und gesagt, der Putsch in Spanien schade der Bewegung in Polen, überhaupt hätte der Westen die Sache so akzeptiert, von einigen Ausnahmen abgesehen, damit meinte er – Cousin Rolf! Offensichtlich hat die Aktion Eindruck gemacht.

Nächsten Freitag bin ich in Thun, Beat wird 30!

Hegel brachte Pullover und Decken ins Asylantenheim.

14 Pferde im Jura erfroren.

Jessica Lange von Auto überfahren.

Hedi Lang will Zürcher Regierungsrätin werden.

4.11.1982 ....

Nun ist auch Kati krank, höre sie husten, werde ihr ein Ricola bringen.

Bernie hat keine Lungenentzündung, aber hohes Fieber und Schüttelfrost, Diagnose unklar. Gestern waren ihre Eltern hier, ein sehr dicker Mann und eine sehr dünne Frau, er im Anzug, Krawatte, Mantel, das sieht man selten hier, wahrscheinlich waren sie noch nie in einer WG, sie machten ein Gesicht, als liege ihre Tochter im Sterben. Eine halbe Stunde hörte man Murmeln aus ihrem Zimmer, dann schlichen sie wieder ab, die Bonzen.

In Flims liege viel Schnee, sagte Samuel, die Strasse nach???, wo die Wohnung ist, sei sogar gesperrt gewesen, jetzt aber wieder frei. Samuel geht bald nach Flims, schreibt dort eine Seminararbeit, ich könnte mitkommen.

Weiterhin sehr kalt, »Killerkälte« schreibt der »Blick«, die »NZZ« analysiert, inwiefern Wetter und Klima zusammenhängen, und bringt die These einer neuen Eiszeit ins Spiel, in Österreich sollen Vögel tot vom Himmel gefallen sein, in Bayern verteilt Strauss gratis Streusalz an die

Gemeinden. Wieso erfriert ER nicht? Und wieso die spanischen Generäle nicht?

Von Jolanda gibt es nichts zu berichten, der Abend war harmlos, sie erzählte vom Geschäft und ihrem Exmann. Von mir wollte sie nichts wissen, was mich irgendwie überraschte.

7.11.1982 ....

Aus Thun zurück. Was für ein Fest! Es waren ca. 25 Leute, alle um die 30 oder sogar älter, wir waren in einer Hütte am See, zum Glück funktionierte die Heizung, denn draussen war es bitterkalt, was ich bemerkte, als ich mit ?? herumknutschte wie ein Teenager. Sie ist eine Lehrerkollegin von Beat, wir tanzten zu Quo und A/C und solchem Zeug wie wild, kamen uns näher. Ihr Freund war auch am Fest, ich glaube, er hat nichts gemerkt, allerdings meine Schwester, sie sprach am nächsten Morgen kein Wort mit mir. Ich werde diese Unbekannte wohl nie mehr sehen, was mich nicht sehr betrübt, trotzdem war es ein schönes Erlebnis. Beat sagte zu alldem nichts, ich bin gespannt, ob sie ihm davon erzählt, immerhin sehen sich die beiden morgen in der Schule. Muss ich ein schlechtes Gewissen haben?

Kati hustet.

Mit Hegel wieder einmal über die Gewaltfrage gesprochen, er hat nichts gegen politische Gewalt, findet aber die Texte der RAF »letztlich banal«, weil sie der Gewalt ein religiöses Gewicht geben, was nicht nötig ist, findet Hegel. Seine Slip- und T-Shirt-Zeiten sind für eine Weile vorbei, auch er muss mehrere Schichten tragen. Von seinem »Freund« natürlich kein Wort. Er sagte bloss, dass die Kälte wiederum die Armen am meisten trifft, was ja nicht erstaunlich ist. Ist denn jemals ein Reicher erfroren?

Sandra schon lange nicht mehr gesehen.

Vom Bärtigen eine Fotokopie der Speisekarte erhalten.

Von »MorgenRot« nichts gehört.

8.11.1982 ....

Strauss weinte vor der Kamera.

Schnee im ganzen Land.

DDR-Bürger entführt Sowjetflugzeug.

11.11.1982 ....

Ploetz-Gruppe war hier. Ein sehr interessanter Abend, wir sind wieder ein Stück weiter gekommen, allmählich zeichnet sich ein Plan ab. Es wird wirklich konkret, wir können die Situation, wie sie ist, nicht hinnehmen, jemand muss den Anfang machen. 1983 werden wir ein Ziel haben.

Gorbatschow liefert Waffen und Truppen nach Pakistan.

Nato unterstützt den Iran, Mitterrand erwägt Austritt aus Nato.

In Katis Zimmer ein unheimlicher Krankengeruch. Ich brachte Ricola, sie war gerade aufgewacht, lächelte, unter dem Tuch zeichnete sich ihr Körper ab.

Wahrscheinlich bleibe ich noch eine Weile in der Hegnauer.

Semesterarbeit geht nicht voran, Prof. auch krank und an der Uni stinkt es mir.

Schon wieder Tiger abgestürzt, die CH-Armee verliert den Krieg im Frieden.

14.11.1982 ....

Kati noch immer krank, gestern kam Besuch aus Zürich, ein hässlicher Typ mit langen Haaren, er blieb ziemlich lange in ihrem Zimmer.

Bernie in letzter Zeit etwas zurückgezogen, ich wollte mit ihr TV schauen, doch sie wollte nicht. Ich glaube, an ihrer Schule läuft es nicht so, wie sie es sich dachte. Hegel scheint noch immer mit seinem Arum zusammen zu sein, kürzlich brachte er einen Karton in das Asylantenheim und offensichtlich lernt er jetzt auch Englisch, denn Polnisch wird sein »Freund« wohl nicht sprechen.

Mit Beat lange telefoniert. Ich habe »Heidi« geküsst! Sie heisst tatsächlich so und ihr Freund hat nichts gemerkt. Sie hat sich über mich erkundigt, Beat sagte, er hätte nur Gutes erzählt. Sie wolle sich mit ihrem Freund verloben, sei sich aber nicht mehr sicher, denn so ein Vorfall sei doch ein Zeichen, meinte sie, so was mache man doch nicht einfach so, auch nicht, wenn man betrunken ist, offensichtlich gebe es tiefere Gründe für ihr Verhalten. Sie wolle darüber nachdenken, sagte sie, sagte Beat mit ironisch gestimmter Stimme. Also habe ich »Heidi« geküsst in den Schweizer Bergen. Ihr Kuss roch nach Bier und Pfefferminze, ich habe ihn noch in der Nase. Soll er dort noch eine Weile bleiben.

Meine Schwester hat sich sehr über mich geärgert, sie fand mein Verhalten »schamlos« und »idiotisch«, nun, soll sie ihre »schamhafte« Beziehung pflegen und viel Spass dabei haben, Beat findet jedenfalls, sie dürften durchaus mehr »Spass« haben, meine Schwester sei halt ein wenig »zurückhaltend« in solchen Dingen, sagte er nach ein paar Gläsern Wein und im Wein liegt eben doch die Wahrheit, mein liebes Schwesterherzchen.

Vom spanischen König nur eine schriftliche Erklärung vernommen, man rätselt über seinen Aufenthalt bzw. Zustand, viele gehen davon aus, dass die Generäle ihn längst umgebracht haben, aber Angst haben, die Todesnachricht zu verbreiten, weil sie Unruhen befürchten. Der Ostblock zieht alle Botschafter aus Spanien ab, Schweden und Frankreich wahrscheinlich auch, unser Bremi wartet ab.

16.11.1982 ....

Streit um spanische Flüchtlinge, die Bürgerlichen wollen höchstens »ein paar Härtefälle«, die SP, POCH etc. wollen »alle Gefährdeten« aufnehmen, in Zeiten des Faschismus sei Solidarität erst recht gefordert, RML fordert Militäreinsatz der Nato in Spanien, Hegel findet die Idee »idiotisch«, Kati findet sie »interessant«, Bernie will einen Hund. Der Hund ihrer Tante in Chur hat Junge bekommen, ein Deutscher Schäfer. Hegel sagte mir, als ich vor dem WC wartete, der Hund Hitlers komme nicht in diese WG, ich kann mir vorstellen, dass die Angelegenheit noch Wellen schlagen wird, Bernie kann sich nicht vorstellen, dass jemand etwas gegen einen jungen Hund haben wird. Mit Kati hat sie offenbar noch nicht gesprochen.

Überhaupt spreche ich in letzter Zeit oft mit Hegel, wenn er oder ich auf dem WC sitzen und der andere wartet, diese Situation hat etwas seltsam Vertrautes, der Abstand zwischen Nähe und Distanz stimmt genau.

Jolanda ist auf dem Eis ausgeglitten, hat sich das Schlüsselbein gebrochen und fällt einige Zeit aus. Sie hat mich angerufen, fragte, ob ich die »Geschäftsleitung« übernehmen möchte, was ich dankend abgelehnt habe. Trotzdem werde ich wohl nicht darum herumkommen, in nächster Zeit ein bisschen mehr zu arbeiten, was mir auch gar nichts ausmacht.

Die Spitäler sind total überfüllt, täglich fallen Leute hin und brechen sich was oder verbrennen sich beim Versuch, ein wärmendes Feuer zu machen. Gestern brannte ein Haus an der Lothringerstrasse vollständig nieder, das Löschwasser hinterliess eine faszinierende Skulptur.

18.11.1982 ....

Diskussion um spanische Flüchtlinge geht weiter, Bundesrat schlägt Kontingent vor, Demo für Spanien nächsten Samstag in Bern, ev. gehe ich hin, Kati hat mich gefragt.

Bernie sprach mit mir über den Hund, ich meinte, sie solle sich die Sache überlegen, so ein Hund im Stadthaus sei keine gute Idee und man müsse doch dauernd raus mit so einem Tier, was sie kein Problem fand, weil sie ja sowieso dauern rausmüsse.

Skulptur an der Lothringerstrasse bereits grosse Sache, Feuerwehr überlegt sich weitere Kunstwerke, Kati findet es eine grosse Schweinerei, so viel Wasser zu vergeuden, Bernie hat die Skulptur gezeichnet, es sehe aus wie ein Urtier. Es fallen jetzt täglich Züge aus und die Strassen sind blockiert wegen den vielen Unfällen. Nebst der Schweiz sind vor allem Deutschland und Frankreich von der Kälte betroffen, auch in der DDR soll es sehr kalt sein, doch die Regierung gibt keine Fakten bekannt.

»MorgenRot« wird unseren Text nun definitiv drucken, Kati sprach mit dem Typen von der Redaktion. Meine erste Publikation! Wenn auch nicht ganz allein verfasst.

Christian Klar von der RAF in Hamburger Wald verhaftet. Die Sache hat uns hier ziemlich beschäftigt, die Frage, was falschlief? Geht jetzt die ganze RAF hoch? Wie wäre Widerstand zu machen? Ist ja unser Thema, Hans-Joachim ist zuversichtlich, aus den RAF-Fehlern zu lernen.

Die Frau von Hans-J. übrigens in der »Psüchi«!

21.11.1982 ....

Einer der kältesten Tage im Jahr, es ist ca. -15 Grad und der Wetterbericht geht davon aus, dass sich an der Lage nichts ändern wird. Allmählich wird die Lage auch hier ungemütlich, die Heizung steigt immer wieder aus und dann wird es blitzartig kalt, immerhin hat Bernie nun Bedenken, einen Hund in solche Verhältnisse zu holen, Hegel hörte es, schloss für einen Moment die Augen, als hätte ein Geist ihm was eingeflüstert, schlug die Augen wieder auf und sah sehr glücklich aus. Manchmal kommt mir Hegel vor wie ein Eisberg, von dem nur ein Zehntel zu sehen ist.

Grosse Flüchtlingswellen aus Spanien, Portugal und Frankreich fordern internationale Hilfe.

Nachtrag: Sandra war hier und hat lange mit mir gesprochen. Sie ist völlig verzweifelt, weil sie meint, sie hätte überhaupt kein lyrisches Talent, was sie mache, sei blosse Selbstbefriedigung, »onanismo, onanismo« und es wäre das Beste, sie würde niemals mehr dichten und endlich was Richtiges tun, doch sie wisse überhaupt nicht, was sie tun solle, der Tod ihres Vaters hätte sie einerseits sehr geschmerzt, anderseits ihr auch die Augen geöffnet für ihre Selbsttäuschung, ihre Selbstbelügung, und eine »Tortur der Selbsterkenntnis« bewirkt, für die sie keine Worte finde, sosehr sie nach Worten für die »Tortur der Selbsterkenntnis« gesucht habe, sie hätte keine gefunden, was ein sicheres Zeichen sei, dass sie keine Dichterin sei, sondern nur dem »onanismo« verfallen, und wie ich das sehe. Ich war selbstverständlich überfordert, wie ich eigentlich immer überfordert bin, wenn Sandra etwas von mir erwartet, weil sie annimmt, ich sei ihr in allen Dingen überlegen und sie mir dementsprechend in allen Dingen unterlegen, was natürlich nicht stimmt, fühle ich mich doch ihr in allen Dingen unterlegen, was sie seltsamerweise nicht bemerkt und mich unentwegt in schwierigen Lebensfragen als Berater hinzuzieht, obwohl ich insbesondere in schwierigen Lebenslagen überhaupt gar keine Erfahrung habe und ihr schon gar nicht sagen kann, ob sie das »lyrische Geschäft«, wie sie manchmal ihre Leidenschaft ironisch bezeichnet, aufgeben oder gar vertiefen soll und was ihre Gedichte taugen, habe ich doch seit meiner Kanti-Zeit überhaupt gar keine Gedichte mehr gelesen ausser eben jene von Sandra, die mir aber vollkommen verschlossen sind, die ich in keinerlei Art und Weise verstehe, ja nicht einmal ansatzweise, so dass ich ihr nur sagte, ich werde mir die Sache überlegen, was aber schon wieder ein Fehler war, denn dann erwartete sie natürlich eine fundierte Antwort auf ihre Frage, die ich ihr aber auch nach Tagen und Wochen und Monaten nicht geben kann. Ich habe den Eindruck, Sandra ist seit der Krankheit ihres Vaters und vor allem seit seinem Tod reifer geworden ist, irgendwie überlegter und ruhiger und auch schöner.

Im Haus knirscht die Kälte.

Ich wäre gerne so wie Sandra. Der Tod meines Vaters hat mich überhaupt nicht verändert. Er war sinnlos.

Mariasala Lebron Miss World.

22.11.1982 ....

Hegel findet die Verhaftung von Klar kein Unglück, Kati befürchtet das Ende vom wirklichen Widerstand, sie liest seit neuestem Peter Weiss »Widerstand«. Hegel kennt das Buch nicht! Ich komme mit meinem Frisch sehr schlecht voran, meistens habe ich keine Lust zu lesen, viele Dinge sind mir zu anstrengend in letzter Zeit, obwohl sie das gar nicht sind, Sandras Gedichte liegen ungelesen neben meinem Bett, die Semesterliteratur habe ich noch nicht angerührt und stelle fest, studieren geht trotzdem. Man lernt mitreden, ohne die Texte zu kennen, über die gesprochen wird, man lernt zu schwadronieren und zu bluffen. Wer dies beherrscht, kommt weit.

Bernie kauft neue Anlage, ich könnte ihre alte haben, sie will dafür nur Fr. 150, wahrscheinlich gehe ich darauf ein, die Anlage reicht für meine Bedürfnisse und so kann ich ein wenig Geld sparen. Wofür?

Sie spricht von einem »Meerschweinchen«. Ich kann mir Hegels Gesicht vorstellen, wenn er dieses Wort hört.

Nina erzählte, dass unser Text von einer »Gruppe« in Bern diskutiert wird. Wenigstens ein bisschen Wirkung! Ich bin gespannt, wie es weitergeht mit dieser Diskussion.

Ansonsten bin ich lustlos und will niemanden sehen. Einzig hier fühle ich mich wohl, Nina ist oft zu Besuch, plaudert mit Kati, Hegel sehr zurückgezogen, seine Schreibmaschine klappert oft, mit Bernie schaue ich manchmal Krimis, sie erzählt viel von ihrer Schule, wo es offenbar nicht so gut steht, wie man auf den ersten Blick denkt, ansonsten lese ich Zeitung, gehe so lange spazieren, wie es die Kälte zulässt, dann aufgefrischt und rotbackig zurück ins Heim, wo die Frische schnell wieder zerfällt und die Kälte bleibt.

25.11.1982 ....

Die Donnerstage sind müde, langweilige Tage. Fast so, als wären es Sonntage. Die Kälte zwingt einen in die Häuser, in die Zimmer, draussen ist nur, wer unbedingt muss. Nun wird die Armee gegen die Kälte eingesetzt. Was wollen sie tun? Die Kälte erschiessen? Sie einkreisen und dann vernichten? Das ist doch alles nichts als ein grosser, grotesker Witz.

Die SBB überlegen einen »Kältefahrplan«, in München wieder Tote bei Brand, tote Rinder im Berner Oberland.

Manchmal habe ich den Eindruck, die Kälte frisst sich in das Innere.

Ungelesen Sandras Gedichte, ungelesen Frisch, (fast) ungelesen meine Uni-Literatur.

Bernie hat sich mit einem Mann in ihr Zimmer verzogen, man hört Gekicher. Ich habe einzig meinen Bären, der still und harmlos auf meinem Bett liegt, Tag für Tag, Nacht für Nacht, mon ours. Sonst tut sich hier nichts.

Heute Ploetz-Abend, immerhin.

28.11.1982 ....

Gestern Nacht –18 Grad. Merkblatt der Stadt in allen Haushaltungen (»Entfachen Sie kein Feuer in der Wohnung« etc.)

Anlage von Bernie gekauft, sie half mir, die Sache zu installieren, nun höre ich in neuer Qualität Musik. Das hilft mir ein wenig über mein Zimmer-Dasein hinweg. Anruf der Berner »Gruppe«, die unseren Text diskutiert, sie wollen Hans-Joachim zu einem Info-Abend einladen. Überhaupt war der Ploetz-Abend ein Lichtblick in einer düsteren Zeit. Unsere Gruppe ist inzwischen gefestigt, einzig Bea will nicht so recht dazugehören. Immer wieder bringt sie die Gewaltfrage, die ich nicht mehr hören kann. Eigentlich ist sie ja nur wegen Jerzy dabei und kann froh sein überhaupt dabeizusein, sie bringt eine unangenehme Zähigkeit in die Runde, ausserdem versteht sie im Grunde nichts von Politik, Jerzy streng genommen auch nicht, aber er ist immerhin lernfähig und absolut loyal. Hans-Joachim will 2. Text entwerfen, mit dem wir der »Gesamtanalyse« näher kommen sollen. Möglicherweise gehen wir zwischen Weihnacht und Neujahr wieder in den Jura.

Ich fragte Samuel, ob er an der Gruppe interessiert sei, doch er hat nur den Kopf geschüttelt.

Die Tessiner Unruhen werden offensichtlich unter den Tisch gekehrt, die Politik will keine Untersuchung, die Toten sollen ruhen. So ist das hier in der CH. Doch die Unruhe ist nicht verschwunden, sie ist bloss unter der Oberfläche, bei diesen Temperaturen gibt es keine Demos. Alles schaut nach Spanien oder Polen und dabei wird vergessen, dass es hier gewaltig brodelt unter der Oberfläche, ich glaube, Hans-Joachim und Hegel sehen das auch so. Hegel ist ein Instrument zum Aufspüren von Unruhe.

Wieder starke Träume, an die meisten kann ich mich nicht erinnern.

29.11.1982 ....

Freund erschiesst Freundin in Allschwil, Kati war mit dem Opfer früher bekannt. Die Tat passt zur Zeit, zur Kältewelle, zur politischen Lage der Welt. Zu meiner Situation.

Meine Mutter hat mir Pullover und Socken geschickt, dazwischen, schön gefaltet, 50 Franken. Sie befürchtet wohl meinen Kältetod hier. Wenn man die Sache psychologisch anschaut, ist ihre Befürchtung gar nicht so unbegründet, ich gehe kaum noch an die Uni, Kälteaufwand und Ertrag sind in keinem Verhältnis, ausserdem ist jeder 2. Prof. krank oder sonst wie ausgefallen, Schaffner hat sich bei einem Sturz am Kopf verletzt, so bleibe ich hier, eingekuschelt in Mamis Pullover und Socken und höre Nugent und Zappa, von denen ich vor meiner Basler Zeit nichts wusste. Wie ich überhaupt vor meiner Basler Zeit von nichts wusste, dies aber nicht wusste.

Frau Gehring souffliert »Kirschgarten«, ein gutes Stück, sagte sie, sie könnte mir eine! Karte besorgen, ich würde mir die Sache überlegen, sagte ich, die Kälte halte mich zu Hause, sie schaute mich seltsam an, mit offenen Augen.

Langes Telefon mit Beat, er und meine Schwester sind krank, nun hoffen sie, dass sie ihren Lukas nicht anstecken, in der Schule kaum noch Normalbetrieb, auch in Thun fällt Heizung immer wieder aus, viele Schüler krank oder verletzt, Züge und Busse fallen aus, alles ein paar Dezibel ruhiger. Er erkundigte sich nach Sandra, macht sich Sorgen, findet sie talentiert, ich schicke ihm die Gedichte.

Meine Mutter sei bereits am Umzugorganisieren, die Sache belaste sie sehr, meinte Beat. Nun, bald bin ich wieder mal in der Innerschweiz, und sobald es ein bisschen wärmer ist, kommt sie mich besuchen.

Magda will mit mir ins Kino.

2.12.1982 ....

Bernie fickt in ihrem Zimmer, dass die Wände wackeln. Ich höre weg, so gut es geht. Gehe um 9 mit Samuel was trinken.

3.12.1982 ....

Mit Bernie Kottan geschaut, sie tut, als wäre nichts gewesen. Und sonst: Posaunenchor Liestal gibt ein Konzert, Grättimaa-Bache in der Autobahnbrücke Pratteln, Michelle Jenkinson hat die schönsten Beine Englands, spanischer Journalist vor seinem Haus erschossen, spanische Armee bewacht Grenze zu Frankreich, Reagan warnt, Polen nicht zu vergessen.

Jetzt auch die deutsche Armee gegen die Kälte! Es ist wirklich unglaublich, noch nie war es so lange so kalt. Kleine Seen sind längstens zugefroren, nun spricht man von mittleren, dann bald einmal vom Zürichsee, an einzelnen Stellen ist er schon zu. Das letzte Mal konnte man 1963 den Zürichsee zu Fuss überqueren, nun wohl auch 1982/1983 wieder.

Es ist Freitagabend, normalerweise bin ich im Ausgang oder wenigstens in der Küche mit ein paar anderen, doch heute sitze ich in meinem Zimmer, dick eingehüllt in zwei Pullover, auf dem Kopf eine Mütze, und wenn ich gerade nicht schreibe, behauche ich meine Finger, wenn man das so sagen kann. Allmählich geht mir diese Kälte auf die Nerven, sie nagt an meinem Innern, am Gehirn, am Herzen, ja an meiner Seele. Ich kann verstehen, dass man mittlerweile von »kältebedingten Selbstmorden« spricht. Die Eishockeymeisterschaft wird ev. unterbrochen, auch Skirennen wurden schon abgesagt.

Und was höre ich von Bernie? Ficken gegen die Kälte. Immerhin besser als die Armee.

Was für ein schreckliches Dasein! Ich fühle mich nicht nur allein, ich fühle mich einsam! Eine grosse, mächtige Einsamkeit hat mich eingenommen, beherrscht mich vollkommen. Am liebsten würde ich hier in meinem Zimmerchen bleiben und von der Welt bliebe mir nur ein Blick auf den trostlosen Innenhof, wo jegliches Leben längstens abgestorben ist, wo Flaschen und Dosen bis zum jüngsten Tag unverrückbar festgefroren sind und verb/leichen, wo sich festgefrorener Schnee allem bemächtigt hat und wo mein Blick trotzdem immer wieder hinwandert. Magda hat sich nicht wieder gemeldet, nicht mal ein harmloser Kinoabend scheint mehr möglich.

Zum ersten Mal erscheint es mir als Glück, das Tagebuch zu haben.

5.12.1982....................

Der Sonntag verdüstert die Lage. Als wäre nicht schon genug Trübsal und Jammer, legt der Sonntag einen Schleier der Melancholie über alles. War heute nur kurz draussen (ZigiZeitungZiellos) und blieb sonst die ganze Zeit hier. Hegel und Kati haben sich auch in ihre Zimmer verkrochen. Die Küche ist der kälteste Raum geworden. Hin und wieder sind Hegel oder Kati dort, kochen eine Tasse Tee oder Kaffee und verschwinden dann wieder in ihren Zimmern. Bernie habe ich eine Weile nicht mehr gesehen bzw. gehört. Sie ist wahrscheinlich mit ihrem Typ unterwegs. Vielleicht hat er eine gut geheizte Wohnung. Oder sonst wie eine Wärmequelle. Gerade jetzt höre ich wieder die Sirene des Krankenwagens. Man sammelt Gestürzte ein. Bin ich auch ein Gestürzter? Ein innerlich Gestürzter? Was tue ich denn eigentlich? Was habe ich denn eigentlich bis jetzt getan? Ein bisschen Schule, ein bisschen Uni. Mehr nicht. Anstrengen musste ich mich nicht wirklich, interessiert war ich auch nicht wirklich. Zwar gab die Politik ein bisschen Würze, doch zur Zeit ist die Lage wie tot. Spanien faschistisch, vielleicht bald andere Staaten, im Osten der Kommunismus kein Vorbild. Was bleibt, ist die Theorie. Doch auch in dieser Sache passiert nicht viel. Wir haben zwar einen guten Text geschrieben, doch ist er wohl für die Katz. Die »Berner Gruppe« hat sich nicht mehr gemeldet, unser Text bleibt ohne Echo, ohne Reaktion, ohne irgendeinen Widerhall. Tot. Was haben wir uns für Mühe gegeben, ein wirklich gutes Konzept zu verfassen, jedes Wort wurde auf die Waagschale gelegt, wie man sagt, fast jeder Satz wurde in der Gruppe diskutiert und Kati und ich haben am Schluss noch die Schweizer Fassung gemacht, alles ohne Erfolg. Was muss denn eigentlich noch geschehen, dass man gehört wird? Der Kapitalismus schreitet munter voran und zerstört alles auf seinem Weg und niemand kann diesen Irrsinn stoppen. Muss das so sein? Gibt es denn keine Möglichkeit, etwas dagegen zu tun?

Bernie ist gekommen, ich höre ihre Stimme.

8.12.1982 ....

Morgen wieder mal Bundesratswahl. Ich weiss gar nicht, wie oft in letzter Zeit solche Wahlen waren. Ist mir eigentlich auch egal. In den Zeitungen steht, dass die Wahl eventuell verschoben werden muss, weil technische Geräte für die TV-Übertragung wegen der Kälte nicht funktionieren.

Spotten über Furgler, solange er noch hier ist. Die Botschaftsbesetzung hat ihm den Kopf gekostet, man hört, dass es ihm »seelisch« schlecht geht, offenbar hat er die Niederlage schlecht verdaut, das ist er nicht gewöhnt. Ich schon.

Ich erlebe lauter Niederlagen, ich bin ein Niederlagenmensch. Magda spricht bereits wie eine Psüchotante, sie kann mich »fühlen« und »spürt« meine »depressive Phase«, ich kann solches Geplapper nicht hören, vor allem nicht jetzt, es reicht, dass Bea hin und wieder hier auftaucht und über Jerzy spricht, als würde sie ihn therapieren.

Samuel wieder in Flims. Vielleicht würde mir ein Besuch dort guttun. Allerdings ist unsicher, ob man überhaupt noch nach Flims kommt, täglich kommen neue Meldungen über gesperrte Strassen, Täler, Regionen.

9.12.1982 ....

Gebrochene Wasserleitung beim anatomischen Museum erzeugt Eisskulptur, Bernie ist bereits wieder am Zeichnen, inzwischen jagt sie jedem Rohrbruch und jedem Feuerwehreinsatz nach, skizziert die ganze Sache, ihr schwebt eine »Eisskulpturenreihe« vor, ein schreckliches Wort.

Kündig Bundesrat, schon wieder ein Innerschweizer. Meine Mutter wird sich freuen.

Und sonst: Katis Duft streicht mir um die Nase und überwältigt den ganzen Körper. Kürzlich kam ein eingeschriebener Brief für Katharina Maria Lanz, ich wollte den Pöstler schon abwimmeln, als mir einfiel, dass dies ja Katis Name ist, ein wunderschöner Name. Spanien scheidet die Geister, die USA wollen Botschafter nicht abziehen, Deutschland schon, CDU gespalten in der Spanienfrage, SPD fordert Abbruch der diplomatischen Beziehungen, Apel fordert sogar Militäreinsatz, Dawn-Marie Gnägi CH-Meisterin im Body-Building, Hess siegt im Riesenslalom, ich träumte von Weltreise mit Kati. Wir hatten Sex am Strand von Acapulco.

12.12.1982 ....

Sonntag, der 12.12., ich sitze auf meinem Bett, Decken über mir, die Schreibmaschine auf den Knien, sehr mühsam.

Frau Gehring hat mich zum »Kirschgarten« eingeladen, die Karte lag im Briefkasten. Doch ich will gar nicht raus, ich habe mir das Rausgehen fast abgewöhnt, inzwischen renne ich schon über die Strasse, hole Zigi-Zeitung und gehe so schnell wie möglich wieder nach Hause. Andere machen das nicht anders.

Hier läuft alles nur noch sehr langsam, es ist schlimmer als Tropenhitze.

Auch im Copy Quick sind die Aufträge stark zurückgegangen, ich arbeite nur noch die Hälfte, positiver Nebeneffekt: Jolanda sehr schweigsam.

Unsere Gruppe hat sich in letzter Zeit nur noch einmal getroffen, Hans-J. und seine Frau haben offenbar einen Termin bei einer Therapeutin, was Hegel offensichtlich stört. Ich kann mir ja denken warum.

Schwester auf dem Beantworter, habe keine Lust anzurufen. Mutter bereits am Verpacken ihrer 100’000 Sachen.

Weihnachtsmarkt abgesagt.

Habe wieder mal im Frisch gelesen.

13.12.1982 ....

Kriegsrecht in Polen verschärft. Jerzy war hier und hat berichtet, was Onkel in Stettin erzählte. Gorbatschow will offenbar die polnische Kultur fördern, betont die enge Tradition von Russland und Polen, verstärkt aber (deswegen?) die Militärpräsenz. Jerzy bezeichnet Gorbatschow als

Stalinist, bei Hegel zogen sich die Stirnfalten eng zusammen, er sagte aber nichts. Wir tranken wieder einmal viel Bier. Man muss es nicht einmal mehr nach draussen stellen, hier drin ist genügend Kühlschrank, in meinem Zimmer ca. 12 Grad. Die Kälte umfasst die CH, Deutschland, die DDR, Österreich, Benelux, Norditalien und etwa die Hälfte der CSSR. Die Kältegrenze ist ziemlich stabil. Ausserhalb ist normaler Winter. Schlittschuhe sind ausverkauft, ebenso elektrische Heizkörper, Heizöl immer teurer, Heizungsmonteure arbeiten rund um die Uhr, Krankenkassen unterstützen Reisen in den Süden. Spanien wirbt mit Sonne! Dann doch lieber Kälte als Faschismus!

Gehe doch mit Frau Gehring ins Theater, sie hat mir einen Sitz neben ihrem Souffleusensitz reserviert!

16.12.1982 ....

Cousin Rolf war hier. Nach zwei Gläsern Wein gab er mir, Kati und Bernie zu verstehen, Immobilienhandel lohne sich und erst da begriff ich, dass er durch den Verkauf des Hauses meiner Mutter eine Provision kassiert, Cousin Rolf wittert den Gewinn wie ein italienisches Schwein den Trüffel. Cousin Rolf, das Schwein. Anders kann man das nicht sagen, werde meiner Mutter erzählen, was für ein fürsorgliches Bürschchen mein Cousin ist. Und nach dem dritten oder vierten Glas, die beiden Frauen haben sich schmunzelnd zurückgezogen, meinte er betreffend Bernie: »Diä het Holz vor dä Hüttä.« Eben, mein Cousin Schwein.

»Das Gute, wir wissen es, lässt sich allerhöchstens in deiner eignen Brust verwirklichen. Ein guter Gedanke, gewiss, gut für die Herrschenden.«

Trotz Kälte ist mein revolutionärer Eifer nicht verschwunden, wir müssen die Gesellschaft ändern, sonst geht sie vor die Hunde und Menschen wie mein Cousin Schwein haben die Macht. Wir müssen unbedingt was tun! Wäre Hans-J. nicht so mit seiner Frau beschäftigt, wir wären weiter.

Meine Schwester spricht wieder mit mir. Sie erkundigt sich nach meinem Wohlbefinden und der »Kältesituation« in Basel, Beat organisiert einen Silvesteranlass namens »Sprachwärme« und fragt, ob ich mithelfe im Service. Ich habe abgesagt.

Englischer Verteidigungsminister ermordet! Grosse Geschichte.

17.12.1982 ....

IRA wird hinter dem Mord vermutet, Thatcher mobilisiert Teile der Armee.

Vaterschaftsklage gegen Strauss.

B-52 abgestürzt.

Morgen mit Frau Gehring im Theater.

Traum: Mit C., mit der ich die Primarschule besuchte, war ich auf einem Gletscher. Sie ging voraus, mit einem grün-schwarzen Seil mit mir verbunden, hatte einen Eispickel in der Hand, mit dem sie in regelmässigen Abständen aufs Eis schlug, was eine Art Fundament einer Melodie bildete, die ich unablässig vor mich hin summte. Es war, als würde die ganze Umgebung, all die gewaltig aufgespreizten Schotterkegel, die sich an die steil aufsteigenden Hänge klammerten, die dünnen, tief im Stein und Eis fliessenden Rinnsale, die wie vom Himmel gefallenen, zufällig verstreuten, im Zustand ewiger Geducktheit ausharrenden fahlgrünen Pflanzenbüschelchen am Rand des Gletschers und die Gebirgsvögel, deren Existenz nur über ein fernes Krächzen überhaupt in Erscheinung trat, in diese Melodie einstimmen, so dass in meinem Ohr das Sichtbare mit dem Hörbaren eine zarte und unsichere Verbindung einging. So gingen wir eine scheinbare Ewigkeit. Noch jetzt vernehme ich diesen wunderbaren Takt zwischen uns. Wir gelangten ans Ende des Gletschers, betraten starken, feuchten Fels, lösten das Seil, betrachteten uns von Gesicht zu Gesicht und gingen dann hinauf, C. voraus, mit festem, zielstrebigem Schritt, ich mit Blick auf ihre Hinterseite, verbunden auch ohne Seil, im Horizont ein eisig glimmernder Grat, als auf einmal Teile von ihr sich lösten. Ich dachte zuerst an Wahnvorstellungen, an Einbildungen und Täuschungen, doch als ich faustgrosse Teile eines Arms vor mir liegen sah, wurde ich gewahr, dass dies keine Täuschung war, dass von C. Teile abfielen, dass C. sich verlor. Je höher wir gingen, noch immer ohne verbindendes Seil, desto mehr fiel von C. ab. Ich geriet in Panik, nicht weil C. sich auflöste, sondern weil ich ohne C. in dieser hochalpinen Ödnis verloren war. Also hoffte ich, dass wenigstens ihr Gehirn übrig blieb. Was dann auch geschah.

Schon wieder das S auf der Maschine.

19.12.1982 ....

Theaterabend mit Frau Gehring: harmlos. Wir gingen anschliessend noch ein Bier trinken, das war alles. Anja war wunderschön.

Zum ersten Mal seit ca. zwei Monaten haben die Meteorologen Wärme in Sicht. An Weihnachten soll es so weit sein. Dann ändert sich die europäische Grosswetterlage, das Tief gerät in Bewegung, verschiebt sich nach Osten, sagt man.

Nina und Kati in der Küche am Kichern.

Doch meine Kälte bleibt, da helfen keine Meteorologen.

Irische Geschäfte in London geplündert.

Das S nur mit viel Kraft.

20.12.1982 ....

(Schreibe mit Ersatzmaschine.)

Die Berner Gruppe hat endlich reagiert. Wir treffen uns anfangs Januar in Bern. Die Berner interessieren sich für die »Synthese« von Kritik und Aufbau.

Strauss tritt von allen Ämtern zurück.

Unruhen in Belfast und London.

Noch immer fühle ich mich einsam und schlecht. Auch wenn Kati hin und wieder ein nettes und durchaus auch warmes Wort mit mir wechselt, Bernie mit mir TV schaut und Hegel mit mir über Gott und Stalin diskutiert, so reicht dies nicht, meine Einsamkeit, meine Alleinigkeit zu eliminieren. Wenn ich in den Innenhof schaue, dabei Musik höre, dann fühle ich zwar eine gewisse Versöhnung mit der Welt, doch wenn ich darüber hinwegschaue, dann bleibt nichts übrig.

Gehe an Weihnachten nach Thun zu Schwesterlein und ihrem Beat, meine Mutter auch dort.

Bei der erwähnten »Berner Gruppe« handelt es sich eine »Antiimpi«-Gruppe aus dem Umfeld der »Partei der Arbeit« PdA, die seit 1973 von den Berner Behörden beobachtet wird. Meinen Informationen zufolge war die »Berner Gruppe« nie am Text der Basler interessiert, sondern nur daran, dass die Basler nicht von der »Generallinie« abwichen.

21.12.1982 ....

Tandler für Strauss. Er hat tatsächlich mit DDR-Nutte ein Kind gezeugt, das inzwischen 1-jährig ist, warum diese Geschichte gerade jetzt bekannt wird, darüber rätselt ganz Deutschland. Frau Strauss steht zu ihrem Mann »in guten und in schlechten Zeiten«, sagte sie im ARD.

Mit Bernie und Kati Krimi geschaut.

Es ist etwas wärmer geworden, aber immer noch deutlich unter null. Meine Stimmung nicht besser, ich tue den ganzen Tag nichts, freue mich auf den Abend, weil dann bald die Schlafenszeit kommt.

Hegel war beim Bärtigen zu Besuch und brachte kiloweise Guetzli mit.

Abgesandter des Papstes in Spanien. Es trifft sich, was zusammengehört.

Morgen bei Sandra zum Tee.

22.12.1982 ....

Sandra hielt meine Hand und las Gedichte von Rilke vor. Mit der anderen Hand trank ich Wein. Bin ein wenig betrunken. War ein schöner Abend. Irgendwie Weihnachten.

23.12.1982 ....

Morgen nach Thun. Habe keine Lust dazu, habe auf überhaupt nichts Lust, ausser auf Sex, doch dieses Thema ist ein einziges Scheitern. Meine grosse Sexfrau Magda ist nun keusch und nüchtern. Wie sich doch die Menschen in kurzer Zeit verändern können.

Jerzy überlegt sich ernsthaft einen Beitritt zur Gesellschaft CH-Polen, das wäre wohl sein Ende in der Ploetz-Gruppe. Deshalb kann ich mir einen solchen Beitritt nicht vorstellen. Doch er leidet an der polnischen Sache, das sieht man deutlich, inzwischen leidet seine Bea mit, und das sieht man noch deutlicher. Manchmal kommt sie einfach so hier vorbei, ohne Grund und Ziel, redet schnell, wirr und in halben und Viertelsätzen von ihrem Jerzy, fährt sich immerzu durchs Haar, berührt mich am Schluss ihres Vortrags an der Schulter und sagt »weischwienimein«. Ich lächle und sage ja, ich weiss. Wirklich.

Die Ursus-Werke sollen stillgelegt werden.

Die Guetzli des Bärtigen sind aufgefressen.

Muss noch Geschenke kaufen.

27.12.1982 ....

Erdbeben in Aachen. Am Heiligen Abend bebte die Erde für ein paar Sekunden und zerstörte grosse Teile von Aachen, ca. 1000 Tote. Man spricht von nichts anderem. Überall wird Geld gesammelt, Schmidt ist in der Stadt, Mitterrand auch, die Schweiz schickt Rettungshunde.

In Thun hörten wir um Mitternacht vom Unglück. Beat hat sofort einen Freund angerufen, der in Aachen wohnt, ihn aber nicht erreicht, erst am nächsten Abend hat er erfahren, dass sein Freund lebt.

Bis zur Meldung des Erdbebens war der Abend normal langweilig. Offenbar will meine Schwester ein zweites Kind, Beat aber nicht. Die Stimmung war nicht allzu gut, wir haben zwar fröhlich die Geschenke ausgepackt, meine Mutter sang einsam ein kurzes, heiliges Liedchen, und wir haben ausgezeichneten Wein getrunken, den Beat aus dem Piemont über die Alpen geschleppt hat. Meine Mutter fand es nicht schlimm, dass mein Cousin Rolf eine Provision kassierte, schliesslich hätte er einen »sehr guten Verkaufspreis« herausgeholt und dies verdiene eine Belohnung. Das ist das kapitalistische Prinzip. Ich wusste gar nicht, dass meine Mutter so denkt.

Habe von meiner Mutter ein schönes Schreibset erhalten und 10 neue Farbbänder! Ihre Art des Ansporns. Selbstverständlich weiss sie nichts vom Tagebuch, sie sagte, ich müsse ja bald die Abschlussarbeit schreiben, sie meinte natürlich die Liz-Arbeit. Diese Arbeit muss ich tatsächlich schreiben, aber nicht so bald. Ich brauche noch ein paar Seminararbeiten und Vorlesungen.

Denke oft an Magda. Mit ihr waren die Tage süss. Ich war ihre Süssigkeit…

28.12.1982 ....

Die Sache in Aachen dominiert alles. Man spricht bereits vom grössten Versicherungsfall in Deutschland seit dem Krieg. Es werden Millionen gesammelt, selbst Honecker hat ein Telegramm geschickt. Das Haus von Beats Freund ist nur teilweise beschädigt, muss nicht abgerissen werden.

Der Freund hat übrigens einen Verlag und ist an Sandras Gedichten interessiert! Ob dies allerdings auch nach dem Erdbeben noch gilt, ist eine andere Sache. Beat überlegt sich, »Sprachwärme« abzusagen.

Die Temperatur nähert sich dem Nullpunkt, wenigstens am Tag. Trotzdem bleiben die meisten Gewässer zugefroren und die Situation ist keineswegs entspannt. Auf dem Zürichsee gibt es an Silvester ein Konzert, unter anderem spielen »Krokus«, Kati geht hin mit ihren Zürcher Freunden.

Bernie ist bei ihren Eltern.

Hegel war offenbar die ganze Zeit hier, ganz allein, oder auch nicht ganz allein. Noch immer besucht er regelmässig das Asylantenheim und seinen Arum. Ich verstehe nicht, dass er sich einen Asylanten aus Sri Lanka ausgesucht hat, Hegel, der doch immer so politisch ist und mit Jerzy bricht, wenn dieser in die CH-Polen-Gesellschaft eintritt, mit Kati über Nuancen und Details streitet, mir Vorwürfe macht wegen meinen Inkonsequenzen und dann mit einem Typ zusammen ist, der von alldem keine Ahnung hat. Bloss weil er ihn in den Arsch ficken kann? Ist es das? Reicht das aus, um alle politische Überzeugung über den Haufen zu werfen? Ich verstehe Hegel nicht. Er bleibt ein Rätsel, ein Geheimnis. Auf der einen Seite streng, hart und ohne Kompromisse, auf der anderen Seite lässt er sich auf einen Typen ein, der den Unterschied von SP und FDP nicht kennt und wahrscheinlich nicht einmal den zwischen links und rechts.

Der Abend mit Sandra geht mir nicht aus dem Kopf. Habe von der UB zwei Bücher von Rilke geholt, aber noch nicht gelesen. Soll ich mit ihr was anfangen? Sie ist schöner geworden in den letzten Monaten, aber so richtig attraktiv finde ich sie nicht. Sie ist zu klein, zu unförmig und in ihrem Gesicht entdecke ich nichts Interessantes. Trotzdem, sie lässt mich nicht los. Ich muss endlich ihre Gedichte lesen.

---

*Arul Jeevi Thanumalayan (*23. Oktober 1949) reiste am 5. August 1981 in die Schweiz ein und stellte einen Antrag auf politisches Asyl. Der Antrag wurde am 24. Oktober 1982 abgelehnt, wogegen Herr A.J.T. (auf Anraten Geigers!) Rekurs einlegte, der am 31. Oktober 1983 abgelehnt wurde. Anfangs März 1984 wurde A.J.T. nach Sri Lanka ausgeschafft.*

A.J.T. gehörte den Tamil Tigers (LTTE) an, in deren Auftrag er in der Schweiz Kontakte zu tamilischen Exilgruppen knüpfen sollte.

29.12.1982 ....

Auf dem Hallwilersee sind zwei Jugendliche ins Eis gebrochen und ertrunken, die Arbeitslosigkeit ist auf dem höchsten Stand seit 10 Jahren, die Mietzinsen steigen und steigen, in Aachen leben tausende in Zelten in der Kälte, die CDU wirft der Regierung vor, nicht genug für die Opfer zu tun, die Geliebte von Strauss war offenbar vom DDR-Geheimdienst, ein Regierungsrat in Basel wegen Alkohol am Steuer verhaftet, Urs Amstad Slalomsieger.

Langes Gespräch mit Frau Gehring über den Faschismus in Europa. Sie meint, dass nur absolut radikale Lösungen was bringen, weil die Menschen sonst gar nicht merken, was los ist, weil der Mensch erst dann reagiert, wenn seine Umgebung in Bewegung ist, sagte sie, das sei im Theater auch so, wenn ein Stück einfach so vor sich hin plätschere, wie all diese langweiligen Bäche in den Alpen, dann passiere natürlich nichts, es müsse was »Gewaltiges« geschehen, damit die Menschen endlich aufwachen, endlich begreifen, endlich sehen, endlich diese »unüberwindbare Tristesse« wahrnehmen, in der sie leben, sagte Frau Gehring.

In England sind die Täter des Anschlags offenbar gefasst. Thatcher gross in den Zeitungen. Wenn immer ich in den Innenhof schaue in letzter Zeit, wird mir symbolisch bewusst, dass alles endlich ist, dass alles ein Irrsinn ist, dass alles so verblüht und verreckt wie die Pflanzen im Innenhof, dass nur grosse Veränderungen die Welt weiterbringen.

Habe gerade jetzt mit Kati gesprochen. Sie sorgt sich wegen Hegel, er hat offenbar grosse Stimmungsschwankungen, was mir gar nicht aufgefallen ist. Sie meint, die Beziehung zu seinem Freund würde ihm nicht guttun, was ich ja schon lange sage. Bloss, wir können nichts tun, wenn Hegel das durchzieht, dann ist das seine Sache.

In Aachen bis jetzt 1356 Tote, wer das Erdbeben unter Trümmern überlebt hat, ist längstens erfroren. Man weiss nicht, wie viele Menschen noch unter den Trümmern liegen. Die Schweizer Hunde haben nur Tote gefunden. Man spricht mittlerweile vom »Aachener Weihnachtsbeben«.

30.12.1982 ....

Unter den Toten in Aachen soll sich auch der Bürgermeister befinden, seine Leiche wurde in einem öffentlichen WC gefunden!

In allen deutschen Städten liegen Kondolenzbücher aus, Hunderttausende schreiben sich ein, Millionen Mark wurden bereits gespendet, die UNO ist mit heizbaren Zelten in Aachen.

Meine Mutter hat Cousin Rolf an eine Bekannte weiterempfohlen, die ihr Haus verkaufen will! Der Typ entwickelt sich rasend schnell zu einem Oberarschloch, würde mich nicht wundern, wenn er sich unser Haus unter den Nagel reisst, was das bedeuten würde, ist ja klar.

Nachdem in Madrid ein hoher Militär erschossen wurde, hat General Armada eine nächtliche Ausgangssperre verhängt. Die Lage entwickelt sich wie in Chile und Argentinien, die Generäle foltern, vergewaltigen, töten und beten. Ploetz war hier, wir haben lange über die Situation gesprochen, es ist klar, dass nur Widerstand den Faschismus stoppen kann, radikaler Widerstand. Offenbar ist in Spanien einiges in Bewegung, viele Linke sind abgetaucht, vernetzen sich und klären die Bevölkerung auf. In der Nähe von Barcelona soll es in einer Autofabrik zu einem Streik gekommen sein, der dann vom Militär aufgelöst wurde. Gorbatschow hält lange Rede zur Verteidigung des Sozialismus. Er nennt Spanien als Beispiel, wie schnell ein kapitalistisches Land in den Faschismus kippen kann. Der Westen ist mit der Situation überfordert. Man will weder das eine noch das andere.

Hegel sitzt in der Küche, über ein Buch gekrümmt. Doch er liest gar nicht, er starrt das Buch nur an. Seine Augenringe sind noch tiefer und schwärzer als ohnehin. Soll ich mit ihm reden? Was soll ich ihm denn sagen? Er hört sowieso nur auf sich.

31.12.1982 ....

Morgen bereits 1983. Mir ist gar nicht nach Feiern, meine Stimmung noch immer schlecht, die Jahrhundertkälte drückt auf die Stimmung, die Menschen sind zu Hause, Warmhaben ist das ganz grosse Thema, noch immer keine Temperaturen über null.

Es ist bald 17 Uhr, Hegel war beim Bärtigen, hat Wein mitgebracht, Bernie ist bei ihrem »Freund« in Liestal, Kati bei irgendwelchen Zürcher

Freunden. Zum ersten Mal seit Jahren weiss ich nicht, wie ich den Silvester verbringe. In der Kaserne ist was los, vielleicht gehe ich hin, Hegel schweigt den ganzen Tag. Jetzt blockiert er wieder einmal das Bad. Weiss der Teufel, was er dort macht.

Draussen leichter Schneefall. Man hat vergessen, wie die Sonne aussieht, man kennt nur noch Kältegrade, innen und aussen. Es wird wieder mehr harter Alk verkauft, die Menschen setzen auf angenehme Täuschungen, was nichts Neues ist und wohl ein Prinzip bleibt, solange es Menschen gibt.

Hegel ist soeben aus der Wohnung.

Nun bin ich hier ganz allein. Ich könnte auch einfach in das neue Jahr hineinschlafen. Nein, ich gehe in den Ausgang, »uf d'Gass«.

Doch zuvor, ich muss mir meine Biere wohl verdienen, diese NZZ-Abschreibeübung:

> Für die Länder des nordatlantischen Bündnisses geht ein Jahr zunehmender Unruhe zu Ende. Die Ereignisse in Spanien, das bekanntlich erst dieses Jahr dem Pakt beigetreten ist, haben insbesondere in den sozialdemokratisch-sozialistisch regierten Staaten Westeuropas anhaltende und zuweilen *überspannt anmutende Resonanz* gefunden und die polnische Tragödie, aber auch den scheinbar unaufhaltsamen sowjetischen Griff nach einem Zugang zum Arabischen Meer in den Hintergrund treten lassen. So sehr der Wechsel in der spanischen Regierung aus demokratiepolitischen Überlegungen zu verurteilen ist, so sehr werfen die dadurch ausgelösten Verwerfungen und Proteste ein Licht auf die *fragile Kohäsion* des Bündnisses. Allem Anschein nach versucht Frankreichs Präsident Mitterrand die aufbrechende Empörung angesichts des Machtwechsels in Madrid zu kanalisieren, um damit einerseits die Malaise seiner bisherigen Regierungszeit zu kaschieren, andererseits mittels Erzeugung diffuser Ängste die von

der Partie Socialiste *enttäuschten Kommunisten* zurückzugewinnen. Seine Entourage scheint diese Strategie der ideologischen Vereinfachung bislang achselzuckend zu billigen, auch wenn von Pierre Mauroy schon das eine oder andere Murren zu vernehmen war.
Auch für die Regierung Schmidt ist die rechtsnationale Madrider Wendung ein *Geschenk des Himmels*, kann doch vor diesem Hintergrund das sozialistisch-pazifistisch-antifaschistische Alphabet über alle Kanäle verbreitet werden, was, bei Lichte betrachtet, nichts anderes ist als ein geschickt in Szene gesetztes *Ablenkungsmanöver* vor dem unabwendbaren Entscheid über die Nachrüstung und dem damit *in nuce* verbundenen Konflikt mit der eigenen Klientel.

2.1.1983 ....

Da bin ich wieder, mein liebes Tagebuch.

Alle wieder hier, Hegel war bis heute weg. Bernie ist sehr vergnügt, summt vor sich hin und redet und redet.

An Silvester war ich in der Kaserne, habe dort ein paar Bekannte getroffen, auch Nina, sie war allein dort, offenbar ist die »Scene«, wie sie sagt, mit ihrem Werbefritzen zu Ende. Wir sassen eine Weile in einer Nische, sie war ziemlich betrunken, hat mir erzählt, dass der Typ noch zwei andere Freundinnen hatte. Sie rauchte mir fast alle Zigis weg, um 2 Uhr hatte ich keine Zigis mehr, wir suchten im Quartier einen Automaten, ich Nina stützend. Das war ein schöner Nachtspaziergang.

Offenbar ist es wieder möglich, nach Flims zu gehen, also gehe ich tatsächlich nach Flims, wahrscheinlich am nächsten Wochenende.

Mit den Temperaturen geht es ein bisschen aufwärts.

Am Dienstag mit der ganzen Ploetz-Gruppe nach Bern. Ich bin sehr gespannt, wie unsere Ideen dort aufgenommen werden.

In Aachen kleines Nachbeben, grosse Panik. Nun geht der politische Streit los, die Opposition wirft der Stadtregierung vor, die Gefahren unterschätzt zu haben, die Gebäude seien schlecht gebaut, Geld sei abgezwackt worden, das übliche Spiel. In Deutschland ist die Politik viel härter, die Rhetorik viel schärfer, da geht man ran. Hier hat man manchmal den Eindruck, Politik sei ein nettes Hobby für ältere Herren, die genug Zeit und Geld haben, in Bern ein bisschen zu diskutieren.

Bundesrat Kündig muss Führerausweis abgeben, er hatte an Silvester 1.8 Promille.

Die Russen schiessen auf Priester in Krakau.

Traktorunfall in Gelterkinden.

Bub erschiesst Grossvater in New Orleans.

Nina küsst gut.

3.1.1983 ....

Michael Mohr Neujahrsbuschi Baselland. Was wohl aus ihm werden wird?

5.1.1983 ....

Das Treffen in Bern war eine einzige Enttäuschung. Zunächst stritten sich die Berner über Dinge, die mit unserem Text gar nichts zu tun hatten, die 3. gegen die 4. Internationale, das übliche Spiel, dann erklärten sie uns ihre Sicht der Dinge und schliesslich fanden sie im Text zwei, drei Unstimmigkeiten. Wir verstanden nicht, was sie von uns wollten, am Telefon sagten sie, dass sie die politische Diskussion suchten und interessiert seien an Theorie, doch in Bern sah die Sache anders aus. Sogar Hans-J., der selten die Nerven verliert, fluchte nach dem Treffen wie ein Büezer. Nun müssen wir andere Kanäle suchen, um unseren Text zu verbreiten. Hans-J. denkt an die »Wochenzeitung«, Hegel findet die neue Zeitung aber etwas oberflächlich und nicht geeignet für Theoriedebatten.

Nina war auch in Bern. Ich glaube, sie kann sich nicht an Details erinnern, möglicherweise ist das gut so. Einmal betrachtete sie mich aus den Augenwinkeln und ich glaubte, in ihren Augen eine flüchtige Frage gesehen zu haben.

Hans-J. hat bei sich zu Hause einen spanischen Flüchtling aufgenommen, es hat ja jetzt Platz bei Ploetzens.

Es wird täglich wärmer.

Kati und ich haben uns in meinem Zimmer kurz unterhalten (über Bea), jetzt hängt ihr Duft im Raum wie ein unerreichbarer Traum. Sie trug einen eng anliegenden, wollenen, olivgrünen Rock und einen ebenso eng anliegenden, schwarzen Pullover. Die Haare trägt sie seit einiger Zeit wieder länger. Ich atme tief ein.

Sioux-Chef tot, Hauseinsturz in Ankara, Steve Mahre gewinnt Slalom.

7.1.1983....................

Die fürchterliche Katastrophe des Weihnachtsbebens zu Aachen hat in Europa eine riesige Welle der Betroffenheit und Solidarität ausgelöst, die für einmal – getragen von einer Vielzahl tief betroffener Menschen im SED-Staat – den Eisernen Vorhang überwinden konnte und möglicherweise da und dort ein *episodisches Aufblitzen* eines gesamtdeutschen Schicksals heraufzubeschwören vermochte. Die zahlenmässig kleine, von der Staatssicherheit der DDR mit Argusaugen »begleitete« sogenannte Unterstützungskundgebung in Leipzig vom vergangenen Montag mag in Zeiten gewaltiger historischer Verunsicherungen und Verschiebungen nicht mehr als ein rühriger Akt einer mauerübergreifenden Betroffenheit erscheinen, ist aber, insbesondere wenn man das von *Wettbewerbsdruck*, inneren *Machtkämpfen* und einer sich immer stärker akzentuierenden *Apathie* der Bevölkerung geschwächten Regime in Betracht zieht, durchaus ein Signum einer Bewegung von unten, die der im doppelten Wortsinne vorherrschenden Kälte der letzten Wochen und Monate die Wärme eines deutsch-deutschen Bürgersinns entgegensetzt.
etc. etc.

9.1.1983 ....

Bereits der zweite Sonntag im neuen Jahr. Samuel ist krank, ich gehe nicht nach Flims.

Meine Stimmung ist noch immer sehr gedrückt, die einzigen guten Momente habe ich in der Ploetz-Gruppe. Wir sind am 2. Text, in dem wir einige unklare Punkte des 1. Textes klären und noch genauer auf die Gewaltfrage eingehen. Wir verstehen uns als Teil einer antiimperialistischen Front in den Metropolen, Hans-J. spricht vom weltrevolutionären Prozess. Offenbar arbeitet die Nato bereits mit den spanischen Faschisten zusammen, was niemanden wirklich erstaunt, und wenn sich niemand wehrt, durchdringt der Imperialismus alles und jeden. Vieles sind psychologische Dinge, die Menschen werden infiltriert von Propaganda und merken das nicht, meinen, das sei ihnen selbst eingefallen und das sei damit gewissermassen natürlich.

Mit Bernie Krimi geschaut.

Vorgezogene Wahlen in Deutschland.

Jolanda befürchtet, dass das Geschäft pleitegeht (Copy quick copy crash), wir gehen am nächsten Freitag ins Kino.

10.1.1983 ....

Am Tag, als Wilhelm Busch starb, kam Simone de Beauvoir auf die Welt. Wer findet die Verbindung?

Niederländer glücklichste Europäer, nur noch 59 % glauben an bessere Zeiten. Die Werte fallen.

12.1.1983 ....

Polen nun fest in sowjetischer Hand. Das Land ist nicht im eigentlichen Sinn militärisch besetzt, aber an allen wichtigen Orten sind Russen, die Regierung ist weitgehend ausgewechselt, ebenso die Leitungen von Partei, Militär etc. Hin und wieder kommt es zu Erschiessungen, doch der Widerstand ist praktisch ausgelöscht, Jerzy berichtet von einer grossen Verzweiflung im Land, die Leute haben die Hoffnung auf bessere Zeiten verloren, die Solidarnosc bleibt im Exil und verliert in Polen Anhänger. Die sowjetischen Truppen befinden sich offenbar an der Westgrenze Polens, in der Nähe von Stettin seien viele Truppen stationiert, die aus Afghanistan abgezogen worden seien, weil sich dort die Lage offenbar entspannt, sagte Jerzy. Ursus-Werke liegen still, kein Traktor verlässt das Werk.

Lange mit Magda telefoniert, sie erzählte mir, dass sie in ihrer Kindheit von ihrem Vater missbraucht worden war. Alle ihre Schwierigkeiten hätten damit zu tun. Sie wolle eine Therapie machen. Warum hat sie mir bis jetzt nichts davon erzählt? Ist denn die Geschichte überhaupt wahr?

Der spanische Flüchtling ist Gast bei unserem nächsten Treffen. Ich frage mich bloss, wer denn Spanisch spricht? Hans-J.? Oder spricht der Spanier Deutsch?

Grosse Fernsehsammelaktion für Aachen, auch Schweizer TV macht mit. Bernie sass den ganzen Abend vor dem TV.

Wo ist Sandra? Habe sie schon lange nicht mehr gesehen.

Am Wochenende nach Flims.

14.1.1983 ....

Komme vom Kino, Jolanda sehr anhänglich, erneut das Gefühl, dass sie was von mir will, aber ich will nicht, sie ist mir viel zu oberflächlich, und ausserdem ist sie nicht wirklich attraktiv, ihr Gesicht erinnert mich allzu oft an einen Vollmond und ihr extremes Baseldeutsch macht die Sache auch nicht attraktiver. Sie erzählte viel von ihrem Exmann, der ein ausserordentliches Arschloch sein muss. Aber ob das alles stimmt?

Mit Hegel noch in der Küche, er wusch Geschirr ab, seine Bewegungen langsam, minutenlang rieb er an einem Teller rum, einmal liess er eine Gabel fallen, es schien, als hätte er das gar nicht wahrgenommen, er drehte sich um, stand einfach da, das Tuch in der Hand, und schaute in eine unbestimmte Weite, drehte sich wieder dem Abwaschbecken zu, nahm die nächste Gabel, die er wieder minutenlang bearbeitete. Mich schien er nicht zu sehen. Was geht bloss in seinem Kopf vor sich? Auf einmal nahm er zwei Flaschen Warteck aus dem Kühlschrank und setzte sich zu mir. Er erzählte von Hans-Joachim und seinem genialen politischen Instinkt, wie er komplexe Situationen blitzartig überblicke und analysiere und die richtigen Schlüsse daraus ziehe, leider seien solche Menschen rar, selbst an der Uni wimmle es von Dilettanten, von Künzli einmal abgesehen. Wichtig sei, dass man eine globale Melancholie abwende, meinte Hegel. Denn die politische Melancholie würde sich wie ein Firnis über die Situation legen und jegliche Veränderungen verunmöglichen. Für Hans-J. sei die politische Euphorie der Gegenentwurf zur lähmenden Melancholie, doch jegliche Euphorie brauche eine Initiation, eine Zündung. Und nur wenige können zündend wirken. Auf der anderen Seite sei es die Nato mit ihrem »Reinforcement«.

Ich trank mein Warteck und hörte aufmerksam zu.

Morgen geht's endlich ab nach Flims. Züge und Busse fahren wieder (fast) regelmässig. Lege mich nun sehr müde zu meinem kleinen, süssen Băribär.

17.1.1983 ....

Hulda Weber 103-jährig.

18.1.1983 ....

Bin zurück. Das lange Wochenende in Flims war gut. Die Wohnung seiner Mutter ist eng und ziemlich spiessig eingerichtet, aber nicht ungemütlich. Wir haben am Tag viel gelesen, Sämi bereitet sich auf das Liz vor, abends haben wir gekocht und sind anschliessend bis spät in die Nacht am Küchentisch gesessen. Sämi ist noch immer von seinem jurassischen Projekt überzeugt, einer seiner Studienkollegen (H.-U.) hat reiche, linke Eltern, die das Projekt finanzieren würden. Ich könnte dabei sein. Er stellt sich ein offenes, wissenschaftlich-kulturelles Haus vor, wo diverse Veranstaltungen angeboten werden und Zimmer für Gäste zur Verfügung stehen. Das Studium macht er den Eltern zuliebe und als Alibi, wie er sagt. Alle Nachfragen erübrigen sich so.

Er kennt übrigens Hegel, mit dem er ganz zu Beginn des Studiums »zu tun« hatte, heute hat er keinen Kontakt mehr, er findet ihn »en trümmlige Siech«.

Zur Innerschweiz hat er dasselbe gespaltene Verhältnis wie ich. Sämi ist in Rotkreuz in einer Metzgerei aufgewachsen, dann mit seiner Mutter nach Arth-Goldau gezogen.

Habe ihm von der Ploetz-Gruppe erzählt. Er findet den »Ansatz« schlecht, nur mit Kunst könne man die Welt verändern, Politik würde sie zerstören.

Morgen Ploetz-Abend.

19.1.1983 ....

Denkwürdiger Abend. Hegel und Jerzy sind heftig aneinandergeraten, es ging um die Analyse der Situation in Polen. Hegel warf Jerzy »Nationalismus« vor, Jerzy meinte, Hegel sei nichts weiter als ein »Salonkommunist«, worauf die Sache ziemlich eskalierte, zumal schon einiges Bier geflossen war. Bea hielt natürlich zu ihrem Jerzy, Nina und Kati unterstützten Hegel, der Dicke, der quasi als Gast dabei war, hielt sich zurück, ebenso ich. Doch am schlimmsten war der Streit für den spanischen Flüchtling (Diego), der natürlich nichts verstand, zumal ja Schweizerdeutsch gestritten wurde. Hans-Joachim beendete die Diskussion mit einem Machtwort, meinte, zwischen Kommunismus und Nationalismus müsse eine Synthese möglich sein, was Hegel mit hochrotem Kopf zur Kenntnis nahm und dann das Bier regelrecht in sich hineingoss, bis er um Mitternacht am Tisch, am Salontisch einschlief. Das ist also ein Salonkommunist.

Hans-J. meinte, ich könnte ja Diego Deutschunterricht geben, er würde mir die Stunden bezahlen!

Mit Nina und Kati noch ein wenig geplaudert.

Francisco Tirado Fernandez (»Diego«) reiste Ende November 1982 in Begleitung von Aisa Peino und Clara Blanca Molina in die Schweiz ein. Die drei versuchten im Auftrag der PCE die Exilspanier in der Schweiz gegen die neue Regierung in Spanien aufzuwiegeln und in Basel eine Zelle des »antifaschistischen Widerstands« aufzubauen. Nach dem Zusammenbruch der Rechtsregierung verliess F.T.F. anfangs Oktober 1983 die Schweiz mit unbekanntem Ziel.

20.1.1983 ....

Zum ersten Mal im »Denner« eingekauft, ein Kilo Rindsvoressen für Fr. 10.90.

Grossartige Sexträume fast die ganze Nacht. Beim Erwachen dann der Frust. Noch geht es mit mir nicht aufwärts im neuen Jahr, spüre noch immer eine Leere, ausserdem ist die allgemeine Weltpolitik negativ, so weit das Auge reicht. Habe wieder mal im Schaff gelesen, auch wenn Hegel das Buch nicht mehr »opportun« findet. Gelernt, dass das menschliche Wissen gleichzeitig kumulativen wie auch nichtkumulativen Charakter hat, evolutionär und revolutionär, wenn ich das richtig verstanden habe. Es ist klar, der Revolution, im Sinne eines plötzlichen gesellschaftlichen Wandels, muss auf die Sprünge geholfen werden, und zwar Richtung links, denn was in Spanien geschah, ist ja auch eine Revolution, wenn auch in die falsche Richtung und nicht, wie Hegel immer meint, ein »Anachronismus«. Machen nicht WIR die Revolution, machen sie die ANDEREN.

Auf dem Beantworter Mutter und Cousin Rolf.

Frau Gehring souffliert »Altrosa«, sie kommt mir immer verbitterter vor, klagte über »intellektuelle Übergriffe« am Theater, die letztlich viel schlimmer seien als die sexuellen. Sieht im Amokläufer den modernen tragischen Helden.

In Aachen 1501 Tote gezählt, die TV-Sendungen bringen Millionen DM, Schmidt ruft zur internationalen Solidarität auf, Hegel kommentierte zynisch.

Gorbatschow in der Türkei, Mitterrand besucht Rumänien.

Iranische Truppen vor Bagdad.

Arbeitslosigkeit steigt weiter, Hypozins auch, Katis Ärger auch.

23.1.1983 ....

Cousin Rolf war hier, wollte wissen, wie es mit seinem Hilfswerk weitergeht. Es geht gar nicht weiter, weil die Sowjets solche Lieferungen radikal gestoppt haben. Die Grenze ist dicht, Panzer an der Westgrenze, Schmidt rüstet und rüstet, Widerstand wird immer kleiner, nur Cousin Rolf wehrt sich tapfer. Er ist jetzt Mitglied der jungen FDP. Niemand ist überrascht.

Das alte Gebäude im Innenhof wurde letzte Woche abgerissen, die Jämmerlichkeit ist noch grösser geworden. Was wohl da draussen entsteht?

Meine Mutter zieht bald um, ist aufgeregt und auf einmal unsicher, ob die Entscheidung auch richtig war. Mitte Februar beginnt die Übersiedelung von 10'000 Dingen.

Ein ruhiger Sonntag, weiterhin sehr regnerisch, der Schnee ist verschwunden. Bernie wollte mit mir »ET« schauen, was mir eindeutig zu blöd ist, solchen Trivialitäten gehe ich aus dem Weg, Bernie offenbar nicht, was mich erstaunt. Sie hat sich in letzter Zeit etwas vom WG-Leben zurückgezogen, wer weiss warum.

Ermordung vom englischen Verteidigungsminister war offenbar Racheakt einer Geliebten! Sie hat gestanden, der Killer ist flüchtig.

Samuel ist wieder in Basel. Wir gehen nächste Woche was trinken, ich werde seine Arbeit korrigieren.

27.1.1983 ....

Samuels Arbeit liegt auf meinem Tisch. Ein schwerer Brocken, ich kämpfe mich durch, sollte nächste Woche bereits fertig sein.

Nazi in Bolivien verhaftet, warum? Wegen Betrug!

Schlecht geschlafen, Kopfweh, Schmerz in den Augen, weiss nicht, was das zu bedeuten hat, ausserdem sexueller Frust, von dem kein Ende abzusehen ist, was soll man dagegen tun?

Im Innenhof baden Vögel. Baden Vögel im Innenhof im Innern vögeln die Badenden wenn im Innern die Vögel am Baden sind sind im Bad die im Innern am Vögel baden und hoffen im Innern sich zu erinnern an den Hof wo Vögel baden.

Bernie, Hegel und Kati sitzen in der Küche und spielen Karten. Ich glaube, Bernie hat diesen Brauch hier eingeführt. Mich erinnert diese simple Spielerei an düstere, villigerkielgeschwängerte Innerschweizer Zeiten. Nun ist also diese Strategie der Zeitverschleierung hier in der Hegnauer eingetroffen.

Vor dem Rathaus Sitzstreik der Gesellschaft CH-Polen, sie fordert härtere Massnahmen gegen Polen und die UdSSR. Jerzy nicht dabei.

Grosser Auftrag im Copy. Jolanda drängt wieder einmal, dass ich mehr arbeite, was ich aber nicht mache, da kann sie jammern, so viel sie will.

Ein Knall hat die Vögel aufgeschreckt.

28.1.1983 ....

Freitagmittag. Bald die Frage, was ich denn tue heute Abend? Turnerabend in Oberdorf? Lotto-Match in Pratteln? Blasorchester in Ziefen? Ach, ich habe gar keine Lust mehr auf diese Tour am Freitagabend.

Man geht und trinkt und diskutiert und streitet, bis die Beizen schliessen, dann geht man nach Hause, wo man vielleicht noch jemanden trifft, vielleicht auch nicht, geht schlafen, mit oder ohne Traum, erwacht irgendwann am Samstag und überlegt sich, wie der Tag bis zum Abend überbrückt werden kann.

Bernie will unsere Küche neu streichen, Kati findet die Idee gut, Hegel hat nur gegrummelt, was wir als Zustimmung interpretierten (Hegel Exegese).

Diego kommt morgen zur ersten Deutschstunde. Hans-J. zahlt pro Stunde 20 Franken, was ein guter Preis ist, schliesslich habe ich keine Ahnung vom Unterrichten und will es eigentlich auch nie haben. Ich weiss nicht, wie das funktionieren soll, ich spreche kein Wort Spanisch, Diego versteht kaum Deutsch. Vielleicht weiss Jerzy Rat, schliesslich unterrichtete er Polnisch.

In Aachen haben Überschwemmungen weitere Leichen aus den Trümmern gespült. »Bild« berichtet täglich bildlich.

Die »Wochenzeitung« will, dass wir unsern Text kürzen. Am Montag deswegen Sitzung. Werde mit Kati darüber reden.

Wieder schlecht geschlafen, wirre Kriegsträume, lauter Punk aus Bernies Zimmer. Sie wollte ihre Lustschreie übertönen, ist ihr nicht gelungen.

Saddam Hussein von eigenen Generälen erschossen.

30.1.1983 ....

Meine erste Deutschstunde! Eine Katastrophe! Diego war schlecht gelaunt, verstand nicht, was ich ihm beibringen wollte, fragte auf Spanisch nach, was ich wiederum nicht verstand, und so sassen wir uns schliesslich schweigend und genervt gegenüber. Er drückte mir 20 Franken in die Hand, sagte »Adios« und ging.

Leiche von S. Hussein durch die Strassen Bagdads geschleift. Die Generäle haben die »internationale Gemeinschaft« um Hilfe gebeten, es droht offenbar ein Bürgerkrieg zwischen den religiösen Gruppen. In Teheran Hunderttausende auf den Strassen.

Vor 50 Jahren kam Hitler an die Macht. Die Zeitungen sind voll mit dem Thema. Und heute? Heute erfolgt die Machtergreifung der Faschos gleitend, versteckt, aber nicht weniger effektiv. Gerade wegen Hitler getraut sich heute kaum jemand, NS-Politik zu vertreten, umso perfekter sind die Tarnungen, man umgibt sich mit einem demokratischen Mäntelchen, spricht gar von Menschenrechten, insgeheim baut man aber ein imperialistisches Weltsystem, der Doppelbeschluss ist deutliches Zeichen dafür. Da können all die gut gemeinten Demos nichts ausrichten, Lichterketten und »Händligäh« sind völlig sinnlose, völlig wirkungslose und daher völlig idiotische Mittel gegen Pershing und Cruise Missiles. Bernie fragte kürzlich, wieso ich mich so aufrege, ich könne sowieso nichts machen, das seien ganz andere Mächte und Kräfte, die spielten ihr Spiel und täten ihr Ding, ich würde ja nur meine Energie verschwenden für den total sinnlosen Versuch, die Welt zu retten oder auch nur zu verändern. Ich solle leben, leben, leben, sagte Bernie, und mir das Leben von den Generälen und Bonzen nicht versauen lassen. Dann bot sie mir einen Joint an. Ich lehnte ab. Zum Glück hat Hegel ihre im Kern bourgeoisen Ansichten nicht gehört, ich kann mir vorstellen, er hätte sie hier rausgeschmissen. Für Hegel und Kati sind solche Ansichten schlimmer als bürgerliche.

Ein düsterer Regensonntag. Momentan ca. 5 Grad, der Regen prasselt in den Innenhof wie auf ein Zelt. Ich verstehe, wer im Melancholischen das Schöne erkennt.

2.2.1983 ....

Sprengstoffanschlag in Pratteln! Strommasten sollten gefällt werden, gegen die imperialistische AKW-Industrie. Endlich! Kati macht Andeutungen, offenbar weiss sie was. Doch die Sache ist sehr heikel, die Bundesanwaltschaft ermittelt. Vielleicht der Anfang einer Serie, endlich was los hier im braven Schwiizerländli.

Auch Hegel hängt sich sehr an die Sache. Er telefonierte heute mehrere Male, was grossen Seltenheitswert hat, denn normalerweise betrachtet Hegel das Telefon, als hätte er, ähnlich einem Wilden aus Papua, solch einen Apparat noch nie gesehen und wüsste nicht, was damit anfangen. Wenn ich das alles richtig interpretiere, führen die Spuren des Anschlags nach Bern.

Währenddessen tut Bernie was? Ficken natürlich. Ich glaube, allmählich geht diese Fickerei auch den anderen hier auf die Nerven. Zudem schleppt sie immer neue Männer an, manchmal einer mit Glatze, manchmal einer noch ohne Bartwuchs. Und dann qualmt es aus ihrem Zimmer, als würden 100 Türken Shit rauchen. Das ist also leben, leben, leben.

Weiterhin Regen. Im Innenhof passiert nichts. Immerhin hat jemand ein wenig Müll weggebracht.

Irakische Generäle haben Iran Waffenstillstand angeboten, nun wird offenbar verhandelt. Westen hat Unterstützung angeboten.

Exgeliebte von Strauss gab Interview in »Bild«, sogar die »NZZ« berichtete darüber, ein wenig versteckt und mit Ironie getarnt, aber eben trotzdem. Die Liebesfähigkeiten von Strauss seien »nicht adäquat seiner Leiblichkeit«, sagte sie (Monika K.), was auch immer dies bedeuten mag. Er zahle regelmässig Alimente fürs Kind, habe aber mit ihr und dem Kind nichts mehr zu tun. Frau Strauss in Luxusnervenklinik.

HSV droht bereits Abstieg.

Bewilligung für Kaiseraugst.

Samuel in der Uni angetroffen, lang Kaffee getrunken.

Der Sprengstoffanschlag auf einen Hochspannungsmasten in Pratteln (BL) wurde mit grosser Wahrscheinlichkeit von der Gruppe »Bewegung Kaiseraugst nie und Mühleberg abschalten« durchgeführt, obwohl noch ein zweites Bekennerschreiben einer anderen Gruppe eintraf. Wie meine Recherchen gezeigt haben, sind für diesen Anschlag (und den fast gleichzeitig durchgeführten, aber misslungenen in Kaiseraugst) zwei Personen verantwortlich, die damals in Birsfelden und Basel wohnhaft waren. Aus Gründen der Staatsräson ist es nie zu einer Anklage gekommen.

6.2.1983 ....

Schlimme Deutschstunde mit Diego! Das bringt gar nichts, ich kann Diego nichts beibringen, ausserdem kann ich solche Typen nicht leiden, er meint, alles müsse sich um ihn drehen, er sei der Beste und sowieso der Schönste. Wir quälen uns durch Konjugationen, ich versuche, ihm einfache Sätze beizubringen, »Wo kann ich Wein kaufen«, »Heute regnet es«, doch er versteht nicht oder will nicht verstehen. Wahrscheinlich hat Ploetz ihn zu dieser Deutschstunde verdonnert. Diego sieht aus wie ein typischer Spanier, klein, schwarzes, volles Haar, schmales Gesicht, dünne Lippen, dunkle Augen, arrogantes Lächeln, Mundgeruch, laute Stimme. Da wäre mir Jerzy lieber. Doch der hat immer noch genügend zu tun mit seiner Bea.

Ein weiterer Regensonntag, ich weiss gar nicht, was die Sonntage ausser dem Datum unterscheidbar macht. Ich sitze hier in meinem Zimmerchen, gehe hin und wieder in die Küche, wo Hegel eigentlich immer anzutreffen ist, manchmal auch Kati oder Jerzy, während Bernie in ihrem Zimmer »lebt« und es draussen immerzu regnet und regnet. Für die Uni bin ich weiterhin fleissig, so fleissig gar, dass hin und wieder die Frage auftaucht, was denn eigentlich nach der Uni geschehen soll. Gut, noch müssen viele Vorlesungen und Seminare besucht werden, noch müssen einige Arbeiten geschrieben werden, 1985 sollte die Sache aber doch abgeschlossen sein. Und dann? Ich habe überhaupt keine Ahnung. Nicht nur meine Mutter, sogar meine Schwester fragt inzwischen, was man denn »mit so mä ne« Studium machen kann? Ja, was kann man machen? Ich weiss es auch nicht.

Gemäss Jerzys Onkel herrscht in Polen »stalinistische Ruhe«. Die Sowjets haben Erfolg auf der ganzen Linie. Der seit langem angekündigte Papstbesuch ist definitiv gestrichen. Selbst in Afghanistan scheint sich die Lage beruhigt zu haben. In Chicago und London Rassenunruhen, in Bonn Demos, in Rom Anschlag auf Schweizergarde (endlich!), in Konolfingen Giftanschlag auf SVP-Politiker (endlich!), im Copy Quick eine unendlich offenherzige Jolanda.

8.2.1983 ....

Meine Mutter zieht bald um! Mein Elternhaus bald in Feindeshand. In Meggen offenbar Wasserschaden im Dach, meine Mutter verzweifelt, Cousin Rolf beruhigt sie. Da gibt es Beziehungen, Verbindungen, von denen ich gar nichts weiss.

Traum: Ich bin in einer Stadt unterwegs (Basel? Luzern?), als mir plötzlich der Duft von Erdbeeren in die Nase steigt. Links und rechts verschwinden plötzlich die Leute. Es ist, als ob sie auf steilen Treppen nach unten steigen, fortwährend steigen sie nach unten, so oft ich mich umblicke, verschwinden die Leute wie fallend nach unten, doch ohne Lärm und Aufregung, als wäre dies selbstverständlich, und plötzlich bin ich allein, ganz allein in einer grossen Strasse, während die Geräusche der Autos, Motorräder, die Stimmen und Rufe der Menschen, das Geklingel und Gesumme all der Apparate und Maschinen und Dinge nicht verschwunden ist, die Musik aus den Geschäften weiterhin zu hören ist, so tauchen Erdbeeren auf der Strasse auf, zuerst einzelne, die ich ebenso überrascht wie erstaunt zur Kenntnis nehme, dann immer mehr, bis schliesslich die ganze Strasse mit Erdbeeren übersät ist, so dass ich gezwungenermassen Erdbeeren zertrampele, mit meinen Schuhen fast knöcheltief in Erdbeeren wate, darauf bedacht, nicht auszugleiten, und der Saft bis zu den Hüften hochspritzt. Ich öffne meinen Hosenbund, um nachzusehen, wie tief die Spritzer an meinen Körper gekommen sind. Dann wird die Musik aus den Geschäften noch lauter und fern am Horizont, wie von Saharahitze zerflimmert, erscheint Kati.

Basler SP fordert Aufnahme von weiteren Spanienflüchtlingen.

Amerikanische Soldaten räumen in Aachen auf.

Vaclav Havel gestorben.

Jolanda auf dem Beantworter, will »Shining« schauen gehen, habe ich aber bereits gesehen.

Nächste Woche »Glas Wein« bei Frau Gehring.

Kälteschäden mehrere Milliarden. »BaZ« schreibt von grösster Umweltkatastrophe aller Zeiten.

Ehe von Ploetz nicht gerettet.

13.2.1983 ....

Politik streitet sich über die Begleichung der Kälteschäden, SP fordert einmalige »Kältesteuer«, die Bürgerlichen wollen natürlich nichts davon wissen. Ganz anders, wenn es den Bauern die Ernte verhagelt, da wird grossartig entschädigt, dass so mancher Bauer heimlich auf Hagel hofft. Es sind ja nicht nur Strassen und Brücken betroffen, viele Privatpersonen haben grossen Schaden erlitten, der nicht versichert ist, so ist bei Frau Gehring eine Wasserleitung geplatzt, die halbe Wohnung verwüstet und niemand bezahlt. Das ist doch eine Sauerei!

Weiterhin ziemlich warm. Von überall her sind in letzter Zeit die Fasnachtsmisstöne zu vernehmen, es wird geübt, dass einem schlecht wird, ich habe mit Samuel vereinbart, dass wir die »drei schönsten Tage des Jahres« in Flims verbringen, dann muss ich die »Syffler und Dümmler« nicht hören. Ich nehme meine Schreibmaschine mit und hoffe auf kreative Tage, denn das ist bitter nötig, mit meiner Seminararbeit komme ich nicht voran. Dann werden wir die Arbeit von Samuel besprechen, die ich noch nicht fertig korrigiert habe. Bei einigen schwierigen Stellen habe ich Hegel um Rat gefragt, der wieder einmal bewiesen hat, dass er ein kluges Bürschchen ist, auch wenn er in seiner widersprüchlichen Struppigkeit nicht so aussieht, am Morgen sieht er aus wie ein Häftling in einer Jugendstrafanstalt, am Mittag wie ein Klosterschüler, am Abend wie ein Komponist des frühen 19. Jahrhunderts.

»Lesegruppe.« Unsere Schweizer Fassung soll jetzt definitiv erscheinen, das ist immerhin ein Erfolg, bin gespannt auf Reaktionen. Kati meint, wir locken damit die müden Sozis hinter dem Ofen hervor. Der Streit vom letzten Mal tauchte nicht mehr auf, ich glaube, Hans-J. hat vor dem Treffen für Ruhe gesorgt, Bea erzählte mir in einer elend langen, fragmentarischen Ausführlichkeit über die »Verbürgerlichung« ihrer Eltern, »früher ziemlich, ja doch recht links und, weischwienimein, dann das, was so oft, du weisst schon, das bürgerliche Leben halt, ein Haus und, ist ja auch irgendwie, auch wenn recht klein, halt das Ganze, und auch Kinder und so, und die Krankheit, das ist nicht, weischwienimein, plötzlich diese, ja irgendwie, die Krankheit war schon ziemlich, das macht die Sache nicht …« Hegel und ich warfen uns Blicke zu, einmal hat uns Jerzy ertappt, Hegel errötete und versuchte, mit seinem Gesicht im Glas zu verschwinden, während Hans-J. von der antiimperialistischen Front sprach: »Die Front ist Entwicklung des politischen und praktischen Zusammenhangs des Angriffs gegen die imperalistischen Mächte, oder sie ist nichts.« Oder so ähnlich. Bei solchen Sätzen, die Hans-J. mit trockener, leiser Stimme vorträgt, schaut Hegel ihn an, als würde er das gar nicht glauben, was er hört, doch wahrscheinlich denkt er bereits an seine eigenen Sätze im nächsten Text.

Bin müde, gehe zu meinem kleinen Kuschelbär. Draussen sehr dunkel und sehr ruhig.

16.2.1983 ....

In Turin Kinobrand, 64 Tote, man vermutet Anschlag der Faschisten.

Gerlind Zumsteg Miss Bebbi.

Strauss zieht sich aus Politik zurück.

Reagan will Spanien besuchen.

Absturz bei Frau Gehring. Wir tranken zwei Komma? Flaschen »Barolo«, am Schluss noch ein paar Grappas. Bevor ich ging, lagen wir auf dem Sofa und hörten die Oper »Baal«, bei der Frau Gehring einen Statistenauftritt hat. »Passiert« im strengen Sinn ist nichts, es hätte aber passieren können, was mich doch ziemlich erstaunt, ist sie doch einiges älter als ich, riecht aber jung. Sie erzählte wiederum fast den ganzen Abend vom Innenleben des Theaters, wo es recht aggressiv und deftig zu- und hergeht, bei einer Zweierprobe hätte das Schauspielerpaar ein paar Meter vor Frau Gehring Sex gehabt, auf offener Bühne, und einmal sei eine junge Schauspielerin in der Schminke vom Regisseur regelrecht vergewaltigt worden, das sei, so Frau Gehring, Teil der Proben, die heutigen Regisseure seien nichts anderes als Schweine, die ihren Schwanz überall hineinstecken wollen, ob nun hetero oder homo, das Stecken sei geradezu ein Steckenpferd aller jungen Regisseure, die Auswahl der Schauspieler nichts als eine Auswahl von Stecklöchern, und wenn genug gesteckt worden sei, werde ein bisschen inszeniert, dann gesoffen und gesteckt, das sei modernes Theater.

Kopfweh ist noch nicht verschwunden, ausserdem habe ich Durchfall, der Grappa ist mir ganz schlecht eingefahren. Zum Glück ist Hegel ausser Haus, sonst gäbe es vor dem WC längere Wartezeiten, peinliche Wartezeiten.

Hegel hat mir Lehrbuch für den Deutschunterricht geschenkt. Diegos Gesicht erhellte sich um ein paar Prozente, als er das Buch sah. Und seine Motivation auch, er kann jetzt sein und haben konjugieren.

Cousin Rolf hilft meiner Mutter beim Zügeln. Ob er Geld verlangt, mein Cousin? Vielleicht handelt er künftig nicht nur mit Immobilien, sondern besitzt auch noch das weltweit grösste Umzugsunternehmen.

Magda auf dem Beantworter, will mit mir »Tee«!!! trinken.

Im Innenhof wurde der Asphalt weggerissen, Baugerät steht herum.

20.2.1983 ....

Habe zwei Platten gekauft (Led Zeppelin, Scorpions), mit der neuen Anlage klingt Musik ganz anders, da sitzt man wie im Konzert. Kürzlich kam Bernie, wir haben uns über Musik unterhalten, sie findet den klassischen Hardrock »langweilig« und »bünzlig«, nun, mein liebes Tagebuch, dann bin ich halt ein langweiliger Bünzli, trotzdem finde ich Led Zeppelin die höher entwickelte Kunst als das Geschrei von Sex Pistols oder Stranglers, ausserdem spielen sie nicht Hardrock, sondern Blues! Aber immerhin war es ganz unterhaltsam mit Bernie, sie hat keine klare politische Meinung, sie meint, die wahre Politik stecke in der Kunst (und wohl auch im Sex). Apropos: Hegel war gestern zum ersten Mal mit seinem »Boy« hier. Die beiden setzten sich bewusst selbstbewusst an den Küchentisch, hielten Händchen und tranken Tee, wahrscheinlich Ceylon-Tea. Hegel stellte mir seinen Arum vor, ich wusste gar nicht, dass er so gut Englisch spricht, später kam dann noch Kati, was die Sache etwas lockerer machte.

In Aachen wird bereits über den Wiederaufbau gestritten. Die SPD will eine Modellstadt, die CDU das alte Aachen. Wie sollte es denn anders sein! Manchmal wünschte ich für begrenzte Gebiete auch hier ein Erdbeben, gewissen Zonen im Aargau und in der Innerschweiz würde eine Zerstörung ganz guttun. Doch so was geschieht in der CH nicht, da bleibt alles ruhig und beständig und stark im wogenden Meer, wir sind eben erdbebenfest.

Frau Gehring hatte auch Durchfall. Offenbar war der Grappa nicht in Ordnung. »Baal« sei ein gutes Stück, sie wird mir eine Karte in den Briefkasten legen. Sie machte eine Andeutung zum Sofa, die ich nicht ganz verstand, aber immerhin die Richtung ahne.

Heute Abend geht es nach Flims. Kein Morgesaich dieses Jahr, kein wirres, schrilles Gepfeife, keine peinlichen Sprüche, keine besoffene Dummheit dieses Jahr. Samuel ist bereits in Flims. Ich nehme meine Schreibmaschine mit.

Biel Eishockeymeister, Paola und Kurt Felix an der Coop-Unterhaltungs-Show.

Draussen blitzt es, ein Wintergewitter?

22.2.1983 ....

Flims. Ich schreibe zum ersten Mal ausserhalb der Hegnauer.

Samuel ist in der Küche und liest. Ich sitze an einem runden Tischchen im Schlafzimmer, das Licht ist karg, der Geruch der frisch gewaschenen Bettwäsche vermag die Muffigkeit des Raumes nicht ganz zu übertünchen.

Gestern haben wir den Text besprochen, den ich korrigiert habe (Bourdieu und Konfliktforschung), und haben viel über die Innerschweizer Gesellschaft gesprochen. Sein Metzger-Vater war Kantonsrat der CVP und so hat Sämi viel über diese Szene erfahren, jedenfalls bis zur Trennung der Eltern. Die Innerschweizer CVP ist noch viel korrupter und schmieriger, als ich gedacht hätte. Sämi vermisst seinen Vater »keine Sekunde«.

Heute sind wir über Fidaz zur Foppa spaziert, haben dort ein Plättchen gegessen und Kaffee Schnaps getrunken. Es liegt noch ziemlich viel Schnee. Samuel hat mich über meine »Frauengeschichten« ausgefragt, habe einiges erzählt. Er ist der Meinung, dass feste Beziehungen sich negativ auf den Geist auswirken, die »Dauermonogamie« sei ein Produkt des 19. Jahrhunderts und werde allmählich verschwinden. Sämi hat zwei »lockere« Beziehungen, die eine wohnt in Basel, die andere in Flims!, gesehen habe ich sie beide nicht.

Manchmal komme ich nicht klar, wenn ich mit so viel verschiedenen Lebenshaltungen zu tun habe. Vergleiche ich Hegel und Sämi, so liegen dazwischen Welten und mit beiden verstehe ich mich, wie ist das möglich? Bin ich letztlich ein Anpasser? Wo ist denn meine Linie, mein Stil?

Hier ist es extrem ruhig. Man hört keinen Ton, nur hin wieder ein Rascheln aus der Küche. Könnte ich mir ein solches Leben vorstellen? Im Jura? Ganz für sich sein, selbstversorgend? Sämi liest Bücher über Landwirtschaft, Gemüsebau und Tierhaltung. Er ist fest entschlossen, in den Jura zu gehen, das Geld dazu sei vorhanden und auch einen Hof hätte er schon in Aussicht. Er lässt sich jetzt auch einen Bart wachsen, was scheusslich aussieht, doch vielleicht gehört das zu einem jurassischen Jungbauern.

Um zehn gehen wir noch etwas trinken im Dorf. Bis dann lese ich ein wenig in meinem nicht mehr ganz frischen Frisch.

24.2.1983 ....

Wieder in der Hegnauer. Gute Zeit in Flims gehabt, auch wenn mich die rigorose Art von Sämi manchmal stört, er ist felsenfest von seinem Jura überzeugt, so dass er über andere Möglichkeiten des Widerstands gar nicht reden will. Er findet zwar unseren Text »interessant«, glaubt aber nicht an die Wirkung unseres Vorgehens. Selbst wenn wir Wyer und Blocher zusammen in die Luft sprengen würden, würde dies nichts ändern, meint Sämi, das System sei viel zu stark für solche Anschläge, man müsse im Kleinen »Substrukturen« aufbauen.

Ich höre wieder mal eine Schiffssirene.

Heute Abend wieder mal TV mit Bernie, später kam noch Kati hinzu, sie wirkte überdreht, war aber nicht betrunken. Wer weiss, was sie erlebt hat.

Und sonst? Gorbatschow stoppt Abrüstung, Mitterand besucht Rumänien, FDP rückt nach rechts, Tumulte und Tote in Spanien, Banküberfall in Binningen.

Bald wieder Deutschunterricht mit Diego, mir graut davor.

Meine Mutter drängt auf ein Datum meines Abschlusses. Sie findet es normal, dass man weiss, wenn eine »Schule« zu Ende ist. Nun gut, wann ist die »Schule« zu Ende? Möglich ist 1985. Doch was dann? Was soll ich 1985 tun?

Es ist wieder kälter geworden. Bereits kommt wieder die »Kälteangst« auf, man befürchtet einen Rückfall in Kältezeiten. Der Bundesrat schlägt ein Kältefrühwarnsystem vor und die Einrichtung eines Härtefonds für Kälteopfer, ausserdem sollen die Krankenkassen ihre Leistungen entsprechend anpassen und selbst bei der Polizei soll es jetzt »Kältekurse« geben.

Vor zwei Monaten Erdbeben in Aachen, Gedenkgottesdienste und ähnliches dummes Zeugs.

Morgen Lesegruppe bei Ploetz.

27.2.1983 ....

Kalter, schöner Sonntagabend.

Mit Sandra Kaffee trinken. Sie war in Thun bei meinem Schwager. Wie es aussieht, verstehen sich die beiden prächtig, sie hat ihm einen jungen italienischen Dichter empfohlen (Giovanni Giovanetti), der kurzfristig einspringen kann für einen offenbar verschollenen Dichter. Mein Schwager soll über ein »überdeutliches Empfinden für Sprache« verfügen, was ich, ehrlich gesagt, noch nie bemerkt habe, aber vielleicht braucht es dazu die schönen Ohren von Sandra. Als ich meine Schwester erwähnte, räusperte sie sich und sagte schliesslich »nett«, was ein vernichtendes Urteil ist, wenn man ein überdeutliches Empfinden für die Sprache hat. Nun, in einem Monat ist es wieder so weit, selbstverständlich bin ich dann auch wieder in Thun, vielleicht ist ja meine Schmuse-Heide dann da! Da da.

Postkarte vom Bärtigen erhalten, dabei eine unleserliche Unterschrift, eine Freundin?

Unser zweiter Text, eine Art Erweiterung und Vertiefung des ersten Textes, ist beinahe fertig. Hans-J. und Hegel wollen den Text in einem Sammelband unterbringen, offenbar plant eine Gruppe aus Frankfurt eine unabhängige Publikation. Das wäre was, wenn unser Text in einem Buch erscheinen würde!

Zwischen Jerzy und Bea wieder das übliche Theater, allmählich mögen wir dies nicht mehr sehen und hören. Sie hat ständig was an ihm auszusetzen, was ihm peinlich ist, er hört dann weg, steckt sein Gesicht so gut es geht unter seine Wollmütze, doch Bea ruht nicht, bis er ihr vor die Tür folgt, von wo dann eine Weile die hohe, helle und hektische Stimme Beas zu hören ist, dann eine Weile nichts, bis die beiden schüchtern lächelnd und wie frisch verliebt die Küche betreten, sich zuprosten, von einem »Schmützli« begleitet, und dann eine Weile froh und munter sind, bis das Spiel von neuem losgeht.

Cello war wieder mal überaus munter, er grunzte und schlurfte und rülpste und lachte und meinte, wir müssten die Sache wie ein Uhrwerk betrachten, man brauche bloss an der richtigen Stelle drehen, dann kommt die ganze Mechanik in Bewegung. Hegel betrachtet ihn noch immer ziemlich misstrauisch, er mag wohl diese Uhrmacherlogik nicht, vielleicht vermutet er deistische Hintergründe, auf jeden Fall bringt Cello mit seiner ganzen Stimm- und Leibesfülle einiges Leben in die Bude, was Nina überaus erheitert. Noch nie habe ich sie so lachen gesehen. Es funkelte in ihren so wunderbar roten Haaren und manchmal sogar auf ihren Zähnen. Sie trug keinen BH.

Hegel mürrisch wie in den besten Tagen. In seinem Gesicht die Stimmung eines Waschsalons. Doch er treibt uns voran, zusammen mit Hans-Joachim, der auch nicht den heitersten Eindruck machte, zieht er die Gruppe. Bloss, in welche Richtung? Es geht in Richtung Aktion! Es muss in diese Richtung gehen, die Theorie ist ausgeschöpft, dies ist uns allen unausgesprochen klar. Die Frage ist bloss, was wir mit Bea machen. Sie ist nur wegen Jerzy dabei, auch dies ist klar, mit ihr ist keine wirkliche Aktion zu machen, denn die Zeiten der Plakataktionen sind vorbei. Was tun?

Bei Diego sieht die Sache anders aus, er ist nur vorübergehend bei uns, im Juni will er nach Frankreich zu seinem Bruder. Umso mehr frage ich mich, weshalb er unbedingt Deutsch lernen will und dies ausgerechnet bei mir!

Die Temperatur pendelt sich bei null Grad ein. Im Innenhof sind nun die Bagger an der Arbeit und reissen tonnenweise Asphalt und Kies auf.

Schmidt sieht grosse Kriegsgefahr in Europa, will eigene Rüstung weiter ausbauen. CDU hetzt gegen DDR und Türken. Bald sind Wahlen in Deutschland.

Meine Finger schmerzen.

2.3.1983 ....

Gisela Ditzi von der RAF verhaftet. Wir haben die Sache diskutiert. Kati meint, wir sollten auf Spitzel achten, die seien heute überall eingeschleust, was Hegel ein wenig übertrieben findet. Und überhaupt sei die Schweizer Szene viel weniger unter Beobachtung als die deutsche. Ich glaube, Hegel verharmlost bewusst, er weiss doch selber, dass in der linken Szene Spitzel eingesetzt werden und alle möglichen Daten gesammelt werden, bloss weil der Staat vermeiden will, dass die Linke weiter wächst. Angst ist das Stichwort, der Staat hat panische Angst vor allem, was irgendwie nach Kommunismus oder Sozialismus riecht, vor allem seit die Sowjets Afghanistan und Polen fest im Griff haben. Man spürt hier auch im Kleinen diese Angst, so kürzlich beim Kiosk: »D'Kommunischtä verschönd nurn'herti Sprooch.« »Dasischja hützutag nümme mögli.« »Warzab.« »Meintsch?« »Jabrschosichär.«

Mutter in Meggen. Besuche sie nächstes Wochenende. War noch nie in Meggen. Stelle mir Meggen total provinziell und bünzlig vor.

Die Terroristin hiess Gisela Dutzi. Bei ihrer Verhaftung trug sie eine grosskalibrige Waffe und einen gefälschten Ausweis auf sich. Dutzi war wahrscheinlich in die Entführung des österreichischen Unternehmers Walter Palmers im Jahr 1977 verwickelt, was ihr allerdings nie nachgewiesen werden konnte. Sie steht der Bewegung 2. Juni nahe.

6.3.1983 ....

Mit Hegel langer Spaziergang (Schönenbuch – Allschwilerwald – Biel-Benken – Therwil). Lange Zeit sprachen wir kaum ein Wort, gingen schnell und entschlossen, als hätten wir ein Ziel, doch je länger wir über die Ebene liefen, auf der einen Seite die chemischen Türme von Basel sahen, auf der anderen die Erhebungen des Jura, fielen wir in einen anderen Rhythmus, als wäre uns ein Stein vom Herzen gefallen, als wäre eine unsichtbare Hand, die uns ins Freie gezogen hätte, nun auf einmal verschwunden, und fanden allmählich in ein Gespräch, wie ich es mit Hegel lange nicht mehr hatte. Er erzählte mir von Arum, von seiner überaus grossen Liebe zu ihm, wie er ihn kennenlernte, wie er sich eine Zukunft mit ihm vorstellen könnte, falls er in der CH Asyl erhielte, dass er ihn nächstens seinen Eltern vorstellen werde. Noch nie habe ich Hegel von seinen Eltern sprechen hören, ich konnte mir gar nicht vorstellen, dass er welche hat, er machte auf mich stets den Eindruck, dass er vom Himmel gefallen war oder schon ewig, wie ein guter Grummelgeist, in der Hegnauer hauste, aber dass es eine Verbindung zwischen ihm und einem Vater, einer Mutter gab, dieses Bild hat sich noch nie eingestellt. Er traut übrigens Bernie nicht, denkt, dass sie »ned suber« ist. Er will deshalb die Sitzungen mit Hans-J. nicht mehr bei uns abhalten, sondern bei Ploetzens, wo, mein liebes Tagebuch, noch immer viel Platz ist. Denn Frau Ploetz ist definitiv ausgezogen, jegliche Therapie gescheitert, Suizide übrigens auch.

Je länger unser Spaziergang dauerte, desto munterer wurde Hegel, sein Gesicht hellte sich auf, verlor zumindest einen der Schleier, ja, er ging sogar einigermassen aufrecht, so dass sein Blick möglicherweise bis zum Horizont reichte, blieb manchmal ganz unvermittelt stehen, berichtete von seiner Arbeit, die seine Liz-Arbeit sein wird, als lese er mir vor, und fragte mich mit schelmischem Unterton, was ich von Frau Gehring halten würde.

Es war ein sehr schöner Spaziergang. Wir besprachen vieles, was lange Zeit in der Luft lag. Klar ist nun, dass ich in der WG akzeptiert bin! Ich gehöre endlich dazu! Auch Hans-Joachim sehe mich durchaus positiv. Es gebe interessante Kontakte zu Frankfurter Gruppen. Möglicherweise würde sich konkret was ergeben. Hans-Joachim und er würden nächstens nach Frankfurt fahren. Es würde sich was tun. Ganz konkret.

Nun, ich bin gespannt. Es muss tatsächlich was passieren.

Schmidt hat wahrscheinlich Wahl in Deutschland gewonnen. Die Resultate sind erst morgen klar, es wird knapp.

Bernie schnauft in ihrem Zimmer.

Kati mit Hegel und Jerzy in der Küche.

Höre »Poor Tom«.

Bin »Poor Ursus«.

7.3.1983 ....

Schmidt knapper Sieger in Deutschland. Kati meint, es spiele keine Rolle, ob Schmidt oder Kohl, beide würden in dieselbe Richtung gehen: harter Antikommunismus. Das ist wohl richtig, Schmidt rüstet auf wie ein Irrer, macht die Ostverträge von Brandt rückgängig und weint sogar Strauss eine Träne nach. Das sind wahrlich keine guten Zeichen.

Ich habe den Eindruck, Kati riecht in letzter Zeit weniger. Liegt das nun an meiner Nase oder ist ihre Ananasigkeit tatsächlich auf dem Rückzug? Falls ja, warum? Wächst sich der Geruch aus? Wechselt sie den Geruch? Hat das was mit den Hormonen zu tun?

Gestern wieder dieser Bummelzug der Idioten. Dies ein Grund, von Basel wegzuziehen.

10.3.1983 ....

Ach, ich Armer. Led Zeppelin auf voller Lautstärke. Mein Schreiben lautlos, ein seltsames, irgendwie unsicheres Gefühl. Es ist, als würden die Gedanken wie von selbst aufs Papier flattern, wie kleine, neckische Geister, die erst erkennbar werden, wenn sie auf dem Papier sind. Was es mir sehr erleichtert, nicht auf die anderen zu achten, nicht zu denken, dass die anderen denken, dass meine Musik zu laut ist etc. Also einfach die Worte sich bilden sehen auf dem Papier. Manchmal ist mir mein Schreiben das liebste. Manchmal wünschte ich, es gäbe darum herum gar nichts, die Welt würde nur in dem bestehen, was ich schriebe. Die Welt wäre eine Erfindung von mir, dann könnte ich mit ihr machen, was ich wollte, könnte Dinge hervorzaubern, andere zum Verschwinden bringen oder eben gar nicht entstehen lassen, könnte mir eine wunderschöne Frau herbeischreiben, eine Frau, die gar nichts anderes will als mich, ihren einzigen, grossen Geliebten. Es wäre eine Welt ganz nach meinem Geschmack, und dass sie erfunden ist, würde mich nicht stören. Wieso sollte es mich stören? Die wirkliche Welt ist ja auch erfunden, bloss nicht von mir. Kati und mich würde es auf eine Insel treiben, wo wir uns selber genug sind. Ich hätte ihren Geruch den ganzen Tag in meiner Nase, ich würde in nichts anderem leben als in ihrem Geruch wie in einer ewig schwebenden Blase.

Stattdessen:

Werner Grob aus Winterthur stösst mit einem Pistenfahrzeug zusammen und stirbt.

Die UdSSR rüstet auf und droht mit Atomwaffen.

Schön bei ca. 15 Grad.

12.3.1983 ....

Achtung Schreibübung!

> Es wird sich zeigen, ob die vom westdeutschen Elektorat *denkbar knapp* gewünschte Fortsetzung der SPD/FDP-Koalition unter Kanzler Schmidt die Periode des Verwaltens zu überwinden und eine Politik der Erneuerung einzuleiten vermag, welche die Anforderungen der Zeit bewältigen kann: Bekämpfung der Arbeitslosigkeit durch Ermunterung der Investitionen, Eindämmung der Staatsausgaben, Korrekturen am überlasteten Sozialversicherungssystem, Wiederaufbau der Stadt Aachen.
> Als neues Zeugnis für den hoffnungslosen Zustand Osteuropas, für die unüberbrückbare Kluft zwi-

schen Regierten und Regierenden, für den inneren Boykott der »slawo-sozialistischen« Fremdherrschaft Gorbatschow'scher Ausprägung und ihrer totalitären Ordnung steht die De-facto-Annexion Polens, die sich von der gewaltsamen Sowjetisierung und Knechtung am Hindukusch nur graduell, nicht aber in ihrer »Qualität«, in ihrem *ideologisch-chauvinistisch-repressivem Kern* unterscheidet. Auch wenn die Regierung Schmidt die Situation in Osteuropa und in Afghanistan mit dem leider üblich gewordenen sozialdemokratischen Weichzeichner zu entschärfen versucht und der medialen Welt glaubhaft machen will, dass der sozialistische Alltag weitaus friedvoller und gerechter ausgestaltet sei, als die Kapitalisten jenseits des Atlantiks es immerzu an die Wand malen, kommt Bonn *nicht darum herum*, eine Ostpolitik zu entwickeln, die sich am Begriff der Reform orientiert, da sonst Gefahr droht, sowohl den transatlantischen Draht wie auch die zwar dünnen, aber doch intakten Beziehungen über den Eisernen Vorhang hinweg gänzlich zu verlieren.

13.3.1983 ....

Ein schönes Datum. Es wird nie mehr wiederkommen.

Hegel und Hans-J. in Frankfurt. Kati scheint ein wenig enttäuscht, dass sie nicht auch dort ist, uneingeladen. Immerhin meinte sie, dass sich jetzt was tut, die Frankfurter Szene sei bestens organisiert, dort wären ein paar knallharte Typen mit besten Kontakten zum Untergrund. Nun, dann bin ich gespannt, was sich in Frankfurt tut. Die Zeit der Theorie hat ein Ende.

Meine Mutter will mir unbedingt das neue Haus zeigen. Sie ging davon aus, dass ich an diesem Wochenende nach Meggen komme, doch so selbstverständlich, wie sie die Sache sieht, ist sie eben nicht. Also, bald nach Meggen.

Hegel in letzter Zeit wieder stundenlang im Bad.

Deutschunterricht mit Diego stillschweigend abgebrochen. Zu unterschiedlich unsere Personen. Hegel hat die Sache offenbar in die Wege geleitet. Soll Ploetz ihn unterrichten.

Iran hat den Krieg gewonnen. Irakische Generäle verlangen Unterstützung des Westens, Nato soll für Ordnung sorgen.

In Spanien Streit bei den Militärs. Man vermutet Intrigen, Korruption.

Im Copy-Quick Normalbetrieb. Ich verrichte meine Arbeit, wie es von mir verlangt wird, aber selbstverständlich ohne Lust und Leidenschaft. Ich verstehe nicht, dass man jahrelang in einem solchen Shop arbeiten kann, die Arbeit ist stumpfsinnig, idiotisch, sie macht leer und unzufrieden, erstaunlicherweise ist der Lohn gar nicht so schlecht, sonst wäre ich schon längstens weg. Jolanda lässt mich in letzter Zeit in Ruhe, markiert hin und wieder den Boss, will aber immerhin nicht jedes Wochenende »öppis mache« mit mir. Vermutlich hat sie einen Bettgenossen gefunden.

Nächstes Wochenende in Thun, Lyrik. Sehe Sandra wieder mal. Das freut mich irgendwie.

Das Treffen in Frankfurt am Main fand am 14. März 1983 von 18–21 Uhr in einem Restaurant in Frankfurt-Nordend statt. Gesichtet wurden nebst Geiger und Ploetz die beiden, der RAF nahestehenden T. K. und H.-D. M. Nach dem Treffen gingen Geiger und Ploetz in ein – auch von Homosexuellen besuchtes – Lokal ebenfalls in Frankfurt-Nordend. T. K., der im Mai 1983 die Basler Gruppe besuchte, wurde 1984 wegen illegalem Waffenbesitz verurteilt und ist seither nicht mehr aktenkundig. H.-D. M.s Spur verliert sich 1984 im Nahen Osten, wahrscheinlich hielt er sich damals in Jordanien auf.

16.3.1983 ....

Bea beim Skifahren schwer verunglückt, niemand weiss, wie schwer. Kati vermutet dauerhafte Lähmung. Hegel bei Jerzy.

Mit Cello wieder mal Bier trinken. Das ist nun wirklich ein schräger Vogel. In der »Fischerstube«, wo wir sonst nie sind, setzten wir uns an einen Tisch mit Basellandschäftler. Cello gab den Konservativen, die anderen bemerkten die Ironie nicht. Es war wirklich urkomisch. Er trieb die Sache so weit, bis die anderen in eine Unterschriftensammlung zur Wiedereinführung der Todesstrafe einwilligten. Selbstverständlich floss Bier in Strömen, dass Cello ein schier unerschöpfliches Fassungsvermögen hat, machte den Basellandschäftlern natürlich grossen Eindruck. Sogar Leute vom Nebentisch setzten sich zu uns, weil sie den Dicken aus der Nähe hören und sehen wollten. Als er auf den Tisch stehen und eine Rede an die Nation halten wollte, schritt der Wirt ein. Rundherum ein Gegröle, man solle den Mann sprechen lassen, endlich würde jemand die Wahrheit sagen, so, wie einem eben der Schnabel gewachsen sei, endlich kein Studierter, der keine Ahnung habe von Botanik usw. Zum Schluss verkündete Cello die Gründung einer neuen Partei nächsten Freitag in ebendiesem Lokal. Freiheitspartei. Anschliessend wechselten wir das Milieu, gingen ins Hirschi, wo Cello die Sache zum Besten gab.

Wer weiss, vielleicht wechselt Cello tatsächlich mal die Fronten und gründet die Freiheitspartei.

Von Hegel bisher nichts gehört, er hat sich in den letzten zwei Tagen zurückgezogen. Wer weiss wohin.

FC Liestal entlässt Trainer.

17.3.1983 ....

Im Innenhof wird betoniert und vibriert und gestampft, dass die Wände wackeln. Es ist unerträglich!

So, nun ist die Sache klar: Hegel und Hans-J. trafen in Frankfurt jemanden, der mit der RAF Kontakt hat. Er heisst N. Hegel und Hans-J. informierten über unsere Aktivitäten in der CH (»Schweizer Zelle«) und unsere Ziele. Sie hätten »interessante« Infos bekommen, es gebe gerade in der CH lohnenswerte Ziele, denn die CH sei ein Transitland imperialistischer Finanzströme. Hegel machte Andeutungen, dass ein Ziel bereits konkret ins Auge gefasst worden sei. Ich gestehe, die Vorstellung macht mich nervös. Auch Kati ist seit heute Abend angespannt, freudig angespannt, würde ich sagen. Hegel machte Andeutungen, dass unklar ist, wer bei der »Aktion« dabei sein wird.

Bin wieder sehr müde in letzter Zeit.

Noch immer Saulärm im Innenhof.

18.3.1983 ....

Mit Nina und Kati in der Küche, Hegel bei Ploetz. Haben Pizza gebacken, Rezept vom Bärtigen.

Nina treibt sich offenbar wieder mit ihrem Gra-ficker rum.

Bea liegt noch in der Churer Intensivstation, offenbar hat sie schwere Kopfverletzungen. Jerzy ist seit dem Unfall in Chur.

Wieder schwere Träume, denen ich fast nicht entkomme.

In 20 Min. nach Thun.

20.3.1983 ....

Sonntagabend, spät. Hegel wollte was trinken mit mir, doch ich hatte keine Lust.

Hinter mir liegen ereignisreiche Lyriktage. Ich war mit Sandra im Bett. Wir blieben, wie bereits letztes Jahr, nach den Lesungen in der Beiz, tranken Wein und unterhielten uns über das, was wir gehört hatten. Sandra war aufgedreht, ja euphorisch, ihre Lesung war ein grosser Erfolg, ein Redaktor der »BZ« machte mit ihr ein Interview. In ihrer Aufregung, in ihrem Erfolg war Sandra schöner denn je. Das Geheimnisvolle, das stets wie ein Schleier über ihrem Gesicht liegt, brach auf und enthüllte eine bislang unbekannte Schönheit. Ich war fasziniert, konnte mich nicht von ihr lösen. Obwohl es ziemlich kalt war, gingen wir anschliessend am See spazieren, Sandra hakte sich bei mir ein, auf dem Rückweg gingen wir Hand in Hand und dann wie selbstverständlich zu ihrem Cousin, dann noch selbstverständlicher miteinander ins Bett. Nun bin ich hier, und doch nicht. Sandra bleibt noch bis Dienstag bei ihrem Cousin in Thun.

Ich weiss nicht, was dies zu bedeuten hat. Sind wir ein Paar? Verliebt? Eine einmalige Sache? Sandra ist am Morgen danach früh aufgestanden, hat mir Zmorge ans Bett gebracht, anschliessend schien es wie immer, wie zuvor. Wir verabschiedeten uns mit zwei Küsschen auf die Wange.

21.3.1983 ....

Sandra noch in Thun. Kein Anruf.

Ich zwischen Verwirrung und Glückseligkeit. Was hat das zu bedeuten, mein liebes Tagebuch?

Habe Hegel und Kati nichts davon erzählt, die beiden können sich nicht vorstellen, dass ich mit Sandra was hatte, ich glaube, sie hätten auch kein Verständnis.

Doch mein Bär, der hat Verständnis.

22.3.1983 ....

War bei Sandra Kaffee trinken. Sie zeigte mir das Interview in der Zeitung. Das Foto ist grandios. Sie wird als »hoffnungsvolle Jungdichterin« gehandelt. Was habe ich mir da eingehandelt? Zwei Küsschen auf die Wange, mehr war nicht, und doch war mehr. Ist mehr. Wir gehen am Freitag Pizza essen. Sandra lädt mich ein. Sie will sich nun ganz auf die Lyrik konzentrieren, ihr Ziel ist, von der Lyrik leben zu können.

23.3.1983 ....

Sandra brachte mir ein Gedicht. Küsste mich auf den Mund, verschwand. Ein Gedicht, das ich nicht verstehe. Aber ich spüre, wie wichtig mir Sandra geworden ist. Ich freue mich sehr auf den Freitagabend.

Hegel sah mich vielsagend an. Was hat das zu bedeuten?

25.3.1983 ....

Gestern Leseabend. Jerzy noch immer in Chur, Bea im künstlichen Koma. Nächste Woche wird sie operiert. Hegel hat eine Karte vorbereitet, wir haben unterschrieben: Ich, Hegel, Kati, Cello, Nina, Hans-J. Das ist unsere Gruppe. Hegel und Ploetz erzählten vom »Frankfurter Kontakt«, der Kontakt sei strategisch sehr wichtig für uns, N. würde sich nächste Woche wieder mit Hegel und Hans-J. treffen, sie wollten nicht sagen, wo. Kati sprach dunkel von einem »Ziel«, und ich bin in Gedanken bei einem ganz anderen »Ziel«.

27.3.1983 ....

Mit Sandra wunderschönes Wochenende verbracht. Am Freitag war ich bis zur Dämmerung bei ihr. Sind wir ein Paar? Ich glaube, Sandra geht davon aus, aber wir haben nicht über uns und unsere Beziehung gesprochen, stattdessen erzählten wir einander unser Leben, das verschiedener nicht sein könnte.

Von unseren politischen Aktionen wollte sie nichts wissen, sie hat nur den Kopf geschüttelt.

Sonntagabend. Ich höre Musik aus Bernies und Katis Zimmer, leise Musik, beide sind sonntäglich zurückhaltend, ich hörte eine Sirene auf dem Rhein und ich höre mein Herz. Ach. Sandra. Es war wie ein unaufhörliches Gedichten auf meinem Körper. Meisterliche Inskriptionen, die noch lange bleiben werden. Ewig.

Und noch ein bisschen NZZ:

> Was die dunklen Schatten über der Menschheit vertreiben soll, sind also, nüchtern und ohne Reagans Pathos beschrieben, *Waffen*, allerdings Waffen einer sozusagen höheren moralischen Kategorie, die nicht mehr Menschen, sondern Vernichtungswaffen vernichten wollen.

30.3.1983 ....

Der 30. März 1983. 3.3.1983. Es wird, so habe ich gehört, heute geheiratet. Offenbar haben Hochzeitstage und Zahlen eine gewisse Gemeinsamkeit. Quersumme 9, was das zu bedeuten hat? Die Menschen holen sich ihren Sinn aus sinnlosen Zusammenhängen. Kann man dagegen was tun? Nein!

3.4.1983 ....

Unruhe in Spanien, Unruhe bei mir. Denkwürdige Tage hinter mir. Sandra, Sandra, Sandra. Die Tochter eines italienischen Gastarbeiters, ungebildet, aber lyrisch begabt, schüchtern, aber ungestüm im Bett, still und dann wieder ununterbrochen erzählend, fuchtelnd, ausschweifend, ausgreifend, ausufernd, dann, wie von einem unsichtbaren Blitz getroffen, sich abwendend von mir und auch von sich, zerplatzt, sich in die Elementarteilchen auflösend, eine entschwebende Ahnung in Raum und Zeit. Man denkt, diese Frau kann nicht lachen, das Lachen sei ihr fremd wie einem Mondmenschen die Erdbewohner, wie dem Fisch die Lüfte, doch urplötzlich, beginnend mit einem undeutlichen, etwas verwischten Schmunzeln, öffnet sich eine Schleuse und Lachen entströmt, fällt gewissermassen hinunter, ein Sturzbach, und ist kaum noch zu stoppen. Und dann ist Sandra ein einziges, grosses, grossartiges Lachen, so dass ich im ersten Moment befürchte, ich falle hinein. So ist Sandra. Ich glaube nicht, dass ich sie verstehen kann. Aber ich bin sehr in sie verliebt. Sie vermeidet alle Worte, die von Liebe, von Beziehung, von Gemeinsamkeit, Zukunft etc. sprechen, doch indem sie ihre anderen Rest-Worte um genau diese Un-Worte kreisen lässt, beschreibt sie, was sie nicht sagen kann, wie Wasser, das den Ölfleck anzeigt.

Bei Bernie tönt und schreit Punk und Fuck, Kati putzt und scheppert in der Küche, wo Hegel wahrscheinlich blicklos schaut und trinkt, als ob ihn jemand dazu zwinge, doch dies alles ist für mich weit weg, wie ein ferner, in sanften Dunst gehüllter Horizont, der langsam ins Unsichtbare, ins Vergessene hinein verschwindet. Noch rieche ich ihre Haut und Haare, spüre ihren Schweiss, höre ihren schnellen Atem, die dunklen Schreie, als wären sie in die Tiefe gefallen. Halte ihren Leib. Sandra. Ihre »Hüänerhuut«.

»Huut-Hoor-Muul«, so der Titel eines ihrer Gedichte.

5.4.1983 . . . .

Ostern überstanden. Man hat an Karfreitag Fisch gegessen, an Ostern dann wieder Fleisch. Das ist Tradition. Ich meine: Tod der Auferstehung. Pfaffen in die Psüchi. Befreit die Gläubigen.

Bei Sandra: Die Wohnung vollkommen verdunkelt, sie führt mich an der Hand, öffnet eine Tür und ich sehe ein Zimmer im Glanz und Flackern unzähliger Kerzen. Es dauert einen Moment, bis ich verstehe, was da leuchtet. Die Lichter beschreiben ein Wort: »Huut«. In der Mitte der »Huut« ein Bett. Dann nur noch Haut. Als ich wieder ein Auge für die Umgebung hatte, waren die letzten Lichter am Verflackern, vergingen in sich selber mit einem letzten, gehauchten Zischen. Schliesslich war es vollkommen dunkel und roch nach Weihnachten. Die »Huut« hatte sich aufgelöst, war zur »Haut« geworden, die Schrift hatte sich in das verwandelt, was sie beschrieb, Literatur war Realität geworden. Wunderbare Realität. Ich möchte in dieser Realität weiterleben.

7.4.1983 ....

Bea hat schwere Hirnverletzungen. Ihr Sprachzentrum ist beschädigt, sie muss neu sprechen lernen! Wir sind geschockt. Jerzy immer noch in Chur, Hegel meint, er bleibe bis auf weiteres dort. Unklar, wie es nun mit unserer Gruppe weitergeht. Jerzy war eine wichtige Person, auch wenn seine Meinung immer wieder zu Streit geführt hat. Kati geht davon aus, dass wir trotzdem nach Plan vorgehen.

Habe Sandra von Bea, Jerzy und unserer Gruppe erzählt. Sie kann überhaupt nicht nachvollziehen, was uns bewegt. Auch nachdem wir schon bei anderen Themen angekommen waren, wirkte sie distanziert, kühl, nachdenklich, als hätte unsere Gruppe einen riesigen Schatten geworfen.

Die plötzliche Wärme lässt die Flüsse anschwellen, die Seen treten bereits über die Ufer. Auch in Basel befürchtet man Hochwasser, bis jetzt ist der Rhein ganz anständig.

Johannes Georg Fuchs Ehrenbürger von Lostorf.

Denke ununterbrochen an Sandra. Die Landschaft ihrer Haut/Huut.

9.4.1983 ....

Es ist Samstagmittag, ein aussergewöhnlich warmer Apriltag, die Vögel zwitschern, als wäre es Mai, die Sonne scheint, als wäre es Juni, und die Gewässer haben inzwischen Hochwasser, als wäre es Sintflut. In Basel sind die Idioten des Zivilschutzes am Sandsacktragen, Bundesrat Wyer schickt seine Soldaten an den Bodensee (CH-Seite), und es herrscht wieder mal grosse Aufregung im Land.

Doch was ich sagen wollte: Frau Gehring hat mich gestern Abend aussergewöhnlich kühl begrüsst, und als ich in unser übliches Theatergespräch einsteigen wollte, war sie schon hinter ihrer Tür verschwunden! Ich habe mir viele Gedanken gemacht und kann mir die Sache nur so erklären, dass sie meine Besuche bei Sandra mitbekommen hat und nun eingeschnappt ist. Oder eifersüchtig? Schade, denn mit ihr hatte ich einige amüsante Abende verbracht. Sie wird sich beruhigen.

Heute Abend mit Sandra im Kino (sie wollte unbedingt »Tootsie« schauen). Ich hoffe auf anschliessende lyrische Überraschung.

Hegel und Kati bei Jerzy in Chur, sie übernachten dort und kehren morgen zurück. Bernie und ich putzen am Nachmittag, es scheint, sie freut sich drauf.

Jolanda wollte, dass ich heute arbeite, doch ich sagte, ich müsse für die Uni was tun. Was ja gar nicht falsch ist.

10.4.1983 ....

Heute den ganzen Tag mit Sandra unterwegs. Wir spazierten am Rhein bis zum »alten« Rhein. Es war ein Tag wie im Sommer. Sie erzählte lyrische Dinge, ich politische. Sandra ist heute Abend mit dem 22-Uhr-Zug nach Italien abgereist, sie besucht Verwandte und regelt eine Erbschaftsangelegenheit, die ich nicht wirklich verstanden habe, in einer Woche ist sie wieder da. Sandra lebt übrigens von einer Rente, die ihr Vater eingerichtet hat, und will erst wieder im nächsten Jahr regelmässig arbeiten. Im Moment will sie sich lieber der Lyrik widmen als dem Italienischunterricht, was ja logisch ist.

»Tootsie«. Blödsinniger Film.

Cousin Rolf hat sich gemeldet, er will uns seine Freundin vorstellen!

Bea ist bei Bewusstsein, sie spreche wie ein kleines Kind, sagte Kati, irgendwie vegetativ. Ein grosses Drama, vor allem für Jerzy. Ich kann mir gar nicht vorstellen, wenn so was mit Sandra geschehen würde. Hegel findet, wir sollten vorläufig keine Sitzungen mehr machen, Kati drängt auf eine Sitzung »spätestens nächste Woche«. Hegel und Ploetz haben sich offenbar wieder mit einem der Frankfurter getroffen. Hegel ist in letzter Zeit angespannt, aufgeregt, seine ohnehin viel zu ausgeprägten Falten haben sich noch mehr vertieft, seine Haltung noch unergonomischer als sonst. Und noch etwas anderes ist mir aufgefallen: Er ist wieder öfter zu Hause. Offenbar haben die Besuche im Asylheim nachgelassen, auch habe ich seinen Arum hier nie wieder gesehen. Gibt es da eine Krise? Und welche Rolle spielt Ploetz dabei?

Solche Fragen, mein liebes Tagebuch, sind doch interessant.

11.4.1983 ....

Sandra hat mich heute Morgen um 7 von Florenz angerufen, »mi manchi molto«, wie schön das klingt! Das ist Lyrik, die mir gefällt.

Nina, Kati und Hegel sind in der Küche, ich vernehme die Tonlage eines politischen Streites. Ich höre die Frauen gegen Hegel. Aber ich höre nicht, um was es geht. Nun, auch wenn Jerzy für eine Weile ausfällt, geht es mit uns weiter, muss es mit uns weitergehen. Reagan rüstet auf wie ein Irrer, in Spanien ringen die Generäle mit demokratischen Kräften, in Deutschland ist und bleibt Schmidt weit rechts, nächstens reist er in die USA, viele Linke in Deutschland hoffen, dass er gleich dableibt. In der Sowjetunion macht sich eine völlig neue Stimmung breit: man ist selbstbewusst und optimistisch. Gorbatschow war der richtige Mann zur richtigen Zeit. Seine Ideologie einer slawisch-russischen Grossmacht kommt an, die Armee steht stark und fest in Afghanistan und Polen, mit Pakistan werden fast wöchentlich irgendwelche Verträge geschlossen, was natürlich Indien in die Arme(e) der USA treibt. In der CH sind die Reaktionären im Aufwind, man riecht und fühlt es. Doch bin ich fest überzeugt, dass die Zeit der Bürgerlichen in nicht allzu ferner Zukunft vorbei ist, die bürgerliche Welt neigt sich dem Ende zu, die Menschen lassen sich nicht mehr alles gefallen, sie wehren sich, es gibt Widerstand. Wir machen Widerstand.

Grosse Teile von Kleinbasel überflutet.

Bürgerliche verlangen, dass die CH nicht gegen die UdSSR spielt im Fussball, man solle das Spiel aus »Menschenrechtsgründen« absagen.

12.4.1983 ....

»Mi manchi molto«, höre ich aus der Toskana. Telefoniere ich mit Sandra, sehe ich sie schön und geheimnisvoll vor mir, ihre Stimme klingt tief und etwas brüchig, sie erzählt von Frühling, Glück und Sehnsucht. Sie halte Augenblicke fest, damit ich sie erlebe, Fragmente einer Stimme der Liebe, sagt Sandra, sie hätte im Zug einen Band von Ungareti (?) gelesen, »La Terra Promessa«, das verheissene Land, sie müsse mir unbedingt daraus vorlesen, schöner könne Italienisch nicht sein. Nach dem Telefon lag ich beseelt auf meinem Bett, bemüht, an nichts zu denken.

Wieder an der Uni. Habe mir vorgenommen, in 3 Semestern abzuschliessen. Mit Samuel in der Mensa. Er hatte viel zu erzählen.

Morgen Mutter in Meggen. Sie ist in Panik, weil sie Überflutung befürchtet, der Pegel des Vierwaldstättersees ist bereits stark angestiegen, in Meggen ist die Seestrasse bereits unter Wasser.

Spiel gegen UdSSR wird nicht abgesagt.

Nachher ein Bier mit WG komplett.

14.4.1983 ....

Situation in Meggen tatsächlich bedrohlich. Der See an vielen Orten über das Ufer getreten, viele Keller überflutet, und der Pegel steigt stündlich an. Die meisten Flüsse sind über dem Ufer, im Wallis und an der Thur ganz schlimm, grosse Aufregung und natürlich Sammelaktionen, Sammelaktionen, Sammelaktionen. Habe Mutter versprochen, dass ich vorbeikomme, wenn die Lage schlimmer wird. Zum ersten Mal machte sie kritische Bemerkungen zu Cousin Rolf.

Das Haus ist übrigens stilvoller eingerichtet, als ich es mir gedacht habe, die dunklen, schweren Möbel sind verschwunden und haben einer schlanken, hellen Modernität Platz gemacht. An meinen Vater erinnert nichts mehr, selbst seine grossen Bildbände und die Whiskybar sind verschwunden. Und das Bett ist kleiner geworden. Wahrscheinlich konnte meine Mutter zum ersten Mal überhaupt eine Wohnung selber einrichten.

Meggen verströmt innerschweizerische Bünzligkeit, ist aber ganz nett am See gelegen, wenn er nicht gerade die Häuser überflutet.

»Tootsie« hat gross abgeräumt an der Oscar-Veranstaltung, 7 Oscars. Habe Sandra davon erzählt, was sie natürlich gefreut hat. Die Erbschaftsgeschichte ist etwa so schlimm, wie sie sich das vorgestellt hat, sie will aber trotzdem wie vorgesehen wieder nach Basel kommen.

CH verliert gegen UdSSR 0:1.

15.4.1983 ....

Walesa tot! In der Haft gestorben. Nun ist klar, was alle vermuten: Mord. Exilregierung in London verlangt internationale Verurteilung und Untersuchung.

Unsere Gruppe lässt sich von der internationalen Lage nicht aufhalten. Gestern inoffizielle Sitzung ohne Jerzy und Bea bei uns. Bernie war nicht da. Wir haben ein Ziel! Im Oktober soll es so weit sein. Hans-J. leitet die Aktion, Hegel ist sein Stellvertreter. Bald werden wir mehr erfahren. Das sind aufregende Zeiten.

16.4.1983 ....

Gesellschaft CH-Polen hat unglaublichen Mitgliederzuwachs.

Leiche Walesas wird »gerichtsmedizinisch« untersucht. Der Papst betet, die Bischöfe beten, die Priester beten, die ganze Welt betet, nur Honecker betet nicht, vom Ostblock keine Telegramme.

Eine Wette in die Zukunft: In 50 Jahren ist Walesa heiliggesprochen, also im Jahr 2033. Wer wird dann Papst sein? Johannes Paul der 6., Leo der 13.?, Johannes der 30.? Möglicherweise ist die Tradition dann endlich abgeschafft, es gibt weder Päpste noch Kirche, denn die Menschen haben sich auf das Menschliche konzentriert. Ich hoffe, unser Ziel besteht aus kirchlichem Material.

Hochwasser weiterhin dominierendes Thema. Stattdessen herrscht Dürre in Indien.

Im Innenhof sind die Arbeiten eingestellt, zu viel Wasser liegt rum, ich habe gehört, es werde ein Kindergarten gebaut.

Magda auf dem Beantworter, wir hatten lange nicht mehr miteinander zu tun. Ehrlich gesagt, mein liebes Tagebuch, ist mir das auch egal. Seit sie seriös geworden ist, langweilt sie mich. Ausserdem bin ich mit Sandra ausreichend beschäftigt. Sie kommt am Morgen wieder nach Hause. Ich habe Fondue eingekauft.

17.4.1983 ....

Heute kommt Sandra nach Hause!

Walesa heimlich beerdigt.

Diego verschwunden.

Habe Cousin Rolf abgewimmelt, er wollte uns heute seine Freundin (Annemarie) vorstellen. Er wirkte sehr enttäuscht. Also, nächstes Wochenende.

Christie wieder mal hier, sie hat mit uns heute Kaffee getrunken.

HSV auf Abstiegsplatz.

War in der Stadt für Zigi und Zeitung. Riesiges Aufgebot an Polizei und Militär, auf den Dächern Scharfschützen, Absperrungen, Presse etc. Mitterrand in Basel. Schmidt besucht Reagan, immerhin.

18.4.1983 ....

Wunderschöner Abend bei Sandra. Wir assen Fondue für 4, tranken für 5 und hatten 6. Sie brachte einen Hauch Mittelmeer nach Basel. Las mir Ungaretti (!) vor. Schrieb auf meinen linken Arm: »Oh bellezza flessuosa, è Aprile / E lo splendore giovane degli anni«, und auf den rechten Arm: »Die Biegsam-Schöne, es ist April / die Jahre leuchten jung herein.«

Mit der Biegsam-Schönen seien wir beide gemeint, sagte sie schmunzelnd. Sie war sehr erleichtert, dass die Erbschaftssache geregelt ist, dabei ging es nicht einmal um sie selber, sondern um eine Tante, die ihr Wohnrecht im Elternhaus in Orvieto verteidigen musste und nun dort bleiben kann, »fino in fondo«, sagte meine Sandra.

Nun sitze ich wieder in meinem Zimmerchen, um mich herum ist alles ganz still, bloss meine Schreibmaschine klappert so schön, wie ein Bächlein murmelt. Und hinter mir sitzt, mit einer erwartungsvollen Zufriedenheit: mein Bärchen.

Vatikan rastet aus wegen Walesas Beerdigung. Zur Todesursache: Gorbatschow spricht von alkoholbedingter Gehirnblutung.

21.4.1983 ....

Gruppensitzung bei Hans-J. Er hat eine mächtige Bibliothek, wie ich sie privat noch nie gesehen habe, ein Raum fast so gross wie unsere Wohnung ist rundum mit Büchern gefüllt! Hegel nahm bei unserem Rundgang wie selbstverständlich das eine oder andere Buch in die Hand, gab einen Kurzkommentar und schob es wieder zurück in die Reihe. Offenbar war auch Nina schon im Haus, sie holte auf eine Weise Wein aus dem Keller, als würde sie dies täglich tun.

Sprengstoffanschlag auf BLT-Geleise war natürlich ein Thema, auch Anschlag auf US-Botschaft in Beirut. Wir diskutierten Strategie und Erfolg der Aktionen und stritten uns über deren Wirksamkeit in der Öffentlichkeit. Es ist klar, einerseits müssen wir eine öffentliche Wirkung haben, anderseits auch eine politische. Also gegen innen und aussen gleichermassen effizient sein, wie Hans-J. es ungefähr sagte. Die Aktion soll Ende Sommerferien stattfinden. Wir werden bald über das Ziel informiert werden, nur Hans-Joachim und Hegel wissen davon, möglicherweise noch ein Frankfurter.

Einige Priester in Polen verhaftet.

Kleinbasel weiterhin unter Wasser, es stinkt bis nach Grossbasel.

Sandra ist zwei Tage in »lyrischer Klausur«.

Magda wieder auf dem Beantworter.

Beim Anschlag auf die Geleise der Baselland Transport AG war unter anderem Jürgen Hartmann (»Jörg«) beteiligt. Als Informant der Behörde entging er einer Anklage.

23.4.1983 ....

Es ist Freitagnachmittag, 23. März 1983, 16.45, ich sitze an meinem Pult, links stapeln sich die Zeitungen der letzten Tage, darüber der Aschenbecher, rechts liegen Mäppchen mit Studi-Material, ein Buch zur Geschichte der Pariser Kommune, ein Schreibblock, Zigi, Hustenbonbons, ein Ordner mit Zeitungsausschnitten, Schreibstifte, Briefmarken etc. Kati und Hegel reden in der Küche, Bernie ist in ihrer Schule, Cousin Rolf und seine Annemarie sind vor wenigen Minuten gegangen. Wer ist Annemarie? Sie macht das KV in der Chemischen, ist im 3. Lehrjahr, aufgewachsen ist sie in Schönenbuch, lustig findet sie meinen Cousin Rolf und sich selber, wichtig findet sie Liebe und Sicherheit und interessant findet sie einerseits die Idee, dass Ausserirdische die Pyramiden gebaut haben, und andererseits »Wohngemeinschaften«. Sie findet es »lässig«, dass sie »inägüxlä« konnte in eine solche »Wohngemeinschaft«. Aussehen tut Annemarie wie Annemarie. Das ist Annemarie.

Cousin Rolf ist sehr stolz auf sie. Ihr Vater ist Gemeindepräsident von Schönenbuch.

Ich vermisse Sandra. Von ihr eine Zeile erhalten: »Agglutinati all'oggi / I giorni del passato / E gli altri che verranno.« Was auch immer dies bedeuten mag, ich finde diese Zeilen schön. Dabei weiss ich nicht einmal, ob sie von Sandra stammen oder von einem Dichter. Heute Abend ist ihre Klausur beendet, sie erwartet mich um 20 Uhr.

Im Radio gehört: Reagan bricht Salt II ab, Regierungskrise in Italien, Milliardenschäden durch die Überschwemmungen, FDP fordert Ausbau der Armee, Hypo-Zinsen steigen weiter etc.

Einkaufszettel für heute: Farbband, Socken, Zigi, Bostich, Hustensirup.

24.4.1983 ....

Mit Sandra die ganze Zeit eine sehr gute Zeit.

Bin sehr müde.

27.4.1983 ....

Das Wasser fliesst langsam ab, jetzt werden die Schäden sichtbar, hunderte von Kellern in Kleinbasel überflutet, Restaurants, Wohnungen, Lagerräume unbrauchbar, elektrische Leitungen zerstört, auch bei der Chemischen grosse Schäden, wird Cousin Rolfs Hilfswerk nun aktiv? Sämtliche Feuerwehren in der CH im Einsatz, in Radio und TV fast kein anderes Thema mehr – ausser Rücktritt von Kreisky, Hitler-Tagebücher, russische Truppen in der DDR. Der Innenhof noch immer überflutet. Schäden in Meggen gross, nicht aber im Haus meiner Mutter, dort nur riesige Sauerei im Garten, weil die Gärtner noch am Arbeiten sind.

Habe wegen meines Hustens eine Vorlesung verlassen, es war sehr unangenehm, Prof. stockte in seinem Vortrag, die akademischen Blicke begleiteten mich zur Tür.

Sandra fragt, ob ich mit ihr im Herbst nach Italien an eine Hochzeit gehen wolle, ihre Cousine heiratet und ich sei auch eingeladen, was mich natürlich gefreut hat. Sie hat mir erzählt, wie eine italienische Hochzeit abläuft, ich bin gespannt, ausserdem tut es mir gut, wieder mal ausser Landes zu sein. Hier habe ich bisweilen das Gefühl, eingesperrt zu sein. Auch wenn in der Hegnauer ein freier Geist weht, so ist mein Horizont doch sehr begrenzt. Dies fällt mir erst recht auf, seit ich mit Sandra zusammen (?) bin. Die Lyrik bringt sie doch ziemlich weit.

Am Wochenende ist übrigens Diego plötzlich wieder aufgetaucht. Er sah aus, als hätte er irgendwo Sandsäcke geschleppt, ausserdem roch er stark, so dass ich an den Bärtigen denken musste, der übrigens die Beiz übernommen hat, Hegel besucht ihn hin und wieder und bringt dann ein paar Flaschen Wein mit.

Nachtrag: Mit Bernie und Kati bis 1 Uhr Carambole gespielt. War sehr vergnüglich, habe 3 x gewonnen.

30.4.1983 ....

Wollte mit Sandra an eine 1.-Mai-Veranstaltung, doch sie hatte überhaupt keine Lust, verstand nicht, was ich dort wolle. Also bleiben wir heute zu Hause, vielleicht ein Bier irgendwo, wo sie mir ihre Gedichte vorliest und mir so tief in die Augen schaut, dass ich aufpassen muss, dass ich nicht umfalle.

2.5.1983 ....

Noch rieche ich nach Tränengas, riesige Schäden in Basel und in der ganzen Schweiz, die Demos sind völlig aus dem Ruder gelaufen, man hat bewusst an die Tessiner Unruhen angeschlossen und prompt reagierte auch die Polizei extrem. In Zürich und Lausanne soll es einen Toten gegeben haben, in St. Gallen haben sich sogar einzelne HSG-Studis den Demos angeschlossen und das will doch was heissen. Ich bin eigentlich ohne grosse Erwartung mit Hegel, Kati und ein paar anderen mitgezogen, als es auf der Mittleren Brücke plötzlich losging, die Polizei riegelte die Brücke ab, schoss Gas in die Menge, wir rückten trotzdem vor und einigen gelang es, ein paar Polizisten wegzudrängen und sozusagen eine Gasse zu schlagen, so dass auf einmal die Schmier wegrannte, wir hinterher, doch beim Globus gab es wieder einen Riegel, wieder Gas, wieder Scherben und dann nur noch Feuer, Rauch und Tränen. Die ganze Sache zog sich bis um Mitternacht hin, die offizielle Feier wurde abgesagt, Bundesrat Ritschard konnte wieder nach Hause gehen. Es war wie in Chile. Wie ein Bürgerkrieg. So kann es nicht mehr weitergehen. Der Staat schlägt jetzt ohne zu zögern zu, Hegel meint, das sei eine Art Hauptprobe, denn sie erwarten weitere Erfolge der Sowjets und damit weiteren Widerstand hier in CH. Damit ist aber sehr zu rechnen!

Von uns hat kaum jemand wirklich geschlafen, die Aufregung ist gross, Hans-J. war auch schon hier, wir diskutieren, was zu tun sei, morgen ausserordentliche Sitzung bei Ploetz.

Ursache der erwähnten Unruhen waren massive, seit Wochen anhaltende Agitationen linker Parteien und Gruppierungen in der ganzen Schweiz, die nachweislich Kontakte hatten zu ostdeutschen, der SED nahestehenden Gewerkschaften und »Friedensorganisationen«. Lanz fühlte sich durch die Entwicklung in ihrer Meinung einer »Militarisierung« der Schweiz natürlich bestätigt. Die Unruhen lösten sich nach Beginn der Sommerferien schlagartig auf!

3.5.1983 ....

Weiterhin grosse Aufregung, ein Kommen und Gehen wie schon lange nicht mehr. Ich mag gar nicht schreiben, in der Küche spannende Diskussion.

Behörden bestätigen den Tod von zwei Demonstranten, einer in Zürich, eine Frau in Bern. Internationale Presse ist empört und überrascht. Offenbar Streit im Bundesrat. Was für Zeiten!

4.5.1983 ....

Mit Sandra gestritten. Fühle mich schlecht, die Sache nagt an mir, sie flippt völlig aus, wenn ich ihr von der Demo erzähle, aber nicht wegen der Schmier, sondern weil ich mich so in dieser Sache engagiere. Das Gegenteil von Gedicht, sagt sie, das Gegenteil von Gedicht, sie schrie mir »contrario« ins Gesicht und ich wusste nicht mehr, was tun, was sagen. Es war schrecklich. Dabei haben wir hier so viele italienische Kommunisten! Ich glaube, diese Lyrik hat ihr den Blick fürs Politische vernebelt.

Hans-J. interessiert sich für meine Herkunft.

8.5.1983 ....

Gestern wieder Demos in fast allen Städten in der CH. Man hört, dass der Bundesrat an einen Armeeeinsatz denkt. Die Bürgerlichen verbinden die Präsenz der russ. Soldaten in der DDR direkt mit den Unruhen hier, obwohl das eine mit dem anderen nichts zu tun hat, aber es passt halt so gut ins Weltbild.

Morgen soll N., der Mann aus Frankfurt, bei uns sein. Ich bin sehr gespannt.

Magda macht einen Tarot-Kurs und will mir die Karten legen, als Übung sozusagen. Gut, ich habe eingewilligt, allerdings unter der Bedingung, dass wir das in einer Beiz machen. Mein Husten will nicht verschwinden, das Ganze ist sehr ärgerlich, ich getraue mich kaum noch in Vorlesungen, doch ans Studieren ist ohnehin nicht zu denken, denn auch an der Uni herrscht grosse Aufregung, es hat sich ein Komitee gegen »Militarismus, Imperialismus, Egoismus & Faschismus« gebildet (MIEF), ich bin im Vorstand. Samuel hat nur den Kopf geschüttelt, als ich ihm davon erzählt habe, das »D« fehlt, sagte er, »D« wie Dummheit. Da kann er gut reden, wenn er seinen Subsistenzbauernhof im Jura bezahlt bekommt (von einem Bürgerlichen!!) und dort ungestört Geissen melken und Gänse herumtreiben kann. Wir führen hier den Kampf in den Metropolen und weichen nicht aus in die ländliche Scheinidylle! Übrigens trägt Samuel jetzt nebst dem Bart, der wächst und wächst, auch einen Hut, der wohl die jurassische Autonomie symbolisieren soll.

Wieder einmal stark geträumt.

12.5.1983 ....

Auffahrt. Die Christenheit soll feiern, solange es sie noch gibt. Seit der Vatikan sich mit den Faschisten in Spanien verbündet hat, ist die Koalition überdeutlich geworden.

Wir haben uns mit »Norbert« getroffen. Ausser Jerzy, der noch immer in Chur ist, waren wir alle bei Ploetz und besprachen die allgemeine Lage. N. meinte, die Situation sei seit der faschistischen Offensive für uns noch besser geworden, weil die gesellschaftlichen Widersprüche noch grösser geworden seien und wir noch mehr Legitimation haben, mit Druck darauf hinzuweisen. Hans-Joachim sagte, wir hätten kein Personenziel. Das finde ich gut, denn dann wäre unsere Gruppe wohl auseinandergebrochen. Ausserdem erfüllt auch ein gut gewähltes Sachziel die Wirkung nicht, und Hegel meinte, das Ziel sei gut gewählt. Das Ziel soll bald bekannt gegeben werden. In Winterthur gab es einen Anschlag auf ein Büro einer reaktionären Zeitung, in der Nähe von Genf wurde ein TEE-Zug blockiert, überall spriesst der eidgenössische Widerstand.

Mit Sandra nicht mehr über die Demo gesprochen, von unserer Aktion sagte ich nichts, das würde sie zu sehr aufregen.

Frank Elstner ermordet.

Unwetter schwemmte heimlich entsorgte Chemikalien in den Rhein, Sandoz unter Beschuss.

Das Treffen mit T. K. ist gut dokumentiert. Es fand im Haus der Familie Ploetz in Riehen statt und dauerte von 20.30 – 23.30 Uhr. T. K. reiste anschliessend nach Westdeutschland zurück. Er hat der Basler Gruppe umfangreiches Propagandamaterial übergeben. Zum Zeitpunkt des Treffens war das Ziel des Anschlags vom April noch nicht definiert. Geiger und Ploetz vereinbarten in mehreren Telefon- und persönlichen Gesprächen, zunächst eine »Übung« durchzuführen mit dem Ziel, die Loyalität und Qualität der Gruppe auszutesten.

15.5.1983 ....

Wunderschöne Tage mit Sandra. Wir spazierten lange durch das ziemlich zerstörte und verschlammte Kleinbasel, Sandra blieb immer wieder fasziniert stehen, betrachtete die im Müll und Lehm steckenden Dinge, fuhr hin und wieder mit der Hand über einen Gegenstand und schien die Leute vom Zivilschutz nicht zu bemerken, die uns immerzu wegscheuchten. Auch der faulig-stechende Geruch schien sie nicht zu stören, »su paduli«, lachte sie, »über Sümpfen«, übersetzte sie später. Zu Hause gingen wir duschen – zu zweit. Dann überraschte sie mich mit einer Flasche Wein aus dem Weingut eines Verwandten. Dies alles geschieht ohne Anstrengung, ohne Zwischentöne, ohne Unruhe, es geschieht in vollkommener Harmonie und Zärtlichkeit, als würde uns weit mehr verbinden als eine Liaison von ein paar Wochen, als hätten wir weite wunderbare Wurzeln und nichts würde dies eintrüben in aller Ewigkeit. Ich habe noch nie so geliebt. Es kommt mir vor wie ein Wunder. Wenn wir uns verabschieden an ihrer Tür, ich ein paar Treppen hinaufsteige, dann ist es, als nähmen wir Abschied für lange Zeit und gleichzeitig ist dies unvorstellbar.

Jetzt berieche ich meine Finger, sie riechen nach Sandra. Was für ein Glück!

Heute liegt mir mein Ursus doch sehr am Herzen.

17.5.1983 ....

Chemie im Rhein viel grösseres Problem als zuerst angenommen, der Fluss ist übersät mit toten Fischen und im Elsass ist die Trinkwasserversorgung gefährdet. Sandoz sagt, sie hätten alles Erdenkliche getan, um den »Zwischenfall« zu vermeiden, Feuerwehr und Polizei hingegen meinen, die Chemikalie sei völlig ungesichert gewesen und das viele Wasser hätte alles einfach weggeschwemmt, keine Sicherung, kein Auffangbecken, nichts. Die Bonzen der Chemischen reagieren arrogant, dass es einen so richtig anscheisst!

In Polen haben sich zwei Priester aus Protest angezündet. Es können sich von mir aus noch weitere Pfaffen diesem Akt anschliessen, weltweit!

Jolandas Wohnung ist fast völlig kaputt. Sie auch. Das bedeutet natürlich eine Menge Arbeit in nächster Zeit, wir haben vereinbart, dass ich bis auf Weiteres mehr oder weniger 100 % arbeite, was ich dann später kompensieren kann. Das kommt mir nicht ganz ungelegen, denn so muss ich für meine Italien-Reise mit Sandra keine Ferien beziehen und habe meinen gewohnten Lohn.

Ausserdem bedeutet dies, dass bis Semesterende ans Studieren nicht zu denken ist, denn an der Uni mache ich viel für MIEF. Melissa und ich bilden sozusagen das Politbüro von MIEF, sie studiert Romanistik und ist im selben Monat wie ich geboren, allerdings in Dortmund und nicht in der Innerschweiz. Für MIEF bin ich dauernd unterwegs, wir haben viel mit anderen Unis zu tun, faxen Texte hin und her, planen eine gesamtschweizerische Versammlung im Juni.

19.5.1983 ....

Den ganzen Tag im Copy-Quick. Es ist unfassbar, was für textlichen Müll die Menschen produzieren und diesen noch 1000fach kopieren. Am Samstag helfe ich Jolanda, ihre Wohnung zu räumen.

Gestern mit Magda Kartenlesen. Sie scheint nun ganz der Esoterik verfallen zu sein, legt die Karten auf eine Weise, als würde sie tatsächlich die Wahrheit vor sich hinlegen, runzelt die Stirn wie eine verhutzelte Wahrsagerin und sieht irgendwie auch schon so aus. Mir prophezeit sie »sehr spannende und sehr schwierige Zeiten«, in etwa zwei Jahren würde ich eine »totale« Veränderung erleben, sie könne aber »noch« nicht sagen, ob es eine gute oder schlechte Veränderung sein wird. Ausserdem ist sie nicht sicher, ob ich mein Studium abschliessen werde. Nun, mein liebes Tagebuch, dann schauen wir mal, was die Karten sagen. Von mir will sie gar nichts mehr wissen, jedenfalls nicht in sexueller Hinsicht, was mir inzwischen völlig egal ist.

Am Wochenende helfe ich Jolanda beim Aufräumen, das Problem ist, dass sämtliche grösseren Transportfahrzeuge ausgebucht sind, weder Bagger noch Lastwagen noch Kleintransporter sind verfügbar, die CH räumt auf, zum Glück hat Jolanda einen Cousin aus einem Oberbaselbieter Kaff, der einen VW-Bus auftreiben konnte.

Nach langer Zeit wieder mal Frisch gelesen, einige Szenen vom Theater habe ich für Frau Gehring kopiert. Eine Grossmutter von ihm hiess Nägeli wie meine Grossmutter. Bin ich mit Frisch verwandt?

22.5.1983 ....

Es ist viel passiert in wenigen Tagen:

Sandra kam glücklich und aufgestellt aus Thun zurück, wir begrüssten uns lange und stürmisch.

Erneut grosse Demos überall in der Schweiz und neuerdings auch in Deutschland. Polizei und Teile der Armee ständig im Einsatz, Bundesrat Krisensitzung, SP fordert Stimmrechtsalter 18 und Kredite für Jugend, SVP und FDP fordern strengere Gesetze gegen »Chaoten« und »Krawallanten«, Stimmung sehr schlecht, viele Geschäfte geschlossen.

Die Wohnung von Jolanda ist leer. Wir räumten den gesamten Hausrat weg, alles kaputt, Versicherungen zögern mit Auszahlung, Bund soll Milliarden ausschütten. In Basel bereits 5 Zentren für »temporär Obdachlose«.

Jerzy wieder hier. Er hat sich seit dem Unfall sehr verändert, ist abgemagert, sehr schweigsam, will auf unsere Fragen nicht antworten, Bea beginnt im Juni eine Aufbautherapie, Erfolg aber sehr unsicher.

Hegel bezeichnet Carambole als ein »Spiel für Praktiker«.

Mir geht es gut, bin gespannt auf unsere Aktion, die Gruppe funktioniert gut, Hegel dauernd bei Ploetz, wo ist sein Arum? Davon spricht er gar nicht mehr.

Mutter engagiert sich für Wiederaufbau in Meggen, spendet Möbel und Kleider.

Bürgerliche lehnen Unwetter-Spende aus Moskau ab.
Hitler-Tagebücher gefälscht. Und mein Tagebuch?

27.5.1983 ....

Frau Gehring geht mir aus dem Weg, es ist eindeutig. Kürzlich wollte sie aus der Wohnung gehen, als ich im Treppenhaus war, doch als sie mich erblickte, ging sie schnell in die Wohnung zurück.

An der Uni läuft immer noch viel, MIEF dehnt sich aus, ich und Melissa haben sehr viel zu tun, inzwischen haben wir Helfer aus dem 1. Semester. Nächstes Wochenende das grosse gesamtschweizerische Treffen in Olten. Auch die Jusos unterstützen uns jetzt, die grosse SP zögert noch, da gibt es halt viele verknöcherte Genossen, vor allem aus den Gewerkschaften. Kati bringt hin und wieder SMUV-Witze. (Was geschieht, wenn ein Gewerkschafter beerdigt wird? Er wird umgebettet.)

Mit Bernie den Küchentisch abgeschliffen und neu geölt, das kostete uns einen ganzen Nachmittag, wir schleppten den Tisch in den Innenhof, dann wieder rauf.

29.5.1983 ....

Bei Hans-J. ziemlich abgestürzt. Nina holte eine Flasche nach der anderen aus dem Keller, das Reservoir scheint unerschöpflich. Am meisten gesoffen hat der Frankfurter, ich habe den Eindruck, die Deutschen können mehr saufen als wir Schweizer. Ploetz und Hegel hielten sich seltsam zurück, was bei Hegel wirklich erstaunt, denn ist einmal Wein auf dem Tisch, kennt er kein Halten mehr, zumal der Wein aus Ploetzens Keller zwei Klassen besser ist als unserer.

Jerzy verschwand bereits um 9 Uhr, morgen geht er wieder nach Chur. Seine Aufgabe bei unserer Aktion bleibt unklar.

Diego war illegal in Frankreich, wo er sich mit spanischen Flüchtlingen getroffen hat. Die Generäle sind offenbar unter Druck, es ist eine mächtige Gegenbewegung entstanden, einerseits sozialistisch, anderseits monarchistisch.

Sandra dichtet zweisprachig: Schweizerdeutsch und Italienisch. Das Deutsche bleibt ihr fremd, sagt sie.

Streit um Sowjet-Geld für Überschwemmungsopfer geht weiter, Geld von der EWG wird akzeptiert, so absurd ist die Lage hier. Jolanda meinte, man sehe es dem Geld nicht an, woher es kommt. Sie würde jeden Rubel dankend annehmen, ihre Wohnung ist noch immer unbewohnbar.

Mit Bernie und Hegel Krimi im TV.

Lanz wurde über den »Übungscharakter« des Anschlags am 25. Mai informiert. Alle anderen sollten erst unmittelbar vor dem »Anschlag« informiert werden.

2.6.1983 ....

Heute den ganzen Tag mit meiner Schwester und Beat unterwegs. Zum Glück war schönes Wetter, sonst hätten wir irgendwo drin sein müssen und das wäre dann doch sehr zäh geworden. So haben wir das übliche touristische Programm absolviert, es war ganz nett. Mit Beat verstehe ich mich einiges besser als mit meiner Schwester. Als meine Schwester in den Läden verschwand, haben wir über Sandra gesprochen, er ist überzeugt, dass sie bald den Durchbruch schaffen wird. Er richtete mir schmunzelnd einen Gruss von Heidi aus, die sich in einen dänischen Architekten verliebt und von ihrem Freund getrennt hat und im Juli nach Kopenhagen auswandert. Nun, so entwickeln sich Dinge. Es hätte auch alles anders sein können. Wir hätten uns ineinander verliebt, Heidi hätte sich von ihrem Freund getrennt, ich hätte die Hegnauer verlassen, wäre nach Thun gezogen, hätte in Bern zu Ende studiert, dann eine Arbeit gefunden, mit Heidi ein oder zwei Kinder gezeugt, hätte gute Karriere gemacht, sie auch, wir hätten in einem Vorort von Bern ein nettes Häuschen gefunden, dort gelebt, bis die Kinder ausgezogen wären, dann wären wir in der Welt herumgereist, bis wir in Kopenhagen hängengeblieben wären, und dort würden wir dann leben bis ans Lebensende. So wäre mein Leben mit Heidi verlaufen.

Viel mit Melissa in Sachen MIEF unterwegs. Am nächsten Sonntag findet das schweizerische Treffen in Olten statt, die Presse spricht bereits von einem heissen Sommer und erinnert an 68, was natürlich Quatsch ist, denn heute sieht die Sache ganz anders aus, letztlich ist heute die faschistische Bedrohung viel grösser. Die Kriege finden in Europa statt, nicht in Südostasien. Zum Glück spricht Melissa Italienisch und Französisch, ich weiss nicht, wie der gesamtschweizerische Austausch sonst klappen könnte.

Seit dieser Woche wieder Baulärm im Innenhof.

Frau Ploetz spurlos verschwunden.

Jolanda hat eine Affäre mit einem Bodenleger begonnen.

Kodric neuer FCZ-Trainer.

4.6.1983 ....

Ging heute nicht an Velo-Demo, was Kati zu blöden Sprüchen provozierte. Ich habe in der Tat Besseres zu tun, als protestmässig ein bisschen herumzuvelofahren, und es erstaunt mich, dass die revolutionäre Kati überhaupt an einem solchen Anlass teilnimmt. Oder geht es um etwas anderes bzw. jemand anderen? Es ist ja sehr auffällig, dass Kati in all dieser Zeit keine Beziehungen hatte. Oder weiss ich einfach nichts davon? Wieso verschweigt sie mir (oder uns?) ihr Sexleben oder hat sie gar keines?

Mit Sandra sehr schöner Abend. Sie kochte ein toskanisches Gericht – mit Kutteln! Ich habe tapfer gegessen und kräftig nachgespült. Dann las sie wie gewohnt die neuesten Gedichte vor, alles streng schweizerisch-italienisch. Ich glaube, sie thematisiert den Tod ihres Vaters, bin mir aber nicht sicher.

Ploetz gibt sich demonstrativ gelassen zum Verschwinden seiner Frau, er meint, das Ganze sei nur ein mieser Trick, um ihn herauszufordern.

In Spanien erste grosse Demo gegen die Generäle.

6.6.1983 ....

Grosser Streit mit Sandra wegen dem MIEF-Treffen. Sie wollte, dass ich am Sonntagabend mit ihr ins Kino gehe, was aber nicht möglich war, weil das Treffen bis 18 Uhr dauerte und wir anschliessend noch etwas trinken gingen. Ich hätte nicht gedacht, dass sie so gegen mein Engagement an der Uni ist. Sie findet dies alles Zeitverschwendung! Zum Glück haben wir solche Streitereien nicht allzu oft.

Basel ist eine einzige Grossbaustelle, überall werden die Schäden der Überschwemmung behoben, überall ragen Kräne in den Himmel, überall stinkt es noch immer.

Geld von den Russen definitiv abgewiesen, Bundesrat hat die Kantone angewiesen, kein Geld aus »menschenverachtenden Diktaturen« anzunehmen, weil dies eine Unterstützung dieser Regierungen bedeuten würde.

Amok in deutscher Schule, Saronni gewinnt Giro.

Schreibe nun einen Brief an Sandra.

9.6.1983 ....

Grossartige Versöhnung mit Sandra! Mein Brief hat sie glücklich gemacht (fatto felice) und dann, ti voglio! ti voglio!!

Hegel hat mich gefragt, ob ich eigentlich »wirklich« mit Sandra zusammen sei. Ich sagte ja mit einer klitzekleinen Verzögerung, die er nicht bemerkt hat. Also sind wir nun ein Paar. Offiziell. Kommt nun die Familienrunde? Ich kann mir das gar nicht vorstellen, Sandra passt im Prinzip nicht in meine Welt, und doch ist sie Mittelpunkt der Welt, meiner Welt.

Jerzy war wieder mal hier, er ist noch immer sehr niedergeschlagen, wirkt zerbrechlich, ja, auch wenn ich Jerzy nie wirklich mochte, so habe ich doch Mitleid mit ihm, er macht Furchtbares mit. Bea wird wohl ihr Leben lang auf Pflege angewiesen sein, sie macht zwar gute Fortschritte, wird aber niemals mehr den Stand von vor dem Unfall erreichen. Da stellt sich natürlich die Frage, ob Jerzy mit ihr zusammenbleibt, gut, jetzt ist die Sorge gross, hervorgebracht durch die Liebe, doch was ist, wenn die Liebe dem Mitleid Platz gemacht hat? Wie lange wird Jerzy noch nach Chur reisen und dort tagelang bleiben? Wie lange wird sein Chef nachsichtig sein?

Israeli wollen den Libanon nicht verlassen.

Bagger in den Rhein gestürzt, Tote.

12.6.1983 ....

Sandra macht mich glücklich und munter! Sie stellt alle in den Schatten, mit denen ich bislang zu tun hatte. Sie ist klug, tiefsinnig, belesen, geheimnisvoll. Und bei alldem bleibt sie unangepasst, irgendwie schräg. Manchmal frage ich mich, warum sie mich will. Ich bin nicht wirklich gutaussehend, von Lyrik verstehe ich im Grunde nichts, ich habe kein Geld, keine Aussichten auf Geld, bin durchschnittlich intelligent und meine Lieberhaberqualitäten sind nicht aussergewöhnlich. Weshalb also ist Sandra mit mir zusammen? Möglicherweise sieht sie dies alles ganz anders, möglicherweise sieht sie uns gar nicht als Paar, sondern als eine Art Zweizeiler ohne weitergehende Emotion und Zukunft.

Cousin Rolf will mit mir und seiner Annemarie »öppis machä«. Ich könne ja auch jemanden mitnehmen, sagte er mit dem Ausdruck eines Chefs, der seinen Lehrling eine Viertelstunde früher gehen lässt. Mein Cousin könnte mich in Ruhe lassen und sich auf seine Karriere konzentrieren, doch das will er nicht.

Es regnet heftig.

Bernie sitzt mit Freunden in der Küche und alles lacht.

Bald geht es mit unserer Aktion vorwärts. Das ist gut, denn es muss jetzt wirklich vorwärtsgehen.

Ein Baum krachte in den Innenhof, alles schaut und ruft hinaus, Aufregung.

14.6.1983 ....

Dienstagabend. Bernie wollte mich an die »Art« mitschleppen, ich hatte jedoch keine Lust auf diese arroganten Arschlöcher mit ihren hochgeputzten Nutten. Letztlich ist das doch eine gigantische kapitalistische Veranstaltung! Und davon gibt es wirklich schon genug. Hegel meinte, bald komme die grosse »Planungssitzung« bei Ploetz, wo die Details unserer Aktion bekannt gemacht werden, da bin ich gespannt. Hegel gefällt sich natürlich sehr in der Rolle des Besserwissers, er tut, als seien er und Ploetz in derselben Liga, dabei ist er noch nicht einmal lizentiert. In solchen Momenten geht mir Hegel wirklich auf die Nerven, sein Blick hat dann was absolut Überhebliches, sein Körper wirkt unangenehm, eklig, ich meide seine Nähe. Doch Hegel merkt solches nicht, er ist der Meinung, ich suche seine Nähe, und gibt sich kollegial, jovial, patriarchal, fragt nach meiner Mutter und Schwester und wie es mit meinem Studium weitergehe.

Mit Sandra schöne Momente. Wir planen die Woche in Italien. Sie will mir Italienisch beibringen, wenigstens die schönsten 200 Wörter, sagte sie. Die 200 schönsten Wörter.

Bei MIEF zeigen sich Ermüdungserscheinungen, zwar faxen wir wie wild in der Welt herum, doch die Begeisterung hat sich ein wenig gelegt, vielleicht sind auch schon viele in den Ferien und ausserdem machen die Unis jetzt aktiv Gegendruck, in Zürich wurde ein Assistent entlassen, weil er für MIEF kopiert hat.

Jolanda wieder im Geschäft, Wohnung einigermassen instand.

Frau Ploetz bleibt weiterhin verschwunden.

Auf Walesas Grab rote Farbe ausgeschüttet.

Beach Boys im Weissen Haus.

Jutta Hoffmann Milch-Girl des Jahres.

16.6.1983 ....

Der umgestürzte Baum im Innenhof ist zersägt, weggeräumt, die Holzteile und das Laub weggewischt. So wird hier Ordnung gemacht.

Jerzy und Hegel heute fast den ganzen Tag in der Küche. Ich wusch das Geschirr und hatte den Eindruck, sie waren froh, als ich die Küche wieder verlassen hatte. Immerhin hat mich Jerzy nett begrüsst und sich sogar nach Sandra erkundigt! Ich glaube, meine Geschichte mit Sandra beschäftigt die Leute, sie sind nicht sicher, was sie davon halten sollen. Eine Italienerin ist halt auch hier zwiespältig. Man ist zwar ausländerfreundlich, doch wenn es drauf ankommt, sieht die Sache wieder anders aus, vor allem wenn die Italienerin nicht der KPI angehört.

Ich gehe mit Sämi im Juli nach Flims. Seine Mutter hat ein Video-Gerät gekauft, wo man Video-Kassetten anschauen kann, und wir haben uns vorgenommen, ein paar Filme zu schauen. Dazwischen schreibe ich an meiner Arbeit. Sandra wird mich einmal besuchen kommen, Samuel fand die Idee »normal«. Sandra will viel Zeit für sich, bevor wir nach Italien gehen, weil sie ihre Gedichte überarbeiten will, die im nächsten Jahr eventuell veröffentlicht werden. Sie denkt tatsächlich daran, das Buch »Orsa Maggiore« zu nennen, was mich natürlich sehr freuen würde, doch ob der Verlag das akzeptieren wird, ist eine andere Frage. Sandra ist überzeugt, dass ihre Gedichte gedruckt werden. Sie stellt sich vor, von ihrer Schreiberei leben zu können. Ich habe dies Hegel erzählt, er lachte nur und meinte, das sei so naiv wie die Weltrevolution. Die durchschnittliche Auflage eines Gedichtbandes liege bei »plusminus 1354«, so Hegel. Keine Ahnung, wie er auf diese Zahl kommt, habe nicht nachgefragt.

Bea hat für uns ein Bild gemalt. Es hängt über dem Tisch in der Küche. Ich weiss nicht, was ich davon halten soll, es ist irgendwie schön, aber auch irgendwie peinlich.

Cousin Rolf auf dem Beantworter: »lüütschaa«, sagte er.

GC Cupsieger.

Geiger informierte Lanz über die geplanten Ferien der beiden zur Zeit der »Übung«. Lanz fand die »Koinzidenz«, wie sie sagte, bemerkenswert und interessant. Ihren Aussagen zufolge fand Geiger die Prüfung für U. »zu hart«.

19.6.1983 ....

Sandra mehr bei ihren Gedichten als bei mir. Wir waren zum ersten Mal in unserer Wohnung. Sandra fühlte sich nicht wohl, ich auch nicht. Nach einer etwas unsicheren Begrüssung sind wir dann in ihre Wohnung gegangen. Sie hat mir zum ersten Mal von ihrem Vater erzählt. Eine sehr bewegende Geschichte, die man eigentlich aufschreiben sollte, vielleicht werde ich dies einmal tun. Es gibt Momente, da taucht Sandra völlig unter, ich erreiche sie nicht mehr, wir sitzen oder liegen auf dem Sofa, rauchen, trinken Wein und doch habe ich den Eindruck, sie ist anderswo. Manchmal steht sie dann plötzlich auf, tigert durch die Wohnung, als wäre etwas Schreckliches geschehen, bleibt stehen, dreht ihren Kopf, fährt mit ihrer Hand durchs Haar, immer wieder, und schaut ins Leere. Möglicherweise sieht sie dann Dinge, die für andere unsichtbar sind, möglicherweise sieht sie Dinge in ihrem Innern. Im nächsten Moment sitzt sie wieder neben mir, lächelt mich an, küsst mich.

In letzter Zeit geht es mir gut. Auch wenn im Copy Quick manchmal die grosse Sinnfrage über mich hereinbricht und ich dann und wann das Gefühl habe, hier nur Gast zu sein, geht es mir insgesamt gut bis sehr gut. Betreffend Uni bin ich zuversichtlich, dass ich spätestens in zwei Jahren den Abschluss gemacht habe, und freue ich mich sehr auf die Ferien mit Sandra in Italien.

Schmidt erwägt deutsche Atombomben.

23.6.1983 ....

FDP für Recht und Ordnung. Ich (mit Blick auf mein Zimmer) auch für Recht auf Unordnung.

Cousin Rolf kam mit seiner Annemarie hierher, wollte »eifach es Büechli machä«. Rolfi, wie ihn Annemarie nennt, engagiert sich für die Opfer der Überschwemmungen, hat einen Ansteckknopf entworfen »Schweizer für Schweizer – keine Russenhilfe!«

Das Semester ist praktisch zu Ende, mit meinem Text zur Arbeiterbewegung bin ich nicht so weit gekommen wie geplant, immerhin habe ich in Flims noch ein wenig Zeit, das sollte reichen und Sämi ist ein guter Korrektor.

Sandra habe ich nichts von meinem Tagebuch erzählt und habe deswegen ein schlechtes Gewissen, weil sie mir ja jedes Zettelchen präsentiert. Für sie ist Schreiben immer öffentlich, sie sieht nicht ein, weshalb man etwas »privat« schreibt. Erfährt sie von meinem Tagebuch, will sie bestimmt darin lesen, was ich auf keinen Fall will, niemand soll je mein Tagebuch lesen. Ausserdem kann ich mir nicht vorstellen, die Sache noch längere Zeit weiterzuführen, ich verliere viel zu viel Zeit mit der Tagebuchschreiberei.

26.6.1983 ....

Mit Sandra im Kino und Spaghetti essen. Dann wunderschöner Abend am Rhein, sie brachte Käse mit, ich Wein. Dann in die Hegnauer bis in den frühen Morgen. Ihre Cousine hat mir eine spezielle Einladung zur Hochzeit geschickt, offenbar werde ich dort bereits als künftiger Ehemann betrachtet! Nun, mein liebes Tagebuch, so weit wollen wir es nicht kommen lassen.

Hegels »Freund« hat offenbar negativen Asyl-Entscheid erhalten, Hegel will Rekurs einlegen, er ist völlig in dieser Sache drin, telefoniert mit irgendwelchen Juristen in Bern und schreibt Briefe auf meiner Maschine!

Das Grab Walesas soll »anonymisiert« werden, damit sollen weitere Anschläge verhindert werden. Vatikan empört. Von mir aus sollen sie den Vatikan anonymisieren, und zwar für alle Zeiten, in Ewigkeiten, amen.

Besonders sympathisch sind mir die polnischen Kommunisten ja nicht, doch ihre Haltung gegenüber der Kirche ist doch immer wieder eine Freude, selbst dass sie einige hohe Geistliche ins Arbeitslager gesteckt haben, finde ich nicht wirklich schlimm, wer trauert schon um Pfaffen, ausserdem lernen sie bei dieser Gelegenheit die Sorgen der einfachen Bevölkerung kennen, von der sie dauernd sprechen. Das Thema Polen ist etwas kleiner geworden, man hat sich daran gewöhnt, auch der sowjetische Sieg in Afghanistan wird von der bürgerlichen Presse täglich verschwiegen, dafür ist jetzt der Truppenaufmarsch in der DDR ein Thema, man befürchtet tatsächlich Konfrontationen an der deutsch-deutschen Grenze. Bei Leipzig soll sich offenbar was tun, niemand weiss was Genaues, alle sprechen davon.

Mit Sandras Publikation scheint es tatsächlich vorwärtszugehen, noch ist die Sache nicht definitiv, aber sie hat eine gute Rückmeldung des Verlags. Sogar der Titel scheint zu gefallen!

Falls Bernie noch auftaucht, schauen wir zusammen TV.

29.6.1983 ....

Wieder ein Semester zu Ende, an der Uni wird aufgeräumt, Melissa verreist bald nach Deutschland, wir sehen uns länger nicht, MIEF wird eingemieft, jedenfalls bis zum Herbstsemester, wenn dann noch was läuft in dieser Sache. Ich habe einige ungute Erfahrungen gemacht, Leute, die sich als HOCHrevolutionär verstehen, haben beim kleinsten Druckversuch der Uni-Leitung den Schwanz eingezogen, unter fadenscheinigen Gründen. Dass Hegel nicht dabei ist, verstehe ich auch nicht, auch wenn er bei »grösseren Aktionen« dabei ist, ist das ja kein Grund, »kleinere« zu verschmähen. Hegel hat jetzt übrigens angefangen, Pfeife zu rauchen, was seine Alterslosigkeit noch verstärkt. Wurde er je geboren? Wird er je sterben? Manchmal sogar die Frage: Lebt er überhaupt? Hegel wandelt, Licht und Schatten durchdringen ihn wie ein Geist. Ich frage mich, wie er das mit Arum macht. Die Arschfickerei stelle ich mir körperlich sehr anstrengend vor – oder die Sache verläuft anders, Hegel lässt sich ficken. Jemand erzählte mir mal, dass Schwule entweder aktiv oder passiv sind, aber niemals beides. Wer weiss, vielleicht ergibt sich mal ein Jahrhundertmoment mit Hegel und ich kann ihm diese Frage stellen.

Kati brachte mir ausgefüllte MIEF-Unterschriftenbögen, erzählte mir von der Zürcher Uni, wo offenbar auch einiges läuft. Jetzt hängt ihr Duft in meinem Zimmer. Eigentlich sollte ich lüften.

Nächste Woche geht es nach Flims. Meine Schreibmaschine schleppe ich dieses Mal nicht mit, ich trage genug an den Büchern.

Weiterhin schönes Sommerwetter. Mit Sandra am Rhein. Sie schnitt ein Wort aus einem Stück Papier, legte es mir auf den Arm. Nun ist das Papier weg und das Wort ist noch da: l'apparenza. Rundum Sonnenbrand. Der Schein wird nach ein paar Tagen verblassen, sagte Sandra und lächelte. Und sie dachte: Unsere Liebe nicht.

Unruhen in Leipzig und Gera wegen russischen Truppen. Man weiss nicht, was geschieht. Jerzy glaubt zu wissen, dass die Truppenverschiebung eine Drohung gegen den Westen ist, damit die Nato nichts gegen Pakistan unternimmt. Hegel hört schon gar nicht hin, für ihn sind das alles dumme Spiele. Wahrscheinlich hat er Recht.

3.7.1983 ....

Super-Unfall auf deutscher Autobahn, 34 Tote. Sogar Basler Krankenwagen halfen mit. SPD-Fraktion fordert Beschränkung der Geschwindigkeit, Schmidt dagegen.

Verkehrsminister Schlumpf betrunken im Strassengraben gefunden.

Uschi Glas nach Selbstmordversuch in der Anstalt.

Kommunisten gewinnen Wahl im Irak.

Sandra ist gestern in den Jura verreist, ich morgen nach Flims, wir sehen uns erst am Wochenende. Da sie im Jura kein Telefon hat, hören wir eine Woche nichts voneinander. Ich freue mich jetzt schon auf ihren Besuch. Der Schein auf meinem Arm ist tatsächlich verblasst, verschwunden, nichts mehr davon übrig. Immerhin ein bisschen Bräune im Gesicht, ich hoffe nun auf schönes Wetter in den Bergen. Sämi plant grosse Wanderung.

Kati ruft, gehe rauchen.

17.7.1983 ....

Bin zurück. Braun, munter und mit vielen Eindrücken. Ausserdem ist meine Arbeit praktisch fertig!

Mit Sämi hatte ich eine gute Zeit, wir sind uns nähergekommen, haben oft zusammen gekocht, einmal waren wir in Ilanz gut essen. Und das Wochenende mit Sandra war wunderschön. Sie verstand sich gut mit Sämi, auch mit dessen Mutter, die uns am Wochenende ebenfalls besuchen kam. Mit ihrer Publikation kommt es gut, der Verlag ist bereit, sämtliche Gedichte zu drucken, was sie in ausserordentlich gute Laune bringt. Daneben arbeitet sie offenbar an den 200 wichtigsten Wörtern, sie hätte schon gut die Hälfte, sagte sie schmunzelnd, ich glaube, da kann ich mich auf was gefasst machen.

Sämi hat mich auf zwei grosse Wanderungen geschleppt, noch heute plagt mich Muskelkater, er ist unglaublich fit, selbst die steilsten Hänge scheinen ihm nichts auszumachen, während ich mich nach oben keuche und huste. Sollte endlich mit dem Rauchen aufhören.

Noch etwas mehr als 1 Monat, dann sind wir bereits in Italien. Sandra hat ein schönes Kleid fürs Hochzeitsfest in der Stadt entdeckt, nächste Woche zeigt sie es mir und will meinen Rat!

Hegel ist ganz verbissen in den Asylrekurs seines Arum und spricht von nichts anderem. Nächsten Freitag grosse Sitzung bei Hans-J., da legen wir alles für die Aktion fest, ich bin sehr gespannt und finde es gut, dass es endlich losgeht, wir müssen hier endlich eine Front gegen die imperialistische Macht eröffnen! Jerzy ist übrigens wieder hier, er unterrichtet polnische Flüchtlinge! Seine Bea wird ca. in einem Monat nach Zürich in eine Reha verlegt. Wir werden sie dann besuchen gehen, vorher sei es nicht möglich, sagt Jerzy.

Frau Ploetz bleibt verschwunden, Hegel meint, sie sei mit einem Lover abgehauen.

Nächsten Sonntag gehe ich meine Mutter besuchen, werde ihr dann von Sandra erzählen, bin gespannt, wie sie die Sache aufnimmt. In Meggen sei fast alles weggeräumt, sagte sie, die Kinder hätten zwei Wochen länger Sommerferien, weil die Schulen überschwemmt waren, auch hier hat man sich dies überlegt, die Bürgerlichen waren aber dagegen.

Karte vom Bärtigen erhalten (Wallis).

Kati sieht sehr gut aus, war mit ihrer Schwester in Südfrankreich. Bernie ist mit einem »Freund« in den Ferien.

Habe am 11. den Todestag meines Vaters vergessen.

Picasso aus Basler Museum gestohlen.

18.7.1983 ....

Sandra hat die 199 schönsten Wörter gesammelt, will, dass ich ihr das 200. nenne. Ich bin mir nicht sicher, was sie hören will. Soll ich »Sandra« sagen, oder hat sie dieses Wort bereits in ihrer Liste aufgenommen? Müsste ja das 1. Wort sein, genau genommen.

Blitz in Nachbarhaus eingeschlagen, ist aber nichts passiert.

Grosse Aufregung wegen gestohlenem Picasso (Arlequin).

19.7.1983 ....

Hegel hat eine Fristverlängerung erreicht. Heute war wieder einmal sein Arum hier, er sah schlecht aus, machte einen verwahrlosten Eindruck. Ist dann rasch mit Hegel im Zimmer verschwunden!

Mit Bernie TV.

Reagan von Mitterrand ausgeladen.

Honecker singt russischen Schlager auf Deutsch, bereits in DDR-Hitparade. Was das wohl zu bedeuten hat?

20.7.1983 ....

Ich fühle mich so leicht und glücklich und beschwingt wie schon lange nicht mehr, ja wie vielleicht noch gar nie. Es ist, als wäre in meinem Inneren ein Vorhang gefallen, und ich sehe völlig neue Horizonte, fühle völlig neue Dinge und bewege mich auf völlig neue Art und Weise. Die Welt erscheint mir fein und zart, fast als würde alles aus kleinen Wölkchen bestehen, auf denen ich wandle und in die liebe Welt hineinschaue. Die Zukunft erscheint mir verlockend und süss, die Gegenwart ist unbelastet, frei und schattenlos und selbst die Vergangenheit offenbart helle Momente, die mir bislang unbekannt waren. Ich ertrage Jolandas Launen, Hegels fortwährende Grimmigkeit und Katis Überheblichkeit, selbst Bernies Oberflächlichkeit und ihr lautes Sexleben lassen mich kalt, Diego schlummert in einer zufriedenen Vergessenheit, viele andere sowieso. Dies alles hat viel oder ausschliesslich mit Sandra zu tun. Mit ihr ist nichts schwer. Mit ihr ist alles hell und leicht. Selbst die Luft lacht.

Aus der Nachbarschaft dringen Musik und Gelächter in mein Zimmer, die Nacht ist warm und fröhlich, die Leute sitzen draussen, grillieren und trinken. In solchen Momenten tauchen Fetzen, Splitter meiner Kindheit auf, als ich mit Vater, Mutter und Schwester an irgendeinem See sitze, der Vater angestrengt das Feuerchen betrachtend, über dem unsere Cervelats braten, meine Mutter in einem »Heftli« lesend, meine Schwester gelangweilt an ihren Nägeln kauend. Ich liege im Gras und schaue in den Himmel. Ich höre das Feuer, Mutter und Vater ein paar Worte wechseln, Radiofetzen aus der Ferne, hin und wieder der tiefe Ton eines Schiffes, manchmal kurze, helle Schreie, die ich nicht orten kann und die mir nichts bedeuten. Als die Cervelats durchgebraten sind, gerät das stille Bild in Bewegung. Man hört das Ploppen einer Flasche Bier, das Gemurre meiner Schwester, weil die Wurst zu schwarz gebraten ist, meine Mutter sagt »Lueg emol de schööni See«, mein Vater sagt »Hesch doch kai Ahnig vo Worscht« und ich tunke die Wurst fingerknöcheltief in Thomy-Senf. Meine Schwester will nach Hause, mein Vater bläst mit spitzem Mund in die Glut, meine Mutter löst das Kreuzworträtsel und murmelt »ondorchsichtigviärbuächschtabä«.

Solche Momente liegen in solchen Momenten.

21.7.1983 ....

Hans-J. war kurz hier, hat mit Hegel die Besprechung vom Freitag diskutiert, offenbar gibt es Probleme. Frau Ploetz bleibt verschwunden, kein Lebenszeichen. Hans-J. will Hegel einen Anwalt vermitteln.

Magda auf dem Beantworter, konnte nicht verstehen, was sie wollte.

Es ist kalt geworden, viel zu kalt für den Sommer.

Bernie mit Autostopp nach Griechenland unterwegs.

Nato will Truppen in Deutschland aufstocken.

24.7.1983 ....

Ganz grosse Katastrophe!!!

Ich weiss nicht weiter, weiss keinen Weg!!!

Unsere Aktion soll genau dann stattfinden, wenn ich mit Sandra in Italien an der Hochzeit bin! Dieser schwarze Tag ist der 28.8.1983. Was soll ich tun?? Beides geht nicht. Etwas davon absagen geht auch nicht. An der Aktion hängt mein ganzes politisches Engagement, daran hängt die WG, meine Freundschaft mit Hegel und anderen, an der Hochzeit hängt meine Beziehung zu Sandra.

Habe noch niemandem davon erzählt.

Gehe was trinken.

25.7.1983 ....

Bin in eine Beiz in Kleinbasel gegangen und habe versucht, mir Klarheit zu verschaffen. Sandra habe ich von einer Uni-Sitzung erzählt, sie zum ersten Mal angelogen.

Das ist eine wirkliche Scheisse!!!

26.7.1983 ....

Muss zu einer Entscheidung kommen, Sandra hat meine schlechte Stimmung bemerkt, habe aber nichts gesagt.

27.7.1983 ....

Am Wochenende wieder Sitzung mit der Ploetz-Gruppe, Aktion geht gegen Bank. Hegel kann viel Sprengstoff besorgen.

Bloss, bin ich überhaupt dabei oder tanze ich auf einer italienischen Hochzeit?

Gehe was trinken.

28.7.1983 ....

Bin lange am Rhein gesessen, obwohl es zwischendurch geregnet hat. So hatte ich wenigstens meine Ruhe.

Ich werde mit Sandra reden, sie wird Verständnis haben, dass ich an der Aktion teilnehmen muss aus politischer Überzeugung, ich werde ihr vorschlagen, die Woche Italien im Herbst nachzuholen und dann auch ihre Cousine zu besuchen.

Habe Magda und meinem Cousin Rolf abgesagt. Auch auf TV mit Bernie und Kati keine Lust.

31.7.1983 ....

Alles ist aus!!!

Sandra hat Schluss gemacht!!!

Ich bin unendlich traurig!!!

2.8.1983 ....

Habe diesen beschissenen »Nazi-Anal-Fiirtig« nicht beachtet, bin ihm aus dem Weg gegangen, so weit dies überhaupt möglich ist bei dieser Knallerei, habe mich in meinem Zimmer verkrochen.

Von Sandra nur Schweigen.

14.8.1983 ....

Hinter mir liegt eine harte, traurige Zeit. Mehrmals habe ich versucht, Sandra umzustimmen, habe Briefe geschrieben und telefoniert, im Treppenhaus auf sie gewartet und doch: Sie will nichts mehr von mir wissen. Meine Entscheidung für die Aktion hat sie als Entscheidung gegen sie interpretiert. Sie hat geweint, als hätte ich sie verlassen. Und jedes Mal, wenn sie mich sieht, weint sie, doch die Sache ist klar, es gibt kein Zurück. Es ist so sehr traurig. Habe mit Hegel darüber geredet. Er versteht mein Dilemma, aber auch meine Entscheidung. Seitdem ich mit ihm geredet habe, klopft er täglich mehrmals an meine Zimmertür und erkundigt sich nach meinem Befinden. Einmal gingen wir kräftig saufen, er organisierte mir sogar einen Joint, der mir aber überhaupt nichts brachte.

Ich denke ununterbrochen an Sandra. Die nicht mehr meine Sandra ist.

21.8.1983 ....

Wieder ist eine Woche vorbei. Zum Glück gibt unsere Aktion einiges zu tun, so bin ich abgelenkt. In einer Woche ist es so weit. Ich möchte nicht über die Details sprechen, aber die Sache ist sehr professionell geplant, Hegel und Hans-J. haben vieles im Voraus bereits erledigt. Jerzy ist nun auch dabei, ausserdem Cello, Kati und Nina. Jeder von uns hat eine genau definierte Aufgabe. Die Zeit zwischen Bekanntgabe des Ziels und der Aktion ist bewusst kurz, damit nichts nach aussen dringt. Mittelstreckenraketen, Neutronenbombe, Kapitalkonzentration, Rationalisierung, Arbeitslosigkeit, eine allgemeine Entfremdung, dies alles sind Vorstösse des militärisch-industriellen Komplexes und nur eine grosse, geeinte Front dagegen kann diese Entwicklung in Westeuropa und anderen kapitalistischen Staaten stoppen. Was wir tun, ist notwendiger Widerstand gegen diese imperialistische Maschine, die zerstört werden muss. Es gibt keine Alternative dazu. Es gibt sie nicht.

22.8.1983 ....

Gute Diskussion mit Hegel und Kati über die Frage der Gewalt. Nach langer Diskussion sind wir uns schliesslich einig geworden.

In Sandras Wohnung ist es dunkel und still.

24.8.1983 ....

Ab heute täglich bei Ploetz. Unser Angriff auf den Imperialismus steht unmittelbar bevor. Alles ist gut geplant. Nina beobachtet den »Ort«, Hegel und Hans-J. bauen den Sprengsatz fertig, ich organisiere die Fluchtwege, Kati koordiniert und sorgt sich um Details, Jerzy und Cello organisieren die Kleidung, die Brillen und bringen die Presseerklärung zur Post. Entscheidend ist, dass wir danach nichts falsch machen und die Menschen von unseren Zielen überzeugen können.

26.8.1983 ....

Schon fast auf dem Weg zu Hans-J., letzte Besprechung, alles wird noch einmal genauestens besprochen und alle Details geklärt.

Muss Sandra aus meinem Kopf stossen.

27.8.1983 ....

Morgen der grosse Tag. Bin sehr nervös, gehe nachher mit Kati und Hegel etwas trinken. Fühle mich frei und gut.

28.8.1983 ....

Wochenende: NZZ: Abschreibeübung: Krampf in den Fingern: Abwechslungsübung:

Auch wenn der »Erste Genosse« Michail Sergejewitsch Gorbatschow sich auf den ersten Blick von der schattenhaft-grauen Gestalt Breschnew unterscheidet, so ist spätestens seit der pakistanischen Avance klar geworden, in welcher Weise der neue Kreml-Gewaltige ein *Spiel mit dem Feuer* in Gang gesetzt hat, das in seinen Dimensionen nur mit dem atomaren Poker Chruschtschows verglichen werden kann.

Die Crux dieser Problematik liegt darin, dass Gorbatschows polylaterale militärische Expansionsstrategie in seinen osteuropäischen Satellitenstaaten einerseits grossen wirtschaftlichen Schaden verursacht, weil die sowjetischen Finanzmittel, welche den Ostblock wie eine Lebensader versorgen, zugunsten der neuen *Strategie der Gewalt* ausgedünnt werden *müssen*, zum anderen demonstriert die Sowjetmacht mit ihren fortgesetzten aggressiven Akten gegenüber ihren südlichen und östlichen Nachbarstaaten Stärke und Entschlossenheit insbesondere gegen ihren »treuen Begleiter« der Comecon-Staaten. So ist die frivole Kühnheit der Magyaren einer dumpfen Fixierung auf orthodoxe Fixpunkte gewichen, der Versuch eines aufrechten Gangs der polnischen Gewerkschaften in eiserner Repression erstickt, die besonnene Rückbesinnung auf europäische Wurzeln der rumänischen Führung durch eine beispiellose »slawo-sozialistische« Propagandaschlacht zurückgebunden und selbst die äusserst bescheidenen kulturellen Gehversuche des bulgarischen Nationaltheaters erstarben angesichts der unübersehbaren Gebärde des grossen sozialistischen Bruders.

31.8.1983 ....

Der Anschlag war kein Anschlag, sondern eine Übung!!!

Ploetz und Hegel haben dies alles geplant als eine Art Hauptprobe, bloss wussten wir nichts davon.

Fühle mich doppelt betrogen und belogen. Habe die wohl härtesten drei Tage meines Lebens hinter mir. Sandra ist in Italien an der Hochzeit ihrer Cousine, unser Anschlag war bloss eine Übung. Selbst als ich Hegel letzte Woche von meinem Dilemma erzählte, liess er sich nichts anmerken. Nun macht dies alles keinen Sinn mehr, die Liebe, die Politik.

Gehe kaum aus dem Zimmer.

Alles verqualmt und eng.

6.9.1983 ....

Habe Hegels Geburtstag boykottiert. Boy-Kot! Er und Ploetz haben mir meine Sandra genommen. Er tut, als wäre nichts gewesen, labert sogar von der »sauguätä Üebig«, auch Ploetz sei zufrieden, als hätten wir ein bisschen den Konjunktiv II geübt. Dabei ist doch klar, was geschah, selbst Hegel, der mit einer Wahrnehmungsfähigkeit eines Zwergmeerschweinchens ausgestattet ist, hat die Folgen der »Übung« sehr wohl bemerkt. Doch Hegel schleicht weiterhin durch die Wohnung, als sei nichts gewesen, als hätte er nicht mich und übrigens auch alle anderen verarscht (Nina ist sehr wütend, Jerzy ging sofort zu Bea). Das ist Hegelianismus: etwas herbeireden und sich dann der Verantwortung entziehen.

Kopiere leidenschaftlich und wild. Jolanda staunt.

8.9.1983 ....

Es ist ein Scheissdonnerstag, Donnerstage sind die blödesten Tage, sozusagen die Quintessenz der Langeweile und des Durchschnitts, was ja im Prinzip dasselbe ist, an keinem Tag mehr Regen als an Donnerstagen, an keinem Tag mehr Trostlosigkeit und Trübsinn als an Donnerstagen, an keinem Tag mehr Vergeudung an Lebenskraft und Geist, an keinem Tag weniger Zukunft als an einem – als an jedem Donnerstag dieser Welt. Der Freitag ist lebendig, erwartungsfroh und heiter, der Samstag ekstatisch-derb, der Sonntag melancholisch-asketisch-süss, der

Montag kurz und stets besser, als erwartet, der Dienstag ertragreich und vielversprechend, der Mittwoch irgendwie beschaulich, interessant und voller Überraschungen, doch bereits vom Schatten des Donnerstags geprägt.

Sandra zieht aus. Schachteln und Stühle stehen vor ihrer Tür, die Vorhänge sind abmontiert. Kein Wort von ihr. Kein Dichterwort von Sandra. Ich lese jeden Abend jedes ihrer Worte. Und je öfter ich sie lese, desto schöner und glänzender und wertvoller werden sie wie ein Stück Edelmetall, das man poliert. Erst jetzt bemerke ich das Edle dieses Metalls. Ich halte es in Händen, befühle, beschnuppere, berieche es und dann weine ich. Ich hätte die Aktion absagen und mit Sandra gehen sollen, in die Toskana zu ihrer Cousine. Wir hätten gegessen, getrunken, gelacht, getanzt, geküsst und rund um uns wäre die herrliche toskanische Landschaft gewesen, mit den hingetuschten Hügeln und dem Himmel wie vom Himmel gefallen, und alles so wunderbar italienisch. Stattdessen alles kaputt. Alles Konjunktiv II.

11.9.1983 ....

Ein strahlend schöner Septembermorgen. Mein WG-Leben ist auf mein Zimmer beschränkt. Meine Berührungen auf das Teddy-Kuschel-Ours-Tier.

Kanzler Schmidt hat Lungenkrebs. Die Opposition bedauert öffentlich und steckt heimlich die Köpfe zusammen.

Irak nun sozialistische Republik.

Massendemos in Madrid.

Initiative zur Wiedereinführung der Todesstrafe zustande gekommen, Blocher Chef der Bewegung.

BBC-Chef ermordet.

Neuvermessung ergibt nur 8767 Meter für Mount Everest, Nepal droht mit diplomatischen Schritten.

Vaterschaftsklage gegen David Bowie.

Kannibalismus in Belgien.

Sonntag auf der ganzen Welt.

Ich leide und lese, lese und leide. Kann mich ans Gelesene nicht erinnern, aber ans Erlittene.

Viele Stimmen auf dem Beantworter. Ich kann sie alle nicht hören.

18.9.1983 ....

Einen Wochensonntag später. Sandra zieht unsichtbar und unhörbar aus. Immer weniger ist von ihr da. Ich vermute, das Datum ist der 1.10., Mieterwechsel. Das ist so in der CH, es muss alles seine festgelegten Termine haben. Terminus.

Habe wieder mal Frisch gelesen. Aber nicht konzentriert, nicht aufmerksam. Lese Frisch, weil Frisch ja »gute« und »fortschrittliche« Literatur ist, doch lese ich ohne Leidenschaft und Interesse. Mit Sandra ist auch dies von mir fortgegangen.

Grossbrand in Zürich, 23 Tote.

Grenzzwischenfall bei Magdeburg, Nato alarmiert, Sowjets entrüstet.

24.9.1983 ....

Meiner Mutter vom Unglück mit Sandra erzählt, selbstverständlich den wahren Grund der Trennung nicht gesagt, meine Mutter weiss nichts von meinen politischen Aktivitäten, Politik findet sie »dumms Zügs«. Sie bemerkte meine Betroffenheit, nahm mich in den Arm, was sie seit meiner frühen Kindheit nie mehr getan hatte.

In Zürich 28 Tote, darunter der Fernseh-Moderator Aeschbacher. Die SVP und FDP lehnen die Russenhilfe ab, bevor die Russen überhaupt Hilfe zugesagt haben, so die Paranoia in diesem Staate CH.

Weiterhin Konfrontation an DDR-Grenze, die Nato »verschiebt«, wie die Militärs sagen, Panzer an die Grenze, die anderen auch. Mutter Teresa hat Brief an Reagan und Gorbatschow geschrieben.

Morgen gehen wir Bea besuchen, weiss aber noch nicht, ob ich mitgehe, habe überhaupt keine Lust mehr auf Hegel und Co.

Bernie merkt natürlich, dass was geschehen ist mit mir, kann ihr aber den wahren Grund nicht erzählen.

Von Sandra die Übersetzung von ein paar Zeilen gelesen: »Sovente mi domando / come eri ed ero prima / Vagammo forse vittime del sonno?« »Mängisch dänki noo / wiämmer gsi sind früäner du und ich / simmer tribä als opfär im schloof?«

Ja, wie waren wir damals? Du und ich? Du hier eine Fremde, dann allein in der Fremde, als deine Mutter starb, und dann dein Vater und ich, ebenso allein? Und jetzt, meine geliebte Sandra, wohin gehst du? Zurück nach Italien? Das ist doch kein Zurück, du gehörst hierher, nach Basel, an die Hegnauer, zu mir. Ich möchte am liebsten dies alles ungeschehen machen. Ich könnte meine Tagebuchblätter zerreissen, verbrennen, vernichten, versenken, irgendwie aus der Welt schaffen, vielleicht wäre dies ein Anfang.

Gehe mit Bernie noch in den Ausgang, weiss nicht wohin.

25.9.1983 ....

Sonntagabend, mein Tagebuchtag. War beim Besuch bei Bea nicht dabei, habe Kopfweh vorgetäuscht, was nicht ganz falsch ist, gestern viel getrunken und geraucht (wieder mal gekifft, wieder mal erfolglos), der Abend war im Prinzip langweilig, Bernie erzählte und erzählte von ihrer Kunstgewerbeschule und wie blöd all die anderen sind und ich hörte zu und trank meine Biere.

Beerdigung der Toten von Zürich, Bundesrat Honegger brach in Tränen aus = heute erste Meldung in den Nachrichten.

Von Sandra kein Wort, kein Ton, kein Schatten. Sie ist an mir vorbei verschwunden. Sie ist ein Gespenst geworden, mein Gespenst.

Schreibmaschine funktioniert wieder nicht richtig. Das ist sehr mühsam!!!

29.9.1983 ....

Mini-Transporter unten an der Strasse, italienisches Nummernschild, geht Sandra tatsächlich nach Italien? Das kann ich mir gar nicht vorstellen? Ich beobachte die Situation, habe Sandra nicht gesehen, stattdessen zwei ältere Herren, die Möbelstück um Möbelstück in den Transporter tragen. Verwandte? Transporteure? Freunde? Dichter?

Wieso ist Sandra gar nicht zu sehen? Ist sie bereits weg und lässt zügeln?

Ich bin gelähmt durch die Situation. Schlafe zwölf, dreizehn Stunden, rauche zwei, manchmal drei Päckli am Tag, schaue mit Bernie TV, rede nur Belangloses mit Hegel und Kati, die fast jeden Abend mit einer jungen Frau Carambole spielt.

Die Jugend ist nicht zur Ruhe gekommen, erneut schwere Krawalle im Tessin, nun sogar auch im Wallis, was die ganze Welt erstaunt. Offenbar gehen die Risse sehr tief, dass sogar die »Katholen« aufmüpfig werden und das Gesetz des Heiligen Eigentums missachten. (Steht nicht im Römerbrief, man solle sich der staatlichen Ordnung fügen, oder so ähnlich?) Von mir aus kann dieses Gesetz vollständig aufgehoben werden, Eigentum ist Ursache von Krieg, Gewalt, Missgunst, Ausbeutung, Armut und Tod. Mit Hans-J. in dieser Frage völlig einig. Die Zerstörung von Eigentum ist unproblematisch, schwieriger ist Gewalt gegen Menschen, da muss die Frage geprüft werden, inwiefern der Mensch in Eigentum verstrickt ist, wie gross dieses Eigentum ist und auf welche Weise es zustande gekommen ist. Auch hier Übereinstimmung mit Hans-J. Unsere Aktion »hätte« sich nur gegen Eigentum gerichtet, aber gegen zerstörerisches Eigentum, und dieses muss zerstört werden. Sonst ist überhaupt an Fortschritt nicht zu denken.

Proteste in Deutschland gegen Nachrüstung nehmen deutlich ab, es zeigt sich wieder einmal die Trivialität solcher Protestbewegungen, kaum ist ein bisschen Pulverdampf zu riechen, ziehen die Friedensbewegten den Schwanz ein und fürchten um ihr Gewürzgärtchen. In solchen Zeiten wird glasklar, wer wirklich gegen den internationalen Imperialismus Front macht und wer bloss ein wenig auf Pfadi macht und hofft, damit seinen inneren Frieden zu erreichen. Es ist gut, trennt sich Spreu vom Weizen.

Habe müde Finger.

Denke ununterbrochen an Sandra.

2.10.1983 ....

Putsch in Spanien fällt nach weniger als einem Jahr auseinander. (»... hat die Regierung Armada es nicht vermocht, richtige Akzente zu setzen.« NZZ) Demonstranten sind ins Regierungsgebäude eingedrungen, das Militär hat nicht reagiert, offenbar hat das Militär bereits die Seiten gewechselt, es hat nun die Absicht, demokratisch zu werden. Interessant ist, dass die Kirche diesen Schritt noch nicht gemacht hat, die spanische Kirche spricht von »staatsfeindlichen Aktionen« und »kommunistischen Tätigkeiten«, während man sich bereits damit abgefunden hat, dass die bösen Faschos ersetzt werden durch anständige Faschos. Der Vatikan hat die Zeichen der Zeit wieder einmal nicht verstanden. Johannes II. ist fröhlich-fromm in Österreich unterwegs, während seine Diplomaten an untergehenden Militärs festhalten. Doch dem Vatikan wird nichts passieren. Der Glaube versetzt eben Berge bzw. die Vernunft und so wie die Unterstützung der Nazis dem Vatikan nicht geschadet hat, wird auch die Unterstützung der spanischen Faschos der Kirche nicht schaden. Deshalb wäre es an der Zeit, hier ganz andere Mittel anzuwenden.

In unserem Haus tummeln sich fremde Leute. Ein Möbelwagen von »Möbel Pfister« steht seit heute vor der Tür, das verheisst nichts Gutes! Erreichen Bünzlis die Hegnauer? Leute aus Gelterkinden?

Wo ist Sandra? Dov'e Sandra???

Schreibmaschine geflickt, habe guten Service ganz in der Nähe entdeckt. Auch sehr günstige Farb- und Korrekturbänder.

9.10.1983 ....

Mit Hegel denkwürdigen Abend erlebt. Er hat mich gefragt, ob wir Pizza essen gehen, er hätte irgendwoher einen Gutschein, also gingen wir. Er hat sich für die »Übung« entschuldigt und gesagt, dass er meinen »Groll«, wie er sagte, verstehe. Er erkundigte sich nach Sandra, erzählte von seinem Arul, der wahrscheinlich Ende Jahr »ausgeschafft« werde, wie man heute sagt, und dass er überlege, Arul in der WG zu verstecken, Kati würde eventuell ausziehen!!! Er könnte von seinen Eltern ein kleines Vorerbe beziehen und damit die Miete von Arul bezahlen. Ausserdem sei er ja bald mit dem Studium fertig und einen Job zu finden sei für ihn nicht so schwierig (wer hat ihm das gesagt?). Bei der zweiten Flasche Merlot erzählte ich. Hegel hörte nur zu und faltete sein Gesicht zu einer neuen Schmaligkeit.

Ein einsamer Sonntag. Seit Sandra weg ist, finde ich keine Ruhe mehr, gehe in meinem Zimmer hin und her, in der Wohnung hin und her, manchmal in der Hegnauer hin und her, hole Zigis, die Zeitung, spaziere zum Rhein, doch kaum dort angekommen, gehe ich wieder zurück, lege mich aufs Bett, doch kaum liege ich, stehe ich wieder auf, schlage ein Buch auf, doch kaum habe ich das Buch aufgeschlagen, schlage ich es wieder zu, zünde mir eine Zigarette an, drücke sie aus, werfe sie in den Hof, gehe in die Küche, wasche das Geschirr ab oder putze den Tisch, doch kaum bin ich im Begriff, dies zu tun, höre ich damit wieder auf, lasse das Geschirr, den Tisch nur halb geputzt zurück, gehe in mein Zimmer, lese Briefe, Zeilen von Sandra, komme damit nicht zurecht, lege die Briefe wieder in die Schublade, zünde mir eine Zigarette an etc. etc.

Da fällt mir ein: Sandra wollte Fritz Zorn ins Schweizerdeutsche übersetzen!

Michael Schanze hatte Erektion während Kindersendung, »1, 2 oder 6«, schrieb »Bild«.

Diego nach Spanien abgereist. Endlich! Kann ich an dieser Stelle sagen.

Schmidt und Craxi bilden Militärbündnis, Mitterrand nennt es mit vieldeutiger Miene »Achse« und sucht Kontakt mit Gorbatschow. Erneut Zwischenfall an DDR-Grenze, amerikanischer Soldat erschossen, DDR spricht von Grenzverletzung, die Nato fordert Aufklärung, NZZ ist »empört« und »tief besorgt über den Akt einer angekündigten Aggression«.

13.10.1983 ....

Neue Mieter heissen »Herzig« und stammen nicht aus Gelterkinden, sondern aus Bubendorf: Mann, Frau, Sohn. Weiss der Teufel, was sie an der Hegnauer wollen.

Bea bleibt dauerhaft behindert. Sie ist jetzt in der Reha in Basel. Ich habe sie besucht, sie sieht Jahre älter aus, macht aber sonst einen guten Eindruck. Jerzy kümmert sich liebevoll um sie. Allerdings gibt es ein Geldproblem, die Mutter von Bea hat selber gesundheitliche Probleme, ist frühpensioniert, der Vater lebt in Bremen und will von der Familie nichts wissen. Hegel meint, ich solle Cousin Rolf »aktivieren«, was ich eine blödsinnige Idee finde. Ich will mit ihm nichts mehr zu tun haben, er ist nur peinlich. Hegel sagt, man könnte ja ein Hilfswerk »erfinden«, das sei ethisch völlig okay. Das mag ja sein, bloss funktioniert dies nicht ohne meinen Cousin Rolf, Erfindung hin oder her.

Langer Spaziergang durch die Stadt bis nach Binningen trotz Herbststurm. Habe die ganze Zeit überlegt, ob ich Sandra einen Brief schreiben soll, ihr Cousin in Thun kennt sicher ihre Adresse. Nun bin ich zurück, noch nass vom Regen, der ganz plötzlich einsetzte, und ich weiss noch immer nicht, ob ich diesen Brief schreiben soll.

Mein lieber Ursus-Bär auf meinem Bett ist mein einziger anderer Körper.

Die Zeitungen sind voll von Kriegsangst. In der NZZ langer Artikel über »1984« von Orwell. Ich habe das Buch nie gelesen, kann ich an dieser Stelle gestehen, habe mir immer vorgenommen, es 1984 zu tun, und jetzt habe ich keine Lust dazu. Auch in der Politik und Diplomatie grosse Nervosität.

16.10.1983 ....

Manchmal tippe ich wahllos auf meiner Maschine herum, einfach, weil ich ihren Klang so mag. Weil mir der Klang der Schreibmaschine auf seltsame Weise guttut. Das geht dann 10, 15 Minuten so, ich zerknülle die Blätter, werfe sie in den Papierkorb und fühle mich gut. Vielleicht sollte ich nur noch auf diese Weise Tagebuch schreiben. Was ich tippe, ist sowieso belanglos, völlig unwichtig, also kann ich den Versuch, irgendwie was Sinnvolles zu schreiben, gleich sein lassen. Und ob irgendwo auf der Welt in irgendeiner Schublade mein Tagebuch darauf wartet, eines Tages weggeworfen zu werden, ist sowieso keine Frage, also: Den Prozess abkürzen und die »beschriebenen« Blätter direkt in den Abfall werfen!

Bis jetzt (20.30 Uhr) genau 20 Zigis geraucht.

Adresse von Sandra erhalten!

23.10.1983 ....

Brief an Sandra geschrieben, aber nicht abgeschickt. Kein Mensch fragt nach ihr. Man getraut sich nicht.

Müde Woche hinter mir. Habe im Prinzip nichts gemacht. Ein wenig meine Dinge hier im Zimmer geordnet, 1 neuen Ordner gekauft, Uni-Sachen weggeworfen, Münzen sortiert, Rechnungen endlich bezahlt (von PTT bereits 2. Mahnung).

Nächste Woche mit Jolanda Kaffee trinken.

TV kaputt.

Schmidt wieder im Spital.

30.10.1983 . . . .

Letzter Sonntag im Oktober. Bereits Schnee und Eis. Gestern wegen ca. 5 cm Schnee Chaos in der Stadt, 14er-Tram fiel einen halben Tag aus.

Kati zieht nicht aus!!! Offenbar hatte sie nie die Absicht auszuziehen, ich glaube, Hegel hätte sich das gewünscht, damit sein Arul hier einziehen kann, doch so weit wird es nun nicht kommen.

Bin weiterhin lustlos, mache nichts ausser viel rauchen und Besuch ist ja nicht zu erwarten.

Neuer Brief an Sandra, aber auch nicht abgeschickt.

Mit Bernie Carambole gespielt, stets verloren.

1.11.1983 . . . .

Traum: Ich habe die Fähigkeit, Personen zu zeichnen und sie dann lebendig werden zu lassen. Denke ich an ihr Verschwinden, sind die Personen auch schon weg. Dann versuche ich, Sandra zu zeichnen, doch es gelingt mir nicht, weil ich nicht mehr weiss, wie sie aussieht. Zehn-, hundertmal setze ich an, Sandra will mir nicht gelingen. Verzweifelt wache ich auf und habe das Gefühl, meine Finger schmerzen vom vielen Zeichnen.

Diese Woche wurde der Rohbau des neuen Kindergartens im Innenhof, der jetzt gar keiner mehr ist, fertiggestellt. Man sagt, im Sommer 1984 sei die Eröffnung. Hegel graut es vor dem Gedanken, dass unser schöner, ruhiger Innenhof bald einmal voll ist mit schreienden und herumtobenden Kindern. Er sagte mir, er wolle sowieso nach dem Liz ausziehen, niemand hätte so viele Jahre Hegnauer auf dem Buckel wie er und einmal sei es genug. Möglicherweise gehe er für ein Jahr nach Sri Lanka, er könnte in einem Strassenkinder-Projekt mitarbeiten, Aruls Bruder sei dort Chauffeur. Doch zuerst müsse er die Liz-Arbeit machen: Feuerbach + Marx. Eigentlich hätte er vieles schon geschrieben, er müsse es nur noch zusammenstellen. Ausserdem die politische Aktion. Und ich?, frage ich mich. Und ich? Ich sollte endlich wieder seriös arbeiten, sonst kann ich nicht in zwei Jahren abschliessen, ich muss Sandra vergessen!!!

6.11.1983 ....

Briefe an Sandra zerrissen und in meinem Aschenbecher verbrannt! Die Sache muss ein Ende haben. Sandra ist weg, wahrscheinlich in Italien, ich bin hier, wir werden uns nie wiedersehen, ich muss diese Sache abschliessen. Habe mit Hegel lange darüber geredet. Sein Arul muss definitiv zurück, Hegel sagt, sein Herz blute, und in diesem Wort verschwanden seine Überheblichkeit, Verstocktheit, Trägheit und Blindheit augenblicklich. Ich habe sein Gesicht noch nie so offen und zugleich so dunkel gesehen, ich glaube, Arul bedeutet ihm alles. Er macht sein Liz, dann geht er nach Sri Lanka, wo er wahrscheinlich für immer bleibt. Und ich? Immer wieder stelle ich mir diese Frage. Was wird aus mir? Auf eine Diss habe ich keine Lust, möchte weg von der Uni und eigentlich auch weg von Basel, bloss – wohin? Was soll bloss aus mir werden?

13.11.1983 ....

Entwickle mich zum Sonntagsschreiberling.

Haben neues Fernsehgerät, einen »Saba Ultracolor«, Hegel meint, das sei das Beste, was es heute gibt. Das Bild ist wirklich sehr gut, kein Vergleich mit dem »Blaupunkt Nizza«. Mit Schmidt geht es offenbar schnell bergab, sein Zustand verschlechtert sich täglich. Wusste nicht, dass seine Frau Loki heisst. Habe nie mehr was von meiner Loki gehört. Kürzlich von ihr geträumt. Harmlos. Ich glaube, Loki brauchte mich als Orientierungshilfe in unsicheren Zeiten, mehr war ich nicht. Anderseits kann man sagen: immerhin.

Meine Mutter schickte mir 100 Franken: immerhin.

Beat schickte mir Gedichte, er ist bereits wieder am Planen der Lyriktage. Was ist mit Sandra? Lädt er sie wieder ein? Kommt sie nach Thun? Meine Schwester lange nicht mehr gesehen, es gehe ihr gut, sagt Beat. Der kleine Lukas ist bereits über zwei Jahre alt, wie doch die Zeit vergeht. Eben noch war meine Schwester schwanger.

Von den neuen Mietern nichts gesehen als einen Kinderwagen im Gang.

In einem Brief von Sandra: »Sorpresa dopo tanto d'un amore. Credevo di averlo sparpagliato per il mondo.«

Höre gerade jetzt eine Schiffssirene.

Fritz Zorn ist mir in die Hände gefallen, das Buch las ich auf dem Weg nach Basel, ich kann mich noch gut erinnern. Bin ich seither wirklich weitergekommen? Ich frage mich.

20.11.1983 ....

Wieder mal bei Ploetz Wein trinken, Nina auch wieder mal gesehen, es scheint ihr gut zu gehen, sie ist gut gelaunt und sieht auch gut aus. Für die Gruppe war die Übung offenbar kein Problem, man ist stolz, dass die »Übung« gut gegangen war. Und nun ist klar: Das nächste Mal bleibt es nicht bei einer Übung, doch: der Dicke macht nicht mehr mit. Die Übung hätte bei ihm gewisse »Probleme« aufgezeigt, meinte Ploetz, ab sofort ist jeglicher Kontakt mit dem Dicken unerwünscht, was mir, mein liebes Tagebuch, nicht allzu schwer fällt, trotzdem bin ich ein wenig überrascht über diese Massnahme – oder soll ich Strafe sagen?

Offenbar kommt die Idee mit der »Übung« von N., dem Deutschen aus Frankfurt. Auch Schweizer Armee übt, das Ganze nennt sich »Aktion Alpenblitz«.

Hegel und Hans-J. haben ein neues Grundsatzpapier verfasst, wir werden daran arbeiten und es im neuen Jahr wahrscheinlich veröffentlichen. Das ist doch wenigstens was! Und dann geht es von der Theorie zur Praxis, von der Theorie zur Aktion!!!

Das innenpolitische Klima wird immer schlimmer, über Todesstrafe wird im nächsten Jahr abgestimmt und bereits werden Unterschriften zur Einrichtung von »Spezialgefängnissen für Staatsfeinde« gesammelt, heute beim Claraplatz wurde ich darauf angesprochen, FDP und SVP gehen flott miteinander, wie es aussieht, folgt bald die Fusion. Auch in Deutschland und Italien ist das Klima sehr schlecht, seit Schmidt im Spital ist, geht gar nichts mehr, einzig die Armee zeigt Stärke, ähnliches Bild in Italien. Kati meint, die Situation erinnere an das Jahr 1938, was Hegel natürlich blödsinnig findet.

Beat und meine Schwester waren hier mit ihrem Lukas. Es war ganz nett, Beat ein bisschen distanziert, habe keine Ahnung weshalb.

26.11.1983 ....

War mit Jolanda im Bett!!!

Gestern Ausgang, chinesisch essen in St. Johann, dann ein Glas Wein in der »Fass-Bar«, dann Bier irgendwo in der Rheingasse, dann Glas Wein in ihrer neu renovierten Wohnung, dann ging sie mir ans Geschlecht und ich tat nichts dagegen. Anschliessend sagte sie mir, dies hätte sie sich schon hundertmal vorgestellt. Die Geschichte mit dem verheirateten Bodenleger dauerte länger als ein Jahr, begann also weit vor der Überschwemmung. Nachdem der Bodenleger »Hausi«, wie Jolanda sagt, auf Montage im Tessin mit einer Deutschen was gehabt habe, sei es ihr zu blöd geworden.

Der Sex war grossartig, wir konnten nicht voneinander lassen fast die ganze Nacht. Dann haben wir bis ca. 13 Uhr geschlafen. Es war himmlisch. Zum Glück hatte sie jemanden für den Laden. Ob sie dies alles geplant hatte? Auch die Stellvertretung im Shop?

Es ist der 26. November 1983, Samstagabend, 20.30 Uhr und es sind alle hier! Das hat es seit Jahren nicht mehr gegeben. Hegel, Hans-J. und Kati sind in der Küche, redigieren und korrigieren den Text, Bernie zeichnet Schneesterne in ihrem Zimmer, ein Auftrag der Schule, später soll noch Nina kommen. Sie denken sicherlich, ich schreibe was für die Uni, überhaupt weiss niemand was von meinem Tagebuch. Wie lange ich es noch weiterführen will, kann ich nicht sagen, spätestens mit Uni-Abschluss ist auch damit Schluss. Ein Tagebuch ist was für Studenten oder Schriftsteller. In nicht mal zwei Jahren bin ich keines von beiden.

Das Tagebuch von Frisch habe ich seit der Trennung von Sandra nicht mehr in die Hand genommen, überhaupt fallen mir geistige Dinge seither schwer. Mein Geist ist wie gelähmt. Vielleicht hat Sandra ihn mit nach Italien genommen.

Jolanda liebe ich nicht, aber ich begehre sie.

27.11.1983 ....

Wieder mal mit Frau Gehring gesprochen, sie machte Andeutungen betreffend Sandra, hat offenbar gemerkt, dass nichts mehr ist mit uns, machte seltsame Bemerkung zur Familie »Schmerzig«, wie sie sagte, es gab Kaffee und »Öpfelwäjä« mit viel Schlagrahm. Hat mir »Endspiel« von Beckett sehr empfohlen, wird Karten besorgen. Sonst sei am Theater

Basel nicht viel Spannendes zu sehen, noch was von Williams (die »Katze«??) könnte man sehen, doch dann sei es auch schon wieder vorbei, heute würden Amateure die Bühne beherrschen, seien es die sogenannten Autoren wie auch die sogenannten Schauspieler, die in Wirklichkeit nichts anderes wären als Auswendiglerner, ohne Geist und Charakter, ja ohne Intelligenz, diese sogenannten Schauspieler seien nichts als Maschinen, bei denen oben ein Text eingetrichtert würde, welche die Maschine verarbeite und dann den Text ausspucke wie ein alter Säufer den Tabak. Selbst Zadek Schlehf Peimann (?) würden heute mit Bühnenmaschinen arbeiten, die gänzlich ohne Geist und Charakter auf der Bühne herumtanzten wie die dressierten Affen auf den Jahrmärkten früher und auch nichts anders hinterliessen als Affenscheisse. Dann erzählte Frau Gehring von einer seltsamen, unbegreiflichen, irritierenden Nervenkrankheit, die nicht nur ihre Schwester, die seit Menschengedenken in einer absolut sozialdemokratischen Wohnung in »Züriööhrlikä« wohne, vor »öppä« drei Wochen erfasst und seither nicht mehr losgelassen habe, sondern jetzt auch nach Basel übergesprungen sei und am Theater den stärksten Hauptdarsteller, der letztes Jahr Richard den Dritten gegeben habe und ein Jahr zuvor den Ödipus, voll erfasst habe und ihn so weit in Mitleidenschaft ziehe, dass er in keinerlei Art und Weise in der Lage sei, eine Rolle, und sei es auch nur eine unbedeutende Nebenrolle oder sogar eine stille Rolle, überhaupt zu spielen, was ihr die allergrössten Sorgen bereite, denn diese Krankheit, die noch gar keinen Namen habe, weil die Ärzte, die kein Interesse haben, die Krankheit zu verstehen oder ihr auch nur einen Namen zu geben, völlig versagen, so wie die Ärzte seit Menschengedenken stets versagen, weshalb die Krankheit sozusagen im Dunkeln ihr Unheil treibe und um sich greife, und deshalb sei auch diese Krankheit ein Symptom für das totale und ewige Versagen der Ärzte, eine Krankheit, die sich durch ein unkontrollierbares Zittern äussere, zunächst hätte sie und auch der Regisseur, der ein kleines deutsches Würstchen sei, gedacht, das Zittern sei Teil der Interpretation der Rolle, irgendwie komisch und irgendwie Avantgarde, doch dann, als das Zittern auch neben der Bühne nicht verschwand, war klar, dass das Zittern ein Anzeichen einer Krankheit sei, die offenbar auch andere erfasst hätte, wie eben ihre Schwester in »Züri«, die absolut keinen Kontakt mit diesem Schauspieler gehabt hätte, weil sie nie ins Theater gehen würde, nicht mal in eines dieser jämmerlichen Laientheater würde ihre Schwester gehen, ja sie hätte überhaupt von Kultur nicht die allerkleinste Ahnung, würde stattdessen vor dem Fernseher all diesen schrecklichen Mist schauen, der heutzutage auf allen Kanälen verbreitet werde, was durch das Zittern fast nicht mehr möglich sei, denn das Zittern beherrsche den Alltag, genau wie nun auch der Schauspieler vollkommen von diesem Zittern beherrscht würde.

Über Frau Gehring schreiben ist schöner als ihr zuzuhören. Gehe ins Bett, in der Küche gute Stimmung.

4.12.1983 ....

Im Copy Quick Normalbetrieb. Jolanda tut, als wäre nichts geschehen. Das ist einerseits erfreulich, denn ich habe keine Lust auf Händchenhalten und Lebenerzählen, andererseits frage ich mich, ob sie denn solche Abende unter Normalbetrieb abbucht? Ich weiss ja fast nichts über ihr Leben ausserhalb unseres Shops, geht sie regelmässig mit Männern ins Bett? Nun auch noch mit mir? Hat sie mich schon abgebucht oder könnte sie sich eine Wiederholung vorstellen? Fragen über Fragen, mein liebes Tagebuch.

Das Zittern, von dem mir Frau Gehring erzählt hat, ist tatsächlich ein Phänomen. Ich dachte zunächst, es handle sich um eine typisch Gehringsche Übertreibung, doch gestern las ich in der NZZ von dieser komischen Krankheit. Es gibt Fälle in Deutschland, England, Italien und Finnland, die Symptome sind fast identisch, der Verlauf noch unklar und vor allem, man weiss nicht, was die Krankheit auslöst. Muss die Gehring mal fragen, wie es mit ihrer Schwester und dem Schauspieler weitergegangen ist.

Bald wird unsere Gruppe wieder aktiv.

Träume fast jede Nacht von Sandra.

Bereits Störung bei Saba Ultracolor.

Mit Samuel wieder nach Flims.

In Spanien kippt die Sache.

8.12.1983 ....

Durch das vereiste Basel spaziert. Wäre nicht die Weihnachtsbeleuchtung, alles wäre dunkel und trist. Auf dem Marktplatz eine Frau gesehen, die mich an Sandra erinnert hat, ebenso schlank und schön und rothaarig und kurz frisiert und auf eine faszinierende Weise verschlossen wie Sandra, meine Sandra.

Dieser Geschenkedruck/-dreck lastet bereits auf mir, meine Mutter erwartet stets grosse Dinge, auch wenn sie »höggschtens öppis chliises« will, was ich im Grunde auch nicht überbiete, überbieten kann, und auch meine Schwester, und auch mein kleiner Neffe Lukas, und auch mein Götti in Emmen, mit dem ich überhaupt keinen Kontakt habe. Zum Glück ist diese Unsitte des Weihnachtsgschänklimachens nicht auch in der Hegnauer Sitte. Ich frage mich überhaupt, wieso die Weihnacht auf diese blödsinnige Schenkerei reduziert wird, wenn schon christlich, dann richtig. Die Christen sind die grössten Unchristen. Sie verstehen nicht, was ihre Religion im Kern ausmacht, sie reduzieren den ganzen Überbau auf ein paar symbolische Aktionen und Rituale, dabei ginge es doch, gäbe es die Sache Gott, um viel mehr. Doch so sind die Menschen, sie lieben das Einfache und verachten das Komplizierte. Dies tun sie auch bei Sachen, die ihnen lieb sind, wie z. B. Glaube, Liebe, Hoffnung.

Ich bin sehr froh, nicht an Gott glauben zu müssen.

Morgen Sitzung bei Hans-J. Seine Frau ist nicht wieder aufgetaucht, Hegel meint, sie wäre mit einem italienischen Christdemokraten durchgebrannt. Wie er auf diese Idee kommt, ist mir unbekannt.

---

*Frau Gudrun Ploetz-Tiedemann (*1938) ist nach der Trennung von ihrem Mann zu ihrer Schwester in Heidelberg gezogen. Im Februar 1984 hat sie sich freiwillig in eine psychiatrische Klinik begeben. Bei einer Befragung der deutschen Kollegen zu ihrem Exmann verweigerte sie jede Auskunft. Mit dem Ausbruch des Krieges verliert sich ihre Spur.*

11.12.1983 ....

Sonntag, der 11. Dezember 1983. Bald ist das Jahr vorbei, abgeschlossen, beendet. War es ein gutes Jahr? Ich bin mir nicht sicher. Dass Sandra von mir weggegangen ist, ist sehr traurig, trist, trist, trist. Mit der Uni bin ich einigermassen vorwärtsgekommen, der Abschluss 1985 ist möglich, meine Mutter zufrieden, die Zukunft trotzdem offen. Habe mir überlegt, von Basel wegzugehen, auch wenn ich hier gut angekommen bin und mich wohl fühle, auch in der Hegnauer. Mit Hegel hat sich trotz vieler Zwischenfälle und Differenzen eine Freundschaft entwickelt, die ich nicht missen möchte, auch mit Kati verstehe ich mich gut, ich glaube, wir sind uns näher, als es auf den ersten Blick scheint. Klar, die sehr geselligen Zeiten, als der Bärtige noch hier wirtete, sind vorbei, wir leben auch ein wenig aneinander vorbei, trotzdem, es ist eine gute WG, selbst mit Bernie habe ich gute Momente. Und dann frage ich mich, ob ich anderswo auch so politisch sein kann. Die Gruppe mit Ploetz hat sich gut entwickelt, wir haben ein Konzept, handeln nicht ohne Theorie und werden mit unserer Aktion gewiss etwas in Bewegung setzen, wenn auch nicht klar ist, was.

Mein Velo wieder mal kaputt.

Apel und Vogel machen sich bereit. Schmidt ohne Hoffnung.

Mit Bernie Carambole gespielt, dieses Mal gewonnen!

Koni in der Stadt getroffen, hat sich Bart wachsen lassen, sieht schrecklich aus. So stelle ich mir einen polnischen Bauern vor. Oder einen jugoslawischen Zuhälter. Oder einen Bündner Polizisten.

15.12.1983 ....

Keine Weihnachtsruhe, UdSSR schickt Truppen nach Pakistan (freundschaftlich) und in die DDR (?), die Nato wiederum verstärkt Truppen in der BRD (freundschaftlich). Es ist ein eifriges Truppen-hin-und-her-Schieben. Lage sehr angespannt. Gorbatschow spricht von »ureigenen slawisch-russischen Interessen«, die NZZ ist naturgemäss dagegen, spricht vom »Aufkochen eines todbringenden Süppchens«.

Ganz, ganz feiner Schnee. Es sieht aus, als falle er in den Himmel.

18.12.1983 ....

Lange, anstrengende, gute Sitzung bei Ploetz. Wir machen eine April-Aktion: klug, hart, gezielt!

Noch keine Weihnachtsgeschänkli.

Lange mit meiner Mutter telefoniert. Leider kamen dauernd Leute und Bernies Punk war wieder einmal sehr laut. Mutter ist in die Camerata eingetreten und scheint sich in Meggen ganz wohl zu fühlen. Ihre Schwester Klara, also die Mutter meines Cousins Rolf, hat offenbar ein Problem mit dem Saufen und denke ich an einige Abende hier, hat das Söhnchen wohl einiges von seiner Mutter geerbt.

Ansonsten mit Jolanda nichts Neues, sie tut noch immer, als wäre nichts gewesen, und so wie es aussieht, wird auch nichts mehr sein. Stelle mir oft die Nacht vor.

Kati meinte, Sandra hätte sie in all den Jahren kaum wahrgenommen. Ich glaube nicht, dass das stimmt. Sandra hat viel mehr wahrgenommen, als man dachte. Sie ist eben eine richtige Dichterin.

Im Innenhof wird trotz Kälte und Schnee eifrig gebaut. Hin und wieder taucht der Chef auf, ein Schweizer, dann geht er wieder und die Ausländer arbeiten weiter.

Mit Sämi am 26. nach Flims.

19.12.1983 ....

Rattenplage in Rom.

Loki Schmidt will mit Rauchen aufhören.

Saturn-Mond entdeckt.

Hans-Ueli Inderbitzin aus Unterägeri bei Lawinenunglück ums Leben gekommen.

Um das Leben gekommen, eigentlich ein seltsamer Ausdruck. Das hätte Sandra sicher interessiert. Ums Läbä cho. Um das Leben gekommen. Um das Leben herumgekommen. Noch einmal davongekommen. Vom Leben etc.

Heizung im Zimmer wieder defekt, schlafe im Pullover.

21.12.1983 ....

Heute in einem Kraftakt sämtliche Geschenke gekauft! Habe dafür genau Fr. 89.45 ausgegeben.

Nervenkrankheit erfasst immer mehr Menschen. Auch in Basel gibt es jetzt spezielle Informationen für die Bevölkerung, man weiss noch immer nichts über die Ursachen. In Italien soll es drei Todesfälle gegeben haben, Bundesamt für Gesundheit bezweifelt das aber. Jedes Zittern wird argwöhnisch beobachtet. Man weiss auch nicht, ob die Krankheit ansteckend ist. Man weiss nichts. Hegel: Die Schulmedizin versteht nichts von der Medizin. Die Schulmedizin macht aus dem Nichtwissen Kapital. Das ist Kapitalismus. Sagte Hegel. Beim Saba funktioniert ARD nicht, das ist eine verdammte Sauerei! Wir haben viel bezahlt für das technische Wunderwerk, das Hegel so empfohlen hat, und jetzt funktioniert nicht mal ARD, was beim alten TV stets tadellos funktioniert hat.

Gehe am 24. nach Meggen, alle sind da: Beat, Schwester, Lukas, Mutter, ich und wahrscheinlich die Fee der genervten Langeweile. Zuerst wollte ich am 25. gleich wieder nach Basel, doch dann fragte ich mich, warum? Warum so schnell wieder zurück? Sandra ist weg, Hegel an Weihnachten entweder unauffindbar oder im absoluten Launentief, Kati bei Verwandten, von denen sie sonst nie spricht, Bernie weiss es angeblich noch nicht, wo sie ist am »Heil A« (wie Kati sagt), wahrscheinlich weiss sie es seit langem, bloss will sie sich nicht als Bünzli zu erkennen geben. Jolanda ist keine Alternative, sie will offenbar nichts mehr von mir wissen, jedenfalls nicht im strikten sexuellen Sinn, Jerzy bei Bea, Frau Gehring ist auf einer Skitour, Nina ist nicht mehr so richtig in meinem Blickfeld, und alle anderen interessieren mich sowieso nicht.

Also von Meggen direkt nach Flims.

Das war eine Skizze meines Umfeldes.

23.12.1983 ....

Habe Sandra einen Brief geschrieben, den ich nie abschicken werde. Doch, was soll's! Müssen Briefe denn immer abgeschickt werden? Benötigen Briefe einen Empfänger, einen Adressaten, einen Leser? Nein, bloss einen armen, kleinen, traurigen Schreiberling!

Habe geträumt: Ich fahre mit dem Velo in Basel eine Strasse runter, als ein brauner Hund hinter mir herrennt und mich an einer Ferse fasst. Ein Stück weiter steige ich ab, setze mich auf die Bordsteinkante und beginne auf das Tier loszuschlagen, das sich fest verbissen hat. Gegenüber sitzen ein paar ältere Damen, die mir grinsend zusehen. Als ich den Hund totschlage, lachen sie laut auf, klopfen sich auf die Knie, stehen auf und gehen.

Nervenkrankheit weitet sich aus, nun auch in der CH Tote, das Medikament »Neuraxal« ausverkauft, NZZ nennt die Krankheit »Dezemberkrankheit«.

Morgen nach Meggen.

Der Bärtige hat Weihnachtsguetzli geschickt. Ich habe selten einen Menschen mit einer so teuren Treue gesehen. Oft wünsche ich mir den Bärtigen zurück. Nicht nur wegen des Essens.

Es regnet und hat 8 Grad.

Hat Bernie die Nervenkrankheit? Heute wickelte sie ein kleines Schokoladenherz aus, was ihr fast nicht gelang, weil ihre Hände zitterten, was sie mit einer übertriebenen, ironisierten Umständlichkeit zu vertuschen versuchte und dann, ohne das Schokoladenherz freizulegen, das Zimmer verliess mit der Bemerkung, sie müsse unbedingt noch Geschenkpapier kaufen, weil das Hauptgeschenk, mit dem sie das Geschenk an ihre Mutter meinte, noch nicht eingepackt sei.

4.1.1984 ....

Alles hinter mir, Weihnachten, Silvester und der ganze Quark. Es kommt der Augenblick, da lasse ich bloss noch einen fahren auf dieses fürchterliche Getue und immer wieder das christliche Gedankengut, dieser religiöse Mist, der höchstens Kinder zuzumuten ist, aber doch nicht Erwachsenen, denen man eigentlich Reife und Verstand und Erkenntnisvermögen zutrauen würde, doch dem ist nicht so, man braucht ja bloss einen Blick auf den Zustand unserer Welt zu Beginn des Jahres 84 zu werfen, wohin man schaut nur Unterdrückung, Hunger, Dummheit und tödliche Gefahr. Selbst meine Schwester, die Karfreitag nicht von Pfingsten unterscheiden kann, kommt an Weihnachten in religiöse Stimmung, geht zur Mitternachtsmesse, die sie »ergreifend« findet, dies aber nur verwechselt mit einem unerträglichen Kitsch, der als solcher nicht erkannt wird, weil die frommen Menschen um Mitternacht so vollgefressen und -trunken sind, dass ihnen jedes Gesäusel wie grosse Kunst um die Ohren flattert. Da hat selbst meine Mutter einen kritischen Rest bewahrt und weise-kritisch gelächelt über einen solchen Unsinn.

Immerhin, mit Beat gute Gespräche über Literatur. Er will unbedingt Sandra am nächsten Festival in Thun, was ich ihm nicht ausreden konnte. Mit ihm kräftig kräftigen Wein getrunken.

Etwas verspätet dann nach Flims. Gute Zeit mit Sämi, viel über die aktuelle Lage diskutiert, er sieht die Welt ganz libertär, ich doch eher sozialistisch. Doch alles ohne Zwietracht. Seine Mutter kam an Silvester vorbei, war ganz gemütlich, wir haben Fondue gegessen und viel gelacht. Anni, so heisst die Mutter, arbeitet in der Druckerei des »Tages-Anzeigers«, von dort viel Lustiges.

8.1.1984 ....

Es ist gut, dass wir mit unserer Aktion weiterkommen, die dieses Mal bestimmt keine Übung sein wird. Die Welt dreht noch stärker nach rechts seit der »sowjetischen Morgendämmerung« (NZZ), in Deutschland ist auch nach dem Tod Schmidts nicht damit zu rechnen, dass die SPD wieder eine Linkspartei wird, wenn es so weitergeht, steht die SPD auf einmal rechts der CDU! Amis verstärken Truppen in Deutschland, in der DDR und Ungarn gibt es offenbar auch grössere Verschiebungen von russischen Truppen. Mitterrand kommt unter Druck, Franzosen wollen seine »Russenpolitik« nicht, was wird er tun?

Kati fast ununterbrochen auf dem WC: Durchfall. Sie hat übrigens bei Copy-Quick gekündigt, weil die Arbeitsverhältnisse nur noch »ausbeuterisch« seien. Sie erzählte mir Dinge, die tatsächlich unglaublich sind. Unter solchen Umständen will ich auch nicht mehr in dieser Firma arbeiten, was auch nicht weiter schlimm ist, denn die Arbeit ist unerträglich langweilig und Jolanda noch immer abweisend. Da steige ich auch aus, Sämi erzählte von einer Freundin, die nachts auf der PTT arbeitet und ganz gut verdient, vielleicht ist ja das was. Ich glaube, Jolanda hat wieder was mit »Hausi« zu tun, kürzlich hat sie ins Telefon scharwenzelt, und als ich kam, plötzlich die Melodie gewechselt.

Das Wetter bleibt unbestimmt, manchmal ein wenig Schnee, dann wieder Regen, zwischendurch sogar Sonne. Die Hoteliers jammern, doch das tun sie jeden Winter.

9.1.1984 ....

Das Jahr ist noch jung, und doch kommt es mir schon alt vor. Der Jahreswechsel ist ja nichts als eine Täuschung. Man feiert den Übergang einer Ziffer zur anderen, tatsächlich passiert nichts, ausser dass die Knallkörper- und Alkproduzenten viel Geld verdienen und die Stadt verkotzt und verpisst ist wie sonst nie.

Mit Hegel gutes Gespräch über Entfremdung und Überfremdung. Er will jetzt darüber die Liz-Arbeit schreiben, die ganze Feuerbach-Marx-Thematik hat er verabschiedet, »synthetisiert«, wie Hegel sagt.

Von Beat netten Brief erhalten, werde ihn bald in Thun besuchen.

Frau Ploetz soll mit einem Schneemobilhersteller aus Alaska zusammen sein, sagt Hegel. Ich kann mir nicht vorstellen, dass diese Meldung wahr ist.

Katis Durchfall ohne Ende. Inzwischen gehe ich eine Etage tiefer aufs WC, im Hoheitsbereich der Herzigs. Die sind übrigens kaum zu sehen: Familie unsichtbar. Sie haben einen Sohn, doch auch von dem ist nichts zu sehen, zu hören, zu riechen. Doch wir wollen den Tag nicht vor dem Abend loben, plötzlich geht das Geholper und Gestolper los und mit unserer philosophischen Ruhe ist es vorbei.

Im »Day after« ganz allein.

12.1.1984 ....

Mit Bernie übrigens ganz gutes Verhältnis, wir sitzen oft in der Küche und reden über dies und das, sie ist anders als die anderen. Leider will sie weiterhin ein Haustier, nun soll es ein »Häsli« sein. Doch hier will niemand ein »Häsli«, höchstens in der Pfanne.

Olympische Spiele werden wahrscheinlich abgesagt.

In Damaskus grosse Moschee gesprengt, wahrscheinlich Mossad.

Gehe mit Kati und Hegel was trinken, wahrscheinlich Bier.

13.1.1984 ....

Neuraxal ausverkauft! Bundesrat veranstaltet Krisensitzung. In St. Gallen wurde eine Apotheke gestürmt. In Langenthal eine Frau auf offener Strasse tot zusammengebrochen wegen der Nervenkrankheit. Forscher in Hamburg behauptet, die Krankheit sei »ansteckend in extremis« (NZZ).

Wahrscheinlich Ende Januar nach Thun. Beat bereits wieder hoch hektisch wegen Thuner Lyrik.

Im Innenhof grosse Hektik, irgendwo gibt es ein Problem auf der Baustelle. Man sieht besorgte Gesichter, viele herumfuchtelnde Anzugträger, die Büezer sitzen auf dem Mäuerchen, rauchen, schlottern, scheinen aber trotzdem ganz zufrieden.

Lese in letzter Zeit hin und wieder einen Aufsatz zu meinem Thema, doch eigentlich nur noch Zeitungen. Die Zeiten sind ja auch aufregend, praktisch jeden Tag ein neuer Zwischenfall, eine neue Gefahr, eine neue Konfrontation, es ist nun die Rede von neuen Stellvertreterkriegen, dieses Mal im Nahen Osten, der sozialistische Irak gegen den kapitalistischen Iran. Seit die Mullahs im Iran die Herrschaft praktisch verloren haben und das neue Regime nach der amerikanischen Pfeife tanzt, hat es wieder Schiessereien an der Grenze zum Irak gegeben. Die »BaZ« schreibt, die Sowjetunion liefere massenhaft Waffen in den Irak, und zwar mit französischer Unterstützung, ein weiteres Beispiel der antifranzösischen Propaganda.

Die Frage ist, ob Reagan die Wahl schafft und was passiert, wenn er es nicht schafft.

E l'amore? Da muss ich S. Casartelli zitieren, eine berühmte Dichterin: onanismo, onanismo, onanismo.

15.1.1984 ....

Grossartiger Ausflug mit unserer Gruppe! Wir haben bei Ploetz einen Apéro getrunken, sind dann mit dem Zug in den Jura gefahren, dort ziemlich lange über Eis und Schnee gewandert und haben anschliessend in einer einfachen Pension gegessen und übernachtet. Unsere Planung ist jetzt ganz konkret, »konzis«, wie Hegel neuerdings zu sagen pflegt. Es gibt im April einen grossen militärischen Anlass in Basel und diesen Anlass stören wir ganz gewaltig. Das wird eine grosse Sache! Jerzy wird nun auch dabei sein, nachdem er anfänglich wegen seiner Bea auf die Aktion verzichten wollte. Bea übrigens ist noch immer in der Reha, lernt viele Dinge neu, bleibt bis auf weiteres im Rollstuhl.

Bin sehr müde, aber glücklich.

Den Ausflug der Gruppe ins jurassische Saignelégier habe ich gut vorbereitet und konnte entsprechende Erkenntnisse gewinnen, auch deshalb, weil der Inhaber der Pension zur Zusammenarbeit bereit war. So gelang es mir, die Dynamik der Gruppe besser zu verstehen, insbesondere Ploetzens Hörigkeit gegenüber Geiger. Auch wurde mir in der kalten jurassischen Nacht bewusst, dass Geiger in U. verliebt war und Ploetz dies unbewusst wahrnahm, was seine immer wieder an den Tag gelegte Skepsis gegenüber U. erklärt. Lanz scheint von dieser Dynamik nichts gemerkt zu haben.

20.1.1984 ....

Frau Gehrings Schwester ist an der Nervenkrankheit gestorben! So habe ich Frau Gehring noch gar nie gesehen, zusammengefallen in ein trübes Grau, die Augen, sonst hell und offen, waren nur noch Schlitze, der Blick ohne Kraft und Saft, der Kopf stets ein wenig geneigt, die Hände zitternd. Ein Bild des Jammers. Keine Polemik. Keine Ausschweifungen. Keine Wut und keinen Zorn, einfach nur ein vom Tod ihrer Schwester verwischter Körper. Selbst ihre Stimme war deutlich anders, ohne Schärfe und Tiefe. Sie tat mir leid. Am liebsten hätte ich sie umarmt, doch das konnte ich nicht – aus mehreren Gründen. Sie überbrachte mir die Mitteilung, schaute mich eine Weile stumm an, doch, so schien es jedenfalls, ohne Erwartung, drehte sich um und entschwebte wie ein altes, müde gewordenes Gespenst runter in ihre Wohnung.

Bernie hat die Nervenkrankheit nicht, inzwischen ist es klar. Sie war wohl bloss ein wenig nervös oder hatte am Abend zuvor zu viel getrunken. Allerdings ist es nicht ausgeschlossen, dass jemand von uns angesteckt wird, Neuraxal ist zwar wieder vorhanden, man zweifelt aber an der Wirksamkeit des Medikaments. Eine besondere Häufung soll es in Bayern geben. Niemand weiss warum. In den Bierkellern geht es sehr still und nüchtern zu und her.

Cousin Rolf wird, so meine Mutter, bald wieder hier auftauchen. Ich werde ihn zu Neuraxal befragen, schliesslich stellt Sandoz das Medi her.

Viel Schnee.

21.1.1984 ....

Denke viel über unsere Aktion nach. Ich glaube, wir können eine grosse Wirkung damit erzielen, was ja auch das Ziel ist. Man muss der Entwicklung einen Riegel vorschieben, sonst gleitet der Kapitalismus vollends in den Faschismus, was nichts anderes als Krieg bedeutet, wie die Geschichte zeigt. Nach langen und tiefgehenden Diskussionen haben wir in unserer Gruppe eine Antwort auf die Gewaltfrage gefunden. Ich kann hier in aller Klarheit sagen, dass ich lange eine andere Meinung hatte, mit Kati oft gestritten habe, doch inzwischen ist die Antwort klar: Wenn in unserer Zeit etwas helfen soll, so ist es Gewalt. Man wirft den jungen Leuten den Gebrauch der Gewalt vor, sind wir denn nicht in einem ewigen Gewaltzustand?

23.1.1984 ....

Habe auf Ende März gekündigt! Ich mag dieses ausbeuterische System nicht mehr unterstützen. Copy-Away! Copy-Quick-Fuck!

Magda auf dem Beantworter!

Der Bärtige in der »Schweizer Illustrierten«!!! Seine Beiz gilt als »kulinarisches Wunder von Oberrohrdorf«, Hegel hat uns den Artikel nicht ohne Stolz gezeigt. Auf dem Foto sieht der Bärtige ganz ordentlich aus, er hat abgenommen, was sehr erstaunlich ist.

Eiszapfenaktion in Zürich. Man züchtet Eiszapfen, dann zielt man damit auf unliebsame Schaufenster unliebsamer Firmen (Kreditanstalt, Bankverein, McDonald's) und fotografiert anschliessend das Ganze. Die NZZ nennt es »Taten anarchistischer Wirrköpfe«, die BaZ schreibt »selten sind Anarchie und Dummheit eine solche Allianz eingegangen« und der bürgerliche Rest schliesst sich diesen Analysen mehr oder weniger an.

Schon wieder funktioniert die Heizung nicht richtig, das ist eine verdammte Schweinerei, ich wünsche mir ein Zimmer mit ewiger Wärme. Stattdessen muss ich im Pulli schlafen und meine Finger sind klamm nach zehn Minuten Schreiberei.

Kati duftet an mir vorbei. Das ist im engeren, weiteren und eigentlichen Sinn atemberaubend; an sich und durchaus auch für sich.

Tony Marshall bekennt sich zu Kommunismus.

Lawine begräbt italienische Skihoffnung.

26.1.1984 ....

Donnerstagabend, 22.30 Uhr, noch liegt Schnee, im Innenhof ist die Arbeit eingestellt worden, ich höre Geplauder aus der Küche, Discomusik von irgendwoher (Herzig?). Ich fühle mich im Umbruch, weiss aber nicht, warum ich so fühle, denn passiert ist ja nichts von Bedeutung, mein Leben verläuft ruhig, ohne nennenswerte Umbrüche und Probleme, meine Wohnsituation ist stabil, mein Studium verläuft nach Plan, mein Umfeld stimmt, einen neuen Job werde ich auch finden, es ist ja nicht für lange, einzig mit der Liebe (l'amore) will es nicht klappen. Die Sache mit Jolanda hätte nicht sein sollen, Magda will mich nur noch esoterisch und Kati ist und bleibt ein Planet in einem anderen System. Der Rest ist vergessen und vergangen. Doch warum diese Unruhe? Ist es das wechselhafte Wetter? Oder etwa gar die »Bayerische Krankheit«, wie die Nervenkrankheit jetzt genannt wird? Oft verbringe ich Stunden in der Wohnung, ohne etwas Sinnvolles zu tun, räume ein wenig Geschirr weg, blättere in den Zeitungen, die ich längst gelesen habe, ordne zum 100. Mal meine Uni-Papiere, rauche, schaue in den Innenhof, lege eine Platte auf, wechsle die Platte nach einem halben Lied, gehe ins Lädeli Dinge kaufen, die niemand braucht …

Fest steht, es muss etwas passieren, so versauere ich.

Am Wochenende in Thun bei Schwester und Beat. Meine Vorfreude hält sich in Grenzen.

Plagiatsvorwürfe gegen Grass, Teile der »Blechtrommel« sollen aus einem Buch von 1913 übernommen worden sein, Riesenskandal in Deutschland.

Cello hat angerufen, Hegel wollte ihn nicht sprechen.

27.1.1984 ....

Gestern langer TV-Abend mit Bernie und Hegel, der auf dem Sofa eingeschlafen ist. Heute Mittag Besuch von Cousin Rolf, der wie immer gut gelaunt und sehr aktiv hier herumscharwenzelte. Neuraxal soll der ganz grosse Renner sein, Sandoz überlegt, im Elsass neue Produktionsanlage zu bauen, die USA hätten 100 Millionen Einheiten bestellt, und, was der Hammer ist, die USA wollen verhindern, dass Sandoz an den Ostblock liefert! Offenbar machen die Amis grossen Druck, Sandoz würde Schwierigkeiten auf dem amerikanischen Markt bekommen, so läuft also das Geschäft! Cousin Rolf findet die Haltung der Amis »öbärzüügend ond iilüüchtend«.

Der liebe Cousin geht mit seiner Annemarie nach St. Moritz Ski fahren, die Familie von Annemarie hätte dort »es Wönigli« an einem »nättä Hängli«.

Jetzt verstehe ich, warum er so lebhaft an Annemarie interessiert ist.

29.1.1984 ....

Meine Schwester ist wieder schwanger! Und dies bereits im 5. Monat! Beat durfte mir nichts verraten. Doch so richtig glücklich ist die Stimmung nicht, zwischen den beiden ist eine seltsame Distanz, zuerst wollte ich Beat danach fragen, habe es dann aber sein lassen. Wir waren in der Altstadt essen, dann ging meine Schwester nach Hause und ich trank noch ein wenig Wein mit Beat, der mir das Programm der Lyriktage ausführlich, allzu ausführlich präsentierte. Sandra ist erwartungsgemäss nicht dabei, sie hätte sich auf seine Briefe nicht gemeldet, nun, mich erstaunt das nicht, sie hat total mit allem hier gebrochen, wahrscheinlich auch mit der deutschen Sprache. Träume oft von ihr, Tag und Nacht.

Beat hat zum Teil ähnliche Ansichten wie ich, was mir bis jetzt gar nicht bewusst war, wahrscheinlich, weil er viel lieber über Gedichte als über Politik spricht. Wie er es mit meiner Schwester aushält, die von Politik gar nichts versteht, ist mir schleierhaft. Der kleine Lukas ist herzig.

2.2.1984 ....

Schlechte Stimmung wegen Haustierfrage. Bernie hält an ihrem »Häsli« fest, Kati ist strikt dagegen, Hegel versucht zu vermitteln. Doch mit welchem Resultat? Ein Kompromiss? Ein halbes »Häsli«?

Von Ploetz illegalen Text der RAF erhalten. Werde den Text am Wochenende lesen, ist Thema der nächsten Sitzung am 15.

Der »Stern« ganz gross gegen Grass. Die Sache entwickelt sich zur Peinlichkeit für den Pfeifenraucher, er hat zwar nicht wörtlich abgeschrieben, aber die Ideen ganzer Kapitel übernommen. Warum das bis jetzt nicht ans Licht gekommen ist, darüber rätselt ganz Deutschland. Man vermutet Druck von ganz oben (Brandt, Schmidt?).

Etwas wärmer, Schnee weggeschmolzen, dafür jetzt eklige, feuchte Nässe. Unser Treppenhaus sieht total versaut aus, wieso putzt hier niemand? Seit die Casartellis weg sind, verwahrlost unser Haus zusehends.

Weiterhin kalt in der Innerschweiz.

Heute im Lädeli gesehen: »Jetzt Notvorrat anschaffen!«

Bundesrat Wyer soll von der »Bayerischen Krankheit« befallen sein (die jetzt offiziell ND2A) heisst), doch man weiss nichts Genaues, der »Blick« hat die Geschichte gebracht.

5.2.1984 ....

Wieder mal länger mit Kati geredet. Seit Wochen und Monaten hatten wir kaum miteinander zu tun, obwohl wir ja in derselben Firma arbeiteten, leider nicht in derselben Filiale, ich hatte stets den Eindruck, dass sie mich immer noch als naives Landei betrachtet und mir im Grunde misstraut, obwohl sie bei keiner Sitzung mit der Ploetz-Gruppe in diese Richtung eine Andeutung gemacht hatte. Doch ihre Augen sprechen eben eine Sprache für sich. Ihre Augen sind eine Welt für sich. Genauso wie ihr Geruch. Ich habe die Batterie der Küchenuhr ausgewechselt, als Kati in die Küche kam und mit dem Klassiker einstieg: dem Wetter. Erstaunlicherweise endete die Kommunikation nicht mit dem Wetter, sie erkundigte sich nach meinem Studium, ob sich meine Mutter in Meggen gut eingelebt habe, was ich nach dem Liz machen werde. Wir tranken Kaffee und es war gut. Ich nahm ihren Körper mitsamt seinem Geruch ganz in mich auf. Sie bereut es inzwischen, nach ihrer Lehre nicht auf ihrem Beruf gearbeitet zu haben, hat nun die Schnauze voll von der Jobberei und möchte am liebsten was »Intellektuelles oder Künstlerisches« machen, doch mit ihrer Ausbildung sei das kaum möglich. In Zürich hätte sie Kontakt zu Leuten aus der »progressiven Kunstszene«, eventuell sei in Zürich was möglich in dieser Richtung.

Ausserdem habe ich erfahren, dass ihre Mutter, die in Gossau lebt, ein »Schlägli« hatte und nun pflegebedürftig sei. Ihre Schwester, von der ich nichts wusste, kümmert sich um die Mutter. Was mit dem Vater ist, getraute ich mich nicht zu fragen.

Nun bin ich noch ganz in der Aura dieses Gesprächs ganz allein an unserem guten, alten Küchentisch. Sehr still im Moment.

Wahrscheinlich noch Spätkrimi mit Bernie, ev. Hegel.

Helikopter über Kitzbühel abgestürzt, 11 Tote.

Streit in der Basler Regierung.

Wintergewitter.

7.2.1984 ....

Die Mutter von meinem geschätzten Cousin hat sich im Vollrausch nackt ausgezogen und hat auf dem gefrorenen Ägerisee getanzt! Diese Meldung hat mir heute meine Mutter telefonisch überbracht, mit einer Stimme, die ebenso verärgert wie erregt klang. Nun ist sie »vorübergehend«, wie meine Mutter betonte, in einer »Anstalt«. Ich solle aber »uff kä Fall« Rolfi gegenüber etwas von der Sache erwähnen. Das werde ich nicht tun, weil »Rolfi« sich ja mit seiner Annemarie (neuerdings »Mary«) im »Wönigli am Hängli« vergnügt und keineswegs die Absicht hat, in der nächsten Zeit die Hegnauer zu besuchen.

Habe mir vorgenommen, mit Prof. von Meier zu reden, ich muss wissen, ob ich mein Liz bereits im nächsten Jahr machen kann. Ich möchte abschliessen, an der Uni und hier und überhaupt.

Frau Gehring von weitem gesehen. Konnte nicht erkennen, wie ihr Zustand ist.

Heizung funktioniert immer noch nicht, Kati und Hegel waren beim Mieterschutz.

Haustierfrage auf die lange Bank geschoben, comme on dit.

12.2.1984 ....

Sonntagabend, 19.50 Uhr, wieder deutlich unter null.

Grass hat ein krasses Problem. Er wurde offensichtlich seit Erscheinen der »Blechtrommel« erpresst. Der Erpresser stirbt, sein Sohn, ein Optiker aus Bielefeld, erfährt davon aus dem Testament seines Vaters und geht damit zum »Stern«, wahrscheinlich gegen viele D-Mark. Der Erpresser, ebenfalls Optiker, hat den Fall genauestens dokumentiert, jeden Brief an und von Grass, jede Zahlung, die ganze Geschichte, die nun vom »Stern« Woche für Woche präsentiert wird. Und was passiert? Die »Blechtrommel« ist Nummer 1 aller Bestsellerlisten und in den deutschen Feuilletons herrscht Krieg.

Traum: Vor mir eine übergrosse Kerze. Ich starre sie an, minutenlang, stundenlang, doch sie brennt nicht runter, ihre Höhe bleibt unverändert, der Docht mit dem Licht auf immer derselben Höhe, doch die Kraft des Lichtes schwindet, bis die Kerze erlöscht. Und es wird dunkel im Traum.

Im Prinzip mein fürchterlichster Traum.

15.2.1984 ....

Heute grosse, wichtige Gruppen-Sitzung, bin sehr müde. Haben alle Fragen angesprochen, den RAF-Text gründlich diskutiert, Ploetz war sehr angespannt, manchmal sogar regelrecht bissig. Doch am Schluss zog Ploetz einen teuren Wein aus der Tasche. Es war ein Italiener.

19.2.1984 ....

Tagebuchsonntagabendstimmung. Draussen kalt, drin nicht warm. So die Situation. Wir haben gestern Bea besucht. Ich habe sie seit dem Unfall nicht wieder gesehen, also seit fast einem Jahr. Auch wenn wir uns nie nahegestanden haben; es ist beschämend. Sie sieht besser aus, als ich erwartet hatte, spricht allerdings noch sehr schlecht, man kann sie kaum verstehen. Jerzy kümmert sich sehr um sie, ist fast jeden Tag bei ihr, macht die therapeutischen Übungen zum Teil mit und ist voller Hoffnung. Die Ärzte meinen, dass sie wieder normal sprechen werden kann, aber im Wortschatz eingeschränkt, weil sie vieles vergessen hat. Und der Rollstuhl wird wohl bleiben. Was für ein Unglück, was für eine Tragödie. Sie hat das Leben noch vor sich, oder eben, vor sich gehabt. Nun wird sie bis zum bitteren Ende in diesem verdammten Rollstuhl herumkurven, und ob sie richtig Sex haben kann, weiss ich nicht, habe nicht gefragt. Die Atmosphäre in der Klinik ist entsetzlich, es riecht schlecht, das Ganze hat nichts Wohnliches an sich und ständig rollen einem Behinderte entgegen, die mehr oder weniger stark eingeschränkt sind. Einige sind mehr tot als lebendig. Bin gespannt, wie lange Jerzy dies mitmacht.

Eventuell Job an einer Schule als Hilfsbibliothekar.

Bernie hat wieder Lover, ein »Hochbauzeichner mit kreativen Eigenschaften«, wie sie sagte. Wenn ich das so hinschreibe, frage ich mich, was sie mit kreativen Eigenschaften eigentlich meint.

22.2.1984 ....

Bernie hat sich eine Ratte gekauft, die sich aber nur in ihrem Zimmer aufhalten darf. Ich weiss nicht, was der Hochbauzeichner mit kreativen Eigenschaften dazu sagen wird.

Blocher, der Zürcher SVP-Mann, bezeichnete in einem Interview »Lager als nicht grundsätzlich etwas Schlechtes«, es komme eben darauf an, was daraus gemacht werde. Jeder Staat habe das Recht, auf seine Feinde ein besonderes Augenmerk zu legen, auch Tiere würden ihre Feinde viel aufmerksamer beobachten als ihre Artgenossen. So weit Blocher. Hätte er nicht die FDP als Unterstützer gefunden, wäre er noch immer das kleine SVP-Würstchen. Doch so wird Politik gemacht, man sucht sich Freunde, die man dann später, wenn man selber gross genug ist, fallen lässt. Vielleicht werden dereinst die FDPler in den »Spezialgefängnissen« zur besonderen Beobachtung gehalten. Und wenn der Lagerleiter B. Lust hat, gibt es auch schon mal eine Erschiessung im Hof. Da ist der kleine B. sicher willens, vom grossen Höss was zu lernen, auch wenn der nicht unbedingt das Richtige aus dem Lager gemacht hat. Doch es gibt ja Verbesserungsmöglichkeiten.

Unsere Aktion gibt zunehmend zu tun, man muss viele Dinge organisieren und planen und beschaffen und diskutieren und dies natürlich alles absolut unsichtbar und ohne Spuren zu hinterlassen. Wir besprechen jeden Schritt, ist er auch noch so klein. Ploetz will genaue Rechenschaft über alles, er ist »unser General«, wie Hegel sagt.

Frau Gehring auf der Strasse getroffen, ein paar belanglose, zurückhaltende Worte mit ihr gewechselt. Es scheint ihr ein bisschen besser zu gehen, aber sie ist weit entfernt vom früheren Zustand. Immerhin gehe es dem Schauspieler wieder besser, er hätte gut auf Neuraxal angesprochen. Inzwischen nehmen die Todesfälle aber dramatisch zu, in der CH wurden bis jetzt 345 gezählt, jede Woche kommen neue hinzu, in Bayern: 3'987! Hegel meint, es werden auch Krankheiten dazugerechnet, die nichts mit ND2A zu tun haben, er vermutet die Sandoz dahinter, weil jeder Tote den Umsatz von Neuraxal steigert, der bayerische Landesarzt soll früher bei Sandoz München gearbeitet haben, sagt Hegel.

26.2.1984......................

Wieder mal mit Melissa Kaffee getrunken. Seit MIEF »einschlief«, haben wir uns aus den Augen verloren, dabei machten wir sehr viel zusammen im letzten Sommer. Letztlich waren wir beide froh, dass die Sache nicht weitergegangen ist, wir hätten sonst kaum mehr studieren können und sie beginnt ja bald mit dem Liz. (Baudelaire).

Der Papeterist, bei dem ich immer meine Farbbänder kaufe, hat heute mit beiden Hände so gezittert, dass das Münz aus seiner Hand gefallen ist. Ist es ND2A? Oder was anderes? Und wenn ich mich beim ihm angesteckt habe? Schliesslich bin ich regelmässig in seinem Lädeli. Was würde ich tun, wenn ich plötzlich sterben würde?

Mit Sämi an einem Konzert im Hirschi. Eine Punkband aus Helsinki. Der Keller war übervoll, überlaut und überraucht, so richtig toll!

Gorbatschow in Ostberlin, Soz-Küsschen mit Honecker, grosse Rede in der Humboldt-Uni, »Regeneration des kommunistischen Gedankens«, »neue Kraft«, »neue Horizonte« sind die Stichworte. Und Gorbatschow nennt »Verbrecherstaaten«: USA, England, BRD, Indien, Iran, Japan. Diese müssten mit aller Kraft bekämpft werden. Grosser Volksauflauf in Berlin, »es geht ein Ruck durch den Sowjet-Satellit«, schreibt die NZZ.

Magda will Karten legen. Haben uns für nächsten Donnerstag verabredet. Sie ist umgezogen, wohnt jetzt in Birsfelden.

Werde nicht Hilfsbibliothekar, sie haben einen anderen genommen.

3.3.1984 ....

Ein paar Dinge müssen gesagt werden:

– Magdas Karten verheissen Gutes für mich, Schlechtes für die Welt.

– Bernies Ratte ist aus ihrem Zimmer geflohen, Hegel daraufhin aus der Wohnung, Bernie und ich suchten zwei Stunden nach dem Tier.

– »Papeterie wegen Krankheit geschlossen.«

– Grosser Auftritt von Grass im TV: Mea culpa, mea culpa, mea culpa.

– Fürst von Liechtenstein kauft Ringier.

4.3.1984 ....

Sobald die Temperatur unter null sinkt, beginnt wieder die Eiszapfenaktion, inzwischen auch in Basel und Bern. Die Jugendbewegung scheint mit der Kälte aus ihrer Erstarrung zu erwachen. In der Freien Strasse am Freitag- und Samstagabend freiwillige Aufpasser, sie werden »Bebby-Garde« genannt, trotzdem, zwei »gezapfte« Schaufenster gestern, wie man sagt.

Bundesrat Schlumpf tritt im Sommer zurück, Bundesrat Wyer »krank«, wie es heisst, doch alle wissen, dass er die Nervenkrankheit hat, und nun hoffen natürlich nicht wenige, dass auch andere im Bundesrat damit infiziert sind, doch noch ist überhaupt nicht klar, wie die Krankheit übertragen wird, die Meinungen gehen von Tröpfcheninfektion bis Verbreitung übers Trinkwasser oder ungarische Salami.

Traum: Ich sitze mit vielen anderen in einem Bus ohne Dach. Es ist Winter, es liegt viel Schnee. Wir können nicht mehr weiterfahren, weil vor uns eine ca. 3 Meter hohe Schneewand liegt, dahinter jedoch ein Schneepflug, der, so denke ich, diese Schneemauer bald weggeräumt haben wird. Doch der riesige Schneepflug schiebt den Schnee nicht auf die Seite, sondern über den Bus, sodass alle vom Schnee bedeckt werden. Ich überlege einen Moment, was zu tun ist, dann beginne ich den Schnee wegzudrücken. Als ich ein Loch freigebohrt habe, halte ich einen gelben Gegenstand nach oben, um zu signalisieren, dass da jemand ist und man nicht noch mehr Schnee auf den Bus kippen solle. Schliesslich gelange ich ins Freie und stelle fest, dass die anderen noch unter dem Schnee begraben liegen. Dann bewegt sich da und dort der Schnee, es entstehen Risse und Graben und vereinzelt tauchen auch andere aus dem Schnee auf.

6.3.1984 ....

Opferzahlen steigen stark an. Wyer in der Intensiv im Inselspital. In Freiburg gab es sogenannte Neuraxal-Unruhen; Leute stürmten Apotheken und holten sich das Medi, das eigentlich rationiert ist. Sandoz-Aktien steigen stark an. Das ist Kapitalismus!

Grass schreibt nun im »Stern«. Ganz gross angekündigt: »Meine Beichte«. Alles exklusiv. Auch das ist Kapitalismus!

Weiterhin kalt, weiterhin Eiszapfenwetter.

Habe mit Bernie und ihrem »kreativen Hochbauzeichner« einen Krimi geschaut, der Typ sieht total harmlos aus, kaum ist er jedoch mit Bernie »in action«, röhrt er wie ein Hirsch und schreit wie ein Stier.

Erneut »Grenzzwischenfall« in der Nähe von Gera. DDR-Polizist erschiesst Nato-Soldaten. Ganz grosse Aufregung, Schmidt verlangt Sitzung des UNO-Sicherheitsrates, Reagan reist nach Berlin. Im Gepäck neue Cruise Missiles.

Nachtrag: Wyer tot.

8.3.1984 ....

Weiterhin kalt, weiterhin Eiszapfenaktion, was in Anbetracht der Weltlage allerdings ein bisschen bizarr anmutet, selbst die Bürgerlichen haben nun andere Probleme als harmlose Kindereien.

Ploetz hat die sogenannte Phase 2 eingeleitet, wir haben mehr Details erfahren und noch zusätzliches Material erhalten. Das »Zündmaterial«, wie Hegel sagt, bauen wir in einem Schopf auf dem Grundstück von Ploetz, das wir nur bei Dunkelheit betreten. Das genaue Ziel und das genaue Datum sind noch nicht bekannt, sicher ist, es handelt sich nicht um ein Personenziel. Allmählich werde ich ein wenig nervös, muss ich sagen, die Sache geht über normale Aktionen weit hinaus, für Sprengstoffdelikte ist die Bundesanwaltschaft zuständig, das hat uns Hegel gleich zu Beginn gesagt, werden wir erwischt, wandern wir für lange in den Knast, gerade in dieser angespannten politischen Situation.

Wenn Bernie wüsste, was wir planen! Sie würde es nicht glauben. Und erst, wenn meine Mutter oder Schwester es wüssten!!! Ich glaube, man traut mir solche Aktionen gar nicht zu.

Habe noch keinen Job gefunden, was mich momentan gar nicht

stört, werde sowieso erst nach der Aktion die Ruhe haben, etwas zu suchen.

UdSSR liefert dem Irak Atombomben! Das ist der grosse Hammer von heute. Es gibt gar keine Dementi, Gorbatschow bestätigte die Meldung! Sofort gibt es Stimmen, die mehr amerikanische Soldaten in den Iran schicken wollen. Ritschard schwenkt gegen rechts, will Schweizer Armee »qualitativ« stärken und will EMD übernehmen, SP entrüstet.

Marie-Therese Abbühl erste Schweizer Schachgrossmeisterin.

LDU heimlich von SKA unterstützt.

Kati macht morgen Autoprüfung.

Lanz war das Datum des Anschlags zu diesem Zeitpunkt bereits bekannt. Es bedeutete für mich keine grosse Anstrengung, das Ziel des Anschlags in Erfahrung zu bringen. Ein unbestimmter Reflex hinderte mich aber daran, die Behörden in Bern zu informieren. Der Reflex verwandelte sich in folgende Überlegung: Die Aufklärung eines Anschlags bringt mich beruflich in die bessere Position als die Verhinderung eines Anschlags. Wird der Anschlag durchgeführt, gewinnt mein Wissen an Wert. Ich liess die Gruppe gewähren. Beobachtete ganz aufgeregt.

11.3.1984 ....

Manchmal denke ich, Basel sei meine Heimat geworden. Dann wieder telefoniere ich mit meiner Mutter oder meiner Schwester und fühle mich wieder ganz in der Innerschweiz und weg von Basel. Wie entsteht eigentlich Heimat? Ich müsste mal Hegel fragen, der macht sich doch über alles Gedanken. Von Sandra erwartungsgemäss nichts mehr gehört und gesehen. Was sie wohl macht? Hat sie einen Freund, in Italien? Schreibt sie? Onanismo.

Bernies Ratte hat Geschwulst hinter dem Ohr, der Tierarzt meint, man solle das Tier »abtun«. Doch Bernie will davon gar nichts hören. Sie geht zu einem »alternativen« Tierarzt irgendwo im Jura und erhofft sich dort Wirkung. Ich könnte die Ratte ja Magda empfehlen. Oder wir spritzen dem Tier Neuraxal hinter die Ohren.

Meine Mutter sagte, dass Cousin Rolf sagte, dass ND2A bald in eine noch tödlichere Phase treten würde und dass Sandoz die Forschung gegen Krebs abbauen würde zugunsten der Produktion von Neuraxal!

Bin sehr unruhig in letzter Zeit, selbst in den Vorlesungen bin ich wie ein Zappelphilipp. Rauche viel. Kann schlecht einschlafen.

14.3.1984 ....

Bei Ploetz gewesen. Nina ist krank (Nerven??), kam aber trotzdem, doch Ploetz wollte sie nicht im Schuppen haben. Etwas mehr als einen Monat, dann steigt das Feuerwerk!!! Jerzy sagte heute: »Ich liebe Bea, aber.«

Hegel schrieb heute einen langen Brief an seinen Arum und ich habe mich gefragt, in welcher Sprache. Es gibt Momente, sie sind selten, da ist glasklar und offensichtlich, dass Hegel leidet und liebt, ja dieses zusammen, leiden und lieben, empfinden und empfinden, er denkt an seinen Arum und denkt ihn herbei, was doch so aussichtslos ist, und ich kann mir vorstellen, dass sich die beiden nie mehr sehen werden. Inzwischen wünsche ich den beiden sogar ihr Glück. Lange konnte ich nicht verstehen, dass Hegel einen Mann liebt, und dann noch einen Asiaten, doch inzwischen kann ich das nachvollziehen. Doch die CH hat Arum ausgeschafft und Arum wird wohl einen anderen Mann haben.

Sämis Mutter will Wohnung in Flims verkaufen, Sämi dagegen, grosser Streit.

Kati will unbedingt einen neuen Küchentisch.

18.3.1984 ....

Wieder Probleme mit der Schwangerschaft meiner Schwester. Sie kann bis zur Geburt (ca. 2 Monate) nur noch liegen! Meine Mutter ganz aufgelöst, als würde sie selber gebären. Beat würde sich, so meine Mutter, ganz »dänäbä« benehmen. Wieso, weiss ich nicht. Aber er wird wohl seine Gründe haben.

Heute wieder Baubeginn im Innenhof, obwohl noch sehr kalt. Es ist inzwischen schwierig geworden zu erkennen, was gebaut wird, weil sich die Sache im Innern abspielt. Allem Anschein nach soll der Kindergarten im August eröffnet werden. Wenn nichts dazwischenkommt.

Hubacher will Ritschard aus der SP ausschliessen, die Basler »AZ« bringt Interview mit beiden. NZZ belustigt über den »innersozialdemokratischen Disput«.

Nina wieder gesund, mit ihr bei Ploetz lange Diskussion über das weitere Vorgehen nach unserer Aktion. Sie sieht die Aktion als Abschluss eines »Projekts«, ich als Beginn einer »Reihe von Aktionen«. Dabei bewunderte ich ihre Schönheit.

Mein Cousin Max Nägeli ist bei einem Motocrossrennen tödlich verunfallt. Dies teilte mir meine Mutter sehr nüchtern mit, auch sie hat ihn seit Jahren nicht mehr gesehen.

20.3.1984 ....

Zwei Beobachtungen heute in der Stadt:

Neben einem zerbrochenen Schaufenster von Kuoni: »Ozapft is«.

Das Schild an der Tür meiner Papeterie: »Noch immer wegen Krankheit geschlossen.«

23.3.1984 ....

Wir kommen in die entscheidende Phase, wir führen die Aktion nächste Woche an Ort und Stelle »trocken durch«, wie Ploetz sagt. Das Ziel ist dann also bekannt. Ich glaube, Hegel kennt das Ziel, tut aber so, als wäre er ebenso gespannt wie die anderen. Er ist in letzter Zeit sehr ruhig, fast ein wenig gedämpft. Sitzt in der Küche, dreht seine Drums, kritzelt auf einem Papier rum, daneben ein Buch mit dem Rücken nach oben. Es ist seltsam, aber ich habe in seinem Gesicht Zeichen des Alters entdeckt. Seltsam wie er ist keiner.

Weiterhin kalt in meinem Zimmer.

Anschlag auf Gorbatschow vereitelt.

Wenn ich abends in meinem Bett liege, beide Decken über mir und trotzdem fröstelnd, denke ich unentwegt an zwei Dinge: an unsere Aktion und an Sandra. Das eine hängt ja mit dem anderen zusammen.

Man sagt, die Leute kaufen Notvorräte.

Sandoz erhöht Preis für Neuraxal.

Bernies Ratte frisst Menschen-Medikamente.

24.3.1984 ....

Mit Sämi Bier trinken. Seine Mutter wird die Wohnung nun doch nicht verkaufen, aber Sämi muss Kurtaxe bezahlen, wenn er dort ist. Habe ihm nichts von der Aktion erzählt, was mir sehr schwergefallen ist.

29.3.1984 ....

Beat überraschend in Basel. Er hat eine Geliebte!!! Er hielt es nicht mehr aus und musste unbedingt jemandem davon erzählen. Sie heisst Silvia, ist 28-jährig, Lehrerin in Brienz und hat einen kleinen Sohn. Meine Schwester weiss natürlich nichts davon. Er sagte, er liebe sie und sie liebe ihn, doch Beat wird ja demnächst Vater. Eine sehr verzwickte Situation. Er wollte meinen Rat, den ich ihm nicht geben konnte. Soll er seine Frau verlassen? Und damit seinen Sohn und das kommenden Kind? Soll er seine geliebte Geliebte verlassen? Weshalb? Ich konnte ihm nicht weiterhelfen, aber er hat sich ordentlich besoffen und dann bei uns auf dem Sofa übernachtet. Er hatte Bedenken, dass ich meiner Schwester etwas sage, doch diese Gefahr besteht nicht. Morgens um 9 Uhr war er weg, habe ihn nicht mehr gesehen.

Bin müde und gleichzeitig angespannt. Habe in letzter Zeit sehr trockene Haut, es juckt mich überall, ich kratze überall und dauernd, doch ohne Erfolg.

Der Anschlagsversuch auf Gorbatschow ist geklärt, es waren iranische Extremisten. Sie sind bereits zum Tode verurteilt worden.

Mit Hegel über Aktion gesprochen, er findet sie »gigantisch«. Das finde ich auch.

1.4.1984 ....

Kaum Aprilscherze, da Sonntag.

Beat und seine Geliebte sind mir nicht aus dem Kopf gegangen, irgendwie tut mir meine Schwester leid, so wenig ich auch mit ihr zu tun habe, aber es ist eben doch meine Schwester, weswegen ich mir überlegte, ihr von der Affäre zu erzählen, entweder direkt oder eben anonym. Bloss, was ist damit gewonnen? Die Sache gerät ausser Rand und Band und wer weiss, in welche Richtung sich das entwickelt. Ausserdem ärgere ich mich darüber, dass ich die Affäre nicht kritisch hinterfragt habe.

Brauche dringend neues Velo, kann mir leider kein neues leisten, oder soll ich Mutter fragen?

Jerzy hat wieder mal von Polen erzählt. Es sei dort schon fast wie in der UdSSR, überall Russen, die wichtigsten Posten von Russen besetzt und auch die Musik und Mode beginnen sich zu verändern. Wirtschaftlich gehe es etwas besser, die relative Ruhe tue der Wirtschaft gut.

Kürzlich ist mir eine Szene meiner Jugend eingefallen: Ich spiele Fussball mit meinem Vater und ein paar anderen Kindern. Da gleitet mein Vater plötzlich aus und bricht sich den Fuss. Ich wusste bis zu diesem Zeitpunkt nicht, dass Erwachsene verletzlich sind.

Die Sache ist bis zu seinem Tod nicht richtig verheilt, ständig hatte er Probleme mit dem rechten Fuss.

5.4.1984 ....

Das Datum der Aktion steht fest: Es ist der 23.4., Ostersonntag. An diesem Tag findet in Basel an der Brennerstrasse ein grosser militärischer Anlass statt, mit dabei auch ein Bundesrat, noch nicht klar welcher, und jede Menge militärische und sonstige Prominenz. Ploetz weiss alles über diesen Anlass, keine Ahnung woher. Jetzt beginnt das grosse Fiebern, ich bin schon jetzt total nervös. Ich glaube, selbst Hegel ist nervös, er kaut den ganzen Tag an seinen Nägeln und raucht ununterbrochen. Das ist eine ganz grosse Sache.

Wieder mal im Frisch gelesen, Brecht macht einen ganz guten Eindruck in seinen Beschreibungen, ich müsste ihn mal lesen. Doch zuerst die Tat, dann die Theorie.

Finde die Polenbeschreibungen von Frisch ganz interessant, muss sie mal Jerzy zeigen.

Bea kann bereits besser sprechen.

Bernies Ratte schon wieder abgehauen, ich hoffe, das nächste Mal verkriecht sie sich irgendwo tief im Innern unseres Hauses, wo sie dann auch bleibt.

8.4.1984 ....

Wieder mal mit Kati lange in der Küche geplaudert. Auch sie denkt kaum noch über etwas anderes nach als über unsere Aktion. Sie erhofft sich »revolutionären Schub« durch den Anschlag und eine »Destabilisierung der bürgerlichen Schweiz«. Sie ist fest davon überzeugt, dass wir eine grosse Wirkung erzielen werden. Im August will sie eine Ausbildung als Buchbinderin beginnen, sie hat eine der wenigen Ausbildungsplätze erhalten, die es in der Region gibt.

Nina will ein Jahr in London studieren, sagte Kati mit deutlichem Widerwillen, als wäre London ein absolut unmöglicher Ort.

Rudi Carrell im TV, völliger Blödsinn, doch wir schauten bis zum Schluss.

Juckreiz ist nicht verschwunden.

9.4.1984 ....

Nervenkrankheit ist auf die USA übergesprungen, Reagan verspricht rasche Lösung des Problems. (Armee? Neutronenbombe?) In der CH die meisten Toten in der Westschweiz, in BS noch im zweistelligen Bereich. Es soll erste Forschungsresultate aus Frankreich geben, man will bald informieren. Solange nichts über den Ansteckungsmodus bekannt ist, sind die Behörden machtlos. In England nennt sich eine Punkbank »ND2A«, man ist sehr empört, »The Sun« fordert die Zwangsauflösung der Gruppe.

Mit Nina und Jerzy im »Amadeus«. Wir dachten, Jerzy gehe wie jeden Sonntagabend in die Reha, doch er blieb und kam mit uns noch ins Hirschi. Wir redeten nur über Belangloses, niemand hatte Lust auf vertiefte Diskussionen. Nina will übrigens »eventuell« nach London, »eventuell« nach Paris, was Kati sicher besser gefallen würde. (Mitterrand und Gorbatschow haben sich in Bagdad getroffen.)

Wir sind nun dreimal pro Woche bei Ploetz. Seine Frau ist übrigens nicht wieder aufgetaucht. Die Sache mit dem Alaskaer (?) war natürlich falsch, wie ich vermutet habe.

Träumte, aus meinem Schwanz seien Ameisen hervorgekrochen.

11.4.1984 ....

Nun ist auch das Ziel klar definiert: Ein mit technischem Gerät bepackter Militärlastwagen. Sämtliche Details sind abgeklärt, der Fahrer verlässt um ca. 11.45 den Wagen, anschliessend werden zwei Soldaten im Rand des Parkplatzes als Wachen postiert, genug weit vom Lastwagen entfernt. Dann rollt plötzlich ein Koffer auf den Lastwagen zu, gezogen von unsichtbarer Hand, und nimmt den Lastwagen mit in den Himmel. Die Leibgarde der Bourgeoisie muss ihren Festakt absagen. Der bewaffnete Widerstand hat einen Sieg errungen, der Spätkapitalismus erlebt seine Götterdämmerung.

Frau Gehring in guter, wohl bekannter Laune, als sei nichts gewesen. Sie schimpfte wie gewohnt über das heutige Theater, über die heutigen Schauspieler, über die heutigen Regisseure, über das heutige Publikum, und – sie hat als Souffleuse gekündigt, womit ich nicht gerechnet hatte. Sie geht in ein Kleintheater in Aarau, wo sie »Mäitli für alles« ist. Das heisst: Sie zieht aus! Ein grosser Verlust für die Hegnauer. Sandra weg, Gehring weg. Und wer bleibt? Unsere kleine Farm!

Magda will meine »Radien« testen. Wenn ich nicht wüsste, was sie damit meint, würde ich sofort zu ihr gehen.

Nächsten Mittwoch Bundesratswahl. Sonst interessant, jetzt Nebensache.

Gehe zu Ploetz.

12.4.1984 ....

Nina krank!!! Sie zittert am ganzen Leib und hat hohes Fieber!!! Das gefährdet unsere Aktion. Hat sie ND2A?? Was, wenn sie diese Scheisskrankheit wirklich hat?? Dann müssen wir neu planen und alles verschieben, wer weiss, ob wir je wieder eine solche Gelegenheit haben. Ersatz? Unmöglich!

Nachtrag: Ninas Onkel ist Arzt und schaut sich die Sache an.

13.4.1984 ....

Nina geht es schlecht, ich war zusammen mit Hegel und Kati bei ihr zu Hause. Ihr Onkel meinte, dass eine Diagnose sehr schwierig sei, ND2A sei möglich, es könnte sich aber auch um eine normale Grippe handeln. Man müsse jetzt die Laboranalyse abwarten.

Alarmstimmung. Wir müssen Ersatzplan entwickeln, sonst stirbt die Aktion.

14.4.1984 ....

Ninas Zustand unverändert. Meiner auch.

15.4.1984 . . . .
Ploetz + Hegel + ich bei Nina. Ihre Mutter war zu Besuch, hat geweint, Nina auch, aber wahrscheinlich aus anderem Grund, zerfahren, unübersichtlich, unsicher die Situation. Jerzy will Cello wieder in die Gruppe holen, doch wir alle sind dagegen, das kommt nicht in Frage, Cello bleibt draussen = Verräter.

16.4.1984 . . . .
Bernie wollte wissen, was los sei. Wir taten so, als wüssten wir von nichts. Nina immerhin stabil, Fieber ein bisschen zurückgegangen.

Ach, mein kleiner, süsser, herziger Ursus-Bär!!

Was für schlimme Zeiten.

17.4.1984 . . . .
Noch fünf Tage. Es ist zu spät, Cello wieder in die Gruppe zu holen, wir sind daran, die Sache völlig neu zu planen, das heisst Tag + Nacht Besprechungen + kaum Schlaf.

Ich eine Mischung aus Müdigkeit und Anspannung.

18.4.1984 . . . .
Mittwoch, endlich, Nina geht es besser, endlich, sie konnte heute zum ersten Mal seit Tagen das Bett verlassen, das Fieber ist zurückgegangen.

Nachtrag: Kein ND2A bei Nina!!!!!

Erlösungsfall ins Bett.

20.4.1984 . . . .
Ploetz hier zum Karfreitagsritual. Morgen ist Nina wieder »ausgehtauglich«. Das ist die Rettung: Wir schlagen zu!

Mutter auf dem Beantworter, will dringend mit mir sprechen, muss das Dringend verschieben, keine Zeit für dringend.

Höre Schiffssirene. Bin in Basel.

21.4.1984 . . . .
Weinende Schwester auf dem Beantworter! Beat? Silvia?

Was für eine Ironie: Der neue Bundesrat (Vinzens) spricht von der

»besten Armee der Welt«. Da wird diese Armee wohl bald eine Überraschung erleben.

Nina immer besser auf den Beinen, definitiv kein ND2A.

Afghanisch-pakistanische Vereinigung geplant.

DDR-Flugzeug über Wolfsburg abgeschossen (abgestürzt).

Kati in überaus guter Karfreitagslaune, zur Feier des baldigen Freudenfeuers kaufte sie eine Flasche Schämpis für 55 Franken!! Der Korken landete auf einem Baugerät im Innenhof, wahrlich gut investiertes Geld!!

22.4.1984 ....

Sonntag. Morgen ist DER Montag. Nina ist definitiv dabei. Alles wird gut.

Ich gehe mit Kati und Hegel ein Bier trinken, dann schlafen, mit meinem kleinen Stoffursus.

Was ich in der ganzen Aufregung vergessen habe: »Wegen Todesfall geschlossen«, so das Schild an der Tür meiner Papeterie! Der gute alte Wick von ND2A dahingerafft.

Morgen, morgen, morgen!

Es gibt Dinge, Situationen, die man nicht einplanen, nicht voraussehen kann. Bis zum heutigen Tag habe ich nicht herausgefunden, weshalb die Bombe zu früh explodierte. Dass die Bombe der Basler Dilettanten ausgerechnet den sowjetischen Agenten traf (von dem nicht einmal ich wusste), ist wohl einer der grossen Zufälle in der Geschichte der Menschheit. Für mich bedeutete dieser Zufall das explosionsartige Verschwinden meines Vorteils. Mein Wissen über den Anschlag war plötzlich nichts mehr wert, denn ich konnte niemandem weismachen, dass eine linke Basler Gruppe einen sowjetischen Agenten ermorden will, und noch weniger, dass ich von Anfang an von der Planung des Anschlags wusste. Also schwieg ich und hoffte, mein Schweigen werde nicht eines Tages als Lüge, oder noch schlimmer, als Strategie entlarvt.

27.4.1984 ....

Die Aktion ist radikal und absolut gescheitert!!!!!

Wir haben einen Menschen umgebracht!!!!

Die Bombe ging zu früh los und tötete einen Mann!!!

Es gab noch ein paar Verletzte.

Das ist eine unendliche Katastrophe. Ich kann seit Tagen nicht schlafen. Angst und schlechtes Gewissen plagen mich.

Ich habe keine Ahnung, wie es weitergeht.

Werde das Tagebuch beenden!!!

13.5.1984 ....

Werde weiterschreiben.

Es ist vieles geschehen. Seit ein paar Tagen ist klar, wer der Tote war: ein hochrangiger Diplomat der UdSSR! Das heisst: ein Spion. Die Zeitungen schreiben über nichts anderes und wir sitzen hier und warten, dass die Armee kommt und uns festnimmt. Doch nichts geschieht.

Unser Opfer mit viel Pomp an der Kreml-Mauer beigesetzt, wir haben alle TV geschaut und geweint.

Ich kann mit dem schlechten Gewissen fast nicht leben. Kann kaum schlafen. Träume viel wirres Zeug.

Der Anschlag von Basel ist zu einer internationalen Angelegenheit geworden, das ist völlig absurd!

Ploetz ist abgetaucht.

Man könnte über die Tage seit dem 23.4. ein Buch schreiben. Ich kann hier nur Stichworte notieren: Jemand macht einen Fehler (Kati?), Explosion, Panik, Schüsse, Sirenen, Hektik, extreme Angst, Polizei, Journalisten, Meldungen, Pressekonferenzen, »Blick Sonderausgabe«, 1000 Fragen, wer ist der Tote? Wer sind die »Terroristen«? Was ist das Motiv? Steckt Moskau dahinter? Bagdad? RAF?

Meine Schwester bringt Kind zur Welt.

Gottesdienst in Basel mit Bundesrat, Stellungnahme von Bundeskanzler Engholm!, wir völlig gelähmt und geschockt, dann die Supermeldung: der Tote ist Russe und Diplomat. Kehrtwende: die USA steckt dahinter. Oder Israel oder China oder Iran, Sowjets ziehen Diplomaten aus der CH ab, Gorbatschow bezichtigt USA des Terrorismus. Ich weiss nicht, wie wir dies überstehen. Die Grenzen zwischen Tag und Nacht, zwischen Hier und Dort, zwischen Wahrheit und Lüge, zwischen ich und du sind völlig verwischt.

Ploetz hat noch am Tag des Anschlags sein Konto bei der Basler Kantonalbank aufgehoben, das Geld bar bezogen, einige Dokumente in seinem Büro in der Universität geholt, das Haus gekündigt und ist via Basel Badischer Bahnhof nach Westdeutschland abgereist. Am 4. September 1984 hat er den Grenzübergang nach Ostberlin mit einem Visum für 5 Tage passiert, ist aber nicht nach Westdeutschland zurückgekehrt.

26.5.1984 ....

Ich muss die Dinge, die geschehen, wieder festhalten. Ich habe den Eindruck, es geschehen wichtige Dinge, und ich weiss nicht, wie lange ich noch fähig bin zu schreiben, hatte vor einer Woche einen totalen Zusammenbruch.

Der Mensch, den wir ermordet haben, hiess Jewgeni Popow, wurde im Jahr 1941 in Perm geboren und ist seit 1962 Mitglied der KPDSU. Wir haben also einen Genossen getötet. Wie allmählich bekannt wurde, war er einer der höchsten Diplomaten der UdSSR. Für die Russen ist klar, dass die USA hinter dem Anschlag stecken, niemand kommt auf die Idee, dass es sich um einen Zufall handelt. Tausend Spekulationen sind im Umlauf, von Zufall spricht kein Mensch. Dabei war es nichts als ein unermesslicher Zufall, wir wollten einen Lastwagen der CH-Armee treffen und trafen Popow!!!

Gorbatschow hat sämtliche Diplomaten aus den USA, England, BRD, Japan, Iran und der Schweiz abgezogen und täglich gibt es neue Verwicklungen. Die iranischen Extremisten wurden am 1. Mai hingerichtet. Sämtlicher Reiseverkehr zwischen BRD und DDR eingestellt, die USA ruft ihre »Landsleute« aus Europa zurück.

Ich kann gar nicht alles notieren, es ist wirklich zu viel passiert. Ich weiss nicht, wie es weitergehen soll.

Nachtrag: Sowjets zerstören einen Sender von RIAS in WEST-Berlin!! Luft ging dabei in die Luft.

27.5.1984 ....

Unser tragischer Irrtum noch immer in den Weltschlagzeilen. Die »NZZ« wie immer etwas neben der grossen Meinungsspur, dafür linear:

> Deshalb sind die Folgen des fatalen Anschlags in Basel, dessen tatsächliche Initiatoren trotz gegenteiliger Behauptungen *nicht eruiert* sind, zum aktuellen Zeitpunkt kaum abzuschätzen, fest steht einzig, dass die Kreml-Führung die Gelegenheit sich nicht nehmen lässt, aus dem Ereignis Kapital zu schlagen und die Strategie einer gezielten und permanenten Erodierung der Salt-II-Verhandlungen weiter fortzusetzen, was letztlich auf einen totalen Abbruch der west-östlichen Verständigung hinausläuft. Dieses bewusste Hinführen auf einen neuen Siedepunkt in der Geschichte des Kalten Krieges seitens der Sowjets bremst zum einen die zaghaften marktwirtschaftlichen Gehversuche einiger osteuropäischer Länder, zum anderen stellt es den allianzpolitischen Zusammenhalt auf eine *bislang unbekannte Probe*. (...)
> So besteht der dialektische Effekt der Gorbatschow'schen *Politik der Kälte* in einer womöglich historisch einzigartigen Rückbesinnung der gesamten westlichen Gemeinschaft auf ihre liberal-marktwirtschaftlichen Wurzeln und damit einer energischen Rückbindung sozialistischer Gedankenspiele und Experimente.

3.6.1984 ....

Mysteriöses Attentat auf amerikanischen Botschafter in Sofia, er hat schwer verletzt überlebt. Uno trifft sich in Genf und New York, Schweizer Bundesräte in Dauersitzung, Engholm bei Reagan und Thatcher, Russen schicken Flugzeugträger von Karachi Richtung Westen, Amerikaner schicken Truppen in den Iran, Mitterrand reist in den Irak etc.

Wir sitzen hier und warten. Wir tun nichts, reden wenig. Ploetz nicht wieder aufgetaucht, Kati hatte Nervenzusammenbruch, ist in der PUK, Nina will nach Italien abhauen, Hegel versucht so gut es geht, das Ganze zusammenzuhalten. Er ist den ganzen Tag und die ganze Nacht auf den Beinen, raucht, trinkt Wein aus der Flasche, sieht aus wie 35. Doch keine Polizei erscheint, keine Armee holt uns ab, es scheint tatsächlich keine Spuren, keine Verräter zu geben. Dabei ist Basel voll mit Polizei und Armee, ich habe schon von einigen WGs gehört, die komplett auseinandergenommen wurden, doch eines Tages war Ruhe, anscheinend setzte sich die Erkenntnis durch, dass die Attentäter nicht aus Basel, nicht aus der Schweiz kommen und sich schon längst irgendwohin abgesetzt haben.

Träume jede Nacht vom Attentat, sehe Beine und Arme herumfliegen. Habe ein entsetzlich schlechtes Gewissen.

Habe mir nicht einmal denken können, jemals einen Menschen umzubringen.

Vor den ZDF- und ARD-Studios in Berlin sind amerikanische Panzer aufgefahren, Flak stationiert.

15.6.1984 ....

Habe seit dem 23. vier Kilo abgenommen!

Russen haben eine iranische Hafenstadt an der Grenze zu Pakistan eingenommen. Man befürchtet eine Intervention im Iran. Amis schicken ununterbrochen Truppen in den Irak.

Der Bundesrat hat ein NATO-Beitrittsgesuch nach Brüssel geschickt, die SP tief gespalten, einige wollen »sozial-freiheitliche« Partei gründen, andere sich stärker an Moskau orientieren.

19.6.1984 ....

Kati wieder in der PUK! Habe sie besucht, die Medis haben sie ruhiggestellt, viel zu ruhig, finde ich. Jerzy die ganze Zeit bei Bea, Ploetz bleibt verschwunden, Nina, Hegel und ich in der Hegnauer, Bernie zum Glück beim Lover.

23.6.1984 ....

Russen greifen Chabahar an, schwere Kämpfe, es seien auch amerikanische Truppen daran beteiligt.

Sämtliche Grenzübergänge an der deutsch-deutschen Grenze geschlossen.

ND2A etwas in den Hintergrund geraten, dabei ist die Todesrate noch gestiegen, nun sind auch Österreich und Holland stark betroffen. Ich kann mir nicht vorstellen, wie wir dies alles wieder in den Griff bekommen sollten. Es gibt so viele Probleme. Zinsen steigen, Preise auch. Hegel erwägt neue Gross-WG, habe sich an bolo-bolo orientiert, die marxistisch-maoistische Theorie und Strategie müsse modifiziert werden. Habe mit Sämi darüber gesprochen, der nur gelächelt hat, weil er sich längst nach bolo-bolo orientiert und die allgemeine Entwicklung vorausgesehen hat, Staatssozialismus sei tot, es lebe die Anarchie. Sämi würde ich gerne alles erzählen, was aber niemand erfahren dürfte. Niemand.

Habe soeben von Nina gehört, dass die Russen im Norden Afghanistans die Grenze zum Iran überschritten haben.

26.6.1984 ....

Kati besucht, Foucault sei tot.

Bea besucht.

Habe geträumt, ich sei verhaftet und zum Tod verurteilt worden.

Mit Hegel und Nina über Schuld gesprochen. Ploetz völlig tabu.

27.6.1984 ....

Chabahar in russischer Hand, NZZ spricht von »schauerlichen Kriegsverbrechen«.

Gorbatschow fordert unabhängige Kommission zur Aufklärung des Attentats von Basel.

Mein Leben ist mir seit dem 23. völlig entglitten, habe keine Zeile für das Studium gelesen oder geschrieben, weder meine Mutter noch meine Schwester besucht, alle Freunde vernachlässigt, nicht regelmässig gegessen, stattdessen von Zigis und Bier gelebt und vor allem Radio gehört, TV geschaut und Zeitungen gelesen. Und dieses Leben teile ich mit Hegel, Kati und Nina. Kati vegetiert in der PUK, Jerzy ist abgetaucht, Ploetz verschwunden und schon bald nur noch ein Gerücht.

War am Ort des »Geschehens«. Wie oft haben wir darüber gesprochen, wie das passieren konnte, offenbar hat der Zündmechanismus nicht richtig funktioniert, die Bombe ging zu früh los und traf den Russen, der wohl nicht zufällig gerade in der Nähe des Lastwagens stand. Was wollte er dort? Dasselbe wie wir? Oder bloss schauen, zu was die CH-Armee fähig ist?

Leute hamstern Neuraxal und Lebensmittel.

Wenn U. schreibt, »Kati vegetiert in der PUK«, entspricht dies nicht der Wahrheit. Lanz hatte sich nach einem Nervenzusammenbruch freiwillig in die Psychiatrie begeben, wo sie professionell gepflegt wurde und schnell wieder gesund wurde.

Der Ananasgeruch, von dem U. die ganze Zeit spricht, scheint seiner Phantasie entsprungen zu sein. Lanz roch gut, aber keineswegs nach Ananas.

2.7.1984 ....

Abscheulicher Traum letzte Nacht, wurde von Ratten bei lebendigem Leib angefressen, dann legte man (?) mich auf eine Art Spitalbett und zog mich durch eine riesige Stadt, am Strassenrand standen Tausende und spuckten mich an. Vor einem Hügel wurde das Bett angehalten, riesige Ratten hievten mich heraus, trugen mich auf den Hügel hinauf, wo eine Badewanne stand, gefüllt mit flüssiger Lava. Dort sollte ich ein »Schönheitsbad« nehmen, wie eine der Ratten hämisch flüsterte.

Kati will nach Hause kommen, doch die Ärzte lassen sie nicht. Zwangspsychiatrie ist das. Hegel hatte gestern Weinkrampf. Ich fand ihn unter dem Küchentisch, wo er zusammengerollt lag und leise vor sich hin weinte, schluchzte, aber nichts sagte. Ich wollte ihn unter dem Tisch hervorziehen, doch er strampelte sich los von mir und weinte weiter. Was für ein Bild! Was für eine Tragödie! Was haben wir gemacht!!! Wir sind buchstäblich am Boden.

Bundesrat Schlumpf gibt Rücktritt bekannt, Zürcher wollen Blocher nominieren.

Weitere Kämpfe im Iran, über Schiraz sowjetisches Flugzeug abgeschossen, Marschall Petrow droht mit Vergeltung, Reagan und Engholm beschliessen »nuklearen Verteidigungsschirm«, Petra Kelly »vorläufig« inhaftiert, Spiegel titelt »Apokalypse Now«, Amis verlassen Europa, Schweizer Armee bewacht Neuraxal-Produktion im Elsass, Trudi Gerster Präsidentin der PdA, Goldpreis auf Rekordniveau, Samaranch will »olympische Spiele des Westens«, Stimm- und Wahlrecht für Frauen in Liechtenstein, heisses Sommerwetter, viele Leute am Rhein.

11.7.1984 ....

Kati zu Hause! Sie hat ihren Geruch verloren!!! Es ist unglaublich, Hegel und ich holten sie von der PUK ab und bereits im Tram fiel es mir auf: Kati hat ihren Geruch verloren. Das ist ein riesiges Unglück! Kati hat einen Teil von sich verloren, einen gewichtigen, einzigartigen Teil verloren. Ich glaube, Hegel hat es noch gar nicht bemerkt. Ist der wunderbare Geruch in der PUK geblieben? Was haben sie mit ihr gemacht? Sie hat sich verändert, man riecht es ihr an.

Meine Mutter kam ohne Ankündigung nach Basel, wollte mich nach Meggen »zor Erholig« holen, was ich natürlich ablehnte, sie mache sich grosse Sorgen um mich, ich sehe aus wie »en gschlagnä Hond«, womit sie nicht ganz unrecht hat, ich sehe aus wie ein Hund, ein toter Hund. (Vater seit 4 Jahren tot.)

Habe keine Ahnung, wie es weitergehen soll, das Studium ist in weite Ferne gerückt, wie überhaupt alles, was vor dem 23. war. Unsere Gruppe hat sich seither als Gruppe nicht wieder getroffen, wo Ploetz ist, weiss niemand und will eigentlich auch niemand wissen, Jerzy betreut vollumfassend seine Bea, Nina, ich, Kati und Hegel verschweigen uns täglich, was uns beschäftigt, es ist alles zum Kotzen. Ich möchte dieses Leben nicht weiterhin haben.

12.7.1984 ....

Amis fliegen täglich Truppen in den Iran und nach Europa, Pakistanis treten zu tausenden der russischen Armee bei, Saddam trifft Petrow, Honecker abgesetzt, Krenz ist der neue Mann in Berlin-Ost, »Die Lage ist krenzlig«, (»Bild«), »ein subalterner, pommerscher Karrierist erklimmt die höchste Stufe des Sowjet-Satellits« (NZZ), Tagesschau-Sprecher sagt »Onan« statt »Oman«, »Blick« vermutet Absicht und fordert seinen

Rücktritt, Chevallaz nennt Gewerkschaften »die fünfte Kolonne Moskaus«.

Magda will mir »neue Energie zuführen«.

Beat will »etwas Wichtiges mit mir besprechen«.

Die Herzigs wollen bereits wieder ausziehen, niemand weiss warum.

Wieder am »Tatort«. Vom 23. ist nichts mehr zu sehen, alle Anzeichen verwittert, weggeputzt. Sowjetischer Botschafter verlangt Gedenktafel, Basler Regierung dagegen.

Noch immer heiss.

16.7.1984 ....

Mit Kati lange über unseren Anschlag gesprochen. Sie findet die Aktion »im Prinzip« noch immer gut und sinnvoll, dass die Sache einen Genossen getroffen habe, sei nie unsere Absicht gewesen, schuld sei die Technik, nicht wir, ich solle mir das schlechte Gewissen aus dem Kopf schlagen, ich solle Nietzsche lesen, dann würde mir das schlechte Gewissen bald vergehen, das schlechte Gewissen sei eine zutiefst bourgeoise Erfindung zur Kontrolle und Züchtigung des Volkes, sagte Kati, offenbar erholt von der Flut tausender Medis, zur Zeit würden revolutionäre Dinge passieren, das sei wichtig, nicht ein misslungener Anschlag. Kati ist wieder die Alte, bloss – ihr fehlt der Geruch. Ihre Patina und Seele.

Vom Bärtigen Menükarte erhalten: Topinambursüppchen mit Kokosschaum, angebratenem Thuntartar und Karotten-Thaistick (Suppe!).

Alles zerfranst.

Ich bin ohne Richtung und Ziel.

Russen und Amis begegnen sich im Iran direkt. Grosse Sache. Zeitungen voll damit. Weiterhin keine Grenzübertritte von BRD zu DDR, auch zwischen Ungarn und Österreich alles dicht, Russen wollen ultimativ Kommission zur Aufklärung des Basler Attentats. Krenz plant »sozialistische Erneuerung«, von Honecker kein Wort mehr.

19.7.1984 ....

Sehr heiss.

Es soll einen Doku-Film zum »Basler Anschlag« geben, Hegel hat dies von einem Freund gehört, der als Techniker beim Fernsehen arbeitet.

Komme nicht weg vom schlechten Gewissen. Wir haben einen Menschen getötet! Das ist schlimmer als ein Alptraum. Das ist wie im Film.

Iran wird zum Kriegsschauplatz. Die Russen sticheln, bombardieren da, rücken dort vor, die Amis ebenso, doch die grosse Konfrontation ist es nicht, noch nicht. Man weiss nicht recht, was man von der Sache halten soll, ich glaube, Gorbatschow will nicht den Iran, sondern den Golf kontrollieren, sein Ziel ist Kuwait und damit die Verbindung zum Bruderstaat Irak. Dies werden die Amis auf keinen Fall zulassen, weil der Golf strategisch sehr wichtig ist.

Kati noch immer ohne Geruch. Kati ist nicht mehr Kati. Die Person ist weg, der Schatten ist geblieben.

Grass beim Fluchtversuch über die Oder von polnischen Soldaten verhaftet.

Basler Regierungsrat beim Onanieren im Tram erwischt.

SVP will Landesausstellung von 1939 komplett nachbauen, plant »Volksaktie« zur Finanzierung.

20.7.1984 ....

Russische Botschaft in der CH »inaktiviert«. Moskau entzieht sämtlichen CH-Firmen die Bewilligung, auf »sozialistischem Boden« Geschäfte zu machen, Chevallaz gibt morgen Pressekonferenz.

Ich spaziere durch die Stadt, in der einen Hand eine Zeitung, in der anderen eine Zigi, betrachte die Menschen, die irgendwas tun, das mir, zumindest in diesem Moment, überaus sinnlos erscheint, denke zurück an den 23. und komme mir vor, als würde ich in einem riesigen Graben gehen, der sich zwischen dem 23. und den Menschen in der Stadt aufgetan hat, allein in diesem Graben, unsicher, ob die anderen mich wie im Zoo beschauen oder ich die anderen, also die Frage, ob ich das Tier bin oder die anderen. Dabei ist es klar: Ich bin das Tier. Und zwar kein putziger Ursus-Bär, sondern eine zynische Bestie, namenlos und ohne Zukunft.

Wir haben sämtliche Skizzen, Pläne und Texte zu unserem Anschlag im Innenhof verbrannt. Zum ersten Mal seit dem 23. waren wieder alle hier, natürlich ohne Ploetz. Kati ist wieder auf den Beinen, zwar geruchlos, doch äusserlich und vielleicht auch innerlich einigermassen gesund.

An Jerzy scheint die Sache irgendwie vorbeigegangen zu sein, er wirkt abgeklärt und emotionslos, obwohl er unmittelbar nach dem Anschlag fast durchgedreht ist.

Pakistanischer Chemiker wird aus der CH ausgewiesen.

Bis jetzt 3760 ND2A-Tote in der CH.

21.7.1984 ....

Grass in polnischem Gefängnis. Kaum Protest in Deutschland.

Hegel krank.

Magda zweimal abgesagt, keine Lust auf ihre Art von Stärkung. Der esoterische Klimbim nimmt leider stark zu, die Leute legen Karten, glotzen in Glaskugeln, spüren Sphären, schlucken Kügelchen, sind tiefenökologisch und lesen Jung. Dies alles ohne Ertrag, Nutzen und Sinn. Im Prinzip tut die »offizielle« Kirche ja nichts anderes, ob man nun eine Hostie isst oder Kügelchen, ist im Grunde dasselbe, ob man an die Biozentrik glaubt oder an die Dreifaltigkeit, macht keinen Unterschied.

Der Vatikan begrüsst übrigens die »tapfere Entschlossenheit gegen die Gottlosigkeit des Kommunismus«. Ach, man sollte diese Pfaffen doch alle aufhängen! Zuvorderst den Papst, der schlimmer auf die Welt einwirkt als jeder ND2A-Virus. Doch leider – Dummheit gewinnt immer!!

24.7.1984 ....

Beat war am Samstag hier, seiner Ehe, seiner Familie geht es nicht gut, was ich aber nicht so dramatisch fand wie er, nun, trotzdem, er legte eine Generalbeichte ab, die tatsächlich sehr umfangreich war, er bumste praktisch alle Frauen über 18 im Umkreis von 30 Kilometern! Und nannte es Lyrik. Seine Frau, meine Schwester, weiss von dieser Obsession nichts, sie hat genug mit Silvia zu tun, die Beat zwar liebt (er liebt jede), aber nicht mit ihr »zämäsiwott«. Das Eheleben beschränkt sich auf die Aufzucht des Nachwuchses, ansonsten: Schweigen. Ansonsten: Verdrängen. Ansonsten: Kaschieren. Das übliche Muster. Man sollte zusammen mit der Kirche auch die Ehe den Bach runterlassen!

Wir haben zusammen ein paar Dutzend Wartecke getrunken, er fiel immer tiefer ins Loch der Schuld und Melancholie, was irgendwie zusammenhängt, und hat überhaupt nicht bemerkt, dass ich ihm kaum zuhöre, weil mich eine viel grössere Schuld plagt. Doch so weit kann Beat nicht denken, er will sich bloss aus seiner zerfahrenen Situation herausretten und hofft, ich könne ihm dabei helfen. Doch ich kann ihm nicht helfen. Weil ich das nicht kann und weil mich das nicht interessiert. Und weil er sich endlich, endlich von meiner lieben Schwester trennen soll, bevor sie ihr drittes Kind bekommen und es noch mehr Leidende gibt auf dieser Welt.

Hegel noch immer krank, aber kein ND2A.

Amerikanischer Flugzeugträger hat technische Probleme, treibt orientierungslos im Golf von Aden.

Benzinknappheit in Westberlin.

Geldknappheit bei mir.

28.7.1984 ....

US-Senat beschliesst die Entsendung (wie es so schön heisst) von zusätzlichen 30'000 Soldaten in den Iran.

Mit Samuel im Ausgang, ich glaube, er ahnt was, kann mir aber nicht vorstellen, warum.

Das Rheinufer eine riesige Festhütte.

Ich hatte an diesem Samstagnachmittag in Bern eine Sitzung mit Vertretern der Schweizer Regierung und des Schweizerischen Geheimdienstes. Nach einer eingehenden Analyse der Situation war uns bewusst, dass die Lage sehr ernst war und deshalb eine Generalmobilmachung der Armee sowie die Umstellung der gesamten Schweizer Wirtschaft auf Kriegswirtschaft dringend vorbereitet werden sollte. Die Entsendung von US-Truppen in den Iran betrachteten wir als grossen strategischen Fehler, was sich wenige Tage später bestätigen sollte.

29.7.1984 ....

Westdeutsche TV- und Radio-Sender massiv gestört, Stromunterbrüche im Süden Deutschlands, Lärm an der Mauer.

Habe mich entschlossen, hier auszuziehen. Gehe nach Zürich, wo ich das Studium abschliesse. Habe hier keine Zukunft. Werde nächste Woche die anderen informieren. Es ist aus hier, der Ofen ist kalt geworden in Basel, ich habe hier keine Zukunft, keine Frau, keine Aussicht auf eine Frau. Ich gehe nach Zürich. Zwei Semester, dann ist die Sache beendet. 1985 bedeutet das Ende meines Studiums. Auf Wiedersehen in Zürich.

30.7.1984 ....

Detonationen zwischen Gera und Zwickau. Niemand weiss was Genaues. Höre Radio.

31.7.1984 ....

Amis haben SED-Zentrale bei Goslar angegriffen, NVA hat zurückgeschossen, die Lage ist überaus kritisch, die Nachrichtenlage ändert sich stündlich. Liege auf dem Bett und höre Radio, Hegel und die anderen wohl auch.

Es sollen jetzt russische Panzer in Richtung Grenze unterwegs sein, Krenz spricht von »beispielloser kapitalistischer Provokation«, Krisensitzung in Bonn mit Engholm, Reagan, Thatcher und der NATO, Gorbatschow erwähnt »Basler Provokation« in Rede vor Komsomolzen, Amis evakuieren Botschaft in Bagdad.

Besorgter Anruf meiner Mutter um Mitternacht. Nun ist sie froh um meine politische Kompetenz.

1.8.1984 ....

Sowjetische Panzer überqueren in der Nähe von Suhl Grenze zu Bayern – Amerikanische Flieger versuchen sie zu stoppen!!!

Die Welt im Aufruhr.

Alles geht extrem schnell.

Man weiss nicht, wie die Lage einzuschätzen ist. Krieg? Werden Atomwaffen eingesetzt? Was ist das Ziel der Sowjets?

Kaum jemand an den 1.-August-Feiern, selbst die eidgenössischen Festredner sind zuhause geblieben.

2.8.1984 ....

Kaum geschlafen, wir sassen in der Küche + hörten Radio. Bundesrat erwägt Teilmobilmachung, Vinzens »Rede an die Eidgenossen«, ruft zur

Ruhe und Vorsicht auf, Politik, Wirtschaft und Armee seien auf alle »Eventualitäten« vorbereitet.

Bereits viele Flüchtlinge in Bayern, sie wissen aber nicht recht, in welche Richtung? – Norden, Süden, Westen?

Grosse Unruhe auch im Rest Deutschlands, in den Grenzstädten geraten die Leute offenbar in Panik, es gibt Zeichen von Auflösung der öffentlichen Ordnung.

Die Zeitungen heute haben nur ein Thema.

Nina will noch nächste Woche nach Italien verreisen, ihre Ausbildung will sie abbrechen.

Keine Ahnung, wie es weitergeht, Mutter will, dass ich nach Meggen komme.

3.8.1984 ....

Kämpfe bei Coburg und Lichtenfels, Amerikaner bei Würzburg und Nürnberg, Sowjets haben offenbar eine unglaubliche Menge an Panzern zur Verfügung, Bundesheer total desorientiert, Engholm abgeschirmt, Flughafen bei Höf zerstört, Bayreuth angegriffen, Explosionen bei Fulda, Thatcher erwägt Entsendung von Truppen nach Deutschland, Reagan mit Schwächeanfall.

Was normalerweise in 50 Jahren passiert, erleben wir jetzt in Tagen, es ist extrem, alles horcht und schaut und beobachtet, die Leute haben Angst, die Kirche organisiert Gebete, der Vatikan ruft zum Frieden auf, die Arbeitswelt steht praktisch still, die Geschäfte sind leergekauft, absoluter Ausnahmezustand, das habe ich in meinem Leben noch nie erlebt, komme mir vor wie in einem Film.

Überall in Bayern zerstören die Sowjets die Flughäfen, Überschall über München, NZZ spricht von »Blitzkrieg«, »Blick« bringt täglich Sonderausgabe, im Radio Sondersendungen, alles überbordet, nichts ist klar.

Nachtrag: Amerikanische Angriffe auf Gera und Karl-Marx-Stadt.

4.8.1984 ....

Bin total übermüdet, wir hängen nur noch in der Küche rum, Radio und TV laufen ununterbrochen, Schily + Petra Kelly bei einer Friedensdemo erschossen, grosse Unruhen, gesamte deutsche Regierung an unbekanntem Ort, Rationierung von Lebensmitteln in Vorbereitung, Bundesrat prüft »Krisengesetzgebung«, gehe morgen nach Meggen, geht nicht anders, Mutter tobt und weint, Nina bereits Richtung Süden abgereist, Züge fahren nicht mehr regelmässig, in Deutschland Zugverkehr praktisch zusammengebrochen, Bundesheer vor TV + Burda + Springer-Gebäude in München, Frau Gehring heute auch hier, zum ersten Mal, kam mir gar nicht ungewöhnlich vor, sie hofft auf »Wältuntergang vor Wiänacht«, es gibt so viele Meldungen, ich mag gar nicht alles notieren, es übersteigt meine Kräfte, ich bin am Ende, kann nicht mehr schreiben, nur noch hören und die Lage analysieren, Hegel zittert, hat ev. doch Nervenkrankheit, Kunstgegenstände in Bayern weggeführt, Schweinfurter Rathaus getroffen, sow. Panzer überqueren Main, nun auch aus der CSSR Beschuss, sow. Panzer Richtung Nürnberg, TV-Sender flimmern, in Basel die Läden fast leer, sämtliche Regierungsräte in Bern = »Gunten-Rapport«.

Jetzt Schlaf.

10.8.1984......................

(Abschrift von handschriftlichen Notizen:)

Bayreuth von den Sow. genommen, schwere Kämpfe beim Flughafen Nürnberg, Bomben auf Erfurt, Gera, Karl-Marx-Stadt, Dresden, Sow. sprechen zum ersten Mal von Atombomben, »Blick« spricht vom »letzten Gericht«, »Bild-Zeitung« unter Beschuss, Bundesrat verbietet sämtliche »kommunistischen« Parteien (POCH, SAP, PdA), Mutter grosse Angst, Amis ziehen Riegel bei Regensburg, USA, BRD, England etc. ziehen alle Botschafter aus soz. Ländern ab, soz. Länder dito im Westen, Mutter will zu Schwester nach Thun ziehen + ich solle unbedingt mit, Basel sei unsicher, ich bleibe in Basel, sage ich, der Krieg ist beschränkt und letztlich nur ein strategisches Mittel, um die Ostpolitik der BRD zu forcieren, in Meggen hat sich wic an vielen and. Orten Bürgerwehr gebildet, Häuser von SPler verschmiert, Nationalrat Weber verprügelt, weiss nicht, ob unsere WG noch existiert, Hegel sprach von Sri Lanka, völlige Unklarheit über die Ziele der Sow., offenbar war die Sache im Iran nur Ablenkung, denn dort Funkstille, Ami-Soldaten allein in der Wüste, höre, dass eine CH-Geheimarmee aktiviert werden soll, Kati will »Linkswiderstand« aufbauen, das Feld nicht den »Chauvis« überlassen, Ploetz hätte angerufen, sei »uffem Land gesi« (Kati), ich solle zurück nach Basel kommen, heftiger Streit im Gewerkschaftsbund, BRD will »Leopards« nicht an die CH liefern, Massaker in Coburg (?), Amis bombardieren weiterhin DDR-Städte, in Karl-Marx-Stadt soll Schule getroffen worden sein, DDR-TV ausgeschaltet, Krenz abgetaucht, Gorbatschow warnt Westen, Medien sprechen bereits vom sow. besetzten Teil Bayerns (SbB), Rohstoffe werden knapp, Benzin, Papier, CH erwägt nun auch Rationierung, das ist alles unglaublich.

Nachtrag: Mutter geht morgen nach Thun, ich nach Basel zurück. Werde meinen Kampfplatz nicht verlassen!!! Auch 1798 kam der Impuls von aussen, heute ist es wieder so, 186 Jahre später. Die CH kann nicht von innen reformiert werden, früher brauchten wir die Franzosen, heute die Sow. Das ist die Situation.

Denke, dass die Sache an Weihnachten vorüber ist.

13.8.1984....................

In Basel. Reagan sprach davon, die Sow. zu bombardieren. Dann geht die Sache erst richtig los! Doch so weit wird es nicht kommen, selbst Reagan ist kein Selbstmörder (aber doch immerhin ein Mörder).

Lage gespenstisch. Die Schule hat wieder begonnen, doch viele sind weg, irgendwo in den Alpen, im Süden, vielleicht sogar weiter, alles reduziert, überall sind deutsche Touristen, die nicht mehr nach Hause gehen wollen, können, sollen, dürfen etc. Hotels voll, absurde Situationen, denn den Touris geht das Geld aus, neue Touris kommen nicht, im Tessin deutsches Krisenzentrum eröffnet, Politiker, Psychologen, Pfaffen etc., alles tummelt sich dort.

Gerade dramatische Rede von Bundesrat Ritschard gehört, fordert »gut-eidgenössische Standhaftigkeit«, spricht von »erweiterter Zusammenarbeit« mit der NATO (= reaktionäres Arschloch!), unklare Lage in Bayern, einerseits Erfolge der Amis, andererseits der Sow., die Journis sind allesamt aus dem Gebiet geflüchtet, auch weiss niemand, wie viele Menschen auf der Flucht sind, ich weiss gar nicht, ob ich dies alles notieren soll. Wozu?

14.8.1984 ....

Kati in »Linkswiderstandsgruppe«, will Aufbau des Sozialismus unterstützen, Bernie weg, Nina weg, Jerzy bei Bea, Hegel deprimiert am Weintrinken, unsere WG existiert nur noch auf dem Papier, Ploetz doch nicht zurück, ein Gerücht?

Jetzt Kämpfe bei Nürnberg, sow. Truppen im Böhmerwald, auch in Österreich Panik, grosse Panik, die Leute kaufen, rennen, werweissen, Sehnsuchtsregion: südlich der Alpen, das ist alles Blödsinn, das Ganze ist Provokation, ein grosser Nadelstich, letztlich Diplomatie, TV-Empfang weiterhin schlecht, nur noch Berichterstattung über »Bayernkrieg«, Rest gestrichen, auch die meisten Sportveranstaltungen sind gestrichen, Bundesratsersatzwahlen am 5.9. sollen trotzdem stattfinden, Blocher, Ogi, Nebiker, Graf???

Was wollen die Sow.? Was ich dazu gelesen habe: Ablenken von inneren Schwierigkeiten, DDR retten, BRD erpressen, NATO erpressen, Abrüstungsverhandlungen erzwingen, die süddeutsche Wirtschaft zerstören, einen Waffengang an anderer Stelle (Indien?) erproben, den Westen verunsichern und destabilisieren, die zunehmende Unruhe in den soz. Staaten unterdrücken od. ganz einfach das, was Kommunismus »in nuce« ist: Zerstörung (NZZ).

Ev. findet im Herbst gar keine Wahl in CH statt, wird auf 1985 verschoben, von ND2A spricht niemand mehr, Symptome scheinen verschwunden, Mutter in Thun angekommen, Sämi will dringend mit mir reden.

Basel hat sich seit dem 1.8. vollständig verändert. Es ist Kriegsstimmung ohne Krieg, alles scheint provisorisch zu sein, selbst das Dasein selber scheint provisorisch zu sein, Bayern ist nah, der Krieg ist nah, die Sow. ist nah, die Frage ist: Ist das schlecht?

Was soll ich tun? Hierbleiben, nach Thun gehen, südlicher noch, mich der Widerstandsgruppe anschliessen, der Alltag ist vorbei. Es sind andere Zeiten angebrochen, niemand weiss, wie lange sie dauern werden.

19.8.1984 ....

Viele ernste, tiefe Gespräche mit Hegel, Sämi, Kati und Beat (am Telefon). Wir schätzen die Lage in Basel als nicht unmittelbar kriegsbedroht ein, die Sow. können kein Interesse haben, die CH-Grenze zu überschreiten, der Krieg wird sich nicht weiter ausweiten, möglicherweise in Bayern aber in die Länge ziehen. Wir bleiben hier!!! Viele, auch sogenannte Genossen, sind bereits über alle Berge, weil es die Jahreszeit erlaubt, sprechen sie von Ferien oder »verlängerten« Ferien, in Tat und Wahrheit sind es natürlich feige und letztlich kap. Fluchtbewegungen. Die Chalets und Hüsli in den Bergen sind voll, das Tessin sogar völlig überfüllt, vom Luxushotel bis zum Campingplatz ist kaum noch ein Plätzchen zu finden, währenddessen fliegen die Amis Angriff um Angriff auf DDR-Städte und die Sow. überziehen den Nordosten Bayerns mit einer Decke aus Panzern, zivilen Flugverkehr gibt es in Deutschland nicht mehr, fast 40 Jahre nach Ende des 2. Weltkrieges ist nun die Rede vom 3. Das ist wie ein gigantischer, aufregender Alptraum. Noch sind München + Berlin tabu, doch es ist, wenn sich die Lage weiterhin so entwickelt, nur noch eine Frage der Zeit, bis diese Städte in den Krieg hineingezogen werden. Ein Verwandter von Kati hatte die Flucht aus Nürnberg über Stuttgart nach Basel geschafft, er erzählte von riesigen Zerstörungen rund um Nürnberg, die Fluchtwege seien fast vollständig unterbrochen, die Autobahn kaum noch passierbar, das Schienennetz zerstört, auf der DDR-Seite der Mauer würden sich Zehntausende stauen, die über die Grenze flüchten wollen, denn in der DDR seien die Zustände noch schlimmer und viele Lebensmittel kaum noch erhältlich bzw. kaum noch bezahlbar.

20.8.1984 ....

Habe mich entschlossen, das Tagebuch weiterzuführen, so lange dies irgendwie möglich ist. Nun wird es halt ein Kriegstagebuch.

Offenbar Gespräche zwischen Reagan und Gorbatschow, niemand weiss Genaues.

Bundesratswahlen sollen stattfinden, Nationalratswahlen »voraussichtlich« auch.

Niemand hat was von Nina gehört. Keine Ahnung, ob sie tatsächlich in Italien ist od. vorher irgendwo gestrandet.

Kati will Hegel und mich unbedingt in der Widerstandsgruppe, doch ich will da nicht mitmachen, unsere »Aktion« hat mir gereicht, auch Hegel hat offenbar keine Lust auf Militärisches, er hat sich in den Kopf gesetzt, gerade jetzt sein Studium vorwärtszutreiben, und tippt fast ununterbrochen irgendwas in die Maschine. Dabei weiss niemand, ob die Uni nach den Ferien überhaupt wieder öffnet.

In Italien haben sich »Postfaschisten« von der DC abgespalten.

Bernie überraschend wieder aufgetaucht, ich war überzeugt, sie nie mehr zu sehen. Offensichtlich war sie mit ihrem »neuen Ex«, wie Hegel zu sagen pflegt, in irgendeinem Kunstseminar in Wien. Dort ähnliche Stimmung wie hier, aber deutlich mehr deutsche Flüchtlinge, von den Österreichern recht häufig herablassend behandelt, sagt Bernie. Sie will hier bleiben.

Meiner Mutter geht es schlecht. Seit Anfang August ist ihre Heiterkeit und Zuversichtlichkeit wie zusammengefallen. Sie ruft fast täglich an, bittet mich, nach Thun zu kommen, wo die Lage viel sicherer sei »als adä dütschä Gränzä«. Ich habe ihr versprochen abzureisen, falls sich die Lage verschlechtert.

Evakuierungsübungen in München + Westberlin!

Die Menschen tun täglich Alltägliches und manche schämen sich dabei.

Offenbar gleich zwei Ami-Flugzeuge über DDR abgeschossen.

Geheimnisvolle Explosion in Augsburg.

21.8.1984 ....

Beat hat deutschen Lyriker bei sich aufgenommen, meine Schwester tobt. »Dichtung ist per se solidarisch«, sagt Beat. Sie hätten kein Geld, Platz und Nerven für Flüchtlinge, sagt meine Schwester. Habe Beats Dichterfreund Asyl in Basel angeboten, Beat räusperte sich + hat gemeint, die Nähe zu Deutschland sei wohl nicht gerade das, was »Axel« sucht. (Der 1981 den »Jungdichterpreis der Stadt Würzburg« gewonnen hat, er schreibt sich übrigens »Acksel«, ein »signifikantes Spiel«, sagt Beat.)

Ein signifikantes Problem für mich: das Geld! Die Teuerung ist spürbar, einzelne Lebensmittel kaufen wir gar nicht mehr ein, ausserdem steigen die Hypozinsen + damit unsere Miete bald wieder an. Meine Mutter schickt mir zwar grosszügig Geld, doch ist eben diese Grosszügigkeit so relativ wie jede Grosszügigkeit, die Teuerung frisst sie auf!

Bayern weiterhin gespalten, die Regierung regiert mit Notrecht, in Nürnberg zum 1. Mal seit den 40er-Jahren Ausgangssperre, aus Murmansk die zwei grössten Flugzeugträger Richtung Süden unterwegs, sagt CH-Radio.

PKK von den Sow. unterstützt, sagen türk. Militärs.

Bin aufgedreht, kann kaum schlafen, mit Bier geht's.

22.8.1984 ....

Riesen Geschichte: Krenz besucht Truppen in Bayreuth!! Totale Demütigung des Westens!!! Engholm spricht von »Führergebärde«, Reagan will Provokation nicht hinnehmen (muss er aber wohl!).

Hingegen: Antifaschistischer Schutzwall funktioniert – Westen konnte Mauer bislang nicht überwinden.

Mitterrand präsentiert Papier »West-Östlicher Ausgleich«, NZZ nur noch Spott und Häme, BaZ kaum anders, einzig Radio macht sich darüber noch Gedanken, Mitterrand sieht sich als »Möglichkeit des Friedens« (Casper Selg). Frankreich hat als eines der wenigen westlichen Länder die Botschafter im Osten nicht abgezogen.

Immer wieder Massenpanik in BRD, auch übermässig viele Fälle von Angstdepression.

Sport + Vergnügungen praktisch ausgestorben, was durchaus eine der pos. Erscheinungen dieser Entwicklung ist.

Habe in letzter Zeit viel (auch sex.) Energie.

23.8.1984 ....

Krenz macht einen Spaziergang durch das teilweise zerbombte Uni-Gelände in Bayreuth + gibt ein Interview fürs DDR-Fernsehen!!! Das ist der absolute Hammer! »Ich denke, niemand hat ein Interesse, dem Judenhasser Wagner weitere Denkmäler zu setzen.« Original-Zitat aus der NZZ. Wer das vor zwei Monaten vorausgesagt hätte, der wäre von niemandem ernst genommen worden. DDR besetzt BRD!

Rationierung in der CH wird per sofort in Kraft gesetzt, auch damit hat niemand gerechnet, die Grundlebensmittel, sogar Zigis, sind jetzt rationiert, zum Glück liegt gleich nebenan eine Ausgabestelle, Hegel hat bereits Zigi-Coupons organisiert im Tausch gegen irgendwas.

Mutter will, fleht, dass ich nach Thun komme.

Im Radio jetzt dauernd Nationalhymne, wir haben versucht DDR-Radio zu hören, bruchstückhaft »Stimme der DDR«, nicht einmal bruchstückhaft »Radio DDR 1«, Hegel will es weiterhin versuchen, er kennt jemanden mit einem »perfekten« Radio. BRD-Sender sind zum Teil total ausgefallen oder werden von den Sow. gestört. Ausgangssperre soll auch auf andere BRD-Städte ausgeweitet werden, Jerzy war kurz hier und meinte, Bea hätte auf die Entwicklung »überraschend positiv« reagiert, sie nehme rege am »Wältgschee« Anteil, was ihre Gesundung voranbringe. Immerhin ein Lichtblick.

Ich nehme auch regen Anteil, doch ob mir die Sache guttut, ist eine andere Frage, gerade jetzt macht es den Eindruck, dass das »Wältgschee« mich allmählich ruiniert.

Gehe morgen nach Thun, geht nicht anders.

Im TV und Radio jetzt überall »Ostexperten« und »Russlandexperten«.

Ist schon weit nach 2 Uhr, doch hier schläft niemand, morgen um 8 fährt mein Zug.

26.8.1984 ....

Zurück, grosser Streit mit Mutter und Schwester, verstehen nicht, dass ich zurück nach Basel gehe, werfen mir »totale Verantwortungslosigkeit« vor, es sei doch klar, dass der Krieg sich in den Süden ziehen werde und der Westen nur mit der Atombombe die Sow. stoppen könne, doch dann würde auch die Gegenseite die Bombe einsetzen, was ich als total übertrieben, strategisch sogar völlig falsch bezeichnete, und so diskutierten und stritten wir Tag für Tag, Beat hielt sich seltsam zurück, ich glaube, weder mit seiner Silvia noch mit seiner Ehefrau steht es gut, er verhält sich demütig, still und manchmal fast sklavisch wie ein übertreuer Hund.

Leben in Zürich, Bern, Luzern fast normal, während hier kaum noch was normal ist, Hegel meinte, die Leute gehen von einer sow. Bestrafungsaktion gegen Basel aus, weil hier ihr oberster Spion ums Leben kam (ums Leben kam? wir haben ihn getötet!).

Russen stehen vor den Toren Nürnbergs, nun rollen auch Panzer über die CSSR-Grenze Richtung Regensburg, Amis zögern, CSSR anzugreifen, würde quasi neue Front eröffnen, Sow. kämpfen gegen Bayern, die Amis gegen DDR, UdSSR, CSSR, die ganze Welt staunt über strategisches Ungeschick der Amis, jahrelang galten sie als überlegen in allen Punkten, jetzt sieht es auf einmal ganz anders aus, Reagan wirkt um Jahre gealtert, während Gorbatschow immer vitaler aussieht.

Ständig Reden des Bundesrates, ständig Komitees für oder gegen was, ständig die Nationalhymne.

(meine Thuner Zettelchen nicht abgetippt: nur Blödsinn).

29.8.1984 ....

Sow. marschieren in Nürnberg ein!! Die Amis versuchten mit massiven Bombenattacken die Sow. zu stoppen, doch es sind einfach zu viele Panzer und ausserdem scheint die Fliegerabwehr gut zu funktionieren, man spricht von dutzenden abgeschossenen Flugzeugen der Amis, offenbar sehr grosse Schäden in der Gegend des Stadtrings, die Russen lassen das Deutsche Rote Kreuz in Ruhe, auch Feuerwehr und Sanität werden nicht behindert, in Gotha, Erfurt, Jena die Infrastruktur zerstört (Wasser, Strom, Strassen, Schienen), in Naumburg soll riesige Maschinenfabrik total zerstört sein, viele Tote, NZZ spricht vom »Süddeutschen Krieg«, erneut Anschlag auf CH-Sozialist (Lehrer im Kanton Aargau), nächste Woche Demo »gegen Krieg und Hass«, Kati will von den »Pazifisten-Schweinen« nichts wissen, die seien gerade jetzt »Sand in den Mühlen der Revolution«, jetzt von Frieden reden, würde den »imperialistischen Status quo« erhalten etc. Sie riecht nicht mehr, es ist schrecklich, die PUK hat ihr den Geruch genommen.

Viele meiner Bekannten sind weg, und ich vermisse sie gar nicht. Es ist mir egal, wo sie sind, z. B. wo ist Magda? Völlig unwichtig, vielleicht legt sie irgendwo Karten, vielleicht lutscht sie wieder mal einen Schwanz, das ist völlig unwichtig, und wo ist Jolanda? Keine Ahnung. Soll sie mit ihren Handwerkern herumhandwerken, auch das interessiert mich nicht und auch sonst kein Mensch. Nina? Mir nicht gleichgültig, wo sie ist, werde sie wohl nie mehr sehen.

Und dann Sandra, Sandra, Sandra. Denke jeden Tag an sie. Wo ist meine geliebte Sandra?

Sow. Flugblätter über München!!! CH-Radio liest vor und lässt Experten einschätzen, psychologische Kriegsführung, Verunsicherung, Destabilisierung.

Blitzeinschlag im Quartier, Estrich ausgebrannt, sofort der Gedanke an Krieg, Panik, ab 1.9. höhere Miete, die hohen Hypo-Zinsen und der hohe Ölpreis geben vielen den Rest.

Ami-Flugzeug in See bei Bautzen gestürzt, Piloten am Ufer von Bevölkerung ersäuft!

Vieles, was U. notiert, entspricht nicht den Tatsachen, so herrschte in Westdeutschland keine »Massenpanik« und die Fälle von »Angstdepressionen« nahmen nicht zu, sondern sogar ab. Das erwähnte Interview mit dem DDR-Fernsehsender war nicht mehr als ein kurzes Statement von Krenz. Ursachen der Fehleinschätzung bzw. der sachlichen Fehler in der ersten Phase des Krieges dürfte seine übersteigerte Wahrnehmung der Geschehnisse sein, was angesichts der Ereignisse und Kränkungen der letzten Monate nicht erstaunlich ist. Lanz machte sich in dieser Zeit oft Sorgen um den Zustand von U.

1.9.1984 ....

Bibliothek in Nürnberg geplündert, CSU-Bürgermeister inhaftiert, Bayrische Landesbank geschlossen, Englische Truppen landen in der Nähe von Mannheim, Vatikan fordert »Friedensdialog«, Anschlag auf sow. Botschaft in Delhi, neuer frz. Verteidigungsminister, schwere Kämpfe rund um Nürnberg, Kanzler Engholm in London, Gorbatschow in Ostberlin, Bürgerliche fordern Wiedereinführung der Todesstrafe, »Silkwood« nicht mehr erwünscht etc.

Die Rationierung ist überaus mühsam, man muss ständig rechnen, berechnen, tauschen, betrügen, die Zeit fürs Einkaufen nimmt täglich zu, die Zeit für anderes ab, habe Farbbänder gehamstert, habe ja keine Ahnung, wie das weitergeht, und wenn ich nicht mehr tippen kann, dann fehlt mir das momentan einzig Sinnhafte in meinem Leben, die UNO völlig überfordert und zerstritten, der Sicherheitsrat bringt nicht mal eine Resolution zustande, das ist peinlich, bereits wird die Abschaffung der UNO gefordert, was ich irgendwie nachvollziehen kann, ein Monat Krieg, hohe 4-stellige Opferzahlen in Westdeutschland, aus der DDR noch immer keine Zahlen, aber die Lage muss katastrophal sein, auch die Gesundheitsversorgung sehr schlimm, hier immer mehr Deutsche, alle versuchen, weiter in den Süden zu gelangen, nach Zürich und am liebsten – natürlich – ins Tessin. In der DDR soll es mobile TV-Sendeanlagen geben, hier planen Feuerwehr, Polizei und Sanität permanent den Kriegszustand, als ob so was geplant werden könnte.

Würde Mutter mir nicht regelmässig Geld geben, ich hätte nichts mehr, zum Glück konnte sie das Haus gut verkaufen.

2.9.1984 ....

In grossen deutschen Städten bestimmt zunehmend die Armee das Geschehen, man geht von einer Ausweitung des Krieges in den Norden und Westen aus, Sow. pumpen unentwegt Kriegsmaterial nach Nordbayern, kein Mensch weiss, was die vorhaben, die Zeitungen sind voll mit Spekulationen.

Bundesliga »unterbrochen«.

Hegel völlig verdüstert, die Augen hinter dicken, dunklen Augenringen kaum noch zu sehen, er wandelt wie ein altes Gespenst durch die Wohnung, meistens ein Glas Wein in der Hand, dann hört man wieder wildes Getippe aus seinem Zimmer, von Arul hat er schon lange nichts mehr erzählt, habe auch nicht mehr gefragt, Kati und ihre »Gang« haben offenbar grössere Aktion vor, sie ist aufgeregt und tut heimlich.

Deutscher Lyriker kann vorläufig in Thun bleiben, Beat und meine Schwester haben sich auf 6 weitere Wochen geeinigt, dann muss er verschwinden, der »Acksel«.

Hegel will TV gegen 500 grosse Flaschen Bier eintauschen, er hätte die Adresse eines Händlers, der »alles gegen alles« eintauscht, wir würden sowieso nur Radio hören und die TV-Sender würden bald einmal nicht mehr senden, dann könne man doch diesen Tausch machen, Bernie ist sowieso kaum noch hier, Kati ist es egal und mir eigentlich auch, also soll Hegel den Tausch vollziehen, werde aber 100 Flaschen einfordern, schliesslich habe ich für den TV auch bezahlt.

Habe mir auch schon überlegt, meine Musikanlage zu verkaufen, habe sowieso keine Lust auf Musik, und wenn, dann kann ich ja Radio hören, ausserdem könnte ich dann auch die Platten loswerden.

Höre gerade, dass Ami-Panzer Richtung Bayern rollen.

Heute wieder »Friedensgottesdienste« in der ganzen CH, die Kirchen haben guten Zulauf, das wird die Pfaffen freuen, so ein Krieg tut dem Seelen- und auch dem anderen Geschäft stets wohl, das hat auch der 2. WK schön gezeigt, und am Schluss konnte man sogar noch einige solide Vatikan-Pässe an Nazis verkaufen, wahrscheinlich hofft der Papa heimlich auf einen richtig grossen, langen Krieg, dann kann sich die Kirche wieder mal so richtig entfalten, da fällt mir ein, dass die Sow. einige dieser putzigen bayerischen Kirchlein als Materiallager und sogar als Scheisshaus umfunktioniert haben. Da gibt es noch schön was zu tun in Bayern, bis alle Kirchen ihrem eigentlich Zweck zugeführt sind. Ich zähle auf sow.-soz. Gründlichkeit diesbezüglich.

3.9.1984 ....

Bernies Ratte tot, endlich!

In München werden die Museen geräumt, die Bilder an einen geheimen Ort transportiert, in Basel fordert die FDP ebenfalls die Räumung der Museen, die Bilder sollen in die alten Weltkriegsstollen in die Alpen gebracht werden, Regierungsrat dagegen, befürchtet noch grössere Panik, für NR-Wahlen wird sehr tiefe Stimmbeteiligung erwartet, die Menschen haben andere Sorgen, viele sind unterwegs, und ausserdem regiert der Bundesrat sowieso immer mehr mit Notrecht.

Bundesratswahl geht völlig unter, man spricht und schreibt praktisch nur noch vom Krieg, Zeitungen haben hohe Auflagen, in Nürnberg soll es zu Vergewaltigungen gekommen sein, Engholm ruft Gorbatschow zur Mässigung auf, in Nordbayern regieren jetzt SED-Funktionäre, viele kleinere Parlamente blieben offenbar bestehen, Krenz will Nürnberg zur »internationalen Friedensstadt« ausrufen und die Uni für »Menschen aus der Dritten Welt« öffnen.

In Ostberlin Kundgebungen für die Regierung »Ost ist unsere Kost, West die Pest«. Der ostdeutsche Humor hatte noch nie einen guten Ruf.

4.9.1984 ....

Für Hegels Geburtstag hat Kati ein paar Flaschen Wein aufgetrieben, woher, bleibt ihr Geheimnis. Morgen sind hier: Hegel, Kati, Jerzy, Bernie ev. und ich.

Die Front verläuft jetzt südlich von Nürnberg, in Regensburg sow. Luftangriffe, unklare Truppenbewegungen beider Seiten, jetzt auch viele Engländer in Süddeutschland, Nato will Truppen massiv aufstocken, CH diskutiert Überflugsrechte für Nato und »logistische Unterstützung«, ich kann mir ja vorstellen, was das bedeutet, die Bürgerlichen würden sich am liebsten »den Truppen der Freiheit« (NZZ) anschliessen und in Bayern in den Kampf ziehen, Streit über Evakuierung Münchens, CSU dagegen, Bundesregierung dafür, Amis haben offenbar Eliteeinheit hinter der Front abgesetzt, viele DDR-Flüchtlinge im Osten der DDR, drängen über die Grenze nach Polen, Mutter überlegt nun auch, ins Tessin oder sogar noch südlicher zu ziehen, die Deutschschweiz sei unsicher, Schwester will ev. mitgehen mit den beiden Kindern, Beat bleibt sicher in Thun.

5.9.1984 ....

Hegel hat gehört, dass auch Zivilschutzleute ins Militär eingezogen werden, das wäre eine Katastrophe!! Ich war bis jetzt einmal im Zivilschutz, wir übten Brände löschen und sassen den ganzen Tag mehr oder weniger gelangweilt rum, ich muss unbedingt verhindern, dass ich in die Armee muss, wenn nötig, tauche ich unter, ich halte diesen Verein nicht aus, nicht in Friedenszeiten und schon gar nicht in Kriegszeiten, sollen die Bürgerlichen ihren Kopf hinhalten, die Söhnchen all der gut betuchten Banker und Verwaltungsratspräsidenten, haben heute sämtliche Flaschen ausgetrunken, Hegel auf dem Tisch die Internationale gesungen, mit Tränen in den Augen. Weltuntergangsstimmung, selbst Bernie betrunken, Jerzy hat mir viel von Bea erzählt, seinem vergeblichen Kampf um sie, denn sie ist verloren, sagte er, verloren für alle Zeiten, sie kann nicht mehr klar denken und klar lieben, auch Jerzy hatte Tränen in den Augen, es ist traurig, alles so traurig, auch meine Zukunft. Wenn der Krieg nicht bald aufhört, gerät die Welt aus den Fugen u. mein Studium ist für die Katz. Ach, ich könnte auch weinen.

Kuschele mich an meinen lieben Bären ran, sonst bleibt mir ja nichts.

7.9.1984 ....

Luftkämpfe über Karl-Marx-Stadt, die Amis versuchen offenbar, die Nachschubwege der Sow. zu durchschneiden, die Sow. wiederum versuchen, das Kampfgebiet auf Bayern einzuschränken, mit der Rationierung in der CH gibt es Schwierigkeiten, die Herausgabe der Märkli funktioniert nicht richtig und ausserdem sind die Mengen nicht gut abgestimmt, so verlagert sich das Geschehen immer mehr auf den Schwarzmarkt und Tauschhandel, die Zeitungen sind voll mit Kleininseraten und überall stehen Händler rum, von denen alles zu haben ist, inzwischen auch deutsche Frauen, ausserdem haben die Restschweizer das Geschäft mit der Grenzregion entdeckt u. bringen alles Mögliche zu völlig überrissenen Preisen hierher, Mutter hat Fr. 500.– geschickt, das gibt mir ein wenig Raum zum Atmen, doch wie soll es weitergehen? Einen Job zu finden, ist jetzt praktisch unmöglich, ausser was im »Handelsbereich«, doch ich muss was finden, sonst gehe ich vor die Hunde.

Mitterrand ermordet!!!! War mit einer Frau in einem Restaurant essen und wurde mit zwei Schüssen aus nächster Nähe erschossen, Täter konnte entkommen!!! Höre Radio, auch Korrespondent in Paris weiss nicht mehr, Spekulationen über Täter (Sow., Amis, Algerier, BND, Mann der Frau), Paris im Ausnahmezustand, Helikopter über der Stadt, Nachfolge unklar, Armee in Alarmbereitschaft, gehe jetzt schlafen.

8.9.1984 ....

Radioempfang schlecht, TV bereits eingetauscht, Mitterrand-Mörder sah aus wie ein Nordafrikaner, sagen die Zeugen, Mauroy vorläufig Stellvertreter, Wahlen sollen noch im Herbst stattfinden, viele vermuten die Amis als Täter, weil Mitterrand sich weigerte, am Krieg teilzunehmen, jedenfalls bringt sein Tod den Sow. gar nichts, den A. aber schon, auch die Deutschen profitieren, die Worte Reagans »Amerika hat einen Freund verloren« klingen für die meisten hohl und unglaubwürdig, die Amis haben einen Feind verloren, das ist die Wahrheit, und niemand in der Regierung Reagan ist traurig über den Tod Mitterrands, auch der Vatikan ist erleichtert über den Tod dieses grossen Atheisten, bin gespannt, ob der neue Präsident sich der Nato und den Amis annähert, Hegel meint, darin liege der tiefere Sinn dieses Attentats, alles auf Halbmast in

F., Kati will nach Paris an die Trauerfeiern, doch dies wird schwierig, weil die Züge nur unregelmässig fahren und ausserdem die Amis den europäischen Verkehr kontrollieren, bei Gera liegt Giftwolke in der Luft, weil Amis Chemiewerk getroffen haben, Radio spricht von Verätzungen u. Atemschwierigkeiten, die Winde treiben die Wolke westwärts.

Basel immer verlassener, man merkt es überall, die Trams sind fast leer, die Restaurants auch, auf den Strassen weniger Menschen, kein Anstehen, viele Läden geschlossen, dafür seltsame Gestalten, die irgendwas verdealen, hohe Polizeipräsenz, auch die Armee scheint in der Stadt angekommen zu sein, wer weiss, was die hier wollen, uns verteidigen?? Gegen die Sow.?? Mit der Nationalhymne? Mit Marschmusik? Trachtämäitli und Schwiizerörgeli? Diese ganzen Rettungsversuche, die jetzt überall im Lande stattfinden, sind doch nichts als fadenscheinige Anlässe zur Vertuschung der Realität. Die Realität ist die: Die Sow. hat sich einen Teil Bayerns (vorläufig) geschnappt, wer weiss warum, und BS + BL sind in diesem Spiel nicht vorgesehen, sind keine Figuren, wir können uns zur gewohnten CH-Ruhe setzen und wie gewohnt nichts tun, stattdessen ist das Land im Aufruhr, als würde es morgen untergehen, dabei: was passiert hier? Nichts!!! Wie immer nichts! Ehrlich gesagt wäre mir so ein kleiner sow. Einmarsch hier ganz lieb, die würden wenigstens mal aufräumen mit all dieser selbstgefälligen Zufriedenheit und Sattheit, die man nicht aushalten kann, und wenn der eine oder andere Bürgerliche mit den Strapazen sibirischer Kälte in engeren Kontakt käme, dann wäre dies auch kein Unglück, am liebsten der neue BR Blocher, dessen Naziblut in Sibirien bald abkühlen würde.

10.9.1984 ....

Den ganzen Tag im Zimmer gelegen, Radio gehört, geschlafen, getippt, mit der Mutter tel. und Märkli ergattert.

Kaum noch im Ausgang, fast jeden Abend hier, meistens in meinem Zimmer, manchmal in der Küche mit Hegel, Kati ist unterwegs, übernachtet selten hier, Bernie schon lange nicht mehr gesehen, aber ihre Sachen sind alle da, manche gehen einfach weg ohne ihre Sachen, ohne Abschied, das ist eine Erscheinung, die noch vor zwei Monaten völlig undenkbar gewesen wäre, dieses einfache, wortlose Sich-Entfernen von der Stadt und manchmal auch von der Familie, viele Arbeitsplätze unbesetzt, auch in den Schulen fehlen Lehrer, es ist ein stilles Gehen, als ob man für ein paar Tage in die Ferien gehen würde, ohne viel Gepäck, ohne viel Aufhebens, als würde man sich schämen, ja, wahrscheinlich ist es das, die Leute schämen sich für ihr Weggehen, schämen sich dafür, dass sie überhaupt die Möglichkeit haben zu gehen, denn dazu braucht es ziemlich Geld, irgendwo eine Wohnung, ein Häuschen, und die armen Schweine bleiben hier und tun so, als ob ihnen dies nichts ausmachen würde, weitere ND2A-Fälle in ganz Europa, Ciba Geigy stellt Konkurrenz-Produkt zu Neuraxal her, Deutschland kauft Millionen von Packungen, andere reklamieren, weil für sie nicht viel bleibt, gigantische Panzerarmee bei Pilsen, U-Boote mit Langstreckenraketen bei Stralsund, Rügen von Flüchtlingen aus dem Süden überfüllt, will ich diesen Scheiss wirklich aufschreiben? Wieso? Für wen? Doch – was soll ich sonst tun? Es ist doch sonst alles sinnlos, auch wenn dieser Krieg bald zu Ende geht, sind die Folgen schon jetzt unabsehbar.

Kati und Hegel haben sich in der Küche umarmt + geweint!

Das sind die wahren Kriegsbilder!

11.9.1984 ....

Gorbatschow schlägt Waffenruhe vor! Grosse Geschichte, Nato und Verbündete + Sow. sollen ab morgen um 6 Uhr Bomb. stoppen, Vatikan unterstützt den Vorschlag, Engholm auch, Nato skeptisch, Reagan schweigt, stündlich jetzt Meldungen zu diesem Thema, in ganz Bayern soll heute kein Schuss gefallen sein, Panzer halten sich zurück, Sanität + Feuerwehr im Dauereinsatz, Teilmobilmachung der CH trotzdem fortgesetzt, Ende Woche sollen ca. 200'000 Soldaten in den Kasernen sein, Mörder von Mitterrand gefasst, noch keine Angaben dazu.

12.9.1984 ....

Reagan willigt in den Gorbatschow-Plan ein, fordert aber den Rückzug aller sow. Truppen hinter die Grenzen der BRD, Gorbatschow sieht »einen gangbaren Weg«, verlangt 1 Zeichen der Gegenseite, Oktoberfest definitiv abgesagt, Teilmobilmachung zieht noch mehr Personal ab, bei SBB und PTT grosse Personalnot, Blocher fordert Zwangsrekrutierung von Ausländern in »einfache Wehrdienste«, obwohl das nicht sein Dep. ist, Bernie bleibt verschwunden, keine Kampfhandlungen mehr in Bayern, der Rhein ca. 21 Grad, ich war heute drin, so ruhig + still durch die Stadt getrieben, totale Idylle, hin + wieder bimmelte ein Tram, eine Möwe schrie, die Münsteruhr schlug, mir war, als wäre alles eine Täuschung, der Krieg nur ein böser Traum + die Welt schön + warm + strahlend.

13.9.1984 ....

Keine Schüsse mehr, ist das das Ende? 6 Wochen Krieg + dann Schluss? Was haben die Sow. gewollt? Reagan ist morgen in Berlin, ev. Treffen mit sow. Unterhändler (wie man das nennt), O. Palme soll als Vermittler eingesetzt werden, UNO auch wieder aufgetaucht, de Cuellar auch in Berlin, nun ganz grosse Hoffnungen auf dieses Treffen, Kirche bereits heftig am Beten, riesen Friedensdemo am Wochenende in Bonn.

Langes Tel. mit Mutter, war kurz im Spital wegen »Zyste im Unterleib«, jetzt alles wieder gut, Ehe von Beat und meiner Schwester gerettet, sagt Mutter, »händ gseh, was wichtig isch«, von Silvia kein Wort.

Katis Gruppe kurz vor Aktion, sie wollte nichts sagen, Hegel biss auf seine Lippen + sagte auch nichts, er weiss auch nichts, es ist ihm egal, ich weiss gar nicht, was ihn interessiert, 1 Text und Arul + 2,3 Töpfe auf dem Balkon + manchmal ich + Kati + Jerzy + Typen, die hier rumhängen, doch die Welt?

Soll positive Entw. in Berlin geben, Radiostation in Nürnberg wieder eröffnet.

14.9.1984 ....

Man spricht von komplizierten »Waffenstillstandsverhandlungen«, von Frieden ist noch keine Rede, in der CH überall Soldaten unterwegs, in BS noch nie so viele Sold. gesehen, einerseits eklig, anderseits aufregend, Regierungsrat hat sich doch entschieden, Kunst auszulagern, Armee übernimmt Transport Richtung Innerschweiz, Ziel geheim, nun gibt es Strassenkontrollen, man will die Fluchtbewegung in den Süden stoppen, Passierscheine sind das neue Zauberwort, ca. ab Liestal gibt es kein Durchkommen mehr, »Hebel auf Notversorgung umgelegt«, heisst es in

Bern, dabei in Genf und Zürich lockeres Leben, höre gerade von Problemen bei Berliner Gesprächen, Hegel hat 450 Flaschen für TV herausgeholt, Kati schaut irgendwo Beerdigung Mitterrand, Tel. mit Mutter unterbrochen, überall gibt es technische Probleme, man vermutet sow. Störaktionen, Finnland erlaubt Sow. Durchfahrt von U-Booten, wunderschöner Herbst, eigentlich, eigentlich.

Sow. zurück hinter Grenze, Amis entschädigen DDR, das ein Vorschlag der Uno.

15.9.1984....................

22.45 Uhr, in Bonn eine halbe Million, Ami-Kampfflieger haben die Demo tief überflogen, riesen Panik, wahrscheinlich 24 Tote, Engholm unter Druck, Gorbatschow spricht von »Beleidigung des Friedenswillens«, in Bayern einzelne Gefechte, doch nichts Grosses, in Nürnberg funktionieren Tel. und Radio wieder, viele CH-Soldaten in der falschen Kaserne, weil »Befehl« fehlerhaft, Vinzens unter Druck, in Argentinien grosse Sammelaktion für Bayern.

Frau Gehring hier, bleibt nun doch beim Basler Theater, wo allerdings alles offen ist, viele Stücke können nicht gespielt werden, auch da Notprogramm, Gehring hofft auf sow. Einmarsch in der »alten Eidgenossenschaft«, wie sie sagt, weil diese ekelhafte Selbstgefälligkeit anders gar nicht zu beseitigen ist als durch ein paar scharfe, treffsichere A-Bomben auf diese ekelhaften, grauen, gewissenlosen Bank-Militär-Chemie-Gnomen mit ihren fetten Ärschen + blöden Weibern, die kaum das Einmaleins + Alphabet beherrschten, aber die Kunst des Beinespreizens und Arschleckens, die Kultur der totalen Unterwerfung unter die Herren der Schöpfung und ihr obszönes Gehänge, wo Kapitalismus und Hormone sich aufs Trefflichste vereinigen, sagte Gehring, gut gelaunt wie schon lange nicht mehr, während sie ein paar von unseren 450 Bieren trank, was Hegel mit einem gewissen Unbehagen zur Kenntnis nahm, doch ich sollte nicht so sprechen in Zeiten der grössten Not, immerhin ist die Rede vom 3. Weltkrieg, die ganze Presse ist seit anfangs August auf dieser Tour.

16.9.1984 ....

Ploetz soll bald wieder in Basel sein, sagte Kati, nun, warten wir mal ab.

Über Gespräch in Berlin wird nichts bekannt, sogar jap. Präsident hat Hilfe angeboten, de Cuellar ununterbrochen in Sitzungen, Sow. verlangt sofortigen Abzug aller A-Bomben aus Deutschland + Entschädigung für zerstörte DDR-Städte, würden dann sich hinter die Grenzen zurückziehen, Amis verlangen zuerst Rückzug, dann ev. weitere Schritte, Gorbatschow trifft sich morgen mit allen soz. Präsidenten, grosses Zeichen der mitteleuropäisch-slawisch-sozialistischen Einheit, wie Gorb. sagte.

Frau Gehring hat offenbar Gefallen an unserem Biervorrat gefunden, sie war auch heute wieder hier, erzählte, wie völlig unpolitische Schauspieler auf einmal mit den Sow. sympathisieren + völlig debile Revolutionsphrasen von sich geben, derweil sie von Politik überhaupt gar nichts verstehen, aber so tun, als verstehen sie absolut viel von Politik, ja, als würden sie mit der politischen Elite auf Du und Du stehen und sogar Dinge durchschauen, die selbst Eingefleischte nicht verstehen, sagte Frau Gehring, sich sogar über Eingefleischte stellen, obwohl sie nicht einmal von fundamentalen Banalitäten eine Ahnung hätten, denn die Schauspieler seien die meistüberschätzten Berufsleute überhaupt, weil sie kluge Dinge sagten, würde man denken, sie seien auch klug, dabei sind die klugen Dinge ihnen nur in den Mund gelegt, selber würden sie nie darauf kommen, selber würden sie kaum mehr als tierische Grundlaute von sich geben können ohne jeglichen Inhalt und Sinn, aber weil sie Goetheschillersheakespearekleistundbüchner rezitierten, würde man sie mit grossen Geistern verwechseln, die sie in gar keiner Weise seien, sondern nur hohle Transportbehälter für die Worte grosser Geister etc.

Manchmal hätte ich gerne ein Aufnahmegerät für die ewigen Monologe der Gehring dabei, aus dem Kopf dies alles zu erinnern, ist gar nicht möglich.

Höre, dass es »plötzliche Fortschritte« gebe in Berlin, westdeutsches Rotes Kreuz in Nordbayern aktiv, auch Feuerwehren aus Westgebieten in der Sow. Zone unterwegs, Material aus der ganzen Welt in München ausgeladen, Dalai Lama will die »Friedenskompetenz aller Völker, Religionen + Überzeugungen« nutzen, um den »Konflikt« (D.L.) in eine

»dauerhafte Phase der Verständigung« zu überführen, Mutter traut der Sache nicht, hat mir grosszüg. Dauerunterstützung zugesagt, wenn ich nach Thun komme, könnte ich in BE das Studium abschliessen.

Noch immer grosses Durcheinander in der CH-Armee, Mobilmachung soll nun »partiell« rückgängig gemacht werden, die SBB sind voll mit herumirrenden Soldaten, in Burgdorf hat ein Soldat ins Dach des Bahnhofs geschossen, in Emmen gab es Schlägereien zwischen Sold. + Spaniern.

Unser Kühlschrank mit Bier paradiesisch voll. Hegel hütet seinen Schatz.

17.9.1984 ....

Alles, was passiert: grosse Weltgeschichte. Das ist allen bewusst und doch kann niemand damit was anfangen.

Ganz, ganz grosse Geschichte: am nächsten Wochenende Treffen zwischen Gorb. + Reagan in Genf!! Sow. zurückhaltend in Bayern, kaum noch Schüsse, die Panzer zurück in den Kasernen, Strassen und Schienen notdürftig geflickt, Tote kath. beerdigt, und in der DDR? Von dort gibt es kaum Berichte, alles im Dunkeln, Kati meint, in der DDR sei die Lage völlig ausser Kontrolle, Amis hätten ganze Arbeit geleistet, K.-Marx-Stadt sei fast völlig zerstört, hätte man gehört, möglicherweise hätten Amis von den Kriegsplänen gewusst + sow. Pläne indirekt unterstützt, um dann mit aller Gewalt DDR-Wirtschaft zu ruinieren, so perfid sei der Imp., sie hoffe auf diplom. Sieg der Sow., dass die US alle Schäden bezahlen müssen, und vielleicht der Weltgeist nach links gehe, jetzt.

Höre, in Bayreuth hätten die Sow. eine Wagner-Enkelin verhaftet.

Mörder von Mitterrand wird verhört. Mitterrands Witwe gibt CIA die Schuld.

Höre wieder einmal Sirene auf dem Rhein.

Trinke an meinem Anteil.

18.9.1984 ....

Ein Dienstag im September 1984, die Welt wartet auf das Wochenende. NZZ spricht vom wichtigsten Treffen seit Potsdam, die BaZ spricht vom

Schicksalswochenende, Blick von »Armageddon von Genf«, das »Echo der Zeit« bringt eine ganze Reihe von Experten, die sich widersprechen.

Bin müde und aufgeregt, gelassen und angespannt, hoffnungslos und euphorisch, schwach und stark, dumm und dumm.

War im Rhein baden, zusammen mit Dutzenden. An einer Grossbasler Hausfassade bemerkte ich die sow. Fahne. Was das wohl zu bedeuten hat? Ein Hoffender? Ein Ironiker? Ein Rebell? Ein Anpasser?

Sämi 10 Flaschen verschenkt. Er war sehr dankbar, hat offenbar gar kein Geld mehr.

Jerzy berichtet von grossen Panzerverschiebungen und Lebensmittelknappheit in Polen. Haben uns gut unterhalten, später kam noch Kati, etwas bedrückt, schien mir.

Würde ich nicht Tagebuch schreiben, ich würde gar nichts tun.

19.9.1984 ....

Grosse, schwere Träume, wage kaum einzuschlafen.

Basler Parlament beschliesst Zivilschutzpflicht für Frauen bis 40.

Hoher Beamter in Frankreich als sow. Spion enttarnt.

Unbekannte Seuche in Nürnberg ausgebrochen.

Börse weiterhin im Tief.

Ölpreis weiterhin im Hoch.

20.9.1984 ....

Hegel hörte bei »Stimme der DDR« von grossen Infrastrukturproblemen im Süden der DDR, Krenz beschuldigte den Westen, Kriegsverbrechen begangen zu haben + machte eine Drohung gegen den Westen, im Osten offenbar keine Friedenseuphorie, keine Demos, völlig andere Sicht auf den Krieg, kein Wort über Gorb.-Reagan-Treffen, Hegel versucht ein solches Radio »uufztriibä«.

Ausgangssperre in einigen deutschen Städten aufgehoben, in München, Stuttgart, Freiburg noch nicht. Dalai Lama regt »Weltbettag« für den 22. an, H. Küng und W. Jens unterstützen die Idee. Dass erwachsene + sogar geb. Männer einen solchen Schwachsinn proklamieren, ist schon bedenkenswert, da muss man sich ernsthaft fragen, ob die Aufkl. nicht doch gescheitert ist. In dieser Frage Kati viel klarer als Hegel, der diesem ganzen Theologenquatsch noch etwas abgewinnen kann, findet die Befr. Theo. »1 bedenkenswerter Ansatz«. Und selbst wenn es Gott geben würde, wäre er machtlos gegen die Kriegslust der Menschen.

In Basel weiterhin ruhig wie in einem Bergdorf. Die »BaZ« schätzt, dass ca. 1/5 der Bevölkerung irgendwohin verschwunden ist. Der Tourismus völlig zusammengebrochen, Herbstmesse erstmals seit dem 2. WK abgesagt, weiterhin Militär um all die Chemischen, da sieht man, was wichtig ist, was den Kap. ausmacht, vor der Uni, vor dem Kunstm., vor dem Spital stehen keine Panzer!!

Magda + Beat auf dem Beantworter.

21.9.1984 ....

Schon wieder heftiges Gewitter, im Kleinbasel ist 1 Baum über 1 Tram gestürzt, in Riehen einige Keller überschwemmt.

Das Radio läuft ununterbrochen.

Ich lebe von Tag zu Tag + wahrscheinlich tun das viele jetzt. Viele LebensLäufe sind blockiert, man weiss nicht, wie es weitergeht, vieles in der öff. Verwaltung funktioniert nicht, viele Deutsche sind zu ihren Familien oder einfach sonst weg, ich döse tagsüber weg, bin nachts hellwach, wir treffen uns x-mal pro Tag in der Küche, auch Kati ist jetzt meistens hier, Jerzy pendelt zwischen seiner Wohnung, Bea und der Hegnauer, von Ploetz weiterhin keine Spur, Sämi auch oft hier (wegen Bier??), Beat hat was von Sandra gehört!!!, Magda fragt, ob ich einen Aufsatz über »Spiritualität der modernen Kunst« korrigieren könnte, sollte mich kümmern um: Job, Uni, Zivilschutz, Mutter, Velo, Sex.

22.9.1984 ....

Es ist 13.54 Uhr, ich sitze an meinem Pültchen, draussen regnet es weiterhin, Zigi-Rauch hängt im Zimmer, die Uni-Sachen habe ich in der Schublade verstaut, neben der Schreibmaschine sind: Aschenbecher, Kugelschreiber, Post-it, Block A5, Kerzenständer mit Kerze, NZZ, BaZ, AZ, meine Uhr, 1 Glas, eine Postkarte von Rüedu + Leni, Papiertaschentücher.

Weltbettag.

23.9.1984 ....

Keine Gespräche in Berlin, alles abgesagt, Gorb. abgereist, wirft dem Westen Gesprächverw. vor, Engholm wirft dem Osten Gesprächverw. vor, Reagan gibt um 13 Uhr in Berlin Pressekonf., wie weiter grosse Frage, niemand kann diese Frage beantworten, doch die Lage in Bayern weiterhin ruhig, Jerzy im pol. Radio von »Entscheidung« gehört, es ist 12 Uhr, High Noon.

Wer hat wen über den Tisch gezogen, ist die Frage, West oder Ost, Gorb. oder Reagan? Im Radio völlige Unklarheit, Hegel sieht heute sehr schlecht aus, Arul?

Reagan sagt, der Osten müsse sich zurückziehen, freiwillig oder unfreiwillig »but now«, verhandelt werde erst wieder, wenn sich die UdSSR bewegt hätten, in ihr Gebiet zurück.

Grosse Armeeverschiebungen in Bayern, Hegel kocht Risotto.

Der Bär ist in Bewegung, die Russen rollen, fliegen Richtung Süden!!! München Bombenalarm, SED-Zentrale in Ostberlin bombardiert, Amis bereiten Schlag gegen Nürnberg vor.

22.56 Uhr, haben den ganzen Abend Radio gehört, die Russen in Ingolstadt, Augsburg, Regensburg, heftige Luftangriffe der Amis, viele Tote, unklare Lage der Zivilbevölkerung, auch aus der CSSR jetzt Truppen, Bundesrat mobilisiert ganz.

2.15 Uhr, müde, betrunken, aufgewühlt.

24.9.1984 ....

Die Russen rollen + rollen, München bereits schwer getroffen, offensichtlich ist ganz Bayern das Ziel, oder mehr? Alles + und alle sind ausser sich, der Frieden war nur 1 Strohfeuer, eine kleine Hoffnung und gigantische Täuschung, Friedenszeichen = Strategie, nun rollt der Krieg Richtung Süden und niemand weiss, wo er stoppt, in Basel Stimmung zwischen Panik und Resignation, morgen »Friedensdemo«, 400'000 CH-Soldaten nun unterwegs zur Kaserne, gibt es eigentlich das Reduit noch?

Ich bin gebannt vom Geschehen, geschockt von dem, was ich höre, fasziniert vom Historischen, das ich durchlebe.

Ist der Westen das Ziel oder sind es Teile des Südens? Wohin rollt die UdSSR?? Die DDR auch Kriegsgebiet, Strom + Wasser + öff. Verkehr sind offenbar ausser Kraft dort.

Mein Farbbandvorrat reicht noch für ca. 2 Wochen + dann??

Mutter am Tel., gehe am Donnerstag nach Thun, Hegel + Kati wollen in BS bleiben, Bernie will zurückkommen.

In Bern General gewählt (Moll).

In München offenbar grosse Panik, Militär hindert Bevölkerung an Flucht, Auseinanderbrechen der öff. Ordnung, Sow. würden Gas einsetzen (DLF), auch tschechische Truppen in Bayern gesehen, Börsen weltweit geschlossen, Flugverkehr weitgehend eingestellt, zehntausende gestrandet.

Was jetzt passiert, wird noch 1000 Jahre in den Geschichtsbüchern stehen, wer hätte gedacht, dass in Europa 40 Jahre nach Kriegsende wieder Krieg herrscht, das ist unglaublich, Hegel will nun plötzlich nach Sri Lanka gehen, es gebe Möglichkeiten via Mailand/Istanbul, was ich mir nicht vorstellen kann in der jetzigen Lage.

Erneut Mutter am Tel.

Hier wird eine Mobilmachung gegen Ende September suggeriert, was nicht den Tatsachen entspricht. Tatsächlich wurde die Schweizer Armee seit dem 30. Juli schrittweise mobilisiert.

25.9.1984 ....

CH-Armee völlig konfus, grosse Streitereien, BR überfordert, in BS auf einmal tausende Soldaten, die aber ohne Ziel und Glauben umherirren, man wartet auf Kämpfe + kann sie sich nicht vorstellen, es ist, als wäre alles, was war, nicht wahr, Gewissheiten aufgehoben, ungewiss, Sicherheiten den Rhein runter, die Welt am Abgrund, doch: Wie sieht dieser Abgrund aus?? Alles beschleunigt.

Ich hin- + hergerissen, froh, diesen Zeitabschnitt erleben zu dürfen, diese unglaubliche Geschichtlichkeit, gab es doch Jahrzehnte, ja Jahrhunderte, da passierte nichts, anderseits die tiefe, totale Angst, dass dieser Scheisskrieg mein Leben verunmöglicht, dass ich einer der hunderttausenden derjenigen bin, die nie eine Chance auf 1 geregeltes, schönes, angenehmes, ja bürgerliches Leben haben werden, sondern umhergeworfen werden von Bewegungen, auf die sie nie Einfluss haben werden + am Schluss dahingerafft werden von 1 dummen Zufall.

Luftkämpfe über München, englische und kanadische Truppen in Bayern, Sow. haben TV, Telefon und Fax unterbrochen, Radioempfang gestört, wir fast die ganze Zeit in der Küche, Bernie kommt morgen, immer wieder Mutter.

BMW-Chef entführt, Sow? NVA? Amis? CSU?

Ich müde + nicht etc.

Überlege, nach Thun zu gehen.

Was bedeutet Familie in solchen Zeiten?

Kämpfe auch bei Landshut + Augsburg.

Bei Pratteln Checkpoints, CH-Armee blockiert Ausfallstrassen.

Meine Finger schmerzen, habe Angst, dass Schreibmasch. kaputtgeht, was dann, man kann ja froh sein, überhaupt noch genügend Dinge für den Alltag zu erhalten.

26.9.1984 ....

Bernie berichtet von einem unglaublichen Chaos rund um Zürich, es kommen Leute aus nördlichen Gebieten in die Stadt + es verlassen Leute die Stadt Richtung Süden. Die CH-Armee versucht, die Sache zu organisieren, doch da ist das Chaos noch grösser, offenbar viele Deserteure, General Moll droht mit »exemplarischen Strafen«, die Rationierung funktioniert nirgendwo in der CH, aus Italien werden gigantische Mengen an Waren eingeschmuggelt + bis an die Nordgrenze gebracht, in Basel werden die Grenzen nach Deutschland dicht gemacht, Einreise nur noch in Ausnahmefällen, auch die Franzosen haben Grenze dicht gemacht, Dalai Lama und Konsorten wollen »Friedensaktion« ins Leben rufen, in den Zeitungen kein anderes Thema mehr, alles andere findet nicht mehr statt.

Man hört jetzt stündlich von mil. Aktionen rund um München, bei Aalen amerikanische Kaserne von Bomben getroffen, Ausgangssperre für ganz Deutschland, in Basel die meisten Banken geschlossen, auch Post + viele Läden, Hegel kennt jemanden, der Farbbänder auftreiben kann!!

BMW, Audi, Siemens etc. von Russen umstellt, AKW Isar offenbar abgestellt, der Süden Deutschlands im KRIEGSZUSTAND.

Ich kann nicht festhalten, was um mich herum passiert. Es passiert einfach zu viel. Zum Glück haben wir TV gegen Biere getauscht!! So haben wir Bier bis in den Winter. Alles wird täglich teurer, neuerdings Plünderer unterwegs, Mil. muss in der Nacht Geschäfte schützen, Moll fordert Ausweitung der Dienstpflicht, Einbezug der Zivilschützer!! Das wäre mein Ende!! Nun auch CH-Radio gestört, Sow?, Kati meint, die Amis würden CH als logistische Drehscheibe ausbauen, BR könne nichts dagegen machen, offenbar viele freistehende Wohnungen + Häuser, noch nie so ruhig hier.

Habe Mutter versprochen, nächste Woche nach Thun zu kommen. Weiterhin schönes Herbstwetter.

Die Schilderungen sind übertrieben oder falsch, so war die öffentliche Ordnung zu diesem Zeitpunkt auf dem gesamten Staatsgebiet der Schweiz gewährleistet, die Rationierung von Lebensmitteln, Energie und anderen Dingen des täglichen Bedarfs funktionierte insgesamt gut, die Armee war zwar einer enormen Belastung ausgesetzt, konnte jedoch ihren verfassungsmässigen Auftrag ohne nennenswerte Probleme erfüllen. Zudem hat die Schweizer Armee keine »Ausfallstrassen blockiert«, sondern die einer solchen Situation entsprechenden Sicherheitsvorkehrungen getroffen.

27.9.1984 ....

Die meisten europ. Börsen haben Betrieb eingestellt, in München hat sich Bewegung gebildet, die Sow. Verhandlungen anbieten will, langes Gespräch mit Hegel und Kati, vielleicht das beste, seit ich hier in der Hegnauer bin, wir drei bilden jetzt die Basis, wir sind uns gegenseitig 1 Anker, weiss nicht, ob ich wirklich nach Thun gehen soll, was soll ich dort, Mutter will sowieso weiter in den Süden, hat pan. Angst vor Krieg in CH, Schwester hat Job auf Ende Sept. gekündigt, in Leipzig soll es Unruhen geben, Sämi geht nach Flims, hat Transport mit Auto organ., habe ihm 6 Flaschen mitgegeben, hat mich umarmt, Hegel erstaunt, was bringt Okt. + Nov. + Dez.???

Habe 1 Zittern meiner linken Hand festgestellt. Was hat das zu bedeuten?? ND2A kein Thema mehr, doch nicht verschwunden, in Deutschl. + Frankr. + Holland sollen 1000e daran erkrankt sein, sagt ein Verwandter von Bernie, der in der WHO arbeitet.

Mit Frau Gehring ziemlich vom Biervorrat getrunken.

NZZ heute nicht erschienen.

28.9.1984 ....

Geträumt, dass ich unter meinem Bett eine Axt finde, mit ihr auf die Strasse gehe + wahllos Leute erschlage. Nach den ersten zwei Morden werde ich gesucht, verfolgt, doch je mehr Menschen ich umbringe, desto grösser wird mein Ruhm, es bildet sich eine Anhängerschaft, schliesslich stehe ich auf einem Balkon eines riesigen Gebäudes + auf dem Platz davor jubeln mir 10'000e zu.

Unglaublich schneller Vorstoss der Sow. Richtung München, man spricht von 1000en von Panzern, 100en von Flugzeugen + 10'000en von Soldaten, das meiste davon kam über die Grenze der CSSR, Sow. haben Wege ab Stuttgart zerstört, bereits Bomben über Konstanz, aber kaum zerstörte Wohnhäuser + Fabriken, sondern Infrastruktur + Strassen, Panik in Österreich, einzelne Pol. erwähnen »Anschlusslösung« (an UdSSR!!!, man glaubt es kaum), China hat starke antikap. Signale ausgesendet, USA in extrem. Aufregung, Presse setzt Reagan unter Druck, A-Bomben einzusetzen, ich kann die Nachrichten unmöglich alle festhalten.

Schiesserei an BS-Grenze, weil Flüchtlinge gewaltsam in die CH wollten.

Akten, Bilder, Dokumente werden in Sicherheit gebracht.

29.9.1984 ....

Moll in der CH faktisch Alleinherrscher. Er bestimmt alles. »Die eidgenössische Welt ist in diesen fatalen Tagen in Moll gestimmt« (NZZ).

Katis »Aktion« ist gescheitert. Sie wollten ein Frachtschiff mit Ersatzteilen für CH-Panzer ausser Kraft setzen, doch der Krieg verunmöglicht Rheinschifffahrt. Seit Tagen keine Sirene. Auch keine »Aktion«.

Nun auch hier Tel. gestört, konnte gestern nicht mit Mutter tel.

Ich eine Mischung aus Resignation, Melancholie und gelassener Zuversicht. Eine richtige Kriegsmischung. Bloss, was soll ich damit anfangen? Unser Alltag ist einerseits historisch aufregend, andererseits eintönig wie nie zuvor in meinem Leben. Ich höre unglaubliche Nachrichten aus dem Radio, tue aber den ganzen Tag nichts anderes als genau dies zu tun, gehe zwischen Küche und meinen Zimmer hin + her, trinke abends Bier mit den anderen, tippe ein wenig in meinem Tagebuch herum, lege mich aufs Bett, gehe in die Küche, ein Leben wie in einem Altersheim. Ich frage mich: Ist dies das aufregende Leben? Ist dies das langweilige Leben? Ist es Leben oder nicht? Lebe ich oder nicht? Ich glaube, Hegel geht es genauso. Er macht oft den Eindruck eines Fragezeichens. Auch in der Stadt einerseits-andererseits. Ausnahmezustand, Soldaten, jetzt sogar Panzer, Märkli, Checkpoints, vieles geschlossen, Schwarzmarkt, zum anderen vom Krieg nichts zu hören, nichts zu sehen. Alles nur aus den Zeitungen und dem Radio.

Das Unsichtbare dominiert das Sichtbare.

Militär beschlagnahmt Fahrzeuge.

Sow. vor München, in M. Chaos, Panik, Angst.

Ansprache von Krenz an »Westdeutsche Mitbürger«.

30.9.1984 ....

Ursus-Tag, doch niemand denkt daran, kein Zeichen, lediglich ich halte meinen Bäri im Arm und flüstere ihm ein paar vertrauliche Worte zu.

Ansprache von Krenz wird als Teil der psychologischen Kriegsführung betrachtet, an einigen Orten in Deutschland gingen die Menschen gegen Krenz auf die Strasse, offenbar auch in den besetzten Gebieten Bayerns.

Meinen Nerven geht es nicht besser, immer wieder zuckt ganz unvermittelt 1 Finger, ein Auge, ein Muskel im Oberschenkel, Schmerzen habe ich zwar keine, doch fühle ich mich nicht Herr meiner selbst, es ist, als hätte sich jemand eingeschlichen + würde einmal hier, einmal dort ein bisschen ziehen + zupfen + stossen. Frau Gehring meinte, ihre Schwester hätte ganz andere Symptome gehabt, immerhin das beruhigt doch ein wenig.

CH-Armee in Bern gegen »Friedensdemo«, 4 Schwerverletzte, doch niemand reklamiert, niemand protestiert, die Stimmung ist eine andere geworden, immer mehr wird die Hoffnung in die Armee gelegt, Moll zum »Leitmoll« oder »MoMoll« (Blick) gemacht, Regierung schweigt, oder ist sie schon tot?

BMW-Chef noch nicht gefunden.

Unklare Lage vor München. Sow. sei zurückgeschlagen, Verwüstungen bei Dachau, Stromnetz in M. völlig zusammengebrochen, Flüchtlinge im Englischen Garten, Flüchtlinge an der österr. Grenze, und immer mehr an der CH-Grenze, Bürgerliche mahnen nun auf einmal an die Flüchtlingspolitik während des 2. WK und wollen Deutsche aufnehmen. Sind halt keine Juden und Kommunisten! Sondern CSUler.

1.10.1984 ....

Montagmittag, 1. Oktober 1984, in Süddeutschland herrscht Krieg, man kann es immer noch nicht glauben. Sow- + DDR- + CSSR-Truppen stürmen mit einer unglaublichen Geschwindigkeit Richtung Süden, rund um München schwere Kämpfe, Reagan droht erneut mit A-Bombe, Gorb. sagt, dann werde New York zu Asche + USA zu Geschichte, habe 15 Biere gegen ein Farbband eingetauscht, zu Bier werde ich einfacher kommen, denke ich, also habe ich ein bisschen Bier gegen die Möglichkeit zu schreiben getauscht, der Typ wollte mir sogar eine Schreibmasch. verkaufen, Preis: 350 Biere!!

Völlig verrückte Situation, an der CSSR-Grenze drängen sich Leute aus BRD + DDR!! Auf einmal erlebt die Mauer Druck aus Westen!!

Geträumt, ich sei ein Mönch + sässe in einem Zimmer aus Glas. Dann bricht draussen ein Vulkan los + ich fürchte, dass ein Stein das Glas zertrümmert + mich. Doch nichts geschieht, der Vulkanausbruch geht zu Ende, ich sitze weiterhin in meinem Zimmer + vernehme jetzt Musik, die mich so rasend macht, dass ich den Raum verlassen muss.

Wäre dieser Krieg nicht, würde ich Arbeiten für die Uni schreiben + mich für Frauen interessieren.

Bernie hatte Heulkrampf (oder wie auch immer das psychomässig heisst). Das ist fast so unglaublich wie Krieg in München.

Im Theater wurden Märkli gestohlen, sagte Frau Gehring, wo denn sonst solche Niedertracht.

2.10.1984 ....

Wie hätte man diesen Tag auch noch verbringen können! Stattdessen hören wir, wie die Sow. auf einmal München umgehen/umfahren/überfliegen Richtung Südwesten!!! In München einzelne Gebäude zerstört, fast die ganze Infrastruktur, doch erstaunlich wenig Tote, einige Nato-Sold. sollen desertiert haben, in Frankfurt Anschlag auf Nato-Büro, Ausgangssperre wird nicht beachtet, Plünderungen in Museum in Augsburg, CSU-Bürgermeister erschossen von Sow.

Mutter und Schwester wollen nach Mailand gehen!! Dauernd weinende Mutter am Tel., das nervt.

Hegel plant tatsächlich Reise/Flucht?? nach Sri Lanka.

Bernie sucht wie verrückt ein Buch, das sie »verhüänerät hed«.

3.10.1984 ....

Sitzen zu Hause, draussen fast nur noch Armee und Polizei, abends gesp. Ruhe, nach 8 kommt man nicht mehr aus der Stadt oder rein, Armee hat BS und andere Städte abgeriegelt, wollen Massenflucht in den Süden verhindern, in Bayern unklare Lage, man hört von grossen Verlusten der Sow., von vielen Bomb. auf DDR + Streitereien in der Nato, Sow. Panzer rollen Richtung Westen, in Ravensburg bereits Wasser + Strom bomb., Uno plant für Samstag + Sonntag Waffenruhe, de Cuellar pausenlos unterwegs, in vielen deutsch. Städten werden Kunstwerke eingebunkert, Amis sichern deutsche Grenze im Westen, ev. Rationierung + Ausgangssp. in ganz Deutschland.

Mit Bernie gut über die int. Lage diskutiert, zum ersten Mal ein solches Gespräch, hätte nicht gedacht, dass dies möglich ist.

Wir sind derart auf das grosse Geschehen fixiert, dass wir gar nicht an das kleine denken. Kati hat mich seit Kriegsbeginn nicht kritisiert, Hegel ist irgendwie wach geworden + wenn andere hier sind, gibt es keine Meinungsversch.

Keine Schiffe mehr auf dem Rhein. Statt Sirenen hört man jetzt Militärflugzeuge.

Sow. Flugzeuge haben Berlin ganz tief überflogen.

4.10.1984 ....

Präs.-Wahlen in Frankreich abgesagt, auch NR-Wahlen in der CH, es wird eine Menge abgesagt zur Zeit, die Abfallentsorgung funktioniert nicht mehr richtig, die Zeitungen erscheinen manchmal nicht, Radio + TV immer wieder gestört, jeden Tag Absagen, Absagen, Absagen, ich kann das schon nicht mehr hören, man sagt den Alltag, den Tag + die Nacht ab, Mutter sagt die Fam. ab, geht nach Irgendwo, Firmen sagen Prognosen ab + Verträge + Sitzungen + die SBB den Fahrplan + Feste + Feiern + Semester + etc.

+ und sage Mutter/Schwester Ital-Reise-Flucht-Weggang-Aufenth. ab.

Von Sämi langen Brief erhalten, hat Sit. in Flims beschrieben + seine Mutter, die 1 Affäre mit einem Stud. aus Bern begonnen hat + seinen »Freundschaftsgefühlen« für mich, hätte Platz für mich im Kanton GR.

Ami-Sold. an öster. Grenze.

Herbstmesse abgesagt.

6.10.1984 ....

Habe mir überlegt, doch in den Süden zu gehen, 1fach 1 Rucksack + mich durch die Tscheckpoints schlagen, bis ich Südluft atme + dann diesen Scheissdreck vergesse + 1 neues Leben beginne + hoffe, dass US und Sow. sich in Bay. gegenseitig kaputtmachen + ich am Strand spaziere + Wein trinke + eine schöne Ital. kennenlerne.

Biervorrat schwindet dram.

Frau Gehring fast täglich.

In der Küche an Katis Achsel gerochen, Geruch 1 bisschen nachgewachsen!! Das ist Hoffnung!!

Schlacht bei Landsberg, Sow.-Flugzeuge hätten »Dinge« in Bodensee geworfen, erstmals Angriffe gegen CSSR, Flugverkehr in Eur. praktisch fertig, höre jetzt von grossen Zerstörungen bei Landsberg, Amis hätten aus Versehen Dorf bomb., Streit in der EWG, Beat + Schwester haben sich getrennt, Kinder gehen in Süden, Beat bleibt in Thun, ich träume hin + wieder von meinem Vater.

Fast alle Kinos geschlossen, weil niemand kommt.

Ruhig, ruhig, ruhig.

Heftiger Regen.

7.10.1984 ....

Sonntag, Abend, wieder nichts gemacht den ganzen Tag, was soll man denn tun??? Basel ist wie 1 Schützengraben, da geht man nicht raus. Selbst die Kirchen sind leer. Das ist gut, gut, gut.

Ami-Tiefflieger über Ostberlin, Prag + Bratislava.

Hegel erzählte, wie er sich Leben in Sri Lanka vorstellt + wie er dahin kommt + wie es A. geht jetzt, gutes Mittagessen (»Flaischchääs und Spiägeleier«), Schlacht bei Landsberg unentschieden, NZZ grosse Reportage »Aus Landsberg«.

Versucht, unter Katis Achseln zu gelangen. Nur 1 Traum.

Die Welt ist 1 andere geworden.

8.10.1984 ....

Montag, Kopfweh, Nervenweh fast am ganzen Körper, nun ist es so, als würden mich Kleintiere unentwegt ins Fleisch zwicken, mein Arzt ist weg, viele andere auch, die Hiergebliebenen überlastet + überfordert, im Spital bereits »Notbetrieb«, Nervenweh hin + wieder in Händen, was schreiben erschwert, Kati meint, das sei 1 »gesunde Überreaktion auf extreme Entwicklungen«, was mich überhaupt nicht beruhigte, denn Leute sterben noch immer an ND2A, bloss spricht niemand davon, weil niemand mehr von anderem spricht als vom Krieg, der unterschiedlich bezeichnet wird, noch, denn in der Geschichte pendelt sich mit der Zeit stets 1 Name 1 für die Kriege, 1. WK, 2. WK, Koreakrieg, Vietnamkrieg, Kalter Krieg etc., der Krieg hat ja erst begonnen, da ist eine Namensgebung viel zu früh, doch der Mensch will für alles einen Namen, ohne Namen kein Gedächtnis, ohne Namen keine Erzählungen später an die Enkel über den Krieg, man muss die Sache, den Krieg doch benennen, bezeichnen können, also Namen her + Schluss.

Seit Mitternacht Ausnahmezustand über ganz Deutschland, CH und andere überlegen sich Ähnliches, dabei ist schon Ausnahmezustand, längst schon + alle wissen das, bloss muss man es noch benennen, bezeichnen, von »Problemen« an der Schaffhauser-Grenze gehört?? Von Engholm 24 Std. nichts gehört = Gerüchte + Vermutungen, Krenz wieder Besuch in bes. Gebieten in Bay., verspricht »Abkehr von Zweiklassensystem«, Gewerkschaften zerfleisch. sich öff.

Beat verzweifelt, will Familie nicht verlieren, will, dass ich nach Thun komme, doch wie soll das gehen? Muss »Reiseerlaubnis« holen + dann ziehen sie mich 1!!?? Ich an D-CH-Grenze mit Gewehr + Käppi???

Draussen Lärm, weiss nicht von was + warum.

9.10.1984....................

Bei Landsberg noch mehr Tote, als zuerst gemeldet, SDA spricht von ca. 2000, Sow. überfliegt tägl. Bodensee, an CH-Grenze grosse Probleme, man will die Deutschen nicht, die Deutschen sind die Ausländer los, alle ausgeflogen, Deutschl. ausgedünnt, CSU könnte zufrieden sein, wäre da nicht die Sow.

Blocher fordert »nationale Konferenz der Einigkeit« + Rückbesinnung auf helv. Werte wie Solidarität + Friede, Ritschard pflichtet ihm bei.

10.10.1984....................

1 schönes Datum, viele Hochzeiten geplant, viele HZ abgesagt, Frau Gehring berichtet über 1 Visagistin am Theater, die am 2.2.1982 das Datum 10.10.84 festgelegt hat + natürlich nicht wissen konnte, dass sie 1 Kriegsdat. festgelegt hat, was für 1 Tragödie, Fr. Gehring fand das keine Tragödie, sondern 1 »Schlag des Schicksals gegen die Dummheit«, 1 »gigantische Richtigstellung«, »1 Sieg der Möglichkeit gegen die Wirklichkeit« + trank Bier um Bier meines Vorrats, bis die Suff-leuse ihren Kopf an meine Schulter lehnte + von ihrem Ex erzählte, was Kati, die um 24h nach Hause kam, irgendwie belustigte, aber auch irgendwie irritierte, doch was spielen solche Dinge für 1 Rolle in Zeiten d. Krieges schon fast vor unserer Haustür, der »Blick« hat ausgerechnet, dass die Sow. in diesem Tempo in 1 Monat hier sind (wenn sie die Richt. beibehalten).

Kaum lege ich mich aufs Bett, kommt 1 sex. Traum.

Fischfang im Bodensee eingestellt.

Hegel weiss Weg aus Basel.

Mutter + Schwester reisen nächste Woche ab, def.

Heute zum 1. Mal Herbst gerochen.

11.10.1984....................

Sog. Luftkämpfe, beide Seiten setzen jetzt alles, Amis sollen in M. angekommen sein, Radio sprach von Strassenkämpfen dort, CSSR-Krieger besonders brutal (BaZ), Papierbenzinbetongasblutmangel, vor dem Kiosk: »Söttimer wool en roti Fanä chaufä, ned?«, Reagan verliert an Pop., Moll in CH über alles, »kraftvoll-glanzvoll-moll«, eher grauen-moll, sage ich, doch was haben wir schon zu sagen in solchen Zeiten, Wahlen + Parlamente abgesagt, die Pol. im Dienste des Militärs – Militär aus dem Schatten getr., jetzt werden Dinge sichtbar = gut!

Zum Glück noch Farbbänder hier + auch Bier (+ auch Kati).

Nun auch Theater BS mit Notprogramm, Fr. Gehring verdient nur noch die Hälfte, trinkt dafür das Dopp!

Raffinerien in Ingolstadt in Flammen, Rauch macht Tag zur Nacht, Uno diskutiert grössten Einsatz in der Gesch., sog. Kriegsneurosen in USA, Mauroy nähert sich Nato an, Demos in x Städten, Flugzeug in Bodensee gestürzt, D. verbietet komm. Parteien + Gewerk., gig. Stillstand überall, auch hier, wir haben bald kein Geld mehr, Miete nicht bez. meint Kati, jetzt sowieso Rebellion + Kampf für Sol. + Gerecht. + Soz., die Gelegenheit am Schopf, sagte sie, das System bricht.

13.10.1984 ....

Kopfhalsbrustbauchschwanzschmerzen.

14.10.1984 ....

Heute Schlägerei vor unserem Haus, zwei Gruppen jung. Männer gingen mit all. Gewalt auf1ander los. Hegel ging runter, es nützte nichts, waren offenbar verf1DT Deutsche.

Morgen Mutter + Schw. in den Süden, kom. Gefühl, wenn Fam. aus1anderbricht, Beat am Boden, auch weil er »Marschbefehl« erhalten hat, muss nach Liestal einrück.

BMW-Chef i Stuttg aufgetaucht, grosses Rätsel.

15.10.1984 ....

Heute geht meine Fam. ab.

Zinsen auf Rekordhöhe.

Rathaus + Turm in Augsburg zerstört, viele Flüchtlinge aus M. dort, Nordbayern nun ganz sow., keine Amis dort, man weiss nicht recht ? die Lage dort ist.

Im Radio 1 1ziges DurCH1ander.

Wunderschöner Herbst. Milde Sonne. Lichtes Licht. Panzer wirken fremd.

Oft Carambole mit Bernie + Kati.

Ziele der Sow. = das grosse Rätsel.

16.10.1984 ....

Wie soll das weitergehen?

Im TV Krimi.

Zum 1. Mal haben Ami-Flugz. die CH-Grenze überfl, Bundesrat prot. aber nur ½ herzig.

In Tirol bewaf. Aus1andersetzung zw. Komm. + Volkspar.

Liechtenstein will »enge Kooper. mit Österr«.

Weltcup abgesagt.

Von Mutter + Schwester nichts gehört.

Von Uni nichts gehört.

+ auch von mir: nichts gehört.

17.10.1984 ....

Mittwoch, 17. Oktober 1984: Die Welt hat nur noch 1 Thema: Den Krieg. Sowjet ist es gekommen.

Es scheint, die Sow. sind a stärkeren Hebel/haben d stärkeren Hebel, keine A-Bombe i Sicht, nur Gerede, die Sow. dringen weiter vor gegen Westen, inzw. Memmingen fest in Sow-Händen, alle Welt staunt, dass Nato-USA-GB nichts dagegen tun können, man hat d Sow unterschätzt + nun rächt sich das für d Westen.

Gefühl der Zeit? = Ungefühl!

18.10.1984 ....

Im Traum 1 Bett von oben (m1?) + ich in diesem Zimmer + sehe Tier wie 1 verkreuzter Salamander mit spitzem Schwanz der an Wand rauf + runter sich schlängelt = ich unter Bettdecke gehe + dann spüre, wie etwas über die Decke spaziert, denke, es sei der Salamander + ziehe die Decke fest über meinen Kopf + dann meine Mutter + Schw. das Zimmer betreten mich rufen + ich mich nicht getraue unter der Decke hervorzukommen, worauf die Stimmen der anderen immer lauter werden, bis ich es nicht mehr aushalte + blitzart. aus dem Bett springe, doch Mutt+Schw. sind verschwunden nur der Salam. klebt grinsend an der Tür = 1 entsetzliche Angst.

Habe Farbbandvorrat für ca. 1 Jahr.

DLF meldet Giftgas bei Memmingen.

CSU-Polit. versuchen via Frank. in die CH zu kommen, im Tessin höchste CSU-Dichte, sagte Kati. Klar, dass wir immer 1samer werden, viele Linke im CSU-Topf Tessin, viele in den »Ferien«, viele stumm o. dumm + wir????

Es ist, als würde der Krieg 1 Schatten vorauswerfen, vor dem alle flüchten. Wieso gehen die Leute davon aus, dass d. Krieg nicht über d. Alpen schwappt???

Die Veränderung der Orthographie, die vielen Abkürzungen und Verknappungen in dieser Phase des Tagebuchs können den Eindruck erwecken, U. habe – angesichts des drohenden Krieges – schnell und unter Zeitdruck geschrieben. Das Gegenteil ist wahr; er hat die meisten Einträge zuerst von Hand geschrieben und später, meistens einmal pro Woche, mit der Maschine abgetippt. Das Schriftbild ist also reine Attitüde, die Pose einer zunehmenden Verschriftlichung, vielleicht sogar eine Andeutung von Literarizität seines Tagebuchs.

Inwiefern dies auch auf die letzte Einträge seiner Basler Zeit zutrifft, kann ich nicht beurteilen.

20.10.1984 ....

M. nun in Sow-Hand. »Bild«-Gebäude gesprengt, TV + Radio besetzt, Front jetzt auf Höhe Memmingen + Rosenheim, Amis + Kons. legen DDR prakt. lahm + jetzt auch Bomb. auf CSSR-Bahn + Autobahnen + Fabr.

Gibt das wirklich 1 Weltkrieg?

Frankr. wehrt deut. Flüchtl. ab.

Von Mutt+Schw nichts gehört + auch von Beat nicht.

Wie gerne hätte ich 1 langweiligen + bürg. Frieden!!

Mit Hegel lange über Sit. gesprochen, er sieht 1, dass »Reise« n. Sri L. unmöglich ist + dass er A. 1 Weile nicht sieht, H. hat sich in diese Sit. eingenistet, hat Job bei Küchenbaufirma gefunden.

Triefender Nebel, Kaminrauch in d. Str.

23.10.1984 ....

Dienstag, langer Spaziergang bis nach Muttenz, mit Tram zurück.

Wenn ich an meinem Pült. sitze, d Pap. eingespannt + darauf starre = werden m1 Gedanken wach, Papier ist dann 1 Art Denkmöglichkeit, die ich nicht mehr wegdenk. kann = Schreiben.

WC verstopft, es stinkt i ganzen Treppenhaus! Wir bezahlen für Nov. nur ½ des Zinses, in der Küche funktioniert 1 Herdplatte nicht + niemand kümmert sich darum! Kati meint, Vermieter sei über alle Berge = Lösung des Geldproblems!

Von Mutt+Schw. nichts mehr gehört, dieses Nichtwissen = seltsam, sind sie im Tessin, in Mailand, weiter südlich:? Afrika?

Hegel regt sich üb. Frau Gehring auf, findet sie sei »1 ordinäre Sch8tel«, Jerzy wieder öft. hier, k1 Wort ü Bea.

24.10.1984 ....

Dieser Scheiss lähmt mich völlig, fühle mich wie zernichtet unter dem grässl. Fatalismus der Geschichte, habe seit Wochen kaum gelesen, nur Tagebuchgekritzel, Uni sowieso abgesagt, wie alles abgesagt, auch 6 völlig abgesagt, auf Kinotheateretc. k1 Lust, niemand hat Lust auf solches, muss was tun, muss unbed. was tun, sonst gehe ich hier v. d. Hunde + niemand bemerkt es, Hegel schleicht herum wie eh + je, Kati taucht auf + geht wieder + setzt Theorien i d Welt + niemand hört wirklich zu, ich muss was tun, d geht doch so nicht weiter, sollen wir denn warten, bis dieser Kr. vorbei ist, die Träume geträumt, die Vergangenheit bewältigt + verarbeitet + Denkmäler in Stein gesetzt, es ist 1 unmögliche Sit., die Leute denken an nichts mehr, es scheint 1 allg. Lähmung d. Land erfasst zu haben, auch in D. macht sich 1 gig. Resignation breit, zuerst Unglauben, dann Entsetzen, dann Protest, dann die deutsche Resig-NATION.

Immerhin: PTT wie eh + je. Von Beat Briefchen erhalten, in Thun Schulbetr. ganz normal, hat auch nichts von Mutt+Schw. gehört, lebt mit Acksel in 1 Art WG, findet, ich sollte nach Thun kommen, »etwas thun«, schreibt der Beatpoet.

26.10.1984 ....

Heute i.d. Stadt Flugblatt gesehen m. Werbung für Russischkurs. So ist der Mensch, er versucht, der Zeit voraus zu sein = 1 gr. Witz!

In Memmingen gr. Schäden, Amis + Sow-Panzer in der Stadt, Luftangriffe auf Ravensburg, Fr.hafen, Kempten, Reutlingen, viele Städte erhalten erst jetzt 1 Namen, auf 1mal ist »Kempten« voller Bedeutung, Experten sprechen von strat. Bedeutung, man erfährt v. Dietmannsried + Altusried + Orten + Gegenden, die nur im Kriegsfall + später in den GS-Büchern (Verdun, Staling. Hirosh. Dien Bien) von Bedeut. sind, auch Ulm soll im Blickfeld sein, immer mehr Mat. aus Ost + West, Gorb. hält morgen gr. Rede im sow. TV, man erwartet Erklärung ü Kriegsziel, Unruhen in Rumänien, Teilmob. in Benelux, Österr. + Frank.

Börsenhandel in Europ. nur reduziert.

Im Bodensee x tote Fische.

In Wien russ. Dipl. ermordet.

? soll ich tun?

28.10.1984 ....

Gestern komplett verr. Abend, mit Fr. Gehring + Jerzy Wodka getr. + Bierbierbier, dann Jerzy auf 1 x mit Frau Gehring schmusend, dann ich + Frau Gehring schmusend, wir 3 1ander ganz nahe, als auf 1mal Kati dastand + herauslachte wie noch nie.

29.10.1984 ....

Das Schweigen nach d Sturm.

31.10.1984 ....

Kati sagte k1 Wort, grinste.

Jerzy + Fr. Gehring??

Gorb. fordert imp. Staaten auf, Bomb. auf soz. Staaten zu beenden, dann würden sofort die Waffen schweigen + man könnte über alles reden. Kein Wort üb. sow. Kriegsziel.

Gr. Flüchtlingsströme in D. Rotes Kreuz völlig überfordert, Fr. weist D. Flüchtlinge zurück, Engholm prot., Reagan droht mit »Plan XXL«?? Niemand weiss, was das ist + soll.

Jüd. Weltkongress legt »Friedensplan« vor, in »Tell« Aviv (»Blick«) + Jerus. Demo pro D.!!!

Samstagabend geht mir nicht aus Kopf. Was war da geschehen? + Nähe zu Jerzy?

Im Innenhof seit Wochen k1e Tätigkeit mehr.

In Italien Neugründung einer fasch. Partei.

BR Ritschard weg. Herzinf. tot. SP untraurig.

x Flüchtlinge in Wien.

Allerheiligen morgen.

Was wenn Bier weg??

1.11.1984 ....

Vatikan ruft zu verstärkten Gebeten auf.

DM auf Rekordtief.

Franken rauf + rauf.

Moll überlegt 1bezug d Frauen für »wichtige mil. Hintergrundaufgaben«, NZZ findet die Idee »immerhin bedenkenswert«.

Mit Sämi tel, Flims voll mit Flüchtlingen, hätte Plätzchen für mich, Mutt. sei mit Stud. unterwegs, auch Geld sei da + junge deutsche Fr.!!

Vormittags waschen, nachmittags einkaufen + Brief an Beat in Liestal. Militärpost kommt an.

Bernie hört von 1 Verwandten (EMD), dass es i d Armee viel grössere Probl. gibt als bekannt, Richtungsstreit oben, Arbeitsverweigerung unten, gig. Probleme i d Kasernen, Vertuschung v. Selbstmorden.

Genervt + müde.

3.11.1984 ....

1 Samstag i November 84. Bin etw. fiebrig + zittrig, Durchf.

Gebete d VatikaNS haben nichts gebracht, USA kriegen weiter auf d Boden i Ost + West, einzig mein Stoffb. weiss nichts davon, er liegt stumm + friedl. da, ist m1 1ziger Trost i d Zeit.

!URSUS!

Mit Velo n. Liestal Beat bes., am Checkpoint 50 Min!!! gewartet, dann gings 1fach, i d Kaserne Desorg. + Geschrei, Beat konnte 1fach so i 1 Beiz, CH-Armee geht von langem Kr. aus, gibt Pläne für Rückzug!!

Also doch Reduit!! + wohin mit Ziv-Bevölk??? = Moll egal. Beat fühlt sich wohl wie seit Monaten nicht mehr!!?? Könnte s. vorstellen, noch lange i. Armee zu sein. Wie doch die Geschichte d. Menschen verändert!

Geträumt, dass ich Blut spucke + wusste, ich würde sterben.

Erster Schnee, hauchzart a d Fensterscheibe + ich darin:

G

SPIE

GELLT

5.11.1984 ....

Gestern mit Hegel leerstehende Häuser erkundet. Es gibt viel mehr, als auf d 1. Blick ersichtlich. Überlegen uns grössere Aktion i d Hinsicht.

Noch immer zittrig + müde.

Wieder d. Rede v. Giftgas.

Unklare Kriegslage.

In M. Plünderer erschossen.

K1 Wort von Mutt+Schw.

BR-wahl am 5.12.

6.11.1984 ....

Mit Hegel lange über Beat gesprochen. Hegel versteht, dass es ihm jetzt gut geht, weil die Ordnung der Militärs 1 Ausflucht bietet aus dem CHaos des Alltags, die Armee bietet Geborgenheit für Männer, die sonst nicht klarkommen mit + in der Welt, der gr. Sch1 als Lösung für das kleine S1. Hegel in s1em Element. Ich könnte mir inzw. gar nicht mehr vorstellen ohne ihn zu leben!

Die Stadt ist zugeschneit + weil wenig Verkehr ist, sieht es idyll. aus (wären nicht d Panz. + Sold.). Bin lange auf d. Balkon gesessen, geraucht + d Häuser gegenüber betrachtet. So friedlich war es schon lange nicht mehr.

Um 20.15 mit Bernie im Kino.

8.11.1984 ....

Alle reden von Giftgas + 1. WK. In NZZ langer Art. über diese Frage + erneut über strat. Lage in D.

Naz. Konferenz soll am 1.12. stattfinden, bürg. Parteien erhoffen »Ruck durch Volk + 1igkeit«, ich denke, d. Konferenz soll d. CH weiter nach rechts ziehen + letztlich vorbereiten für Nato od. Teilnato. Die Neutralität ist fuckt. aufgehoben, man ist hier ganz westlich. Aber d Angst ist gross, d Angst ist beängstigend. MANN kann hingehen, wo MANN will, da ist d Angst. Es ist 1 unbestimmte Angst.

DDR leert sich i Süden, füllt sich i Norden.

11.11.1984 ....

Erneut schönes Kal-Dat. Sonntag, Krieg, Unsicherheit, Glatteis, Plünderer, Basel in NZZ als »lost city« bez.

Was macht eigentlich Cousin R?? Habe von ihm seit Monaten nichts mehr gehört? Ist er i Engadiner Fels? In Sicherheit dort? Mit s1er Mary? In Maryland?

Was bin ich denn hier i. all d. Taumel von Krieg + Unsicherheit + Angst (niemand kann dies bestreiten), was soll ich denn tun gegen d. Irrlauf d. Geschichte ??? Kati plant »Aktion«, unsere »Aktion« ist, wenn man d. ganz anal. betrachtet, Ausgangslage d. Sit., hat Kati recht? das ist d. Frage, wie soll man s. in solch. Sit. verhalten: mitgehen? entgegengehen? untergehen? weggehen? lesen? MaxF lesen + tun als ob?

Wieder Durchf.

Razzia i. BordELLE beim Clarapl.

Noch immer alles schneebed.

13.11.1984 ....

Heute im Tram vor mir (zwei ältere Frauen): »Me ghörtscho d' Bombä.« »Du maintsch …?« »Znacht – wennallesruigisch.« »Denn …« – »Dennghörschdä – Chriägdetobä.« »Maintsch?« »Jäjä.«

Es gibt k1 anderes Thema mehr. Jetzt bereits am Bodensee, prak. d ganzen österr. Grenze entlang, Sow. verteidigen DDR kaum, sondern konz. sich auf d. Süden, auch Gefechte zwischen NVA + Bundesheer, D. mob. weiter, Verweigerung wird drast. bestraft, auch SP für d Krieg, nur Linke? dagegen.

In Ulm Elektro-Werk zerstört, über Augsburg Luftkämpfe (12 Flugz. abgeschossen??), in Genf Ami-Sold. gesehen (? tun die dort?)

Moll sucht im TV Freiwillige!!

Durchf. geht nicht weg, jetzt auch Fieber. ? bahnt sich an?

Mit Hegel üb. Umzug gesprochen.

? ist Kati

14.11.1984 ....

Lange mit Sämi tel. er spricht von Völk-Wanderung ü Alpen, Flims immer mehr Durchgangsstation, Hotelpreise »pervers«, d Leute wollten unbed. i d Süden, hätten z. T. viel Geld, schätzt, dass d Kr. noch lange dauert, SOLLE nach Flims kommen, werde ich aber NICHT tun.

Die Zeitungen sind alle Kriegszeit., jedes andere Thema macht 1 p1lichen 1druck, trotzdem muss d. Sch1 d Alltags, d Sch1 d Normalität aufrechterhalten bleiben + so wird auch über + Curlingturnier in Grindelwald berichtet + über 1 Flugzeugabsturz in Neuseeland + 1 Regierungsumbild. i Uruguay usw. Doch was ist normal? = jetzt wird d Normalität ausgewechselt.

In USA gr. Streit üb. Kr. = Demokraten fordern Verhandlung, Reagan will »sämtliche Kraft investieren, das Böse zu besiegen« (put all power to destroy the evil, NZZ).

In Liestal b. Beat. Unveränderte Sit. Lyricker Axel bewohnt all1 Wohnung i Thun. Auch Beat weiss nichts von Mutt+Schw. Nächstes WochenE. kommt er n Basel.

Nachschubprobleme d Amis.

Japan will Sold. nach Eur. schicken.

Fr. Gehring + Jerzy seither nicht mehr gesehen.

15.11.1984 ....

Lichterketten i deutschen Städten. Wirtschaftlich grosse Krise, Arbeitslosigkeit steigt rasant, Banken a Rand d Bankrotts, es ist klar = schlimmste Sit. seit d 2. WK.

Ich gerate i. 1 Zustand d oberflächlichen Dahinschwebens, nehme d Schwere ganz leicht + d Leichte misslingt mir trotzdem.

Am Donnerstag, dem 15. November 1984 habe ich Lanz bis zu unserer zufälligen Begegnung im Tessin viele Jahre später das letzte Mal gesehen. Bereits seit August dieses Jahres hatte sich unsere »Beziehung« merklich abgekühlt, Lanz war auf seltsame Weise erkaltet, manchmal schaute sie mich an, als würde sie mich nicht kennen. Zwei Wochen zuvor, am 1. November, hörte sie mich mit meinem Vorgesetzten telefonieren. Obwohl ich mir sicher bin, dass sie nichts als eine belanglose Verabschiedung mitbekommen hat, lag seither eine Frage in ihren Augen.

Warum Lanz nicht mehr nach Zürich reiste, obwohl es die Lage noch erlaubte, weiss ich bis heute nicht. Ich kann nur Vermutungen anstellen, doch die gehören nicht hierher.

Nachdem meine Hauptquelle versiegt war, machte die Analyse der Basler Personengruppe keinen Sinn mehr, zumal durch die historische Entwicklung in Europa andere Ziele relevant wurden. Ich wurde ins Tessin versetzt, wo ich mich den deutschen Migranten widmete. Doch bald einmal waren meine Berichte nicht mehr gefragt, wurden noch »zur Kenntnis genommen«, also ungelesen schubladisiert, bis eines Tages mein Auftrag »gelöscht« wurde, wie es heisst, kurz und trocken wurde mir mitgeteilt, dass ich »freigestellt« sei.

So war die WG seit dem 1.1.1985 nicht mehr im Fokus der Behörden.

16.11.1984 ....

Beat meint, es hätten s. fast nur alte Männer als Freiwillige gemeldet, d MAN in d CH-Armee nicht brauchen kann, Molls Aufruf 1 Flop, aber ideologisch 1 Erfolg. Das ist d Moral//Moral unserer Zeit.

Grosskr. + Kleinkr. i. Bayern, Sow. bemüht Ziv-Personen nicht zu treffen, Gorb. Rede i Strals+, spricht vom »panslawischen Sozialismus«.

Unklare Lage b. Checkpoint vor Bareggtunnel, Schiesserei??

Sehr wenig Verkehr: viele aus Basel weg, Benzinknapp., Panzersperr., kl Tourismus.

D. Zeitungen fast nur noch sonderausgabenmässig, auch wir nur noch sonderausgabenmässig.

Durchf. geht nicht weg, Arsch : ohne Boden = z Arzt.

Front zieht s. immer mehr i. d Länge, Lage i. München unklar, doch Sow. drängen weiter Richtung Süd. + Osten, erneut Kämpfe ü. Bodensee, tote Amis i. Bodensee, US-Panzerdiv. rollt gegen M., Gorb.

spricht auf Wenzelspl. i. Prag, »Zehntausende Ahnungslose nicken zu« (Blick).

Höre gerade, dass am Barregg 1 Soldat erschossen wurde, Täter konnte flüchten – in Rosenheim Stromwerk zerstört – 1000e in Therapie wegen K-Neurosen i. USA – Börsenhandel i. Europa vorläufig unterbrochen – kaum Weihnachtsgeschäft dieses Jahr – Schnee bis i. d. Niederungen.

19.11.1984 ....

Endlich wieder 1 x bis 10 geschlafen!!! Kopfweh fast verschwunden, Durchf. auch fast. Von Kati geträumt, aber unscharf.

Mit Beat 1 schönes Wochenende. Mutt+Schw sind offenbar i. Tessin, hätten mir geschrieben, habe nichts Geschriebenes erhalten. Habe überhaupt nichts erhalten, k1 Zeichen, k1 Wort, nichts, nada, niente, nothing, nüüt.

Beat brachte Bier aus d. Soldatenstube i. Liestal + viele »Stories« aus d. CH Sold-Leben! Der Feind ist i. Innern, viele hauen ab, sabotieren, simulieren, klauen (Bier!), Stimmung ganz schlecht, davon erfährt d. aufrechte CH nichts, man (Moll) spricht von Heimat + Verteidigung + Pflicht etc. – Armee gespalten: Nato-Anschluss vs. Einigelung, wobei Amis bereits i. CH sind, »subsidiäre Sicherheitsunterstützung«, heisst es intern.

Hegel wieder arbeitslos, Küchenbaufirma pleite, Hegel will es als »freier Lektor« versuchen, er kommt mir vor wie 1 Kapitän, d. d. Seekarte verloren hat.

22.11.1984 ....

Es ist Donnerstagabend, Schnee fällt + es sieht aus, als wäre es d. 1. Schnee + würde 1 neue, hoffnungsvolle Zeit 1leiten, die alles zuvor sanft wegradiert, als wäre alles kaum gewesen.

D. Krieg drückt alles runter, nichts kann aufragen, nichts s. entwickeln, nichts wachsen, Raum + Zeit sind wie 1gezwängt in 1 bleiernes Korsett, d. immer enger wird + MAN schaut gebannt zu + sieht + sieht nicht, wie d. K-Welle 1 bald erschlägt.

Habe m. m. Mutter gesprochen, sie! VERLANGT! dass ich i. Tessin

»nachkomme«, sie hätten 1 Wohnung i. Locarno, 1 Zimmer all1 f. mich, könnte auch »öppermitnähweniwött«. Was soll ich tun? Hier ist i. nächster Zeit k1 Studium möglich, wer weiss, wie lange unsere WG noch hält, Hegel phantasiert immer wieder v. Sri L., Kati ist häufig auswärts + Bernie scheint wieder 1 Liebesmann zu haben. Andererseits: ? tun im Tessin? Warten bis d. Luft jenseits d. Gotthards wieder r1 ist + was mit Mutt+ Schw tun d. ganzen Tag, gibt es dort int. Leute?? + wenn d. Lage ausser Kontrolle gerät?? dann weiter n. Italien?? + dann weiter wohin?? nach Tunesien (Rommelrommel), weiter nach Saharaohara oder Westen? Am besten, ich gehe in d. Antarktis, dort war noch nie Krieg. (?)

Mit Fr. Gehring gesprochen = als ob nichts gew. wäre! Dieses Ausweichen hat mich sehr erleichtert, habe k1 Lust, i. d. Sit. über solches zu disk. Allerdings blieb u. Gespräch i. Belanglosen + ich hatte d. 1druck, dass Frau G. k1eswegs fest war – eher zerbrechlich!

Konnte via Stud-Koll v. Hegel 3 Farbb. kaufen, werden morgen geliefert = hoffe ich!!!

25.11.1984 ....

Gig. Offensive d. Sow., schwere Kämpfe fast überall i. Bayern + nun auch i. Baden-Wü., Autobahnen um Stuttg. verstopft, immer wieder Stromunterbrüche i. ganz Südd., noch rätselt d. ganze Welt, was ??? die Sow. wollen, Flugverkehr völlig eingestellt, v. Zürich nur Richtung Süden + Westen, Saudi-Arabien verbündet s. mit Sow., Türkei sistiert Nato-MitGliedSchaft.

Farbb. erhalten, habe nun Vorrat für fast 1 Jahr!!!

Kanada, Argentinien, Australien senden Truppen nach Europa, Reagan i. Wien, Paris + Rom.

Bernies liebesfuckstockstossMAN arbeitet bei Schindler, Firma schliesst alle Filialen i. d. NordwestCH = wie viele andere, CH-Armee bewacht Oerlikon-Bührle + SIG.

Hegel brachte 5 Fl. Topwein (woher?), Kati + ich tranken 1 davon auf d. Sofa, hatte den 1druck, sie beginnt wieder gut zu riechen!!

Seit 2 Monaten k1 Miete bezahlt!! Das sind d. pos. Seiten d. K. Vieles geht unter, geht vergessen + verschwindet (auch Durchf.).

In Basel W1Messe abgesagt, i. Indien Cricketspiel ebenso.

27.11.1984.....................
Hegel tel. verbissen wegen Lektoratsarbeit, hat noch nichts gefunden, uns geht langsam d. LIEBEgeld aus, überlege m1 Anlage zu verk., doch davon gibt es übergenug auf d. Markt, weil viele ihre Wohnungen verlassen + d. schweren Anlagen nicht mitnehmen, auch Lampen + Polstermöbel + Blumenkübel werden 1nem 1fach nachgeworfen. Auch mit Kati lange üb. d. Geldprobleme gespr., sie geht davon aus, dass wir überhaupt k1 Miete mehr bezahlen werden + dass s. neue Geldquellen öffnen (vielsagend/unbestimmt/raunend).

Jerzy zufällig i. d. Stadt getroffen, haben uns kurz gegrüsst, nicht mehr. Bilder d. Abends sind wieder aufgetaucht. Trage sie noch immer i. Kopf.

Irak. Soldaten i. Bayern gesehen worden?? (dt. sENDEr)

28.11.1984.....................
Fürstenfamilie in + von + zu Liechtenst1 nach Wien »gereist«, wie es heisst:

dies
mit
Sack +
Pack =
½ Ländle sollen sie mitgenommen/eingepackt/eingesteckt haben.

Irak. Politbüro dementiert Teilnahme am »süddeutschen Konflikt«, US-Parlament bewilligt sex Mia. Dollar f. »verteidigungsrelevante Entwicklungen«.

Die Küche ruft = d. freudige Ploppen d. Zapfens 1nes weiteren Spitzenw1nes.

2.12.1984.....................
Letzter Monat i. Jahr, letztes Jahr überhaupt??

MAN kann s. gar nicht vorstellen, dass es eine Zeit ohne d. Kr. gab, alles, jede Pore, jede Sekunde, jeder Gedanke ist v. Kr. beherrscht, MAN fühlt Faszination ebenso wie Angst, Attraktion ebenso wie Abscheu, MAN erlebt völlig neue Gefühlslagen, Gefühlskombinationen, Gefühlsdifferenzen + erlebt, wie MAN KRIEG hört + schaut + dabei s. überlegt, ob MAN noch genügend Waschpulver für 1 Waschgang hat oder ob d.

Papiersammlung d. oder nächsten Mittwoch ist. Die Distanz zwischen d. absolut Aussergewöhnlichen + d. absolut bANALen ist gigantisch + alltäglich. Ich glaube, so fühlen alle. Wären nicht d. Checkpoints rund um BS + d. Panzer d. CH-Armee, d. hier ihre dreckigen Runden drehen, MAN könnte meinen, d. Kr. sei:

1 Film.

In d. Film gibt es schon 1000e Tote + viel Zerstörung, vor allem rund um München, d. Stadt selber soll relativ Heil sein: hört MAN.

Von Mutt+Schw nichts mehr gehört, aber 500 Franken neu auf m. Konto!! Das reicht wieder 1 Weile!! Habe mir überlegt, bald i. Tessin zu reisen, ich muss ja nicht dort bleiben, kann jederzeit zurück (ODERNICHT?)

Von Beat gehört, dass CH-Armee d. gig. Umzug vom licht. Fürsten »begleitet« hat. Unser geliebter General Moll kann also Prioritäten setzen – verhilft d. Bourgeoisie zur Flucht!

1. Advent: In d. Stadt wenig Leute, wenig Stimmung, wenig Weihnachten, wenig Umsatz. Aber d. Kirche setzt unverzagt auf d. Prinzip Hoffnungslosigkeit, mit d. sie d. Leute wieder i. d. Kirche locken will. Beten für d. Frieden + ähnlichen Unsinn hat d. Kirche unter d. Weihnachtsbaum gelegt = Pech für d. dummen Vögelchen.

Wie immer, wenn Krieg herrscht, zeigt d. Kirche Regungen, wittert arme Seelen, d. sie in ihr gig. holyholy Sektenzentrum holen kann + schleimschleicht/arschkriecht+leckt um d. KriegsHERRen, um nicht in d. Verdacht d. Komm. + Landesverrats zu geraten, was ja wirklich 1 falscher 1druck wäre.

Ich hoffe (+ kann d. hier offen sagen), dass d. Sow. sämtliche Pf/AFFEN + pf/AFFENähnliche Kreaturen ohne Rücksicht auf Gebetsruhe und m/ORAL in d. sibir. Osten zur 1kehr schickt. Vielleicht gelingt in d. 1kehr die 1sicht.

Höre v. brennenden Dörfern i. Allgoi.

5.12.1984 ....

Traum: Gehe üb. 1 Steg, rund um mich ist tiefgrünes Wasser (MeerSeeFluss?), von wo es ununterbrochen heraufgurglet und -blööterlet, was mir (im Traum) wie d Klopfen 1 Herzens vorkommt + je länger ich gehe, desto schräger wird d. Steg, so dass ich immer wieder ausrutsche + fast ins

Wasser falle, bis ich schliesslich mich mit d. Händen am Holz festhalten muss + keinen Ausweg mehr weiss.

Bernie will ausziehen! Ihr Liftfucksuckman wird n. Paris versetzt + Bernie will mit n. Paris = ihre so geliebte + geschätzte + überlebenswichtige + ewig-tiefe Kunstkunstkunst nur noch SchALL + Rauch: was zählt = Paris + Fuck + Geld. So 1fach ist d. Welt!! Immerhin muss d. schöne Paar noch 1 paar »Formalitäten« abwarten.

Nazi-onale Konferenz für Einigkeit v. Demo gestört, abgebrochen, Blocher hat »Quetschung im Unterleib«.

6.12.1984 ....

Es ist nun klar: Die Sow. streben d. Rhein an!! Es ist, als hätte Gorb. d. ganzen Osten milit. geplündert + wirft nun all s1e in mil. Gerät umgewandelte Beute in d. Süden von Deutschland. Doch wieso?

Warum nur warum nur?

Rheingold?

Der Schnee ist fast verschwunden, nur noch verdreckte Häufchen zeugen vom Schneefall d. letzten Wochen.

In Zermatt gibt es Konflikte zwischen »Zugereisten« + Einheimischen. Die Preise für alles sind stark gestiegen, d. Einheimischen können sich ihr Dorf kaum noch leisten, müssen aber Armeedienst leisten, den d. Reichen aus d. Unterland nicht leisten müssen. So sieht sie aus: d. Realität d. Demokratie. Der Krieg zeigt eben plötzlich Dinge.

Gestern BR-Wahl, Hubacher im 2. Wahlgang gewählt, muss ev. Militär übernehmen, sagt NZZ mit einem Grinsen zw. d. Zeilen.

Bernie + ihr »lafr« warten noch auf Dokumente, können nicht abreisen, ficken deshalb d. ganze Zeit i. unserer WG herum (mejklaafnotwoor).

Samichlaustag ohne Samichlaus, d. Lage ist so ernst, dass sie nicht 1 x Tröstungen erträgt. Trotzdem haben wir 1 gr. »Grättimaa« mit viel Appetit gegessen, Kati hatte 1 Freundin aus Zürich dabei (Petra), 1 »Aktivistin«: gross, blond, zynisch.

Ausserdem wieder teuren Gratisw1 v. Hegel. Beim Anstossen hat er mir zugezwinkert, was ich als Eingeständnis deutete, dass er d. Wein geklaut hat. Wo?

Gehe rauchen.

*Die »Aktivistin« Petra Hummel (*5.12.1958) war lediglich als Besetzerin der Badenerstrasse 2 in Zürich in Erscheinung getreten, ist ansonsten ein unbeschriebenes Blatt.*

8.12.1984 ....

Es kommt immer öfter vor, dass ich versuche, d. Kr. zu verstehen. Die Sache läuft nun schon genügend lang, dass hin + wieder Momente möglich sind, hinter diese blitzende, grelle + schnelle Oberfläche d. Kr-Berichterst. zu BLICKen + s. zu fragen, um??? es denn eigentlich geht:

oben vs. unten
rechts vs. links
ost vs. west
reich vs. arm
alt vs. neu
?????

+ mit welchem Ziel, welcher Absicht, welchem Hintergrund? Ist es 1 letztes Zucken d. Sow-Komm? Oder d. Beginn d. kap. Todes? (Spätkapit.) Geht es um d. Wirtschaft? (wie Hegel sagt), um die Klassenfrage? (wie Kati sagt) oder um die Erprobung v. mil. Material? (Fr. Gehring)

Nina ist wieder da. K1 Wort üb. ihren Aufenthalt, ist auch nicht wichtig jetzt.

Es ist Samstagnachmittag, d. Temperatur bei 5 Grad, d. Wetterbericht spricht v. Schnee bis i. d. Niederungen (-12 im Engadin), in Bad Tölz hat d. CSU-Bürgermeister d. Sow. 1 »Friedensangebot« gemacht, auf d. Autobahn bei Ravensburg brennen Panzer, in d. Nähe von Freiburg sow. Flugzeug abgeschossen, viele Plünd., Brandst. + Vergew.

Wieder 1mal mit Hegel über Arul gesprochen, d. beiden k1 Kontakt seit Wochen, ich glaube: Hegel glaubt nicht mehr an d. Beziehung, er ist resigniert + trotzdem nicht ganz traurig, er kommt so um d. Versuch rum, nach Sri L. gehen z. müssen.

Beat ganz aufgeregt auf d Beantworter.

Frau Gehring 1 bisschen vermisst.

Zigi schon wieder teurer.

Wo sind Mutt+Schw??

10.12.1984.....................

Top-Sensation: BMW schliesst »Kooperationsvertrag« mit Sow!! Engholm entsetzt, Krenz beglückt, Mercedes schweigt.

In Stuttgart mil-Einsatz gegen Demo f. Frieden, viele Verletzte, Truppentransporte d. Nato durch d. CH, Hubacher kritisiert alte Armee-Leitung, will mehr Panzer an d. Nord-Grenze + Einbezug »starker Frauen« in d. Armee = Frauenemanz. à la mode d. SP.

Bernie noch immer hier, Dokumente fehlen, sitzt trübsinnig rum + hört Punk.

Heute i. d. »Rheinbrücke«, war fast all1, überall wird Verkaufsper. entlassen, Stadt stirbt allmählich aus, umso mehr fallen d. Sold. auf. Beim Clarapl. Schmuggelzigi gekauft für d. ½.

Fasnacht abgesagt! Das ist f. BS 1 Katastrophe, noch grösser als d. K. selber.

Mir soll's recht s1, dieses Gebimmel + Gekreische + Gepfeife ist so ekelhaft, dass MAN wenigstens i. d. Beziehung froh ist um d. Kr.

13.12.1984.....................

Heute Nacht zum 1. Mal Kriegslärm gehört!! 1 dumpfes Grollen aus d. Ferne. Gespenstisch, ich lag steif im Bett, hatte Hühnerhaut + horchte angestrengt. Die anderen haben ES auch gehört. Wahrscheinlich hat ES d. ganze Stadt gehört. Wer jetzt nicht geht: d. bleibt.

Wir bleiben, Bernie sitzt auf gepackten Koffern.

Raketen1schläge in d. Nähe v. Freiburg, kanadischer Aussenminister spricht erstmals v. »Weltkrieg«, Unruhen in Ägypten + Tunesien, Japan!! diskutiert Mobilmachung.

Jerzy hier. Erzählte v. Bea. Es gehe ihr gut. Sie sei zuversichtlich. Über d. Kr. sehe sie hinweg:

»Doluegtsigarneddruuf«

»Dänktpositiv«

»Esgootschooppsi«

Jerzy überlegt, mit Bea in 1 Wohnung zu ziehen.

Hegel wieder mit W1.

14.12.1984 ....

Telefon mit Ruedi (Rüedu) aus d. Tessin, bietet »sichere« Ferienwohnungen an, hätte inzwischen 1ige »Wonige«:

»egäbigeschärmewennschriägetverussä«

»abembärzelistagfrey«

etc. ich wollte nicht, auch nicht sichere »Wonige«, auch nicht »freie«.

Mit Nina lange üb. d. Kr. gesprochen, sie ist sicher, dass d. Sache s. ausweiten wird zu 1 Atomkrieg, anders sei d. gar nicht denkbar. Ich glaube d. nicht, vielmehr denke ich, dass d. SU so gr. innere Probleme hat, dass sie Ablenkung braucht, wie dies ja schliesslich 1 d. Hauptmeth. d. Politik ist mit Kr. von INNEREN Problemen abzulenken, vielleicht machen wir Menschen dies ebenso, dass wir von INNEREN Probl. ablenken, indem wir gegen aussen aktiv werden, z. B. in d. Politik oder auch im 6. Das sind doch Ablenkungsmanöver, auch wenn es nicht so aussieht, auch wenn es nach INNEREM »Engagement« aussieht, wie d. heute heisst, handelt es sich doch um nichts anders als u Ablenkungs-MANÖVER, u unlösbare Probleme wenigstens sch1bar zu lösen. Dies mit Hegel bespr., er sieht d. ähnlich!

Ninas Haare sind i. letzter Zeit noch roter, noch schöner geworden, ich weiss eigentl. gar nichts über sie. Wieso? Wir haben uns nur über äussere Dinge unterh., nie über uns, so wie wir wirklich sind. (?) Ich glaube, Nina denkt viel üb. d. Welt nach, erzählt aber kaum davon. Wieso? Hatte sie eigentlich was mit Ploetz? Soll ich sie fragen??

Jetzt Blitze a. Himmel gesehen.

17.12.1984 ....

Frau G. wieder 1 x hier!! Zum Glück bemerkte sie unseren neuen Top-Wein nicht = beschränkte sich auf u. Bier, wenn man d. nach 4 Flaschen noch sagen kann!! Sie war beim Arzt, d. ihr 100 %ig versicherte, dass nichts von 1 Nervenkrankheit zu konstatieren sei = gänzlich geheilt, sagte sie + erzählte v. ihrer Schwester, d. vor fast 1 Jahr gestorben ist, wäre immer d. Glücklichere, Schönere, Erfolgreichere gewesen, hätte ihr i. jungen Jahren 1 Mann »vor der Nase« weggeschnappt + sei mit ihm glückl. gewesen bis z. Schluss, hätte Geld + Geist gehabt + üb. ihre buchstäblich niedere Arbeit i. Theater hätte sie nur milde + solide gelächelt + sei am

Sonntagmorgen, d. 15. Jan. gestorben, mit genau so 1 milden + soliden Lächeln i. Gesicht, sagte sie.

Ich glaube, Frau G. ist i. Grunde 1sam + tieftraurig + sucht eigentlich nichts anderes, als diesen Zustand zu beenden + weil mir beide Zustände nicht unbekannt sind, haben wir 1 guten Draht zueinander, wieso nicht 1 AFFäre!!??

Montagabend, 22 Uhr, d. Welt hat sich auf 1 Weise verändert, dass MAN s. hin + wieder d. Augen reiben muss, um sicher zu s1, dass nicht all d. 1 Traum ist oder 1 Film, in d. MAN irgendwie hineingerutscht ist + nicht mehr weiss, wo denn eigentlich d. Wirklichk. ist?? Ich notiere mir sehr oft Dinge für d. Tagebuch + wenn ich dann a. d. Maschine sitze, werfe ich diese Zettelchen weg, weil sie mich langweilen oder weil ich zu faul bin, all d. Gedanken in Worte zu fassen. Sowieso macht d. Kr. faul. Weil alles andere unwichtig geworden ist, kann MAN d. Finger davon lassen.

In d. Stadt hütet man s. davor, Weihnachtsstimm. zu verbreiten.

19.12.1984......................

Mit Mutter telefoniert!! Will bis i. Frühling i. Tessin bleiben + dann d. Sit. überdenken, möchte noch immer, dass ich:

!RUNTERKOMME!

= kann mir d. ja überlegen, zur Zeit ist es i. Tessin 10 Grad wärmer als hier + vielleicht gelingt es mir dort UNTEN, 1 klaren Gedanken zu fassen, was mir hier immer weniger gelingt, an d. Uni ist nicht zu denken, nicht mal Notbetrieb, nicht mal Alibi = kann ich auch im Tessin faul s1 – dort immerhin i. d. Sonne.

Eine klare K-Front ist nicht zu erkennen, von der DDR bis zum Bodensee ist K-Gebiet, d. Amis haben offenbar Komm. d. Sow ausgeschaltet, es gibt Berichte über desertierende CSSR-Sold + meuternde Sow-Sold (BaZ).

Minenfelder b. Augsburg, Gasangriff b. Ulm, Sow-Flieger über Freiburg, Meinungsver. i.d. Nato.

Mit Nina im Kino. Sie war d. ganze Zeit in 1 jurassischen Dorf mit »1 Kollegen«, d. dort irgendwas »Künstlerisches« macht.

Von beissenden Kühen geträumt.

22.12.1984 ....

Was habe ich vor 1 Jahr gemacht? Ich müsste i. Tageb. nachschauen, habe aber kl Lust dazu, wie ich überhaupt nie Lust habe, i. Tageb. zu lesen, ich schreibe + lasse so Dinge hinter mir, d. mich nicht mehr interessieren, wichtig ist nicht, was ich geschrieben habe, sondern, dass ich schreibe, dass ich wenigstens diese 1 kärgliche, lächerliche Spur hinterlasse = besser 1 kärgl. Spur als kl Spur!

Hegel hat in 1 verlassenen Haus 1 W1keller entdeckt!! Heute 1 1972er Italiener getrunken + danach 1 1974er Franzosen, d. war ganz prächtig, später ist noch Nina gekommen, sie zieht ev. hier 1, wenn Bernie mit ihrem »Lafr« i. Paris b. Liftraufundrunterfahren ist.

Das wäre ja was: Nina hier!! Das würde d. Konstellation ziemlich ändern.

Amis haben s. aus gew. Regionen zurückgezogen, Frankreich drängt auf Waffenstillstand, Deutschland i. d. Frage tief gespalten.

Haben beschlossen, erst recht Weihnachten zu feiern, auf Geschenke wird verzichtet. Jeder organisiert, was er kann, ich hole Zigis bei meinem Händler auf d. Clarapl. + versuche, an Würste heranzukommen.

Beginne, meine Fam. zu vermissen.

23.12.1984 ....

US starten »Weihnachtsoffensive«, SU soll hinter Mauer zurückgedrängt werden, »free bavaria« lautet d. Slogan, i.d. Stadt bereits 1 blau-weisses Flugblatt gesehen mit d. Spruch, doch davon ist d. Welt noch weit entfernt, noch ist Bavaria not free + auch nicht mehr blau-weiss, sondern red-red.

Morgen sind hier: Hegel, Bernie (inkl. fuckman), Kati, Petra, Nina, Jerzy + neuerdings auch Beat, ev. Frau G. Ich + Kati haben Stühle aus d. Keller geholt. Die Stühle waren aufeinander geschichtet + ineinander verklemmt. Wir zogen gemeinsam, dabei schaute mir Kati eigenartig + irgendwie extrem warm i. d. Augen. Es zog mir Seele + Herz zusammen!!!!

Alle unterwegs, sitze mit m1er Maschine i. d. Küche, was sehr selten ist, aber ganz angenehm. Die Küche ist 1 guter Schreibort!

In Altdorf Ankunft v. 40 Ami-Sold.

26.12.1984 ....

Schwerste SCHL8ENseit K-Beginn = fast tägl. dumpf-dummes-dröhnendes Grollen. Offensichtlich haben d. US zunächst Orte zurückerobert, dann aber d. SU mit aller Gewalt zurückgeschlagen + d. US empfindlich getroffen, indem sie hinter d. Linien (»behind the lines«) angegriffen haben, wo SU-Sold. seit Tagen schon versteckt waren, d. Sache ist zu 1 Flächen-Kr. geworden, praktisch ganz Südost-D. betroffen + immer mehr SU-Angriffe Richtung Freiburg, D-Regierung bricht wohl bald auseinander, Thatcher will 1bezug d. gesamten westl. Welt gegen »the dirty power of the red evil« (NZZ), Reagan noch immer unter Druck, Demos i. Washington + San Fr.

Hl. Abend – unglaubl. Abend. Die gr. Überraschung bot Hegel: Er brachte 15 Flaschen Wein d. Topklasse, x Büchsen mit Fruchtsalat, Crevetten, ½ kg Kaviar + x Schallplatten samt Plattenspieler! Die Party war aussergewöhnlich! Nach Mitternacht tauchte noch Frau G. auf = wir waren alle betrunken: sie auch + das Beste ist: wir haben mit keinem Wort d. Kr. erwähnt, redeten über alles Mögliche, nur nicht über d. Kr., haben Weihnachtslieder gesungen, von Petra begleitet auf d. Elektro-Gitarre (2 x Stromausfall), storys über Profs, Beat erzählte unglaubl. gewitzt v. s1nem Sold-Leben in Liestal BL, selbst Hegel kam aus s. heraus, l8te, wie ich ihn nie zuvor gesehen hatte + holte spät i. d. N8 1 Cognac hervor + Nina war schön wie noch nie!

Wenn d. Hl. Abend in d. Sinn interpretiert werden kann, dann habe ich nichts gegen d. hl. Abend. Schon lange nicht mehr gab es in unserer WG so viel Wärme + Zusammenhalt + Dynamik + Witz+++

Nina hatte nix mit Plötzchen, aber nur, weil er am entscheidenden Abend besoffen war! Wo übrigens Plötzchen jetzt s. gerade aufhält, weiss niemand, der OBERterrorist ist abgehauen!! Soll er bleiben, wo er ist. Wir sind hier mit viel Praxis beschäftigt, seine Theorie ist z. Z. ungefragt.

Berniesfucker hat d. ganzen Abend kaum 1 Wort v. s. gegeben, was niemandem aufgefallen ist + niemanden gestört hat. Bernie hat s. ihm angeschlossen. So richtig wohl war es ihr dabei nicht, d. ist d. Gruppe sehr wohl aufgefallen. Bernie schweigt sonst nie.

Es ist kalt geworden, gestern N8 -10. Wir rauchen nun drin, auch wenn dann alles stinkt.

Zum Glück habe ich Farbb. genug, doch nun gibt es Papierknappheit, wer hätte d. gedacht noch vor Monaten!!??

Höre Musik aus Katis Zimmer.

27.12.1984 ....

Wir gleiten ahnungslos, ohne Ziel + Absicht ins 1985. Was wird d. Jahr bringen?? Das Ende? Das Ende d. Krieges – d. Ende d. Welt? Wo beginnt d. Ende? Kann d. jemand absehen, voraussehen, ist überhaupt irgendwo 1 Plan für all d., was kommen wird? + was, wenn d. K. Basel erreicht? Sind wir dann alle hin?

Dahin?

Gerafft?

Beginnt 1 neue Zeitrechnung wie n. d. Weltkriegen, n. d. frz. Rev. d. russ. Rev.? oder gibt es eigentlich gar nie 1 neue Zeitr., weil d. Rechnung stets d. alte ist + nichts Neues hinzukommt, weil d. Alte d. Neue immer schon vorgegeben hat + wir nur meinen, diese in unseren Augen gewaltigen Veränderungen + Umbrüche seien EPOCHALE Umbrüche, 1ZIGARTIGE Umbrüche, während sie i. Wirklichkeit gar k1 Umbrüche sind, sondern nur 1 MÜDES FLACKERN d. Zeit, wie es hin + wieder vorkommt, wie d. Eruptionen auf d. Sonne aus menschlicher Sicht unfassbar/unglaublich/ungeheuerlich + gänzlich zerstörerisch + gewaltig sind, für d. Sonne + insofern für alle umliegenden Planeten + Planetensysteme = 1 kaum merkliches Hüpfen d. Pulses, 1 Fürzchen unter Fürzen, 1 Moment 1 Sekunde. Was uns allerdings nicht viel nützt, weil wir ja so kümmerlich, so kl1 + kl1lich auf unsere erdisch-irdische sICHt begrenzt sind + d. Kr. als 1 wirkliche + absolute KataStrophe + Veränderung betrachten müssen, weil uns nichts anderes übrig bleibt als genau: d. Sicht-Waise.

Gebietsgewinne für d. Sow, frz. Zeitungen haben gemeldet, dass d. Nato d. Okkupation Süddeutschlands insgeheim akzeptiert hat + s auf d. Sicherung umliegender Regionen (CH??) konzentriert.

Mit Nina lange tel.

Beat ev. in d. Jura verlegt.

30.12.1984....................

Morgen Silvester.

Wir haben beschlossen, mit d. Hl-Abend-Gesell. d. Silvester zu »begehen«. Bei Schaffhausen zum 1. x CH-Gebiet v. K. betroffen: Rakete landete i. 1 Schrebergarten! MAN kann darüber lachen, doch vielleicht ist d. nur d. Anfang v. ganz anderen Raketen, d. nicht nur Schrebergärten treffen + was dann??

Hubacher will Schutz d. Nordgrenze erneut »verstärken«, beklagt s. über mangelnde »eidgenössische Solidarität«, Inner- + SüdCH hätten s. »abgesetzt« und »entsolidarisiert« + würden d. Verlust d. NordwestCH in Kauf nehmen.

Höre i. Radio, dass 2 oder 3 Bomben i. d. Nähe von Waldshut 1geschlagen hätten, es bleiben also noch ca. 50 Km + doch kann ich mir nicht vorstellen, hier i. BS vom K betroffen, getroffen zu werden, wir sind 1 Insel d. Friedens seit 1848 + niemand denkt ernsthaft, dass dieses schöne, bequeme + ertragReiche Inseldas1 mit d. K beendet s1 wird. CH-Armee hat offenbar Strategie geändert + rollt nun tonnen- + kilometerweise Material an d. Nordgrenze, darunter auch Ami-Sold. + sogar Ami-K-Mat. (Réduit?)

Gehe kaum nach draussen, was soll ich da?? Es ist kalt, es rollen Panzer, es eilen Soldaten, es sind viele Lokale geschlossen, es gibt wenig zu kaufen, es sind m1 Leute nicht zu sehen. Mittlerweile holt Hegel nicht nur Wein, er beschafft auch Zigis + dies zu 1 unschlagbarem Preis, Hegel: unser Diss-counter. Was er philosophisch treibt, weiss ich nicht, haben schon lange nicht mehr ü. phil. Themen gesprochen, ich glaube, er hat innerlich d. Studium abgebrochen, wie wahrscheinlich so viele z. Zeit. Ich? Was ist mit m1em Studium? Uni Basel überlegt sich vorläufigen Zusammenschluss mit Uni Bern, dann könnte es dort weitergehen, vorausgesetzt, d. K. trifft Basel + nicht Bern, was mir immer noch unwahrscheinlich erscheint, d. Sow haben k1 Interesse a. d. CH, wir sind strategisch gänzlich uninteressant, nicht i. d. Nato, nicht i. d. EWG, nicht i. d. UNO, wir sind eigentlich überhaupt nirgends + wer nirgends ist, den lässt MAN in Ruhe, weil MAN nämlich gar nicht weiss, dass es ihn gibt, so ist es: Die Sow. wissen nicht, dass es d. CH gibt!!

Die Sow. wissen nicht, dass es d. CH gibt!!

2.1.1985 ....

Unsere Bleigiesserei ergab 1 widersprüchliches Bild: Soz Weltfriede, atomare Apokalypse, free love v. Rhein bis z. Don etc., Nina wird Mutter, Kati geht zugrunde, Hegel kauft 1 Auto, Jerzy fliegt i. d. Rhein, Petra verliebt s. in 1 Russen, Bernie and her fuckboy verschmelzen zu 1 Klumpen Blei + ich verliere d. Gesicht. Beat kam erst nach d. Bleigiessen, er war sozusagen illegal da, hat s. heimlich aus d. Kaserne davongeschl., bringt 1 Offizier dafür 1 Harasse Bier mit (woher?). Frau G. tauchte nicht auf, wahrscheinlich war sie irgendwo untergetaucht, habe sie auch gestern nicht ges. Doch so richtig lustig war d. Abend nicht, dank Hegel haben wir zwar gut gegessen + vor allem getrunken, doch um 1 sassen wir nur noch 1 wenig brummelnd + schwebend um d. Tisch + schlürften + rauchten, was gerade da war. Selten wurde 1 neues Jahr so unfreundlich begrüsst. Das 1985 wird es schwer haben im längjährigen Vergleich. All unsere Erwartungen/Träume/Erkenntnisse/etc. sind unter d. Scheiss-K. begraben, auch wenn wir uns über so manches lustig machen + niemand wirklich davon ausgeht (mit Ausnahme v. Nina), dass d. CH betroffen s1 wird + dass d. K. d. neue Jahr überdauert, ist d. Wille z. Leben 1 bisschen verschwunden. Was soll denn aus uns werden?

Von Mutt+Schw d. besten Wünsche aus d. Tessin, wo es 15 Grad wärmer ist + wo offenbar d. halbe BRD s. aufhält, während hier d. schleichende Aushöhlung weitergeht, d. Politik vermeidet d. Wort Flucht, was nichts an d. Tatsache Flucht ändert, auch wenn k1 ärmlicher Treck s. Richtung Süden wälzt, sondern d. Leute mit ihrem Auto sch1bar alltäglich + ohne Aufhebens 1 kl. Reise machen. Doch, hat m1 Mutter gesagt, geht 1igen bald d. Geld aus, so 1 CH-Flucht kostet eben mehr als 1e in AfrikaAsien + wer nicht viel Geld auf d. Seite hat, d. muss s. mit d. ZEIT etwas 1fallen lassen. Das Problem ist, auch d. Wirtschaft zerfällt zunehmend, man liest täglich vom ök. Zerfall, v. verschwindenden Arbeitsplätzen, geschlossenen Börsen, zusammenstürzenden Firmen + neuerdings sogar Banken. Wer hätte denn d. gedacht vor 1 ½ Jahr??

Die »Freiwilligen-Kompagnien« stillschweigend aufgelöst, d. Sache hat mehr geschadet als genützt, d. CH-Armee braucht Panzer + k1 Landsturm.

Ich bleibe noch immer verschont v. Militär, kann mir nicht recht vorstellen warum, doch mir soll es recht s1. So bleibt unsere WG militärFREI.

Mit Kati + Hegel 1 CH-Armee-Besichtigungstour in BS unternommen, sind d. Sperren + Kommandoposten + Checkpoints abgelaufen + haben uns Gedanken über d. Mil-Strategie gemacht + haben k1 gefunden. Zu unserem Erstaunen wurde unser Spaziergang (Wanderung!) fast nie behindert, 1zig 1 Sperre vor GrenzACH schickte uns zurück (»machidaserfortchömid – hoppläschorsch«).

Hegel will d. Spazierg. nochmals machen mit 1 Fotoapparat.

5.1.1985 ....

Es ist viel passiert i. d. letzten Tagen. Sow sind in 1 Zangenbewegung d. Rhein entlang + durch d. Schwarzwald Richtung Freiburg/BS gerückt + konnten offenbar Ami-Radar ausschalten, BaZ meint mit 1 elektr. Bombe, offensichtlich hat s. d. K-Lage gekehrt + d. Sow. rücken unaufhaltbar vor, in vielen westl. Ländern breitet s. Panik aus, MAN glaubt nun nicht mehr an 1 schnelles Ende d. Kr., viele denken an Weltkr., an Atomkr., an DAS ENDE, MAN sagt, Engholm sei in London »zu Gesprächen«, tatsächlich ist es wohl eher 1 Exil (NZZ, Hegel, ich), Frankreich hat Grenzen noch mehr »verstärkt«, Mauroy will nun doch nicht aus d. Nato, bei Todtnau Sow Fallschirmjäger gesichtet, bei Bad Säckingen Sow-Bombe auf CH-Gebiet, zwei Tote, Überschallknall über d. Stadt, wir sind bedroht!!

Morgen wichtige WG-Besprechung: Sollen wir hier weg?? Das ist d. GROSSE Frage. Gehen wir über d. Alpen zu d. Deutschen in d. warme Sicherheit?? Oder bleiben wir hier + hoffen auf soz. Verbesserung d. CH-Zustände? = d.??? von morgen.

M1 Lädeli, m1 Kiosk: geschlossen. Auch d. ½ d. Kinos: geschlossen, d. ½ d. Läden, d. ½ d. Beizen + d. Uni + d. GANZE Vernunft.

Und Nina.

Seit etwa 1 Stunde heftiger Schnee. D Flocken fallen, als wollten sie d. Sicht verdecken. Bernie noch immer hier, d. Auswanderung nach FUCKINGPARIS wird nicht klappen, d. Behörden sind zurzeit auf d. Flucht.

Mit Frau G. wieder 1 x im Treppenhaus lange geredet. Theater-Saison wird Ende Februar frühzeitig beendet, k1 Publikum, k1 Schauspieler, k1 Material, k1 Lust. Ich dachte immer, d. Kultur hält am längsten durch, doch d. stimmt nicht, d. Kultur ist d. 1. Fahnenflüchtling, geht ab i. d. Erde + taucht erst auf, wenn alles wieder 1fach ist.

Es ist 23.45, ich warte auf d. Nachrichten, dann gehe ich schlafen bzw. lege mich hin, denn schlafen ist 1 Luxus zurzeit, nicht jeder kann ihn sich leisten.

8.1.1985......................

CH-Armee! hat auf Sow-Sold geschossen!!! 1. dir. Konfr. zw. CH+SU!! CH-Armee schickte bei Waldshut Raketen über d. Rhein »zur Abschreckung«, wie Hubacher sagte. Ich hätte nicht gedacht, dass CH Raketen besitzt, d. über d. Rhein reichen.

Armee sagt, Sow hätte nicht zurückgeschossen. Strassen Richtung AG, ZH, SO völlig verstopft, d. meisten werden an TSCHECKPÖINTS zurückgeschickt, auch an frz. Grenze k1 Durchkommen, Grenze mehr oder weniger geschlossen, Grenzschutz durch Armee verstärkt, Lage immer mehr ausser Kontrolle, Frank. Engl. Italien überlegen sich Mobilmachung, Papst will nach Moskau reisen, in d. DDR gig. Flüchtlingsströme Richtung Norden + Osten + auch gig. Zerstörungen durch Nato-Luft-Angr.

Bayerische Regierung inzwischen i. Hamburg, free bavaria i. weiter Ferne.

Erneut seltsames Zucken i. meinen Fingern + heute N8 sogar in d. Zehen: Nervenkrankheit. Was soll man tun? Die Welt hat andere Probleme, trotzdem will d. 1zelne nicht tot s1.

Iran schickt Armee an d. Sow-Grenze, in Griechenland Demos + Aufruhr, i Ägypt. Mubarak von soz. + relig. Kräften weggeputscht, i. Tunesien + Syrien 1 Satz d Armee.

Die Welt geht drunter + drüber.

Und diesmal bleibt d CH k1 Insel.

13.1.1985 ....

War krank, hohes Fieber, Durchf. + Kopfweh. Hegel + Kati haben mich liebevoll gepflegt, Hegel brachte kistenweise Medis, Bernie ist immer noch hier, Ausreise nach P. prakt. unmöglich.

MAN spricht nun allg. v. »Rheinplan« der Sow., auch wenn niemand genau weiss, was damit genau gemeint ist, irgend1 Psüchoanalütiker aus ZH meint, dass Gorb. 1 Rheintrauma hätte, d. er nun bewältigen werde, allerdings sagte er nicht, woher denn d. Trauma stammen soll (NZZ).

Nun tägl. bzw. nächtl. K-Lärm + bereits 1 gewisse Gewöhnung. Beat sagte, dass CH-Armee s. auf Sow-Angriff 1stelle + rund um d. NordwestCH 1 Vert-Ring plane.

Hegel hat 1 Mann aus Bottmingen gefunden, d. ihm W1 abkauft + sucht zunächst k1 Job.

NZZ bringt »Geschichte d. Sow-Komm« in 10 Teilen.

Lag lange krank + dumm i. meinem Bett + habe nachgedacht. Werde i. TI zu meiner Fam. reisen!! D. ist d. beste Lösung, hier k1 Zukunft, lebe i. 1 Gegend, d. ausblutet + verreckt!

15.1.1985 ....

Lange, heftige WG-Sitzung, auch Nina dabei. Resultat: Ich bleibe hier!! Bernie zieht nach Paris sobald als möglich, Nina zieht 1!!!

Wir haben d. Situation hin + her anal. + sind z. Schluss gekommen, dass wir im NotPHALL zus. weggehen, dann aber eher n. Frankr. als über d. Alpen, weil d. Sow Frankr. ganz bestimmt in Ruhe lässt. Kati ist zudem überzeugt, dass Gorb wie einst Napoleon d. CH reformieren wird + wir letztlich von d. Sow + Gorb profitieren werden, bereits seien 1ige Bonzen abgehauen, wieso nicht an 1er soz. CH arbeiten?, sagte Kati. Wir hätten 1 hist. Chance, d. wir nicht verspielen sollten. Nina sieht d. Lage ähnlich, Hegel ist pessimistischer, Bernie hofft nur noch auf 1 Durchkommen nach Paris, dass wir bleiben, ist für sie »kindisch«.

Ich bin noch immer davon überzeugt, dass d. CH vom K nicht betroffen s1 wird, höchstens 1 bisschen gestreift.

Verteid.-Ring in d. NW-CH ist nun öffentlich, grosse Bauunternehmen haben geheime Aufträge, Armee zieht auch ältere Jahrgänge 1, HubACH!er startet »Motivationskampagne Verteidigung Schweiz.« VIP,

Kunst, Archive etc. werden ausgelagert, an spez. Orte gebracht, Industrie erhält spez. Verteidigung, Zeitungen, Radio, TV werden zusammengezogen, doppelt abgesichert, Vorratszentren 1gerichtet, Feuerwehr, Sanität etc. d. Armee unterstellt, kurzum: MAN bereitet d. K vor.

Im Traum Pass + Wohnung + Studium + Orientierung verloren.

Gr. Lawine im Wallis.

300 Meter hoher Sendemast in Deutschland stürzt 1, Anschlag?

Im Innenhof wurden letzte Woche gr. Kisten hingestellt. Armee??

19.1.1985 ....

Erneut Raketenbeschuss über d. Rhein, CH-Armee hat offenbar NVA-Panzerkolonne in d. Nähe v. Klettgau beschossen, Hub!ach!ach!er meldet Erfolg + überlegt »Szenario C-Waffeneinsatz«.

Samstagabend. Mit Hegel + Nina gegessen. (Kordon Blö) Wieder i. m1 Zimmerchen, 1 wenig mit Bärchen Ursus geschmust, Zeitung gel., Nachrichten gehört, wieder 1 x Leseversuch, 1 paar Seiten Frisch, 1 paar Seiten Feuerbach + nicht mehr. Wieder an d. Maschine, doch kraftlos, ohne Lust zu schreiben + noch weniger Lust nicht zu schreiben.

Der Rhein schwemmt d. Krieg in d. Stadt: Trümmer, Öl, Leichen.

Kleinradio »FB« (Free Bavaria) v. Sow Bombe getroffen, wahrscheinlich 3 Tote, RIAS Berlin gestört, nicht mehr zu hören, Deutschlandfunk nach Frankreich umgezogen, ZDF sendet v. Hamburg, d. Nachrichtenlage immer schwieriger = Beat immer wichtiger, er versorgt uns mit Nachrichten aus d. Innern d. CH-Armee.

20.1.1985 ....

Liechtenst1 sow besetzt!! Unglaubliche Meldung, hätte mir d. jemand vor 3 Monaten gesagt, ich hätte es als faden Witz abgetan. Beat meinte, es sei eher 1 Anschluss als 1 Eroberung, in Vaduz sogar 1ige Sow-Fahnen an d. Balkonen, keine Toten, »nur symbolische Zerstörungen«, wie Beat sagte = 1 neuer Begriff, vielleicht macht er Karriere (d Begriff).

Ansonsten erstirbt hier langsam alles Leben, d. Stadt entLEERT sich immer mehr, gleichzeitig tauchen immer mehr Militärs auf, als würden sie aus irgendwelchen Löchern kriechen + d. Stadt allmählich in ihren Besitz nehmen, es ist, als würde 1 gewaltiger Vorhang d. Stadt v. d.

K-Welt trennen + dieser Vorhang kann jederzeit fallen = wir sind mitten auf d. Bühne, mitten im K, es handelt s. um 1 Bruchteil 1 Sekunde, d. uns vom K trennt, um d. Bruchteil 1 Millimeters, vielleicht fällt d. Vorhang, vielleicht fällt er nicht, k1 Mensch kann d. wissen, obwohl alle so tun, als wüssten sie es, als könnten sie d. Richtung dieser 1maligen Entwicklung voraussehen, als könnten sie wissen, was d. Grundlagen, d. tieferen Kräfte, d. Motive + d. MECHANIK dieser K-Lage ist, obwohl k1 Mensch, nicht 1 x d. Aggressoren wissen, was sie tun + d. Verteidiger – wenn man überhaupt noch v. d. Konstellation sprechen kann – erst recht nicht, geschweige all d. Unschuldigen, Naiven, d. augenaufreissenden/entsetzten/staunenden/weinenden Zuschauer in d. Spiel, d. Stück, d. traurig-brutalen-grotesken-unglaublichen Schmierenstück, d. Farce 1 Farce, d. Wiederholung 1 längst vergangen geglaubten Erzählung, d. Scheinwirklichkeit inmitten d. Scheinficktion.

Mit Hegel 1,5 Pomerol getrunken.

Im VS 13 Tote in Lawine.

Lange mit Nina über Sinn + Unsinn d. bewAFF. Widerstands gesprochen. Von RAF seit Kriegsbeginn nichts mehr zu hören, auch d. Szene in Berlin soll völlig aufgelöst s1, die 1 gehen weg, d. anderen tauchen ab oder passen s. an, es macht d. 1druck, in D haben sich d. pol. Fronten innerhalb v. Wochen aufgelöst. Ich erinnere mich vage an 1 Zitat zu Beginn d. 1. WK (im Geschichtsunterricht), »es gibt keine Parteien mehr, es gibt nur noch Deutsche« oder so ähnlich – + so ähnlich heute.

Nina fand m1en Bären »huerä herzig«.

23.1.1985 ....

Nun 1. sow. Angriff auf CH!!!! Davor haben die Bürgerlichen jahrzehntelang öffentlich gewarnt + INNERLICH davon geträumt!!! 2 1familienhäuschen in Kaisten getroffen, 3 Verletzte, Sachschaden, aber grosse symb. Wirkung, Mobilmachung überall. Europa im K-Zustand.

Hegel hat Käufer für Bordeaux + Burgunder gefunden, meinte – mit seinem lakonisch-traurigen Gesichtsausdruck – »gueti Ziitä för söttige Gschäft«. Dann 1 Fl davon (Hegel, Kati and I).

Sämi wieder 1 x auf d. Beantworter, tönte besorgt, schon fast verängstigt, konnte nicht verstehen, was er wollte.

Frau G gestern Abend mit unbek. Mann nach Hause gekommen!! Habe ihn noch nie gesehen!! Theaterbekanntschaft? In d. Zeiten?!

Panzer rollen durch d. Strassen, REISSEN Belag AUF, haben bei Wettsteinplatz Baugerüst 1gerissen, neuerdings Helikopter über d. Stadt, überall wird befestigt; ungeplant, nervös, wie mir scheint, wir sollten unsere Stadtbesichtigung unbedingt fortsetzen.

Jerzy war hier + erzählte v zerfetzter Babyleiche im R1.

26.1.1985....................

Samstagabend, in d. letzten Tagen hat s. d. Situation weiter verschärft, in praktisch ganz Süddeutschland, inkl. DDR herrscht nun K, darin verwickelt sind bereits x Nationen, es gibt kaum Platz für so viele Sold.

Habe für Hegel 12 Flaschen Wein an 1 Käufer in Birsfelden gebracht, fl gepackt in 1 Veloanhänger, d. Hegel irgendwo aufgetrieben hat. Habe an d Transport Fr. 25.– verdient!

Verstehe noch immer nicht, wieso Sow d. K begonnen haben, d. Schäden in d. DDR sind enorm, d. Verhältnis zum Westen so gestört/kaputt wie noch nie, d. ök. Verlust riesig + all d. menschliche Leid.

Wieso?

Es wimmelt von Theorien, Spekulationen, Erklärungen, zuweilen ziemlich waghalsig oder auch 1fach blöd, doch irgendwie auch verständlich in d. Zeiten der totalen Ratlosigkeit + Verzweiflung. Noch nie habe ich 1 K gefühlt, jetzt ganz deutlich + zum 1. x ist hier Angst zu spüren, nackte, blosse, stechende Grundangst, es ist, als wäre 1 Tier aus 1 jahrzehntelangem Winterschlaf erwacht, unsere liebe, gute, solide, anständige, fleissige, pünktliche ArbeitsCH aus 1 wohligen Schlaf geweckt + erst noch von den Sow!

Das ist zu viel. Die CH erlebt d. grösste Krise seit 1848 + wenn d. K uns erreicht, dann blüht 1 Marignano mitten im Winter.

Bernie noch immer hier, heute all1, wollte mit mir was trinken, habe sie vertröstet.

27.1.1985....................

Spät ist es, spät in d. Nacht, habe mit Bernie, Jerzy + Hegel lange i d. Küche gesessen + über all d. sCHheissdreck geredet, mag kaum noch tippen, tue es aber trotzdem, d. Klang d. Maschine bringt Ruhe in m1 Leben, m1 Leben, das mir noch bleibt, bevor d. K es mir aus d. Händen nimmt.

29.1.1985 ....
Nun droht d. A-Bombe! Reagan, Thatcher, Engholm + Mauroy treffen s. morgen in London, um über d. A-Frage, wie MAN sagt, zu reden. Natürlich ist d. Propaganda + soll d. Sow/DDR/et al Angst machen + in d. Schranken wEISEN, anderseits ist d. K schon so extrem, dass nicht viel fehlt + d. Sache gerät aus d. Ruder, interessanterw. sind es d. Japaner, d. 1 A-Bombe am lautesten fordern, was vernünftigerweise nicht zu verstehen ist, aber möglicherweise psüchologischerweise, also unvernünftigerweise.

In Deutschland bricht d. Regierung aus1ander, aber d. spielt gar k1 Rolle, weil d. Land sowieso aus 1 an der gebrochen ist + d. Nato d. Szepter fest in d. Hand hält, dasselbe erleben wir auch in Italien + Frankreich.

Höre gerade – es ist 19 h –, dass d. CH 1 Ausgangssperre »für gewisse Städte + Regionen« 1richtet, mehr darüber morgen, völlig neues Gefühl, d. gabs noch nie hier, was soll denn aus uns werden?

Sämi hatte Auseinandersetzung mit Mutter, nun ist d. Sache offenbar geklärt. Habe lange mit ihm gesprochen, obwohl wir hin + wieder unterbrochen wurden, er bleibt in Flims, ich in BS, unsere Projekte sind stillgelegt wie 1 altes Kohlebergwerk, niemals mehr wird was daraus gefördert, wir sind Ruinen, noch keine 30-jährigen RUINEN!!

Wieder Schnee, 1 seltsamer Kontrast zum K-Programm, es ist, als würde die 1 Welt sich auf d. andere legen + verdecken für alle Zeiten.

Ich träume k1 Träume mehr, ist mir aufgefallen.

30.1.1985 ....
Tag d. Machtergreifung Hitlers. Niemand erinnert daran. Für Erinnerung bleibt k1 Platz, d. Gegenwart ist zu mächtig, sie verdrängt alles.

Was wird dereinst über d. 30.1.1985 in d. Geschichtsbüchern stehen, Anfangsphase 1 grossen Krieges (?genannt?), Umbruchzeit? Endphase? Zeiten d. Wirrnisse? d. Epochenumbruchs? Wohin treibt d. Welt? Wer wird wann wie wo warum untergehen? Die W-Fragen d. Zeit.

Textverständnis. Ist wirklich 1 Kunst.

In Ägypten soz. Regierung, Mohammedaner fühlen s. übergangen, in Syrien sow. »Berater« sehr aktiv, Opposition vern.

Problem: Nina will 1ziehen, Bernie kann nicht weg = 1 Platz zu wenig.

Sämtliche Verkehrsw sind unterbrochen oder bereits zerstört. Kaum jemand kann noch weggehen, viele Wirtschaftszweige völlig a Boden, ich kann mir nicht vorstellen, wie d. weitergehen soll.

Kati riecht wieder!!! Wäre nicht K, wäre es 1 Sensation, 1 RIESENEREIGNIS.

In Rumänien Demo gegen SU!! Wenn d. Katze aus d. Haus ist. Was, wenn s. d. Bewegung ausdehnt auf Bulg. Ungarn, DDR etc.??

Beat kommt am Wochenende nach BS, sein Dienst im Jura hat offenbar k1 Ende, er bleibt auf unbest. Zeit »i dä Versänkig«, wie er sagt. Wenn d. alles ist, dann hat er keine gr. Probleme.

Das Gute: K1 Sportanlässe, k1 Schlagerwettbewerbe, k1 Miss-Wahlen, k1 Fasnacht = k1 Nebensächlichkeiten.

Das haben wir doch immer gewollt.

3.2.1985 ....

Der Februar ist gekommen.

Der Krieg ist gekommen.

Beat ist gekommen.

Bernie ist gegangen.

Es scheint, dass sie 1 Weg gefunden hat aus d. CHaos wegzukommen, wer weiss wie + wo, gesagt hat sie dazu nichts, hat s. gestern Mittag von allen verabschiedet, fest + kurz = es ist für immer + ewig. Wir werden Bernie NIE mehr sehen!! Das ist traurig. Auch wenn wir 1ander nicht so nahe standen: es ist traurig! Denn es ist 1 Weggang in besonderen Zeiten + niemand weiss, wie es weitergehen wird mit uns, BS i. Spez. + d. Welt im Allg.

Also, m1 liebes Tagebuch: Ich will hier Bernie in guter Erinnerung behalten, möge es ihr gut ergehen in ihrem Leben + auch mit ihrem LOVVVVVER.

Habe für d. Lohn v. Fr. 30.– Wein nach Riehen transportiert, Hegel will nicht sagen, woher er d. Zeugs hat, legal gekauft ist d. Ware aber sicher nicht. (Der Käufer 1 schwuler, pensionierter Prof.)

Jerzy hat s1 Bea nach Hause geholt!! Ich halte d. für 1 total unsinnige Idee, denn Jerzy hat k1 Ahnung von Pflege 1 Behinderten + Bea ist nun x 1 Behinderte, K hin oder her. Doch Jerzy hatte schon immer 1 unvernünftige Seite, jetzt wirkt sie s. allerdings dramatisch aus, ja, so 1 K verstärkt alles, d. Unvernunft, d. Liebe + d. Hass, d. Angst + d. Unsicherheit, d. Dummheit + vielleicht auch d. Intelligenz + auch d. Vernunft. So 1 K ist wie 1 Vergrösserungsglas, 1 Zerstörer v. Nebensächlichkeiten = d. Wichtige erscheint: d. bringt uns nicht weiter.

Nun täglich r1-rheinische Gefechte, CH-Tote.

Ausgangssperre in BS!! Ab 9 ist nichts mehr los – TOTenstill. Doch Hegel + Kati haben SchLEICHwege gefunden, sind länger unterwegs als vor d. sog. Ausgangssperre.

Seit Tagen Kopfweh + leichte Übelkeit. Sollte nicht mehr so viel rauchen.

5.2.1985 ....

Hegel hat in 1 leerstehenden Haus »zufällig« 1 W1keller entdeckt! Ca. 500 Flaschen allerbeste Qualität!! Das ist unser KAPITAL. Damit leben wir d. ganze 1985!! Hegel hat mich ins Geheimnis eingeweiht, ich vermute nicht ganz uneigennützig, denn er kann d. Aufträge nicht mehr all1 bewältigen, Kati ist bereits 1gespannt, sie streut d. Sache gezielt, holt neue Kundschaft, d. Problem ist unser Radius, wegen d. Checkpoints können wir d. W1 nur im Kanton verkaufen + Binningen + Allschwil. Hegel hat 1 »Weinrucksack« gebastelt, mit d. man locker 12 Flaschen transportieren kann + erst noch unauffällig = 1 geniale Sache.

1 deutscher Sender meldet Herzinfarkt von Reagan, ist aber unbestätigt, man erfährt in solchen Zeiten nicht viel + nicht viel Wahres.

Die Kisten im Innenhof wurden über Nacht weggebracht, man sieht Schleifspuren im Schnee.

Kopfweh ist stärker geworden, jedes laute Geräusch verursacht Schmerzen, habe Maschine ins Bett geholt.

7.2.1985 ....

Ausgangssperre ist 1 Witz, je länger sie dauert, desto weniger wird sie 1gehalten. Zwar gibt es Bussen, doch wer zahlt schon Rechnungen in d. Zeiten! 1 Nebenerschlung d. K ist ja das Aus 1 an der

PHALL

en

d. Ordnung. Nicht d. Chaos oder gar – schlimmschlimmschlimm – d. AnarCHie ist ausgebrochen, sondern 1 wohl geordnetes durch 1 an der ganz der CH entsprechend, k1e Plünderungen, d. Gewaltdelikte sogar zurück!GEGANGEN, nur 1 rührende UNO-rdnung, von d. offenbar niemand (FAST niemand) profitieren will, viele haben s. sowieso zurück!GEZOGEN, nach Italien, TI, in d. Alpen oder ihr Inn!erstes. Bereits zeichnet s. 1 Schicksalsgem1schaft d. DagebLIEBEnen ab, MAN gehört zu d. Tapferen (auch wenn d. Gründe fürs Hierbleiben ganz ökonomischer-praktischer Natur sind) + hat von d. Weggezogenen k1 gute Meinung, MAN grüsst s. beinahe so wie Lastwagen- oder Töfffahrer (salitschauheysalizämmähoisali) unterwegs, MAN ist 1 an der Nah = allein durch d. TAT//sache, dass MAN hier geblieben ist + jetzt sowieso nicht mehr wegkommt, also macht MAN aus d. Not 1 Tugend, was kann Besseres passieren in K-Zeiten.

Über Reagan k1 Wort, weder Bestätigung noch Dementi, also ist was dran an d. Sache, s1 lahmer VizeBUSH kann s. bereits auf d. Socken machen, da werden d. Sow Freude haben.

Kopfweh etwas zurückg, dafür jetzt gr Müdigkeit, komme kaum aus d. Bett, schlafe viel, dazwischen mit Hegel + Kati »geschäftliche Sitzungen« Problem: es wird ital. W1 verlangt, im Keller sind aber fast nur frz. Weine!

Rheinbrücken bei Koblenz, Laufenburg + Bad Säckingen zerstört, unklar, von wem. CH-Armee sagt Sow Bomber, d. Sow geben d. westd. Armee d. Schuld.

Heftige Kämpfe westl. von Ulm.

Hoher sow-Offizier in Nürnberg erschossen.

Ami-Bomber in Luxemburg notgelandet.

10.2.1985 ....

Amis haben tschechische Grenze überschritten, Vorstoss Richtung Osten: Prag?? Sow werfen schwere Bomben auf Panzer, Luftkämpfe, es erinnert an d. WK, dabei ist doch 1985! Mit Frau G. Kaffee getr, von 1 Liebhaber erzählte sie nichts, dafür wie immer vom Theater, d. noch 2 Wochen spielt, dann ist Schluss, d. Frage ist: für wie lange? Frau G. blüht so richtig auf, viele »arrogante Schauspielarschlöcher« sind abgereist, abgetaucht, d. »grössten Feiglinge sind die Schauspieler«, je grösser d. Klappe auf d. Bühne, desto schlappschwänziger d. Mensch, es sei 1 grosses Aufatmen im Theater, d. Verbliebenen halten zusammen + bedauern d. Weggezogenen k1 Sekunde, k1 Millisekunde. Sie war sichtlich um mich bemüht: Warum? Geschlechtliches? Gschpröch? Ustuusch? Geld? Bier? Sie scheint was von unserem kl-gr Reichtum zu ahnen. Vielleicht auch nicht.

Beat wird in d. Ostschweiz verlegt, was ihm gewaltig stinkt.

11.2.1985 ....

Nato erWÄGT 1satz von taktischen A-Bomben, was auch immer d. bedeuten soll. (??taktvoll/anständig/diskret/höflich/f1fühlig??) Sow droht erneut mit schweren A-Bomben auf US-Gebiet.

Krenz in Moskau.

Von Reagan k1 Wort.

Von Bernie nichts gehört, Kati meint, sie sei nicht über d. Grenze gekommen, traue s. aber nicht zurückzukehren. Das ist Katis Wunschdenken, sie gönnt ihr 1 Misere.

Mir geht es wieder etwas besser, doch noch nicht d. alte Schwung.

Jassabend mit Hegel-Freunden.

13.2.1985 ....

Meine Mutter hatte 1 Unfall! Sie ist mit d. Velo gestürzt + hat s. d. Schulter gebrochen! Schw völlig verzweifelt, will, dass ich ins TI komme, doch wie soll das geschehen?? K1er kommt da durch, spätestens in ZH ist Ende d. Durchreise. Die Situation wird s. wieder beruhigen, schliesslich funktioniert im TI alles tipptopp, d. besten Teutschen Ärzte sind doch dort.

Petra nun auch in d. »Weingruppe«, sie ist nicht mehr nach ZH zurückgegangen, lebt irgendwo im Gundeli.

Nina ist am 1ziehen! Kann/darf/muss Möbel von Bernie übernehmen, d. mit 2 Koffern hier abgereist ist, selbst Bücher hat sie hiergelassen. Manchmal denke ich an d. Silvester 82/83, als wir 1ander küssten + 1 bisschen was machten mit1ander: Nina seither noch schöner geworden, etwas fülliger, d. Haare wieder länger + dunkler, was ihr gut steht + mir auch gleich was.

Am Wochenende haben wir Besuch von dt. Flüchtlingen: 1 Landschaftsgärtner, 1 Setzer. Beide aus d. Szene Freiburg.

Swissär Flugzoig in Mailand über d. Landepiste gerollt, 24 Tote.

Ziegensterben im Wallis.

ETA erschiesst Polizeichef.

In Spanien Lenkwaffen stationiert.

Eis + Schnee + TROSTLOSIGKEIT.

16.2.1985 ....

Deutsche 1getroffen. Machen 1 2spältigen 1druck. H.J.!!! geht davon aus, 1 CH-Spezialist zu s1, Olaf ist d. gr. HINTERfrager + rülpst ausserdem ständig. Kaum waren d. D. da, HERRschte Anspannung: Die D. schürfen, bis sie Konflikte finden! Dann geht d. Diskutiererei los, dieses Augen- + Kopfverdrehen, dieses d. Körper nach vorn + hinten werfen, dieses An- + Abschw. d. Lautstärke d. Stimme, d. Melange aus KlugscheiSSerei + Betroffenheit: unerträglich!! Hätte d. beiden am liebsten an d. Grenze gestellt, wo irgendwelche Sow oder Nato oder??? sie an den richtigen!!! Ort gebracht hätten.

Nina will regelmässige WG-Gschprööch. Sie hat so besondere Vorstellungen von 1 Kollektiv. Ich glaube, sie wird d. Vorstellungen bald 1 x verlieren.

Der K heftig, heftiger, am heftigsten. Reagan scheint am Leben, hat was in US-TV gemurmelt, Gorb. fordert int. Friedenskonferenz, während s1 Armada d. Süden D. weiter umpflügt.

Intellektuelle streiten über K + alle Fragen-Probleme-Aspekte, d. damit zusammenhängen. Es zeichnen s. 3 Gruppen ab: Pazifisten, Bellizisten, Schweizer.

Von Sandra geträumt. Mit nassen Augen erwacht. Ach-Ach-Ach!!!

Das Problem KriegsNeuRosen ist über d. AtlanTick gesprungen. Die Psüchis sollen europaweit überfüllt s1, es macht s. 1 Massenangst/Massenpanik/Massenhysterie bemerkbar, wir sind nicht mehr harte K-Völker, wir sind 1 Massenvolk mit Massentourismus + Massenmedien + massenhaft verweichlicht + orientierungslos = VERLOREN.

18.2.1985 ....

Montag. Deutsche noch da, aber lautlos.

Ganz gr Problem: Die Verwaltung d. Hauses funktioniert noch: Wir haben »letzte aussergerichtliche« Zahlungsaufforderung erhalten! Inzwischen hat s. was angehäuft, ich weiss nicht, ob wir d. Rechnung bez können, trotz W1. Erstaunlicherweise machen s. Hegel + Kati kaum Sorgen darüber, hat Hegel so viel Geld mit W1 gemacht?

Im K wenig Veränderung, alles fragt s., was ist mit Reagan? Ist er bei Sinnen? Oder gar tot? Wird 1 A-Schlag vorbereitet? General Moll (»Momoll«) nun tägl am Radio, will beruhigen, gelingt ihm nicht zu überZeugen, dass d. CH »gerüstet« ist, glaubt niemand, ist 1 Witz, 1 grosser Witz, wenn s. d. K über uns ergiesst, sind wir verloren, lange mit Mutter tel, es geht ihr 1 wenig besser, ist aber sehr verzweifelt über d. allg. Lage + bat mich wiederum, ins TI zu kommen, m1 Schwester sei mit d. Situation völlig überfordert. Habe ihr gesagt, dass ich versuche, in d. Süden zu gelangen. Wie =?? Ob =?? Überhaupt =??

Der K ist gr, MAN erfährt darüber wenig. Es gibt 1 paar Radiostationen, d. recht gut berichten, doch 1. ist es sehr schwer, d. Sender im Radio zu finden + 2. gibt es dauernd Störsender, d. CH-Zeitungen sind vorsichtig geworden in d. Berichterstattung, selbst die ENZETTZETT wägt die Dinge hin + her + spricht von »gefährlichen hegemonialen Bestrebungen beider Blöcke«.

Uno versucht wieder Verhandlungen in d. Wege zu leiten.

Gestern 1 wenig Frisch gelesen. Finde d. Tagebuch ist mit d. K aktueller geworden, weiss aber nicht recht warum.

Bayern zugefroren, Kälte behindert Panzer.

20.2.1985 ....

Von Kindergartenzeiten geträumt. Die Kindergärtnerin (??) setzt s. neben mich auf d. Bänkchen + schlägt auf 1 x mit d. Faust auf d. Tischchen, so dass m1 Turm, d. ich aus farbigen, an d Ecken v Generationen abgekauten Klötzchen gebaut habe, zusammenfällt + dabei 1 lautes Geräusch verurs8, d. mich (in d. Kindergartenzeiten) an etwas erinnert, d. ich aber nicht benennen kann, weshalb ich nicht sogleich reagiere, sondern erstarrt, wie für 1 kl Augenblick gefroren, so, mit geradem Rücken, d. Hände auf d. Pültchen gelegt, dasitze, während mir d. Kindergärtnerin d. Rücken mit tierwarmen, spitzen Fingern streichelt, was mir gar nicht gefällt, worauf ich losschreie, aber nicht weiss, ob ich dies wegen d. zusammengef. Turms tue oder weil mir d. Kindergärtnerin d. Rücken gestreichelt hat. M1 T-Raum-Schrei hat mich dann selber aufgeweckt.

Manchmal kommt mir m1 Stoffbär vor wie 1 liebes Haustier. Ich streichle ihn + rede mit ihm, bin ich verrückt oder sind es 1fach die Zeiten??

Wieder 1mal kalt in m1 Zimmer = es ist Zeit, dass ich ins TI komme.

22.2.1985 ....

Kämpfe zw Lörrach + Schaffh. Sow haben gr Teile Süddeutschl. gesichert, aber auch gr Verluste in d. DDR + CSSR, unklar, ob weitere WaPa-Staaten in d. K hin1 gez werden.

Es ist Freitagabend. Wir haben uns angewöhnt, zusammen W1 zu trinken + Radio (rADIOS?) zu hören, Echo der Zeit. Wir: Nina, Kati, Hegel + ich. Nina bringt frischen Wind in d. Bude, sie ist nicht oder noch nicht vertraut mit unseren WG-Gesetzen + Umgangsformen, sie weiss nichts von Hegels abgrundtiefer Abneigung gegenüber Pop-Musik, von s1 leicht autistischen Art, d nichts mit Arroganz zu tun hat, von s1 Belesenheit, d. er niemals so nennen würde, von Katis ALL!ergie gegenüber ALL!em Religiösem, ALL!em Familiären, ALLem, was von d GenerALL!inie abweicht, sie weiss nichts v Hegels Freund, v Katis Stimmungsschwankungen + sie weiss kaum etwas von mir, ausser, dass ich! gut! küsse. Dass i solchen Zeiten jemand i unsere WG 1zieht, ist irgendwie kurios, denn MAN zieht von BS weg + zwar schleunigst, ohne Aufsehen + ohne Rücksicht auf HiergebLIEBEne.

DENN d. K ist nah. MAN muss in napoleonische Zeiten zurückgehen, um für d. CH 1 vergleichbares Szenario zu finden. Im Prinzip ist d. CH bereits in d. K verwickelt, auch wenn noch k1 sow oder US-Panzer oder Sold auf unserem Terr. sind, doch tägl fliegen irgendwelche Geschosse (woher auch immer) über d. Rhein + täglich gibt es Zerstörungen, auch schon ca. 7 (sieben) tote CH-BUERGER!!

Bomben auf Prag.

»Art Basel« abgesagt.

Reagan nicht tot. NZZ bringt 1 Seite zum Nicht-Tod.

24.2.1985 ....

Wir ziehen um!!

In St. Alban 1 wunderbares Haus frei, völlig frei.

Garten, alter Baumbestand, Bibliothek, gr Küche, vollständig möbiliert, Wasser, 8 (acht!) Zimmer, Gas + 1 Weinkeller!!!

Kati hat d. Haus gefunden, es liegt nur 1 paar 100 Meter neben d. Weinkeller, der nun fast k1 Weinkeller mehr ist, weil geplündert (»d'wallisär pfützä lömmer det«, sagte Hegel).

Auch in d. Nachbarschaft stehen schon viele Häuser frei, wir haben also nichts zu befürchten.

Hegel ist beschwingt + munter, er ist richtiggehend offen geworden, s1 Augen schauen 1 an und s1 ganze Haltung drückt Zuver/Sicht + 1 Fröhlichkeit aus, d. ich noch nie bei ihm gesehen habe.

Und d. Tessin? frage ich mich jetzt!? Was soll ich denn tun? Habe m1er Mutter versprochen nachzureisen. Spreche ich mit Kati, findet sie m1 Idee total »denäbä«, Hegel schaut mich dann mit s1 unglaubl. tief-braunen – tief-ruhigen Augen an, lächelnd irgendwie, fragend irgendwie, hinterwitzig irgendwie + sagt: »Muesch halt luegä was goht.«

Am 1. März wollen wir dort 1gezogen sein, das heisst: 1 paar Tage schleppen, buckeln, zerren, tragen, fluchen.

25.2.1985 ....

1 paar Idioten haben heute d. »Morgestraich« gefeiert, sind tatsächlich mit ihren idiotischen Pfeifen + Trommeln durch d. Stadt marschiert + taten, als sei nichts gewesen. Doch vielleicht ist d. gerade d. Wesen d.

Fasnacht: tun, als sei nichts gewesen, als gäbe es nichts anderes, als zu pfeifen + zu trommeln, als wäre MAN blind + taub + dumm. Es ist 1 1igelung, d. Fasnacht, 1 1igelung in s. selber, weil MAN d. Welt nicht sehen, nicht hören + vor allem nicht fühlen will, weil MAN d. Welt hasst, weil MAN sie nicht versteht. Die Fasnacht ist d. Versuch, d. Welt verstehbar zu machen, d. Welt auf 1 Bonsai-Niveau herunterzuzerren/bringen/locken/rufen, weil es anders nicht geht, weil es anders nicht auszuhalten ist, weil es diese BS-Hohlköpfe anders nicht aushalten, weil sie d. Welt anders nicht verstehen =

Fasnacht als Mikro-Hermeneutik.

Trivial-Interpretation.

Philosophie d. Dummen + Besoffenen.

Der besoffenen Dummen.

Back to the roots: Die Fasnacht ist ja 1 mil Brauchdumm, warum also nicht in K-Zeiten 1 bisschen herumdudeln, im Kopf all d. Kompanien, d. früher stramm folgten. Heute folgt k1 mehr, heute sind d. Cliquen, wie MAN sie hier nennt, d. Verlorenen, d. Zurückgebliebenen, d. Schlachtopfer. Asche über sie.

Nicht gelungen, mit d. Rauchen aufzuhören.

Soeben mit Hegel lange geredet + erneut 1 Pomerol getrunken, Hegel ganz munter + lustig + aufrecht. Also nur kurz: Petra wird auch einziehen + ev. noch andere = Platz ist ja da.

26.2.1985 ....

In d. Nacht blitzen K-Gewitter auf. MAN hört d. aggressive Gebrumme d. Panzer, ver1zelte Rufe von Sold oder Verängstigten, d. Wegzischen v Raketen wie am »Erschtä Augschtä«, hin + wieder Sirenen + ich weiss nicht, was d. alles zu bedeuten hat. Ist d. K schon 1getreten oder hat er erst angeklopft oder ist d. alles nicht mehr als 1 Arrangement 1 lässigen Regisseurs? Die Stadt wie am Anfang oder kurz vor dem Ende. K1er kann d. sagen. Blicke ich vom Balkon aus in d. Ferne, sehe ich: d. Ende / d. Anfang / d. Ende / d. Anfang, Hegel (nach 1igem Pomerol) meinte, d. sei Metaphysik in d 1. Potenz.

Nina hat mir erzählt, dass sie Geld geerbt hat + nun dieses Erbe total »lachhaft« findet.

M1 Zustand wird immer schwebENDEr. Was kann MAN dagegen machen? Soll MAN was dagegen machen?

Wieso mit Rauchen aufhören? Wenn K ist, hört doch niemand mit Rauchen auf!

Temperatur konstant bei ca. 0 Grad, letzte N8 leichter Schneefall, jetzt sogar 1 bisschen Sonne.

Erneut Übersch

ALL

Lärm.

28.2.1985 ....

Es ist der 28. Februar 1985 und der Krieg hat die Schweiz erreicht.

Bei Singen versuchten amerikanische und kanadische Kampfflieger vergeblich, sowjetische Truppen an der Rheinüberquerung zu hindern. In Schaffhausen fallen Bomben, Schweizer Truppen kämpfen jetzt.

Es ist ein historischer Tag. Der 28.2.1985 wird einer der wichtigsten Tage der Schweizer Geschichte sein. Zweifellos.

10.3.1985 ....

Vieles ist geschehen hier, die Geschichtlichkeit nimmt kein Ende, die Gewissheit keinen Anfang.

Mit grössten Schwierigkeiten, die uns der Krieg (vor den Toren Basels) und alle seine Umstände bereitet hat, sind wir, das sind Nina, Petra, Hegel, Kati und ich, in unser neues Domizil in St. Alban eingezogen. Mit Ausnahme des Küchentisches, der mehr eine symbolische als eine materielle-praktische Bedeutung hat, liessen wir sämtliche Möbel in der Hegnauer stehen, weil das Haus in St. Alban komplett möbiliert ist und auch sonst in jederlei Hinsicht an Komfort und Platz weitaus mehr zu bieten hat als das, was wir in jahrelanger Praxis erprobt hatten, weshalb uns der Umzug, wenn man diese stumme, überaus rasch durchgeführte Aktion in einer kurz vor der Hinrichtung stehenden Stadt so nennen kann, so leicht fiel wie der Wechsel einer Zahnbürste. Weil im Haus in St. Alban ganz im Gegensatz zur Hegnauer ein in unseren Augen geradezu bizarres Überangebot an Zimmern besteht, gestaltete sich der sogenannte Zimmerbezug vielmehr aus Verlegenheit denn aus Rivalität zu einer unerwartet langwierigen Angelegenheit, die Hegel dann mit einem energischen »So also fertig« beendete.

Mein Zimmer liegt über dem Rhein und bietet einen schönen Blick auf den Krieg.

19.3.1985 ....

Kein Rausch, kein wegweisender Gedanke, kein Augenzu- und -wegschlag und überhaupt nichts, was dem Menschen an Verdrängungs- und Abdrängungsmöglichkeit von wem auch immer mitgegeben ist, kann verhindern, den Krieg wahrzunehmen, der nun, als wäre es eine stetig und gleichförmig sich ausdehnende von einer immensen Natürlichkeit fallende Wolke, nicht nur mein Land, sondern auch meine Stadt erreicht hat und damit mich: Ursus-Bär.

Was jetzt nicht angebracht ist: Pathos und Wehklagen und Sehnsucht.

Die Realität der TV-Bilder ist gekippt in die Wirklichkeit. Die Wirklichkeit hat die TV-Bilder vollständig übernommen, es gibt kein TV mehr, keine Differenz mehr zwischen diesen beiden Dingen, keine Dualität diesbezüglich. Wir sind mittendrin.

20.3.1985 ....

Unsere WG ist gewachsen, neu wohnen Eva und André hier, beide mit Hegel seit Jahren lose befreundet (wenn dies überhaupt möglich ist), Eva habe ich ein paar Mal an Demos und im Hirschi gesehen, André ist ein neues Gesicht, hat die Uni im letzten Jahr abgeschlossen, seither ohne »Job und Ziel« (Hegel). Die beiden sind ruhig, nett und vielleicht auf dem Weg, ein Paar zu werden.

Unser Alltag besteht einerseits in Kriegsbeobachtungen, wir sind kaum noch auf Radio und TV angewiesen, die Schau spielt sich quasi vor unseren Augen ab, und andererseits im Versuch, uns hier wirtschaftlich auf eine längere Zeit einzurichten, was uns nicht schlecht gelingt, denn Hegel hat eine neue Weinquelle entdeckt, wie er jene bourgeoisen Weinkeller bezeichnet, die erst aufgrund mehr oder weniger grosser ausbeuterischer Machenschaften irgendwelcher, jetzt in ihren alpinen Chalets dahinlümmelnden Grossbürger aufgebaut werden konnten, er durchkämmt die öffentlichen und privaten Bibliotheken nicht mehr nach philosophischen Werken, sondern nach Büchern, die sich im engeren oder weiteren Sinn mit Wein befassen. Hegel hat, und dies macht das Hegel'sche an ihm aus, nicht nur das kleinste, sondern auch das einzige schmutzige Zimmer unserer Villa bezogen, was aber für ihn insofern nicht allzu bedeutsam ist, da er ohnehin die meiste Zeit in der Küche verbringt, wo er, seine Drums ohne Unterbrechung rauchend, ständig in irgendwelchen Schriften, Papieren, Büchern herumwuselt, dass man meinen könnte, er dirigiert von eben diesem Küchentisch eine Weltfirma, weshalb sein zimmermässiger Verzicht sich wieder relativiert.

---

*Eva Caviezel *28.5.61, beteiligt an der »Mobilen Kommune« gegen den Staatsbesuch der Königin Elisabeth II., Gründung des Empfangskomitees »Elisabrit«, am 1.5.80 um 09.00 h Protestmarsch in Basel gegen das Gelände der »Grün 80«. Erkannter Teilnehmer an der Demonstration »Nackte Gewalt« vom 20.6.80 und »mer wänd es autonoms Jugendzentrum« vom 23.6.80, erkannter Teilnehmer an Demonstration »Autonomes Jugendzentrum jetzt« vom 28.6.80, Farbschmierereien, Sachbeschädigungen, figuriert auf der Liste von Teilnehmern der Vollversammlung der Häuserbesetzung an der Ryffstrasse 19–25, Teilnahme an Kundgebung gegen die Diskriminierung von Ausländern (Türken im Besondern) vom 19.3.83, auf der Liste erkannter Teilnehmer an der Demonstration »Gegen die Intervention der USA in Zentralamerika«, nahm an unbewilligter Manifestation »Anti-HOFFMANN-LA-ROCHE-Demo« vom 11.6.1983 teil, ebenso an unbewilligter Dioxin-Demo (Bezug: Seveso-Affäre) vom 29.6.1983 (Zwischenfälle unterblieben), aktiv im »Nicaragua-Komitee«.*
Über »André« ist nichts Nachteiliges bekannt.

25.3.1985 ....

Die Schweiz befindet sich im Krieg. Dieser Satz wird, ist er einmal schriftlich festgehalten, noch absurder, als er in Gedanken sich präsentiert. Mehrere Generation sind hier aufgewachsen im Bewusstsein, dass Krieg etwas ganz Schreckliches ist, jederzeit ausbrechen kann – aber niemals in der Schweiz. Der Krieg war das Fremde an sich. Es spielte sich stets dort ab, wo nicht Schweiz ist. Stets waren unsere Grenzen, wie im ersten oder zweiten Weltkrieg, mächtig genug, das Fremde abzuwehren, und so sollte es sein bis in alle Ewigkeit, amen. Deshalb ist der Satz »Die Schweiz befindet sich im Krieg« so absurd, so unmöglich, so misslungen. Man schämt sich, ihn aufzuschreiben. Weil der Satz weder jetzt noch künftig wahr sein kann. Es ist, als schriebe man »Auf dem Mond wohnen grüne Männchen«. Ich glaube, viele in der Schweiz haben noch nicht begriffen, dass die Unmöglichkeit Wirklichkeit geworden ist. Denn nichts anderes passiert gerade jetzt: Die Fiktion wird Wirklichkeit.

Die sogenannten Kämpfe nähern sich Basel. Betrachtet man die Karte, und dies gehört heute geradezu zur alltäglichen staatsbürgerlichen Pflicht, zeichnet sich ein umkämpftes Dreieck im Süden Deutschlands ab mit den Ecken Erfurt – Basel – Salzburg. Stuttgart blieb weitgehend verschont, München ist weitgehend sowjetisch, was jenseits der inzwischen stark durchlöcherten Mauer geschieht, ist ziemlich unklar. Fest steht, dass in der DDR viel zerstört wurde, der Westen der CSSR stark zerstört ist, in Prag grosse Angst herrscht und in Österreich zwar viele Menschen flüchten, aber mit Ausnahme der Region Salzburg bis jetzt keine Kampfhandlungen stattfanden.

Eva und André haben die Umgebung unserer Villa recherchiert: Es stehen 6 Wohnungen und 3 Häuser leer.

Sämtliche Schulen und Kindergärten in der ganzen Region sind geschlossen, die meisten Geschäfte ebenso, die Firmen arbeiten nicht mehr oder nur sehr reduziert. Der Regierungsrat wie auch eine Delegation des Grossen Rates tagen ununterbrochen an einem unbekannten Ort. Die Basler Zeitung erscheint unregelmässig, ist noch dünner und dümmer als gewohnt, das TV sendet eingeschränkt (Unterhaltung ist gestrichen), einzig das Radio macht noch den Eindruck von Normalität.

Gerade gehört: 2 Oscars für Rambo 2.

28.3.1985 ....

Vor einem Monat brach in der Schweiz der Krieg aus.

Gestern mussten wir einen jungen Mann abweisen, der in unsere Villa einziehen wollte: Full House. Wir sind sieben Personen und eine Katze (von André).

Vorhin gab es am Tüllinger Hügel einen Brand. Ich konnte nicht erkennen, was gebrannt hatte.

Meine Mutter habe ich endlich erreicht. Es geht ihr körperlich besser, psychisch nicht. Ich versuchte ihr zu erklären, warum ich nicht ins Tessin reisen kann. Sie hat es nicht verstanden, aber akzeptiert. Meiner Schwester geht es offenbar schlecht. Sie vermisst nicht nur ihre gewohnte Umgebung, sie vermisst auch ihren Beat, was mich erstaunt, hat er sie doch x-fach betrogen und sich dann einfach abgesetzt, doch die Frauenseele klammert gewisse Tatsachen einfach aus.

Gerüchte besagen, dass die Chemische Industrie Abkommen mit den Sowjets getroffen hat. Kann man Gerüchten trauen? Kann man Nachrichten trauen? Nicht selten verwandelt sich das eine in das andere.

Denke oft an meine Mutter, die zusammen mit meiner Schwester und ihren beiden Kindern in einer 4-Zimmer-Wohnung in Locarno wohnt, wartet, haust, vegetiert, wie Hunderttausende andere auch völlig verunsichert, nervlich angespannt. Doch was soll ich tun?

31.3.1985 ....

Der Krieg hat Basel erreicht!!! In Kleinhüningen sind Bomben gefallen, in Grenzach sollen Panzer stationiert sein und nur auf den Befehl warten, Richtung Basel vorzustossen!!! Niemand weiss etwas Genaues, dass Krieg jetzt bei uns herrscht, steht jedoch fest: Wir können ihn SEHEN!

Wir sind alle zu Hause und besprechen pausenlos das weitere Vorgehen. Die beiden Neuen sind nicht allzu analytisch, aber solide, ich glaube, Hegel und Kati haben sie aufgenommen, um Schlimmeres (Jerzy?) zu verhindern.

Draussen herrscht eine unglaubliche Situation, ich scheitere im Versuch, sie zu beschreiben.

14.4.1985 ....

Wir sind noch alle am Leben, das ist das Wichtigste, doch in der Stadt und rundherum ist viel Leid geschehen, man spricht von ca. 100 Toten, wahrscheinlich gehört auch Jörg dazu, jedenfalls wurden auf dem Balkon seiner Wohnung zwei verkohlte Leichen gefunden.

Der Norden von Basel ist hart getroffen, offenbar versucht die CH-Armee, den Vorstoss der Russen zu bremsen, was aber nicht wirklich gelingt, die Nato beschränkt sich auf Ziele weiter nördlich. Wir können uns kein richtiges Bild machen, die Situation ist viel zu verworren, auch das Radio weiss nicht viel mehr, in Zürich und Bern herrscht offenbar Aufbruchstimmung, wer kann, der geht – südwärts.

Man hört Tag und Nacht Gefechtslärm, das Rollen der Panzer, Funkgezirpe, manchmal schiessen Leuchtraketen zischend in den Nachthimmel, dass man für einen Augenblick den Eindruck hat, es sei Nationalfeiertag; 1. August. Doch es ist Sonntag, 14. April und in Basel herrscht Krieg.

Von meiner Mutter nichts mehr gehört. Alle Leitungen tot. Ohne Radio wären wir vollständig isoliert.

Kann mir vorstellen, dass ich nicht mehr lange Tagebuch schreiben werde. Was ich vor Jahren begonnen habe, geht zu Ende, wie sich wahrscheinlich alles dem Ende zuneigt. Meine Zeit in Basel war überaus spannend, vieles ist geschehen, viele Leute habe ich kennengelernt, einige auch wieder verloren und vergessen, doch bin ich sehr froh, hier zu sein – gewesen zu sein. Mit Hegel und Kati verbindet mich mittlerweise eine tiefe Freundschaft, wer weiss, wie dies alles weitergeht.

Immerzu treiben Rauchschwaden ins Quartier, ja sogar in unser Haus. Der Geruch des Krieges.

19.4.1985 ....

Basel wie Beirut. Basel als Beirut.

Trümmer, Tote, vollkommen unklare Fronten, Schweizer Flugwaffe bombardiert russische Panzer, MIG bombardieren Strassen, Brücken, Klär- und Stromanlagen, Industrie offenbar wenig beschädigt, von der Regierung seit letzter Woche nichts mehr gehört. Strassen und Plätze werden nur noch rennend überquert, auch von uns.

Hegel, Kati, Petra und ich sind über den Münsterplatz runter zum Rhein gegangen, dann Richtung Johanniterbrücke, die als einzige Brücke noch intakt ist, bis zum Horburgpark. Von dort konnten wir die Trümmerlandschaft gut sehen: Basel = Beirut.

21.4.1985 ....

Irgendein monströser Querschläger ist auf dem Münsterplatz eingeschlagen, hat dort zwei Platanen umgerissen, weiter nichts.

Unsere Lebensmittellage ist schlecht. Zwar haben wir noch Wein für einige tausend Franken gelagert, doch kaum noch Teigwaren, Käse, Kartoffeln, Bier, Zigis. Milch und Joghurt sind gänzlich ausgegangen. Wir müssen uns was überlegen.

TV-Empfang nicht mehr möglich, keine Zeitungen mehr erhältlich, kaum noch Menschen, die man sieht: Insulaner sind wir.

Wir Insulaner.

25.4.1985 ....

SpazierGang durch den Krieg, durch eine rauchende, dampfende, stinkende, ätzende, apokalyptische BaselTrümmerLandschaft, mehrere ausgebrannte Panzer, Pinzgauer, Lastwagen, Geschützstellungen, Armierungseisen zerbombter, ruinöser Gebäude wie freigeschossenes Geäder, überall Wasser geborstener Leitungen, umherirrende KatzenHundeObdachloseVerstörte, die Nahrung oder was auch immer suchen – wie wir – haben unsere Rucksäcke gefüllt mit Esswaren aus MigrosCoopEtc., wo schon viele andere da waren und nahmen, was sie brauchten: Selbstbedienung ist das Signum der Zeit. Die Menschen gehen in den Norden der Stadt, wo die Bomben fielen, wo Selbstbedienung möglich ist, ein Mann, der auf einer Bank einer Tramstation sass, als käme nächstens ein Tram, fragte uns in schlechtem Deutsch »wo heut Frischgemus«, Hegel nahm ihn stumm am Ärmel und führte ihn mit uns, bis wir in einer Seitenstrasse einen kleinen Laden fanden, wo noch ein paar geschrumpfte Rüebli und Sellerie herumlagen, die der Mann ohne ein Zeichen der Dankbarkeit in seine Jackentasche steckte und verschwand, während wir ein paar Dosen mitnahmen, die wir unter der ausgeräumten Kasse entdeckten.

Jetzt gerade wieder Kriegslärm, fühle mich angespannt-leer-berauscht, obwohl ich seit Tagen keinen Alk getrunken habe, die Zeit lässt diese Lust nicht zu, seit ein paar Tagen fast keine Gespräche, kein Gerede mehr hier, alle für sich in den ZimmernGemächernZellen, alle vom Krieg auf sich selber zurückgebombt, keine WG, keine Gemeinschaft mehr, sondern eine Ansammlung von Einzelnen, von Überforderten, von Entrissenen, dem Leben gerade noch einmal Entronnenen.

28.4.1985 ....

Rund um Basel schwere Kämpfe. Unklar, ob Nato oder CH-Armee aktiv oder D-Armee, unklar, wie die Lage ist, wer wo welche Vorteile oder Nachteile vom anderen weggebombt oder herausgebrochen hat. Wir sind mittendrin und wissen nichts. Das ist doch, wenn ich völlig von Chaos umgeben wieder einmal einen klaren Gedanken fasse, ein grosser Widerspruch, Kati hätte noch vor ein paar Monaten von einem Hauptwiderspruch gesprochen, und ich frage mich, was dies für andere, weniger kriegerische Gebiete, zum Beispiel für die Philosophie, zu bedeuten hat, d. h. wie nahe man dem Objekt denn sein muss, um es zu erkennen, ein Insektenforscher zum Beispiel oder ein Sternenforscher, wie nahe müssen sie am Käfer oder am Stern sein, um zu erkennen, die Wahrheit zu sehen? Was ist die Distanz der Erkenntnis?

Die Stimmung in unserer Villa ändert sich täglich, manchmal stündlich, wir sind frohgemut, zuversichtlich und übermütig, dann überkommt (-fällt) uns plötzlich Schwermut und Angst, stehen dann auf dem Balkon und schauenstarrensehen über den Rhein ins KriegsGebiet, ins Gebiet des Krieges, ins Herz des Krieges, wo Dinge vor sich gehen, die uns nichts angehen, um die herum wir aber nicht kommen.

Nicht herumkommen.

Wir sind Voyeure.

Voyeure des Krieges.

Kann mir die Sorgen meiner Mutter vorstellen.

Immer wieder Träume von Sandra.

Farbbänder reichen bis Mitte 1986.

Und dann?

1.5.1985 ....

1. Mai und kein Mensch geht hin. Es gibt, wenigstens von unserer Villa (Kati sagt »Bonzähüttä«) aus betrachtet, kein Zeichen von UmzugFeierDemoRedeWurst wie in all den früheren Jahren, als wir FriedenGerechtigkeitAntiAKWEtc heftig forderten, ich frage mich, wo überhaupt denn

all diese Leute hingekommen sind. Wie ist es möglich, dass eine Stadt ihre Menschen verliert? Oder sind sie gar nicht verloren, sondern nur unsichtbar? Oder sitzen gerade auf dem WC?

Petra erzählte von DDR-Soldaten, die man in Kleinhüningen gesehen habe. Das ist die ultimative Schreckensvision sämtlicher bürgerlichen Parteien, schlimmer gehts nimmer, das ist die Apokalypse in den Heiligen Schriften des Bürgertums. So gesehen hoffe ich, dass die Meldung stimmt. Andererseits kommt mir die Meldung seltsam vor, denn wie kann es möglich sein, dass die WaPa-Truppen so schnell und vor allem so ungehindert in Basel einmarschieren konnten, wo ist denn die Nato, die Bundeswehr, die Schweizer Armee? Man hört vom Frontverlauf in den letzten 2 Tagen nichts mehr, wir hören nur, dass wenige Kilometer von uns entfernt gekämpft und geschossen und bombardiert wird, immer wieder Flugzeuge knapp über der Stadt, das Gedröhne und Geschiebe irgendwelcher Panzer. Was wohl mit Beat ist?

Unser Weingeschäft läuft schlecht: viel Wein, wenig Kundschaft. Haben beschlossen, das Sortiment auszuweiten.

8.5.1985 ....

Viel passiert, weiss gar nicht, wo anfangen: Nato hat Region Basel aufgegeben, versucht, die Linie Freiburg-Stuttgart zu halten, kein Wasser und Strom mehr, Bundesrat hat gestern!! die Nato offiziell um Hilfe gebeten, Uno fällt auseinander, Nina seit Sonntag verschwunden, wir machen uns grosse Sorgen, AKW in CSSR von Bombe getroffen, Badischer Bahnhof zerstört, Spitäler völlig überfüllt, Medikamente (und Bier) knapp.

Heute vor 40 Jahren Kriegsende! Kein Gedenken, kein Gedanke.

12.5.1985 ....

Nina wieder in der Villa, sie war beim Claraplatz von einem Fliegerangriff überrascht worden, worauf sie mit einer Gruppe von Leuten in einen Keller flüchtete, wo sie aus Angst vor weiteren Angriffen drei Tage ausharrte, bevor sie, Haus um Haus, Strasse um Strasse, sich zu unserer Villa zurückduckte.

Ansonsten: Ausnahme wird zur Regel. Hätte nie gedacht, dass ich jemals über einen EIGENEN Krieg in meinem Tagebuch berichten werde, hätte nie gedacht, dass ich über ZERSTÖRUNGEN in Basel berichten würde, über absurde Versuche, lebendig über die Strasse zu kommen, über absurde Versuche, an Lebensmittel oder Batterien oder Zigis oder Zündhölzer oder Velopumpen zu kommen, hätte nie gedacht, dass eine SOZIALE Ordnung in so kurzer Zeit auseinanderbrechen kann und ein NVA-Soldat in Kleinhüningen in den Rhein schifft.

Bei alldem bin ich so mit dem gewaltigen, unmöglichen Scheissalltag beschäftigt, dass ich keine Zeit habe für AnderesBesseresHöheres, mein geistiges Leben ist tot, mein Beziehungsleben ausserhalb der Villa ist tot, mein Sexleben ist tot, mein Familienleben ist tot, mein Kulturleben ist tot. Was bleibt? Das vegetative Überleben. Dieses irgendwie optimistische Durch-Trümmer-Gehen, dieses Auf-den-Krieg-Horchen, dieses kleinliche Geldzählen und Nachrichteninterpretieren – Exegese im Pulverdampf.

Ausserdem regnet es seit Tagen.

14.5.1985 ....

In einem verlassenen Haus beim Münsterplatz riesige Bibliothek entdeckt! Hegel, Nina und ich waren heute Morgen ca. zwei Stunden dort, haben »gnöislät und gschnoiggät«, war absolut faszinierend, sehr vieles aus der deutschen Kulturgeschichte, aber auch Philosophie (gesamter Nietzsche, Schopenhauer, Feuerbach, Fichte!!), dazu dutzende Kochbücher, Reiseführer und Lyrik. Es muss schon einen Krieg geben, damit die Weinkeller und Bibliotheken des Bürgertums zum Vorschein kommen. Wären nicht die Sirenen losgegangen, wir wären jetzt noch dort. Doch die Bibliothek verschwindet ja nicht, die Eigentümer sind verschwunden, die Bücher bleiben. Wir haben uns die Jacken vollgestopft.

Man werde »drastisch« gegen Plünderer vorgehen, sagt die Armee. Doch es gibt keine Plünderungen, es gibt nur Gerechtigkeit.

In Syrien ist Assad offenbar geflüchtet, wahrscheinlich in die UdSSR, auch in Ägypten geht es drunter und drüber, früher hätte man über nichts anderes berichtet, jetzt sind es Nebensächlichkeiten.

Seit Tagen keine Bomben und Schüsse in Basel. Was hat das zu bedeuten?

Wir überlegen uns, ein Zimmer zu räumen und eine Bibliothek einzurichten, damit wir die besten Bücher von der Augustinergasse in unsere Villa bringen können, bevor das Gebäude zerstört oder zugemauert ist, wie es jetzt überall zu beobachten ist. Die Armee macht nachts vermehrt Kontrollen.

19.5.1985 ....

Sonntag, 19. Mai 1985, seit heute früh wird wieder geschossen. Die zehntägige Waffenruhe hier war trügerisch, man wähnte sich bereits in Sicherheit, hoffte auf Beruhigung, ja auf Frieden, wenigstens hier, die Strassen waren belebter, es fuhren wieder Autos und Velos, es schien, mindestens in Grossbasel, Normalität zu herrschen. Damit ist es nun vorbei. Wie wir gesehen und von Jerzy erfahren haben, der überraschend bei uns aufgetaucht ist, wurde das Gymnasium Bäumlihof von einer Bombe getroffen, ausserdem soll es Gefechte an der Klybeckstrasse geben, die Lage ist völlig unklar, die Schweizer Armee hat Basel offenbar noch nicht aufgegeben. Auch im übrigen Kriegsgebiet herrscht ein riesiges Durcheinander, die Menschen flüchten vor und wieder zurück, niemand weiss, wo es sicher ist. Habe im Radio den Begriff »polylaterale Frontsituationen« gehört, was auch in der NZZ stehen könnte, doch die ist in Basel nicht mehr erhältlich. Vielleicht, wenn wieder Kalter Krieg herrscht.

Ich glaube, Jerzy will hier einziehen, anders kann ich mir sein Erscheinen nicht erklären, er hat die »Friedenstage« genutzt, um hierherzugelangen und bei uns anzuklopfen. Doch unsere »Bonzähütta« ist voll.

Hegel zieht in den Estrich und stellt sein Zimmer für eine Bibliothek zur Verfügung! Während der letzten Tage hat er hunderte von Büchern hierhergeschleppt, die nun alle auf wackligen Türmen in seinem ehemaligen Zimmer auf Ordnung warten.

Saudi-Arabien schliesst »Freundschaftsvertrag« mit UdSSR.

Höre Gefechtslärm, sehe Rauch über Kleinbasel. In der Ferne Kampfflugzeuge, vermute MIG und Tiger.

Katis Geruch ist wiederhergestellt! Wir haben zusammen einen Fernseher in unsere Villa geschleppt, da ist es mir aufgefallen: Sie ist wieder ganz die Alte! Ich könnte sie stundenlang riechen. Sie ist unüberriechbar.

26.5.1985 ....

Krieg wird totaler, ja der Krieg wird täglich totaler, toter die Menschen, die in diesen Krieg hineingefangen sind, keine Chance haben, auch nur ihren Kopf über diesen Krieg herauszustrecken, keine Chance auf ein Über-Leben hier und jetzt, weil alles auf ein Unter-Leben, ein Unter-Gehen hindeutet, während wir in unserer Villa Unkunterbunt-Kunterunbunt uns in diesen KRIEGSZustand hineingewuselt, hineingeschlichen, hineingeredet haben und kaum noch wissen, wie es eigentlich draussen, wo KEINKRIEG herrscht, aussieht, draussen vor der Kriegshaustür, draussen in der langweiligen Wärme der Normalität, die wir stets verlassen und nun gefunden haben. Wir KatiHegelNinaPetraAndréEva+Ich, während jenseits des Rheins Armeen, die wir vom HOERENSAGEN kannten, nun in direkter körperlicher Form aufeinanderprallen-stossen-knallen-fallen, als wäre dieses Spektakel ein gigantischer PPPPOORRNNO, wo Schüsse zu sehen sind und ekstatische Leiber und Gestöhne und Löcher, die aufgerissen werden, aufgestossen werden und Leiber von EJAKULATIONEN niedergemetzelt, niedergedrückt, von einer spermatischen Blutspur überadert ...

Krieg wird totaler, täglich totaler, während Hegel sich um Wein+Buch kümmert und offenbar neue Kontakte erschlossen hat, die ihm das eine oder andere abkaufen.

31.5.1985 ....

Bin wieder einigermassen gesund, was bleibt, ist ein hartnäckiger Husten, der mich vor allem nachts quält, so dass ich kaum schlafe, zumal immer wieder die Sirenen heulen oder Überschallknalls zu hören sind.

Habe mit Hegel auf der Terrasse gesessen, Havanna-Zigarren geraucht und Krieg gehört. Man hört ihn jetzt nur noch aus der Ferne, nur hin und wieder detonieren irgendwo in Kleinbasel irgendwelche Geschosse, möglicherweise Blindgänger. Je länger der Krieg dauert, desto weniger zu begreifen ist er. Längstens haben wir uns von klaren Analysen verabschiedet, sondern betrachten die Sache sozusagen aus der Mikroperspektive, mit der wir uns zufriedengeben. Trotzdem: ein grosser Teil Süddeutschlands ist in sowjetischer Hand, die Nato hat offenbar eine Linie von Stuttgart nach Freiburg gezogen und die Gegend um Würzburg zurückerobert, München scheint sowjetisch zu sein, Österreich bis auf einige Bomben auf Salzburg nicht betroffen. So viel zum Frontverlauf.

Hier haben wir den grössten Schrecken fürs Erste überstanden, die Schäden konzentrieren sich weitgehend auf Kleinbasel, trotzdem: die Stimmung bleibt gedrückt, einzig Hegel ist emsig am Materialschleppen und -organisieren. Bis auf André, der offenbar mit ziemlich viel Geld hierhergekommen ist, bleibt Hegel unsere einzige Geldquelle. Ich habe ihn kürzlich beobachtet, wie er mit einem riesigen Glas Wein in der Hand durch SEINE Bibliothek spaziert ist und hin und wieder mit einer Zärtlichkeit, die ich bei ihm noch nie gesehen habe, über den Rücken eines Buches gefahren ist. Es ist, als würde der Krieg seinen Körper von vielen Fragezeichen befreien und seinen Blick bis hin zu den Menschen verlängern. Doch kein Wort von Arul, kein Wort von Universitas. Es ist, als hätte sich bei ihm eine innere Revolution vollzogen, welche alle frühere Zeit ausser Kraft setzt. Wir rauchten Zigarren und tranken Wein für über 100 Franken. Petra spielte in ihrem Zimmer Gitarre, irgendwas von Dylan, glaube ich.

6.6.1985 ....

Wieder Kämpfe. Gestern und heute rollen Panzer mit einer Affengeschwindigkeit durch die Stadt, stoppen plötzlich und jagen dann ihre Geschosse über den Rhein. So was habe ich noch nie gesehen!! Und auf dem Rhein immer mehr Trümmer, die teilweise noch brennen, und Gebilde, die aussehen wie aufgedunsene Körper.

Mit Nina Weinflaschen geputzt und geordnet und gutes politisches Gespräch.

Eva hat offenbar Nervenkrise, André klappert die Stadt nach Medikamenten ab.

Heute über 25 Grad.

AKW in CSSR soll Strahlung freisetzen, hörte ich von einer österreichischen Radiostation, doch man weiss nichts Genaues, wie man überhaupt kaum noch etwas erfährt, wir sind immer mehr auf unsere eigenen Augen angewiesen, Hegel hat einen riesigen Feldstecher gefunden, mit dem er von der Terrasse aus die Gegend nach Krieg absucht.

9.6.1985 ....

Heftiger Streit zwischen Hegel und Kati. Es begann, nachdem Hegel in der Bibliothek ein kleines Medikamenten-Kästchen an die Wand hängte, wo er teure Medis einschloss, die er von irgendwoher hatte, so wie er Zigarren, Bücher und Wein von irgendwoher hat und irgendwohin bringt. Kati nannte ihn einen »widerlichen Kriegsgewinnler« und »Sofakommunisten«, Hegel bezeichnete Kati als »blindes, dummes Huhn«, »getrieben von einem vulgär-trivialen Verständnis von Sozialismus«, worauf die Sache ausartete, bis Kati eine Flasche Pomerol aus dem Fenster warf. Hegel verliess die Küche und das Haus, laut fluchend und hustend.

Noch vor Monaten hätte mich ein solcher Streit aufgeregt und aufgewühlt, weil ich um den WG-Frieden fürchtete, der mir doch so lieb war, heute hat die Weltgeschichte solche Vorfälle auf ein angenehmes, ja geradezu erheiterndes Niveau herabgesenkt.

Ich sitze in meinem Zimmer, höre die Gitarre von Petra, irgendwo ein dumpfes GrollenRollenRumpeln (Krieg? Gewitter?), ein Knarren im Treppenhaus (jemand geht? jemand kommt?), ich höre das Geklapper meiner Maschine, die noch immer ihren wunderbaren Dienst tut, auch wenn die Umschalttaste in letzter Zeit etwas klemmt. Wie es wohl meiner Mutter geht, meiner Schwester und ihren Kindern? Wo Beat ist?

Und ich habe überhaupt keine Vorstellung, wie es mit meinem Leben weitergehen soll. Dieser ungeheure, skandalöse Vorgang, den wir Krieg nennen, hat erst gerade begonnen und nichts deutet darauf hin, dass dieser Vorgang, den wir Krieg nennen, in nächster Zeit zu Ende geht, also, was soll ich tun? Immer wieder diese Frage. Es ist überhaupt die wichtigste Frage überhaupt: Was soll ich tun? Diese Frage verbindet uns auf unangenehme Weise mit der Welt. Wir kommen nicht darum herum. ICH komme nicht darum herum.

Jetzt Sirenen, viele Sirenen. Irgendwas ist los da drüben.

Habe nicht herausgefunden, was los war.

Gehe schlafen, mit Hegel noch einen Schluck Wein getrunken, müde.

13.6.1985 ....

Ein Donnerstag im Juni, es ist wieder Bewegung in den Krieg gekommen: Luftlandungen der Sowjets bei Villingen, Versuche der Amis, Nachschubwege zu kappen, Krenz droht mit »Aktionen westlich des Rheins«, Uno bemüht sich um »Pufferzone« und unser Moll hat sich wieder einmal an »das eidgenössische Volk« gewendet, mit der Botschaft, dass die Armee und Regierung eins sind in der Abwehr bolschewistischer Gefahr, Blocher fordert »Sonderfrieden« mit »Teilen des östlichen Blocks«. In Bayern gibt es offenbar eine Bewegung »blau-rot statt tot«, man sucht den Kompromiss mit den Sowjets. Das vorher Einfachste, Strom, Gas, Wasser, Telefon, ist zum Schwierigsten geworden.

Und das Schwierige vorher (Pomerol, Havannas etc.) ist zum Einfachsten geworden.

14.6.1985 ....

Die Stadt fällt. Die Stadt fällt auseinander. Wir sind wieder Kriegsschauplatz.

Schauplatz des Krieges.

Bühne.

Die Bretter, die die Welt bedeuten.

Wir alle rätseln, warum Basel, warum diese kleine unbedeutende, bünzlige FASNACHT/BEBBI-Stadt, warum holen sich die Sowjets nicht Freiburg oder Stuttgart oder am besten gleich Paris.

Hegel hat sein Pult in die Bibliothek gestellt und logiert nun dort. Sitzt in der üblichen, schweren Krummheit, die Beine auf dem Pult, eine Zigarre im Mund und brütet Gedanken aus, deren Strahlkranz uns in diesem Leben nie erreichen wird.

Heftiger Kriegslärm, vor ein paar Minuten hat in der Nähe der Wettsteinbrücke irgendein Geschoss eingeschlagen, wieder Sirenen, wieder das ochsenhafte Getue der Panzer, das kriminelle Knallen der Flieger und über Strassen rennende Menschen, geduckt, als ob sich damit was verhindern liesse.

Jetzt wieder zwei Überschallknalls: schweizerisch, amerikanisch, sowjetisch? Oder, wie ich von André hörte, gar britisch? Wer tummelt sich gerade am Himmel über Basel? Excuse me, where do you come from?

How old are you? How long do you stay here? My name is Ursus, whats your name?

Hegel und Kati gehen sich aus dem Weg. Nina ist auf der Seite Hegels, glaube ich, die beiden anderen haben vom Streit nichts bemerkt, glaube ich. Hegel sehr verschnupft, sowohl körperlich wie mental.

15.6.1985 ....

Unveränderte Kriegssituation, offenbar schwere Kampfhandlungen hinter Lörrach, Schiessereien am Checkpoint bei Liestal, wieder Gift im Rhein, wieder Auseinandersetzungen vor dem Bundeshaus und in Genf wurde eine Partei gegründet, die den Anschluss an Frankreich verlangt.

Eva scheint es ein bisschen besser zu gehen, habe gestern lange mit ihr geredet und festgestellt, dass sie nicht so einfach gestrickt ist, wie ich dachte. Sie kommt aus einer französisch-deutschen Familie, die viel Geld mit Kücheneinrichtungen gemacht hat, ihr Bruder ist Europameister im Kanufahren, ihre Schwester hat als Ägyptologin promoviert, aufgewachsen ist sie in Schaffhausen (was man gut hört). Sie erzählte mir ewig lange von ihrem Philo-Studium, das sie nach 8 Semestern abbrach, dann Psycho studiert hat, dann Ethno und schliesslich bei Caritas Flüchtlinge betreute. Ich glaube, sie hat grosse Komplexe wegen ihrer erfolgreichen Familie, sieht aber ganz gut aus.

Immer wieder Stromausfälle, Hegel hat aus einer Kirche eine riesen Kerze geholt, sie mitten in die Bibliothek gestellt. Abends sitzt er vor der Kerze, raucht Zigarren, trinkt Pomerol und kritzelt was in ein Heft. Ich glaube, gestern hat er in der Bibliothek geschlafen.

Bombe in der Innenstadt.

16.6.1985 ....

Grosse Zerstörungen beim Hafen in Kleinhünigen, Nina erzählte von mehreren Toten, offenbar sowjetische Truppen vor Lörrach, in der Nähe von Augsburg sei »ultragrosse« Bombe niedergegangen, was auch immer das heissen mag, offenbar keine A-Bombe, hier Kläranlage zerstört, Folge: die Scheisse kann nicht mehr geklärt werden. Ach, erst jetzt sieht man, wie gut wir es hatten: Scheissen&scheissen, Scheisse fliesst ab, problemlos, unsichtbar und hygienisch fliesst die Scheisse ab, vereinigt sich unterwegs mit anderen Scheisshaufen, ganz unabhängig von Herkunft, Klasse und Geschlecht, fliesst weiter abwärts, demokratisiert jetzt aufs Glänzendste, geradezu beschwingt fliesst meinedeineunsere Scheisse ab, unter unseren stattlichen Häusern und Grundstücken fliesst gediegen, elegant in Rohren versteckt die Scheisse ab, die noch vor Minuten meinem Anus entflohen, unseren Ani entflohen, bis sie, die Scheisse, schliesslich zusammen mit allen anderen Scheissen&Scheissen in einem Becken landet, einem Schwimmbecken, einem Scheissschwimmbecken, wo es bald sehr eng wird, so dass die einzelnen Scheissen, vor Schweiss ganz schwitzend, sich nicht mehr allzu gut fühlen, weil die Raumsituation eng ist und bedrückend und auch ein wenig stickig, doch, einige Scheissen fühlen es bereits, bald wird alles geklärt, denn all diese Scheissen, woher sie auch kommen und wie beschwerlich ihr Weg auch war, werden geklärt, das heisst aufgeklärt, was nichts anderes heisst, als dass sie in die wundersam-natürliche Perligkeit klaren Wassers zurückgeklärt werden.

Das ist Auf-Klärung.

Und nun haben böse Bomben diese aufklärerischen Becken zerstört. Was für ein Scheiss!!!

23.6.1985 ....

Hegel, der in letzter Zeit unsere Villa regelrecht verhustet, verbringt seine Tage mit dem Ordnen der Bibliothek, stundenlangen Verhandlungen mit irgendwelchen Kunden, die er stets im leerstehenden Häuschen gegenüber empfängt und dem immer wieder neuen Erstellen von Preislisten. Ich glaube, er und Kati haben seit jenem RIESEN Streit nicht mehr miteinander gesprochen. Und ich glaube auch, dass er nicht wirklich wahrnimmt, was eigentlich geschieht.

Ich verbringe die Tage lustlos, lautlos, gedankenlos. Plaudere mit Hegel, mit Kati, mit Eva, organisiere Lebensmittel, Batterien, Kerzen, Zigis, Bier, versuche mit meiner Mutter zu telefonieren, was in den letzten Wochen nie gelang, versuche an Zeitungen heranzukommen, höre irgendwelche rauschenden Radiostationen, schlafe, wenn immer es geht, tippe auf meiner Maschine rum, beobachte den Krieg auf unserer Terrasse etc.

Gerade gehört, dass es in Kleinhüningen 8 Tote gab beim Angriff.

27.6.1985 ....

Front ganz nahe von Basel, dauernd Kriegslärm, dauernd Sirenen, Panzer, Flugzeuge, Soldaten aller Art, Panik, Angst, Verzweiflung, gestern stand eine Frau mit einem Kind vor unserem Haus und wollte telefonieren, Kati sagte ihr, dass auch bei uns das Telefon nicht funktioniert, was sie nicht hören wollte oder konnte, sondern weiter und in immer dringlicherem Ton nach einem Telefon verlangte, bis es Kati schliesslich zu bunt wurde und die Tür schloss. Die Frau polterte an die Tür, wir wollten es nicht hören. Es dauerte ca. eine 1/4 Stunde.

Am Stadtrand von Lörrach sollen die ersten WaPa-Truppen aufgetaucht sein, Hegel hat mit dem Fernrohr Fallschirmspringer beobachtet.

Mit Eva lange über Psychologie gesprochen, von der ich im Prinzip nichts verstehe, aber doch ganz gut darüber sprechen kann, vielleicht ist das das Erfolgsgeheimnis der Psychologie. Mit ihrem André, den sie seit der Primarschulzeit kennt, läuft es offenbar weniger gut, als es den Anschein macht, er hat genug von ihren Launen und Stimmungen, was sie als eine »Art von Untreue« interpretiert. Nun gut.

28.6.1985 ....

War auf Erinnerungs-Wehmut-Heimat-Nostalgietour = Besuch der Hegnauer, wollte wissen, was dort läuft, wer dort noch ist und ob alles okay. Und Frau Gehring: Wohnt immer noch dort, ich dachte die ganze Zeit, dass sie mit einem x-beliebigen Mann weggezogen ist, doch sie hält – als EINZIGE – die Festung Hegnauer. Als sie mich sah, sah sie zuerst über mich hinweg, als wäre ich <u>ein Hindernis in einer schönen Landschaft</u>, dann hickste sie 2-mal kräftig und sagte: »Sterben – schlafen –?schlafen, vielleicht auch träumen, ja, da liegt's. Wotsch en Schnaps?«

Ich wollte nicht, bekam aber – sie!

Es war ihre drittletzte Nacht in der Hegnauer.

Und meine letzte.

Sie geht mit einem Beleuchter in den Jura, dann nach Südfrankreich. »Liächt, det hetts guäts Liächt, dasch wichtig bim Sufflirä.«

30.6.1985 ....

Wäre nicht Krieg, wären Ferien jetzt. Doch diese schöne Tradition von Arbeit-Ferien-Arbeit-Ferien-etc. ist wie so manch andere Tradition erledigt, vorbei, tot, in den unendlichen Tiefen der Relativität verschwunden, Ferien machen nur Sinn bei Chance auf Rückkehr: Jetzt und bis auf weiteres nicht möglich, wer BS verlässt, will gar nicht zurück, ist eben nicht in den Ferien, sondern auf der Flucht, auch wenn sie nicht aussieht wie die Trecks von Ost nach West nach dem 2. WK oder die fiebrigen Fussmärsche in irgendwelchen Dschungeldiktaturen, die Mehrheit ist weg, niemand kennt/nennt Zahlen, ein Tabu in der CH, welche Menschen wohin »gegangen«, »abgereist« sind, dabei ist klar: wer Geld hat, ist weg, das heisst: wer jahrzehntelang den bedingungslosen Kampf gegen den Kommunismus gepredigt hatte, hat sich davongeschlichen, wer diesen Kampf nun führt, sind die Zurückgebliebenen, die armen Schweine des Proletariats, das längstens nicht mehr so genannt wird, die Dummen und Verwirrten und Studierten.

Ein ewiges Gesetz.

Ich halte fest: 1. Gesetz des Krieges: Die Reichen fordern ihn, die Armen tun ihn.

Noch immer keinen Ton meiner Familie. Seit Monaten keine Verbindung. Das weckt Gefühle, die ich bislang nicht kannte.

Gitarrenklänge; wie eine Patina über dem Bösen.

Überall spricht man von den Russen in Lörrach.

Eva nackt im Bad gesehen, zufällig.

Hegel döst in der Bibliothek.

Kati sehr nervös, sammelt versprengte Linke und will mit ihnen was tun, was erreichen.

Jerzy hat wieder angeklopft, die scheinbare Zufälligkeit seines Erscheinens ist nur peinlich.

2.7.1985 ....

Leerstehende Läden sind geplündert, alle anderen gut bewacht oder verriegelt, verrammelt, vermauert. Uns fehlt es zwar nicht am Nötigsten, doch am Unnötigen, z. B. Käse, Nutella, Chips, Cola, Wienerli etc. sind nicht mehr erhältlich, der Staat sorgt stets für das Nötige, obwohl er genau weiss, dass es das Unnötige ist, das die Menschen wollen. Wer nur das Nötige will, ist entweder ein Lügner oder fromm, und von beidem sollte sich die Menschheit emanzipieren, doch vielleicht (höre Bomben) besteht gar kein Gegensatz zwischen Lüge und Frommheit, das eine bedeutet das andere, der Lügner ist lediglich die weltliche Variante des Frommen.

Offenbar schwere Kämpfe, fast im Sekundentakt hell-grell erleuchteter Himmel im Nord-Osten, eine Angelegenheit von Stunden oder Tagen, bis der Krieg den Rhein überschreitet und UNS erreicht, unsere Villa Kulturbunt, und was tun wir dann?? Wer flüchtet, wer bleibt, wer stirbt???

Auch wenn wir ständig vom 3. WK und Overkill und wasweissich sprachen, glaubte doch niemand daran, dass diese Befürchtungen und Beschwörungen Realität werden könnten, wir hielten diese Worte wie imaginäre Speere vor uns, um den Klassenfeind in die Schranken zu weisen, dachten aber nicht, dass die Speere wirklich treffen, ihre tödliche Wirkung entfalten könnten, und nun tun sie es. Doch der Klassenfeind ist längst weg. Sitzt im Chalet im Wallis oder in der Villa im Tessin oder im Häuschen in Italien.

Gehe mit Nina morgen auf »Tour«, das heisst Beschaffung des Unnötigen. Inzwischen ist diese Beschäftigung, die noch vor 2, 3 Wochen so harmlos war wie eine Pfadiübung, gefährlich geworden, in den letzten Tagen sind Leute verhaftet und sogar angeschossen worden, als sie auf der Suche waren nach Lebensmitteln, Überlebensmitteln.

Bin gespannt, ob Frau Gehring der Auszug aus Basel geglückt ist, kann ich mir irgendwie nicht vorstellen.

7.7.1985 ....

Es geht alles drunter und drüber, die Welt aus den Fugen und Basel erst recht. Nun zeigen sich die bislang geheimen Geheimbünde rechter Nationalisten, sie kriechen an die Oberfläche wie Pestratten, entfalten ihr Arsenal an Waffen, Hinterlist und Faschismus, sie kappen Leitungen, sprengen Strommasten, verbreiten ihre widerliche Propaganda, haben einen Radiosender eingerichtet (»Sender Freie Schweiz SFS«) und agitieren gegen alles, was ihnen links, kommunistenfreundlich und »antischweizerisch« vorkommt, man sollte sie alle erschiessen, diese ekelhaften Hunde, diese schmierig-hässlichen Faschos, offenbar sind sie gut dokumentiert über die linke Szene in Basel, in einigen WGs und Lokalen (den verbliebenen!!) gab es unangenehmen Besuch, unangenehme Störungen mitten in der Nacht, Drohungen und Erpressungsversuche, Kati weiss über all dies bestens Bescheid, es ist eine verdammte Sauerei, was hier abgeht.

Ich habe mich an meinen lieben Cousin Rolf erinnert und frage mich, ob nicht er einige Infos an entsprechende Stellen in Basel oder Bern weitergeleitet hat, zuzutrauen wäre es ihm allemal, solche FDP-BUBIS schrecken vor nichts zurück, wenn es um den Erhalt der bürgerlichen Macht geht und letztlich ihren Stutz. (Wo ist er eigentlich, mein Cousin Rolf?)

Komplettes Auseinanderbrechen der Ordnung, städtische Verwaltung praktisch nicht mehr sichtbar, hin und wieder der Versuch einer Intervention, deren Bedeutung nicht über das Symbolische hinausgeht, stattdessen Banden von Elsässern und Türken, die in der Restschweiz und im Ausland Waren aller Art zusammenkaufen und hier für völlig übersetzte Preise absetzen, womit sie riesige Gewinne erwirtschaften, Kati meint, diese Leute seien mit der Hochfinanz in Zürich und Genf verbandelt, wo die fetten Gewinne letztlich auch hinfliessen würden, was Kati im Tonfall einer strengen Katechetin gegenüber einem Kind sagt, welches im Unterricht zufällig eine der grossen christlichen Fragen getroffen hatte und dann ebenso erschreckt wie erstaunt die enthusiastisch-strenge Antwort der Lehrerin tapfer über sich ergehen lässt, weshalb man gerade jetzt alles daransetzen müsse, diese zweite Kolonne der Imperialisten-Militaristen zu bekämpfen, bevor sie im Taumel des Krieges die Macht an sich reissen und die Reaktion für Jahrzehnte installieren würden, sagte Kati, so wunderbar verschwitzt in ihrem alten, »gäggeligäälä«, engen T-Shirt, dass sich ihre Brüste auf wundersame Weise abzeichneten und ich das Gefühl hatte, sie – die Brüste – noch nie so deutlich gesehen zu haben: was sich abzeichnet!

Hegel hat Ledersessel in die Bibliothek geschleppt.

Bin nervös, unruhig, unzufrieden. Doch wem sollte es anders ergehen. Das ist der Zustand der Zeit, wir alle tragen ihn aus.

12.7.1985 ....

Gewerkschaftshaus beim Claraplatz vollständig abgebrannt! Es ist klar, wer dahintersteckt: die faschistische Geheimarmee. Möglicherweise gab es Tote, es werden noch drei Leute vermisst, die nachts noch im Gebäude arbeiteten, offenbar bereiteten die Gewerkschaften einen Umzug vor (Alpen? Tessin? Bella Italia?), Kati organisiert den Widerstand gegen die Faschos.

Bereits ist es so, dass wir wegen ein paar lächerlichen Dosen Ravioli mit dubiosen Typen rumfeilschen oder voller Stolz den »Erwerb« von 15 Litern Benzin vermelden. Das alles ist doch zum Kotzen! Manchmal denke ich, wir sollten uns einfach der Mehrheit anschliessen und diese Stadt verlassen Richtung Süden, wo niemand Häuser anzündet, von irgendwelchen Bomben getroffen wird oder völlig verstört durch zerstörte Quartiere irrt. Man sagt ja manchmal, schwere Zeiten bringen einen weiter, ja geradezu zur Reife, doch das ist nur Mist, solche Zeiten verderben den Menschen, rühren an seinem Innersten, wo es nicht humanistisch zugeht, wo der ganze Müll der Jahrtausende lagert, wo die Späne liegen, welche die Arbeit an der Aufklärung etc. beinahe unsichtbar verursacht hatte, wo das Licht seinen Schatten deponiert hatte, wie anders ist es zu erklären, dass wir, die wir früher um Revolution und Menschenrechte gestritten haben, nun eine Art Kriegsschattenwirtschaft betreiben mit WeinZigarrenMedisBenzinRadios und neuerdings Zeitungen und dabei mehr Geld verdienen als unsere Väter im Büro, Schulzimmer oder in der Werkstatt.

Noch immer keine klare Entwicklung der Front, Westbayern klar sowjetisch, im Osten Münchens Lage sehr umkämpft, Reagan sprach von »entscheidenden nächsten Tagen und Wochen«, Krenz und Engholm offenbar in Kontakt, doch auch das unklar, Uno will Ausweitung des Krieges verhindern, doch USA bombardieren ununterbrochen DDR und CSSR, bei Linz sollen irrtümlich Ami-Bomben niedergegangen sein, Polen weist DDR-Flüchtlinge zurück.

Vor 5 Jahren starb mein Vater.

14.7.1985 ....

Frankreich ist in den Krieg eingetreten!! Französische Flugzeuge haben sowjetische Stellungen bei Ulm angegriffen, Gorbatschow hat sofort sämtliche Kontakte mit Frankreich abgebrochen und eine »angemessene Reaktion« angedroht, was wiederum A-Ängste auslöst. Ist das jetzt wirklich der 3. WK?

Wir treffen uns in der Bibliothek, Besprechung.

19.7.1985 ....

Nina und André sind ausgezogen!! Nina hat sich von uns getrennt, André von seiner Eva. Die beiden versuchen, gemeinsam dem Krieg zu entfliehen, Kati meint, die Flucht sei schon lange geplant gewesen, die Ausweitung des Krieges nur ein Vorwand. Wir sind noch: Hegel, Kati, Eva, Petra, ich.

Gestern habe ich zum ersten Mal in meinem Leben einen Toten gesehen. Ich war mit Kati und Eva in Lörrach unterwegs, vollbepackt, schwitzend, durstig, unter Hochspannung, denn nicht weit von uns fanden Gefechte statt, die Splitter, Querschläger und unglaublichen Lärm produzierten, so dass wir uns nur sehr langsam einem Haus nähern konnten, wo uns ein Kunde erwartete, der – aus welchem Grund auch immer – einen horrenden Preis für ein Radio zu zahlen bereit war, doch kaum hatten wir die Strasse erreicht, wo dieses Haus sich befand, detonierte vor einem Hauseingang ein Geschoss und schleuderte einen Menschen an die gegenüberliegende Häuserfront, so dass wir für einen Moment mitten in unseren Bewegungen wie festgefroren innehielten, von unsichtbarer Hand näher aneinandergedrückt, wobei die gegenseitige Umarmung, synchron und still ausgeführt, nur für einen Augenblick anhielt, denn die dem Knall und seinen Wellen folgende Stille liess uns wieder voneinander abrücken, liess uns unseren Blick auf den Menschen richten, der zerfetzt auf dem Asphalt lag. Kati presste ihre Lippen auf meine Schultern, Eva wimmerte. Ich wollte diesen Menschen sehen, diesen Exmenschen. Lief über die mit Staub und Schutt überdeckte Strasse, blieb vor dem Menschen stehen. Und ich fühlte kein Entsetzen, ich fühlte keine Furcht, ich fühlte vielmehr eine zarte Verbundenheit.

Er wäre unser Kunde gewesen.

23.7.1985 ....

Der Schweizerische Bundesrat hat einen »Nationalen Plan zur Errettung der Heimat« vorgelegt. Darin das Bekenntnis zur »ganzen« Schweiz, offenbar sitzt der Reduit-Gedanke ihnen im Genick, so dass alles, was daran erinnern könnte, von vornherein vermieden wird, gleichwohl haben wir keine Details erfahren, einzig, dass die Zusammenarbeit mit »befreundeten Staaten« vertieft wird und General Moll das »uneingeschränkte Vertrauen« ausgesprochen wird, was auf Auseinandersetzungen zwischen Regierung und Armee hindeutet. Hier hat sich die Lage weiter verschlechtert, was den Wert unseres Vorrats weiter in die Höhe treibt, Hegel ist ein unermüdlicher Preispolitiker, geht immer wieder zur »Konkurrenz«, erfragt Preise und Angebot, passt dann unsere Preislisten an, Kati findet seinen Handel nur noch »widerwärtig und abartig« und kann nicht verstehen, dass ich und Eva mitmachen. Soll sie Geld bringen, dann beenden wir den Handel sofort, doch Kati bringt kein Geld, bringt überhaupt gar kein Geld, sondern kostet eine Menge Geld, denn was wir hier konsumieren, entspricht längst dem Wert eines bourgeoisen Haushalts in Vorkriegszeiten.

Die Russen stehen vor Lörrach, die Nato hat es nicht fertiggebracht, sie zu stoppen, demgegenüber stehen offenbar US-Truppen vor Prag, habe ich im Radio gehört, der Flughafen sowie einige Einrichtungen am Stadtrand sollen zerstört sein, man will offenbar die Nachschubwege der Sowjets unterbrechen.

28.7.1985 ....

Am 1. August soll es auf dem Bundesplatz eine »stille Feier zum Tag der Nation und des Widerstands« geben, auch dabei ein »Mitglied des Bundesrates«. Ein Mitglied des Bundesrates verlässt also den Bunker für ein paar Stunden, spricht tiefe, bewegende Worte, kehrt dann in den Bunker zurück. Dann herrscht wieder Stille. Von der Regierung nichts mehr zu hören. Das Militär herrscht in solchen Zeiten. Vielleicht ist die Regierung längst in Feindeshand. Was eigentlich keine Rolle spielt.

SVP schreibt in einer langen Erklärung zum 1. August, dass der »kapitalistische Raubbau am Menschen« nicht der Schweizerischen Tradition entspricht, sondern das »soziale, nationale Miteinander« stets im Mittelpunkt eidgenössischer Politik gestanden habe. Das ist wirklich interessant, wie die SVP allmählich nach »links-national« rückt, seit Blocher Parteipräsident ist. Man munkelt, er hätte sich letzte Woche in Ostberlin mit Krenz getroffen.

Geträumt, ich wäre in London an einem Punkkonzert gewesen und hätte der Sängerin der Gruppe so lange in die Augen geschaut, bis sie von der Bühne gekippt ist.

Mit Eva eine Garage im Nachbarhaus mit Waren eingeräumt.

Wir haben sogar Gänseleberpastete!

Grosse Panzerkolonne in der Stadt.

1.8.1985 ....

Nationalfeiertag. Es ist Abend, über Kleinbasel und Weil ist ein riesiges »Feuerwerk« zu sehen. Und immer wieder knallt es.

Hegel ist noch nicht zurückgekommen. Er war mit einer Lieferung zum Badischen Bahnhof unterwegs.

Denke hin und wieder an Frau Gehring. Wo sie wohl steckt jetzt? Meine letzte Nacht in der Hegnauer war die beste von allen.

Habe morgen eine Lieferung nach Allschwil (Batterien und Zigis).

Höre die Haustür, Hegel?

8.8.1985 ....

Gestern grosse Auseinandersetzung mit Leuten aus der Szene. Sie wollten bei uns einziehen, sagten, ihre WG hätte sich aufgelöst, sei nun viel zu gefährlich in Kleinbasel zu wohnen. Doch wir haben keinen Platz, brauchen zwei Zimmer für die Ware. Es kommt immer mehr Ware.

Liechtensteins Anschluss an Österreich definitiv gescheitert. Wahrscheinlich Anschluss an CH oder dann direkt an UdSSR.

Mit Eva und Hegel in einem Restaurant in Binningen wie die Fürsten gegessen. Es gibt ja kaum noch Gäste und wir haben Geld wie noch nie.

Hegel noch nicht gesund, hustet ständig und hat offenbar auch Fieber. Er ist ständig unterwegs, holt Ware, bringt Ware, rechnet, macht Preislisten, trifft sich mit »Kunden«, wie er sagt, und obwohl seit Wochen fast ununterbrochen die Sonne scheint, ist er bleich wie Käse, ja, er ist im eigentlichen Sinn käsig, die Mundwinkel hängen herunter, die Augen ein

Schlitz, die Wangen eingefallen, das Haar noch schütterer, die Haltung gebückt, gebückt, gebückt.

Eva ist schwer fassbar, ich glaube, sie tarnt sich mit Normalität. Allerdings ist mir nicht klar, was sie tarnt: Klugheit, Überheblichkeit, Dummheit oder doch – Normalität?

Habe seit langem wieder mal ein bisschen gelesen, Nietzsche aus der geplünderten Bürger-Bibliothek, Hegel hat mir »Zarathustra« empfohlen. Habe mir unter Nietzsche-Philosophie was anderes vorgestellt, liest sich eher wie Lyrik. Ich verstehe das Buch nicht.

Bin lockerer geworden, was die Zukunft betrifft.

4.9.1985 ....

Viel Zeit ist vergangen, viel ist passiert.

In Basel, Schaffhausen und Bregenz sowjetische Truppen, US-Angriffe auf Prag und Ostberlin, Massaker in Nürnberg, Giftgas (wahrscheinlich) in Kufstein etc.

SVP hat Regierung verlassen, fordert »Sonderverhandlungen« mit den Sowjets, Hubacher bezeichnet SVP als »vaterlandslose Gesellen und Defätisten«.

In Kleinbasel nun die Sowjets.

Kleinbasel nicht mehr erreichbar. Wir verlieren dutzende Kunden. Lebensmittel, Benzin, Medis, etc. immer seltener = immer teurer.

Und – Beat ist aufgetaucht. Er hat die Truppe »verlassen«, hat sich vom Jura nach Basel durchgeschlagen und ist vorläufig bei uns – bei mir –, wir teilen uns das Zimmer, denn eigentlich ist unsere Villa ja voll. Kati will ihn gleich wieder loswerden, Hegel und Eva ist Beat egal.

Zustand der Schweizer Armee katastrophal, Hubacher hat offenbar kaum etwas zu sagen, die Generäle bestimmen und sind zerstritten, viele Desertionen, viele Scheinkrankheiten, Unstimmigkeiten mit der Nato, Sympathien für die Sowjets, Versorgungsengpässe etc. Die Armee ist dran, sich selber abzuschaffen.

Der Rhein nun die Grenze zwischen Kapitalismus und Sozialismus. Ich kann in den Sozialismus hinüberschauen.

7.9.1985 ....

Geburtstag von Hegel mit 1960er Bordeaux, Havannas, 500 g Kaviar, tschechischem Bier, Lachs, Bündnerfleisch, Crevetten und französischer Fischsuppe aus der Dose gefeiert, dazu Musik aus einer Revox-Anlage bis Sonnenaufgang. Hegel sah vor der Feier blass aus, nach der Feier weiss, vor der Feier ausgemergelt, nach der Feier geschrumpft, vor der Feier eingefallen, nach der Feier im eigenen Gesicht versunken.

Petra tanzte auf dem Tisch, kotzte über den Balkon, pisste in den Hof.

Kati fehlte.

Ihr Geruch fehlt an allen Orten.

Grossbasel eine einzige Garnison, man spricht neuerdings Englisch. Die Nato hat praktisch das Szepter übernommen, ständig Ausweiskontrolle in der Stadt, ab 22 Uhr Ausgangsverbot, doch wir kennen die dunklen Wege und Gassen, we are natives now.

Lange mit Beat über die Situation gesprochen, er wird versuchen, in den Süden zu seiner Familie zu gelangen. Ich werde meiner Mutter einen Brief schreiben, Beat ist der Briefträger.

8.9.1985 ....

Habe gehört, dass die Nato sich auf die Linie Freiburg-Stuttgart-Würzburg zurückgezogen hat und ihre Kräfte bündelt, Gorbatschow sprach im TV von einem Sieg des »Panslawischen Sozialismus« und versprach gleichzeitig, nichts gegen die Bevölkerung zu unternehmen.

Hegel hat einem Ami-Offizier eine Flasche Baselbieter Kirsch verkauft für 30 Dollar!!!

Beat ist noch immer hier. Hegel brummelt, will Beat nicht, kapselt sich zunehmend ein, ausser bei Kunden.

Stets beim Tagebuchschreiben werde ich nachdenklich und zuweilen recht melancholisch. Im »anderen« Leben jedoch kenne ich keine so umfassende, alles seltsam kräuselnde Nachdenklichkeit, da bin ich emsig, aufmerksam und durchaus entschlossen. Wie kann das sein? Gibt es denn zwei Leben? Eines im Text und eines daneben? Dahinter? Darüber? Darunter? Und wo spielt sich das wirkliche Leben ab? Obwohl ich eine der extremsten Zeiten der letzten 200 Jahre durchlebe, habe ich kein grosses Gefühl, nichts Erhabenes durchadert mich, die Augenblicke, die zuweilen wahrlich historisch sind, zerfliessen bald und gehen über in eine einförmige Alltäglichkeit, in der letztlich dieselben Dinge bestimmend sind wie vor dem Krieg, vor diesen stattlichen Momenten der Geschichtlichkeit, vor diesen Bewegungen, von denen kein Mensch weiss, wohin sie führen, kein Mensch weiss, auf welcher Seite am Schluss der Sieger steht, was der Verlierer bezahlen muss, auf welchen Punkt sich die Entrüstung richten wird und welches die Fragen zu alldem in den künftigen Geschichtsprüfungen sein werden. Und schliesslich: was aus mir wird, was aus meinem Tagebuch und meiner Familie?

10.9.1985 ....

Beat ist abgereist! Habe ihm einen dreiseitigen Brief für meine Mutter mitgegeben, den ich auf Durchschlagpapier geschrieben habe. Nach der Verabschiedung habe ich gemerkt, dass Beat mir lieber ist als jedes »echte« Familienmitglied.

Einerseits helfen ihm seine militärischen Kenntnisse bei der Flucht, anderseits ist er als Deserteur natürlich extrem gefährdet. Ich hoffe sehr, dass er es bis ins Tessin schafft. Er hat mir übrigens ein Buch mit neuen deutschen Gedichten geschenkt.

11.9.1985 ....

Heute Angriffe auf Grossbasel! Was zu erwarten war, ist eingetroffen. Die Sowjets trafen offenbar den Spiegelhof und amerikanische Sendeanlagen bei Binningen, eine Freundin von Kati, die heute bei uns war, hat die Zerstörungen gesehen. Das heisst: Der Krieg hat uns erreicht. Der »Süddeutsche Krieg« ist nun endgültig auch ein »Nordschweizerischer« geworden. Für eine Flucht ist es nun zu spät, wer hier ist, bleibt hier bis auf weiteres, bleibt Gefangener der Situation, Gefangener des Krieges, Gefangener seiner selbst.

Petra spielt wieder Gitarre. Sie hat ihre Haare kurz geschnitten und eingedunkelt, was aus ihr eine ganz andere Person macht. Offenbar machen nicht nur Kleider Leute, sondern auch Haare. Sie wirkt viel angenehmer, sympathischer, seit ihre langen, blonden Haare verschwunden sind. Sie stammt übrigens aus einer PdA-Familie aus Wädenswil, ihr Vater war Drucker, ihre Mutter Kindergärtnerin, zweimal war sie mit ihrer Familie in der DDR, nach der zweiten Reise wurde ihrer Mutter gekündigt, der Vater mehrfach verprügelt, im Briefkasten lag menschlicher Kot, weshalb die Familie in den Kanton Thurgau zog, Land und Leute aber nicht aushielt und wieder zurück in den Kanton Zürich ging, wo die Eltern eine Stelle in einer Genossenschaftsdruckerei fanden.

Es ist Krieg und ich schreibe Tagebuch!

Ich höre den Krieg und schreibe weiter.

Als wäre nichts.

Kati in der Küche.

15.9.1985 ....

Bomben im Gebiet St. Johann und Gundeli, in Kleinbasel seit Stunden kein Strom mehr, dauernd Panzerrollen und -brummen und -dröhnen, Überschall, Maschinengewehr, Sirenen, dann wieder Stille, man weiss nicht, was kommt, und vor allem, von WO was kommt, Kati seit vier Tagen nicht mehr hier gewesen, Hegel macht sich grosse Sorgen!!!, manchmal kommt er mir vor wie ein Lawinenhund, der nach Kati sucht, und weil er nichts von ihr erriechen kann, immer unruhiger wird, aber insgeheim doch hofft, dass er nichts findet, weil der Fund ihn enttäuschen, erschlagen würde, jetzt Einschlag ganz in der Nähe, spüre zum ersten Mal wirkliche, tatsächliche Angst, was, wenn eine Bombe unser Haus trifft, was, wenn Panzer uns einfach überrollen, manchmal sieht man vor lauter Staub kaum noch über den Rhein, jetzt (22.34 h) Mündungsfeuer auf Kleinbasler Seite, im Radio praktisch ununterbrochen Kriegsberichterstattung, Schweizer Radio hat ganz auf Kriegsradio umgestellt, nichts Lustiges und Populäres mehr, Musik ruhig und tief und taktvoll, nach 21 Uhr nur noch Infos, immer wieder Aufrufe des Bundesrates und des EMD, habe vorgestern von Sex mit mehreren Frauen geträumt und seither Dauerlust, doch Dauerlust = Dauerfrust, keine Erlösung, wir sind komplett auf uns selber zurückgeworfen! Hegel findet geradezu Gefallen an der kriegerischen Ausweitung, denn das erhöht natürlich die Marge um ein x-faches, haben auf freiwillige Verdunkelung umgestellt, nach Sonnenuntergang kein Licht mehr im Haus, die Vorhänge doppelt zugezogen, sind froh um unsere Kerzenvorräte (und Wein und Bier und Zigi und Zigarren), schwere Waldbrände im Schwarzwald, es könnte Brandstiftung sein, es könnten die Russen sein, es könnte ein Zufall sein, Feuerwehren gibt es nicht mehr, der Wald brennt uneingeschränkt und lichterloh und ganz autonom, Eva hat sich Hegels ein wenig angenommen, wie man sagt, Hegel frisst geradezu Medis, Arztbesuch unmöglich, Spital völlig überfüllt, wieder greller Lichtblitz über Rhein, schlafe sehr schlecht, versuche mit viel Bier einzuschlafen, erwache dann trotzdem um 6.

19.9.1985 . . . .

Hegel liegt fast nur noch im Bett, habe zwei Lieferungen von ihm übernommen, Eva kocht Tee und kümmert sich um die Buchhaltung, Gorbatschow will nun doch Verhandlungen, Reagan lehnt diese kategorisch ab, solange die Sowjets sich nicht hinter die Mauer (»beyond the wall«) zurückgezogen haben, Saudi-Arabien marschiert in Kuwait ein, Kati wieder hier, spricht von Widerstandsgruppe, die hier »agiert«, will, dass ein Mitglied dieser Gruppe hier wohnen kann (Tom), sie trug eine absolut hautenge, schwarze Lederhose und ein fast durchsichtiges gelbes T-Shirt. Ich hätte verrückt werden können.

Schaffhausen soll sowjetisch sein.

Auch ungarische Truppen unterwegs.

---

*Thomas Meier (*2.8.1962) figuriert auf der Liste von Personen, die zu Bewohnern der Kommune Hochwaldallee Kontakte unterhalten, erkannter Teilnehmer mehrerer prosowjetischer Kundgebungen, Unterzeichner einer Erklärung gegen die Schliessung der Novosti-Presseagentur, besucht Treffen der »Anonymen Freier«.*

20.9.1985 . . . .

Eva konnte Verbindung zu Kirsch-Produzenten in Baselland aufbauen, wir erwarten nächste Woche mind. 10 Liter, ich habe in einem Keller riesigen Biotta-Vorrat entdeckt, vielleicht bringt das was ein.

Einschläge beim Bad. Bahnhof und Öltank im Hafen, gigantische Rauchsäule.

Mit Petra lange über Hegel gesprochen, sie macht sich Sorgen über seinen Gesundheitszustand. Ich glaube, Hegel ist viel besser in Form, als es aussieht, schliesslich organisiert er den Handel und bei ihm laufen alle Fäden zusammen. Hegel ist bloss in einem Zustand der Veränderung, eine Art Metamorphose. Wer weiss, was aus ihm werden wird.

21.9.1985 ....

Im Gundeli haben Amis einen »Plünderer« erschossen!!! Wir müssen extrem aufpassen. Ich weiss gar nicht, woher diese Amis das Recht nehmen, hier Menschen zu erschiessen, ich dachte, sie kämpfen gegen den int. Kommunismus und nicht gegen Basler.

Transport von Biotta unterbrochen.

War zu lange auf Terrasse: Sonnenbrand.

Plötzlich italienisches Bier auf dem Markt, wahrscheinlich haben es die Amis mitgebracht.

Massaker in Nürnberg durch ungarische Soldaten verübt, ca. 45 Tote.

Unruhen in Stettin.

Eva vermutet, dass Sowjets bald einen grossen »Ansturm« auf westliche Rheinseite unternehmen.

23.9.1985 ....

Demo gegen Amis in Basel, Kati an vorderster Front, Schweizer Armee zusammen mit Nato gegen Schweizer, so hat sich Hubacher die militärische Zusammenarbeit also vorgestellt!

Hegels neue Idee: Party-Service!! Wir liefern nach Bedarf Party-Güter aller Art und sogar Servierpersonal: Eva und ich!!

Keine Nacht schlafe ich gut. Jede Nacht weckt mich der Krieg.

Japan hat der Sowjetunion offiziell den Krieg erklärt. Dass es das noch gibt! So sind sie halt, die Japaner, stets ein wenig förmlich.

Träume viel und wirr. Kein Traum bleibt in Erinnerung.

Denke viel an meine Mutter. Wie es ihr wohl geht? Ob sie immer noch im Tessin ist? Ob Beat bis zur ihr kommt mit meinem Brief?

Und: Wo Nina ist? Ich mochte sie stets. Schade, dass sie uns verlassen hat.

Höre dieses Scheiss-Gedröhn draussen.

24.9.1985 ....

Tom eingezogen.

25.9.1985 ....

Ulysses Hunter from the fucking US-Army war in unserer trauten Küche und hat mit Hegel, der kaum noch aus seinen zu schallplattendünnen Schlitzen verengten Augen sehen konnte, eine Vereinbarung zu einer »great celebration« getroffen, bei welcher Eva und ich das grosse Vergnügen (great pleasure) haben, den verehrten Herren Offizieren ihre Köstlichkeiten, allesamt aus Hegels Küche, zu servieren. Fuck!!

26.9.1985 ....

Ich glaube, Kati hat was mit diesem Tom. Sie sind dauernd zusammen, flüstern, sobald jemand von uns auftaucht, mir sind scheinbar zufällige Berührungen zwischen den beiden aufgefallen und einmal kam morgens Tom aus ihrem Zimmer!

Hegel bastelt irgendwelche Tischkärtchen für die »great celebration« und hat von irgendwoher 3 amerikanische Flaggen im NZZ-Format aufgetrieben, mit denen er offenbar den Raum schmücken will. Kati spricht kaum noch mit Hegel, sie nennt ihn »Callboy«, doch Hegel hört gar nicht mehr hin.

Tom ist übrigens ziemlich gross und ziemlich dünn, hat überschulterlange, gerade, kastanienbraune Haare, trägt eine dicke, schwarze Brille, wahrscheinlich um sein gymnasiales Gesicht ein wenig aufzupeppen.

Noch immer sehr warm, auch in der Schweiz nun Waldbrände, Kanton BL forderte Militäreinsatz, doch die haben anderes zu tun, vor nicht allzu langer Zeit hätte der Armee nichts Besseres passieren können als ein veritabler Waldbrand, der die Emotionen im ganzen Schweizerlande in überaus ernsthafte Bewegung versetzt, bis die Armee, schlagfertig und vaterländisch-entschlossen, den Brand, genauso wie jeden anderen Weltenbrand, bis in die Wurzelstöcke hinein bekämpft und letztlich und ewiglich löscht, vernichtet hätte, worauf Klein und Gross eine tiefe Dankbarkeitsempfindung empfinden, das Schweizer Kreuzlein, lustig auf dem Gartenhäuschen in den zarten Wind hineinflatternd, mit einem kaum hörbaren Seufzer in den Blick nehmen würde, eine reiskorngrosse

Träne verstohlen wegwischend, und sich alsbald der Arbeit an und auf der Scholle wieder zuwenden würde.

27.9.1985 ....

Ulysses Hunter from the fucking US-Army erneut in unserer Küche. Hegel hat das Treffen (»Meeting«) zu einer Zeit arrangiert, zu der Kati und Tom sicher nicht im Haus sind. Ich höre dieses ekelerregende Lachgebrülle des Amis und dazwischen, wie ein höfliches Echo, ein etwas überlautes Schnurren Hegels. Doch was sollen wir tun? Wir leben so gut wie nie zuvor, haben Dinge, die wir vorher nicht einmal träumen konnten, Hegels Weinliste (»Winelist«) füllt inzwischen ein kleines Büchlein, gewisse Weine sind mit mehreren Jahrgängen vertreten, von Hegel unterschiedlich klassifiziert. Ich glaube, er ist täglich Stunden in verlassenen Häusern unterwegs.

Im Abstand von ca. 2 Stunden Detonationen in der Umgebung der Stadt, teilweise auch in der Stadt, Einschläge in Kleinhüningen, neuerdings auch in St. Johann. Erstaunlich, wie wenig Menschen sich hier bewegen, manchmal macht es den Anschein, als würde der Krieg von irgendwelchen Maschinen oder Apparaten gesteuert und durchgeführt, ausser der einen Leiche habe ich noch nie einen toten Menschen gesehen, dabei muss es auch hier schon viele Tote gegeben haben, denn das ist ja schliesslich der Zweck des Krieges.

Morgen Celebration.

Ich glaube, Kati und Tom ficken.

4.10.1985 ....

Es gibt in Europa praktisch nur noch Notrecht, Notregierungen oder – wie in Deutschland – faktisch keine Regierungen mehr, sondern nur noch Armee, Armee, Armee. Was für eine Welt! Von den Ostermärschen und Lichterketten und Frauen für den Frieden und Weltfriedenstagen zu einer ArmeeArmeeArmeeWelt.

Hin und Her hier bei uns in Kriegsbasel. Der Rhein hält sich als Grenze zwischen Gut und Bös.

Kati will ausziehen. Gut daran: Tom geht mit. Schlecht daran: Kati geht.

Hoffe auf Zeichen von Beat: doch nichts.

Rauch aus Süden, niemand kann sich das erklären.

Hegel schläft seit zwei Tagen.

Die Celebration war ein zweifelhafter Erfolg. Die Amis und ein paar Schweizer Offiziere soffen wie die Kühe und brüllten wie die Stiere, Eva und ich brachten literweise Schnaps und Wein an die Tische, ein von Hegel engagierter Koch (Hansi) kochte Swiss Food (Bratwurst, Rösti, Älplermagronen, Hackfleisch mit Hördöpfelschtock etc.), und zur Krönung hatte Hegel Schallplatten mit Swiss Music organisiert, es war grauenhaft, hätten Eva und ich nicht auch kräftig mitgetrunken, diese ekelerregende Hudigäägelermusig hätte uns umgebracht. Als dann Ulysses Hunter from the fucking US-Army sich lässig an die Theke stellte, mir mit einer Mann-zu-Mann-Gebärde den Arm um die Schulter legte, wobei ich sein moosiges AFTER Shave roch, und, nachdem er mein Trommelfell mit seinem hirschhaften Lachen fast zertrümmert hätte, dann in einer anderen, süsslichen Tonlage fragte, ob ich in meinem fucking Adressbuch nicht eine Nummer von girls for pleasure habe, kippte meine Stimmung definitiv in den unfröhlichen Bereich.

Ich löste mich von U. H., ging in die Küche, wo ich blieb, bis das letzte Army-Fucking-Arschloch die Celebration verliess.

Gerade jetzt ein Blitz über dem Himmel.

Links und rechts der Schreibmaschine eine Kerze, ein flackernder Raum, wie jede Nacht, im Fenster über dem Rhein erkenne ich immer besser den Untergang Basels, den Untergang Europas, den Untergang der Welt und mittendrin – ich: The Teddybear.

Undenkbar, was seit 1945 alles geschehen ist, diese ungeheure Ansammlung von Friedens- und Entwicklungswillen, dieses gewaltige Wissen, welches einzig guten, vielen guten Zwecken zu dienen schien, all diese Millionen von Menschen, die ein braves, unsoldatisches, bescheidenes und irgendwie unbestimmbar-erfolgreiches Leben sich wünschten, all diese nach- oder nichtreligiösen Hoffnungsschimmer, die sich in den Köpfen zu unerschütterlichen Grundsätzen formierten und Grundlage sind für Aufbau-Aufbau-Aufbau von Was-auch-immer, dies alles geht nun rasant den Bach runter.

Was uns ausmacht, verschwindet. Das ist das 2. Gesetz des Krieges.

Ich bin müde, betrunken, habe aber überhaupt keine Lust ins Bett zu gehen, obwohl es sehr einfach wäre, es steht 2 Meter hinter mir.

9.10.1985 ....

Lange mit Kati gesprochen. Sie ist Mitglied einer prosowjetischen Gruppe (Rätestadt Basel, »RB«) und will, dass ich der Gruppe beitrete. 8 Personen, Kati leitet, ein Ziel (sozialistische Schweiz), historische Chance, klare Strukturen etc., Jerzy auch in der Gruppe!!

Ich habe ihr gesagt, ich überlege es mir. Bis Sonntag. Heute ist Mittwoch. Ich habe zum jetzigen Zeitpunkt keine Ahnung, für was (und wen) ich mich entscheide. Es geht um vieles: bleibe ich hier, bleibe ich bei Hegel (und Eva und Petra), mache weiterhin Partyservice and more for fucking Amis??

Oder zurück zu den Idealen??

Was sind meine Ideale?

Habe ich noch Ideale?

Soll man überhaupt noch Ideale haben?

Ach, ich bin diffus.

10.10.1985 ....

Nur noch selten Strom, draussen türmt sich der Abfall.

Die Angriffe lassen nicht nach, fast jede Nacht wird Basel bombardiert. Zum Glück blieb unser Quartier bis jetzt verschont. Doch es ist eine Frage der Zeit, bis es auch hier losgeht.

Sender Freie Schweiz ruft dazu auf, dem Feind zu widerstehen und den Opportunisten energisch entgegenzutreten.

Was, wenn ich die WG verlasse? Dann werde ich endlich klar, nehme den Kampf auf und lasse diese Scheissgeschäfte hinter mir! Die Celebration war zu viel, so viel Scheisse auf einem Haufen erträgt kein Mensch, so viel MackerArmeeNationScheiSS ist ein emotionaler Overkill, ein Attentat auf alles Feine und Zarte und Sinnliche, ein antihumanistischer Vernichtungsschlag, ich frage mich, wie Hegel all dies erträgt, wohin er diese unerträglichen Trivialitäten steckt, diese kaum zu überbietenden Geschmacklosigkeiten. Wie hält Hegel dies aus? Er hat ja fast täglich mit »Kunden« zu tun, führt »Verkaufsgespräche«.

Höre im Radio die Stimme Molls, er schwafelt und schwadroniert und schwatzt was von Strategie und Ziel und Willen. Das haben wir doch alles schon gehört, bloss nicht auf Schweizerisch.

Schliesse ich mich Kati und ihrer Truppe an, mache ich wenigstens was Sinnvolles inmitten der totalen Sinnlosigkeit, bleibe ich hier, bin ich Nutzniesser der Sinnlosigkeit.

Noch ohne Nachricht der Familie. Wo Beat wohl ist? Und Nina? Je länger sie weg ist, desto mehr vermisse ich sie. Das ist gegen das Gesetz.

11.10.1985 ....

Freitagsbomben fallen auf Grossbasel West. Man hört täglich viel, erfährt aber nichts. Im Radio von Truppenbewegungen nördlich von Winterthur gehört, Eva meint, es gebe eine gross angelegte Zangenbewegung. Ihr normales Aussehen verströmt einen angenehmen Reiz, sieht ein bisschen aus wie Ursula Monn. Wir verstehen uns immer besser.

Und wenn ich hierbleibe? Weiterhin business with all the fucking ami-army people? Immerhin genügend Geld und Bier, jetzt schwere Erschütterungen, mein Pültchen wackelt.

12.10.1985 ....

Langes Gespräch mit Hegel. Er ist so krank, dass er nicht mehr weiter »gschäftä cha«, er fragte mich, ob ich »übernehme«.

Da bin ich nun tatsächlich in einer Scheisssituation. 3. Gesetz des Krieges: Was auch immer du tust, es ist falsch.

Bislang grösste Angriffe auf Basel, in St. Johann und beim Kannenfeldpark offenbar grosse Schäden, Eva meinte, es hätte Dutzende von Toten gegeben, Strom nur noch abends zwischen 7 und 9, danach tiefes Dunkel in der Stadt, stattdessen die ganze Nacht Lärm, ununterbrochen diese gottverdammten Scheisspanzer, die nicht nur das Pflaster aufreissen, Blumenrabatten zerstören, Strassenlaternen knicken und streunende Hunde und Katzen zerquetschen, nein sie produzieren auch einen fürchterlichen Lärm, der kaum jemanden schlafen lässt, und wenn dennoch jemand wenigstens ein Auge zumachen kann, dann sind es die Kampfflieger, die genau jenes Auge wieder aufreissen.

Und abgesehen davon stinkt der Abfall zum Himmel.

Ich hätte nie gedacht, dass ich einen Krieg miterleben werde. Nun sitze ich mittendrin und habe keine Ahnung, in welche Richtung sich das Ganze entwickeln wird.

Was soll ich denn bloss tun?

15.10.1985 ....

Es brennt an vielen Orten der Stadt, fast ununterbrochen fallen Bomben, man hört die Panzer und ihre Geschosse, wir bleiben drin. Eva und ich haben begonnen, alles Wichtige in den Keller zu transportieren, zuallererst: Hegel. Den einzigen Raum mit Wasser haben wir für Hegel eingerichtet, Bücher, Wein, Wasser, Konserven, Medis, Verkaufslisten, das Bett natürlich und zwei grosse Plastiksäcke mit Bettwäsche, denn er schwitzt wie ein Schwein.

Habe Kati gesagt, dass ich hierbleibe, Hegel pflege. Das hat sie nicht verstanden, wie erwartet, hat sich stumm von mir und dem Haus verabschiedet und ist gegangen, beim Hinausgehen hörte ich: »Ghörsch vo mer.« Das wars gewesen. Kati und ich. Fertig, bevor irgendwas begonnen hat. Wir haben jahrelang zusammengewohnt. Sie war meine (Traum-)Frau – gewesen. Kati ist gross und schön und klug und geheimnisvoll und niemand riecht so wie sie. Parfum oder natürlicher Duft – ich weiss es bis heute nicht.

Nun kämpft sie gegen unsere Kunden.

Ghörsch vo mir. Das ist das, was bleibt.

Wasbliibt.

Geheimnis, meinem lieben Tagebuch anvertraut: Ich habe, bevor sie ging, ihr gelbes T-Shirt gerettet. Es ist in einem Plastiksack, damit der Geruch nicht weicht – niemals.

Unser Leben schrumpft zusammen, zunächst waren die Landesgrenzen dicht, dann wird die Schweiz »sektoriert«, dann die Brücken nach Kleinbasel gesperrt und zerstört, dann können wir kaum noch das Haus verlassen und was kommt als Nächstes? Der Keller? Allmählich tauchen all die Bilder auf, die ich in Filmen gesehen, in Büchern gelesen habe, wo Menschen in irgendwelchen Kellern hausen, stumm, zitternd und schwitzend und bei jeder Detonation enger aneinander, draussen tobt der Krieg und innen die Frage, ob man je wieder den Himmel sehen wird und einen Strahl der Sonne.

Von meiner Mutter nichts gehört, ebenso von Beat, von Nina und allen anderen ebenso.

20.10.1985 ....

Basel ist Frontstadt. Der Krieg spitzt sich hier zu. Es gibt mittlerweile Kämpfe auch um Stuttgart, nördlich scheint die Lage einigermassen ruhig zu sein, doch wir wissen immer weniger, schlafen jetzt im Keller, was sehr viele Nachteile hat, doch immerhin stinkt es nicht. Zum Tagebuchschreiben gehe ich nach oben.

Wir haben letzte Woche noch 5 Liter Schnaps verkaufen können, mehr nicht. Der Krieg ermöglicht Geschäfte und zerstört sie gleich wieder, das ist das 4. Gesetz des Krieges.

Hegel macht einen schlechten Eindruck, nun mache ich mir auch Sorgen. Eva versucht, einen Arzt aufzutreiben, doch wie soll das gehen? Die Ärzte sitzen in ihren Villen im Tessin und warten, bis der Sturm vorüber ist.

Petra und ich sassen an Hegels Bett, dann hielt sie auf einmal meine Hand.

22.10.1985 ....

Lange mit Petra über Gott und den Krieg gesprochen: Die Dinge haben miteinander was zu tun!

Basel wird Tag für Tag zerstört.

Es sollen auch französische Truppen in der Stadt sein.

Nun auch Probleme mit dem Wasser.

Seit gestern Morgen nicht mehr aus dem Haus gegangen.

30.10.1985 ....

Noch keinen Arzt für Hegel gefunden, wir sind verzweifelt, Petra war trotz Bombenalarm nach Birsfelden gegangen, doch die Arztpraxis war geschlossen. Hegel hustet jetzt Blut und hat hohes Fieber. Trotzdem will er unbedingt, dass wir unser Zigi-Geschäft ausdehnen, doch wir kommen ja kaum noch aus dem Haus, die Stadt ist wie leergefegt. Abends schlafen wir im Keller, hören Radio, trinken Bordeaux, rauchen. Eva, Petra und ich schlafen in einem Bett, auf einmal ist das möglich.

Ständig die Bomben, das Zittern, die Angst vor dem Einsturz von allem.

Ein über uns hereinbrechendes Himmelszelt.

Wir brauchen unbedingt eine Heizung im Keller.

8.11.1985 ....

Eva hat einen deutschen Arzt gefunden, der Zugang hat zum Kantonsspital. Er war heute hier, hat Hegel untersucht, Blut, Urin genommen.

Der Arzt, Dr. Felder, wurde fürstlich entschädigt.

Im SFS gehört, sowjetische Truppen hätten Stuttgart angegriffen und in der Nähe von Dresden seien bayerische Flüchtlinge eingetroffen. Die Arbeitslosigkeit soll weltweit auf einem Höchststand sein, in der Schweiz 11.4 %, Dollar fällt und fällt. Weiterhin mild.

Und doch ist ungefähr nach Delemont-Olten bereits Ruhe, hinter dieser Linie fallen nicht nur keine Bomben, man kann sie nicht einmal hören, dort ist Frieden, Friedhofsfrieden.

Wir haben zum Glück noch einige dutzend Wasserflaschen hier, ich frage mich, wie all die anderen mit dem Wasserproblem umgehen.

10.11.1985 ....

Schön nahe Nächte.

Jemand hat vorher laut an der Haustür geklopft. Wir haben uns nicht bewegt.

Beim Wettsteinplatz soll eine WG überfallen worden sein: die Faschos befriedigen im Schatten des Krieges ihre Triebe!!

Heute ziemlich ruhig. Wir machten einen kurzen Spaziergang, Eva, Petra und ich.

Mir gehen Gedanken durch den Kopf, die ich gar nicht fassen, gar nicht einfangen kann.

Es ist bereits 22.47 h, alle anderen sind im Keller, ich schaue über den Rhein, sehe keine Anzeichen von Krieg, vielmehr eine zart flackernde, zufriedene Lichtlandschaft, die sich allmählich in die Geborgenheit der Nacht fügt.

Was wohl mit Hegel ist?

12.11.1985 ....

Hegel hat Aids!!!

Dr. Felder brachte uns heute diese Diagnose. Das ist das Todesurteil. Man kann nichts tun. Hegel ist verloren.

Was sollen wir tun?

Ich bin total verloren, total am Boden.

Was? Was?

12./13.11.1985 ....

Wir sind ausser uns. Hegel tut, als wäre nichts.

Sollen wir ihn ins Spital bringen? Doch wozu? Wozu?

Wir meiden Hegels Nähe.

Das ist schlimm!! Aber unausweichlich.

13.11.1985 ....

Dr. Felder meint, Hegel solle ins Spital, er hätte dort die bessere Versorgung, trotz des Krieges. Doch Hegel will hierbleiben, »ich bliib doo kä Froog, do bliibi«, sagte er und blätterte mit einer heiligen Andacht in seinem Verzeichnis, als wäre es eine mittelalterliche Handschrift.

Wir sind uns einig: Hegel bleibt hier.

Bin extrem erschöpft und kann doch nicht schlafen.

14.11.1985 ....

Petra hatte einen Zusammenbruch, Eva und ich haben sie nach oben gebracht und versuchten unser Bestes, doch da detonierten Bomben in unserer Nähe, wir gingen wieder in den Keller, wo Petra vollends zusammenfiel. Es ist nun alles zu viel.

Wir brauchen Medikamente und sollten unbedingt unseren Wasservorrat auffüllen. Und Kerzen.

Hegel stabil.

Habe unseren Zigarrenvorrat geordnet.

20.11.1985 ....

Wir haben den Aids-Schock einigermassen überwunden, beobachten Hegel aber mit grosser Sorge. Dr. Felder war wieder hier, er meinte, man könne nichts gegen die Krankheit machen, der Krieg werfe die Forschung weit zurück und auch der 1. grosse Aids-Kongress wäre abgesagt worden. Immerhin ist die Ansteckungsgefahr gering, wir müssen auf gewisse Dinge achten, Hegel hat sich wohl bei seinem Arum angeSTECKT. Ob der noch lebt?

Gestern und heute nur noch für Minuten Strom. Um Grundnahrung zu sparen, essen wir Fischsuppe aus der Dose und kiloweise Corned Beef, dazu Biotta-Saft.

Hegel schläft viel und schnarcht entsetzlich.

22.11.1985 ....

Oben tut sich was, schwere Erschütterungen, Putz bröckelt, unsere Vorratsgestelle wackeln. Es herrscht eine gespenstische Stimmung. Eva, Petra und ich gehen nur noch selten nach oben, vor allem zum Radiohören, hier unten ist der Empfang schlecht oder unmöglich, ausserdem ist das Wetter so düster wie die allgemeine Welt- und Seelen- und Glückslage. Habe meinen Bären in den Keller genommen, wo es ihm zwischen uns sehr gefällt.

24.11.1985 ....

Wäre mit dem Studium längst fertig, stattdessen sitze ich in einem verdammten Kellerloch und freue mich, wenn Eva Fleischkonserven gegen Kerzen eintauschen konnte. Was soll denn bloss aus mir werden? So ein Krieg kann ja Jahre dauern.

Habe keine Vorstellung, wie sich die Kriegslage entwickelt. Im Radio ist von »fortwährenden Kampfhandlungen im Süden Deutschlands« die Rede.

Beständiges Wackeln und Bröckeln, wir finden kaum Schlaf. Seit Tagen Kopfschmerzen. Keine Medis mehr.

26.11.1985 ....

»Verbindungsbüro« der Nato bei Olten abgebrannt, Kati?

Hegel will »wiiter gschäftä«, schlägt vor, im grossen Stil mit Wasser und Brot zu handeln, es sei absehbar, dass sich die Lage weiter verschärfe und dann würden wieder die Urdinge wichtig: Wasser und Brot. Damit hätte alles angefangen und damit würde alles wieder enden. Hegel schlägt vor, leerstehende Bäckereien zu übernehmen und von den Amis gegen Wein Mehl zu beziehen!

Doch woher die Bäcker nehmen?

Weiterhin Kopfschmerzen, jetzt auch Hautausschläge, was ist mit mir los? Denke sehr besorgt an meine manchmal recht engen Kontakte mit Hegel.

Auch Petra weiterhin sehr instabil, nachts stöhnt sie und klammert sich schlafend an mich.

Geträumt, dass meine Mutter aus einem Flugzeug gefallen ist und sich kurz vor dem Boden in Luft aufgelöst hat. Was sie wohl macht? Zurzeit keine Möglichkeit einer Verbindung, Telefone tot, wie so vieles andere auch.

1.12.1985 ....

1. Advent, was niemanden interessiert, kann mir nicht vorstellen, dass irgendwo Adventskerzen brennen, die Christenmenschen fürchten sich vor der Rache der Kommunisten. Sie haben die Orte des Trostes, die Kirchen, zugemauert.

Die Zerstörungen in der Stadt offenbar gewaltig, die Uni teilweise getroffen!!! Es wird unendlich Geld und Zeit kosten, dies alles wieder aufzubauen, doch vielleicht kommt es ja noch schlimmer und irgendein Idiot beginnt den A-Krieg.

Hegel hustet unvermindert stark und nimmt weiter ab. Selbst sein Schatten macht einen kranken Eindruck.

Petra macht abends Kellermusik; melancholische Klänge, wir schlürfen Wein dazu.

Wieder Tiefflieger über der Stadt.

Das »S« meiner Maschine klemmt, was, wenn Maschine kaputt?

6.12.1985 ....

Grosses Treffen in London: Mauroy, Reagan, Thatcher, Engholm. Die Welt schaut gespannt, man erwartet eine »Friedensinitiative«, ev. Rückzug der Nato hinter die Mauer und Verzicht auf Reparationen, doch von Gorbatschow kein Wort, Krenz fordert Neuverhandlung der deutschen Grenze!

Hegel hat Bäckerei-Idee aufgeben, denkt nun über einen Kurierdienst nach, eine »Post-Post«, wie er traurig lächelnd sagte.

Es ist kalt geworden hier unten, wir haben immer noch keine Heizung.

10.12.1985 ....

Eva unterwegs, es ist ruhig, kaum Gefechtslärm, sie ist auf der Suche nach Medis für Hegel, Bier, Heizung, Brot etc., hat offenbar Kontakt mit frz. Nato-Soldaten.

Hegel hat sich Bücher aus der Bibliothek nach unten geholt, er liegt rauchend, lesend, dampfend im Bett. Gerade hier im Keller macht er mit seinem abgezehrten Körper den Eindruck eines Häftlings, zumal er kaum noch seine Kleider wechselt.

Die Tage gehen und vergehen langsam. Wir liegen müde und doch von einer tiefen inneren Unruhe gepeinigt auf unserem grossen Bett, hören Musik aus einem alten Kassettenrekorder oder abends die traurigen, unstimmigen Klänge von Petras Gitarre.

Besuch von Heiri, der uns den Vorschlag machte, unsere WGs zusammenzulegen. Wir haben kein Interesse. In unserem Keller sind die Plätze besetzt, ausserdem wollen wir nicht ausziehen, unser ganzer Besitz lagert in diesem Haus. Wir sind wohl so.

Londoner Treffen hat nichts gebracht, Streit zwischen Engholm und Thatcher, Spannungen in der Nato, Amis verlagern Einsätze in den Osten.

Hegels Husten stärker.

»S« funktioniert nur mit sehr viel Druck.

19.12.1985 ....

Endlich Elektroofen gefunden, was unser Verlies für wenigstens ein paar Stunden pro Tag wärmt, immerhin. Doch längerfristig brauchen wir einen Generator, das hat Hegel schon vor Wochen gesagt.

Mittlerweile ist der Keller überfüllt. Was irgendwie Platz hat, haben wir nach unten geholt, niemand geht davon aus, dass der Krieg bald zu Ende sein wird.

In einzelnen Häusern sind tatsächlich Christbäume aufgestellt! Das wirkt wie eine etwas unbeholfene Inszenierung einer vergangenen Zeit, irgendwie museal.

Eva liest uns Rilke vor (»Malte Laurids Brigge«), im Buch eingeklebt ist ein Exlibris-Zettel mit einer nackten Jugendstil-Frau und dem Namen »L. Vischer«. Hegel hat Eva das Buch empfohlen, immerhin beschäftigt er sich noch mit anderen Texten als die in seinem Verzeichnis!

24.12.1985 ....

Es ist der 24. Dezember 1985, 11.30 h, unser Keller ist von Dutzenden Kerzen hell beleuchtet, Eva brachte frisches Brot und Käse für ein Fondue (woher auch immer), es riecht phantastisch, Hegel ist wieder eingeschlafen, Petra bäckt irgendwas oben in der Küche. Ich hätte mir Weihnachten in vielen Formen vorstellen können, so allerdings nicht. Seit ca. 2 Wochen passiert kriegerisch nicht allzu viel, jedenfalls nicht hier, südlich von Stuttgart offenbar grosse Zerstörungen und auch Zwischenfälle östlich des Rheins auf frz. Gebiet, General Moll trifft sich mit Nato-Generälen, im Bundesrat Streit zwischen Hubacher und Blocher, was nichts Neues ist und die Schweiz und die Welt auch nicht weiterbringt. Hubacher will die Wirtschaft auf Krieg umstellen und die Kompetenzen des Bundesrates ausweiten, Blocher sucht den Dialog mit den Sowjets und versucht so, das Problem zu lösen. Dr. Felder hier, brachte Medis und die Nachricht, dass er einen Marschbefehl erhalten habe, Ende Januar in Altdorf. Da ist nichts zu machen, wir brauchen einen Ersatz.

Irgendwoher erklingen Kirchenglocken. Was das wohl zu bedeuten hat?

Das trübe Kellerlicht tut meinen Augen nicht gut. Und ausserdem brennen die Augen wegen des Rauchs hier unten.

25.12.1985 ....

Seltsam, doch der Abend gestern war der schönste Heilige Abend meines Lebens. Wir haben hier unten auf einem alten Rechaud unser Fondue gekocht, Hegel hat weissen Burgunder hervorgezaubert, Petra spielte ein paar Takte Weihnachtsmusik, später las Eva aus Rilkes Buch, wir assen die Guetzli von Petra, sangen am Schluss alte Pfadilieder und tranken einen Grappa mit dem Jahrgang 1975. Dann war Hegel in seinem Bett in seinem Raum, Petra, Eva und ich im anderen Bett und wir erzählten Weihnachtserlebnisse aus unserer Jugend. Aneinandergeschmiegt. Duftend nach Käse und Rauch aller Art. Und nichts, keine Geräusche, keine Sorge, kein Eindringling, keine Meldung, kein Gesicht des Todes oder seiner Ahnung erinnerte an das, was über uns ist: Krieg.

Noch immer riecht es hier nach Käse und Rauch, der Keller ist noch nicht aufgeräumt, niemand hat Lust dazu.

Wir waren heute fast nur oben in der Küche, schauten über den Rhein, als sähen wir ihn zum ersten Mal, und staunten.

Hegel hat mir eine Schreibmaschine geschenkt!! Etwas Schöneres hätte mir gar nicht passieren können. Und das mit ca. 20 Farbbändern Reserve, damit schreibe ich Tagebuch bis weit in die 90er-Jahre!!

Gerade jetzt schneit es. Habe meine Maschine nach oben gebracht. Ist überhaupt noch Krieg? Wohin ist er gegangen? Hat er sich aus dem Staub gemacht?

29.12.1985 ....

Heute Morgen ist aus dem Abfluss im Keller eine Ratte herausgesprungen! Ich kam gerade die Treppe runter und sah die Ratte irgendwo verschwinden. Petra und Eva wollen nicht mehr in den Keller, solange die Ratte noch hier ist. Also habe ich heute die Ratte gesucht, versucht, sie mit Lärm und Rauch aufzuscheuchen, ohne Erfolg.

Wir können uns die Ruhe nicht erklären, Eva meint, die Front habe sich in den Norden verzogen, Petra spricht von der Ruhe vor dem Sturm. Wir haben kaum noch Informationen, der Radioempfang ist sehr schlecht, wahrscheinlich haben die Russen Störsender aufgebaut.

Hegel einigermassen.

Ritual: Vor dem Schlafengehen am gelben T-Shirt riechen.

Besuch von Geri B., einem ca. 40-jährigen Lehrer, der eine Art Hilfswerk aufbaut, Basler für Basler oder so ähnlich. Wir haben ihm ein paar Flaschen Beaujolais und eine Teigknetmaschine (Bosch) gegeben.

Es ist Sonntag, doch Wochentage haben in diesen Zeiten jegliche Bedeutung verloren.

1.1.1986 ....

Seit zwei Tagen heftige Kämpfe, die Ruhe war die Ruhe vor dem Sturm, die Sowjets haben zwischen Waldshut und Basel den Rhein überquert mit allem Gerät, was ihnen zur Verfügung steht, es ist extrem. Hätte nicht gedacht, dass ich solches in meinem Leben erleben würde. Über Basel liegt dichter, dunkler Rauch, und darunter liegt auch das Kriegsgeschehen begraben, von dem ich überhaupt keine Ahnung mehr habe, obwohl wir mittendrin sind, oder: weil wir mittendrin sind. Es gibt seit gestern kein Wasser, keinen Strom, man sieht draussen kaum noch Menschen, hört vereinzelt Generatoren, die Brände werden von niemandem gelöscht. Und: Wir wissen nicht, wer zur Zeit die Stadt beherrscht!!

Eva hat fürchterliche Zahnschmerzen.

Wie soll das alles enden?

2.1.1986 ....

Wir sind der Überzeugung, dass 1986 ein sehr schwarzes Jahr werden wird, zum ersten Mal geht ein Weltkrieg nicht von Deutschland aus. Denn darüber sind sich alle einig, dass wir uns erst am Anfang eines gigantischen Krieges befinden, der nicht anders als Weltkrieg bezeichnet werden kann.

Hegel hustet wieder stärker, wir haben beschlossen, im Keller nicht mehr zu rauchen! Also sind wir oft im Treppenhaus oder in unserer guten alten Küche.

Mit Petra auf Erkundungstour bis fast zur frz. Grenze, es gibt relativ wenig Zerstörungen, in der Nacht, wenn Brände den Himmel hell erleuchten, sieht alles viel schlimmer aus, dann hat man das Gefühl, dass bald einmal die ganze Stadt ein Raub der Flammen sein wird, was tagsüber ein wenig hysterisch anmutet, sind es doch nur einzelne Gebäude, die betroffen sind, wobei die tiefere Logik der Angriffsziele uns verborgen blieb. Auffallend ist, dass die Chemische keinerlei Schäden aufweist. In der Stadt eine seltsame Stimmung, die meisten Läden und Beizen sind geschlossen, was fast immer zugemauert bedeutet, an jeder Ecke stehen Militärfahrzeuge, man sieht viele Nato-Soldaten, aber keinen einzigen CH-Soldaten. Sind wir bereits erobert? Vom Westen? Hinter dem Kannenfeldpark entdeckten wir in einer umfunktionierten Wohnung eine

Bar, wo Soldaten auf Tischen und am Boden schliefen, darum herum ein unglaubliches Chaos von leeren Flaschen, Dosen, Abfall, wahrscheinlich der Rest einer wilden Silvesterparty. Ich habe den Piss- und Kotzgeruch noch immer in der Nase.

Petra erzählte von ihrem Bruder, der in Argentinien auf einer riesigen Ranch arbeitet und »so öppis isch winä Sklavätriiber«, eine Reaktion auf die soz. Familienherkunft. Selbstverständlich wollen die Eltern von ihrem reaktionären Sohn nichts mehr wissen.

Von einer Languste geträumt, die durch unsere Wohnung gerannt ist.

Immer mehr ist unklar, was die grauen Flecken über der Stadt sind: Rauch, Dampf, Wolken oder die Schwaden der eigenen Wahrnehmung??

5.1.1986 ....

Der erste Sonntag in diesem Schwarzjahr. Hegel hustet fast ununterbrochen, wir können hier unten kaum noch schlafen, es muss etwas geschehen, so kann es nicht weitergehen.

Habe Eva Whisky aus dem Jahr 1969 gegen ihre Zahnschmerzen eingeflösst. Genützt hat es für den Moment, doch wir brauchen unbedingt einen neuen Arzt, vor allem für Hegel, der heute verstohlen ein blutverschneuztes Taschentuch versteckt hat.

Information der Stadt: An der Wasser- und Stromversorgung wird gearbeitet, Lebensmittelrationierung ist in Vorbereitung, Verwaltung arbeitet reduziert weiter, Regierung hat die Geschäfte des Grossen Rates übernommen, Abfallentsorgung ausser Plan etc.

Mit Petra eine Flasche Pomerol getrunken. Habe ihr von meiner Familie erzählt. Dabei ist mir ein Erlebnis eingefallen, das ich schon längst vergessen hatte: Habe mit meiner Schwester im Heustall eines Bauernhofes übernachtet.

Der Geruch der Stadt hat sich verändert. Es/er riecht inzwischen alt.

T-Shirt liegt neben mir. Ich rieche immer wieder.

16.1.1986 ....

Noch keinen Arzt!!! Evas Zahnschmerzen werden unerträglich, Hegel hat inzwischen wohl Fieber, sicher sind wir nicht, denn ein Fiebermesser fehlt, militärisch ist in unserer Region Ruhe, bezüglich Strom + Wasser + Abfallproblem keine Besserung, es ist neblig geworden, Temperatur zwischen 5 und 10, fast ein wenig Herbststimmung, meine Stimmung sehr schlecht, der Keller, das Haus, das Gehuste von Hegel, die Jammerei Evas sind kaum zu ertragen, überall ein grauenhafter Gestank (schweisskotzscheisspissmoderfaulfäulnis), inzwischen auch im Haus, abends düstere Stimmung, wenig Gespräche, kaum noch Neuigkeiten, wir sitzen im Dunkeln in vielerlei Hinsicht, ich leide am Dasein, Situation aussichtslos.

19.1.1986 ....

Hegel hat vermutlich eine Lungenentzündung, Ärzte wollten ihn behalten, doch zwecklos. Hegel liegt rücklings auf seinem durchgeschwitzten, -geschnarchten und -gefurzten Bett in unserem Keller und denkt über Geschäfte nach.

Der Geruch der Stadt hat sich verändert. Es riecht nach Abgasen, Brand, Staub. Es riecht nach Krieg.

Mit Petra lange über unsere Familien geredet. War immerhin ein Lichtblick im Dunkel der Zeit. Um Zigis zu sparen, rauchen wir sackteure Havannas, die Hegel seinerzeit der Bourgeoisie entrissen hat.

»Sender Freie Schweiz« brachte Rede von Moll begleitet von einem extrem militaristischen Kommentar, Hubacher hat für SP eine »Allparteiensichtweise zugunsten des Landes« verfasst. Was für ein Idiot!! Der Bundesrat hat sowieso nichts mehr zu sagen, es befiehlt die Armee und vor allem die Nato. Zwar ist nur die Nordschweiz (bis jetzt!!) vom Krieg betroffen, doch politisch betrifft es das ganze Land, nach wie vor sind die Chalets in den Alpen und die Villen im Tessin überfüllt von »Feriengästen«, die es sich leisten können, dem Krieg zu entfliehen, während die anderen unter der extremen Wirtschaftskrise leiden. Und wir? Wir sind gänzlich gefangen in diesem Scheiss!

20.1.1986 ....

In der Stadt überall »Proklamationen« der »Rätestadt Basel« – Kati!!! Ein Zeichen von ihr, immerhin. Seit sie uns/mich verlassen hat, ist sie komplett aus meinem Blickfeld verschwunden, aber nicht aus meinem Denkfeld.

Ich rieche, ich rieche. Nach ihr.

Immer wieder Sonne, meistens aber dichter Nebel, wie er hier nur selten zu sehen ist. Es bleibt kühl, nicht kalt.

Ami-Kriegsverbrechen in der DDR, frz. Truppen in der Nähe von Freiburg, tschechische Flüchtlinge in Österreich, seit langem wieder Kriegsdetonationen gehört (Petra vermutet Schopfheim – wie weit hört man?), rätselhaftes Fischsterben im Neckar, Fussball-WM definitiv abgesagt.

Eva hat Hegels Zimmer ausgeräumt und geputzt, Hegel währenddessen in der Bibliothek.

Habe von Sandra geträumt. Wie es ihr wohl geht? Und ihrer Lyrik?

Wieder Rilke am Abend. Keinen Pomerol mehr, trinken Rhone-Wein.

23.1.1986 ....

Donnerstag. 7 Grad. Leichter Nebel. Der Rhein düster, wenig Wasser, unbewohnt. Wir sind wieder im oberen Bereich. Keine akute Gefahr. Vielleicht schlängelt sich der Krieg um uns herum.

Denke viel über Hegel nach. Kann mir nicht vorstellen, dass er stirbt. Hegel ist ein Geheimnis, Hegel ist tief und (un)wahrscheinlich unzerstörbar. Er ist warm geworden, und erzählerisch.

Wärmen uns an Rilke. Uns = Petra + ich.

Noch keine Meldung meiner Familie.

Basel immer fremder.

36 Fl. Wein + Schiller-Gesamtausgabe (auf Engl.) und »Dichtung und Wahrheit« an Sold. verkauft (Michael Adams): Fr. 500!!

26.1.1986 ....

Nato-Bar abgebrannt! Kati?

Mit Hegel intensive Gespräche, es scheint ihm besser zu gehen, machte mit ihm einen kleinen Spaziergang zum Münster und zurück.

Mit Petra Schulter an Schulter, sie las von Rilke Gedichte.

Eva hat neuen Hausarzt: Dr. Zumthor. Er will »regelmässig« nach Hegel schauen.

28.1.1986 ....

Bin in seltsam nachdenklicher Stimmung.

Habe Gedichtbände aus der Bibliothek geholt.

Kalt geworden. Die Dinge sind silbern gefroren.

30.1.1986 ....

Mein Spaziergang mit Hegel:

Über dem Rhein lagen Schwaden, zart und leicht, als wären es gefallene Federwolken. All das Weiss, das sich in diesem Winter ergab, kam in ihnen zusammen (dachte ich), wo es eine flüchtige, unwahrscheinliche Form annahm. Hinter den Schwaden, deren Spitzen spiralförmig, ausschweifend, aufspreizend in den tief hängenden Himmel ragten, zeigte sich schablonenhaft und silbergrau die Gegenseite der Stadt. Sie erschien mir spielzeughaft, irgendwie beherzt, ja akkurat gefertigt und gewiss anmutig anzuschauen, doch ohne ernsten Sinn. Nirgendwo schien Kümmernis dort drüben, nirgendwo ein Weh, ein Schmerz, ein Krieg, überhaupt schien das Leben auf der anderen Seite des Flusses gänzlich unbelebt, in tiefem Vorschlummer geborgen, das Fazit meiner Seite spiegelnd, oder, sieht man die Sache umgekehrt, den Ursprung der Flussseite anschaulich abbildend. Die dunstig-sphärischen Schwaden verschwanden hier in einem gewaltigen, lichtblauen Unsichtbaren, ballten sich dort zu gewundenen Falten, von wo stets aufs Neue winzige, unleserliche Verzierungen, ornamentale Vermutungen wegfielen wie ein seidener Saum von seinem Teppich. Ellipsen entstanden, drehorgelgefaltete, halb sichtbare, halb unsichtbare Flächen, Dunkel und Hell miteinander verbindend, auf- und absteigende Rundungen hinter durchsichtigem Weiss, von aufschiessenden Bögen fielen Strahlen ab wie ineinander verschlungene Tänze unsichtbarer Tänzer. Und so huschten immer wieder, wie vom Winterwind getrieben, hell entflammte Lichter durch die Schwaden. Und der Tag erschien wie umgekehrt. Ein rhythmisches, prismatisches Anklopfen einer unergründlichen, stets schon verblassten Entität, zugleich brennend und zart; das Erwachen eines alten Traums: Philologie des schönen Scheins. So die Dinge am Himmel. Hin und wieder klackte spiegeldünnes Eis unter unseren Füssen, sonst kaum ein Laut. Ja, es war sonst sehr still. Der Lärm im Winter zart erfroren. Federwolken,

Dunstschwaden, Temperaturen sprachen schweigend. Warfen flüchtige Bilder auf die Leinwand.

Den Oberkörper in einem schnellen Takt herber Poesie rhythmisch nach vorn beugend, ging Hegel wie betend rheinaufwärts. Ich stellte ihn mir vor im unwegsamen, von allerlei hölzernen Sträuchern überwachsenen, mittelalterlichen Gelände umherwandern, die Füsse schrundig und von immer wieder aufbrechenden Wunden übersät, in einer kastanienbraunen, stechend nach Schweiss riechenden Kutte, die von einem Strick, den Hegel von Zeit zu Zeit straff zieht, gewissermassen gebündelt wird. Seine Augen, durch die tief ins Gesicht fallenden Haare fast verdeckt, sind wachsam, gleichwohl scheint der Blick gegen innen gerichtet, möglicherweise bereitet er seine Predigt vor, die er im nächsten Dorf halten wird, wo Kinder, mit Schweinen am Rand des Dorfes spielend, ihn entdecken. Die Kinder wissen nicht so recht, was sie von diesem seltsam dünnen, hohen und schweigenden Mann mit den traurigen Augen halten sollen, ein Junge scheucht ein Schwein auf den Mann zu, doch das Schwein galoppiert, laut grunzend, in die entgegengesetzte Richtung davon, hinein ins offene mittelalterliche Feld. Hegel geht, ohne seinen Schritt zu verlangsamen, durch die aufgeregte, nach saurer Milch und Urin stinkende Kinderschar, ein Mädchen zupft am Saum seiner Kutte. Später entdeckt sie ein paar Fasern schweren Wollstoffs an ihren aufgerissenen Fingernägeln. Als Hegel den kleinen, bereits nach Winter riechenden, kotigen Acker neben der Kapelle erreicht, wissen die Erwachsenen Bescheid.

Ich frage mich, ob dialektisches Denken vernünftig ist, sagte Hegel, als wir den Stumpf der Mittleren Brücke erreicht hatten. Dann, völlig unvermittelt und ohne den Ton zu ändern, begann er von den Marroni-Ständen zu reden, die hier »normalerwiis schtönd«. Er könne Marroni nicht riechen, sagte er, sie schmecken pampig und erinnern ihn an verlorene Tage. Verlorene Tage. Ich weiss nicht, was er damit gemeint hat.

Während wir in eine schmale Quergasse einbogen, begann Hegel von Kati zu erzählen. Sie könne mit dialektischem Denken nichts anfangen, sie sehe die Tiefe der Dialektik nicht, denn in der Tiefe der Dialektik, Hegel blieb plötzlich stehen und drehte eine »Drum«, sei nichts als unverfremdete Melancholie (??). Wir gingen rheinabwärts. Das Sonnenlicht, noch knapp über die Dächer der Stadt streichend, entlockte dem leicht gekräuselten Rhein ein zartes Türkis. Die Schwaden hatten sich fast vollständig aufgelöst. Kati würde die Dinge sehr einfach, sehr oberflächlich betrachten, ihr fehle eben die dialektische Tiefe. Hegel richtete seinen Blick auf das gegenüberliegende Ufer, als sähe er es zum ersten Mal, und nahm in diesem Augenblick fast unmerklich, doch umso deutlicher eine andere Gestalt an. Er erschien mir anders, näher und viel klarer als gewohnt. Eine zweite, oder vielmehr eine weitere Schicht, die ihm offenbar zur Verfügung steht, legte sich um die gewohnte Gestalt und seine zart gebeugte fragezeichenartige Dünnheit machte einer unergründlichen Schönheit Platz. Eine Schönheit, die in dieser Ausprägung neu war für mich. Auf einmal erkannte ich den plötzlichen Wechsel vom Allgemeinen zum Schönen. In vollkommener Abwesenheit eines äusseren Anlasses vollzog sich dieser so simple wie ungeheure Vorgang völlig sprachlos; in der Stille radikaler Kontraktion.

Weiss Hegel gar nicht, dass Kati ausgezogen ist?

Schreibe, während Petra spielt.

Haben das Rauchverbot hier unten gelockert.

Es ist offensichtlich; der Beitrag vom 30. Januar 1986 unterscheidet sich im Duktus von allen anderen Einträgen im Tagebuch. Wieso? Lanz hat mir gegenüber einmal die Bemerkung gemacht, das Tagebuch sei letztlich nichts anderes als eine Materialsammlung für ein literarisches Werk, »ein Epochenroman«, sagte sie süffisant, weshalb sie sich oftmals missbraucht gefühlt habe als literarische Person, »leblos und tot, nicht real«. U. hätte seine Umgebung mit literarischen Augen angeschaut, immer schon seien die Personen und Schauplätze verwandelt gewesen in eine andere Ebene, »entrückt von der Realität«. Deshalb sei er so radikal gescheitert, sagte Lanz.

Stellt man die Lanz-These in den Zusammenhang des gesamten Tagebuchs, deutet nichts auf die Richtigkeit der These hin. Vielmehr hat U. sehr bewusst die Sprachlichkeit seiner Einträge der Alltagssprache angepasst und damit jede literarische Ambition in Abrede gestellt.

6.2.1986 ....

Hegel liegt seit Tagen apathisch auf seinem Bett, wir pflegen ihn, so gut es geht, doch unsere Mittel sind sehr beschränkt. Aus seinem Mund riecht es nach altem Schrank.

Gestern lange Diskussion in der Bibliothek über das weitere Vorgehen. Petra und ich möchten Hegel ins Spital bringen, Eva ist strikt dagegen. Ich glaube, sie hat sich in ihn verliebt, sofern man sich in ein Gespenst verlieben kann. Doch die Menschen können ja mehr, als man denkt.

Stimmung sehr gedrückt, Eva schläft neben Hegel, Petra und ich in unserem grossen Bett. Tagsüber versuchen wir, das Nötige zu organisieren, Petra und ich durchkämmen weiterhin die leerstehenden Häuser, doch sind wir mittlerweile nicht mehr die Einzigen, die Konkurrenz ist gross, das meiste leer geräumt, natürlich vor allem von den Militärs, die sich hier auf diese Weise die Zeit vertreiben. Zum Glück haben wir Vorräte.

Es gibt keinerlei Kontakte zu meiner Familie, zu Beat, zu Kati, ich weiss nichts von Frau Gehring, nichts von Bernie oder Nina. Jerzy soll in der »Rätestadt Basel« sein, was mich wundert, denn während seiner »polnischen Zeit« ist er doch ziemlich nach rechts gerückt. Und was ist mit Bea?

Ein ganzes Hausdach den Rhein runtertreiben sehen.

Auf unserem Balkon sind Bierflaschen gefroren.

Mit Petra immer enger.

13.2.1986 ....

Auf einmal ist der Krieg wieder hier, als wäre ein schlafender Bär aufgewacht. Panzer, die aus ihren Nestern auftauchen, Gefechtslärm, Flugzeuge, sogar Bomben. Gestern Morgen um ca. 6 Uhr ging es plötzlich los, wir waren augenblicklich wach und horchten und hatten Angst. Einzig Hegel schlief nach ca. 20 Minuten wieder ein und schnarchte sofort.

Und auf einmal gibt es wieder Probleme mit Strom und Wasser, Telefonieren geht gar nicht mehr, das Radio sagt, die Sowjets hätten einen Grossangriff »lanciert«, die Angriffe auf Stuttgart in den letzten Wochen seien nur Ablenkung gewesen, Moll hat irgendwelche »Strategien« geändert, der Bundesrat zeigt sich besorgt, wie seit Wochen, wie seit Monaten.

Die Amis haben währenddessen den Westen der DDR unter Kontrolle, Ostberlin ist westlich!!

Hegels Zustand hat sich weiter verschlimmert, er muss unbedingt ins Spital, ich glaube, mittlerweile sieht dies auch Eva so.

Habe Hegels gigantischen Drum-Vorrat entdeckt, mindestens drei Kilo!!

Dieser Keller wird allmählich zu meinem Inferno. Ich kann nicht entfliehen. Ich kann nur hier zugrunde gehen!

Kann diesen Geruch hier unten nicht mehr ertragen, diese Stimmung zwischen Heldentum, Kleinkrämerei und Melancholie, Eva, die sich immer mehr zur Krankenschwester entwickelt und Hegel umsorgt, als wäre er Gottvater, Hegel, der trotz Aids seine zynische Überheblichkeit nicht verloren hat, und Petra, die zwar gerne Händchen hält, aber von meinem Schwanz nichts wissen will.

14.2.1986 ....

Heftige Kämpfe in der Stadt, wir verlassen das Haus nicht mehr, selbst in die oberen Stockwerke getrauen wir uns nicht mehr, alle paar Minuten heftige Erschütterungen, wieder bröckelt Putz von der Decke, wir reden über Flucht, Hegel ordnet, wenn er gerade nicht von Husten geschüttelt wird, irgendwelche Papiere, wollte von mir wissen, wie es mit unserem Batterienvorrat steht, Dr. Zumthor wird unter diesen Umständen keine Patienten mehr betreuen können, was können wir für Hegel tun?

Stromausfall, ich habe die Taschenlampe mit einer Schnur an einem Balken schräg über mir befestigt. Wenn Bomben fallen, zittert das Licht über meinem Papier.

Doch bei Alarm funktioniert der Strom.

15.2.1986 ....

Unser Wasserlieferant sagte, die Russen seien vor der Stadt, die Nato hätte sich bereits hinter Liestal zurückgezogen, das Spital sei überfüllt, aber immerhin noch funktionstüchtig.

Dramatische Appelle von Militär und Regierung, allmählich wird die Lebensmittelversorgung zum Problem, Treibstoff seit Tagen ausverkauft, die zugemauerten Geschäfte allesamt gesprengt und doch produzieren einige Firmen weiter.

Das ist Kapitalismus!

Untrennbar mit dem Krieg verbunden!

Petra geht es wieder schlechter, sie kann kaum noch schlafen, ist die ganze Zeit unruhig, zuckt beim kleinsten Geräusch zusammen etc.

Im Radio gehört, sow. Vorstoss sei zurückgeschlagen und Prag weitgehend in Händen der Nato, doch man muss vorsichtig sein, selbst beim DLF.

Eva will ins Spital, Medis holen.

16.2.1986 ....

Anordnung der Landes- und Stadtregierung: Wer immer kann, soll die Stadt Basel verlassen! Damit sind die Würfel gefallen! Bald werden die Sow. hier sein, die Nato hat die Stadt aufgegeben, man verteidigt nur noch dort, wo nicht geschossen wird. Das ist ein weiteres Gesetz des Krieges.

Doch mit Hegel können wir nicht weggehen und Hegel zurücklassen wollen wir nicht: Wir bleiben!!

Der Norden der Schweiz zwischen Basel und Schaffhausen schon fast in sow. Hand. Und mir ist weiterhin unklar, was das alles überhaupt soll. Zwar haben die Sowjets Teile von Süddeutschland erobert, aber die DDR ist zu einem grossen Teil zerstört und der Osten der CSSR verloren, die Wirtschaft ist auf Jahre hinaus am Boden, die internationale Lage katastrophal, auch im Iran, Irak, Ägypten und Syrien extrem unsicher und manche meinen, der Funke wird auch auf Asien überspringen (Indien-Pakistan-China-Vietnam).

Wasserlieferant verschwunden, müssen was unternehmen.

20.2.1986 ....

Eva war im Spital!! Hat tatsächlich Medis erhalten, in der Stadt überall Barrikaden, aufgerissene Strassen, verlassene MG-Stände, viele zerbombte und ausgebrannte Häuser, offenbar wieder Plünderer erschossen, Militär hat sich zurückgezogen, man überlässt die Menschen sich selber.

Es ist ruhig geworden. Gespenstisch ruhig. Immerhin hat sich Petra ein wenig beruhigt. Hegel spricht nicht auf die Medis an, er hat keine Chance. Er ist dem Untergang geweiht. Vielleicht sind wir alle dem Untergang geweiht, wer weiss, was die Sowjets hier veranstalten. Morgen versuchen wir, wieder ins Geschäft zu kommen, gibt jetzt auch Möglichkeiten mit Kartoffeln, Reis, Teigwaren etc.

Es ist seltsam, in einer Stadt zu wohnen, die keine Regierung mehr hat. So richtig frei fühle ich mich nicht.

Man hört Panzer, Fahrzeuge, Flugzeuge, etwas ist in Bewegung. Schon wieder wackeln unsere Gestelle.

22.2.1986 ....

Die Sowjets sind in Basel!!

Zweifellos ein historischer Tag.

Ob es ein guter ist?

24.2.1986 ....

Stadtspaziergang zu viert! An jeder Kreuzung stehen sow. Soldaten, rauchen nervös, fuchteln mit den Händen, ab und zu brausen Militärfahrzeuge durch die leeren Strassen, die Kommandozentrale ist offenbar im Rathaus, das weiträumig abgesperrt ist, auch der Spiegelhof ist abgesperrt, während das Spital und der Bahnhof ohne Probleme betreten werden können, obwohl beim Bahnhof ein Teil des Daches eingestürzt ist. Die Zivilisten scheinen die sow. Soldaten nicht zu kümmern, wir konnten sogar fotografieren! Irgendwie kommt mir das Ganze provisorisch vor, ich kann mir nicht vorstellen, dass die Sowjets länger hierbleiben wollen. Wozu?

In der Innenstadt gibt es relativ wenig Schäden, auch die Gegend um den Bahnhof ist ziemlich verschont, am meisten Zerstörungen sind in Kleinbasel, vor allem in Kleinhüningen. Tote haben wir in der ganzen Stadt nicht gesehen, nur beim Claraplatz neben dem zerstörten Kloster eine riesige, gefrorene Blutlache. Wir blieben eine Weile stehen, schauten zu Boden, als würden wir was suchen, schliesslich sagte Hegel: »Gömmer?!«

Am schlimmsten ist der Staub, der über der Stadt liegt, als wäre ein riesiger Wüstensturm dahingefegt.

Es war wie das Auftauchen nach einem jahrzehntelangen Schlaf. Als wir in den Keller stiegen, war hier Schweiz, nach dem Auftauchen stellten wir fest: hier ist Sowjetunion. Rot bleibt rot. Das alles kommt mir surrealistisch vor, wie in einem Traum oder in der Literatur. Auch viele andere sind aus ihren Löchern, Kellern und Verstecken aufgetaucht, als wäre ein starkes Gewitter vorübergezogen und nun werden die Schäden beschaut, nicht ohne ein wohliges Schaudern.

27.2.1986 ....

Haben bereits alles Notwendige vom Keller wieder in die oberen Etagen geschafft. Unausgesprochen, wie ein klassisches Tabu, stellte sich die Frage nach der Zimmereinteilung. Wer mit wem? Unser Kellerdasein hat neue Kontakte geschaffen. Eva sagte dann beiläufig »Blibämer bedä Einzelzimmer«. Der Satz war ohne Fragezeichen gesprochen, niemand widersprach, niemand hatte Lust auf eine Diskussion. Wir blieben bei den Einzelzimmern, wenn auch in gewissen Köpfen (allen?) sich eine Wehmut festsetzte, die nicht sogleich wieder verschwinden wird.

Wieder häufiger: Wasser, Strom.

Es beginnt eine neue Zeit. Wir rätseln, wie sie aussehen könnte.

Illusionen sind nicht angebracht, der Krieg in Resteuropa geht unvermindert weiter.

4.3.1986 ....

Wir haben beschlossen, Hegel ins Spital zu bringen. Sein Zustand wird immer schlechter, er quält sich mühsam durch unser Treppenhaus, lesen und schreiben kann er kaum noch, zu heftig ist sein Husten und sein Fieber, inzwischen ist sein Körper von Ekzemen überzogen, er sieht aus, wie sich ein Primarschüler einen Pestkranken vorstellt.

Von einem grossen Vogel (Kranich? Adler? Geier? Gans?) geträumt, der sich auf meinem Schreibtisch niederlässt und einen Scheiss hinterlassen hat.

6.3.1986 ....

Was sich verbreitet, ist eine Lust am Nichtwissen. Wir hören zwar noch Radio, schalten aber ab, wenn Nachrichten kommen, wir bemühen uns nicht mehr um Zeitungen, wir sind nicht mehr spitz auf Neuigkeiten, wir wollen von der Welt jenseits unserer kleinen Stadt eigentlich gar nichts mehr wissen. Das Wissen in unseren Köpfen reicht noch für Jahre, wir können uns eine kleine Pause leisten. Uns interessiert die nächste Wasserlieferung, die Frage der Lebensmittelrationierung, die Frage der Wohnungsverteilung, die Preise für dies und das, wir sind kleine Kleinkrämer geworden, angefüllt mit wertlos gewordener Ideologie.

Hegel will nicht ins Spital. Als wäre es das Spital, das sein Ende bedeute, sträubt er sich mit allem, was er hat, dagegen. Was sollen wir tun? Ihn mit Gewalt ins Spital bringen? Ihn überzeugen? Das wäre das Lachhafteste. Hegel ist überzeugt oder nicht. Von dem einen gibt es keine Verbindung zum anderen.

Es wird frühzeitig Frühling, als wäre der Wettergott ein Kommunist.

9.3.1986 ....

Langes Gespräch mit Hegel. Für ihn hat sich eine Zeitenwende vollzogen. Die Eroberung Süddeutschlands und Teile der CH durch die Sow. bedeutet für ihn das Ende des Kapitalismus. Die Sow. haben das Herz des Kapitalismus, das Nervenzentrum der Marktwirtschaft erobert, die rheinische Marktwirtschaft, der Kommunismus ist endlich dort angelangt, wo er 1917 schon hätte sein müssen, sagte Hegel, wir erleben die historische Korrektur von 1917, sagte er und blies mir den Rauch einer Havanna ins Gesicht, als gäbe es mich nicht.

Da seien Verluste in den maroden Ostgebieten bloss Bauernopfer, Ostberlin nichts gegen München oder Stuttgart.

200 Jahre nach der frz. Rev. werde das Werk vollendet, zumindest in Europa. Die Geschichte schreite in 200-Jahr-Schritten vorwärts, aber sie schreite vorwärts. In diesem Punkt hätte Kati Recht gehabt.

In 200 Jahren seien die USA fällig.

Nach einer langen Pause sagte er: »Lo mi lo go.«

Der Havanna-Rauch hatte sich verzogen, ich konnte seine Tränen erkennen.

22.3.1986 ....

Hätte nicht gedacht, dass ein Machtwechsel so unspektakulär über die Bühne geht. Vor einem Monat kamen die Sow. in die Stadt, jetzt sind sie bereits Normalität, Alltag. Die Stadt ist einigermassen belebt, viele Läden wieder geöffnet, Strom gibt es fast immer, der Abfall wird wieder weggebracht, wer weiss wohin, die Strassen sind geräumt, fast alle Schulen wieder in Betrieb, die Uni natürlich nicht, die Trams fahren. Da kämpft man jahrzehntelang gegen die Sow., beschwört den Untergang, die Hölle, die absolute Unmenschlichkeit, und wenn sie dann da sind, die Sow., geht der antiantiantikommunistische Trämliführer ins Depot, holt sein liebstes, grünes Trämli, das sich trotz Sow. tadellos starten lässt, und fährt, dem Fahrplan akkurat folgend, von Station zu Station, »Bläääsiring« – »Fäldbärgstrooos« – »Kasäääärnä«, und was ihn ärgert, sind Jugendliche, die trotz Verbot es wagen, im Trämli zu rauchen.

Und doch sieht man, dass hier was geschehen ist. Sowjets, die kein Wort Deutsch sprechen, sitzen an den Schalthebeln der Stadt, schreiben Verlautbarungen, regeln den Verkehr, organisieren die Wasser- und Stromversorgung, räumen Schutt weg, verteilen Medis und sind sogar, wie mir gesagt wurde, daran interessiert, dass die BaZ wieder erscheint.

Der Krieg ist in weite Ferne gerückt, ins alte Eidgenossenland hinter Liestal und Delemont.

In einem hat Hegel Recht: Wir leben in den spannendsten Zeiten seit 1789!

28.3.1986 ....

Der Tag lässt mich an Kati denken: ihr Karfreitagszauber. Ob sie irgendwo in der Stadt einen Korken in die rote Luft hinein knallt? Zur Feier des Todes des Herrn? Ach, ich möchte es so gern wissen. Doch vielleicht jagt sie einen kap. Restposten in die Luft, ein kap. Überbleibsel, macht den Weg frei für die Räterepublik Basel. Ihr T-Shirt liegt unter meinem Kissen, stets riechbereit.

Mit Petra in der Stadt. Was wir nicht bedacht haben: Sie ist zu gross, zu blond, zu schlank, um nicht von den Sowjets mit den allerschärfsten Augen zur Kenntnis genommen zu werden, sogar Panzer haben gehupt (was ich ihnen nicht zugetraut hätte). Pfiffe und Blicke die ganze Zeit.

Auch wenn Petra nicht feministisch angehaucht ist, war dies doch zu viel, beim Spalenberg sind wir umgekehrt.

Es ist aussergewöhnlich warm, die Vögel pfeifen wie verrückt, es blüht bereits. Doch es riecht noch immer muffig, staubig, grau.

30.3.1986 . . . .

»NZZ« wieder erhältlich. Warum? Darum:

Die »NZZ« sieht im Sowjetkommunismus » ... eine dialektische Vorwärtsbewegung angesichts agonaler Tendenzen in der aktuellen Ausgestaltung kapitalistischer Gesellschaftsordnungen«.

Das sind doch ganz neue Töne!

4.4.1986 . . . .

Hegel hat letzte Nacht ins Bett gepisst! Eva wollte zunächst darüber schweigen, aber weil Petra die Sache gerochen hat, gab es nichts zu verheimlichen. Hegel kehrt gewissermassen zu seinen Ursprüngen zurück, er wird embryonal, einfältig, verletzlich, hässlich. Was sollen wir tun?

Eva macht immer mehr auf Krankenschwester, ihr fürsorgliches, sozialarbeiterisches Getue geht mir immer mehr auf die Nerven, offenbar findet sie keinen anderen Sinn in ihrem kleinen Leben, als Hegel zu pflegen. Sie weibelt beständig um ihn herum, bringt Tee, misst Temperatur, leert Aschenbecher, kocht irgendwelches Zeug, tupft und zupft und lupft, öffnet und schliesst unentwegt Fenster, liest Bücher vor, die sie nicht versteht, und lässt sich wahrscheinlich in den Arsch ficken.

Ich muss unbedingt herausfinden, wie es meiner Mutter geht. Kann nicht verstehen, dass ich keine Nachricht von ihr erhalten habe.

Die Banken und viele Läden sind wieder geöffnet. Es scheint, dass der Komm. den Kap. gar nicht so behindert.

Petra hat Kontakt zu russ. »General«, der offenbar interessiert ist an »Wein und Kunst«.

In Deutschland riesige Friedensdemos, die Nato ist genervt über diesen neuen Feind hinter der Front, Engholm spricht tatsächlich von »5. Kolonne«.

Wieder Durchfall. Hat das was mit Hegel und seiner Scheiss-Krankheit zu tun? Ich sollte unbedingt vorsichtiger sein.

6.4.1986 ....

Weiterhin Ruhe in der Stadt. Offenbar an der ganzen Nordgrenze Ruhe.

Traum: In einer Bar (Moonbar?), sehr laut, Stimmen, Musik, die anderen wie durch Milchglas, schemenhaft, einander sehr ähnlich, meine Hand sieht verschwommen aus, fremd, weit, und doch ist es meine, ich ziehe sie zurück, halte sie wieder vors Gesicht, reibe meine Augen, doch es nützt nichts, meine Hand sieht verschwommen, seltsam verwischt aus, als wäre jemand mit einem groben Pinsel darübergefahren, dann taucht aus der Milchigkeit eine Figur hervor, die mir bekannt vorkommt, eine Frau, ich kann mich nicht erinnern welche, eine Frau, die ich gut kenne, ihre Gestalt nimmt langsam klare Konturen an, die Farben ihrer Kleidung (Gelb, Rot) treten deutlich und frisch hervor, dann starre ich auf ihr Gesicht: ihr Mund – ein Schliessmuskel.

Der Traum hat mich bis jetzt (22.30) begleitet. Ein Alptraum.

Hegel dünn und weiss und picklig und neuerdings mürrisch. Er brummt, seufzt, keift Eva an, die tut, als würde sie nichts hören (weil Krankenschwester).

Noch immer Durchfall.

Mit Petra schöne Frühlingstage.

Ausgangssperre offiziell aufgehoben.

Sender Freie Schweiz wird gestört, kann aber empfangen werden, die Restschweiz scheint verstört, verängstigt zu sein, man befürchtet Angriff auf Zürich, Bern etc.

Schreibe am Wackeltischchen auf Balkon.

9.4.1986 ....

Auf dem Rathaus weht die Sowjet-Fahne im Frühlingswindchen!

Hegel nochmals: »Lo loos. Muesch loos lo.«

Petras Kontakt (Boris) hat 12 Flaschen Bordeaux gekauft, das gibt uns wieder ein bisschen Luft im finanziellen Bereich. Mit Petra lange über russ. Kontakte geredet, sie sind heiss auf Kunst, wir müssen unbedingt in diese Richtung denken, wir haben Bücher, Wein, Delikatessen und Elektrodinge aus den Häusern geholt, die Kunst haben wir völlig übersehen. Also!

Wir leben ein Inselleben. Hinter uns die Restschweiz, vor uns ein umkämpftes Gebiet. Dazwischen diese lächerliche Stadt Basel.

Ich glaube, Hegel hat in die Hosen geschissen.

13.4.1986 ....

Ein Tauschgeschäft: Wir beschaffen, was die Russen wünschen, sie lassen uns in Ruhe und schicken »Personal«, falls wir welches benötigen. Boris war hier mit einer Übersetzerin (Irina), wir haben einen angenehmen Nachmittag zusammen verbracht, Hegel war anfangs dabei, dann verschwanden er und Eva in seinem Zimmer.

Die Russen wollen: Impressionisten, Holländische Landschaften, Italienische Porträts, Bordeaux, Merlot!!, Stereoanlagen, Perserteppiche, Bally-Schuhe, Schlafmittel, Bananen, Ananas!!!!

Boris trägt den Kopf ein wenig schief, hat eine Zahnlücke und einen traurigen Blick. Boris spricht dunkel und tief und nuschelt ein wenig, was man hören kann, auch wenn man kein Russisch versteht. Boris ist ca. 1.90 gross. Boris trägt eine Uniform und ist wahrscheinlich ein »höherer« Offizier. Mir scheint, Boris hat einen genauen Auftrag, »Genosse Boris«, sagt Genosse Iwan, »du weisst nun, was du zu beschaffen hast. Solltest du deinen Auftrag nicht zu unserer Zufriedenheit erledigen, wovon wir allerdings nicht ausgehen, sehen wir uns leider, leider gezwungen, dich einer Aufgabe zuzuweisen, die circa 20 Breitengrade nördlicher angesiedelt ist.« Iwan zog an seiner Papirossa, beobachtet von unserem Boris, in dessen Kopf bereits die allerneuesten Informationen von Petra herumschwirrten. Die Informationen wollen besagen: Wir können ALLES beschaffen!!

Eva ist vorläufig nicht im Geschäft. Ihr Geschäft heisst Hegel.

20.4.1986 ....

Erfolgreiche Woche. Wir waren jeden Tag bzw. jede Nacht in »unseren« Häusern unterwegs und haben nochmals genau hingeschaut. Weder Petra noch ich kennen uns in der Kunst aus, also nehmen wir sicherheitshalber alles mit, auch den Ramsch, den es in erstaunlich grossen Mengen gibt in der »Kunststadt« Basel. Falls es möglich ist, die Stadt zu verlassen, werden weitere Häuser bald leerstehen. Werde Boris fragen bezüglich »Reisefreiheit«.

Wir brauchen unbedingt Übersetzer, wir brauchen eine Liste auf Russisch, Irina? Boris fragen!

Im Haus einer Familie Sarasin hunderte von Pornos gefunden, sogar Sex mit Hunden!! Die Bilder waren unter einer Pultplatte versteckt, doch uns entgeht nichts!

Mit Petra gute Zusammenarbeit, in jeder Hinsicht.

Brandanschlag auf Haus, wo russ. Offiziere wohnen, vermutlich eidg. Widerstandsgruppe.

Israelische Truppen sind vom Libanon in Syrien eingedrungen. Doch was interessiert uns diese Meldung hier?! Wir leben in einer gesonderten Zone, treiben auf einer Insel, die jederzeit versinken kann.

23.4.1986 ....

Sensationelles Haus am Schlüsselberg entdeckt! Vollgestopft mit Kunst, Büchern und altem Cognac. Es sieht so aus, als würden die Besitzer bald zurückkehren, doch nach Basel zu kommen ist zur Zeit unmöglich (Boris). Haben beschlossen, das Haus ganz in Beschlag zu nehmen, müssen noch Eva und Hegel überzeugen.

Tiefflieger über der Stadt: Amis oder Franzosen.

In Tunis und Kairo wieder Aufstände.

CH-Armee hat offiziell neue Verteidigungslinie im Norden gezogen, die CH reicht nicht mehr bis zum Rhein.

Heute vor 2 Jahren unsere Aktion. Manchmal tauchen Bilder in meinem Kopf auf. Doch sonst kein Thema. Das ist gut so.

Telefonverbindung noch immer unterbrochen, ebenso kein Benzin, keine Post.

Fühle mich gut und stark.

27.4.1986 ....

Zähes Ringen mit Eva. Sie wollte zuerst nichts wissen von einem Umzug, wir konnten sie dann doch umstimmen, letztlich hat wohl Hegel entschieden, die Cognac-Sammlung macht ihn heiss.

Wir haben keine Ahnung, wie es mit Hegel weitergehen soll. Er will nicht ins Spital, er will nur Eva. Sie holt von Zeit zu Zeit Medis.

1.5.1986 ....

Es ist der Witz des Jahrzehnts: Da sind die Sowjets an der Macht und es findet keine 1.-Mai-Feier statt!! Der heimliche Traum aller Bürgerlichen ist in Erfüllung gegangen: Kein 1. Mai!! Der Alptraum jedes Linken: Die Sowjets haben's geschafft.

Was Kati davon hält? Ob sie noch mit ihrem Tom herumzieht? Wo verdammt nochmal ist die Rätestadt Basel? Jetzt könnten doch diese Dinge umgesetzt werden, die Iwans sind hier und brauchen bloss den Schalter auf Rot zu stellen. Doch nichts geschieht. Die übriggebliebenen Bebbies gehen der Arbeit nach, verrichten ihr Tagewerk, so gut es geht unter diesen Umständen, die Taxis sind auf der Suche nach Benzin, die PTT auf der Suche nach Beamten, die Läden auf der Suche nach Gemüse, Früchten, Fleisch, die Schule auf der Suche nach Lehrern und Schülern, die Zeitungen auf der Suche nach Papier und ihrer ach so linken, in die kap. Zone abgetauchten Feuilletonisten, die Russen auf der Suche nach Schnaps und allerlei Exotischem, die Spitäler auf der Suche nach Medis und ihren ach so engagierten, in die kap. Zone abgetauchten Chefärzten, die Schmuggler in der Zone auf der Suche nach Abnehmern, die Rheinschiffe auf der Suche nach schiffbaren Wegen durch die Wracks, das CH-Radio auf der Suche nach Störungsfreiheit und ich suche die moralische Freiheit. Und Hegel?

Und alle suchen den 1. Mai.

So die Situation.

Habe gerade mit Hegel geraucht, er sieht ein wenig gelb aus. Was das zu bedeuten hat? Gelbsucht? Gibt es das noch? Oder nennt man das heute anders?

4.5.1986 ....

Heute an Boris einiges verkauft, gutes Geschäft, der Rubel rollt. Ein Baum von »Hobema« (??) brachte allein 2000 Franken!!! Petra hat auf der Rückseite des Bildes ein Zertifikat entdeckt, zum Glück. Sonst hätten wir den Kitsch im nächsten Winter verheizt.

Irina, die Übersetzerin, spricht überraschend gut Deutsch, ausserdem scheint sie eine Ahnung von deutscher Literatur zu haben, ich frage mich bloss, was eine Frau wie Irina hier macht, weshalb sie diesen Feldzug begleitet wie eine Marketenderin, weshalb nehmen die Sowjets solche Frauen mit?

Sie hat übrigens wunderschöne, fast schwarze, von dunkelbraun-glänzenden Fransen umsäumte Augen, einen spitzen Mund, grosse, helle Backenknochen und eine schöne, volle Figur (von enger Kleidung betont).

Als ich Hegel erwähnte, und dabei natürlich Hegel-Freund und nicht Hegel-Philosoph meinte, hoben sich ihre Augenbrauen und ihr Blick liess mich fast nicht mehr los.

Irina will im Spital »ein gutes Platz« für Hegel beschaffen. Sie findet es irgendwie aufregend, dass wir mit »Hegel« zusammenwohnen.

NZZ: »Marktwirtschaftliche Systeme haben ausserdem die Eigenschaft, dass sie nur dann zum Tragen kommen, wenn die *sozialen Regelungssysteme* im Innern der Staaten ausreichend ausgestaltet sind und nicht von überbordenden, *zentrifugal wirkenden* Marktkräften dominiert bzw. ausgehebelt werden, sodass das Individuum sich im Kräfteverhältnis von Freiheit und Sicherheit bewegen kann.«

Das sind doch wahrhaft neue Töne!

Was ich noch erfahren habe: Die Sowjets sind offenbar am Wirtschaftlichen interessiert, die Ideologie ist ihnen egal, ebenso die Politik oder was auch immer, sie wollen wirtschaftlichen Gewinn aus ihrer Besetzung ziehen, um »zurückzuholen für sozialistischen Aufbau« (Irina).

Und: Sie will unbedingt wieder an die Uni in Moskau zurück.

Und: Boris stammt aus Irkutsk.

Und: In Moskau ist alles viel teurer geworden.

Und: Die europäischen Sitten sind seltsam.

9.5.1986 ....

Nächste Woche ziehen wir um. Petra und ich sind die ganze Zeit schon am Packen und gleichzeitig räumen wir in unserem neuen Haus den Abfall auf die Strasse und die guten Stücke in den Keller.

In St. Gallen soll es eine Schiesserei unter CH-Soldaten gegeben haben, ein Aufstand? Meuterei? Niemand weiss Genaues.

Mit Petra dauernd unterwegs. Wir haben im Gundeli eine leerstehende Apotheke entdeckt!! Voll gefüllt mit Medis. Ein Vermögen!

Hegel immer gelber, man kann ihn nicht mehr anschauen, seine Lebendigkeit kommt mir in letzter Zeit vor wie eine Täuschung, eine Art Kulisse, die der Tod vor sich herschiebt.

Russen saufen und singen wie verrückt, es ist Nationalfeiertag, viele rote Fahnen in der Stadt.

12.5.1986 ....

Das ganze Wochenende gepackt, unendlich viele Schachteln, Kisten und Harassen (die wir zufällig in einem alten Magazin entdeckt hatten) mit unserem Gerümpel gefüllt. Hegel wollte unbedingt helfen, wir taten so, als könnte er das. Er stinkt entsetzlich. Als ich Eva dies sagte, schaute sie mich böse an und sagte kein Wort.

Petra hat vier Russen für unsere Zügelei angeheuert, für 1 Flasche Baselbieter Kirsch pro Halbtag!! Hätte nicht gedacht, dass Petra einfach so vier Russen anschleppt. Sie handelt wie eine Besetzerin, nicht wie eine Besetzte. Doch heutzutage ist vieles unklar, verwischt, man weiss nicht mehr, was oben und unten, was gut und böse und – was links und rechts ist!!!

Inzwischen ist die Notbrücke über den Rhein fertig gebaut, hätte nicht gedacht, dass man so schnell eine Brücke bauen kann. Sowjetische Ingenieurskunst! Kati hat stets gesagt, dass wir die Russen technisch unterschätzen, sie hat recht. Was sie wohl macht? Rieche sie täglich.

Auf Kleinbasler Seite Wurststände. Die Russen leben sich langsam ein.

Die letzte Woche hier. Bin ein bisschen wehmütig.

Morgen Irina hier, übersetzt unsere Liste.

Es seien Flugblätter abgeworfen worden, niemand weiss Genaues.

Es ist fast 10 und noch immer sehr warm.

Denke oft an meine Familie.

15.5.1986 ....

Morgen grosser Tag: Wir ziehen an den Schlüsselberg. Eva wollte heute Morgen auf einmal den Umzug rückgängig machen, ich nehme an, weil Hegel kaum zügelfähig ist, doch ebenso plötzlich tat sie so, als sei nichts gewesen. Sie ist völlig von den Launen Hegels abhängig.

Die Apotheke im Gundeli haben Petra und ich zugenagelt und zwei grosse Teppiche mithilfe von zwei Jugendlichen, die sie auf der Strasse aufgegabelt hatte, bereits in den Schlüsselberg gebracht.

Irina hatte unsere Liste innerhalb von 20 Minuten vollständig übersetzt!! Nun wird sie abgetippt und vervielfältigt. Ich habe sie zu einem Glas Pauillac eingeladen, was ihr sichtlich Eindruck machte. Während sie den Wein hinunterschlürfte, konnte ich die Innenseite ihrer Lippen erkennen.

Basel soll noch mindestens zwei Monate geschlossen bleiben. Es gibt also so bald keine Rückkehrer und wir können ihre Häuser ohne Hast und Furcht unter die Lupe nehmen.

18.5.1986 ....

Sind im Schlüsselberg!

»Es cheibä Gschstellasch«, sagte Hegel, als wir all unsere Dinge im Haus hatten. Und so ist es. Es cheibä Gschstellasch. Wir haben viel gewonnen, verloren aber die Rheinsicht. Das ist mir erst jetzt aufgefallen. Ich schreibe in meinem neuen Zimmer, das ich ALLEIN bewohne, und das ca. 40 m^2 gross ist, Stuck an der Decke, 1 halben Meter Täfelungen an der unteren Zimmerwand, ein blauer Kachelofen in einer Ecke, 1 nackte Glühlampe, 1 nackter Gedanke: Hier ist es gut.

Doch wir haben 1 Strom- und Wasserproblem, wir brauchen dringend Handwerker. (Russen?)

Mit Petra unser Material im Keller notdürftig verstaut.

Hegel und Eva Passivmitglieder der letzten Tage.

Eva sagte »es isch Pfingschtä«. Verstehe nicht, was sie damit sagen wollte.

Jetzt Tieffliegerangriffe. Erwarte jeden Moment Bomben.

19.5.1986 ....

Keine Bomben, aber Irina.

Sie war hier mit der getippten Liste. Beides tadellos. Fragte nach »Borrdo«, ich tischte Margaux auf und sie war sofort zufrieden. Wir unterhielten uns über die deutsche Klassik, die deutsche Romantik, den deutschen Realismus, über Büchner, Kafka, Heine, Nietzsche und Novalis.

Sie umarmte mich beim Abschied und sprach das berühmte Dasswidanje.

Schreibe ich, habe ich noch ihren Geruch in der Nase.

24.5.1986 ....

Irina hat Spitalplatz für Hegel!! Sie ist Gold wert – und goldig. Ein Schatz? Mein Schatz??

Mitte Juni geht Hegel ins Felix-Platter-Spital. Was Eva tut, weiss ich nicht, ist mir aber auch egal. Unsere Liste ist bereits im Umlauf und die ersten Bestellungen tröpfeln ein. Hätten wir doch nur mehr Kunst abgehängt, als wir noch die Einzigen in diesem Geschäftsfeld waren. Hätte nicht gedacht, dass die Russen so scharf sind auf alte Schwarten. Von Räterepublik ist noch nichts zu spüren, wir können froh sein, wenn Gas und Strom einigermassen funktionieren, immerhin soll bald wieder so etwas wie eine Postverteilung organisiert werden, doch wie gelangt die Post von der Restschweiz in die sow. Zone? Diese Übergänge scheinen noch nicht ganz geklärt zu sein.

Rund um die Uni hat sich ein riesiger Markt entwickelt, es ist, als hätten die Leute nur darauf gewartet, endlich den Familienschmuck, den alten Burgunder, Kronleuchter oder Konserven aus dem Keller zu holen und all dies den Russen zu verkaufen. Interessanterweise verfügen die Russen über Schweizer Franken in Hülle und Fülle. Woher die Russen die vielen Fränkli haben, ist Gegenstand epischer Diskussionen.

Irina in dieser Woche nicht gesehen.

Fühle mich in meinem »Zimmer«, das mir eher wie ein Saal vorkommt, wie ein Konzernboss. Wenn es mir danach ist, rauche ich eine sündhaft teure Havanna oder schlürfe Cognac aus den 60er-Jahren.

Gestern heftiges Gewitter, jetzt bereits wieder schön und warm.

27.5.1986 ....

Irina kam vorbei und überbrachte grosse Bestellung. Die Russen sind scharf auf Kirsch, Cognac und Medis gegen Kopfschmerzen. Habe sie in meinem Büro zu einem »Borrdo« eingeladen, wir haben uns angeregt über die aktuelle Lage unterhalten, sie hält Gorbatschow für den einzig wirklich kommunistischen Staatschef und ist überzeugt, dass der Kapitalismus in seinen letzten Zügen liegt. Ach, wie ist sie schön, tief schön, ihre Stimme wie ein alles umfassender Wohlklang und nichts steht ihr so gut wie ihr Ernst, ihr tiefer, tiefer Ernst, mit dem sie die Lage beschaut, analysiert und manchmal, völlig überraschend, heiter oder gar ironisch ihre Rede abschliesst und mich, dem das Herz zittert, mit ihren AUGEN anschaut.

Höre Hegel husten.

Mein Plattenspieler funktioniert nicht, muss unbedingt jemand organisieren, der sich damit auskennt.

1.6.1986 ....

Ich notiere: 1. Juni 1986, die Nordschweiz ist von den Sowjets besetzt, auch Basel. Manchmal muss ich Dinge aufschreiben, um ihre Ungeheuerlichkeit zu begreifen.

Apotheken sind Goldgruben, habe eine weitere im Visier.

Heftige Diskussion zwischen mir, Petra und Eva. Letztlich ging es darum, inwieweit Hegel an unseren Geschäften beteiligt sein soll, wenn er im Spital ist. Eva sieht ihn als eine Art Patron, der auch dann mit im Geschäft ist, wenn er tatsächlich nicht im Geschäft ist, wir finden, dass jene verdienen sollen, die arbeiten. Beide Sichtweisen sind kapitalistisch, das kann ich an dieser Stelle sagen, aber unsere ist wenigstens modern-kapitalistisch.

Attentat auf Thatcher gescheitert (leider).

Krenz erhält irakischen Friedenspreis.

Wahlen in der DDR verschoben.

Ein Mitarbeiter von Sender Freie Schweiz wird mit Messerstichen schwer verletzt.

Habe von Kati geträumt, kann mich leider an nichts erinnern.

8.6.1986 ....

War diese Woche 3 x mit Irina unterwegs (= keine Lust auf Tagebuch). Sie hat mir einige »hohe Chefs« vorgestellt und mir in einer Russenbeiz, die in einer ehemaligen Buchhandlung in der Freien Strasse eingerichtet war, einen neuen Text von Gorbatschow simultan übersetzt, was mich an die Lesung während eines Gottesdienstes vor ewigen Zeiten erinnerte, als die CH noch intakt war und ich in einem bestimmten Sinne auch.

Die Russen haben Probleme mit dem Nachschub, vor allem Benzin werde allmählich knapp, die Amis haben Strassen und Flughäfen im Süden Deutschlands systematisch ausgeschaltet (sagt das Radio).

Der Geruch in der Stadt hat mich an eine 1.-August-Feier in meiner Kindheit erinnert, wo ich mit einem Kameraden aus der Schule wetteiferte, wer mehr »Frauenfürze« beschaffen kann. Wir zündeten zeitgleich und horchten, welche Schnur länger knallte. Ich glaube, ich gewann.

Ich kann mir nicht vorstellen, dass die Gewitter der letzten Tage keine Schäden hinterliessen, doch davon ist überhaupt gar keine Rede, solches wird weder gemeldet noch interessiert sich jemand dafür. Berichterstattung ist Kriegsberichterstattung. Sport ist tot, das ist doch immerhin eine gute Entwicklung.

11.6.1986 ....

Habe mich in Irina verliebt!!

13.6.1986 ....

Hegel kann doch nicht ins Spital, Basel wurde »Frontspital«, d. h. viele Verletzte, riesen Gedränge und Gewühl, Hegel nicht unglücklich, Eva schon. Sie hat übrigens erzählt, dass ihr verflossener André in dubiose Geschäfte verwickelt gewesen sei. Nun, wer ist das nicht heutzutage.

Wir müssen nun unbedingt einen Spitalplatz für Hegel finden, er baut ziemlich ab und bei aller Zuneigung (Liebe? Mitleid?) Evas ist er bei Profis besser aufgehoben als hier im Notspital. In seinem Zimmer stinkt es nach Pisse und hunderttausend Fürzen.

Heiri in der Stadt getroffen. Seine WG ist inzwischen auch in ein grösseres Haus am Rhein gezogen. Sie haben einen Velotaxi aufgebaut, mit dem sie Botengänge für die Sowjets unternehmen, es läuft offenbar ziemlich gut. Es hätte durch die Februarkämpfe ca. 90 Tote in der Stadt gegeben, sagte er, die Nato hätte sich bis vor Zürich zurückgezogen und in der Restschweiz herrsche ein gigantisches Chaos. Während hier der Alltag allmählich zurückkehrt. Was für eine Ironie!

Ausnahmezustand in Südafrika.

Irina blieb hier bis frühmorgens.

15.6.1986 ....

Hegel notfallmässig ins Spital. Er ist auf dem WC sitzend zusammengebrochen, alles war voller Scheisse und Pisse, wir zogen ihn durch den

Gang in sein Zimmer, eine grausige Spur hinterlassend, wo wir ihn wach klopften und schrien. Zum Glück war Irina gerade auf dem Weg, sie konnte ein Fahrzeug organisieren, das ihn ins Spital brachte. Eva fuhr mit, habe bis jetzt nichts von ihr gehört.

Dank Irina grosse Nachfrage nach allerlei Dingen, bin fast pausenlos unterwegs. Finden wir irgendwo einen schönen Bestand (Alk, Zigis, Bilder, Medis, Teppich, Schmuck), wird unsere Liste sofort ergänzt. Habe mit Petra über personelle Erweiterung nachgedacht. Doch woher Leute nehmen? Ich habe überhaupt keinen Überblick mehr über die Szene der Stadt, Heiri und seine WG sind selber im Geschäft, viele sind weg, untergetaucht, haben sich in die Häuschen ihrer Eltern zurückgezogen.

Mit Irina trotz Regen langer Spaziergang bis an mil. Grenze.

Lage in Süddeutschland etwas beruhigt, dafür schwere Kämpfe in CSSR, Lebensmittelknappheit in DDR und Polen, Amis suchen grosse »Koalition der Freiheit« zu schmieden, Le Pen von seiner Tochter umgebracht.

17.6.1986 ....

Petra sagte, ich sei ein »chauvinistisches Arschloch«, nachdem ich ihr erzählt habe, dass ich mich in Irina verliebt habe. Mein »Frauenbild« sei »reaktionär und verlogen« und was mich treibe, sei einzig mein Schwanz, »sone schiissigi Würschtlischnäbineurosä«, oder ähnlich.

Nun, so spricht weibliche Verletztheit.

Trotzdem, wir geschäften weiter zusammen, was sollen wir denn sonst tun? Irina will sie hier nie mehr sehen.

Gut informiert dank Irina. Russen sind nicht an weiterem Vorrücken in der CH interessiert, sie haben, was sie wollen: die chemische Industrie! In Süddeutschland die Autoindustrie, Energie, Medien.

Und die Amis haben im Osten marode Städte erobert!

Le Pen hat offenbar Tochter während Jahren missbraucht. Nun hat sie sich gerächt. 45 x mit einem Messer auf ein und denselben Nazikörper eingestochen.

Engholm soll einen Nervenzusammenbruch gehabt haben.

Hegel hätte sich erholt, könne bald wieder nach Hause.

18.6.1986 ....

Drohbrief erhalten: »Wer Geschäfte mit den Russen macht bezahlt teuer.« Wahrscheinlich eine der guteidgenössischen Gruppierungen, die hier auf Widerstand machen. Man soll sie machen lassen, diese ewig gestrigen Rütli-Faschos, bevor es in den nazionalen Kampf geht, sollten sie allerdings die Kommaregeln lernen. Wünsche Kati, dass sie diese Kerle erledigt.

Wir lassen uns nicht beirren. Wir sorgen schliesslich für ein angenehmes Wirtschaftsklima.

Mit Irina in Russen-Beiz. Hat mir Gregori vorgestellt, den zweithöchsten Offizier in Basel. Er spricht ebenfalls gut Deutsch, war lange in Ostberlin stationiert. Ist auch an »guter Zusammenarbeit« interessiert.

Heiss mit Irina, frostig mit Petra. Aber die Geschäfte laufen gut. Was will man denn mehr in diesen Zeiten. Andere wären froh, hätten sie einen Bruchteil unseres Einkommens. Deswegen gilt – insbesondere für Petra: Erst kommt das Fressen, dann die Moral.

20.6.1986 ....

Bald ist richtig Sommer. Dieses Jahr kein »Bündelidaag«, weil es kein Bündeli zu schnüren gilt, viele Schulen öffnen erst nach den Sommerferien, von der Uni noch nichts gehört, Irina sagte, die meisten Profs seien geflüchet oder sonst wie abgetaucht, die Uni könnte höchstens auf Minimalbetrieb geschaltet werden. Nun, was will ich denn studieren, ich verdiene mehr als die meisten frischen Akademiker, die ja doch nur irgendeinen Ausweichnotscheissjob machen und ihre grossen Träume vor sich herschieben. Also, ich bin im 30. Jahr und alles ist gut.

Petra geht systematisch den verlassenen Wohnungen der Apotheker nach, da sind überraschend grosse Bestände gehortet.

Haben neu Uhren und Silberbesteck auf der Liste. Petra findet, wir sollten eine englische Übersetzung machen lassen, doch wozu? Mit Deutsch und Russisch kommen wir durch. Und wenn sich die Zeiten ändern, haben wir schnell eine Übersetzung.

Tochter von Le Pen nach Selbstmordversuch gerettet.

Lawson soll Thatcher ablösen, Irina nennt die Vorgänge »Gewühl unter Ertrinkenden«.

Contras verüben Massaker in Nica.

30.6.1986 ....

Schöne, angenehme Woche hinter mir. Weitere hohe russ. Offiziere kennengelernt, am Rhein bereits ziemlich buntes Treiben, inzwischen auch zerstörte Wettsteinbrücke durch ein Provisorium ersetzt, Schutt weitgehend weggeräumt, Schuttgestank allerdings bleibt über der Stadt hängen, vor allem nach Regen ziemlich stark, Kriegslage im Süden Deutschlands beruhigt sich weiter, es soll aber zwischen Landshut und CSSR-Grenze schwere Kämpfe geben, doch was genau passiert, wissen offenbar nicht einmal die Russen. Irina geht davon aus, dass der Krieg Ende des Jahres zu Ende sein wird, das Russenopfer heisst Ostberlin und die Hälfte der DDR, ev. Teile der CSSR.

Heute wäre WM-Finale, wenn.

In Wimbledon nur »Schrumpfturnier« (DLF).

Hegels Aussehen hat sich nicht verbessert, Eva versichert aber, dass es ihm gesundheitlich besser geht.

»Wimmersgootwotschwüssä?

Sgootwiäsgoomuäs, weisch« (der Kranke schräg lächelnd).

Heiri und »Megge« getroffen, sie leiten das Velotaxi-Geschäft, überlegen sich einen Kurierdienst in die Restschweiz, sind in Verhandlungen mit den Russen. Jemand zieht aus ihrer WG aus, könnten ihn übernehmen, was nicht schlecht wäre, da Eva und Hegel krankheitshalber ausfallen und wir mit Lieferungen kaum nachkommen. Luki stellt sich nächste Woche bei uns vor.

Heiserkeit wegen Zigarrenrauchen.

Kann ev. im russ. Büro in die Restschweiz telefonieren!

2.7.1986 ....

Kati in der Stadt getroffen!!

Zuerst Blablabla, Herzklopfen, Geruchserinnerungen, sie sieht sehr gut aus!!, dann leider Eintrübung, sie warf mir allerlei Übles an den Kopf, ich antwortete in derselben Sprache, schliesslich abruptes Ende der Konversation, ohne Gruss und Kuss, ich sah ihr nach, sie drehte sich nicht um.

Soll sie doch ihren Sozialismus verwirklichen! Die Frage ist bloss, wer mitmachen will bei ihrem Projekt? Die Russen scheinen nicht in

Frage zu kommen, nach allem, was ich bislang erlebt und erfahren habe. Die SP Schweiz? Mit ihrem OberMilitärDubelHubacher? Das ist der Witz des Jahrzehnts. Die SPD? Engholm ist selbst für seine Nato-Freunde zu scharf, praktisch die ganze europ. SP ist auf Kriegskurs (siehe 1. WK), und die Linke in der 3. Welt wird zwar eifrig gelobt und gepriesen, ist aber bedeutungslos. Kati schlägt mir moralische Töne um die Ohren, doch was sie und ihre Unentwegten tun, ist nichts als Gruppenonanie.

Gleichwohl: Ihr T-Shirt bleibt mir als Schatz vergangener Tage.

In der Restschweiz Demos für und gegen Krieg.

Ach Kati!

4.7.1986 ....

Hegel hustet wieder stärker, hat hohes Fieber, schwitzt wie ein Ross.

Russ. Minister kommt bald nach Basel (sagt Irina).

Irina hat viel zu tun (Rabot, Rabot), habe sie diese Woche nur 2 x gesehen, immerhin 2 x schön.

Offenbar gibt es »Sondergespräche« mit der Sow. über Zukunft der Schweiz in Oslo. Dabei u. a. Blocher, Jagmetti, Cincera, Stucki. Bundesrat und Parlament bezeichnen die Gespräche als »sehr nahe am Landesverrat«.

Petra hat sich beruhigt. Es geht geschäftlich ganz gut.

Nächstes Jahr soll es wieder eine Fussballmeisterschaft in der Restschweiz geben – ohne die Klubs in der Zone!! Und wo soll der FCB spielen? In der russ. Liga? Oder gibt es eine neue Liga in der Zone?

Mit Irina Spaziergang in schwelender Hitze. Dann auf einmal scharfer Wind, die Wolken ziehen sich zusammen, Blitze am Himmel und dumpfes Grollen, einzelne kirschgrosse Tropfen, doch dann, als wäre nichts gewesen, verzogen sich Wind und Wetter und die brütende Hitze brütete weiter. In unserem »Burschwa-Haus« (Irina) kaum Abkühlung, vielmehr Hitze der anderen Art. Ich frage mich, ob Irinas extremes Begehren mit ihrer Herkunft zu tun hat, ob die russ. Frauen in dieser Angelegenheit viel ungehemmter sind als die westlichen, vielleicht hängt dies am Katholizismus, der hier in den letzten 1000 Jahren das natürliche Begehren völlig zugrunde gerichtet hat, vielleicht liegt es auch an der östlichen Fähigkeit zur emotionalen Tiefe, während man sich hier mit TV-Emotionen begnügt, alles total verkitscht.

Nach dem Sex schnurrt Irina noch eine Weile, raucht eine Zigi und geht ohne grosses Tamtam. Lässt mich allein und ein wenig ratlos zurück. Bis zum nächsten Mal.

6.7.1986 ....

Thatcher wird definitiv von Lawson abgelöst, und ob Reagan noch 2 Jahre durchhält, ist auch unklar, ist extrem unter Druck, weil der Krieg in Süddeutschland/CH von den Amis als verloren angesehen wird (?), dazu massive Schulden und islamische Bomben im Iran.

Zone bleibt bis auf Weiteres abgeriegelt, Ausreise ev. über besetzte Gebiete in Bayern möglich.

In der Stadt ruhige, sonntägliche Stimmung, man flaniert, isst, trinkt, tut sich gut, auch wenn die Welt rundherum im Chaos versinkt. Deutliche Annährung zwischen Russen und Baslern, was am Anfang eine Hassfeindschaft war, hat sich entspannt, man lässt sich in Ruhe und manchmal kommt man sich sogar näher. Irina und ich sind nicht die Einzigen. Zunehmend kommt es mir hier vor wie im Windschatten der Zeit. Auf einmal liegt Basel nicht mehr am Rand der Schweiz, sondern im Zentrum der Zone. Das Klima der Improvisation beschwingt das Leben ganz allgemein.

Für Irina sehr zärtliche Gefühle.

9.7.1986 ....

Erneut Drohbrief: »Russenficker im Angesicht des Todes.« Da wollte jemand besonders kreativ sein, immerhin dieses Mal ohne Rechtschreibefehler. Und doch – etwas beunruhigend ist die Sache dennoch, woher wissen diese Faschos von meiner Beziehung zu Irina? Werden wir beobachtet? Gibt es russ. Informanten?

Luki war am Montag bei uns, ein etwas speckiger, talgiger, nervöser, von einem fremden Planeten gefallener Typ, und doch ganz sympathisch, wohnt seit Jahren in der WG von Heiri und Co., durch den Taxidienst kennt er die Stadt ausgezeichnet und vor allem leerstehende Wohnungen und Häuser, ausserdem kennt er sich in der Russenszene aus. Heute beschlossen, ihn aufzunehmen, haben ja noch Zimmer frei.

Irina brachte am Wochenende Grossbestellung: Russen bauen Hauptquartier auf, hohe Offiziere treffen im August ein, d. h. Wein, Teppiche, Elektro, Medis und neuerdings Autos!!

Mit Petra wieder versöhnlichere Töne. Haben Sortiment aufgeteilt, Petra ist für Kunst, Medis und Inneneinrichtung zuständig, ich für den Rest, Luki vorerst Späher und Kontaktmann.

Hegel mit hohem Fieber im Bett, Eva ununterbrochen auf der Suche nach Ärzten und Medis, immerhin streut sie unsere Liste im Spital.

Siemens-Manager von der RAF in die Luft gesprengt. Ob Kati jubelt?

13.7.1986 ....

Irina hat zwei Russen als Schutz für unser Haus organisiert. So hat man sich die sowjetische Besetzung der Eidgenossenschaft nicht vorgestellt! Der Feind, dein Freund und Helfer.

Grosse Neuigkeit: Katis Gruppe hat Kontakt mit den Russen aufgenommen. Bin gespannt, ob die Sowjets Lust auf einen Basler Sowjet haben.

Türkisch-sowjetischer Freundschaftsvertrag. Irina spricht von »epochalem Ereignis«.

Luki hat Magazin eines Antiquitätenladens entdeckt! Riesen Fund!!

Israelische Truppen in Damaskus.

Die meisten Banken wieder geöffnet.

Grosse Waldbrände in der Restschweiz.

Mit Hegel tiefe Gespräche. Habe ihm viel von Irina erzählt, er hörte aufmerksam zu. Die Russen seien Geistesmenschen, sagte er, »guet, dassi do sind«.

Gut, dass Eva weg war, sie hätte mir Hegel wegbehütet. Und den Amarone 1968 hätte sie uns nach zwei Gläsern mit einem guten Gefühl aus den Händen gerissen.

Front verschiebt sich weiter an die CSSR-Grenze, ca. 2/3 von Bayern sowjetisch, weiterer Verlauf des Krieges unklar, in der DDR formiert sich »Volkswiderstand« gegen die Nato.

Todestag des Vaters fast vergessen.

14.7.1986 ....

Wunderschöner Abend mit Irina. Sassen in unserem Gärtchen und sprachen über wichtige, bewegende, persönliche Dinge. Dann verrückte Idee: Wir zwei machen Reise in die Zone, ich zeige ihr die Zonenschweiz. Irina war in Ostberlin, nie im Westen, von der CH kennt sie sowieso nur Grossbasel. Also, auf geht's. Meine ersten »Ferien« seit langem. Am nächsten Sonntag soll es losgehen.

19.7.1986 ....

Habe Luki mit einer Spritze im Garten erwischt! Er ist ein Junkie! Das ist ein verdammter Scheissdreck. Was sollen wir tun? Habe noch nicht mit den anderen gesprochen. Sollen wir ihn rausschmeissen? Das wäre das Beste, Drögeler können wir hier nicht gebrauchen.

Habe mich 2 Stunden im Bett gedreht, konnte nicht schlafen, sitze nun mit einer Flasche Bier vor mir und versuche, ruhig zu werden. Wenn nichts hilft, hilft schreiben.

Morgen mit Irina kleine Schweizer Reise! Freue mich sehr. Habe Route im Kopf.

29.7.1986 ....

Zurück in Basel.

Hier meine handschriftlichen Notizen getippt:

21.7. Mit Chauffeur nach Arlesheim!!, Dom, Goetheanum, in der Eremitage lange spaziert, Irina hat von Grossmutter erzählt, die im 2. WK Soldaten bekocht hat, in A. keine Kriegsschäden, heisse, lange Nacht im Ochsen – Rheinfelden, Irina begeistert von Stadt, Notbrücke, im Rhein viele Trümmer, Gewitter, Bombenschäden auf beiden Seiten des Rheins, auch Spital stark beschädigt, langes Gespräch mit Migros-Verkäuferin, wenig Leute auf den Strassen, im »Engel« Pizza und Nacht, Irina zum 1. x schnarchend = inniges Geräusch.

22.7. Weiterfahrt nach Zurzach, Chauffeur stinkt nach Alk und Schweiss, Irina erstaunt über »Schönheit des Landes Schweiz«, viele Brücken zerstört = lange Umwege, in Waldshut endlose Diskussion an Checkpoint, habe Irina noch nie so wütend gesehen, Temp. deutlich kühler, auf Acker abgestürztes Jagdflugzeug, Bauern holen Heu heim, Irina extrem sexy, Brustwarzen aufgestellt (sie schaut zu, wie ich schreibe – was sie wohl denkt?), in den Thermen viele asiatische Russen, man munkelt von Kriegsgefangenen im Büechliwald, stark bewölkt, im Städtchen erstaunlich wenig Leute, FDP-Gemeindepräsident soll sich umgebracht haben (Irina lacht, wunderschön!), bald Nachtessen in Luxushotel!!

23.7. Rheinfall, Irina ca. 30 Minuten auf Rhein starrend, rauchend, schweigend, hätte man fotografieren sollen, auf dem Schloss schmusend, dann lutschte sie meinen Schwanz, als wäre er ein Raketenglacé (am Abend bemerkte ich ein zierliches, hauchzartes, eingetrocknetes Spermaschnäuzchen auf ihrer Oberlippe), im Hotel »Rheinfall« lange Diskussion über Legitimation von Krieg, Hegel würde ihre Position platonisch nennen (Hegung des Krieges), abends Hagelschäden auf dem Auto, Chauffeur betrunken, Irina findet Schweizerdeutsch »geheimnisvoll und dunkel«, wenig Schäden im Ort (sie schläft laut atmend), Verstopfung, Fotoapparat gekauft, alles gut.

24.7. Am Rhein entlang nach Stein am Rhein, Wetter besser, wegen Notbrücken, Checkpoints und Trümmern auf der Strasse nur sehr langsam vorwärts gekommen, Tankstellen geschlossen, Irina holte bei Russen Benzin (und Wodka), grosse Schäden bei Schaffhausen, bei Diessenhofen langer Umweg wegen Minenfeld, Irina wie eine Touristin, wir fotografieren wie wild, bei Schlattingen lange in der Sonne gelegen, obwohl Chauffeur auf Weiterfahrt drängte, sehr verliebt in Irina!!

25.7. Im Chlosterhof übernachtet, enges und lautes Zimmer, Chauffeur schnarchte im Nebenzimmer, Sonnenbrand, Irina legte Eis auf meinen Rücken, was sehr wohltuend war, doch nicht genug gekühlt = trotzdem heisser 6, die Leute haben die Nase voll von Krieg, sie wollen lieber Russen als Krieg, lieber rot als tot also, die Menschen wollen einfach ihr Leben weiterführen, arbeiten, sich »es bitzeli« vergnügen, das ist alles, was die Menschen wollen, die Politik interessiert sie im Grunde nicht, es soll ein »Lager« in der Nähe geben, Irina hält dies für »Schweizesche Propagand«, womit sie wohl recht hat, wunderschöner Sonnenuntergang, wieder Raucherhusten, sollte endlich damit aufhören, mit dem Rauchen.

26.7. Fahrt ins Innere der CH, Irina findet den Namen »Frauenfeld« »grossartig dramatisch«, bereits nach ca. 10 km Entfernung vom Rhein viel weniger Kriegsschäden, hin und wieder ein grosser, bereits mit Wasser gefüllter Bombenkrater, wo sich allerlei Vögel niedergelassen haben, bei Pfyn hat jemand um einen Krater herum eine kleine Geflügelzucht eingerichtet, war noch nie in dieser Gegend, die mir sehr gefällt, auch Irina ist noch immer begeistert von »meinem« Land und findet es schade, dass »ihre« Zone nicht bis Zürich und den Alpen reicht, sie wird von Tag zu Tag schöner, Chauffeur sagt kein Wort mehr, kein Film mehr, fotolos durch die Landschaft, es ist inzwischen ca. 30 Grad, was für ein Sommer, in Winterthur praktisch Normalbetrieb, obwohl nur 5 km von der Zonengrenze entfernt, allerdings viel Flugverkehr, habe den Eindruck, die CH hat sich diesbezüglich verstärkt, erneut die Frage, wie dies alles weitergehen soll, ob dies ein längerfristiger Zustand ist oder ob sich nächstens alles wieder grossflächig verschieben wird, hoffe auf Status quo, Irina bleibt hier, ich bleibe bei Irina, unsere Geschäfte laufen gut und ich muss trotzdem nicht Russisch lernen, ich spüre ein grosses Glück.

27.7. Nach dem Zmorge Film (russ!) gekauft, Abfahrt um 10 Uhr, Irina verkatert, schweigsam, dunkel-tief-nachdenklich, zügige Fahrt an der Zonengrenze entlang bis Brugg, dort ein letztes Mal übernachtet (in der Altstadt), Stimmung sehr russenfeindlich, Leute können nicht mehr an ihre Arbeitsplätze in der Region Zürich, Versorgungslage schlecht, grosser Schwarzmarkt, bald zurück nach Basel!!

30.7.1986 ....

Langes Gespräch mit Luki. Eva wollte ihn sofort rausschmeissen, Petra wollte ihn nicht rausschmeissen, ich dazwischen – wie so oft. Nun, er darf bleiben, wenn er im Haus und Garten nicht spritzt.

Hegel geht es sehr schlecht, Irina versucht, Spitalplatz zu finden.

Gorbatschow hält grosse Rede in Warschau, spricht von endgültiger Überwindung des Kapitalismus und von autochthonem Sozialismus (?), Engholm immer noch in Klinik, Apel praktisch Kanzler, mit Blick auf die Situation in Süddeutschland und CH spricht man bereits von drôle de guerre, in der CSSR und DDR »beruhigte Fronten« (Moll), aber gigantische Wirtschaftskrise, in der Restschweiz Situation schlimmer als in der Zone, viele wandern Richtung Süden (Italien, Spanien etc.) aus. Was für eine Ironie!

Irina noch immer begeistert vom »Schweizesche Land«.

Mir geht es so gut wie seit langem nicht mehr, alles rundum gut.

1.8.1986 . . . .

Zum ersten Mal seit 1891 wird in der Zonenschweiz kein 1. August gefeiert. Ein paar unentwegte Patrioten zünden zwar ganz subversiv ein paar Knaller, die aber nicht mehr sind als verklemmte Fürze im sowjetischen All.

Petra hat in meiner Abwesenheit gute Geschäfte gemacht, unter anderem ein Bild von Koch (?) für 2000 verkauft, wir brauchen dringend mehr Mitarbeiter, ausserdem ist Luki ein Unsicherheitsfaktor und Eva mit Hegel ausgelastet.

Nächste Woche hohe sow. Delegation in Basel.

Russen nehmen es mit der Bewachung unseres Hauses sehr locker, das macht keinen Sinn so, überhaupt sollte man die nazi//onale Heimatfront nicht überschätzen, das sind doch alles kraftlose, hirnlose, schwanzlose Oberbünzlis, denen man ihr einziges Freudeli nicht nehmen sollte. Können froh sein, in der Zone zu leben, sonst müssten sie, getrieben von einer Welle des endzeitlichen Kapitalismus, zu den Tschinggen und Spaniöggel auswandern.

Kuwait seit heute offizieller Teil des Königreichs Saudi-Arabien und damit auch Teil der nahöstlichen Sowjetzone = Ölvorräte der Russen auf Jahrzehnte gesichert!! Und hier in der Zone herrscht Benzinknappheit!

Heftiges Gewitter in der Nacht, jetzt kühl und nass, im Rhein treiben grosse, schwarze Hölzer.

Irina »offiziell« in München, vermisse sie.

4.8.1986 . . . .

Eva schirmt Hegel ab, Petra meint, er sei »von Sinnen«. Werde ihn besuchen, sobald Eva ausser Haus ist, was leider nicht oft vorkommt.

Genscher und Apel in den USA.

Viel mit Alk unterwegs, Schmerzmedis gehen allmählich aus.

Ein Mann und eine Frau (Name??) sind bei uns aufgetaucht und haben uns ein »Autogeschäft« vorgeschlagen. Sie »importieren« Autos aus der Restschweiz in die Zone, wir verkaufen sie an die Russen. Werden die Sache besprechen, kann mir nicht vorstellen, wie sie durch die Zonengrenze kommen wollen.

»... wäre eine Modifikation der Nato-Doktrin zuallerletzt zum Schaden des westlichen Bündnisses, sondern vielmehr ein *vernünftiger Schritt* in Richtung einer neuen europäischen Ordnung, die von gegenseitigem Respekt der Blöcke und ihrer organisch gewachsenen Wertesysteme zeugen würde« (NZZ). Wer hätte das gedacht vor zwei Jahren!!

Seit langem wieder mal Tiefflieger über der Stadt, doch inzwischen kümmert das keinen hier.

Irina lange in unserer Bibliothek, sucht Fragmente von Novalis, werde mich drum kümmern.

Bin leicht erkältet.

Denke fast immerzu an Irina.

5.8.1986 ....

Mit Hegel Cognac getrunken, er macht einen schlechten Eindruck (käsiggelb, dünn, fuseliger Bart, flackernder Blick), hat aber wieder Hoffnung geschöpft, kann mir vorstellen, dass Hoffnung Teil der Krankheit ist, vielleicht liesse sich sogar ganz allgemein sagen: Hoffnung = Krankheit.

Eva will ihn heiraten! Habe ihn selten so amüsiert gesehen, »hürotä bigschost«.

Gleichwohl, es war sehr angenehm mit ihm, fast ein wenig wie in alten Tagen, bloss, dass er nicht der Alte ist, sondern krank, sehr krank.

Verbindung zu Irina in russ. Tel-Zentrale, sie ist aufgestellt und freut sich auf mich!

Von Rieseninsekten geträumt.

Beim Markt vor der Uni endlich einen Plattenspieler entdeckt (Dual), für 250!

9.8.1986 ....

Irina wieder da! Berichtet von ziemlich normalen Verhältnissen im sow. München, Industrie hätte sich dem Schicksal gefügt, Medien hätten Spielraum, seien kein Problem, »brav, brav«, aber Kriegsschäden vor allem rund um München gross, Deutsche seien weniger »nett« als Schweizer, CSU würde Parteiprogramm überarbeiten, Situation in DDR und

CSSR »nicht gut« etc., offene Rebellion auf den Strassen von Leipzig, Dresden gegen Amis und »Mittäter«, Kriegsverbrechen westl.-kap. Truppen, hohe Teuerung u. Arbeitslosigkeit, Situation würde sich 1987 beruhigen, Gorbatschow käme Ende Jahr nach München etc.

Sehr schöne, innige Zeit mit Irina. Inzwischen hat sich Petra an sie gewöhnt, Hegel hat sie sogar empfangen in seinem schweissigen Reich, war interessiert am slawosozialistischen Weg Gorbatschows und hat sich mit einem gewissen Charme des Morbiden in Szene gesetzt – und dies mit einer erstaunlichen Leichtigkeit. Nun, Irina hat ihm einen Spitalplatz zugesichert.

Ob er tatsächlich gesund wird?

Morgen grosse »Gesamtbesprechung«.

Ab September soll ein beschränkter Postverkehr zwischen Rest- und Zonenschweiz möglich sein, hoffe sehr auf Post meiner Mutter.

Mir geht es unverändert gut bis sehr gut.

Brauchen dringend Leute, Nachfrage steigt täglich.

11.8.1986 ....

Besprechung:

– Werden zwei bis drei neue Leute aufnehmen,

– Vertrag mit Autolieferanten,

– Erhöhung der Preise für Kunst, Teppiche und Kronleuchter, Senkung der Preise für Medis, Elektronik, Wein, Schnaps und Zigis.

Hegel sieht sich noch immer als Patron, in Tat und Wahrheit habe ich längst seine Position übernommen: Ich bin der Pate!

Hegel ist ein Schatten eines Schattens, kaum mehr als ein vorbeiflitzender Gedanke.

Es besteht die Gefahr, dass die Russen das Geschäft selber in die Hand nehmen, das müssen wir unbedingt verhindern, ich werde mit Irina darüber sprechen, ev. müssen wir unsere Ersparnisse dafür aufwenden. Ich kann mir nicht vorstellen, dass Rybkin sich diesem Argument widersetzt.

Versuch mit elektrischer Schreibmaschine.

13.8.1986 ....

»Vegele mir in Hinterr!« (Irina)

14.8.1986 ....

Neuen Verstärker gekauft, »Queen« und »Van Halen« in voller Lautstärke im Garten, dazu Barolo und meine geliebten Marocaine.

Autovertrag mit »Herrn Meier« abgeschlossen, Autoübergabe in Dornach, wir 40 %, sie 60 %, wollten zuerst 70 %!

Wetter unverändert schön und heiss.

Irina auch.

16.8.1986 ....

Novalis-Fragmente gefunden – in einer Villa auf dem Bruderholz!

Hegel wahrscheinlich nächste Woche ins Spital, hat vom Tapezier-Geschäft seines Vaters erzählt, wirr und leise-heiser, konnte ihn kaum verstehen, seine Augen versinken in sich selbst. Sein Körper gibt sich nicht mehr zu erkennen.

Kontakt mit Rybkin noch nicht hergestellt, ich glaube, selbst Irina hat grossen, allzu grossen Respekt. Wir waren gestern in einem russ. Lokal, tanzten bis ca. 3 Uhr, habe 2 Stangen Marocaine und 1 Harasse Warteck mitgebracht, am Schluss küsste ich russ. Offizier. Irina rutschte und schlief unter Tisch. War schöner Abend.

Wieder Drohbriefe erhalten. Allmählich nerven diese Seichgenossen, ich frage mich, warum es den Russ. nicht gelingt, sie endgültig zu eliminieren? Sollen sie doch zurück, wo sie herkommen! Altdorf einfach!

Flüchtlinge aus Bayern eingetroffen.

Ekzem am Hoden: Irina?

18.8.1986 ....

Mit Hegel langes Gespräch über Verbindung von Herkunft und Denken. Aargauisches Handwerk tendiere platonisch zu sein, sagte er, während voralpines Angestelltenmilieu einen linkshegelianischen Zug aufweise. Er brachte nicht mehr als ein zwischen seine seifigen Lippen eingeklemmtes Schmunzeln zustande. Und: Urbanes Bildungsbürgertum = Popperismus = Philosophie für Zwerghasen.

Mit Eva spreche ich kaum noch, wir waren uns nie besonders nahe, jetzt sind wir uns besonders fern. Sie wacht eifersüchtig wie ein Sch(l?)osshund über Hegel, der sich seinem Schicksal fügt, es bleibt ihm ja nichts anderes übrig. Immerhin kommt er bald ins Spital, wo selbst seine Übereva an Besuchszeiten gebunden ist.

Ekzem stärker geworden! Betrachte meine Hoden mit grosser Sorge. Bin mir nicht sicher, inwiefern und ob ich mit Irina über diese Sache ein Gespräch führen soll.

War 1 rauchen und sah, dass unsere Bodyguard-Sowjets dasselbe tun. Wenig Lichter in der Stadt. Ruhig und düster wie in einem Bergdorf.

21.8.1986 ....

Ekzem hat meine gesamte Genitalregion erfasst! Mich betrunken, damit ich nicht v. muss. Irina ohne Verdacht.

Doch so kann es nicht weitergehen.

Und wir Idioten haben alle Antibiotika verkauft!

22.8.1986 ....

Fotos der Reise mit I. endlich entwickelt. Werde sie in 1 Album kleben und ihr schenken. Sie hat ja sowieso bald Geburtstag.

Ekzem stagniert, immerhin. Doch morgen mit Irina – und dann?

Hegel und Eva haben sich angeschrien, weiss nicht warum.

Bin erstaunt, dass Hegel noch schreien kann.

Bereits 3 Autos in die Zone geholt, hat offenbar problemlos geklappt. Petra verhandelt mit einem »Mike«, der ev. mit zwei anderen bei uns einsteigt.

Der Geruch der Papiroschkas durchdringt die Stadt.

23.8.1986 ....

Mit Irina lange über mein Ekzem gesprochen, sie lachte zwar und fand das Ganze nicht so schlimm, für einen Augenblick aber funkelte ein Zweifel in ihren Augen auf. Glaubt sie mir nicht?

Luki total verladen auf dem Sofa. Erneut grosser Streit. Eva hat die Schnauze voll (chaschmerverdamminommollamarschläckädusautschanki). Dann zog sich Mutter Teresa wieder in ihr Allerheiligstes zurück.

Bis jetzt kein Problem mit unseren erhöhten Preisen.

Rybkin offenbar überstürzt nach München abgereist.

Eine Stones-Platte mit den Unterschriften der Band entdeckt, werde sie Hegel zum Geburtstag schenken.

24.8.1986 ....

Irina brachte Salbe, lange mit ihr über die int. Lage gesprochen.

Russ. Delegation hat Besuch auf Oktober verschoben.

Es soll wieder Kontakte geben zwischen CH-Kommunisten und den Sow., Kati?

Lieferschwierigkeiten bei einigen Zigi-Marken, müssen ev. unsere Liste anpassen.

27.8.1986 ....

Mittwoch, 27. August 1986. Die Welt ist eine andere geworden. Manchmal, in stillen Minuten kann man es fast nicht glauben, wie es gekommen ist. Spricht man mit Leuten, hört man immer wieder diesen Satz »Es ist unglaublich, unfassbar, wer hätte das gedacht«. Nun, niemand hat das gedacht, hat jemand an den 1. WK gedacht, die Wirtschaftskrise von 1929, den Holocaust, die Mauer, die Ölkrise, all diese Dinge kamen unvorbereitet, von keinem vorhergesagt. Und jetzt auch dieser Krieg, der »Süddeutscher Krieg« genannt wird, obwohl der Begriff die Lage nicht exakt wiedergibt, die CH ist in den Krieg ebenso verwickelt wie die DDR und die CSSR und wer weiss bald einmal auch Österreich, jedenfalls geht Irina davon aus. Die CH wird wohl bis auf Weiteres gespalten bleiben, möglicherweise nie mehr zu dem geeint, was man einst Eidgenossenschaft nannte, ja, die CH ist mit dem Jahr 1986 an ein Ende gekommen, ich glaube nicht, dass die Restschweiz längerfristig existieren kann, es ist jetzt schon ein schwaches, halbtotes Gebilde, nur anstandshalber Schweiz genannt, denn tatsächlich sind unsere Politiker nicht mehr als Statisten, die Nato herrscht, die USA. Und hier herrschen die Sowjets, und zwar ungeschminkt, ohne Kulissengetue und Heuchelei. Das ist mir doch lieber. Aber Konturen eines zukünftiges Staates sind keine zu erkennen. Zwar existiert ein durchgehend rotes Gebiet von der UdSSR bis ins liebliche Basel, doch ist dieses Gebiet, die Faschos nennen es »Korridor des Todes«, fragil und alles andere als einheitlich. Ausserdem sind da noch die A-Bomben. Die Supergefahr, letztlich die Angst, die hinter allem steckt.

Die Angst vor dem totalen Untergang, die Angst vor der Apokalypse, der Offenbarung nach Johannes. Wir leben im Schatten dieser Angst. Die Angst ist so mächtig, so durchdringend und durchschimmernd, dass sie alle anderen Ängste in ein Licht der Lächerlichkeit taucht, die Köpfe der Menschen auf eine Weise frei macht, aufhellt, wie es die Aufklärung nicht konnte, so dass auf einmal Dinge, Gedanken möglich werden, die man in der Geschichte der Menschheit noch nie gedacht hatte. So stelle ich mir die Helligkeit unmittelbar vor dem Tod vor: sie überstrahlt alles, sie macht alles winzig, sie nimmt den ganzen Denkraum ein, lässt nur noch einen Gedanken zu, doch dieser genügt vollkommen, um mehr zu sehen, mehr zu erkennen als je zuvor. Alles, was ist, ist in diesem Gedanken. Wegen der einzigen Angst. Der übriggebliebenen. So ist unsere Zeit, an diesem Mittwoch.

Und – das Ekzem fast verschwunden. Bin glücklich darüber.

30.8.1986 ....

Man hört jetzt öfters dieses ekelhafte, tierische Bayerische in der Stadt, feist, deppert und peinlich sehen sie aus, diese bayerischen, mit allerlei Folklore-Fragmenten bestückten und bekleideten Flüchtlinge, die das Schicksal in eine Stadt verschlagen hat, von der zuvor vielleicht die Akademiker und Fussballer den Namen gekannt haben, die anderen gar nichts wussten, als wäre weiter südlich die Welt zwar nicht zu Ende, aber vollkommen unbedeutend (wie Afrika nördlich von Südafrika), während sie nun die Finessen des Basler Quartierlebens kennenlernen dürfen, angeleitet von russischen Flüchen und der nonchalanten Aufmerksamkeit des übriggebliebenen baselstädtischen Beamtentums.

Es soll eine Exilschweizergruppe in Spanien geben, die sich bald 1 x auf den Weg nach Norden macht und die Zonenschweiz zurückerobern will, haben sich bei den Amis waffentechnisch aufgerüstet. Was es nicht alles gibt, eine Art umgekehrter Kreuzzug. NZZ warnt vor »idealisierender Deutung einstiger, herrschaftlicher Gebietsansprüche«!!

Hegel will seinen Geburtstag hier feiern.

Morgen grosse Party in unserem Garten, Irina hat wichtige Sow. eingeladen, Rybkin leider nicht, ist offenbar immer noch »abwesend«.

Exzem fast vollständig verschwunden.

5.9.1986 ....

Hegel ist tot!!!

Ausnahmezustand.

Kann kaum schreiben.

Aufruhr, Schmerz, kein Worte.

11.9.1986 ....

Eine der schlimmsten Wochen meines Lebens liegt hinter mir. Hegel ist gestorben. Am Montag wurde er beerdigt, wir waren nur wenige, seine gesamte Verwandtschaft lebt in der Restschweiz, er liegt auf dem Hörnli, dank Irina und ihren Kontakten, Eva hatte Zusammenbruch, wir halten uns, so gut es geht. Eigentlich geht es nicht.

Kati und Jerzy an der Beerdigung gesehen, aber nur kurz gegrüsst, Kati hatte Tom im Schlepptau.

Immerhin erfahren, dass Bea in der Restschweiz in einer Klinik ist, unklar, ob noch mit Jerzy zusammen. Jerzy hat sich stark verändert, seine Haare sehr kurz geschnitten, schwarze Kleider, schwarze Brille.

Dass Hegel tot ist, habe ich noch immer nicht wirklich verstanden. Er war Herzstück meiner Baslerwelt, seit ich hier bin. Und ich weiss nicht, wie trauern. Der Tod meines Vaters war schlimm, aber nicht traurig.

Hegel war mein Herzstück.

Doch ich kann nicht weinen. Was bin ich für ein Mensch!

12.9.1986 ....

Noch immer Ausnahmezustand, Eva war zwei Tage im Spital, es ging nicht mehr, Irina liess einen Wagen kommen, nun ist sie wieder hier, um Jahre gealtert, Petra kommt kaum aus ihrem Zimmer, wir haben massenhaft Bestellungen, aber liefern tun wir nicht.

Träume viel und wild, manchmal Schwierigkeiten, Traum und Realität zu unterscheiden, alles geht drunter und drüber, Kopfschmerzen, Durchfall, Schuppen und fluchende Kunden.

Irina sehr mitfühlend, wir sehen uns jeden Tag.

Kann nicht weinen.

13.9.1986 ....

Hegel hat ein Testament geschrieben! Haben es erst heute Morgen entdeckt, er hinterlässt (was für ein schreckliches Wort) Eva die Schriften und Briefe, mir die Bücher, seinen Eltern das Geld, Petra die Platten »und den Russen den Rest«. Ausserdem lagen ein Brief für Arul im Kuvert mit einer Adresse in Colombo und ein Brief an seine Eltern. Dann Ort, Datum, Unterschrift, weiter nichts. Er hat das Testament am 8.12.1985 geschrieben!! Er hat also bereits mit dem Tod gerechnet, als wir den Gedanken noch verdrängen konnten.

Wäre nicht Krieg, ich würde weggehen, Basel verlassen, irgendwohin, etwas ganz Neues machen, vielleicht endlich das Studium abschliessen, damit es abgeschlossen ist, vielleicht eine Bar eröffnen, einen Buchladen, eine Weinhandlung, bloss hier weg aus dieser WG, die am 4. September gestorben ist.

Petra und Luki liefern wieder aus, das Geschäft läuft, die Russen scheinen sich hier für längere Zeit einzurichten, kaufen wie verrückt Autos, Uhren, Plattenspieler, den ganzen kap. Mist.

Business as usual.

Irina singt mir russische Lieder vor, tief, melancholisch, traurig. Aber ich kann nicht weinen.

»Tranen kommen serr bold«, sagt sie.

Grosse Leere im Haus.

Ich kann Hegel noch riechen. Seltsam, wenn der Geruch eines Menschen den Menschen überdauert.

14.9.1986 ....

Sonntag. Ich war am Grab. Jemand hat frische Blumen hingestellt, Kati? Jetzt, wo er tot ist, würde ich gerne erfahren, was für ein Mensch er denn war. Ich lebte so lange mit ihm zusammen, habe ihn aber nicht kennengelernt. Das ist tragisch, traurig. Hegel war ein wirklicher Philosoph, der einzige weit und breit, der den Namen verdiente. Gegen ihn sind wir alle kleinkarierte Füdlibürger. Nun ist der grosse Hegel tot. Gäbe es Gott, er hätte ihn zu sich geholt. Als Berater.

Eva will bald ausziehen. Das überrascht niemanden, obwohl sie damit aus dem Geschäft raus ist. Wir anderen bleiben vorläufig, ev. zieht jemand von Mikes Leuten hier ein.

Das ist mir völlig egal.

Ein Ende des Krieges und damit auch ein Ende der leidgenössischen Spaltung ist nicht abzusehen und damit auch kein Ende unserer Situation. Wohin sollen wir denn gehen? Wir leben hier in einem atomar abgesicherten Paradies. Wer in den Apfel beisst, ist tot.

Denke praktisch jede Minute an Hegel.

Lange mit Irina diskutiert, warum Hegel am Vorabend seines Geburtstages starb. Sie vermutet irgendeinen Zusammenhang, ich gehe von Zufall aus. Der Zeitpunkt unserer Geburt und unseres Todes ist zufällig, wer anderes behauptet, vergreift sich an der Vernunft. Das habe ich so Irina nicht gesagt, doch sie hat gespürt, dass mir diese Schicksalsdiskussion auf den Sack geht. Ich habe bislang immer gedacht, die Sowjets seien die Säkularsten.

16.9.1986 ....

Seit gestern wieder im Geschäft. Mit 1 neuen VW-Kastenwagen mit SZ-Nr. fast den ganzen Tag unterwegs. Unsere Liste hat den Weg zu den Baslern gefunden! Also liefere ich Dinge, die wir aus leerstehenden Häusern geräumt haben, an Basler, die in leerstehende Häuser eingezogen sind. Weil Rybkin abwesend, ist Gregori Nr. 1 hier. Er hat sich in einer Villa ganz in der Nähe eingerichtet – steht offenbar auf Teenager, wurde mir jedenfalls zugetragen. Er will frz. Weichkäse!

Bin wieder gesund.

Sow. Delegation trifft am 4. Okt. ein. In UdSSR spricht man von »Frontbesuch«, inoffiziell (Irina) von Krisentreffen mit den Generälen der süddeutschen Armee (NZZ: »Sowjetischer Arbeitsbesuch«).

Njet Tranen.

20.9.1986 ....

Gestern zum ersten Mal seit Hegels Tod wieder im Ausgang. Irina führte mich in 1 »Russendisko« im Casino beim Barfi. Es war höllisch. Der Saal war total überfüllt, hätte nicht gedacht, dass in Basel noch so viele Menschen tanzen gehen wollen, ca. 60 % davon waren Russen, der Rest allerlei »Piipel« der Zone, die Stimmung gewaltig, mit Irina gesoffen, getanzt, gesungen, geschmust und am Schluss bei ihr zu Hause 1 x 6. Ein wirklich schöner Abend.

Heute wunderbarer Herbsttag, zarter, immer wieder weg- und hinschwebender Nebel am Morgen, dann meerblauer Himmel über der frisch eingefärbten Stadt. In all dem der Geruch von Rauch, angenehm angefaultem Obst, feucht aufspriessendem Moos und dem herannahenden Schnee. Gedankenschnee.

Lawson will Rotes Kreuz in Zonenschweiz senden.

Die Rationierung von Lebensmitteln soll bald aufgehoben werden = ungut fürs Geschäft.

22.9.1986 ....

Ein scheinbar belangloser Vorfall löste aus, was mir fehlte: Tranen.

Auf dem Rücken im Bett liegend betrachtete ich die Lichtspiele an der Decke. Auf einmal fiel mir Katis T-Shirt ein, das ich in einem Plastiksack unter meinem Bett versorgt hatte. Ich griff unters Bett, holte den Sack und roch, so, wie ich das eine Zeitlang fast täglich tat. In der Sekunde nun, da dieser Geruch meine Nase berührte, zuckte ich zusammen und war wie gebannt durch etwas Ungewöhnliches, das sich in mir vollzog. Ein unerhörtes Trauergefühl, das ganz für sich allein bestand und dessen Grund mir unbekannt blieb, hatte mich durchströmt, es hatte mir mit einem Schlag, wie ein Blitz es tut, den Alltag, den Krieg, seine Verwerfungen und Gefahren, all die Katastrophen der aktuellen Welt harmlos, ja unbedeutend und nichtig werden lassen und füllte mich mit einer unermesslichen Trauer, vielmehr: ich war diese unermessliche Trauer, mein Körper war ein Trauerkörper, meine Seele eine Trauerseele und, als würde sich Wasser in einen anderen Aggregatzustand verwandeln, dampfte, tropfte, floss diese Trauer aus mir heraus, suchte einen Ausweg aus mir wie eine Energie, die entfliehen will oder muss, so dass ich die Fassung verlor, die Form verlor, die Haltung, mein Körpergebäude zitterte, bröckelte die Adern entlang und fiel dann völlig zusammen, was blieb, waren Trümmer, harmlos zuckende, nur mehr schlaffe Trümmer, als wäre ein Krieg vor einiger Zeit über mich hinübergesaust. Ich verblieb zwischen Wachsein und Schlafen bis in die Dämmerung des Morgens. Dann weckte mich der Müllwagen, der seit ein paar Wochen jeden Montag vor unserem Haus auftaucht.

Ob ich hätte weinen können, fragte mich Irina heute. Ich sagte njet.

26.9.1986 ....

Endlich ist der Brief Hegels an seine Eltern in Sicherheit. Wir haben ihn heute einem Kurier übergeben, den Irina für 100 % zuverlässig hält. Seit es die PTT hier nicht mehr gibt, sind die Porti angestiegen: Ein Brief in die Zone kostet mindestens 20 Franken!!

Eva zieht nächsten Samstag aus. Sie weiss nicht, was sie danach tut, wollte nicht sagen, wo sie wohnt. Nun, weit weg kann es nicht sein. Die Zone ist begrenzt, sehr klar begrenzt. Klarer ist nichts begrenzt.

Gestern von einem Knall geträumt, der materialisiert zu Boden gefallen ist. Ich habe (mit einigen anderen) die Trümmer des Knalls eingesammelt und festgestellt, dass sie innen hohl sind, doch es gelang uns nicht, die Trümmer zu knacken.

Was soll ich mit Katis T-Shirt tun?

1.10.1986 ....

Auf Hegels Grab. Mit frischen Blumen. Habe sie neben die anderen gelegt, die ebenfalls frisch waren. Wir sollten uns Gedanken zum Grabstein machen.

Eva ist ausgezogen! Die Sache ging kurz und schmerzlos. Ich schenkte ihr ein Aquarell mit der Darstellung einer vom Nebel fast verdeckten Stadt. Ein schönes Bild aus einem Bürgerhaus neben dem Kunstmuseum. Hegel hat es noch katalogisiert, »ca. 1850, unbekannter englischer Künstler«. Eva lächelte eine hundertstel Sekunde, klemmte das Bild unter den Arm und verliess unser Haus. Wieder ein Kapitel zu Ende.

Keine Ahnung, was ich mit all den Büchern machen soll, mit Irina lange darüber gesprochen. Sie hofft auf baldige Ankunft von Rybkin, sie findet Gregori »unzivilisiert und kulturlos«, was, unter uns gesagt, doch eigentlich dasselbe ist.

Nun auch rumänische Botschaft in Bern geschlossen.

Friedensnobelpreis wird dieses Jahr nicht verliehen. = Besser kann man die Zeit nicht kommentieren!

Besuch der »Delegation« erneut verschoben.

5.10.1986 ....
Irina hat Zitat von Novalis über ihr Bett geheftet: »Jeder Körper hat seine Zeit – jede Zeit hat ihren Körper.«

Wieder Benzin an den Tankstellen, was man sofort am zunehmenden Verkehr und Lärm merkt. Lage in München offenbar geklärt, Gorbatschow-Besuch steht nichts mehr im Wege, kaum noch Gefechte in Bayern, dafür Spannungen an der österreichischen Grenze und völlig unklare Lage in CSSR. Irina meint, die USA würden sich auf Mittelamerika konzentrieren und Europa aufgeben, was ich mir nicht vorstellen kann, Reagan sieht sich immer mehr als Churchill, seine Nazis sind die Russen. Ich denke vielmehr, dass sich die Lage hier verschärfen wird, es kommt der Tag, an dem einer links oder rechts den Verstand komplett verliert und auf den Atom-Knopf drückt. Und – es gibt keinen Anti-Atom-Knopf!

Mike und Denise ziehen hier ein. Mir war es im Prinzip völlig egal, wer hier einzieht, also hat Petra gesichtet, nachgefragt und schliesslich entschieden.

Was aber unausgesprochen klar ist: Die beiden sind nicht Teilhaber. Sie werden für uns arbeiten, wir bezahlen sie dafür, Inhaber bleiben die Verbleibenden: Petra und ich.

Einzig Irina. Sie könnte einsteigen. Finde ich. Findet Petra nicht. Irina weiss nichts von meiner Idee. Was auch gut ist. Denn sie ist Kommunistin. Ich glaube, ich liebe sie. Kann mir nicht mehr vorstellen, ohne sie zu sein. Maja ljubo.

Migros und Coop gibt es auch in der Zone, doch das Sortiment ist inzwischen ganz anders. Man sieht fast täglich neue Marken und in der Migros Wodka! Was wohl die alte Duttweiler dazu sagen würde?

7.10.1986 ....
Sowjetischer Besuch in zwei Wochen, Irina wird übersetzen, Planung läuft auf Hochtouren. Wie unser Geschäft. Mike sieht gut aus, macht aber einen etwas dümmlichen Eindruck, ist gelernter Turnlehrer, sagt bei jedem zweiten Satz »lääss«, das bedeutet lässig und das bedeutet wiederum, dass es gut sei. Also fast alles ist gut. Denise ist klein und fein, am Rücken tätowiert, ihr Arsch ist um eine Nuance zu breit, ihre Augen um

eine Nuance zu eng, ihre Stimme um eine Nuance zu kanarienvögelig. Doch sie verkaufen gut, sehr gut. Das merkt man schnell, wie Menschen verkaufen. Ausserdem hat Denise ein paar Semester Kunstgeschichte studiert, was sich äusserst positiv auf unser Bilder- und Teppichgeschäft auswirkt. Die beiden sind offenbar kein Paar, bewohnen zwei Zimmer, er Evas, sie Hegels.

Russen wollen auf dem Areal der Grün 80 einen Campus für Komsomolzen errichten. Irina findet die Idee »grandiosartig«.

Petra hat den Fuss verknackst, fällt mind. 2 Wochen aus.

9.10.1986 ....

Grosse Geschichte um eine Flugzeugentführung in Paris. Die IRA hat den Piloten erschossen und fordert die Freilassung von Gefangenen in England, sonst würden weitere Geiseln erschossen, Lawson und Mauroy offenbar uneins, der gesamte Flugverkehr gesperrt.

Etwa 0 Grad.

10.10.1986 ....

Weiterer Novalis-Spruch bei Irina: »Durch das Eigentum wird der Besitz veredelt, wie durch die Ehe der körperliche Genuss.« Erinnere mich erst jetzt an eine Diskussion mit Hegel über den Unterschied zwischen Eigentum und Besitz und was dies für die Linke zu bedeuten hätte, Hegel war für die totale Abschaffung des Eigentums und einen provisorischen Besitz, der zwei Dinge zu erfüllen hätte: Sinn und Lust.

Das war Hegel: Sinn und Lust. Dafür braucht man kein Eigentum, aber sehr wohl Besitz. Wir haben die Frage diskutiert, wie man an Besitz kommt, ob Besitz staatlichen Schutz verdient, ob und wann Besitz sozialisiert werden muss, ob Besitzlosigkeit verboten werden sollte etc. etc.

Heute habe ich mehr Besitz denn je, aber noch immer kein Eigentum. Ist das gut? Gerecht? Etc.?

12.10.1986 ....

Der Papst wieder zum Leben erweckt. Schon glaubte man, der alte Wojtyla hätte sich vergeistigt, wäre seinem grossen Vorbild entsprechend zur Himmelspforte geschwebt, wo man ihm nur allzu gerne Einlass gewährte, doch der alte polnische Sack hat wieder einmal eine Friedensbotschaft auf die Welt losgelassen – die letzte Waffe der Kirche – und bittet!! Reagan und Gorbatschow zu einem »fürsorglichen und heilsamen Gespräch«, und fügt dann dieser schlichten Bitte eine etwas aufwendige Replik der Entwicklung der aktuellen Situation an, worauf nun wirklich niemand gewartet hat, Gläubige zuletzt, denn für diese sind Analysen des Teufels, widersprechen sie doch der Grundlage des Glaubens: der Unvernunft.

18.10.1986 ....
Irina immer aufgeregter wegen sow. Besuch hier in unserer Kleinstadt. Kann die Aufregung einerseits verstehen, andererseits nicht. Zu befürchten hat sie ja nichts, sie kann nur gewinnen, wird weit herum als kompetente Übersetzerin geschätzt, die auch versteht, was sie übersetzt, und sogar hie und da, wie sie mir einmal sagte, gewisse Dinge nicht nur sprachlich, sondern auch inhaltlich etwas verbessert. Und – sie ist »Chefübersetzerin«, der Minister wird Freude an ihr haben. Ausserdem dauert der hohe Besuch ja nur drei Tage, dann ist der Zauber vorbei und die Sowjets reisen gut genährt und wohl gefickt wieder in die sicheren Gefilde zurück.

Nach dem Debakel der Flugzeugentführung gerät Mauroy unter grossen Druck, wahrscheinlich tritt er bald zurück.

In der Restschweiz soll es gestern geschneit haben.

20.10.1986 ....
Irina erzählte vom Besuchsprogramm der Delegation – sie werden den Ort unserer »Aktion« besuchen, einen Kranz niederlegen und eine Gedenktafel einweihen, ausserdem soll die Strasse in »Jewgeni-Popow-Strasse« umbenannt werden!!!

Unsere Aktion steht in UdSSR bereits in den Schulbüchern, Irina berichtete ganz munter von der grossen symbolischen Bedeutung der Kranzniederlegung und dass DER grosse Politfotograf (Dimitri Kosak?) eine Reportage über diesen Programmteil machen werde etc.

Ich habe Irina nichts erzählt. Habe ihr nicht erzählt, dass wir (HegelKatiNinaJerzyPLOETZARSCHLOCH) diesen Popow an der ehemaligen

Brennerstrasse pulverisiert haben, allerdings unabsichtlich und mit einem panischen Gefühl im Nacken danach.

Das ist so verdammt lange her.

Ja, ich bin Irinas Klassenfeind.

Eigentlich.

Und eigentlich auch nicht.

Der Klassenfeind ihrer Heimat und all ihrer eroberten Gebiete und Gedanken.

Was soll ich tun, mein liebes Tagebuch???

Ich besinne mich auf meinen so geschätzten Bären, der seit dem Umzug auf dem Schrank ein neues Plätzchen gefunden hat, vielleicht müsste ich ihn wieder zu mir ins Bett holen. Der Bär der Erkenntnis.

Rauche, trinke Wein, höre Black Sabbath. Bin ich paranoid?

26.10.1986 ....

Sowjets sind abgereist. Endlich! Habe Irina seit vier Tagen nicht gesehen, sie war die ganze Zeit mit der Delegation als Übersetzerin unterwegs, riesige Aufregung auch in der Stadt, überall Militärs (woher?), Flüchtlinge wurden weggesperrt, Märkte geschlossen, die meisten Strassen in der Innenstadt waren abgesperrt, wir konnten kaum ausliefern, offenbar wurden ein paar CH-Statisten angeheuert, die am Marktplatz begeistert rote Nelken in die Luft warfen und die Revolution hochleben liessen, doch was genau da ablief, weiss ich noch nicht, Irina war nur sehr kurz hier, very quicky.

Mit Mike und Denise bis jetzt wenig Kontakt, wir treffen uns am Morgen in der Küche, zu unseren Sitzungen, manchmal abends ein Bier, doch alles sehr oberflächlich. Beide sind nicht politisch, wollen hier gut leben und machen sich ansonsten keine Gedanken. Sie sind noch jung, wissen nichts von unseren Kämpfen und Nöten, wissen nichts von unseren Gedanken und Visionen, haben keine Ahnung von der Geschichte unserer WG, was auch gut ist. Immerhin haben sie unser Geschäft spürbar belebt. Sie schauen auf die Stadt und sehen keine Klassen, keine sozialen und keine historischen Schichten, keine politischen Gräben, keine kulturellen Erscheinungen, das Einzige, was sie sehen, sind Kunden. Und das ist gut so. Denn es stimmt. Es ist die einzig verbliebene Wahrheit.

Morgen endlich Irina wieder tagelang.

Ich kann es mir schon gar nicht mehr vorstellen.

Der Krieg stagniert, die Wirtschaft sinkt. Eigentlich gibt es gar keine Wirtschaft mehr. Alles ist Mangel.

Ein Afrikaner erhält den Lit-Nobelpreis.

31.10.1986 ....

Freitagabend, 23.45 h, vor ein paar Minuten ist Irina gegangen, sie war ein paar Tage praktisch ununterbrochen bei mir. Sie hat mir in aller Ausführlichkeit vom Besuch der »hohen Genossen« erzählt, berichtet, was alles geschah während dieser drei Tage, offenbar gab es einen verhinderten Brandanschlag auf das Hotel Euler, wo die Delegation übernachtete, die Attentäter (2 Männer, 1 Frau) konnten gefasst werden, Irina vermutet, dass sie in die Zone verschleppt und dort erschossen wurden, die Öffentlichkeit hat davon natürlich nichts erfahren, es gibt, genau genommen, keine Öffentlichkeit mehr, ansonsten sei der Besuch erfreulich verlaufen, die Basler Behörden (bzw. der kümmerlich-peinliche Rest der politischen Kaste) wäre den Wünschen der Sowjets entgegengekommen (was denn sonst), und alle Punkte auf der Traktandenliste seien geklärt worden. Basel (warum nicht Freiburg?) ist nun offiziell Hauptstadt der Unionsrepublik Schwarzwald-Schwaben. Das bedeutet, die Sow. haben offenbar nicht die Absicht abzuziehen, Irina meint, das Gebiet östlich von Stuttgart bis zur DDR (der Korridor des Todes) werde definitiv in die Sphäre der soz. Staatengemeinschaft eingegliedert, die Lage im Westen der CSSR und in der DDR werde sich bald stabilisieren, da die USA ihre Kräfte auf die Ölvorkommen im Nahen Osten und ihren Hinterhof in Mittelamerika richten würden, sagte Irina. Ich gehe inzwischen auch von diesem Szenario aus. Der Krieg frisst Unsummen von Dollar, welche die USA an anderen Orten besser gebrauchen können, zum Beispiel in ihrem eigenen Land, und letztlich hat sich Gorbatschow geholt, was Stalin nach dem Krieg verpasst hat zu holen. Mehr von Deutschland und ein nettes Streifchen CH. Vielleicht ist das der Schlussstrich unter den 2. WK, die Sow. ist befriedigt und wird ruhig, ein postkoitaler Zustand, der es erlaubt, sich endlich den wichtigen Dingen zuzuwenden. Doch noch ist die Lage keineswegs ruhig, gerade letzte Woche hat die Nato wieder Vororte von München bombardiert und in der Nähe von Nürnberg seien Gefechte im Gange. Doch was klar ist und was Irina auch bestätigte: Die Restschweiz wird nicht gefressen. Die Restschweiz bleibt ein Stummel und es ist wohl eine Frage der Zeit, bis dieses Gebilde zerfällt, zerfasert, zerstäubt.

Und: Gregori wird aus Basel abgezogen, Rybkin übernimmt definitiv seinen Platz. Für Irina eine gute Nachricht, für mich unwichtig. Wichtig für uns ist der Schutz, den wir offenbar weiterhin geniessen, wenn das das richtige Wort ist, doch der Mechanismus ist der richtige: Wir liefern, sie schützen die Lieferanten. Eine Hand die andere. Das ewige Gesetz.

Dieser Rybkin macht mächtigen Eindruck auf Irina, manchmal, als sie von ihm und seiner Stärke und Intelligenz berichtete, spürte ich einen Hauch von Eifersucht und im Hintergrund die Frage, was wäre wenn? Was wäre, wenn dieser Rybkin Gefallen finden würde an seiner Chefübersetzerin? Bei Lichte betrachtet sind diese Ängste völlig unbegründet, Irina liebt mich, begehrt mich und nichts deutet auf etwas anderes.

Es ist 0.35 Uhr, ich trinke Bier, rauche was Teures und höre ausser dem Geklapper meiner geliebten Schreibmaschine nichts. Draussen ist es Winter geworden, alle Herbstgerüche und -farben sind verschwunden, die Melancholie des Herbstnebels ist der Einfachheit des Winternebels gewichen, man fragt sich bereits, wie Weihnachten werden wird und ob. Und das neue Jahr. Und überhaupt. Doch man stellt sich diese Fragen nicht wirklich, diese Fragen werden von den immer kälter werdenden Nebelschwaden herangetragen, werden über die Stadt geweht, unmerklich, still und ohne Geruch fallen all die mikroskopischen Einzelteile dieser wenigen grossen Fragen, getragen von beinahe unsichtbaren Wassertröpfchen, in die Stadt hinein, auf Dächer, Strassen, Plätze, Autos fallen diese Tropfen nieder, zerplatzen, verglühen, treffen auf Menschen, die sogleich ihren Schritt ein wenig verlangsamen, ihre Gedanken ein wenig ungeordnet, ihre Gefühle ein wenig in Bewegung vorfinden, weil sich tief in ihnen drin (bilden sie sich ein) Fragen regen, von denen sie nichts wissen wollen, sodass sie ihre Schritte und ihre allgemeine Gefühlslage in Gang setzen, während die Fragen von oben her sich einen Weg ins Innere der Menschen bahnen und von dort nicht mehr wegzudenken sind, ausser mit Gewalt.

Flasche leer, Hegel in meinen Gedanken. Gehe draussen eine rauchen und dann ins Bett zu meinem bärigen Ursus.

5.11.1986 ....

Ab Januar wird eine neue Währung parallel zum Franken und der Mark in der Zone eingeführt. Gemäss Irina soll diese Massnahme die Wirtschaft in der Zone in Gang bringen.

Mit Petra wieder mal TV geschaut, es scheint, als habe sie sich endgültig beruhigt. Am Schluss des Films warf sie mir sogar eine neckische Kusshand hin.

Flüchtlinge aus Bayern sollen Lastwagen mit Tiefkühlgemüse ausgeraubt haben, wahrscheinlich wollen sie die Sache auf dem Schwarzmarkt verkaufen. Wir werden die Sache im Auge behalten, Denise ist damit beschäftigt.

Von Eva nie mehr was gehört, was sie wohl macht? Wo sie wohl lebt?

»Grenzzwischenfall« an der frz. Grenze, es handelt es sich um ein Schmugglerproblem, nicht um ein militärisches, hört man sagen.

Höre gerade von Vorwürfen an Kard. Ratzinger bezüglich sexueller Vergehen.

7.11.1986 ....

Endlich mal Schlagzeilen von etwas anderer Art. Kardinal Ratzinger wurde in flagranti ertappt, als er einen Knaben missbrauchte. Es gibt offenbar keine Zweifel, Ratzinger sitzt in einem röm. Gefängnis, der Vatikan protestiert heftig – erfolglos. Ich werde diese Angelegenheit mit grossem Vergnügen weiterverfolgen und meinem Tagebuch treulich Bericht davon abliefern.

In Frankreich hat Mauroy eine Vertrauensabstimmung im Parlament verloren, ev. Fabius Nachfolger. Offenbar war der Grenzzwischenfall doch mehr als ein »Schmugglerereignis«.

9.11.1986 ....

Die depperten Bayern schon gefasst, sie hatten tatsächlich vor, die gestohlene Ware an die Sow. zu verkaufen. So viel Dummheit sollte tatsächlich bestraft werden, am besten mit einer Rückführung in ihr bayerisches Stammland.

Apropos Dummheit: Ratzinger hat seine »Jungs« fotografiert und auf jedes Foto onaniert. Carabinieri haben die (eingetrockneten) Beweise gesichert. Italienische Mütter laufen Sturm, wollen wissen, ob noch andere Priester, Bischöfe, Kardinäle, Päpste ihre Söhne gefickt oder sonst wie missbraucht haben. In Mittel- und Südamerika die Befreiungstheologie vernichten und zu Hause Ministranten ficken: Das ist Katholizismus!

Endlich Grabstein für Hegel gefunden, in ca. 2 Wochen ist der Stein fertig und wird aufgestellt. Wir haben uns für ein einfaches Quadrat entschieden, Geburts- und Todestag, fertig, basta, Schluss.

Mit Irina sehr schöne Zeit. Hin und wieder frage ich mich, wieso sie mit mir zusammen ist, obwohl praktisch die ganze sow. Nomenklatur auf sie spitz ist, auch Rybkin, da bin ich mir sicher. Was tut sie in den Tagen, an denen ich sie nicht sehe? Ich bringe das Gefühl nicht los, dass sie ein Doppelleben führt.

Aber ich bringe ja viele Gefühle nicht los.

Komsomolzen-Camp in der Grün 80 wird definitiv gebaut. Offenbar brauchte es Verhandlungen mit Moskau, weil es in der KPdSU Leute gibt, welche die Komsomolzen am liebsten auflösen würden, doch Gorbatschow, so Irina, setzt viel auf die Komsomolzen und hat persönlich den Bau in der Grün 80 angeordnet.

Sonntag im November, ich sitze im Zimmer unserer Villa, es ist alles ruhig, Petra hat heute den ganzen Tag Rechnungen und Lieferscheine getippt, Mike sah ich kurz am Mittag, Denise habe ich seit 2 Tagen nicht mehr gesehen. Rechts neben mir eine Flasche Warteck, links der Aschenbecher und dazwischen meine Hegel-Gedanken.

16.11.1986 ....

Eine kalte Woche liegt hinter mir.

Petra und ich haben beschlossen, eine weitere Person in unsere »Firma« aufzunehmen, anders können wir die Aufträge nicht bewältigen.

Seit klar ist, dass die Zone von den Sow. gehalten wird, überfluten uns die Aufträge. Ich arbeite zur Zeit ca. 10 Stunden pro Tag, die anderen auch, Petra wahrscheinlich noch mehr. Wir bräuchten dringend Heizöl und Batterien, ausserdem ist die Stromversorgung unsicher, weil gewisse Leitungen über die Restschweiz führen, aber Bern ist froh, dass »wir« ihre Strom- und Gasleitungen nicht kappen, also wäscht die eine Hand die andere, wie gehabt.

Gemäss Irina soll es in der CH-Armee grosse Spannungen zwischen den »Tauben« und »Falken« geben, zur Zeit hätten die »Tauben« eher Oberhand, weshalb der als »Falke« geltende Moll unter Druck sei und wahrscheinlich bald ersetzt werde. Die Regierung (Irina sagt stets schmunzelnd »euer ZK«) hätte sich mit dem Verlust der Nordschweiz abgefunden und setze auf eine Integration in die Nato. Nun, das ist alles egal, wir kümmern uns hier um uns selber, wir sind so autonom, wie es sich die Autonomen nie hätten vorstellen können.

Mit Petra darüber gesprochen, wie wir unser Geld am besten anlegen. Wir könnten Staatsanleihen oder Gold kaufen, Petra findet auch Immobilien eine gute Anlage. Nun, wir haben ja Zeit, vorderhand ist unser Geld auf der guten alten Kantonalbank, die so gut funktioniert wie zu CH-Zeiten, ausser dass man neuerdings Rubel wechseln kann und sonst nicht viel. Die neue Währung soll übrigens »Liber« heissen! Eine sehr intelligente Wahl.

19.11.1986 ....

Grabstein von Hegel ist gesetzt!

Hegels Platten sind noch immer in den Schachteln, Petra hat ihr »Erbe« noch nicht abgeholt. Auch ich habe noch kein einziges Buch aus Hegels Bibliothek geholt.

Ratzinger war übrigens nicht der einziger Knabenficker, die ital. Polizei hat mehr als 10 »Geistliche« festgenommen, die sich die Knaben untereinander teilten. Dummerweise gibt es Adresslisten, Tagebücher, Fotos, alles bestens dokumentiert. Die Karriere von Kard. Fuckinger und seinen bumsfidelen Kamarädli ist somit vorbei. Leider rückt für jeden Kardinal, jeden Bischof ein neuer nach. Die katholische Hüdra.

Und der Papst? Er wird noch verein-samen.

Petra sieht sich nach einem neuen Mitarbeiter um, was gar nicht so einfach ist. Irgendwie sind alle beschäftigt.

Irina im Sex seltsam zurückhaltend, was das wohl zu bedeuten hat?

Habe aufgehört, abends Radio zu hören. Dieses ewige Lamento über den Krieg, die Wirtschaftskrise etc. etc. kann ich nicht mehr hören, insbesondere wenn irgendwelche Intellektuellen oder gar »Autoren« in tiefschürfenden, priesterlich-profess-ORALEN Worten die Lage »ANALysieren« oder »verorten«, dann wird mir übel, dann zünde ich mir mit einer ausgedehnten bürgerlichen Geste eine kubanische Zigarre an, von der diese Autoren nur träumen können, lege mich auf die Couch, höre irgendwas von Mötley Crüe oder Celtic Frost und freue mich über die Weisheit der Geschichte, die mir solche Augenblicke beschert und ganz nebenbei beweist, dass ein kommunistisches Basel mehr mit Lust zu tun hat als ein kapitalistisches – vom pietistischen gar nicht zu reden.

22.11.1986 ....

Erster Schnee in Basel. Wie schon lange nicht mehr versetzt mich der Schnee in eine melancholische Stimmung, entrollt sozusagen eine weisse Leinwand, auf der sich Kindheitsszenen abspielen, vergessen geglaubte Szenen. Meine Schwester und ich auf einem Schlitten. Später, mein Vater hat den Fotoapparat eingesteckt, kippt der Schlitten, meine Schwester prallt mit dem Kopf auf einen Stein, verliert einen Zahn, oder ein Spaziergang am Weihnachtstag, meine Grossmutter müht sich durch den Schnee, der ihr, die sehr klein geworden ist, fast bis zu den Knien reicht.

In Frankreich ist Regierung definitiv auseinandergefallen, was niemanden erstaunt, denn überall fallen Regierungen auseinander, als wäre es ein Naturgesetz, nun – egal.

Grosse Kälte in der UdSSR, in Irinas Heimatstadt Omsk seit 10 Tagen -15 oder mehr. Gregoris Teenager-Treiben wird von der Partei streng verurteilt, er wird degradiert und in einem sibirischen Kaff Bürgermeister. Schade, dass nicht die Partei über Ratzinger und Co. urteilen kann!

TV in der Restschweiz zeigt tschechische Filme, was das zu bedeuten hat?

Fühle mich wohl und glücklich.

29.11.1986 ………………………

Da sitze ich wieder vor meiner Schreibmaschine und versuche, das Wichtige festzuhalten oder vielleicht auch nur das Einfache. Oft fallen mir Dinge ein, die ich im Tagebuch notieren will, sitze ich jedoch an der Maschine, ist alles weg. Habe deshalb schon überlegt, meine Gedanken handschriftlich zu notieren und sie dann zu übertragen, wie während meiner kleinen Reise mit Irina, aber dieses Abtippen macht keine rechte Freude. Tippe ich ab, habe ich das Gefühl, ich müsse eine Arbeit erledigen, ich müsse etwas hinter mich bringen, schreibe ich einfach drauflos, erobere ich das vor mir Liegende. Mittlerweile umfassen meine Notizen ca. 10 Zentimeter, das ist doch schon ziemlich gut.

Aber, was soll eigentlich da stehen? Für wen schreibe ich? Blättere ich zurück, erlebe ich manch peinlichen Moment und kann mir heute nicht vorstellen, dass ich früher mal so gedacht habe. Kann mich nicht mehr erinnern, warum ich überhaupt begonnen habe, Tagebuch zu schreiben.

Irina lieb, durchaus nett, durchaus zärtlich, durchaus aufmerksam, doch nicht da, nicht bei mir, nicht präsent. Ich vermute Rybkin oder einen anderen hohen Russen. Ich nehme mir vor, die Sache anzusprechen, doch kaum halte ich sie in den Armen, spüre ihren Körper und seine Rundungen, rieche ihren Geruch und seine Tiefen, ahne, was kommt – da verschiebe ich das Thema auf später. Habe mit Mike (!) über gemischte Ehen geredet und festgestellt, dass ich mit Irina noch nie über das gesprochen habe, was uns trennt. Stets nur das Schöne, Liebe, Gemeinsame etc., doch wieso spricht man nie über das Trennende?

Würde gerne mit Hegel darüber reden.

Doch Hegel ist tot.

Fabius neuer Chef in F.

Wieder Bombenangriffe in der DDR, dieses Mal auf Rostock, Stralsund, Sassnitz.

Schnee wieder weg.

Rauche wieder sehr viel.

6.12.1986 ....

Seltsam, weihnachtliche Stimmung will nicht aufkommen. Zwar gibt es einige rührende Versuche, Christi Geburt in Form von goldenen, silbernen und ganz allgemein SCHOENEN Dingen und Bildern und Ornamenten ins recht schöne Licht zu rücken, doch bleiben diese Versuche vereinzelt, in gewissen Strassen geradezu traurig-einsam und sind also weit davon entfernt, der STADT einen weihnachtlichen Schimmer zu verleihen. Erstaunlich dabei: Die Läden sind trotzdem voll! Das würde doch jeden Werbemenschen sehr wundern. Könnte es sein, dass die sow. komm. soz. Räterepublik BS den urkatholischen Werten zur Wiedergeburt verhilft? Was würde der Ein-Same Papst dazu sagen?

Fürst v. Liechtenstein in Psüchi.

Wir machen goldene Geschäfte.

> NZZ: Die kapitalistische Ideologie scheint auch in den USA selber als politischer Motor ins Stocken zu geraten. Die Kümmernisse und Schwierigkeiten der täglichen Versorgung lassen sich nicht mehr mit *ideologischen Heilsversprechen* lösen, die täglichen Meldungen *militärischer Agonie* auf dem europäischen-militärischen Fleckenteppich sind nicht mehr schönzureden, sondern zeugen von einer *zutiefst verfahrenen Situation*, der mit Weltverbesserungsrhetorik nicht beizukommen ist, sondern nur mit tiefgreifenden Reformen.

Wieder mal, ich schäme mich (ein wenig), am T-Shirt gerochen.

Gehe mit Mike und Denise noch was trinken.

11.12.1986 ....

Moll soll nächste Woche ersetzt werden. Ist das eine gute oder schlechte Nachricht? Es ist gar keine Nachricht, denn was in der RestCH passiert, ist immer weniger wichtig. Ein General ist ein General, sollen sie doch wählen, wen/n sie wollen, ein Pazifist oder Kommunist wird es wohl nicht sein.

Es hat fast zwei Tage lang geregnet, in der Stadt ein einziger Pflotsch. Unser Lieferwagen hatte Panne, Mike versuchte, einen Garagisten zu erreichen, was chancenlos war, also haben wir unsere sow. Beziehungen in Gang gesetzt und siehe da – 10 Minuten später war der Wagen abgeschleppt und ersetzt!

Da frage ich mich hier an dieser stillen Stelle, warum Irina mir Rybkin noch nicht vorgestellt hat, schliesslich sind wir quasi Hoflieferant. Er säuft Baselbieter Kirsch und Whiskeys, raucht Zigarren, hört Pink Floyd und Santana aus den besten Boxen, duscht mit westdeutschem Duschdas, isst Bündnerfleisch und kiloweise Citterio, trägt Adidas und Bally-Schuhe und fährt neuerdings einen Alfa Romeo aus UNSEREN Beständen! Und da will ich nicht, dass er MEINE Irina fickt! Das ist doch nachvollziehbar.

Vulkanausbruch in Malaysia, Generalstreik in Griechenland, Lawinenunglück in Italien, beschränkter Ski-Weltcup ab Januar, Lottozahlen: 4, 7, 12, 15, 22, 26, Zusatzzahl 17.

12.12.1986 ....

Eines unserer Lager ist ausgeraubt worden!!! Der Schaden ist enorm, praktisch der gesamte Teppichvorrat ist weg, ausserdem viele Platten, Gürtel, Konserven und ein paar Lampen. Zum grossen Glück sind all unsere Kunst und die Elektronik an einem anderen Ort! Das war kein zufälliger Raub, das waren keine Kleinganoven, das waren Leute der Konkurrenz! Mike ist sicher, dass es die Elsässer-Gruppe ist, die in den letzten Wochen mit Dumping-Preisen versucht, uns Konkurrenz zu machen, vor allem bei den Teppichen und Lampen. Wir haben heute lange über die Sache geredet und sind zum Schluss gekommen, dass wir uns das nicht gefallen lassen, wir schalten die Sow. ein. Irina wird Mittel und Wege finden. Das ist eine verdammte Sauerei!

Wenn ich an all die wunderbaren Teppiche denke, die wir in mühsamer Arbeit aus den Häusern geholt und sortiert haben, an all die Platten-Raritäten, da schmerzt mein Herz. Diese verdammten Elsässer mit ihrem abscheulichen Dialekt, ihrem noch abscheulicheren Aussehen: Sollen sie zurück in ihre unterentwickelte Zone und uns hier in Ruhe lassen mit ihrer notorischen Räuberei.

16.12.1986 ....

Einer unserer Teppiche wurde in Riehen einem Sammler angeboten! Weil der Sammler dank der Sowjets bereits einige Teppiche sehr, sehr günstig kaufen konnte, hielt er es für ratsam, die sow. Kontakte nicht zu gefährden und sie entsprechend zu informieren. Was zweifellos eine gute Idee war. Über die Telefonnummer konnte der Anbieter schnell gefasst werden und sitzt nun im Lohnhof, wo er von den Sowjets »befragt« wird. Gemäss Rybkin, so Irina, handelt es sich um einen Italiener. Nun, dann warten wir mal die Ergebnisse der »Befragung« ab.

Denise und Petra scheinen sich ganz gut zu verstehen, sitzen in der Küche, lachen und hören sehr laut Musik.

Mike macht weiterhin einen etwas dümmlichen Eindruck, ich frage mich, ob er überhaupt versteht, was hier passiert, ob er die historische Bedeutung erfasst oder einfach seinen Stutz will. Immerhin arbeitet er gut und stellt keine Fragen und hat gute Helfer.

Petra und ich haben französische Obligationen für 100'000 gekauft. Wir haben uns entschlossen, Hegels Eltern 10'000 zu überweisen, sobald der Transfer möglich ist, ausserdem legen wir für Eva 10'000 auf die Seite, pflegen das Grab von Hegel, so hat alles seine Richtigkeit.

In Malaysia Chaos, viele Tote, Sow. wollen »humanitäre Hilfe« schicken.

Von draussen kommt kalte Luft herein, es ist still geworden im Haus. Ich denke an Irina und freue mich auf morgen.

20.12.1986 ....

Die Sow. haben die ganze Saubande eingelocht, die unser Lager ausgeraubt hat. Das ist sow. Effizienz! Es sind 3 Südeuropäer und 2 Schweizer. Es kann sein, dass einer von ihnen mal als Tagelöhner gearbeitet hat und so in unserem Lager war oder vielleicht hatte jemand Kontakt zu Eva, die aus lauter Naivität von unserer Arbeit erzählt hat, nun, die Räuber sind weg und die meisten unserer Waren wieder da. Es ist klar, dass uns dies einiges kosten wird, Irina ist am Verhandeln, mit ein paar Schnapsflaschen kommen wir dieses Mal nicht davon.

Erneut Drohbrief erhalten. Irgendwas passt mir nicht an dieser Hartnäckigkeit, es gibt da Leute, die wissen ziemlich viel über uns.

Würde Kati gerne wieder mal sehen und riechen.
Und ...

22.12.1986 ....

Haben beschlossen, »grosse« Weihnachten zu feiern. Auch wenn die Umgebung inzwischen ein bisschen säkularer geworden ist, möchten wir auf diese schöne Tradition nicht verzichten und werden Schämpis, »Borrdoo«, Kaviar, Lachs, Filets von allem möglichen Vieh und was weiss ich nicht noch alles im grossen Stil hier auffahren und uns einverleiben, dass es eine Freude ist. Denise und Petra sind wie wild am Schmücken, haben eine gigantische Tanne in unsere traute Stube geschleppt, Guetzli gebacken, unsere Fenster mit weihnachtlichen Motiven beklebt und auch bereits die Räucherstäbchen in Position gebracht.

Irina im sexuellen Bereich weiterhin auf der passiven Seite. Kann mir das nicht erklären. Finde auch nicht den Mut, darüber zu reden. Zuerst ein Feuerwerk, eine unglaubliche, geradezu begierige Begehrlichkeit ohne Hemmung und Tabu, dann aber sehr bald, als hätte jemand die Beziehungszeit extrem beschleunigt, eine Art von Alltagssex, der den Grundzweck des Sexes, der existiert, seit es ihn gibt, erfüllt, aber nicht mehr. Leider, denn was mich an Irina (unter anderem) fesselte, war dieses Mehr. Es ging nicht um Befriedigung, es handelte sich um Lust, um den Horizont, das ist etwas anderes. Und heute ist es auch wieder etwas anderes. Heute handelt es sich um eine Art am Objekt ausgeübte Selbstbefriedigung. Ich muss das leider so sagen. Ich weiss nicht, was mit Irina los ist. Hat sie einen anderen? Hat sie Probleme? Oder bin ich ein schlechter Lover? Was ich, ganz unter uns, auch schon gedacht habe. Da frage ich mich, was denn ein guter Lover ist? Sind es einzig die Längen- und Breitengrade?

Habe mir vorgenommen, im neuen Jahr nicht mehr zu rauchen.

Morgen kommen unsere Waren zurück.

24.12.1986 ....

Brief von meiner Mutter!!!

Sie lebt noch immer in Locarno mit meiner Schwester und ihren Kindern. Von Beat haben sie auch nichts mehr gehört. Sie hat offenbar schon mehrere Briefe geschrieben, doch keiner ist durchgekommen. Ihr geht es gut (auch wenn ihre Handschrift etwas anderes erzählt), meine Schwester arbeitet halbtags im Sekretariat einer Krankenkasse und hat, wenn ich die Zeilen zwischen den Zeilen richtig lese, ihren Beat längst verabschiedet. Das Leben in Locarno funktioniert offenbar ganz gut, obwohl die Stadt noch immer mit Flüchtlingen überfüllt ist. »Dass meine Flaschenpost auf dich treffen möge.« Ja, die Flaschenpost ist angekommen, endlich habe ich eine Adresse: Via Luigi Lavizzari.

Ich habe sofort ein paar Zeilen geschrieben und werde sie morgen einem Kurierdienst mitgeben.

Also, los geht's mit Heiligabend 1986!

26.12.1986 ....

Gestern den ganzen Tag unser Lager wieder eingeräumt, umgeräumt, sortiert, die Bestände neu eingetragen etc. etc. Wir haben den Wachdienst verstärkt, was uns einiges kostet, aber es muss offenbar sein. Nun wird also auch unser Lager bewacht.

Habe mir schon überlegt, einen eigenen Wachdienst aufzuziehen, die Basler Polizei konzentriert sich aufs Wichtigste (was ist das eigentlich?), die Sow. sind zwar daran interessiert, dass das Leben hier einigermassen geordnet abläuft, aber Polizeidienste wollen sie nun doch nicht übernehmen, deswegen sind sie nicht hergekommen (warum eigentlich?), also, wieso nicht einen Wachdienst, wir sind sowieso daran, den ganzen Betrieb neu zu organisieren, wir brauchen dringend Leute für Auslieferung und Administration. Mit Luki läuft es mehr schlecht als recht, Petra und ich haben beschlossen, ihn im Januar rauszuschmeissen.

Habe seit dem 25. Durchfall. Wahrscheinlich war es doch ein bisschen viel am Abend zuvor. Aber lustig wars, das kann man sagen. Mehr sollte man aber nicht sagen, auch nicht an dieser verschwiegenen Stelle.

Rauche fast 2 Päckli am Tag jetzt.

Besuche das Grab.

31.12.1986 ....

Ich wage keine Prognosen mehr. Was auch immer ich jeweils zu Ende des Jahres gedacht oder geschrieben habe, es war nur Mist, alles ist immer anders gekommen, als ich gedacht habe. Die Welt hat in den letzten Jahren auf eine Weise Kapriolen geschlagen, wie es NIEMAND vorausgesehen hat. Immer wieder höre ich sagen, es sei verrückt, wie die Welt so spielt, katastrophal, unsagbar und solche superlativ-naiven Dinge, doch wieso eigentlich? Was ist denn der Welten normaler Lauf? Kann mir das jemand sagen? Man langweilt sich herum, unterhält sich über Sport, die nächsten Wahlen, das böse-böse Wetter, den Niedergang der Jugend, den Alkoholismus oder Dummheit des Nachbarn? DAS ist nicht normal. Normal ist, wenn die menschlichen Triebe zur Entfaltung gebracht werden, weil sonst überhaupt nichts wächst, gedeiht, sich entwickelt, weil sonst das ganze Projekt spätestens bei den niederen Affen steckengeblieben wäre, doch das ist es eben nicht, weil die Triebe sich aufs Wunderbarste immer wieder entfalten und den Karren eine Raddrehung weiterbringen im Dreck, in dem er steckt, so wie genau jetzt in diesen 80er-Jahren des 20. Jh. Also müsste, wer eine Prognose für 1987 wagen möchte, den Trieben entlangdenken, diese überaus kunstvolle Gratwanderung zwischen Mut und Vorsicht, zwischen Zerstörung und Bewahrung, zwischen Widerstand und Anpassung, zwischen leiden lassen und leiden exakt überdenken, all die Gewichte, Interessen und Wahnideen, welche diese Balance in die eine oder andere Richtung ins Ungleichgewicht bringen könnten, ebenfalls berücksichtigen und dann, und dies stellt das eigentliche Unterfangen dar, die Zufälle in diese prognostische Rechnung einbeziehen. Ich kenne keinen Christ, der diese Aufgabe Gott zumuten möchte.

Also lasse ich die Wahrsagerei und sage nur dies: So schnell wird der Krieg nicht vorbei sein und so schnell auch unsere Firma nicht.

Ich höre tatsächlich irgendwelche Knaller, wer freut sich denn hier auf 1987? Oder freut sich jemand übers Ende von 1986? Das ist wahrscheinlicher.

Ein Blick auf unsere Bestelllisten zeigt mir, dass die Sow. einiges vorhaben in diesen Tagen, was mir Irina bestätigte. Einige höhere Offiziere sind nach Hause gereist, Rybkin allerdings nicht, wie Irina sagte, mit strahlenden Augen, wie mir schien.

Petra war gerade hier und sagte mir, dass Luki unauffindbar ist. Ich muss also bald los, Luxus an die Sow. ausliefern.

5.1.1987 ....

Strahlend schöner Januartag. Der Himmel ein helles Kobalt. In der Luft ein glasklarer Winter. Gestern lange Aussprache mit Irina. Habe sie mit meinem Verdacht konfrontiert. Ich war nervös wie bei meinem ersten Flötenkonzert in der Primarschule. Doch: Sie hat keinen Geliebten, weder Rybkin noch sonst wen. Sie hat Angst vor einer zu engen Bindung, weil sie davon ausgeht, dass unsere Beziehung früher oder später unmöglich sein wird. Sie offenbarte mir ihre Zweifel am sow. Vorgehen, am sow. Erfolg. Wofür sie sich schämt. Denn sie versteht sich als gute Kommunistin und eine gute Komm. zweifelt nicht am sow. Sein.

Ich war unendlich erleichtert, dass es eine komm. Untreue war und keine andere, was ich ihr aber nicht sagte.

Das heisst auch: Irina bleibt nicht hier, wenn die Sow. hier abziehen, sie geht zurück in ihre Heimat, zurück nach Omsk, zurück zu ihren Leuten, zu denen ich NICHT gehöre.

Doch so weit wird es nicht kommen. Niemand wird die Sow. von hier vertreiben, die CH-Armee ist eine Fussnotenarmee, die Nato hat letztlich andere Interessen, die USA ihre Schauplätze in Mittelamerika, also wer? Der Vatikan? Weil der polnische Sack Karel W. ein Kommunistenfresser ist? Afrika? China? Captain Kirk? Bernhard Russi?

Irina bleibt hier und ich bei ihr.

Brief an meine Mutter.

Am T-Shirt gewesen: gerochen/geschnuppert/gefühlt.

8.1.1987 ....

Schiesserei in Kleinhüningen, Petra vermutet elsässischen Bandenkrieg. Ich vermute sow. Intervention in einem solchen Bandenkrieg.

Petra hat ganzen Tag Vorstellungsgespräche.

Ich Verhandlungen mit Leuten aus dem sow. Umfeld.

Seit unserem Gespräch ist die Nähe zu Irina wiederhergestellt. Ich habe ein sehr gutes Gefühl, was unsere Beziehung anbetrifft. Alles kommt gut. Niemand wird die Zone befreien.

10.1.1987 ....

Es deutet sich ein Exklusivvertrag mit den Sow. an, das ist eine gigantische Chance, die wir unbedingt nutzen müssen. Irina hat unsere Interessen bei Rybkin vertreten und dies offenbar grossartig gemacht (?!). Wenn alles klappt, werden wir über die Region Basel hinaus bis nach Waldshut aktiv werden können, das bedeutet natürlich einen extremen Aufwand und die Zusammenarbeit mit lokalen Gruppen, ohne die wir dies nicht schaffen können. Wenn das Hegel wüsste!

Luki ist nicht wieder aufgetaucht, wahrscheinlich hat er geahnt, dass wir ihn in die Wüste schicken werden, und ist seinem Schicksal zuvorgekommen.

Bin in letzter Zeit sehr müde, hängt sicher mit dem kalten Wetter zusammen und der vielen Arbeit.

13.1.1987 ....

Wieder mit Rauchen angefangen!

War mit Irina in einer Disco, wir tanzten ausgelassen. An der Bar haben wir uns mit einem Russen unterhalten, der zuständig ist für den Aufbau einer sozialistischen Kulturpolitik in der Zone. Wir tranken viel Bier und dann bot mir dieser Russe eine Zigarette an just in dem Moment, als Irina auf der Toilette war. Ich nahm und war wieder dabei. Im Raucherklub.

Man sagt, dass der Nachfolger von Moll (Werder, Weder, Eder?) eine »Regelung« mit den Sow. treffen will, obwohl die Nato keinen Sonderfrieden duldet. Was das wohl zu bedeuten hat? Was tut sich da in der Restschweiz?

Von Mutter nichts gehört. Ob sie meinen Brief erhalten hat?

Wir haben zu wenig Leute. Petra ist ganz verzweifelt. Ich auch ein wenig.

Empfang von westdeutschen oder CH-Fernsehsendern fast nicht mehr möglich, alle 10–20 Sekunden verschwindet das Bild für ein paar Augenblicke, auch Westzeitungen sind hier keine mehr erhältlich. Meine gute alte NZZ, was sie wohl denkt zur Zeit? Seit einigen Wochen keine alte Tante mehr hier gesehen.

Was bleibt? Das Radio bleibt. Doch allzu oft höre ich nicht. Keine Zeit, keine Lust.

16.1.1987 ....

Endlich, wir haben ein paar gute Leute gefunden, Noemi ist neu für die Buchhaltung zuständig. Petra hat sie über eine alte Bekannte gefunden.

Wir beschäftigen nun 3 Späher und 7 Auslieferer, Petra ist für das Personal und die Finanzen verantwortlich, Mike ist quasi der Oberspäher, Denise ist verantwortlich für das Materiallager, ich regle den Warenverkehr und den Kontakt zu den Sow. Petra und ich sitzen jeden Mittag zusammen und besprechen die Lage.

Ich bin nicht sicher, ob Noemi die Buchhaltung wirklich beherrscht, sie ist sehr jung. Sie muss unbedingt das Währungsdurcheinander in den Griff bekommen.

Der Markt vor der Uni ist wöchentlich grösser, was mir nicht gefällt, denn vieles, was dort von irgendwelchen Amateuren verkauft wird, ist auch in unserem Angebot, bei uns allerdings ein bisschen teurer, schliesslich sind wir gut organisiert und haben recht hohe Personalkosten!

Bolger gestorben.

Weiterhin Benzinmangel, die Sow. schaffen es einfach nicht, genügend Sprit in die Zone zu bringen.

Old Jimmy Carter heiratet young Girl from Tennessee (Kimberly Taylor).

Fuchsplage in der Innerschweiz.

Mit Irina lange telefoniert.

---

*Das politische Profil von Noemi Stegerli (*1965) ist nicht eindeutig. Im März 1984 war sie beteiligt an einer Störaktion gegen ein Referat von Horst Herold, Expräs. des BKA, an der Didacta 84. Seither ist sie allerdings nicht mehr in Erscheinung getreten und scheint auch keinerlei Kontakt zu linken Kreisen mehr gehabt zu haben.*

20.1.1987 ....

Mike und seine Leute haben riesige Seidenteppichvorräte entdeckt! Das ist ein phänomenaler Fund, denn zur Zeit stehen Seidenteppiche ganz hoch im Kurs. Petra und ich haben beschlossen, Mike mit einem schönen Bonus zu belohnen!

Lange Diskussion mit Petra betreffend Kauf von einem Amiga-Computer. Sie will unbedingt die ganze Buchhaltung und Verwaltung auf diesem Computer machen, was ich für eine riskante Sache halte, denn wer weiss, ob die Technik nicht plötzlich ihren Geist aufgibt und wir dann dastehen ohne irgendwas. Nun, die Sache ist vertagt.

Botteron hat in die Zone gewechselt!!! Will in neuer Liga mitspielen. Bo Bo Botteron!!!

Versuche, nicht mehr als 10 Zigis pro Tag zu rauchen.

Noch nichts von Mutter gehört. Was ist da los?

Petra und ich überlegen uns, Gold zu kaufen, das scheint uns die sicherste Anlage zu sein momentan.

22.1.1987 ....

Fühle mich trotz des schlechten Wetters gut. Mit Irina eine schöne Zeit, wir sehen uns fast täglich, sehr innig, sehr nah.

Nächste Woche kommt es endlich mal zu einem Treffen mit Rybkin, wir haben einiges miteinander zu besprechen, so kann es z. B. mit dem Uni-Markt nicht weitergehen, dort werden Waren ohne jede Garantie völlig unkontrolliert verkauft, sehr oft handelt es sich um Ramsch oder Fälschungen, die Leute werden über den Tisch gezogen, Denise erzählte, dass billiger Fusel als Napoléon-Cognac verkauft wurde und reihenweise defekte Plattenspieler.

Das geht so nicht.

Wir müssen in dieser Sache mit Rybkin ein ernstes Wort sprechen.

26.1.1987 ....

Wieder Turbulenzen in der Restschweizer Regierung, zum x-ten Mal die Frage, ob Anpassung oder Widerstand. Sollen diese Bauern- und Militärtölpel doch mal eine Delegation nach Basel schicken, wo vorgelebt wird, wie der 3. Weg funktioniert. Hier wird nicht angepasst und nicht widergeständet, hier findet ein dynamischer kulturell-ökonomischer Austausch statt. Darwin und Marx und Freud hätten Freude daran.

Je länger, je öfter ich mich im Restschweizer Radio rumhöre und diese endlosen Debatten höre, dieses pseudoakademische Gesäusel von Ethos und Gemeinschaft und Gerechtigkeit, diese peinlichen Restbestände von Intellektualität, dieses von allerlei säkularem Schein mangelhaft übertünchte Priestergetue, kurzum diese Angriffe auf den menschlichen Geist, dann bin ich sehr glücklich und sehr froh wie die Maus im Haferstroh, dass ich in der Zone lebe.

Hier ist Ruhe, hier ist Irina.

Wir haben beschlossen, den Amiga zu kaufen. Aber Petra ist dafür verantwortlich. Sie muss schauen, dass diese Maschine funktioniert.

Es schneit ganz leicht, fast nicht. Aber es schneit.

Habe schon 13 geraucht heute.

30.1.1987 ....

Denkwürdige Sitzung mit Rybkin.

Rybkin ist klein, glatzköpfig, drahtig-schlank, sein Gesicht erinnert an einen Märchenonkel, hell, heiter, schmal und sympathisch zerfurcht, seine Stimme ist fein und doch glasklar, während er spricht, sind seine Hände ruhig, meistens lose verschränkt auf dem Tisch, sein Geist ist scharf, zuweilen kalt. Obwohl ihm die Uniform zu gross war und unzählige Orden an seiner Brust herunterbaumelten, sah er nicht lächerlich aus.

Irina sass die ganze Zeit aufrecht und, wie mir schien, ziemlich angespannt da, übersetzte in ihrer roboterhaften Übersetzerstimme jeden Satz, jedes Wort, jedes Ähm, Petra und ich sassen am übergrossen Pult von Rybkin, irgendwie gross, irgendwie klein.

Das Wichtigste: Wir bleiben exklusive Lieferanten für Bilder, Teppiche, sämtliche Antiquitäten, sämtliche nichtrussischen Spirituosen und Plattenspieler. Der Markt bei der Uni wird geräumt. Rybkin wird über antisow. Agitationen informiert und erhält wöchentlich Fr. 2000.– für »Sicherheitskosten«.

Wir erhalten ab 1. Juni erweiterten Zugang im Viereck Basel-Kembs-Zell-Waldshut, dann erhöhen sich die Sicherheitskosten um 200 %.

Die Sow. stellen uns Personal zur Verfügung.

Die Sicherung unseres Hauses und Magazins bleibt bis Ende März bestehen, kann dann, allerdings gegen eine Gebühr, verlängert werden.

Jeweils am ersten Donnerstag des Monats findet eine Sitzung statt.

Die Themen Postverkehr zwischen Zone und Restschweiz, Zigaretten und Autos werden bei der nächsten Sitzung geregelt.

Und, das Wichtigste, alle unsere Aktivitäten, die diesen Vertrag betreffen, haben keine rechtlichen Konsequenzen.

Gehe in ca. 1 Std. mit Irina und Mike in eine neue Disco, freue mich auf den Abend.

1.2.1987 ....

Sonntag, 1. Februar 1987. Aus Petras Zimmer höre ich gedämpft Gitarrenklänge, ein Ohrwurm, doch mir fällt der Name des Stückes nicht ein. Vorhin waren Gesprächsfetzen aus ihrem Zimmer zu hören. Hat Petra Besuch? Vielleicht kommen die Stimmen aus dem Radio. Von der Stadt ist nichts zu hören, der Schnee schluckt die Geräusche. Immer wieder stehe ich auf, gehe auf den Balkon, betrachte das dumpfe Abbild der Stadt, deren Lichter nicht aus der Einsamkeit herausfinden.

Mir fällt Rybkin ein. Seine Schauspielerstimme. Mir fällt Irina ein. Ihre Übersetzungskunst. Mir fällt Petra ein. Ihre zunehmende Nervosität während der Sitzung.

Ich bin unruhig. Finde keine Linie, der entlang ich gehen kann. Die mich weiterbringt. Dabei will ich gar nicht wissen, wohin die Linie mich führen soll. Will bloss eine ungefähre Linie.

Eine entfernte Sirene. Sie hört sich an, als wäre sie unterwegs in unbewohntes Gebiet.

Aus Petras Zimmer kein Ton mehr. Kein Laut.

Bin ich denn der einzige Mensch?

5.2.1987 ....

Man hört, in der Zone soll im Mai eine Fussballmeisterschaft starten. Der FCB heisst jetzt Betriebssportgemeinschaft Chemie Basel und spielt in derselben Liga wie Union Bayern!

Und woeliwo spielt Bo-Bo-Botteron? Bei BSG Chemie Basel!!

Übrigens: Hoeness nennt sich jetzt Genosse, Rummenigge bei Fluchtversuch in BRD erschossen.

Petra hat heute wieder 2 Leute eingestellt, sie bauen das Autogeschäft auf. Ich mache mir Gedanken über den Botendienst in die Restschweiz, da liegt noch einiges drin. Wir sollten noch vor der nächsten Sitzung mit Rybkin Tatsachen schaffen, da verhandelt es sich besser.

Keine Nachricht meiner Mutter oder Schw.

Mit Irina lange über die sow. Politik und Kultur geredet.

Das Auto unserer Beschützer vor dem Magazin wurde stark beschädigt. Waren es Seich-Genossen?

Was unternimmt Kati dagegen?

Was ist mit der Rätestadt Basel?

7.2.1987 ....

Sow. wollen Filiale der Volksbank neben der Post zu einem »Kulturzentrum« ausbauen. Irina ist von der Idee begeistert. Der Kulturmensch will Kultur für arbeitende Schichten anbieten. Na dann viel Erfolg!

Irina schreibt auf meinen Bauch: »Jede Wissenschaft wird Poesie, nachdem sie Philosophie geworden ist.« Den Schlusspunkt setzte sie mit einem Tropfen Speichel. Ich durfte mich minutenlang nicht bewegen, weil der Punkt sonst zerflossen wäre.

Der Spruch ist natürlich von Novalis.

Ich hätte ihr dieses Buch nicht beschaffen dürfen.

12.2.1987 ....

Die Teppiche gehen sensationell! Mike hat einen Orden verdient.

Apel sucht Gespräch mit Gorbatschow, man rätselt über seine Absichten.

Wir arbeiten an der Erweiterung unseres Geschäfts. Wenn wir ab Juni ein so grosses Gebiet bearbeiten, müssen wir bis dann noch einiges tun. Die ganze Logistik basiert noch auf unserem kleinstädtischen Radius, ebenso das Personal, die Werbung etc. etc. Petra und ich arbeiten an einem Plan, mit dem wir die Erweiterung schaffen müssten. Sie tippt immer alles ganz sorgfältig in den Amiga, Noemi schaut ihr dabei über die Schulter.

Uns fehlt ein Übersetzer fürs Italienische. Da denke ich – natürlich – an Sandra. Ach, was sie wohl tut inzwischen? Drei Jahre ist es her, als sie noch mit mir war. Sie würde unsere Liste ins schönste Italienische übersetzen.

Heute hoch dekorierte Sow. in der Stadt gesehen. Was das für welche sind? Werde Irina fragen.

Lawinenunglück in Jugoslawien, 12 Tote.

Hans Rosenthal gestorben, 1 Toter.

13.2.1987....................

Heute mit Irina lange am Grab. Alles noch immer eingeschneit. Ich kratzte Hegels Grabstein frei. Irina wurde immer tiefsinniger, immer melancholischer. Am Schluss umarmte sie mich und weinte. Ich roch einen zarten Hauch Alk, wahrscheinlich Wodka.

Seit langem wieder Gefechte an der Zonengrenze bei Stuttgart. Irina vermutet eine westliche Provokation, um von den wirtschaftlichen Problemen abzulenken. Doch die Lage ist gefestigt, seit längerer Zeit gab es keine Grenzverschiebungen mehr, die Situation wird von beiden Seiten als provisorisch betrachtet, die grosse Frage ist, wie lange das Provisorium dauert. Vorstellbar ist ein ewiges Provisorium. Anderseits ist nichts ewig. Selbst ewig Geglaubtes endet irgendwann mal im Dreck oder in der Agonie. Siehe 3. Reich, siehe kath. Kirche.

Noemi fällt wegen Grippe aus. Sehr ärgerlich.

16.2.1987....................

Ein trüber Montag. Kein Himmel den ganzen Tag lang.

Mike erzählte vom Baubeginn in der Grün 80 trotz des schlechten Wetters. Offenbar wollen die Sow. das Komsomolzenzentrum tatsächlich bauen. Was mich erstaunt. Dachte, es handele sich um eine kleine Propagandaaktion.

Brisante Angelegenheit: Rybkin will Haschisch!! Und zwar nicht wenig: 500 Gramm. Wir haben zwar entsprechende Quellen, die sind aber 1. dubios und 2. nicht ergiebig. Doch wir haben keine Wahl, er braucht Hasch, wir brauchen Rybkin. Ich habe Mike mit der Mission beauftragt. Er war nicht begeistert. Doch wer ist schon begeistert heutzutage?

Irina verlangt nun nach Hölderlin. Woher diese romantische Lust?

Unser Auto bereits wieder geflickt. Wir haben in der Nähe eine Einstellgarage entdeckt, dort sollte unser Auto sicher sein.

Erwarte sehnlichst einen Brief von Mutter.

Habe gehört, dass Reagan ev. zurücktreten will.

Heute nur 15 geraucht.

22.2.1987 ....

Grosser Bombenanschlag in Rostock, man weiss noch nichts Genaues.

Mit Irina heftiger Streit über Max Frisch. Sie wirft ihm eine bourgeoise Grundhaltung vor, für mich ist er ein Sozialist, sie allerdings hat nur »Stiller« und »Gantenbein« gelesen, das ist natürlich viel zu wenig für eine Analyse, doch sie lässt sich nicht beirren und kommt mit irgendeinem Moskauer Germanisten, der das Gesamtwerk kennt und ihrer Meinung ist, während ich ihr entgegenhalte, dass sie keine Ahnung vom westlichen Sozialismus habe, worauf sie die Trennung in westlichen und östlichen Sozialismus lächerlich findet, weil es selbstverständlich nur einen Sozialismus geben kann, was, unter uns gesagt, eine sehr veraltete Einstellung ist, gibt es doch auch einen 3.-Welt-Sozialismus, einen afrikanischen, lateinamerikanischen etc. etc., ja, das ist es, was mich so nervt, diese russ. Arroganz, das Gefühl, dass nebst der grossen UdSSR eigentlich nichts von Bedeutung existiert und wenn, dann nur als Abklatsch, als eine Art Imitation oder Plagiat, das ist doch im Grunde eine imperialistische Sichtweise, was ich Irina auch ungefähr so sagte, was die Gesprächssituation nicht gerade verbesserte, denn dieser Vorwurf, so Irina, sei durch und durch von der kapitalistischen Ideologie durchdrungen, solches müssten die Sozialisten in aller Welt sich täglich anhören, nur weil ihre Arbeit für eine bessere Welt den Interessen des Kapitals widersprächen. Was in etwa ihrem Schlusswort entsprach, bevor sie schweigend, mit hochrotem Kopf mein Zimmer verliess.

Ich hasse solche Streitereien.

23.2.1987 ....

Reagan hat nach einer historischen Debatte im Repräsentantenhaus seinen Rücktritt erklärt. Ab Mai 1987 heisst der neue Präsident der USA

George Bush. Das wird die Welt nicht voranbringen. Aber immerhin ist der reaktionäre Reagan weg. Das ist gut, sehr gut. Auch NZZ »sieht positive Signale«.

Von Irina nichts gehört.

In Rostock wurde ein Hotel von einer Bombe zerstört, es gab mindestens 8 Tote. Man rätselt über das Motiv und die Täter.

Trüb und kalt.

26.2.1987 ....

Brief von Mutter!

Sie hat ein »Geschwür« im Unterleib, hat aber nicht gesagt, ob es gut- oder bösartig ist. Habe ich also doch richtig zwischen den Zeilen gelesen. Meine Schwester hat einen deutschen Zahnarzt kennengelernt, offenbar eine ernste Sache, sonst würde meine Mutter die Sache nicht erwähnen. Den Kindern geht es gut, Lukas besucht den Kindergarten und spricht Italienisch so gut wie Deutsch. Von Beat kein Wort. Meine Mutter »bittet mich sehr«, die Zone zu verlassen und ins Tessin zu reisen. Von der politischen, sozialen, wirtschaftlichen Situation im Tessin ebenfalls kein Wort, typisch Mutter.

Werde ihr bald antworten. Soll ich meine geschäftliche Situation erwähnen? Ihr sagen, dass ich nicht daran denke, in die Restschweiz zu gehen, zumal dies sowieso sehr schwierig ist?

27.2.1987 ....

Endlich mit Irina versöhnt!

28.2.1987 ....

Im zerstörten Hotel in Rostock hätte Gorbatschow übernachtet, wenn er die Reise wie geplant durchgeführt hätte. Doch ihm musste ein Weisheitszahn gezogen werden, worauf der Aufenthalt in Rostock gestrichen wurde! Das war wahrlich ein weiser Zahn.

Mike hat Hasch-Geschäft problemlos über die Bühne gebracht.

Noemi endlich wieder gesund.

Petra quält sich mit Lohnfragen rum. Weil die Inflation so hoch ist, verlangen unsere Leute jeden Monat höhere Löhne. Doch so einfach ist die Lage nicht, wir arbeiten mit Liber, Franken, Mark, Rubel und Dollar, das sind sehr komplexe Vorgänge. Immerhin hat Petra die Situation im Griff.

An der französischen Grenze soll es wieder Schiessereien gegeben haben.

Gerüchte über Massengrab in der Nähe von Schopfheim.

Morgen bereits März.

1.3.1987 ....

Jetzt ist März. Es ist kein Unterschied zu sehen, nach wie vor ist es kühl, neblig sowohl was das Wetter anbetrifft wie auch meine Beziehung zu Irina. Unsere Versöhnung war nur oberflächlich, das ist jetzt klar. Ich glaube, sie traut mir nicht, sie ist derart auf Linie, dass jegliches Abweichen davon ihr verdächtig vorkommt. Ich muss ihr unbedingt aus dem Tagebuch von Frisch vorlesen, das sind doch Stellen, die das Herz jeder noch so hartgesottenen Kommunistin berühren. Doch ob dies was nützt? Seit unserem Streit hat sie nicht mehr nach Hölderlin gefragt, vorher schien es nichts Wichtigeres zu geben als diesen verrückten Romantiker.

In der Grün 80 wird wie wild gebaut, man sieht die Lastwagen aus dem deutschen Gebiet mit irgendwelchen Materialien vollgeladen durch die Stadt tuckern, man hört sagen, dass die grüne Fläche ordentlich umgegraben wird.

Mike hat alle 5 Durchgänge in die Restschweiz abgeklappert und getestet, wer oder was für wie viel Geld durchgelassen wird. Das hat uns einiges Geld gekostet, ist aber unbedingt notwendig in der weiteren Planung. Diese Checkpoints sind das A und O einer erfolgreichen Geschäftspolitik hier in der Zone. Wir werden uns ganz auf die Durchgänge in die Restschweiz konzentrieren, die Durchgänge in die Nato-Zone sind eine Nummer zu gross.

Gestern wurde versucht, bei der Uni wieder einen Markt zu installieren, von unseren Freunden Genossen im Kern erstickt.

Unsere Freundschaftspolitik beginnt sich auszuzahlen.

3.3.1987 ....

Petra und ich haben beschlossen, die Löhne um 6 % zu erhöhen. Das ist verkraftbar und verschafft uns eine Weile Ruhe. Ausserdem haben wir inzwischen eine schöne Menge an Bewerbungen vorrätig. Darunter viele, die auch ohne Lohnerhöhung bei uns anfangen würden.

Mit Irina ziemlich viel Wodka getrunken. Das ist unsere Entspannungspolitik. Nicht das erste Mal erhöhte sich mit ihrem Promille-Grad ihre Fähigkeit zu zweifeln. So hat sie entgegen der allgemeinen sow. Sprachregelung das Massaker von Schopfheim als »nicht richtige Aktion« bezeichnet und sich gefragt, ob der Krieg den »Weltkommunismus« so weit vorangebracht hat wie geplant.

Brief an Mutter noch nicht fertig.

Von Hegel geträumt.

6.3.1987 ....

Gestern Sitzung mit Rybkin. Die Autos haben wir verloren, da sind offenbar Leute aus Freiburg dran, die mehr zu bieten haben, auch bei den Zigis mussten wir Rückschläge einstecken, hier gehört uns der Markt von CH-Zigis, der ganze Rest wird von anderen (??) abgedeckt. Doch – und das ist der Erfolg der Sitzung – die Checkpoints gehören uns. Wir kontrollieren bereits ab April die 5 Durchgänge in die RestCH. Ohne unsere Investitionen und die Vorarbeit von Mike wäre dieses Geschäft nicht so gut über die Bühne gegangen. Ich glaube, die Russen unterschätzen den Verkehr mit der CH, sie sind natokonzentriert, nun, uns soll es recht sein.

Das Hasch erwähnte Rybkin mit keinem Wort, ich kann mir vorstellen, dass das seine ganz private Leidenschaft ist.

Nebenbei erfahren, dass die Chemie mit Volldampf produziert, dies aber unter sow. Kontrolle. Das heisst: Die Chemie ist vergesellschaftet! Das ist doch eine gute Nachricht für unsere Gewerkschaften.

10.3.1987 ....

Mit Petra lange über unsere Strategie an den Durchgängen diskutiert. Wir sind uns einig! Die Sicherung der Durchgänge hat absolute Priorität, wir ziehen aus dem Auto-Handel Leute ab und schicken sie an die Grenze. Wir müssen unbedingt Präsenz markieren, bevor die Elsässer dort sind.

Fortschritte gibt es weiterhin im Teppichhandel, gute Entwicklung auch im Elektrobereich, dafür stagniert das Geschäft mit Möbeln, Lampen und Medikamenten. Keine Ahnung, woran das liegt. Petra kämpft weiterhin gegen extreme Lohnforderungen, jetzt sogar erstmals Streikdrohungen! Solche Spässe können wir uns nicht leisten, wenn wir nicht liefern, sind andere da und wir kommen nicht mehr ins Geschäft. Ich überlege, Mike an unserer Firma zu beteiligen. Ich glaube, er könnte die Mittel aufbringen, einen gewissen Anteil (20 %?) zu übernehmen. Dann wäre das Risiko ein wenig abgesichert.

Mit Irina im Kino. Mittlerweile mit russ. Untertiteln. Anschliessend ein bisschen Wodka in einer neuen Bar am Barfi (»Gagarin«). Irina ist warm, aber niemals mehr heiss. Wir sind einander verbunden, durchaus nahe, aber irgendwie begrenzt. Kein eiserner Vorhang, aber doch ein samtener, undurchlässiger.

Brief endlich abgeschickt.

Obwohl März Aprilwetter.

McDonald's darf nun doch wieder öffnen. Da sind allerhand Händel getrieben worden.

Türkei bekommt russ. Gas, Russen bekommen Transit durch Türkei. In einem DDR-Radio gehört.

13.3.1987 ....

Komme von Irinas »Wohnung«. Stimmung wieder ein wenig besser. Ich habe ihr einen nigelnagelneuen Plattenspieler samt Boxen gebracht, was sie sehr gefreut hat. Die Platten dazu waren allerdings nicht nach ihrem Geschmack, Rock und Punk sind nicht ihre Sache, sie ist nicht gewohnt, Musik einfach zu hören, Musik ist für sie irgendwie mit Politik verbunden, hat eine edle, sozialistische Aufgabe zu erfüllen, mit Vergnügen nichts zu tun, im Gegenteil.

Petra und ich haben beschlossen, den Medi-Handel zu forcieren, da liegt unserer Meinung nach viel drin, denn an der allgemeinen Lage wird sich in nächster Zeit nichts ändern. Wir müssen unser Sortiment ausbauen. Im Bereich Betablocker, Blutdruck, Blutverdünner, Depression, Diabetes etc. etc. sind wir überhaupt nicht vertreten, dabei liegt doch gerade da die Zukunft. Und ausserdem: Wir sind hier an der Quelle. Vieles funktioniert nicht, aber die Produktion von Medis funktioniert.

Mike hat Affäre mit verh. Frau. Ob das gut kommt? Ich hoffe, die Sache beeinträchtigt seinen Geschäftssinn nicht.

Wie ich es gesagt habe: Der Amiga macht nur Probleme. Petra ist verzweifelt. Und keine Hilfe in Sicht.

16.3.1987 ....

Brief von Mutter! Ihr wurde die Gebärmutter entfernt, sie hatte Krebs. Offenbar haben sich keine Metastasen gebildet, sagt sie. Ich hoffe, dass es dieses Mal keine Schönfärberei ist, sondern die Wahrheit. Und: Meine Schwester hat sich vom Zahnarzt bereits wieder getrennt, »es passte nicht zusammen«, hiess es, was auch immer dieses »es« bedeutet.

Sie hat eine Karte von Beat erhalten. Er ist in Luzern und es soll ihm gut gehen, was auch immer dieses »gut« bedeutet.

Ihr Job in der Gemeindebibliothek von Locarno scheint ihr immer noch zu gefallen, auch wenn immer mehr deutsche Bücher ausgeliehen und folglich auch angeschafft werden.

Bin gespannt, wie sie auf meinen Brief reagiert.

Hin und wieder frage ich mich, was ich denn überhaupt für eine Beziehung zu meiner Mutter habe.

Wir sind mit der Checkpoint-Planung vorangekommen, die Kommunikation mit den Typen an der Grenze ist etwas mühsam, sie haben noch nicht verstanden, dass unser Geschäft von Rybkin persönlich abgesegnet ist und sie sich einfach fügen sollten. Ausserdem ist der Dolmetscher ein Idiot.

Petra ist völlig mit den Nerven am Ende wegen diesem Scheiss-Amiga.

19.3.1987 ....

Ach, was soll ich berichten? In unserem Haus herrscht ein unaufhörliches Gewimmel und Gesummel und Gewummel. Unsere Leute kommen und gehen, holen Waren, bringen Beschwerden, Fragen, Probleme, die niemand lösen kann, Petra hat riesige Buchhalterprobleme, ich quäle mich mit den Sow. rum, Mike und Noemi nehmen das Ganze ziemlich gelassen. Wir sind fast rund um die Uhr beschäftigt, immerhin laufen die Geschäfte gut.

Sibirischer SPERMAfrost.

21.3.1987 ………………………

Samstag, 18.45, habe den ganzen Tag Gespräche mit unserem Personal geführt, einige Abläufe stimmen noch gar nicht, es sind noch manche Fehler im System, so dauert es viel zu lange, bis die Ware vom Fundort bis ins Lager transportiert, registriert, beschriftet und aufgelistet wird. Wir haben also Waren, von denen die Kunden gar nichts wissen und folglich auch nicht kaufen können. Die Org. der Checkpoints saugt viel Energie ab, ich hoffe, dass wir die Sache Ende Monat im Griff haben. Rybkin muss mehr Sicherheitspersonal zur Verfügung stellen, sonst machen die dort, was sie wollen.

Wieder mal fabelhaften Weinkeller entdeckt: ca. 250 Flaschen ausschliesslich aus dem Piemont und der Toskana. Rybkin, der auf Amarone wartet, muss ich also enttäuschen. Lasse ihm ein paar Flaschen Barolo zukommen.

Irina hat gehört, dass jemand gehört hat, dass sich im Natogebiet militärisch was tut. Solche Gerüchte hört man seit Monaten, doch es tut sich nichts und wird sich auch weiterhin nichts tun, weil jede Aktion gegen die Zone suizidal wäre. Diese Ansicht ist hier weit verbreitet, die Menschen stellen sich darauf ein, dauerhaft in der Zone zu leben. Man arrangiert sich mit der Situation, die ja im Prinzip gar nicht schlimmer ist als vorher, man richtet halt den Blick eher nach Osten und Norden als nach Westen und Süden, man sucht die Chancen in diesem seltsamen politischen Gefüge, das Schweiz ist und doch nicht Schweiz. Und auf einmal entdeckt man die süddeutsche Nachbarschaft, auf einmal entsteht so etwas wie ein rheinisches Bewusstsein, nicht mehr getrennt von einer Landesgrenze.

Heute Abend sind Petra und ich an einem schweizerisch-russischen Anlass, wo irgendwelche bedeutenden Wissenschaftler über die Zukunft der Menschenrechte sprechen. Das ist eine stinklangweilige Sache, aber wir treffen dort wahrscheinlich einige gute und möglicherweise auch zukünftige Kunden. Ausserdem ist Rybkin ziemlich sicher auch dort.

Fürst von Liechtenstein soll sich im Garten der Psychiatrie an einem Hund vergangen haben! Nun, mehr psychiatrisieren können sie ihn ja nicht.

25.3.1987 ....

Mit Petra an Hegels Grab. Der Winter ist vorbei, wir lassen Frühlingsblumen kommen.

Langes Gespräch mit Mike über seine Beziehung zu Heike, wie seine Liebe heisst. Er ist total verunsichert, weiss nicht, was er tun soll. Er liebt Heike, sie liebt ihn, will sich aber nicht von ihrem Mann trennen: eine allzu klassische Situation: Kitsch!

Habe Kati in der Stadt gesehen!!! Ich sass im ersten Stock eines Restaurants, sie ging unten vorbei. Zu Hause dann der Geruch ihres T-Shirts.

Nettes Dankeskärtchen von Rybkin für den Barolo. Er will mehr davon. Wie ich es vermutet habe.

Die Müllabfuhr funktioniert wieder nicht, die Abfallsäcke stapeln sich auf der Strasse, der Gestank dringt in die Häuser, in mein Zimmer.

Mit Irina sehr wechselhaft.

In Kairo Hauseinsturz.

In Finnland rätselhaftes Elchsterben.

In Japan Regierungskrise.

In Südafrika Krawalle.

In mir ein Herzschmerz.

28.3.1987 ....

Lange Diskussion mit Petra über den weiteren Geschäftsverlauf. Sie ist die Händlerin, ich der Zöllner. Das heisst, sie will den Umsatz mit einem Ausbau unseres Handels steigern, ich will das Geschäft in Richtung Zolleinnahmen und Zolldienstleistungen entwickeln. Das Gute an unserer Geschäftsbeziehung ist, dass wir über all diese Fragen gut reden können, auch wenn im ganz privaten Bereich einige Hemmnisse durchaus vorhanden sind. Ich glaube, sie hat unsere kurze »Story« weggesteckt, hat sich auf das Geschäftliche (und nicht Geschlechtliche) konzentrieren können, zumal ich manchmal den Verdacht habe, dass sie sowieso auf Frauen steht.

Zurzeit sieht es so aus, als dass die Amis die grossen Verlierer dieses Jahrzehnts sind. Afghanistan ging an die Sowjets, die Türkei hat die Seiten gewechselt, der Irak ist verloren, der Iran nicht wirklich gewonnen, und vor allem der Süden Deutschlands ist bis auf Weiteres rot. Reagan ist weg, Deutschland praktisch regierungslos, Frankreich schwach. Gorbatschow triumphiert an allen Fronten.

Ob mir das recht sein soll? Ich weiss es nicht. Ich bin sehr mit unserer Firma beschäftigt.

Irgendein Russe (??) hat mir kürzlich angeboten, eine Disko zu mieten. Ich fand die Idee zuerst völlig blödsinnig, je länger ich darüber nachdenke, desto interessanter finde ich sie. Mol luägä.

Bald mit Irina und ein paar Russen in der Stadt, Pizza essen!

29.3.1987 ....

General Werder soll eine »Nationalisierung« der CH-Armee gefordert haben, vom Bundesrat hört man fast nichts mehr, nicht mal der OberChauviHubacher meldet sich zu Wort, was eigenartig ist, hat er sich doch zum grossen Retter der CH aufgespielt und dies in seinen unzähligen Radioansprachen kundgetan. Oder wurde Hubacher vom Bundesrat kaltgestellt, weil sie seine dauernden Provokationen und Belehrungen satthatten? In letzter Zeit Gerüchte, dass die Gruppe um Blocher einen Bundesratssitz anstrebt, um einem Sonderfrieden mit den Sowjets näher zu kommen, Jagmetti und Cincera seien in diesem Jahr schon 3 x in Warschau gewesen, wo sie sich mit »hohen Delegierten« der Sowjets getroffen hätten. Auf jeden Fall scheint es klar, dass die Fronten allmählich ins Rutschen geraten, der strikte Nationalismus in der RestCH ist nicht zu halten, er bröckelt wie alter Mörtel und die Menschen beginnen sich auf eine neue Allianz einzustellen. Ich kann mir vorstellen, dass sich die CH-Armee bald einmal mit der Situation zufriedengibt und sich vermehrt »inneren« Aufgaben zuwendet, die Lage vor allem in Zürich und Bern muss katastrophal sein. Ausserdem gibt es ein gigantisches wirtschaftliches Problem, es wird kaum noch produziert, der Tourismus ist praktisch tot und immer mehr Menschen verlassen die Schweiz Richtung Italien oder Österreich.

Ausgang mit Irina und ihren Russen war langweilig, sie redeten meist Russisch, Irina bemühte sich von Zeit zu Zeit um ein paar Worte

Deutsch, ich antwortete artig und nett lächelnd wie die Russen, die kein Wort verstanden, was ihnen aber egal war, denn ein paar Sekunden später hängten sie sich wieder mit aller Lautstärke ins Gespräch, als wäre nichts gewesen.

Und ich rauchte meine Marocaine und hoffte auf etwas Unbestimmtes – das nicht eintraf.

7.4.1987 ....

Was ist geschehen in den letzten Tagen? Es gab einen Bombenanschlag auf das Hauptquartier der Sow. in Basel, 1 Toter, 5 Verletzte. Wahrscheinlich waren es NAZIonale Restschweizer mit Unterstützung der Amis, weil ohne AMI-Unterstützung diese viehischen Sennentuntschis nicht mal einen Gedanken zustande bringen, geschweige denn eine Tat.

Ausserdem ist geschehen, dass wir die Grenzöffnungen definitiv übernommen haben und die Sache bislang gut läuft. Mike ist kaum noch hier. Aber auch nicht bei seiner Affäre, sondern an der CH-Grenze.

Ausserdem ist geschehen, dass einer unserer Leute eine Bibliothek mit Hölderlin entdeckt hat, den Irina immer wollte.

Ausserdem ist geschehen, dass nun endlich, endlich der Frühling gekommen ist. Wir sitzen bereits im Garten, saugen jeden Sonnenstrahl auf, und auch wenn es nur ein Schatten eines Strahles ist.

Sitzung mit Rybkin abgesagt wegen »Terminschwierigkeiten«.

Und in der grossen, weiten Welt ist auch vieles geschehen, aber das ist 1. immer dasselbe und 2. nicht wichtig im kleinen, privaten Tagebuchbereich. Und 3. schmerzen meine Finger.

14.4.1987 ....

Man hört wieder von Kämpfen im Gebiet zwischen Dresden und Karl-Marx-Stadt. Die Nato hätte dort irgendwelche Nachschubwege bombardiert und dabei viele Zivilisten getroffen. Andere Sender sprechen von Erfolgen der Sowjets in dieser Gegend, man weiss also nichts Genaues.

Morgen endlich Sitzung mit Rybkin.

Einige unserer Leute sind ziemlich renitent. Diese verdammte Lohnfrage blockiert unseren Betrieb gewaltig, da müssen wir endlich klare Verhältnisse schaffen, Petra zögert noch.

Ausserdem hat Mike grosses Theater mit seiner Heike, die sich auf einmal von ihrem Mann trennen will, was wiederum Mike in Schwierigkeiten bringt. Ich habe allmählich genug von diesem Affentheater!

Heute sogar leichter Schneefall, dieses Wetter ist doch zum Kotzen. Tastatur klemmt wieder.

17.4.1987 ....

Als ich heute zu einer Besprechung mit einem Lieferanten unterwegs war, fiel mir der Geruch von frisch gebratenem Fisch in die Nase und nach ein paar Sekunden Irritation war mir klar: Es ist Karfreitag! Und praktisch gleichzeitig fragte ich mich, ob Kati auch dieses Jahr ihren Korken knallen lässt zum Tage des Todes des Herrn. Ich hätte mich so gefreut, dieses Geräusch zu hören. Doch da war kein Knallen, nichts in dieser Richtung. Immerhin auch keine Kirchenglocken, keine Trauer über den Tod eines Phantoms, eines Nichts, einer Einbildung, einer Imagination, einer Sublimation, eines billigen Rauschmittels, einer Täuschung, einer Selbsttäuschung, einer Erfindung, also: eines sehr modernen Produkts.

Schade, dass es dafür den Kommunismus braucht.

Was Kati wohl tut? Agitiert sie mit ihrer Räterepublikgruppe? In der RestCH? Arbeitet sie mit den Sow. zusammen? Wie riecht ihr Geruch?

Grenzen im Griff. Die Gelder beginnen zu fliessen. Rybkin unterschätzt die CH-Grenze noch immer. Die Durchgänge sind ihm völlig egal.

Inzwischen gibt es sow. Coiffeure.

20.4.1987 ....

Scheissostermontag.

Heute Morgen kam die Affäre von Mike völlig ausser sich hierher und machte ein Riesentheater. Wir brauchten fast eine Stunde, um sie wieder loszuwerden. Mike war tatsächlich nicht da, was sie uns natürlich nicht glaubte. Hoffe, diese schreckliche Frau taucht hier nie wieder auf.

Ausserdem Probleme mit Rybkin. Er hinterfragt plötzlich unsere Abmachungen, will eigene Leute ins Spiel bringen, was überhaupt nicht vorgesehen war. Offenbar gibt es Kräfte im Hintergrund, von denen wir nichts wissen.

Ausserdem ständige Diskussionen mit Irina, was nervt. Ich möchte einfach meine Ruhe haben und hin und wieder Sex. Das ist offenbar zu viel verlangt!

Scheissostermontag.

Und Petra kämpft noch immer mit unseren Leuten. Die denken wohl, weil hier Sow-Zone ist, können sie unverschämte Lohnforderungen stellen. Die werden sich noch wundern, wie sozial-istTisch gedeckt ist. Rybkin hat immerhin in dieser Frage seine Zustimmung zugesichert. Ein Wort und »unsere« Leute sind von de-billigen Elsässern ersetzt.

Lawson soll am 1. Mai in Luzern sprechen. Die Sow. findens lustig.

Bombenanschlag aufgeklärt, Täter sollen aus dem süddeutschen Widerstand stammen. Sie sind »fertig«, wie Rybkin sagte.

26.4.1987 ....

Mit Irina und Mike Ausflug an die Zonengrenze nach Laufen gemacht. Es war sehr interessant. In Laufen sieht es aus wie vor dem 2. WK; beschaulich, kaum motorisiert und schwarz-weiss. Doch kaum hat man das Städtchen verlassen, taucht schweres Gerät auf: Artillerie, Panzer, tonnenweise Stacheldraht, Berlinermauerästhetik. Ca. 10 Meter freies Feld, wo die Minen im Boden sind wie Rhizome. Unsichtbar, unterirdisch, aber da. Vor dem Durchgang mehrere Checkpoints, aufgeregte sow. Militärs und Polizisten, man hört kratzende, scheppernde Funkgeräusche, Gebrüll, laufende Motoren, metallisches Herumgeschiebe von irgendwelchen Absperrungen und sogar einen Helikopter mit seinem brummendem Bass. Und man sieht eine traurige Kolonne von Wartenden. Mit oder ohne Auto. Mit oder ohne Gepäck. Mit oder ohne Hoffnung. Nicht alle kommen durch. Viele werden zurückgeschickt. Sie haben schlechte Papiere, schlechte Kontakte, schlechte Brieftaschen, schlechte Karten, schlechte Aussichten. Die Sow. behandeln sie wie Dinge. Auf der anderen Seite dasselbe Bild. Doch dieses Bild haben wir nicht gesehen. Mike hat es uns in aller Deutlichkeit geschildert. Hat uns das »System Zonendurchgang« erklärt. Das System »Höhere Macht« bewerkstelligt durch: Geld. Ein globales und ewiges System. Wer was durch die Zonengrenze bringen will, muss mindestens drei Instanzen »bewältigen«, wer selber die Grenzen überqueren will, hat es mit fünf Instanzen zu tun. Wichtig: Diese Instanzen sind wir. Mike hat dies mit seinen Leuten gut organisiert. Niemand kommt einfach durch, aber niemand kommt nicht durch. Man muss das System kennen und dann: es bezahlen. Ausgeklügelte Systeme kosten Geld. Dann kommt man durch. Selbstverständlich würde eine Instanz genügen, doch dann wäre das System zu einfach, Mike hat erkannt, dass man Hürden, Komplikationen und damit auch Enttäuschungen und Hoffnungen einbauen muss. Dann beginnt das System zu funktionieren. Es ist eben kein logisch-mechanisches, es ist ein emotionales System. Die Leute zahlen und denken, alles wird gut. Dann merken sie, dass dies nicht so ist, aber fast, sie zahlen also noch etwas und denken, alles wird gut. Dann merken sie, dass dies nicht so ist, aber fast, sie zahlen noch etwas und denken, alles wird gut. Das Mike'sche Instanzensystem.

Ich glaube, Irina hat es nicht verstanden. Trotzdem war es gut, dass sie mitgekommen ist. Wir hatten ein paar lustige, unbeschwerte Momente.

Und doch liegt jetzt auf meinem Bett einzig mein TEDDYBÄR.

Wie soll das alles bloss weitergehen?

28.4.1987 ....

Gestern ein sow. Taxi gesehen!

Jahrestag des Attentats. Mit Irina abgestürzt.

Petra und ich haben einen ganzen Nachmittag lang unsere Liste überarbeitet. Die Teppiche haben wir schweren Herzens ganz rausgekippt. Dafür einige Plattenspieler und Boxen im Angebot. Und neu auch Kühlschränke und Tiefkühler.

Habe mir Kühlschrank in meinem Zimmer einbauen lassen. Morgen kommt Lieferung mit Champagner, dann Lachs, Kaviar etc. etc. Irina wird sich freuen.

Liechtenstein nun auch förmlich und völkerrechtlich aufgelöst. Was für ein guter Tag! Es gibt eben doch historische Fortschritte!!

Für eine Lieferung in der Grün 80 gewesen, dort ist nichts mehr grün. Die Komsomolzen pflügen alles um. Man kann sich nicht vorstellen, dass daraus was wird. Und erst recht nichts Grünes.

Extreme Währungsschwankungen, Petra und Noemi kämpfen, buchhalterisch.

Bin sehr müde.

2.5.1987 ....

Gestern zaghafter Versuch der Basler Restlinken, den 1. Mai zu aktivieren. War aus nostalgischen Motiven auf den Claraplatz gegangen, wo sich der traurige Haufen versammelte. Es waren nicht mehr als 50 Nasen, die gewissermassen den Sow. etwas Rotes entgegenhielten. Tragödie oder Farce, ich wusste nicht, wie ich darüber denken sollte. Ich hielt mich etwas fern, doch Kati habe ich erkannt. Sie trug enge, helle Hosen, einen ebenso engen, hellen Pullover und hielt eine rote Fahne in der Hand.

Noch immer kein Brief von Mutter eingetroffen, kann mir das nicht erklären. Ob es doch nicht ganz so reibungslos verläuft an der Grenze?

Im Radio einen Teil der Rede Lawson in Luzern gehört. Er beschwört die westlichen Werte, zählt auf die »Solidarität demokratischer Staaten« etc. Ob er damit die CH gemeint hat? Von Demokratie ist in der RestCH nicht mehr übrig geblieben als rhetorischer Rauch. Nein, anders: Der Krieg hat erst die Farce der Demokratie sichtbar gemacht. Dem Krieg sei Dank. Nun sehen es auch die allergrössten Esel, was es mit der »Demokratie« auf sich hat, nämlich gar nichts.

Kolossaler Staatsbesuch Gorbatschows in der Türkei. Man vermutet umfangreiche Gas- und Ölgeschäfte, direkte Pipelines zwischen den Ländern, Waffenlieferungen, und: Der Iran gerät in die Zange. Wenn der Iran sow. wird, kippt der ganze Nahe und Mittlere Osten und der Weg nach Pakistan-Indien wird frei. Die Amis werden das nicht dulden. Unter keinen Umständen.

Mit Irina lange darüber diskutiert.

Die Lage hier ist zwar einigermassen stabil, global aber keineswegs. Ich kann mir vorstellen, dass sich die Krise weiter in den Osten verschiebt.

Meine Müdigkeit verschwindet nicht, zudem noch leichtes Kopfweh. Bei Irina 3 x übernachtet, ereignislos.

8.5.1987 ....

Petra hat Scheinentlassung durchgeführt, war ein voller Erfolg. Nur jemand will uns verlassen, die anderen bleiben – zu den alten Bedingungen!

Irina nun doch auf dem Hölderlin-Pfad. Liess mir Postkarte mit sibirischer Landschaft zukommen und dem Text: »Wenn ihr Freunde vergesst, wenn ihr den Künstler höhnt, und den tieferen Geist klein und gemein versteht, Gott vergibt es, doch stört nur nie den Frieden der Liebenden.«

Meint sie uns? Meint sie jemand anders? Meint sie die schweizerisch-sowjetische Liebe?

Besprechung mit Rybkin und Co. ziemlich unterkühlt und kurz. Unsere Anliegen scheinen ihn nicht mehr zu interessieren, seit der Vertrag unterschrieben ist, und offenbar hat er auch noch genügend Hasch, sonst wäre er in dieser Sache aktiv geworden. Irina hat sich dieser seltsamen Kühle angepasst. Das sibirische Blut ist kalt.

10.5.1987 ....

Sehr lange Besprechung mit Petra, Mike, Noemi und Denise (= Geschäftsleitung). Die Expansion in den süddeutschen Raum ist viel schwieriger als angenommen. Wir haben mit unzähligen Schwierigkeiten zu kämpfen (sow. Bürokratie, elsässische Clans, hohe Treibstoffkosten, schlecht funktionierende Telefonleitungen, zu kleines Magazin, mangelnde Unterstützung Rybkins, unmotiviertes Personal etc.). Ausserdem hat Denise vor, Ende September aufzuhören! Die einzig gute Nachricht: Die Affäre von Mike hat sich verflüchtigt. Dieses Gekeife und Geschrei hat also ein Ende. Mike kann sich auf seine Grenz//öffnungen konzentrieren. Das läuft noch immer sehr gut. Er bringt eine Menge Geld ins Geschäft, auch wenn er, wie ich vermute, das eine oder andere in die eigene Tasche steckt. Habe mir überlegt, dieses Thema mit Petra zu besprechen.

12.5.1987 ....

Beat ist hier!!!

Gestern Abend stand auf einmal Beat in unserer guten Stube!! Mike hat ihn direkt vom Grenzübergang Liestal mitgebracht. Mich zu finden war also kein Problem.

Wir haben den ganzen Abend geredet und Wein getrunken. Offenbar ist unsere »Firma« sogar in Luzern bekannt, Beat hat davon gehört und sich entschlossen, in die Zone zu gehen. In der RestCH ist die Situation offenbar noch schlimmer, als wir gedacht haben. Die Wirtschaft liegt am Boden, wer kann, der geht. Und von der Politik sind nur noch hohle

Phrasen zu hören (jetzt-erst-recht-nicht-schwach-werden-widerstand-widerstand), zudem soll es inzwischen viele geben, die mit den Sow. sympathisieren, es gibt sogar Neugründungen von soz. Parteien!

Von meiner Familie hat sich Beat »total« getrennt. Er hat in Emmen eine »Bekannte«, die aber eben, was ja nicht erstaunt, »ned ganz frey isch«.

Ich habe noch ein bisschen Kopfweh, aber es war ein sehr schöner Abend. Ich glaube, Noemi war beeindruckt von meinem ehemaligen Schwager.

Ansonsten: schlechtes Wetter.

14.5.1987 ....

Man hört wieder von amerik. Truppenbewegungen in der RestCH und in Frankreich. Gerade weil man es immer wieder hört, kann ich es nicht mehr hören.

Im Rhein sind wieder Leichenteile gefunden worden, man sagt, sie tragen Uniformen der CH-Armee.

Viel mit Beat unterwegs, zeige ihm die »neue« Stadt und natürlich unsere »Firma«. Er ist sehr beeindruckt, vor allem von unseren Kunstschätzen. Ich glaube, er würde gerne einsteigen, traut sich aber nicht zu fragen.

Von meiner Mutter und Schw. habe ich nichts erzählt.

Es ist seit Tagen schön, doch ich komme nicht dazu, die Sonne zu geniessen, sondern verbringe meine Zeit im Büro oder bei unseren Kunden.

In Nürnberg Gefechte zwischen »Rebellen« und sow. Soldaten.

17.5.1987 ....

Seit Beat hier ist, sieht die Welt wieder besser aus. Mit ihm kann ich die Gespräche führen, die mir seit Hegels Tod fehlen. Ausserdem hat er mehr Humor als die gesamte KPdSU. Irina ist zweifellos klug und schön und tiefsinnig, Humor indes ist für sie eine bourgeoise Geisteshaltung. Eine dekadente, spätbürgerliche Attitüde. Ein trojanisches Pferd des Kapitalismus. Ein Angriff auf die Ernsthaftigkeit von Welt und Revolution und Aufbau. DIE sowjetische Antithese. Ein Frevel vor GOtt Lenin.!DERANFANGVOMENDE!

Gut, dass Beat hier ist.

Petra schliesst eine Beteiligung Mikes aus, »chund öberhaupt ned in Froog«.

Damit ist die Sache erledigt.

Schade.

Mike wäre ein guter Geschäftspartner gewesen.

Wer weiss, wie sich die Lage weiter entwickelt.

Nächste Woche spielt BSG Chemie Basel erstmals gegen Union Bayern. Das hätte es unter normalen Umständen nie gegeben.

Von Irina erfahren, dass Ursus eine Biermarke in Rumänien ist!!!!

Was mich an die Ursus-Werke in Polen erinnerte, die wir einmal besuchen wollten. Lange ists her!

21.5.1987 ....

Zwei unserer Lieferanten wurden überfallen und schwer verletzt. Es ist unklar, wer dahintersteckt, wir vermuten eine Gruppe unserer Konkurrenz aus dem süddeutschen Raum. Offenbar gibt es Widerstand gegen unsere Expansion. Nun muss sich zeigen, was der sow. Schutz wert ist!! Wir müssen gegenüber Rybkin viel härter auftreten. In zwei Wochen haben wir Sitzung, dann müssen die Dinge geklärt werden, sonst zerfällt die Zusammenarbeit! Das hätte schwerwiegende Konsequenzen, doch die müssten wir in Kauf nehmen. Ich habe keine Lust, noch länger vorgeführt zu werden.

Irina ziemlich angetrunken hier aufgetaucht. Sie hat sich auf meinen Kühlschrank gestürzt und die ganze Packung Bündnerfleisch gegessen, anschliessend haben wir immerhin noch in Ruhe ein Glas Champagner getrunken. Sie wollte mit mir unbedingt über die Entwicklungen in der DDR sprechen.

Was ich auch getan habe.

Ami-Manöver in Indien, Pakistan droht.

Westdeutsche Regierung wieder in der Krise, Apel droht mit Neuwahlen.

Flüchtlinge aus dem Elsass zurückgeschickt, grosse Aufregung.

24.5.1987 ....

Angriff feindlicher Organisation auf unser Magazin!! Zum Glück hatte Noemi die Aktion beobachtet und konnte die Sow. benachrichtigen, die schnell reagierten. Es gab eine Schiesserei, einer blieb tot auf der Strasse vor unserem Haus liegen! Der Tote war ein gewisser Bernd Frick und gehörte einer Gruppe aus Waldshut an, die vor allem im Zigi- und Alkgeschäft aktiv ist. Wir müssen uns auf was gefasst machen! Und vor allem muss der Schutz verstärkt werden. Irina ist heute bei Rybkin wegen eines Termins. Wir können jetzt nicht mehr abwarten! Sonst stehen wir mit dem Rücken gegen die Wand. Scheitert die Expansion, scheitert alles.

Grosse Aufregung. Wie wird dies alles weitergehen?

25.5.1987 ....

BSG Chemie Basel – Union Bayern 1:7!!

Die neue Liga ist noch nicht im Lot.

Harmlose Ermittlungen wegen der Schiesserei. Man könnte auch von Vertuschung sprechen. Denn es ist ja klar, dass die Sow. den B.F. erschossen haben, doch der Fall wird mangels Beweisen eingestellt, das ist jetzt schon klar, auch wenn die Sache noch ein paar Tage oder Wochen offiziell weiterverfolgt wird. Ich hoffe, wir haben jetzt Ruhe. Das war eine Reaktion zum richtigen Zeitpunkt. Die Bedrohungen und Angriffe gegen unsere Firma wurden immer dreister, immer gefährlicher.

Beat erzählt viel von der Situation in der RestCH. Die Lage ist wirklich absolut trost- und hoffnungslos. Auch wenn mir Nationalismus ein Greuel ist, so verspüre ich doch eine gewisse Traurigkeit angesichts der Lage. Die Alliierten bestimmen die Richtung, die CH-Politiker sind nicht mehr als Samichläuse, Dekor. Man spricht von Fassadendemokratie. Die Presse ist ausgedünnt, Radio und TV verkünden Widerstandsbotschaften und senden alte Ami-Serien: Beruhigungspillen fürs Volk.

Und ständig blockieren irgendwelche Militärfahrzeuge die Strassen.

Beat ist viel ernster geworden hier. Trotzdem bin ich sehr froh, dass er hier ist. Das ist wie ein Stück Heimat.

Irakische Truppen sind in Syrien einmarschiert und bekämpfen die Israelis.

Anschlag auf Wiener Synagoge, 4 Tote.

Irina wieder mal oral.

28.5.1987 ....

Früher, das heisst vor diesem Krieg, wäre heute ein arbeitsfreier Tag gewesen, weil nämlich früher dieser Tag AUFFAHRT genannt wurde, auch wenn keiner wusste, was damit eigentlich gemeint ist, doch heute gibt es keine solchen Tage und damit auch keine solchen Frei-Tage mehr. Die Sow. haben die Säkularisierung total durchgezogen. Man sollte sich bewusst sein, was Säkularisierung bedeutet.

Irina findet Beat »einen Menschen ohne politischen Verstand«.

Das ist das Kommunistische.

Beat findet Irinas Hintern »huärä guät«.

Das ist das Innerschweizerische.

Bald beginnt unsere Expansion in deutsche Lande. Wir sind alle ziemlich nervös.

Gehe mit Mike und Petra was trinken.

An Katis T-Shirt mit schlechtem Gewissen.

Gerochen.

1.6.1987 ....

Langer Brief von Mutter!

Sie geht zusammen mit meiner Schw. und ihren Kindern nach Italien! Hat grosse Angst, dass es bald zu einer Ausweitung des Krieges kommt. Sie ziehen in eine grosse Wohnung in Bergamo. Von ihrer Krankheit hat sie nichts geschrieben, was nichts Gutes bedeutet.

Habe mir viele Gedanken gemacht. Eine Flasche Pauillac getrunken. Viele Zigis: Sobald wir einigermassen im Geschäft sind im Süddeutschen, gehe ich meine Mutter besuchen. Wer weiss, wie sich dies alles weiterentwickelt, wer weiss, was 1988 ist, wer weiss, wie lange meine Mutter noch lebt. Die Sow. werden mich mit dem Nötigen ausstatten, damit die Reise gelingt.

Anschlag in Wien wurde offenbar von einer »vatikanischen Gottesbruderschaft« verübt. 3 weitere sind inzwischen gestorben. Ironie: Kein Jude unter den Toten.

Heute Start unserer Expansion. Es war ein langer Montag. Meine Augen fallen zu.

4.6.1987 ....

Alles im Zeichen der Expansion. Bis jetzt lief es besser als befürchtet, Irina hat die Russen irgendwie wachgerüttelt, wir bekommen Treibstoff, Fahrer, Schutz. Das ist gut so. Möglicherweise hat Rybkin seinen Leuten Beine gemacht, schliesslich verdient er fürstlich an unserer Expansion.

Wir haben entschieden: Mike behält die Grenzen zur CH im Auge, dort läuft es wunderbar, er hat es geschafft, den Grenzverkehr sanft in Schwung zu bringen, und an jedem Übertritt verdienen wir mit. Beat ist der Meinung, wir sollten unser Geld in den sicheren Süden investieren, und zwar in seriöse Anlagen. Vielleicht hat er ja recht, doch so einfach ist ein Geldtransfer nicht, wir bräuchten eine Kette vertrauenswürdiger Mittelsmänner, was heutzutage fast unmöglich ist. Auf die Sow. ist in dieser Beziehung überhaupt kein Verlass, kein vernünftiger Mensch übergibt ihnen Geld, das versandet dann irgendwo in den Weiten der sibirischen Tundra.

Irina versucht, rumänisches Ursus-Bier zu beschaffen! Das wäre ja was!!

Das sogenannte Kulturzentrum in der ehemaligen Volksbank kommt tatsächlich voran. Mich erstaunt, wie ernsthaft die Sow. hier investieren, auch der Bau auf der ehemaligen Grün 80 geht schnell vorwärts, bereits im nächsten Frühling sollen dort die ersten Komsomolzen für ein »Auslandssemester« einziehen.

Kurze Pause in unserem Garten (wunderbares Wetter), dann Sitzung mit Rybkin und Co.

6.6.1987 ....

Auf einmal will Rybkin unsere Buchhaltung sehen! Das war nicht verabredet!! Wahrscheinlich interessiert es ihn, wie viel Geld er aus uns herauspressen kann. Wir haben zum Glück auf dem Vertrag beharrt, in dem nichts von einem solchen Einsichtsrecht steht. Seine Augen wurden stechend, für einen Moment schien es, als würde er seine Fassung verlieren, Irina schaute ihn gebannt an, doch dann löste sich sein Körper und er lehnte sich in den Sessel zurück. Worauf auch Irina sich entspannte. Ich kann mir gut vorstellen, dass er in wenigen Augenblicken eine neue Strategie entworfen hat. Die ihn offenbar beruhigte. Was mich wiederum beunruhigt.

Geht man durch die frühsommerlichen Strassen, hat man nicht den Eindruck von Krieg. Zwar sind viele Geschäfte geschlossen, viele Wohnungen sind so verlassen und abgedunkelt wie Ferienwohnungen in den Bergen und manch ein Schriftzug, manch ein Gesicht, manch ein Geruch passt nicht so recht ins eidgenössische Land, gleichwohl überwiegt das Vertraute, das Einheimische, das Behagliche. Man könnte meinen, der Krieg finde nur in den Köpfen statt. Hin und wieder erinnert ein zerschossenes Gebäude, eine von Salven gepunktete Fassade, eine plötzlich aufflammende Aufgeregtheit an nicht normale Zeiten, doch bald wieder legt sich das Allgemeine über das Spezielle. Und der Basler geht seinen Weg. Unmerklich von seinem Ziel abgelenkt.

Lese immer wieder den Brief meiner Mutter.

9.6.1987 ....

Man kann über die Sow. schimpfen, man kann beklagen, dass dies und das nicht klappt, doch es ist immer wieder wohltuend, wie ereignis- und emotionslos die kirchlichen Feiertage verstreichen.

Ich würde gerne was von Kati hören. Es gibt viele Momente, in denen ich sie vermisse, z. B. jetzt!

Mit Irina, als lebten wir 50 Jahre froh und satt in einem geschichtslosen sibirischen Dorf. Artig und durchaus klug diskutieren wir fast täglich die internationale Lage, wägen ab, schätzen ein, bemessen dies und bemessen das. Dann sind wir müde. Und gehen nicht ins Bett, wir gehen schlafen.

Irina schnarcht dann ihren Wodka-Atem aus.

Und ich stelle mir vor.

10.6.1987 ....

Es ist Mittwoch im Juni 1987, 23.38, ich sitze an meinem Pult, neben mir ein Glas Wein, ein voller Aschenbecher, alles ist ruhig. Auch ich. Mittlerweile.

Die Expansion ist extrem anstrengend. Wir haben täglich Probleme, Diskussionen, manchmal auch Streit. War sogar in Rybkins Büro, wo mir eine Leitung nach Waldshut gelegt wurde. Möglicherweise muss ich aber selber dorthin, mit einem scharfen Brief Rybkins in der Tasche und ein paar 2-Meter-Schränken aus der nordnordöstlichen Taiga.

Irina hat sich mit einer sow. Coiffeuse angefreundet, die ebenfalls aus Omsk stammt. Da fällt mir ein weiterer sow. Effekt ein: Vieles ist billiger geworden, unter anderem eben das Haareschneiden.

Mir fallen die Augen zu.

11.6.1987 ....

Am Samstag geht es nach Waldshut, Irina übersetzt, Rybkin sorgt für Schutz, zwei Soldaten begleiten uns. Das Problem ist, dass die Genossen in W. nicht energisch genug gegen die bestehenden Firmen vorgehen, wie es vertraglich abgemacht war. Wir müssen also Überzeugungsarbeit leisten, wie es heisst.

Mit Beat Besuch an der Grenze. Er ist total fasziniert von Mikes Geschäftsmodell. Hat sich anerboten, im »Grenzdienst« mitzuarbeiten. Von mir aus schon, doch ich befürchte Petras Widerstand.

Langes Gespräch mit Noemi.

Gorbatschow spricht wieder von slawosozialistischer Einheit. Es gibt sogar Spekulationen, dass Polen aufgelöst und Russland einverleibt wird. Irina kann sich vorstellen, dass die DDR »geopfert« wird, weil sie ja vieles ist, aber gewiss nicht slawisch. Doch was ist mit der Zone, die ist ja auch nicht slawisch. Oder sind wir bald Besiedelungsraum? Vielleicht, die ersten Coiffeusen sind ja schon hier.

Ausserdem: BSG Chemie Basel verpflichtet Spieler von Zenit Leningrad!

Sohn von Ex-Bundesrat Gnägi beim Fischen ertrunken.

Weiterhin sämtliche Wahlen in der CH bis auf Weiteres verschoben.

Habe ziemlich viel Haarausfall in letzter Zeit.

16.6.1987 ....
Waldshut war extrem anstrengend. Ging gestern um 9 ins Bett.

Immerhin konnten die Probleme gelöst werden. Der Brief Rybkins war mehr wert als unsere zwei Schläger. Es sieht so aus, dass die Sow. in Waldshut den Ernst der Lage erkannt haben. Wir können unser Gelände absichern. Wir brauchen allerdings wieder mehr Leute. Was immer schwieriger wird. Irina hat uns »Jungs aus Leningrad« angeboten, doch daran sind Petra und ich schon gar nicht interessiert. Wir brauchen Schweizer. Leute aus unserem Umfeld. Am besten Leute aus der linken Szene. Wenn man das noch so sagen kann. Leider sind die meisten ausgeflogen. In die kap. RestCH. Leute, die mir früher vorwarfen, ich sei »im Kern« ein Bürgerlicher, sind jetzt »im Kern« des Schweizerischen Kapitalismus und Imperialismus und unterstützen wahrscheinlich all diese komplett debilen sogenannten Widerstandstruppen, die übers Radio ihre eidgenössischen Botschaften verbreiten und sich nicht mehr als 50 km an die Zonengrenze heranwagen. Mit Radiowellen allein ist es eben nicht getan, meine lieben guten alten Seichgenossen.

18.6.1987 ....
Blocher und Cincera verhaftet!! Riesen Geschichte. Die beiden haben offenbar geheime Dokumente und Karten an die Sow. weitergegeben. Man ist sehr zornig in der alten Eidgenossenschaft. Cincera soll sogar in ein Archiv eingebrochen sein, um an geheime militärische Akten zu kommen. Nun will man die Todesstrafe im Kriegsfall wieder einführen, hört man. Man fragt sich, was die beiden Herren zu diesem »Verrat« getrieben hat. Es seien eben keine richtigen Schweizer, Eingewanderte, »Papiirlischwiizer«, hört man im Radio der RestCH.

Komme mit dem Brief an Mutter nicht voran.

Mit Irina im Rhein baden! Sie fand es zunächst »serr wild«, dann fand sie Gefallen an diesem körperlosen Herunterschweben mitten in der Stadt.

Mit einer der nächsten Lieferungen aus dem tiefen Osten sollen auch ein paar Flaschen Ursus-Bier hier eintreffen.

Geträumt, ich sitze mit meiner Mutter auf einem Stuhl in einer Höhle.

21.6.1987 ....

Wir haben enorme Schwierigkeiten mit den Kursschwankungen von Liber, Franken und Mark. Praktisch täglich müssen wir unsere Preislisten neu rechnen. Noemi hatte die Idee, unsere Produkte nur noch in einer Währung anzubieten, doch ich kann mir nicht vorstellen, dass dies funktioniert.

Am Grenzübergang Blauen gab es eine Tote. Die Frau wollte nicht verstehen, dass es ohne Gebühr nicht möglich ist, einen ganzen Kofferraum voller Ware in die Zone zu bringen. Sie überrannte einen Grenzposten, überquerte die Grenze und wurde erschossen.

24.6.1987 ....

Wir sind fast ausverkauft! Durch die Expansion haben wir auf einmal einen Mangel an Gütern. Teppiche und Plattenspieler sind gänzlich weg, auch Bücher und Wein gehen wieder ausgezeichnet und Medis sind sowieso gefragt. Petra meinte, unser Umsatz hätte sich vervierfacht, der Gewinn verfünffacht. Aber sogleich schliesst sich die Lohnfrage dieser Entwicklung an. Es ist praktisch unmöglich, mit angemessenen Lohnerhöhungen das elende Gestänker zu ersticken. Die Leute wollen immer mehr, als wäre dies die Lösung irgendeines Problems. Wir brauchen Kühlfahrzeuge für unsere sensiblen Lebensmittel. Mike und Denise werden sich darum kümmern.

Lieferung mit Ursus-Bier hat nicht geklappt, Irina weiss nicht warum.

Gaslieferungen in den gesamten Westen sind gestoppt, die SU beliefert über türkische Häfen die Märkte in Asien.

Flugzeugabsturz in Indonesien, 230 Tote.

Krenz in Moskau.

Petra bereits auf der Suche nach einem Ersatz für Denise, wird schwierig.

An Hegels Grab, vermisse ihn noch immer sehr.

28.6.1987 ....

Also doch: Irina hat einen »Freund« in der SU!! Sie hat also nicht nur Sehnsucht nach Mütterchen Erde Omsk, sondern nach ihrem russ. Fucker. Wie üblich hatte sie abends schon einiges getrunken, letzten Freitag setzte sie noch ein paar Dezi drauf, bis sie schliesslich in Tränen ausbrach und von ihrem »Michail« zu erzählen begann. Man muss sich das mal vorstellen, sie liegt auf meinem Schoss, schnieft und trieft wie ein kleines Mädchen, gluckst, von immer neuen Schniefundtriefanfällen unterbrochen, den Namen »Michail« mit ihrem Wodkaatem mir ins Gesicht, ohne zu verstehen, was da gerade abläuft, während ich Idiot sie streichelnd tröste.

Und dann brachte ich sie auch noch ins Bett. Schlief auf dem Sofa! Was bin ich für ein Idiot! Das kann doch so nicht weitergehen.

Gehe noch aus.

3.7.1987 ....

Irina seit jenem Abend nicht mehr gesehen. Habe überhaupt keine Lust mehr auf eine solche Beziehung. Sie hat mir in ihrem niedlichen Deutsch ein Briefchen geschrieben, doch was soll ich mit solchen Briefchen. Sie wird wieder das, womit sie angefangen hat: Übersetzerin. Da gibt es ordentliche Verträge, da gibt es kein Zurück, Michail hin, Michail her. Soll sie mich doch!!

Ich brauche keine SU-Nutte.

Ich kann auch alleine onanieren.

5.7.1987 ....

Sonntagabend, Petra spielt wieder mal Gitarre, es klingt wunderschön, Noemi und ich haben wieder mal gut gekocht (Lachs, Schämpis, Rindsfilet, Hördöpfelgratäh etc., molto Amarone). Mike sitzt in Laufen fest, weil irgendwelche Arschlöcher die Bahngeleise gesprengt haben, Denise ist bei ihrem Freund.

Die Sache mit Irina geht mir nahe, d. h. lässt mich nicht los. Kaum war ich mir sicher, dass ich sie liebte, entschwand sie. Klar, sie war oft abwesend, oft kalt und nicht bei der »Sache«, trotzdem haben wir uns entweder täglich gesehen oder telefoniert, wir haben stundenlang diskutiert auf einem hohen Niveau, wir haben uns vieles aus unserem Leben erzählt, durchaus manch Peinliches, manch schlimme, traurige Angelegenheit, wir sind stundenlang durch die Stadt spaziert, gingen schwimmen, im Rhein baden, essen, tanzen und haben viel miteinander getrunken. Dabei war mir stets klar, dass sie eines Tages in ihre geliebte Heimat zurückkehren wird und ich ihr nicht folgen werde, und doch war dieses »eines Tages« so unkonkret, so diffus und nebulös, dass es eigentlich gar nicht wahr war. Also hat sich die Wahrheit eingestellt.

Höre gerade, dass die AltCH die Todesstrafe neu will.

10.7.1987 ....

Sitzung mit Rybkin eine Woche verspätet, er bringt halbes Kilo Kaviar, entschuldigt sich, doch wir fragen uns allmählich, was diese Zusammenarbeit zu bedeuten hat. Ob wir das noch wollen. Ob wir diese Schutzstaffel noch brauchen. Ob wir nicht dauernd von diesen Sow. über den Tisch gezogen werden.

Irina übersetzte, als wäre nichts gewesen. Ihr Deutsch wie immer ausgezeichnet, sie sehr konzentriert, bemüht, auch »kulturell« zu übersetzen, wie sie immer wieder betont. Als gehe es hier um Schiller oder Tolstoi. Ich kann diesen Rybkin nicht mehr sehen. Seine marathone Gestalt geht mir auf die Nerven, sein stets in Szene gesetzter Scharfsinn ödet mich an, seine bewusst unverborgene Hinterlist ist mehr als peinlich und seine über allem thronend-drohende Sow-Ideologie ist bei Lichte besehen nicht mehr als ein Traktätchen eines orthodoxen Wichsers.

12.7.1987 ....

Beat hat von grossen Truppenbewegungen in der RestCH gehört, alle rätseln, was das soll. Wenn alles klappt, sind wir nächste Woche stolzer Besitzer eines Kühlfahrzeugs der Migros! Mike hat die Sache eingefädelt, nun brauchen wir nur noch einen Fahrer. Und Benzin! Was das grösste Problem ist. Bereits mussten wir Lieferungen zusammenlegen, weil unser Benzin allmählich knapp wird, selbst auf die Russ. ist kein Verlass, offenbar legen sie riesige Lager an, wer weiss, für welchen Zweck.

Krenz und Gorbatschow sollen sich im Streit getrennt haben, offenbar ging es um den künftigen Status der DDR.

Brief an Mutter endlich abgeschickt. Habe mich um grosse Offenheit bemüht, was bei uns nicht selbstverständlich ist. Die Sache mit Irina habe ich trotzdem ein wenig vereinfacht, Mutter befürchtet sonst, ich würde vollends in der SU verloren gehen.

Irina hat gehört, dass die Reisefreiheit wieder eingeschränkt wird. Das kommt uns zweifellos entgegen.

Habe Petra von meinem Tagebuch erzählt. Sie war nicht überrascht.

15.7.1987 ....

Kati am Grab getroffen und lange mit ihr geredet!!

Sie ist sehr frustriert, weil mit den Sow. keine Zusammenarbeit möglich war, die Räterepublik interessiert die Sowjets nicht! Nun denkt Kati daran, in der RestCH etwas aufzubauen, dort stehe die bürgerliche Ordnung vor dem Zusammenbruch, das sei eine grosse Chance für den Aufbau einer soz. CH. Ihre Gruppe besteht offenbar aus mehr als 50 Personen. Vielleicht hat sie auch ein bisschen übertrieben. Man sieht ihr die Frustration nicht an, sie ist wunderschön, ihr Hintern so knackig wie eh und je, ihre Haare glänzten und glitzerten und funkelten in der Sonne wie frisch gefallener Schnee unter dem Azur des Engadiner Himmels.

Kaum hatte ich sie gesehen, schlug mein Herz schneller. Sie wohnt jetzt in der Utengasse, nächste Woche kann ich »zom Kafi« vorbeikommen!!

Als ich sie auf die Wange küsste, nahm ich einen grossen Geruchsschluck.

Jerzy ist noch immer dabei. Bea wohne in der RestCH, im August will Jerzy sie besuchen.

Höre gerade Blue Oyster Cult. Burning for you!

Bringe ihr den besten Russen-Schämpis mit, der nächste Karfreitag kommt bestimmt.

19.7.1987 ....

Wir beliefern nun in der ganzen Zone! Auch die Kühlung klappt jetzt. Einzig an der Zonengrenze bei Freiburg gibt es noch Probleme mit einer anderen Firma, ansonsten sind wir die Chefs auf dem Platz. Der Rubel rollt.

Irina grollt.

22.7.1987 ....

Die Altlinke in der RestCH demonstriert gegen die Wiedereinführung der Todesstrafe. Allmählich verstehe ich die Relativität sämtlicher Dinge. Was dort eine riesen Aufregung provoziert, entlockt hier höchstens ein müdes Lächeln.

Wahrscheinlich hat die Neulinke grosse Mühe zu verstehen, was denn die Altlinke eigentlich bezweckt mit ihrem Widerstand. Hier, im Land der Neulinken sozusagen, geniesst die Todesstrafe grosse Popularität, etwa auf derselben Stufe wie Bon Jovi, Levi's Jeans und Gorbatschows »Handbuch Slawosozialismus«.

23.7.1987 ....

Burning for you.

24.7.1987 ....

Kati hat unseren Termin auf den nächsten Dienstag verschoben. Irgendein Scheissgenosse will unbedingt mit ihr reden!

Nun gut.

25.7.1987 ....

Lange Sitzung mit Petra, Denise, Mike und Noemi. Wir sind gut im Rennen, müssen aber unsere Strukturen anpassen, wenn wir längerfristig im Geschäft bleiben wollen. Wir haben einen grossen Entschluss gefasst: Wir wollen unabhängig werden von den Russen! Dafür brauchen wir mind. 1 Jahr.

Benzin, Kommunikation und Schutz sind die grössten Probleme.

Und: Wir nehmen Beat ins Boot. Auch Petra ist inzwischen überzeugt, dass wir ihn gut gebrauchen können, er hat ausgezeichnete Beziehungen in die RestCH.

Es soll hier bald eine grosse Überschwemmung geben. Der Rhein fliesst schnell, schmutzig und fast schwarz.

Starker Sonnenbrand, bei jeder Bewegung schmerzt mein Rücken.

Nach dem Bankrott Belgiens spricht man jetzt von weiteren »Opfern«, Deutschland etwa und Griechenland.

Es sieht schwarz aus in der Welt.

29.7.1987 ....

Mit Kati etwas angestrengt. Habe mir mehr davon erhofft. Sie hat sich stärker verändert, als auf den ersten Blick ersichtlich ist. Sie erzählte die ganze Zeit von ihrer Räterepublik, die in ihrem Kopf sehr konkret ist, aber eben NUR in ihrem Kopf. Ich glaube, sie macht sich was vor, glaubt jetzt ernsthaft, sie könnte was in der RestCH bewirken, wo es nicht mal in der roten Zone geklappt hat. Ihre Begeisterung für die Sow. ist ziemlich geschrumpft, sie spricht jetzt von »legitimen Interessen der Sow«. und beschönigt damit das ekelhafte Treiben ihrer Genossen hier. Auch das ist typisch: Ideologie ist nichts anderes als ein Arsenal an Lügen zur Verdeckung der Wahrheit.

Orthodoxie: Der Gebrauch dieses Arsenals.

Konsequenz: Orthodoxie fürs Volk.

Immerhin: Sie schaut sich mal unseren »Kunstladen« an.

Der Rhein übers Ufer getreten. Die Sow. haben Sandsäcke geschleppt, wer hätte das gedacht!

Aufregung über Todesstrafe in der RestCH hält an. Sogar DDR-Sender berichten darüber. Mit Petra lange darüber gesprochen. Es ist klar: Es geht um Blocher und Co., man will in diesen Zerfallszeiten ein Exempel statuieren, wie man so sagt, und Geradlinigkeit und Widerstand demonstrieren, obwohl die RestCH längst sämtliche ihrer scheinbaren Werte und Traditionen über den Haufen geworfen bzw. an die Nato verscherbelt hat. Ja, es sind so betrachtet Zeiten der Wahrheit. Der Westen wie der Osten offenbaren das eigentliche Gesicht – es entspricht nicht der jahrzehntelang heruntergebeteten Theorie. Der Krieg hat die Masken zerstört, der Krieg schmilzt den ideologischen Überbau ein wie die Märzensonne den Schnee, die Fratzen der Humanität. Und was kommt zum Vorschein? Das nackte Dasein. Der Mensch als Tier. Zivilisation, Kultur, Demokratie, Solidarität = grelle, billige Kulisse.

Habe in meinem Zimmer ein kleines Weingestell aufbauen lassen.

31.7.1987 ....

Man hat es schon fast vergessen: Morgen ist / wäre der NAZIonalf EIERtag. Bin gespannt, ob der mit Feuerwerk bewaffnete Rest der Leidgenossen eine Aktion zustande bringt. Das Radio der RestCH sendet bereits jetzt die HUEMNE. Das ist trotzig-traurig-tumm. Ergo: ein Brauch-Dumm.

4.8.1987 ....

Mit Irina lange über Heimat und Liebe gesprochen. Am Schluss versuchte sie mir zu erklären, dass sie eine russ. Liebe habe und eine »schweizische«.

Dann sagte ich nicht mehr viel, sondern zog sie aus. Schweizisch-Russisch-Fuck.

Überschwemmung erfasst grosse Teile von Kleinbasel. Wenn die Brücken geschlossen werden müssen, haben wir ein grosses Problem. Ein sehr grosses.

Die Anschläge in der Zone häufen sich, morgen ist Kati hier, vielleicht hat sie 1 Erklärung.

5.8.1987 ....

Der Regen hört nicht auf. Die russ. Sandsackmauern sind durchlässig. Wer hätte das gedacht?

Kati hat Besuch wieder verschoben.

Die Überschwemmung bringt üblen Geruch in die ganze Stadt.

Ich glaube, Beat fickt Noemi.

7.8.1987 ....

Beat hat gehört, dass sich in Luzern die Natochefs getroffen haben. Die halbe Stadt gesperrt, sogar Ausgangssperre ab 10. Niemand weiss, was geht.

Irina will Michail verlassen! Sie hat vor, mit MIR in der Zone zu bleiben. Für immer!

Was soll ICH dazu sagen?

Sitzung mit Rybkin, er wirkte seltsam abwesend. Trotzdem die ganze Traktandenliste abgearbeitet, der »Stadtvorsitzende« von Lörrach wird offenbar ersetzt, Rybkin sagte nicht wieso, es scheint sich aber um eine grössere Geschichte zu handeln, ansonsten war er erstaunlich entgegenkommend, selbst unser Vorschlag, in Waldshut ein Magazin aufzubauen, fand er »ein gutte Ide«.

9.8.1987 ....

Gerüchte, dass Blocher versucht hat, sich umzubringen. Ein Wärter des Knastes hat was erzählt. Doch offiziell ist nichts.

Die Todesstrafevorbereitung läuft auf Hochtouren. Die Sache ist bereits im »Parlament«, das heisst im Klub der Natoarschkriecher.

Wieder mal richtig schöner Abend mit unserer Kompanie. Petra spielte auf ihrer Gitarre, Mike zeigte seine Zaubertricks aus Kindertagen, Noemi und Beat schauten sich verliebt in ihre schönen Augen und Denise trank wie ein Nilpferd. Die anderen auch. Waren aber nicht so schnell besoffen wie sie. Zum Schluss tranken wir einen Petrus, den wir eigentlich für Weihnachten aufgespart hatten. Ich dachte den ganzen Abend an Kati.

An Kati.

An Kati.

12.8.1987 ....

Noch immer grosse Teile von Kleinbasel überschwemmt. Petra erzählte, in einigen Wohnungen seien Aale in den WCs aufgetaucht.

15.8.1987 ....

Es ist Saturdaynightfever. Petra, Beat, Noemi und ich gehen aus. Habe gestern vier!! Paar Jeans gekauft.

Ausserdem: Eine grosse 1.5-l-Plastikflasche Ursus-Bier in einem russ. Lädeli gefunden. Sensationell! Werden wir ins Sortiment aufnehmen, sofort!

Nicht nur der Rhein hat viel Wasser, auch unser Geldfluss. Floating money.

17.8.1987 ....

Langes, allzu langes Krisengespräch mit Irina. Sie beteuert ihre Liebe, ihre Leidenschaft (!!!???), ihre Treue (?????!!!!!) etc. Was soll ich hier dazu sagen? Es ist doch eine Scheisse. Am Schluss war sie vollkommen besoffen, lag auf meinem neuen Teppich, wollte unbedingt 6, sackte plötzlich ein und schnarchte so laut, dass sie eine ganze verdammte Tundra geweckt hätte.

Ich kann dieses »Gwäsch« nicht mehr hören. Ich will RUHE haben. In unserem Klondike River ein paar Goldstücke herausfischen, bevor sie weggespült werden, und mich darüber ein bisschen freuen. Denn eines Tages wird dieser Gold Rush vorbei sein und wir mit ihm.

20.8.1987 ....

Langes, langweiliges Telefon mit Irina. Sie kramt tief in der russ. melanch. Erde, um einige Brocken pseudoromantische Emotionen hervorzukramen, von denen sie sich was verspricht INSACHENMIR.

Trinke einen hochalkoholischen Toskaner.

Rauche meine Marocaine.

Höre Poison.

Denke an

KATI.

23.8.1987 ....

Höre Gorky Park.

Trinke was aus der Toskana aus dem Jahr 1976.

26.8.1987 ....

Lese: »Auf dem Weg mit Dir gehen ist meine ernsthafte Entscheidung« blablabla.

Irina.

=

Russ. Folklore.

Das Gegengift gegen solchen Ekelkitsch: Poison.

27.8.1987 ....

Petra war an meinem Tagebuch interessiert. Habe ein paar Phrasen von mir gegeben, »weischischhaltnoguätzomnochädänkä«, ja klar, logisch, kann ich verstehen, »verschtonischo«, machte ihr Eindruck, meine »Nooochdänklichkait«.

Dabei hat es mit Nachdenken nichts zu tun. Die Tagebuchschreiberei ist eine scheinbare Ausflucht aus einem völlig sinnlosen

Leben

Alltag

Dasein.

Ich denke nicht nach, ich halte ein paar völlig sinnlose Dinge fest und habe dabei ein gutes Gefühl. Das ist es, was zählt. Könnte jemand mein Tagebuch lesen, er hätte ein völlig falsches Bild von mir, von meiner Welt und von allem überhaupt. Deshalb könnte ich das Tageb. getrost Petra zu lesen geben, sie ist ja richtiggehend giggerig darauf, würde aber nichts Wirkliches erfahren über mich. Weil es nichts Unpersönlicheres gibt als ein TB.

Es sind ja vielmehr die Nebeneffekte, die mich interessieren. Die Töne des Tippens. Die brennende Marocaine neben der Schreibmaschine. Das zunächst leicht kratzend-holpernde und dann angenehm drehend-rollende, beinahe schnurrende Geräusch, wenn ich ein Papier einspanne. Das schnelle, helle Zischen, wenn ich ein Papier aus der Maschine ziehe.

29.8.1987 ....

Saderdeinaitfack:

Beat tatsächlich mit Noemi.

Hoffe täglich auf Brief aus dem schönen Tessin.

Katis Ananasduft in der Erinnerungsgeruchsabteilung.

Irinas Mösengeruch in der Verdrängungsgeruchsabteilung.

Gekauft: drei Badehosen, eine Lederjacke (der Herbst, der Herbst), zwei Paar Schuhe, vier T-Shirts, 1 schwarzen Gürtel, ca. 10 Schallplatten, Blumen fürs Grab.

3.9.1987 ....

Bald hättehättehätte Hegel Geburtstag!! Er ist das Leuchtgestirn am Himmel. Wir sehen ihn jeden Abend. Er ist zwar verglüht, doch man sieht ihn noch in Jahrmillionen.

Sow. ziehen Truppen bei Dresden zusammen.

Kampf dem imp. Terrorismus!

Heute Sitzung mit Rybkin.

Wie mich das ALLESANSCHEIZZT!

Def. Todesstrafe in der RestCH.

Wieder Drohbriefe erhalten.

Verteilungsschwierigkeiten im EXSUEDDEUTSCHENRAUM.

Noch keine Nachfolge für Denise. Sie will mit ihrem FREUND in Italien eine Pension!!! aufbauen. AUFbauen??!!

Man kann den Herbst schon gut riechen.

Wie es Hegel wohl gehen würde?

ACH.HEGEL.

6.9.1987 . . . .

Irina lauert mir auf! Steht vor unserer Tür, wenn ich nach Hause komme, steht vor unserer Tür, wenn ich aus dem Haus gehe. Will mit mir »spreche«. Das will ich aber nicht. Spreche. Soll zu ihrem Michailschwanz ins Tundragehölz oder mit ihrem VORSPRECHER Rybkin kulturelle Übersetzungen üben.

Oder sich in russ. Mystik vertiefen/vermiefen/verstecken/verficken.

Neue Schreibmaschine bestellt!

Noch immer Schlafschwierigkeiten.

Petra macht sich Sorgen um mich!!!!????

13.9.1987 . . . .

Wir haben in den letzten zwei Wochen sehr gut »gschäftet«. Allmählich funktionieren die Verteilketten im Rayon Nord, und, ganz wichtig, endlich ist wieder genug Benzin da. Bis auf wenige Ausnahmen haben wir gute Leute, die motiviert und sorgfältig arbeiten. Das Magazin in Waldshut wird nächste Woche fertig.

Habe ein paar Levi's gekauft, zwei Boxen und Schallplatten.

Die Lieferung der Schreibmaschine verzögert sich.

Man hört von Truppenbewegungen in Ost und West. Doch davon hören wir nun schon seit Jahren. Es beunruhigt nicht.

Weiterhin sehr schönes Herbstwetter, ca. 25 Grad. Am Rhein viele Menschen, wo auch gebadet wird.

16.9.1987 . . . .

Irina wie eine Wespe. Bringe dieses Tier nicht los von mir. Weiss nicht, was sie lockt. Weiss nicht, was sie weglockt. Fuchtle mit den Händen, schreie, renne weg, blase Marocaine-Rauch in ihr verwässertes-aufgemondetes Gesicht, giesse Bier über ihre ausblondierten-ausradierten Mondgesichtsträhnen, doch weicht sie nicht.

Mit Beat unterwegs. RRzählte. Von Sich und Sex. So seine Motivik, seine Dramatik. Sein Fick-Blick, seine Sprüche (»diä nimm ich zum Zmorgä«).

In überhaupt keiner Himmelsrichtung was Neues.

19.9.1987 ....

ENDLICH:

Morgen Kati zu Besuch.

ka

ti

zu

be

SU

CH

Erinnerungen an Sandra. Diese meine allerbeste von allen Lyrikerinnen. Sie idyllisiert im friedlichen Italien. Wo kein Russ, kein Ami und schon gar kein Allemann seine MARTIALISCHEN Finger in den Stiefel steckt.

Neuerdings will niemand unsere Amarones, berichtet Petra.

21.9.1987 ....

Harmloser Montag.

Regen bei ca. 15 Grad.

Bei den Russ. gibt es Bewegung. Rybkin verschwunden, viele Militärfahrzeuge unterwegs, das HauptquarTIER abgeriegelt, wie auch die Grenze zur RestCH (Beat? Mike?). Hektik auf der Bühne.

Man ist gespannt auf das nächste Bild.

Treffe mich mit Kati im Hirschi nächste Woche, sie ist/sei krank. (?)

23.9.1987 ....

Aufregung lässt nicht nach, man vermutet Nato-Angriff bei Freiburg, Rybkin soll in der Stadt gesehen worden sein, seit langem wieder Helikopter über der Stadt, Marktplatz gesperrt und: – wir vermissen zwei Leute! Petra ist vor einer halben Stunde in Richtung Sow-Zent. aus dem Haus. Ich kann mir vorstellen, wie sie dort rumtobt.

Die Sicherheit unserer Leute ist vertraglich geregelt, andernfalls können wir die Zahlung an Rybkin sofort einstellen. Was sowieso das Beste wäre. Wir machen uns selbständig und machen, wenn es denn sein muss, das Geschäft verdeckt.

Denke ständig an KATI.

24.9.1987 ....

Es gibt sow. Coiffeusen, sow. Verkäufer, sow. Kellner, sow. Bauarbeiter, sow. Lastwagenchauffeure und viele, viele sow. Huren. Die Union der sozialistischen Sowjetrepubliken lässt uns also teilhaben an den Errungenschaften der sozialistischen Revolution.

Widersprüchliche Meldungen über Todesstrafe in RestCH.

Lage in der Stadt hat sich wieder beruhigt. Wir vermuten Übung oder bewusste Irritation. Wessen, ist allerdings die Frage. Wenn ich manchmal so durch die Gassen und Strassen schlendere, dem einen oder anderen ziemlich MONGOLISCHEN GESICHT mit der Geistesgegenwart eines ungekochten Blumenkohls begegne, dann frage ich mich, ob diese qualmenden Blumenkohle mit dauerzuckenden Schwänzen überhaupt die W-Fragen beantworten könnten: Wo, wer, wie, warum, was, wann?

Sie werden es nicht können. Sie sind hier, weil der Iwan mit einem Streifen mehr am Hut ihnen das befohlen hat. Und dieser Iwan wiederum ist hier, weil der Iwan mit einem Streifen mehr am Hut ihm das befohlen hat. UNDSOWITÄR. Das ist das Babuschka-Prinzip. Immerhin haben sie damit den 2. WK gewonnen.

Kleiderläden wieder geöffnet.

25.9.1987 ....

Kaum hatte ich einen »Brief« von Irina geöffnet, klingelte sie auch schon. Ich schickte Beat. Er laberte sie voll mit Schweizerdeutsch, bis sie heulend abzog.

In der Migros gehört. »Wett ja ned wösse, wohi das no goht.«

WETTJAN
EDWOESS
EWOHIDA
SNOGOHT
Geht auch so.

Momentan stürmt es heftig, unser Gebälk knirscht und ächzt. Das alte Haus von Rocky Docky. Das waren noch Zeiten.

26.9.1987 ....

Unsere Leute sind wieder aufgetaucht!! Sie wurden »irrtümlich« in einem Lörracher Knast festgehalten, zum Glück ging Petra auf Tutti und hat die halbe SU-Nomenklatur mobilisiert. Deshalb gestern Abend ein paar piemonteser Holzchischtli verfeiert.

1.10.1987 ....

Was für ein Ursus-Day!!

Kati und ich im Hirschi, sie war schon da, als ich kam, am hintersten Tischchen direkt vor der Tür zum WC. Sofort nahm ich in ihrem Gesicht, ihren Augen, ihrem Körper, in ihrer ganzen Aura eine Veränderung wahr, als hätte sich etwas in meinen Blick geschoben, das aus tiefster Nähe heranflog. Ich schaute nach einer Bedienung, Kati stützte den Kopf in die Hände und beobachtete mich, irgendwie belustigt, irgendwie interessiert, irgendwie verwundert. Dann, als endlich das Bier (Ursus!) auf dem Tisch stand, wurde ich in ein anderes Universum katapultiert, eine Raummaschine hatte mich in bislang unbekannte Sphären geschossen, wo feinverteilt auf mehreren sanft und still herumschwebenden Flächen ein paradiesischer Garten allmählich zu einem unendlichen Ganzen sich fügte und, ohne dass ich dessen gewahr wurde, sich mir nach und nach eine Gestalt offenbarte, die an Liebreiz und Anmut, an Attraktion und Faszination nicht mal in kühnsten Gedanken zu übertreffen war, worauf ich mir verwundert die Augen rieb (in Träumen oder elenden Räuschen mich wähnend), während ich meinen fiebrigen Blick nicht vom Wesen abwenden konnte, das in diesem horizontlosen Garten auf eine Weise wandelte, als würde es dies schon seit Anbeginn aller Zeiten tun, obwohl mir dies selbst in diesem lichten, EWIGEN Augenblick ziemlich fraglich erschien, und durch das haarfeine, hüfthohe Gras schritt, einige hoch gewachsene, fröhlich aussehende Blumen mittels einer unbekümmerten und gleichwohl vorsichtigen Geste zur Seite strich, mich anlächelte, weiter auf mich zukam, und dann – ihre Nacktheit war so nahe an meinem Körper, dass die Körperwärme auf mich übersprang – mir ihren Namen in mein Ohr flüsterte

k a t i

Sie sagte, kaum hatte ich mein Glas wieder auf den Tisch gestellt: »Mer chönted zämä wider emoll öppis machä.«

Das war das Startwort für einen wunderschönen Abend. Es kam so weit, dass sie (am Schluss) ihre Hand über m e i n e Hand legte und ich an ihrem Blick erkennen konnte, dass sie dies NICHT ironisch meinte.

Zu Hause habe ich als Erstes ihr T-Shirt in den Abfall geworfen.

Ihr Geruch bleibt:

nunewig.

4.10.1987 ....

Beat kam mit nassen Augen zu mir. Hatte Streit mit seiner Bettgeschichte Noemi. Mein S-Exschwager war natürlich auf Pirsch: Und Waseliwas hatte das tapfere Jägerlein erbeutet: eine hübsche, grosse, verlobte Schalterfrau der BKB.

Naiv wie er ist, hatte er Noemi von dieser »total unbedeutenden« Affäre erzählt. Das Resultat dieser

Geschicht? Wahrheit lohnt sich

nicht!

Gestern melodramatischer Abschied von Denise. Wir haben das Beste hergeholt, was sich in diesen Zeiten herholen lässt, und haben all dies vollumfänglich verschlungen/verkörpert/verschluckt/verfleischt/verstopft.

Mochte Denise sehr. Ihr Abgang ist ein grosser Verlust für unser Geschäft. Glaube nicht, dass ihr Pensionsträumchen gelingt.

Fast täglich Fliegeralarm. Doch keine Flieger am Himmel? Wieder so eine SCHEISSPROPAGANDAAKTION?

Die mich aus meinen Schläfchen holt.

Aus meinen Träumen.

KATITRÄUME.

11.10.1987 ....

Auf einmal ein Kurier, der uns eine Einladung von Rybkin bringt. Beat, Petra, ich gehen hin, wir erwarten Dramatisches, Erklärungen für den Lärm in letzter Zeit, für Rybkins Abwesenheit, für das zeitweilige Verschwinden unserer Leute, ja Beat dachte sogar an eine grosszügige Entschuldigung (HARASSENWEISE/SEKT/KG/KAVIAR) und was für eine erbärmliche, demütigende, traurige Vorstellung mussten wir über uns ergehen lassen, was für eine heimtückische Attacke auf unser Dasein als ANSCHAFFER für eine Besatzungsmacht. Und was, mein liebes Tagebuch, wollte Rybkin von uns?

Frauen wollte er.

Ihm schwebte eine Art Callgirl-Service vor, den wir für die »Genossen Verantwortungsträger« organisieren sollten. So jedenfalls übersetzte I. das Wort aus dem revolutionären Russisch.

Wir waren so überrascht und perplex, dass wir gar nichts sagten. Wir zogen uns zur Beratung zurück.

Wo wir bis heute sind.

13.10.1987 ....

Barschel mit Geliebten in Badewanne überrascht.

Deutschland pleite.

Unruhen in Polen.

Mann in Prag aufgetaucht, der behauptet, Günter Grass zu sein.

Beat schenkte mir Buch von Cioran.

14.10.1987 ....

Wir haben lange über die Sitzung mit Rybkin gesprochen. Noemi meinte süffisant, Beat könnte ja die Leitung des Callgirl-Rings übernehmen, worauf Beat um eine Art »Timeout« bat und eine gute Stunde mit Noemi diskutierte (»ja me muess halt redä mitänand ja me muess halt ...«), was aber nichts brachte, sondern die allg. Lage noch verschärfte, so dass unsere Besprechung schliesslich weitab vom eigentlichen Thema in einer ebenso heftigen wie stummen Kopfschüttelei endete.

Versuch, mit Kati zu telefonieren, scheiterte. Die Leitungen taugen nichts.

In den Bergen bereits der erste Schnee.
Bin noch immer KATIBEGLUECKT.

16.10.1987 ....

Gestern von einem Auslieferer gehört: »Mues hueresiäch jetzt uf d'Schiffi verdellinomoll.«

Tel-Leitungen noch immer defekt. Auf den Strassen fast nur Soldaten, wo sind denn all die anderen? Wo ist die Zivilisation? Verdellinomoll.

Geträumt: Ich wollte einer Frau (?) das Gefängnis zeigen, wo ich drin war. Als wir vor dem Gebäude standen, bemerkte ich, dass aus dem Gefängnis ein Feinschmeckerrestaurant geworden war.

Nun definitiv: Haben Kontakt mit Rybkin und damit mit der UdSSR und all ihren verbündeten Staaten abgebrochen. Haben nun überhaupt keine Verbündeten mehr auf der Welt. Versuchen es nun auf eigene Faust. Wobei Faust möglicherweise gar nicht so metaphorisch ist in diesem Zusammenhang.

17.10.1987 ....

Brief von Mutter!

Sie lebt in Bergamo, zusammen mit meiner Schw. und ihren Kindern. Offensichtlich geht es ihnen gut, meine Schwester arbeitet im Kindergarten, den ihre Kinder besuchen, meine Mutter plant, ein grosses Haus zu kaufen und dort eine Pension einzurichten. Offensichtlich gibt es grosse Truppenverschiebungen über die Alpen, meine Mutter bittet mich »in aller Eindringlichkeit«, die Zone zu verlassen, »wegen Lebensgefahr«. Sie fragt nach Beat, sie fragt nach »einer lieben Person in meiner Nähe«, sie fragt, ob wir genug zu essen haben und nach dem Wetter in Basel.

Auf meinen Brief ist sie nicht eingegangen.

20.10.1987 ....

Endlich KATIDIEGROSSE erreicht. Sie klang ein bisschen zurückhaltend, aber nicht abweisend. Ein Bier im Hirschi sei durchaus möglich. SAGEDIRDANNNOCHWANNGENAU.

Die erwarteten Probleme sind bereits aufgetreten, Mike hat grosse Schwierigkeiten, die Gebühren einzukassieren, weil die Sow. auf einmal irgendwelche Formalitäten verlangen, und unsere Fahrer müssen so genannte »Benzinsteuern« bezahlen, unsere Magazine werden nicht mehr bewacht. ABER: wir haben all diese SCHEISSgeschäfte gar nicht nötig, weil wir genügend Finanzen in diversen Formen gespeichert haben, wir können locker vom Hocker die nächsten Jahre einfach geniessen und überstehen, was von den Sow. nicht unbedingt behauptet werden kann.

Beat will UNBEDINGT, dass ich Cioran lese (Syllogismen der Bitterkeit).

22.10.1987 ....

Irina hier.

Petra wollte sie nicht reinlassen, doch ich gab nach, winkte sie zu mir rauf.

Ermüdet.

Angespannt.

In meinen Raum. Mein Reich. Es wurde: Mein Kampf.

Wie entwickelt sich so was?

Welche Regeln kennt die Dramaturgie des Streits?

Schliesslich lag sie mir zu Füssen, winselte und bettelte wie ein junger Hund, dass ich sie wieder aufnehme. Ich riss mich los und schob sie aus meinem Zimmer, verschloss die Tür. Etwas später hörte ich, wie Petra sie unsanft aus unserem Haus bugsierte.

Jetzt Ruhe.

25.10.1987 ....

Am nächsten Freitag mit Kati. Das ist noch fast eine Woche.

Beat las aus Cioran-Buch vor, klingt nicht schlecht. Kein Wunder, dass er solche Texte mag.

Die Schwierigkeiten in unserer Firma reissen nicht ab. Immer wieder fällt der Strom aus, die Telefone funktionieren nicht mehr, an der CH-Grenze ist Mike von einem SowSoldaten angerempelt worden und auf einmal ist Alk zu extrem tiefen Preisen auf dem Markt.

Ausserdem sind die SowSoz in einer gewissen Aufregung, weil die Meldungen sich häufen, dass in der RestCH militärisch einiges in Bewegung ist. Auf dem SFS ist von Dauersitzungen der »Regierung« die Rede etc.

Starker Raucherhusten.

27.10.1987 ....

Bin lustlos, müde und schlecht gelaunt. Wir arbeiten hier wie die Verrückten, unser Einkommen ist noch immer sehr hoch, aber irgendwie ist die Luft draussen. Und diese ewige Tagebuchschreiberei geht mir auch auf den Geist. Für was oder wen schreibe ich denn und habe ein schlechtes Gewissen, wenn ich mal ein paar Tage nichts notiert habe. Es gibt ja niemanden, der mich zwingt, kein Gesetz schreibt diese Tagebuchschreiberei vor, es wird nicht veröffentlicht und trotzdem bildet es die einzige Konstante seit mehr als zehn Jahren in meinem Leben. Frauen kamen und gingen, Jobs auch, Regierungen auch, Freunde auch, Wohnungen auch etc. und was bleibt? Ein Stoss beschriebene Blätter. Die ich nicht mal durchlese. Würde ich wenigstens mein Geschreibsel manchmal durchlesen, könnte man ja von einem Schimmer von Sinn sprechen, doch so? Es ist ja vielmehr so, dass ich mit Scham und Entsetzen an all den Unsinn denke, den ich da geschrieben habe. Doch warum schreibe ich weiter wie ein kleines Zahnrädchen, das von einer grossen, unsichtbaren Maschine angetrieben wird? Rechenschaftsbericht? Dass ich meine Tage nicht verplempert habe? Die von Gott geschenkten Tage nicht einfach dem Nichtstun verschenkt? Mir gegenüber, damit ich am Ende meiner Tage nachlesen kann, was ich im nächsten Leben besser machen sollte? Aus Langeweile? Aus purer Reflexionslust? Aus purer Lust am Schreiben? Weil ich gerne lüge?

WEIL ICH GERNE LÜGE!

29.10.1987 ....

Seit gestern ist Basel wieder im Kriegszustand!!

Einige Bombenabwürfe, vor allem im Gundeli.

Völliger Zusammenbruch der Infrastruktur.

Nur noch Soldaten unterwegs.

Bomben in der ganzen Zone.

Massive Angriffe auf München und Freiburg.

Sow. bombardieren Stuttgart, Strasbourg, Zürich, Bern, Olten.

Von unseren Leuten sind 9 hier, 8 an einem bekannten Ort und von 5 wissen wir nichts.

Höre gerade von Kämpfen an der Zonengrenze.

Die Nato schlägt zurück. Jetzt gibt es kein Halten mehr!!

30.10.1987 ....

Die Lage völlig ausser Kontrolle.

Panik macht sich breit. Mit Gepäck überladene Fahrzeuge irren durch die Strassen, die Sow. haben Strassensperren eingerichtet, wollen offenbar nicht, dass eine Fluchtbewegung Richtung RestCH oder F. einsetzt. Chaos auch bei uns, Mike sollte heute hier eintreffen.

Gerade jetzt ein Einschlag ziemlich nahe, möglicherweise Rathaus, es ist 16.17, wir müssen uns was überlegen.

DER KRIEG TÖTET KATI UND MICH.

ICHH

ASSE

DENK

RIEG

31.10.1987 ....

Wir packen zusammen. Sichern unseren Goldschatz. Schliessen das Magazin. Treiben ausstehende Zahlungen ein. Entlassen Leute. Horten. Horchen. Hoffen.

Ich bin sehr müde. Schlafe fast ein beim Schreiben.

1.11.1987 ....

Mike mit Verspätung eingetroffen. Offener Krieg an Zonengrenze. Alliierte haben Grenze bereits überschritten. Viele Tote, grosse Zerstörungen, die Altstadt von Laufen ein einziger Brand.

All diese Zerstörungen werden von der Nato »Aktion Donnerkeil« genannt, wieso nicht »Aktion Gänseblümchen« oder »Aktion Schattenlicht«??

DAS sind Fragen.

Wir gehen kaum noch ausser Haus. Petra spielt irische Volksmusikscheisse auf ihrer Gitarre, Beat und Noemi haben sich offenbar wieder versöhnt (AAAJAJAJAAAOOOHJAAHHAAA). Mike geht auch jetzt wie gewohnt seinen eigenen Weg, ich mag ihn, aber ich kenne ihn nicht.

Und jetzt wieder dieser Kriegslärm. Man kann es NICHTMEHR-HÖREN.

2.11.1987 ....

Man hört, die sow. Chefs sollen abgereist sein. Haben sich diese geilen Schlappschwänze aus dem Staub gemacht? Wo wird die neue Grenze gezogen? Beim Rhein? Werden wir wieder kapitalistisch?

Nichts von Kati gehört, ausser in meinen Träumen.

Auch nichts mehr von I. gehört. Ich gehe davon aus, dass sie bereits wieder in ihrem soz. Heimatland ist und vor ihrem Michail kniet.

Die BKB hat ihre Schalter geschlossen.

NOMONEYNOW.

NOHONEYMOON.

3.11.1987 ....

Es wird eng hier, der Krieg kommt näher, nicht nur aus der Luft, jetzt auch übers Land, übers Baselland, die Zonengrenze ist perforiert, die Sow. sind in der Defensive, die Strassen kaputt wegen der Panzer, kein Benzin, keine Post, keine Bank, kein Telefon, kaum Läden geöffnet. Es ist schlimm wie noch nie.

Ich wundere mich, wieso K A T I sich nicht gemeldet hat.

4.11.1987 ....

Die Lage in der Zone ist völlig ausser Kontrolle. Permanent fliegen Nato-USflugzeuge über Basel, greifen Ziele in SüdD an, die Sow wiederum fliegen Angriffe in F und CH (ZG und LU sollen getroffen sein), der Warschauerpakt ist fest entschlossen, ebenso die kap. Staaten, schwieriger TV-Empfang, wir zwischen Ratlosigkeit, Resignation und melancholischer Gelassenheit.

Meine Mutter hatte also doch Recht.

Lawson und Apel treffen sich in Brüssel.

Höre »Yes«. Wie zum Trotz.

5.11.1987.....................
Immer wird immer alles katastrophaler.

Klammere mich wie ein kleines Kind an meinen Stoffbär, den lieben Ursus. Mehr bleibt nicht zurzeit und vielleicht

– nie
– nie:
– nie!

Der Krieg hat mein Treffen mit Kati zerstört. Wer weiss, wo Kati jetzt ist. Ob ich sie jemals wiedersehe? Ob wir diesen IRRSinn überleben? Und wenn ja, wie?? Und wenn nein, ist unsere Leiche noch zu identifizieren? Sind wir die künftigen Massengräber?

Aktion Donnerkeil rollt wie eine gigantische Maschine übers Land. Eine Feuerwalze wälzt sich Richtung Basel-Freiburg. In Basel pendelt die Stimmung zwischen Panik und Resignation, Flucht ist kaum möglich, die Sow mauern, das können sie ja gut.

»Syllogismen der Bitterkeit«, das gefällt mir. Beat hat den lit- und kit-Riecher.

»Das Leben, dieser Kitsch der Materie.«

»Ausserhalb der Materie ist alles Musik: Gott selbst ist nur eine tönende Halluzination.«

6.11.1987.....................
Ununterbrochen Krieg und mein Tagebuch dagegen.

Noemi will weg, Beat nicht = grosser Streit.

Schwere Kämpfte im Gebiet zwischen Liestal und Olten, Sow. bombardieren Stuttgart, die Nato rückt von Österreich her Richtung München, die Absicht ist klar: Rückeroberung der Zone, Reconquista während der Jahre 1987 –???

Die meisten unserer Leute haben sich aus dem Staub gemacht, zuerst noch ganz anständig den Lohn abgeholt, dann aus dem Staub gemacht, wo sie wahrscheinlich gerade dieses Schicksal erwartet: Staub. Denn: Bereits ist die Stadt wieder mit KRIEGSSTAUB bedeckt, wohin man auch schaut, was auch immer man berührt, man sieht, fühlt KRIEGSSTAUB, er bildet die Haut eines von Geschmacklosigkeit, Dummheit und Selbstgenügsamkeit aufgedunsenen Körpers, der, wäre nicht dieser KRIEGSSTAUB, seinen ekelerregenden, rattenhaften KOTZGESTANK weit über die Welt und ihre jämmerlichen Inhabitanten verbreiten würde und sie, kaum würden sie von diesem KOTZGESTANK in irgendeiner Weise berührt/infiltriert/inkorporiert, augenblicklich in einen exakt so riechenden KOTZKÖRPER verwandeln würde, wäre dieser KRIEGSSTAUB nicht. Darum bin ich froh um diesen KRIEGSSTAUB, ja, ich werde ein Schälchen davon einsammeln, es vor meinen liebenlieben Bären hinstellen und es (dieses Schälchen) immer, selbst wenn nur die allerkleinste Ahnung von Verzweiflung mich beschleicht, mit einer Mischung aus religiöser Demut und frohlockender Weltbetrachtung ANBETEN –

OR
EM
US
AD
OR
EM
US
–

Der Krieg lernt sehen. Der Krieg ist der ganz grosse Anschauungsunterricht für ein neues Leben.

Leider verschwindet dieses neue Leben mit jedem neuen Augenblick aus meinen Augen.

8.11.1987....................

Wir hören den Krieg, aber wir sehen ihn nicht. Jedenfalls nicht das, was der VOLKSMUND als Krieg bezeichnet. Wir sehen die Vorbereitungen, die Folgen, die Begleiterscheinungen, den KRIEGSSTAUB, wir hören jammern, klagen, 1001 Verzweiflung, Absichten, wir hören ganz grosse

FLÜCHE
und ihre
VERFLUCHUNGEN

wir hören winzige Abbitten, mikroskopische Tränen, makroskopische STANDHAFTIGKEIT etc.

Mit Beat und Petra lange Diskussion über das weitere Vorgehen. Fazit: Wir werden unsere Magazine so schnell wie möglich leeren, ebenso unsere Konti, das Geld in Dollar oder Gold umtauschen und wir werden keine Ankäufe mehr tätigen. Das wäre sowieso schwierig mit unserem übriggebliebenen Personal. Dann: schauen, was möglich ist. Bleiben oder gehen. Andere Möglichkeiten hat uns der lb. GOtt nicht geschenkt.

Sonntagabend.

Müde bin ich geh zur Ruh.

11.11.1987 ....

Martini.

Gegenoffensive der Sow. Zu meiner Überraschung geben sie die Zone nicht auf. Rybkin soll noch in der Stadt sein.

Nichts von Kati.

Wir wie eingemauert.

Unsichtbare Detonationen.

Grosse Krise dessen, was Hegel stets als »Phantomgott der säkularen urbanen Mittelschicht« bezeichnet hat: Sinn.

Erinnerung an Hegel. Die »säkulare urbane Mittelschicht« verkürzte er auf »sum« und freute sich wie ein kleiner Junge über diese semiotische Spielerei.

12.11.1987 ....

Lange und heftige Diskussion mit Petra und Beat über die Situation. Abbrechen oder nicht, Flucht oder nicht, Arrangement mit den Russen oder nicht, Verkauf des Lagers oder nicht, Anlage in Gold oder nicht. Ja oder nein.

Kurz: Petra will mit den Sow Richtung Osten ziehen, Beat will hierbleiben – bleibt der Westen: Da möchte ich hin, in die RestCH, näher bei Mutter sein. Was nicht geht: Die Firma in 3 Teile aufteilen. Die Firma bleibt oder wandert oder stirbt als Ganzes, das steht fest.

Immerhin haben wir bedenkenlos zwei Flaschen Chateau Talbot getrunken, den wir für imaginäre Spitzenkunden reserviert haben. (Beat sagt SCHATTO. Er hat andere frz. Qualitäten.)

Der Krieg momentan über uns in der Luft.

Vermisse KATI jede Sekunde. Und mehr noch.

13.11.1987 ....

C: »Aufgabe der Klarsicht: eine korrekte Verzweiflung erreichen, eine olympische Wildheit.«

Beat isst wieder Fleisch! Ob das mit dem Krieg was zu tun hat?

Heute geschäftlich in Arlesheim, zwischen Dreispitz und Münchenstein einige Zerstörungen, ansonsten ziemlich intakt, das Goetheanum soll weitgehend zerstört sein, eine Fliegerbombe unbekannten Ursprungs, natürlich vermuten hier alle die Sow. Die Anthropologie eine dekadente, bürgerliche Erscheinung (was ja auch stimmt), doch kriegslogisch macht dies überhaupt keinen Sinn, ich vermute (und Beat sieht dies auch so), dass die Nato in ihrer Blindheit das Gebäude als eine sow. Festung einstufte (nachvollziehbar) und eine schöne, kräftige, kap. Bombe auf das kitschige Betonmonster warf. (Es gibt durchaus positive Nebenerscheinungen des Krieges, so wie es auch positive Nebenerscheinungen von Krankheiten und Krisen gibt.) (Meine Hoffnung, mein Wunsch: Sämtliche Anthroposophen im Umkreis von 30 km einsammeln und in die unendliche sibirische Weite verfrachten, wo ein klarer Himmel und eine ebensolche klare Temperatur ihre Gehirne und Gefühle vernunftsfähig macht.)

Doch genug.

Zwei Wochen Krieg und alles ist anders und alles andere ist egal.

Phantasieflocken, die von Irinas Eigenschaft berichten, ihr grossmuttermündchenhaftes Arschloch auf einmal wie von Zauberhand angefeuchtet auseinandergefaltet zu öffnen.

14.11.1987 ....

Grosser Prozess gegen Blocher, Cincera und Co. in der RestCH. Es sieht nicht gut aus für die Landesverräter. Man kann ja halten von der Sache, was man will, aber logisch, KRIEGSlogisch ist sie, die Sache. Die SVP/FDP-Kleinclique verhandelt mitten im Krieg mit dem FEINDALLERFEINDE: UDSSR (und wird dabei erwischt), was nicht gerade auf Zustimmung im zerstümmelten/gedemütigten/kastrierten, von seiner wohlgeratenen (aber nicht wohlgeliebten) Nordseite beraubten Eidgenossenland stösst, weshalb eine AKTION unbedingt hervorgezaubert werden muss: Die Aktion HINRICHTUNG!!! Selbstverständlich natogestützt. Selbstverständlich nach den modernsten Menschenrechtskriterien durchgeführt. Umso mehr tobt das Publikum.

Undandauernddieserkriegslärmdernieauchnichtindernachtaufhörtesistnichtzumaushalten–

16.11.1987 ....

»Momolldemuessmäröppismachä.«

Da schreiben seit (mind.) dem 17. Jh. kluge Menschen für 1 aufgeklärte MENSCHHEITALSGANZES, Millionen werden für diesen Zweck umgebracht, Millionen zum Schweigen gebracht,

ich ganz

müde …

KRIEGS

… müde.

– falle ins Bett, ohne Schlaf zu finden.

– meine Müdigkeit wie ein ungebetener Gast, der einfach nicht gehen will.

– auch meine Schriftlichkeit hilft mir nicht auf die Beine.

– wieder erster Schnee.

17.11.1987 ....

Basel wankt. Der zweite Krieg innerhalb weniger Jahre ist ein harter Schlag. Basilea ist eine ausgeleierte, durchschossene, von Herz und Heimat längst getrennte Hure, von der kein Ziegenbock was will.

Supergipfel in Paris: Bush, Fabius, Apel, Lawson. Die westliche Hemisphäre erwacht aus ihrem Scheintod. Der Zombie steigt aus dem Grab. Die Zone ist das 1. Opfer.

18.11.1987 ....

Heftiger Schneefall stoppt Aktion Donnerkeil. So einfach geht das. Ein paar zarte Flöckchen wehen vom Himmel und die stählerne Armada gerät ins Stocken, Panzer rutschen, spulen im Nichts, Jeeps versinken, Motoren ersticken und der Mensch flucht.

Verdellinomol.

Und auf einmal ist es still. Eine Viertelstunde Pause. Popcorn und Glacé, dann geht die Action weiter.

Beat zur Kriegslage: »Es uhuärä Chrüsimüsi.«

19.11.1987 ....

Petra sucht verzweifelt Russen. Ich glaube, sie will sich tatsächlich der allgemeinen Fluchtbewegung anhängen und ostwärts, will mit diesen mongolisch-sozialistischen Bleich- und Leerköpfen in einen unbestimmten Osten wandern, wo sie das erwartet, was das bünzligpissige Basel nie, auch nicht im Krieg, angeboten hatte: das Abenteuer der grossen Unbestimmtheit.

Petra, die stets über Rybkin geschimpft hat, die sich lustig gemacht hat über die Tierhaftigkeit der Sow und ihrer Hammer-Ideologie, die sich mit ihrer manchmal leichten, manchmal süssen, manchmal tieftraurigen Gitarrenmusik über die grobschlächtige Logik der Zeit hinweggetröstet hatte, diese grosse und gar nicht kühle Blonde marschiert mit der Wildheit der Wildheit entgegen. Mögen die Engel der Zivilisation sie begleiten.

Bei C. gelesen: »Das Unerträgliche, und nicht die Evolution, sollte das Steckenpferd der Biologie sein.«

Beat ist unterwegs und sucht Texte über den Krieg, ihm schwebt ein Kriegsfestival der Kriegstexte vor.

21.11.1987 ....

Noch kälter, aber kein Neuschnee mehr. Nur Altschnee.

Donnerkeil verkeilt.

Die RestCH eine einzige Panzerpiste.

24 Stunden Überschall, 24 Stunden überall kein Schlaf. Die Lastwagen, die überall unnütz herumrosten, müssten aktiv werden und tonnenweise Schlafmittel herkarren und ins Trinkwasser giessen. Auf dass die Stadt erwacht, wenn der Traum vorbei ist.

Ich glaube, Noemi ist ausgezogen. Habe Beat aus dem Haus stürzen sehen.

22.11.1987 ....

Ein Sonntag im Krieg.

Oft, wenn ich erwache, scheint es, ich erwache in einen Traum hinein.

Noemi ist tatsächlich weg. Beat nur kurz zurückgekehrt (atemlos, durchgefroren), jetzt wieder unterwegs auf der Suche nach IHR. So völlig weggekehrt von seiner Gelassenheit habe ich ihn noch nie gesehen, offenbar war da mehr zwischen den beiden, als ich dachte.

Lärm, Lärm, Lärm. Wir sind nur noch FlugZeugen.

23.11.1987 ....

22.32, lange mit Mike über Geschichte gesprochen. Er ist der Meinung, wir lebten in einer »absolut historischen Zeit«, was ja nicht falsch ist, und folgert daraus, dass wir möglichst viele Dokumente aus dieser Zeit aufbewahren, also retten sollten, was hingegen völlig falsch ist. Die Zeiten (und ihre Dinge) können nicht gerettet, nicht aufbewahrt und also auch nicht rekonstruiert werden, die Zeiten vergehen so, wie unsere Pisse in den Gängen der Kanalisation verschwindet. Jede historische Rekonstruktion ist der Versuch, aus einer allgemeinen Pisse eine spezifische herauszufinden. Man lässt es also besser bleiben. Das habe ich Mike etwa so gesagt. Er hat es natürlich nicht verstanden. Er will Dinge durch den Fluss ziehen, ohne dass sie nass werden.

Es war einer der schönsten Abende, seit MEINEKATI verschwunden ist.

Habe Tagebuch reisefertig gemacht.

24.11.1987 ....

In 1 Monat ist Wein8. Vielleicht ist dieses Ereignis bis dann schon vergessen (oder unmöglich geworden). Momentan wischt hier ein ekelhafter Radiergummi über die KULTURGESELLSCHAFTPOLITIK etc.

Noemi bleibt verschwunden. Beat hat Suche aufgegeben. Ist nur in seinem Zimmer.

Petra verlangt ihren Anteil!!

Was zerfallen kann, zer
fäll

25.11.1987 ....

DERKRIEG wälzt sich Richtung Rhein wie eine alte, fette Sau.

Unsere Firma funktioniert nicht mehr. Ist kaputt. Von der Sau gefressen. Wir vernageln unsere Magazine. Verstecken unsere Gewinne. Saufen wie die Russen. Sprechen nicht viel.

Brief an Mutter fertig, doch kein Bote ist mehr da, der ihn bringt. Kein Bote. Kein Boot für Charon und seine Brüder.

Der Benzin- und Pulvergeruch in der Stadt wird jeden Tag stärker, eindringlicher. Er dringt in uns ein. Er penetriert uns. Und zieht dann weiter zu anderen, unverbrauchten Arschlöchern.

Beat, Mike, (Petra) und ich harren hier aus. Alle anderen sind verschwunden. Wir sind die aus Harrenden.

Täglich funktioniert weniger. Täglich nimmt die Unfunktion zu. Willkommen in: Dysfunktionalia.

Ich komme mir vor wie alt und ungeboren.

TV/RADIO erinnern mich an die Stroboskope meiner frühjugendlichen Diskos.

Petra kalt wie ein Sibirienrusse.

26.11.1987 ....

Wieder Bomben auf Basel!

Tiefflieger haben heute Nacht den SBB + D-Bahnhof bombardiert. Beat war natürlich am Ort des Geschehens und berichtete unverzüglich. Beide Bahnhöfe sind ziemlich zerstört. Tote gab es offenbar keine (EINERISTKEINER), weil die Angriffe in der Früh erfolgten, hiess es. Angriffe haben so die Eigenschaft, in der Früh zu erfolgen. Wer auch immer angreift, greift in der Früh an. Denn in der Früh sind alle Menschen schlafend zu Haus und der Angriff trifft sie human. Die Schlafenden merken gar nicht, dass sie angegriffen und bald darauf tot sein werden. Und wer nicht merkt, dass der Tod ihn ereilt (woher dieser Ausdruck?), wer diesen Übergang vom Leben in das Unleben verpasst, der kann auch keine Kenntnis von diesem Übergang und folglich vom Tod haben. Der wähnt sich ewig in seinem Schlaf (der vom Angriff bloss in eine andere Realität übergeführt wurde).

Also wiederum: Menschlichkeit pur.

So meine Gedanken heute.

27.11.1987 ....

Heftiger Streit zwischen Petra und mir wegen ihres Anteils. Ich versuchte ihr zu erklären, dass es unmöglich ist, in diesen Zeiten ihren Anteil auszuzahlen. Zweifellos hat sie mein Argument nachvollziehen können, zweifellos war dies kognitiv/intellektuell überhaupt gar kein Problem, und doch hat sie sich hartnäckig geweigert, von ihrer total unsinnigen Forderung abzusehen, und hat vielmehr noch eins draufgesetzt, indem sie die Zahlung »novorändimonet« verlangte. Das Gute an der heutigen Zeit: Es gibt keinerlei Rechtssicherheit. Die Rechtsprechung ist entweder nicht existent oder dann in den Händen einer korrupten Saubande (SOUBANDI, Beat). Petra hat also KEINERLEI rechtliche Mittel in der Hand. Ich allerdings auch nicht.

Wir müssen uns auf vorrechtliche Instanzen berufen. Wahrscheinlich sind wir das selber.

Mit Beat lange über »seine« Noemi geredet. Zum ersten Mal nehme ich ihm seine Liebesbeteuerungen ab. Bislang waren sie nämlich nichts anderes als Ornamente des Hormonellen.

28.11.1987 ....

Samstagnachmittag, 15.40. Aufruhr, Verzweiflung, Panik hat die Stadt erfasst. Weltkriegsstimmung. Wer hätte gedacht, dass ich das mal erleben darf – man sitzt gemütlich und bequem auf dem Balkon, zieht an einer guten Zigarre, in der rechten Hand einen ausgezeichneten Borrdoo, mit der anderen Hand würde man gerne die Stirn eines lieben, treuen Hundes kraulen, wenn man einen hätte, und beschaut, ohne einen Rappen dafür zu bezahlen, eine wunderbar-schaurig-aufregende Szenerie, wie sie Hollywood nicht besser hinbekommen würde, ein gigantisches, an Lebendigkeit nicht zu überbietendes Panoramabild, Flugzeuge, putzig wie klitzekleine, hell funkelnde Blitze unter der Wintersonne donnern über die Stadt, die Luftabwehr durchlöchert in einem rasenden Stakkato den kobaltblauen Himmel, während gleichzeitig und kaum einen Kilometer von der Flak-Stellung entfernt eine Gruppe von Menschen (es sind 6, 7 Personen) mitsamt ihrem Wertvollsten sich von Deckung zu Deckung duckt, durch ihre sprunghafte Langsamkeit das Geschehen am Himmel eindrücklich kontrastierend, dem Kleinbasler

Rhein entgegen, wo sie sich für einen Moment Ruhe und Überblick erhofft, leider, leider nicht ahnend, dass eine einzelne, den Bestimmungsort (wahrscheinlich Hafen) verfehlende Bombe sie in wenigen Sekunden exakt trifft, ihre Körper und ihr Wertvollstes auf eine bislang undenkbare Weise in Einzelbestandteile auflöst und in die Umgebung hinein zerstäubt, was jene, die in den Kellern auf sich und ein paar Quadratmeter zurückgeworfen sind, oder jene, die im Auto mit eingezogenem Kopf sich schlängelnd und immer wieder stockend aus der Stadt und ihren fetten Fingern winden, oder jene, die in Spitälern aufs Humane zählend (Frieden, Medizin, Stromversorgung) ihre Schmerzen für Augenblicke vergessen, naturgemäss nicht mitbekommen, derweil Sirenen sich wie kleine Vergewisserungen des Alltags in den Lärm des Krieges mischen, was die Zuschauer augenblicklich in einen Zustand einer spannungsvollen Ambivalenz versetzt, die, wie könnte es anders sein, die Neugier auf neue Seherlebnisse antreibt, den Blick übers Bild wandern lässt, fiebrig, angespannt, ja, ein bisschen neurotisch verformt, und auf einmal eine unauffällige, auf den ersten Blick unspektakuläre Begebenheit entdeckt, die sich unmittelbar vor der Absperrung rund um das Rathaus abspielt und darin besteht, dass eine junge Frau, nicht älter als 25, mit einer stark blutenden Wunde am linken Arm der Absperrung entlangläuft und immerzu ein Wort ruft, ein Wort, dessen Schweif lang und dünn ist, ein wildes Zickzack durchläuft und, kurz vor der Agonie, für einen fast unhörbaren Moment den Klang eines körperwarmen Sommerholzes annimmt, auf dem ein langbeiniger Wasservogel spreizfingrig herumspaziert.

29.11.1987 ....

Nun auch Krieg mit Petra. Was war wird WAR.

Der kleine Krieg inmitten des grossen. Es geht ums Geld. Wir schenken uns nichts. Wir schrecken vor NICHTS zurück.

Immerhin hat Beat den (unsinnigen) Versuch einer buchhalterischen Einigung unternommen, werwievielwannwowarumetc.

Saldo: -0.

Ich habe gelernt: Die grosse Katastrophe ist das Serum gegen all die kleinen. Doch wer will schon diese Art von Impfung.

Petra vermutet grössere finanzielle »Abzweigungen« meinerseits, spricht von UNVERSCHÄMTEM BETRUG/HINTERLIST/GAUNEREI/KRIMINELLEN MACHENSCHAFTEN: Ich = esgruusigsverdammtshintärfotzigssupärarschloch.

Ich schluckte, schwieg und ging, liess mir nichts anmerken. Doch mein Herz hämmerte, mein Puls schneller als eine sow. Flak, im Zimmer warf ich mich mit der Theatralik eines Vierzehnjährigen aufs Bett und war froh, dass mein Barrybär in Greifweite war (= 1 Siebenjährige im rosa Pischi). Er (Barrybär) stinkt wie ein Aschenbecher, stellte ich fest.

1. Advent.

Der Krieg kommt mir vor wie eine Pest von oben.

30.11.1987 ....

Jetzt GROSSKRIEG. Der Raum Basel ist heftig umkämpft, vorerst der »Feind« nur aus der Luft, doch die Bodenoffensive hat längst begonnen und es ist eine Frage der Zeit, bis die Fucknjimmys hier ihren Whiskey in die Wodkagläser schütten.

Im Radio nur noch Kriegsmeldungen. Selbst die M-Arschmusik zwischen den Redebeiträgen spricht von Krieg (was ja schliesslich ihre Aufgabe ist, siehe ehemalige Basler Fasnacht). Vorstösse der Nato auf der gesamten Zonengrenze von Freiburg bis Bregenz, Schaffhausen wieder schweizerisch, in der RestCH gross gefeiert, weil die Stadt die 1. sow. Eroberung war. Bin ich glücklich deswegen? Weil die RestCH Schaffhausen zurückhat? Ich war 1 x in Schaffhausen, habe den Munot nicht gesehen (MuNot), dafür ein paar Beizen. Die jetzt in Schutt und Asche liegen.

Mit Petra keine Einigung. Sogar Mike, der Unberührbare, hat einen zaghaften Versuch der Einigung unternommen. Selbstverständlich: ohne Erfolg.

Bomben in der Nähe.

1.12.1987 ....

Mitten im Hurrikan das Lüftchen der Hinrichtung von Blocher/Cincera. Was ich hier höre, und dies ist wenig, deutet auf einen kurzen Prozess hin. Man will ein Exempel, schnell, denn die Rechtsstaatlichkeit könnte ja wieder Einzug halten. Ehefrau S. Blocher fleht die EWG und UNO um Hilfe an, appelliert an Wahrung der Menschenrechte etc. etc.

Doch die haben wirklich andere Sorgen.

Bin inzwischen bei fast zwoi Päckli angelangt.

Tagebuchblätter in eine Metallbox gelegt, die ich in einem kleinen Rucksack stets bei mir trage. Was vor nicht allzu langer Zeit komische Blicke und Fragen provoziert hätte, ist heute schon fast normal. Viele tragen das Allerwichtigste stets bei sich. Täglich weniger Leute in der Stadt, ich frage mich, wo die alle sind. Gibt es Grenzlöcher, Schlupflöcher? In welche Richtung fliehen die Leute? Alle Wege führen in die Scheisse.

2.12.1987 . . . .

»Einzig das Grauen, diese schwarze Utopie, liefert uns eine genaue Vorhersage der Zukunft.« (C.)

Lange Diskussion mit Beat über zentrale Dinge, während ca. jede halbe Stunde eine Staffel Bomber ihre Fracht entlud. Auch Berichte über meine Schw., die frigide sei, so Beat, und ein Autoritätsproblem bezüglich meiner Mutter habe.

Petra hat kalt und fast ohne den Mund zu öffnen angedeutet, dass eine Lösung des Problems »bevoorschtooht«.

Muss ich mich jetzt fürchten? Hat sie irgendwelche Taigagorillas organisiert, die mich zerschlagen wie ein Sparschwein aus schönstem Porzellan, damit sie an ihre LOVELYBÄTZELI gelangt? Ja, mein liebes Tagebuch, was wird die Zukunft bringen? Wann wird was zerschlagen?

3.12.1987 . . . .

Mit Beat und Mike viel Bier.

Rybkin abgetaucht/verschwunden/geflüchtet/abgezogen/etc. Völlig unwichtig, wohin sich dieser Reichsvogt verflüchtigt hat, das ist völlig unwichtig.

»Das Interesse, das wir der ZEIT entgegenbringen, entspringt einem Snobismus des Irreparablen.« (C.)

Die Parabel:

des Irreparabel.

»Wir können nur handeln im Hinblick auf eine limitierte Dauer: einen Tag, eine Woche, einen Monat, ein Jahr, zehn Jahre oder ein Leben. Wenn wir ungeschickterweise unsere Handlungen auf die ZEIT im Allgemeinen beziehen, dann verflüchtigen sich Zeit und Handlungen: und es ergibt sich das Abenteuer im Nichts, die Genesis des NEIN.« (C.)

In den letzten Jahren hat die Entwicklung stets die schlimmstmögliche Wendung genommen; so auch jetzt: Dalai Lama hat eine Botschaft in die Welt geschickt!

»Kriege entstehen aus dem Scheitern, das Menschsein der Anderen zu verstehen.« (D. Lama.)

Die Überzuckerung des Kitsches. Das ist Religion.

Menschen tun sich Schlimmes an und reden dabei von Aufgabe und Sinn und Zweck und Strafe, was natürlich nichts anderes als eine TOTALE VERNICHTUNG des gesamten Sinngehalts der Menschheit darstellt, also Kitsch im urtümlichen, sozusagen holozänischen Sinn ist, und die Religion, statt diesen Sachverhalt zu benennen, auf ihren Altären emporzurichten wie einen Phallus der Erkenntnis, auf die Frontseiten ihrer – hl. Bücher – zu schreiben, streicht noch eine fette Tranche Kitsch drauf, im Wissen darum, dass nichts die Menschen so sehr in Unruhe versetzt wie DIE Wahrheit.

Von der – Gott sei Dank – niemand mehr etwas weiss.

Säkularisierung: Die Verweltlichung des Kitsches.

Der Krieg: Die Vernichtung des Kitsches.

D. Lama = Der Kitsch.

1 Hoch auf d. Krieg!!!

4.12.1987 ....

Freitagabend, 22.34, wir waren heute fast den halben Tag im Keller, erlebten BombardementaufBombardementaufBombardement, beobachteten mit zunehmender Sorge, wie die kalkweisse Wand zitterte wie eine alte Haut, und zitterten selber, Beat zog Jasskarten aus seiner Manteltasche, wir spielten das Spiel LOCKERBLEIBEN, bis dann gegen Abend die Abstände zwischen den Erschütterungen grösser wurden und schliesslich Ruhe einkehrte. Wir verliessen den Keller. Zitternd, schweigend. Kalkweiss.

Wo Petra während dieser Zeit war, weiss ich nicht. Sie wird wohl ihre Beschützer haben. Sie haben sich noch nicht blicken lassen, the red godzillas.

Über der Stadt ein fürchterlich riechender Bombenrauch.

KRIEGSSTAUB an den Fenstern verschleiert den Blick.

Wir bleiben drin.

Habe mein Geld endlich in der gewünschten Form und in Sicherheit.

Sollte unbedingt Lebenszeichen nach Bergamo senden.

Wo KATI ist?

KATI ist wo?

Ist KATI wo?

5.12.1987 ....

»Das Ärgerliche an der Verzweiflung ist ihre Wohlfundiertheit, ihre Evidenz, ihre »Dokumentiertheit«: sie ist Reportage. Dagegen prüfe man die Hoffnung – ihre Freigebigkeit mit falschem Schein, ihre Manie zu fabulieren, ihre Ablehnung des wirklichen Geschehens: eine Verirrung, eine Fiktion. Und doch beruht das Leben auf dieser Verirrung, und aus dieser Fiktion zieht es seine Nahrung.« (C.)

Ein ehemaliger Kunde gegenüber Mike: »Jaheiteräfaanädassindafigmöödeli.«

6.12.1987 ....

Nun systematisches, asymmetrisches Austrinken unserer Spitzenweine. Beat, Mike und ich (zuweilen auch Zugelaufene) streichen unsere Wein-List von oben her. Wir versaufen bürgerliche Träume in wenigen Stunden.

– werde nicht mehr lange Tagebuch schreiben. Diese meine Lebensader wird ver-siegen. Keine leeren Blätter vor mir mehr, sondern nichts.

– es ist, als würde ein ganzes Leben zu ENDE gehen, THE END. Das Neue kann ich mir nicht vorstellen. Die Frage ist doch die: Geht es zu Ende mit mir? Geht mein Leben nicht ins 1988 hinein? Während ich dies schreibe, ist Geschütz- und Schiess- und Bombenlärm zu hören, zwar nicht in unmittelbarer, so doch in unangenehmer Nähe.

Was soll mit meinem Tagebuch geschehen? Beat (niemand sonst weiss davon!) will das Ganze kopieren, damit eine Sicherheitskopie übrigbleibt!! Erst jetzt verstehe ich, was er meint: Ich gehe drauf, (m)eine Kopie bleibt übrig.

7.12.1987 ....

Das Hinrichtungsdatum von Blocher und Cincera ist nun bekannt: Es ist der 12.12., ein schönes Datum. Weder EWG noch UNO haben sich dazu geäussert. Täglich sterben Hunderte, da fällt der Tod von zwei sog. Verrätern nicht ins Gewicht. Am besten geht S. B. gleich mit.

Es ist letzte Nacht wieder Schnee gefallen.

Getrunken: Chateau Cheval Blanc, La Mondotte, Le Dome. Heute Abend italienisch: Amarone Quintarelli, Barolo Brunate, Asili di Barbaresco etc.

Man fragt sich, wie weit »Aktion Donnerkeil« geplant ist, bis zum Rhein oder darüber hinaus? Setzen die Nato und ihre unterHUNDE an zu einem Schlag gegen den Kommunismus als solcher? Fällt Ostberlin, Prag, Warschau etc., was blüht uns dann? Würde gern mit Hegel über die grossen Linien reden, doch Hegel ist schon verfault und zu Staub.

Heftiger Kriegslärm. Gestelle wackeln.

Alles das macht müde-mürbe. Wir sind am Ende unserer Kräfte.

8.12.1987 ....

Petra plötzlich aufgetaucht mit richterlichem Entscheid, unser Haus zu durchsuchen! Ein vollkommen grotesker Auftritt mitten im Krieg. Ich weiss nicht, was sie gepackt hat, die Vernunft ist es nicht. Dann zog ein Schwarm von grauen Männern durch unser Haus und hinterliess ein gigantisches Durcheinander und ausserdem einen slawischen Schweissgeruch, wie ihn der Advent wahrlich nicht verdient hat. Ob sie gefunden haben, was sie suchten, weiss ich nicht. Es ist auch total egal. Sie sind jetzt weg. Es ist jetzt Ruhe. Auch Petra ist jetzt weg. Das ist gut so.

Tiefe Müdigkeit.

Kriegsblitze am Himmel.

Wie Wetterleuchten ein Kriegeleuchten.

Duufkleerigvohött, sagte Beat.

9.12.1987 ....

Entschluss: Wir räumen nicht auf. Das Haus soll so bleiben, wie es Petras Trüffelschweine hinterlassen haben. Unser Geld ist gezählt und geteilt und gepackt, nun tun wir es mit den Stunden, Tagen, Gedanken. Beat ist noch immer fest entschlossen, hierzubleiben, Mike und ich bereiten den Absprung vor, bloss –

wohin und wie??

Im Radio von schweren Zerstörungen bei Liestal gehört, Schweigen von Gorbatschow, Engholm spricht von »Wiedervereinigung«.

Das Tragen dieses dämlichen Rucksackes geht mir auf die Nerven. Aber es geht nicht anders. Das Einzige, was bleibt aus fast zehn Jahren Basel, sind meine Tagebuchblätter. Wie Dinge doch ihren Charakter verändern. Angefangen als Ausschuss, Sudelblätter und Fötzel, als lächerliche Reste gelebten Lebens, als in die homöopathische Zone hinunterreduzierte Substanz, als simpler und kindischer Versuch, Zeit in chronologischer Form festzuhalten, vielleicht auch als pseudoreligiöser Selbstbespiegelungsort, wurden meine Tagebuchblätter immer wichtiger, übernahmen zunächst eine Stellvertreterfunktion von Leben, unterstützten – wie Schatten – die Sichtbarkeit des Tatsächlichen, bis sie schliesslich – meine hl. Blätter – zum Tatsächlichen wurden und das, was sie zu beschreiben vorgaben, immer weniger brauchten und, so weit ist es gekommen, ohne das zu Beschreibende existieren können. Frei und unabhängig. Was lebt, ist nur die Bebilderung des Tagebuchs.

Könnte man meinen.

Doch dem ist nicht so.

Denn noch trage ICH die Blätter mit mir rum und nicht umgekehrt. Wo kämen wir hin?? Wenn Beschreibendes und Beschriebenes die Rollen tauschten? Ohne mich zu fragen.

»Alle Gewässer haben die Farbe des Ertrinkens.« (C.)

10.12.1987 ....

Die Situation wird stündlich schlimmer, einige (?) Gebäude der Stadt stehen in Flammen, ununterbrochen donnern Flugzeuge über die Häuser, wir kauerten, hockten, lagen fast den ganzen Tag im Keller, jetzt bin ich oben, in meinem kalten und geplünderten und stinkenden Zimmer, es sieht aus, als hätte jemand vor Jahren das Zimmer fluchtartig verlassen, tippe wie ein Irrer in meine Maschine, Mike und Beat sind noch unten, wollten mich mit Gewalt daran hindern, nach oben zu gehen, doch jetzt bin ich hier, alles zittert, das Gebäude, die Stadt, die Luft, meine Hände und Seele, weiss überhaupt nicht, was tun, wie weiter, ist mein Leben zu Ende oder nur mein Tagebuch, fest steht, beides geht nicht weiter, ich werde so bald als möglich diese Stadt verlassen, will noch meine Mutter sehen, bevor die Welt den Bach runtergeht, will noch ein paar Worte sagen und abschliessende Taten tun, auch wenn dies unter normalen Umständen pathetisch klingt, doch in solchen Zeiten ist nichts pathetisch ausser schweigen, höre Mike rufen, nichts ist pathetisch in solchen Zeiten, nicht mal das Religiöse, weil Religionskitsch nie, auch nicht jetzt, an das Pathos rankommt, sondern x Stufen tiefer angesiedelt ist, tief in der Scheisse der Unvernunft, des Nichts, ja: nichts ist Nihilismus ausser Religion, schreibe ich eigentlich mein Testament hier und jetzt ??? es ist 21.45, Mike hat wieder gerufen, werde nicht mehr nach unten gehen, habe diesen embryonalen Keller satt, will in der Welt sein, hier OBEN frei im Bombenhagel, habe den ganzen Tag überlegt, welche Bücher ich mitnehmen soll, was für eine absurde Geistestätigkeit, weil ich sowieso nur ein paar Bücher mitnehmen kann, 6, 7, mehr nicht, doch jetzt gerade entscheide ich mich, dass ich kein einziges Buch mitnehmen werde, auch das C-Büchlein, Süllogismen, das mir Beat geschenkt hat, überlasse ich der baldigen Einäscherung, die im Grunde schon begonnen hat, ausserdem habe ich schon wieder Durchfall, was das Ganze auch nicht erleichtert, die Vertilgungsaktion unserer Weine ganz oben auf der WINELIST hat meine innere körperliche Befindlichkeit sehr durcheinandergebracht, ach, ist das eine Katastrophe.

DIESE Strophe.

11.12.1987 ....

Im Norden der Stadt ist ein Flugzeug abgestürzt, wahrscheinlich in der Nähe des Voltaplatzes, habe noch nichts davon im Radio gehört, doch was berichte ich über diesen Krieg, dereinst werden die Historiker all die kleinen und grossen Ereignisse dieses Krieges, wie auch immer er einmal heissen wird (Süddeutscher Krieg, Rheinischer Krieg, Europäischer

Krieg), untersuchen, werden historische Verbindungen aufstöbern, tiefer und weniger tief liegende Komplexe und Strukturen untersuchen, werden Fallanalysen und Gesamtübersichten schreiben, mit ihren Studenten die Sache anhand von Quellen diskutieren, Thesen aufstellen, Doktorarbeiten schreiben, warnend den Zeigefinger heben und vor jeglicher Moralisierung warnen, sie werden mehr wissen als wir jetzt, weil sie nicht IM Bild sind, sondern das Bild in Ruhe und in Pfeifenrauchdistanz VON AUSSEN anschauen können, das ist ihr grosser Vorteil und ihre Grundbedingung, während wir hier blind sind und bald vergehen, uns auflösen in der grossen   der Geschichtslosigkeit, weil die Grundlage für Geschichte: die Zeit: uns durch die Finger rinnt oder, um ein anderes Bild zu gebrauchen, stündlich mehr verglimmt, bis nichts mehr übrig bleibt als nichts. »Hoffen heisst: die Zukunft DEMENTIEREN« (C.), das Buch aufs Bett geworfen, achtlos, was hier gar nicht auffällt, weil mein Zimmer, mein Haus, meine Stadt, meine CH und auch alles darüber hinaus von 8!losigkeit verwüstet worden sind, weil Menschen das Nest, das während Generationen entstand, über Nacht zerstört haben, doch ich gleite ab in das Pathos, Beat hat beim BadBhf. ein Haus mit »Ausharrenden« entdeckt, wohin er bereits am Umziehen ist, konnte Durchfall nicht mehr halten und habe in die Hose geschissen, trotzdem mit Beat heute einen fulminanten »Abschiedsoobig«, unsere WINELIST würde noch für x solche »Öbig« reichen, doch wir beschränken uns auf 1, Beat meinte, den Rest trinken wir bei der Siegesfeier, wahrscheinlich meinte er seine siegesf***EIER, höre das rasselnde Gedröhne von Panzerkolonnen, sehe schwarzen Rauch über der Stadt, bald wird es dunkel, dann übernimmt der Feuerschein die Kontrolle, meine Scheisse verstinkt den ganzen Stock, doch was soll ich mich um meine Scheisse kümmern, wenn ich in der Weltenscheisse stecke, da fällt doch die eigene Scheisse überhaupt gar nicht ins Gewicht, da kann man doch darüber richtiggehend hinwegsehen und -riechen, Beat ruft meinen Namen, gut, ich gehe nochmals duschen, werfe meine Kleider ins Feuer der Stadt und dann geht es los mit der Fulminanz des letzten Abends, Mike hat offenbar eine Überraschung bereit, höre, dass in Frank. und Engl. wieder mal mobilisiert wird, höre die blechern-aufgeregte Stimme General Werders, höre, dass Gorbatschow mit »energischer Gegenwehr« droht, höre von

Aufständen in Polen und Rumänien, höre Marschmusik, kaum sind die Meldungen zu Ende, wird Musik ohne Unterbrechung eingespielt, dass man keine Möglichkeit hat, das Radio rechtzeitig auszuschalten, dem SFS schwillt Brust + Schwanz, die RestCH steigt auf vom Reich der Toten, ja, ich schreibe letzte Worte, da fällt das letzte Wort besonders schwer, Beat ruft meinen Namen, höre von der brennenden UB, jetzt sind die Bücher dran, Auslöschung des Gedächtnisses, gut so, neues G. wird gebaut, errichtet über Stadt und Land, dann ist wieder alles frei, viel Platz für frische Gedanken und Menschen und all das Ganze drum herum, wie endet man, was soll am Schluss stehen, nun denn gut, ich ende hier und JETZT!

12.12.1987......................
Hiermit beende ich mein Tagebuch, h 6.22.

Juli 1988, Flims ....

Etwa zwei Stunden nach unserem Abmarsch erreichten wir das Hochtal Bargis. Während der letzten dreissig Minuten des Aufstiegs sprachen wir kein Wort. Einmal, als wir fast gleichzeitig den Kopf einer Gemse entdeckten, der sich wie eine Kasperlifigur hinter einem Felsen hin und her bewegte, standen wir beide mit offenem Mund da, blieben aber schweigend, und selbst als der Weg flacher und breiter wurde, unser Atem ruhiger und der Blick neue Weiten und Farben entdeckte, fanden wir nicht ins Gespräch zurück, das uns ausser Haus, ausser Dorf, hinauf durch den Wald bis fast an seine Grenze getrieben hatte. Ein Riss im Fels gab den Anlass. Auf den ersten Blick war er kaum zu erkennen, noch lag die Feuchtigkeit des nächtlichen Regens über dem Riss, weshalb ich zunächst an eine zufällig von Wind und Schauer hervorgerufene Linie dachte, bis ich mit der Spitze meines rechten Zeigefingers den Riss berührte, langsam hin und her fuhr und augenblicklich war die Erinnerung an unsere Basler Wohnung da. Sobald ich meinen Finger zurückzog, verschwand die Erinnerung. Kati lachte. Tu doch nicht so haptisch.

Gleichwohl, ich blieb stehen, hielt die eine Hand vor die Sonne, fühlte mit der anderen dem Riss nach. Kaum hatten Mike und ich das Haus verlassen, vollbepackt bis über die Ohren, kam uns Kati entgegen, eine grosse Reisetasche in der Hand, ihren kleinen, schmierigen, schmutzigroten Rucksack, in dem sie jahrelang ihre revolutionären Utensilien transportierte, auf dem Rücken. Als sich unsere Blicke trafen, war alles klar. Minuten später wären wir uns nicht mehr begegnet, niemals mehr. Ein Glück, das nicht zu benennen ist, rettete uns. (Sie kam eben ins Zimmer und küsste mich auf den Hals.)

Niemals mehr.

An jenem 13. Dezember kamen wir fast bis zur Zonengrenze. Im Gundeli-Quartier brachen wir einen Audi auf, den Mike (ob er noch lebt?) gekonnt durch die Trümmer und Eisfelder lenkte, die von gebrochenen Wasserröhren stammten und ein Gefühl vermittelten, als fahre man über grobes Kopfsteinpflaster. Der Krieg zeigte ein völlig unterschiedliches Bild. Während der Süden Basels stark zerstört war (die Bilder davon sind eines nach dem anderen in meinem Kopf aufgetaucht wie eine rasche Abfolge von Diabildern), war bereits in Münchenstein kaum noch etwas vom Krieg zu entdecken. Die Russen patrouillierten auf den praktisch leeren Strassen in ihrer gewohnt gemächlichen, an zinnerne Sonntagssoldaten erinnernden Art, und dass die Läden geschlossen waren, schien normal, denn es war ja Sonntag. Einzig ein ausgebranntes Militärfahrzeug in einer Seitenstrasse zeugte von nicht normalen Geschehnissen. Von nicht normalen Sonntagen. Bei Dornach dann dieses unglaubliche Bild: das zerbombte Goetheanum! Es war, als hätte ein zorniger Gott riesige Betonblöcke auf eine liebliche Hügellandschaft geworfen. Ich hatte meinen Fotoapparat im Haus gelassen, ich zählte ihn nicht zu den lebensnotwendigen Dingen. Leider, muss ich heute sagen.

Ich tu nicht haptisch, sagte ich, es IST haptisch. Sie schüttelte den Kopf und wollte weiter. Wieder runter ins Dorf. Zupfte und rupfte mich am Ärmel. Wären die Flieger nicht gekommen, sagte ich, hätten wir dieses wunderbare Bett nie entdeckt. Die Flieger kamen plötzlich, auf einmal waren sie da, wie eine Abfolge von Blitzen, Mike stoppte sofort, drehte, fuhr unters Vordach einer Scheune, kurz vor Laufen. Flieger schiessen mit einer unheimlichen Vorliebe, deren Impulse mir bis heute nicht bekannt sind, auf fahrende Fahrzeuge, gnadenlos. Vielleicht war es für sie eine Art Hasenjagd, nun, wir waren unter einem Scheunendach, unsichtbar für die Flieger. Zur Scheune gehörte ein verlassenes Haus, dessen Eingang mit soliden Brettern verriegelt war. In der Scheune keine Tiere, nur noch ihr Geruch. Wir fanden ein Brecheisen. Mike und ich stemmten ein Brett nach dem anderen vom Türrahmen. Als wir das letzte Brett losgelöst hatten, bemerkten wir, dass die Tür nicht abgeschlossen war, der Schlüssel steckte von innen. Wir lachten gleichzeitig laut los. Ich erinnere mich gut an sein tiefes, synkopisch-holpriges Lachen.

Auch diese Bilder sind auf einmal wieder da, die Zeit dazwischen kein Hindernis. Versuche ich mich dagegen an den vergangenen Freitag zu erinnern, entsteht kein Bild, Bruchstücke von Situationen zwar, Ahnung einer Stimmung, ein paar Orte und Farbkleckse, doch zu wenig, um sich zu einem Bild zu fügen. Es fehlt der Riss.

Im Haus eine museale Ordnung und Aufgeräumtheit, als würden bald erwartungsvolle, gut gelaunte Besucher diese Räume betreten und in die Vergangenheit bäuerlichen Daseins hineinschauen wollen. Es roch wie in einem Dorfmuseum; säuerlich, erdig, ledrig, ein Hauch von Jauche.

Wir blieben die einzigen Besucher. Das Bett stammte wohl noch aus dem 19. Jahrhundert, wir versanken darin wie kleine Kinder im Neuschnee.

Mike übernachtete im sehr kleinen Nebenzimmer.

Und denke dann an den Schnee, wie er das Hochland Bargis in ein anderes Land verwandeln wird. Aber richtig vorstellen kann man sich das nicht im Sommer. Man muss den Schnee riechen, damit man ihn sich vorstellen kann.

Ich versuche, die Erinnerung zu einem Ganzen zu fügen. Das Thema Geld. Darum drehte sich unser Leben in Basel und dann war alles über Nacht verschwunden. Doch in jenem schauerlichen Advent waren wir noch vollgestopft mit Geld und Gold wie ein fettes Schweizer Sparschwein. Geld war unsere Grundbedingung, doch ohne ein paar Worte Russisch wären wir nicht aus der Zone rausgekommen. Mikes Russischkenntnisse waren erstaunlich, zuvor war mir dies gar nicht aufgefallen. Ausserdem kannte er sich in dieser Gegend gut aus, die Zonengrenze war ja für Monate sein Arbeitsplatz. Schliesslich war der Übergang einfacher und sicherer, als wir anfangs befürchteten.

Bereits zwei Wochen später war der Übergang kein Übergang mehr. Die Zonengrenze hatte sich bis an Basel herangeschoben.

Das Bild: An die Zonengrenze getriebene Menschen, die nicht mehr ein und aus wissen. Die meisten waren in überfüllten und verdreckten Fahrzeugen unterwegs, ein paar wenige zu Fuss. Die Koffer in den Händen machten sie zu Flüchtlingen. Die Russen schnauzten sie laut und natürlich auf Russisch an. Ich fühlte mich an das Ende des 2. Weltkriegs versetzt, als Hunderttausende unterwegs waren Richtung Westen, kollektive Bilder von Menschen mit Koffern. Ja es war, als wäre ich tatsächlich im Jahr 1945. Im Unterschied dazu hatten die Menschen im Jahr 1987 kein klares Ziel. Wieso sollte man die Zonengrenze überschreiten? Wieso nicht? Auf der anderen Seite genau dieselben Fragen.

Was war anders auf der anderen Seite, fragte ich Kati in der Beiz. (Sie liess sich zu einer Pause überreden. Wir sassen Schulter an Schulter. Unsere Gesichter der Sonne zugewendet. Geschlossene Augen). Ich wiederholte meine Frage. Kati seufzte. Sie war träge wie eine Katze auf einem warmen Kachelofen.

Neuer Tag, ich habe meine Sprache wiedergefunden, das ist gut. Ich schreibe mit der Schreibmaschine von Samuel. Wir haben uns vier Jahre nicht mehr gesehen, ein paar Mal telefoniert, zwei, drei Postkarten geschrieben, trotzdem haben wir schnell wieder zueinandergefunden. Seine Mutter ist ins Österreichische gezogen, als die Situation in der Schweiz immer schlimmer wurde. Nun sind wir hier. Allerdings wird die Mutter die Wohnung verkaufen, sobald sie Käufer findet. Dann geht es weiter. Was uns nichts ausmacht. Wir haben kein Ziel, das heisst, jedes Ziel ist uns recht. Kati denkt so wie ich. Wir arbeiten im selben Restaurant. In unserer Freizeit erkunden wir die Umgebung, gehen mit Samuel Bier trinken, hören Radio, spielen Karten, lesen Zeitungen. Die Intensität der historischen Ereignisse hat ja nicht nachgelassen, bloss sind wir nicht mehr mittendrin. Der 13. Dezember verwandelte Sehnsüchte vieler Jahre in eine Realität: Kati.

Auf der anderen Seite war der Kapitalismus, sagte Kati. Auch wenn ich die Augen geschlossen hielt, war ich mir sicher, dass sie lächelte. All die Jahre hatte ich nicht im Traum daran gedacht, dass Kati zu Ironie fähig wäre. Sie war für mich stets die Fleisch gewordene Orthodoxie, sie wusste, welcher Weg der richtige war, es gab in ihrem Denken keinen Schatten, kein Abgleiten ins Unsichere, ihr Denken war so eindeutig und berechenbar wie der Fahrplan der SBB. Sie war, ich muss es leider so sagen, religiös. (Sie wird diese Zeilen nie lesen.) Kaum hat uns das Schicksal am

13. Dezember zusammengefügt, machte ich die grandiose Entdeckung ihrer Veränderung, ihrer Konversion ins Polymere. Wir schlafen jeden Tag miteinander.

7 x 6.

Redet man in die Sonne hinein, werden die Sätze langsamer, die Pausen zwischen den Sätzen länger. Die Sonne hat eine Zeitlupenfunktion. Auf Bargis habe ich dieses Gesetz entdeckt. Man müsste mal untersuchen, in welchen Bereichen dieses Gesetz sonst noch zutrifft. Den Audi mussten wir allerdings zurücklassen, die Iwans werden ihn wohl schon zu Tode geritten haben.

Auf der anderen Seite, im Kapitalismus, fiel uns zunächst nichts Besonderes auf. Wir gingen eine Weile zu Fuss, machten Witze über die Radiowanderungen, sahen auf den Kanton Jura hinunter (Hinweis Mike), kamen bei Erschwil (?) wieder in die Zivilisation. Doch was wir sahen, waren Zeichen des Zerfalls, des wirtschaftlichen und sozialen und kulturellen Zerfalls. Viele verlassene, heruntergekommene Häuser, geschlossene Läden, eine alte, milchige Frau, die uns anbettelte, aufgerissene Strassen, zerkratzte Fassaden, geknickte Verkehrsschilder. Offenbar war dort eine ganze Armada durchgerollt. Im Dorf gab es keine Einkaufsmöglichkeiten mehr, nicht auf dieser Seite des Passes, wurde uns gesagt. Busse würden seit längerem nicht mehr fahren. Weiter wandern wollten wir nicht, wir waren erschöpft und ausserdem schmerzten Katis Füsse. Bei einem nach Alkohol und Schweiss stinkenden Garagisten, der uns missmutig brummelnd zuhörte, an seiner lässig im Mundwinkel baumelnden Zigarette herumkaute und ein kleinkariertes, mit allerlei Ölflecken verschmutztes, bis zu den Oberarmen hochgerolltes Hemd trug, als wäre er eine Reinkarnation aus den 50er-Jahren, kauften wir ein Auto. Kurz vor dem Pass bereits die ersten Probleme, Mike wollte umkehren und den Autohändler mit seinem Schrott konfrontieren, doch Kati und ich hatten keine Lust auf Auseinandersetzungen, schliesslich kam die Karre wieder in Fahrt und wir schafften den Pass. Hinunter ging's dann ganz flott. Unterwegs sahen wir die Trümmer eines Flugzeugs im Schnee liegen. Der Absturz konnte noch nicht lange her sein. Von Mike erfuhren wir, dass das russische »Mig« Augenblick bedeutet. Doch vielleicht war es ja gar keine »MIG«, vielleicht eine Nato-Maschine, die den Pass nicht schaffte, einen Augenblick nicht aufpasste und zaff! In Mümliswil machten wir Halt, Katis Füsse schmerzten noch immer. Auch hier dasselbe Bild: Tristesse. Immerhin ein mehr oder weniger funktionierendes Hotel, der »Ochsen«. Dort lungerten sogar ein paar Nato-Soldaten herum, weiss der Geier, was sie dort wollten. Militärfahrzeuge konnten wir nirgends entdecken. Die Wirtin (Jeker?) war ausgesprochen misstrauisch, und als sie hörte, dass wir aus der Zone kamen, war es endgültig vorbei mit der solothurnischen Gastfreundschaft. Doch unsere Argumente waren stärker. Mike zückte das Portemonnaie. Das mondige Gesicht der Frau Jeker hellte sich auf. Sie räumte zwei Zimmer frei. Von was auch immer. Wir schimpften über die Qualität der Betten, weil wir damals nicht wussten, was uns noch alles erwartete.

Samuel hat im Gegensatz zu mir sein Studium abgeschlossen und sogar seine Diss. begonnen (Libertarismus und Modernisierung), doch seit der Krieg hier alles runtergezogen hat, ist auch er ohne Stelle und Zukunft. Er hält sich mit dem Verkauf von Pfannensets über Wasser und, wahrscheinlich gewichtiger, mit den Zuschüssen seiner Mutter. Ausserdem zahlen wir einen bescheidenen Betrag für die Mitbenutzung der Wohnung, was wohl seine Mami nicht weiss. Wir wohnen hier ganz gut. Die Wohnung hat zwei Schlafzimmer, ein Wohnzimmer, eine Küche, ein Bad und befindet sich mitten in Flims. Da der Krieg den Autoverkehr stark reduziert hat, hören wir von der Strasse wenig. Kati und ich arbeiten jeweils vier Tage die Woche im »Meiler«. Stets Mittwoch bis Samstag. Kati und Samuel verstehen sich gut. Wir sind oft zu dritt unterwegs, kürzlich in Disentis in einer Disco. Wie es weitergehen soll mit uns dreien, wenn die Mutter von Samuel die Wohnung verkaufen wird, ist allerdings völlig offen. Bloss: In diesen Zeiten werden keine Wohnungen gekauft. Alle wollen verkaufen, niemand will kaufen. Selbst in Flims hängen an vielen Häusern »Zu verkaufen«-Schilder. Also bleiben wir hier noch eine Weile sitzen.

Wo wir den falschen Weg eingeschlagen haben, weiss ich bis heute nicht, wahrscheinlich bereits bei der ersten Wegkreuzung tief im Wald unterhalb Bargis. Irgendwann war uns beiden klar, dass wir nicht auf dem Weg nach Flims waren, sondern nach Trin. Die schlechte Qualität des Wanderwegs, der vielleicht gar kein Wanderweg mehr war, wäre ein Zeichen gewesen. Doch wir waren ins Gespräch vertieft, haben die Zeichen übersehen, ich bereits mit zitternden Knien.

Unser Ziel war Wangen bei Olten. Mike hatte dort einen Cousin, bei dem wir eine Weile hätten wohnen können. Doch Wangen erreichten wir nie.

In Mümliswil hörten wir von Soldaten, weite Teile an der Zonengrenze seien vermint, und zwar auf beiden Seiten. Dass wir problemlos durch die Zone gelangt waren, wollten sie uns gar nicht glauben. Sie schauten uns nur verwundert an. Kaum hatten wir das Geisterdorf Mümliswil verlassen, begannen die Probleme. Weil die Strassen in einem miserablen Zustand waren und ausserdem schneebedeckt, tuckelten wir das Tal runter. Auf einmal, es war noch nicht zehn Uhr, hörten wir den ohrenbetäubenden Lärm von Kampfflugzeugen und kaum waren die Flieger über uns, gingen die Detonationen los. Instinktiv zogen wir unsere Köpfe ein, Mike gab Gas, den Kopf tief im Nacken, den Blick gegen oben gerichtet, Kati fluchte, ich hielt den Atem an, verspürte eine tiefe, bislang unbekannte Angst, starrte gebannt auf die Feuerblitze, die vor uns aufschienen. Da lagen Trümmer auf der Strasse. Mike stoppte, wir zögerten ein paar Augenblicke, dann stiegen wir aus, rannten nach links in eine Querstrasse, wo sich immer mehr Personen zu einem Strom zusammenschlossen, der offenbar ein Ziel kannte, von dem wir nichts wussten. Im Nachhinein war es klar: Die Aktion war eingeübt. Nachdem die ersten Bomben eingeschlagen hatten, begann ein Automatismus, der erst dann aufhörte, als alle an ihrem Bestimmungsort waren.

Heute, aus Flimser Sicht, erscheinen diese Ereignisse viel weiter entfernt, als sie es tatsächlich sind. Möglicherweise verstärkt der Wegzug aufs Land die zeitliche Distanz. Möglicherweise die komplett andere Lebensweise hier oben. Wir fristen ein ruhiges, unspektakuläres, von den äusseren Zeichen des Krieges weitgehend unberührtes Dasein. Im »Meiler« gibt es zwei, drei Kollegen, mit denen wir hin und wieder etwas trinken gehen, doch in der Regel beschränkt sich unser sozialer Kontakt auf unsere kleine WG an der Via Nova. Die Ereignisse der letzten Jahre in Basel haben hier einen unwirklichen Charakter. Manchmal, vor allem wenn ich mich aus dem Schlaf herausschäle, kommt mir die Basler Zeit wie ein gigantischer Traum vor. Nur jemand ragt aus diesem Traum in die Realität hinein: Hegel. Er war ein wirklicher Freund. Mein einziger.

Dann dieser blöde Zwischenfall, bei dem sich Kati den Fuss verknackst hatte. Wir hüpften, nachdem wir endlich aus dem Wald gekommen waren, über eine Wiese, das Dörfchen Trin vor Augen, als Kati in einen Kuhfladen trat und ausrutschte. Wir lachten, ich half Kati auf die Beine, dann stolperten wir weiter über die Wiese. Das Wetter war gut. Wir setzten uns hin. Ich untersuchte den Fuss.

Ich erzählte Samuel von der Bombardierung und davon, dass unser Auto fast getroffen wurde. Je mehr Menschen sich der Flucht anschlossen, desto mehr Energie schien die Masse zu haben, sie gewann an Kraft, Entschlossenheit und Ordnung. Niemals, so denke ich rückblickend, bestand die Gefahr einer Panik. Die Flucht verlief geordnet, in klaren Bahnen, schweizerisch. Nichts zerstreute diesen flüchtenden Fluss in einer Nebenstrasse in Oensingen, der im Grund solidarisch war wie kaum etwas in diesem Land, denn der Einzelne löste sich auf zugunsten des Anderen, drohte ein Tröpfchen wegzuspritzen, wurde es schnell eingefangen und mitgenommen, die Erregung war vergesellschaftet. Wir, ohne Kenntnis eines Ziels, rannten zielstrebig mit. Dann löste das Erreichen des Ziels die Masse auf. Auf einmal wurden wir der Dunkelheit gewahr, die nicht den Bomben, ihren Schatten und Schwaden geschuldet war, sondern einem Bau, den wir hierzulande Zivilschutzanlage nennen. Auf einmal auch eine Änderung des Geruchs, es roch muffig, feucht, eine Andeutung von Petroleum und Urin in der Nase. Und es war kalt. Die Masse kam zum Stillstand. Und wir drei standen da und wunderten uns. Nüsschen knabbernd hörte Samuel zu. Als wäre er im Kino.

Kati war bald wieder munter, ihr Fuss schwoll zum Glück nicht an. Dachten wir. Heute sieht die Sache anders aus. Bei Trin Mulin kamen wir auf die Hauptstrasse. Dann, nach einem Augenblick des Zögerns, wieder Richtung Flims. Wir nahmen den Weg Richtung Crestasee. Kati ging mit schnellen Schritten voraus. Manchmal kann ich mein Glück gar nicht fassen. Es ist zu gross.

Im Bunker verloren wir nach und nach das Gefühl für Tageszeiten. Die Verantwortlichen waren zwar bemüht, uns über die Geschehnisse draussen in der Welt zu informieren, beruhigend auf die eingeschlossenen Seelen einzuwirken, sich um instabile Menschen zu kümmern. Doch genützt hat dies alles nichts. Die Zustände wurden immer schlimmer, immer katastrophaler. Ich erinnere mich an eine ca. 50-jährige Frau, die praktisch ununterbrochen leise schluchzte, selbst im Schlaf hörte das Schluchzen nicht auf, bis jemandem der Kragen platzte, er die Frau anschrie und nicht mehr mit Schreien aufhören konnte. Ein junger Mann mit langen Haaren packte ihn am Arm, zog ihn weg. Dann war tatsächlich für einige Momente Ruhe im Bunker. Man hörte nur noch einen Chor aus erregtem Atem. Bis dann das leise Schluchzen der Frau wieder begann.

Hin und wieder zitterte der Bunker. Es war wie ein kurzes, harmloses Erdbeben. Die Hero-Büchsen in den Gestellen gaben für einen Moment ein Geräusch von sich. Wir spielten Karten, dösten, halfen beim Kochen, räumten auf und putzten. Mit der Zeit akzeptierten uns die anderen, obwohl wir nicht aus Oensingen stammten. Obwohl wir das erste Mal in unserem Leben überhaupt in Oensingen waren. Kranke und Hysterische wurden nach oben gebracht. Wer weiss wohin. Einmal kam ein hohes Tier der Schweizer Armee und verkündete Hoffnung. Es war ja kurz vor Weihnachten.

Samuel hat nie gefragt, was ich eigentlich mit seiner Maschine schreibe. Ich weiss nicht, warum.

Kati hätte nicht so schnell gehen sollen. Es war absehbar, dass ihr Fuss früher oder später Schwierigkeiten machen würde. Als wir beim Crestasee ankamen, war es vorbei mit der Ruhe. Jugendliche rannten herum, neckten sich, brüllten, Radios schepperten und eine Horde Soldaten, die hier ihren freien Tag verbrachte, lachten wie Verrückte um die Wette. Katis Fuss fühlte sich heiss an. Sie zog die Strümpfe aus, liess den Fuss in den See baumeln. Ich zündete ihr eine Zigarette an. Wir rauchten sie gemeinsam. Wir plauderten über unsere Basler Zeit. Als ich Hegel erwähnte, sagte sie nichts. Nahm den Faden nicht auf. Wir schmusten. Ich wollte mit ihr im Wald verschwinden. Sie sagte lächelnd »njet«.

Auch heute weiss ich nicht, wie lange wir in diesem Bunker in Oensingen waren. Je öfter ich dieses Wort »Oensingen« tippe, desto fremder erscheint mir der Ort. Ich sehe »Oen«, ich sehe »singen«, doch von einem Ort, wo ich ein paar Tage unterirdisch verbracht habe, kann ich nichts erkennen. Gibt es »Oensingen« überhaupt? Ich bringe »ich« und »Oensingen« nicht zusammen. Selbst die Menschen, mit denen wir tagenächtelang so ekelhaft eng zusammenlebten (von wohnen kann nicht gesprochen werden), ihre Namen, die uns bald einmal vertraut waren, ihre sogenannten Lebensläufe (was für ein Wort), ihre Sorgen, Kommentare und (überaus harmlosen) Leidenschaften, selbst diese Menschen, deren Namen heute noch in meinen Träumen rumflattern, bringe ich mit »ich« nicht zusammen. Es ist, als wäre dieses Zusammentreffen von »ich«, »Oensingen« und »Menschen aus Oensingen« von einem Autor erfunden worden. Ich fühle mich wie eine Romanfigur.

Ich kann mir nicht vorstellen, dass jemand von den Eingebunkerten das Tageslicht, wie es so treffend heisst, während so langer Zeit nicht gesehen hat wie in jenen Dezembertagen. Wir alle schlichen nach draussen wie Häftlinge. Langsam, geduckt, mit kurzen Schritten, den Blick gegen unten gerichtet. Und vor allem: mit bleichen Gesichtern. Und mit bleichen Körpern. Kati, Mike und ich gingen dann, als hätten wir dies so vereinbart, über den schmalen, notdürftig freigemachten Streifen, der von der Strasse übrig geblieben war, setzten uns auf einen umgestürzten Baum. Zündeten eine Zigarette an. Beschauten die Zerstörungen rundherum. Die anderen hatten sich bereits zerstreut. Es ist erstaunlich, wie schnell eine Menge verschwinden kann. Als würden sich überall Löcher öffnen. Dann erst nahmen wir die Kälte wahr. Unser Gepäck war noch im Bunker. Mike holte es. Es war schon fast dunkel. Wir suchten Licht. In einer

Art Gemeinschaftsküche fanden wir es. Dort roch es nach Zigaretten, gekochten Kartoffeln, süssem Speck und Putzmittel. Ich erinnere mich gut. Jedes getippte Wort entfaltet sofort seinen Geruch. Auch wenn ich Kati tippe.

Auch wenn ich Kati tippe, die im Bett neben mir schläft (etwas unruhig), beschleicht mich das Gefühl, die Realität nicht abzubilden, sondern zu verdoppeln, ich schaue Kati an, schreibe Kati, dann haben diese Buchstaben nichts mit dem wunderbaren, nur mit einem Slip bekleideten Menschen zu tun, ja, je länger ich auf das Wort »Kati« schaue, starre, umso eher schwinden sämtliche Verbindungen zwischen diesem Wort und Kati – ich verdopple also nicht, ich verfälsche. Oder ich mache unkenntlich. Bloss, was mache ich unkenntlich? Die Kenntlichkeit? Die Gewissheit? Was um Himmels willen ist denn gewiss an Kati? Vielleicht einzig ihr Geruch.

Auch wenn dieser Spätnachmittag am Crestasee nicht lange zurückliegt, erscheint er mir jetzt, im Moment des Schreibens, des Beschreibens, des Verfälschens – vielleicht gerade deswegen –, in tiefer Vergangenheit zu liegen. Wie wir endlich am See angekommen waren, noch immer das Zittern des Abstiegs in den Knien, wie der Rummel dem See die Idylle nahm, wie wir in unserer Enttäuschung darüber reflexartig weiterwandern wollten, doch Katis Fuss brauchte Ruhe, brauchte Kühlung, brauchte den Crestasee. Wie aus heiterem Himmel mein Begehren, das keine Erfüllung fand.

Die Oensinger-Weihnacht. Wir blieben in diesem sogenannten Gemeinschaftscenter nicht, weil es uns dort so gefallen hat, nicht, weil das Essen dort so gut war, nicht, weil die Menschen dort so interessant waren, wir blieben dort, weil wir uns keine Gedanken machen wollten über das weitere Vorgehen, über unser Ziel. Wahrscheinlich war uns dreien schon im Betonbunker metertief unter dem Oensinger Asphalt auf nebulöse Art klar geworden, dass wir gar kein Ziel hatten, oder anders gesagt, dass wir unser Ziel schon erreicht hatten: nämlich von der Zone weg. Dort angekommen, in den Trümmern von Gebäuden, die ziemlich sicher einmal hässlich waren, im immer wieder aufflammenden Lärm feindlicher oder freundlicher

Flugzeuge, in einem emotionalen Gemeinschaftsbad aus Galgenhumor, Resignation und Wut, inmitten eines rührigen Bestrebens, die Widerstandskraft der eingeschlossenen Eidgenossen mittels Kafi-Schnaps, militärischen Erfolgsmeldungen und sozialen Zivilschützern vor weiteren bösartigen Gefühlsböen zu beschützen, wurden wir unserer Ziellosigkeit gewahr.

Kati und ich schmiegten und schmiedeten uns zusammen, Mike war der Organisator. Er organisierte anständigen Wein, Zeitungen, Medis, Batterien, Bündnerfleisch, kaufte ein neues Auto, beschützte unser Geld und Gold, besorgte Informationen und wimmelte die allzu einfältigen Oensinger ab. Während Kati und ich uns über allerlei lustig machten und viel schliefen.

Neuer Tag. Die Erinnerung festhalten. Ist die Erinnerung wie Sand? Oder hat sie eine ganz andere Konsistenz? Luftig, leicht? Müssen wir sie erst herstellen? Was ist unsere Aufgabe?

Gegen jede Vernunft wollte Kati nicht auf direktestem Weg zurück ins Dorf, sondern zum Caumasee, dem schönsten von allen, wie sie sagte, ich kenne keinen schöneren See. Jetzt ist sie mit Samuel einkaufen, wir grillieren heute Abend, es ist wunderbares Sommerwetter, die Temperatur geht nachts nicht unter 20 Grad.

Das Zusammensein mit Samuel hat einen leichten Charakter. Ich frage mich manchmal, ob wir Freunde sind oder gute Bekannte oder Figuren, die der Zufall zusammengebracht hat. Für Leute, die uns flüchtig kennen, wirken wir wie gute Freunde. Wir verändern uns nicht, wenn wir zu zweit, zu dritt sind. Wir sind zu zweit, zu dritt genau so wie allein. Bloss, dass da noch andere sind. Keiner von uns braucht sich anzupassen, weil keiner das verlangt. Nichts beschwert. Die Anwesenheit des anderen stellt uns vor keine Probleme. Die Unterscheidung von Individuum und Kollektiv existiert bei uns nicht. Gleichwohl suchen wir den anderen, suchen wir das Zu-dritt-Sein, gerade weil es leicht und luftig und unbeschwert ist, gerade weil es uns zu nichts verpflichtet und uns nichts verbietet.

Es wäre besser gewesen, wir hätten Oensingen schnell verlassen. Denn trotz der sogenannten Bewegungssperre zwischen Olten und Grenchen hätte die Sicherheitslage ein Weiterkommen ermöglicht. Wir hatten ja Zeit, konnten auch mal einen Tag in Deckung bleiben, wenn es die Situation erfordert, unser Geld hätte manches Hindernis aus dem Weg geräumt, ausserdem waren wir den Krieg gewohnt, in Basel war weit mehr los als in der Umgebung von Olten. Doch wir blieben. Nicht aus Sorge oder weil die Militärs es so wollten; wir blieben aus Bequemlichkeit. Schliefen bis mittags, spielten Karten, dösten, tranken Bier und besprachen die allgemeine und spezifische Weltsituation bis tief in die Nacht, schliefen bis mittags. Wir verhielten uns wie Teenager. Mit den anderen im Zentrum hatten wir oberflächlichen Kontakt. Wir machten zynische Witze über den Krieg, bösartige Bemerkungen über die Zivilschützer, tauschten unnütze Dinge, erzählten grossartige Geschichten von unseren Taten in Basel und liessen durchblicken, dass wir Geld im Überfluss hatten, alles kaufen könnten, wenn wir nur wollten. Aber wir hatten eben keine Lust zu kaufen. Vielleicht später. Vielleicht gründen wir zusammen mit den Alliierten eine grosse Company, vielleicht kommen wir mit der Militärverwaltung in Bern ins Geschäft, vielleicht eine internationale Drehscheibe für Gold und Devisen, vielleicht dominieren wir bald einmal den Whiskeyhandel, vielleicht auch den Handel mit Luxusautos oder Elektronik aus Japan. Wenn wir Lust haben. Die Oensinger machten grosse Augen. Hin und wieder verschenkten wir eine Stange Zigaretten. Zauberten eine Flasche Champagner hervor. Doch meistens trieben wir im seichten, adoleszenten Halbschlaf dahin. Kati und ich hatten natürlich ein Hinterzimmerchen gefunden. Ja, es wäre besser gewesen, wir hätten Oensingen schnell verlassen.

Was ist unwirklich? Der Krieg oder unser Dasein hier oben in der Flimser Bergwelt? Wie können wir die Wirklichkeit von ihren Kulissen unterscheiden? Irgendwo nordöstlich toben Schlachten, irgendwo sucht man vergeblich die Zivilisation, irgendwo dröhnen Flugzeuge über Häuser, spritzen Flammen auf, zerbersten Fensterscheiben, ich kann es mir gut vorstellen, irgendwo vereinigen sich kaputte Gebäude, Gegenstände und Gedanken zu einem Kriegsstaub, der sich über alles legt, allem die Zeit nimmt. Als hätte es nie einen Anfang gegeben. Zu gleicher Zeit am ungleichen Ort gehe ich über die Strasse in den Coop, kaufe ein, was auf dem »Poschtizäddel« steht, am Kiosk hole ich Zigi – Zeitungen gab es heute keine –, kehre zurück in die Wohnung, wo Kati und Samuel bereits Gemüse rüsten.

Zum Caumasee wollte ich. Bin abgewichen, vom Pfad sozusagen. Es war ein reiner Waldweg. Die Sonne trudelte hin und wieder wie ein lustiges Bällchen durch die Äste, doch als sie den Weg erreichte, waren wir schon einen Schritt weiter. Das Fussbad war eine gute Idee gewesen. Kati ging beschwingt und schnell, als wäre nie was gewesen mit ihrem Fuss. Und ich war erleichtert, denn meine Knie zitterten nicht mehr. Samuel würde diese Wanderung bestimmt auch gefallen. Wir sind oft zu dritt unterwegs, machen lange Tagestouren, gehen los in der Dämmerung, sind in der Dämmerung wieder zu Hause, mit heissen Füssen, erschöpft und überdreht. Hin und wieder ziehen Kati und ich zu zweit los, sind auch schon hängen geblieben in einer dieser an den Hang geklebten Wirtschaften, wo alles auf hölzernen Plättchen serviert wird, haben dort sorgfältig ausgeklügelte Wanderpläne stillschweigend über den Haufen geworfen. Auch Kati und Samuel sind kürzlich unterwegs gewesen, brachten rosa Würste mit, die sie bei einem Bauern gekauft haben. Weil lange kein Wanderwegweiser mehr auftauchte, waren wir unsicher, ob wir noch auf dem richtigen Weg waren. Zurück wollten wir nicht. Also gingen wir weiter. Natürlich begann Katis Fuss wieder zu schmerzen. Das war zu erwarten gewesen. Unser Gespräch verstummte. Bis endlich der Caumasee zwischen den Ästen aufblitzte. Ein überwältigendes Türkis.

Weihnachten im ziemlich zerstörten Oensingen. Wie sich unser Aufenthalt dort herumgesprochen hatte, wie wir gewissermassen zur Dorfprominenz aufgestiegen waren und wie auf einmal, es war am 23. Dezember, zwei dunkelhaarige Typen auftauchten mit einem VW-Bus ohne Nummernschilder, aber voller Delikatessen. So war es gewesen. Samuel schüttelte ungläubig den Kopf. Natürlich kannten wir die Preise, wussten, dass die Sachen total überteuert waren, kauften aber trotzdem, es spielte keine

Rolle, wir hatten damals noch Geld in Hülle und Fülle. Einem älteren, ziemlich runden Mann, der vor seinem Häuschen Salz streute, drückten wir 100 Franken in die Hand und fällten dann eine kleine Tanne in seinem Gärtchen, die wir ins Gemeinschaftszentrum schleppten und mit allerlei Tand schmückten, den die Leute nach und nach aus ihren Häusern bzw. Trümmern hervorkramten. Im Zentrum kam Freude auf. Da der Pfarrer des Dorfes schon kurz nach Kriegsbeginn geflüchtet war, verblieb ein alter Katechet, in dessen Gesicht man die Qualen tausender Lektionen Religionsunterricht noch gut erkennen konnte. Der Herr Katechet, wie ihn die Einheimischen nannten, die »Önziger« oder so ähnlich, versuchte, mit seinem zittrig-sphärischen Wesen der Feier eine würdevolle Note zu verleihen, indem er hin und wieder die bereits am Nachmittag in Gang gekommene Sauferei in metaphysische Bahnen zu lenken versuchte, doch seine dünne Stimme erreichte die »Önziger« nicht, verklang vielmehr wie ein keckes, kurzes Fürzchen ohne Nachhall und Resonanz. Gesegnet mit der sogenannten Weisheit des Alters fügte er sich dem »Önziger« Schicksal und schien zu guter Letzt himmlisch erfreut, für einmal einen Wein kosten zu können, der seinen Messwein um ein paar Dutzend Parker Punkte übertraf. Der Krieg und die Flucht des Pfarrers haben sämtliche Gesetze des Heiligen Abends ausser Kraft gesetzt. Kein Glockengeläute, keine Mitternachtsmesse, kein Absingen heiliger Lieder, keine äussere und innere Andacht, kein Gedenken christlicher Historie, kein Glaube in der Laube. Stattdessen vorreformatorische Freuden. Wir waren nicht allzu viele, aber es war gut. Eine Serviertochter der »Traube« (Rita, Ruth?) war schon früh am Heiligabend ziemlich beschwingt und vergnügt, ihre Stimme wurde immer heller, klarer, immer engelsgleicher und sie griff mir, als ich vom WC kam, zwischen die Beine und sagte: »Hämmer do es Geschänkli zum uspackä?« Unsere Delikatessen kamen unter die Leute. Einiges war für die »Önziger« neu. Der Herr Katechet hatte noch schnell eine zentimeterdicke Scheibe Citterio geschnappt und sich dann auf einem verwaisten Schlafsack zur Ruhe gelegt, wo er selig schnarchend bis tief in den Weihnachtstag hinein schlief. Und Mike, von diesem weihnachtlichen Treiben angetrieben, verschwand mit Ruth/Rita in die Garderobe. Später erzählte er abenteuerliche Geschichten.

Samuel schmunzelte und wollte mehr erfahren von diesen abenteuerlichen Geschichten, stattdessen erzählte ich ihm von »Paul«, einem ca. 35-jährigen Bündner mit kurzen, schwarzen Haaren und einem kantigen, irgendwie slawischen Gesicht, den die Wirren des Krieges in diese Gegend getrieben hätten, wie er sagte, was wahrscheinlich so gelogen war wie alles andere, was wir aber damals nicht ahnten, sondern von seinem Charme, den er zu einem guten Teil seinem Dialekt zu verdanken hatte, geblendet waren und ihm, naiv und aufgezogen wie wir waren, bereits an jenem Heiligabend von unseren glanzvollen Basler Zeiten erzählten, was er »khaibä guät« fand, so »guät«, dass wir die folgenden düster-kalten Dezemberjanuartage fast ausschliesslich zu viert verbrachten, ohne dass uns etwas aufgefallen wäre. Erst viel später, eigentlich erst hier, ist mir klar geworden, wie raffiniert »Paul« vorgegangen ist. Eben, wir hätten Oensingen viel früher verlassen sollen.

Wieder einmal schreibe ich neben der schlafenden Kati. In letzter Zeit ist sie oft müde, schläft, während ich die lauen Nächte geniesse, das Fenster geöffnet. Die Hitze macht Kati müde. Aus Samuels Zimmer dringt melancholischer Jazz. Mir fällt Hegel ein, mir fällt Mike ein. Der eine sicher tot, der andere unsicher.

War es der 16., war es der 18. Januar, als wir Oensingen verliessen? Es ist egal, es war zu spät. »Paul« holte uns in der Wohnung ab, die er uns am Weihnachtstag »gratis und franko« vermittelt hatte. Obwohl wir dort mehr als drei Wochen gewohnt hatten, kann ich mich heute kaum an die Wohnung erinnern. Sie war zurückhaltend möbliert, sauber, Massenware aus den 70er-Jahren, Hotelzimmeratmosphäre. Durchgangsstation, da achtet man nicht auf die Inneneinrichtung. Mike hatte einen Kastenwagen gekauft, unser Ziel hiess nun »Süden«. Der Norden, der Osten, der Westen waren blockiert. Unsere Gehirne auch. Die Strassen waren zerbombt, mit Schutt übersät, vereist, wir hätten einen Panzer kaufen sollen. Wir kamen bis Rothrist. Erst hier wurde uns bewusst, wie stark der Krieg die Restschweiz getroffen hatte. Einige Bilder erinnerten mich an deutsche Städte 1945. Viele verstörte Menschen. Ein Kriegssignal. Ein Notsignal. Aber auch hell beleuchtete Geschäfte, bewacht von irgendwelchen Soldaten, eine versprengte Truppe Nato-Soldaten, die sich in einer ausgeräumten Migros eingerichtet haben, eine zum Bordell umgerüstete Pension, Kinder, die Schneemänner bauen. »Paul« führte uns in eine Wohnung im zweiten Stock eines Mehrfamilienhauses. Zwei, drei Lampen hingen an der Decke, in einem Raum stand ein massives Buffet, ansonsten war die Wohnung leer. Kaum hatten wir unser Gepäck verstaut, standen etwas unbeholfen in der leeren Küche, wo es nach abgestandenem Fett roch, tranken Büchsenbier, da kamen schon »zwei gute Freunde« von »Paul« und schleppten Matratzen in die Wohnung, fürs Erste, sagte »Paul«, weitere Möbel kämen bald. Wir richteten uns ein, die »guten Freunde« hatten auch Frotteetücher, Plastikgeschirr und -besteck, Leintücher und einigen anderen Kram gebracht. Mike verzog sich schnell in ein Zimmer, Kati und ich plauderten mit »Paul«. Wir planten unsere Route, Luzern, Gotthard, Tessin, vielleicht Italien. Wir wollten bald weiter. Die Welt stand uns offen. Dachten wir.

Mike und Kati waren in vielem lässig, nachlässig, verschwenderisch und unbedacht. Wenn es ums Geld ging, um unser Geld, waren sie es nicht. Bei allen Turbulenzen, die wir durchlebten, bei allen Saufereien und Ausschweifungen, bei allen Verwirrungen und Konfusionen, nie verschwand die Aufmerksamkeit für unser Geld, nie erfuhr unser Sicherheitssystem die geringste Änderung. Wir konnten sicher sein, dass Mike selbst beim Fick mit Rita/Ruth unser Geld nicht aus den Augen liess. Wir trugen den Ertrag von Jahren mit uns. Das Geld für all die kommenden Jahre. Wir waren eine Bank. Denn es gab keine andere. Jeder Handgriff war eingespielt, die Verstecke fanden wir blind, der Ablauf bei einem Notfall war auf unsere Körper eingeritzt. Mit einem haben wir allerdings nicht gerechnet: mit Heimtücke. Wir spielten Überfälle durch, nächtliche Diebstähle, Bomben und Verhaftungen, nicht aber Heimtücke. Samuel stellte das Glas auf den Tisch, stützte den Kopf auf beide Hände: Komm zur Sache, war das Signal. Heimtücke, wiederholte ich, Heimtücke. Samuel setzte sich gerade hin, schien für einen Augenblick unsicher, doch dann zeigten seine Augen wieder das typische Lächeln, das Samuel-Lächeln. Heimtücke ist, wenn du dich täuschen lässt durch Nähe. Man erwartet den Angriff von aussen, nicht aus dem Privatbereich, von Fremden, nicht von Freunden. Am dritten Tag in der Rothrister Wohnung erwachten wir und »Paul« war weg und mit ihm all unser Geld und Gold und Geist. In das Bier, das wir am Abend zuvor tranken, hatte er ein Schlafmittel getan, so dass er uns im Schlaf die Westen ausziehen, in Ruhe alle Schlüssel suchen und unser ausgeklügeltes Sicherheitssystem aushebeln konnte. Wir waren wieder am Anfang.

Kati ist in einer Buchhandlung in Chur, Samuel besucht in Disentis einen Freund, mit dem er nach dem Krieg ein Pressebüro aufbauen will. Und ich versuche, endlich mit diesem Spaziergang fertig zu werden. Mehr wollte ich eigentlich nicht. Eine kurze Skizze, damit ich wieder mal was geschrieben habe. Ein Alibi-Spaziergang. Meine Tagebuchblätter aus der Basler Zeit hüte ich, lese sie aber nicht. Weil »Paul« sie nicht mitgenommen hatte, wurden sie zu meinem einzigen Schatz. Den ich mitgeschleppt habe bis Flims. Und jetzt noch ein paar Blätter anhänge. Bis es eines Tages wieder weitergeht, denn Samuels Mutter hat nun doch einen Käufer für die Wohnung gefunden, ein älteres Paar aus St. Gallen, sagte Samuel. Sie gehen wohl davon aus, dass es hier ruhig bleiben wird. Kati hat angerufen, wird in Chur übernachten. Ich bin zum ersten Mal eine Nacht allein in dieser Wohnung.

Auch Monate später könnte ich »Paul« noch umbringen. Er hat uns mit grösstmöglicher Heimtücke beraubt. Nach der Wut und dem Entsetzen der ersten Tage ist das Thema »Paul« bald einmal in unsere Köpfe und Träume hinein verschwunden, die Situation war eine andere geworden, wir gewöhnten uns daran. Ich weiss nicht, was wir gemacht hätten ohne unsere Uhren, die »Paul« uns liess. Eine hämische Geste des Siegers. Gleichwohl waren wir gezwungen, unseren Lebensstil radikal zu ändern. Wir merkten, wie viel mehr Geld im Krieg wert war als in Friedenszeiten. In Luzern mieteten wir in einer Pension ein Zimmer mit drei Betten für eine Woche. Die Stadt war an den Rändern vom Krieg stark betroffen, die Innenstadt erstaunlich intakt, bloss auf der Altstadtseite der Kapellbrücke war offenbar eine gigantische Bombe niedergegangen und hatte nicht nur die Brücke, sondern auch einige Gebäude am Brückenkopf komplett ausradiert. Viele Geschäfte waren geschlossen. Tagsüber gab es trotz Kälte offene Warenmärkte auf den Plätzen, wo letztes Gut ebenso wie Raubgut verscherbelt wurde, Käufer gab es wenige, das Licht fiel immer wieder aus, der öffentlicher Verkehr fuhr, wenn überhaupt, unregelmässig und Kati und ich liebten uns sehr. Die wenigen Luzerner Tage waren goldig, himmlisch, ewig. Mike war natürlich bereits wieder unterwegs, klapperte leerstehende Häuser nach Fischgründen ab, tat, als wären wir in Basel, doch wir waren nicht in Basel, wir waren in einem abgewirtschafteten, lethargischen, dunklen und traurigen Luzern, wo es nicht nur nichts zu holen gab, sondern wo auch keine Besatzungsmacht war, die spitz war auf Luxusgüter aller Art. Mike kam jeden Tag mit leeren Händen zurück. Wir mussten uns etwas einfallen lassen. Wir zogen bald weiter.

Wir am Caumasee, da war es bereits spät, kalt und schattig. Kati, meine Kati, hatte starke Schmerzen im Fuss, wieder dasselbe Ritual: Fuss ins Wasser, Fuss und Körper und Seele spüren Heilung. Aber nur für kurze Zeit. Eine angetrunkene Männerrunde bereitet sich vor fürs nächtliche Feuer. Sammelt Holz. Reisst Packungen auf. Stellt Bier kalt. Leert Blasen. Grölt. Wir am anderen Ende der Wiese, meine Hand auf ihrem kalten Fuss, mein Blick auf ihrem verschwitzten T-Shirt. Dieses endlose Begehren.

Abend. Mit Kati und Samuel einkaufen, Kaffee trinken. Die Zeitungen berichten nichts Gutes. Die Prognosen sind schlecht. Man droht wieder. Keine Entspannung. Unsere irre Reise geht weiter, sobald die Käufer der Wohnung hier eintreffen. Samuel weiss nicht, wann dies geschehen soll, er kann seine Mutter nicht erreichen. Wieder einmal tote Leitungen.

Nach etwa einer Woche verliessen wir Luzern. Mike hatte irgendwo ein Velo aufgetrieben, das wir für ein paar Franken verkaufen konnten. Das war alles. Das war der Umsatz einer Woche. Dass diese Stadt vor dem Krieg zu den touristischen Attraktionen der Schweiz gehörte, war nur noch ein bitterer Witz. Die Hotels und Restaurants waren geschlossen oder von Militärs belegt, die Strassen fast menschenleer, von Abfall und Schutt übersät, die berühmte Brücke weggebombt, nachts hörte man das

Gebell der Hundebanden, die tagsüber Abfälle durchwühlten und sich in leeren Gebäuden zusammenrotteten, die Schulen waren noch immer geschlossen und über alledem lag ein beissender Gestank von Fäkalien und Rauch. Ohne Plan stolperten wir Richtung Süden. Wollten ein Auto knacken. Und dann ab die Post. Doch kaum hatten wir den Stadtrand erreicht, gingen die Sirenen schon los. Es war kurz vor Kriens. Auf einmal waren die Strassen voller Menschen, ein Rätsel, woher sie plötzlich kamen. Sie rannten alle in dieselbe Richtung. Wir rannten mit, waren mit dem Prozedere bestens vertraut, tauchten ein in eine Art Tiefgarage und merkten erst allmählich, dass wir in einem Tunnel gelandet waren. Dort herrschte ein unbeschreiblicher Irrsinn. Tausende Menschen, Berge von Kartonschachteln mit Kleidern, Medis, Lebensmitteln, Elektronik, es gab Krankenstationen, eine Tunnelpolizei, permanente, kaum verständliche Lautsprecherdurchsagen, doch die Verteilung der Dinge funktionierte nicht, die Schachteln wurden aufgerissen, die zuständigen, mit orangen Westen gekennzeichneten Zivilschützer auf die Seite geschubst, jeder nahm, was er konnte, die Krankenstationen waren bald überfüllt, die Polizei nicht Herr der Lage, der Geräuschpegel unerträglich, es war ein Inferno. Ich sah, wie einer dieser dümmlichen Zivilschützer einen toten Mann mit einer Armeewolldecke abdeckte, worauf andere, wahrscheinlich Angehörige, den Zivilschützer anschrien, ihn packten und wegstiessen, dann die Wolldecke vom Toten wegzogen, sich auf den Toten warfen und nicht mehr aufhören konnten mit lautem Weinen. Wir drückten uns durch die verängstigte, fibrierende Masse. Der Lärm war nicht zum Aushalten. Im Gegensatz zu diesem Tunnel war die Zeit im Oensinger Bunker ein Kuraufenthalt.

Ich hatte den Eindruck, Kati kenne den Caumasee bereits, sei mit den Gegebenheiten dort vertraut, denn obwohl wir den See nur einmal zügig umwandert hatten und die Dämmerung sich bereits abzeichnete, bewegte sich Kati mit einer zwanglosen Selbstverständlichkeit, als würde sie sich dort blind auskennen, als hätte sie dort schon Stunden und Tage verbracht, würde jetzt, mit mir, einen alltäglichen und in diesem Sinne durchaus langweiligen Ort besuchen, weshalb sie für mein Staunen über das Arrangement der Farben nur ein nettes Lächeln übrighatte.

Ja, der Tunnel. Das war einer der Höhepunkte unserer Flucht, wenn ich das so sagen darf. Oder, anders gesagt, es war der Tiefpunkt unserer Höllenfahrt. Seither weiss ich, dass nicht nur Gerüche, sondern auch Geräusche einen verfolgen, durchdringen und Erinnerungen abtöten wie hervorbringen können. Denke ich an den Tunnel, taucht augenblicklich dieser Lärm auf, der so ganz anders ist als alles, was ich bis dahin mit meinen Ohren wahrgenommen habe, es geht nicht nur um die Lautstärke, es geht auch um die Zusammensetzung des Lärms, seine Ingredienzien, seine polyphonen Ausschweifungen und seine nie endenden Echos, all das Stechende, Dumpfe, Dunkle, Helle, diese Stimmen und Schallwellen, die auch nachts und im Traum nicht verstummten, Leiden und Wunden, die erst im Lärm zur Evidenz sich formten, das Kratzen, Klirren, Schaben, Schieben, Stossen, vielfältigst miteinander verwoben wie erlesener Stoff, es geht um die nervös aufflackernden, zu Schatten gewordenen Bilder, die in Form von Lärm von Tunnelwand zu Tunnelwand hin- und hergeworfen wurden, es geht um all das, was seither in meinen Ohren und in meiner Seele liegt wie ein Stein. Als hätte der Tunnel das Menschliche und Unmenschliche ins Hörbare hinein verstärkt.

Neuer Tag. Samuel versucht verzweifelt, die Ankunft der neuen Mieter hinauszuzögern, schickt seiner Mutter Telegramme und wartet auf der Post auf Antwort. Doch es kommt keine Antwort, dafür treffen bald einmal die neuen Mieter ein. Dann geht es weiter mit uns. Doch der Tunnel lässt mich nicht los, einmal in Gang gesetzt, kann ich diese Bilder, Geräusche und Gerüche nicht mehr weglegen, die WC-Anlagen waren nach zwei Tagen überlastet, buchstäblich überfüllt, ausser Betrieb, wer keine Geduld hatte, wer seine Geschäfte nicht planen konnte oder wer schlecht zu Fuss war, der verdrückte sich an die Tunnelwand, hinter eine dieser behelfsmässig gezogenen Zäune, wo sich die Samariter und leitenden Zivilschützer gegen das Desaster verschanzt hatten, und verrichtete dort seine Notdurft oder aber pisste, zuweilen im Gehen, was die Absicht kaschierte, mitten in die Menschenmenge, da nützten auch die Lautsprecherdurchsagen nichts, die die Menschen aufforderten, die verbliebenen WC-Anlagen zu benutzen, weshalb sich bereits am dritten Tag ein ekelhaft stechender Geruch im Tunnel ausbreitete, der sich auch mit einer auf Volltouren laufenden Lüftung nicht verflüchtigte, sondern sich vielmehr in die Nasen und Körper und Gehirne einschlich und einnistete und nie mehr wegging. In den Piss- und Scheissgeruch mischte sich der Geruch unzähliger Feldküchen, von verfaulendem Gemüse, Zigaretten- und Zigarrenqualm sowie der Geruch tausender verschwitzter Menschen und undurchsichtiger Gedanken. Denn das Einzige, was die ganze Zeit reibungslos funktionierte, war die Heizung. Das ist die Innerschweiss! Auch wenn man gerade noch so viel am Körper trug, wie es das Schamgefühl erlaubte, schwitzte man doch. Ersatzkleider hatten die wenigsten dabei. Tausende ungewaschene Füsse, Tausende ungeputzte Hintern, tausend mal tausend Mundgeruch und Myriaden versäuernde Schweissdrüsen verursachten eine olfaktorische Tragödie, der niemand entgehen konnte und die wohl bei allen für den Rest ihrer Tage im Gedächtnis eingelagert wurde. So trugen bald einmal die meisten irgendein Tuch oder einen Fetzen Stoff um die Nase, was das Gespenstische der Szenerie noch verstärkte. Es fielen die zivilisatorischen Hüllen so schnell und kommentarlos, wie es sich die seit 45 wieder aufgebaute Humanitas nicht hätte vorstellen können.

Hell-Vetia.

Ich erzählte Samuel von den Mädchen, die den Zivilschützern die Schwänze lutschten, um dem Inferno zu entkommen, obwohl das Verlassen des Tunnels strengstens verboten war. Wer weiss, was diese Mädchen dann im Freien erlebten. Ich erzählte auch von den Vergewaltigungen, die bei jedem Stromausfall genauso einsetzten wie das nervöse Herumfuchteln der Taschenlampenlichter. Die Vergewaltigungen mussten schnell passieren, denn niemand wusste, wann die Stromversorgung wieder funktionierte. Nachdem es hell geworden war, rieb man sich die Augen und suchte die Umgebung nach möglichen Opfern ab. Ein etwa 17-jähriges Mädchen lag bäuchlings auf dem Asphalt, die nackten Beine gespreizt, auf ihrem Hintern Sperma. Das Mädchen erhob sich im Zeitlupentempo. Als sie stand, tropfte von ihrem Körper Blut auf die Fahrbahn. Solche Fälle gab es täglich. Wahrscheinlich haben die Täter zuerst ihre Opfer ausgesucht, hielten sich in ihrer Nähe auf, warteten auf den Stromausfall, agierten dann in Gruppen. Mike war überzeugt, dass die Zivilschützer gegen Geld im »richtigen« Moment einen Stromausfall verursachten. Auch wenn das nicht stimmt, so war ich doch überrascht, wie schnell sich eine Gesellschaft unter infernalischen Umständen umorganisiert und sich völlig neue Geschäftsfelder herausbilden. Einmal ist ein Vater oder Bruder eines kleinen Jungen, der im Dunklen irgendwie misshandelt wurde, völlig ausgerastet und hat mehrere Männer seiner Umgebung mit einem Werkzeug brutal angegriffen. Die Kunde der Vergewaltigungen breitete sich still und stetig aus, irgendwann hatte sie den ganzen Tunnel erfasst. Bei Stromausfall hielten Väter ihre Kinder, Männer ihre Frauen, Ältere die Jüngeren. Und ich meine Kati. Kleine Kinder wurden angebunden wie Hunde. Samuel schüttelte den Kopf. Kati nickte stumm. Sie streckte sich gerade, rollte, bis sie wieder in der Sonne lag, die nur noch ein paar Quadratmeter am See bestrich. Als die letzten Sonnenstrahlen hinter den Gipfeln und Wipfeln verschwunden waren, zogen wir unsere Schuhe an, gingen weiter, fröstelnd, geschwind, obwohl der Weg teilweise sehr steil nach oben führte. Der Spaziergang war zu Ende. Bloss waren wir noch nicht zu Hause. Erst als wir bei Waldhaus einen grossen Parkplatz überquerten, bei einem Hotel vorbeikamen, gingen wir wieder langsamer. Es dämmerte noch nicht. Dabei wollte ich die ganze Zeit schon von Mona erzählen, die ich im Tunnel traf. Ich war auf der Suche nach Batterien, zwängte mich durch die Menge in Richtung eines Ausganges, wo, wie Mike erfahren hatte, ein Typ allerlei Dinge verkaufte. Ich stiess mit dem Ellenbogen mit einer Frau zusammen, beide knurrten wir irgendwelche Flüche, als zuerst sie mich, dann ich sie erkannte: Mona! Wir lachten überrascht, umarmten uns. Erst dann bemerkte ich das Kind, das sich um ihr Bein klammerte. »Mini Thochder«, sagte sie. Mona hatte drei Jahre zuvor in Kriens ein kleines Juweliergeschäft eröffnet, geheiratet, sich nach einem Jahr wieder getrennt. Je länger wir sprachen, desto mehr verschwanden die acht vergangenen Jahre und desto näher kam die WG. Es waren bewegte Jahre damals, die Jugendbewegung, der Tod meines Vaters. Der Anschlag. Der Krieg. Loki arbeitet als Psychiatriepflegerin in der Waldau und hat mit ihrer Familie gebrochen, erzählte Mona, ob sie einen Freund hat, wusste Mona nicht. Und der

Bärtige und Ploetz und Frau Gehring und Jerzy? Was ist aus ihnen geworden? Wohin hat der Krieg sie getrieben? Sandra?

Mit einem Mal waren die Gesichter wieder da, sie sind aus Monas Gesicht aufgetaucht wie Dinge, die langsam aus den Tiefen an die Wasseroberfläche steigen. Mona ist mit ihrem Kind und ihrem Köfferchen zu unserem Platz gezogen, wo wir zusammenblieben, bis die überstürzte Öffnung der Ausgänge sämtliche Ordnung und Bande zerstörte.

Möglicherweise müssen wir bald weiter, am 1. August werden die neuen Mieter einziehen, Samuel hat vergeblich versucht, seine Mutter um einen Aufschub bis Ende des Jahres zu überreden. Auf der Post werde ich meine Tagebuchblätter kopieren, alles absichern, reisefertig machen, kriegsfertig machen. Es kann nur südlich weitergehen, die anderen Wege sind versperrt oder zu gefährlich. Die Idee Heimat habe ich längstens aufgegeben.

Ich bedauere bis heute, dass ich mich von Mona nicht verabschieden konnte. Sogar mit Kati hat sie sich gut verstanden, was mit Blick auf ihre gemeinsame Zeit in der Hegnauer nicht selbstverständlich war. Wir haben uns aus den Augen verloren, als die Menschen wie Irre zu den Ausgängen strömten und alles niedertrampelten, was ihnen in den Weg kam. Wahrscheinlich gab es im Tunnel nie so viele Tote wie nach dem Öffnen der Tore. Es war der Kulminationspunkt einer im wahrsten Sinn des Wortes höllischen Zeit. Die Schreie der am Boden liegenden, zerquetschten, buchstäblich um ihre Gedärme kämpfenden Menschen ist das Entsetzlichste, was ich je gehört habe. Als wir endlich draussen waren, die Schuhe voller Blut, die Kleider zerrissen und die Sinne betäubt, fiel mir auf einmal Monas Tochter ein. Der Menschenteppich, auf dem wir uns hinausgedrängt haben, hinausgedrängt wurden, bestand zu einem grossen Teil aus zermatschten Kindern und alten Menschen. Eine Perücke hing an meinem Fuss, ich konnte sie erst abstreifen, als wir endlich im Freien waren, unverletzt, das Gepäck noch vollständig. Draussen lagen die Menschen ungeachtet der Kälte erschöpft und wie gelähmt auf den Strassen, in den Gärten der Einfamilienhäuser, auf den Parkplätzen. Und dann merkten wir, dass Mike nicht bei uns war. Obwohl wir den ganzen Tag nach ihm suchten, Spitäler, Zivilschutzämter und Verwaltungsstellen, Polizei- und Armeeposten und schliesslich die Leichenhallen abklapperten, konnten wir Mike nicht finden. Nach drei Tagen gaben wir die Suche auf und machten uns auf den Weg in den Süden.

Samuel kommt herein, dann ein Schwall von Katis Geruch, dann Kati. Sie wollen wissen, was ich schreibe, obwohl Kati es weiss und Samuel es nicht wissen will.

Der Tunnel verschwand bald in unserem Unterbewusstsein wie ein nicht erinnerbarer Alptraum. Was immer wieder in den Träumen auftauchte, waren seine Gerüche, Geräusche, Gedärme. In der Nähe von Alpnach fanden wir ein leerstehendes Haus, brachen die Kellertür auf, legten uns ins erste Bett, das wir fanden, und schliefen 20 Stunden. In Stans erhielten wir in einem Volg Arbeit für ein paar Tage, sortierten Flaschen in Harrassen, die wir auf Paletten luden. Übernachtet haben wir in einem kleinen Räumchen in der Lagerhalle. Der Chef (Herr Niederberger), ein Typ mit fettigen Haaren, Mundgeruch und Bierbauch, war spitz auf Kati, wir zogen weiter, immerhin mit ein paar Franken in der Tasche und einigen Flaschen Wein im Gepäck, die wir mitlaufen liessen. Schliesslich, ich kürze ab, fanden wir Arbeit und Unterkunft in der Nähe von Altdorf. Es war ein absoluter Glücksfall, Kati und ich sassen in einer dieser düster getäfelten Innerschweizer Beizen, hatten schon bezahlt, als wir am Stammtisch ein allgemeines Lamento vernahmen, dass es heutzutage keine richtigen Arbeiter mehr gebe, weil alle entweder in den Krieg gegangen seien oder vor ihm geflüchtet. Wir boten uns an. Die Runde sass stumm am Tisch, einige mit kauendem Mund, andere zogen an ihren krummen Stumpen, beschauten uns wie Vieh. Schliesslich sagte einer, die zusammengekniffenen Augen auf mich gerichtet: »Bisch dü äs tiifigs?«, dann zu Kati »dü as gwerrt's plagg?« Wir ahnten, dass wir auf diese Fragen mit Ja antworten sollten, und taten es denn auch. Dann setzte ein heftiges, von dumpfem Lachen immer wieder unterbrochenes Gemurmel ein, das auf einmal von einer hervorschnellenden Hand abgebrochen wurde. Kati zwickte mich, bis ich endlich begriff und die Elefantenhand ergriff. Das war unser Arbeitsvertrag. Wir arbeiteten bis Anfang Juli in der Druckerei Gamma.

Die Tagebuchblätter sind kopiert, in neue Schachteln verpackt, verschnürt, abmarschbereit. Unser seit den Altdorfer Tagen angespartes Geld, viel ist es nicht, haben wir uns in Dollar und Goldvreneli auszahlen lassen. Heute habe ich es abgezählt, in Plastiktüten gesteckt und in die Körpergürtel eingesteckt. Kati und Samuel tun so, als würde alles so bleiben, wie es ist. Doch dem ist nicht so. In ein paar Tagen müssen wir die Wohnung verlassen. Flims war eine überlange Zwischenstation. Es geht weiter südwärts. Auch wenn Kati »Mühe« hat, das Bündnerland zu verlassen. Nur südlich der Alpen haben wir Ruhe vor all dem, was uns die letzten Jahre so geplagt hat. Samuel würde gerne mitkommen, spürt aber meinen Widerstand. Wir sind Freunde. Er sollte hierbleiben.

Neben der Druckerei Gamma war ein schmales, zweistöckiges Häuschen, dort wohnten wir im Parterre. Über uns hauste ein Taxifahrer, mit dem wir kaum Kontakt hatten. Wir brauchten wenig Geld. Tagsüber wischten wir die Papierabfälle zusammen, luden sie in riesige Container, verpackten die »Gotthardpost«, arbeiteten in der Kantinenküche, entluden die Papierrollen aus den Lastwagen, am Abend sassen wir in unserer winzigen Küche, tranken Wein, lasen Zeitung, hörten Radio, spielten Carambole oder gingen im »Kreuz« etwas trinken. Dort servierte Anina, sie stammt aus Liestal und konnte mit ihrer Familie aus der Zone flüchten, bevor sie abgeriegelt wurde. Mit Anina gingen wir hin und wieder zusammen aus oder am See spazieren. Sie wusste viele Geschichten über die Kriegszeit zu erzählen. Anfänglich wollte sie mit uns weiter Richtung Süden kommen, dann lernte sie einen Mann kennen.

Kaum sass ich am Küchentisch, begannen meine Knie wieder zu zittern. Kati machte Sprüche, ahmte eine Ärztin nach, legte ihre Hand auf mein Knie. Seither waren wir nie mehr zu zweit unterwegs. Doch bald geht unsere Reise weiter. Weiter südlich. Der Möbelwagen der neuen Mieter steht seit gestern vor dem Haus. Es ist ein wunderschöner Sommerabend. Samuel kennt ein schönes Plätzchen, wo wir grillieren können.

19. Maerz 1989 ....

Sollte den Faden wieder aufnehmen in diese Welt, die mir wie ein übermächtiger Schatten erscheint. Sollte mich wieder hineinfädeln. Habe diesen jahrelangen Schattenzustand satt. Gelesen: »… Gesundheitszustand Gorbatschows mit dem dramatischen Rückzug der sowjetischen Allianz aus weiten Teilen Süddeutschlands in Zusammenhang steht, ist gemäss gut unterrichteten Quellen ungewiss. Wahrscheinlicher als eine der rätselhaften Krankheit des Kremlführers geschuldete, strategische Planänderung scheint die überraschende und überstürzte Truppenbewegung – angesichts massiver Verluste roter Truppen – vielmehr ein unausweichliches Rückzugsgefecht zu sein, das von einigen ideologischen Nebelschwaden noch verschleiert werden soll, aber dem aufmerksamen Beobachter bald seinen wahren Charakter zeigen wird.«

Champagnerflasche von gestern noch nicht weggeräumt.

27. Maerz 1989 ....

Mit Mutter und Schwester ein Gitzi verspiesen, Mutter sehr bleich. »Weitere Pässe offen«, »Mumie echt«, »Grund zum Jubeln«, »Ölpest vor Alaska«, »Schüler zeigen Pippi im Taka-Tuka-Land«.

29. Maerz 1989 ....

Heute kein Kopfweh.

Sitzungen mit Dr. Krause langweilig. Doch Kati besteht darauf.

Starkes Gewitter gerade jetzt (20.55 h).

»Der 35-jährige Vater zweier Kinder wurde aus dem Auto geschleudert und von einem nachfolgenden Lastwagen überrollt. Die A2 blieb bis Mitternacht gesperrt.«

2. April 1989 ....

Rain Man gesehen.

Wieder schönes und warmes Wetter. Fast wie im Sommer, sagen die Leute.

Viele Flüchtlinge.

»Schutzzone um Fessenheim noch jahrelang gesperrt«, »Krenz: Demenz?«, »Phobos verloren. CIA am Werk?«, »Ulrich Wegener-Zehnder, ehemaliger Oberst i Gst, 23.4.1906 – 27.3.1989«, »Frühsommerliche Temperaturen bis auf Weiteres«.

4. April 1989 ....

Wieder mit Rauchen angefangen.

Sollte dem »Gedanken Hegel« nachgehen (Dr. Krause). Hegel schwebt in meine Träume wie ein roter, stiller Vogel.

6. April 1989 ....

Im Herrengolf hat Ballesteros die Führung übernommen, nachdem Norman lange an der Spitze war.

Mit Kati stundenlang am See spaziert, über seine Rätsel geschwiegen. Die Augen auf die rosa Wolken gerichtet, wo sich nur meine Frage widerspiegelte, wieso Kati so tut.

8. April 1989 ....

Die Fragen graben sich mir unters Auge.

Habe nichts gefunden, was meine Lippe aufmuntert. Sollte mir eine erinnerungsähnliche Haut übers Kleid legen.

10. April 1989 ....

Wir waren heute aktiv in unserer kleinen Wohnung, haben Betten abgezogen, Vorhänge gewaschen, Möbel abgestaubt, Fussboden gesaugt, Küchenschränke ausgeräumt, Flaschen entsorgt, Fenster geputzt, Kühlschrank abgetaut, Lebensmittel sortiert, Zeitungen gebündelt und am Schluss lange zusammen geduscht.

12. April 1989 ....

Bei schönstem Frühlingswetter haben Kati, Mutter und ich einen Ausflug nach Madonna del Sasso gemacht, von wo wir den Kreuzweg hinunter nach Locarno spaziert sind und in einem Restaurant in der Altstadt eine Pizza gegessen haben.

Meine Mutter hat sich gut von der Operation erholt und ist zuversichtlich, dass die Krankheit definitiv überstanden sei.

14. April 1989 ....

Unser Augenmerk hier ist ganz auf das Geschehen jenseits des Gotthards gerichtet, dort entscheidet sich unser Schicksal, dort werden zur Zeit die entscheidenden Schlachten geschlagen. Wenn die Informationen des »Blick« stimmen, ist Basel vollständig befreit, an Ostern soll der letzte russische Soldat die Stadt verlassen haben.

16. April 1989 ....

In SFS ausführliche Reportage über die Befreiung von Basel gehört. Das Radio schepperte, die Stimme überschlug sich, Nationalismus und Antikommunismus kulminierten in hehrem eidgenossischem Pathos, so dass es klang wie eine historische Aufzeichnung aus den Dreissigerjahren.

18. April 1989 ....

Ich habe die Therapie nun definitiv abgebrochen, auch wenn Kati strikt gegen einen Abbruch ist und mir die Entscheidung noch lange vorwerfen wird. Ich bin nicht kriegstraumatisiert, ebenso wenig hat mich der Tod meines Vaters vor fast neun Jahren aus der Bahn geworfen, noch leide ich an der nicht existenten Beziehung zu meiner Schwester, wie dies Dr. Krause sieht, vielmehr hat mein Zusammenbruch vom letzten August mit Kati und Samuel zu tun.

20. April 1989 ....

Seit gestern regnet es, die Temperatur ist auf unter zehn Grad gesunken. Spazieren ist ungemütlich geworden. Ich las Zeitung in einem Café, betrat dann eine Buchhandlung, in der ich noch nie war. Stöberte, blätterte, eher lustlos, dann, als ich die Buchhandlung verlassen wollte, blieb ich bei »poesia« stehen, überflog die Titel und sah: »Le duecento parole piu belle«. Ich war wie vom Blitz getroffen. Starrte auf das Buch, ohne es zu berühren. Starrte auf den Namen »Sandra Casartelli« auf dem Buchrücken. Schliesslich, ich weiss nicht, wie viel Zeit vergangen war, kaufte ich das Buch. Es kostete Fr. 14.80.

22. April 1989 ....
Ich habe gestern und heute Sandras 200 schönste Wörter gelesen und mit einigem Aufwand in ein Deutsch übertragen, das mir wenigstens eine grobe Ahnung von der Schönheit dieser Wörter vermitteln kann. Dabei sah ich mein aktuelles Dasein in einen Film hineingleiten, aus dem ich nicht mehr hinauswill. Wenn man das, was ich zwischen diesen Zeilen gelesen habe, als Fiktion bezeichnet, dann will ich dort bleiben.

Die letzten zwei Tage waren die beglückendsten meines Lebens.

24. April 1989 ....
Mein Leben ist an einem schwebenden Punkt angekommen. Mit Kati läuft im Grunde seit dem Spaziergang in Flims nicht mehr viel. Ich habe, je länger ich darüber nachdenke, viel Vergangenheit und wenig Zukunft. Das ist, auch wenn ich es nur vom Hörensagen kenne, eine Erscheinung des hohen Alters. Wie komme ich aus dieser Konstellation heraus? Wie finde ich in die Gegenwart hinein? Finde ich in meine Jugend zurück, oder liegt sie irgendwo zwischen Basel und Locarno tot im Strassengraben?

26. April 1989 ....
»Le duecento parole piu belle« trage ich stets bei mir. Sandra Casartelli wurde 1961 als Tochter eines Italieners und einer Portugiesin in der Schweiz geboren, studierte Deutsche und Italienische Literatur, brach das Studium ab, zog nach Italien, wo sie 1987 mit dem Band »Madre sana« debütierte, sie lebe und arbeite in der Nähe von Venedig, lese ich auf der Rückenklappe.

Dichtung und Wahrheit.

28. April 1989 ....
Habe angefangen, mein Tagebuch zu lesen. Eine Erfahrung, die schmerzhaft ist, die mir zuweilen die Haut vom Körper zieht.

30. April 1989 ....
Heftige Auseinandersetzung mit Kati wegen Therapieabbruch. Wir spazierten abends nach Hause, als sie wieder mit diesem Thema anfing. Ich

blieb klar, sie warf mir Sturheit vor, ich erwähnte die Flimser Zeit, sie warf mir Ausweichmanöver vor, ich sprach von Vergangenheit, sie beharrte auf der Zukunft. Ich bezog schliesslich die »Besenkammer«, wie wir das kleine Zimmerchen mit dem grossen Balkon nennen.

2. Mai 1989 ....
Gestern auf der Piazza einen Kaffee getrunken und dabei den bedauernswerten Versuchen bedauernswerter Genossen zugesehen, die in bedauernswerten Posen an die Grande Tradizione des 1. Mai anknüpfen wollten und nichts anderes zustande brachten als eine peinliche Posse. Noch peinlicher aber war das immense Polizeiaufgebot, ja eine eigentliche Militarisierung der Piazza, die schliesslich zu ein paar Tränengaspetarden führte, die einsam und traurig herumzischelten, bis sich ihr Rauch im Azur des Locarneser Himmels auflöste. Die Genossen hatten sich inzwischen verzogen und schlürften wohl irgendwo sehr erregt ihren Vino Rosso.

4. Mai 1989 ....
Habe heute grossen Akt vollzogen: das Tagebuch der Innerschweizer Zeit vernichtet! Zuerst wollte ich auch die erste Basler Zeit vernichten, doch dann gewährte ich Gnade und zündete nur das allzu Peinliche und Schmerzhafte an. Und doch, als ich in der blättrigen Asche herumstocherte, überkam mich ein Gefühl der Wehmut und Scham. Ich hatte Erinnerungszeit vernichtet, ich hatte Gedanken und Gefühle vernichtet. Wie oft sass ich vor der Schreibmaschine, meine Mutter dachte, ich würde was für die Schule tun, dabei tat ich was für die Schule des Lebens und nun habe ich diese jugendlich süssen Ergüsse vernichtet.

6. Mai 1989 ....
Beim Lesen der frühen Basler Einträge ist mir aufgefallen, wie unpräzise ich meine Mitbewohner eingeschätzt habe, ja, wie unpräzise ich überhaupt die Welt eingeschätzt habe, und selbstverständlich stellt sich sogleich die Frage, wie meine heutige Einschätzung in zehn Jahren aussehen wird. Ist es denn überhaupt möglich, vor der Zukunft zu bestehen?

8. Mai 1989 ....

Es gibt kein Weiterkommen hier im Tessin. Kati hat auf einmal die Distanz zwischen uns entdeckt und tut so, als wäre es ein Leichtes, wieder Nähe herzustellen. Meine Mutter und Schwester haben ihr Haus in Bergamo endlich verkaufen können, was ihnen Gelegenheit gibt, hier was zu kaufen, was allerdings schwierig werden wird, ist doch noch immer alles vollgestopft mit so genannten Flüchtlingen. Ihr Hauskauf soll mich hier heimisch machen, soll mich von den nordalpinen Verlockungen befreien.

10. Mai 1989 ....

Seit ich einen Teil des Tagebuchs vernichtet habe, quälen mich Erinnerungslücken. Welche Gedanken haben mich damals beschäftigt? Wie sah mein Alltag aus? Welche Beziehung hatte ich zu meinen Eltern, zu meiner Schwester? Wie schätzte ich meine Freunde ein? Dies alles liegt hinter einem Schleier, ich erkenne Silhouetten, Schatten, abgeschwächte Farben und Gefühle, doch ich erkenne nichts so klar und gründlich, dass ich mich darin zurechtfinden kann. Ist mit dem Verbrennen meines Tagebuchs mein Gedächtnis verbrannt? Obwohl ich längst vergessen habe, was ich damals notierte? Wie hängen Schrift, Sprache und Erinnerung zusammen? Habe ich zwei Gedächtnisse, eines im Kopf, eines im Tagebuch? Und welches ist wichtiger? Welches dauert länger?

12. Mai 1989 ....

Immer wieder »Le duecento parole piu belle«, immer wieder. Als wäre ich am Strand und es würden immer wieder neue Wellen meine Beine umspülen und immer wieder käme der Gedanke, jede Welle sei so neu und einzigartig wie die vorangegangene, dass ich kaum einen Augenblick einen Gedanken fassen könnte, sondern von Welle und Welle mich umgarnen liesse, immer tiefer in den Sand sänke, dann auf einmal sähe, dass die Welt aus nichts anderem als aus diesen PAROLE bestehen würde.

14. Mai 1989 ....

Im Schatten des Krieges haben sich im Ostblock Bürgerbewegungen herausgebildet, die jetzt allmählich an die Oberfläche kommen. »Kommunistendämmerung im Osten Europas« schreibt die NZZ und ist also nach Jahren der ideologischen Abweichlerei wieder im Schoss des strammen Antikommunismus angekommen. Ich kann mich gut an das Stirnrunzeln und Augenreiben in der WG erinnern, als die NZZ in Anbetracht der roten Erfolge ihre soziale Ader entdeckte, den »aktuellen« Kapitalismus mit ein paar gestrengen Artikeln zumindest vorübergehend in die Schamecke stellte und sich mit der altbewährten Methode der historisierenden Betrachtung von der Gegenwart distanzierte. Und jetzt stellt sich die NZZ in eine Reihe mit den rebellierenden Polen, Ungarn und Tschechoslowaken.

16. Mai 1989 ....

Langes Gespräch mit Mutter. Ich kann mich nicht erinnern, so lange und vor allem so intensiv und ehrlich mit ihr gesprochen zu haben. Sie geht davon aus, dass sie nicht mehr lange leben wird, der Krebs hat doch metastasiert, sagt sie. Mutter bleibt im Tessin und will, dass ich auch im Tessin bleibe, »bis es vorbei ist«. Wir brachten es fertig, uns einfach nur anzuschauen und nichts zu sagen. Das ist, nach dieser Erfahrung, die höchste Form der Kommunikation.

18. Mai 1989 ....

Ich muss zurückkommen auf den letzten Eintrag. Es ist tatsächlich so, ich habe lange darüber nachgedacht. Das Schweigen ist der Kulminationspunkt der Kommunikation, mehr noch, das Schweigen ist der Kulminationspunkt der Kunst überhaupt. Nicht die weisse Leinwand, sondern die leere Leinwand ist der Gipfel, die tonlose Melodie, das unbeschriebene Blatt, die nicht gesprochene Rede sind das, wonach wir alle streben, aber selten erreichen, weil wir dumme, redselige, auf Buntheit und Effekt bedachte Wesen sind. Meine Mutter hat mich auf die Spur gebracht.

20. Mai 1989 ....

Übernachte nun fortwährend und immerdar in der Besenkammer. Katis Geruch kommt mir nicht mehr in die Nase, »Una certa atmosfera« o »Odore« o »Puzzo«. Was soll diese olfaktorische Distanz (oder Verschiebung?) bedeuten? Wie weit ist es mit uns gekommen?

22. Mai 1989 ....

Die Menschen kommen mir abhanden, Mutter, Kati, alle ab Handen, mir aus den Händen geglitten, unfassbar geworden und ich weiss nicht, was ich mit mir so allein anfangen soll. Steuere ich auf die Stille zu, die Leere, werde ich zum unbeschriebenen Blatt?

24. Mai 1989 ....

Mit Mutter bei schönstem Wetter stundenlang am Lago Maggiore spaziert. Ich habe ihr viel aus meiner Basler Zeit erzählt, von Hegel, Mona, dem Dicken, dem Bärtigen, Bernie, Loki, Mike und Denise, von den Russen und unseren Geschäften mit ihnen, von den Zerstörungen des Krieges, der zunehmenden Kälte und Leere der Stadt. Sie fand das alles »wirklich spannend«. Und seit langem dachte ich wieder mal an unseren Anschlag, der, das sehe ich erst jetzt so klar, historische Umwälzungen in Gang gesetzt hatte, doch selbstverständlich erzählte ich meiner Mutter nichts davon. Obwohl ich das nicht vorhatte, werde ich in meinem Tagebuch weiterlesen. Mich der Unbeschriebenheit entwinden. Der Ver-Zettelung.

26. Mai 1989 ....

Es ist eine traurige Kehre des Schicksals, dass erst die Metastasen meine Mutter und mich einander nahe gebracht haben. Bislang lebten wir entfernt, wie entfernte Verwandte. Nun ent-fernt.

Ich denke fast jede Minute an sie und je öfter ich das tue, desto tiefer schmerzen mich ihre Krankheit und ihr nahes Ende, oder Abgang, wie sie sagt.

Wenn ich und die Menschen auseinandergehen, dann rücken die PAROLE immer näher. Kati will was von mir, weiss aber nicht genau, was. Wahrscheinlich hat sie es vergessen.

28. Mai 1989 ....

In Polen gibt es wieder eine unabhängige Gewerkschaft, Mazowiezki heisst der Chef und ist in aller Munde, von Gorbatschow heisst es, er habe Kehlkopfkrebs, Krenz wird wohl in diesen Tagen von Christa Luft abgelöst, sie will mit der Nato verhandeln, in der Tschechei und Rumänien ist die Lage unklar, in Ungarn sind Wahlen angekündigt, die Truppen des Warschauer Pakts zeigen Auflösungserscheinungen, wenn man der NZZ trauen kann. Doch diese Dinge interessieren mich eigentlich nicht mehr, es sind enzyklopädische Fussnoten in meinem Leben geworden, das immer mehr bestimmt ist von einer hellen, leeren Klarheit.

30. Mai 1989 ....

Heftige Gewitter haben gestern Abend grosse Verwüstungen und Überschwemmungen angerichtet. Die Piazza steht vollständig unter Wasser, Autos können keine mehr fahren, viele Keller werden ausgepumpt, es herrscht ein gigantisches Chaos. Kati wollte mit mir »Katastrophe schauen«, ich aber war müde, schüttelte den Kopf und damit Kati ab. Die Szene erinnerte mich an viele Basler Ausflüge in Katastrophenzonen. Eine Mischung aus Gier und Trauer.

1. Juni 1989 ....

In meinen Träumen kommen Traum und Realität zusammen. Meine Mutter stirbt, zum Beispiel. Kati schwimmt einen Fluss hinunter, zum Beispiel. Ich rauche eine Marocaine am brennenden Lago Maggiore, zum Beispiel.

Gestank liegt über Locarno. Man wagt kaum, nach draussen zu riechen.

3. Juni 1989 ....

Meine Schwester hat eine Nachricht von Beat erhalten! Er lebt in Liestal, ist Lehrer am KV und in »einer Beziehung«, wie meine Schwester sagte, ich vermute, es handelt sich eher um »Beziehungen«. Über den Krebs unserer Mutter haben wir nicht gesprochen, dafür hörte ich seitenweise von den Aktivitäten ihrer Kinder, ihren Krankheiten und »Mödeli«. Sie hat bald Geburtstag, ich weiss gar nicht, was ich ihr schenken soll und ob.

5. Juni 1989 . . . .

Mein Tagebuch kommt mir gespenstisch vor, wie eine Zumutung, je öfter ich darin lese, umso unwirklicher mein Leben. Es ist kaum nachzuvollziehen, wie viel ich weggelassen, übertrieben, zurechtgebogen habe. Ich weiss nicht, ob ich mich schämen soll. Die entscheidendere Frage ist, ob auch meine reale Sichtweise derart verbogen war. Oder ob es gar nicht möglich ist, in der GEGENWART die Welt richtig zu sehen. Oder, nochmals anders: Die GEGENWART richtig zu sehen ist die wahre Kunst.

7. Juni 1989 . . . .

Die Schäden des Unwetters sind immens. Noch immer sind die Aufräumarbeiten im Gang, wie es heisst, die Menschen schaufeln und kehren und wischen, die Zerstörungen sind erst allmählich sichtbar geworden, so, wie das immer ist, wenn etwas zerstört wird. Vier Menschen starben, zwei werden noch vermisst. In der »Eidgenossenschaftlichen Schweiz«, so der neue offizielle Name dieses Landes, wird für Locarno Geld gesammelt. Man versucht, zusammenzufügen, was auseinandergefallen ist.

9. Juni 1989 . . . .

War alleine im Verzascatal wandern. Habe beschlossen, mich ernsthaft auf das Projekt Stille/Leere/Unbeschriebenheit einzulassen. Der Krieg und vieles andere haben mein Leben so weit aus der Spur geworfen, dass ein Zurück nicht möglich ist. Also kann ich mich unbeschwert um das Wichtige kümmern, ohne die Umwege über Karriere, Familie, Verwirklichung etc. Ich ziehe mich auf mich zurück, schliesse den Bogen, schliesse das Tagebuch, werde unbeschrieben, beginne mit dem wirklichen Leben. Und höre. Unser erster und letzter Sinn.

11. Juni 1989 . . . .

Bin vollständig mit meinen Gedanken beschäftigt, kann sie kaum zusammenhalten. Auf einmal taucht mein Zusammenbruch, wie es heisst, in meiner Erinnerung auf, ich sehe bzw. nehme wahr, wie mein Puls schneller geht, meine Fingerspitzen zu pochen und pulsieren beginnen, wie mein ganzer Körper aus der Fassung gerät und schliesslich, mitsamt meiner Seele, zusammenbricht, auf dem Fussboden sich ausbreitet wie ein teigiger Teppich. Kati, denke ich, was tat Kati in diesem Moment, sie war in meiner Nähe, hat diesen Einsturz mitbekommen, was tat sie? Sie hat mich am nächsten Tag in die Therapie geschickt.

13. Juni 1989 ....

Langes Gespräch mit Kati. Sie wirft mir Abkapselung vor und Realitätsverschleierung. Eigentlich ein schönes Wort. Realitätsverschleierung. In diesem Punkt hat sie Recht. Ich verschleiere seit Jahren meine Realität durch das Wort. Doch davon spricht sie nicht. Sie meint, ich verschleiere durch Schweigen die Realität, welch ein Irrtum.

Dass meine Schreibmaschine allmählich ihren Geist aufgibt, interpretiere ich zu meinen Gunsten.

15. Juni 1989 ....

Meine Träume dehnen sich in den Tag aus. In den hellen, klaren Bereich. Hat das was zu bedeuten? Seit ein paar Tagen ist meiner Mutter der Krebs anzusehen. Die Farbe der Haut und der Augen hat sich verändert. Der Tod beginnt sich langsam abzuzeichnen, dringt allmählich an die Oberfläche. Ihre Stimme ist brüchiger geworden und leiser. Sie hütet sich, Unwichtiges zu sagen. Fast immer schweigt sie, hört zu. Meine Mutter ist auf dem Weg zur absoluten Klarheit, zum absoluten Schweigen. Ich möchte diesen Weg auch einschlagen, bloss ein wenig anders.

17. Juni 1989 ....

War wieder im Verzascatal, dieses Mal bin ich von Sonogno talabwärts bis Contra gewandert, von dort mit dem Bus wieder nach Locarno zurück. All die Stunden habe ich mit niemandem gesprochen, über nichts weiter nachgedacht als über den Weg. Am liebsten möchte ich künftig nichts anderes mehr tun.

19. Juni 1989 ....

Die Sonne scheint mit grosser Kraft in mein Zimmer und lässt dem grossen Unwetter nicht mehr als die grobkörnigen Umrisse eines Traums. Ich werde in unregelmässigen Abständen von einem Zustand unbestimmter Traurigkeit erfasst, starre auf das gegenüberliegende Haus und merke, wie mir Tränen über die Wangen rollen. Ich wische sie weg, setze mich ans Pult, tue aber nichts weiter. Es ist, als würde eine neue, gigantische Welt meine bisherige schlucken. Ungeheures ist im Gang, aber es geht still und unsichtbar vonstatten. Eine Auswechslung meines Grundes. Ich habe keine Ahnung, wohin mich das führen wird. Was mich indes in keinerlei Weise besorgt, vielmehr nehme ich ein Glück wahr, von dem bisher nie die Rede war. Es ist ein leichtes und ein leicht trauriges Glück, das mich immer mehr zu tragen vermag, bis es – vielleicht – eines Tages mich ganz forttragen wird, in eine andere Welt forttragen, deren äusserste Strahlen ich hin und wieder zu spüren glaube.

21. Juni 1989 ....

Kati will reden, reden, reden, aber auf solches lasse ich mich nicht mehr ein. Mein Standpunkt ist klar, ich gehe meinen Weg, lasse die Geschäftigkeit, die ich weitaus umfassender verstehe als ein kapitalistisches Treiben, hinter mir, wandere Täler rauf und runter, verlasse die Vergangenheit, lasse mir von der Vergangenheit nichts mehr vorschreiben. Ich wandere ins Jetzt hinein. Dort, wo alles zusammenkommt und sich gegenseitig auflöst zum Nichts. Zu diesem grandiosen Gipfelpunkt menschlicher Existenz. Eine Komposition aus lauter weissen Pausen.

23. Juni 1989 ....

Sass in einem Grotto in Orselina, schaute auf den See, las in den P.P.B. Die Gedichte werden immer unbeschriebener, je öfter ich sie lese. Und Sandra erhält endlich ein Gesicht, einen Körper und vor allem eine Sprache. Sie wird fest und klar, ich kann sie mir vorstellen, während das Buch nach und nach zerfleddert, sich in die ursprünglichen Bestandteile auflöst, zum faserigen, verklebten Holz wird, dann zum frischen, saftigen Holz. Beim Abstieg ging ich die direkte Linie, überquerte gepflegte Rasen und Blumenbeete, durchschritt Weinberge, einmal sogar einen Friedhof, kletterte über Zäune und Hecken, bevor ich in einen Wald kam, der mir urtümlich, monoton und bedeutsam vorkam.

25. Juni 1989 ....

Bald einmal werde ich verstummen. Ich stelle mir diesen Moment als einen Moment der Freude vor, als einen Moment, in dem die Widersprüche, oder vielmehr die scheinbaren Widersprüche, aufeinandertreffen, sich finden, vereinigen, sich mit ihrem Schatten gegenseitig belichten, bis nichts anderes übrig bleibt als helle Klarheit. Habe in der Wohnung meiner Mutter übernachtet.

27. Juni 1989 ....

Im Radio läuft »The first time« von Robin Beck, ein lausiges, dummes Lied, gleichwohl vermag es mich zu ergreifen, mich in eine Aufmerksamkeit zu bewegen, die ich gar nicht angestrebt hatte. Ich falle in dieser Ergriffenheit auf mein Bett und bleibe dort lange.

29. Juni 1989 ....

Die Welt Punkt für Punkt ausknipsen. Mit Kati beginnen. Das fällt ziemlich schwer. Aber es ist die Notwendigkeit für alles Kommende. Übernachte seit letztem Wochenende bei meiner Mutter. Habe in ihrem »Bügelzimmer« meine Schlafstätte eingerichtet, P.P.B. daneben, mein Tagebuch, ein paar Bücher, der Ordner mit den Zeitungsnotizen, Schreibpapier und -maschine, Kleinigkeiten: Dinge, die ausgeknipst werden aus meinem Leben. Bloss noch in meinem Kopf sein, mich in meine Erinnerungen einnisten, mit meinen Erinnerungen jetzt leben. Mit dem, was ich bin.

1. Juli 1989 ....

Wetterleuchten über dem See, ich konnte meinen Blick nicht von diesem prähistorischen Feuerwerk lösen, das sich so tonlos wie gigantisch in immer wieder neuen Wellen über dem See entfaltete, manchmal für Sekundenbruchteile, kaum sichtbar, manchmal wie in Zeitlupe Berge und Siedlungen erhellte, als würde ein einsamer Gott mit einer Taschenlampe seine Menschen suchen.

3. Juli 1989 ....

Vor der Tür steht Kati und will hinein. Meine Mutter überlässt die Angelegenheit mir und ich lasse Kati draussen. Sie ist schon ausgeknipst. Sie appelliert an Dinge, die es nicht mehr gibt. Mit jedem Aufwachen blicke ich in eine Welt veränderter Entitäten. Heute habe ich sämtliche Zeitungsartikel, die ich den letzten Jahren ausgeschnitten, teilweise kommentiert, paraphrasiert oder sonst wie verunstaltet habe, ordentlich gebündelt dem Altpapier übergeben. Dabei spürte ich, wie meine Haut von unten her geritzt wurde. Ein ungeheurer Schmerz, aber es musste sein, und bereits jetzt, nur Stunden später, ist aller Schmerz zugunsten eines umfassenden und in dieser Weise bislang unbekannten Wohlbefindens gewichen.

5. Juli 1989 ....

Bin den See, dann die Maggia entlang nach Ascona gewandert, dort durch die Gassen der Altstadt spaziert, wo mir die Schaufenster erschienen wie die weit aufgerissenen Augen eines Geistes, der, sich seiner toten, trostlosen Hülle gewahr werdend, trunken wurde. Ja, ich sah ins Innere dieses berauschten Geistes, indem ich die Schauobjekte in den Fenstern betrachtete, diese Reliquien abgestorbener Weltreligionen minutenlang anstarrte, mich dabei in meiner Absicht, Dinge zu verschatten, bestärkt fühlte, weiterging, bloss ein paar Meter, wieder stehenblieb, wieder in die Tiefe dieser Augen schaute, bis ich nicht mehr sicher war, ob nicht alles, was ich hier erblickte, eine Spiegelung meines Augeninnern war.

7. Juli 1989 ....

Habe meiner Mutter vorgeschlagen, einen Grillabend zu veranstalten mit prächtigen Würsten und Salaten und einem Merlot aus der Region. Meine gelbe Mutter nickte schmal lächelnd stumm. Meine Schwester fand die Idee »etwas pietätlos«, was sie nicht daran hindern wird, mit ihren Kindern am Anlass teilzunehmen. Die Kinder werden um das Feuer herumstehen, sich mit ihren klebrigen Fingern um die Grillzange streiten, kein Brot essen wollen, Sinalco ausschütten, nicht ins Bett wollen, und meine Schwester wird den Abend damit verbringen, die Kinder vom Gegenteil von dem zu überzeugen, was sie tun oder tun wollen. Der Körper meiner Mutter wird diesem dialektischen Hin und Her milde lächelnd zuschauen, Augen und Gedanken längst woanders. Wie wenn man einen Fetzen Papier am Strassenrand sieht, den Blick für einen Augenblick darauf ruhen lässt, weitergeht und sich nicht mehr an diesen Fetzen Papier erinnert. Ausknipsen.

9. Juli 1989 ....

Sandras PAROLE sind weg, im See verschwunden, verwässert. Ich gehe meinen Weg ohne sie weiter, auch Sandra ist mit ihren PAROLE untergegangen, nicht mehr in meiner Erinnerung vorhanden. Ausgeknipst. Der Ausknipsungsvorgang geht munter voran. Es gibt viel weniger Probleme damit, als ich befürchtet hatte.

11. Juli 1989 ....

In Ascona, wo ich gestern ohne Ziel und Absicht den See entlangspazierte, begegnete ich dem Wort »Regel« und sofort, ohne, dass ich mir diesen Vorgang erklären konnte, verwandelte sich das Wort in »Hegel«, ich sah gar nicht mehr hin, um mich zu vergewissern, ich war mir sicher, das Wort »Hegel« gelesen zu haben. Ich nahm das Wort mit auf meinen Spaziergang. Es begleitete mich, ich unterhielt mich mit ihm, hörte ihm zu, manchmal schwiegen wir, dann kam das Gespräch wieder in Gang, meistens war es mir einen Schritt voraus. Es war viel von alten Zeiten die Rede. Schliesslich überquerte ich die Seepromenade, steuerte in ein Gässchen und erreichte nach einigen Umwegen eine Hauptstrasse, die mich wieder nach Locarno führte. Da war das Wort verschwunden und tauchte nicht mehr auf.

13. Juli 1989 ....

Habe heute alle meine Sachen aus der Wohnung geholt. Kati wollte mit mir einen Kaffee trinken, ich lehnte ab, schleppte die Kisten nach unten. Sie stand an der Tür, mit der Schulter am Türrahmen, schaute mir zu und weinte dann. Nachdem ich alles aus dem Taxi entladen, den Lift ein paar Mal gefüllt, die Besenkammer vollgestellt hatte, entdeckte ich meine Mutter im Türrahmen und bemerkte – dass sie weinte.

15. Juli 1989 ....

Wir befänden uns am Abgrund, hiess es all die letzten Jahre, und jetzt rieseln auf einmal Friedenswerte den Gotthard hinunter in die Leventina. Die Menschen holen ihre Goldpfannen aus dem Keller, sieben den Frieden aus verschlammten Sanden. Das sind unnütze, hilflose Aktionen von Hungrigen, deren Gehirne von den jahrelangen Entbehrungen und Lügen blind geworden sind und dumm. Der Frieden ist schon längst da, bloss haben die Menschen das gar nicht begriffen. Krieg und Frieden sind untrennbar ineinandergegangen. Wer hier eine Trennung sucht, stochert ein ewiges Leben lang im Nebel oder eben im Schlamm.

17. Juli 1989 ....

Es ist bemerkenswert, wie schnell meine Mutter zerfällt. Es ist, als grabe sie jede Nacht nach ihrem Tod. Erschöpft und verschwitzt wacht sie auf. Nicht mehr lange wird es dauern, dann hat sie ihren Schatz gefunden.

19. Juli 1989 ....

Meine Tage werden heller, die Nächte kürzer. Die Menschen erscheinen mir immer mehr wie lustige Figuren in einem Kinderbuch, in das ich zufälligerweise geraten bin. Auch meine Schwester, auch meine Mutter.

21. Juli 1989 ....

Habe mit den Kindern meiner Schwester Minigolf gespielt. Luki hat gewonnen. Er gewinnt immer. Ich gäbe viel darum zu erfahren, was aus ihm einmal werden wird. Lehrer? Hochbauzeichner? Massenmörder?

23. Juli 1989 ....

Die Schlagzeilen heute »La pace sembrava essere in vista«, »Östliche Entscheidungsschlachten«, »Dresden in alliierten Händen« etc. etc. verwirbeln mir vor den Augen und dem Geist, ich kann die Bedeutung nicht mehr verstehen, die Buchstaben auf den Zeitungsaushängen haben keine andere Geltung als sich selber, das A ist nichts als ein A, das B nichts als ein B, bedeutungslos angeordnete Materialien wie Steine in der Maggia. Reine Steine.

25. Juli 1989 . . . .

Eigenartige Erscheinung heute. Ich bin, beim Delta startend, die Maggia entlanggewandert bis Cavigliano, wo ich im »Bellavista« ausgiebig gegessen und getrunken habe. Nachdem die Kellnerin das mit Werbung bunt bedruckte Tischset vor mich hingelegt und mit einer sorgfältigen Geste glatt gestrichen hatte, als handelte es sich um ein edles Leinen, blieb mein Blick an einer dünnen, blauen Linie hängen, deren Bedeutung mir bis jetzt nicht klar ist, und je länger ich auf diese dünne, blaue Linie starrte, desto mehr wurde die Linie krumm und desto mehr erkannte ich in der Linie den Fluss Verzasca, wo ich vor sieben, acht Jahren Ferien machte und beim Ort Aquino Ruedi und seine Frau kennenlernte, die mir einmal, und daran erinnerte ich mich heute im »Bellavista« so genau, als wäre es gestern gewesen, eine Postkarte nach Basel schickten. Doch ich konnte mich an den Text auf der Postkarte nicht mehr erinnern. Während des ganzen Essens führte ich mir diese Postkarte vor Augen, drehte sie um, doch die Textseite blieb leer. Weiss.

27. Juli 1989 . . . .

Grosse und schwerwiegende Überlegungen seit einiger Zeit, vor allem nachts, soll ich mein Tagebuch vernichten und neu damit beginnen, soll ich es nicht vernichten und nicht mehr schreiben, soll ich alles vernichten und nicht mehr schreiben oder nichts vernichten und weiterhin schreiben. Ich denke die ganze Zeit über die beste Art und Weise nach, das Weiss zu erreichen. Die Stille. Es ist schwierig, alles auszuknipsen, wenn man es noch nie gemacht hat. Und über mein kommendes Leben habe ich mir überhaupt keine Gedanken gemacht. Das ist bereits ein erstes Resultat. Ich will mir gar keine Gedanken mehr machen. Ich will gedankenlos in eine helle, stille Welt hineinschreiten.

29. Juli 1989 . . . .

Meine Mutter ist seit gestern im Spital. Zwei junge Pfleger kamen in unsere Wohnung, nachdem meine Schwester die Notfallnummer angerufen hatte, betteten meine Mutter wortlos auf eine Bahre, trugen die Mutterbahre nach unten in den Krankenwagen, fuhren ohne Aufhebens davon. Meine Mutter hatte während des ganzen Vorgangs die Augen geschlossen, schlief aber nicht. Vielmehr machte ihr Körper den Eindruck intensivster Wachsamkeit. Ihre Augenlider zuckten, als sähen sie einen aufregenden Film.

1. August 1989 ....

Am Tag, an dem meine Mutter stirbt, werde ich meine Schreibmaschine in der Maggia versenken.

3. August 1989 ....

Ich löse meine Vergangenheit von sämtlichen realen Bezügen, sämtlichen Erinnerungsfetzen, sämtlichen Einflüsterungen und Repräsentationen von Gedächtnis und Gehirnmasse und werde mein bisheriges Leben vollständig vertextlichen. In geschachtelter Form trage ich mich fortan stets bei mir. Und was noch kommt, ist immer schon wieder vorbei. Dann wird alles versinken.

5. August 1989 ....

Über dem See das typische helle Licht, ins Gleissende übergehend. Die Strandpromenade ist bevölkert von Menschen, die vielleicht einmal Flüchtlinge waren, sich mit allerlei Tricks und Geld und Glück über die Alpen gerettet haben, wo der Krieg in all den Jahren niemals hinkam. Hin und wieder sind an Kleinigkeiten die ehemaligen Flüchtlinge zu erkennen: ein unsicherer Blick über die Schulter, eine Beschleunigung des Gangs, ein touristisches Staunen, eine Vergewisserung seiner selbst. Ich sass lange auf einer Bank, blinzelte mit zusammengekniffenen Augen in die Sonne, betrachtete die Menschen, die an mir vorbeizogen. Es war mir leicht und licht.

7. August 1989 ....

In den mächtigen, schiefergrauen Wolken, die heute Mittag über dem See aufgezogen sind, die Kontraste der sonnenbedeckten Landschaft im Osten überraschend schnell wegwischend, entdeckte ich Zeichen, Signale, Konturen, die ich kürzlich (gestern?) träumte, wobei der Traum erst seine Form fand, als ich dieses gräuliche Wolkenziehen erblickte, was mich unwillkürlich in eine schwelgerische Stimmung versetzte, in der ich mir meinen Traum zu vergegenwärtigen versuchte, mich in diese traumdurchsetzte Grauheit vertiefte und zusah, wie ein Boot nach dem anderen Kurs aufs Ufer nahm, doch dem Traum kam ich nicht ausreichend nahe, er verblieb als zarter Schatten im Tag, der schon wieder zur Neige ging, der See nun frei von Schiffen und Booten, auf einmal Wind, die Bergspitzen bereits im immer dunkler werdenden Grau verschwunden, starker Wind, Wellen, Gischt, was ich erinnern wollte noch immer eine Traumlänge entfernt, gleichwohl blieb ich sitzen, wie gebannt von den Ereignissen um mich, vom reissenden Licht, das wirbelnd in den See fuhr, so sehr, bis der Traum wie von selbst mir vor Augen kam.

9. August 1989 ....

Im Spital eine schreckliche Metamorphose des Körpers. Auf dem Besucherstuhl sitzend betrachtete ich dieses agonale Schauspiel, das den NAMEN MUTTER von innen her zerfrass wie Holzwürmer ihr Holz, bis die Oberfläche der Aushöhlung nicht mehr standhalten kann und zusammenbricht, bis der Körper entkörperlicht ist, auf bitterste Weise vereinsamt und nahe am Unsichtbaren. So weit wird es kommen.

10. August 1989 ....

Es ist nicht mehr sicher, dass ich Herr meiner selbst bin. Zuweilen tue ich Dinge, die ich nachher gar nicht mehr beschreiben kann, sage Worte, an die ich mich gar nicht mehr erinnern kann, erinnere mich an Geschehnisse, von denen ich gar nicht weiss, ob sie überhaupt stattgefunden haben, betrachte Menschen, die es vielleicht gar nicht gibt, höre Stille. Ein fundamentales Zweifeln an mir selber und meiner Existenz überhaupt. Bin ich in der Welt oder ist mein Dasein blosse Phantasie? Wer gibt mir da Garantien?

11. August 1989 ....

Das letzte Blatt. Komme vom Spital. Konnte meine Mutter nicht mehr erkennen. Zu weit ist sie abgetaucht in ihre andere Welt. Nur noch ein Kräuseln. Meine Schwester versucht verzweifelt, sie zu finden. Es ist ein grosses Elend. Niemand findet den anderen. Mein letztes Blatt. Irgendwann ist jeder Text zu Ende. Ich bin nun im dreissigsten Jahr und schon scheint alles vorbei. Was soll ich nur tun? Was tue ich am 11. August 1995, 1999, 2006, 2011, 2019?

Es ist 19.56 h, eben habe ich mit dem Spital telefoniert, eine Orange geschält, meine Fingernägel geschnitten. Von der Promenade wehen in unregelmässigen Abständen Musikwolken hierher, die Mücken versammeln sich am Lampenschirm.

Eine kurze Nachbemerkung

Entgegen seiner ursprünglichen Absicht hat U. das Tagebuch nicht vernichtet, sondern in einem Akt der Vernunft akkurat verpackt und säuberlich mit »himmelblauer Tinte« beschriftet in Lanz' Wohnung gebracht und dort auf ihr Bett gelegt, er hatte ja noch immer einen Schlüssel der Wohnung. Lanz hat sofort mit der Lektüre begonnen, die sie, wie sie mir sagte, »ebenso langweilte wie zutiefst verstörte«.

Zwei Wochen nach der Beerdigung seiner Mutter am 19. August 1989 hat U. die Schweiz Richtung Italien verlassen. Seither habe ich über ihn nichts mehr in Erfahrung bringen können. Vielleicht hat er auf langen Wanderungen durch Italien seine Liebe wiedergefunden. Es wäre mir ein Trost.

Sandra hat nach ihrem Buch »Le duecento parole piu belle« bislang nichts mehr veröffentlicht. Auch über sie konnte ich leider nichts herausfinden.

Die Schwester von U. lebt mit ihren Kindern und ihrem zweiten Mann, den sie in Bergamo kennenlernte, in Ascona. Sie arbeitet in der Finanzabteilung der Gemeindeverwaltung.

Lanz blieb in Locarno. Meines Wissens lebt sie dort allein und ist politisch nicht mehr aktiv.

Und all die anderen?

Aufwendige Recherchen habe ich nicht unternommen, trotzdem hier in aller Kürze, was ich über einige Protagonisten ermitteln konnte:

Frau Therese Gehring lebte während des Krieges an verschiedenen Adressen in den Kantonen Zürich, Schwyz und Glarus. Seit Kriegsende führt sie Regie an diversen Laientheatern in der Deutschschweiz.

Jerzy Wawrzyniak erlebte das Kriegsende in Mulhouse und nahm nach dem Krieg sein Studium der Jurisprudenz an der Universität Basel wieder auf. Er ist engagiert in der Studentenschaft und Mitglied der Sozialdemokratischen Partei.

Magdalena-Mia Eschelmüller (Magda) ist Yoga-Lehrerin in Konolfingen (BE). Sie lebt mit einer Logopädin aus Luxemburg zusammen.

Petra Hummel heiratete kurz vor Kriegsende einen sowjetischen Offizier, dann verliert sich ihre Spur.

Martin Wagner (der Bärtige) führt das bekannte Feinschmeckerrestaurant »Zum goldenen Esel« in Zumikon (ZH), er ist mit einer Japanerin verheiratet und hat ein Kind. Er schreibt die Kolumne »Schöner kochen« in der »Weltwoche«.

Margrit Moesch (Mona) führt zusammen mit ihrem neuen Partner ein Juweliergeschäft in Luzern. 1989 bekam sie ihr zweites Kind. Sie ist Präsidentin der Guggenmusig »Gwagglichöpf«.

Denise Jetzer eröffnete im Juni 1988 in der Nähe von Arezzo (Italien) zusammen mit ihrem Partner G.V. eine Pension. Im März 1989 ist sie bei einem Autounfall ums Leben gekommen.

Beat Ineichen ist, wie im Tagebuch erwähnt, Lehrer an der Kaufmännischen Berufsschule in Liestal. Er lebt mit einer Frau zusammen. Mit seinen Kindern und seiner Exfrau (der Schwester von U.) hat er keinen Kontakt mehr. 1992 soll von ihm ein Buch erscheinen mit dem Titel »Ein Leben im Krieg«.

Nina Troxler studiert Politologie an der Universität Genf. Sie ist Mitglied der 1990 gegründeten »Union Socialiste«.

Und last but not least: Rolf Hoffmann (Cousin Rolf) wurde bei der ersten eidgenössischen Wahl nach dem Krieg für die FDP des wiedervereinigten Kantons Basel ins nationale Parlament gewählt. Als Beruf gibt er »Berater« an.

Hans-Joachim Ploetz soll nach dem Tod Gorbatschows im November 1989 und der darauf folgenden Implosion der sozialistischen Staaten Osteuropas von der DDR in die UdSSR übergesiedelt sein. Unbestätigten Quellen zufolge lebt er in einer Plattenbausiedlung am Rand Moskaus und ist schwer krank.

Über den Verbleib von Frau Ploetz, Bernadette Tobler (Bernie), Hannelore Kistler (Loki), Beatrice Monetti (Bea), Michael Altenburger (Mike), Samuel Bondi, Eva Caviezel, Noemi Stegerli und vielen anderen im Tagebuch erwähnten Personen ist mir nichts bekannt.

Foto: Ayse Yavas

Urs Zürcher, Dr. phil., hat in Basel Geschichte, Philosophie und Neuere Deutsche Literaturwissenschaft studiert und in Zürich promoviert. Danach war er Lehrbeauftragter an der Universität Basel, arbeitete als Projektleiter und ist seit 2005 Lehrer an der Berufsfachschule Basel.

Urs Zürchers Dissertation ist unter dem Titel *Monster oder Laune der Natur. Medizin und die Lehre von den Missbildungen* im Wissenschaftsprogramm des Campus Verlags erschienen. Daneben schrieb er diverse Aufsätze und Artikel in verschiedenen Zeitschriften. *Der Innerschweizer* ist sein erster Roman.

Dank
Autor und Verlag danken dem Fachausschuss Literatur Basel-Stadt/Basel-Landschaft für die Unterstützung bei der Herausgabe des Romans von Urs Zürcher.

Fachausschuss Literatur
Kanton Basel-Stadt Kultur
kulturelles.bl

Urs Zürcher
Der Innerschweizer
1. Auflage 2014
2. Auflage 2014

Lektorat: Christian Döring

Korrektorat: Ulrike Ebenritter

Buch- und Umschlaggestaltung: Dario Benassa, purpur, Zürich

Satz: Barbara Herrmann, Freiburg im Breisgau
Druck: Friedrich Pustet, Regensburg

ISBN 978-3-03762-040-3

9 783037 620403 >

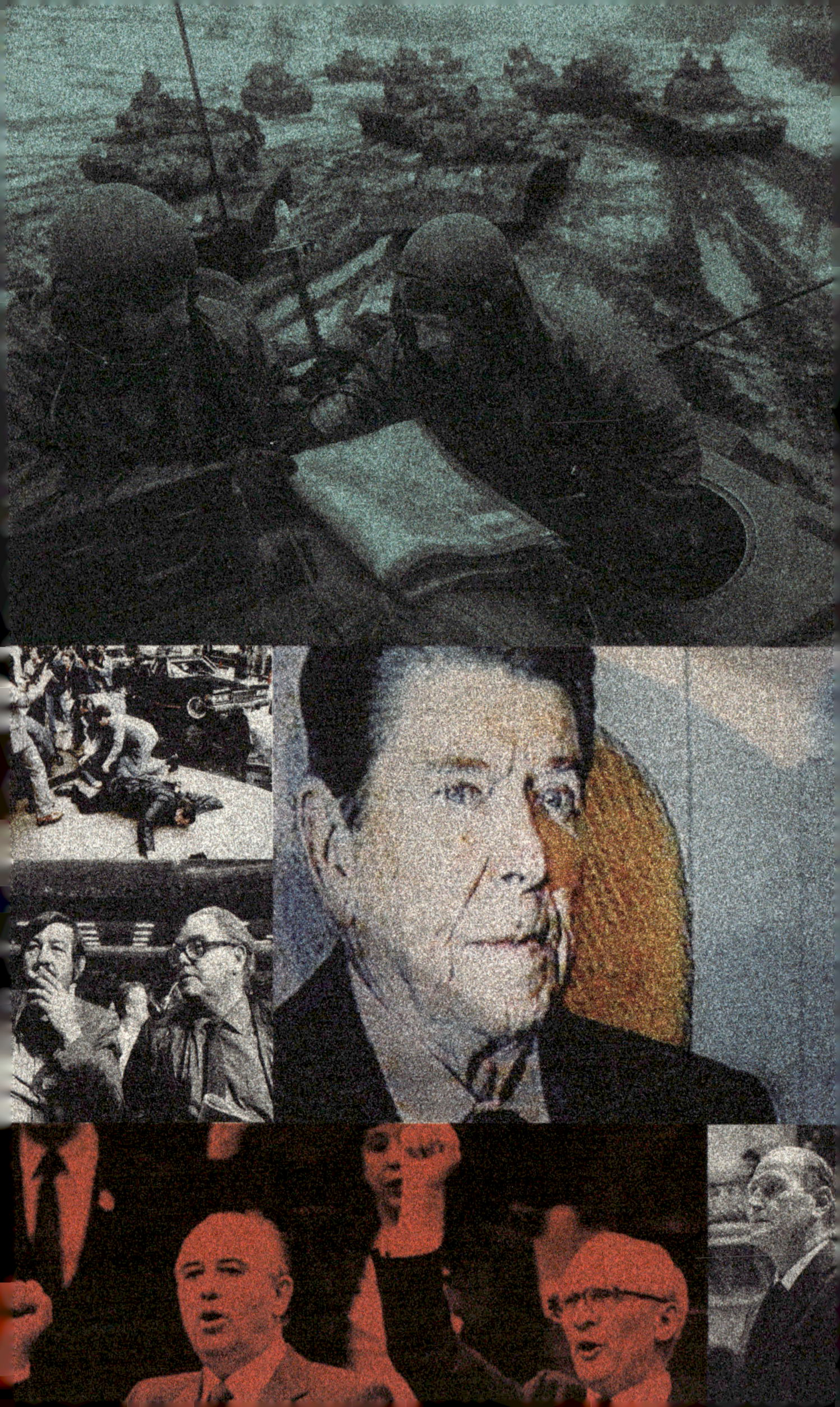